안나 카레니나 I

톨스토이

일신서적출판사

안나 카레니나 I
차례

제 1부……　　7
제 2부……１50
제 3부……298
제 4부……439

복수는 내게 있으니 내가 이를 보복하리

제 1 부

　행복한 가정은 모두 서로 고만고만하지만, 불행한 가정은 제각기 문제를 안고 있다.

　오블론스키네 집안은 모든 것이 어수선한 분위기였다. 아내는 남편이 전에 그들의 집에서 가정 교사로 있었던 프랑스 여인과 관계가 있었던 것을 알고 남편에게 이 이상 더 한집에서 같이 살아 갈 수 없다고 선언한 터였다. 이러한 상태가 벌써 사흘째나 계속되어 당사자들인 내외는 물론 가족들이나 하인들까지도 더할 수 없는 괴로운 심정에 젖어 있었다. 가족들이고 하인들이고 누구나가 다 그들의 동서 생활은 무의미하며, 한 여인숙에서 우연히 같이 묵게 된 사람들일지라도 그들, 즉 오블론스키네 가족이나 하인들보다는 서로의 사이가 훨씬 친근한 관계로 맺어졌으리라고 느끼고 있었다. 아내는 제 방에서 얼굴도 내보이지 않고, 남편은 사흘째나 집에 들어오지 않았다. 아이들은 온 집안을 마치 부모를 잃은 아이들처럼 뛰어돌아다녔고, 가정 교사인 영국 여자는 가정부와 말다툼을 하고 새로운 일자리를 찾아 주었으면 하는 편지를 친구한테 썼다. 그런가 하면 어제는 또 요리사가 식사 시간에 맞추어 자취를 감춰 버렸고, 찬모와 마부까지도 급료를 계산해 달라고 졸라댔다.

　말다툼이 있은 지 사흘째 되던 날 스테판 아르카지치 오블론스키 —— 흔히 스치바로 불리는 —— 는 여느때처럼 아침 여덟 시에 아내의 침실이 아닌 자기 서재의 모로코 가죽으로 덮인 소파 위에서 잠을 깼다. 그는 다시 한잠 포근히 자기나 하려는 것처럼 딱 바라진 살집 좋은 몸뚱이를 소파의 스프링 위에서 돌려 방향을 바꾸어 누운 뒤 베개를 꽉 껴안고 거기에다 얼굴을 파묻었다. 그러다가 갑자기 벌떡 일어나 소파 위에 걸터앉으며 눈을 떴다.

8

『그래, 그래, 그게 어떤 꿈이었던가?』하고 그는 꿈을 더듬어 가면서 생각했다. 『정말 그게 어떤 꿈이었던가? 옳지! 알라빈이 다름쉬타트에서 오찬을 베풀고 있었다. 아니 다름쉬타트가 아니라 어딘지 아메리카풍이 있는 데였다. 그렇지, 그런데 꿈 속에서는 다름쉬타트가 아메리카에 있었다. 그래 알라빈은 유리 탁자 위에서 오찬을 베풀고 있었지, 그렇지, —— 그리고 탁자들도 〈내 마음의 보물〉을 노래 부르고 있었다. 아니, 〈내 마음의 보물〉이 아니고 무엇인지 훨씬 훌륭한 노래였다. 그리고 그 탁자 위에 놓였던 귀엽게 생긴 양주병들이 있었는데 그것들도 모두 여자였었다.』그는 생각해 냈다.

스테판 아르카지치의 두 눈은 즐겁게 빛나기 시작했다. 그리고 그는 싱글벙글 웃으면서 생각에 잠겼다. 『그래, 좋았다, 정말 좋았다. 그리고 또 그곳엔 뛰어난 일들이 얼마든지 있었다. 말이나 생각으로는 형언할 수도 없는, 생시에는 표현할 수 조차도 없는 것들이 있었다.』그러고 나서 그는 나사 커튼의 한쪽 옆구리에서 새어드는 햇살에 제정신이 들어 소파의 가장자리에 가볍게 늘어뜨린 두 발로 아내가 손수 지어 주었던 (지난 해의 생일 선물로) 금빛 나는 모로코 가죽으로 장식된 실내화를 더듬어 찾았다. 그리고 아홉 해 동안의 오랜 버릇에 따라 그대로 주저앉은 채, 언제나 그의 침실에서 자리옷이 걸려 있는 쪽으로 손을 뻗쳤다. 그순간 비로소 그는 갑자기 자기가 어떻게, 또 무엇 때문에 아내의 침실이 아닌 자기 서재에서 잠을 자고 있었는가 하는 생각을 더듬어 보았다. 그 순간 그의 얼굴에선 웃음이 사라졌다. 그는 이마를 찌푸렸다.

「아아, 아아, 아아! 아아!……」하고 그는 이미 일어났던 온갖 일들을 생각해 내며 신음하기 시작하였다. 그러자 그의 상상은 또다시 아내와의 말다툼의 자초지종, 꼼짝 못하게 된 절망적인 자기의 처지, 또한 무엇보다도 괴로운 것은 자기 자신의 허물을 인정한다는 생각을 떨칠 수 없는 것이었다.

『그렇다! 그녀는 용서하지 않을 거야, 또 용서할 수도 없겠지. 그리고 무엇보다도 두려운 것은 모든 허물이 다 나한테 있다는 일이다 —— 허물은 나한테 있다. 그렇다고 나한테 잘못은 없다. 바로 여기에 모든 비극이 있는 것이다.』하고 그는 생각했다. 「아아, 아아, 아아!」하고 그는 말다툼으로 받은, 자기 자신에게는 가장 괴로운 가지가지 인상을 상기하며 절망적으로 입버릇처럼 무의미하게 되풀이하여 소리쳤다.

무엇보다도 불쾌했던 것은 그가 즐겁고 흐뭇한 마음으로 아내한테 선물할 큼직한 배 한 개를 손에 들고 극장에서 돌아왔을 때 아내의 모습은 객실에도, 더욱 놀라운 것은 서재에도 보이지 않았고 마침내 침실에서, 모든 것을 폭로하고만 그 불행의 편지를 손에 들고 서 있는 그녀를 발견했던 바로 그 순간이었다.

그녀 —— 그 언제나 안절부절 못하고 사소한 집안 일에 이르기까지 안달복달하기 때문에 소견이 좁은 여자라고만 여겨왔던 돌리가 편지를 손에 든 채 꼼짝도 않고 앉아 공포와 절망과 분노의 표정이 엉클어진 얼굴로 그를 노려보고 있었다.

「이게 뭐예요? 이게?」하고 그녀는 편지를 가리키면서 캐물었다.

이것은 흔히 있는 일이지만, 이 회상을 할 때마다 사건 그 자체는 그가 아내의 이러한 말에 어떠한 태도로 대답하였던가 하는 것만큼은 스테판 아르카지치를 괴롭히지 않았다.

이 순간 그에게는 무엇인지 너무나 부끄러운 일을 드러내 보이고 만 사람들에게 일어나는 것과 똑같은 현상이 일어났다. 그는 자기의 그 과실이 폭로된 뒤 아내 앞에 서 있어야 했던 때의 그의 입장에 알맞는 얼굴을 좀처럼 꾸며 댈 수가 없었다. 모욕을 느끼고 화를 내고 부인하고 변명하고 용서를 빌고 그러지도 못하면 차라리 태연한 얼굴 그대로 머물고 만다든지 하는 대신 —— 이러한 것들은 설사 어느 것이거나 그가 실제로 저지르고 만 것보다는 한결 나았을 것이다! —— 그의 얼굴은 전혀 무의식적으로 (『뇌신경의 반사 작용이다.』하고 남달리 생물학을 좋아하는 스테판 아르카지치가 생각했을 만큼) 전혀 무의식적으로 갑자기 평소의 버릇이 되어 버린 선량한, 그렇기 때문에 어리석게 보이는 미소를 띠고 말았다.

이 어리석은 미소만은 그 자신도 용서할 수 없었다. 이 미소를 보자 돌리는 마치 육체에 아픔이라도 받은 것처럼 부르르 몸을 떨며 타고 난 괄괄한 격정으로 한바탕 악담을 퍼붓고 방에서 뛰쳐나가 버렸다. 그 뒤로 그녀는 남편을 보려고도 하지 않았다.

『온갖 허물들은 이 어리석은 미소에 있다.』하고 스테판 아르카지치는 생각하였다.

『그러나 어떻게 하면 좋단 말인가, 어떻게 하면 좋단 말인가?』하고 그는 절망적으로, 혼잣말로 중얼거렸지만 아무런 답도 찾아내지 못했다.

2

스테판 아르카지치는 자기 자신에 대한 관계에 있어서는 성실한 사람이었다.

그는 자기를 속이고 자기가 자신의 행위를 후회하고 있다고 믿게 할 수는 없었다. 그는 자기가, 즉 서른 네 살의 미목이 반듯하고 다정다감한 사내가 지금 살아 남은 다섯 아이와 이미 죽어 버린 두 아이의 어미인, 그보다는 단 한 살밖에 젊지 않은 아내한테만 빠져 있지 않았다고 해서 이제 새삼스럽게 그것을 뉘우친다든지 할 마음은 없었다. 그는 다만 아내의 눈을 좀더 솜씨 있게 속일 수 없었던 것만을 후회하였다. 그러나 그는 자기 입장의 온갖 괴로움은 충분히 느끼고 있었으며, 아내나 아이들이나 또한 자기 자신까지도 안타깝게 여겼다. 그렇기 때문에 만약 그 편지가 그녀에게 그처럼 강렬한 영향을 미칠 것임을 알고 있었다면 아마 그는 아내한테 자기의 죄를 좀더 훌륭히 숨겨 버릴 수도 있었을 것이다. 그러나 그는 그런 문제를 한 번도 똑똑히 생각하여 본 적은 없었고, 그저 막연히 아내는 진작 그의 부정을 알아차리고 있었자만 보고도 못 본 체하고 있는 것이려니 하는 정도의 상상을 하고 있을 뿐이었다. 그리고 그는 심지어는 그녀처럼 쇠잔하고 늙은 티가 들어 이젠 벌써 아름다움이라고는 조금도 찾아볼 수 없어 사람들의 눈을 끌 만한 데는 털끝만큼도 없어진 평범한, 그저 선량한 가정의 어머니에 불과한 여자는 정의의 관념에 따르더라도 좀더 겸손하지 않으면 안 된다고까지 여기고 있었다. 그런데 사실은 그와는 전혀 반대의 결과를 나타내고 말았다.

『아아, 두렵다! 아아, 아아, 아아! 두렵다!』하고 스테판 아르카지치는 혼잣말을 되풀이했지만, 아무런 묘안 하나 머리에 떠오르지 않았다. 『그런데 이 일이 있기까지는 온갖 것들이 그 얼마나 좋았던가, 우리들은 그 얼마나 사이좋게 살고 있었던가! 그녀는 아이들에 의하여 만족하고 행복하였으며, 난 어떤 일에도 간섭하지 않고 아이들 일이나 집안 일이나 모두 그녀가 하고 싶어하는 대로 내맡겨 두고 있었다. 정말 그녀가 우리 집의 가정 교사로 있었다는 것은 좋지가 않았다, 좋지가 않았다! 도대체 제집 가정 교사한테 사랑을 구한다는 것은 어쩐지 저속하고 점잖지 않은 데가 있다. 그렇지만 그녀는 정말 멋있는 가정 교사였다! (그는 롤랑 양의 요사한 검은 눈과 그 미소를 눈앞에서 보는 것처럼 생각했다) 그러나 그녀가 우리 집에 있는 동안 난 조금도 의심스럽게 처신하지를 않았다. 그리고 무엇보다도 나빴던 것은 그녀가 이미…… 아아, 마치 이러한 일들이 모두 일부러 그렇게 된 것처럼 돼 버리고 말았다! 아아, 아아, 아아! 그러나 도대체 어떻게 하면, 도대체 어떻게 하면, 좋단 말인가?』

해답은 얻을 수 없었다, 가장 착잡하고 풀기 어려운 모든 문제에 대하여 생활이 주는 그 일반적인 해답 이외에는. 그 해답은 이렇다 —— 사람은 나날의 요구에 좇아 살아야 한다. 말하자면 나를 잊어버리지 않으면 안 된다. 그러나 꿈을 꾸어 잊는다는 것은 적어도 밤이 되기까지는 바랄 수 없다. 이제 양주병 여인들이 불렀던 그 노래가 있는 쪽으로 되돌아갈 수도 없다. 그렇기 때문에 이제는 생활의 꿈으로 모든 것을 잊어버리지 않으면 안 된다.

『그 동안에 어떻게 알게 되겠지.』하고 스테판 아르카지치는 혼잣말을 하고는 벌떡 일어나 하늘빛 명주 안을 받친 잿빛 자리옷을 걸쳐 입고 허리끈을 아무렇게나 묶어 맸다. 그리고 떡 벌어진 가슴에 마음껏 공기를 들이마시고 난 뒤 그의 살찐 몸뚱이를 제법 거뜬히 떠받쳐 주고 있는 앙가발이 다리로 언제나처럼 힘차게 걸어나가 창가로 다가가서 커튼을 걷어올리고 요란스럽게 초인종을 울렸다. 초인종 소리에 뒤이어 곧 낯익은 하인 마트베이가 옷과 장화와 전보를 가지고 들어왔다. 마트베이를 뒤따라 면도 도구를 든 이발사도 들어왔다.

「사무소에서 서류라도 와 있지 않나?」하고 스테판 아르카지치는 전보를 받아들고 거울 앞에 앉으면서 물었다.

「탁자 위에 있읍니다.」하고 마트베이는 호기심에 찬, 의심쩍어 하는 듯한 눈초리로 주인의 얼굴을 흘낏흘낏 훑어보며 대답했다. 그리고 잠시 기다렸다가는 교활한 웃음을 띠며 덧붙였다——「그리고 삯마차 집에서 사람들이 왔었읍니다.」

스테판 아르카지치는 어떻다고도 대답하지 않고 그저 거울 안의 마트베이를 보기만 했다. 거울 속에서 얼른 마주친 시선으로 그들이 피차 얼마만큼 이해하고 있는가 하는 것을 알 수 있었다. 스테판 아르카지치의 눈은 마치『넌 어째서 그따위 소릴 하느냐? 그래 넌 모른단 말야?』하고 다잡고 드는 것만 같았다.

마트베이는 두 손을 자켓 호주머니 속에 넣고 한쪽 발을 옆으로 편하게 내디디니 말없이 겨우 알아차릴 정도의 미소를 띤 채 선량한 낯빛으로 주인을 바라보고 있었다.

「난 일요일에 오라구 일러 보냈읍니다. 그리고 그때까진 주인 어른을 성가시게 하거나 쓸데 없이 헛걸음만 하거나 하는 일이 없도록 하라고 일러 보냈읍니다.」하고 그는 아마도 미리 생각해 두었던 듯한 말을 늘어놓았다.

스테판 아르카지치는 마트베이가 지금 무엇인지 익살을 피워 자기한테서 주의를 끌어 보려고 했을 것임을 알아챘다. 그러나 그는 전보 겉봉을 찢어 언제나 흔히 있는 것처럼 오전(誤傳)된 글자들을 고쳐 가면서 그것을 내려 읽었다. 그의 얼굴은 갑자기 빛나기 시작했다.

「마트베이, 누이 안나 아르카지예브나가 내일 올 모양이야.」하고 그는 곱슬곱슬하고 긴 구레나룻 사이의 분홍빛 면도 자국을 다듬고 있던 이발사의 윤기 있는 두툼한 손을 잠깐 멈추게 한 뒤 말했다.

「거 참 고맙군요.」하고 마트베이는 이 대답으로 그도 또한 주인과 마찬가지로 이 내방의 의미, 즉 스테판 아르카지치의 귀여운 누이인 안나 아르카지예브나가 틀림없이 내외간의 화해를 이루게 할 것이라고 알고 있다는 것을 나타내면서 말했다.

「혼자신가요, 그렇지 않으면 내외이신가요?」하고 마트베이는 물었다.

스테판 아르카지치는 마침 이발사가 윗입술을 만지고 있어 말을 할 수 없었기 때문에 손가락 하나를 들어 보였다. 마트베이는 거울 속에서 고개를 끄덕였다.

「혼자세요. 그럼 이층에다 미리 준비를 해 둘까요?」

「다리야 알렉산드로브나한테 어디다 했으면 좋을지 여쭤 봐.」

「다리야 알렉산드로브나한테요?」하고 어쩐지 의심쩍어 하는 듯한 얼굴빛으로 마트베이는 되물었다.

「응, 여쭤 봐. 그리고 이 전보를 가지고 가서 전하고 시키는 대로 하란 말야.」

『아하, 맘을 한번 떠 보려는 게로군 그래.』하고 마트베이는 짐작했다. 그러나 그는 그저 이렇게 말했다. 「알겠읍니다.」

마트베이가 삐걱삐걱 하고 삐걱거리는 장화를 신은 발걸음을 느릿느릿 옮겨 놓으며 전보를 손에 들고 방으로 되돌아왔을 때는 스테판 아르카지치는 벌써 얼굴도 씻고 머리도 빗고 옷을 갈아 입으려던 참이었다. 이발사는 이미 없었다.

「다리야 알렉산드로브나께선 이제 나가 버릴 테니까 그렇다는 말씀을 여쭈라는 분부이십니다. 그분의, 말하자면 영감마님 편하신 대로 하시라는 말씀입니다.」그는 이렇게 말하고 눈만으로 웃으면서 두 손을 호주머니에 넣으며 고개를 옆으로 떨어뜨리고 주인의 얼굴을 응시했다. 스테판 아르카지치는 말이 없었다. 곧 그의 아름다운 얼굴에는 선량하면서도 어딘지 비통한 미소가 떠올랐다.

「아아, 어떻게 되는 거야? 마트베이.」하고 그는 머리를 흔들면서 말했다.

「괜찮습니다, 영감마님, 잘될 겁니다.」하고 마트베이는 말했다.

「잘될 거라고?」

「바로 그렇습니다.」

「넌 그렇게 생각하나? 누구야, 거기에 와 있는 건?」하고 문 밖에서 옷자락이 스치는 소리를 알아듣고 스테판 아르카지치는 물었다.

「나예요.」야무지고 상냥한 여자 목소리가 대답했다. 그리고 유모 마트료나 필리모노브나의 거칠게 얽은 얼굴이 창문 뒤에서 나타났다.

「그래 뭐야, 마트료나?」하고 스테판 아르카지치는 그녀가 있는 쪽으로 다가서며 물었다. 스테판 아르카지치는 아내한테 일방적으로 잘못을 저질렀고, 자신도 또한 그렇게 느끼고 있었는데도 불구하고 집안 사람들은 거의 모두가, 심지어는 다리야 알렉산드로브나와 가장 친한 유모까지도 그와 한편이었다.

「그래 무슨 일이야?」하고 그는 침울한 표정으로 물었다.

「서방님께서 다녀오세요, 네, 한 번 더 용서를 비세요. 틀림없이 하느님께서 도와 주실 겁니다. 마님께선 보기에도 안타까울 만큼 말할 수 없이 괴로와하고 계십니다. 게다가 또 집안은 하나에서 열까지 온통 엉망진창이에요. 주인 어른, 아이들을 불쌍히 여기셔야 합니다. 주인 어른, 제발 용서를 비세요. 어떻게 할 도리가 있겠어요! 응달이 있으면 양달이 있는 법이니깐요……」

「그러나 만나 주지 않을걸……」

「그렇지만 서방님께선 서방님의 할 일은 다 하셔야 해요. 하느님께선 자비로 우십니다. 하느님께 기도하세요, 서방님, 하느님께 기도하세요.」

「아아, 좋아, 그만 가.」하고 스테판 아르카지치는 갑자기 얼굴을 붉히며 말했다. 「자아, 하여간 옷이나 갈아 입혀 줄까.」하고 그는 마트베이 쪽으로 돌아서서 자리옷을 홱 벗어 던졌다.

마트베이는 아까부터 눈에도 보이지 않는 무엇인가를 입으로 불어내면서 말멍에처럼 깃이 지어진 셔츠를 받들고 있다가 눈에 드러나 보이는 만족한 듯한 빛으로 주인의 산뜻한 몸뚱이를 그것에다 쌌다.

3

옷을 갈아 입자 스테판 아르카지치는 자기 몸에 향수를 뿌리고 샤쓰의 소매 끝을 당겨 바로잡고 나서 익숙한 동작으로 여러 호주머니 속에 담배며 지갑, 성냥, 겹사슬과 조그만 장식품들이 달린 회중시계 등등을 여기저기 갈라 넣고 손수건을 한 번 털자 자기의 그 불행한 일이 있음에도 불구하고 자기 자신을 마치 상쾌하고 향긋하고 건강한, 그리고 육체적으로도 쾌활한 것으로 느끼면서 걸음걸이마다 가볍게 비틀거리며 식당으로 걸어나갔다. 그곳에는 사무소에서 보내온 서류며 편지가 커피와 함께 벌써부터 나란히 그를 기다리고 있었다.

그는 편지를 다 읽었다. 그 가운데 한 통, 몹시 불쾌한 것이 있었다 —— 아내의 영지에 있는 숲을 사려는 어느 상인한테서 온 것이었다. 이 숲은 어차피 처분하지 않으면 안 될 것이긴 했지만 현재 아내와의 화해가 이루어질 때까지는 그것을 말할 수 없었다. 더구나 이런 때 무엇보다도 불쾌한 것은 이것 때문에 아내와의 화해라는 절박한 일 가운데 금전상의 이해 관계가 혼동되고 있다는 것이다. 또한 자기는 이 이해에 좌우될 수 있을 것이라는 생각, 이 숲을 팔기 위해서 자기가 아내와의 화해를 모색할 것이리라는 생각——이 생각만으로도 그는 모욕을 느꼈다.

편지를 다 읽고 나자 스테판 아르카지치는 사무소에서 온 서류들을 앞으로 끌어당겨 재빨리 두 사건을 훑어보고 굵은 연필로 두 서너 군데 표를 한 뒤 그것을 밀쳐 놓고 커피를 들었다. 그리고 커피를 마시면서 아직 눅눅한 조간 신문을 펼쳐 들고 그것을 읽기 시작했다.

스테판 아르카지치는 과격하지는 않지만 다수자가 가지고 있는 주의와 똑같은 경향의 자유 신문을 구독하고 있었다. 그리고 그는 과학이니 예술이니 정치니 하는 것에 대해서는 별다른 흥미를 가지고 있지도 않은 주제에 이 온갖 문제들에 대해서도 다수자와 그 신문이 품고 있는 의견과 마찬가지의 견해를 굳게 견지하고 있었으며, 다만 다수자가 그것을 바꾸었을 때에만 자기 자신도 그것을 바꾸거나 혹은 그보다도 그가 바꾸는 것이 아니고 의견 그 자체가 모르는 사이에 자연히 그의 속에서 변하는 것이라고 말하는 편이 어쩌면 한층더 적절할는지도 모른다.

스테판 아르카지치는 정치적 지론이나 견해를 자기가 직접 선택하진 않았다. 오히려 그러한 주장이나 견해가 자연히 그한테로 다가오는 것이었다. 그것은 마치 그가 모자나 프록 코트의 형을 고르지 않고 여느 사람들이 입고 있는 것을 그대로 따라 입는 것과 마찬가지였다. 상류 사회에서 생활하고 있는 그에게 있어서 하나의 견해를 가진다는 것은 나이에 맞게 발달한 그 어떤 심적 활동의 요구와 함께 모자를 가진다는 것과 똑같이 불가결한 관심사였던 것이다. 만약 그가 자유주의적 주장을, 그 주위의 다수자들이 마찬가지로 품고 있던 보수적인 주장 이상으로 존중하고 있는 것에 그 어떤 이유라도 있다면 그것은 그가 자유주의적 경향을 보다 현명한 것이라고 인정했기 때문이 아니라 그것이 그의 생활 양식에 한결 더 근사하게 보였기 때문이다. 자유파 사람들은 러시아의 현상은 모두 좋지 않다고 말했다. 그리고 실제로 스테판 아르카지치는 부채만 많고 돈은 넉넉하지 못했다. 자유파 사람들은 결혼은 시대에 뒤떨어진 제도이며 단연코 개혁하지 않으면 안 된다고 설파하였다. 그리고 실제로 가정 생활은 스테판 아르카지치에게 이렇다 할 만족을 주지는 않고, 오히려 그의 기질과는 아주 딴판인 허위와 기만을 강요했다. 자유파 사람들은 말하고 있었다, 아니 혹은 암시하고 있었다고 말하는 것이 좋을는지도 모른다. 즉 종교는 국민 가운데 야만적인 부류를 위한 굴레에 지나지 않을 뿐이라고. 그리고 실제로 스테판 아르카지치는 비록 짧은 기도라 할지라도 두 발이 쑤시는 일을 견뎌낼 수가 없었고, 또한 이승의 생활이 아주 즐거운데 구태여 저승에 대한 두렵고 과장된 말이 무엇 때문에 있어야 하는지를 이해할 수가 없었다. 이와 동시에 유쾌한 익살을 좋아하는 스테판 아르카지치는, 이따금 만약 선조를 자랑하려고 한다면 류리크(러시아 건국의 조상이라 일컬어지는 전설적 인물)에서 얼버무려 버리고 정작 인류 최초의 시조──원숭이를 부정한다든지 해서는 안 된다고 하여 점잖은 사람들을 난처하게 하는 것이 즐거웠다. 결국 자유주의적 경향은 스테판 아르카지치의 습성이 되었고 그리고 그는 그것이 그의 뇌리에 엷은 안개를 피어오르게 한다는 이유에서 식후의 담배와 마찬가지로 자기의 신문을 사랑하는 것이었다. 그는 먼저 사설을 읽었다. 거기에는 마치 급진주의가 모든 보수적 요소를 병탄하게 될 것이라고 위협하고 있다든가, 또는 정부는 혁명의 지하운동을 탄압하기 위한 적절한 수단을 강구하지 않으면 안 된다든가 하는 것처럼 떠벌리고 있는 절규는 오늘날에 있어서는 전혀 무의미하며, 오히려 그와 반대로『우리들의 견해에 의하면 위험은 그러한 가상적인 혁명의 지하운동, 그것에 있는 것이 아니고 진보를 저해하는 인습의 끈질김 속에 있다』느니 하는 것들이 역설되어 있었다. 그는 그 다음 재정상의 논설을 읽었다. 거기에서는 벤덤이나 밀에 관하여 언급하면서 당국의 머리 위에 풍자의 화살을 퍼붓고 있었다. 그는 그에게 독특한 민활한 판단으로 모든 화살의 의미, 즉 어떤 사람한테서 어떤 사람에게로 어떠한 동기에서 그것이 겨누어지고 있는지를 이해하고 있었다. 그리고 이 일이 언제나처럼 그에게 그 어떤 만족을 가져다 주었다. 그러나 오늘은 이 만족도 마트료나 필리모노브나의 충고나 가정의 불화에 대한 생각으로 흐려졌다. 그는 또한 베이스트 백작이 풍문 대로 비스바젠으로 떠났다는 기사며 앞으로는 하얀 머리털을 가진 사람은 없어질 것이라는 광고며 경마차의 매각 광고며 청년 신사의 구직 광고를 읽었다. 그러나 이러한 기사들도 이전처럼 조용하고 아이러니컬한 만족을 그에게 가져다 주지는 않았다.

신문을 다 읽자 두 잔째의 커피를 마시고 버터 바른 빵을 먹고 난 뒤 그는 자리에서 일어나 조끼에 떨어진 빵부스러기를 털어 버리고 널따란 가슴을 쭉 펴며 즐거운 미소를 지었다. 그러나 그것은 그의 마음 속에 별로 이렇다 할 만큼 유쾌한 그 어떤 일이 있어서가 아니고──소화가 잘 된 생리적 쾌감이 이 즐거운 미소를 유발한 것에 지나지 않았다.

그러나 이 즐거운 미소는 곧 그에게 모든 것을 생각해 내게 했다. 그는 생각에 잠겨 버렸다.

두 아이의 목소리(스테판 아르카지치는 손아래인 사내아이 그리쉬아와 손위인 맏딸 타냐의 목소리를 알아들었다)가 문 밖에서 들려 왔다. 아이들은 무엇인지를 끌고 왔다가는 그것을 떨어뜨리기라도 한 모양이다.

「그러니깐 내가 뭐랬어, 지붕 위엔 손님들을 태우면 안 된다고 했잖아.」하고 계집아이가 영어로 소리쳤다.

「자아, 주워.」

『모든 것이 엉망이다.』하고 스테판 아르카지치는 생각했다. 『저처럼 아이들은 저희들 멋대로 뛰어다니고 있고.』그리하여 그는 문 쪽으로 다가가면서 아이들을 불렀다. 그의 두 아이는 기차 삼아 놀던 상자를 내던지고 아버지한테로 들어왔다.

아버지의 귀염둥이인 맏딸은 세차게 달려 들어와서는 그를 부둥켜 안고 깔깔 웃어 대면서 그의 구레나룻에서 풍기는 코에 익은 향료의 내음을 즐겨 가며 언제나처럼 그의 목에 매달렸다. 그러다가는 겨우 구부정하게 앞으로 굽은 자세 때문에 붉어지면서 애무로 빛나고 있는 아버지의 얼굴에 키스하자 손을 풀고 먼저 자리로 달려가려고 하였다. 그러나 아버지가 그녀를 붙잡았다.

「엄마는 뭘 하지?」그는 딸의 매끈하고 부드러운 목덜미를 어루만지며 물었다. 그리고「안녕.」하고 웃는 얼굴로 인사를 하는 아들한테 말했다. 그는 자기가 이 아들을 그다지 귀여워하고 있지 않다는 것을 알고 있었기 때문에 언제나 의식적으로 공평히 대하려고 애썼다. 그러나 아들도 그것을 느끼고 아버지의 싸늘한 미소에 대해서 미소로 응답하려고는 하지 않았다.

「엄마? 일어나셨어요.」하고 계집아이는 대답했다.

스테판 아르카지치는 한숨을 내쉬었다. 『말하자면 그녀는 또 밤새 한잠도 자지 않았다는 게로군.』하고 그는 생각했다.

「그래, 엄마는 기분이 좋던?」

계집아이는 부모 사이에 말다툼이 있었다는 것도, 어머니가 기분이 좋을 수 없다는 것도, 아버지가 모를 턱이 없다는 것도, 아버지가 이처럼 무슨 일이 있었느냐는 듯이 예사롭게 묻는 것은 사실은 일부러 그렇게 꾸며 대고 있다는 것도 알고 있었다. 그래서 그녀는 아버지 때문에 얼굴을 붉혔다. 그러자 그도 그것을 알아채고 똑같이 붉어졌다.

「몰라요.」하고 그녀는 말했다. 「엄마는 공부하라는 말씀은 하지 않고, 미스 굴리하고 할머니댁까지 바람이나 쐬러 갔다오라구 말씀하셨어요.」

「그럼 다녀오려므나, 탄츄로치카, 오오 참, 잠깐 기다려.」하고 그는 역시 딸을 멈추게 한 채 그 부드러운 손을 어루만지면서 말했다.

그는 난로 위에서 어제 올려 뒀던 과자 상자를 꺼내서 그 속에서 딸이 좋아하는 초콜렛과 포마드를 한 개씩 골라내어 그녀에게 주었다.

「그리쉬아한테?」하고 계집아이는 초콜렛을 가리키면서 말했다.

「그렇지, 그렇지.」그리고 또 한번 그녀의 조그만 어깨를 어루만져 주고 나서 그는 머리털이 난 가장자리와 목덜미에 키스를 하고 그녀를 놔 줬다.

「마차 채비가 다 됐읍니다.」하고 마트베이가 와서 말했다.「그런데 여자 진정인이 한 분.」하고 그는 덧붙였다.

「오래 기다렸나?」하고 스테판 아르카지치는 물었다.

「반 시간쯤 됐읍니다.」

「사람이 찾아오면 곧 알리라고 그렇게 귀아프게 일렀지 않아!」

「그렇지만 커피만이라도 드신 뒤라야 되잖나 하고 여겼습죠.」하고 마트베이는 도저히 화를 낼 수 없는 그런 친근감이 가는 말투로 아무렇게나 얘기했다.

「그럼 빨리 이리 들어오도록 해.」하고 오블론스키는 홧김에 눈살을 찌푸리며 말했다.

진정인 이등 대위 부인 칼리니나는 불가능하고 무의미한 일에 대해서 진정하였다. 그러나 스테판 아르카지치는 몸에 밴 습관에 따라 그녀를 자리에 앉힌 다음 말참견을 하지 않고 주의깊게 그녀가 부탁하는 말을 경청하고 난 뒤 누구를 찾아가서 어떻게 의뢰하여야 하는가 하는 자세한 주의를 주고 그 위에 또 힘있게 거침없이 큼직하고 여유 있고 아름답고 알아보기 쉬운 필적으로 그녀를 위해서 그녀를 돌봐 줄 수가 있을 만한 사람한테 대한 쪽지를 적어 주었다. 이등 대위 부인을 보내 놓고 나서 스테판 아르카지치는 모사를 들고 무엇이라도 잊은 것이나 있지 않나 하고 이모저모 생각하며 자리에서 일어섰다. 잊기를 바랐던 아내에 대한 일 이외에는 아무것도 잊은 것은 없었다.

『아아, 그렇다!』하고 그는 고개를 떨어뜨렸다. 잘 생긴 그의 얼굴은 슬픈 표정을 띠었다.『가봐야 할까, 가지 말아야 할까?』하고 그는 자문하였다. 마음 속의 소리는 그에게 갈 필요가 없다는 것, 거기에는 허위 이외의 아무것도 있을 수 없다는 것, 그들의 관계를 조정하고 개선한다는 것은 불가능하다는 것, 왜냐하면 그녀로 하여금 또다시 매력도 있고 사랑을 불러일으키게 할 수도 있는 일이 불가능하다고 한다면, 또 그를 정력이 없는 노인으로 만든다는 것도 불가능하기 때문이라고 말했다. 위선과 거짓말 이외에 지금은 아무것도 기대할 수가 없었다. 더구나 위선이며 허언이며 하는 것은 그의 기질과는 전연 상반되는 것이었다.

『그렇지만 언젠가는 어떻게든 하잖으면 안 된다. 언제까지나 이대로 내버려 둘 수도 없잖은가.』하고 그는 자기 자신에게 용기를 북돋아 주려고 노력하며 말했다. 그는 가슴을 쭉 펴고 궐련을 꺼내어 불을 붙여서는 두어 모금 뻐끔뻐끔 빨다가 별안간 그것을 진주조개 재털이에 내던지고 빠른 걸음으로 음침한 객실을 지나 아내의 침실로 이르는 한 문을 열었다.

4

다리야 알렉산드로브나는 자켓을 입고 한때는 칠칠하고 숱도 많았지만, 지금은 성겨서 볼품이 없어진 머리를 목덜미에 땋아 늘여 핀을 꽂고 야위어 뼈만 남은 얼굴에 수척하여 유난히 돋보이는 무엇에 놀란 듯한 큼직한 눈으로 온 방안에 흩어져 있는 온갖 물건 가운데의 장롱 앞에 서서 거기에서 무엇인지를 꺼내고 있었다. 남편의 발소리를 듣자 그녀는 손을 멈추고 문을 바라보면서 자기 얼굴에 엄격하고 경멸하는 듯한 표정을 지으려고 부질없는 애를 썼다. 그녀는 자기가 그를 두려워하여 눈앞에 닥친 대면을 두려워하고 있다는 것을 느꼈다. 그녀는 지금도 막 지난 사흘 동안에 벌써 여남은 차례나 하려고 했던 일 —— 아이들과 자기의 물건을 모조리 꺼내어 어머니한테 싣고 가려고 하던 일을 해보려고 했는데 여전히 결행할 수가 없었다. 그러나 이때도 그녀는 먼젓번과 마찬가지로 도저히 이것을 이대로 내버려 둘 수는 없다, 설혹 그 무슨 짓을 꾸며서라도 남편에게 벌을 주고 모멸하여 그가 그녀한테 주었던 고통의 만분의 일만이라도 앙갚음이 될 만한 일을 하잖으면 안 된다고 자기에게 말했다. 그녀는 지금도 또한 집을 나가 버려야겠다고 말했다. 그러나 그것이 될 수 없는 일임을 잘 알고 있었다. 그것은 전혀 불가능한 일이었다. 왜냐하면 그녀는 그를 자기의 남편으로 여기고 사랑하던 타성으로부터 손쉽게 빠져나갈 수가 없었기 때문이었다. 그뿐만 아니고 그녀는 현재 자기 집도 다섯 아이의 뒷바라지를 간신히 하고 있다는 것을 생각하면 그애들을 모두 다른 데로 데리고 갔다가는 한층 더 나쁜 결과를 가져오리라고 여기고 있었다. 그렇지 않아도 지난 사흘 동안에 막내동이는 상한 고기국물을 먹고 체하여 앓았는가 하면 나머지 아이들도 어제는 거의 하루 종일 밥 한 끼 제대로 먹이지 못한 지경이었다. 그리하여 그녀는 자기가 집을 나간다는 것은 도저히 불가능하다는 것을 빤히 알고 있는 터였지만, 그녀는 역시 스스로를 속여 가면서 물건들을 꺼내 놓고는 집을 나갈 것 같은 태도를 꾸미지 않을 수가 없었다.

  남편의 모습을 보자 그녀는 무엇인가를 찾아내려고나 하는 것처럼 장롱의 서랍 안에 손을 넣고, 그가 그녀 가까이 바짝 다가왔을 때 비로소 그의 얼굴을 돌아보았다. 그러나 결의를 감춘 엄격한 표정을 지으려고 했던 그 얼굴은 그저 당황과 고뇌를 드러내 보이고 말았다.

  「돌리!」그는 수줍어하는 것 같은 낮은 목소리로 말했다. 그는 어깨에 고개를 틀어박고는 가엾고 고분고분한 모습을 보이려고 했다. 그러나 그는 역시 생기와 건강으로 빛나고 있었다.

  그녀는 냉큼 한눈으로 생기와 건강으로 빛나고 있는 그의 모습을 머리에서 발끝까지 보았다. 『그렇다, 이이는 행복을 느끼고 만족해 하고 있다! 그런데 나는 어떻지……?』하고 그녀는 생각했다. 『게다가 또 이이의 이 진저리나는 친절은 또 뭐람. 세상 사람들은 이이의 친절을 좋아하기도 하고 칭찬하기도 하지만 난 이이의 친절이 징그럽다.』하고 그녀는 생각했다. 그녀의 입술은 오므라지고 신경질적인 얼굴의 오른쪽 뺨의 근육은 바르르 경련을 일으켰다.

  「무슨 볼 일이라도 있으세요?」하고 그녀는 재빠르고 그녀답지 않은 낮은 목소리로 물었다.

  「돌리!」하고 그는 떨리는 목소리로 거듭 말했다. 「안나가 오늘 올 거야.」

  「그래 나한테 어떻다는 거예요? 난 만나지 못해요!」하고 그녀는 외쳤다.

  「그렇지만 그럴 수도 없지 않아, 돌리……」

  「나가세요, 나가세요, 나가세요!」하고 그를 보지도 않고 그녀는 외쳤다. 이 외침은 마치 육체적인 고통에서 터져나오는 것처럼 들렸다.

  스테판 아르카지치는 조금 전에 아내에 대해 생각하고 있던 동안은 태연했고 마트베이의 표현대로 만사가 깨끗이 수습되리라는 희망을 걸고 있었으며 안온한 마음으로 신문을 읽기도 하고 커피를 마시기도 할 수가 있었다. 그러나 일단 그녀의 탁 깔아진 괴로와하는 얼굴을 보고 운명에 순종하는 절망적인 목소리를 들었을 때 그는 숨이 막힐 것만 같고 어쩐지 목이 메고 두 눈은 글썽거리는 눈물로 빛나기 시작했다.

  「아아, 나는 이 무슨 죄를 저질렀단 말인가! 돌리! 제발…… 그렇지 않아요……」그는 더 계속할 수가 없었다. 울음이 복받쳤다.

  그녀는 장롱의 서랍을 거칠게 닫고 그를 돌아봤다.

  「돌리, 내가 무슨 말을 할 수 있겠어?…… 그저 용서를 빌 뿐이야…… 한번 잘 생각해 봐, 여태까지의 구 년이나 되는 결혼 생활이 한 순간의, 단 몇 분 동안의 과실도 벌충할 수 없단 말이야……」

  그녀는 눈을 떨어뜨리고 그의 말에 기대를 걸면서 마치 그가 어떻게든지 그것을 그녀의 오해로 돌려 주었으면 하고 빌고 있기라도 하는 듯한 모습으로 경청하고 있었다.

「넋을 빼앗겼던 몇 분간을……」하고 그는 말문을 열어 계속하려고 하였으나 이 말을 듣자마자 마치 육체적인 고통을 느낀 것처럼 또다시 그녀의 입술은 오므라지고 또다시 볼의 근육이 얼굴의 오른쪽에서 경련을 일으켰다.

「나가 주세요, 여기를 나가 주세요!」하고 그녀는 창자를 도려내는 듯한 날카로운 소리로 외쳤다.「그리고 이젠 그따위 넋을 빼앗겼다느니 하는 구역질 나는 당신의 그 더러운 얘길 내 앞에서는 아예 입 밖에 내놓지도 마세요!」

그녀는 나가려고 하였으나 갑자기 비틀거리며 의자의 등을 붙잡고 몸을 기댔다. 그러자 그의 얼굴은 갑자기 확대되며 입술은 부풀고 두 눈에는 눈물이 그렁그렁했다.

「돌리!」하고 어느새 흐느끼면서 그는 지껄였다.「제발, 아이들을 좀 생각해야 하잖나, 그것들한테는 아무런 죄도 없어. 허물은 나한테 있어. 날 벌 주고, 나한테 나의 죄를 씻도록 하여 주시오. 내가 할 수 있는 일이라면 난 무슨 짓이라도 하겠어! 내가 나빠, 말할 수조차 없이 난 나빠! 그렇지만, 돌리, 날 용서해 주오.」

그녀는 앉았다. 그는 그녀의 거칠고 가쁜 숨소리를 들었다. 그러자 그는 그녀가 참을 수 없이 가여워졌다. 그녀는 몇 번이고 말을 꺼내려고 하였다. 그러나 할 수 없었다. 그동안 그는 기다렸다.

「당신은 데리고나 놀려고 가끔 아이들 생각이 나실 테지만, 난 늘 신경을 쓰고 있기 때문에 다 알고 있어요. 이젠 그것들도 다 틀려 버렸어요.」하고 그녀는 지난 사흘 동안 몇 번이고 자기 자신에게 말하고 있었을 귀절의 하나를 입 밖에 내놨다.

그녀는 그를 부드러운 어조로 〈당신〉이라고 불렀다. 그는 고마운 마음으로 그녀를 쳐다보며 그녀의 손을 잡으려고 몸을 움직였으나 그녀는 혐오의 빛을 띠고 그를 피했다.

「나는 아이들에 대해서 노상 생각하고 있어요. 그래 그애들을 구제하기 위해서라면 무슨 일이라도 할 작정이에요. 그렇지만 어떻게 해야 그것들을 구제할 수 있을지 나 자신이 모르고 있어요 —— 말하자면 아버지한테서 떼놓아야 할지 그렇지 않으면 그냥 이대로 방탕한 아버지하고 함께 내버려 둬야 할지 —— 그래요, 방탕한 아버지하고 말예요…… 자아, 어디 한번 말씀해 보세요. 그런……일이 있고 난 뒤에 우리들이 정말 어떻게 함께 살아 갈 수가 있겠는지? 그것이 정말 될 수 있는 일인지 어디 한번 말씀해 보세요, 그것이 정말 될 수 있는 일인지를 ! 」하고 그녀는 차츰 소리를 높여 가면서 되풀이했다. 「글쎄 자기의 남편이, 우리 아이들의 아버지가 그 아이들의 가정 교사하구 정사 관계를 맺는다든지 한 뒤에……」

「그렇지만 어떻게 해야 한단 말야 ? 어떻게 해야 되느냐 말야 ?」하고 그는 차츰 고개를 아래로 떨어뜨리면서 처량한 목소리로 자기가 지금 무슨 말을 하고 있는지조차도 모르는 채 이렇게 지껄였다.

「난 당신이 더럽단 말예요, 싫단 말예요 ! 」하고 그녀는 더욱더 핏대를 올리면서 외쳤다. 「당신의 눈물 같은 건 물이에요 ! 당신은 한 번도 날 사랑한 적이 없어요. 당신에겐 쓸개도 품위도 없어요 ! 당신은 나에게는 비열하고 추잡한 남이에요, 그래요, 전혀 멀쩡한 남이에요 ! 」하고 그녀는 자기에게는 두려운 이 남이라는 말을 고통과 분노를 가지고 쏘아 댔다.

그는 그녀를 쳐다보았다. 그러자 그녀의 얼굴에 새겨져 있는 표독스러운 분노가 그를 위협하고 놀라게 하였다. 그는 그녀에 대한 자기의 연민이 어째서 이렇게 그녀의 분통을 터뜨리게 했는가를 알지 못했다. 그녀가 그의 안에서 본 것은 자기에 대한 동정이었지 사랑은 아니었던 것이다. 『아니야, 그녀는 나를 미워하고 있다. 그녀는 용서하지 않을 것이다.』하고 그는 생각했다.

「무서운 일이다 ! 무서운 일이야 ! 」하고 그는 지껄였다.

이때 별안간 옆방에서 어린 아이의 울음 소리가 터졌다. 아마 넘어진 모양이었다. 다리야 알렉산드로브나는 귀를 기울였다. 그러자 그녀의 얼굴빛은 별안간 부드러워졌다.

그녀는 마치 자기가 지금 어디에 있는지 또는 무엇을 하여야 할는지도 모르는 사람처럼 잠시 생각하고 있었으나 이내 자리를 차고 일어나며 문 쪽으로 봄을 움직였다.

『그러나 이처럼 저 사람은 내 아이들을 사랑하고 있지 않은가.』하고 그는 어린 아이의 울음 소리를 알아차렸을 때의 그녀의 얼굴빛의 변화를 보고 이렇게 생각했다. 『내 어린 아이를, 그렇다면 어찌 그녀는 나를 미워할 수가 있을 것인가 ?』

「돌리, 한 마디만 더. 」하고 그는 그녀의 뒤를 좇으며 말했다.

「내 뒤를 만약 따라온다든가 하면 사람들과 아이들을 부르겠어요 ! 당신이 비열한 사람이라는 것을 모든 사람들에게 알게 하겠어요 ! 난 지금 당장 나가겠어요, 당신은 여기서 당신의 정부하고 사세요 ! 」

그리고 그녀는 매몰스럽게 문을 닫고 나가 버렸다.

스테판 아르카지치는 한숨을 내쉬며 얼굴을 닦고 조용한 걸음걸이로 방안을 거닐었다. 『마트베이란 녀석은 깨끗이 수습될 거라구 했는데 이게 무슨 꼴이야? 난 전혀 가망조차 서지 않는다. 아아, 아아, 정말 두려운 일이다! 게다가 또 그녀의 그 까닭 없이 떠들어 대는 꼬락서니란.』하고 그는 그녀의 외침과, 비열한 사람이니 정부니 하고 지껄였던 말을 생각해 내면서 혼잣말을 했다. 『어쩌면 하녀들의 귀에도 들어갔을는지 모른다! 정말 점잖지 못한 이야기다.』스테판 아르카지치는 잠시 우두커니 서 있다가 눈을 닦고 긴 한숨을 몰아쉬며 가슴을 펴고 방에서 걸어나갔다.

금요일이어서 식당에는 독일인 시계사가 시계 태엽을 감고 있었다. 스테판 아르카지치는 이 꼼꼼한 대머리의 시계사에 대하여 『저 독일인은 한평생 시계 태엽을 감도록 자기도 태엽이 감겨져 있다.』고 말했던 자기의 익살을 생각해 내고 빙그레 웃었다. 스테판 아르카지치는 재미있는 익살을 좋아하였다. 『아마 깨끗이 수습될 것이다! 재미있는 말이다 —— 깨끗이 수습된다는 건.』하고 그는 생각했다. 『이 말을 어디에다 써 먹어야겠는걸.』

「마트베이!」하고 그는 외쳤다. 「마리야하고 같이 안나 아르카지예브나가 들 소파가 있는 방을 잘 치워 놔.」그는 그곳에 나온 마트베이한테 이렇게 말하였다.

「알겠읍니다.」

스테판 아르카지치는 모피 외투를 입고 현관의 층층대로 걸어나갔다.

「식사는 집에서 하지 않으실는지요?」하고 배행나온 마트베이가 물었다.

「어떻게 될는지 몰라. 그런데 참 여기 우선 쓸 비용이나 받아 둬.」하고 지갑에서 십 루블짜리 지폐를 꺼내면서 그는 말했다. 「이것 가지면 넉넉하겠지?」

「넉넉하거나 하지 않거나 맞춰 나가야죠.」하고 마트베이는 마차의 문을 닫고 층층대 쪽으로 물러서며 말했다.

그동안 다리야 알렉산드로브나는 아이를 달래고 있다가 마차 소리로 그가 나간 것을 알자 또다시 침실로 돌아왔다. 그곳은 그녀가 한 발자국이라도 내딛기만 하면 곧 그녀를 포위하고 마는 번거로운 가사로부터 피할 수 있는 그녀의 유일한 은신처였다. 지금 당장만 해도 그녀가 아이 방으로 나갔던 그 얼마 되지 않는 동안에 벌써 영국인 여자인 마트료나 필리모노브나가 그녀가 아니고서는 대답할 수 없는 한시도 지체할 수 없는 두 서너 가지 질문을 꺼내는 것이었다 —— 산책을 나갈 때는 아이들한테 무엇을 입혀야 하는지? 우유를 먹여도 좋은지? 다른 요리사를 데리러 보내지 않아도 괜찮은지? 하고.

「아아, 귀찮아, 나를 귀찮게 하지마!」라고 그녀는 말하고 침실로 돌아오자 남편과 이야기하고 있던 바로 그 자리에 앉아 뼈만 남은 손가락에서 반지가 빠져나갈 것 같은 야윈 두 손을 불끈 쥐고 금방 있었던 대화의 자초지종을 기억 속에서 하나하나 더듬어 가기 시작했다. 『나가 버렸다! 그렇지만 그 여자하곤 도대체 어떻게 끝장을 지었을까?』하고 그녀는 생각했다. 『역시 또 만나고 있지 않은지 몰라? 어째서 난 그것을 물어 보지 않았을까? 아니야, 아니야, 화해할 순 없어. 설사 이대로 한집에 살고 있다 할지라도 —— 우린 이제 남이다. 영원히 남이다!』자기에게 있어, 무서운 이 말을 특별한 의미를 담고 그녀는 되풀이했다. 『그러나 난 얼마나 사랑했던가, 아아, 얼마나 난 그일 사랑했던가…… 정말 난 얼마나 사랑하고 있었던가! 그렇다고 지금은 이제 그일 사랑하지 않는단 말인가? 이전보다도 훨씬 더 난 그일 사랑하고 있는 것이 아닐까? 무엇보다도 두려운 것은……』하고 그녀는 생각하기 시작했으나 마트료나 필리모노브나가 문으로 얼굴을 디밀었기 때문에 이 생각은 끝나지 않았다.

「오라버니를 데리러 보내 주셨으면 좋겠어요.」하고 그녀는 말했다. 「그래도 식사 준비를 할 사람은 그분이니까요. 그렇잖으면 또 어제처럼 여섯 시가 되도 아드님들까지 아무것도 잡수시잖게 되고 마니깐요.」

「그래, 됐어, 내가 곧 그리로 가서 일러 놓겠어. 건 그렇고 새 우유는 가지러 보냈나?」

그리고 다리야 알렉산드로브나는 그 날의 번거로움에 휩싸여 얼마 동안은 자기의 슬픔을 그 속에 가라앉혔다.

5

스테판 아르카지치는 출중하게 타고난 재능의 힘으로 학교에서는 공부를 잘했지만 게으르고 장난을 좋아했기 때문에 졸업할 때에는 말석의 한 사람이었다. 그러나 그의 그 방종한 일상 생활과 관등과 연령이 다 대수롭지 않았는 데도 모스크바의 한 관서의 장으로서 봉급이 좋고 명예 있는 지위를 차지하고 있었다. 이 지위를 그는 그 관서가 예속되고 있는 한 성(省)에 있어서도 가장 명예로운 지위를 차지하고 있던 누이 안나의 남편 알렉세이 알렉산드로비치 카레닌의 손을 거쳐 얻은 것이었다. 그러나 만약 카레닌이 자기의 처남을 이 지위에 임명하지 않았다고 하더라도 스치바 오블론스키는 그 이외의 형제며 누이들이며 친척이며 종형제며 숙부니 숙모니 하는 많은 사람들을 통해서 이 지위나 그렇지 않으면 이것에 비슷한 지위쯤은 얻어내어 아내의 막대한 재산이 있는데도 불구하고, 재정이 어지러워져 있었기 때문에 그에게 필요한 육천 루블의 봉급쯤은 받고 있었을 것이다.

모스크바와 페테르스부르크의 절반은 스테판 아르카지치의 친척이었고 친구들이었다. 그는 이 세상에서 한때는 유력하였던 사람들, 또는 유력하게 되었던 사람들 사이에서 태어난 것이었다. 위정자니 하는 사람들의 삼분의 일은 그의 아버지의 친구였고 어렸을 때부터 그를 알고 있었으며 다른 삼분의 일은 그와는 너나들이하는 사이이고 그리고 나머지 삼분의 일은 가까운 지기들이었다. 따라서 지위, 대차권, 이권이니 하는 지상의 행복의 분배자는 모두 그의 친구들로서 그를 잊는다든가 할 수 없었기 때문에 오블론스키로서는 유리한 지위를 얻기 위해서 유달리 애쓸 필요는 없었고 그저 거절한다든지 질투한다든지 입씨름을 한다든지 화를 낸다든지 하는 짓만 하지 않으면 괜찮았던 것이다. 더구나 그런 것은 타고난 품성이 선량한 그였기 때문에 아직까지 한 번도 한 일이 없었다. 그러니까 만약 그한테 그가 필요한 만큼의 봉급을 받을 수 있는 지위를 얻지 못할 것이라고 말하는 사람이라도 있다면, 그는 자기가 각별히 과도한 것을 바라고 있지도 않기 때문에 오히려 우습게 여겼을 것이다. 그는 그저 자기와 같은 연배의 사람들이 얻고 있는 만큼의 것을 얻으려고 하였을 뿐이었고, 또 그런 정도의 일은 그 어떤 사람한테도 지지 않고 처리할 수가 있었다.

스테판 아르카지치는 비단 그의 선량하고 쾌활한 성격과 거짓 없는 성실함으로 하여금 그를 알고 있는 모든 사람들로 부터 사랑을 받고 있었을 뿐만이 아니고, 그의 속에는 그 밝고 아름다운 용모며 빛나는 눈동자며 검은 눈썹과 머리, 또 희고 불그레한 얼굴빛 속에 그와 만나는 모든 사람들한테 친밀하고 유쾌히 생리적으로 작용하는 무엇인지가 있었다. 「오오! 스치바! 오블론스키! 이제 오나!」 하고 그를 만나면 누구나가 거의 언제나 즐거운 미소와 함께 이렇게 말했다. 설사 이따금 그와 대담한 뒤에 그것이 각별히 유쾌한 것도 아니었다는 것이 명백하게 됐을 경우에도 —— 이튿날, 또는 그 이튿날에는 사람들은 그와 만나는 것을 언제나 다름없이 기뻐하는 것이었다.

모스크바에 있는 관서 한 곳에 삼 년째 장(長)의 자리를 맡고 있는 사이에 스테판 아르카지치는 동료, 부하, 상관 들은 물론 그와 관계를 가졌던 모든 사람들에게서 사랑 외에 존경도 받고 있었다. 그로 하여금 이 같은 직무상의 일반적 존경을 얻게 한 스테판 아르카지치의 주된 특질은, 첫째는 그가 자기의 결함을 의식하고 있는 것에 기초를 둔 타인에 대한 극도의 관용에 있고, 둘째는 그의 자유주의, 말하자면 신문을 읽고 안 것이 아니라 그의 핏줄 속에 흐르고 있고 그가 그것을 가지고 상대방의 재산과 신분의 귀천 여하를 막론하고 어떤 사람에게나 평등과 공평을 잃지 않았던 완전한 자유주의에 있었으며, 셋째는—— 이것이 가장 주요한 것이지만 ——그가 종사하고 있던 직무에 대한 완전한 무관심에 있었고 그 결과로써 그는 결코 열중하거나 과실을 범하거나 하는 일이 없었던 것이었다.

자기의 근무처에 도착하자 스테판 아르카지치는 서류 가방을 든 고분고분한 수위의 안내를 받으며 자그마한 자기의 사실(私室)을 거쳐 제복을 입고 사무실로 들어갔다. 서기며 속관들은 모두 일어나 쾌활하고 공손하게 인사를 하였다. 스테판 아르카지치는 언제나처럼 허둥지둥 발걸음을 재촉하여 자기 자리로 가서 동료들과 악수를 하고 앉았다. 그리고 예의에 어긋나지 않을 정도로 두서너 마디의 농담과 이야기를 하고는 사무를 유쾌하게 진행시키는 데 필요한 자유와 솔직함과 냉랭한 공식적 태도와의 한계를 스테판 아르카지치만큼 정확하게 찾아낼 수 있는 사람은 없었을 것이다. 한 비서관은 스테판 아르카지치의 관서에 있는 모든 사람들과 마찬가지로 쾌활하고 공손하게 서류를 가지고 다가와서 스테판 아르카지치에 의하여 주입된 친근하고 자유로운 어조로 이야기했다—— 「펜자 현청에서 겨우 보고가 왔읍니다. 이것인데요, 어떠하신지……」

「겨우 받았나?」하고 스테판 아르카지치는 손가락으로 서류를 짚으면서 말했다. 「그럼, 여러분……」이렇게 하여 논의가 시작됐다.

『만약 저자들이 알았다고 한다면.』하고 보고를 듣는 동안 정색을 하고 고개를 숙이면서 그는 생각했다. 『그들의 상관인 내가 반 시간 전에는 얼마나 짓궂은 아이였던가 하는 것을 알게 된다면!』그리하여 그의 눈은 보고가 낭독되고 있는 동안 웃고 있었다. 이 사무는 꼬박 두 시까지 쉬지 않고 계속되지 않으면 안 되었다. 그리고 두 시가 되어서야 식사를 하게 되어 있었다.

그런데 아직 두 시도 안 됐을 무렵에 갑자기 사무실의 큰 유리 문이 열리더니 누군가가 들어왔다. 직원들은 모두 기분전환을 할 대상이 나타난 것을 기뻐하며 황제의 초상화 아래에서 혹은 정의표(正義標 : 제정 러시아의 관청 책상 위에 놓았던 삼각추의 문진(文鎭)으로 공정준수라 씌어 있다) 뒤에서 문 쪽을 바라보았다. 그러나 문간에 서 있던 수위가 곧 그자를 내쫓고 그의 뒤에서 유리문을 닫아 버렸다.

보고서의 낭독이 끝나자 스테판 아르카지치는 일어서서 기지개를 켜며 여기에서도 자유주의를 발휘하여 사무실에서 궐련을 꺼내 가지고 자기의 사실로 갔다. 그의 두 동료, 고참 관리 니키친과 시종 그리네비치가 그와 함께 나왔다.

「식사가 끝난 뒤라도 충분히 끝내겠지?」하고 스테판 아르카지치는 말했다.

「그야 끝내고말고요.」하고 니키친이 응답했다.

「그런데 그 포민이란 자는 아주 대단한 사기꾼인가 봅니다.」하고 그리네비치가 그들이 조사하고 있던 사건에 관련되어 있는 한 사람에 대해서 말했다.

스테판 아르카지치는 그리네비치의 말에 얼굴을 찌푸리고 그것으로 미리 단정을 내린다는 것은 점잖지 않다는 것을 느끼게 하면서 어떻다고도 답변을 하지 않았다.

「금방 들어왔던 사람이 누구였나?」하고 그는 수위에게 물었다.

「누군가가 말입니다, 각하, 내가 잠깐 얼굴을 돌리고 있는 새에 승낙도 없이 들어와서 말씀예요. 영감을 좀 뵙겠다나요. 그래 난 직원들이 모두 밖으로 나올 때, 그때……」

「그분은 어디 있지?」

「아마 문간으로 나갔을 겁니다. 그런데 금방 저길 걷고 있었읍니다만. 이분입니다.」하고 수위는 양피 모자도 벗지 않고 닳아 빠진 돌층계를 빨리 가볍게 뛰어올라온 곱슬곱슬한 턱수염의 체격이 건장하고 어깨가 떡 벌어진 사내를 가리키면서 이렇게 말했다. 때마침 내려가고 있던 사람들 가운데 한 서류 가방을 옆구리에 낀 호리호리한 관리는 발을 멈추고 아니꼽게 뛰어올라가는 사내의 발뿌리를 보고 있다가는 의심쩍은 듯한 눈으로 오블론스키를 돌아봤다.

스테판 아르카지치는 층층대 위에 서 있었다. 수가 놓은 제복의 깃 밖으로 솟은 그의 선량하게 빛나고 있던 얼굴은 뛰어올라오고 있는 사내의 얼굴을 알아차렸을 때 더욱더 빛나기 시작했다.

「그럼 그렇지! 레빈, 드디어 나왔군!」하고 그는 자기한테 가까이 다가오고 있던 레빈을 보고 반가우면서도 놀리는 듯한 미소를 머금으며 말했다. 「어떻게 자네는 또 이런 소굴 속 같은 데서 나를 찾을 생각이 들었지?」하고 스테판 아르카지치는 손을 쥔 것만으로는 만족되지 않아 자기의 친구에게 키스하면서 말했다. 「건 그렇고, 오래 되었나?」

「지금 막 도착했어. 그저 자네가 하도 보고 싶어서 말야.」하고 레빈은 수줍어하는 듯, 동시에 노여운 듯한 침착하지 못한 얼굴로 둘레를 돌아보며 대답했다.

「하여간, 내 사실로 가지.」하고 자존심이 강하고 곧잘 노하는 이 친구의 수줍어하는 성벽을 알고 있던 스테판 아르카지치는 이렇게 말하면서 그의 손을 잡고 마치 위험물 사이에라도 안내하듯이 앞장 서서 그를 데리고 갔다.

스테판 아르카지치는 거의 모든 지기와 너 나 하는 사이였다── 예순 살의 노인과도 스무 살 먹은 어린이와도 배우아도 각원(閣員)과도 상인과도 시종 무관과도. 그래서 그와 너 나 하고 지내는 대부분 사람들은 사회적 계급의 두 극단에서 찾아 볼 수 있었다. 그들은 자기들이 오블론스키를 거쳐 무엇인지 공통된 점을 가지고 있다는 것을 알았다면 의외로 놀라지 않을 수 없었을 것이다. 그는 한 번 같이 샴페인을 마시기만 하면 누구와도 너 나 하는 사이가 됐다. 그러나 그는 어느 누구와도 샴페인을 마셨기 때문에 자기의 부하들이 있는 자리에서 그가 농담으로 자기의 친구들의 대부분을 그렇게 부르고 있던 부끄러운 〈너〉들과 만나는 일이 있어도 타고난 정도를 가지고 부하들을 위해서 그 인상의 불쾌함을 덜어 줄 수 있을 만큼의 재능을 지니고 있었다. 레빈은 부끄러운 〈너〉는 아니었다. 그러나 오블론스키는 타고난 자기의 감각으로 레빈이 그가 부하들 앞에서 양인의 친밀함을 보이기를 꺼려하고 있는지도 모른다고 생각하고 있는 것 같음을 느꼈기 때문에 그를 사실로 데리고 가려고 서둘렀다.

레빈은 오블론스키와 거의 같은 연배로 그와는 그저 샴페인만의 〈너〉의 사이가 아니었다. 레빈은 아주 젊었을 적부터의 그의 동지였고 친구였다. 그들은 성격이나 취미가 서로 다름에도 불구하고 아주 젊었을 적에 얽혔던 친구들이 서로서로 사랑하고 있는 것처럼 사랑하고 있었다. 그러나 그러면서도 상이한 활동의 범위를 선택한 사람들 사이에 흔히 있듯이 그들 둘이도 이성으로는 상대의 세계를 시인하면서 내심 그것을 경멸하고 있었다. 그들에게는 서로 자기 자신이 보내고 있는 생활만이 참된 생활이고 친구가 지내고 있는 생활은 한낱 환상에 지나지 않는 것 같은 생각이 드는 것이었다. 오블론스키는 레빈을 볼 때마다 넘보는 듯한 엷은 미소를 억누를 수가 없었다. 그는 벌써 여러 차례 그가 무엇인가를 하고 있는 시골에서 모스크바로 나올 때마다 만났었지만 그러나 정말 무엇을 하고 있는지 하는 것은 전혀 조금도 스테판 아르카지치는 이해할 수 없었고 또 흥미도 나지 않았다. 레빈은 언제나 흥분하고 성급한 어딘지 마음이 불안한, 그리고 이 조바심으로 안절부절 못해 하는 듯한 사람이 되어, 그리고 또 대개의 경우 모든 사물에 대해서 전연 새로운 의외의 견해를 가지고 모스크바로 나오는 것이었다. 스테판 아르카지치는 이 점을 비웃으며 또 그것을 사랑하고 있었다. 그와 마찬가지로 레빈도 또한 속마음으로는 자기 친구의 도회적 생활 양식이며 무의미하다고밖에 여겨지지 않는 그 근무를 경멸하고 또 조소하고 있었다. 그러나 이 양자의 차이는, 오블론스키는 누구나가 하고 있는 것을 하고 있으면서 자신 있고 선량하게 웃는 데 반하여, 레빈의 웃음은 자신이 없고 때로는 노한 듯이 보이는 그 점에 있었던 것이다.

「우린 자넬 오래 기다렸지.」 하고 스테판 아르카지치는 사실로 들어가면서 레빈의 손을 놓고 마치 그것으로 위험 구역을 벗어났다는 것을 나타내는 듯한 태도로 말했다. 「자넬 만나 정말, 정말 반가와.」 하고 그는 계속했다.

「그래 자네는 어떤가? 여전한가? 언제 왔어?」

　레빈은 그에게는 일면식도 없는 오블론스키의 두 동료의 얼굴과, 그 가운데에서도 그의 온 주의를 독점하여 그에게 사고의 자유마저 주지 않았을 만큼 하얗고 긴 손가락과 누르스름하고 긴 끝이 굽은 손톱을 하고 샤쓰의 옷소매에 굉장히 크고 빛이 나는 카프스-단추를 단 음전한 그리네비치의 손을 바라보면서 잠자코 있었다. 오블론스키는 곧 그것을 알아채고 빙그레 웃었다.

　「아아, 그렇지, 여러분들을 소개하지.」하고 그는 말했다. 「내 동료들인 —— 필립 이바느이치 니키친. 미하일 스타니슬라비치 그리네비치.」그리고 레빈을 향해서, 「지방 의회 의원으로 지방의 의회에서의 새 인물이고 한 손으로 오 푸트(1푸트는 약 40파운드에 해당함)를 들어올린다는 운동가이고 목축가이기도 하고 수렵가이기도 한 내 친구 콘스탄친 드미트리치 레빈, 세르게이 이바노비치 코즈느이쉐프의 아우야.」

　「정말 반갑습니다.」하고 노인이 말했다.

　「난 백씨 세르게이 이바노비치와 면분이 있는 영광을 가지고 있읍니다.」하고 그리네비치는 긴 손톱을 한 화사한 손을 내밀면서 말했다.

　레빈은 얼굴을 찌푸리고 싱겁게 악수를 하자 곧 오블론스키를 돌아보았다. 그는 비록 러시아 전역에 널리 알려진 전술가인 자기의 이부형(異父兄)에게 대해서 많은 경의를 품고는 있었지만 그러나 타인이 자기를 대하기를 콘스탄친 레빈으로서가 아닌, 저명한 코즈느이쉐프의 아우로서 대할 때에는 참을 수가 없었던 것이다.

　「아니야, 난 이제 지방 의회 의원이 아니야. 그 녀석들 하구 대판 싸우고 말야, 그리고 이젠 의회에 나가질 않아.」하고 오블론스키를 돌아보면서 말했다.

　「어느새 말야!」하고 미소를 띠고 오블론스키는 말했다. 「그러나 어째서, 뭣땜에?」

　「이야기가 길어, 언젠가 얘기하지.」하고 레빈은 말했다. 그러나 이내 그 얘기를 꺼내기 시작했다. 「그럼, 간단히 얘기하자면 말이지, 난 의회의 일이라곤 아무것도 없다, 또 있을 수도 없는 일이라고 믿었기 때문이야.」

　그는 마치 현재 누군가가 그를 모욕이라도 한 것처럼 이야기하기 시작했다. 「한편으로 말하면 일개 노리개일 뿐, 그자들은 의회에서 장난을 하고 있지만 난 노리개를 가지고 장난하며 즐길 만큼 젊지도 않고 또 늙지도 않았으니깐 말야. 또 한편으로 말하면 (하고 그는 말을 더듬었다) 그것은 지방 도당(徒黨)의 돈벌이를 위한 수단이란 말야. 이전에는 감독청이며 법원이었어. 그것이 지금엔 지방의회가 되어 뇌물의 형식이 아닌 명예 수당이라고 하는 것이 됐어.」하고 그는 마치 동석자의 누군가가 그의 의견을 반박이라도 한 것처럼 열을 내어서 말하었다.

「어허! 자네는 또 의견을 바꾼 모양이로군, 이번에는 보수파란 말이지.」하고 스테판 아르카지치는 말했다. 「건 그렇고, 그 얘긴 나중에 하지.」

「그래, 나중에 하지. 그건 하여튼 난 자네를 꼭 좀 만날 일이 있어서 말야.」하고 레빈은 그리네비치의 손을 아니꼽게 쏘아보면서 말했다.

스테판 아르카지치는 겨우 알아챌 정도로 미소를 지었다.

「자넨 앞으로 결코 유럽 옷은 입지 않겠다더니 이거 어떻게 된 일이야?」그는 얼른 보아도 프랑스 재단사가 지었으리라고 여겨지는 그의 새 옷을 찬찬히 보며 말했다.

「그렇군! 알겠어 —— 그것도 새로운 변화의 하나렷다.」

레빈은 별안간 얼굴이 붉어졌다. 그러나 그것은 어른들이 자기도 모르게 살며시 붉어진다고 하는 것 같은 그런 것이 아니고 아이들이 자기가 수줍어하였기 때문에, 사람들한테 우습게 보이는 것을 느끼고 그 때문에 한층 더 부끄러워지고 마침내는 금방이라도 울음을 터뜨릴 것만 같이 붉어지는 것과 같은 그런 것이었다. 그리고 이 총명한 사내다운 얼굴을 그러한 아이 같은 상태에서 본다는 것은 너무나도 이상했기 때문에 오블론스키는 결국 그를 보는 것을 중지했을 정도였다.

「그런데 어디서 만날까? 난 정말 자네하고 꼭 좀 얘기하지 않으면 안 되겠는데.」하고 레빈은 말했다.

오블론스키는 잠낀 생각하는 듯한 시늉을 했다.

「그럼 이렇게 하지 —— 구린한테로 밥을 먹으러 가서, 거기서 얘기하지. 세 시까진 나도 한가하니까.」

「아냐.」하고 조금 생각하다가 레빈은 대답했다. 「난 또 가 봐야 할 데가 있어.」

「그래, 그럼 됐어. 저녁을 같이 하지.」

「저녁을? 그런데 뭐 특별한 일은 없어. 그저 두어 마디 얘기하고 묻고 하면 그만이야. 여러 가지 얘긴 그 뒤에 또 서서히 하고.」

「그럼 지금 여기에서 그 두어 마디를 얘기해 봐. 다른 얘긴 밥을 먹으면서 하더래도.」

「그 두어 마디란 이거야.」하고 레빈은 말했다. 「그러나 그리 특별한 일은 아니야.」

그의 얼굴은 자기의 그 수줍어하는 마음을 억누르려는 노력 때문에 갑자기 성난 표정을 지었다.

「쉬체르바스키 댁은 어떻게 지내고 있나? 모두 여전한가?」하고 그는 말하였다.

레빈이 자기의 처제인 키치를 연모하고 있다는 것을 벌써 오래 전부터 알고 있던 스테판 아르카지치는 눈에 띄지 않을 만큼의 미소를 지었다. 그러자 그의 눈동자는 빛나기 시작했다.

「하긴 자네는 두 마디로 말했어. 그러나 난 두 마디로는 대답할 수 없어 왜냐 하면…… 잠깐만 실례하겠어……」

마침 한 비서관이 몸에 밴 정중함과 비서관이라는 사람들에게 공통된 사무상의 지식에 있어서는 자기가 상사보다는 뛰어나다는 겸손한 우월감을 보이며 들어와서 서류를 가지고 오블론스키한테로 다가가 질문이라는 형식 밑에 어떤 까다로운 사건을 설명하기 시작했다. 스테판 아르카지치는 그것을 다 듣지 않고 자기의 손을 부드럽게 비서관의 옷소매 위에 얹었다.

「아니, 내가 얘기한 그대로 해 둬.」하고 그는 미소로 주의를 누그러지게 하면서 사건에 대한 자기의 해석을 간단히 설명하고 나서 서류를 밀어젖히고 이렇게 말했다——「이렇게 해 둬, 이렇게 말야, 자하르니키치치.」

비서관은 쑥스러운 듯한 시늉을 하고 나갔다. 레빈은 상대방이 비서관과 이야기를 하고 있는 동안에 완전히 불안을 회복하고 의자의 등에 두 팔꿈치를 짚고 서 있었다. 그의 얼굴에는 비웃는 듯한 주의가 떠 있었다.

「모르겠군, 모르겠어.」하고 그는 말했다.

「뭘 모르겠다는 거야?」하고 여전히 벙글벙글 웃는 얼굴로 컬런을 꺼내면서 오블론스키는 말했다. 그는 레빈의 입에서 무엇인가 기발한 말이 튀어나올 것을 기대하고 있었다.

「자네들이 하고 있는 일을 모르겠어.」하고 레빈은 어깨를 움츠리면서 말했다.「자넨 잘도 이런 일을 고분고분하게 하고 있군 그래?」

「어째서야?」

「어째서냐고, 하찮지 않아.」

「자네는 그렇게 생각할는지 모르지만 우리는 일 속에 파묻혀 있어.」

「종이 위로 말이지. 그러나 자네에겐 그 방면의 소질이 있으니까.」하고 레빈은 덧붙였다.

「그러니까 말하자면 자네는 〈나에겐 뭔가 모자란 데가 있다〉고 생각하고 있는 거로군?」

「어쩌면 그럴는지도 몰라.」하고 레빈은 말했다.「그러나 역시 난 자네의 그 위대함에 감복하고 이러한 위대한 인물을 친구로 삼고 있다는 것을 자랑하고 있어. 그건 그렇고 자넨 내 물음엔 대답을 하지 않는군.」하고 그는 절망적인 표정을 애써 감추며 오블론스키의 눈을 똑바로 쳐다보면서 이렇게 덧붙였다.

「아니, 좋아 좋아. 어디 조금만 더 기다려 봐, 자네도 결국은 역시 이런 꼴이 되고 말 테니깐 아뭏든 자네가 지금 카라진스키 군(郡)에 삼천 제샤치나(지적 단위. 1제샤치나는 우리 나라의 3305 평에 해당함)의 땅과 그리고 또 그 같은 근육과 열두어 살 먹은 소녀들에게서 볼 수 있는 것 같은 싱싱한 젊음을 가지고 있다는 것은 무던한 일임엔 틀림없어 —— 그러나 그러한 자네도 언젠가는 우리와 마찬가지가 되고 말 테니깐 말이지. 그런데 참, 자네가 아까 물었던 그 말 말야. 별고는 없어 그렇지만 자네가 그렇게 오랫동안 나오지 않았다는 건 정말로 유감이야.」

「그건 왜?」하고 레빈은 깜짝 놀라며 물었다.

「아냐, 아무것도 아냐.」하고 오블론스키는 대답했다.

「천천히 얘기하지, 그런데 자네는 도대체 무슨 일로 나왔나?」

「아아, 그 얘기도 나중에 천천히 할께.」하고 또다시 귀뿌리까지 빨개지면서 레빈은 말했다.

「그래, 좋아, 알겠어.」하고 스테판 아르카지치는 말했다.

「그건 그렇고 —— 실은 말야, 자네를 내 집으로 초대해야 할 테지만 아내가 몸이 좀 좋지 않아서 말이지. 그런데 말야 —— 만약 그 집 사람들을 만나고 싶으면 요즘 그 사람들은 네 시에서 다섯 시까지는 으례 동물원에 있어. 키치가 스케이팅을 하러 가니깐. 자네도 거기로 가 있어, 나도 곧 뒤따라 갈 테니까. 그래서 아무 데나 같이 가 식사나 해.」

「거 좋아, 그럼 또 만나.」

「그런데 알겠나, 또 깜빡 잊거나 갑자기 시골로 가 버리거나 해선 안 돼!」하고 웃으면서 스테판 아르카지치는 외쳤다.

「천만에, 틀림없어.」

그리고 이미 문 있는 데까지 걸어나왔을 때에야 레빈은 비로소 오블론스키의 동료들한테 인사가 빠졌다는 것을 생각해 내고 사실에서 나갔다.

「아니, 지금 그분은 굉장한 정력가인 모양이군요.」하고 레빈이 사라진 뒤에 그리네비치가 말했다.

「그럼, 여보게.」하고 스테판 아르카지치는 고개를 끄덕이면서 말했다. 「정말 행복한 사내야! 카라진스키 군에 삼천 제샤치나의 땅은 있겠다, 전도 양양하겠다, 게다가 또 얼마나 발랄하냐 말야! 우리들하곤 비교가 되지 않아.」

「영감께서도 다 그런 말씀을 하실 때가 있읍니까, 스테판 아르카지치?」

「어디가, 정말 초라하고 구역질이 날 뿐이야.」하고 스테판 아르카지치는 긴 한숨을 무겁게 내뿜으며 말했다.

6

오블론스키가 레빈에게 그가 도대체 무엇 때문에 왔는가 하는 까닭을 다잡아 물었을 때, 레빈은 홍당무처럼 빨개졌다. 그리고 그 빨개진 것에 대해서 제물에 저 혼자 화를 냈다. 왜냐하면 비록 그가 오직 그것만을 목적으로 왔다고는 하지만 그에게 『자네 처제한테 구혼하러 왔어.』하고 대답할 수 없었기 때문이었다.

레빈 집안과 쉬체르바스키 집안과는 다같이 모스크바의 옛 귀족의 가문으로 언제나 가깝고 정다운 사이였다. 이 관계는 레빈의 학생 시절에 한층 더 굳어졌다. 그는 돌리와 키치의 오라버니였던 젊은 쉬체르바스키 공작과 함께 입시 준비를 하고, 함께 대학에 들어갔었다. 그 당시 레빈은 자주 쉬체르바스키 집에 드나들고 쉬체르바스키 집 분위기에 반했었다. 이렇게 말하면 조금 기묘하게 여겨질는지도 모르지만 콘스탄친 레빈은 특히 집에, 가족한테, 그 중에서도 쉬체르바스키 가족의 부인에게 반했었다. 레빈 자신에게는 어머니에 관한 기억이 없었고, 게다가 또 하나뿐인 누이는 그와는 워낙 나이가 떨어져 있었기 때문에 그는 부모의 죽음으로 잃어버렸던 교양 있고 명예 있는 옛 귀족의 가정 생활의 내면을 쉬체르바스키네 한테서 처음으로 보았던 것이다. 그에게 이 집의 가족은, 특히 부인들을 그 어떤 신비롭고 시적인 베일로 가려져 있는 것처럼 여겨졌다. 그리고 그는 그들 한테서는 티끌만한 결점도 찾아볼 수가 없었을 뿐만 아니라, 그들을 가리고 있는 이 신비한 베일 밑에 가장 숭고한 감정과 완벽함을 상상하고 있는 것이었다. 뭣 때문에 이 세 아가씨들은 프랑스어와 영어를 하루 걸러 애기하지 않으면 안 되는가, 뭣 때문에 그녀들은 일정한 시간에 번갈아 가며 피아노에 앉아, 두 학생이 공부하고 있던 위층의 오라버니 방까지 그 소리가 들려 오게 하지 않으면 안 되는가, 뭣 때문에 불문학이며 음악이며 회화며 무용이니 하는 교사들이 드나들고 있는가, 또 뭣 때문에 세 아가씨들이 나란히 정한 시각에 제가끔의 양단 덧옷 —— 돌리는 길고, 나탈리는 중길이, 키치는 빨간 양말을 딱 맞게 신은 맵시 있는 두 다리가 다 드러나 보일 만큼 아주 짧은 덧옷을 입고 마드므와젤 리농과 함께 트베르스코이 가로수 길 쪽으로 마차를 모는가, 또 뭣 때문에 그녀들은 모자에 금 테두리를 단 하인을 거느리고 트베르스코이 가로수 길을 거닐지 않으면 안 되는가——하는 이러한 모든 것들과 그들의 신비로운 세계에서 이루어지고 있는 이 이외의 수다한 일들이 그에게는 전혀 이해되지 않았다. 그러나 거기에서 이루어지고 있는 것들이 모두 아름다운 것들뿐이라는 것은 알고 있었고 이렇게 이루어지고 있는 신비, 그 속에 아주 마음을 모두 빼앗기고 말았다.

학생 시절에는 그는 하마터면 맏딸인 돌리한테 열을 올릴 뻔했다. 그러나 그녀는 이내 오블론스키한테 시집 가고 말았다. 그래 그는 둘째 번 아가씨한테 마음이 끌리기 시작했다. 그는 어쩐지 자매들 중의 한 사람한테는 꼭 반하지 않으면 안 될 것처럼 느끼고 있으면서 실제로 꼭 어느 누구라고 점을 찍을 수만 없었을 뿐이었다. 그러나 나탈리도 사교계에 나가자마자 외교관 리보프한테 시집가고 말았다. 키치는 레빈이 대학을 나왔을 무렵에는 아직 젖먹이였었다. 그 뒤 오래잖아 젊은 쉬체르바스키는 해군에 들어가 발틱 해(海)에서 익사했기 때문에 레빈과 쉬체르바스키네와의 관계는 오블론스키와의 우의가 있었음에도 불구하고 차츰 멀어지기 시작했다. 그러나 이해 첫겨울에 시골에서 일 년 만에 모스크바에 나와 쉬체르바스키네의 사람들을 보았을 때, 그는 실제에 있어서 자기가 셋 가운데의 누구를 사랑하도록 운명 지워져 있었던가를 깨달았던 것이다.

집안도 좋고, 남못잖은 재산도 있고, 나이는 서른 둘인 그가 쉬체르바스키 공작 영애한테 구혼한다는 것보다도 더 손쉬운 일은 아마 이 세상에는 있을 수 없다고 여겨졌을는지도 모르고, 또 어느 모로 보나 그는 곧 훌륭한 배필로서 인정되었을 것이다. 그러나 레빈의 감정은 절정에 달했기 때문에 그에게는 키치가 어디 하나 티끌만한 흠집도 없는 완전한 것, 이 세상에서 가장 거룩한 존재인 것처럼 여겨졌고, 이에 반해서 그 자신은 그녀의 남편으로서 나무랄 데가 없다고 주위 사람들이나 그녀 자신으로부터 인정되리라고는 생각할 수 없을 만큼 지상에서 가장 저열한 존재인 것처럼 여겨지고 있었다.

키치를 만나기 위해서만 발을 들여놓기 시작했던 사교장에서 거의 날마다 키치를 만나면서, 꿈 속에서처럼 두 달 동안을 모스크바에서 지낸 뒤, 그는 갑자기 그것은 불가능한 일이라고 단정하고 시골로 떠나 버렸었다.

그것을 불가능한 일이라고 레빈이 확신하게 된 근거는, 상대방 어버이의 눈으로 볼 때 자기가 아름다운 키치에게는 도저히 어울지 않는, 짝이 기울은 배필이라는 점과 키치 자신도 또한 그를 사랑할 수 없을 것이라고 여겼던 데에 있었다. 어버이의 입장에서 볼 때, 그가 서른두 살이 된 오늘, 그의 동배의 어떤 자는 벌써 대령이 되고, 시종 무관이 되었는가 하면 어떤 자는 교수, 어떤 자는 은행 총재라든지 철도청장이라든지 혹은 또 오블론스키처럼 한 관서의 장이 되어 있는데, 그는 사회적으로 아무런 일정한 경력과 지위를 가지지 않은 사내였던 것이다. 그는 그저『그는 남의 눈에 비치지 않으면 안 되는 자기의 모습을 아주 잘 알고 있었다.』목축이며 사냥이며 건축을 업으로 하고 있는 지주, 말하자면 무능하고 아무것도 기대할 수 없는 소심하고 전도도 없는, 세상 사람들의 눈으로 보면 하나도 쓸모 없는 인간들이 하는 것과 똑같은 짓을 하고 있는 사내에 불과하였다.

하물며 그처럼 신비하고 아름다운 키치 자신이 그가 스스로 그렇게 여기고 있는 것과 같은 추남, 무엇보다도 이렇게 단순하고 특출한 것 하나 없는 사내를 사랑할 수는 없었다. 뿐만 아니라 키치에게 대한 그의 이전의 관계 —— 그녀의 오라버니와의 우의 관계의 결과인 젖먹이에게 대한 어른의 관계 —— 가 그에게는 이 사랑에 있어서의 새로운 또 하나의 장애라고 여겨졌다. 그가 스스로를 그렇게 여기고 있던 못생기고 착하기만 한 인간은 친구로서 사랑을 받을 수는 있을지언정 그 자신이 키치를 사랑하고 있는 것과 똑같은 사랑으로 사랑을 받는다는 것은 아름답고 —— 무엇보다도 비범한 인간이라야 한다고 그는 생각하고 있었다.

그는 여자라는 것은 흔히 못생기고 평범한 사내를 사랑한다는 것을 듣고 있었지만 그것을 믿지는 않았다. 왜냐하면 그는 그저 아름답고 신비하고 뛰어난 여자만을 사랑할 수 있었던 자기 자신으로 미루어 판단했기 때문이었다.

그러나 시골에서 혼자 두 달을 지내자 그는 그것이 청춘기의 처음에 경험했던 것과 같은 그러한 사랑의 하나가 아니었다는 것, 즉 그 감정이 그에게 순간의 안정도 주지 않는다는 것, 그는 이 문제, 말자면 그녀가 그의 처로 될는지 안 될는지를 결정하지 않고는 한시도 살 수 없다는 것, 그리고 그의 절망은 단지 그의 상상에 불과한 것이고, 그는 거절당할 것이라는 아무런 근거도 가지고 있지 않다는 것들을 확신했다. 그리하여 그는 이번만은 구혼해야겠다, 그래서 만약 승낙을 얻게 되면 이내 결혼해야겠다는 굳은 결심을 품고 모스크바로 왔던 것이다. 그러나 만일……거절당하면 자기는 어떻게 될 것인가 하는 것은 생각할 수도 없었다.

7

아침 기차로 모스크바에 도착하자 레빈은 자기의 이부형 코즈느이쉐프한테 들러 옷을 갈아입고 곧 이번에 나온 이유를 얘기하여 그의 의견을 얻어들을 요량으로 형의 서재에 들어갔다. 그러나 공교롭게도 형은 혼자 있지 않았다. 그에게는 극히 중요한 철학적인 문제에 대해서 그들 양인간에 생긴 오해를 풀려고 일부러 하리코프에서 나왔다고 하는 저명한 철학 교수가 자리를 같이 하고 있었다. 앞서 이 교수는 유물론자들에 대해서 열렬한 논쟁을 하고 있었다. 세르게이 코즈느이쉐프는 흥미를 가지고 이 논쟁에 주의를 모으고 있었기 때문에 그의 최근의 한 논문을 읽자 바로 그에게 서면으로 반박론을 써 보냈다. 그는 유물론자들에게 한 너무 지나친 양보에 대해서 교수를 힐책했다. 그러자 교수는 그 당장 그 설명을 하기 위해서 나왔던 것이다. 얘기는 그 당시 퍼졌던 문제에 대해서 진행되고 있었다 —— 인간의 행위에 있어서 정신적 현상과 생리적 현상과의 사이에 경계가 있는가 어떤가, 있다면 어디에 있는가?

세르게이 이바노비치는 언제나 누구한테도 보이는 상냥하면서도 차가운 미소로 동생을 맞고 교수와 그와를 소개하고 나서 다시 얘기를 이었다.

안경을 낀 이마가 좁고 몸집이 작은 사람은 인사를 하기 위해서 잠깐 얘기를 그쳤으나 이내 레빈에게는 주의를 돌리지 않고 말을 이었다. 레빈은 교수가 돌아가기를 기다릴 생각으로 자리에 앉았으나 곧 얘기의 내용에 흥미를 느끼기 시작했다.

레빈은 지금 화제에 오르고 있는 것과 같은 글은 잡지 같은 데에서 가끔 보았고, 대학 시절에는 자연 과학 연구생이었으므로 친숙한 박물학의 원리의 발전으로서 흥미를 느끼면서 읽기는 읽었으나 동물로서의 인류의 기원이라든지 반사 작용이라든지 생물학이라든지 사회학이라든지 하는 것들에 대한 그 과학적 결론을 최근에 이르러 차츰차츰 더 그의 머리에 떠오르게 된 생사의 의의라는, 자기 자신에게는 직접적인 여러 문제들과 결부시켜 생각한 적은 한 번도 없었다.

형과 교수와의 담론을 듣고 있으면서 그는 그들이 과학적인 문제를 영적인 그것들과 결부시키면서 여러 차례나 거의 이 문제들에 접근하려고 하고 있는 것을 알아챘다. 그러나 그들은 그에게 있어서, 그에게는 그렇게 여겨졌던 것과 같은 가장 중대한 문제에 가까이 접근하자마자 곧 부랴부랴 뒷걸음질해서는 또다시 미세한 분석이며 설명이며 인용이며 암시며 권위의 인증(引證)의 범위 안으로 깊이 파고들기 때문에 그에게는 무슨 얘기를 하고 있는지조차 손쉽게 이해가 안

갔다.

「난 받아들일 수 없는데요.」하고 세르게이 이바노비치는 또렷하고 정확한 언제나의 표현과 음전한 말씨로 말했다. 「난 어떤 경우에 있어서도 외계에 대한 나의 개념을 인상(印象)에서 유출된 것이라는 케이스의 설에 동의할 수 없읍니다. 실재의 가장 근본적인 관념은 나에 의해서 감각을 거치지 않고 받아들여지고 있읍니다. 왜냐하면 그러한 관념을 전하기 위한 특수한 기관도 존재하지 않으니까 말씀예요.」

「그렇죠, 그러나 그들 —— 부르스트나 크나우스트나 프리파소프는 말입니다, 틀림없이 이렇게 답변할 것입니다. 당신의 존재 의식은 모든 감각의 결합으로부터 흘러나오고 있는 것이고 이 존재 의식은 감각의 결과다 —— 라고. 부르스트는 심지어 이렇게까지 직언하고 있어요. 감각이 없는 그곳에 존재의 인식도 있지 않다고 말입니다.」

「나는 정반대로 이야기하겠읍니다.」하고 세르게이 이바노비치가 막 얘기를 시작했다.

그러나 거기에서 그들이 또 가장 중요한 대목에 다가가고 있으면서 또다시 빗나가고 있는 것같이 여겨졌기 때문에 레빈은 교수에게 질문을 해보려고 결심하였다.

「그렇다면, 만약 내 감정이 없어지게 된다면 말입니다, 만약 내 육체가 사멸한다면 이제는 그 어떠한 존재도 있을 수 없게 되는 겁니까?」하고 그는 질문하였다.

몹시 못마땅해 하는 듯한 교수는 마치 그 말참견으로 정신적인 고통이라도 느끼기나 한 듯이, 철학자라기보다는 오히려 촌뜨기에 가까운 이 기괴한 질문자를 돌아보고는 이 사내는 도대체 무슨 말을 하려는 거야? 하고 묻기라도 하는 것처럼 그 시선을 세르게이 이바노비치 쪽으로 돌렸다. 그러나 세르게이 이바노비치는 교수처럼 한결같이 일면적인 태도로 얘기를 하고 있지는 않았기 때문에 동시에 그러한 질문에 나오게 된 단순하고 자연스러운 견해도 이해할 정도로 여유를 지니고 있어서 미소를 띠고 이렇게 말했다.

「우리들은 그러한 문제를 해결할 권리를 가지고 있지 않아……」

「우리들은 자료를 가지고 있지 않아요.」하고 교수도 시인하고 자기의 논증을 계속했다 ——「아니죠,」하고 그는 말했다. 「난 이렇게 주장합니다. 만일 말입니다, 프리파소프가 직언하고 있듯이 감각이라는 것이 인상을 기초로 삼고 있는 것이라면 우리들은 그 두 관념을 엄밀히 구별하지 않으면 안 된다고 말입니다.」

레빈은 그 이상 더 들으려고 하지도 않고 그저 교수가 떠나기만을 기다렸다.

8

교수가 떠나자 세르게이 이바노비치는 동생 쪽으로 얼굴을 돌렸다.

「잘 왔다. 오래 있을래? 농사는 어떠냐?」

레빈은 이 형이 농사 같은 것엔 조금도 흥미를 가지고 있지 않다는 것, 그것을 지금 물었던 것은 인사에 지나지 않는다는 것을 알고 있었기 때문에 그저 말의 매매와 금전에 대해서만 조금 대답해 주었다.

레빈은 형에게 결혼에 대한 계획을 이야기하여 그의 의견도 들어 보려고 했고 그것에 대한 굳은 결심까지도 했었다. 그러나 형과 만나 교수와의 담론을 듣고, 그런 뒤에 농사에 대한 것을 물었던 그 마음에도 없는 얕잡는 듯한 투의 어조를 듣고 나자(그들의 어머니의 소유지는 아직 분배되지 않고 레빈이 두 몫을 관리하고 있었다) 어쩐지 결혼해야겠다는 결심에 대한 이야기를 꺼낼 수 없을 것 같은 느낌이 들었다. 그는 이 형은 그가 바라고 있는 것같이 이 문제를 보지는 않을 것이라고 느꼈던 것이다.

「그래 요즘 형편은 어떠냐, 지방 의회 일은?」하고 지방 의회에 대해서 대단한 흥미를 지니고 있었고, 그것에 큰 의의를 부여하고 있던 세르게이 이바노비치는 물었다.

「나는 전혀 모르겠는데요……」

「어째서? 그러나 너는 의원이 아니냐?」

「아닙니다, 이젠 의원이 아녜요. 나는 사퇴했어요.」하고 콘스탄친 레빈은 대답했다. 「그래서 이젠 회의에도 나가지 않습니다.」

「그래서 되나!」하고 세르게이 이바노비치는 눈살을 찌푸리며 중얼거렸다.

레빈은 그 변명으로 그 지방의 지방 의회 사정을 얘기하기 시작했다.

「바로 그게 언제나 그렇단 말야!」하고 세르게이 이바노비치는 그를 가로막았다. 「우리 러시아인들은 언제나 그래. 어쩌면 이것은 우리들의 장점일는지도 몰라──즉 자기의 그 단점을 볼 수 있다는 재능은 말이야. 그러나 우리들은 너무나 도가 지나쳐 우리들은 우리들의 혀 끝에 언제나 준비돼 있는 익살에 만족하고 있단 말이야. 내가 너한테 한 마디 얘기해 두지만 우리들의 지방 자치 제도와 같은 권리를 만약 다른 유럽 국민에게 줘 보렴──독일인이나 영국인은 틀림없이 그 속에서 자유를 얻을 것이다. 그런데 우리들은 이처럼 웃고만 있으니.」

「그렇지만 어쩔 도리가 없읍니다.」하고 겸연쩍은 듯한 어조로 레빈은 말했다. 「이것은 나의 마지막 시도였읍니다. 나도 젖먹던 힘을 다해서 하려고 해봤어요. 그래도 못 하겠어요. 나에겐 그런 힘이 없읍니다.」

「힘이 없다든가 하는 것은 말이 안 돼.」하고 세르게이 이바노비치는 말하였다. 「너의 그 관점이 틀렸어.」

「그럴는지도 모르죠.」하고 레빈은 침울하게 대답했다.

「건 그렇고, 넌 니콜라이가 또 여기에 와 있는 걸 아냐?」

니콜라이란 콘스탄친 레빈의 친형으로 세르게이 이바노비치에겐 이부 동생인 타락자였고, 자기 몫의 거액의 재산을 탕진하고 지금은 해괴 망측한 사회를 드나드는, 형제들과도 사이가 비뚤어진 사내였다.

「뭐라고요?」하고 레빈은 두려운 듯이 쳤다. 「어떻게 아셨읍니까?」

「프로코피가 길에서 그를 봤어.」

「여기에서, 모스크바에서요? 어디 있읍니까? 아시나요?」하고 레빈은 마치 당장이라도 찾아가려고나 하는 것처럼 의자에서 일어섰다.

「아아, 나는 너한테 이런 얘길 한 것을 후회한다.」하고 세르게이 이바노비치는 동생이 흥분한 것을 보고 고개를 내두르면서 말했다. 「나는 그가 어디 살고 있는지를 알아보게 하고 내가 대신 갚아 줬던 트루빈 앞에 그의 어음을 보내 줬지. 그랬더니 이런 답장이 왔다.」

그리고 세르게이 이바노비치는 서진(書鎭) 밑에서 편지를 빼내어 동생에게 주었다.

레빈은 정다운 필적으로 쓰인 기묘한 편지를 읽었다.

『나를 제발 이대로 내버려 두시기 바랍니다. 이것 하나만이 내가 사랑하는 형제들에게 바라는 유일한 소망이옵니다.

니콜라이 레빈 』

레빈은 그것을 다 읽고 나서도 고개를 들지도 않고 편지를 손에 쥔 채 세르게이 이바노비치 앞에 우두커니 서 있었다.

그의 마음 속에서는 지금 이 불행한 형에 대해서 얼마 동안 잊었으면 하는 희망과 그것은 좋지 않은 짓이라는 의식이 서로 싸우고 있었다.

「그는 분명히 날 욕보이려고 하고 있다.」하고 세르게이 이바노비치는 말을 이었다. 「그러나 그가 날 욕보일 수는 없다. 오히려 나는 충심으로 그를 도와 줬으면 해. 그렇지만 그것이 불가능하다는 것도 난 잘 알고 있다.」

「그렇습니다, 그래요.」하고 레빈은 되풀이했다. 「난 그분에게 대한 형님의 태도를 이해도 하고 존경하기도 합니다. 그러나 난 그분한테 가 보겠읍니다.」

「보고 싶으면 가 봐라. 그러나 난 권하진 않겠다.」하고 세르게이 이바노비치

는 말했다. 「말하자면, 나에게 관한 한 난 조금도 두려워하지는 않아——그자
인들 설마 너와 나 사일 멀어지게 할 수는 없을 테니까. 그렇지만 너를 위해선
나는 네가 가지 않는 게 좋다고 충고한다. 어차피 구할 수는 없으니까 말야. 그
러나 하고 싶은 대로 하는 게 좋아.」

「아니, 정말 구할 수는 없을는지도 모릅니다. 그러나 나는 특히 지금엔——
아니 이것은 별문제입니다만——내가 예사롭게 있을 수는 없다는 것을 통절히
느끼고 있읍니다.」

「글쎄, 그것은 나는 모르지만」 하고 그는 덧붙였다. 「이것은 겸손의 교훈이
야. 난 동생인 니콜라이가 지금과 같은 그런 자가 된 뒤로 소위 비천한 것에 대
해서 여태까지와는 전혀 다른, 보다 관대한 눈으로 보게 됐다……넌 그자가 한
짓을 알고 있을 게다……」

「아아, 무서워요, 무서운 일이에요 !」 하고 레빈은 되풀이했다.

세르게이 이바노비치의 하인에게서 형의 주소를 받자 레빈은 곧 그를 찾아가
려고 하였으나 또 고쳐 생각하고 찾아가는 것을 저녁까지 늦추고 결심했다. 그
는 무엇보다도 먼저 정신의 안정을 가지려고 일부러 모스크바까지 나왔던 일을
결정짓지 않으면 안 되었다. 레빈은 형한테서 바로 오블론스키의 관서로 찾아갔
고 거기에서 쉬체르바스키 집안의 동정을 알자, 이번에는 다시 키치를 만날 수
있을 것이라고 가르쳐 줬던 곳으로 마차를 몰았던 것이다.

9

네 시에 자신의 심장의 고동을 느끼면서 레빈은 동물원 입구에서 마차를 내려
스케이트장으로 이르는 좁은 길을 따라 걸어갔다. 차도에서 쉬체르바스키 집안
의 마차를 보았기 때문에 거기에 가면 틀림없이 그녀를 만날 것이라고 생각하면
서……

활짝 갠 맑고 쌀쌀한 날씨였다. 차도에는 마차며 썰매며 마부들이며 헌병들이
줄을 지어 서 있었다. 산뜻한 차림새의 사람들은 밝은 햇살에 모자를 반짝이면
서 입구께와 용마루에 조각이 된 러시아풍의 오두막집 사이의 비질이 잘된 좁은
길에 들끓고 있었다. 눈 때문에 모든 나뭇가지들이 축 처진 원내의 칙칙한 해묵
은 자작나무들은 마치 새롭고 장중한 법의로 성장하고 있는 것처럼 보였다.

레빈은 좁은 길을 따라 스케이트장으로 가면서 자신에게 말했다. ──『당황하지 말아야 하고 차분해야 한다. 그게 넌 무슨 말이야? 뭘 어떻게 하자는 거야, 넌? 잠자코 있어, 바보.』이렇게 그는 자기의 심장을 향해서 외쳤다. 그러나 이렇게 해서 마음을 가라앉히려고 애를 쓰면 쓸수록 그의 숨결은 차츰 거칠어만졌다. 누군가 알은 체 하며 그를 보고 외쳤다. 그러나 레빈은 그가 누구였는지마저 알아차리지 못했다. 그는 올라갔다 내려갔다 하는, 작은 썰매의 쇠사슬이 덜거덕거리는 소리, 작은 썰매가 미끄러져 가는 소리, 사람들의 즐거운 목소리들이 어울어져 들리는 스케이팅 링크 쪽으로 다가갔다. 그는 몇 걸음 더 갔다. 그러자 그의 눈앞에 스케이트장이 전개되었다. 그는 지치기를 잘하고 있는 많은 사람들 가운데서 이내 그녀의 모습을 찾아냈다.

그는 마음을 사로잡은 환희와 두려움으로서 그녀가 거기에 있다는 것을 알아챘던 것이다. 그녀는 한 부인과 얘기를 하면서 스케이트장 건너편의 끝에 서 있었다. 그녀의 복장에도 그녀의 자세에도 각별히 다른 데는 없는 것처럼 보였다. 그러나 레빈에게는 이러한 군중 가운데에서 그녀를 알아낸다는 것은 쐐기풀 속에서 장미를 찾아내는 것처럼 손쉬웠다. 모든 것이 그녀에 의하여 빛나고 있었다. 그녀는 주위의 온갖 것에 빛을 보내어 밝게 하는 미소나 다름없었다.『과연 나는 얼음 위를 저기까지, 그녀의 옆에까지 갈 수 있을는지?』하고 그는 생각했다. 그녀가 있는 곳은 그에게는 가까이 갈 수 없는 성지처럼 성스럽게 여겨졌다. 그래서 그는 한순간 이대로 돌아가려고까지 생각했다── 그만큼 그에겐 두려워졌다. 따라서 그는 그녀의 주위에 온갖 사람들이 돌아다니고 있는 이상, 그 자신도 그리로 얼음을 지치러 갈 수 있지 않을까 하고 판단하기까지엔 자신에 대해서 상당히 애를 쓰지 않으면 안 되었다. 그는 마치 태양이라도 보는 것처럼 그녀를 오랫동안 바라보는 것을 피하면서 아래로 내려갔다. 그러나 그녀의 모습은 태양처럼 쳐다보지 않아도 그것이라고 알고 있었다.

한 주일 가운데에서도 이 날 이 시각엔 피차 안면이 있는 일단의 사람들이 얼음 위에 모이는 때였다. 거기에는 솜씨를 뽐내는 스케이트 전문가들도, 의자의 등을 붙들고 무서무서하며 서투른 동작으로 지치기를 배우고 있는 패들도, 아이들도, 그리고 또 건강을 목적으로 지치고 있는 나이 많은 사람들도 있었다. 그러한 사람들은 거기에 그녀 가까이에 있었기 때문에 누구나가 다 선택된 행복한 사람들처럼 여겨졌다. 더구나 지치고 있는 사람들은 모두 지극히 냉담하게 그녀를 뒤쫓기도 하고 앞지르기도 하고 심지어는 말을 걸기도 하면서 그녀에게는 전혀 관심이 없이 좋은 얼음과 훌륭한 날씨를 이용하며 즐기고 있는 것처럼 여겨졌다.

키치의 사촌 오라버니인 니콜라이 쉬체르바스키는 짧은 자켓에다 좁은 바지 차림으로 두 발에는 스케이트를 신은 채 벤치에 앉아 있다가 레빈을 보자 그를 향해서 외쳤다.

「오, 러시아 제일의 스케이터! 언제 오셨읍니까? 얼음이 좋습니다, 얼른 스케이트를 신으십시오.」

「난 스케이트도 없어요.」하고 레빈은 그녀를 앞에 둔 이 용기와 무관심에 저도 모르게 놀라는 한편, 비록 그녀가 있는 쪽을 쳐다보지는 않았지만 한시도 그녀를 시야에서 놓치지 않고 대답했다. 그는 태양이 자기 쪽으로 가까와 오고 있는 듯한 느낌이 들었다. 그녀는 구석에 있었으나 그때 목이 긴 스케이트화를 신은 가느다란 두 다리를 굼트게 딛고 분명히 잔뜩 겁을 먹고 그가 있는 쪽으로 지쳐 왔다. 러시아 옷차림의 한 소년이 땅바닥에 달락말락할이만큼 몸을 구부리고 정신 없이 두 손을 내두르면서 그녀를 앞질렀다. 그녀의 지치기는 그다지 야무지지 않았다. 끈으로 매어 늘어뜨린 조그마한 머프(부인용 토시)에서 손을 빼고 만일의 위급한 사태에 대비하고 있었으나 그를 쳐다보고 레빈이라는 것을 알자 그와 자기의 수줍음에 대해서 생긋 웃어 보였다. 회전이 끝나자 그녀는 탄력 있는 한쪽 발로 밀고 곧장 쉬체르바스키 쪽으로 지쳐 왔다. 그리고는 그의 손에 매달려 방긋 웃으면서 레빈에게 인사를 했다. 그녀는 그가 상상하고 있었던 것보다도 더 아름다왔다.

그녀를 생각할 때 그는 그녀의 온 모습을, 그 가운데에서도 맵시 있고 처녀다운 어깨 위에 가볍게 놓여 있는 엷은 빛깔의 머리털을 가진 조그마한 머리, 그리고 어린애 같은 선량함과 맑음, 무르익은 그 아름다움을 생생하게 상상할 수가 있었다. 그녀 얼굴의 앳된 표정은 그 날씬한 봄매의 조촐한 아름다움과 어울려 그가 잘 이해하고 있던 독특한 매력을 이루고 있었다. 그러나 그 가운데에서도 언제나 생각지도 않았던 것처럼 그를 놀라게 했던 것은 그녀의 유순하고 잠잠하고 진실이 깃든 눈의 표정과 특히 그 미소였고, 그 미소와 더불어 레빈은 언제나 마술의 세계로 끌려 들어갔다. 그리하여 그는 어렸을 적에도 그다지 흔하지 않았던 그러한 부드럽고 감동적인 것으로서 자기 자신을 느끼는 것이었다.

「진작부터 여기 와 계셨었나요?」하고 손을 내밀면서 그녀는 말했다. 그리고는 그가 그녀의 머프에서 떨어진 손수건을 주워 주자 「감사합니다.」하고 덧붙였다.

「나요? 오래 되지 않았어요. 난 어제……아니 금방입니다, 말하자면……막 도착했죠.」하고 레빈은 느닷없는 마음의 동요 때문에 묻는 뜻을 이해하지 못하고 대답했다.

「실은 난 댁으로 들르려고 했었죠.」하고 말했다. 그러자 이내 또 자기가 그녀를 찾고 있는 의도가 무엇인지를 생각해 내고 어찌할 바를 모르고 얼굴이 붉어졌다. 「난 당신께서 스케이팅을 할 줄은 몰랐읍니다. 더구나 이렇게 훌륭히 하시리라고는 말입니다.」

그녀는 마치 그가 당황하고 있는 원인을 알아내기라도 하려는 것처럼 주의깊게 그를 쳐다봤다.

「당신의 칭찬을 존중하지 않으면 안 되겠군요. 여기에선 아직까지 당신이 일류 스케이터이시라는 정평이 있으니깐요.」하고 그녀는 검은 장갑을 낀 조그마한 손으로 머프에 엉긴 성에를 떨면서 말했다.

「그렇죠, 나도 한때는 꽤 열심히 했었죠. 완성의 경지에까지 이르러 보려고 말입니다.」

「당신께선 무슨 일이나 열심히 하시는 것 같아요.」하고 그녀는 미소를 띠고 말했다. 「나는 당신께서 지치시는 걸 꼭 좀 보고 싶어요. 자아, 어서 스케이트를 신으세요. 그리고 함께 지쳐요.」

『함께 지치자! 과연 그런 일이 있을 수 있을까?』하고 레빈은 그녀를 찬찬히 쳐다보면서 생각했다.

「그럼 곧 신고 오죠.」하고 그는 말했다.

그리고 그는 스케이트를 신으러 갔다.

「오랜만에 들르시는군요, 나으리.」하고 스케이트장의 주인은 그의 발을 버티고 뒤축을 나사로 죄면서 말했다.

「나으리께서 나오시지 않으신 뒤로 나으리들 중엔 나으리만한 분은 한 분도 없었읍니다. 이만하면 괜찮으실는지요?」하고 그는 가죽끈을 잡아당기면서 말했다.

「됐어, 됐어, 좀 빨리 해.」하고 레빈은 저절로 그의 얼굴에 떠오르는 행복의 미소를 간신히 억누르면서 대답했다. 『그렇다.』하고 그는 생각했다. 『바로 이게 인생이다. 바로 이게 행복이다! 함께라고 그녀는 말했다, 함께 지쳐요, 라고. 지금 얘기해 버리면 어떨까? 그러나 난 정말 지금 행복하니까, 희망만으로라도 행복하니까, 어쩐지 얘기하기가 두렵다…… 그런데 만일?…… 아니, 그러나 얘기해야 한다. 해야 해, 약한 마음은 쫓아 버려야 한다!』

레빈은 일어서서 외투를 벗어 젖히고 오두막집 옆의 거칠거칠한 얼음 위를 여기저기 한바탕 지치고 나서 미끄러운 얼음쪽으로 달려나오자마자 마치 그저 제 마음대로 속도를 더하기도 하고 늦추기도 하고 방향을 바꾸기도 하는 것처럼 아무런 힘도 들이지 않고 지치기 시작했다. 그는 두려운 마음으로 그녀 가까이 다가갔다. 그러나 그녀의 미소는 또다시 그의 마음을 가라앉혀 주었다.

그녀는 그에게 손을 내밀었다. 그리고 그들은 나란히 속도를 더 하면서 지쳐 나갔다. 속도를 더 할수록 차츰차츰 그녀는 그의 손을 힘주어 꽉 쥐었다.

「당신하고 같이 만하면 금방 늘 것 같아요, 어쩐지 난 당신이 미더워요.」하고 그녀는 그에게 말했다.

「나도 그렇습니다. 당신께서 기대어 주시니깐 한결 마음 든든합니다.」하고 그는 말했다. 그러나 이내 자기가 말한 것에 깜짝 놀라 얼굴을 붉혔다. 실제로 그가 이 말을 입 밖에 내놓자마자 태양이 먹구름 뒤로 숨어 버리는 것처럼 갑자기 그녀의 얼굴빛은 온갖 상냥함을 잃어버렸다. 그리고 레빈은 그녀의 얼굴에 사고의 노력을 의미하는 낯익은 표정 —— 그 매끈한 이마에 주름살이 두드러지는 것을 알아챘다.

「뭐 불쾌한 일이라도 있으신가요? 그렇다고 이런 말씀을 물어 볼 권리는 없읍니다만.」하고 그는 재빨리 말했다.

「어머나, 왜요?…… 아네요, 불쾌한 것이라곤 아무것도 없어요.」하고 그녀는 쌀쌀하게 대답하고 바로 덧붙였다. 「당신은 마드므와젤 리농을 만나지 않으셨던가요?」

「아니, 아직.」

「그분한테 가셔요, 그분은 정말 당신을 좋아해요.」

『이게 뭐야? 난 이 여자를 노하게 하고 말았다. 아아, 하느님, 나를 도와 주시옵소서!』하고 레빈은 생각했다. 그리고 벤치에 앉아 있던 머리털이 세 고수머리의 프랑스 부인 쪽으로 달려갔다. 그녀는 웃는 얼굴로 의치를 드러내면서 옛 친구처럼 그를 맞았나.

「그래요, 서로 이렇게 변해요.」하고 그녀는 그에게 눈으로 키치를 가리키면서 말했다. 「나이도 먹고요. 가장 어린 곰도 벌써 다 커 버렸으니까요!」하고 프랑스 부인은 웃으면서 말을 계속하며, 그녀에게 그가 영국이 옛 이야기에 나오는 세 마리의 곰이라고 불렀던 세 아가씨들에 대한 익살을 생각해 내게 했다. 「기억하고 계시죠, 곧잘 그렇게 말씀하셨던 적이 있으시죠?」

그에겐 그 기억은 전혀 없었다. 그러나 그녀는 벌써 십 년 동안이나 이 익살을 웃으면서 그것을 즐겨 써 왔다.

「자아, 어서 가세요. 어서 가 지치기를 하세요. 우리 키치도 이제 정말 지치기를 훌륭하게 하게 됐죠, 그렇지 않아요?」

레빈이 또다시 키치한테로 달려왔을 때엔 그녀의 얼굴에 딱딱한 빛은 벌써 사라지고 그 두 눈동자는 앞서와 마찬가지로 진지하고 상냥하게 그를 바라보았다.

그러나 레빈에게는 그녀의 그 상냥함 속에 어딘지 심상치 않은, 짐짓 안정을 가장한 듯한 태도가 엿보였다. 그는 서글퍼졌다.

그녀는 자기의 옛 가정 교사의 얘기며 그 색다른 점에 대한 얘기를 지껄이고 난 뒤에 그에게 그의 생활에 대한 얘기를 물었다.

「시골에 계시면 겨울엔 지루하시지 않아요?」하고 그녀는 말했다.

「아닙니다, 지루하지 않습니다. 난 굉장히 바쁘니까요.」하고 그는 그녀의 침착한 분위기 속에 끌려 들어가 마치 지난 초겨울에도 그러했던 것처럼 거기에서 빠져나갈 수 없을 것만 같은 기분을 느끼면서 이렇게 말했다.

「이번엔 오래 머무르실 작정인가요?」하고 키치는 그에게 물었다.

「나도 모르겠읍니다.」하고 그는 자기가 무슨 말을 하고 있는지도 생각하지 않고 대답했다. 자기가 만약 이 잠잠한 우정적인 가락에 말려들거나 하게 되면 자기는 또다시 아무런 해결도 짓지 못하고 돌아가게 될 것이라는 생각이 그의 머리 속에 번뜻 일어났다. 그래 한 번 부딪혀 보아야겠다고 결심했다.

「어찌 모르세요?」

「모르겠읍니다. 실은 당신께 달려 있으니까요.」하고 그는 말하고 이내 자기가 한 말이 무서워졌다.

그의 말을 듣지 않았는지 그렇지 않으면 들으려 하지 않았는지 하여튼 그녀는 엎어지기라도 한 것처럼 두어 번 발을 투덕투덕하고 구르자 얼른 옆으로 지쳐 나갔다. 그녀는 리농 양에게로 지쳐 가서는 뭐라고 두서너 마디 얘기하자 부인들이 구두를 벗고 있는 오두막집 쪽으로 가버렸다.

『오오, 나는 쓸데 없는 짓을 저지르고 말았다! 오오, 하느님! 나를 도와 주시옵소서, 나에게 가르침을 주시옵소서.』레빈은 기도하는 동시에 강렬한 운동의 요구를 느껴 안팎으로 원을 그리며 지치고 돌아다니면서 이렇게 중얼거렸다.

이때 젊은 사람들 가운데의 한 사람인 새로운 스케이터 중에서 지치기를 가장 잘하는 한 사람이 담배를 입에 문 채 찻집에서 나와 사방을 휘두르며, 굉장한 소리를 내고 뛰면서 스케이트를 신은 채 층층대 아래로 뛰어내려갔다. 그는 날으는 것처럼 아래쪽으로 미끄러져 갔다. 그리고 두 손의 자연스러운 위치마저 바꾸지 않고 얼음 위를 지쳤다.

「아니, 이건 새로운 솜씬 걸!」하고 레빈은 말하고 이 새로운 솜씨를 시도해 보려고 곧 위로 뛰어올라갔다.

「다쳐서는 안 돼요, 길이 들어야 합니다!」하고 니콜라이 쉬체르바스키가 그에게 외쳤다.

레빈은 층층대 위로 올라가 거기에서 실컷 뛰어돌아다니고 나서 몸에 익지 않

은 동작 때문에 두 손으로 중심을 가누면서 아래로 뛰어내렸다. 마지막 층계에
서 그는 발이 걸렸다. 그리하여 얼음장 위에 하마터면 손을 짚을 뻔했으나 세찬
동작으로 자세를 회복하고 웃으면서 멀리 미끄러져 갔다.

『좋은 분이야, 정다운 분이야.』하고 키치는 이때 리농 양과 함께 오두막집을
나오면서 사랑하는 오라버니를 대하기라도 하는 것 같은 정다운 조용한 미소를
띠고 그를 바라보면서 생각했다. 『그럼 내가 정말 잘못했을까, 내가 무엇인가
나쁜 짓을 한 것일가? 모두들 말한다 —— 바람둥이라고. 내가 사랑하고 있는
것이 저분이 아니라는 것을 나도 잘 알고 있다. 그러나 역시 난 저분하고 같이
있는 것이 즐겁다. 저분은 저처럼 좋은 분이기도 하다. 그런 저분이 어째서 그
런 애길 다 했을까?……』하고 그녀는 생각했다.

돌아가려고 하는 키치와 그녀를 마중나온 그녀의 어머니를 보자 레빈은 격렬
한 운동 뒤의 빨간 얼굴을 한 채 발을 멈추고 생각했다. 그는 스케이트를 벗고
동물원의 출구에서 모녀를 따랐다.

「어머나, 정말 잘 나오셨군요.」하고 공작 부인은 말했다. 「언제나처럼 목요
일이 접객일이에요.」

「그러면 오늘이로군요?」

「그러니까 꼭 오세요, 기다리겠어요.」하고 공작 부인은 무심히 말했다.

이 싱거운 태도가 키치를 화끈 닳게 했다. 그녀는 어머니의 냉담을 메워야겠
다는 희망을 억누를 수 없었다. 그녀는 고개를 돌리고 웃는 얼굴로 말했다.

「그럼, 안녕.」

이때 스테판 아르카지치가 모자를 비스듬히 쓰고 얼굴과 눈을 번뜩이면서 쾌
활한 승자처럼 동물원으로 들어왔다. 그러나 장모 가까이까지 오자 그는 별안간
우울한 겸연쩍은 낯빛으로 돌리의 건강에 대한 그녀의 물음에 답변을 했다. 장
모와 두서너 마디 침울하고 조용조용히 말을 나누고 나자 그는 가슴을 펴고 레
빈의 팔을 잡았다.

「자아, 슬슬 가는 게 어때?」하고 그는 물었다. 「난 줄곧 자네만 생각하고 있
었어. 그러니까 나는 자네가 나온 것이 정말 반가와.」하고 그는 의미 있는 낯빛
으로 그의 눈을 들여다보면서 말했다.

「갈까, 가지.」하고 행복한 레빈은 금방 들었던 ——『그럼 안녕.』하고 말한
목소리의 울림과 그 말을 했을 때의 그녀의 웃는 얼굴을 언제까지나 마음속으로
되풀이하면서 대답했다.

「〈앙글리아〉로 갈까, 그렇지 않으면 우리 〈에르미타쥐〉로 갈까?」

「나는 아무 데나 좋아.」

「그럼 앙글리아〈영국〉로 하지.」하고 스테판 아르카지치는 자기가 에르미타 쥐보다도 앙글리아에 빚이 더 많았기 때문에 앙글리아 쪽을 택하고 이렇게 말했다. 그는 빚 때문에 이 요리집을 피한다는 것은 좋지 않은 일이라고 생각하였던 것이다.

「자네 삯마차를 기다리게 해 놨지? 거 참 잘 됐군, 나는 마차를 돌려보냈으니깐.」

길을 가는 동안 두 친구는 말이 없었다. 키치의 얼굴에 나타난 그 표정의 변화가 뭣을 의미하는지를 생각하면서 때로는 희망은 있다고 스스로 믿어 보기도 하고 때로는 절망에 빠져 자기의 희망은 터무니 없는 것이라고 분명히 느끼기도 했다. 그러나 그 가운데에서도 자기를 전혀 딴 사람이 된 것처럼, 그녀의 미소와 『그럼, 안녕』이라는 말을 듣기 전까지의 자기와는 조금도 닮지 않은 딴 사람이 된 것처럼 느껴졌다.

스테판 아르카지치는 가면서 만찬의 메뉴를 생각하고 있었다.

「자네 넙치를 좋아하잖아?」하고 그는 요리집에 이르러서 레빈에게 말했다.

「뭐?」하고 레빈은 되물었다. 「넙치? 그럼, 난 넙치를 굉장히 좋아해.」

10

오블론스키와 함께 요리집에 들어섰을 때 레빈은 스테판 아르카지치의 얼굴에도, 온 모습에도 마치 억눌려 있는 광채와 같은 그 어떤 독특한 표정이 나타나 있는 것을 알아채지 않을 수 없었다. 오블론스키는 외투를 벗고 모자를 옆으로 비스듬히 쓴 채 바짝 붙어 따라왔던 연미복을 입고 냅킨을 든 타타르 인에게 어찌어찌하라고 이르면서 식당으로 갔다. 그리고 거기에 와 있으면서 어디에서도 그러듯이 반갑게 그를 맞아 줬던 친지들에게 인사를 하면서 스탠드로 걸어가서 생선 안주로 보드카를 한 잔 들이킨 다음, 리본이며 레이스로 치장을 하고 계산대에 앉아 있던 머리가 곱슬곱슬한 프랑스 여인한테 무슨 말인가를 하여 그녀를 자지러지게 웃겼다. 레빈은 그저 전신이 남의 머리털과 쌀가루와 화장산으로 되어 있는 듯한 이 프랑스 여인이 마음에 들지 않는다는 이유만으로 보드카를 마시지 않았다. 그는 불결한 장소는 피하듯이 냉큼 그녀의 곁을 떠났다. 그의 온 마음은 키치에 대한 생각으로 가득 찼고, 그의 두 눈에는 승리와 행복의 미소가 빛났다.

　「이리 오십쇼, 각하, 자아, 여기가 조용하고 좋습니다, 각하.」하고 궁둥이가 넓어 연미복의 옷자락이 그 위에서 쫙 갈려 있는 나이 많은 백발의 타타르 인이 바짝 달라붙어 말했다.「자아, 각하.」하고 그는 스테판 아르카지치에 대한 존경의 표시로 그의 손님에게도 순종할 것을 잊지 않고 레빈에게 말했다.

　청동의 촛대 밑에 이미 식탁보가 덮여 있는 원탁 위에 눈깜짝할 사이 산뜻한 식탁보를 깔자, 그는 빌로도를 댄 의자를 가지런히 하고 냅킨과 메뉴를 들고 스테판 아르카지치 앞에 멈춰 주문을 기다렸다.

　「만약 말입니다, 각하, 별실이 좋으시다면, 곧 빌 겁니다 —— 마침 골리스인 공작께서 부인들하고 같이 오셔서 말씀예요. 그런데 참 싱싱한 굴도 들어왔읍니다만.」

　「응! 굴이.」

　스테판 아르카지치는 잠깐 생각했다.

　「어때, 어디 한번 계획을 변경하지 않으려나, 레빈?」하고 그는 손가락으로 메뉴 위를 짚고 말했다. 그의 얼굴은 진지한 주저의 빛을 띠고 있었다.「굴은 좋나? 잘 보아서 해야 해.」

　「플렌스부르크 겁니다, 각하. 오스텐드 거가 아니니깐 말씀예요.」

　「그야 플렌스부르크 긴 플렌스부르크 걸 테지만 싱싱하냐 말야?」

　「네, 어제 들어왔으니깐요.」

　「자아 그럼, 굴부터 시작하지 않으려나? 그런 다음에야 예정을 다 바꿀 수도 있고, 응?」

　「난 아무래도 괜찮아, 난 양배추 국물하고 빵죽만 있으면 그만이야. 그러나 그런 건 여기에 없을 거고.」

　「러시아식 빵죽, 주문하시겠읍니까?」하고 타타르 인은 갓난애한테 말하는 유모처럼 레빈 위로 허리를 구부리면서 말했다.

　「아냐, 농담은 그만두고, 자네가 고른 것으로 좋아. 나는 얼음 위를 좀 지쳤더니만 시장기가 들어서 말야. 그러니까,」하고 그는 오블론스키의 얼굴에서 불만의 빛을 알아채고 덧붙였다.「내가 자네의 선택을 존중하지 않는다고는 생각하지 마. 난 아무거나 즐겁게 먹겠어.」

　「물론이야! 뭐니뭐니해두 먹는다는 것은 인생에 있어 만족스런 것의 하나거든.」하고 스테판 아르카지치는 말했다.「자아, 그럼 말야, 이봐, 어이, 그 굴을 스무 개 하고, 아니 모자라겠군, 서른 개만 하고 야채 수프를 가져와……」

　「프렌타니에르 말씀이죠.」하고 타타르 인은 냉큼 말을 받았다. 그러나 스테

판 아르카지치는 프랑스어로 요리의 이름을 외는 만족을 이 사내한테 주는 것이
싫었던 모양이었다.

「야채 수프 말야, 알잖아? 그리고 짙은 소스를 얹은 넙치하고 그 다음에……
로스트 비프, 이것도 잘 해야 해. 통닭도 가져와, 그리고 과일 통조림도 말야.」

타타르 인은 메뉴를 프랑스어로 부르지 않는 스테판 아르카지치의 버릇을 생
각해 내고 그에게는 그것을 되풀이하려고는 하지 않았지만, 주문한 것을 모두
메뉴에 따라 되풀이하여 읽는 만족만은 버리지 않았다. ——『수프, 프렌타니에
르, 튀르보 소스, 보마르쉐, 풀라르드 아 레스트라곤, 마세두안 드 프뤼……』
그리고 냉큼 용수철처럼 접쳐진 메뉴를 놓고 다른 또 하나의 주류 목록을 집어
들고 그것을 스테판 아르카지치 앞에 내밀었다.

「뭘 마시겠나?」

「난 아무거나 좋아. 그저 많이는 안 돼도, 샴페인이나.」 하고 레빈은 말했다.

「왜, 처음부터? 그런데, 그러나, 좋아. 자넨 백봉(白封)을 좋아하든가?」

「카쉐 블랑.」 하고 타타르 인이 말을 받았다.

「그럼, 그것을 굴하고 같이 가지고 와, 나머진 나중으로 미루고.」

「알겠읍니다. 그리고 술은 뭘로 하실까요?」

「뉴이로 줘. 가만 있어, 역시 그 클래식한 쉬아블리가 더 낫겠군.」

「알겠읍니다. 나리께서 좋아하시는 치즈도 주문하셔야죠?」

「암, 그렇지, 파르메잔으로. 아니면 자넨 다른 게 좋겠나?」

「아냐, 난 아무거나 좋아.」 하고 웃음을 억제하지 못하고 레빈은 말했다.

타타르 인은 연미복의 뒷자락을 팔랑거리며 뛰어갔다가 오 분도 채 안 된 사
이에 진주빛의 껍질 위에서 살을 드러내고 있는 굴 접시와 술병을 손가락 사이
에 끼고 날듯이 되돌아왔다.

스테판 아르카지치는 풀이 빳빳한 냅킨을 비벼 그것을 조끼의 가슴에 끼우고
마음 가볍게 손을 얹어 굴을 먹기 시작했다.

「나쁘진 않군.」 하고 그는 조그마한 은제의 포크로 진주빛의 굴 껍질에서 물
기 많은 굴을 발라내어 그것을 연거푸 삼키며 말했다. 「나쁘지 않아.」 하고 그는
생기 있는 반짝이는 눈으로 레빈과 타타르 인을 연방 번갈아 쳐다보면서 되풀이
했다.

레빈은 굴도 먹었지만, 그에게는 치즈 발린 흰 빵이 더 구미에 당겼다. 그러
는 사이에도 그는 오블론스키의 태도를 재미있게 바라보고 있었다. 심지어 병
마개를 빼어 거품 이는 포도주를 깔때기 형의 엷은 컵에 따르고 있던 타타르 인
까지 눈에 보이게 만족한 미소를 띠고 그 하얀 넥타이를 바로잡으면서 스테판

아르카지치의 태도를 지켜 보고 있었다.

「자넨 그다지 굴을 좋아하지 않는 모양이군 그래.」하고 스테판 아르카지치는 샴페인 잔을 단숨에 비우면서 말했다.「그렇지 않으면 뭐 걱정되는 일이라도 있나? 응?」

그는 레빈을 즐겁게 해주고 싶었다. 그러나 레빈은 즐겁지 않은 것은 아니었지만 어쩐지 답답했다. 그의 마음속에 있는 그 일 때문에 그에게는 이런 요리집 같은 곳에서 여자들을 거느린 패거리들이 식사를 하고 있는 별실의 사이에 끼어 이 같은 혼잡과 소요 속에 있는 것이 어색하고 갑갑했던 것이다. 청동의 기물·거울·가스·타타르 인—— 그러한 것들이 모두 그의 속을 상하게 했다. 그는 그의 마음을 가득 메우고 있는 감정들이 더럽혀지는 것을 두려워했던 것이다.

「나? 그래, 난 마음에 걸리는 일이 좀 있어서 말야. 그러나 그뿐만이 아냐. 여기 있는 것들이 모두 다 맘에 들지 않아.」하고 그는 말했다.「자네는 좀 상상하기도 어려울 테지만 나 같은 시골놈한테는 여기에 있는 온갖 것들이 우습기만 해. 마치 자네 집에서 만났던 그 신사의 손톱처럼 말야……」

「그래, 나도 그 가엾은 그리네비치의 손톱이 자네 흥미를 굉장히 끌었던 것은 눈치채고 있었지.」하고 스테판 아르카지치는 웃으면서 말했다.

「난 참을 수 없어.」하고 레빈은 대꾸했다.「이거 봐, 애써 내 입장이 한번 되어 시골놈의 관점에서 보란 말야. 우리 시골에 있는 놈들은 자기의 손을 될 수 있는 대로 일하기에 편리하도록 하려고 애쓰고 있어. 그러기 위해선 손톱을 깎기두 하고 때로는 소매를 걷어붙이기도 하는 거야. 그런데 여기에선 모든 사람들이 일부러 기를 수 있는 데까지 손톱을 기르고 어지간한 접시 크기의 소매 단추를 달아 손으로는 아무것도 할 수 없게 하고 있지 않느냔 말야.」

스테판 아르카지치는 쾌활하게 웃었다.

「그건 그래. 그러나 그 사내에겐 거칠은 노동이 필요치 않다는 증거야. 그 사내에겐 머리만 일하면 그만이니까……」

「그럴는지도 모르지. 그러나 난 역시 우스워. 그건 흡사 지금 우리들이 하고 있는 짓과 똑같아. 즉 우리 시골놈들은 조금이라도 빨리 일손을 잡으려고 서둘러 밥을 먹는데, 지금 자네하고 나는 빨리 배가 부를까 봐 그걸 막기 위해 굴을 먹고 있으니 말야……」

「그래, 물론 그렇지.」하고 스테판 아르카지치는 받아 말했다.

「그러나, 그 가운데에 또한 교양의 목적도 있잖나—— 말하자면 온갖 것에서 쾌락을 만들어낸다고 하는.」

「글쎄, 만약 그것이 목적이라고 한다면 나는 아예 야만인이길 바라겠어.」

50

「그러니까 자네는 야만인이야. 자네네, 레빈 집안은 모두 야만인이야.」

레빈은 한숨을 쉬었다. 그는 니콜라이 형에 대해서 돌이켜 생각했다. 그러자 그에겐 부끄럽고 불쾌한 생각이 들었으므로 얼굴을 찌푸렸다. 그러나 오블론스키는 갑자기 그의 생각을 떨치게 하는 다음과 같은 말을 꺼냈다.

「그래, 어쩌려나, 이봐, 오늘 밤 우리한테로 그러니까 쉬체르바스키 가에 들르겠지?」하고 그는 비어 버린 울퉁불퉁한 굴 껍질을 옆으로 밀어제치고 치즈를 끌어당기면서 이렇게 말했다.

「그럼, 틀림없이 가겠어.」하고 레빈은 대꾸했다. 「공작 부인께선 마지못해 부르셨다고는 여기지만.」

「무슨 소리야? 쓸데 없는 소릴! 건 그분의 버릇이야…… 자아, 이봐, 수프 가져와!…… 건 그분의 성격이야, 귀부인들에게 흔히 있는.」하고 스테판 아르카지치는 말했다. 「나도 가지만 보니나 백작 부인의 합창 연습회에 나가야 하니깐 말야. 건 그렇고, 어째서 자네는 야만인이 아닐 수 없나? 자네가 갑자기 모스크바에서 사라졌던 일은 어떻게 설명해야 할까? 쉬체르바스키 사람들은 항상 자네 얘길 묻는단 말야. 뭐 내가 마치 알고 있잖으면 안 되는 일이나 되는 것처럼. 그런데 내가 알고 있는 것이라곤 그저 —— 자네는 언제나 아무도 하지 않는 짓을 하는 사람이라는 것뿐이거든.」

「그래.」하고 레빈은 느릿느릿하게 흥분한 듯이 말했다. 「자네 말이 옳아, 난 야만인이야. 그러나 내 야만성은 다만 내가 도망쳤다는 것에 있는 것은 아니고 내가 이번에 나왔다는 데에 있어. 내가 이번에 나온 것은……」

「오오, 자네는 정말 행복한 사내야!」하고 스테판 아르카지치는 레빈의 눈을 들여다보면서 말을 받았다.

「어째서?」

「준마(駿馬)는 그 낙인(烙印)에 의해서 알고, 사랑을 하는 젊은이는 그 눈을 보면 안단 말이야.」하고 스테판 아르카지치는 낭독조로 말했다. 「자네는 괜찮아, 모든 것이 미래에 있으니까.」

「그럼 자네는 이제 과거의 사람이라는 거야?」

「아니, 설사 과거는 아닐지언정 자네에겐 미래가 있는 데 반해서 나에게는 현재가 있을 뿐이야. 더구나 그 현재라는 것이 —— 마치 떴다 가라앉았다 하는 사주(砂洲) 같은 것이어서 말이야.」

「그건 왜?」

「하여간 좋잖아. 그러나 나는 내 애긴 하고 싶지가 않아. 게다가 또 일일이 설명할 수도 없는 노릇이고 말이지.」하고 스테판 아르카지치는 말했다. 「그래 자네는 무슨 일로 모스크바에 나왔지 ?……어이, 좀 치워 ! 」하고 그는 타타르 인한테 외쳤다.

「이제 짐작이 가겠지 ? 」하고 레빈은 반짝이는 눈을 스테판 아르카지치의 얼굴에서 떼지 않고 대꾸했다.

「짐작하지, 그렇다고 내가 먼저 얘길 꺼낼 수는 없잖나 말야. 이렇게만 얘기해도 자네는 이미 내 짐작이 옳은지 그른지는 알 수 있을 거야. 」하고 엷은 웃음을 띠고 레빈을 쳐다보면서 스테판 아르카지치는 말했다.

「그럼 자네가 보는 건 어떤가 ? 」하고 레빈은 떨리는 목소리로 얼굴에 경련이 이는 것을 느끼면서 말했다. 「자네는 그것을 어떻게 보나 ? 」

스테판 아르카지치는 레빈에게서 눈을 돌리지 않은 채 서서히 쉬아블리를 마셨다.

「나 ? 」하고 스테판 아르카지치는 말했다. 「나는 이보다도 더 바람직한 일은 하나도 없을 것 같아, 아무것도. 이것은 바랄 수 있는 일 가운데에서도 가장 좋은 일이야. 」

「아니 그렇지만, 그것은 자네가 지금 오해를 하고 있는 것은 아니겠지 ? 우리가 지금 무슨 이야기를 하고 있는지를 자네는 알고 있겠지 ? 」하고 레빈은 대담자의 얼굴을 뚫어지게 쳐다보면서 말했다. 「자네는 이것을 가능하다고 생각하나 ? 」

「가능하다고 생각하지. 도대체 어째서 안 된단 말야 ? 」

「아니, 자네는 분명히 그렇게 생각하지. 이것이 가능하다고 ? 아니야, 자네는 자네가 생각하고 있는 것을 기탄 없이 얘기해 봐 ! 그런데 말야. 그런데 만약 거질이 나를 기다리고 있다면 ?……나에겐 이미 그것이…… 」

「어째서 자네는 그걸 그렇게 생각하고 있지 ? 」하고 그의 흥분을 웃음으로 받으면서 스테판 아르카지치는 말했다.

「때때로 난 그런 생각이 들어. 그러나 이것은 나에게도 그녀에게도 정말 두려운 일이야. 」

「아니, 어떤 경우에도 처녀한테 그런 것은 조금도 두려울 것은 없어. 어떤 처녀거나 청혼을 하면 뽐내는 것이니까 말야. 」

「그렇지, 어떤 처녀건 말이지. 그렇지만 그녀만은 예외야. 」

스테판 아르카지치는 빙그레 웃었다. 그는 레빈의 이 감정을 잘 알고 있었기 때문에, 즉 그에게는 온 세계의 처녀가 분명히 두 종류로 나뉘어 있다는 것을 알고 있었기 때문에 —— 한 종류는 그녀를 제외한 온 세계의 처녀들이 속하고 있고, 그 처녀들은 인간으로서의 온갖 약점을 지니고 있는 말하자면 아주 범상한 처녀들이고, 또 다른 한 종류는 약점이라는 것을 가지지 않은, 그리고 모든 인간성을 초월하고 있는 오직 그녀 한 사람뿐인 것이다.

「오, 가만 있어. 소스를 쳐야지.」하고 그는 소스를 옆으로 밀어제치는 레빈의 손을 누르면서 말했다.

레빈은 순순히 자기의 접시에 소스를 쳤으나 스테판 아르카지치에겐 먹을 틈을 주지 않았다.

「아니, 이봐. 잠깐만, 잠깐만.」하고 그는 말했다. 「하여튼 이것은 나에게 있어선 사활이 걸린 문제란 걸 알아 줘야 해. 난 아직 누구에게도 이 얘길 한 적이 없어. 사실 또 이 얘긴 다른 그 누구하고도 자네하고 얘기하듯이 얘기할 순 없어. 그야 자네하고 난 여러 가지 점에 있어서 다른 사람이야 —— 취미도 다른가 하면 견해도 다르고 모든 것이 달라. 그러나 난 자네가 날 사랑하고 날 이해하고 있다는 것을 알고 있어. 그리고 그렇기 때문에 나도 자네를 못 견디게 사랑하고 있지. 그러니까 제발 조금도 거리낌없이 털어놔 봐.」

「난 내가 생각하고 있는 것을 그대로 자네에게 이야기하고 있어.」하고 스테판 아르카지치는 빙그레 웃음을 띠고 말했다. 「그러나 그저 한 마디만 더 얘기하자면 말야 —— 내 여편네는 정말 훌륭한 여잔데……」하고 스테판 아르카지치는 자기와 아내와의 관계를 생각하고 한숨을 쉬었다. 그리고 잠시 말이 없다가는 재차 계속했다 ——「그녀에겐 예견이라는 천분이 있어. 그녀는 남의 뱃속을 환하게 들여다보고 있어. 그뿐만이 아냐 —— 그녀는 미래의 일도 알고 있단 말야, 특히 결혼 문제에 있어서 그래. 이를테면 말야, 그녀는 쉬아호프스카야와 브렌테린과의 결혼도 예언했었단 말야. 그 당시에는 누구 하나 그것을 믿으려고 하지 않았지만 사실은 역시 그렇게 됐지. 바로 그 여자가 자네 편이란 말야.」

「말하자면 어떻다는 거야?」

「말하자면 그녀는 자네를 좋아할 뿐만 아니라 이렇게까지 얘기하고 있어, 키치는 틀림없이 자네 아내가 될 것이라고.」

이 말을 듣자 레빈의 얼굴은 갑자기 감동의 눈물에 가까운 미소로 빛났다.

「그분이 그렇게 말씀하셨다고!」하고 레빈은 외쳤다. 「그러니까 난 언제나 그분이 훌륭하다고 말하는 거야. 자네 아내가 말이야. 자아, 그만해. 이 얘긴 이제 그만하지.」하고 그는 자리에서 일어나면서 말했다.

「좋아, 그런데 좀 앉아.」

그러나 레빈은 가만히 앉아 있을 수 없었다. 그는 그 본래의 확고한 걸음걸이로 새장 같은 방안을 두어 번 돌며, 눈물을 감추려고 눈을 깜박거렸다. 그리고 나서야 겨우 다시 자리에 돌아와 앉았다.

「자네도 이해하겠지.」하고 그는 말했다. 「이것이 사랑이 아니라는 것을 말이지. 나도 사랑을 한 적이 있어. 그러나 이번 일은 그거와는 달라. 이것은 내 자신의 감정이 아니야. 그 어떤 외부적인 힘이 날 정복하고 말았어. 지난번 내가 도망친 것도 그걸 이 세상에서는 도저히 볼 수 없는 것과 같은 행복과 마찬가지로 있을 수 없는 일이라고 단정했기 때문이었어. 그러나 나는 여러 모로 자신과 싸운 나머지 이것이 없이는 자신의 생활이 없다는 것을 깨달은 거야. 그래서 어떻게라도 결말 짓지 않으면 안 되겠다고 여기고……」

「그건 그렇고, 도망친 것은 무엇 때문이었지?」

「아아, 잠깐만! 난 지금 여러 생각이 머리 속에서 얽혀 있어! 그 얼마나 많은 얘길 물어 보지 않으면 안 되는지 말이야! 자아, 좀 들어 봐 줘. 자네는 자네가 지금 얘기한 것으로 나한테 얼마만큼 영향을 줬는지를 상상하기도 힘들 거야. 다 잊어버렸어. 난 오늘 형인 니콜라이……왜 알지 않아. 그분이 여기에 있다는 것을 알았어…… 난 그것마저도 잊어버렸었어. 나에겐 형도 행복한 것 같은 느낌이었어. 이건 좀 미친지랄이야. 그러나 오직 하나 두려운 것은…… 자네는 아내를 거느리고 있는 처지니까 이 심정을 알고 있겠지만…… 우리들처럼 이미 과거…… 그것도 사랑이 아닌 죄의 과거……를 가지고 있는 어지간한 나이가 된 인간이 갑자기 순결하고 더럽혀지지 않은 존재와 접근한다고 하는…… 난 그것이 두려워. 그리고 이것은 구역질 나는 짓이야. 그 때문에 나는 자기를 값어치 없는 인간이라고 느끼지 않을 수 없단 말이야.」

「아냐, 자네는 아직 죄가 적은 편이야.」

「아냐, 그것만도 아냐.」하고 레빈은 말했다. 「그것만도 아냐. 나도 역시 혐오의 정을 가지고 자기의 생활을 보면서 두려워히고, 저주히고, 또한 통탄히지 않을 수가 없어…… 정말.」

「그러나 어쩔 도리가 있나. 세상이라는 게 그렇게 되어 있는걸.」하고 스테판 아르카지치는 말했다.

「오직 하나의 위안은 내가 언제나 애송하고 있는 공적에 의해서 나를 용서하지 마옵시고 은혜에 의해서 용서하시옵소서라는 그 기도 가운데에 있을 뿐이야. 그러면 그녀도 나를 용서할 수가 있을 거야.」

11

레빈은 샴페인 잔을 비웠다. 그들은 잠시 말이 없었다.

「또 하나 자네에게 얘기할 게 있어. 자네는 브론스키를 알고 있나?」하고 스테판 아르카지치는 레빈에게 물었다.

「아니, 몰라. 왜 자네는 그런 걸 묻지?」

「어이, 한 병 더.」하고 스테판 아르카지치는 일이 없을 때에는 잔에다 샴페인을 따르기도 하고 그들 주위를 뱅뱅 돌기도 하던 타타르 인을 향해서 말했다.

「어째서 내가 브론스키를 알아야 한다는 거야?」

「어째서 자네가 브론스키를 알아 둬야 할 필요가 있느냐 하면, 그게 자네 경쟁자의 한 사람이니까 그래.」

「브론스키란 도대체 무엇하는 사람이야?」하고 레빈은 말했다. 그와 동시에 그의 얼굴은 방금까지만 해도 오블론스키가 넋을 빼앗겼던 어린애 같은 환희의 표정에서 별안간 심술궂고 불쾌한 표정으로 바뀌어 버렸다.

「브론스키란 키릴 이바노비치 브론스키 백작의 아들 중에 하나로 페테르스부르크의 젊은 귀공자들 가운데에서도 가장 훌륭한 청년이야. 난 그자를 트베리에서 알게 됐어. 내가 거기에서 근무하고 있을 때에 그자가 신병 징집을 하러 와서 말야. 돈도 굉장히 있고 미남인 데다 발도 넓고, 시종 무관이겠다, 게다가 또 무척 귀엽고 착한 사내란 말야. 아니 그저 단순히 착하다는 것만이 아니야. 내가 이곳으로 돌아와서 안 바로는 그는 교양도 있고, 아주 총명한 사내야. 말하자면 뭐랄까, 얼마든지 출세할 수 있는 전도 양양한 사내야.」

레빈은 미간을 찌푸리고 묵묵히 앉아 있었다.

「그런데 그자가 여기에 나타난 것은 자네가 돌아가고 나서 얼마 오래 되지 않아서였지만, 내가 알기엔 그자는 지금 키치에게 홀딱 반해 버린 것 같아. 그리고 자네도 알겠지만 어머니가……」

「미안한 얘기지만 난 뭐가 뭔지 조금도 모르겠어.」하고 레빈은 얼굴에 우울한 빛을 띠면서 말했다. 이렇게 말하면서 그는 이내 니콜라이 형에 대하여 생각해 내고 지금까지 형에 대하여 잊을 수 있었다는 것은 정말 잘못된 짓이었다고 생각했다.

「아니 잠깐만, 잠깐만.」하고 스테판 아르카지치는 미소를 띠면서 그의 손을 잡고 말했다. 「난 이것으로 내가 알고 있는 데까지를 자네에게 얘기한 셈이지만, 마지막으로 한 마디만 더, 이 까다롭고 미묘한 문제에 관해서는 짐작을 할 수 있는 범위에서 희망은 자네 쪽에 있으리라는 것을 되풀이해 두겠어.」

레빈은 몸을 의자의 등에 기댔다. 그의 얼굴은 창백했다.

「그러나 말야, 이봐. 이 문제는 되도록 빨리 결정을 지어 버리는 게 좋아.」하고 오블론스키는 그의 잔에 술을 따르면서 계속했다.

「아니, 고마와, 나는 더 마시지 못해.」하고 레빈은 자기의 술잔을 옆으로 밀어제치면서 말했다. 「난 취할 것 같아…… 그래 자넨 요즘 어떻게 지내나?」하고 그는 분명히 화제를 바꾸려는 듯이 계속했다.

「한 마디만 더 —— 무슨 일이 있어도 이 문제는 한시바삐 해결을 지어야 해, 알겠나. 그러나 오늘은 얘기하지 않는 게 좋을 거야.」하고 스테판 아르카지치는 말했다. 「내일 아침에 찾아가서 정면으로 의젓하게 구혼을 한단 말야. 하느님께선 틀림없이 자넬 축복해 주실 거야……」

「그건 그렇고 어때, 자넨 노상 나한테로 사냥하러 왔으면 좋겠다고 말하지 않았나? 정말 이번 봄엔 꼭 와.」하고 레빈은 말했다.

이제야 그는 진심으로 스테판 아르카지치와 이 얘기를 시작했던 것을 뉘우쳤다. 그의 독특한 감정은 페테르스부르크의 한 사관과의 경쟁 운운의 얘기와 스테판 아르카지치의 짐작과 충고에 의해서 무참히 더럽혀지고 말았다.

스테판 아르카지치는 미소를 띠었다. 그는 레빈의 마음속에 일어난 것이 무엇인가를 이해했다.

「언젠가 한번 가지.」하고 그는 말했다. 「그런데 이봐, 계집이란 온갖 것의 바탕이 되어 있는 용수철 같은 거야. 지금 내 사정도 엉망이야, 정말 엉망이야. 그리고 그것이 모두 계집 때문이야. 자네 어디 한번 숨김없이 얘기해 줘 봐.」하고 그는 한 손에 시가를 들고 한 손으로 술잔을 잡으면서 계속했다. 「어디 자네 의견을 한번 들려 주어.」

「그러나 도대체 무슨 일이야?」

「말하자면 이래. 가령 말이야, 자넨 결혼해서 아내를 사랑하고 있다, 그러나 다른 여자한테 마음이 끌렸다면.」

「조금 가만 있어 봐, 나는 그런 것은 전혀 이해하지 못하겠어. 그건 마치…… 내가 지금 배부르면서도 빵집 옆을 지나가다가 빵을 훔친다는 것과 마찬가지의 이야기 아냐.」

스테판 아르카지치의 눈은 어느 때보다도 한층 더 빛났다.

「왜 그래? 빵도 때로는 못 견딜 만큼 좋은 냄새를 풍기는 수도 있을 게 아냐.」

Himmlisch ist's, wenn ich bezwungen

Meine irdische Begier;

Aber noch wenn's nicht gelungen,

Hatt'ich auch recht hübsch Plaisir!

(불타는 욕망을 억누름은

갸륵도 하여라.

그런 대로 그것을 멀리 못 할지라도

또한 기쁨은 있나니 !)

이렇게 말하면서 스테판 아르카지치는 미묘하게 웃었다. 레빈도 웃지 않을 수 없었다.

「그래, 그러나 농담은 그만두고」 하고 오블론스키는 계속했다. 「자네도 한 번 생각해 봐. 여자는 귀엽고 공손하고 사랑스러운 생물이고 가난한, 의지할 데 없는 몸이고 모든 것을 희생했단 말야. 그것을 말야, 이제 일이 다 돼 버린 지금에 와서—— 어디 한번 생각해 봐—— 헌신짝처럼 버려서야 될까? 설사 가정 생활을 파괴하지 않기 위해서 헤어진다고 하더라도 그 여자를 가여워하고 맘을 잡게 하고 위안을 주고 해서는 안 될까?」

「그러나, 조금 가만 있어 봐. 자네도 알고 있는 것처럼 나는 모든 여자는 두 종류로 나뉘어져 있다고 생각해…… 말하자면, 아니…… 더 정확히 얘기하자면 —— 여기에 어떤 부류의 여자가 있으면 거기엔 또…… 하여튼 난 아직 타락한 아름다운 여자라는 것을 본 적도 없고, 또 앞으로도 보지 않을 거야. 계산대 옆에 있는 저 고수머리를 지져 올린 하얗게 칠을 한 프랑스 여인—— 저런 것은 나에게는 뱀이나 마찬가지로 보인단 말야. 그리고 타락한 여자들이란 모두 저런 것들이야.」

「그럼 복음서의 여인은?」

「아아, 그만둬 ! 후세에 그런 의미로 악용되리라고만 알았으면 그리스도께서도 결코 그런 말은 하지 않았을 거야. 전 복음서 가운데에서 그 말만이 기억에 남아 있다는 것은 유감이야. 그건 그렇고 난 생각하고 있는 걸 말하고 있는 게 아니고, 느끼고 있는 걸 말하고 있는 거야. 나는 타락한 여자들에 대해서 혐오의 정을 가지고 있어. 자네는 거미를 두려워하지만 나는 이런 뱀들을 두려워해. 자네도 아마 거미를 연구한 일은 없었을 테니깐 그들의 성정을 모를 거야. 나두 매일반이야.」

「자네로선 그렇게 얘기하는 것도 좋겠지. 말하자면 그것은 그 어려운 문제는

모두 왼손으로 오른쪽 어깨 너머로 내던지고 가는 디킨즈의 소설 가운데의 신사
와 같은 것이니까 말야. 그러나 사실의 부정은 해답이 되진 않아. 어떻게 했으
면 좋을는지 그것을 한번 말해 보란 말이야. 어떻게 했으면 좋을는지를? 아내
는 자꾸 나이가 들어 가는데 자네는 생활력으로 가득 차 있어. 자네는 이제 아내
에 대해서 아무리 경의를 표해 봐도 진실한 사랑으로 그녀를 사랑할 수가 없게
돼 있다는 것을 느끼게 될 거야. 그런데 거기에 갑자기 사랑의 대상이 나타난
다, 자네도 그만이야, 그만이야!」하고 풀죽은 절망적인 목소리로 스테판 아르
카지치는 말했다.
　레빈은 웃었다.
　「그렇지, 그만이야.」하고 오블론스키는 말을 이었다.
　「그러나 어떻게 할 수도 없잖나 말야?」
　「빵을 훔쳐선 안 되지.」
　스테판 아르카지치는 껄껄대고 웃었다.
　「오오, 도덕주의자! 그러나 자네도 좀 잘 생각해 봐. 알겠나. 여기에 두 여자
가 있다고 하고 그 중의 한 사람은 그저 자기의 권리만을 주장한단 말야. 그러나
그 권리라는 게 자네의 사랑이고, 그리고 그건 자네가 도저히 그녀에게는 줄 수
없는 것이란 말야. 그러나 다른 또 하나의 여자는 모든 것을 자네에게 바치고도
그 무엇 하나 바라지도 않는다, 자아, 자네는 어떻게 해야 하겠나? 어떻게 처
신해야 하느냐 말이야? 여기에 무서운 비극이 있는 거야.」
　「자네가 그렇게 내 진의를 듣고 싶어한다면 말하지만 거기에 비극이 있다든가
하는 것은 난 믿지 않아. 그 이유는 이래. 내 의견으로는 사랑……그 플라톤이
그 《향연》 속에서 정의한 두 가지 사랑, 이 두 가지 사랑이 사람들을 위한 시금
석의 역할을 하고 있다는 거야. 한쪽 사람들은 한쪽만을 이해하고 있고 다른 사
람들은 또 다른 쪽만을 이해하고 있단 말야. 그리고 비(非)플라토닉 러브만을 아
는 인간은 쓸데 없이 비극에 대해서 이러쿵저러쿵 하고 있는 것에 불과해. 그러
한 종류의 사랑엔 그 어떤 비극도 있을 수가 없어. 말하자면『덕택으로 정말 즐
거웠다. 고마와. 그럼 안녕』이라는 정도의 이것이 바로 비극의 전부야. 그러나
또 플라토닉 러브에 있어서도 비극이라는 것은 있을 수가 없어. 왜냐하면 이 종
류의 사랑에 있어서는 모든 것이 명백하고 순결하니까, 그 까닭은……」
　이 순간 레빈은 자기의 죄와 자기가 지내 왔던 마음속의 고투를 상기했다. 그
리고 그는 얼결에 이렇게 덧붙였다.「그러나 혹은 자네가 옳을지도 몰라. 정말
그렇는지도 몰라…… 그렇지만 난 모르겠어, 전혀 몰라.」
　「바로 그거야.」하고 스테판 아르카지치는 말했다.「자네는 정말 순수한 인

간이야. 이것이 자네의 장점이기도 하고 또 단점이기도 해. 자네는 자네 자신의 순수한 성격에서 전 인생이 순수한 현상으로 이루어지기를 바라고 있지만, 그런 것은 여간해서 있을 수 있는 일이 아냐. 자네는 또 사회 봉사적 활동이라는 것을 멸시하고 있어. 그것은 말하자면 자네가 일과 목적이 언제나 일치되기를 바라고 있기 때문이지만 그것도 실제로는 있을 수 없는 일인 거야. 자넨 또 한 인간의 활동이 언제나 목적을 가지지 않으면 안 되는 것처럼 사랑과 가정 생활이 언제나 동일하기를 원하고 있어. 그러나 이것 역시 그렇지는 않은 거야. 인생의 온갖 변화, 온갖 매력, 온갖 아름다움은 모두 그림자와 빛으로 이루어져 있는 것이니깐 말이지.」

레빈은 한숨을 지을 뿐 한 마디도 대꾸하지 않았다. 그는 자기 자신에 대해서만 생각하고 있었기 때문에 오블론스키의 말에는 귀를 기울이고 있지 않았던 것이다.

그러자 갑자기 그들 두 사람은, 그들이 비록 서로 친구 사이기도 하고 식사를 같이 하고 더한층 그들의 친분을 두텁게 하지 않으면 안 되었을 술까지 나누기도 하기는 했지만, 각자가 자기에 대해서만을 생각하고 있고 상대방에 대해서는 조금도 생각하고 있지 않았다는 것을 통감했다. 오블론스키는 이미 여러 차례 식사 위에 일어나는 이 극단적인 접근 대신 소외감을 경험하고 있었기 때문에 이런 경우에는 어떻게 하면 좋은가를 잘 알고 있었다.

「계산!」하고 그는 외치고는 다음 홀로 나갔으나 거기에서 바로 친분이 있는 부관을 만나서 그 사내를 상대로 어떤 여배우와 그녀의 보호자에 대해 이야기를 시작했다. 그리고 그 부관과의 이야기 가운데에서 곧 오블론스키는 언제나 이성적으로나 감정적으로 지나치게 긴장을 강요당하는 레빈과의 이야기에 대한 일종의 완화와 휴식을 느꼈다.

이십 루블 몇 코페이카와 그 외에 팁을 더한 계산서를 가지고 타타르 인이 옆에 왔을 때, 다른 때 같으면 십사 루블이라는 자기의 몫에 시골놈처럼 넘나 갔을 레빈도 지금은 그런것엔 개의치도 않고 지불하고서는 자기의 운명이 결정될 쉬체르바스키 댁을 찾아가기 위해서 옷을 갈아입으려고 우선 숙소로 돌아갔다.

12

공작 영애 키치 쉬체르바스키는 열여덟 살이었다. 그녀는 이해 겨울에 처음으로 사교계에 발을 들여놨다. 사교계에서의 그녀의 성공은 두 언니를 능가했을 뿐 아니라 공작 부인이 예기했던 이상의 것이기도 했다. 모스크바의 무도회에서 춤추었던 젊은이들의 거의 전부가 키치에게 마음이 끌렸을 뿐만이 아니라 이 첫해에 벌써 두 명의 진지한 구혼 후보자까지 나타났다 —— 레빈과 그가 떠난 뒤 곧 나타난 브론스키 백작과.

이해 초겨울에 있어서의 레빈의 출현과 그의 끊임없는 방문과 키치에 대한 명백한 사랑은 키치의 양친 사이에 처음으로 일어난 그녀의 미래에 대한 진지한 상의의 동기도 됐고, 공작과 공작 부인과의 사이에 말다툼을 일으킨 원인도 됐다. 공작은 레빈의 편이었고 자기는 키치한테는 이보다 더 훌륭한 사람은 바라지 않는다고 말했다. 부인은 부인대로 문제에 직면하는 것을 피하려는 부인 특유의 성벽에서 키치가 아직은 너무 어리다는 것, 레빈은 아직 어떻다고도 진지한 의사 표시를 한 일이 없다는 것, 키치가 그에 대해서 별다른 감정을 가지고 있지 않다는 것, 그리고 그 밖의 가지가지의 이유를 들어 말했다. 그러나 주요한 것, 즉 그녀는 딸을 위해서 더 훌륭한 배필을 기다리고 있다는 것, 그리고 그녀 자신이 레빈을 그다지 좋아하지 않는다는 것, 따라서 그의 사람 됨됨이를 모른다는 것은 입에 담지 않았다. 그래서 레빈이 갑자기 시골로 돌아갔을 때엔 공작 부인은 기뻐하고 으쓱거리는 듯한 얼굴로 남편에게 말했다 ——「거봐요, 내 말이 맞았죠.」 그리고 뒤이어 브론스키가 나타났을 때에는 그녀는 더한층 기뻐하고 키치에게는 그저 좋은 연분일 뿐만 아니라 성대하게 결혼을 시키지 않으면 안 되겠다는 자기의 의사를 굳혔다.

어머니에게는 브론스키와 레빈은 비교의 상대가 될 수 없었다. 어머니에게는 레빈의 기묘하고 날카로운 견해도, 오만 위에 뿌리박고 있는 그녀가 그렇게 생각하고 있었던 것과 같은 사교계에서의 그의 거북스러워하는 것도, 또 가축이며, 농부 상대의 시골에서의 그의 (그녀의 견해에 의하면) 어쩐지 거칠은 생활도 마음에 들지 않았다. 그것뿐만이 아니고 그가 그녀의 딸을 사모하여 한 달 반이나 집을 드나들고 있으면서도 마치 무엇인가를 기다리고 있기라도 하듯이 눈치만 살피고 있는, 흡사 자기 쪽에서 청혼하는 것은 명예를 손상시키는 일이기나 하여 두려워하고, 과년한 딸이 있는 집을 드나들고 있으면서 이야기하지 않으면 안 되던 것을 모르고 있었던 것이 무엇보다도 마음에 들지 않았다. 게다가 또 그는 한 마디 인사도 없이 돌연 시골로 돌아가 버렸다. 『그러나 잘됐다. 그가 그렇게 끌리지 않았다는 것도 또 키치가 그 사람한테 정신을 팔지 않았다는 것도.』 하고 어머니는 생각했다. 브론스키는 어머니의 모든 희망에 만족을 주었다. 대단한 부자에다 총명하고 고귀하고 궁정부 무관으로 찬란한 출세의 길을 가고 있는, 게다가 또 굉장히 매력 있는 사내였다. 그 이상의 것을 바랄 수는 없었다. 브론스키는 어느 무도회에서도 분명히 키치에게 친절을 베풀고 그녀와 춤을 추었고, 집에도 자주 들렀으므로 그의 청혼의 진지함을 조금도 의심할 수는 없었다. 그러나 그럼에도 불구하고 어머니는 이 한겨울 내내 무서운 불안과 동요 속에 방황하고 있었다.

부인 자신은 삼십 년 전에 숙모의 중매로 결혼했던 것이다. 이미 사전에 모든 것이 다 알려져 있던 신랑은 자기가 찾아와서 신부의 선을 보았고 또 자기도 보였다. 중매인이었던 숙모도 서로 주고받았던 인상을 살펴 그것을 쌍방에 전했다. 인상은 좋았다. 그리고 택일한 날에 성혼하기로 양친에게 말이 되어 승낙이 떨어졌다. 모든 것이 손쉽게 간단히 치러졌다. 적어도 부인에게는 그렇게 여겨졌다. 그러나 딸들의 경우에 있어서 그녀는 아무것도 아니라고 여겨졌던 역할 —— 딸을 출가시킨다는 일이 얼마나 귀찮고 어려운 일인지를 체험했다. 위로 둘, 다리야와 나탈리를 출가시킬 때에도 얼마나 걱정했고 얼마나 생각을 거듭했고 얼마만큼의 돈을 썼으며 남편과 충돌했는지 몰랐다! 지금 막내딸을 출가시키는 데 있어서도 그와 똑같은 걱정, 똑같은 의혹을 되풀이하는 것 외에 남편과는 언니들 때보다도 더한층 격렬한 말다툼을 하지 않으면 안 되었다. 공작은 어느 아버지나 그러하듯이 자기의 딸들의 명예와 순결에 관해서는 유달리 까다로왔다. 그는 딸들에 대해서 특히 그 귀염둥이 딸에 대해서, 분별 없이 신경질적이고, 그리고 부인이 딸을 망신시킨다든지 하는 날이면 거의 한 걸음마다 그녀에게 호통을 치고 덤볐다. 부인은 맏딸 때부터 이미 그것에는 길들어 있었지만 이번에는 그녀도 공작이 까다롭게 하는 것은 먼젓번 때보다도 한층 뚜렷한 근거를 가지고 있다는 것을 느꼈다. 그녀는 요즈음 세상의 풍습이 많이 바뀌어 어머니의 의무가 더한층 어려워졌다는 것을 인식했다. 그녀는 또 키치와 같은 또래의 처녀들이 그 어떤 회를 만들기도 하고, 강습회에 나가기도 하고, 사내들과 자유로 교제도 하고 저희들끼리만 길거리를 돌아다니기도 하고, 대부분이 모두 무릎을 굽혀 하는 구식 절을 하지 않고, 그 가운데에서도 누구나가 배필을 고르는 것은 자기들이 할 일이지 어버이들이 할 일은 아니라고 굳게 믿기도 하는 것을 보았다. 『오늘날은 아무도 예전과 같은 그러한 결혼은 이제 하지 않는다.』하고 이 젊은 처녀들이며 심지어는 어지간한 나이의 늙은이들까지 모두 이렇게 생각하고 얘기하기도 했다. 그러나 그럼 요즈음 처녀들은 어떻게 결혼하고 있느냐는 애기가 나오면 부인은 누구한테서도 알 수가 없었다. 프랑스의 습관——아들의 운명은 부모가 결정지어 주어야 한다——은 배척당하고 비난받았다. 영국의 습관——처녀의 완전한 자유——도 또한 받아들여지지 않았고 또 러시아 사회에서는 불가능했다. 그렇다고 또 중매라는 러시아의 습관은 무엇인가 상스러운 것 같은 생각이 들어서 누구나가 부인 자신도 그것을 비웃었다. 그러나 그럼 어떻게 시집을 가야 하고 시집을 보내야 하는가는 아무도 몰랐다. 부인이 이 문제에 대해서 얘기했던 사람들은 모두 부인에게 똑같은 말을 했다——「생각해 봐요, 오늘날은 이제 그 낡은 구습을 버려야 할 때예요. 결혼하는 것은 젊은 사람들이지 부모가 하는 건 아니잖아요. 그렇다고 보면 당사자들이 알아서 하게끔 내버려 둬야 해요.」그러나 딸을 가지지 않은 사람들에게는 그렇게 얘기하는 것도 좋았다. 그러나 부인으로서는 딸을 사내들에게 가깝게 하게 하면 사랑을 할 수 있다는 것을, 그것도 결혼할 의사가 없는 사내가 혹은 남편감이 되지 못하는 사내를 연모할 수도 있다는 것을 생각하지 않을 수 없었다. 그래서 부인은 오늘날의 젊은 사람들은 자기의 운명은 자기가 결정하지 않으면 안 된다고 아무리 설득을 당해도 그것을 믿을 수가 없었다. 그것은 마치 설사 세상이 어떻게 변한다고 하더라도 다섯 살 먹은 어린 아이에 대한 가장 좋은 노리개가 총알이 재인 권총일 거라는 것이 믿어지지가 않은 것과 마찬가지였다. 그래서 공작 부인은 키치의 일은 언니들 때보다도 한층 마음이 놓이지를 않았다.

그리하여 그녀는 지금 브론스키가 딸에게 대하여 단순한 구애의 범위에 그치지 않을까 하고 두려워했다. 그녀는 딸이 벌써 그에게 맘이 쏠려 있다는 것을 알고 있었다. 그러나 그도 성실한 사람이니까 설마 허튼 짓은 하지 않으리라 생각하고 스스로 위안하고 있었다. 그렇다고는 하나 그와 동시에 그녀는 또 요즈음의 자유로운 교제라는 것이 얼마나 손쉽게 처녀의 머리를 어지럽히는지 또 일반적으로 남자 쪽에서도 얼마나 그 죄를 가볍게 보고 있는지를 알고 있었다. 지난 주만 해도 키치는 마주르카를 추면서 어머니에게 브론스키와의 사이에 있었던 이야기를 들려 줬다. 그 애기는 다소 부인을 안심시켰다. 그러나 부인으로선 아주 안심할 수는 없었다. 브론스키는 키치에게 그들 두 형제는 무슨 일에 있어서도 어머니에게 복종하는 습관 때문에 무엇인가 중대한 일은 어머니에게 상의하지 않고는 결코 결정할 수 없다고 말했다. 『그래 난 지금도 페테르스부르크에서 어머니가 오시는 것을 특별한 행복을 기다리는 듯한 생각으로 기다리고 있읍니다.』하고 그는 말했다.

키치는 이러한 말들을 별로 아무런 의미도 두지 않고 전했다. 그러나 어머니는 그것을 다른 의미로 받아들였다. 그녀는 노모가 하루하루 기다려지고 있다는 것을 알았고, 또 노모는 틀림없이 아들의 선택을 기뻐하리라는 것을 알았다. 그래서 그녀에게는 그가 어머니의 노여움을 사는 것이 두려워 청혼을 하지 않고 있는 것이 오히려 우스웠다. 그러나 그녀는 스스로 애써 그것을 믿었을 만큼 결혼 그 자체를 바라고 있으며, 무엇보다도 더 자기 자신의 불안감을 떨쳐 버리려고 애썼다. 그래서 지금 부인에게는 남편과 헤어지려고 하는 맏딸인 돌리의 불행을 보는 것이 무척 쓰라린 일이긴 했지만, 막내딸의 결정되어 가고 있는 운명에 대한 걱정이 그녀의 온갖 감정을 지배하고 있었다. 게다가 또 오늘은 레빈의 출현과 함께 또 하나의 새로운 불안이 더했다. 그녀는 레빈에 대해서 한때는 어떤 감정을 품고 있었던 것처럼 여겨졌던 딸이, 필요 이상의 성실로 브론스키를 거절하지나 않을까 하는 것과 레빈의 도착이 사정을 뒤얽히게 하여 애써 여기까지 이끌어온 다 된 일을 주춤하게 하지나 않을까 하는 것을 두려워했던 것이다.

「그분은 진작부터 나와 있나?」하고 그들이 집으로 돌아왔을 때에 부인은 레빈의 얘기를 했다.

「오늘이래요, 엄마.」

「나 한 마디 얘기해 둘 게 있는데 말야……」하고 부인은 말문을 열었다. 그녀의 그 정색을 한 활기 있는 얼굴을 보자 키치는 눈치 빠르게 어머니가 얘기하려는 것을 짐작해 버렸다.

「어머니.」하고 그녀는 빨갛게 달아오른 얼굴을 재빨리 그녀한테로 돌리면서 말했다. 「제발, 제발, 그 애긴 이제 그만하세요. 알고 있어요, 다 알고 있어요.」

그녀는 어머니가 바라고 있었던 것과 똑같은 것을 바라고 있었다. 그러나 어머니가 바라고 있는 것의 동기가 그녀에게는 불쾌했던 것이다.

「내가 얘기하려는 것은, 그저 말이야, 한쪽에만 희망을 걸고……」

「어머니 부탁이에요, 정말 이제 그만 얘기하세요. 그 이야길 하는 것은 정말 무서우니까요.」

「그럼 않겠어, 않겠어.」하고 어머니는 딸의 눈에 고인 눈물을 보고 이렇게 말했다. 「그러나 말이야, 그저 한 마디만, 애——너 나한테 약속했지. 무슨 일이건 나한테는 숨기지 않겠다구. 숨기거나 하지는 않겠지?」

「네 어머니, 어떤 일이건.」하고 키치는 얼굴을 붉히고 똑바로 어머니의 얼굴을 보면서 대답했다. 「그러나 나는 지금은 아무런 할 얘기가 없어요. 나는…… 나는……설혹 얘기하고 싶어도, 모르겠어요. 뭘 어떻게 얘기해야 할 지를…… 모르겠어요……」

『아냐, 이 눈으로는 거짓말을 할 수 없다.』하고 어머니는 그녀의 혼란과 행복에 대해서 미소를 머금고 생각했다. 공작 부인은 사랑스러운 딸에게 있어서는 지금 그 마음속에서 일어나고 있는 것이 정말 크고 의미심장한 것으로 여겨지고 있는 것 같은 것을 생각하고 빙긋이 웃었다.

13

　키치는 저녁이 끝나고 야회가 시작될 때까지의 사이에 싸움터에 임한 젊은이가 경험하는 것 같은 것을 느꼈다. 그녀의 심장은 세차게 고동쳐 아무것도 생각할 수 없었다.

　그녀는 그들 두 남자가 처음으로 얼굴을 대하게 될 오늘의 야회야말로 그녀의 운명을 결정지으리라 느꼈다. 그리하여 그녀는 끊임없이 그 두 사람의 모습을 혹은 한 사람씩 따로따로 혹은 두 사람을 같이 놓고 자기 앞에 그녀 보았다. 과거를 생각할 때엔 그녀는 만족과 부드러움에 감싸여 레빈과 자기들과의 추억을 떠올렸다. 어렸을 적의 추억과 죽은 오라버니와 레빈과의 우정에 대한 기억은 그와 그녀와의 관계에 독특한 시적인 아름다움을 주었다. 그녀가 믿었던 그녀에 대한 그의 애정은 그녀에게는 그립고 즐거운 것이었다. 그리고 레빈에 대해서 생각할 때에는 그녀의 마음도 가벼웠다. 그러나 브론스키에 대한 회상에는 그가 더할 나위 없이 사교적이고 조용한 사람이었음에도 불구하고 무엇인지 거북스러운 것이 섞여 있었디. 마치 그 이떤 히위기 그의 마음속이 아니고 —— 그는 아주 난순하고 귀여운 사람이었으니까 —— 그녀 자신 속에 도사리고 있는 것 같은 느낌이 들었던 것이다. 그러나 레빈에 대해서는 자기를 완전히 단순하고 명백한 것으로 느꼈다. 그러나 그 대신 브론스키와 함께 있는 미래를 그려 보면 그녀 앞에는 빛나는 행복에 찬 원경이 전개되지만, 레빈과 같이하는 미래는 그저 어슴푸레한 안개 같은 것으로밖에는 생각되지 않았던 것이다.

　야회복으로 갈아입기 위해서 이층으로 올라가면서 거울을 들여다보고 그녀는, 오늘은 그녀의 생애에 있어 기분이 좋은 날 중의 하루며, 잠시 후 부딪혀야 하는 일을 위해서 꼭 필요한 온 힘을 충분히 제어할 수 있는 상태에 있다는 기쁨으로 가득 찼다. 그녀는 자기 속에서 드러나는 정숙함과 자연스런 동작의 우아함이 있다고 느꼈다.

　일곱 시 반에 그녀가 객실로 내려가자 곧 하인이 『콘스탄친 레빈』 나리께서 오셨다고 알렸다. 공작 부인은 아직 자기의 방에 있었고 공작도 나와 있지 않았다. 『그럼 그렇지.』하고 키치는 생각했다. 그러나 온몸의 피가 심장으로 한꺼번에 몰렸다. 그녀는 거울을 들여다보고 자기의 파랗게 질린 얼굴에 놀랐다.

이제야 그녀는 그녀가 혼자 있는 틈을 타서 청혼하려 그가 일찌감치 왔다는 것을 확실히 알았다. 그러자 비로소 모든 일이 전연 새로운 다른 측면을 드러냈다. 그리고 그녀는 문제가 결코 자기 한 사람만의 일이 아니고——그녀가 누구와 함께 되면 행복할 것인가, 또 누구를 사랑하고 있는 것일까 하는 것이 아니고——당장 사랑하는 사람을 짓밟지 않으면 안 된다는 것에 생각이 미쳤다. 그것도 무참히 짓밟는 것이다…… 무엇 때문에? 그가, 그 귀여운 사내가 그녀를 사랑하고 있고 그녀에게 반해 있기 때문에. 그러나 어쩔 수 없다. 그렇게 하지 않으면 안 되는 것이다. 그렇게 되지 않으면 안 되는 것이다.

『아아, 그렇지만, 나는 내 입으로 그 애길 그분한테 하지 않으면 안 된단 말인가?』하고 그녀는 생각했다. 『그럼 나는 뭐라고 그분한테 얘기해야 하나? 나는 당신을 사랑하고 있지 않아요, 하고 내가 그분한테 얘기할 수가 있을까? 거짓말을 하는 셈이 된다. 그럼 뭐라고 얘길 해야 하나? 딴 분을 사랑하고 있으니까, 라고 얘기할까? 아니야, 그런 짓은 할 수 없다. 난 달아나야겠다, 달아나야겠다.』

그녀가 이미 문에까지 다가갔을 때에 그의 발소리가 들려왔다. 『아냐! 그런 짓을 한다는 것은 비겁하다. 자신에게 두려워할 게 뭐 있을까? 난 아무것도 나쁜 짓을 하지는 않았다. 어차피 될 대로밖에 되지 않는다. 바른 대로 얘기하자. 저분한테 대해선 거북한 것이라곤 있을 수 없을 테니까. 저기 오셨다.』하고 그녀는 자기 위에 빛나는 눈을 고정시키고 있는 억센, 그러면서도 수줍어하는 그의 모습을 보고 이렇게 마음속으로 뇌었다. 그녀는 마치 그에게 용서를 구하기라도 하는 것처럼 똑바로 그의 얼굴을 쳐다보았다. 그리고 손을 내밀었다.

「아니, 이거 시간도 안 되어 너무 빨리 온 모양이군요.」하고 그는 텅 빈 객실을 둘러보며 말했다. 자기가 바랐던 대로 아무도 거치적거릴 것이 없다는 것을 알자, 그의 얼굴은 갑자기 어두워졌다.

「어머나, 아 아녜요.」하고 키치는 말하고 자리에 앉았다.

「그러나 실은 난 당신께서 혼자 있는 틈을 노리려고도 했죠.」하고 그는 용기를 잃지 않으려고 그녀 쪽을 쳐다보지 않고 선 채 말을 꺼냈다.

「어머님께서 이제 곧 나오셔요. 어머님은 어제 굉장히 지치셨기 때문에, 어제는……」

그녀는 자기가, 지금 자신의 입술이 무슨 말을 하고 있는지도 모르고 또 비는 것 같은 애무하는 듯한 눈동자를 그한테서 떼지 않고 말했다.

그는 그녀를 쳐다보았다. 그녀는 빨개지며 입을 다물었다.

「난 아까 당신께 말씀했었죠, 오래 머무를는지 어떨는지를 모르겠다고……
그것은 당신께 달렸다고요…….」

그녀는 점점 다가오고 있는 것에 대해서 뭐라고 대꾸해야 할 바를 모르고 차
츰 머리를 낮게 수그렸다.

「그것은 당신께 달렸다고요.」하고 그는 되풀이했다. 「난 얘기하고 싶었읍니
다…… 난 얘기하고 싶었읍니다…… 난 이번엔 그 때문에 나왔읍니다…… 저어
…… 내 아내가 돼 주셨으면 하고 ! 」그는 자기가 무슨 얘기를 하고 있는지도 모
르고 이렇게 지껄였다. 그러나 가장 두려운 얘기만은 해 버린 것 같은 느낌이 들
어 얘기를 그치고 그녀를 바라보았다.

그녀는 그를 쳐다보지 않고 괴로운 듯한 숨을 쉬고 있었다. 그녀는 환희를 맛
보고 있었다. 그녀의 넋은 행복으로 가득 차 있었다. 그녀는 그의 사랑의 고백
이 이렇게까지 강한 감동을 자기에게 주리라고는 조금도 예기하지 않았던 것이
다. 그러나 그것은 그저 일순간에 불과했다. 그녀는 브론스키를 생각했다. 그녀
는 밝고 정직한 눈을 레빈에게 올려 그의 절망적인 얼굴을 보자 얼른 대꾸하였
다.

「저어, 전 그럴 수는 없어요……용서하세요.」

일 분 전까지도 그녀는 그에게 얼마나 가까운 사람이었던가, 또 그의 생활에
있어서 얼마나 중요한 사람이었던가 ! 그러나 지금의 그녀는 그에게 얼마나 멀
고 인연이 없는 사람이 돼 버렸단 말인가 !

「아니, 이렇게 되는 수밖에는 다른 도리가 없었다.」그는 그녀를 쳐다보지도
않고 말했다.

그는 인사를 하고 떠나려고 했다.

14

그러나 바로 이때 공작 부인이 들어왔다. 그리고 그들 단둘이 있는 것을 보고
그 서먹한 얼굴을 보자 부인의 얼굴에는 공포의 빛이 나타났다. 레빈은 그녀에
게 인사만을 했을 뿐 아무 말도 하지 않았다. 키치는 눈도 들지 않고 잠잠히 앉

아 있었다. 『다행이다, 거절했구나.』하고 어머니는 생각했다. 그러자 그 얼굴은 목요일마다 손님을 맞는 그 언제나의 미소로 빛났다. 그녀는 자리에 앉아 시골에서의 그의 생활에 대해서 레빈에게 묻기 시작했다. 그는 살며시 빠져나가기 위해서 손님들이 도착하기를 기다리면서 다시 자리에 앉았다.

한 오 분쯤 지나자, 지난 해겨울에 결혼한 키치의 친구인 노르드스톤 백작 부인이 들어왔다.

빛나는 검은 눈을 가진 야위고 살갗이 누르스름한 병적이고 신경질적인 여자였다. 그녀는 키치를 사랑하고 있었다. 그리고 그 사랑은 처녀에 대한 기혼 부인의 사랑이 언제나 그렇듯이 자기의 행복의 이상에 좇아 키치를 결혼시켰으면 하는 희망 가운데에 나타나 있었다. 그녀는 그녀가 브론스키와 결혼했으면 했다. 그래서 그녀에겐 첫겨울에 자주 이 집에서 만났던 레빈이 무작정 불쾌했다. 그래서 레빈과 만났을 때, 그녀의 변함없는 그리고 좋아하는 일은 그를 빈정거리는 것이었다.

「난 저분께서 자신이 위대한 것처럼 날 내려다보기도 하고 혹은 내가 멍청하니까 얘기가 어렵게 되면 멈추기도 하고 그런가 하면 또 나 있는 데까지 내려오시기도 하는 것이 좋아요. 난 그게 정말 좋아——그 내려오시는 그것이! 그리고 난 저분께서 나를 질색하시는 그것이 정말 즐거워 죽겠어.」하고 그녀는 언제나 그에 대해서 이렇게 말했던 것이다.

그녀는 옳았다. 왜냐하면 실제로 레빈은 그녀를 싫어했고, 또 그녀가 자랑하고 있었고 자기의 장점처럼 여기고 있었던 것——즉 그녀의 신경질에 대해서, 또 온갖 거칠은 생활적인 것에 대한 그녀의 세련된 경멸과 냉담에 대해서 그녀를 경시하고 있었기 때문이었다.

노르드스톤 부인과 레빈과의 사이에는 세상에 흔히 있는 관계, 즉 두 사람이 표면으로는 다정한 관계에 있으면서 서로 진지한 교제가 될 수 없을 뿐만이 아니라 그렇다고 싸움도 할 수 없을 만큼 서로 멸시하고 있는 관계가 돼 있었다.

노르드스톤 백작 부인은 곧 레빈에게 달려들었다.

「어머나! 콘스탄친 드미트리치! 또 우리들의 음탕한 바빌론으로 나오셨군요.」하고 그녀는 조그마한 누런 손을 그에게 내밀면서 첫겨울에 그가 말했던, 모스크바는 바빌론이다라는 말을 생각해 내고 이렇게 말했다. 「도대체 바빌론이 좋아지셨읍니까, 그렇잖으면 타락하셨읍니까?」하고 그녀는 비웃는 듯한 미소를 띠고 키치를 돌아보면서 덧붙였다.

「아니, 아주머니. 당신께서 내 얘길 그렇게까지 기억하고 계시다는 것은 나로서는 정말 영광입니다.」하고 간신히 기력을 되찾은 레빈은 버릇에 따라 대뜸 그 노르드스톤 백작 부인에 대한 농담 가운데에 적의가 있는 태도로 옮으면서 이렇게 대꾸했다. 「그러고 보면 그 말이 제법 강하게 당신께 작용했던 모양이로군요.」

「아아, 물론이죠! 난 아무거나 적어두니까요. 그래 키치, 또 스케이트를 탔구나?……」

그리고 그녀는 키치와 얘기를 시작했다. 지금 여기를 뜬다는 것은 레빈으로서는 아무리 거북한 일이라고 할지라도 그러나 그에게는 차라리 이 예모 없는 짓을 하는 것이 하루 저녁내 여기에 남아 이따금 그에게 옆눈질을 하면서 그의 시선을 피하고 있는 키치를 보고 있는 것보다는 한결 마음이 가벼웠다. 그래서 그는 막 자리에서 일어서려고 하였으나 그의 침묵을 알아챈 공작 부인이 그를 돌아보고 얘기를 걸었다.

「모스크바엔 이번에 오래 머무르실 생각으로 나오셨어요? 당신께선 분명히 지방 의회 일을 보고 계신 것으로 알고 있는데요. 그렇다면 오래 계실 수도 없겠군요.」

「아녜요, 아주머니. 난 이제 지방 의회 일은 보지 않습니다.」 하고 그는 말했다. 「이번엔 한 사오 일 있을 작정으로 나왔읍니다.」

『아니, 이분은 어쩐지 예사롭지 않군.』 하고 노르드스톤 백작 부인은 그의 까다로운, 정색을 한 얼굴을 쳐다보면서 생각했다. 『어쩐지 이분은 언제나의 그 잔소릴 늘어놓지 않는군. 그렇지만 두고 보라지, 내가 꺼내 놓구 말 테니깐. 키치 앞에서 이 남자를 병신으로 만드는 것은 정말 재미있다. 어디 한번 해볼까.』

「콘스탄친 드미트리치.」 하고 그녀는 그에게 말했다. 「저어, 나한테 그 까닭을 한번 설명해 주시겠어요 —— 당신께선 이런 일은 잘 알고 계시니깐요 —— 실은 저희 소유지의 칼루쥐스카야 마을에서의 얘긴데요, 농부들이고 아낙네들이고 모두 있는 대로 다 홀랑 마셔 버리고 이제는 저희들한테 아무것도 갚지 않고 있어요. 이건 도대체 무슨 까닭일까? 당신께선 언제나 농부들을 굉장히 칭찬하고 계시지만.」

이때에 또 한 부인이 방으로 들어왔다. 그래서 레빈은 일어섰다.

「미안합니다 아주머니. 그러나 나는 정말 그런 건 조금도 모릅니다. 그러니까 아무것도 답변할 수 없읍니다.」 하고 그는 말했다. 그리고 부인의 뒤를 따라서 들어온 군인을 돌아봤다.

『아하, 그 브론스키인가 보군.』 하고 레빈은 생각했다. 그리고 그것을 확인하기 위해서 키치한테 눈길을 돌렸다. 그녀는 어느 틈에 얼른 브론스키를 쳐다보고 나서 레빈을 돌아봤다. 무의식중에 빛났던 그녀의 이 시선 하나로 레빈은 그녀가 이 사내를 사랑하고 있다는 것을 알았다. 그녀한테서 일부러 입으로 듣기라도 한 것처럼 똑똑히 알았다. 그러나 이 사내는 도대체 어떤 인물일까?

이제는——그것이 좋거나 나쁘거나——레빈은 여기에 머물지 않을 수가 없었다——그녀가 사랑하고 있는 사내가 어떤 인간인가 하는 것을 어떻게 해서라도 알지 않으면 안 되게 됐다.

세상에는 하여간 자기의 행복한 경쟁자를 만나면 언제나 상대가 지니고 있는 일체의 장점에는 그냥 외면을 하고 그저 단점만을 보려고 하는 사람과 그와는 반대로 무엇보다도 먼저 행복한 경쟁자 속에서 자기보다 뛰어난 성격을 발견하려는 생각으로 마음에 옥죄이는 듯한 아픔을 느끼면서도 그저 장점만을 찾아내려고 하는 사람이 있다. 레빈은 이 후자의 부류에 속하고 있었다. 그러나 그는 브론스키에게 사람을 끄는 훌륭한 힘을 찾아내는 것이 어렵지 않았다. 그것은 곧 그의 눈에 띄었다. 브론스키는 그다지 키가 크지 않은 의젓하고 지극히 침착한, 마음씨가 착하게 생긴 아름답고 굳건한 용모를 가진 머리털이 검은 사내였다. 그의 용모와 풍채는 짧게 깎은 검은 머리털이며 산뜻하게 면도질 한 턱부터, 품이 넉넉한 새로 마춘 군복에 이르기까지 모든 것이 말쑥하고 그리고 그와 동시에 화사했다. 때마침 들어왔던 부인에게 길을 비켜 주고 브론스키는 공작 부인 곁으로 먼저 다가갔다가 다음에 키치 곁으로 다가갔다.

그녀 가까이에 다가감과 동시에 그의 아름다운 눈은 한층 상냥하게 빛났다. 그리고 겨우 알아차릴 정도의 행복하고 겸손한 가운데에도 의기 양양한 (그렇게 레빈에게는 여겨졌다) 미소를 띠고 공손히 그녀 앞에 허리를 구부려 그리 크지는 않지만 폭이 넓은 손을 그녀에게 내밀었다.

한 자리에 있는 사람들에게 인사를 하고 두 서너 마디 얘기하고 나자 그는 그한테서 조금도 눈을 돌리지 않고 있던 레빈은 쳐다보지도 않고 자리에 앉아 버렸다.

「잠깐 소개해 드리죠.」하고 공작 부인은 레빈을 가리키면서 말했다. 「콘스탄친 드미트리치 레빈, 알렉세이 키릴로비치 브론스키 백작.」

브론스키는 일어서서 다정히 레빈의 눈을 보며 그의 손을 쥐었다.

「올 겨울에 난 분명히 같이 식사를 하기로 돼 있었던 것 같습니다만.」하고 그는 그의 타고난 단순하고 숨김없는 미소를 보이면서 말했다. 「그런데 당신께서 갑자기 시골로 돌아가셨기 때문에.」

「콘스탄친 드미트리치는 도시와 우리 도시인들을 경멸하고 또 미워하고 있어요.」하고 노르드스톤 백작 부인은 입을 열었다.

「아니, 그렇게까지 기억하고 계시는 걸 보니까 내 말이 꽤 강하게 당신에게 들렸던 모양이로군요.」하고 레빈은 말했으나 그것은 이미 이전에 한 번 얘기했다는 것을 생각하고 얼굴을 붉혔다.

브론스키는 레빈과 노르드스톤 백작 부인을 보고 빙그레 웃었다.

「그럼 당신께선 언제나 시골에서?」하고 그는 물었다.

「겨울엔 지루하시겠군요.」

「아니, 일만 있으면 지루하진 않습니다. 게다가 또 자신 스스로에게는 지루해 하지 않으니까요.」하고 레빈은 또렷이 대꾸했다.

「나도 시골을 좋아합니다.」하고 브론스키는 레빈의 어조를 알아채고 있으면서도 알아채지 못한 체하고 말했다.

「그렇지만 백작, 당신까지 시골의 생활에 찬성하신다든가 해서는 곤란해요.」하고 노르드스톤 백작 부인이 말했다.

「오래 있어 본 적이 없으니까 그건 모르겠군요. 그러나 나는 기묘한 느낌을 경험한 적이 있죠.」하고 그는 말을 이었다. 「난 언젠가 어머니하고 니스에서 겨울을 난 적이 있었읍니다만 그때만큼 짚신은 농부들과 함께 지내는 러시아의 시골을 그립게 여긴 적은 없읍니다. 아뭏든 니스라고 하는 곳은 잘 아시겠지만 그곳 자체가 지루하니까요. 나폴리거나 소렌토거나 그저 잠깐 머물기에만 좋을 뿐이에요. 그런 곳엘 가면 정말 유달리 러시아가, 말하자면 시골이 생생하게 생각납니다. 그런 곳은 마치……」

그는 레빈과 키치의 두 사람을 향해서 한 사람에게서 한 사람에게로 그 침착하고 정다운 시선을 옮겨 가면서 말했다. 그는 분명히 머리에 떠오른 그대로를 입에 담고 있었다.

노르드스톤 백작 부인이 무엇인가를 얘기하려고 하는 것을 알아채자 그는 시작했던 얘기를 도중에서 그치고 주의깊게 그녀의 말에 귀를 기울이기 시작했다.

얘기는 일 분도 끊어지지 않았다. 그래 화제가 모자랐을 때의 언제나 예비로 가지고 있던 두 문의 중포(重砲) —— 고전적인 교육과 실질적인 교육, 그리고 일반적인 병역 의무라는 이 둘을 준비하고 있었던 노부인에게도 그것을 꺼낼 겨를이 없었고, 노르드스톤 백작 부인에게도 레빈을 건드릴 기회가 없었다.

레빈은 여러 사람들의 얘기에 끼어들었으면 하고 생각하면서도 할 수 없었다. 그는 ——『이제 가야겠다.』하고 일 분마다 마음속으로 뇌면서도 무엇인가를 기다리고 있기라도 하듯이 떠나지 못하고 있었다.

얘기는 탁자 돌리기와 영혼에 관한 것으로 옮겨 갔다. 그러자 강신술(降神術)을 믿고 있던 노르드스톤 백작 부인은 그가 목격한 기적에 대해서 얘기하기 시작했다.

「아아, 백작 부인. 꼭 저도 좀 데리고 가 주십시오. 정말 꼭 데리고 가 주십시오! 난 어지간히 사방으로 찾아 돌아다녔읍니다만 아직 이상한 것은 아무것도 보지 못했으니까요.」하고 미소를 띠고 브론스키는 말했다.

「그렇게 하죠. 오는 토요일예요.」하고 노르드스톤 백작 부인은 대꾸했다. 「그런데 콘스탄친 드미트리치, 당신께서도 믿으셔요?」하고 그녀는 레빈에게 물었다.

「어째서 또 나한테 물으십니까? 내가 뭐라고 얘기할 것인가는 알고 계시잖아요.」

「그래도 난 당신의 의견을 듣고 싶어요.」

「내 의견은 그저.」하고 레빈은 대꾸했다. 「그 같은 탁자 돌리기니 하는 것이야말로 이른바 지식 계급이 농부들과 조금도 다를 게 없다는 것을 증명하고 있다는 것일 뿐입니다. 그들은 눈을 믿고 부적을 믿고 요술을 믿고 합니다. 그러나 우리들은……」

「그렇다면 믿지 않으시는군요?」

「믿을 수가 없죠, 부인.」

「그렇지만 나 자신이 그것을 보았다면?」

「시골 아낙네들도 마치 자기가 도깨비를 본 일이 있는 것처럼 얘기하고 있으니까요.」

「그럼 당신께선 내가 거짓말을 하고 있다고 생각하세요?」

그리고 그녀는 불쾌하게 웃어댔다.

「아냐, 그렇잖아 마쉬아. 콘스탄친 드미트리치께선 자기는 믿으실 수 없다고 말씀하셨을 뿐야.」하고 키치는 레빈 때문에 얼굴을 붉히면서 말했다. 그러자 레빈도 그것을 알아채고 더한층 핏대를 올려 대꾸하려고 했으나, 그때 브론스키가 자기의 그 숨김없는 유쾌한 웃음을 띠고 금방이라도 불쾌하게 돼 버릴 뻔했던 얘기를 도우러 뛰어들었다.

「당신께선 그 가능성을 전혀 시인하지 않으십니까?」하고 그는 물었다. 「어째선가요? 우린 우리들이 모르고 있는 전기(電氣)의 존재를 용인하고 있읍니다. 그렇다면 그 밖에도 아직 우리들에게 알려지지 않은 새로운 힘이 있을 수 없다고 어찌 얘기하겠어요. 그건……」

「전기가 발견됐을 당시엔 말입니다.」하고 레빈은 재빨리 가로챘다. 「그것은 그저 현상이 발견됐을 뿐, 그것이 어디에서 생기는 것인지 또 무엇을 만드는 것인지는 알려지지 않았었죠. 그리고 그 응용법을 생각하기에 이르기까진 여러 세기가 걸렸읍니다. 그러나 어떻습니까, 강신술자들은 거꾸로 탁자가 그들에게 무엇을 써 보인다든지 영혼이 그들에게 내려온다든지 하는 것으로부터 시작해서 후일에 가서는 그것이 미지의 힘이라느니 하고 얘기하기 시작했으니까요.」

브론스키는 분명히 그의 말에 흥미를 느끼고 언제나 그렇듯이 주의깊게 레빈의 말을 듣고 있었다.

「그렇습니다, 그러나 강신술자들은 지금도 이렇게 얘기하고 있어요 —— 우리들은 이것이 어떤 힘인지를 모른다, 그러나 힘은 존재하고 있다, 그리고 이러저러한 조건 아래에서 작용하고 있다고 말예요. 이 힘이 어떻게 해서 발생하는지는 학자들에게 연구케 하여라예요. 아니 그것이 새로운 힘일 수 없다는 까닭은 난 모르겠군요. 만약 그 힘이……」

「그 까닭은 이렇습니다.」하고 레빈은 재차 가로챘다.「전기의 경우에 있어선 당신께서 수지(樹脂)를 양모에다 대고 문지를 때마다 일정한 현상이 나타납니다. 그러나 이쪽 경우엔 언제나 동일하진 않습니다 —— 말하자면 그것은 자연의 현상이 아니라는 얘기가 되죠.」

아마 얘기가 손님들로서는 너무나 딱딱하다고 느꼈음인지 브론스키는 대꾸를 하지 않고 화제를 바꾸려고 애쓰면서 즐거운 미소를 띠고 부인들 쪽으로 돌아앉았다.

「자아, 부인. 지금 여기서 한번 해보십시다.」하고 그는 말을 꺼냈다. 그러자 레빈은 자기의 생각을 끝까지 얘기하지 않고는 배길 수 없었다.

「난 생각합니다.」하고 그는 계속했다.「자기들의 기적을 일종의 새로운 힘으로서 설명하려고 하는 강신술자들의 이 시도는 가장 어리석은 것이라고 말입니다. 그들은 직접 영혼의 힘에 대해서 강조하고 있으면서 그것을 물질적인 실험에 의해 설명하려고 하고 있으니까요.」

일동은 그의 이야기가 끝나기를 기다리고 있었다. 그도 그것을 느꼈다.

「당신께선 훌륭한 무당이 되시리라고 여겨요.」하고 노르드스톤 백작 부인은 말했다.「당신에겐 무엇인지 열광적인 데가 있으셔요.」

레빈은 입을 열고 무엇인지를 이야기하려고 하였으나 돌연 얼굴을 붉히고 아무 말도 하지 않았다.

「그럼, 저어 아가씨, 어서 탁자 돌리기를 해보실까요.」하고 브론스키는 말했다.「부인, 좋으시죠?」

그리고 브론스키는 눈으로 탁자를 찾으면서 일어섰다.

키치는 탁자를 가져오려고 일어섰다. 그리고 옆을 지나가면서 레빈과 눈이 마주쳤다. 그녀에겐 진심으로 그가 가여웠다. 그의 불행의 원인이 자기 자신에게 있다는 것을 생각하면 생각할수록 더욱더 가여워졌다.

『만약 나를 용서하실 수 있으시다면 용서해 주세요.』하고 그녀의 두 눈은 말하고 있었다. 『나는 이처럼 행복하니까요.』

『나는 모든 사람을 미워한다, 당신도 내 자신마저도.』하고 그의 시선은 대답하고 있었다. 그리고 그는 모자를 들었다. 그러나 그에겐 또 떠날 수 있는 운명이 주어지지 않았다. 모두가 탁자 둘레에 자리를 잡으려고 하고 레빈이 떠나려고 할 즈음 마침 노공작이 들어왔다. 그리고 부인들과 인사를 나눈 다음 레빈에게로 얼굴을 돌렸다.

「아아!」그는 반가운 어조로 말을 꺼냈다.「언제 나왔나? 자네가 여기에 와 있으리라고는 정말 몰랐어. 당신을 만나 정말 반가와.」

노공작은 레빈을 때로는 자네라고 부르기도 하고 당신이라고 부르기도 했다. 그는 레빈을 껴안고 그와 이야기하면서 그가 자기에게로 얼굴을 돌리기를 서서 잠잠히 기다리고 있던 브론스키는 거들떠 보지도 않았다.

키치는 일이 이렇게 되어 버린 뒤 레빈에게는 아버지의 지나친 친절이 오히려 괴로왔을 거라고 느꼈다. 동시에 또 그녀는 아버지가 브론스키의 인사에 대해서 겨우 냉담하게 인사를 받은 것이라든지 브론스키가 이러한 불친절한 대우를 받게 된 것은 어떤 영문인지를 알려고 하다 가는 알지 못하고 친절한 의아의 빛을 띤 채, 아버지의 얼굴을 지켜보고 있던 것들을 보고 혼자서 얼굴을 붉혔다.

「공작, 콘스탄친 드미트리치를 이리 보내 주세요.」하고 노르드스톤 백작 부인이 말했다.「지금부터 실험을 하려고 하니까요.」

「무슨 실험을? 탁자 돌리긴가? 자아, 미안하지만 여러분. 그러나 내 생각 같아서는 고리놀이를 하는 것이 더 즐거우리라고 생각되는군.」노공작은 브론스키를 쳐다보면서 그것이 그의 발의(發意)라는 것을 짐작하고 말했다.「고리놀이엔 또 의미가 있으니까요.」

브론스키는 깜짝 놀라 그 늠름한 눈동자로 공작을 바라보았다. 그리고 살며시 미소하자 이내 노르드스톤 백작 부인을 상대로 내주에 있을 대무도회에 대한 이야기를 시작했다.

「당신도 물론 와 주시겠죠?」하고 그는 키치를 돌아다보고 말했다.

노공작이 자기의 곁에서 떨어지자마자 레빈은 살며시 자리를 비웠다. 이 야회에서 그가 가지고 나온 최후의 인상은 무도회에 대한 브론스키의 질문에 대답했을 때의 키치의 생글생글 웃는 행복한 얼굴이었다.

15

야회가 끝나자 키치는 어머니에게 레빈과 자기와의 사이에 있었던 이야기를 들려 줬다. 그리고 그녀는 레빈에 대해서 굉장히 가여운 생각을 느끼고 있었음에도 불구하고 자기가 구혼을 받았다는 생각은 그녀를 즐겁게 했다. 그녀는 자기가 한 일이 옳았다는 생각을 조금도 의심하지 않았다. 그러나 잠자리에 들어서도 그녀는 오랫동안 잠들 수가 없었다. 하나의 인상이 집요하게 그녀를 괴롭혔다. 그것은 한편으로는 아버지의 이야기를 들으면서 그녀와 브론스키를 쳐다보고 서 있을 때의 그 눈살을 찌푸리고, 그리고 그 선량한 눈 아래로 음울하고 힘없이 바라보고 있던 레빈의 얼굴이었다. 그러자 그녀에겐 눈에 눈물이 괼 정도로 그가 가엾게 여겨지기 시작했다. 그러나 그녀는 곧 그와 바꾼 사람에 대하여 생각했다. 그녀는 생생하게 그 사내다운 늠름한 얼굴이며, 그 얌전하고 침착한 태도며, 모든 사람에 대해서 모든 일에 빛나고 있는 선량함을 생각해 냈다. 그리고 자기가 사랑하고 있는 사람의 자기에 대한 사랑도 생각해 냈다. 그러자 또다시 가슴 속을 기쁨으로 가득 차 그녀는 베개 위에서 행복의 미소를 지었다. 『안됐다, 안됐다. 그렇지만 어떻게 한담? 나한테 죄가 있는 것은 아니야.』 하고 그녀는 혼잣말을 했다. 그러나 마음속의 소리는 그녀에게 다른 말을 했다. 그녀가 후회하고 있는 것은 레빈을 미혹(迷惑)한 것에 대해선지 혹은 거절한 것에 대해선지 —— 몰랐다. 그러나 하여간 그녀의 행복은 의혹에 의해서 부서지고 말았다.

『하느님, 도와 주소서. 하느님, 노와 주소서. 하느님, 도와 주소서!』 하고 그녀는 마음속으로 잠들 때까지 되풀이하고 있었다.

이때 아래층에서는 자그마한 공작의 서재에서 귀여운 딸 때문에 양친 사이에 자주 되풀이됐던 장면의 하나가 벌어지고 있었다.

「뭐라고? 바로 그대로야!」 하고 두 손을 내두르기도 하고 또 갑자기 다람쥐 가죽으로 된 가운의 앞을 여미기도 하면서 공작은 외쳤다. 「당신에겐 자랑도 없고 위엄도 없어, 당신은 그따위 비열하고 어리석은 혼담으로 딸을 욕되게 하고 망쳐 놓은 사람이야!」

「어머나, 이봐요 공작. 내가 뭘 어쨌다는 거예요?」

공작 부인은 금방이라도 울음을 터뜨릴 것처럼 말했다.

그녀는 딸과 이야기를 나눈 뒤에 흡족하고 행복한 마음으로 언제나 그러하듯이 공작에게 인사를 하려고 왔던 것이다.

그녀는 레빈의 청혼과 키치의 거절에 대해서는 공작에게 이야기할 작정은 아니었지만, 그저 브론스키와의 일이 그녀에게는 이제 완전히 결정된 거나 다름없이 여겨진다는 것이며, 그의 어머니가 도착되는 대로 결정될 것이라는 것을 남편에게 어렴풋이 알려 버렸다. 그러자 이러한 말들에 대해서 공작은 별안간 화를 버럭 내고 상소리까지 하기 시작했다.

「당신이 뭘 했느냐구? 그런 이렇단 말야 —— 첫째 당신은 신랑을 유혹하고 있어. 모스크바 사람들이 모두 그렇게 얘기할 거야. 또 그렇게 이야기하고도 남아. 야회를 여는 건 열더라도 누구누구 할 것 없이 부른단 말이야. 신랑감만 부르지 말고. 누구누구 할 것 없이 그 애송이 패들(공작은 모스크바 청년들을 이렇게 불렀다)을 모조리 불러들이고 악사를 데려다가 모두들 춤을 추게 하란 말야. 오늘 저녁처럼 그렇게 신랑감만 끌어들이질 말구. 난 몸서리나게 보기도 싫으니. 당신은 영영 계집아이의 머리를 어지럽혀 놓고 말았단 말이야. 레빈은 천 갑절도 더 훌륭한 사내야. 그러나 페테르스부르크의 멋쟁이, 그것들은 모두 기계에서 만들어진 것들이니까. 이놈이나 저놈이나 똑같은 형이고 또 모두들 쓰레기들이야. 그리고 또 설령 그자가 왕후의 혈통이었기로서니 우리 딸은 그런 것에 굶주리질 않았단 말이야.」

「그래 내가 무얼 했다는 거예요?」

「뭐구 지랄이고……」하고 공작은 발끈 성을 내고 외쳤다.

「알고 있어요. 당신 이야기만 듣고 있다가는,」하고 공작부인은 가로챘다.「우린 백 날 가야 딸을 결혼시킬 순 없어요. 그러려거든 차라리 시골로 내려가는 게 더 나아요.」

「그러니까 내려가는 게 좋단 말야.」

「그러나 좀 가만히 있어 봐요. 내가 비위를 맞추고 있다고는 말씀하시지 않으시겠죠? 그래요, 난 조금도 비위를 맞추거나 하지는 않겠어요. 그저 젊은 사람이, 그것도 아주 훌륭한 사람이 딸을 사모하고 그리고 그 애도 어쩐지……」

「그래 당신에겐 그렇게 보이겠지! 그러나 참으로 그 애가 반하기라도 하면 어떻게 할 작정이야, 그 사낸 내가 생각하고 있는 것만큼이나 결혼해야겠다고 생각하고 있을까?……오오! 난 정말 보기도 징그럽다……『아아, 강신술, 아아, 니스, 아아, 무도회에서……』」그리고 공작은 아내의 흉내를 내고 있다고 생각하면서 한 마디 한 마디에 몸을 구부렸다.「이렇게 해서 우린 카테니카의 불행을 만들고 있단 말야. 실제로 그 아이의 머리 속을 온통 뒤숭숭하게 만들고 있어.」

「뭐라고요, 당신은 그렇게 생각하고 계세요?」

「나는 생각하고 있는 게 아냐, 알고 있단 말야. 이런 일에 있어 우리에겐 보는 눈이 있지만 여자들에겐 그게 없단 말야. 난 진실한 생각을 가지고 있는 사내를 알고 있어, 그건 레빈이야. 또 그 건달처럼 노는 데밖에 쓸모 없는 메추라기도 알고 있어.」

「그런 말씀을 하시는 걸 보니 당신의 머리가 정말 어떻게 된 모양인가 보군요 ……」

「그러나 말야, 당신도 곧 생각날 거야. 그러나 그땐 이미 늦어. 다쉐니카 때처럼.」

「자아, 좋아요 좋아요. 이젠 이런 얘긴 그만해요.」하고 공작 부인은 불행한 돌리에 대하여 생각해 내고 그의 말을 가로막았다.

「그렇다면 좋아. 그럼 어서 가 잠이나 자요!」

그리고 그들 내외는 서로 성호를 긋고 입을 맞춘 뒤, 그리고 서로 의견이 상통되지 않은 것을 느끼면서 헤어졌다.

부인은 처음엔 오늘 저녁의 야회가 키치의 운명을 결정했다고 확신하고 브론스키의 의향에는 의심이 있을 수 없다고 확신했다. 그러나 남편의 말은 그녀의 마음을 뒤흔들어 놨다. 그래서 자기 방으로 돌아오자 키치와 똑같이 측정하기 어려운 미래에 대한 공포와 함께 마음속으로 몇 번이고 되풀이했다——『하느님, 도와 주소서. 하느님, 도와 주소서. 하느님, 도와 주소서!』

16

브론스키는 이제까지 한번도 가정 생활의 맛을 알지 못했다. 그의 어머니는 젊었을 적에는 사교계의 주역으로서 남편이 있을 때부터, 특히 그의 사후에는 온 사교계에 알려졌던 수많은 로맨스를 가진 부인이었다. 그에게는 아버지의 기억은 거의 없었다. 그는 견습 사관 학교에서 교육을 받았다.

아주 젊고 앞날이 창창한 청년 사관으로서 학교를 나오자 곧 부유한 페테르스부르크의 군인 사회에 끼어들었다. 그리고 이따금 페테르스부르크의 사교계에도 발을 들여놨지만 그의 정적(情的)인 홍미는 모두 사교계 밖에 있었던 것이다.

호사하고 거칠은 페테르스부르크 생활 뒤에 모스크바에 와서 그는 처음으로 자기에게 마음을 둔 귀엽고 순결한 사교계의 아가씨와 접근하는 즐거움을 맛보았다. 그는 키치에 대한 자기의 태도에 있어서 무엇인지 나쁜 점이 있을 수 있으리라고는 전혀 생각하지도 않았다. 무도회에서는 그는 주로 키치와 춤을 췄다. 그는 그녀의 집에도 드나들었다. 그는 그녀와 흔히 사교계에서 사람들이 하는 것 같은 온갖 쓸모 없는 얘기를 했다. 그러나 그 쓸데 없는 얘기 중에 그는 가끔 그녀에게는 독특한 의미를 부여하고 있었다. 그는 그녀에게 남 앞에서 이야기할 수 없는 것은 결코 입 밖에 내지 않았음에도 불구하고 그녀가 차츰차츰 자기에게 가까이 오고 있음을 느꼈다. 그리고 그것을 느끼면 느낄수록 그는 점점 유쾌했고 그녀에 대한 감정은 부드러워져 갔다. 그는 키치에 대한 자기의 행위가 일정한 명칭을 가지고 있다는 것, 그것이야말로 결혼하려는 의사 없이 처녀를 유혹하는 것이라는 것, 그리고 그 유혹이야말로 그처럼 화려하고 젊은 사람들 사이에 흔히 있기 쉬운 악행의 하나라는 것을 몰랐다. 그에게는 자기가 이 만족을 발견한 제 일인자인 것처럼 여겨졌다. 그래서 그는 자기의 만족한 발견을 향락하고 있는 것이었다.

만약 그가 오늘 저녁에 그녀의 양친 사이에 오고갔던 얘기를 들을 수가 있었다면, 그가 한 가족의 관점에 설 수가 있어서 자기가 그녀와 결혼하지 않으면, 키치가 불행하게 될 것이라는 것을 알 수 있었다면, 그는 깜짝 놀라 그것을 믿지 않았을 것이다. 그는 자기에게만이 아니고 특히 그녀에게 이처럼 크고 훌륭한 만족을 부여하는 것이 좋은 일이 아닐 수 없다든가 하는 것은 좀처럼 믿을 수가 없었다. 하물며 그는 자기가 결혼하지 않으면 안 된다든지 하는 것은 더우기 믿을 수가 없었을 것이다.

결혼이라는 것은 그에겐 아직까지 한 번도 가능한 것으로서는 여겨지지 않았다. 그는 그저 가정 생활을 좋아하지 않았을 뿐만 아니라, 그가 지금 그 속에서 살아 왔던 독신자 세계의 공통된 견해에서 가정이라는 것에, 특히 남편이라는 입장에 어쩐지 인연이 멀고 적의 있는, 그리고 무엇보다도 우스운 것을 상상하고 있었다. 그러나 브론스키는 그녀의 양친이 이야기한 것은 꿈에도 몰랐음에도 불구하고 이 밤에 쉬체르바스키네 집을 나오면서 자기와 키치와의 사이를 잇고 있던 그 영적인 은밀한 관계가 오늘 밤 한층 강도를 더하여 어떻게든지 하지 않으면 안 될 정도로 굳게 맺어져 버렸다는 것을 통감했다. 그러나 그러면 어떻게 해야 좋은지 또 어떻게 하잖으면 안 되는지 하는 것을 그는 생각할 수도 없었다. 『어떻든 즐겁다.』 하고 그는 쉬체르바스키네 집에서 돌아오면서 언제나처럼 일부분은 하루 저녁내 담배를 피우지 않고 있었던 것에서도 생긴 순결과 청신의 유쾌한 감정과 동시에 자기에게 쏟고 있는 그녀의 사랑에 대한 새로운 감동의 감정을 맛보면서 이렇게 생각했다. 『어떻든 나나 그녀나 아무 말도 하지 않고 그저 눈빛과 말의 억양이 빚어내는 무형의 이야기만으로 그처럼 서로 이해했다는 것은 즐거운 일이다. 이제는 언젠가 그녀가 입으로 사랑합니다 하고 이야기했을 때보다도 더 똑똑히 알았다. 정말 귀엽고 단순하고 아니, 그보다도 곧잘 믿는 여자다. 나 자신마저 한결 뛰어난, 보다 순결한 것으로 돼 버린 듯한 느낌이다. 나 자신에게도 열정이 있고 많은 장점이 있는 듯한 느낌이다. 그 귀여운 사랑에 취한 눈! 네, 정말……하고 말했을 때의.』

『그래 도대체 어떻다는 거야? 아무렇지도 않잖아. 나에게도 좋고 그녀에게도 좋다는 것뿐이다.』그리고 그는 오늘 밤을 어디에서 지낼 것인가에 대해서 생각하기 시작했다.

그는 갈 수 있을 만한 장소를 기억을 더듬어 가며 물색해 봤다. 『클럽은 어떨까? 골패놀이나 하고 이그나토프하고 샴페인이나 마실까? 아니, 그만두자. 샤토 데 플뢰(꽃의 성이라는 요리집 이름) 거기에서 오블론스키를 찾아 잡가(雜歌)나 듣고, 캉캉(음탕한 춤의 일종)이나 볼까? 아니, 이것도 신물이 난다. 내가 쉬체르바스키네를 좋아하는 것도 말하자면 자기를 보다 좋게 해 가는 것이 즐겁기 때문이니까 말이지. 그냥 집으로 돌아가자.』그는 곧장 듀소 호텔의 자기 방으로 돌아오자 곧 저녁을 시키고 옷을 갈아입은 후 머리를 베개 위에 얹기가 무섭게 언제나처럼 정신 없이 깊은 잠이 들어 버렸다.

17

이튿날 아침 열한 시에 브론스키는 어머니를 마중하러 페테르스부르크 철도의 정거장으로 나갔다. 그러자 그곳의 큰 층층대의 층계에서 맨 처음에 만난 사람은 같은 차로 올 누이를 기다리고 있던 오블론스키였다.

「어어! 각하!」하고 오블론스키는 외쳤다. 「자넨 누굴 마중하려고?」

「난 어머님 마중이지.」하고 오블론스키와 만났던 사람의 누구나가 그렇듯이 브론스키도 미소를 띠면서 그의 손을 잡고 대답했다. 그리고 층층대를 함께 올라갔다. 「오늘 페테르스부르크에서 오시기로 돼서 말야.」

「건 그렇고, 난 자넬 두 시까지 기다렸지. 자넨 도대체 쉬체르바스키네 집에서 어디로 갔었나?」

「집으로.」브론스키는 대답했다. 「실은 말야, 어제 저녁엔 쉬체르바스키 댁에서 너무 즐겁다 보니까 다시는 아무 곳에도 가고 싶지 않더군.」

「준마는 그 낙인에 의해서 알고 사랑을 하는 젊은이는 그 눈동자에 의해서 알 수 있다던데.」스테판 아르카지치는 지난번에 레빈에게 말했던 것을 낭독조로 말했다. 브론스키는 그것을 부정하지 않는다는 얼굴빛으로 빙그레 웃었다. 그러나 곧 화제를 바꾸어 버렸다.

「그래 자넨 누굴 마중하려고 ?」하고 그는 물었다.

「나 ? 난 날씬한 미인이야.」오블론스키는 말했다.

「아아, 그래 !」

「사특하게 여기는 자에게 부끄러움이 있을지어다 ! 누이 안나야.」

「아아, 그 카레닌 부인 말인가 ?」하고 브론스키는 말했다.

「자넨 아마 알 거야 ?」

「알 것도 같군. 아니, 모를지도 몰라…… 실은 잘 기억하고 있질 않아.」브론스키는 카레닌 부인이라는 이름에 의해서 일종의 허식적인 지루한 것을 어슴푸레하게 상상하면서 아무런 생각 없이 대꾸했다.

「그렇지만 그 유명한 내 매제인 알렉세이 알렉산드로비치는 알고 있겠지. 그 누구도 모르는 사람이 없는 사내니까.」

「말하자면 그분의 명성과 외모만은 알고 있지. 또 그분이 총명하고 학식이 있고 무엇인지 종교가 비슷한 사람이라는 것도 알고 있어…… 그러나 자네도 알고 있듯이 나 같은 사람하고는 달라…… 분야가 다른 사람이니까.」브론스키는 말했다.

「그렇지, 그자는 아주 유명한 사내야. 다소 보수적이긴 하지만 훌륭한 사내야.」하고 스테판 아르카지치는 덧붙였다.「훌륭한 사내야.」

「아니, 그분으로서는 더욱 좋은 얘기군.」브론스키는 빙그레 웃으면서 말했다.「아아 이봐, 거기에 있었군.」그는 문 옆에 서 있던 키가 큰 어머니의 늙은 하인을 보고 이렇게 말했다.「이리 들어와.」

브론스키는 최근 스테판 아르카지치가 어느 누구에게나 주는 일반적인 쾌감 이외에 자기의 상상 속에서 키치와 맺어진 것에 의해서 그에게 대하여 한층 더 친근한 느낌을 갖게 됐다.

「그건 그렇고 어때, 일요일에 지바(배우의 이름)를 위해 만찬회라도 갖지 않으려나 ?」하고 그는 웃음을 띠고 그의 팔을 잡고 말했다.

「물론 해야지. 청약은 내가 받지. 아아, 자넨 어제 내 친구인 레빈과 인사한 모양이더군 ?」하고 스테판 아르카지치는 물었다.

「하긴 했어. 그러나 어찌된 일인지 그 사람은 그냥 가 버렸어.」

「그자는 정말 좋은 사내야.」오블론스키는 계속했다.

「그렇잖아?」

「난 잘 모르지만.」하고 브론스키는 대답했다.「일반적으로 모스크바 사람들에겐, 물론 내가 지금 이야기하고 있는 사람은 빼놓고.」그는 농담을 곁들여「무엇인지 괄괄한 데가 있어. 마치 어떤 느낌을 언제나 사람한테 주지 않고는 배기지 못하겠다는 듯이 사납게 곧잘 노하는 듯한 데가 있어.」

「그래 그런 면이 있어. 분명히 있어……」하고 쾌활하게 웃으면서 스테판 아르카지치는 말했다.

「어떻습니까, 곧 도착합니까?」브론스키는 역원을 향해서 물었다.

「저쪽 역을 떠났으니까요.」하고 역원은 대답했다.

기차가 가까와 오고 있다는 것은 정거장 안의 와짝거림, 일꾼들의 달음질, 헌병이며 역원들의 출동, 출영객의 도착들에 의해서 차츰차츰 뚜렷이 나타났다. 얼어붙은 듯한 수증기를 통해서 모피로 된 반외투에 부드러운 펠트의 장화를 신은 노동자들이 어지럽게 얽힌 선로를 옆질러 건너가는 모습이 보였다. 멀리 레일 위에서 기관의 증기를 내뿜는 소리와 무엇인지 무거운 것이 움직이고 있는 육중한 울림이 들려 왔다.

「아니.」스테판 아르카지치는 말했다. 그는 키치에 대한 레빈의 마음속을 브론스키에게 못 견디게 얘기하고 싶었다.「아냐! 자넨 우리 레빈을 잘못 평가했어. 그는 정말 굉장히 신경질적인 사내이고 때로는 불쾌하게 여겨지기도 하지만, 또 그 대신 어떤 때는 유난히 귀엽게 여겨지기도 해. 아주 착하고 솔직한 사내이고 황금 같은 맘씨의 사내야. 그러나 어제 저녁은 조금 특별한 이유가 있었지.」하고 스테판 아르카지치는 어제 친구에 대해서 품었던 진지한 농성을 말끔히 잊고 지금은 그와 마찬가지인 동정을 브론스키에 대해서 품으며 의미 심장한 미소를 띠고 이렇게 계속했다.「그렇지, 원인이 있었어. 아주 행복하게 되든지 아주 불행하게 되든지 어떤 쪽이 될 것인지 하는.」

브론스키는 발을 멈추고 단도 직입적으로 물었다.

「말하자면 뭐야? 혹은 그자가 어제 자네 처제에게 청혼이라도 했단 말인가?」

「어쩌면 그럴는지도 몰라.」하고 스테판 아르카지치는 말했다.「어쩐지 어제 그런 기미가 보였으니까. 그런데 말야, 만약 그 사내가 일찍 돌아갔고, 그리고 또 그다지 기분이 좋지 않았다면 분명히 그럴 거야……어쨌든 그자의 사랑은 꽤 오래 됐으니까. 나도 굉장히 그를 안 됐다고 여기지.」

「아아, 그래!…… 나는 그러나 그런 여자쯤 되면 더 훌륭한 배필을 계산해 넣을 수도 있지 않을까 생각하고 있어.」하고 브론스키는 말하고 가슴을 쭉 펴고 나서 또다시 걷기 시작했다.

「그렇지만 난 그자를 알지 못하니까 말이야.」하고 그는 덧붙였다. 「그래, 하여튼 이런 일은 어려운 문제야. 어쨌든 이것으로 해서 많은 사람들이 클라라들과 서로 얽히게 되기도 하니까 말이지. 이쪽이라면 막상 틀렸더라도 돈이 모자랐었다는 것만으로 깨끗하지만, 다른 쪽에서는 인격이라는 것이 저울질을 당하니까 말야. 그건 그렇고 기차가 들어온 모양이야.」

아닌게아니라 멀리서 기관차가 기적을 울렸다. 이삼 분 지나자 플랫폼이 진동하기 시작하고 냉기로 인하여 아래로 가라앉는 증기를 내뿜으며 한가운데의 차바퀴의 지렛대를 느릿느릿 정밀하게 신축시키면서 방한구에 둘러싸인 몸뚱이가 서리로 덮여 하얗게 된, 절을 꾸벅 하고 있는 기관사를 태운 기관차가 지나갔다. 그리고 탄수차(炭水車)에 이어 차츰 속력을 줄이면서 그러나 더한층 세차게 플랫폼을 진동시키면서 수하물과 멍멍거리는 개를 실은 차량이 지나가고 마지막으로 정거하기 전의 동요를 일으키며 객차가 다가왔다.

민활한 차장은 호각을 불면서 달리는 객차에서 뛰어내렸다. 그러나 그에 이어 한 사람씩 성급한 승객들이 차에서 내리기 시작했다 —— 근위 사관은 몸가짐을 바로잡고 정중히 사방을 둘러보면서, 봇짐을 든 약삭빠른 상인은 싱글벙글 즐겁게 웃으면서, 농부는 큰 봇짐을 어깨에 짊어지고.

브론스키는 오블론스키와 나란히 서서 객차에서 나오고 있는 여객들에 정신을 팔고 있었고 어머니에 대해서는 완전히 잊고 있었다. 금방 키치에 관해서 듣고 알았던 것은 그를 자극하고 그를 즐겁게 했다. 그의 가슴은 저절로 펴지고 그의 눈은 발랄하게 빛났다. 그는 자기를 승리자처럼 느꼈다.

「브론스키 백작 부인은 이 찻간에 계십니다.」하고 민활한 차장이 브론스키 쪽으로 다가오면서 말했다.

차장의 말은 그를 일깨웠다. 그리고 그에게 어머니에 대하여서와 눈앞에 닥쳐 있는 그녀와의 대면에 대해서를 생각해 내게 했다. 그는 마음속으로는 어머니를 존경하고 있지 않았고 똑똑히 의식하지도 않았지만 그녀를 사랑하지도 않았다. 그저 자기가 그 속에서 살고 있던 사회의 견해와 자기의 교양에 의해서 그는 어머니에 대해서 극도의 유순과 공경 이외의 태도를 자기에게 허용할 수가 없었다. 그래서 겉으로 그가 유순하고 공경하면 할수록 마음속에서는 그의 어머니에 대한 사랑과 존경은 더욱더 엷어만 갔던 것이다.

18

브론스키는 차장의 뒤를 따라 그 차량 쪽으로 갔다. 그리고 찻간의 입구에서 마침 나오고 있던 부인에게 길을 비켜 주기 위해서 발을 멈췄다. 사교계에 출입하는 사람이면 누구나 가지고 있는 재치로 이 부인의 외양을 첫눈으로 보고 브론스키는 그녀가 상류 사회에 속하는 사람이라는 것을 알았다. 그는 인사를 하고 막 찻간으로 들어가려고 했으나 더 한번 그녀를 보았으면 하는 참기 어려운 욕구를 느꼈다 —— 그것은 그녀가 굉장한 미인이었기 때문도 아니고, 또 그녀의 자태에서 볼 수 있었던 조촐함과 소박한 아름다움에 마음이 끌렸기 때문도 아니고, 그저 그녀가 그의 옆을 지나쳤을 때, 그 귀염성 있는 얼굴의 표정에 무엇인지 유달리 정답고 부드러운 것이 있었기 때문이었다. 그가 돌아다보았을 때에 그녀도 또한 고개를 돌렸다. 짙은 속눈썹 때문에 어둡게까지 느껴졌던 그녀의 반짝이는 회색의 눈은 마치 그를 알고 있기라도 하듯이 다정하고 주의깊게 그의 얼굴에 머물었으나 이내 또 누군가를 찾기라도 하듯이 지나가는 군중 쪽으로 시선을 옮겨졌다. 이 짧은 시선으로 브론스키는 날쌔게 그녀의 얼굴 가운데에서 놀기도 하고 그 반짝이는 두 눈과 살포시 짓는 미소로 실그러진 붉은 입술 사이를 징검징검 뛰어돌아다니기도 했던 짓눌린 생기를 알아챘다. 그것은 마치 무엇인가의 과잉이 그녀의 몸 속에 넘쳐 흘러 그것이 그녀의 의지에 반해서, 혹은 그 눈의 반짝임 속에, 혹은 그 미소 가운데에 나타나기라도 하는 것만 같았다. 그녀는 일부러 눈 속의 빛을 지웠다. 그러나 그것은 그녀의 의지를 거슬러 그 엷은 미소 속에 반짝반짝 빛을 냈다.

브론스키는 찻간으로 들어갔다. 검은 눈에 곱슬곱슬한 머리털을 한 야윈 노파인 그의 어머니는 눈을 가늘게 뜨고 아들의 얼굴을 쳐다보면서 얇은 입술로 살짝 웃었다. 그녀는 의자에서 일어서자 하녀에서 손가방을 건네고 조그마한 야윈 손을 아들에게 내밀었다. 그리고 그 손으로 그의 머리를 쳐들게 하여 그 얼굴에 입을 맞추었다.

「전보를 받았나? 별일 없었군? 다행이야.」

「도중 편찮으시지 않았어요?」하고 그녀 곁에 앉으면서 문 밖에서 들리는 여인의 목소리에 무의식중에 귀를 기울이며 아들은 말했다. 그는 그것이 입구에서 마주쳤던 그 부인의 목소리라는 것을 알았다.

「역시 난 당신에게 동의할 수 없어요.」하고 부인의 목소리는 말하고 있었다.

「페테르스부르크식 견해로군요, 아주머니.」

「페테르스부르크식이 아니예요. 그저 여자의 견해예요.」하고 그녀는 대답하였다.

「그럼, 그 손에 입을 맞추게 해주십시오.」

「잘 가세요, 이반 페트로비치. 그럼 말씀예요, 오라버니께서 거기 어디 계시지 않은지 좀 찾아봐 주세요. 그리고 계시면 이리 좀 보내 주세요.」하고 바로 문 옆에서 부인은 말을 하고 다시 찻간으로 들어왔다.

「어떻게 하셨어요, 오라버님은 찾으셨어요.」하고 브론스키 부인은 부인을 돌아보면서 말했다.

브론스키는 거기에서 처음으로 그것이 카레닌 부인이었다는 것을 생각해 내었다.

「오라버님께선 저기 나와 계십니다.」하고 그는 일어서면서 말했다. 「이거 몰라 뵈어서 정말 죄송합니다. 그저 잠깐 뵈온 적이 있을 뿐이어서요.」하고 머리를 숙이면서 브론스키는 말했다. 「아마 당신께서도 잘 기억이 나시지 않을 겁니다.」

「어머나, 그렇지 않아요.」하고 그녀는 말했다. 「오히려 내가 알아보았어야 했을 것을. 당신 어머님하고 도중 내내 당신 애기만 하고 왔으니까.」하고 그녀는 마침내 아까부터 밖으로 나오고 싶어 발버둥치고 있던 그 생기를 미소로 나타내면서 이렇게 말했다. 「건 그렇고, 오라버님께선 역시 오시지 않는군요.」

「너 좀 불러 드려라, 알로샤.」하고 노백작 부인이 말했다.

브론스키는 플랫폼으로 나가서 외쳤다.

「오블론스키! 여기야!」

그러나 카레닌 부인은 오라버니가 오기를 기다리지는 않고 그의 모습을 보자 기품 있는 가벼운 걸음걸이로 찻간에서 나왔다. 오라버니가 그녀 가까이 다가오자 그녀는 그 단정함과 조촐함으로 브론스키를 깜짝 놀라게 했던 몸짓으로 왼손을 오라버니의 목에 걸고 재빨리 자기 쪽으로 끌어당겨 세차게 입을 맞췄다. 브론스키는 그녀에게서 눈을 떼지 않고 지켜보고 있었다. 그리고 자기도 어째서인지도 모르게 빙그레 웃고 말았다. 그러나 어머니가 자기를 기다리고 있다는 것을 생각해 내고 그는 다시 찻간으로 들어갔다.

「정말 귀여운 분이시지 않아? 그렇지?」하고 백작 부인은 카레닌 부인에 대해서 말했다. 「저분의 서방님이 저분을 나하고 같은 칸에 태워 주셨어. 나도 정말 반가왔어. 그래 우린 도중 내내 같이 애길 하면서 왔지. 그건 그렇고, 듣자니까, 넌……맘에 든 사람이 나섰다며. 거 참 잘했다, 정말 잘했어.」

「무슨 말씀을 하고 계신지 저는 모르겠어요, 어머님.」하고 아들은 냉담히 대답했다. 「자아 어머님, 가십시다.」

카레닌 부인은 백작 부인에게 작별 인사를 하려고 다시 찻간으로 돌아왔다.

「그럼, 아주머니, 당신은 아드님을 만나셨고, 나는 오라버닐 찾았으니까요.」 하고 즐거운 어조로 그녀는 말했다. 「그리고 이젠 이런 얘기 저런 얘기 다 드려 이 외에 더 드릴 말씀도 있을 것 같지 않고 하니까.」

「아마, 아네요.」 백작 부인은 그녀의 손을 잡고 말했다. 「난 당신하고라면 온 세계를 두루 여행하고 다녀도 지루하지 않을 것만 같아요. 세상엔 얘기를 하고 있어도, 가만히 있어도 같이만 있으면 마음이 상쾌한 귀여운 부인이 있는 것입 니다만, 당신이 그런 부인 가운데 한 분이에요. 건 그렇고 아드님 걱정은 너무 마세요 —— 한시도 떨어지지 않는다는 건 불가능한 일이니까요, 좋은 일이 아 니니까요.」

카레닌 부인은 몸을 유난히 반듯이 하고 조금도 움직이지 않은 채 서 있었다. 그리고 그 눈은 가늘게 웃고 있었다.

「안나 아르카지예브나에겐 말이지.」 백작 부인은 아들에게 설명하면서 말했 다. 「여덟 살인가 난 아드님이 있으시다나. 그런데 지금까지 한 번도 떨어져 보 신 적이 없으시니까 이번에 떼놓고 오신 것을 줄곧 걱정하고 계시지 뭐야.」

「그래요, 정말 난 어머님하고 내내 그런 얘기만 하고 왔어요. 난 내 아들 애 길, 그리고 어머님께선 자기 아드님 애길.」 하고 카레닌 부인은 말했다. 그러자 또다시 그 미소가, 그에게 대한 부드러운 한 미소가 그녀의 얼굴을 빛나게 하였 다.

「정말 지루하셨겠군요.」 하고 그는 곧 그녀가 그에게 던졌던 교태의 공을 정 중에서 받으면서 밀했다. 그러나 그녀는 분명히 이런 어조로 이야기를 계속하려 고 하지 않으려는 듯이 노부인 쪽으로 얼굴을 돌렸다.

「정말 고마와요. 덕택으로 이제 하루는 어떻게 시간을 보냈는지도 모를 정도 였어요. 그럼 부인, 이만 실례하겠읍니다.」

「조심하세요, 부인.」 하고 백작 부인은 대답했다. 「아, 저어, 그 고운 얼굴에 입이나 맞추게 해주세요. 난 늙은이답게 가식 없이 솔직이 말씀드리지만 난 정 말 당신이 맘에 들었어요.」

그것이 아무리 그녀를 추키는 문구였다고는 하나, 카레닌 부인은 진심으로 그 것을 믿고 즐겁게 여기는 것처럼 보였다. 그녀는 얼굴을 붉히고 가볍게 몸을 구 부리고 백작 부인의 입술에 자기 얼굴을 갖다 댔다가는 다시 몸을 쭉 펴고 입술 과 눈 사이에 물결치는, 앞서와 똑같은 미소를 띠고 브론스키에게 손을 내밀었 다. 그는 자기에게 주어진 조그마한 손을 쥐고 마치 무엇인가 특별한 것을 대하는 것처럼 그녀가 힘차고 대담하게 그의 손을 흔들었던 정력적인 악수를 즐겁게 여겼다. 그녀는 그 제법 살집이 좋은 몸뚱이를 기묘할 만큼 가볍게 움직이는 빠른 걸음걸이로 나갔다.

「정말 귀여운 분이야.」하고 노부인은 말했다.

그와 똑같은 것을 그녀의 아들도 생각하고 있었다. 그는 그 아담한 모습이 숨어 버릴 때까지 그녀를 눈으로 뒤좇고 있었다. 그리고 미소가 언제까지나 그의 얼굴에 남아 있었다. 그는 그녀가 오라버니에게로 다가가 그 손을 오라버니의 손 위에 얹고 무엇인지를 활기 있게 분명히 그와는, 즉 브론스키와는 아무런 관계도 없는 것을 이야기하기 시작했던 모습을 창문으로 보았다. 그리고 그에게는 그것이 마음 한구석에 섭섭한 느낌을 자아내게 했다.

「그건 그렇고 어머님, 집안은 모두 여전하신가요?」하고 그는 어머니에게로 얼굴을 돌리면서 되풀이했다.

「모두 여전하다마다, 말할 나위 없지. 알렉산드르는 아주 귀여워졌고, 마리야도 무척 좋아졌지. 그애는 재미있는 애야.」

그리고 그녀는 또다시 무엇보다도 재미있던 것에 대해서 이야기하기 시작했다. 그 때문에 자기가 일부러 페테르스부르크까지 나갔던 손자의 세례에 대한 얘기며 맏아들에 대한 황제의 각별한 은총에 관한 얘기를.

「오오, 여기 라브렌치가 왔군요.」하고 브론스키는 창문을 내다보면서 말했다.「괜찮으시다면 이제 슬슬 나가십시다.」

백작 부인과 동행하여 온 노집사가 준비가 다 됐다는 것을 알리려고 찻간으로 들어왔다. 그러자 부인은 나가려고 몸을 일으켰다.

「자아, 가십시다. 사람들도 얼마 없습니다.」하고 브론스키는 말했다.

하녀가 손가방과 강아지를 안고 집사와 짐꾼이 다른 가방을 들었다. 브론스키는 어머니의 팔을 잡았다. 그리고 그들이 막 찻간에서 밖으로 나왔을 때에 갑자기 깜짝 놀란 얼굴들을 한 사람 몇이 옆을 뛰어갔다. 역장도 그 이상한 빛깔의 모자를 쓰고 뛰어갔다.

무엇인가 심상찮은 일이 일어났음이 분명했다. 기차에서 내렸던 사람들도 역시 도로 뛰어왔다.

「뭐야?……뭐야?……어디야?……뛰어들었어!……깔려 죽었다!……」하고 뛰어가는 사람들 사이에서 이런 소리들이 들렸다.

스테판 아르카지치도 누이와 팔을 낀 채 역시 깜짝 놀란 얼굴로 되돌아와 군중을 피하면서 열차의 입구에 멈췄다.

부인들은 기차 안으로 들어가고 브론스키는 스테판 아르카지치와 함께 사고의 상세함을 알려고 군중의 뒤를 따라갔다.

선로지기의 사내가 취했었는지 혹은 강추위로 몸뚱이를 지나치게 둘러쓰고 있었는지 후퇴하여 오는 기차 소리를 듣지 못하고 깔려 죽었던 것이다.

브론스키와 오블론스키가 돌아오기에 앞서 부인들은 이 같은 상세한 내용을 집사로부터 듣고 알았다.

오블론스키와 브론스키 두 사람은 깔려 죽은 시체를 보았다. 오블론스키는 극심한 충격을 받은 모양이었다. 그는 얼굴을 잔뜩 찌푸리고 금방이라도 울음을 터뜨릴 것만 같아 보였다.

「아아, 정말 무서운 일이야! 아아 안나, 네가 만약 그것을 보았다면 아아, 이 얼마나 무서운 일인가!」하고 그는 말했다.

브론스키는 말이 없었다. 그의 아름다운 얼굴은 정색을 하고 있었다. 그렇지만 어디까지나 침착했다.

「아아, 당신께서 만약 그것을 보셨더라면, 부인.」하고 스테판 아르카지치는 말했다.「그 사내의 아내도 거기에 있었읍니다만 말예요……그 정경은 차마 볼 수 없었어요……시체에 매달려서 말입니다. 그는 혼자 벌어서 많은 식구들을 먹여 살려 왔다는 거예요. 그게 큰일이에요.」

「그 여자를 위해서 뭐 어떻게 해줄 수 있는 일이 없을까요?」하고 안정을 잃은 귓속말로 카레닌 부인이 말했다.

브론스키는 그녀의 얼굴을 흘깃 쳐다보고 그대로 찻간에서 나갔다.

「곧 돌아오겠읍니다, 어머님.」그는 문간에서 돌아다보면서 말했다.

이삼 분 지나 그가 다시 돌아왔을 때에는 스테판 아르카지치는 이미 백작 부인과 함께 신인 여가수에 대한 이야기를 하고 있었다. 그러나 백작 부인은 아들이 돌아오기를 기다리다 못해 안절부절 못하고 문이 있는 쪽만을 돌아다보고 있었다.

「자아, 이제 가십시다.」하고 들어오면서 브론스키는 말했다.

그들은 다함께 밖으로 나왔다. 브론스키는 어머니와 함께 앞장 섰다. 그 뒤를 따라 카레닌 부인이 오라버니하고 나란히 갔다. 출구께에서 그를 뒤쫓아왔던 역장이 브론스키를 따랐다.

「당신께선 저희 조역한테 이백 루블을 건네 주셨더군요. 죄송하지만 그것을 누구에게 주시라는 건지 몰라서 말씀예요.」

「과부에게입니다.」브론스키는 어깨를 움츠리면서 말했다.「새삼스럽게 물어 보실 것까지도 없잖아요.」

「자네가 줬다고?」등 뒤에서 오블론스키가 외쳤다. 그리고 누이의 손을 꽉 쥐면서 덧붙였다——「정말 인정이 있군, 정말 인정이 있어! 그렇잖아, 호한이잖아? 그럼 아주머니, 실례하겠읍니다.」

그리고 그는 누이와 함께 그녀의 하녀를 찾기 위해서 발길을 멈췄다.

그들이 정거장을 나왔을 때에는 브론스키의 마차는 떠나고 없었다. 정거장을 나오던 사람들은 아직도 여전히 조금 전에 일어났던 사건에 대해서 서로들 이야기하고 있었다.

「정말 무서운 죽음도 다 있군!」어떤 한 신사가 옆을 지나가면서 말했다. 「두 동강이나 나 버렸다고 하더군 그래.」

「난 반대로 가장 손쉽고 순간적인 죽음이라고 여기고 있어.」다른 한 사람이 토를 달았다.

「거 어떻게 방도를 달리 취할 법도 한 일이었는데 말이야.」

카레닌 부인은 마차에 올라탔다. 거기에서 스테판 아르카지치는 그녀의 입술이 바르르 떨고 있고, 그녀가 간신히 눈물을 억누르고 있는 듯한 것을 알아채고 놀랐다.

「너 왜 그러지, 안나?」그는 몇 백 사줴니(거리의 단위. 1사줴니는 약 2, 3미터)쯤 왔을 때에 이렇게 물었다.

「불길한 징조예요.」그녀는 말했다.

「쓸데 없는 소릴!」하고 스테판 아르카지치는 말했다. 「네가 와 줬다는 그것이 중요하단 말이야. 넌 좀 상상하기조차 어려울 테지만, 난 얼마만큼 너한테 대해서 기대를 걸고 있다.」

「그런데 오라버님께선 브론스키를 오래 전부터 알고 계셨어요?」그녀는 물었다.

「그렇지, 너도 알고 있을 테지만 우린 키치를 그 사람에게 출가시켰으면 하고 있어.」

「그래요?」안나는 조용히 말했다. 「자아, 이제 오라버니의 말씀을 들려 주세요.」그녀는 마치 그녀를 방해하는 무엇인가 필요 이상의 것을 육체적으로 떨어 버리기나 하려는 것처럼 머리를 흔들면서 덧붙였다. 「오라버니의 일에 대해서 얘길 해주세요. 난 오라버니의 편지를 보고 이렇게 일부러 왔으니까요.」

「그럼, 온 희망을 너에게 걸고 있으니까.」스테판 아르카지치는 말했다.

「그러니까, 자아, 모조리 한 번 이야기해 보세요.」

거기에서 스테판 아르카지치는 이야기를 시작했다.

집에 닿자 오블론스키는 누이를 부축하여 내리게 하고 한숨을 길게 내뿜고 그녀의 손을 꽉 쥐고 나서 관서로 나갔다.

19

안나가 방으로 들어갔을 때, 돌리는 조그마한 객실에 자리잡고 앉아 이제는 제 아버지를 닮아 가는, 머리털이 하얗고 토실토실한 사내아이를 상대로 프랑스어의 읽기를 보살펴 주고 있었다. 어린애는 금방 떨어질 것만 같은 자켓의 단추를 손가락 끝으로 배배 꼬아 잡아떼려고 애쓰면서 읽고 있었다. 그럴 때마다 어머니는 그 손을 뿌리쳤다. 그러나 포동포동한 귀여운 손은 금방 또 단추를 잡았다. 어머니는 단추를 잡아떼어 그것을 호주머니에 넣어 버렸다.

「손을 좀 가만히 놓지 못해, 그리쉬아.」그녀는 이렇게 말하고 또다시 오랫동안의 소일거리였던 편물을 손에 들었다. 이것은 그녀가 언제나 속이 썩을 때면 붙드는 일로 지금도 그녀는 손가락으로 접기도 하고 단추 구멍을 세기도 하면서 신경질적으로 그것을 붙들었던 것이다. 그녀는 어제 하인을 시켜 남편의 누이가 오건 말건 그것이 자기에게는 아무런 관계가 없는 일인 양 남편에게 알리게 하기는 했지만, 그녀는 역시 그녀를 맞을 준비를 하고 가슴을 두근거려 가면서 시누이를 기다리고 있었던 것이다.

돌리는 자기의 슬픔에 지쳐 완전히 그것에 사로잡히고 있었다. 그러나 그녀는 시누이인 안나가 페테르스부르크의 중요 인물인 한 사람의 아내이고 페테르스부르크의 귀부인이라는 것을 알고 있었다. 그리고 그 때문에 그녀는 남편에게 퍼부었던 것을 실행하지는 않았다. 말하자면 시누이가 온다는 것을 잊거나 하지는 않았다. 『그렇다, 어떻든 안나에겐 아무런 죄도 없다.』하고 돌리는 생각했다. 『첫째 나는 그분에 대해서는 가장 좋은 것밖에 아무것도 아는 것이 없고 그분도 나에겐 그저 친절과 성심을 보일 뿐이다.』그러나 실은 그녀가 페테르스부르크의 카레닌네에게서 받았던 인상을 다시 생각해 낼 수 있는 한으로는 그들의 가정 그 자체는 그녀에게는 그다지 탐탁하지가 않았다 —— 그들의 가정 생활에는 어딘지 위선적인 데가 있었다. 『그러나 어찌 내가 그분을 맞아들이지 않겠는가? 그저 그분이 날 달래려는 생각만 가져 주지 않았으면 좋으련만!』돌리는 생각했다. 『위안이라든지 충고라든지 기독교적인 용서라든지 하는 —— 이러한 것들은 자기도 이미 몇천 번도 더 생각한 것들이지만 이러한 것들도 모두 쓸데없는 것들이다.』

요 며칠 동안 줄곧 돌리는 아이들과 함께 혼자서 지냈다. 자기의 슬픔을 이러쿵저러쿵하고 지껄이는 것이 그녀에게는 싫었다. 그렇다고 또 이런 슬픔을 마음속에 품고 있으면서 다른 얘기를 할 생각도 나지 않았다. 그녀는 자기가 필경은 안나에게 모든 것을 실토하고 말 것을 알고 있었다. 그러자 자기가 그것을 실토할 것이라는 생각이 그녀를 즐겁게 하기도 하고, 그런가 하면 또 남편의 누이인 그녀 앞에 자기의 부끄러움을 드러내 놓고 그녀에게서 충고며 위안이며 하는 미리 마련된 문구를 듣지 않으면 안 된다는 생각이 그녀의 마음을 걷잡지 못하게 하기도 했다.

그녀는 흔히 있는 일로 일 분마다 시계만을 들여다보고, 이때나 저때나 하고 그녀를 기다리고 있었으면서도 그만 벨소리를 듣지 못했기 때문에 손님이 온 바로 그 긴요한 일 분을 놓쳐 버리고 말았다.

옷자락이 스치는 소리와 가벼운 발소리를 바로 문 있는 데에서 알아듣고 그녀는 비로소 돌아다보았다. 그러자 그 괴로움에 지친 듯한 얼굴에는 저도 모르게 반가움이 아닌 놀라움의 표정이 떠올랐다. 그녀는 일어서서 시누이를 안았다.

「어머나, 벌써 오셨어요?」하고 그녀는 그녀에게 입을 맞추면서 말했다.

「돌리, 난 이렇게 당신을 만나게 되어 정말 반가와요!」

「나도 반가와요.」돌리는 가냘프게 미소를 띠고 안나의 얼굴의 표정에 의해서 그녀가 알고 있는지 어떤지를 알려고 애쓰면서 말했다. 『틀림없이 알고 있을 거야.』그녀는 안나의 얼굴에서 동정의 빛을 알아채고 이렇게 생각했다. 「자아, 가요. 내가 당신의 방으로 안내하겠어요.」그녀는 설명할 시간을 일 분이라도 가능한 한 늦추려고 애쓰면서 말을 계속했다.

「얘가 그리쉬아든가? 어머나, 정말 몰라보게 자랐구나!」안나는 이렇게 말하고 돌리에게서 눈을 떼지 않고 어린애에게 입을 맞추자 갑자기 주춤하고 얼굴이 빨갛게 됐다.

그녀는 숄과 모자를 벗었다. 그리고 곱슬곱슬한 머리털 한가닥에 모자가 걸렸기 때문에 머리를 흔들어서 머리털을 풀었다.

「당신은 행복과 건강으로 빛나고 있으시군요!」돌리는 거의 부러움에 가까운 어조로 말했다.

「내가?…… 그래요.」안나는 말했다. 「어머나 타냐가! 이 앤 우리 세료쥐아하고 동갑이에요.」그녀는 뛰어들어온 계집애를 돌아보면서 덧붙였다. 그녀는 계집애를 답삭 끌어 안고 입을 맞췄다. 「귀여워라, 정말 귀여워! 애들을 다 좀 보여 줘요.」

그리고 그녀는 아이들 하나하나의 이름을 불렀으나, 그저 이름뿐만이 아니고 그 난 해에서, 달에서, 성질에서 병에 이르기까지 기억하고 있었으므로 돌리는 그것을 고마와하지 않을 수가 없었다.

「그럼 자아, 그 애들이 있는 데로 가 볼까요.」그녀는 말했다. 「바샤가 마침

자고 있어서 안 됐지만.」

아이들을 보고 나서 그들은 이제 단 둘이서 커피를 앞에 놓고 객실에 앉았다. 안나는 쟁반을 들려다가는 그것을 옆으로 밀쳤다.

「돌리,」하고 그녀는 말했다. 「난 오라버니에게서 들었어요.」

돌리는 쌀쌀하게 안나를 쳐다보았다. 그녀는 이제 입에 붙은 동정의 문구가 쏟아져 나오려니 하고 기다렸으나, 안나는 그런 것은 한 마디로 입 밖에 내놓지 않았다.

「저어, 돌리!」그녀는 말했다. 「난 당신에게 오라버니의 변명을 하려고도 하지 않고, 또 위안하려고도 하지 않아요. 그런 것은 바랄 수 없는 일예요. 그렇지만 다쉐니카, 나는 당신이 가여워요, 진심으로 가여워 못 견디겠어요!」

그녀의 반짝이는 눈동자를 둘러싼 짙은 속눈썹 밑에서 갑자기 눈물이 솟았다. 그녀는 올케 옆으로 바싹 옮겨앉아 그 힘찬 조그마한 손으로 그녀의 손을 꼭 쥐었다. 돌리는 그것을 물리치지는 않았다. 그러나 그녀의 얼굴은 그 덤덤한 표정을 바꾸지 않았다. 그녀는 말했다.

「나를 위로한다는 것은 헛일이에요. 그 일이 있었던 뒤로는 이제 모든 것을 잃어버리고 말았어요. 모든 것이 다 파멸이에요!」

그녀가 이렇게 말하자마자 그녀의 얼굴 표정은 갑자기 누그러졌다. 안나는 돌리의 마르고 야윈 손을 들어 거기에 입을 맞추고 말했다.

「그렇지만 돌리, 어떻게 하겠어요, 어떻게 하겠어요? 이같은 두려운 경우에 있어서 어떻게 해야 가장 좋은지? 바로 이것을 생각하지 않으면 안 될 일이에요.」

「모든 것이 다 끝났어요. 이 위에 더 어떻게 해야 할 아무것도 없어요.」돌리는 말했다. 「그리고 무엇보다도 곤란한 것은 당신도 아실 테지만 내가 그분을 버릴 수 없다는 거예요 —— 아이들도 말예요. 난 묶여 있어요, 그러면서도 난 그분과 함께 살 수는 없어요. 난 그분을 보는 것도 괴로와요.」

「돌리, 이봐요. 난 오라버님으로부터 듣긴 들었지만 당신에게서도 한 번 듣고 싶어요, 죄다 이야기해 봐요.」

돌리는 물어 보는 듯이 눈으로 그녀의 얼굴을 바라보았다.

거짓없는 동정과 사랑이 안나의 얼굴에 나타나 있었다.

「그럼 얘기하겠어요.」그녀는 불쑥 말했다. 「처음부터 이야기하겠어요. 내가 어떻게 결혼했는지는 당신도 알고 있으실 거예요. 난 어머님의 교육으로 천진난만하다 못해 어리석었어요. 난 아무것도 몰랐었죠. 난 남편은 아내에게 자기 과거의 생활을 이야기하는 것이라는 것을 듣고 알긴 했읍니다만 스치바는……」하고 말하려다가는 그녀는 고쳐 말했다. 「스테판 아르카지치는 나에게 아무것도 이야기 해주질 않았어요. 당신은 믿지 않으실 테지만 난 오늘날까지 정말 그분이 알고 있는 여자는 나 하나뿐인 줄로만 알았어요. 이렇게 나는 팔 년 동안을 살아 왔어요. 그래서 난 불성실한 짓을 하리라고는 꿈에도 생각 못했고, 그런 짓은 될 수도 없는 것처럼 여기고 있었어요. 그런 데다 대고 말예요, 좀 생각해 보세요. 그렇게 마음먹고 있는 데다 대고 느닷없이 그처럼 두려운 짓을, 그런 더러운 짓을 하고 있다는 것을 알게 됐으니 말예요…… 당신은 내 속을 알아 주실 거예요. 나의 행복을 믿고 있었던 것이 그만 별안간……」하고 돌리는 복받치는 울음을 억누르면서 계속했다. 「그런 편지가 나왔단 말이에요…… 그분이 좋아하는 여자에게, 우리 집 가정 교사에게 쓴 편지가 말이에요. 이것은 정말 너무 하잖아요 ! 」그녀는 얼른 손수건을 꺼내어 그것으로 얼굴을 가렸다. 「그야 나도, 바람이 나서 그랬다고 한다면 이해가 가겠지만.」그녀는 잠시 말이 없다가 또 계속했다. 「그러나 이처럼 교활하고 능글맞게 날 속인다는 것은…… 그것도 다른 여자도 아닌……그리고 그 여자하고 관계를 계속하면서 내 남편이기도 하다는 것은…… 정말 무서운 일이에요 ! 당신은 잘 모르실 테지만 말예요……」

「오오 아녜요, 난 잘 알고 있어요 ! 알고 있다마다요. 돌리, 알고 있어요.」그녀의 손을 쥐면서 안나는 말했다. 「그래 당신은 그분이 내 입장의 이런 두려움을 모두 알고 있으리라고 여기겠죠 ? 」하고 돌리는 계속했다. 「그러나 어림도 없어요. 그분은 행복하고 또 만족해 하고 있어요.」

「아녜요, 건 그렇잖아요 ! 」안나는 냉큼 가로챘다. 「오라버니는 불행해 하고 있어요. 그분은 죽도록 후회하고 있어요……」

「그렇지만 그분이 후회할 줄 아는 사람일까요 ? 」돌리는 시누이의 얼굴을 찬찬히 쳐다보면서 가로막았다.

「그럼요, 난 오라버닐 알고 있어요. 나는 그분을 보자 가여운 생각이 들지 않을 수 없었어요. 우린 둘이 다 그분을 잘 알고 있어요. 그분은 속은 좋지만 좀 오만하셔요. 그러나 이번엔 아주 풀이 꺾였어요. 내가 무엇보다도 감동한 것은 말예요…… (여기에서 안나는 돌리의 마음에 느끼게 할 수 있는 요긴한 것을 생각해 냈다) 그분께서 두 가지 일로 괴로와 하고 있다는 거예요 —— 그것은, 하나는 아이들에 대해 부끄럽게 여기고 있다는 것과 또 하나는 언니를 사랑하고 있으면서…… 그래요, 그래요. 이 세상에서의 그 어느 것보다도 사랑하고 있으면서,」하고 그녀는 말을 달고 나서려는 돌리를 냉큼 가로막았다.

「언니의 마음을 괴롭혔고 언니를 슬프게 했다는 거예요. 아냐, 아냐, 그 여잔 용서해 주지 않을 거야. 하고 그분께선 줄창 입버릇처럼 이야기하고 계셨어요.」

돌리는 그녀의 말을 들으면서 생각에 잠긴 듯이 시누이의 옆쪽에다 시선을 떨어뜨리고 있었다.

「그래요, 그야 나도 그분의 입장이 괴롭다는 것은 알고 있어요 —— 죄 없는 사람보다 죄 있는 사람이 더 괴롭기 마련이니까요.」하고 그녀는 말했다. 「만약 그분께서 모든 불행이 자기의 죄에서 생겼다는 것을 느끼고 있다면 말예요. 그러나 그것을 어떻게 용서하겠어요, 어떻게 내가 그 여자 뒤에 또다시 그분의 아내가 될 수 있겠어요? 나에겐 이제 그분하고 같이 산다는 것마저 고통이에요. 그것은 말하자면 내가 그분에 대한 자기의 과거의 사랑을 사랑하고 있기 때문이지만……」

그리고 흐느낌이 그녀의 말을 끊어 놨다.

그러나 그녀는 마치 일부러 그렇듯이 마음이 가라앉을 때마다 자기의 분통을 터뜨리게 했던 사실에 대해서 되풀이하여 이야기를 시작하는 것이었다.

「그야 그 여잔 젊었고 예뻐요.」그녀는 계속했다. 「그런가 하면, 아시겠어요 안나, 내 몸은 젊음도 아름다움도 이제는 다 빼앗기고 말았어요, 누구한테예요? 그분하고 그분의 아이들에게예요. 난 그분을 섬겨 왔어요. 그리고 그분을 섬기느라고 난 모든 것을 잃어버리고 말았어요. 그런데도 이렇게 되고 보니깐 이젠 그분으로선 저속해도 싱싱한 여자가 좋은가 봐요. 그 사람들은 틀림없이 둘이서 나를 두고 이 얘기 저 얘기 했을 거예요. 혹은 더 나쁘게 하면 어떻다고도 얘기하지 않았을는지도 몰라요 —— 당신은 이해가 가시겠어요?」하고 또다시 그녀의 눈은 증오의 불꽃을 튀기기 시작했다. 「이런 일이 있던 뒤에도 그분은 또 나에게 여러 가지 이야길 할 거예요…… 그렇지만 그것을 내가 또 어떻게 믿겠어요? 이젠 틀렸어요. 아니 이제 모든 것이 다 끝나 버렸어요. 위로가 되어 왔던 것, 괴로움과 노고의 보수가 되어 왔던 것도 모두 끝나 버렸어요…… 당신은 내 말을 믿어 주시겠어요? 난 조금 전까지만 해도 그리쉬아를 가르치고 있었어요 —— 전에는 이런 것도 즐거움이었어요. 그러던 것이 지금에 와선 괴로움이에요. 무엇 때문에 나는 애쓰고 있고 고생하고 있는 것일까요? 아이들은 무엇 때문에 있는 것일까요? 내 마음이 이렇게 갑자기 뒤집혀 버렸다는 것은 정말 무서운 일이에요. 그리고 지금 내 마음속엔 사랑과 부드러움 대신 그분에 대한 증오가 있을 뿐이에요. 그래요, 증오예요. 나는 정말 그분을 죽여 버리기라도 했으면 해요, 그리고……」

「다쉐니카, 돌리, 난 잘 알고 있어요. 그렇지만 이제 너무 그렇게 자신을 괴롭히지는 말아요. 당신은 모든 것이 그대로 보이지 않을 만큼 몹시 성이 나고 흥분돼 있어요.」

돌리는 마음을 가라앉혔다. 그리고 두 사람은 잠시 말이 없었다.

「어떻게 했으면 좋을까요, 안나. 잘 생각해서 날 좀 도와 줘요. 나는 줄곧 그것만을 생각하고 있지만 전혀 가늠이 서질 않는군요.」

안나에게도 어떤 신통한 생각이 머리에 떠오르지 않았다. 그러나 그녀의 마음은 올케의 한 마디 한 마디의 말에, 그 표정 하나 하나에 대해 공감하고 있는 것이었다.

「나 한 마디만 이야기하겠어요.」하고 안나는 입을 열었다. 「난 그분의 누이니깐 그분의 성질은 잘 알고 있어요. 그 무슨 일이나 금방 잊어버리는 성질도, (그녀는 이마 앞에서 손짓을 했다) 유혹에 빠지기 쉬운 성질도, 그러나 그 대신에 또 곧잘 후회하기도 하는 성질을 말이에요. 오라버니께서는 지금은 어떻게 해서 그런 짓을 할 수가 있었던가 하고 자기 스스로도 이상하게 여긴 나머지 멍하게 있을 정도예요.」

「아녜요, 그분은 알고 있어요. 그분은 알고 있었어요!」돌리는 가로막았다. 「그러나 난…… 당신은 나를 지금 잊고 있어요…… 그게 내 맘을 편케 하는 것이 될까요?」

「가만 있어 봐요. 그건 말예요, 실은 오라버니께서 나에게 이야기했을 땐 난 아직 언니의 입장의 두려움을 잘 몰랐었어요. 난 그저 그분에 대해서와 가정의 파괴라는 것만을 알았을 뿐이에요. 그리고 나에겐 그분이 가엾게 여겨졌었어요. 그러나 당신하고 이야기하고 보니깐 난 여자로서 또 다른 것을 보게 됐어요. 난 당신의 괴로움을 보았어요. 그리고 난 어떻다고 이야기할 수 없을 만큼 당신이 가엾다는 생각이 들었어요! 그렇지만 이거 봐요, 돌리 다쉐니카. 난 당신의 괴로움에 충분히 동정은 하지만 그저 한 가지 알 수 없는 게 있어요 —— 나는 알지 못하겠어요…… 난 모르겠어요, 당신의 마음속에 아직 얼마만큼의 그분에 대한 사랑이 남아 있는질. 용서할 수 있을 만큼의 사랑이 남아 있는지 어떤지 하는 것은 그건 당신만이 알고 있는 일이니까요. 그래 만약 그만큼의 것이 있다면 그렇다면 용서해 주세요!」

「아녜요.」하고 돌리가 말하려고 했다. 그러나 안나가 또 한 번 그녀의 손에 입을 맞추면서 그말을 가로챘다.

「난 당신보다는 세상 물정을 좀더 알고 있어요.」하고 그녀는 말했다. 「난 스치바 같은 사람들도 알고 있고, 또 그 사람들이 이러한 일을 어떻게 보고 있는가 하는 것도 알고 있어요. 당신이 오라버니께서 그 여자와 당신에 대해서 이러니 저러니 하고 이야기한 것처럼 말씀하셨죠. 그러나 그런 일은 결코 없어요. 그런 사람들은 설사 성실치 못한 짓을 하고는 있지만 제 집 아궁이와 아내와는 ——

그것은 그 사람들에게는 신성 불가침의 것이에요. 어째서인지 그런 사람들은 그런 여자들을 얕보고 가정에 대한 이야기는 입 밖에 내놓지도 못하게 하고 있어요. 그런 사람들은 가정과 그런 여자들 사이에 언제나 넘을 수 없는 그 어떤 선을 그어 놓고 있으니깐 말예요. 그 까닭은 나도 모르겠어요, 그러나 그것만은 사실이에요.」

「그래요, 그러나 그분은 그 여자에게 입을 맞추었는 걸요……」

「돌리 잠깐만, 이봐요 다쉐니카, 난 당신을 사랑하고 있던 때의 스치바를 알고 있어요. 나는 오라버니가 나에게 찾아와서 당신 이야기를 하면서 울던 때의 일을 기억하고 있어요. 정말 당신은 그분에게 있어서 얼마나 아름다운 시였고 거룩한 것이었을까요. 그리고 나는 또 오라버니께서 당신하고 이렇게 오랫동안 살아 오고 있는 사이에 오라버니에게는 당신이 더욱더 거룩한 것이 되어 왔다는 것도 알고 있어요. 우린 오라버니께서 말끝마다 꼭 「돌리는 놀라운 여자야. 하고 덧붙였기 때문에 곧잘 웃기도 했어요. 당신은 정말 오라버니에게는 항상 신성한 존재였고, 또 지금도 그래요. 그러니깐 이번의 바람은 오라버니의 본심에서 나온 건 아니고……」

「그렇지만 이런 바람이 만약 되풀이 되는 일이 있다면?」

「그런 일이 있을 턱이 있겠어요. 난 그렇게 여겨요……」

「그래요, 그렇지만 당신 같아선 용서하겠어요?」

「건 모르죠, 판단할 수 없어요…… 아녜요, 할 수 있어요.」하고 잠깐 생각하고 나서 안나는 말했다. 그리고 머리 속에서 그러한 경우를 상상하고 그것을 마음의 저울에 달면서 덧붙였다. 「아녜요, 할 수 있어요, 할 수 있어요, 할 수 있어요. 그럼요, 나는 용서하겠어요. 그야 그 전 같이는 있을 수 없겠죠, 그래요. 그렇지만 용서하긴 용서하겠어요. 마치 그런 일이 없었던 것처럼, 전연 없었던 것처럼 깨끗이 용서하겠어요……」

「그래요, 물론이죠.」돌리는 몇 번이고 생각했던 것을 이야기하는 듯한 어조로 얼른 가로챘다. 「그렇지 않고는 그건 용서한다는 것이 되지 않으니까요. 용서할 바엔 그야 깨끗이 용서해야지요. 자아 가요, 내가 당신을 당신의 방으로 안내하겠어요.」그녀는 일어서면서 말했다. 그리고 그 도중에 안나를 껴안았다. 「아아 안나, 정말 당신이 와 주셔서 나는 얼마나 기쁜지 몰라요. 난 마음이 거뜬해졌어요. 훨씬 가벼워졌어요.」

20

　안나는 그 날은 온종일 집에서, 즉 오블론스키네 집에서 지내 버렸다. 그의 친지 가운데의 몇몇이 어느새 그녀의 도착을 알고 벌써 그 날부터 밀려들었으나 그녀는 아무도 만나지 않았다. 안나는 아침나절 내내 돌리며 아이들과 함께 지냈다. 그리고 오라버니에게 꼭 집에서 식사를 하도록 하라는 쪽지를 들려 보냈을 뿐이었다. 『돌아오세요, 어떻게 잘 될 것 같아보여요.』하고 그녀는 거기에 적었다.

　오블론스키는 집에서 식사를 했다. 식탁에서의 얘기는 일반적인 것이었다. 그리고 아내는 여태까지 쓰지 않았던 〈여보〉라는 말로 남편을 부르면서 이야기를 했다. 내외 사이에는 아직도 그 서먹서먹한 데가 남아 있었다. 그러나 이제는 헤어진다느니 하는 이야기는 나오지 않았다. 그리고 스테판 아르카지치는 변명과 화해가 가능하다는 것을 눈치 챘다.

　식사가 막 끝나자 키치가 마차로 찾아들었다. 그녀는 안나 아르카지예브나를 알고는 있었지만, 아주 낯이 설었기 때문에 지금 이렇게 언니한테 찾아오는 데에도 세인의 찬양을 한몸에 모으고 있는 페테르스부르크 사교계의 귀부인이 자기를 어떻게 맞아 줄 것인지 하는 것에 어쩐지 조마조마함을 느끼지 않을 수 없었다. 그러나 그녀는 안나 아르카지예브나의 마음에 들었다── 그것을 그녀는 이내 알아챘다. 안나는 분명히 그녀의 아름다움과 젊음에 끌렸던 것이다. 그리고 키치는 키치대로 미처 정신을 차릴 겨를도 없이 어느새 그녀의 영향 밑에 있는 자기를 느꼈을 뿐만이 아니라 과년한 처자들이 흔히 연상의 기혼 부인을 연모하는 일이 있는 것처럼, 그녀를 좋아하고 있는 자기를 느끼고 있었다. 안나는 사교계의 귀부인 같은 티도 없고 또 여덟 살 난 사내아이의 어머니 같지도 않았으며, 몸짓의 가냘픔이며 싱싱한 모습, 또 때로는 그 미소 속에, 때로는 그 눈동자 속에 새겨져 있는 그 용모의 생생한 표정으로 본다면 도리어 스무 살밖에 안 먹은 처녀에 가깝다고 말해도 좋을 정도였다. 만약 그 정색을 한, 때로는 슬프게마저 보여 키치의 마음을 느끼게 하고 키치를 자기 쪽으로 끌어들였던 눈의 표정만 없었다면, 키치는 안나가 아주 단순하고 그 어떤 비밀 하나 지니지 않은 사람이라는 것을 느꼈다.

　그러나 그와 동시에 또 안나에게는 또 다른 하나의 그녀에게 있어서는 가까이 할 수조차 없는 착잡하고 시적인 홍미를 곁들인 일종의 숭고한 세계가 있다는 것을 느끼지 않을 수가 없었다.

식사가 끝난 뒤 돌리가 자기의 방으로 나가자 안나는 얼른 일어서서 엽궐련을 피워 물기 시작한 오라버니 옆으로 다가갔다.

「스치바.」하고 그녀는 쾌활하게 눈짓을 하면서 성호를 그어 그를 축복하면서 눈으로 문 쪽을 가리키며 말했다.

「가보세요, 어떻게 잘 될 거예요.」

그는 그녀가 말하는 뜻을 깨닫고는 엽궐련을 내던지고 문 저쪽으로 자취를 감췄다.

스테판 아르카지치가 나가자 그녀는 아이들에게 둘러싸여 앉아 있던 소파 쪽으로 돌아왔다.

어머니가 고모와 사이가 좋다는 것을 보았음인지, 혹은 그들 자신이 그녀 속에서 독특한 매력을 느꼈음인지, 위의 두 아이와 그들을 따라 밑의 아이들도, 아이들에게 흔히 있듯이 아직 밥을 먹기 전부터 이 낯선 고모에게 달라붙어 그 곁을 떠나지 않았다.

그리고 그들 사이에는 어느 틈에 될 수 있는 대로 고모 가까이에 자리를 잡는다든지, 그녀의 몸을 만진다든지, 그녀의 조그마한 손을 잡아 흔든다든지, 거기에다 입을 맞춘다든지, 그녀의 반지를 노리개감으로 삼는다든지, 혹은 그녀의 옷자락이라도 만지작거린다든지 하는 것으로 이루어지는 놀이 같은 것이 돼 있었다.

「자아 자아, 아까 앉아 있던 것처럼 말이지.」안나는 자기 자리로 앉으면서 말했다.

그러자 또 그리쉬아가 그녀의 팔뚝 밑에 머리를 디밀어 넣고 그녀의 옷에 엇비스듬히 기대어 자랑과 행복감에 젖은 얼굴을 띠고 있었다.

「그래 이번에는 언제 무도회가 있어요?」그녀는 키치를 향해서 물었다.

「내주에 있어요, 굉장한 무도회예요. 언제 가 봐도 재미있는 무도회의 하나예요.」

「언제 가 봐도 재미있다니, 그런 무도회도 다 있어요?」부드러운 야유를 섞은 어조로 안나는 말했다.

「그게 좀 이상스럽긴 하지만 있어요. 보브리쉬체프가에선 언제나 즐겁고, 니키친 가에서도 그렇고요. 그리고 메쥐코프 가에선 언제나 지루해요. 그런데 당신은 정말 그런 것을 느끼지 않으세요?」

「네, 느끼지 않아요. 나에겐 이젠 재미있다든지 하는 무도회는 없어져 버렸죠.」하고 안나는 말했다. 이때 키치는 자기에게는 아직 한 번도 열려진 적이 없는 특수한 세계가 있는 듯한 것을 그녀의 눈 속에서 보았다. 「나에게도 괴로움과 지루함이 약간 적은 무도회가 있긴 하지만요……」

「당신 같은 분이 어찌 무도회에서 지루해 하신다든가 하는 일이 있을 수 있을까요?」

「어머나, 나라구 어찌 무도회에서 지루해 하지 않으란 법이 있겠어요?」안나는 되물었다.

키치는 안나가 그것에 이어 답변해야 할 것을 알고 있음을 알아챘다.

「그렇지만 당신은 언제나 어느 분보다 아름다우신 걸요.」안나는 곧잘 얼굴을 붉히는 성미였다. 그녀는 얼굴을 붉히고 이렇게 말했다.

「어마나 그럴 리가 있겠어요, 또 설사 그렇다고 하더라도 그게 나에게 무슨 소용이 있겠어요?」

「당신은 이번 무도회에 나가시겠어요?」하고 키치가 물었다.

「글쎄, 나가지 않을 수가 없겠군요, 자아 괜찮으니깐 가져.」하고 그녀는 하얗고 끝이 가느다란 손가락에서 손쉽게 빠질 듯한 반지를 빼려는 타냐에게 말하였다.

「난 당신께서 와 주시기만 한다면 정말 즐겁겠어요. 난 정말 무도회에서 당신을 꼭 뵈었으면 해요.」

「그럼 만약 나가게 되더라도 난 그것이 당신의 만족이 되리라 여기고 얼마만이라도 나를 위로하겠어요…… 그리쉬아, 그렇게 잡아당기지 말아요, 벌써 이렇게 다 풀었잖아.」하고 그녀는 그리쉬아가 만지작거리고 놀던 한 가닥의 흐트러진 머리털을 바로잡으면서 말했다.

「난 저어, 무도회엔 당신께선 틀림없이 라일락 빛의 옷을 입고 오시라고 상상하고 있어요.」

「어째서 또 꼭 라일락 빛이라고 못을 박으시죠?」미소를 띠면서 안나는 물었다. 「자아 모두들 어서 가 봐요, 어서들 가 봐요. 들리죠? 미스 굴리가 차를 들라고 부르고 있지 않아요.」그녀는 자기 곁에서 아이들을 떼어 식당 쪽으로 보내면서 말했다.

「나는 다 알고 있어요, 당신이 나를 무도회에 나가게 하고 싶어하는 까닭을요. 당신은 이번 무도회에서 많은 것을 기대하고 있는 것이 있으시죠, 그리고 당신은 모두 그곳에 나가도록, 그래서 모두들 어울려 주었으면 하고 바라고 있으시죠?」

「어머나, 어떻게 알고 계세요? 그래요.」

「아아, 당신 나이 때가 정말 좋아요.」안나는 계속 말했다. 「나는 그 스위스의 산줄기에 걸려 있는 것과 같은 하늘빛의 안개를 기억하고 또 알고도 있어요. 그 안개는 바로 유년 시절이 끝나려고 하는 그 행복한 시절에 온갖 것을 가리우고 있는 것이고 그리고 이 거대하고 행복에 찬 즐거운 세계에서 앞은 차츰차츰 길이 좁아져서 보기에는 밝고 아름답게 보이면서도 그 외길로 들어가는 것이 즐겁기도 하고 불안한 것도 같은……우리들은 누구나 다 이런 길을 지나 보지 않은 사람은 없어요.」

키치는 말없이 웃고 있었다. 『그렇지만 이분은 그 길을 어떻게 지나왔을까? 난 정말 이분의 로맨스를 어떻게 다 알아 보았으면 좋겠다.』하고 키치는 그녀의 남편인 알렉세이 알렉산드로비치의 덤덤한 용모를 생각해 내면서 생각했다.

「조금은 알고 있어요. 스치바가 나에게 이야기해 주더군요. 정말 축하해요. 그분이라면 나도 정말 맘에 들어요.」하고 안나는 계속했다. 「나는 벌써 정거장에서 브론스키를 만나 보았어요.」

「아아, 그분이 거기에 있었어요?」키치는 갑자기 얼굴을 붉히고 물었다. 「스치바가 무어라고 말씀하시던가요?」

「스치바는 이 얘기 저 얘기 다 지껄이던데요. 나도 그렇게만 되면 정말 좋겠어요. 난 말예요, 어제 브론스키의 어머님과 같이 타고 왔어요.」그녀는 계속했다. 「그리고 어머님은 나에게 줄곧 그분 이야기만 하시더군요 —— 그분은 아마 어머님의 귀염둥이인 모양이죠. 나도 어머니라는 것이 아이들에 대해서 얼마나 눈이 어두운 것인가 하는 것을 알고는 있지만 말예요, 그래도……」

「어머님께선 당신에게 무슨 말씀을 하시던가요?」

「아아, 여러 가지 이야기죠! 내가 알기에도 그분은 누가 보나 역시 훌륭한 기사예요……이를테면, 이것도 어머니의 이야기이지만 그분은 재산을 온통 형님에게 넘겨 줘 버리려고 한 적이 있었던 모양이고, 또 어렸을 때에도 범상치 않은 짓을 하기도 했고, 부인네를 물 속에서 구하기도 한 적이 있었다나요. 말하자면 한 마디로 얘기해서 영웅이에요.」안나는 그 정거장에서 주었던 그 이백 루블에 대한 것을 생각해 내면서 웃는 얼굴로 이렇게 말했다.

그러나 그녀는 이 이백 루블에 관한 것은 이야기하지 않았다. 어째선지 그녀에게는 그것을 생각해 낸다는 것이 유쾌하지가 않았다. 그녀는 그 속에는 무엇인지 자기에게 관계가 있는 것, 있어서는 안 될 것이 있다는 것을 느끼고 있었던 것이다.

「어머님께선 나더러 꼭 놀러 오라고도 말씀하셨고,」안나는 계속했다. 「나도 그 노부인을 만나 뵙는 것은 즐거우니깐 내일은 한번 찾아가 볼까 해요. 그건 그렇고, 고맙게도 스치바는 꽤 오래 돌리의 방에 가 있군요.」하고 안나는 말머리를 돌리면서, 그리고 키치가 보기에는 무엇인지 불만이 가득찬 낯빛으로 일어서면서 덧붙였다.

「아냐, 내가 먼저야 ! 아냐, 나야 !」아이들이 차를 들고 나서, 안나 고모 쪽으로 뛰어오면서 외쳤다.

「다같이, 같이 !」하고 안나는 말하고 웃으면서 그들 있는 데로 뛰어갔다. 그리고 기뻐서 끽끽거리며 우물주물하고 있는 아이들과 하나가 되어 넘어졌다.

21

어른들의 차가 준비되었을 때에 돌리는 자기 거실에서 나왔다. 스테판 아르카지치는 얼굴을 보이지 않았다. 그는 아내의 방 뒷문으로 나간 것이 틀림없었다.

「난 이층에선 당신이 춥지 않을까 걱정이에요.」돌리는 안나를 돌아다보면서 말했다. 「정말 아래층으로 옮겼으면 좋겠어요, 서로 가깝게도 될 거고.」

「아아 정말이에요, 제발, 내 걱정은 하지도 마세요.」하고 안나는 돌리의 얼굴을 들여다보고 화해가 됐는지 어떤지를 알려고 애쓰면서 대답했다.

「당신에게 여기는 조금 밝을 거예요.」하고 올케는 말했다.

「아녜요, 나는 어디에서든지 언제나 모르모트처럼 잘 자니까요.」

「둘이서 무슨 이야기들이야,」하고 스테판 아르카지치는 서재에서 나오면서 아내를 보고 이렇게 말했다.

그의 어조에 의해서 키치도 안나도 이내 화해가 이루어졌다는 것을 알았다.

「안나를 아래층으로 옮겨 줬으면 하고 생각하고 있는데, 그럴려면 커튼을 갈아치지 않으면 안 돼요. 아무도 손 볼 사람이 없으니까 내가 직접 해야 해요.」돌리는 그에게로 얼굴을 돌리면서 대답했다.

『아니, 이거 깨끗이 화해가 됐는지 어떤질 모르겠군.』하고 그녀의 쌀쌀한 그리고 침착한 말투를 듣고 안나는 생각했다.

「아아, 됐어, 돌리. 그렇게 무작정 수고하지않아도.」하고 남편이 말했다. 「그럼, 뭣하면 내가 다 하지……」

『그렇지, 역시 화해는 된 것이다.』하고 안나는 생각했다.

「그래요, 그래요, 당신은 뭐나 다 하시니까요.」돌리는 대답했다. 「되지도 않는 일을 하라고 마트베이에게 일러 놓고 자기는 휭 나가 버리고. 그러면 그 사람은 온통 일만 벌여 놓고, 난 다 알고 있어요.」그녀가 이렇게 말했을 때 언제나의 비웃는 듯한 미소가 돌리의 입술 양쪽 끝에 새겨졌다.

『됐다, 깨끗이 화해가 됐다, 이제 깨끗이 됐다.』하고 안나는 생각했다. 『정말 고맙게도!』그리고 자기가 그 화해의 원인이 됐다는 것을 기쁘게 여기고 그녀는 돌리에게로 다가가서 그녀에게 입을 맞췄다.

「아냐, 전혀 그런 적은 없어. 어째서 당신은 그렇게 나하고 마트베이를 경멸하느냐 말야?」스테판 아르카지치는 거의 알아채이지 않을 정도로 미소를 띠고 아내에게로 얼굴을 돌리면서 말했다.

이 날 밤도 하루 저녁 내내 남편에 대한 돌리의 태도는 언제나처럼 어딘지 익살궂었지만 스테판 아르카지치는 용서받아서 죄를 잊었다고는 여겨지지 않을 만큼 만족해 하고 즐거워했다.

아홉 시 반쯤 차 테이블을 둘러싼 오블론스키 가의 유달리 즐겁고 유쾌하고 단란한 밤의 분위기는 그 어떤, 겉으로 보기에는 지극히 단순한 한 사건에 의해서 깨졌다. 그러나 단순한 사건이 모두에게는 기묘한 것처럼 여겨졌던 것이다. 일반적인 페테르스부르크의 친지에 대한 얘기가 한창 벌어지고 있을 때에 안나가 갑자기 일어섰다.

「그분 같으면 내 앨범 속에 있어요.」하고 그녀는 말했다.「그참에 우리 세료쥐아도 보여 드리겠어요.」이렇게 그녀는 어머니다운 자랑스러운 미소를 머금고 덧붙였다.

그녀가 보통 아들에게 작별을 하고, 또 무도회에 나갈 때에는, 자주 그 전에 자기가 잠을 재우려고 데리고 가기로 돼 있던 열 시 가까이 되자, 그녀는 자기가 그 아들과도 멀리 떨어져 버린 것이 슬퍼지며, 남들이 이야기하는 말도 귓전에 들리지 않고, 허전한 생각만 들고 마음은 멀리 고수머리의 세료쥐아 곁으로 날아가 버렸다. 그녀는 그 아들 사진을 보고 싶었다. 그 아들 이야기를 하고 싶었다. 그래서 친지의 이야기가 나온 것을 구실삼아 자리에서 일어서서 그 경쾌하고 야무진 걸음걸이로 앨범을 가지러 갔다. 위층의 그녀의 방으로 이르는 계단은 현관의 큰 정면 계단 중도에서 갈려 나가 있었다.

그녀가 객실에서 막 나가려고 하던 그때에 현관에서 벨이 울렸다.

「아니, 어느 분이실까?」돌리가 말했다.

「저를 데리러 오기에는 이르고, 손님이기에 늦고 그렇군요.」키치가 토를 달았다.

「틀림없이 서류라도 가지고 온 걸 거야.」스테판 아르카지치는 말했다. 그리고 안나가 정계단 옆을 지나가고 있을 때에 한 하인이 방문객이 있다는 것을 알리려고 뛰어올라왔고 방문객 자신도 램프 옆에 서 있었다. 안나는 아래쪽을 힐

꾿 내려다보고 그것이 곧 브론스키라는 것을 알았다. 그러자 그 어떤 만족과 공포가 뒤얽힌 일종의 야릇한 감정이 갑자기 그녀의 마음속에 물결쳤다. 그는 외투도 벗지 않은 채 우두커니 서서 무엇인가를 호주머니에서 꺼내고 있었다. 그리고 그녀가 마침 층층대의 중간쯤 왔을 때에 그는 눈을 들어 그녀를 보았다. 그러자 그의 얼굴 표정에는 어딘지 수줍어하는 듯한 놀란 빛이 보였다. 그녀는 가볍게 인사를 하고 지나갔다. 그러자 그녀의 뒤에서 그에게 들어오라고 부르고 있는 스테판 아르카지치의 큰 목소리와 그것을 사양하고 있는 브론스키의 그리 높지 않은 부드럽고 침착한 목소리가 들려 왔다.

안나가 앨범을 가지고 돌아왔을 때 그는 벌써 없었다. 그리고 스테판 아르카지치가, 그는 그들이 내일 타처(他處)에서 와 있는 명사들을 위해서 베풀기로 되어 있던 만찬회에 대한 상의를 하려고 들렀다고 있는 참이었다.

「그리고 아무리 해도 들어오려고 하질 않아. 그도 어쩐지 좀 이상한 사내야.」 스테판 아르카지치는 덧붙였다.

키치는 얼굴이 빨갛게 달아올랐다. 그녀는 그가 찾아 들른 까닭, 그리고 들어오지 않았던 까닭을 알고 있는 것은 자기뿐이라고 생각했다. 『그분은 우리 집엘 가셨던 거야.』하고 그녀는 생각했다. 『그러자 내가 없으니까 여기에 있을 거라고 생각했던 거야. 그러나 들어오지 않았던 것은 늦기도 하고 안나가 있다는 것을 생각했기 때문이다.』

모두들 아무 말도 하지 않고 눈을 마주쳤다. 그리고 안나의 앨범을 들여다보기 시작했다.

한 사내가 계획중인 만찬회에 대해서 자세한 상의를 하려고 밤 아홉 시 반에 친구를 찾아왔다가 들어오지 않았다는 것에는 아무런 이상할 것도 없었고, 달리 기이할 것도 없었다. 그러나 그것이 모두에게 어쩐지 이상하게만 여겨졌다. 특히 누구보다도 안나에게는 그것이 기묘하고 좋지 않게 여겨졌다.

22

어머니와 같이 키치가 얼굴에 분을 바르고 빨간 웃옷을 입은 하인들과 갖가지 꽃으로 꾸며진 등불이 눈부신 큰 층계에 들어섰을 때는 무도회가 막 시작된 참이었다. 여기저기의 홀에서는 사람들의 움직이는 기척이 마치 벌집 속 같은 단조로운 웅성거림이 되어 왔다. 그녀들이 목분(木盆)으로 둘러싸인 층계 중간의 넓은 공간에 있는 체경 앞에서 머리며 옷매무새를 고치고 있는 동안에 한 홀에서는 최초의 왈츠를 연주하기 시작한 오케스트라의 주의깊은 바이올린 선율이 또렷이 들려 왔다. 향수 내음을 짙게 풍기며 다른 체경 앞에서 그 희끗희끗한 귀밑머리를 매만지고 있던 한 늙은 문관은 층층대 위에서 그녀들과 마주치자 처음으로 보는 키치에게 한눈을 팔면서 옆쪽으로 길을 비켜 섰다. 쉬체르바스키 노공작이 건달들이라고 부르고 있는 사교계 젊은이의 한 사람인, 가슴이 크게 패인 조끼를 입은 수염이 없는 젊은이가 하얀 넥타이를 바로 잡으면서 걸어와 두 사람에게 인사하며 지나갔으나, 다시 또 되돌아와서 키치에게 카드리유(사교춤의 한 종류)를 추자고 청했다. 첫 번째의 카드리유는 이미 브론스키와 약속이 되어 있었기 때문에 이 젊은이에게 그녀는 두 번째를 약속하지 않으면 안 되었다. 또 군인 한 사람은 장갑의 단추를 잠그면서 문 있는 데에서 길을 비켜 줬다. 그리고 수염을 쓰다듬으면서 장미빛으로 빛나는 키치를 황홀하게 넋 놓고 바라보고 있었다.

화장이며 머리를 얹는 법이며, 그 밖의 무도회를 위한 준비는 모두 키치에게는 크나큰 노력과 고심을 치르게 한 것이었음에도 불구하고 장미빛 속옷 위에 복잡한 무늬의 레이스 옷을 받쳐 입은 그녀는 지금 마치 이러한 장미꽃 장식도 레이스도 잘 다듬은 화장도, 모든 치장이 그녀에게나 가족들에게나 조금도 주의를 받지 않은 것처럼 생각될 정도로, 그녀는 이 높게 빗어 올린 머리 단장과 두 개의 잎을 가진 장미꽃을 꽂고, 이 망사와 레이스 옷 속에 태어났기라도 한 것처럼 자유롭고 소박하게 무도실로 들어갔던 것이다.

홀로 들어가려고 하던 노공작 부인이 벨트 위 리본이 접혀 있는 것을 바로잡아 주려고 했을 때에도 키치는 가볍게 그것을 물리쳤다. 그녀는 자기에게는 무엇이거나 있는 그대로가 좋은 것이다, 오히려 그것이 우아할 것이다, 조금도 바로잡을 필요는 없는 것이다, 이렇게 느끼고 있었다.

키치에게 이 날은 그녀에게 가장 행복한 날이었다. 의상은 조금도 손색이 없었고, 레이스의 깃도 장미꽃 장식도 구겨지거나 찢어지거나 하지 않았다. 굽이 높은 활처럼 흰 장미빛의 구두는 발을 죄기는커녕 오히려 편하게 했다. 금발의 숱이 많은 가발은 제 머리처럼 조그만한 머리에 딱 들어맞았다. 조금도 그 모양을 바꾸지 않고 그녀의 손을 싸고 있던 목이 긴 장갑의 세 개의 단추도 모두 보기 좋게 잠겨져 있었다. 장식이 달린 검은 빌로도 리본은 유달리 부드럽게 목을 감싸고 있었다. 이 빌로도 리본은 아름다왔다. 집에서 거울에 비친 자기의 목을 보았을 때에 키치는 이 빌로도가 말을 했던 것처럼 느꼈을 정도였다. 다른 것들에는 아직 그 어떤 의문점이 있을 수도 있었지만, 이 빌로도만은 정말 좋았다.

키치는 이곳의 무도회에 와서도 거울 속에서 그것을 보고 빙그레 웃었다. 맨살을 드러낸 어깨와 팔에서 키치는 대리석 같은 싸늘함을 느꼈다. 이 느낌이 그녀는 유달리 좋았다. 제 자신의 매력을 의식하니 눈이 빛났고, 진홍의 입술은 미소 짓지 않을 수가 없었다. 그녀가 미처 홀로 발을 들여 놓기도 전에, 그리고 춤 신청을 기다리고 있던, 망사며 리본이며 레이스며 꽃으로 싸여 있는 부인들의 무리(키치는 아직 한번도 이런 무리에 끼어 본 적이 없었다) 곁을 미처 이르기도 전에 어느새 사람들에게 그녀는 왈츠 신청을 받았다. 더우기 신청자는 일류 신사이며, 무도회의 주역이고, 유명한 무도회의 지휘자이고, 아내를 가졌고 미남이고, 의젓한 체격을 가진 의전관인 예고루쉬카 코르순스키였다. 첫번째 곡을 함께 추던 바나나 백작 부인을 남겨 두고, 그는 자기의 감독 아래 있는 사람들, 즉 춤을 추기 시작했던 몇 쌍을 돌아보다가 그때 마침 들어왔던 키치를 발견하자 무도회 지휘자 특유의 독특하고도 가뿐한 걸음걸이로 그녀 곁으로 달려와서 인사를 하고, 그녀의 의향은 묻지도 않은 채 손을 들어 그녀의 가느다란 허리를 끌어안으려고 했다. 그녀는 부채를 건넬 사람을 눈으로 찾았다. 그러자 그녀에게 웃어 보이면서 이 집의 부인이 그것을 받았다.

「당신께서 알맞은 시간에 오셨다는 것은 정말 잘한 일입니다.」그는 그녀의 허리를 안으면서 말했다.「지각을 하는 것은 좋은 풍습이 아니니까요.」

그녀는 왼손을 조금 굽혀 그의 어깨 위에 놓았다. 그러자 장미빛의 구두를 신은 그 예쁘장한 발은 음악의 박자에 맞춰 민첩하고 경쾌하게 미끄러운 모자이크로 된 마루 위를 율동적으로 움직이기 시작했다.

「당신하고 왈츠를 추면 몸이 풀려요.」하고 그는 왈츠의 느릿한 첫발을 내디디면서 말했다.「잘해, 정말 가벼워, 정확해.」그는 거의 모든 좋은 친지들에게 하던 말을 그녀에게도 했다.

그녀는 그의 찬사에 방긋이 웃고 그의 어깨 너머로 홀 안을 연방 둘러보았다. 그녀는 무도회장에 나가면 모든 사람들의 얼굴이 하나의 마술적인 인상으로 한데 녹아들어 버릴 만큼 신출내기도 아니고, 또 모든 사람들의 얼굴을 너무 알아버려서 흥미가 나지 않을 만큼 무도회에 익숙한 처녀도 아니었다. 그녀는 이 두 경우 사이에 있었다 —— 그녀는 흥분되기도 하였지만, 동시에 또 주위를 살필 수 있을 정도로 자기를 파악하고 있었다. 그녀는 홀의 왼편 구석에 사교계의 인기인들이 모여 있는 것을 보았다. 거기에는 코르순스키의 부인인, 대담하게 어깨를 드러내 놓고 있는 미인인 리지가 있었다. 또 이 집의 주부도 있었고, 사교계의 유명인들이 모이는 곳이라면 어디에서도 볼 수 있는 크리빈도 그 대머리를 번쩍이고 있었다. 젊은이들은 감히 가까이 다가가지 못하고 그쪽만을 바라보고 있었다. 이윽고 그녀는 거기에서 스치바를 발견했고 그리고 또 검은 우단의 의상을 걸친 안나의 아름다운 모습과 머리를 보았다. 그리고 그도 또한 거기에 있었다. 키치는 레빈에게 거절했던 그 날 이후로 그를 보지 않았던 것이다. 키치는 그 시력이 강한 눈으로 곧 그를 알아보았고, 그가 자기 쪽을 바라보고 있다는 것까지를 알아챘다.

「어떻습니까, 한 곡 더? 아직 지치진 않으셨죠?」하고 가볍게 헐떡거리면서 코르순스키는 말했다.

「아녜요, 감사합니다만.」

「그럼, 어디로 데려다 드릴까요?」

「카레닌 부인이 저기에……그분 있는 데로 데려다 주세요.」

「아, 아무 데라도.」

그리고 코르순스키는 발걸음을 옮기며, 「미안합니다 여러분, 미안합니다. 미안합니다. 여러분.」하고 말하며 홀의 왼쪽 구석에 있는 무리 쪽으로 곧장 왈츠를 추면서 갔다. 그리고 레이스며 망사며 리본의 물결 사이를 멀리 돌아 헤엄쳐 나가면서 깃털 장식 하나 걸리지 않고 그녀를 세차게 한 번 돌렸다. 그러자 그 순간 환하게 비치는 양말을 신은 그녀의 화사한 다리가 드러나고 스커트가 부채꼴로 확 펴지면서 크리빈의 무릎에 덮였다. 코르순스키는 인사를 하고 열린 가슴을 반듯이 펴며 그녀를 다시 안나 아르카지예브나 쪽으로 데리고 가기 위해서 손을 내밀었다. 키치는 홍조 띤 얼굴로 크리빈의 무릎에서 스커트를 걷고, 약간 어지러운 듯한 기분으로 안나의 모습을 찾아 주위를 두리번거렸다. 안나는 키치가 들림없으리라고 믿있던 라일락 빛 의상이 아닌, 가슴을 깊이 파내린 검은 빌로도의 의상을 입고, 해묵은 상아를 끌로 다듬어 놓은 듯한 어깨며 가슴이며 손목이 가느다랗고 귀여운 팽팽한 팔을 드러내 놓고 있었다. 그 옷은 온통 베네치아의 레이스로 가장자리를 두르고 있었다. 그녀의 가발을 쓰지 않은 새카만 머리에는 삼색 오랑캐꽃의 조그마한 꽃 묶음이 얹혀 있었고, 그와 똑같은 꽃묶음이 하얀 레이스 사이의 검은 리본의 벨트 위에도 꽂혀 있었다. 머리를 얹는 법도 그렇게 눈에 띄지는 않았다. 눈에 띄는 것이라고는 그저 그 언제나 뒷머리와 관자놀이에 늘어져 그녀의 멋을 더해 주고 있는 갖은 모양의 조그마한 고수머리의 고리뿐이었다. 끌로 깍아 세운 듯한 그녀의 목에 진주 목걸이가 걸려 있었다.

키치는 날마다 안나를 만나 그녀에게 홀딱 반해 버렸으며 꼭 그녀에게 라일락 빛의 의상을 입혀 보았으면 하고 상상하고 있었다. 그러나 지금 이렇게 검은 의상을 걸친 그녀를 보자 그녀는 자기가 지금까지 그녀의 참된 아름다움을 이해하지 못하고 있었다는 것을 통감했다. 이제야 그녀는 그녀를 전연 새로운 상상 밖의 존재로서 바라보았다. 이제 그녀는 안나가 라일락 빛의 의상을 입을 필요가 없었다는 것, 그녀의 아름다움은 바로 그녀가 언제나 그 화장을 초월하고 있던 점에 있었다는 것, 화장의 흔적이 절대 보이지 않은 점에 있었다는 것들을 이해했다. 그리고 화려한 레이스로 가장자리를 두른 검은 의상 같은 것도 그녀에게는 조금도 눈에 띄게 돋보이지는 않았다. 그것은 그저 틀에 지나지 않고 눈에 띄는 것은 다만 소박하고 자연스럽고 우아하고 동시에 쾌활하고 발랄한 그녀가 있을 뿐이었다.

그녀는 언제나처럼 극단적일 만큼 몸을 반듯이 하고 서 있었다. 그리고 키치가 이 무리들 쪽으로 다가갔을 때 그녀를 향해서 살짝 고개를 돌리고 이 집의 주인과 이야기를 하고 있었다.

「아녜요, 난 돌 같은 걸 던지진 않아요.」하고 그녀는 무엇인가에 대해서 그에게 대답했다. 「무슨 일인지 잘 모르지만 말예요.」그녀는 어깨를 움츠리며 말을 이었지만, 곧 감싸는 듯한 부드러운 미소를 띠며 키치 쪽으로 얼굴을 돌렸다. 날카롭고 여자다운 시선으로 흘낏 그녀의 몸치장을 보고, 그녀는 극히 희미하게나마 키치에게는 잘 어울리는 그녀의 몸치장과 아름다움에 대해 칭찬하는 몸짓으로 머리를 끄덕여 보였다. 「당신은 홀에도 춤을 추면서 들어오시는군요.」그녀는 덧붙였다.

「이분은 제 충실한 보조자의 한 분입니다.」하고 코르순스키는 초면인 안나 아르카지예브나에게 인사를 하면서 이렇게 말했다. 「공작 영애는 언제나 무도회를 즐겁고 아름다운 것으로 하게 하는 데 유력한 분이랍니다. 안나 아르카지예브나, 왈츠를 한 곡만.」그는 허리를 구부리면서 말했다.

「아니, 당신께선 알고 계셨던가요?」코르순스키는 대답했다. 「왈츠나 한 곡, 안나 아르카지예브나.」

「난 추지 않을 수만 있으면 될 수 있는 대로 추지 않으려 하고 있어요.」하고 그녀는 말했다.

「그렇지만 오늘만은 안 되겠는데요.」하고 코르순스키는 대꾸했다.

이때에 브론스키가 다가왔다.

「아니, 그래요, 그러시다면 추실까요.」그녀는 브론스키의 인사를 알아채지 못한 것처럼 이렇게 말하고 얼른 한 손을 코르순스키의 어깨에 놓았다.

『어째서 저분은 이이를 못마땅해 하실까?』하고 키치는 안나가 일부러 브론스키의 인사를 받지 않았던 것 같은 것을 알아채고 이렇게 생각했다. 브론스키는 키치에게 첫번째의 카드리유에 대해서 생각해 내고, 요즈음 줄곧 그녀를 만나지 않은 것을 뉘우치면서, 그녀에게 다가갔다. 키치는 왈츠를 추고 있는 안나를 넋 놓고 바라보면서 그의 말을 듣고 있었다. 그녀는 그가 자기에게 왈츠에 청해 줄 것을 기다렸으나 그는 청하지 않았다. 그녀는 깜짝 놀란 듯한 얼굴로 그를 쳐다보았다. 그는 얼굴을 붉히고 허둥지둥 왈츠를 청했으나, 그가 그녀의 가는 허리에 팔을 돌려 막 첫발을 내디디려 했을 때 갑자기 음악이 뚝 그쳐 버렸다. 키치는 자기의 바로 눈앞에 있는 그의 얼굴을 찬찬히 쳐다보았다. 그리고 이 응시, 그녀가 그때 그를 쳐다보았던 사랑에 젖은 이 응시, 그리고 그에게서 아무런 보답도 받지 않았던 이 응시는 그 뒤에도, 오랫동안 몇 해가 지난 후에도 괴로운 치욕으로서 그녀의 심장을 갈기갈기 찢어 놓았다. 미안합니다, 미안합니다! 왈츠, 왈츠! 홀 건너편에서 코르순스키가 소리쳤다. 그리고 그는 맨 처음에 손에 잡힌 아가씨를 붙잡고 자신이 먼저 추기 시작했다.

23

브론스키는 키치와 왈츠를 몇 차례 추었다. 왈츠가 끝난 뒤에 키치는 어머니 곁으로 가서 노르드스톤과 겨우 두어 마디 얘기했을까 할 때에 브론스키가 벌써 카드리유를 추기 위해서 그녀의 뒤를 쫓아왔다. 카드리유를 추는 사이에도 유달리 의미 있는 말은 오가지 않았다. 그저 브론스키가 마흔 살 먹은 귀여운 아이라느니 하는 식으로 아주 흥미 있는 형용을 한 코르순스키에 대해서와 멀지않아 생길 대중 극장이니 하는 것에 대해서 띄엄띄엄 얘기가 오갔을 뿐이었다.

그리고 꼭 한번 그가 레빈에 대한 얘기를 꺼내어, 여기에 와 있는지 어떤지를 묻고, 그리고 자기는 레빈이 매우 마음에 들었었다는 얘기를 덧붙였을 때는 처음으로 그녀를 몹시 자극했다. 그러나 키치도 카드리유를 추는 동안은 그다지 큰 기대를 걸고 있지는 않았다. 그녀는 심장의 죄임을 느끼는 듯한 생각으로 마주르카를 기다렸다. 그녀는 마주르카를 출 때야말로 모든 게 틀림없이 결렬될 것이리라는 생각이 들었다. 그는 카드리유를 추는 동안 그녀에게 마주르카를 청약하지는 않았지만, 그것이 각별히 마음에 걸리지는 않았다. 그녀는 지금까지의 무도회에서도 그랬던 것처럼 오늘밤도 역시 그와 함께 마주르카를 추리라고 믿고 있었다. 그래서 선약이 있기 때문이라고 말하고 다섯 번째의 사람에게도 마주르카 추기를 거절했다. 마지막 카드리유까지도 어느 것이나 키치에게는 그저 환희에 찬 색채와 음향과 율동의 마술적인 꿈속이었다. 그녀는 그저 너무나 지쳤다고 느꼈을 때에만 춤을 멈추고 휴식을 청했다. 그러나 거절할 수 없어서 추게 된 지루한 젊은이와 마지막 카드리유를 추고 있던 사이에 그녀는 우연하게도 브론스키와 안나의 무도의 상대가 되었었다. 그녀는 여기에 와서 처음에 잠깐 만났을 뿐 안나와는 함께 있지 않았다. 그리고 갑자기 거기에서 또다시 전혀 새로운, 뜻하지 않았던 여자가 돼 있는 그녀를 보았던 것이다. 그녀는 안나에게서 그녀 자신도 느낄 수 있는 성공에서 오는 흥분의 빛이 다분히 있는 것을 알아챘다. 그녀는 또 안나가 스스로 불러일으킨 환락의 미주(美酒)에 도취되어 있는 것을 보았다. 그녀는 이 감정의 의미를 알고 있었다. 그리고 그것을 지금 안나에게서 보았던 것이다——그녀는 그 눈 속에서 떨며 불타오르는 광채를, 저도 모르게 입술이 벌어지게 하는 행복과 흥분의 미소를, 그 동작의 한층 또렷한 우아함과 확실함과 경쾌함을 보았던 것이다.

『상대는 누굴까?』하고 그녀는 자문해 보았다. 『모두 다일까, 한 사람일까?』그리고 그녀는 함께 춤을 추고 있는 젊은이가 끊긴 이야기의 실마리를 찾아내지 못해서 괴로와하고 있는 것을 도우려고도 하지 않고, 겉으로는 즐겁게 모두 같이 큰 원을 그리기도 하고 사슬을 만들며 코르순스키의 신바람난 구령에 좇으면서도 이 관찰을 게을리하지는 않았다. 『아냐, 저분은 취하게 하고 있는 것은 여러 사람들의 찬사가 아니고, 그저 한 사람의 찬사다. 그리고 그 한 사람은——어쩌면 저이가?』그가 안나에게 이야기할 때마다 안나의 눈에는 기쁜 듯한 섬광이 불타올랐고, 또 행복의 미소가 그 진홍의 입술을 실그러뜨렸다. 그녀는 마치 그러한 태도로 마음속의 환희를 밖으로 나타내지 않으려고 애쓰고 있기라도 한 것 같았다. 그러나 그러한 것들은 저절로 그녀의 얼굴에 나타났다. 『그러나 그분은 어떠한지?』키치는 그의 얼굴을 보았다. 그리고 등골이 오싹한 공포에 사로잡혔다. 키치는 안나 얼굴에서 똑똑히 보았던 그것을 그에게서도 역시 발견했던 것이다. 그의 언제나의 그 침착하고 의연한 태도며 태연 자약한 그 얼굴의 표정은 어디로 숨어 버린 것일까? 아니, 그것만이 아니고 그는 그녀를 마주 볼 때마다 마치 그녀 앞에 무릎을 꿇기라도 하려는 것처럼 약간씩 머리를 숙였다. 그리고 그의 눈동자 속에는 그저 복종과 공포의 표정뿐이었다. 『난 나 자신을 모욕하고 싶지는 않습니다.』하고 그의 눈동자는 번번이 이야기하고 있는 것 같았다. 『그러므로 나를 구하고 싶습니다. 그러나 어떻게 했으면 좋을지를 난 모릅니다.』그리고 그의 얼굴에서 그녀는 아직까지 한 번도 본 적이 없는 표정을 읽었던 것이다.

그들은 서로 아는 친지에 대해서 이야기하기도 하고, 극히 쓸데 없는 얘기들을 지껄이기도 했지만, 키치에게는 그들에 의해서 이야기되고 있는 한 마디 한 마디가 그들과 자기의 운명을 결정짓는 것처럼 느껴졌다. 더구나 기이한 것은, 그들은 실제에 있어서 이반 바노비치의 프랑스어가 지극히 우습다든가, 또 엘레스카야에게는 더 좋은 배필이 나타날 수도 있었을 것이라든가 하는 것을 얘기하고 있었으나, 그러나 그러한 이야기들이 그들에게는 어떤 의미를 가지고 있었고, 그들도 키치와 마찬가지로 서로 그것을 느끼고 있었던 것이다. 온 무도회가, 온 사교계가——모든 것이 키치의 마음속에서는 어렴풋한 안개로 싸여 버렸다. 그저 그녀가 지나왔던 엄격한 교육의 힘만이 그녀를 받쳐 주었고, 그녀에게 요구되는 것, 즉 춤을 추는 것이며, 질문에 대답하는 것이며, 웃는 얼굴을 보이는 것까지를 그녀에게 강요하고 있었다. 그러나 마주르카가 시작되기에 앞서 벌써부터 슬슬 의자가 배치되고 몇 쌍의 춤꾼들이 작은 홀에서 큰 홀로 옮기기 시작했을 때에는 키치에게는 완전한 절망과 공포의 순간이 다가왔다. 그녀는 다섯 번째의 청약을 거절하고 지금은 같이 마주르카를 출 상대가 없었다. 더구나 지금에 와서는 이제 어느 누구에게서 청약을 받을 수 있다는 희망마저 없었다. 그것은 그녀가 사교계에서 거둔 성공이 너무나 눈부셨기 때문에 어떤 사람의 머리에도 그녀가 지금까지 청약자가 없이 있다든가 하는 생각은 아예 할 수 없었기 때문이었다. 이렇게 된 이상 어머니에게 몸이 편찮다고 얘기하고 집으로 돌아가 버리는 것이 상책이었다. 그러나 그녀에게는 그런 짓을 할 만큼의 기력도 없었다. 그녀는 그저 여지없이 풀이 죽은 것만 같은 자기를 느낄 뿐이었다.

그녀는 작은 객실 안쪽으로 가서 안락의자에 몸을 파묻었다. 공기처럼 부푼 스커트는 그녀의 가냘픈 자태의 둘레에 구름처럼 피어올랐다. 맨살이 드러난 가느다란, 처녀답게 보드라운 한쪽 팔은 힘없이 처져 장미빛의 쥬니크의 주름 속에 가라앉고 다른 한 손은 부채를 들고 섬세하고 짧은 동작으로 그 열뜬 얼굴을 부치고 있었다. 그러나 그 모습은 막 풀잎에 날개를 쉬려고 매달렸던 나비가 금방 또 날아올라 무지개 같은 날개를 펼치려고 하는 풍정을 느끼게 했으나, 이 겉보기에 반해서 그녀의 마음은 무서운 절망감으로 죄어들었던 것이다.

『그러나 어쩌면 또 내가 잘못 생각했는지도 모른다. 그런것은 없었는지도 모르잖아?』그리고 그녀는 또다시 금방 목격했던 일을 생각해 보았다.

「키치, 어머나 너 이게 어떻게 된 일이지?」하고 노르드스톤 백작 부인이 융단 위를 살며시 걸어 그녀 곁으로 다가와서 말했다.

「난 정말 이해가 가지 않아.」

키치의 얼굴의 아랫입술이 파르르 떨렸다. 그녀는 벌떡 일어났다.

「키치, 넌 마주르카를 추지 않겠니?」

「아냐 아냐.」키치는 울음섞인 목소리로 말했다.

「그인 내 앞에서 그분에게 마주르카를 청했지 뭐야,」하고 노르드스톤 백작 부인은 그이와 그분이 누구인지를 키치가 알 것이라는 것을 알고 이렇게 말했다. 「그분은 그렇게 말하더군 —— 그럼 당신은 쉬체르바스키 댁 아가씨하고는 추시지 않겠어요? 하고.」

「아아, 나에겐 그런 건 상관 없어.」하고 키치는 대답했다.

그녀 자신을 빼놓고는 어느 누구 하나 그녀의 입장을 이해하고 있는 사람은 없었다. 또 어느 누구 하나 그녀가 어제 어쩌면 자기도 사랑하고 있었는지도 모를 사내의 구혼을 거절했다는 것, 그것도 다른 남자를 믿고 있었기 때문에 거절했다는 것을 알고 있는 사람은 없었다.

노르드스톤 백작 부인은 함께 마주르카를 췄던 코르순스키를 찾아내어 그에게 키치의 상대가 돼 달라고 부탁했다.

키치는 첫번째 쌍에 들어가서 췄다. 그리고 다행히도 파트너인 코르순스키는 주인역으로서 줄곧 분주해 하고 있었기 때문에 그녀는 입을 열 필요가 없었다. 브론스키와 안나는 거의 그녀와 반대쪽에 자리를 차지하고 있었다. 그녀는 그 시력이 강한 눈으로 그들을 보고 있었고, 또 쌍과 쌍이 뒤얽혔을 때에는 가까이에서도 보았다. 그러나 그들을 보면 볼수록 그녀는 차츰차츰 자기의 불행이 결정적인 것으로 돼 가고 있음을 확인했다. 그녀는 그들이 이러한 사람들로 가득 찬 홀에 있으면서 그들 자신은 자기들밖에 없는 것같이 느끼고 있다는 것을 알았다. 그리고 언제나 그처럼 의연하고 듬직하던 브론스키의 얼굴에도 아까 그녀를 자극했던 그 영리한 개가 나쁜 짓을 저질렀을 때에 하던 것과 같은 당황과 공순한 표정이 얽혀 있는 것을 보았다.

안나가 미소를 지으면 그 미소는 그에게로 옮겨 갔다. 안나가 생각에 잠기면 그도 정색을 했다. 그 어떤 초자연적인 힘이 키치의 눈을 끊임없이 안나의 얼굴로 이끌었다. 안나는 그 단순한 검은 의상을 걸친 모습이 정말 잘 어울렸다. 진주 목걸이를 건 우아한 목이 아름다왔다. 자연스럽게 물결치고 있는 머리카락이 아름다왔다. 조그마한 발과 손의 우아하고 경쾌한 동작이 아름다왔다. 생기를 띤 화사한 얼굴이 아름다왔다. 그러나 그녀의 이 매력 속에는 무엇인지 그 무섭고 잔인한 것이 잠겨 있었다.

키치는 이전보다 한층 더 그녀의 아름다움에 마음을 빼앗겼다. 그리고 더욱 괴로움에 빠졌다. 키치는 짓밟힌 듯한 자기를 느꼈다. 그리고 그녀의 얼굴은 역력히 그것을 표현했다. 브론스키는 마주르카가 한창인 때에 그녀와 마주쳐 그녀를 쳐다보았으나 언뜻 그녀라고는 알아채지 못했다 —— 그만큼 그녀는 달라져

있었다.「훌륭한 무도회로군요!」그는 그녀에게 그저 상투적으로 이렇게 말을
했다.

「네.」하고 그녀는 대답했다.

마주르카를 추는 동안 코르순스키에 의해서 새로 고안된 복잡한 형을 되풀이
하면서 안나는 원의 중앙으로 나아가 두 파트너를 붙잡고 그리고 한 부인과 키
치를 자기 옆으로 가까이 불러들였다. 키치는 깜짝 놀란 얼굴로 그녀를 바라보
면서 그 옆으로 다가갔다. 안나는 살짝 눈썹을 찌푸려 그녀를 바라보았으나 이
윽고 그 손을 쥐고 미소를 띠었다. 그러나 키치의 얼굴이 절망과 놀라움의 표정
만으로 그녀의 미소에 대꾸한 것을 알아채자 그녀는 키치에게서 눈을 돌려 다른
부인과 즐겁게 얘기하기 시작했다.

『그렇다, 이분에게는 그 무엇인지 기괴하고 악마적인 사람을 끌어들이는 것
이 있다.』하고 키치는 혼잣말을 했다.

안나는 만찬에 남고 싶어하지 않았지만 주인이 그녀를 붙들려고 들었다.

「그런 말씀 마세요, 안나 아르카지예브나.」코르순스키는 그녀의 맨살을 드러
내 놓고 있는 손을 자기의 연미복의 소매 밑으로 끌어들이면서 이야기를 꺼냈
다.「난 지금 훌륭한 코티용 춤을 생각하고 있읍니다. 훌륭한 겁니다!」

그리고 그는 그녀를 끌고 가려고 애쓰면서 조금씩 몸을 움직였다. 주인은 그
것을 권하는 것처럼 웃고 있었다.

「아녜요, 난 그러고 있지 못해요.」안나는 웃으면서 대답했다. 그러나 그 웃
는 얼굴에도 불구하고 그녀의 답변의 단호한 어조에 의해서 코르순스키도 주인
도 안나가 떨어지지 않으리라는 것을 알았다.

「아녜요, 그러니까 모스크바에선 댁의 무도회만으로도 페테르스부르크에서
한겨울 춘 것보다도 더 추었을 정도예요.」그녀는 옆에 서 있던 브론스키를 돌
아보면서 말했다.「떠나기 전에 좀 쉬지 않으면 안 돼요.」

「그럼 당신께선 꼭 내일 떠나시겠읍니까?」브론스키는 물었다.

「네, 그럴 생각이에요.」안나는 마치 그의 질문이 대담한 것에 놀라기라도 한
것 같은 어조로 대답했다. 그러나 그녀가 그렇게 이야기했을 때 억누를 수 없을
만큼 떠는 눈과 미소의 반짝임이 그의 마음을 불살랐다.

안나 아르카지예브나는 만찬에는 남지 않고 돌아가 버렸다.

24

『그렇다, 나에게는 어딘지 사람들이 싫어하는, 따르지 않는 데가 있다.』레빈은 쉬체르바스키 집을 나오자 발걸음을 형의 집쪽으로 돌리면서 생각했다. 『그리고 난 어쩐지 다른 사람들에게 붙임성이 없다. 사람들은 오만하다고들 말한다. 그러나 그렇잖다, 나에게는 그 오만조차도 없다. 만약 그 오만이라도 있었다면 나도 아마 자기를 이런 입장에는 놓아두지 않았을 것이다.』그리고 그는 자기가 오늘밤 빠졌던 것과 같은 이러한 무서운 입장에는 한 번도 떨어져 본 적이 없었을 그 브론스키의 풍모를, 행복하고 선량하고 총명하고 침착한 데가 있는 풍모를 상상해 보았다. 『그렇게 그녀가 그 사내를 고른 것은 당연하다. 그렇게 되지 않으면 안 될 일이다. 따라서 나는 누구에게 대해서도 무엇에 대해서도 불평할 수는 없다. 나쁜 것은 나 자신이다. 도대체 난 어떤 권리가 있어서 그녀가 그 일생을 나의 그것과 맺고 싶어하고 있다고 생각할 수가 있었을까? 나는 누군가? 그리고 난 뭔가? 어떤 사람에게도 쓸데 없는 누구에게도 소용 없는 하잘것 없는 인간이 아닌가.』그때 그는 니콜라이 형을 떠올리고 기쁨과 함께 그 회상 위에 마음을 멈췄다. 『이 세상에 있는 것은 모두 추악하고 천박하다고 그 형은 말했는데, 그게 옳은 얘기가 아닐까? 첫째 니콜라이 형에 대한 우리들의 비판이라는 것이 과거에 있어서건 현재에 있어서건 과연 당연한 것이라고 말할 수 있을까? 물론 다 해어진 모피 외투에 잔뜩 술에 취한 그를 눈앞에 보았던 프로코피의 입장에서 본다면 그는 경멸해야 할 인간임에는 틀림없다. 그러나 난 형의 다른 면을 알고 있다. 난 형의 마음을 알고 있다. 그리고 나와 형이 닮았다는 것도 알고 있다. 그런데 난 그를 찾으러 가는 대신에 식사를 하러 나왔다가 이런 데로 오고 말았다.』레빈은 가로등 밑으로 가서 지갑 속에 넣어 두었던 형의 주소를 훑어보고는 삯마차를 불렀다. 형의 거처까지 가는 동안 레빈은 니콜라이 형의 생활 가운데에서 자기가 알고 있는 한의 모든 사건을 자기 눈앞에 생생하게 펼쳐 보았다. 그는 형이 대학에 다닐 동안에 졸업 후의 일 년을 친구들의 조소도 아랑곳하지 않고 종교상의 온갖 의례·근행·단식을 실행했고, 일체의 쾌락, 그 중에서도 여자를 멀리하고 수도사 같은 생활을 하고 있었던 것을 상기했다. 그러다가는 돌연 탈선하여 지극히 비천한 사람들과 접근하고 지극히 방종한 방탕의 세계로 떨어져 버리고 말았다. 다음에 그는 형이 가르치려고 한 어린애를 시골에서 데리고 나와서는 너무 지나치게 때려 그 어린애를 불구로 만들었다는 혐의를 받고 재판 소동까지 일으켰던 사건을 상기했다. 또 그는 형이 노름에 져서 어음을 끊어 놓고 나중에 가서 상대방이 자기를 속였다는 증거를 내세 워 자기 쪽에서 고소한 어느 사기사와의 사건에 대해서 생각했다(세르게이 이 바노비치가 치러 주었다는 것이 이 돈이었다). 그는 또 형이 폭행을 한 혐의로 유치 장에서 하룻밤을 새운 적이 있던 일을 상기했다. 그리고 또 그는 형이, 맏형인 세르게이 이바노비치를 상대로 맏형이 어머니의 유산 분배를 이행하지 않은 것 처럼 꾸며 댔던 그 수치스러운 소송 사건의 전말과 그뒤 지방으로 출장나갔다가 그곳에서 우두머리인 자를 구타하고 재판에 회부됐던 마지막 한 사건도 생각했 다……이러한 일들은 모두 무서울 만큼 구역질 나는 것들이었다. 그러나 레빈에 게는 그런 것들마저 니콜라이를 모르는 사람, 그의 모든 경력을 모르는 사람, 그의 마음을 모르는 사람들이 생각하고 있는 것만큼 그렇게 더러운 것이라고는 여겨지지 않았다.

레빈은 니콜라이가 믿음과 단식과 수도, 그리고 계율에 쫓아 자기의 음탕한 성정에 대한 구원과 고삐를 종교 속에서 구하고 있었을 때, 누구 하나 그를 도왔 던 자가 없었을 뿐만 아니라 누구나가, 그 자신까지도 그를 비웃었던 것을 상기 했다. 사람들은 그를 건드렸고 노아라느니 수도사라느니 하고 불렀다. 그리고 그가 막상 탈선했을 때에는 누구 한 사람 그를 구출하려고 하지도 않고 공포와 혐오를 가지고 모두를 그에게 등을 돌리고 말았다.

레빈은 니콜라이 형은 그 넋에 있어서는, 그 넋의 밑바닥에 있어서는, 비록 그 생활만은 추악으로 가득 차 있었지만 그를 경멸하고 있는 사람들에 비해서 결코 나쁜 사람이 아니라는 것을 느끼고 있었다. 그가 자기의 억누를 수 없는 성 정과 무엇인가에 짓눌린 지성을 가지고 태어난 것은 결코 그의 죄는 아니었다. 더우기 그는 언제나 좋은 사람이 되고 싶어했었다. 『오늘밤 만은 모든 것을 그 분에게 이야기해 버려야겠다. 그리고 그분에게도 모든 것을 얘기하도록 해야겠 다. 그리고, 내가 그분을 사랑하고 있다는 것과 그렇기 때문에 잘 이해하고 있 다는 것을 알려 주도록 해야겠다.』레빈은 자기 스스로 마음속에 다짐하면서 열 한 시가 지나 그 주소에 표시된 숙소로 마차를 몰았다.

「위층의 십이 호와 십삼 호입니다.」문지기가 레빈의 물음에 대답했다.

「계시나?」

「계실 겁니다.」

십이 호실의 문은 반뜸 열려 있었고, 거기에서 새어나오고 있던 등불의 줄무 늬 속에는 값싼 나쁜 담배의 짙은 연기가 흘러나오고 있었다. 그리고 레빈에게 는 귀에 선 목소리가 들리고 있었으며 레빈은 곧 형이 거기에 있다는 것을 알았 다. 그는 그의 기침 소리를 들었다.

그가 문으로 들어섰을 때 낮익지 않은 목소리가 들렸다.

「모든 것은 그 일이 얼마만큼 교묘하게 의식적으로 행해질 것인가 하는 점에 있어요.」

콘스탄친 레빈은 문 안을 들여다보고, 소매 없는 외투를 걸친 큼직한 모자라도 쓴 듯한 머리털을 하고 있는 사내가 지껄이고 있는 것과, 이어 깃도 소매도 없는 모직물의 옷을 입은 살짝 얽은 얼굴의 젊은 여자가 소파에 앉아 있는 것을 보았다. 형의 모습은 보이지 않았다. 이런 남들 속에서 그의 형이 살고 있다는 것을 생각하자 콘스탄친의 마음은 죄어드는 듯했다. 아무도 그의 발소리를 알아듣지 못했다. 콘스탄친은 덧신을 벗으면서 소매 없는 외투를 걸치고 있는 사내의 말에 귀를 기울였다. 그는 그 어떤 계획에 대해서 이야기를 하고 있었다.

「흥, 그 빌어먹을 특권 계급 놈들 같으니라고.」기침을 하면서 말하는 형의 목소리였다. 「이봐 마쉬아, 우리 저녁 준빌 하죠. 그리고 혹 남았으면 포도주도 주고, 남지 않았으면 가서 사와.」

여자는 일어서서 간막이 벽 밖으로 나와 콘스탄친을 보았다.

「어떤 아저씨께서 말예요, 니콜라이 드미트리치.」그녀는 말했다.

「누굴 만나려는 거야?」퉁명스럽게 니콜라이 레빈이 말했다.

「납니다.」밝은 곳으로 나가면서 콘스탄친 레빈이 대답했다.

「나라니 누구야?」한층 더 볼멘 목소리로 니콜라이는 되풀이 했다. 그리고 그가 냉큼 일어서는 통에 무엇인가에 걸린 듯한 소리가 들렸다. 그러자 레빈은 자기의 눈앞의 문 가까이에서 낮익은 그러나 역시 그 거칠음과 건강이 좋지 못한 사람의 마음을 찌르는 듯한 형의 퀭하고 놀란 듯한 눈을 한 바싹 야윈 구부정한 큰 모습을 보았다.

그는 삼 년 전, 콘스탄친 레빈이 마지막 보았을 때보다도 한층더 수척한 모습이었다. 그는 짧은 프록 코트를 입고 있었다. 그리고 손이나 튼튼한 골격이 한층 더 크게 느껴졌다. 머리털은 많이 빠진 듯했으나 예나 다름없는 뻣뻣한 입수염은 입술을 덮었으며 예나 다름없는 눈은 수상쩍게 그리고 순진하게 들어오는 사람을 지켜보고 잇었다.

「오오, 코스챠!」동생이라는 것을 알아채자 그는 갑자기 이렇게 말했다. 그의 눈은 환희로 빛났다. 그러나 그 순간 무심코 그는 젊은 사내를 돌아다보고 마치 넥타이가 죄기라도 하는 듯한, 콘스탄친에게는 낮익은 경련적인 동작을 해보였다. 그러자 지금까지와는 전혀 다른 기괴하고 잔인하고 괴로운 듯한 표정이 그의 초췌한 얼굴에 떠올랐다.

「난 당신한테도 세르게이 이바노비치에게도 편지를 적어보냈을 거야. 난 당신들을 모른다, 또 알고 싶어하지도 않는다고, 너는 아니 당신은 무슨 볼일로 오셨죠?」

그는 콘스탄친이 상상하고 있던 것과는 전혀 다른 사람이 돼 있었다. 콘스탄친 레빈이 형에 대해서 생각할 때에는 형의 성격 가운데의 가장 까다로운 나쁜 것, 즉 그의 다른 사람들과의 교섭을 원활하게 꾸려 나가지 못하는 점을 언제나 잊어버리기 쉬웠다. 그러나 지금 그의 얼굴을, 특히 이 경련적인 머리의 동작을 눈앞에서 보았을 때 그는 불시에 그러한 것들을 모두 생각해 냈다.

「난 무슨 볼일이 있어서 형님을 만나 뵈려고 온 것은 아닙니다.」그는 수줍어하는 듯한 어조로 대답했다. 「그저 만나 뵙고 싶어서 왔읍니다.」

동생의 수줍어하는 모습이 분명히 니콜라이를 부드럽게 했다. 그는 입술을 실룩거렸다. 「오오, 그래?」하고 그는 말했다. 「자, 그럼 들어와 앉아. 그래 저녁은 어쨌냐? 이봐 마쉬아, 세 사람 몫을 가져와. 아니 가만 있어. 너 아나 이게 누군지.」그는 소매 없는 외투를 걸친 사내를 가리키면서 동생 쪽을 향하고 말했다. 「이분은 크리스키라는 분이야, 키예프에 있을 때부터 친구로서 아주 놀라운 인물이야. 물론 관헌은 이 사람을 미행하고 있지만 말이지, 그건 이 사람이 비열한이 아니란 증거겠지.」

그는 언제나의 버릇으로 방안에 있는 사람들을 돌아보았다. 그리고 문간에 서 있던 여자가 막 밖으로 나가려는 것을 보고 그녀에게 외쳤다 ——「가만 있으라고 했잖아.」그리고 그는 모두를 돌아보면서 콘스탄친이 잘 알고 있던 예의 그 갈팡질팡하고 줄거리도 닿지 않는 말솜씨로 크리스키의 경력을 동생에게 이야기하기 시작했다 —— 그가 가난한 학생들을 위해서 구제 조합이며 일요 학교를 세웠던 일이 화가 되어 대학에서 쫓겨났다는 것이며, 그 뒤 국민학교에 한 교사로서 고용됐다는 것이며, 거기에서도 마찬가지로 면직이 되고 그 뒤 또 무슨 일인가로 처벌을 당했던 일 등의 이야기들을.

「그러니까 당신께선 키예프 대학에 계셨던가요?」콘스탄친 레빈은 괴괴하고 거북스러운 침묵을 깨기 위해서 이렇게 말을 건넸다.

「네, 키예프에 있었읍니다.」크리스키는 얼굴을 찌푸리며 볼멘 소리로 말하였다.

「그리고 이 여자는 말야.」하고 여자 쪽을 가리키면서 니콜라이 레빈이 그를 가로막았다. 「내 생활의 반려자 니콜라예브나라고 해. 내가 어느 집에서 끌어내 쳤던 여자야.」이렇게 말하면서 그는 목을 실룩거렸다. 「그러나 난 이 여자를 사랑하고 또 존경하고 있다. 그러니깐 날 알고 싶어하는 모든 사람들에게도,」그는 목소리를 높이고 얼굴을 찌푸리면서 덧붙였다. 「이 여자를 사랑하고 존경해 줬으면 하는 거야. 이것은 내 여편네나 다름 없어. 마찬가지야. 자아, 이만하면 너도 대충 형편은 알겠지. 그런데 만약이라도 말이야, 그래서는 자기를 천하게 한다든지 하는 생각이 들거나 하면 말야, 일은 간단해, 거기에 문지방이 있으니깐 말이지.」

그리고 그의 눈은 또다시 의심쩍게 모든 사람의 얼굴을 쳐다보았다.

「어째서 내가 나를 천하게 합니까, 난 이해가 가지 않읍니다.」

「그럼 됐어, 마쉬아, 저녁이나 가져 와 —— 세 사람 몫을, 보드카하고 포도주도……아냐 가만 있어……아냐, 됐어 됐어……어서 가.」

25

「이대로야.」니콜라이 레빈은 이마에 주름을 잡기도 하고 실룩거리기도 하면서 열을 내며 계속 말했다. 그에게는 이야기해야 할 일, 해야 할 일을 고려하는 것이 어쩐지 곤란한 것 같았다.

「바로 저건데 말야……」그는 방안의 한쪽 구석에 새끼로 묶여 있는 철재가 널려 있는 것을 가리켰다. 「알겠나? 저게 우리들이 착수하고 있는 새로운 사업의 시초란 말야. 그 사업이라는 것은 말하자면 생산 조합이야……」

콘스탄친은 거의 듣고 있지 않았다. 그는 형의 병약한, 폐병을 앓는 듯한 얼굴을 바라보고 있자 차츰 형에게 대한 가엾은 생각이 들어 가만히 앉아 조합에 대한 형의 설명을 듣고 있을 경황이 없었다. 그는 그 조합이라고 하는 것은 그저 형을 그 자기 멸시에서 구출하는 닻에 지나지 않는다는 것을 알았다. 니콜라이 레빈은 말을 계속했다.

「너도 알고 있듯이 자본은 노동자를 압박하고 있어. 우리 나라의 노동자나 농민은 노동이라는 무거운 짐을 모두 짊어지고 있는 데다가 아무리 뼈가 녹아나게 일을 해도 그 동물 같은 생활에서 빠져나갈 수가 없게 돼 있단 말야. 사실은 노임의 모든 수익이라는 것은 그것에 의해서 그들이 그 경우를 개선하고 자기들을 위해서 여가를 얻고, 그 결과 교육도 받을 수가 있어야 했을 것이다 —— 그러나 그러한 이윤이라든지 하는 것은 모조리 자본가들에게 수탈당하고 있지 않는가 말야. 이처럼 오늘날의 사회는 그들이 일을 하면 일을 할수록 상인이나 지주들의 배는 살찌지만 그들 자신은 영구히 노동의 동물로 끝나고 마는 제도로 형성

되어 버리고 있단 말이야. 그래서 이런 제도는 개혁하지 않으면 안 된다는 이야기가 된단 말야.」그는 말을 맺고 의심쩍게 동생의 얼굴을 바라보았다.

「그렇죠, 물론입니다.」콘스탄친은 형의 툭 불거진 광대뼈 밑으로 드러난 홍조에 눈을 멈추면서 말했다.

「그래서 우리들은 이처럼 지금 자물쇠 제조업자 조합으로 조직하고 있어. 거기에서는 제작도 이득도 주요한 제작 기계도 모두가 공유로 되는 셈이야.」

「그럼 그 조합은 어디에 두게 됩니까?」콘스탄친 레빈은 물었다.

「카잔 현의 보즈드렘 마을에.」

「그러나 하필이면 왜 마을에다가 합니까? 그런 짓을 하지 않더라도 마을엔 얼마든지 많은 일이 있지 않아요. 무엇 때문에 마을에다가 자물쇠 제조업자는 조합 같은 걸 둡니까?」

「왜냐구? 농민들은 지금도 여전히 옛날과 다름없는 노예로 있는데도 너나 세르게이 이바노비치나는 그들이 이런 노예 상태에서 구출되는 것을 좋아하지 않기 때문이야.」니콜라이 레빈은 동생의 반문에 발끈 화를 내면서 말했다.

콘스탄친 레빈은 이때 음침하고 더러운 방을 둘러보면서 한숨을 쉬었다. 그러자 이 한숨이 또 한층 강하게 니콜라이를 성나게 했던 모양이었다.

「난 너나 세르게이 이바노비치의 귀족적인 견해를 잘 알고 있다. 더우기 그가 악의 존재를 변호하기 위해서 온갖 지혜의 힘을 짜내고 있다는 것도 알고 있단 말이야.」

「아니, 무엇 때문에 형님은 또 세르게이 이바노비치의 얘길 다 끄집어 내십니까?」하고 레빈은 웃으면서 말했다.

「세르게이 이바노비치? 건 이렇시!」니콜라이 레빈은 세르게이 이바노비치라는 이름에 별안간 거친 목소리로 외쳤다. 「그건 이래……그러나 얘기하면 뭘 해? 그러나 그저 한 마디……무엇 때문에 너는 나를 찾아왔지? 넌 그것을 경멸하고 있군, 그것도 괜찮아, 그것보다도 냉큼 좀 나가 줄까, 나가란 말야!」그는 의자에서 일어서면서 외쳤다. 「나가, 나가!」

「난 조금도 경멸하거나 하진 않습니다.」콘스탄친 레빈은 머뭇거리며 말했다. 「난 말다툼을 할 생각조차도 없습니다.」

이때에 마리야 니콜라예브나가 돌아왔다. 그녀는 얼른 그에게 다가가서 무엇인가를 소곤거렸다.

「난 건강이 좋지가 않아, 난 성급해져서 말야.」하고 다소 가라앉자 괴로운 듯이 한숨을 내뿜으면서 니콜라이 레빈은 말했다. 「그런데 뭐냐하면 너는 나에게 세르게이 이바노비치에 대해서와 그의 논문에 대해서 이야기하고 있지만, 그런 쓸데 없는 것이, 그런 허위가, 그런 자기 기만이 어떻단 말야. 정의를 모르는 작자가 어떻게 정의를 이야기할 수가 있겠어? 자넨 그 논문을 읽어 봤나?」그는 다시 탁자를 향해서 앉아서, 그 위를 치우기 위해서 널려 있던 담배를 반쯤 밀어 붙이면서 크리스키를 돌아다보고 말했다.

「난 읽지 않았읍니다.」그는 분명히 화제에 뛰들고 싶어하지 않는 태도로 시무룩하게 대답했다.

「어째서야?」니콜라이 레빈은 이번에는 크리스키한테로 화를 내면서 달려들었다.

「왜냐하면 그런 것에 시간을 낭비할 필요를 느끼지 않기 때문이죠.」

「그렇다면 한 마디 묻겠는데, 자넨 어째서 그것이 시간의 낭비라는 것을 알았지? 그 논문은 여느 사람들에겐 이해하기 어려운 거야, 말하자면 그들 이상의 것이야. 그러나 난 얘기가 달라, 난 그 사람의 사상을 꿰뚫고 있으니깐 말이지. 그리고 그 힘이 연약한 이유도 알고 있으니까.」

모두 말이 없었다. 크리스키는 서서히 일어서서 모자를 들었다.

「저녁은 들지 않겠나? 그럼 잘 가. 내일은 자물쇠 제조업자를 데려와 주게.」

크리스키가 나가자마자 니콜라이 레빈은 미소를 띠고는 눈짓을 했다.

「저자도 역시 틀려 먹었어.」하고 그는 말했다.「난 다 알고 있어……」

그러나 이때 크리스키가 문간에서 그를 불렀다.

「또 무슨 일이야?」하고 그는 말하고 그가 복도에 서 있는 쪽으로 나갔다. 마리야 니콜라예브나와 단 둘이 남자, 레빈은 그녀 쪽으로 돌아앉았다.

「그래 당신은 형님하고 같이 계신 지가 오래되셨읍니까?」그는 그녀에게 물었다.

「네, 벌써 한 이 년째 됩니다. 요즈음은 아주 몸이 나빠져 버렸어요. 너무나 술을 많이 드시니까 말씀예요.」그녀는 말했다.

「그러니까 어떻게 마십니까?」

「보드카를 드셔요. 그래 그것이 그분에게는 아주 해로와요.」

「그래 정말 그렇게 많이 마십니까?」하고 레빈은 귓속말을 했다.

「네.」그녀는 니콜라이 레빈의 모습이 나타난 문쪽을 두렵게 돌아보면서 말하였다.

「무슨 얘기들이야?」그는 눈살을 찌푸리고 놀란 듯한 눈으로 한 사람씩 번갈아 가면서 말했다.「무슨 얘길?」

「아무 얘기도 아녜요.」하고 당황하면서 콘스탄친은 대꾸했다.

「얘기하고 싶지 않으면 얘기하지 않아도 좋아. 그저 넌 저것하고 얘기할 일이 하나도 없을 것이야. 저것은 매춘부고 너는 신사니깐 말이지.」하고 그는 목을 꿈틀거리며 말했다.

「뭐야, 난 다 알고 있어. 넌 모든 것을 다 알고 그리고 값을 매겨 보고, 내 미망(迷妄)에 대해서 연민을 느끼고 있다, 그 말이겠다.」그는 또다시 목소리를 외치기 시작했다.

「니콜라이 드미트리치, 니콜라이 드미트리치.」하고 마리야 니콜라예브나가 거듭 그에게로 다가가면서 속삭였다.

「그래, 좋아 좋아!……건 그렇고 밥은 어떻게 됐나? 아아 가져왔군.」그는 쟁반을 든 심부름꾼의 모습을 보고 말했다.「여기에다가, 여기에다가 놔.」하고 성난 듯이 말하고 그는 목이 타는 듯 냉큼 보드카를 들어 한 잔 따라서는 쭉 들이켰다.「어때, 한 잔 들지 않겠어?」그는 금새 유쾌해져서 동생을 돌아다보고 말했다.「세르게이 이바노비치야 어떻든 관계치 않아. 난 역시 너를 만나니깐 반갑다. 입으론 무슨 소릴해도 역시 남남이 아니니까 말이지. 자아, 한 잔 해라. 그리고 요즘은 넌 뭘하고 있는지 이야기나 좀 해보렴.」그는 허기진 듯이 빵 조각을 씹고 두 잔째를 따르면서 말을 계속했다.「넌 어떻게 지내고 있나?」

「여전히 혼자 시골에서 살면서 집안 일을 돌보고 있죠.」콘스탄친은 형이 무서운 기세로 마시고 먹고 하는 것을 어처구니 없다는 듯이 바라보면서, 동시에 그 주의를 눈치채지 않으려고 애쓰면서 대답했다.

「어째서 너는 결혼하지 않나?」

「지금까지 기회가 없었어요.」하고 얼굴을 붉히고 콘스탄친은 대답했다.

「왜? 난 이제 다 됐어! 나는 내 일생을 버려 놓고 말았다. 난 여러 번 이야기하지만 만약 그때 나에게 쏙 필요했던 내 몫을 줬넌들 내 일생도 이렇게는 되지 않았을 거야.」

콘스탄친 드미트리치는 말머리를 돌리려고 서둘렀다.

「그런데, 저어, 형님께선 바뉴쉬카가 포크로프스코예의 내 사무소에서 회계를 보고 있는 것을 알고 계십니까?」하고 그는 말했다.

니콜라이는 목을 꿈틀거리며 생각에 잠겨 버렸다.

「그래, 어디 나에게 그 포크로프스코예에서의 애기나 좀 들려 다오. 어때, 그 집은 아직 그대로 서 있나, 그리고 그 자작나무도 그 학교도? 그리고 그 원정엔 필립이 아직 살아 있다고, 그게 정말이냐? 아아, 난 정말 얼마나 그 정자며 벤치를 잘 기억하고 있는지 모른다! 그러니까 말야, 정신을 차려서 집안 것은 하나도 달라지지 않게 해 둬라. 그런데 결혼만은 빨리 하는 게 좋아. 그리고 다시 한번 집안을 옛날처럼 일으켜 다오. 그때는 나도 너에게 찾아가겠다, 네 마누라가 좋은 여잘 것 같으면 말야.」

「그보다도 지금 오시면 어떻습니까?」하고 레빈은 말했다.「그러면 얼마나 잘 돼 나갈지 몰라요!」

「세르게이 이바노비치를 만나게 되지 않으리라는 것만은 알기만 한다면 난 언제든지 찾아가겠다.」

「만나게 될 염려는 없읍니다. 난 형님과는 전연 독립해서 살고 있으니까요.」

「그래, 그러나 언젠가는 넌 나와 어느 한 쪽을 선택하지 않으면 안 될거야.」그는 동생의 눈을 소심하게 들여다보면서 말했다.

이 두려워하는 듯한 모습이 콘스탄친의 마음을 울려놓았다.

「만일 그것에 대한 내 고백을 굳이 듣고 싶어하신다면 난 말씀드리겠읍다만, 형님과 세르게이 이바노비치와의 싸움에는 난 어느 쪽에도 편들지는 않겠읍니다. 당신네 두 분 다 옳지 않읍니다. 왜냐하면 그것은 형님께선 외면적으로 옳지 않고 그분은 내면적으로 좋지 않아요.」

「아아, 아아! 너는 그것을 알고 있구나, 넌 그것을 알고 있어!」기쁜 듯이 니콜라이는 외쳤다.

「그러나 난 나 개인으로서는 말입니다. 알고 싶어하신다면야 말씀드리겠읍니다만, 어느 쪽인가 하면 난 형님과의 우애 쪽을 더 무겁게 보고 있읍니다. 그것은……」

「그것은 어째서 그래, 어째서?」

콘스탄친은 자기가 그것을 무겁게 보는 것은 니콜라이가 불행하고 그에게는 따뜻한 우애가 필요하기 때문이라고는 차마 이야기할 수 없었다. 그러나 니콜라이는 그가 이야기하려고 하는 것이 바로 그것 이외의 다른 것이 아니라는 것을 알고 얼굴을 흐리며 또다시 보드카를 추켜들었다.

「그만저만 좀 하세요, 니콜라이 드미트리치!」마리야 니콜라예브나는 포동포동 살찐 드러난 팔을 유리병 쪽으로 뻗치면서 말했다.「가만둬! 손 대지 마! 패 줄 테다!」하고 그는 외쳤다.

마리야 니콜라예브나는 부드럽고 선량한 미소를 띠었다. 그러자 니콜라이도 따라 웃었으므로 그녀는 보드카를 빼앗았다.

「너는 이 여자는 아무것도 모르리라고 여기고 있겠지?」니콜라이가 말했다.「하지만 이것은 우리보다도 한결 무엇이나 다 잘 알고 있단 말이야. 정말 이것한테는 어딘지 모르게 사랑스럽고 좋은 데가 있어.」

「당신께선 지금까지 모스크바에 오신 적이 없었읍니까?」콘스탄친은 무엇인가를 이야기하려고 그녀에게 이렇게 말했다.

「이것한텐 당신이라고 말해선 안 돼, 되려 놀란다. 어쨌든 언젠가 이것이 뚜장이 집에서 발을 **빼려고** 했을 때에 그 심의를 맡았던 치안 재판관 이외엔 어느 누구 하나 이것한테 당신이라고 말한 사람은 없었으니까 말야. 정말 세상 일이란 건 모두 무의미한 것들이야!」하고 그는 별안간 외쳤다.「신 제도입네, 치안 재판입네, 지방 의회입네 하는 것들이 도대체 그 무슨 꼴사나운 것들이냐 말야!」

그리고 그는 신 제도와 자기의 충돌에 대해서 이야기를 꺼내기 시작했다.

콘스탄친 레빈은 형의 얘기를 듣고 있었지만 한때는 자기도 그와 의견을 같이 했고 또 자주 말한 적이 있는 모든 사회 제도의 의의(意義)의 부정을 지금 형의 입에서 듣자 그에게는 어쩐지 불쾌했다.

「저승에 가면 다 알게 되겠죠.」그는 농담조로 말했다.

「저승에? 오오, 난 저승이니 하는 건 딱 질색이야! 좋아 하지 않아.」하고 그는 깜짝 놀란 듯한 야성적인 눈동자를 동생의 얼굴에 고정시키며 말했다.「그야 너나할 것은 없다. 온갖 비굴한 것이며 번거로운 것으로부터 도망쳐 나간다는 것은 좋은 일일 것 같은 느낌은 든다. 그러나 나는 죽음이 두렵다. 정말로 못 견디게 두렵다.」하고 그는 부들부들 몸을 떨었다.「자아, 무엇이건 좀 마시지 않겠나. 샴페인은 어때? 그렇지 않으면 어디 다른 데로 가 볼까. 집시한테라도 가 보자! 넌 알고 있겠지, 내가 집시와 러시아의 민요를 아주 좋아하던 것을?」

ㄱ의 혀는 갈피를 잃기 시작했다. 그는 자꾸자꾸 화제를 바꾸었다. 콘스탄친은 마쉬아의 도움을 빌어 그를 아무 데도 가지 못하도록 설득하고 만취가 된 그를 잠자리에 뉘어 잠들게 했다.

마쉬아는 콘스탄친에게 필요한 경우에는 편지를 쓸 것이며, 동생에게 찾아가 살도록 니콜라이 레빈에게 권유하기도 하겠다는 약속을 했다.

26

콘스탄친 레빈은 아침에 모스크바를 떠나 저녁에 집에 이르렀다. 도중 기차 속에서 그는 동승한 사람들과 정치에 관한 얘기를 하기도 하고, 신설 철도에 대한 얘기를 하기도 하고 했지만, 그동안도 줄곧 모스크바에서 지내던 동안과 마찬가지로 머리 속의 모든 것이 뒤얽혀 버린 것이며, 자신에 대한 불만과 무엇인가에 대한 부끄러움으로 괴로와 했다. 그러나 자기 마을의 정거장에 내려 카프탄의 깃을 세운 외눈인 마부 이그나트를 보고, 역내 창문으로 흘러나오고 있는 희미한 불빛 속에서 털담요가 깔린 자기의 썰매며, 방울과 술이 달린 마구를 걸치고 꼬리가 묶인 자기의 말을 보고 마부인 이그나트가 썰매의 채비를 하면서 마을 소식이며 청부인이 와 있다는 것이며, 파바가 송아지를 낳았다는 것 등등을 이야기할 때에는——그도 조금씩 마음의 혼란이 가라앉고 부끄러움도 자기에 대한 불만도 자취를 감춰 가고 있는 것을 느꼈다. 그는 이그나트와 말을 본 것만으로도 벌써 그러한 것을 느꼈다. 그러나 이윽고 그를 위해서 가지고 온 양피 외투를 입고 썰매 속에 몸을 파묻으며 목전에 닥쳐 있는 마을의 관리에 관한 것을 생각하기도 하고 옛날에는 승마용이었던 돈산(産)의 말이 다리를 다치기는 했지만, 날쌘 부마(副馬)를 바라보기도 하면서 달려갈 때에는 모든 사건이 전혀 달리 보이는 것이었다. 그는 자기를 자기로서 느끼고 그 이외의 사람이 되려고는 생각하지 않았다. 이제는 그저 이전의 자기보다도 더 잘 되고 싶다고만 느꼈다. 첫째로 그는 오늘 이후로 더는 결혼 생활에서가 아니면 얻을 수 없을는지도 모르는 두드러진 행복을 바라지 않아야겠다. 따라서 현재를 그렇게 허술히 여긴다든가 하는 일이 없도록 해야겠다고 결심했다. 둘째로 그는 앞으로는 결코 이번에 구혼을 하려고 했을 때 그 기억 때문에 그처럼 괴로움을 받았던 것과 같은 어리석은 정에 몸을 내맡긴다든가 하는 짓은 하지 않아야겠다고 결심했다. 그 다음 그는 니콜라이 형을 생각해 내고 앞으로는 무슨 일이 있어도 형을 잊는다든가 하는 짓을 자기에게 허락하지 않아야겠다, 형을 그리고 언제나 그의 동정을 살펴, 그가 곤경에 처했을 경우에는 언제든지 도우러 갈 수 있도록 그를 내버려 두지 않아야겠다고 마음속으로 다짐했다. 그리고 그러한 일이 가까운 장래에 꼭 일어나리라는 것을 그는 느꼈다. 그러자 이번에는 이야기를 듣고 있었을 당시에는 거의 문제도 삼지 않았던 공산주의에 관한 형의 이야기까지 그를 생각에 잠기게 했다. 그는 경제 조건의 개혁을 무의미하다고 생각하고 있었다. 그러나 그는 언제나 민중의 가난과 비교해서 자기의 넉넉한 상태를 불공평하다고 여기고 있었으므로 지금도 혼자서 마음속으로 자기를 철두철미 바른 사람이라고 믿기 위해서 이전에도 무던히 노동도 하고 사치를 피한 생활을 하여 오기도 했지만 앞으로는 더한층 많이 노동도 하고 더한층 사치도 줄여야겠다고 결심했다. 그리고 그에게는 이러한 것들은 아주 손쉽게 할 수 있을 것처럼 여겨졌기 때문에 그는 도중 내내 더없이 즐거운 공상 속에서 시간을 보냈다. 새롭고 보다 나은 생활에 대한 희망으로 부푼 감정을 가지고 밤 여덟 시가 지나서 그는 자기의 집에 도착했다.

　그의 집에서 안살림 일을 돌보고 있는 나이 든 유모인 아가피야 미하일로브나의 방 창문에서 집 앞 넓은 마당의 눈 위에 밝은 불빛이 떨어지고 있었다. 그녀는 자고 있지 않았다. 그녀에 의해서 잠이 깨인 쿠지마가 졸리는 듯한 얼굴을 하고 입구의 층층대 위로 뛰어 달려나왔다. 세터종의 암캐인 라스카는 쿠지마를 넘어뜨릴 듯한 기세로 역시 거기에 뛰어나와 짖기도 하고 그의 무릎에다 대고 몸을 문지르기도 하고 뛰어오르기도 했다. 그리고 그의 가슴 위에 앞발을 걸치려고 했으나 그렇게까지 할 만한 용기는 없었다.

　「정말 빨리 돌아오셨군요. 도련님.」하고 아가피야 미하일로브나는 말했다.

　「싫증이 나서 말야, 아가피야 미하일로브나, 손님으로 가는 것도 나쁘진 않지만 내 집이 더 좋아.」그는 그녀에게 이렇게 대답하고 곧장 자기 서재로 갔다.

　가져온 촛불의 불빛으로 서재는 서서히 밝아졌다. 낯익은 물건들이 떠올랐다 ── 사슴의 뿔·책장·거울, 오래 전부터 수리를 해야만 했던 통풍구가 달린 난로, 아버지가 물려준 벤치, 큼직한 탁자, 탁자 위에 펴진 채로 놓인 책, 부서진 재떨이, 그의 필적으로 적힌 장부, 이러한 것들을 둘러 보았을 때 그는 일순간 자기가 도중 내내 공상하고 왔던 신생활 건설의 가능에 대해서 어렴풋한 의문을 품었다. 이러한 온갖 그의 생활의 흔적은 마치 그를 붙들고 이렇게 얘기하기라도 하는 것 같았다 ──『아냐, 넌 우리들 곁을 떠나진 않는다. 또 다른 사람이 되지도 않을 거다. 넌 역시 지난 날과 같은 너야 ── 갖은 의혹과 자기에 대한 영원한 불만과 개혁의 헛된 시도와 실패와 아직까지 주어진 일도 없고 또 주위질 가망조차도 없는 행복에 대한 기대를 품고 있는 지난 날과 같은.』

　그러나 이것은 그의 물건들이 이야기한 것이고, 마음속의 나른 소리는 파거에 복종할 필요는 없다. 자기가 하는 일에 되지 않는 일은 있을 수 없다고 다짐했다. 그래서 그는 이 소리를 들으면서 한 푸드(무게의 단위)나 되는 한 벌의 아령이 놓인 구석 쪽으로 다가가 자기에게 용기를 불어 넣으려고 애쓰면서 체조를 하려고 그것을 들어올리기 시작했다. 이때 문 밖에서 발걸음 소리가 들렸다. 그는 얼른 아령을 내려놓았다.

　집사가 들어와서 덕택으로 모든 일이 무사하다는 것을 보고했다. 그러나 새 건조기에 넣었던 메밀이 밑바닥에서 눌었다고 말했다. 이 보고는 레빈의 비위를 거슬렀다. 세 건조기는 레빈의 손으로 조립됐을 뿐만 아니라 일부분은 그의 고안으로 된 것이었다. 그러나 집사는 이 건조기에는 언제나 반대였기 때문에 지금도 승리감을 억누르고 메밀이 눌었다는 것을 보고한 것이엇다. 그래서 레빈은 만약 메밀이 눌었다고 하더라도 그것은 그저 그가 여러 번이나 되풀이하여 일러 준 방법을 그들이 쓰지 않았기 때문이라고 굳게 믿고 있었다. 그는 화가 났다. 그래서 집사에게 잔소리를 퍼부었다. 그러나 한 가지 중대한 기쁜 일이 있었다 —— 그것은 소의 품평회에서 사 왔던 우량종인 값비싼 파바가 송아지를 낳았다 는 것이다.

「쿠지마, 가죽 외투를 다오, 그리고 넌 초롱불을 가져오라고 일러 둬. 어디 한 번 가 보고 와야겠다.」그는 집사에게 말했다.

값비싼 소를 위한 외양간은 집 바로 뒤쪽에 있었다. 그는 라일락 옆의 눈더미 를 돌아 뜰을 가로지르면서 외양간 쪽으로 걸어갔다. 얼어붙어 있던 문을 열자 훈훈한 쇠똥의 김이 물씬 코를 찔렀다. 그리고 낯선 초롱불의 불빛에 놀란 암소 들이 새 짚 위에서 몽그작거렸다. 네덜란드종의 미끈하고 검은 얼룩이 있는 널 따란 등이 번득였다. 코에 고삐를 꿰인 채 비스듬히 누워 있던 황소 베르쿠트는 일어서려다가는 다시 고쳐 생각한 듯 사람들이 옆을 지나갈 때에 두어 번 헐떡 였을 뿐이었다. 하마만큼이나 크고 아름다운 미인인 파바는 뒤로 돌아서서 들어 온 사람들에게 송아지를 숨기면서 그 냄새를 맡아 대고 있었다.

레빈은 우리 속으로 들어가서 파바를 둘러보기도 하고 빨간 얼룩의 송아지를 그 가늘고 긴 휘청거리는 다리로 일어서 보게도 했다. 파바는 안절부절 못하고 금방 으르렁거리기라도 할 것 같았으나 레빈이 그녀 쪽으로 송아지를 돌려보내 자 마음을 놓은 듯 무거운 한숨을 쉬고 그 깔깔한 혓바닥으로 낼름낼름 송아지 를 핥기 시작했다. 그러자 송아지는 젖을 찾으면서 에미의 사타구니 밑으로 코 를 디밀고 꼬리를 휘둘러 대고 있었다.

「자아, 이리 비쳐 봐, 표도르, 초롱불을 이리 대 봐」레빈은 연방 송아지를 둘 러보면서 말했다. 「에미를 빼박았군! 털이 아빌 닮은 것은 좀 안 됐지만 하여 튼 아주 훌륭하다. 길고 억세겠군. 바실리 포도로비치, 훌륭하잖아, 응?」그는 송아지에 대한 기쁨으로 메밀에 대한 것을 잊어버리고 집사를 돌아보면서 말하 였다.

「어느 쪽을 닮았던 나쁠 리야 없지 않아요? 그건 그렇고 청부인인 세몬이 당 신게서 떠나셨던 그 이튿날부터 지금까지 와 있읍니다. 그 사람과의 계약도 끝 내지 않으면 안 되겠어요. 콘스탄친 드미트리치.」하고 집사는 말했다. 「그리고 기계애긴 아까 말씀드렸구요.」

이 한 질문이 레빈을 거치장스럽고 어수선한 집안 일의 온갖 자질구레한 일 속으로 끌어들였다. 그래서 그는 외양간에서 곧장 사무소로 가 거기에서 집사와 청부인 세몬과 잠깐 이야기하고 나서 집으로 돌아와 곧장 위층의 객실로 갔다.

27

집은 큼직하지만 구식이었다. 레빈은 혼자서 살고 있었지만 온 집 안에 불을 때고 사용하고 있었다. 그는 그것이 어리석은 짓이라는 것을 알고 있었고, 또 아주 좋지 않은 짓이고 지금의 새로운 계획에 상반되는 것이라는 것도 알고 있었다. 그러나 이 집은 레빈에게는 온 세계였다. 그것은 그 속에서 그의 부모가 살았고 또한 죽었던 세계였다. 그들은 레빈의 눈에 완전한 이상으로 비치는 생활을 했고, 그가 자기의 아내와 함께, 자기의 가족과 함께 다시 일으키려고 상상했던 생활을 해 온 것이다.

레빈에게는 어머니의 기억이 거의 없었다. 어머니에 대한 개념은 그에게는 신성한 회상이었고 그의 상상 속에 그려지는 미래의 아내는 그 어머니가 그랬던 것처럼 아름답고 신성하고 이상적인 부인의 모습이 아니면 안 되었다.

그는 결혼을 도외시하고 여성에 대한 사랑을 생각할 수가 없을 뿐만이 아니라 무엇보다도 먼저 가정이라고 하는 것을 생각하고 그 다음에 비로소 그에게 가정을 주는 여성을 생각하게 하는 것이었다. 따라서 그의 결혼관은 결혼을 사회 생활에 있어서의 한 사실로 보고 있는 그의 많은 친지들의 견해와는 동떨어진 것이다. 레빈에게는 그것은 인생의 최대사로 인생의 행복은 모두 이것에 매여 있는 것이었다. 그러나 지금 그는 이 큰 일을 단념하지 않으면 안 됐던 것이다.

그가 언제나 차를 마시는 조그마한 객실로 들어가서 책을 들고 자기의 안락의자에 자리를 잡자 아가피야 미하일로브나가 그에게 차를 가지고 와서 언제나 그렇듯이——「도련님, 나도 좀 앉겠어요.」하고 말하면서 창가의 의자에 앉았을 때에 그는 이상하게도 자기가 여전히 자기의 그 공상과 떨어지지 않고 있다는 것과 자기는 그것이 없이는 살아 갈 수가 없다는 것을 뼈저리게 느꼈다. 상대자가 그녀이건 다른 여성이건 하여튼 그것은 실현될 것이다. 그는 지루해 하지도 않고 지껄이고 있는 아가피야 미하일로브나의 이야기를 듣기 위해서 이따금 중단하면서 책을 읽기도 하고 읽은 것에 대해서 생각하기도 하고 했으나, 그와 동시에 또 집안의 살림이며 미래의 가정 생활이니 하는 가지가지의 광경이 연관도 없고 질서도 없이 그의 상상 속에 떠오르곤 했다. 그는 자기 마음의 깊은 곳에서 무엇인가가 조절되고 이루어지고 있다는 것을 느꼈다.

그는 아가피야 미하일로브나에게서 프로호르가 하나님을 잊고서 레빈이 말을 사라고 주었던 돈으로 몽땅 술을 마시고선 여편네를 죽지 않을 만큼 때려 댔다는 얘기를 들었다. 그는 얘기를 들으면서 책을 읽기도 하고, 독서에 의해서 환

기된 자기의 사상의 경로를 회상하기도 했다. 그것은 틴덜(영국의 물리학자 1820
~1893)의 열(熱)에 관한 저서였다. 그는 틴덜이 실험하는 재능에 대해서 스스로
만족하고 있다는 것과 철학적인 견해가 부족하다는 것에 대해서 자기가 그를 비
난한 적이 있는 것을 상기했다. 그러자 별안간 기쁜 생각이 들었다.『이 년이 지
나는 동안에 내 외양간에는 네덜란드종이 두 마리가 된다. 게다가 또 파바 그것
도 아직은 살아 있을 테니까. 그러면 베르쿠트가 낳은 암소들이 열두 마리나 되
니까 이 세 마리 소의 대를 이어 계속 출산될 거란 말야……거 놀라운 일이로군
……』그는 다시 책을 들었다.

『그래, 좋아, 전기와 열은 동일물이다. 그러나 어떤 방정식으로 문제를 해결
하기 위해서 하나의 양(量) 대신 다른 양을 대치할 수가 있는 것일까? 아니다.
그럼 어떻게 되는가? 자연계의 일체의 힘 사이에 존재하는 연쇄 작용도 역시
본능에 의해서 감지되고 있는 것일까, 그래……그 가운데서도 파바의 새끼가 빨
간 얼룩의 암소가 된다는 것은 정말 즐거운 얘기다. 그리고 가축이 모두 그 세
마리처럼 된다. 그 말이겠다.……무방한 얘기다! 그리고 내가 아내와 손님들
을 안내하여 그것을 보러 나간다……그러면 아내가 말한다 —— 코스챠도 나도
마치 우리 어린애처럼 이 송아지를 기르고 있어요. 그러면 이번에는 손님이, 당
신께서 어떻게 이런 것에 흥미를 가지실 수가 있읍니까? 하고 말한다. 그럼요,
주인이 흥미를 가지고 있는 것에는 나도 무엇이건 흥미를 가지고 있으니까요.
그러나 그 아내란 누구란 얘길까?』그리고 그는 불현듯이 모스크바에서의 일이
되살아났다……『그러나 어떻게 할 도리가 없잖은가?……나에게 죄가 있는 것
은 아니다. 하여튼 지금부터는 모든 것이 새롭게 진행돼 나가는 것이다. 인생을
답답하게 생각한다는 것은 어리석은 짓이다. 지난 일을 되씹는다는 것은 천치
같은 짓이다. 우리들은 싸우잖으면 안 된다. 보다 낫고 훨씬 좋은 생활을 누리
기 위해서……』그는 머리를 살짝 쳐들고 생각에 잠겼다. 늙은 라스카는 그의
귀가의 기쁨을 아직 충분히 다 새기지 못하고, 밖에서 짖으려고 뛰어나갔다가는
이윽고 꼬리를 흔들면서 외기의 냄새를 몸에 싣고 돌아와서 그의 곁으로 다가가
그의 손 밑으로 머리를 디밀며 어루만져 주었으면 하고 바라듯 호소하는 듯한
소리로 낑낑거렸다.

「정말 말만 못할 뿐이에요.」하고 아가피야 미하일로브나는 말했다.「개라도
말예요……주인 어른께서 돌아오신 것에서 지루해 하시는 것까지를 다 알고 있
는 걸 보면 말예요.」

「지루해 하다니, 왜?」

「그래 내가 모르고 있는 줄 아세요, 도련님? 나도 이제는 그런 것쯤은 알 만

한 나이예요. 하여튼 난 어렸을 적부터 도련님네에서 자라왔으니까 말예요. 아무렇지도 않아요, 도련님. 몸만 성하고 마음이 깨끗하기만 하면요.」

레빈은 그녀가 자기의 마음속을 들여다보고 있는 것에 놀라면서 그녀의 얼굴을 뚫어지게 바라봤다.

「어떨까요, 차를 한 잔 더 가져와야죠?」 그녀는 이렇게 말하고 찻잔을 들고 나갔다.

라스카는 줄곧 그의 손 밑으로 그 머리를 디밀었다. 그가 어루만져 주자 개는 곧 그의 발 밑에 둥그렇게 오그리고 옆으로 내민 뒷다리 위에다 머리를 얹었다. 그리고 이제는 모든 것이 다 좋고 무사하다는 표시로 가볍게 입을 열어 입술을 핥고는 그 끈적끈적한 입술을 보기 좋게 이빨의 언저리에 붙이자 행복한 안정 상태로 잠잠해졌다.

레빈은 이러한 최후의 동작을 주의깊게 지켜보고 있었다.

『나도 이렇게 해야겠다!』그는 혼잣말을 했다. 『나도 이렇게! 아무것도 아니다……모든 것을 다 좋도록.』

28

무도회가 끝난 아침 일찌기 안나 아르카지예브나는 남편에게 그 날 떠난다는 전보를 쳤다.

「아녜요, 그렇게 하잖으면 안 돼요, 가지 않으면 안 돼요.」 하고 그녀는 헤아릴 수 없을 만큼 많은 일을 생각해 낸 듯한 어조로 올케에게 계획의 변경을 설명했다. 「아녜요, 오늘 떠나는 것이 가장 좋아요!」

스테판 아르카지치는 집에서 식사를 하지 않았다. 그러나 일곱 시에는 누이를 전송하기 위해서 돌아오겠다고 약속했다.

키치도 역시 머리가 아프기 때문이라는 편지만을 보내고 얼굴을 보이지 않았다. 그래서 돌리와 안나는 자기들만으로 아이들과 영국 부인을 상대로 식사를 했다. 아이들은 변덕이 심한 때문인지 그렇지 않으면 너무 예민해서 그런지 안나가 이 날은 그들이 그처럼 그녀를 사랑했던 그 날과는 전혀 사람이 달라졌다는 것을, 그리고 그녀가 이제는 조금도 그들을 거들어 주지 않은 것을 느꼈기 때문인지 하여튼 그들은 별안간 고모에게 장난치는 것과 사랑의 몸짓을 하지 않았다. 그리고 그녀가 떠난다든가 하는 것도 아예 문제로 삼지 않았다. 안나는 아침나절 내내 떠날 준비에 바빴다. 그녀는 모스크바의 친지들에게 편지를 쓰기도 하고 가지가지의 출납을 적기도 하고 짐을 꾸리기도 했다. 대체로 돌리는 안나가 가라앉은 마음이 아니고 자기의 경험으로도 잘 알고 있는 뭣인지 이유가 꼭 있는, 그리고 그 대부분이 자기 자신에 대한 불만에 뿌리박고 있는 듯한 들뜬 기분으로 있는 것이 느껴졌다. 식후에 안나는 옷을 갈아입으려고 자기 방으로 갔다. 그러자 돌리도 그 뒤를 따라갔다.

「오늘은 당신이 어쩐지 조금 이상하군요!」돌리는 그녀에게 말했다.

「당신은 여기에 오셔서 좋은 말을 해주셨어요.」하고 돌리는 그녀를 주의깊게 지켜보면서 말했다.

안나는 눈물에 젖은 눈으로 그녀를 유심히 바라보았다.

「어머나, 그런 말씀은 말아요 돌리. 난 아무것도 하지 않았고 또 할 수도 없었어요. 난 때때로 세상 사람들은 어째서 이렇게 날 나쁘게 만들어 놓으려고 쑥덕거리고 있는 것일까 생각하고 깜짝 놀라는 일이 있어요. 도대체 내가 무슨 짓을 했고 또 할 수 있었겠어요? 당신의 마음속에 용서할 수 있을 만큼의 사랑이 있었을 뿐인걸……」

「그렇지만 만약 당신이 와 주시지 않았더라면 정말 어떻게 돼 있었을지 몰라요! 당신은 정말 행복한 분이세요, 안나!」하고 돌리는 말했다.「당신의 마음씬 정말 깨끗하고 좋아요.」

「어머나, 그렇지도 않아요. 어느 사람의 마음 구석에도 제가끔 자기의 비밀이 있어요!」안나는 불쑥 말을 뱉았다. 그러자 뜻밖의 울음 뒤에 교활하고 비웃는 듯한 미소가 그녀의 입술에 잔주름을 새겼다.

「그래요, 그럼 당신의 비밀은 밝은 것이겠군요, 음울한 데라고는 조금도 없는.」돌리는 미소를 띠고 말했다.

「아녜요, 음울해요. 당신은 내가 왜 모레가 아니고 오늘 떠나려고 하는지 그 까닭을 아세요. 이것은 고백한다는 것은 나에겐 무척 쓰라린 일이지만 그래도 난 그것을 당신에게 말하고 싶어요.」안나는 결심한 듯 안락의자에 몸을 던지고 똑바로 돌리의 눈을 쳐다보면서 말했다.

그리고 돌리는 놀랍게도 안나가 귀뿌리까지, 아니 목덜미에 물결 치고 있는 검은 머리 언저리까지도 빨개진 것을 알았다.

「그래요.」하고 안나는 계속했다.「당신은 키치가 식사를 하러 오지 않은 까닭을 알고 있어요? 그분은 나를 질투하고 있어요. 내가 상심시켰어요……그녀에게 그 무도회가 즐거움이 아니라 괴로움이 되게 한 원인이 나였어요. 그렇지

만 정말, 정말 내가 나쁘진 않아요. 설사 나쁘다고 하더라도 아주 조금예요.」그
녀는 가느다란 목소리로 〈조금〉이라는 말을 길게 잡아늘이면서 말했다. 「어쩌
면, 당신은 스치바하고 똑같은 말씀을 하시는군요.」하고 웃으면서 돌리는 말했
다.

안나는 모욕을 느꼈다.

「어머나 그렇지 않아요, 아녜요! 난 스치바하곤 달라요.」그녀는 눈살을 찌
푸리면서 말했다.

「내가 당신에게 지금 말씀드리고 있는 것은 잠시도 자기가 자기를 의심한다든
지 하는 것을 용서할 수 없기 때문이에요.」하고 안나는 말했다.

그러나 그녀는 이러한 말들을 하면서도 그것이 진실이 아니라는 것을 느꼈다.
그녀는 자기를 의심했을 뿐만 아니라 브론스키에 대해서 생각만 해도 마음의 동
요를 느꼈으므로 그와 만나는 것을 피하기 위해서 예정보다 빨리 떠나기로 한
것이었다.

「알겠어요, 나도 스치바에게서 들었어요. 당신이 그분과 마주르카를 추셨고,
그리고 그분이……」

「그러나 그것이 어떻게 얄궂게 되어 버렸는가 하는 것은 당신은 상상할 수 없
을 거예요. 난 그저 중매를 하려고 생각하고 있었는데 갑자기 전혀 거꾸로 돼 버
렸으니 말예요. 어쩌면 내가 의지에 반해서……」

그녀는 얼굴을 붉히고 말을 그쳤다.

「아아, 세상 사람들은 이런 것들은 바로 눈치채니까 말예요!」하고 돌리는
말했다.

「그러나 만약 그분에게 조금이라도 무엇인가 진지한 것이 있다고 한다면 난
정말 절망이에요.」하고 안나는 그녀의 말을 가로막았다. 「그래도 난 믿고 있어
요, 이런 것은 곧 잊혀지고 키치도 날 질투하지 않게 될 거라구요.」

「그렇지만 말예요 안나, 바른 대로 말하자면 난 이 결혼은 키치를 위해서 그
다지 바라지 않아요. 그러니깐 만약 그 사람이, 브론스키가 단 하루만에 당신에
게 마음을 끌릴 수 있는 사람이라면 차라리 깨져 버리는 게 더 나아요.」

「아아 어머나, 그렇게 어리석은 일이 어디 있어요!」하고 안나는 말했으나
그 마음을 차지하고 있던 생각이 말로서 표현된 것은 들었을 때 또다시 만족하
는 짙은 홍조 빛이 그녀의 온 얼굴에 흘러넘쳤다. 「그렇다면 난 그처럼 사랑하고
있던 키치를 적으로 만들어 놓은 채 떠나려는 거겠군요! 아아, 정말 그분은 귀
여운 분이에요! 그렇지만 이것은 당신께서 어떻게 잘 해 주시겠죠? 돌리? 그
렇죠?」

돌리는 간신히 미소를 억누를 수가 있었다. 그녀는 안나를 사랑하고는 있었지만, 그러나 그녀에게도 역시 약점이 있다는 것을 보는 것이 어쩐지 즐거웠다.

「적이라니, 그럴리가 있어요.」

「난 언제나 당신들이 모두 내가 당신들을 사랑하고 있는 것처럼 날 사랑해 줬으면 하고 바라고 있어요. 그래도 지금 난 그전보다도 한층 더 당신들이 좋아졌어요.」

그녀의 눈은 눈물로 젖어 있었다. 「아아, 난 오늘 어찌 이렇게 멍청이가 됐을까?」

그녀는 손수건으로 얼굴을 닦고 옷을 갈아입기 시작했다.

이제 막 떠나려던 차에 스테판 아르카지치가 빨갛고 쾌활한 얼굴로 술과 시가의 냄새를 풍기면서 헐레벌떡 돌아왔다.

안나의 마음의 괴로움은 돌리에게도 통했다. 그래서 마지막으로 시누이를 끌어안았을 때에 그녀는 이렇게 속삭였다.

「잊지 마세요. 안나. 당신이 날 위해서 해준 일은 난 결코 잊지 않겠어요. 그리고 귀중한 친구로서 내가 당신을 사랑하고 있고 앞으로도 영원히 사랑하고 있을 것이라는 것을 잊지 말아 줘요!」

「어째서 그런 말을 하는지 난 모르겠군요.」안나는 그녀에게 입을 맞추면서 눈물을 감추며 이렇게 말했다.

「아녜요, 당신은 내 마음을 알아 주셨고 지금도 알아 주고 있어요. 그럼 잘 가요, 내 사랑하는 안나!」

29

『자아, 이제 모든 것이 다 끝났다. 아아 고마와라!』이것이 세 번째 벨이 울릴 때까지 자기의 몸으로 찻간의 통로를 막고 있던 오라버니와 마지막 작별을 할 때에 안나 아르카지예브나의 머리에 떠올랐던 첫번째의 생각이었다. 그녀는 안누쉬카와 나란히 자기의 좌석에 앉자 침대차의 희미한 불빛 속에서 주위를 둘러 보았다. 『아아, 내일은 세료쥐아와 알렉세이 알렉산드로비치를 만난다. 그러면 내 생활이, 몸에 밴 좋은 생활이 예나 다름없이 돼 나간다.』

이 날 진종일 잠겨 있던 뒤숭숭한 기분은 아직 계속되고는 있었지만 안나는 어쩐지 만족한 듯한 마음으로 면밀하게 여행의 준비를 서둘렀다. 민첩한 손으로 그녀는 자그맣고 빨간 손가방을 열었다닫았다 하다가 쿠션을 꺼내어 그것을 무릎 위에 놓아 단정하게 두 다리를 싼 뒤 조용하게 자리에 앉았다. 환자인 듯한 부인은 벌써 누워 자려고 하고 있었다. 다른 두 부인은 안나에게 말을 걸기 시작했다. 뚱뚱한 노부인은 다리를 싸면서 난로에 대한 잔소리를 늘어놓고 있었다. 안나는 서너 마디 부인들과 말대꾸를 했으나 얘기가 재미있을 것 같지 않아서 안누쉬카에게 초롱불을 꺼내도록 부탁하여 그것을 좌석의 팔걸이에다 걸고 손주머니 속에서 페이퍼 나이프와 영국 소설을 꺼냈다. 그러나 맨 처음 얼마 동안은 읽을 수가 없었다. 처음에는 주의의 혼잡과 사람들의 말소리가 방해했었으나, 이윽고 기차가 움직이기 시작했을 때에는 그 음향에 마음을 빼앗기지 않을 수가 없었다. 다음에는 왼쪽의 창문을 치며 유리의 바닥에 내려 쌓여 가는 눈, 옆을 지나가는 차장의 방한구에 싸인 몸뚱이의 한쪽에 눈이 덮인 모습, 바깥은 지금 얼마나 사나운 눈보라가 휘몰아치고 있을까 하고 이야기하고 있는 사람들의 말소리, 이러한 것들이 그녀의 주의를 끌었다. 그러나 그러고 나서부터는 줄곧 똑같은 것의 연속이었다——무엇을 두드리는 듯한 음향을 거느린 진동, 창문에 내리부딪치는 급격한 변동, 어두컴컴한 속에서 어른거리는 똑같은 얼굴들, 그리고 똑같은 목소리들, 그래서 안나는 읽기 시작하고 그리고 읽은 것을 이해하기 시작했다. 안누쉬카는 한쪽이 해진 장갑을 낀 폭 넓은 두 손으로 무릎 위의 빨간 손가방을 끌어안은 채 벌써 꾸벅꾸벅 졸기 시작하고 있었다. 안나 아르카지예브나는 읽었다. 그리고 이해는 했지만 그녀에게는 읽는다는 것, 즉 타인의 생활의 반영을 뒤따라간다는 것이 불쾌했다. 그녀는 무엇이거나 견디지 못할 만큼 자기가 생활하고 싶었다. 그녀는 소설의 여주인공이 환자를 산호하고 있는 데를 읽자——자기도 발돋음을 하고 환자의 방을 걷고 싶은 욕구에 쫓겼고, 또 국회 의원이 연설을 하고 있는 데를 읽으면——자기도 연설을 하고 싶었다. 또 레이디 메리가 말을 타고 짐승의 떼를 쫓기도 하고 며느리를 빈정거리기도 하여 그 대담성으로 사람들을 놀라게 한 대목을 읽을 땐 그녀는 그것도 자기가 해봤으면 하는 마음이 일었다. 그러나 아무것도 할 일이 없었으므로 그녀는 그 조그마한 손으로 반들반들한 페이퍼 나이프를 만지작거리면서 그것을 읽으려고 애를 썼다.

소설의 주인공은 벌써 그 영국적인 행복, 남작의 작위와 소유지를 손에 넣기 시작하고 있었다. 안나도 그와 함께 그 소유지로 가고 싶은 충동을 느꼈다. 그러자 갑자기 그녀는 그에게 그것이 부끄러워하지 않으면 안 되는 일임과 함께 그녀 자신에게도 또한 부끄러운 일이라는 걸 느꼈다. 『도대체 그에게 부끄러

위할 일이 무엇이 있을까? 또한 나에게도 무엇이 그렇게 부끄러움일까?』하
고 그녀는 가슴 뭉클한 놀라움을 자문해 보았다. 그녀는 책을 놓고서 페이퍼 나
이프를 손으로 꼭 쥐면서 의자의 등에 몸을 던졌다. 부끄러워할 것은 조금도 없
었다. 그녀는 마음속으로 모스크바에서의 기억을 샅샅이 떠올려 보았다. 어느
것이나 다 올바르고 유쾌한 것들뿐이었다. 그녀는 무도회를 생각해 냈다. 브론
스키에게서 사랑하고 있는 사람들에게서 볼 수 있는 것 같은 공순한 얼굴빛을
생각해 냈다. 그와 자기와의 관계를 생각해 보았다 —— 부끄러워할 일은 아무
것도 없었다. 그러나 그러면서도 무도회장을 생각하면 갑자기 부끄러움이 일었
다. 마치 그녀가 브론스키에게 대해서 생각해 낸 바로 그때의 어떠한 내부의 목
소리가, 『따뜻하다, 굉장히 따뜻하다, 타는 것 같다.』하고 그녀에게 얘기라도
한 것처럼. 『그래서 그것이 어쨌다는 걸까?』하고 그녀는 자리를 다시 고쳐 앉
으면서 결연한 어조로 자기에게 말했다. 『이것에 어떠한 의미가 있는 것일까?
도대체 난 이 일을 똑바로 보는 것이 무서운 것일까? 그래 어쨌다는 걸까? 그
럼 나와 그 어린애 같은 사관과의 사이에 보통의 친지 이상의 그 어떤 특별한 관
계라도 있다는 것일까, 또 있을 수 있는 것인가?』그녀는 얕잡는 듯한 웃음을
띠고 다시 책을 들었다. 그러나 이제 아무리 읽어도 내용을 이해할 수 없었다.
그녀는 창문을 페이퍼 나이프로 문지르고, 이어 그 미끈하고 싸늘한 표면을 자
기의 볼에다 지그시 누르자, 별안간 아무런 까닭도 없이 그녀를 붙들고 있던 환
희로 인해 자칫 소리내어 웃을 뻔했다. 그녀는 자신의 신경이 마치 악기의 현
(絃)처럼 음을 조절하는 나사에 걸려 줄곧 팽팽하게 당겨져 가고 있는 것을 느꼈
다. 그녀는 또 그녀의 눈이 차츰차츰 크게 열려 가고 있는 것을, 손가락과 발가
락이 신경질적으로 움직이고 있는 것을, 무엇인지 자기의 몸 안에서 숨을 막히
게 하는 것을, 이 흔들리고 있는 어둠 속에서 이상할 만큼 선명히 온갖 물건이며
음향이 자기를 놀라게 하고 있는 것을 느꼈다. 그리고 그녀에게는 줄곧 가지가
지 의혹이 꼬리를 물고 일어났다 —— 기차는 지금 앞으로 가고 있는 것일까, 뒷
걸음질하고 있는 것일까, 그렇지 않으면 정지하고 있는 것일까, 옆에 있는 사람
은 안누쉬카인가, 그렇지 않으면 남일까? 아니 저것은 도대체 뭘까, 저 팔걸이
위에 있는 것은 가죽 외투일까 짐승일까? 그리고 여기에 있는 난 이것은 나 자
신일까? 나는 나 자신일까, 다른 사람이 아닐까? 그녀는 이런 망각상태에 자
기를 내맡겨 두는 것이 두려웠다. 그러다 그 무엇인가가 그녀를 그쪽으로 끌어
들였다. 그리고 그녀는 뜻대로 그것에 몸을 맡길 수도 자제할 수도 있었던 것이
다. 그래서 그녀는 정신을 차리기 위해서 일어섰다. 그리고 창살 무늬의 두루마
기를 벗어 젖히고 방한복의 목도리를 끌렀다. 이 순간 그녀는 제정신이 들었다.

그래서 거기에 들어왔던 단추가 한 개 떨어진 낭킹 무명의 긴 외투를 입은 수척한 사내인 농부가 화부였다는 것도, 그 사내가 온도계를 보고 갔던 것도, 바람과 눈이 그 사내의 뒤에서 문 안으로 휘몰아쳐 들어왔던 것도 똑똑히 알았다. 그러나 이내 또 모든 것이 뒤섞이고 말았다……금방 그 허리가 긴 농부가 벽 속에서 무엇인지를 씹기 시작하고, 노파가 좌석 가득히 발을 뻗어 차내를 먹구름으로 가득 차게 하고, 이윽고 또 무엇인지 요란하게 삐걱거리기 시작하여 누군가를 찢어 발기기라도 하는 것처럼 부딪치는 소리가 나기 시작하고, 그러는가 하면 이번에는 빨간 불이 눈을 부시게 하고는 모든 것들이 벽으로 가려지고 말았다. 안나 자신이 깊은 구덩이 속으로 떨어져 가는 듯함을 느꼈다. 그러나 이러한 것이 모두 조금도 무섭지 않고 오히려 유쾌할 정도였다. 방한구에 싸여 눈에 덮인 사람의 목소리가 그녀의 귀 주위에서 무언가를 외쳤다. 그녀는 몸을 일으키고 제정신을 차렸다. 그녀는 정거장에 도착했다는 것과 그것이 차장이었다는 것을 알았다. 그녀는 안누쉬카에게 금방 풀어놨던 목도리와 베일을 달라고 하여 그것을 걸치고 문 쪽으로 발을 돌렸다.

「밖으로 나가시겠어요 ?」 안누쉬카가 물었다.

「그래, 바깥 바람을 좀 쐬야겠어. 여긴 아주 더우니까.」

그리고 그녀는 문을 열었다. 눈보라와 바람이 그녀를 향해서 휘몰아쳐 와 그녀로 하여금 문을 열지 못하게 했다. 그리고 이것이 또 그녀에게는 재미있게 여겨졌다. 그녀는 문을 밀어젖히고 밖으로 나왔다. 그러자 바람은 마치 그녀만을 기다리고 있었던 것처럼 즐겁게 울부짖으며 그녀를 붙잡아 채가려고 했다. 그러나 그녀는 한 손으로 승강구의 찬 난간을 붙들고 옷을 움켜잡으면서 플랫폼에 내려 차 뒤로 몸을 숨겼다. 바람은 차의 승강구에서는 세차게 불었지만, 플랫폼에서는 열차의 뒤가 되어 잠잠했다. 그녀는 즐거운 듯이 눈으로 얼어붙어 있던 공기를 가슴 가득히 들이쉬고 열차의 옆에 선 채 플랫폼과 등불이 환한 정거장을 둘러보았다.

30

무서운 눈바람은 열차의 바퀴 사이와 정거장의 구석구석에서 기둥 언저리를 휘몰아치며 불어댔다. 열차며 기둥이며 사람이며 눈에 보이는 온갖 것들은 모두 한쪽에서 휘몰아쳐 오는 눈에 덮여 차츰차츰 깊이 파묻혀 가고 있었다. 바람은 이따금 일순간 멈추기도 했으나 다음에는 또다시 마주 보고 서 있을 수 없을 정도의 기세로 세차게 불어닥쳤다. 그런 가운데서도 어떤 사람들은 이야기를 주고받으면서 플랫폼의 널빤지를 쿵쿵거리고 끊임없이 큼직한 문을 열었다닫았다 하면서 돌아다니고 있었다. 앞으로 구부정한 사람의 그림자가 그녀의 발 밑을 미끄러지듯이 빠져나갔다. 그러자 쇠를 두드리는 쇠망치 소리가 들렸다. 「전보를 줘!」하고 성난 듯한 목소리가 건너편 쪽의 눈바람 치는 어둠 속에서 번졌다. 「자아, 이리 오십시오! 이십팔 호입니다!」하고 또 여러 사람들의 외치는 소리와 눈에 덮여 하얗게 된 사람들이 뛰어갔다. 입에 불이 붙은 담배를 문 어떤 두 신사가 그녀의 옆을 지나갔다. 그녀는 충분히 숨을 들이쉬기 위해서 다시 한 번 크게 숨을 내쉬었다. 그리고 승강구의 난간을 붙잡고 차내로 들어가려고 머프에서 손을 뺐을 때 군인 외투를 입은 사내가 그녀의 바로 옆에서 흔들리고 있는 램프의 불빛을 가렸다. 그녀는 돌아보았다. 그리고 동시에 거기에서 브론스키의 얼굴을 보았다. 그는 모자의 차양에 선을 붙이고 그녀 앞에 허리를 구부렸다. 그리고 무엇인지 필요한 것은 없는지 도움이 될 수 있는 일은 없는지를 물었다. 그녀는 상당히 오랫동안 어떻다고도 대꾸하지 않고 그의 얼굴을 찬찬히 쳐다보고 있었다. 그리고 그가 어두움 속에 서 있었음에도 불구하고 그의 얼굴과 눈의 표정을 읽었다. 아니 읽은 것처럼 그녀에게는 여겨졌던 것이다. 그것은 또다시 어제 그렇게까지 강하게 그녀에게 작용했던 그 은근하고 황홀한 표정이였다. 그녀는 요 며칠간 아니 이제 방금도 그녀는 브론스키 따위는 자기에게는 도처에서 숱하게 만날 수 있는 똑같은 젊은이들 가운데 한 사람에 지나지 않는다고 생각한다는 것마저도 점잖지 않다고 혼자서 속으로 되뇌이고 있었으나, 막상 지금 이렇게 그와 만나게 되자 그 해후 첫순간에 있어서 느닷없이 그녀를 사로잡은 것은 환희로운 감정이었다. 그녀는 그가 어째서 이런 데에 와 있는지를 물어 볼 필요도 없었다. 그녀는 마치 그가 그녀에게 그 이유는 그저 그녀가 있는 곳에 있기 위해서라고 이야기하였기라도 한 것처럼 정확히 그것을 알고 있었기 때문이었다.

「난 당신이 타고 있으리라고는 정말 몰랐어요. 어째서 돌아가죠?」그녀는 승강구의 난간을 붙잡으려고 하던 손을 내리고 말했다. 억누를 수 없는 기쁨과 되살아난 생기가 그녀의 얼굴에 퍼졌다.

「어째서 돌아가느냐고요?」하고 그는 그녀의 눈을 똑바로 들여다보면서 되풀이했다. 「내가 당신 계시는 곳에 있고 싶어서 왔다는 것은 아실 텐데요.」하고 그는 말했다. 「난 이제 어떻게 할 수도 없읍니다.」

　그러자 그때 마침 바람은 마치 그 장애물을 이겨내기라도 하듯이 열차의 지붕에서 획하고 눈을 흩날리며 찢겨 생철 조각을 날렸다. 앞쪽에서는 기관차의 굵은 기적이 울부짖듯 음산하게 울리기 시작했다. 눈보라의 맹위가 그녀의 눈에는 한층 더 멋있게 여겨졌다. 그는 그녀가 마음속으로는 바라고 있으면서 이성적으로는 두려워하고 있던 바로 그것을 입에 담았던 것이다. 그녀는 한 마디도 대답하지는 않았지만 그는 그녀의 얼굴에서 마음의 갈등을 읽었다.

　「내가 여쭌 말씀이 만약 불쾌하시다면 용서하십시오.」그는 공손히 말을 꺼내었다.

　그의 말은 점잖고 공순하기는 했지만, 그녀가 오랫동안 어떻다고도 대꾸할 수 없었을 만큼 야무지고 집요한 어조로 그 말을 입에 담았던 것이다.

　「그것은 당신이 말씀하고 있는 것은 좋지 않은 거예요. 난 말씀드려 두지만 만약 당신이 올바른 분이시라면 이제 금방 말씀하셨던 것을 잊어 주세요. 나는 잊을 테니까요.」그녀는 마침내 이렇게 말했다.

　「당신의 그 말씀, 당신의 그 동작, 한 마디, 모두 난 영원히 잊지 않겠읍니다. 잊을 수는 없읍니다……」

　「그만 하세요, 이제 그만 하세요!」하고 그녀는 그가 탐욕스럽게 들여다보고 있는 자기의 얼굴에 엄격한 표정을 지으려고 헛되이 애쓰면서 외쳤다. 그리고 찬 난간을 붙잡자 승강구 계단 위에 발을 올려놓고 재빨리 차의 입구로 들어갔다. 그러나 그 좁은 입구 있는 곳에서 그녀는 금방 일어났던 일을 자기의 생각 속에서 되풀이하면서 발을 멈췄다. 자기의 말도 그의 말도 별로 생각나지는 않았지만, 그녀는 그 감정으로 이 일 분간도 못되는 이야기가 두 사람의 사이를 매우 가깝게 해 버렸다는 것을 알았다. 그녀는 그 사실에 놀라면서도 행복함을 느꼈다. 몇 초 동안 거기에 서 있다가 그녀는 차내로 들어가서 자기의 좌석에 앉았다. 그러자 아까 그녀를 괴롭혔던 그 긴장된 마음의 상태가 다시 되살아 났을 뿐만 아니라 더한층 증대해 마침내는 너무나 긴장된 나머지 무엇인가 가슴 속에서 파열하지나 않을까 하는 공포를 끊임없이 느끼게까지 되었다. 그녀는 밤새 한잠도 자지 않았다. 그러나 그 긴장이며 그녀의 상상을 메우고 있던 환영속에는 조금도 불쾌하거나 음울한 그림자는 없었다. 오히려 거꾸로 어쩐지 마음을 들뜨게 하는 듯한, 불타는 듯한, 가슴을 울렁거리게 하는 듯한 무엇인지가 있었다. 새벽녘 가까이 되어 안나는 의자에 걸터앉은 채 졸기 시작했다. 그리고 눈을 떴을 때에는 벌써 날이 새어 환해 있었고, 기차는 페테르스부르크로 다가가고 있었다. 그러자 이내 집안일과 남편과 아이들과 오늘 하루에 일어날 일 그리고 앞으로의 일에 대한 생각들이 근심거리가 되어 그녀의 마음을 둘러싸 버렸다.

 페테르스부르크에서 기차가 멈추자마자 그녀는 내렸다. 그러자 거기에서 맨 처음 그녀의 주의를 끈 것은 남편의 얼굴이었다. 『아아, 어머나! 어째서 저이의 귀는 저렇게 생겼을까?』하고 그녀는 그의 싸늘하고 위엄이 있어 보이는 듯한 풍채와 그 가운데에서도 지금 그녀를 놀라게 한 둥근 모자를 받치고 있는 귀의 연골부를 쳐다보면서 이렇게 생각했다. 그녀를 찾아내자 그의 입술은 그의 특유한 비웃는 듯한 미소로 실그러지고 그 큼직하고 피로한 눈으로 그녀의 얼굴을 똑바로 쳐다보면서 그녀가 있는 쪽을 향해서 걸어왔다. 그 어떤 불쾌한 감정이 그의 집요한 지친 듯한 눈동자를 맞았을 때에 그녀의 마음을 서글프게 했다. 마치 그녀가 예기하고 있었던 것은 아주 다른 사람이었기라도 한 것처럼. 그 중에서도 그녀를 놀라게 한 것은 남편을 만난 데서 일어났던 자기 불만의 감정이었다. 이 감정은 그녀가 남편과의 관계에 있어서 오래 전부터 경험하고 있었던 가정적인 허위라는 것에 가까운 감정이었다. 그러나 이전에는 그녀는 이 감정을 알아차리지 못했다. 그러나 지금은 뚜렷하고 가슴 아프게 그것을 의식한 것이었다.

 「그래, 어때, 착실한 남편이지. 결혼 이듬해처럼 말이지. 아뭏든 당신을 보고 싶은 생각으로 마음을 졸이고 있었으니까 말이야.」그는 그 느릿느릿하고 가느다란 목소리가 그가 거의 언제나 그녀에게 사용하던 어조로, 실제로 그런 말을 하는 사람에게 대한 조소의 어조로 말했다.
 「세료쥐아는 잘 있어요?」하고 그녀는 물었다.
 「그게 보수의 전부야,」하고 그는 말했다. 「내 이 열정에 대한? 잘 있어, 잘 있어……」

31

 브론스키는 이 날 밤 잠을 자려고도 하지 않았다. 그는 자기의 좌석 위로 어떤 때는 똑바로 앞쪽에다 눈을 돌리기도 하고 어떤 때는 드나드는 사람들을 돌아보기도 하면서 자리에 앉아 있었다. 그리고 그가 만약 그 태연하고 침착한 태도로 지금까지 일면식도 없는 사람들의 마음을 놀라게 하기도 하고 안절부절 못하게 하기도 했다면 지금의 그는 더한층 오만하고 자존심이 강한 사람으로 보였을 것이다. 그는 마치 물건이나 무엇을 보듯이 사람을 바라보았다. 그와 마주앉아 있던 한 지방 법원에서 근무하는 젊은 신경질적인 사내는 이러한 태도에 대해서 그를 미워했다. 젊은 사내는 자기가 물건이 아니라 사람이라는 것을 그에게 느끼게 하기 위해서 그에게 담뱃불을 청하기도 하고, 얘기를 걸기도 하고 심지어는 그를 쿡쿡 찌르기까지도 했으나 그래도 브론스키는 여전히 그를 등불이라도 보는 듯한 눈으로 바라보고 있었으므로 젊은 사내는 자기를 인간으로서 인정하지 않는 이 압박 밑에서 차츰차츰 자제력을 잃어 가고 있는 것을 느끼면서 얼굴을 찡그렸다.

브론스키는 아무것도 또 어떤 사람도 보고 있지 않았다. 그는 자기를 황제처럼 느꼈다. 그것은 자기가 안나에게 깊은 감명을 주었다고 믿고 있기 때문은 아니고 —— 그는 아직 그것을 믿고 있지는 않았다 —— 안나가 그에게 준 인상이 그에게 행복과 자랑을 주었기 때문이었다.

이러한 모든 감정에서 생기는 것이 무엇인지 하는 것을 그는 알지도 못했고, 또 생각해 보려고도 하지 않았다. 그는 오늘날까지 제멋대로 산만하게 흩어지고 있던 자기의 온 힘이 한군데로 집중되어 무서운 에너지를 가지고 하나의 행복한 적을 향해서 약진하기 시작한 것을 느꼈다. 그리고 그는 이 때문에 행복했다. 그는 그저 자기가 그녀에게 얘기한 것이 진실이었다는 것과 그는 그녀가 있기 때문에 여기에 왔다는 것과 인생의 온갖 행복, 유일한 의의를 이제는 그녀를 보고 그 목소리를 듣는 것에서만 찾아내고 있다는 것만을 알고 있었다. 소다수를 마시려고 볼로고보 역에서 내려 뜻밖에 안나를 보았을 때에 무의식중에 나온 첫 마디 얘기가 그가 마음속으로 생각하고 있던 그 진실을 그녀에게 이야기했던 것이다. 그리고 그는 그것을 그녀에게 얘기했다는 것과 그녀가 이제는 그것을 알고 있고 그것에 대해서 생각하고 있을 것이라는 것을 기쁘게 여겼다. 그는 온 밤을 뜬 눈으로 새웠다. 자기의 자리로 되돌아오자 그는 줄곧 그녀와 만났던 때의 광경이며 그녀가 말했던 얘기를 새겨 보았다. 그리고 그 상상 속에서는 앞으로 일어날 수 있을 몇 폭의 그림이 심장이 얼어붙는 듯한 생각으로 떠올랐다.

페테르스부르크에서 기차를 내렸을 때에는 그는 온 밤을 한잠도 자지 않았음에도 불구하고 마치 냉수욕이라도 한 뒤처럼 활기 있고 산뜻한 느낌을 느꼈다. 그는 자기의 찻간 옆에서 발을 멈추고 그녀가 나오기를 기다렸다. 『한번 더 봐야겠다.』하고 그는 저도 모르게 히죽 웃으면서 혼잣말을 했다. 『그 걸음걸이 그 얼굴을 봐야겠다 —— 틀림없이 무슨 말이 있겠지, 머리를 돌리고 쳐다보면서, 어쩌면 싱긋 웃을는지도.』그러나 아직 그가 그녀의 모습을 찾기도 전에 그는 역장이 공손히 군중 사이를 안내하면서 오고 있던 그녀의 남편의 모습을 보았다. 『아아, 그렇다! 남편이다!』그리고 이때 비로소 브론스키는 남편만이 그녀와 맺어져 있는 사람이라는 것을 똑똑히 의식했다. 그는 그녀에게 남편이 있다는 것을 알고는 있었지만 지금까지는 어쩐지 그 존재를 믿지 않았다. 그러나 지금 그들, 그 머리와 어깨와 검은 바지를 걸친 다리를 가지고 있는 그의 모습을 보았을 때, 아니 특히 그 남편이 마치 자기의 소유물이기라도 한 것처럼 태연히 그녀의 손을 잡은 모습을 보았을 때, 그 사실을 인정하지 않을 수 없었다.

약간 허리를 내민 듯하지만 둥근 모자를 쓰고 페테르스부르크 풍의 발랄한 얼굴빛과 정중하고 자신이 있는 듯한 풍채를 지닌 알렉세이 알렉산드로비치를 보자, 그는 그라고 하는 사람의 존재를 확실히 의식하고 마치 목이 말라 괴로와하고 있는 사람이 겨우 우물이 있는 곳에 이르러 보니까 거기에는 이미 개라든지 양이라든지 돼지라든지 하는 것들이 있고, 그리고 또 그것들이 물을 마시기도 하고 휘청거리기도 하는 것을 발견했을 때에 맛보는 것과 같은 불쾌한 느낌을 경험했다. 허리 전체와 무딘 두 다리를 뒤트는 듯한 알렉세이 알렉드로비치의 걸음걸이는 유달리 브론스키의 비위를 거슬렀다. 그는 그저 자기에게만이 그녀를 사랑하는 정당한 권리를 인정하고 있었다. 그러나 그녀는 역시 그녀였다. 그녀의 모습은 여전히 그를 육체적으로 활기를 북돋아 주기도 하고 정신적으로 고무시키기도 하고 그의 넋을 행복감으로 채워 주기도 하면서 그에게 작용했다. 그는 이동차 쪽에서 달려온 독일인 하인에게 짐을 받아가지고 먼저 가도록 일러 놓고 그녀 쪽으로 다가갔다. 그는 부부가 처음 만났을 때의 광경을 목격하고, 사랑하는 사람의 육감으로 그녀가 남편과 애기를 주고받고 하는 모습에 다소 서먹서먹함이 있다는 것을 알아챘다. 『아니, 그녀는 남편을 사랑하고 있지는 않다. 사랑할 수가 없는 것이다.』 하고 그는 혼자서 단정해 버렸다.

또 그가 안나 아르카지예브나 등 뒤 쪽으로 다가가고 있을 때, 그녀는 그의 접근을 느끼고 돌아다볼 듯이 하면서 그를 힐끔 쳐다보고 다시 남편 쪽으로 얼굴을 돌렸다. 그는 그 태도를 알아채고 기쁘게 여겼다.

「어젯밤은 편히 주무셨읍니까?」 하고 그는 그녀와 남편에게 동시에 인사를 하면서 알렉세이 알렉산드로비치에게는 그가 이 인사를 자기에게 대한 것으로 받아들이고 그리고 자기를 알아보건 알아보지 못하건 그것은 아랑곳없다는 듯한 태도로 말했다.

「감사합니다. 덕분에 정말 잘 잤어요.」 하고 그녀는 말했다.

그녀의 얼굴은 지친 것처럼 보였다. 그 얼굴에는 미소도 눈동자 속에서 찾아볼 수 있었던 생기의 빛도 없었다. 그러나 그를 쳐다보았을 때에는 그 눈 속에 순간적으로 무엇인지가 번뜩이는 것이 있었다. 그리고 그 불은 곧 꺼져 버렸음에도 불구하고 그 순간으로 해서 그는 행복을 느꼈다. 그녀는 남편이 브론스키를 알고 있는지의 여부를 확인하기 위해서 남편의 얼굴을 들여다보았다. 알렉세이 알렉산드로비치는 그가 누군지 하는 것을 기억 속에서 어리벙벙하게 더듬어 보면서 못마땅한 듯한 낯빛으로 브론스키를 바라보고 있었다. 브론스키의 침착과 자신 만만한 태도가 낫에 부딪친 돌처럼 알렉세이 알렉산드로비치의 냉엄한 자신(自信)과 맞부딪쳤다.

「브론스키 백작이에요.」하고 안나는 말했다.

「아아, 우린 알 만한 사이인 것 같군요.」알렉세이 알렉산드로비치는 손을 내밀면서 무관심한 어조로 말했다. 「갈 때는 자당님과 같이 가고 올 땐 또 아드님하고 같이 온 셈이로군 그래.」그는 동냥이라도 보태 주는 듯한 어조로 한 마디 한 마디를 또렷또렷하게 발음하면서 말했다. 그리고 대답도 기다리지 않고 자기의 그 농담 섞인 어조로 아내 쪽을 향했다. 「어때, 모스크바에선 헤어질 때 눈물께나 흘렸겠군 그래 ?」

아내에게 대한 이 태도로 그는 브론스키에게 자기들만 있고 싶어한다는 것을 느끼게 하려고 했다. 그리고 상대방 쪽으로 돌아서서 모자에 손을 얹었으나 브론스키는 안나 아르카지예브나 쪽을 향하고 있었다.

「댁을 방문할 수 있는 영광을 가졌으면 합니다.」하고 그는 말했다.

알렉세이 알렉산드로비치는 피곤한 듯한 눈으로 브론스키를 힐끗 쳐다봤다.

「정말 반갑습니다.」그는 냉담한 어조로 말했다. 「월요일엔 언제나 손님을 맞기로 되어 있으니까요.」하고 얘기하고 나자 그는 브론스키 쪽을 거들떠 보지도 않고 아내에게 「아니 정말 시간이 잘 맞았어. 당신을 마중 나오기 위해서 마침 한 삼십 분쯤 틈이 났지, 그래 당신에게 이처럼 내 부드러운 마음을 보일 수가 있게 됐으니 말야.」그는 똑같은 농담기 섞인 어조로 계속했다.

「당신께선 그 부드러운 마음을 너무 지나치게 팔고 있어요. 내가 고맙게 여기도록 하려고 말예요.」그녀도 그들의 뒤를 따라오고 있던 브론스키의 발소리에 무의식중에 귀를 기울이면서 똑같은 농담조로 말했다. 『그러나 도대체 나에게 무슨 볼일이 있는 것일까 ?』하고 그녀는 생각했다. 그리고 남편을 향해서 자기가 없는 동안 세료쥐아가 어떻게 지내고 있었던가를 묻기 시작했다.

「아니, 정말 신통해 ! 마리예트가 아주 얌전했다고 이야기를 하던데, 그리고 ……그리고 당신이 들으면 섭섭한 애길는지 모르지만……당신이 없어도 당신의 남편만큼은 그 애는 쓸쓸해 하지 않더라더군. 그런데 다시 한번 감사해, 당신이 하루 빨리 와 준 게 말야. 우리들의 귀여운 사모바르도 아마 기뻐할 거야(유명한 백작 부인 리지야 이바노브나를 그는 그녀가 언제나 무슨 일이건 곧잘 열을 올리고 홍분하기 때문에 사모바르라고 부르고 있었던 것이다). 그분은 당신 얘기만 묻고 있었으니깐 말이지. 그래 나도 사실은 당신한테 오늘이라도 그분을 찾아가 주었으면 어떨까 하고 권유할 정도야 아뭏든 그분은 무슨 일이건 조바심을 하고 있으니깐 말이지. 지금 그분은 자기의 그 여러 가지 걱정거리 외에도 오블론스키네 부부가 어떻게 됐나 하고 속을 태우고 있어.」

백작 부인 리지야 이바노브나는 안나의 남편의 친구로 그녀도 남편의 연줄에 의해서 누구보다도 친근한 관계를 맺고 있는 페테르스부르크 사교계의 어느 한 서클의 중심 인물이었다.

「네, 그런데 난 그분에게 편지를 해준 걸요.」

「그렇지만 그분은 무엇이나 자세한 이야기를 듣고 싶어한단 말야. 그러니까, 그렇게 피곤하지만 않으면 찾아가 봐요. 그리고 당신을 위해 콘드라치가 마차 채비를 하고 기다리고 있을 거야. 난 지금부터 위원회에 가겠어. 오늘부턴 혼자서 식사를 하지 않아도 괜찮게 됐군.」

알렉세이 알렉산드로비치는 이제는 농담조가 아닌 어조로 말했다. 「당신은 믿지 않을지도 모르지만 내 습관은……」

그리고 그는 오랫동안 그녀의 손을 쥐고 일종의 독특한 미소를 띠면서 그녀를 부축하여 마차에 태웠다.

32

집에서 안나를 처음 맞이한 사람은 아들이었다. 그는 가정 교사의 고함 소리에도 아랑곳없이 계단에서 그녀 쪽으로 뛰어내려와서 어쩔 줄 모르는 기쁨의 소리를 외쳤다. 「엄마, 엄마!」 그리고 그녀의 곁에까지 뛰어오자 느닷없이 그 목에 매달렸다.

「그것 봐, 그러니깐 내가 어머니라고 그랬잖아!」 하고 그는 가정 교사에게 소리쳤다. 「난 다 알고 있었단 말야!」

그러나 아들도 역시 남편과 마찬가지로 안나의 가슴에 환멸에 가까운 감정을 일으켰다. 그녀는 그를 실제로 있었던 것보다 한결 훌륭하게 상상하고 있었다. 그래서 그녀는 그를 있는 그대로의 그로서 즐기기 위해서는 자기 자신도 현실에까지 끌어 낮추지 않으면 안 되었다. 그러나 그는 있는 그대로라도 아름다왔다. 금발의 고수머리도 파란 눈도 팽팽히 째인 양말을 신은 통통하고 균형잡힌 발도 모두 아름다왔다. 안나는 그의 접근과 애무 속에서 거의 육체적인 환희를 맛보았으며, 그의 소박하고 곧잘 믿는 사랑스러운 눈동자를 보고 순진한 물음을 들었을 때에는 정신적인 안식까지도 느꼈다. 안나는 돌리의 아이들로부터 받은 선물을 꺼내면서 모스크바에는 타냐라는 영리한 계집애가 있다는 것과 그 타냐가 읽기를 잘하고 심지어는 다른 아이들을 가르쳐 주기까지 하고 있다는 것을 아들에게 들려 줬다.

「그럼 뭐야, 내가 그 애보다도 못하다는 거야?」하고 세료쥐아는 물었다.

「어머니에겐 이 세상에서 네가 제일 훌륭한 애지 뭐.」

「그렇지.」하고 세료쥐아는 빙그레 웃으면서 말했다.

안나가 아직 커피도 미처 다 들기 전에 벌써 리지야 이바노브나 백작 부인이 찾아왔다고 알려 왔다. 백작 부인 리지야 이바노브나는 건강하지 못한 누르스름한 얼굴빛을 하고 있었지만 깊은 생각에 잠긴 듯한 검고 아름다운 눈을 가진 키가 큰 뚱뚱한 부인이었다. 안나는 그녀를 사랑하고 있었다. 그러나 오늘은 어째서인지 마치 결점의 전부를 드러내 놓고 있는 그녀를 처음으로 보는 듯한 느낌이 들었다.

「그래, 어떻게 됐어요, 안나. 올리브의 가지를 가져오셨어요?」백작 부인 리지야 이바노브나는 방에 들어서자마자 이렇게 물었다.

「네, 깨끗이 해결됐어요. 그렇지만 그 일은 우리들이 생각하고 있었던 것처럼 그렇게 대단한 것도 아니었어요.」안나는 대답했다. 「대체로 제 올케는 너무 단호한 편예요.」

그러나 리지야 이바노브나 백작 부인은 자기에게 아무런 관계가 없는 일에도 무슨 일이건 흥미를 가지고 있었지만 자기에게 흥미가 있는 일도 결코 귀담아듣지 않는 버릇이 있었다. 그래서 그녀는 안나를 가로막았다.

「그래요, 이 세상에는 정말 슬픔도 괴로움도 무척 많은 거예요. 오늘도 난 아주 지쳐 버렸어요.」

「아니, 어째서요?」하고 안나는 미소를 억누르려고 애쓰면서 말했다.

「난 말예요, 요즘 진리를 위한 쓸데 없는 노고에 지치기 시작해요. 때로는 아주 용기를 꺾이고 마는 일도 있어요. 그래도 소(小)자매 협회의 사업(이것은 박애적이고 애국적인 종교 기관이었다)은 훌륭하게 운영될 법도 했었어요.」백작 부인 리지야 이바노브나는 조소하는 듯한 체념으로 덧붙였다. 「그 사람들은 하나의 사상을 붙잡으면 그것을 병신으로 만들어 버리고 나서는 이렇거니 저렇거니 하고 쓸데 없는 너절한 잔소리들만 늘어놓고 있으니까. 그저 서너 사람, 댁의 주인께서도 그 중의 한 분이시지만 그 사람들만이 그 사업의 의미를 명백히 이해하고 있을 뿐이고 나머지 사람들은 그저 신용을 떨어뜨려 놓을 뿐이에요. 어제도 프라브진이 나에게 편지로……」 프라브진이란 외국에 있는 유명한 범 슬라브주의자였다. 백작 부인 리지야 이바노브나는 그 사람의 편지 내용에 대해서 이야기를 늘어놨다.

그러고 나서 백작 부인의 여러가지 불쾌한 일과 교회통합사업에 대한 간계에 대해서 지껄이고 나자 오늘은 또 어떤 단체의 집회와 슬라브 위원회에 출석하지 않으면 안 된다고 말하고 허둥지둥 돌아갔다.

『생각하면 지금까지도 줄곧 모든 것들이 이와 똑같지 않았던가. 그것을 또 어째서 난 그 전에는 미처 알아채지 못했었을까?』 안나는 마음속으로 말했다. 『그렇지 않으면 저분은 오늘 유달리 성이 났었을까? 그건 하옇든, 정말 우습군—— 저분의 목적은 선행에 있고, 저분은 크리스챤인데도 저처럼 노상 화만 내고 그리고 줄곧 적을 가지고 있으니 말야. 더구나 그게 또 모두 기독교의 선행에 의한 적이거든.』

백작 부인 리지야 이바노브나가 돌아간 뒤에 이번에는 그녀 자신의 친구인 어느 장관 부인이 찾아와서 시중의 온갖 소식을 너절하게 지껄였다. 그리고 세 시가 되자 이 여자도 역시 만찬 때까지는 오겠다는 것을 약속하고 돌아갔다. 알렉세이 알렉산드로비치는 성(省)에 나가 있었다. 혼자서 남게 된 안나는 만찬까지의 시간을 아들이 식사하는 곁에 같이 있어 주기도 하고(그는 언제나 따로 식사를 했다), 자기의 손그릇들을 정리하기도 하고 자기의 책상 위에 쌓여 있던 편지나 쪽지를 읽기도 하고 답장을 쓰기도 하면서 보냈다.

그녀가 도중에서 느껴 왔던 까닭없는 부끄러움의 감정과 마음의 혼란은 깨끗이 사라졌다. 몸에 밴 생활 속으로 들어오자 그녀는 또다시 자기를 견실하고 나무랄 데 없는 것으로 느꼈다.

그녀는 자기의 어제의 기분을 생각해 내고 놀라지 않을 수 없었다. 『정말 어쨌다는 것이었을까? 아냐, 아무것도 아냐. 브론스키가 쓸데 없는 소릴 했다고 하더라도 그것은 그때 그 자리뿐인 것이고 난 그것에 대해서도 필요한 만큼의 답변을 했을 뿐이야. 그것을 남편에게 얘기한다는 것도 필요 이상의 짓이기도 하고 또 할 수도 없는 일이야. 이런 것을 얘기한다는 것은—— 말하자면 그것은 쓸데 없는 무의미한 것에 일부러 중대한 의미를 부여하는 것이 되니까.』 그녀는 언젠가 한번 페테르스부르크에서 남편의 젊은 부하 직원이 그녀에게 한 고백을 남편에게 얘기하던 때의 일을 생각해 냈다. 그때 알렉세이 알렉산드로비치는 사교계에서 생활하고 있으면 어느 부인이거나 이런 일을 당하는 수가 있는 것이다. 그러나 자기는 그녀의 재치를 충분히 믿고 있으니까 쓸데 없는 질투 같은 것을 일으켜 그녀와 자기의 품위를 낮춘다든지 하는 짓은 결코 하지 않겠다고 대답했다. 「그러고보면 군이 이런 것을 애기할 아무런 이유도 없잖아? 게다가 또 다행히도 별반 애기할 만한 일도 없고.」하고 그녀는 자기를 향해서 말했다.

33

알렉세이 알렉산드로비치는 네 시에 성(省)에서 돌아왔다. 그러나 언제나 자주 있듯이 바로 그녀에게로 갈 수는 없었다. 그는 기다리고 있던 청원자들을 불러 만나기도 하고 집사가 가지고 온 몇 가지의 서류에 서명도 하기 위해서 먼저 서재로 갔다. 만찬에는 (카레닌네에서는 언제나 서너 사람이 만찬을 같이 하는 풍습이 있었다) 알렉세이 알렉산드로비치의 손위의 사촌 누이와 국장 내외, 취직 일로 알렉세이 알렉산드로비치에게 소개되어 온 한 젊은이가 모였다. 안나는 그 사람들을 응대하기 위해서 객실로 나왔다. 정각 다섯 시에 —— 표트르 1세의 동상을 모방한 시계가 아직 다섯 시를 채 다 치기도 전에 알렉세이 알렉산드로비치는 식사가 끝난 뒤에 곧 나가 보지 않으면 안 된다고 하면서 흰 넥타이에 훈장을 두 개 단 연미복 차림으로 나왔다. 알렉세이 알렉산드로비치의 생활은 일분마다 구분되고 예정되어 있었다. 그 날마다 자기 앞에 닥친 일을 해내기 위해서 그는 극히 엄격한 규율을 준수하고 있었다. 『서둘지 말고, 쉬지 말고.』이것이 그의 신조였다. 그는 홀에 들이시자 모인 사람들에게 인사를 하고 아내에게는 웃어 보이면서 얼른 자리에 앉았다.

「그렇군, 이것으로서 우선 나의 독신 생활도 끝난 셈이군. 당신은 믿어지지 않을는지 모르지만 혼자서 식사를 한다는 것은 정말 거북한 일이야(그는 거북하다는 말에 특히 힘을 주면서 말했다).」

식사를 하는 동안에 그는 아내와 모스크바 이야기를 하기도 하고 빈정거리는 듯한 미소를 띠고 스테판 아르카지치에 대해서 묻기도 했다. 그러나 애기는 주로 일반적인 화제인 공무상의 또는 사회적인 일들에 대해서 애기됐다. 식후의 삼십 분을 손님들과 함께 지냈으나 이윽고 또다시 웃는 얼굴로 아내의 손을 쥐고 나서 방을 나와 회의에 참석하기 위해서 떠났다. 안나는 그 날 밤 그녀가 돌아온 것을 알고 야회에 초대한 공작 부인 베트시 트베르스카야에게도, 그날 예약을 했던 극장에도 나가지 않았다. 그녀가 나가지 않았던 것은 마추어 놓았던 옷이 되어 있지 않았기 때문이었다. 말하자면 손님들이 떠난 뒤에 몸치장에 착수하자 안나는 화가 머리 끝까지 발끈 치밀어올랐기 때문이었다. 모스크바로 떠나기 전에 많은 돈을 들이지 않고도 능란하게 옷맵시를 낼 줄 아는 그녀는 옷을 세 벌 양장점에 개조하도록 맡겨 두었었다. 그 옷은 사람들이 알아채지 않도록 개조되어 벌써 사흘 전에 다 되어 있어야 할 것이었다. 그런데 두 벌은 전혀 돼 있지도 않은 데다가 개조된 나머지 한 벌도 안나가 생각하고 있었던 것처럼 되어 있지 않았던 것이다. 그래서 양재사가 변명을 하려고 왔었으나 그 사내가 또 그런 편이 더 낫다느니 하고 주장하였으므로 안나는 나중에 생각해도 부끄러웠을 만큼 발끈 화를 냈던 것이다. 그래서 마음을 가라앉히려고 그녀는 아들 방으로 가서 그 날 밤은 아들과 함께 지냈다. 그리고 자기가 손수 아들을 재우고 나서는 성호를 긋고 담요로 싸 주었다. 그러고 나니까 그녀에게는 자기가 아무 데도 나가지 않고 이렇게 훌륭히 이 밤을 지낸다는 것이 즐거웠다. 그녀는 마음이 가뿐하고 조용하게 가라앉자 모든 것이 똑똑히 떠올랐다. 기차 속에서는 그처럼 의미깊게 여겨졌던 것도 모든 사교계의 흔히 있을 수 있는 사소한 기회에 지나지 않고 그녀는 어느 누구에 대해서도 또 자기 자신에 대해서도 조금도 부끄러워할 것이 없다는 것을 알게 됐다. 안나는 영국 소설을 들고 난로 옆에 앉아서 남편을 기다렸다. 정각 아홉 시 반에 그가 왔다는 것을 알리는 벨소리가 들리고 그가 방으로 들어왔다.

「당신이로군요!」그에게 손을 내밀면서 그녀는 말했다.

그는 그녀의 손에 입을 맞추고 그녀의 가까이에 자리를 잡았다.

「대체로 말해서 당신의 여행은 성공했던 모양이군 그래.」하고 그는 말했다.

「네, 큰 성공이었어요.」하고 그녀는 대답하고 그에게 그동안의 일들을 모두 이야기하기 시작했다 —— 브론스키 노부인과의 동행, 도착, 철로에서 있었던 일, 그리고 그 뒤에 처음에는 자기의 오라버니에 대해서, 그 다음에는 돌리에 대해서 품었던 동정에 대해서 얘기했다.

「그러나 그런 사람을 다 용서할 수 있었다는 것은 좀 나로선 생각하기 어려운 일인 걸. 아무리 당신의 오라버니라고는 하지만.」알렉세이 알렉산드로비치는 엄숙한 어조로 말했다.

안나는 빙그레 웃었다. 그녀는 그가 유달리 이렇게 말한 것은 친척이라도 솔직한 자기 의사를 표시하지 않을 수 없다는 것을 나타내기 위한 것에 지나지 않았었다는 것을 이해했기 때문이었다. 그녀는 남편의 이런 성격을 잘 알고 있었고 그리고 그것을 사랑하고 있었다.

「그렇지만 나는 만족해. 모든 일이 무사히 끝나고, 또 당신이 돌아와 줘서 말야.」하고 그는 말을 계속했다.「그건 그렇고, 거기에선 뭐라고들 말하고 있지, 내가 의회에서 통과시킨 신제도에 관해서 말야?」

안나는 이 제도에 관해서는 아무것도 듣지 않았다. 그리고 그에게는 그처럼 중요했던 일을 자기가 너무나 무관심하게 잊을 수 있었던 것이 양심에 걸리기 시작했다.

「여기에선 정말 굉장한 반응이 일어났었지.」하고 그는 만족의 미소를 띠고 말했다.

그녀는 알렉세이 알렉산드로비치가 이 사건에 대해서 자신이 즐겁게 여겨지고 있는 것을 그녀에게 알리고 싶어하고 있다는 것을 알아챘다. 그래서 그의 이야기에 여러 가지 질문을 했다. 그는 만족스러운 미소를 띠고 이 신제도의 통과를 축하하여 그를 위해서 베풀어졌던 가지가지의 축하에 대한 이야기를 했다.

「정말, 정말 기뻤어. 이것은 우리들 가운데에도 마침내 이 사업에 대한 합리적이고 확고한 견해가 성립돼 가고 있다는 것을 입증하는 것이니깐 말야.」

크림과 빵으로 두 잔째 차를 마시고 나자 알렉세이 알렉산드로비치는 의자에서 일어서서 서재 쪽으로 갔다.

「그런데 당신은 아무 데도 나가지 않았었나? 틀림없이 지루했겠군 그래?」하고 그는 말했다.

「아녜요, 그렇지 않았어요!」그녀는 그의 뒤를 따라 일어서서 홀을 지나 서재로 그를 배웅하면서 대답했다.「당신은 지금 무엇을 읽고 계시죠?」하고 그녀는 물었다.

「난 지금 릴 공작의 《지옥의 시》를 읽고 있는 중이야.」하고 그는 대답했다. 「정말 훌륭한 책이야.」

안나는 사람들이 사랑하는 사람의 결점을 보고서 빙그레 웃을 때처럼 웃었다. 그리고 남편의 팔 밑으로 자기의 손을 넣고 그를 서재의 문까지 배웅하였다. 그녀는 독서를 필요불가결한 것으로 생각하는 그의 습관을 알고 있었다. 그녀는 또 성(省)에서의 직무가 그의 시간의 거의 전부를 차지하고 있었음에도 불구하고, 그가 사상계에 나타나는 저명한 서적의 전부를 섭렵하는 것을 자기의 의무로 여기고 있다는 것을 알고 있었다. 그녀는 또 실제로 그가 흥미를 가지고 있는 것은 정치와 철학과 신앙의 서적이고, 예술은 그 성질상 그에게는 전연 인연이 없었음에도 불구하고, 아니 혹은 오히려 그 때문에 알렉세이 알렉산드로비치는 예술 분야에 회의를 느꼈음에도 불구하고 놓치지 않고 그것들을 모두 읽는 것을 의무로 하고 있었다는 것도 알고 잇었다. 그녀는 또 정치라든지 철학이라든지 신학이라든지에 있어서는 알렉세이 알렉산드로비치는 사사 건건 의문을 갖기도 하고 연구하기도 하였다. 예술이니 시니 그 가운데에서도 전혀 이해를 가지고 있지 않은 음악의 문제에 있어서도 확고하고 일정 불변의 의견을 가지고 있다는 것도 알고 있었다. 그는 셰익스피어며, 라파엘로며 베토벤을 논하고, 시며 음악의 신파(新派)의 의의(意義)에 대해서 이야기하는 것을 좋아했다. 그리고 그러한 것들은 모두 그의 머리 속에서 극히 명확한 질서를 가지고 분류되어 있었던 것이다.

「그럼, 안녕.」하고 그녀는 서재의 문 옆에서 그에게 말했다. 서재 안에는 벌써 그를 위해서 촛불에 갓이 씌워져 있었고 안락의자 옆에는 물병이 준비되어 있었다. 「난 모스크바로 편지를 쓰겠어요.」그는 그녀의 손을 쥐고 다시 한 번 그녀에게 입을 맞췄다.

『역시 저분은 좋은 분이야 —— 마음이 곧고 착한 그 사회에서는 훌륭한 사람이야.』안나는 자기의 방 쪽으로 되돌아오면서 마치 누군가가 그를 비난하고 그를 사랑해서는 안 된다고 얘기한 것에 대해서 그를 지켜 주기라도 하려는 듯한 어조로 혼잣말을 했다.『그렇지만 어째서 저분의 귀는 저렇게 툭 튀어나와 있는 것일까! 아마 머리 둘레를 너무 짧게 깎아 버린 탓일까?』

정각 열두 시에 안나가 돌리에게 보낼 편지를 다 쓰면서 아직 책상 앞에 앉아 있을 때, 규칙 바른 슬리퍼 끄는 발소리가 들려 오고 목욕하고 머리를 깨끗이 빗은 알렉세이 알렉산드로비치가 겨드랑이 밑에 책을 낀 채로 그녀의 옆으로 다가왔다.

「시간이 됐군. 시간이.」하고 그는 독특한 미소를 띠면서 말하고 재빨리 침실로 들어갔다.

『그분은 도대체 어떤 권리가 있어서 그처럼 저분을 바라봤을까?』안나는 알렉세이 알렉산드로비치를 바라보던 브론스키의 눈초리를 상기하면서 생각하였다.

옷을 벗고 그녀는 침실로 들어갔다. 그러나 그 얼굴에는 그녀가 모스크바에서 묵고 있는 동안 그 눈이며 미소에서 그처럼 넘쳐 있던 그 생생함이 자취를 감추고 있었을 뿐만 아니라, 지금은 오히려 반대로 그 불꽃이 그녀 속에서 꺼져 버렸거나 혹은 어딘가로 멀리 숨어 버렸거나 한 것처럼 여겨졌던 것이다.

34

　페테르스부르크를 떠나면서 브론스키는 모르스카야 거리에 있는 자기의 큰 집을 사이가 좋은 친구이기도 하고 또 동료이기도 한 페트리스키에게 맡겨 두고 갔다.

　페트리스키는 젊은 중위로, 유달리 신분이 좋은 사내도 아니고 부자도 아닐 뿐만 아니라 대추나무에 연 걸리듯 빚이 많이 있었고 밤만 되면 으레 술이 잔뜩 취해 가지고는 온갖 해괴망칙하고 야비한 행동을 저지르고 다녀 자주 영창에 들어가는 일이 있긴 했지만 그러면서도 동료들이며 상사들의 귀여움을 받고 있는 사내였다. 열한 시가 지나 정거장에서 자기의 집으로 마차를 몰고 온 브론스키는 현관 앞의 차도에 낯익은 삯마차가 세워져 있는 것을 발견했다. 또한 그는, 자기가 누른 벨소리를 듣고, 벌써 방안에서 사내들의 떠들썩한 웃음 소리와 여자의 혀가 잘 돌지 않는 듯한 목소리와 『만약 아무나 강도놈일 것 같으면 들여놔선 안 돼.』하는 페트리스키의 고함 소리가 새어나오고 있는 것을 들었다. 브론스키는 하인들에게 자기라고는 얘기하지 않도록 일러 놓고 살며시 들머릿방으로 들어갔다. 페트리스키의 여자 친구인 남작 부인 쉴리톤이 라일락빛의 옷과 볼이 빨간 금발의 아름다운 얼굴을 빛내면서 그 수선스러운 파리 말씨로 카나리아처럼 온 방안을 메우면서 원탁 앞에 자리를 잡고 앉아 커피를 끓이고 있었다. 페트리스키는 외두를 걸친 채, 기병 내위 카메로프스키는 아마 근무처에서 돌아온 모양으로 정장을 한 채 그녀의 둘레에 자리잡고 있었다.

　「브라보! 브론스키!」하고 페트리스키는 훌쩍 튀어 일어나 의자를 덜거덕거리면서 외쳤다.

　「바로 쥔어른이군! 부인, 이 사람에겐 새로 끓인 커피를. 아니, 자네가 돌아왔다는 것은 정말 의외야! 그런데 바라노니 자네가 자네 서재의 장식에 만족해 줬으면 하는데.」그는 남작 부인을 가리키면서 말했다.「두 분께선 잘 알잖아?」

　「물론!」브론스키는 쾌활하게 웃고 남작 부인의 조그마한 손을 쥐면서 말했다.「말할 것도 없지! 구면이지.」

　「여행에서 돌아오시는 길이군요.」하고 남작 부인은 말했다.「그러시다면 난 실례하겠어요. 아아, 만약 내가 방해가 된다면 당장이라도 떠나겠어요.」

　「아니 부인, 당신이 계시는 곳이 곧 당신의 집이 아닙니까.」하고 브론스키는 말했다.「아니 이런, 잘 있었나, 카메로프스키.」그는 매정하게 카메로프스키의 손을 쥐면서 덧붙였다.

「거 봐요, 이렇게 멋있는 문구는 당신께선 여간해서 말할 수 없어요.」남작 부인은 페트리스키를 보며 말했다.

「아녜요, 왜요? 식후엔 나도 더 멋있는 얘길 해보이죠.」

「그렇지만 식후엔 소용 없어요! 자아, 내가 커피를 넣어 드리겠어요. 세수나 하시고 몸치장이나 하세요.」남작 부인은 다시 자리에 앉아 조심스럽게 새 커피포트의 나사를 돌리면서 말했다.「피에르, 커피 좀 주세요.」그녀는 성을 따서 피에르라고 부르고 있던 페트리스키를 향해서 두 사람의 관계를 숨기려고도 하지 않고 이렇게 말했다.「조금 더할 테니까요.」

「버려 놓진 마세요.」

「걱정 마세요, 버려 놓기야 하겠어요? 그건 그렇고 당신의 부인은?」남작 부인은 갑자기 브론스키와의 얘기를 가로채며 말했다.「우린 여기에서 당신을 결혼시켜 버렸어요. 부인을 데리고 오셨어요?」

「아닙니다 부인. 난 집시로 태어났으니까 집시로 죽겠읍니다.」

「갈수록 더 훌륭하시군요, 갈수록 더 훌륭해요. 손을 이리 주세요.」

그리고 남작 부인은 브론스키를 놔 주지 않고 농담을 섞어 가며 최근에 생각한 자기의 처세법에 대해서 얘기하기도 하고 그의 의견을 구하기도 했다.

「그인 무슨 일이 있어도 나하고 떨어지려고 하지 않고 있어요! 정말 난 어떻게 했으면 좋을는지 모르겠어요(그이란 그녀의 남편을 말하는 것이었다). 그래 난 지금 소송이라도 제기할까 하고 있어요. 당신께선 어떻게 생각하시죠? 카메로프스키, 커피를 좀 봐 주세요——넘었군요. 당신도 보시잖아요! 난 지금 이처럼 한창 얘기하느라고 바빠서 그래요! 내가 소송을 제기하려는 것은 난 내 재산이 필요하기 때문이에요. 도대체 당신께선 내가 그이에 대해서 부정하다든지 하는 어리석은 수작이 이해가 가세요?」하고 그녀는 경멸하는 듯한 어조로 말했다.「더구나 그인 그것을 빙자하고 내 소유지를 이용하려고 들거든요.」

브론스키는 아름다운 여자의 쾌활한 지껄임을 흥미를 가지고 들으면서 그녀의 말에 맞장구를 치기도 하고 농담 섞인 조언을 주기도 하였다. 말하자면 그는 곧 이러한 종류의 부인들에 대해서 취하는 언제나의 태도를 가졌던 것이다. 페테르스부르크의 그의 세계에서는 모든 사람들이 전연 반대된 두 종류로 나뉘어져 있었다. 저급한 쪽의 종류는——야비하고 우열하고 그 가운데에서도 우스운 종류의 인간으로 그들은, 한 남편은 정당하게 결혼한 한 아내를 지키고 생활하지 않으면 안 된다는 것과 처녀는 순결하고 부인은 수줍고 사내는 사내다와야 하며 절제 있고 건장해야 하고 자녀를 교육시키고 자기가 벌어서 생계를 세워야 하고 부채는 갚지 않으면 안 된다든지 하는 온갖 우열한 것을 믿고 있는, 말하자면 낡고 우스운 종류의 사람들이었다. 그러나 다른 한 쪽의 종류는 그들의 친구가 모두 여기에 속하고 있던 진정한 인간의 한 무리로 거기에서는 사람은 무엇보다도 먼저 우아하고 아름답고 도량이 넓고 대담하고 쾌활하고 온갖 정열에 얼굴을 붉히는 일 없이 몸을 던져야 하고 그 이외의 온갖 것들을 모두 웃어 버리지 않으면 안 되었다.

브론스키는 처음에는 모스크바에서 지니고 있었던 전혀 다른 세계의 인상 때문에 다소 머리 속이 멍했었지만, 곧 낡은 슬리퍼에 발을 밀어넣듯이 이전의 즐겁고 유쾌한 세계로 발을 들여놓고 말았다.

커피는 잘 끓여지지 않고 모두 넘쳐서 엎질러져 버리고 말았다. 말하자면 이 자리에 가장 필요로 한 현상을 불러일으켰다. 즉 값비싼 융단과 남작 부인의 옷을 적셔 야단법석과 웃을 수 있는 계기를 마련해 주었던 것이다.

「자아, 이제는 실례해야겠어요. 그렇지 않으면 당신께서 어느 때가 되어도 세수를 하지 않고 말겠어요. 내 양심은 점잖은 사람의 가장 무거운 죄, 즉 불결이라는 죄를 짓게 될 테니까요. 그럼 당신께선 목에다 칼을 —— 하고 말씀하시겠죠?」

「물론이죠. 그러나 그런 경우엔 당신의 손이 되도록 저분의 입술 가까이에 가 있도록 하지 않으면 안 됩니다. 저분이 당신의 손에 입을 맞춘다, 그러면 만사가 다 깨끗이 끝나게 되는 것이니까요.」 하고 브론스키는 대답했다.

「그럼 오늘은 프랑스 극장에 가 있겠어요!」 하고 말하고 옷 스치는 소리를 내면서 그녀는 사라졌다.

카메로프스키도 자리에서 일어났다. 그러나 브론스키는 그가 미처 떠나기도 전에 그에게 손을 내밀고는 화장실로 향했다. 그가 얼굴을 씻고 있는 동안 페트리스키는 브론스키가 떠난 뒤에 다소 변화된 자기의 처지에 대해서 간단히 이야기했다. 돈은 한 푼도 없다. 아버지는 한 푼도 주지 않고 빚도 갚아 주지 않겠다고 얘기했다. 한 양복점은 소송을 하려 하고 있고 또 한 양복점은 꼭 소송하겠다고 윽박지르고 있다. 연대장은 만약 그 같은 추태가 해결되지 않으면 부대를 나가 주어야 한다고 경고했다. 남작 부인에게도 이제 매운 무우처럼 딱 질려 버렸다. 특히 뭐냐 하면 줄곧 돈을 주고 싶어하기 때문에 싫어졌다. 그러나 그녀는 정녕 대단한 미인이다. 멀지않아 물론 보여 주겠지만, 왜 그『여자 노예 레베카형』이라고도 할 수 있는 동양적인 분위기의 여인이다. 베르코 쉬요프와도 어제 말다툼을 했다. 그래서 그는 결투의 입회인들을 보내려고 했으나 물론 아무 소용도 없었을 것이다. 하여튼 어떻게 됐거나 만사가 다 훌륭하고 무척 즐겁게 되어 나아가고 있다고 이야기하고 나서도, 페트리스키는 친구에게 그 이상 자기의 입장을 깊이 파고들 틈을 주지 않고 온갖 재미있는 소식을 얘기하기 시작했다. 벌써 삼 년이나 살고 있는 자기 집의 그만큼 낯익은 배경 속에서, 게다가 또 그만큼 낯익은 페트리스키의 얘기를 듣고 있는 사이에 브론스키는 몸에 익은 시름 없는 페테르스부르크 생활로 돌아왔다는 즐거운 감정을 맛보았다.

「그럴 리가 있나!」그는 빨갛고 건강한 목덜미에 물을 끼얹고 있던 세면대의 페달을 놓고 외쳤다.「그럴 리가 있나!」이렇게 그는 로라가 밀레예프와 한속이 되어 페르친코프를 버렸다는 얘기를 들었을 때에 외쳤다.「그리고 그 사내는 여전히 어리석고, 잘난 체하고 있나? 그래, 부줄루코프는 어떡하고 있어?」

「아아, 참, 부줄루코프에겐 재미있는 얘기가 있어—— 훌륭한 얘기야!」하고 페트리스키는 외쳤다.「아뭏든 그자의 무도회에 대한 열정은 대단한 거야. 하여간 궁정 무도회라면 한 번도 빠지지는 않으니깐. 그런데 그자가 말야, 대무도회 때에 신형의 헬멧을 쓰고 나갔어. 자넨 신형의 헬멧을 본 적이 있나? 정말 좋은 거야, 가볍고. 그런데 말야, 그자가 서 있으려니까…… 어이 이봐, 듣고 있나.」

「그럼 듣고 있다마다.」브론스키는 털이 보풀보풀한 타올로 몸뚱이를 문지르면서 대답했다.

「그러자 말야, 거기에 대공비께서 어떤 대사하고 같이 지나가면서 그에게는 불행히도, 두 사람의 얘기가 신형 헬멧으로 옮겨졌거든. 그러니깐 대공비께선 신형의 헬멧을 보고 싶은 생각이 들었어…… 그래 보니깐, 거기에 우리 사랑하는 사내가 서 있겠다(페트리스키는 그가 헬멧을 쓰고 서 있는 시늉을 해보였다). 대공비께서는 그 헬멧을 보여 달라고 말씀하셨어—— 그런데 그자가 보여 주질 않아. 이거 어떻게 된 일이야? 모두들 그자에게 눈짓을 하기도 하고 턱짓을 하기도 하고 얼굴을 찌푸려 보이기도 하고 했어. 보여 드리라는 거야. 그러나 보여 주질 않아. 그러자 정신을 잃어버렸어. 어때, 이봐, 그 꼬락서니가 눈에 선하지 …… 그러자 그 사내가…… 뭐라고 하더라…… 그 사내가 달려들어 그에게서 헬멧을 빼앗으려고 했어…… 그래도 주질 않아! 그러다가 마침내 그 사내가 억지로 빼앗아 가지고 대공비에게 드렸어.『말하자면 이게 바로 그 신형이라는 거로군.』하고 대공비께서 말씀하시더니 헬멧을 뒤집어 보지 않았겠나, 그러자 이봐 알겠어, 거기에서 배와 사탕이 소리를 내면서 쏟아져 나왔어. 그것도 세 근 가량이나 되는 사탕이…… 그자는 또 그것을 주워 모았다나, 재미있는 녀석이야!」

브론스키는 배를 움켜쥐고 웃었다. 그리고 오랜 뒤에도 다른 얘기들을 하면서 헬멧에 대해서 생각해내고 그는 그 튼튼하고 잇속이 좋은 이를 드러내 보이며 건강한 웃음으로 껄껄거렸다.

　새로운 소식을 모조리 듣고 나자 브론스키는 하인에게 거들도록 하여 군복으로 갈아입고 부대로 인사를 하러 갔다. 그때 그는 그 길에 형과 베트에게 들르고 그 밖에 두 서너 군데를 방문하여 앞으로 카레닌 부인을 만날 수 있는 사교계에 뛰어들기 위한 계획을 세웠다. 그래서 그는 페테르스부르크에서의 습관에 따라 밤 늦게까지 돌아오지 않을 생각으로 집을 나섰다.

제 2 부

겨울도 다 갈 무렵 쉬체르바스키네에서는 키치의 건강 상태를 진단하고 그 쇠약해 가고 있는 체력의 회복책을 결정하기 위해서 의사의 협의 진단이 행해졌다. 그녀는 앓고 있었다. 그리고 봄이 가까와 옴에 따라 그 건강은 더욱더 나빠졌다. 가정 의사는 그녀에게 먼저 간유를 주고, 다음에는 철제, 그 다음에는 질산은제를 주었다. 그러나 그것도 이것도 제삼의 것도 효험이 없었기 때문에 의사는 다시, 봄이 되면 외국으로 전지 요양하라고 권유했다. 그래서 그 때문에 유명한 박사가 초대되었다. 아직 그렇게 나이가 많지도 않은 미남자였던 그 유명한 박사는 환자를 진찰할 것을 요구했다. 그는 어딘지 모르게 독특한 만족감을 가지고 처녀의 수치심이라는 야릇한 생각을 일으켜 본 일도 없었던 것처럼 느껴졌기 때문이었다. 그리고 그 때문에 그는 처녀가 갖는 수치심을 야만 시대의 유물이라고 여기고 있었을 뿐만이 아니라 자기에 대한 모욕이라고까지 여겼던 것이다.

어쨌거나 그것에 따를 도리밖에 없었다. 어느 의사거나 다하는 것은 야만 시대의 유물에 불과하다든가, 또 아직 나이도 많지 않은 사내가 젊은 여자의 알몸을 만져 본다는 것처럼 자연스러운 일은 없다든가 하고 주장하고 있는 것 같았다. 그가 그것을 자연스럽다고 믿었던 것은 자기가 날마다 그런 일을 하고 있고, 유달리 아무런 느낌도 가지지 않고, 또 마찬가지로 한 학교에서 똑같은 교재로 배웠고 한 학문을 알고 있는 것에 지나지 않았음에도 불구하고, 또 어떤 사람들은 이 유명한 박사를 엉터리 의사라고 얘기하고 있었음에도 불구하고 공작 부인네와 그 둘레에서는 어째선지 이 유명한 박사만이 특수한 방법을 알고 있고 그 사람만이 키치를 구할 수 있을 것같이 생각하고 있었기 때문이었다. 부끄러워서 어쩔 줄을 모르고 있는 환자를 조심스럽게 청진도 하고 타진도 하고 난 뒤 유명한 박사는 정성스럽게 손을 씻고 객실로 돌아와서 거기에 서 있던 공작과 얘기를 하고 있었다. 공작은 박사의 이야기를 들으면서 기침을 하고는 얼굴을 찌푸리고 있었다. 세상의 쓴 맛 단 맛을 다 보고 살아 온 데다가 천치도 아니고 환자도 아닌 사람의 생각으로서 그는 의술을 믿지 않았고, 더구나 키치의 병의 원인을 충분히 이해하고 있는 것은 자기 혼자밖에 없지 않은가 하고 생각하면 생각할수록 마음속으로는 이러한 희극을 몹시 못마땅하게 여기고 있었다. 『뭐야, 이 멀쩡한 허풍선이 같으니라구.』하고 그는 속으로 유명한 박사에게 사냥꾼 사이에서의 칭호를 적용하면서 딸의 증세에 대한 그의 요설(饒舌)을 듣고 있었다. 한편 박사 쪽에서도 이 노주인에 대한 경멸의 표정을 애써 억누르고, 또 애써 그의 이해력의 정도까지 자기를 낮추려고 노력했다. 그는 이 늙은이에게는 무슨 얘기를 해도 쓸데 없다는 것을, 그리고 이 집의 중심은 어머니라는 것을 알고 있었다. 그래서 그는 그녀 앞에서 한 번 자기의 변설을 지껄여 보리라는 생각을 하고 있었다. 그러자 바로 이때에 공작 부인이 주치의를 데리고 객실로 들어왔다. 공작은 이 한바탕의 희극이 자기에게는 못 견딜 만큼 우습다는 것을 눈치채이지 않으려고 재빨리 자리를 빠져나갔다. 공작 부인은 넋을 잃고 어떻게 해야 좋을는지마저 모르고 있었다. 그녀는 자기를, 키치에 대해서 죄를 짓고 있는 사람처럼 느끼고 있었다.

「자아, 선생님, 우리들의 운명을 결정지어 주세요.」공작 부인은 말했다.「거리낌없이 나에게 말씀해 주세요.」『희망이 있을까요?』하고 그녀는 말하고 싶었으나 입술이 떨려 이 물음을 입 밖에 내놓을 수가 없었다.「그래 어때요, 선생님?」

「잠깐 기다려 주십시오, 부인. 동료와 한 번 협의를 하고, 그러고 나서 내 의견을 말씀드리기로 하겠읍니다.」

「그럼 저희들이 자리를 비워야 할까요?」

「아무렇게나 좋을 대로 하십시오.」

공작 부인은 한숨을 쉬며 나갔다.

자기들 단 둘이만 남자, 주치의는 머뭇거리는 듯한 어조로 어쩐지 결핵의 초기가 아닌가 하고 여겨지기도 합니다만……운운의 자기의 의견을 개진하기 시작했다. 유명한 박사는 그것에 귀를 기울이면서 그의 얘기 도중에 큼직한 금시계를 들여다보았다.

「그렇겠군요.」하고 그는 말했다.「그렇지만……」

주치의는 이야기 중간에 다소곳이 입을 다물었다.

「잘 아시는 바와 같이 결핵의 초기를 단정한다는 것은 우리들로서는 무척 어려운 일입니다. 공동(空洞)이 나타나기 전에는 하등의 결정적인 징후는 없는 것이니까요. 그러나 물론 의심을 가질 수는 있읍니다. 그 징후는 있으니까요—— 식욕 부진이라든지 또 신경의 흥분이라든지 그 외에도|말입니다. 거기에서 문제는 이렇게 되겠죠—— 말하자면 결핵이라는 의심 밑에 영양을 유지하기 위해선 어떤 수단을 강구해야 할 것인가?」

「그렇지만 말씀예요, 알고 계시겠지만 통상 이런 병세에는 도덕적 내지는 정신적인 원인이 숨겨져 있는 법인데 말씀예요.」하고 엷은 미소를 띠면서 주치의는 딱 잘라 말했다.

「그렇죠, 그건 물론 자연스러운 일이니까요.」유명한 박사는 또다시 시계를 보면서 대답했다.「실례의 말씀입니다만 야우즈스키 다리는 준공됐는지 모르겠군요, 그렇지 않으면 또 멀리 돌아가지 않으면 안 되겠죠?」하고 그는 물었다. 「아아! 준공됐어요. 아니, 그럼 난 이십 분이면 갈 수 있겠는데요. 그런데 말입니다, 우린 문제가 이렇게 됐다고 이야기했죠—— 즉 영양을 유지할 것과 신경을 안정시킬 것, 그런데 이 두 가지는 서로 관련된 것이므로 원(圓)의 양쪽에 대해서 치료를 가해 나가지 않으면 안 됩니다.」

「그러면 외국에의 전지는?」하고 주치의는 물었다.「난 외국으로 떠난다는 데에는 반대합니다. 그리고 아시겠읍니까—— 만약 말입니다, 만약 이것이 우리가 지금 알 수 없는 결핵의 초기라고 한다면 외국에의 전지는 아무런 도움도 얻지 못하게 될 것입니다. 오히려 지금으로서는 영양을 보충하고 부작용이 없는 약을 꼭 복용해야 한다고 생각합니다.」

그리고 유명한 박사는 소덴수(水)를 써서 치료하는 약을 설명했는데 그것의 주된 목적은 분명히 그것이 아무런 해도 없다는 데에 있었다.

주치의는 주의깊게 공순히 귀를 기울이고 있었다.「그렇지만 외국 여행의 효과로서 난 습관의 변화, 그리움을 불러일으키는 원인에서의 도피를 들까 합니다. 게다가 또…… 어머니께서도 그렇게 했으면 하고 계시니까요.」하고 그는 말했다.

「아아! 아니, 그렇다면 문제는 없읍니다, 떠나서도 일 없읍니다. 그러나 그 독일의 엉터리 의사들이 무슨 엉뚱한 짓을 할는지 모르니까요…… 내 의견만은 꼭 지켜 주지 않으면…… 그럼 하여튼, 그렇다면 가 보시는 것도 괜찮을 겁니다.」

그는 또다시 시계를 바라보았다.

「오오! 벌써 시간이 됐군.」하고 말하고 그는 문 쪽으로 갔다.

유명한 박사는 거기에서 공작 부인에게 한 번 더 환자를 보아야겠다고 말했다(거기에는 예의를 지키겠다고 생각하는 마음도 약간은 포함되어 있었다).

「네? 한 번 더 진찰을 하셔야겠다고요?」깜짝 놀라 어머니는 외쳤다.

「아니, 저어, 조금 더 자세하게 알아 볼 일이 있어서 그렇습니다, 부인.」

「그럼 그렇게 하세요.」

그리고 어머니는 박사를 안내하여 키치가 있는 객실로 들어갔다. 키치는 바싹 여윈 볼을 홍당무처럼 붉히고 금방 참아야 했던 부끄러움 때문에 눈에 유다른 광채를 담고 방 한가운데에 우뚝 서 있었다. 박사가 들어오자 그녀의 볼은 붉게 달아올랐고 두 눈에는 눈물이 글썽거렸다. 그녀에게는 병이니 치료니 하는 온갖 것들이 어쩌면 그렇게도 어리석고, 심지어는 우스운 것으로까지 여겨지는지 몰랐! 특히 그것을 치료한다든가 하는 것은 그녀에게는 마치 깨진 꽃병을 맞추려고나 하려는 것처럼 정말 우스꽝스럽게 여겨졌던 것이다. 그녀는 마음이 찢겨 있었던 것이다. 그것을 그들은 정제니 산제니 하고 떠들어 대면서 그녀를 어떻게 치료하려는 것인지? 그러나 어머니를 괴롭힌다든가 할 수는 없었다. 그렇지 않아도 어머니는 자기에게 죄가 있다고 여기고 있었던 것이다.

「괴롭지만 잠깐만 앉아 주실까요, 아가씨.」하고 유명한 박사는 말했다.

그는 웃는 얼굴을 지으면서 그녀와 마주 앉아 맥을 짚었다. 그리고 또 지루한 질문을 퍼붓기 시작했다. 그녀는 그의 질문에 대답하다가는 갑자기 발끈 성을 내고 일어섰다.

「용서하세요, 선생님, 정말 아무리 이런 짓을 해주셔도 하나도 쓸데 없어요. 게다가 또 선생님께서는 똑같은 것을 가지고 세 차례씩이나 되물으시니깐 말예요.」

유명한 박사는 모욕을 느끼지도 않았다.

「병적인 홍분입니다.」키치가 나가자 그는 공작 부인에게 말했다.「그러나 난 이제 이것으로 끝났읍니다……」

그리고 박사는 공작 부인을 향해서 유달리 총명한 부인을 대할 때처럼 공작 영애의 병태를 학리적으로 설명하고 아무런 필요도 없었던 그 물약 복용 방법의 지시로 이야기를 끝맺었다. 외국엔 가야 할까요? 하는 질문에 대해서는 박사는 마치 어려운 문제를 해결하려고나 하는 것처럼 깊은 생각에 잠겨 버렸다. 그리고 마지막에 가서 겨우 결연한 대답을 내려졌다 —— 가는 것은 괜찮다, 그러나 엉터리 의사들을 믿지 않도록 조심하고 모든 것은 그의 지시에 따를 것.

박사가 떠난 뒤 무엇인가 즐거운 일이라도 일어난 뒤 같았다. 어머니는 딸에게로 돌아오자 명랑하게 웃고 있었고 키치도 기분이 좋은 것처럼 가장했다. 그녀는 요즈음 거의 언제나 자기의 태도를 거짓으로 꾸미지 않으면 안 되었다.

「정말 난 건강해요, 어머님. 그렇지만 어머님께서 바라신다면 언제든지 가겠어요!」하고 그녀는 말했다. 그리고 눈앞에 닥친 여행을 즐거워하는 것처럼 보이면서 여행을 떠날 준비에 대해서 이러니저러니 얘기하기 시작했다.

2

박사의 바로 뒤를 이어 돌리가 찾아왔다. 그녀는 그날 협의 진단이 있다는 것을 알고 있었으므로 아직 산욕에서 일어난 지도 며칠 되지 않았고 (그녀는 늦겨울에 계집애를 낳았던 것이다) 또 그녀에게는 자기 자신의 슬픔과 걱정이 헤아릴 수 없을 만큼 많았음에도 불구하고 젖먹이와 병중의 계집애를 집에다 떼놓고 그날 결정되기로 되어 있던 키치의 운명을 알려고 일부러 찾아왔던 것이다.

「그래, 어떻게 됐어요?」그녀는 객실로 들어오면서 모자를 벗지도 않고 물었다.「모두들 유쾌하군요. 그럼 틀림없이 좋았겠죠?」

사람들은 그녀에게 박사의 말을 전하려 했다. 그러나 막상 박사는 굉장히 유창하고 장황하게 설명했음에도 불구하고 그가 이야기한 것을 전한다는 것은 도저히 가능하지 않았다. 그저 외국으로 전지할 것을 결정지었다는 것만이 고작이었다.

돌리는 무의식중에 한숨을 내쉬었다. 그녀의 가장 친한 벗인 동생이 떠나는 것이다. 게다가 또 그녀의 생활은 어쩐지 재미없었다. 스테판 아르카지치와의 관계도 화해한 뒤에는 굴욕적인 것이 되어 있었다. 안나의 손으로 치유된 문제 해결도 단단한 것이 아니라는 것을 알았다. 그리고 가정의 결합은 또다시 똑같은 장소에서 금이 갔다. 이렇다고 할 만큼 뚜렷한 일은 별로 없었지만, 스테판 아르카지치는 거의 집에 붙어 있지도 않았고, 돈도 마찬가지로 거의 옹색한 형편이었다. 게다가 또 남편의 불성실에 대한 의혹이 끊임없이 돌리를 괴롭혔으므로 그녀는 지난 번에 경험했던 질투의 괴로움을 두려워하고 이제는 스스로 그것을 내쫓으려고 애쓰고 있었다. 그러나 한 번 체험을 받았던 것과 같은 질투의 폭발은 이제는 두 번 다시 되돌아올 수는 없었고 불성실한 사실의 폭로도 처음 때처럼 이제는 그렇게 그녀를 움직일 수는 없을 것 같았다. 그러한 폭로는 이제 그저 가정적인 관습을 파괴하기만 할 뿐 그녀는 무엇보다도 더 그와 그러한 자기의 약점을 얕잡으면서 자기를 기만하고 있었다. 게다가 또 많은 가족에 대한 걱정이 줄곧 그녀를 괴롭히고 있었다 —— 젖먹이의 양육이 순조롭지 않았고 유모가 나가 버리는가 하면 또 이번처럼 한 애가 앓기도 하고.

「그래, 어떠냐, 네 집은?」하고 어머니는 물었다.

「아아, 어머니, 우리 집은 걱정투성이에요. 릴리가 몸이 좋지 않아요, 그래 난 성홍열이 아닌가 싶어 마음이 조마조마해요. 지금은 이렇게 이쪽 사정이 알고 싶어 나오긴 했지만 잘못하면 아무 데도 나가지 못하고 집에 쭉 박혀 있지 않으면 안 되게 되는지도 모르겠어요. 만약 말예요, 아아, 성홍열이기라도 하면.」

노공작도 역시 박사가 떠나자 서재에서 나와 돌리에게 불에다 입을 맞추게 하고 두서너 마디 그녀와 이야기를 나눈 뒤 아내에게로 얼굴을 돌렸다.

「어떻게 결정됐나, 가는 거야? 그래, 그건 그렇고 난 어떻게 할 작정이지?」

「당신께선 남아 계시는 게 좋을 것 같아요, 알렉산드르.」부인은 말했다.

「나야 어떻게 되었거나 상관 없지만.」

「어머님, 아버님께선 어째서 같이 가실 수가 없으시죠?」키치가 말했다.「그래야만 아버님도 또 저희들도 재미있을 텐데요.」

노공작은 일어서서 한쪽 손으로 키치의 머리를 쓰다듬었다. 그녀는 얼굴을 쳐들어 억지로 웃는 얼굴을 지어 보이면서 그의 얼굴을 물끄러미 쳐다보았다. 그녀에게는 비록 많은 말을 지껄이지는 않았지만, 그가 온 집안에서 누구보다도 가장 잘 그녀를 이해하고 있는 것 같은 느낌이 언제나 들었다. 그녀는 막내딸로서 아버지의 귀염둥이었다. 그리고 그녀에게는 그녀에 대한 그 애정이 아버지의 통찰을 날카롭게 하고 있는 것처럼 여겨졌다. 그래서 지금 그녀의 시선이 그녀의 얼굴을 찬찬히 쳐다보고 있는 아버지의 날카롭고 선량한 눈동자와 부딪쳤을 때에 그녀에게는 아버지가 자기를 속속들이 들여다보고 그 마음속에 일어나고 있는 좋지 않은 것을 다 이해하고 있는 것 같은 생각이 들었다. 그녀는 얼굴을 붉히면서 키스를 바라고 아버지 쪽으로 몸을 폈다. 그러나 아버지는 그저 그녀의 머리를 쓰다듬으며 이렇게 말했다.

「이 얼빠진 가발은 또 뭐야! 이것은 정말 딸을 만지는 것이 아니고 죽은 여자의 머리를 어루만지는 것만 같지 않아. 그래, 어떠냐, 돌리니카.」하고 그는 맏딸 쪽으로 얼굴을 돌리고 말했다.「너의 집 멋쟁인 요즈음은 어떡하고 있지?」

「여전해요, 아버님.」돌리는 그것이 남편을 가리키는 말인 것을 알고 이렇게 대답했지만,「줄곧 나돌아다니고만 있으니 나도 좀처럼 얼굴을 볼 수가 없어요.」하고 경멸하는 듯한 미소를 띠고 이렇게 덧붙이지 않을 수가 없었다.

「뭐야, 그럼 아직 영지로 산림을 팔러 가지는 않았나?」

「네, 줄곧 준비는 하고 있어요.」

「아아, 그래!」하고 공작은 말했다. 「그럼, 나도 어디 한번 준비를 해볼까? 그래야겠어.」그는 자리에 앉으면서 아내를 보고 말했다. 「그런데 넌 말야, 카챠.」그는 막내딸 쪽으로 얼굴을 돌리고 덧붙였다. 「언제라도 괜찮아, 날씨 좋은 날을 택해서말야, 아침에 잠이 깨거든 자신에게 이렇게 이야기해 보란 말야 —— 난 정말 이제 완전히 건강하고 즐겁다. 그러니까 또 아버님과 아침 일찍 서릿발을 밟으면서 산책을 하자고 해야지 —— 하고 말야. 알겠나?」

아버지가 이야기한 것은 전혀 아무렇지도 않은 것 같았지만 이 말을 듣자 키치는 죄가 드러난 죄인처럼 당황하고 어쩔 줄을 몰랐다. 『그렇다, 아버님께서는 다 알고 계신다. 다 터득하고 계신다. 그러니까 이런 말씀을 하셔서 나에게 아무리 부끄러워도 그 부끄러움을 참지 않으면 안 된다고 가르쳐 주시고 있는 것이다.』그러나 그녀는 무엇이라고 대답하려고 해도 마음을 걷잡을 수가 없었으므로 입을 벌리려다가 갑자기 울음을 터뜨리고 방에서 뛰어나가 버렸다.

「그거 봐요, 또 쓸데 없는 농담을!」공작 부인은 남편을 힐책했다. 「당신은 언제나……」그녀는 잔소리들을 늘어놓기 시작했다.

공작은 한참 동안 공작 부인의 비난을 들으면서 침묵을 지키고 있었다. 그러나 그 얼굴빛은 차츰차츰 흐려져 갔다.

「저애는 그렇잖아도 불쌍하고 가엾고한데, 그런데도 당신은 저 애가 괴로움의 원인을 조금만 비쳐도 괴로와한다는 것을 조금도 생각하고 있지 않아요. 아아! 어째서 사람들은 그렇게 겉으로 보기와는 다른 것일까!」하고 공작 부인은 말했으나 그 어조의 변화에 의해서 돌리와 공작은 그녀가 브론스키에 대한 이야기를 하고 있다는 것을 알았다. 「난 그처럼 비열하고 인정머리 없는 인간들을 단속하는 법이 없다는 것이 이상해요.」

「아아, 듣기 싫어!」공작은 안락의자에서 일어서자 나갈듯이 하면서 문 있는 데에서 걸음을 멈추고 우울한 어조로 이렇게 말했다. 「법률은 있어, 이봐. 그러나 이 일을 가지고 당신이 나에게 잔소리를 한다면 나도 한 마디 이 일에 있어서 가장 죄가 많은 것은 누군가를 가르쳐 주지 —— 그건 당신이야, 당신, 당신 한 사람이 나쁘단 말야. 그 같은 젊은 녀석들을 제재하는 법률은 언제든지 있었고 지금도 있어! 그렇지, 만약 이쪽이 못할 짓을 하지만 않았다면 난 늙은이지만 그 사내에게, 그 건달에게 결투를 청약했을 거야. 그런데 이제 새삼스럽게 치료법을 찾는다, 그런 엉터리 의사들을 끌어들인다.」

공작은 아직 얘기하고 싶은 말이 많은 것 같았다. 공작 부인은 그의 어조를 알아채자마자 진지한 문제가 나올 때에는 언제나 그렇듯이 당장 수그러지고 후회하는 빛을 띠었다.

「알렉산드르, 알렉산드르.」그녀는 앞으로 나가면서 속삭이듯이 말하고 울음을 터뜨렸다.

그녀가 울음을 터뜨리자 공작도 갑자기 입을 다물어 버렸다. 그는 그녀의 곁으로 다가갔다.

「자아, 그만, 그만해요! 당신도 괴롭다는 것은 나도 알고 있어. 그렇지만 어떻게 하겠어? 이보다 더한 불행이야 없겠지. 하느님께서는 자비로우시니까 말야…… 감사하다고나 여쭤……」그는 자기가 지금 무슨 말을 하고 있는지도 모르고 자기의 손 위에 느껴지는 눈물에 흠뻑 젖은 공작 부인의 키스에 대답하면서 이렇게 말했다. 그리고 방을 나갔다.

키치가 울면서 방을 나간 뒤에 돌리는, 아이들을 거느리고 가정을 가진 여자들이 언제나 그렇듯이 거기에는 여자가 해야 할 일이 기다리고 있다는 것을 이내 알아차리고 이 일을 처리하기 위해서 마음의 준비를 갖추었다. 그녀는 모자를 벗고 옷소매를 걷어붙이는 자세로 마음의 준비를 하고 있었다. 어머니가 아버지에게 대들고 있는 것을 보고 그녀는 딸로서의 예의가 허용되는 범위에서 어머니를 말리려고 했다. 공작이 야단치기 시작했을 때에는 그녀도 그저 침묵을 지켰다. 그리고 그녀는 어머니에 대해서는 부끄러움을 느꼈지만 아버지에 대해서는 그가 곧 그의 선량한 마음으로 돌아온 것에 대해서 부드러움을 느꼈다. 그러나 아버지가 나가 버리자 자기가 하지 않으면 안 될 긴요한 일 —— 키치에게 가서 그녀를 위로해야 한다고 마음을 다잡았다.

「난 말예요, 어머님 어머님께 진작부터 좀 여쭤 보려고 했었읍니다만 —— 어머님은 알고 계세요? 레빈이 앞서 여기에 와 있을 적에 키치에게 청혼을 하고 있었다는 것을? 그분이 자기 입으로 스치바에게 그렇게 이야기했다나요.」

「아니, 뭐라고? 난 아무것도 몰라……」

「그러니까 어쩌면 키치는 그분에게 거절했는지도 몰라요…… 그 앤 어머님께 말씀드리지 않았어요?」

「아니, 그 앤 이렇다든가 저렇다든가 하는 아무런 말 한 마디도 하지 않았어. 그 앤 너무나 자존심이 강한 편이니깐 말야. 그렇지만 난 그것이 모든 것의 원인이라는 것은 알고 있지……」

「그래요, 그러니깐, 레빈에게 거절했다고도 한번 상상해 보세요 —— 그렇지만 그 애도 그일만 없었던들 그분에게 거절한다든가 하지는 않았을 거예요. 난 알고 있어요…… 나중에 가서 그분이 그처럼 가슴 아프게 그 앨 속이고 만 거예요.」

공작 부인으로서는 딸에 대해서 자기가 얼마나 많은 죄를 지었는가를 생각한다는 것은 너무나도 무서운 일이었다. 그래서 그녀는 화가 치밀었다.

「아아, 난 이제 무엇이 무엇인지 모르겠어! 요즘은 모두들 자기 생각대로만 살려고들 하지, 어머니에게는 이렇다는 말 한 마디도 하지를 않아. 그러면서도 나중에 가서는 이렇게……」

「어머님, 나 그 애에게 다녀오겠어요.」

「가 보렴. 내가 널 말리기야 하겠니?」하고 어머니는 말했다.

3

키치의 자그마한 옛날 색슨 지방의 인형들로 꾸며져 있는 산뜻한 장미빛의, 두 달 전의 키치 그 자신처럼 싱싱한 장미빛의, 보기에도 즐거운 방으로 들어가면서 돌리는 지난 해 키치와 둘이서 이 방을 그 얼마나 즐겁고 사랑에 넘친 마음으로 꾸몄던가를 상기했다. 그리고 문 옆에 바싹 붙여져 있는 나지막한 의자에 앉아서 꼼짝 않고 멀거니 융단의 한쪽 구석을 바라보고 있는 키치를 보자 그녀는 가슴이 싸늘해짐을 느꼈다. 키치는 언니에게 눈을 돌렸으나 싸늘하고 어딘지 매섭게 보이는 그 얼굴의 표정은 변하지 않았다.

「난 이제 돌아가면 집에 꼼짝 없이 있어야 할 것 같고 너도 그리 쉽게는 찾아올 수 없을 테니까.」하고 다리야 알렉산드로브나는 그녀의 옆에 앉으면서 말했다. 「난 잠깐 너하고 이야기하고 싶은 게 있어서 말야.」

「무슨 얘긴데?」깜짝 놀란 것처럼 고개를 쳐들고 냉큼 키치는 물었다.

「무슨 얘기긴, 네 슬픔에 대한 얘기가 아니고 뭐겠니?」

「나에겐 슬픔은 없어요.」

「무슨 얘기야, 키치. 넌 내가 지금 정말 모르고 있는 줄 알고 있구나? 난 다 알고 있어. 날 믿어요, 정말 그런 것은 아무렇지도 않은 일이야…… 우리들은 서로 다 그런 일을 거쳐 왔지 않아.」

키치는 잠자코 있었다. 그러나 그 얼굴은 엄숙한 표정을 띠고 있었다.

「그 사람은 말야, 네가 그 사람 때문에 그렇게 괴로와할 만큼 값어치가 있는 사람이 아냐.」다리야 알렉산드로브나는 단도 직입적으로 문제를 끄집어 내면서 말을 계속했다.

「그래요, 그 사람은 날 버렸으니까요.」키치는 떨리는 목소리로 불쑥 내뱉었다. 「이제 아무 말도 말아 줘요! 제발 이제 아무 말도 말아 줘요!」

「그렇지만 누가 너 보고 그런 얘길 하던? 아무도 그런 말을 한 사람은 없잖아. 난 믿고 있어, 그 사람이 널 생각하고 있었던 것은, 또 지금도 생각하고 있는 것을, 그렇지만……」

「아아, 난 그런 동정이 무엇보다도 싫어요!」키치는 버럭 화를 내며 외쳤다. 그녀는 의자 위에서 몸을 뒤치고, 얼굴을 붉히고, 쥐고 있던 벨트의 조임쇠를 때로는 오른손, 때로는 왼손으로 죄면서 재빠르게 손가락을 움직였다. 돌리는 감정이 격하면 두 손으로 무엇을 붙잡는 동생의 이 버릇을 알고 있었다. 그녀는 또한 별안간 앞뒤를 생각지 않고 함부로 필요 이상의 불쾌한 말을 입에다 담는 키치의 성격을 알고 있었다. 그래서 돌리는 그녀를 달래려고 하였으나 때는 이미 늦었다.

「무엇을, 무엇을 언니는 나에게 느끼게 하려고 하는 거예요, 무엇을?」하고 키치는 재빠른 어조로 말했다.

「내가 날 알려고도 하지 않은 사람을 그리워하고 있고, 그 사랑 때문에 이렇게 연연하고 있다는 건가요? 그리고 그것을 언니가 말씀하시는 건가요!…… 난 그런 동정이라든지, 위선이니 하는 것은 조금도 바라고 싶지 않아요!」

「키치, 넌 오해하고 있어.」

「어쨌다고 언니는 날 이렇게 괴롭히고 있는 거예요?」

「어머나, 난 정반대야…… 네가 괴로와하고 있는 것을 보다 못해서……」

그러나 키치는 격할 대로 격해져 있어 그녀의 말은 귀에 들리지 않았다.

「나에게는 슬퍼할 일도 위안을 받을 일도 없어요. 난 오만해서 사기를 사랑하지도 않은 사람을 사랑한다든지 하는 짓은 자기에게 허용하지를 않아요.」

「그럼 나도 이제 얘기하지 않겠다……그러나 꼭 한 마디만 바른 대로 나에게 얘기해 다오.」그녀의 손을 잡고 다리야 알렉산드로브나는 말했다. 「이것만 얘기해 줘, 레빈이 너에게 얘기했지?……」

레빈에 관한 얘기는 키치에게 최후의 자제력을 잃게 한 것처럼 보였다 —— 그녀는 의자에서 뛰어일어나 벨트를 마룻바닥에 내동댕이치며 두 손으로 황황하게 몸짓을 하면서 외치기 시작했다.

「무엇 때문에 또 이 자리에 레빈을 다 들춰 내는 거예요? 언니에겐 어째서 그렇게까지 날 괴롭혀야 할 필요가 있을까요, 난 속을 모르겠어요? 난 아까도 이야기했지만 한 번 더 되풀이해 두겠어요. 난 오만하니깐 절대로 절대로 언니처럼 자기를 속이고 다른 여자에게 마음을 준다든지 하는 그런 사내에게 되돌아간다든지 하는 짓은 하지 않겠어요. 난 몰라요, 그 속을 모르겠어요! 언니는 할 수 있어도 난 할 수 없어요!」

이렇게 단숨에 얘기하고 그녀는 언니의 얼굴을 보았으나 돌리가 애처롭게 고개를 떨어뜨린 채 할 말을 잊고 있는 것을 보자, 방에서 뛰쳐나가려던 것을 그만두고 문 옆에 털썩 주저앉아 손수건으로 얼굴을 가리고 고개를 푹 숙였다.

침묵이 한 이 분쯤 흘렀다. 돌리는 자기의 일을 생각했다. 그녀가 평소 느끼고 있던 자기의 비굴함을 지금 동생에 의해서 생각하게 되자 더한층 가슴이 쓰라려 왔다. 그녀는 동생에게서 이처럼 가혹한 무안을 당하리라고는 예기치도 않았기 때문에 동생에 대해서 화가 났다. 그러나 그때 별안간 그녀는 옷 스치는 소리와 함께 느닷없이 터지는 듯한 짓눌린 흐느낌 소리를 들었다. 그리고 이어 누군가의 손이 밑에서 그녀의 목을 껴안았다. 키치가 그녀 앞에 무릎을 꿇고 있었던 것이다.

「돌리니카, 난 이처럼 이처럼 불행해요!」그녀는 미안한 듯이 속삭였다.

그리고 눈물에 젖은 귀여운 얼굴을 다리야 알렉산드로브나의 치마 속에다 묻었다.

그 눈물은 마치 그것이 없이는 두 자매 사이를 맺고 있는 기계를 잘 돌릴 수가 없는, 없어서는 안 될 기름 같았다 —— 그 눈물 뒤에는 두 자매는 긴요한 말은 젖혀 놓고 무관한 것에 대해서 이야기하고 있으면서도 서로가 서로를 금방 이해했다. 키치는 자기가 홧김에 내뱉었던 남편의 불성실과 비굴을 운운한 말이 가여운 언니의 마음을 밑바닥까지 꿰뚫었을 테지만 언니가 그것을 용서해 줬다는 것을 알았다. 돌리는 또 돌리대로 자기가 알고 싶어했던 모든 것을 알았다. 그녀는 자기의 짐작이 옳았다는 것, 즉 키치의 슬픔, 고칠 수 없는 그 슬픔은 말하자면 레빈의 청혼을 거절했다는 것과 브론스키가 그녀를 속였던 데에 있다는 것이다. 그리고 또 지금은 그녀는 레빈을 사랑하고 있고 브론스키를 미워하고 있다는 것을 확인한 것이었다. 그러나 키치는 그것에 대해서는 한 마디도 입 밖에 내놓지 않았다. 그녀는 그저 자기의 마음의 상태에 대해서만 이야기하였을 뿐이었다.

「나에게는 슬프다든지 하는 일은 없어요.」그녀는 마음이 가라앉자 말했다. 「그러나 언니는 알아 주실는지 어떨는지는 모르지만, 나에게는 온갖 것이 천박하고 구역이 나고 야비하게만 보여요. 그 가운데에서도 자기 자신이 더욱 그래요. 틀림없이 언니는 상상도 못 하실 거예요, 무엇을 보아도 어쩌면 그렇게 천박한 생각만 드는지를.」

「글쎄, 너에게 무슨 천박한 생각이 있을 수 있을는지?」돌리는 미소를 띠면서 물었다.

「그야 정말 더할 나위 없이, 더럽고 천박한 생각이에요. 차마 입으로는 다 할 수 없어요. 그것은 우울도 아니고 쓸쓸함도 권태도 아니고 그보다도 훨씬 나쁜 거예요. 마치 내가 지금까지 가지고 있던 좋은 것이 모두 자취를 감춰 버리고 그저 한 가지 가장 더러운 것이 남아 있는 것만 같은 느낌이에요. 자아, 정말 어떻게 얘기해야 좋을까?」그녀는 언니의 눈 속에 의아의 빛이 담긴 것을 보고 말을 이었다. 「아버님께서는 아까 나에게 무슨 말씀인지 하실 것같이 그랬어요······ 그렇지만 나에겐 아버님께서도 그저 난 결혼하지 않으면 안 된다고만 생각하고 계신 것 같은 느낌이 들어요. 어머님은 또 날 무도회로 데리고 다녀요 —— 이것은 나에게는 어머님이 그저 한시라도 빨리 날 결혼시켜 버려, 나 때문에 속을 태우는 일로부터 벗어나려고 날 데리고 다닌다고밖에 생각이 들지 않아요. 이런 생각이 옳지 않다는 것은 나도 잘 알고 있어요. 그렇지만 난 그 생각을 버릴 수가 없어요. 난 이제 총각들이라는 사람들을 보는 것이 정말 싫어요. 나에게는 그 사람들은 모두 누구나 내 칫수를 재가는 것만 같은 느낌이 들어 못 견디겠어요. 이전에는 무도복을 입고 여기저기 쫓아다니는 것이 어쩐지 그저 즐겁기만 하고 자기가 자기의 모습을 보고 감탄하기도 했지만 지금은 부끄럽고 거북해졌어요. 그렇지만 어떻게 해야 해요! 의사도······ 저어······」

키치는 말 끝을 흐렸다. 그녀는 얘기를 이어 자기에게 이러한 변화가 일어난 뒤로 그녀에게는 스테판 아르카지치가 참을 수 없을 만큼 불쾌해지고 지극히 야비하고 추악한 상상이 없이는 그를 볼 수가 없게 되었다는 것을 얘기하려고 했었다.

「저어, 그래요, 나한테는 온갖 것들이 아주 야비하고 천박한 보습으로 보여요.」하고 그녀는 계속했다. 「이것이 내 병이에요. 아마 언젠가는 낫기는 나을 테지만.」

「그래도 너무 생각하지 않는 게 좋아······」

「그렇지만 어쩔 수 없어요, 그저 아이들 하고 같이 있는 동안만이 난 좋으니까요. 언니한테 있을 때만이.」

「정말 우리 집에 와 있어 주면 얼마나 좋겠어, 유감이야.」

「아녜요, 난 가겠어요. 난 이제 성홍열은 다 앓았으니까요, 난 어머님께 여쭤 보겠어요.」

키치는 자기 생각을 고집하여 마침내 언니 집으로 옮겨 갔다. 그리고 정말로 성홍열에 걸려 앓고 있는 아이들의 병구완을 해줬다. 두 자매는 여섯 아이들을 무사하게 보살폈다. 그러나 키치의 건강은 회복되지 않았으므로 사순재(四旬齊)

가 오는 것을 기다려 쉬체르바스키네는 외국으로 떠났다.

4

페테르스부르크의 상류 사회는 본디 한 단체로 모두 서로를 알고 있을 뿐만 아니라, 서로 오가고까지 하고 있었다. 그러나 이 큰 단체에는 또 저마다 다른 구분이 있었다. 안나 아르카지예브나는 이 상이한 세 단체마다 친구들이 있어 밀접한 연관을 맺고 있었다. 한 단체는 그녀의 남편이 속하고 있는 직무 관계의 관료적인 단체로 사회적인 조건에 따라서 지극히 다양한 모습의 조직으로 남편의 동료들로 조직되어 있었다. 안나는 지금은 처음에 이러한 사람들에 대해서 품고 있었던 거의 경건에 가까운 존경심을 대부분 잊어버리고 있었다. 지금 그녀는 시골의 소읍 사람들이 서로 알고 있는 것처럼 그들의 온갖 것을 알고 있었다. 누구에게는 어떤 버릇, 어떤 약점이 있다는 것에서부터 누구에게는 어떤 장화가 발을 죄고 있는가 하는 것에 이르기까지 알고 있었다. 그들의 상호 관계와 그 중심에 대한 관계도 알고 있었다. 누구는 누구의 편이고, 어째서 무엇에 의해서 그 관계를 유지하고 있는가 하는 것도, 누구와 누구와는 무슨 일에 있어서 일치하고 무슨 일에 있어서 반목하고 있는가 하는 것도 알고 있었다. 그러나 이 남자들의 관료적인 단체는 백작 부인 리지야 이바노브나의 종용에도 불구하고 아직 한 번도 그녀의 흥미를 끈 적이 없었으므로 그녀는 그것 단체를 피하고 있었다.

안나에게 가까운 또 하나의 단체는 알렉세이 알렉산드로비치가 그것을 거쳐 출세의 길을 연 단체였다. 이 단체의 중심은 백작 부인 리지야 이바노브나였다. 이것은 나이가 들어 아름다움을 잃어버린 신앙이 두터운 덕행이 있는 부인들과, 총명하고 학문이 있고 명예를 무겁게 여기는 남자들의 단체였다. 이 단체에 속하고 있는 총명한 사람들 가운데의 한 사람은 그것을 『페테르스부르크 사회의 양심』이라고 부르고 있었다. 알렉세이 알렉산드로비치는 이 단체를 굉장히 존중하고 있었다. 그래서 모든 사람들과 잘 사귈 수 있었던 안나는 그의 페테르스부르크 생활의 초기에 이미 이 단체 가운데에서도 친구들을 발견했다. 그러나 이번에 모스크바에서 돌아와서는 이 단체가 그녀는 못 견디게 싫어졌다. 그녀는 그녀거나 다른 사람들이거나 간에 모두들 서로 속이고 있는 것만 같았다. 그리고 그녀에게는 그 모임에 참여하고 있는 것이 몹시 지루하고 거북해졌으므로 따라서 백작 부인 리지야 이바노브나에게도 될 수 있는 대로 발길을 멀리하게 되었다.

끝으로 안나가 교제하고 있던 또 다른 단체는 본래의 사교계 —— 춤과 향연과 화려한 의상의 사회, 창부의 세계로까지 타락하지 않기 위해서 한 손으로는 궁정을 야물게 붙들고 있는 사회로 이 단체의 사람들은 자기들로서는 그것을 경멸하고 있다고 여기고 있으면서도 실제에 있어서는 그들의 취미는 그것과 공통될 뿐만 아니라 동일한 것이었다. 이 단체와 그녀와의 관계는 그녀의 사촌 오라버니의 아내인 공작 부인 베트시 트베르스카야를 통해서 맺어져 있었다. 이 사람은 연수입이 십이만 루블이나 되고, 안나가 사교에 나왔던 당초부터 유달리 그녀를 사랑하였으며 그녀를 보살펴 주었고 백작 부인 리지야 이바노브나의 클럽을 비웃으면서 자기의 클럽으로 그녀를 끌어들였던 것이다.

「나이가 들어 볼품 없이 되면 나도 그 축에 끼겠어요.」하고 베트시는 말했다. 「그렇지만 당신처럼 젊고 아름다운 분이 그런 양로원에 들어간다는 것은 아직은 일러요.」

안나는 처음에는 될 수 있는 대로 트베르스카야 공작 부인의 이 클럽을 피하고 있었다. 그것은 그것이 그녀의 재정 이상의 비용을 요구하였을 뿐만이 아니라, 그녀는 마음속으로 첫번째의 단체 쪽을 오히려 좋아하고 있었기 때문이었다. 그러던 것이 모스크바에 다녀온 뒤로는 그것이 완전히 뒤바뀌고 말았다. 그녀는 자기의 정신적인 친구들을 피하고 대규모의 사교계로 발을 내디뎠다. 거기에서 그녀는 브론스키를 만났다. 그리고 그럴 때마다 뿌듯한 기쁨을 경험했다. 그 가운데에서도 그녀는 친가의 성을 브론스카야라고 부르고 브론스키와는 사촌간이었던 베트시 집에서 그와 자주 만났다. 브론스키는 안나를 만날 수만 있는 곳이면 어디든지 좇아갔다. 그리고 기회만 있으면 자기의 사랑에 대해 그녀에게 전했다. 그녀는 그에게 어떤 의미를 지니는 것을 주지 않았지만 그와 만날 때마다 그녀의 가슴 속에는 기차 속에서 처음 보았던 그 날과 같은 그 생생한 느낌이 불타오르는 것이었다. 그녀 자신도 그를 볼 때마다 즐거움이 자기의 눈 속에 빛나고 미소가 입가에 번지는 것을 느끼지 않을 수 없었다. 그녀는 이 기쁨의 표정을 지울 수가 없었던 것이다.

처음에 안나는 진심으로 자기는 그가 대담하게 자기를 뒤쫓아다니고 있는 조심스럽지 못한 짓에 대해서 그를 불쾌하게 여기고 있다고 믿고 있었다. 그러나 모스크바에서 돌아와 얼마 오래 되지 않아 그를 만나리라고 예상하고 갔던 야회에서 그의 모습이 보이지 않았을 때 자기를 지배했던 슬픔에 의해서 그녀는 또

럿하게 자기는 자기 스스로를 속이고 있었다는 것과 그 추적이 그녀에게는 불쾌하지 않았을 뿐만이 아니라 그녀의 생활의 흥미 전부를 조성하고 있다는 것을 깨달았다.

유명한 오페라 가수가 출연한다고 해서 상류 사회 사람들이 모두 극장에 모여 있었다. 첫째 줄의 자기 의자에서 사촌 누이를 발견하자 브론스키는 막간도 기다리지 않고 그녀의 지정석으로 된 자리로 들어갔다.

「어째서 넌 식사를 하러 오지 않았지?」하고 그녀는 말했다. 「아뭏든 사랑을 하고 있는 사람들의 그 직감에는 놀라 버렸어.」그녀는 미소를 띠고 그 혼자에게만 들리도록 덧붙였다. 「그 사람도 오지 않았어요. 그렇지만 오페라가 끝나면 찾아와요.」

브론스키는 무엇인가를 묻고 싶어하는 듯한 태도로 그녀를 쳐다보았다. 그녀는 고개를 끄덕여 보였다. 그는 미소로 그녀에게 사의를 나타내고 그녀와 나란히 자리에 앉았다.

「난 정말 네 농담은 잘 기억하고 있어!」하고 이 정열의 진척을 지켜보는 것에 독특한 만족을 느끼고 있던 공작 부인 베트시는 말을 계속했다. 「그런 것들은 모두 어디에다 치워 버렸지! 넌 이젠 완전히 사로잡혔군, 그렇지.」「난 그녀에게 사로잡히기만을 바라고 있는 걸요.」브론스키는 그의 그 침착하고 선량한 미소를 띠며 대답했다. 「만약 내가 투덜거릴 일이 있다면, 사실은 말입니다, 그녀를 완전히 사로잡지 못했다는 것입니다. 난 차츰 희망을 잃어 가고 있어요.」

「그럼, 넌 도대체 어떤 희망을 가질 수 있다는 거지?」베트시는 자기의 친구를 위해서 성을 내고 말했다. 「어디 한번 들어나 볼까……」그러나 그녀의 눈 속에는 그녀가 그와 조금도 다름없이 무엇보다도 잘, 정확하게 그가 가질 수 있었던 희망이 무엇인지를 알고 있다는 의미가 담겨 있었다. 「아니, 아무런 희망도 없어요.」웃는 얼굴로 그 잇속이 좋은 이를 드러내 보이면서 브론스키는 말했다. 「잠깐만 실례하겠어요.」그는 그녀의 손에서 오페라 글라스를 집어 그녀의 맨살을 드러내 놓고 있는 어깨 너머로 맞은편 쪽의 간막이 좌석을 둘러보면서 덧붙였다. 「난 내가 웃음거리가 되는 것을 두려워하고 있어요.」

그는 베트시를 비롯, 온 사교계 사람들의 눈에 자기는 웃음거리가 되는 모험을 하고 있는 것이 아니라는 것을 잘 알고 있었다. 그는 또 이러한 사람들의 눈에는, 처녀라든지 자유 부인이라든지를 사랑하고 있는 불행한 사나이 역이라면 우습게 보일는지도 모르지만, 이미 남의 아내가 되어 있는 여자를, 그녀를 유혹하기 위해서 어쨌든 자기의 생활을 걸고 있는 사나이의 역은 —— 이러한 역은 무엇인가 아름답고 위대해 보이는 결코 웃음거리가 될 수 있는 성질의 것이 아니라는 것을 잘 알고 있었다. 그래서 그는 콧수염 밑으로 자랑스럽고 즐거워하는 듯한, 그리고 희롱하는 듯한 미소를 띠면서 오페라 글라스를 내리고 사촌 누이를 돌아보았다.

「그런데 어째서 식사를 하러 오지 않았어?」그녀는 그에게 정신을 팔면서 말했다.

「그것만은 누님에게 꼭 얘기하지 않으면 안 될 일입니다. 난 그럴 틈이 없었어요. 어째서냐구요? 그것은 말씀을 드려도 구십 구까지는, 아니 구백 구십 구까지는 짐작이 가지 않을 겁니다. 난 어느 남편과 그 아내를 모욕한 사내와를 화해시켰어요. 아니, 정말입니다!」

「뭐라고, 그래 화해됐어?」

「거의 됐지.」

「너 그 얘긴 나에게 꼭 들려 주지 않으면 안 돼.」그녀는 일어서면서 말했다. 「이 다음 막간에 와요.」

「안 돼요 —— 난 프랑스 극장으로 가봐야 돼요.」

「닐리손의 노래는 듣지 않고?」놀란 듯이 베트시는 물었다. 그러나 그녀도 닐리손을 유달리 다른 단원과 구별하고 있기 때문은 아니었다.

「어쩔 도리가 없어요. 그곳에서 어떤 사람을 만나기로 되어 있으니깐 역시 그 중재 일 관계로.」

「평화를 창조하는 자는 행복하도다, 그들은 구원을 받으리라.」베트시는 이와 비슷한 말을 누구에게선가 들은 적이 있었던 것을 생각해 내면서 말했다.

「자아, 그럼 좀 앉아서, 얘기해 봐, 무슨 일이야?」

그리고 그녀는 다시 자리에 앉았다.

5

「좀 지나치긴 했어요, 그렇지만 여간 재미있는 얘기가 아니다 보니까 정말 얘기하지 않고는 못 배기겠군요.」브론스키는 웃음 띤 눈으로 그녀를 쳐다보면서 말했다. 「그러나 이름은 밝히지 않겠어요.」

「그럼 내가 알아맞혀 보지, 그게 더 나을 거야.」

「그럼 들어 봐요 —— 여기에 쾌활하고 젊은 사내 두 사람이 마차를 같이 타고 간다고 해요……」

「물론 너희 연대의 장교들이겠지?」

「아니, 장교라고는 말하지 않아요, 그저 조반을 먹고 난 두 젊은 사내들이야……」

「한 잔 마시고 난 사내들 —— 이렇게 번역하란 말야.」

「어쩌면 그럴는지도 알 수 없어. 하여튼 그 두 사람은 잔뜩 좋은 기분으로 친구에게서 식사를 초대받고 가던 참이었어요. 그러자, 보니까, 한 미모의 여인이 삯마차로 그 두 사람을 앞질러 가면서 돌아보고는, 최소한 그들에게는 그렇게 느껴졌을 만큼 고개를 끄덕이기도 하고 상긋이 웃어 보이기도 하고 했어요. 그래서, 물론 그 두 사람은 그 여자의 뒤를 좇았죠. 전속력으로 몰았어요. 그런데 그 두 사람이 깜짝 놀란 것은 그 미인은 그들이 찾아가고 있는 집 현관에서 멈추지 않겠어요. 그리고 이층으로 뛰어올라가 버렸어요. 그 두 사람들은 그저 짧은 베일 밑으로 내다보이는 붉은 입술과 아름답게 생긴 조그마한 발만을 보았을 뿐이었어요.」

「넌 정말 그 둘 중의 한 사람이 너 자신이 아니었던가 하고 느껴질 만큼 아주 애길 잘하는군 그래.」

「아니, 이제 방금 나에게 뭐라구 말했읍니까? 자아, 조용히 들어요. 그래서 말입니다, 그 두 젊은 사내들은 송별연을 베풀기로 돼 있는 친구의 방으로 들어갔어요. 그리고 거기에서 으레 송별연에서 그렇듯이, 혹은 그 이상으로 잔뜩 가락을 부렸어요. 그리고 식사를 하는 동안에 이 집의 이층에서는 누가 살고 있느냐고 물어 봤더라나요. 그런데 아무도 아는 사람은 없고 그저 한 사람 주인의 하인이 그 두 사람의 『이층엔 색시들이 있느냐?』고 묻는 말에 대답하기를 『굉장히 많이 있어요.』라고 말했던 모양이에요. 식사가 끝나자 그 젊은 사내들은 주인의 서재로 가서 누군지도 모르는 여자에게 편지를 썼어요. 맹렬한 편지를, 사랑의 고백을 썼지요, 그리고 한참 친절을 베푼답시고 만약 글 가운데에 모르는 데라도 있으면 그것을 설명하려고 직접 그 편지를 가지고 이층까지 쫓아 올라갔다나요.」

「그런데 어째서 넌 그처럼 더러운 애길 나에게 다하는 거야? 그래서?」

「그래서 벨을 눌렀어요. 그러자 하녀가 나왔지요. 그 두 사람은 편지를 건네고 두 사람 다 금방 이 문 있는 데에서 죽어 버리고 말 만큼 사랑하고 있다는 것을 그 하녀한테 단언했어요. 하녀는 그들이 의심쩍어 옥신각신했어요. 그러자 거기에 느닷없이 소시지 같은 구레나룻의, 왕새우처럼 붉은 얼굴을 한 어느 신사 한 사람이 나타나서 이 집에는 그의 아내 이외의 어느 누구도 살고 있지 않다고 얘기하고 그 두 사람을 쫓아내 버렸어요.」

「어쩌면 넌 그렇게 네 말마따나 그 사람의 구레나룻가 소시지 같다는 것까지 소상하게 알고 있지 ?」

「어서 듣기나 해요. 난 오늘 그 중재를 하러 갔다왔단 말예요.」

「그래 어떻게 됐지 ?」

「여기가 가장 재미있는 부분인데, 이내 그 상대방이 구둥 문관과 그 부인이 행복한 부부라는 것을 알게 됐어요. 그리고, 구둥 문관이 항의를 제기해 왔기 때문에 내가 중재인이 된 셈인데 그 중재역이야말로 ! ……난 장담하지만 탈레이랑도 나하고 비교하면 아무것도 아녜요.」

「무엇이 그렇게 까다로왔길래 ?」

「글쎄 좀 들어 봐요…… 우린 물론 사죄했어요 ——『어떻다고 여쭐 말씀이 없읍니다, 불행한 오해에 대해선 천만 번 용서롤 빕니다.』라고 말예요. 그러자 소시지 수염의 구둥 문관도 누그러지기 시작했지만, 역시 이야기할 수 있는 데까지는 다 얘기하고 싶었던 거야. 두서너 마디 얘기하다가는 느닷없이 발끈 달아올라가지고 마구 악담을 퍼붓는 거예요. 그래서 난 또 내 외교적 수완을 발휘하지 않으면 안 되게 되어 버렸죠. 『아니, 말씀하실 것도 없읍니다, 그 두 사람의 행위는 물론 아주 좋지 않습니다. 그러나 그저 바라고 싶은 것은 오해라는 것과 젊음이라고 하는 것을 참작해 주셨으면 하는 겁니다. 게다가 또 그 젊은 사람들은 막 식사를 하고 난 뒤였으니까요. 그리고 잘 알고 계실 겁니다, 그 두 사람들은 또 진심으로 뉘우치고 있고, 그들의 죄를 용서해 주실 것을 바라고 있읍니다.』고 말예요. 그러자 또 구둥 문관은 낯빛을 부드럽게 하고는 ——『말씀하실 거나 있읍니까 백작, 나도 용서할 마음은 있읍니다. 그렇지만, 하여튼 우리 집 사람이, 성실한 부인인 우리 집 사람이 뒤를 쫓기기도 하고 창피스럽고 야비한 행동을 당하기도 했으니 말입니다, 어느 놈의 새끼인지도 모르는 어린 녀석들에게, 불한당 같은……』하고 말하지 않겠어요. 그런데 아실 테지만, 그 어린 녀석들이 거기에 있잖아요, 그래서 난 또 그쪽을 달래잖으면 안 돼요. 거기에서 난 또 그 외교 수완을 부려 겨우 결말이 나려고 하면 이번에는 또 구둥 문관이 화를 내고 얼굴을 붉히고 소시지 수염을 세우고 한단 말이야. 그러면 난 또 외교적인 기민을 부려야 하고.」

「아아, 이것은 당신한테도 꼭 말씀드리지 않으면 안 되겠어요 ! 」베트시는 웃으면서 그때 마침 그녀의 좌석으로 들어온 한 부인을 보고 말했다.「이분은 날 지금 배꼽이 빠지게 웃겼어요.」

「그럼, 잘해 봐요.」그녀는 부채를 들고 있던 손이 놀고 있는 손가락을 브론스키에게 내밀고서 어깨짓으로 올라간 옷의 허리춤을 내리고 각광의 빛 쪽으로 몸을 드러내어 가스의 불빛과 모든 사람들의 눈에 비칠 때에 충분히 어깨의 맨살이 나타나도록 하면서 덧붙였다.

브론스키는 프랑스 극장으로 마차를 몰았다. 실제로 그는 거기에서 이 극장의 어느 상연도 빠뜨려 본 적이 없다는 연대장을 만나지 않으면 안 됐던 것이다. 그것은 벌써 사흘째나 그의 흥미를 끌고 있고 그를 즐겁게 하고 있던 그 중재에 관한 일로 그와 상의를 하기 위해서였다. 이 사건의 관련자는 평소 그가 사랑하고 있던 페트리스키와 또 한 사람, 요즈음에 입대한 친구로서 손색이 없는 뛰어난 젊은 공작 케드로프였다. 그러나 주요한 것은 거기에 연대의 이해가 엇갈려 있다는 것이었다.

두 사람은 브론스키의 중대에 속하고 있었다. 그래서 그 관리 구등 문관 벤젠은 그의 아내를 모욕한 부하인 장교에 대한 불평을 연대장을 찾아와서 호소했던 것이다. 벤젠이 얘기한 바에 의하면 그의 젊은 아내는 —— 그는 아직 결혼한 지 채 반 년도 될까말까했다 —— 어머니와 함께 교회에 가 있었는데 몸의 상태가 좋지 않아 더 이상 서 있을 수가 없어서 맨 처음에 눈에 띈 삯마차를 잡아타고 집으로 돌아오는 길이었다. 그러자 두 사관들이 뒤를 쫓아왔기 때문에 그녀는 너무 놀란 나머지 더한층 병이 약화되어, 층층대를 뛰어올라 집으로 들어갔다. 벤젠은 관서에서 돌아오자 벨소리와 사람들 소리가 났기 때문에 자기가 나와 보았다. 그러자 술이 담뿍 취한 사관들이 편지를 손에 들고 있는 것을 보고 여지 없이 그들을 밀어내 버렸다는 것이었다. 그리고 그는 엄벌을 바란다고 했다.

「아냐, 아무래도,」하고 연대장은 브론스키를 자기 곁으로 불러 이렇게 말했다. 「페트리스키는 이제 어떻게 할 수도 없게 됐어. 단 한 주일도 무사하게 넘기는 일이 없으니 말야. 그 관리는 이대로 놔 두진 않을 거야, 틀림없이 더 대들 거야.」

브론스키는 이 사건이 그다지 아름답지 못하다는 것, 그렇다고 결투를 들고 나올 수도 없다는 것, 어쨌든 상대방인 구등 문관을 달래도록 하여 사건을 얼버무려 버리는 수밖에 없다는 것을 알았다. 연대장이 브론스키를 불렀던 것도 말하자면 그가 점잖고 총명하다는 것과, 그 가운데에서도 연대의 명예를 중하게 여기고 있는 사내라는 것을 알고 있었기 때문이었다. 그래서 그들은 상의한 결과 페트리스키와 케드로프 두 사람을 브론스키가 데리고 그 구등 문관에게 사죄하러 찾아가는 길밖에 없다고 결정을 지었다. 연대장과 브론스키는, 그들 두 사람 다 브론스키의 이름과 시종 무관이라고 하는 직함이 구등 문관을 움직이는 데 있어서 많은 도움이 되지 않으면 안 된다고 여겼던 것이다. 그리고 실제로 이

두 사실은 어느 정도 효과를 보였다. 그러나 화해의 결과는 앞서 브론스키가 얘기했던 것처럼 의심스러운 채로 남았던 것이다.

프랑스 극장에 도착하자 브론스키는 연대장과 단 둘이 복도로 나가 자기의 성공도 아니고 실패도 아닌 결과에 대해서 이야기했다. 앞뒤를 모두 곰곰히 생각하고 나서 연대장은 이 사건을 그냥 이대로 미해결인 채로 묻어 놓아 버리기로 결심했다. 그러나 이윽고 브론스키에게는 그를 찾아간 전말을 장난삼아 자세하게 묻고 그 구등 문관이 한 번 가라앉았다가는 별안간 또 사건의 시종을 상기하고 격분했다든지 브론스키가 화해의 마지막 한 마디와 함께 방향을 바꾸어 페트리스키를 앞으로 밀어내면서 뒤로 물러섰다든지 하는 것에 대해서 들었을 때에는 오랫동안 웃음을 거두지 못했다.

「아니, 그다지 탄복할 얘기도 아니지만, 정말 어쩐지 웃겨 주는군 그래. 케드로프도 설마 그자하고 결투는 할 수도 없을 것이고! 그래 그렇게 단단히 화가 났었던가?」웃으면서 그는 되물었다. 「건 그렇고 오늘 저녁의 클레르는 어떤가? 놀라지 않을 수 없어!」하고 그는 새로운 프랑스 여배우에 관한 얘기를 꺼냈다. 「아무리 보고 또 보아도 날마다 새로와지니까 말야. 아니, 정말 프랑스인이 아니고는 그렇게 할 수 없어.

6

공작 부인 베트시는 마지막 막이 끝나는 것도 기다리지 않고 극장을 나왔다. 그리고 집으로 돌아와 화장실에 들어가서 그 길고 창백한 얼굴에 분을 바르고 그것을 잘 닦아내고 옷차림을 고치고 나서 큰 객실에서 차를 막 시키고 나자 한숨을 돌릴 겨를도 없이 볼리쉬아야 모르스카야 거리에 있는 그 큼직한 저택에는 마차가 꼬리를 물고 들이닥치기 시작했다. 손님들이 넓은 현관에 내리면 아침마다 유리문 밖에서 통행인들에게 교화를 하기 위해 신문을 읽고 있는 몸집이 뚱뚱한 문지기가 그 큼직한 출입문을 소리도 없이 열어 손님들을 통과 시키고 있었다.

거의 똑같은 시각에 머리를 곱게 빗고 시원스러운 얼굴빛을 한 여주인은 한쪽 문에서, 찾아온 손님들은 다른 문에서 큰 홀로 들어왔다. 어두운 빛깔의 벽에 보풀보풀한 융단을 깐 순백의 식탁보와 은빛의 사모바르(러시아 특유의 물 끓이는 주전자), 자기로 된 커피 세트가 촛불의 불빛 아래에서 반짝이며 눈부시게 빛나고 있었다.

여주인은 사모바르 앞자리에 자리를 잡고 앉았다. 그리고 장갑을 벗었다. 일동은 눈에 띄지 않게 움직이는 하인들의 도움을 받아 의자를 움직이면서 두 패로 갈려서 제가끔 자리를 잡았다 —— 한 패는 여주인이 있는 사모바르의 둘레에, 다른 패는 객실 건너쪽 끝의 검은 우단옷에 검고 칙칙한 눈썹을 지닌 아름다운 공사(公使) 부인이 자리잡고 있는 언저리에. 얘기는 어느 쪽도 최초의 몇 분 동안은 언제나 그렇듯이 응접과 인사와 차를 권하는 말들로써 어디에 초점을 맞춰야 할지를 찾고 있는 것처럼 서성거리고 있었다.

「그 여인은 여배우로서도 범상치 않을 만큼 아름다와요. 칼 바하를 연구했다는 것이 첫눈으로도 알 수 있지 않아요.」하고 공사 부인의 주위에 있던 한 외교관이 말했다. 「당신께선 알아채셨던가요, 그 여인이 넘어져서……」

「아아, 제발, 닐리손 애긴 그만 좀 둡시다! 그 여자에 대해서는 이제 새로운 애긴 아무것도 할 수 없어요.」얼굴은 빨갛고 눈썹이 없는 가발도 쓰지 않은 새하얀 머리털의 낡은 비단옷을 걸친 뚱뚱한 부인이 말했다. 그것은 마음씨가 단순하고 태도가 거친 것으로 이름난『무서운 아이』라고 별명이 붙은 마흐카야 공작 부인이었다. 마흐카야 공작 부인은 두 편의 한 중간에 자리를 잡고 앉아 귀를 기울이고 있다가는 양쪽 말에 말참견을 했다. 「난 오늘 세 사람에게서 마치 의논이라도 한 듯이 칼 바하에 대한 똑같은 말을 들었어요. 도대체 어쨌다고 그런 말이 그렇게들 마음에 들었는지 모르겠어요.」

얘기는 이 참견 때문에 끊겨 버렸다. 그래서 또 새로운 화제를 생각해 내지 않으면 안 되었다.

「뭐든지 재미있는, 악의 없는 애길 들려 주세요.」영어로『잡담』이라고 불리는 아름다운 이야기의 명수인 공사 부인은 역시 무슨 애기를 꺼낼까 하고 망설이고 있던 외교관을 돌아보면서 말했다.

「그게 가장 어렵다는 거예요. 독기가 있는 애기만이 재미있는 것이니까요.」그는 웃는 낯으로 시작했다. 「그렇지만 어디 한번 해보겠읍니다. 주제를 말씀해 주세요. 무슨 일이든지 주제 나름이 아니겠어요. 주제만 있다면 그것을 이어 간다는 것은 그다지 어려운 일은 아닙니다. 난 이따금 생각하는 일이지만 전대(前代)의 재담꾼이라는 사람들도 오늘날에는 좀 기지가 있는 애기를 하려면 여간 힘이 들지가 않을 거예요. 슬기가 있다는 것은 언제나 곧 싫증이 나기 쉬운 것이니까요……」

「그 애기도 꽤 해묵은 애긴데요.」하고 웃으면서 공사 부인이 그것을 가로막왔다.

　애기는 부드럽게 시작되었으나 너무 지나치게 부드러웠기 때문에 이내 또 막히고 말았다. 그래서 결국, 역시 결코 바뀐 일이 없는 확실한 방법 —— 험담에 매달려야 할 길밖에 없었다.

　「당신께선 발견하시지 못하십니까, 투쉬케비치에게는 어딘지 그 루이 십오세 같은 데가 있다는 것을 ?」하고 그는 눈으로 탁자 곁에 서 있던 아름다운 금발의 젊은 사내를 가리키면서 말했다.

　「오오, 그럼요 ! 저분은 정말 객실에만 취미가 쏠려 있는 분이에요. 그러니까 여기에도 저렇게 자주 드나들고 있는 거예요.」

　이 애기는 이 객실에서는 애기할 수가 없었던, 말하자면 여주인과 투쉬케비치와의 관계에 대한 암시로서 애기됐었기 때문에 이야기가 지속되었다.

　한편 사모바르가 있는 여주인 주위에서도 애기는 잠시 동안 세 가지가 불가피한 화제 —— 최근의 사회의 소식, 극평(劇評), 가까운 사람들의 험담 사이를 역시 똑같이 배회하던 끝에 여기에서도 마찬가지로 마지막 화제, 남의 험담 쪽으로 떨어져 거기에서 머물렀다.

　「애기 들으셨어요, 말리치쉬체바가 —— 그 딸이 아니고, 어머니가 말이에요 —— 새빨간 빛깔의 옷을 지었다나요.」

　「어머나, 그래요 ! 아니, 훌륭하겠는 걸요 !」

　「난 깜짝 놀라 버렸어요. 그렇게 영리한 분이 —— 그분은 결코 분별이 없는 분이 아니니까요 —— 자기가 얼마나 우습게 보일 것인가 하는 것을 알아차리지도 못하다니 말예요.」

　제가끔들 불행한 말리치쉬체바를 비웃기도 하고 비난하기도 할 말을 가지고 있었으므로 애기는 마치 한참 불이 붙기 시작한 장작불처럼 즐겁게 불꽃을 튀기면서 타오르기 시작했다.

　공작 부인 베트시의 판화 수집가인 선량하게 보이는 비대한 남편은 아내한테 손님들이 와 있다는 것을 알고 클럽에 나가기 전에 객실에 들렀다. 부드러운 융단 위를 소리도 내지 않고 그는 마흐카야 공작 부인에게로 다가갔다.

　「어떠하셨어요, 닐리손은 마음에 드셨읍니까 ?」하고 그는 말했다.

　「어머나, 어쩌면 그렇게도 살그머니 다가오실 수가 있어요 ? 정말 깜짝 놀랐어요.」하고 그녀는 대답했다. 「정말이에요, 제발 나한테는 오페라 애긴 하시지도 마세요. 당신께서 어울려서 당신의 마졸리카 도자기라든지 판화 애기라도 하는 게 좋을 거예요. 그런데 언제가 그 골동품전에서 당신께선 어떤 보물을 캐내셨어요 ?」

「원하신다면 보여 드릴까요? 그렇지만 당신께선 골동품은 모르실 겁니다.」

「보여 주세요. 난 그 뭐라고 하더라…… 왜 그 은행가에게서 배웠어요…… 그분에게는 훌륭한 판화가 있거든요. 거기에서 보았어요.」

「아니, 그럼 당신께선 슈스부르그한테 가 보신 적이 있으세요?」하고 여주인은 사모바르 곁에서 물었다.

「네, 가 보았어요, ma chère(친애하는 벗이여). 나하고 남편을 식사에 초대해 주셔서 말예요. 그런데 이거 봐요, 그 식탁의 소스가 뭐 일천 루블이나 들었다던가 하는 얘기였어요.」하고 마흐카야 공작 부인은 모두가 그녀의 말에 귀를 기울이고 있다는 것을 느끼고 목청을 높여 이렇게 말했다. 「더군다나 그것이 더러워서 볼 수도 없는 소스지 뭐예요. 무엇인가 그 푸르뎅뎅한 게 말예요. 그래서 저희들도 초대하지 않으면 안 되게 되었기 때문에 난 팔십오 코페이카나 들여서 소스를 만들었는데, 그래도 모두들 아주 만족해 했어요. 일천 루블이나 들여서 소스를 만든다든지 하는 것은 난 엄두도 낼 수 없는 일이에요.」

「그분 같은 분은 둘도 없어요!」하고 여주인이 말했다.

「거 참 놀랍군요!」하고 누군가가 말했다.

마흐카야 공작 부인의 말로 야기되는 효과는 언제나 똑같은 것이었다. 그녀가 그러한 효과를 낳게 할 수 있는 비결은 지금처럼 기회를 딱 알맞게 붙들었다고는 얘기할 수 없지만 무엇인가 의미가 있는 간단한 것을 얘기하는 점에 있었다. 그녀가 살고 있던 사회에서는 이러한 말이 가장 슬기 있는 경구(警句)의 작용을 일으키고 있는 것이었다. 마흐카야 공작 부인은 그러한 것이 어째서 그렇게 효력을 가질 수가 있는가 하는 그 이유를 알 수는 없었지만, 하여튼 그것이 효력을 가지고 있다는 것을 알고 있었고, 또 언제나 그것을 이용하고 있었다.

마흐카야 공작 부인이 얘기를 하고 있는 동안 모두가 그녀의 얘기에 귀를 기울이고 있었기 때문에 공사 부인의 주위에서도 이야기가 끊겨 있어서 여주인은 두 패를 한데 얽으려는 생각으로 공사 부인을 향해서 입을 열었다.

「당신께선 정말 차를 드실 생각이 없으세요? 정말 얼른 이리 건너와 주셨으면 좋겠어요.」

「아녜요, 우린 정말 여기가 좋아요.」하고 공사 부인은 웃는 얼굴로 대답하고 하고 있던 이야기를 계속 이어 나갔다.

그것은 대단히 유쾌한 화제였다. 그들은 카레닌 내외에 대해서 갖가지로 헐뜯고 있었다.

「안나는 모스크바를 다녀오더니만 아주 달라졌어요. 그분에게는 무엇인가 그 이상한 데가 있지 않아요.」하고 그녀의 여자 친구가 말했다.

「변화 가운데에서도 눈에 띄는 것은 그분이 자기와 함께 알렉세이 브론스키의 그림자를 데리고 오셨다는 거예요.」하고 공사 부인은 말했다.

「아니, 어쨌다구요? 하기야 그림 형제의 작품에도 그림자가 없는 사내니 그림자를 잃은 사내니 하는 동화가 있긴 해요. 그렇지만 그것은 어떤 죄로 그 사내에게 내린 벌이에요. 무슨 죄로 벌을 받았는진 난 전혀 알 수가 없지만 말예요. 어쨌든 여자로서 그림자가 없다는 것은 불쾌한 일임엔 틀림없어요.」

「그래요, 그렇지만 그림자를 지니고 있는 여잔 대개 끝장이 좋지 않아요.」하고 안나의 여자 친구는 말했다.

「어머나, 당신들에겐 헛병이 생길 거예요.」불쑥 마흐카야 공작 부인이 이러한 얘기들을 듣고 외쳤다. 「카레니나는 아름다운 부인이에요. 난 그분의 바깥 주인은 좋아하지 않지만 그분은 정말 좋아해요.」

「어째서 당신은 바깥 어른을 싫어하세요? 그렇게 훌륭하신 분인데요.」하고 공사 부인이 말했다. 「우리 집주인은 언제나 이야기하고 있어요. 그만한 정치가는 유럽에도 드물다고요.」

「그래요, 우리 집에서도 똑같은 애길 하고 있어요. 그렇지만 난 믿지 않아요.」하고 마흐카야 부인은 말했다. 「만약 우리네 남편들이 그런 애길 하지 않았던들 우리들은 사물을 있는 그대로 보았을 거예요. 알렉세이 알렉산드로비치는 내가 알기엔 멀쩡한 바보예요. 물론 이런 애긴 큰소리로 말 할 수는 없지만 말예요…… 그렇잖아요, 이것으로서 모든 것이 얼마나 확실하게 됐느냐 말예요? 그러니끼 그 전에 그분을 현명한 사람으로 보도록 말을 듣고 있었을 때엔 난 아무리 찾아보아도 그분의 현명한 데가 발견되지 않기 때문에, 결국은 자기를 바보라고 여기기도 했읍니다만, 한 번 작은 목소리로——『그분은 바보다.』하고 얘기해 보면 모든 것이 단번에 확연하게 되지 않겠어요. 어때요, 그렇지 않아요?」

「어머나, 오늘 당신은 정말 입이 아주 험상궂군요!」

「아녜요, 조금도 그렇지 않아요. 그렇지만 나에겐 달리 어떻게 할 방도가 없어요. 하여튼 두 사람 가운데의 그 누군가가 바보임엔 틀림없어요. 그런데, 당신께서도 잘 알고 계실 테지만, 어떤 일이 있어도 자기를 바보라고 얘기할 수는 없는 노릇이니까요.」

「어느 누구도 그 재산에는 만족하지 않으나 그 재능에는 만족한다.」하고 외교관은 프랑스 시를 읊었다.

「그래요, 그래요, 바로 그대로예요.」마흐카야 공작 부인은 얼른 그에게로 얼굴을 돌리고 말했다. 「하여간 애기의 요점은 내가 안나를 당신들의 험담거리로 하지 않겠다는 데 있어요. 그분은 정말 훌륭하고 귀여운 분이에요. 그 어떤 사람들이 제아무리 그분에게 홀딱 반해 가지고 그림자처럼 뒤따라다니고 있다기로서니 그분께서 알 바는 아니잖겠어요?」

「그래요, 그야 나도 뭐 그분을 헐뜯으려는 생각은 아녜요.」안나의 여자 친구는 변명하기에 바빴다.

「아무리 우리들 뒤에 그림자처럼 따라다니고 있는 사람이 없다고 하더라도 그것을 가지고 남을 헐뜯고 꼬집고 할 권리를 가지고 있다고는 얘기할 수 없겠지요.」

이렇게 안나의 여자 친구를 여지 없이 다잡아놓고 나자 마흐카야 공작 부인은 일어서서 공사 부인과 함께 프러시아 왕에 대한 일반적인 이야기가 진행되고 있던 탁자 쪽으로 붙었다.

「당신넨 누구의 험담을 하고 있었죠?」베트시가 물었다.

「카레닌네에 대해서였어요. 공작 부인이 알렉세이 알렉산드로비치의 성격 해부를 했어요.」미소와 함께 탁자 머리에 앉으면서 공사 부인이 대답했다.

「아니, 그 얘길 듣지 못한 것이 유감스럽군요.」하고 입구 쪽을 보면서 여주인은 말했다. 「아아 필경은 오는군!」하고 그녀는 들어오고 있던 브론스키 쪽으로 웃는 얼굴을 돌렸다.

브론스키는 좌중의 여러 사람들과 모두 알고 지냈을 뿐만 아니라 거기에 와 있던 사람들과는 날마다 얼굴을 대하고 있었기 때문에 금방 나갔던 방으로 되돌아온 사람처럼 자연스러운 태도로 들어왔다.

「내가 지금 어디에서 오느냐고요?」그는 공사 부인의 물음에 대답했다. 「별도리가 없군요, 고백해야 할 수밖에, 부프[笑劇]에서입니다. 거기엔 벌써 백 번도 더 간 것 같은데 언제 가도 새로운 만족을 느끼지요. 정말 훌륭해요! 난 그것이 부끄러운 일이라는 것을 알고는 있읍니다. 그렇지만 오페라에서는 곧 잠이 들고 마는 내가 부프에서는 끝까지 버티고 앉아 즐겁게 듣고 있었어요, 게다가 또 오늘은……」

그는 프랑스 여배우의 이름을 듣고 그 여자에 대해서 무엇인가를 애기하려고 했으나 공사 부인이 익살 섞인 두려워하는 듯한 얼굴을 하고 그의 말을 가로막았다.

「제발 그런 끔찍한 이야기는 아예 입 밖에 내놓지도 마세요.」

「그럼, 하지 않겠읍니다. 그렇지 않아도 여러분께선 이 같은 끔찍함을 알고 계실 테니까.」

「그리고 만약 오페라나 마찬가지로 즐겁게 볼 수가 있게만 되면 여러분들께서도 가게 될 것입니다.」 마흐카야 공작 부인이 얼른 말을 받았다.

7

　입구 쪽에서 발소리가 들렸다. 공작 부인 베트시는 그것이 안나라는 것을 알고 브론스키의 얼굴을 흘끗 쳐다보았다. 그는 문 쪽을 보고 있었다. 그러자 그의 얼굴은 기묘하게 새로운 표정을 지었다. 그는 기쁜 듯이 뚫어지게, 동시에 또 수줍음을 가지고 들어온 사람을 보고, 그리고 천천히 몸을 일으켰다. 객실에 안나가 들어왔다. 그녀는 언제나처럼 유달리 몸을 꼿꼿이 펴고 눈의 방향을 바꾸지도 않고 그녀의 그 재고 야무진 그러면서도 경쾌한, 다른 사교계의 부인들로부터 현저하게 그녀를 구별하는 걸음걸이로 여주인과의 거리를 좁히려고 몇 걸음을 걸어 그녀의 손을 쥐고 미소를 띠면서 그 웃는 얼굴 그대로 브론스키를 돌아보았다. 브론스키는 정중하게 인사를 하고 그녀에게 의자를 권했다.
　그녀는 그저 머리를 끄덕이는 것만으로 그것에 대답하고 얼굴을 붉히고 눈살을 찌푸렸다. 그러나 곧 얼른 친지들에게 인사를 하고 내민 손들을 쥐면서 여주인 쪽으로 얼굴을 돌렸다.
　「난 리지야 백작 부인에게 가 있었어요. 더 빨리 들르려던 것이 그만 오래 주저 않고 말았어요. 마침 죤 경(卿)이 와 계셔서 말예요. 그분은 정말 재미있는 분이더군요.」
　「아아, 그 선교사 말씀이죠?」
　「네, 그분께서 말예요, 인도의 생활에 대해서 아주 재미있는 이야기를 해주셨어요.」
　안나가 왔기 때문에 잠시 끊겼던 이야기는 바람에 꺼지려던 램프의 불꽃처럼 다시 가물거리면서 타올랐다.
　「죤 경! 아아, 죤 경, 나도 그분은 뵌 적이 있어요. 그분의 얘기 솜씬 정말 대단해요. 블라시예바는 그분에게 홀딱 반해서 지금 정신이 없어요.」
　「그건 그렇고, 블라시예바의 동생이 토포프에게 시집가는 게 정말인가요?」
　「네, 이제 완전히 이야기가 됐다든가 그래요.」
　「난 부모들이 이상스럽게 여겨져요. 뭐 그것이 연애 결혼이라나 그렇죠.」
　「연애 결혼이라구요? 아니, 당신은 어쩌면 그렇게 케케묵은 생각을 다 가지고 계세요! 오늘날 연애 결혼이니 하는 얘길 하고 있는 사람이 누가 있는 줄 아세요?」하고 공사 부인이 말했다.

「그렇지만 어떻게 하겠읍니까? 이 우열한 낡은 방식이 역시 아직은 폐절되지 않고 있는 것을.」하고 브론스키가 거들었다.

「그런 방식을 고수하고 있는 사람은 갈수록 나빠질 뿐이에요. 행복한 결혼은 다만 이성에 의해서 맺어질 뿐이니까요.」

「그렇습니다, 그러나 그 대신, 이성에 의한 결혼의 행복이 그 전에는 인식하지 않았던 바로 그 정열의 출현으로 먼지처럼 흩날려 버리는 일도 흔히 있는 현상이거든요.」하고 브론스키는 말했다.

「그렇지만 우리들이 말하고 있는 이성에 의한 결혼이라고 하는 것은 두 사람 다 이미 방종한 생활을 하고 난 뒤의 결혼을 말하는 거예요. 그것은 성홍열과 마찬가지로 누구나 한번은 통과하지 않으면 안 되는 관문이지요.」

「그럼 천연두처럼 인위적으로 사랑을 접종하는 방법을 연구하지 않으면 안 되겠군요.」

「난 젊었을 적에 교회지기를 사랑한 일이 있었어요.」하고 마흐카야 공작 부인은 말했다. 「그렇지만 그것이 나에게 도움이 되는지 어떤지는 모르겠어요.」

「아녜요, 난 농담이 아니고, 사랑을 알려면 한 번은 과실을 저지르고 그런 뒤에 고치지 않으면 안 된다고 믿고 있어요.」공작 부인 베트시는 말했다.

「아니, 그럼 결혼해서도요?」장난 섞인 어조로 공사 부인이 물었다.

「뉘우침에 늦다고 하는 것은 조금도 없읍니다.」하고 외교관이 영국의 속담을 입에 담았다.

「바로 그것이에요.」베트시는 맞장구를 쳤다. 「한 번 실수를 하고, 그런 연후에 고쳐야 한다는 것이 필요해요. 당신께선 어떻게 생각하세요?」하고 그녀는 입술에 겨우 알아차릴 수 있을 만큼의 엷은 미소를 띠고 이 말을 듣고 있던 안나 쪽으로 얼굴을 돌렸다.

「난 말예요.」안나는 벗은 외투를 만지작거리면서 말했다. 「난 이렇게 생각해요…… 만약 머리가 다르듯이 생각도 다른 것이라고 한다면 마음이 다른 만큼 사랑의 종류도 다를 것이라고요.」

브론스키는 안나를 바라보고 심장이 얼어붙는 듯한 생각으로 그녀의 입에서 말이 떨어지기를 기다리고 있었다. 그러자 그녀가 이 말을 다 끝마쳤을 때에는 그는 마치 무엇인가의 위험이 지나간 뒤처럼 긴 안도의 한숨을 쉬었다.

안나는 별안간 그에게로 얼굴을 돌렸다.

「그런데 난 모스크바에서 편지를 받았어요. 키치 쉬체르바스키가 굉장히 앓고 있다고 쓰여 있더군요.」

「정말입니까?」브론스키는 눈살을 찌푸리고 말했다.

안나는 엄격한 얼굴을 하고 그를 쏘아보았다.

「당신께선 그것을 어떻다고도 여기시지 않으세요?」

「아니, 어디요, 정말 놀랐읍니다. 가르쳐 주셔도 좋으시다면, 그래 뭐라고 쓰였던가요?」하고 그는 물었다.

안나는 일어서서 베트시에게로 다가갔다.

「차 한 잔 주시겠어요?」그녀는 그녀의 의자 뒤에 멈추면서 말했다.

공작 부인 베트시가 그녀에게 차를 따르고 있는 동안에 브론스키는 안나 곁으로 가까이 갔다.

「그래, 뭐라구 쓰였던가요?」하고 그는 되풀이했다.

「난 흔히 그렇게 여기고 있읍니다만 남자들이라고 하는 것은 비천이라고 하는 것이 무엇인지를 전혀 모르고 있는 주제에 언제나 그것을 입에 담고 있는 거예요.」안나는 그의 물음에는 대꾸도 하지 않고 이렇게 말했다. 「난 진작부터 당신께 말씀드려야겠다고 생각하고 있읍니다만.」하고 그녀는 덧붙이고 몇 걸음 걸어 앨범이 놓여 있는 구석 쪽의 탁자 옆에 앉았다.

「난 당신의 말의 뜻을 전혀 모르겠는 걸요.」그는 그녀에게 찻잔을 건네주면서 말했다.

그녀는 자기 옆의 소파를 돌아보았다. 그래서 그는 곧 거기에 앉았다.

「네, 난 꼭 한 번 당신께 말씀드리려고 하고 있었어요.」그녀는 그를 보지 않고 말했다. 「당신은 나쁜 짓을 하셨어요, 나쁜 짓이에요, 정말 나쁜 짓이에요.」

「그럼 당신께선 지금 내가 자기가 한 짓이 좋지 않다는 것을 모르고 있는 줄 아십니까? 그렇지만 내가 그런 짓을 감히 했다는 것은 도대체 누구 때문입니까?」

「당신께선 어떤 생각으로 나에게 그런 말씀을 하시는 거죠?」그녀는 엄격하게 그를 쳐다보면서 말했다.

「그것은 당신께서 알고 계실 겁니다.」그는 용감하고 즐겁게 그녀의 눈동자를 바라보며 시선을 놓치지 않고 대답했다.

브론스키보다도 그녀가 당황했다.

「그것은 그저 당신에게 사랑이 없다는 것을 증명하고 있을 뿐이에요.」하고 그녀는 말했다. 그러나 그녀의 눈동자는 그녀가 그에게 정열이 있다는 것을 알고 있고, 또 그 때문에 그를 두려워하고 있다는 것을 말하고 있었다.

「당신께서 금방 말씀하신 것은 과실이고 그것은 사랑이 아닙니다.」

「당신께선 알고 계실 거예요. 그런 말씀, 그런 메스꺼운 말씀을 입에다 담는 것을 내가 당신에게 금했던 것을.」몸을 떨며 안나는 말했다. 그러나 거기에서 그녀는 곧 이 금했다고 하는 한 마디로 자기가 그에게 대해서 어떤 권리를 가지고 있다는 것을 승인한 폭이 되어 그 때문에 오히려 그에게 사랑에 대한 이야기를 할 수 있는 용기를 부채질한 결과가 된 것을 느꼈다. 「난 진작부터 말씀을 드리려고 하고 있었는데,」그녀는 결연히 그의 눈을 똑바로 쳐다보고 그녀의 얼굴을 불타오르게 하고 있던 흥분으로 온 몸을 빨갛게 불태우면서 이렇게 계속했다. 「오늘은 당신을 뵈올 수 있으리라고 여기고 일부러 찾아 들렀어요. 정말 이런 일은 이제 그만 끝을 내지 않으면 안 돼요. 난 이 말씀을 드리려고 찾아왔어요. 난 지금까지 어느 누구 앞에서도 얼굴을 붉힌다든지 하는 일은 결코 없었는데 당신께선 나에게 무엇인가 내가 죄를 저지르고 있는 것 같은 느낌을 일으키게 해주고 있어요.」

그는 그녀의 얼굴을 쳐다보았다. 그리고 그 얼굴의 새로운 정신적인 아름다움에 충격을 느꼈다.

「그럼 당신은 나에게 어떻게 하라는 말씀이십니까?」하고 그는 단순하고 진지하게 말했다.

「난 당신께서 모스크바로 가서서 키치에게 용서를 빌어 주셨으면 하는 생각이에요.」하고 그녀는 말했다.

「당신께선 그것을 바라고 계시지는 않을 겁니다.」하고 그는 말했다.

그는 그녀가 말하고 있는 것은 자기에게 강요하여 그렇게 얘기하고 있을 뿐이고 진심으로 얘기하고 있지 않다는 것을 알았다.

「만약 당신께서 말씀대로 나를 사랑하고 계신다면,」그녀는 속삭이듯이 말했다. 「제발 내 마음이 가라앉도록 해주세요.」

그의 얼굴은 빛났다.

「그럼 당신께서는 나에게는 당신이 나의 인생의 전부라는 것을 모르신다는 말씀이군요. 그러나 안정이라든지 하는 것은 난 모릅니다. 그러니 당신에게 드릴 수도 물론 없읍니다. 내 일신이라든지 사랑이라든지가 전부라면…… 그럴 수도 있지만 난 당신과 나를 따로따로 생각할 수는 없읍니다. 당신과 나는 나에게는 하나입니다. 그리고 난 당신에게도 앞으로 안정이라든지 하는 것이 있을 수 있으리라고는 여기지 않습니다. 난 절망과 불행…… 그렇지 않으면 행복, 끝없는 행복, 이 둘의 가능을 볼 뿐입니다!…… 그것은 정말 있을 수 없는 일일까요?」그는 그저 입술만으로 덧붙였으나 그녀는 알아들었다.

그녀는 이야기하지 않으면 안 될 것을 못박으려고 이성의 힘을 집중시켰지만,

그러나 그 대신 사랑이 흘러넘치는 눈동자를 그의 얼굴에다 못박았을 뿐이었다. 그리고 어떻다고도 대답을 하지 않았다.

『바로 이거다!』하고 그는 환희에 넘쳐 생각했다. 『내가 이미 실망하고 있던 바로 그 고비에, 아무래도 결말이 없으리라고 여기고 있던 바로 그 고비에—— 바로 이것이! 이 여자는 날 사랑하고 있다. 그리고 그것을 고백하고 있다.』

「그럼 날 위해서 말예요. 제발 이렇게 해주세요, 앞으로는 나에게 이런 얘길 절대 입에 담지 말아 줘요. 그리고 좋은 친구가 됩시다.」 그녀는 입으로는 이렇게 말했으나 그 눈동자는 전연 다른 것을 이야기하고 있었다.

「우린 친구가 될 수는 없읍니다. 그것은 당신 자신도 알고 계시잖아요. 우리 두 사람은 그저 이 세상에서 가장 행복한 사람이 되든지 가장 불행한 사람이 되든지예요. 그리고 그것은 당신의 손에 달려 있는 것입니다.」

그녀는 무엇인지를 얘기하려고 했으나 그가 그것을 가로막았다.

「그래서 내가 바라고 싶은 것은 오직 하나 지금처럼 희망을 걸기도 하고 괴로와하기도 하는 권리를 갖게 해주셨으면 하는 것입니다. 그러나 만약 그것마저도 안 된다고 한다면 제발 나에게 사라져 버리라고 명령하십시오. 그러면 난 사라져 버리겠읍니다. 만약 내 존재가 당신에게 괴로움이 된다면 나는 두 번 다시 뵙지 않도록 하겠읍니다.」

「난 당신을 어디로도 쫓아 버리고 싶지는 않아요.」

「그러시다면 제발 아무것도 변화시키지 말고 놔 두세요. 모든 것을 있는 그대로 내버려둬 두십시오.」 하고 그는 떨리는 목소리로 말했다. 「아니, 댁의 주인이십니다.」

실세로 이 순간에 알렉세이 알렉산드로비치가 언세나 그의 그 침착하고 거북살스러운 걸음걸이로 이 객실에 들어왔다.

아내와 브론스키를 돌아보고 나자 그는 여주인 곁으로 다가가서 찻잔을 앞에 놓고 앉은 그 특유의 말투로 누구누구 할 것 없이 구슬려 대기 시작했다.

「아니, 이건, 람불리예(기지와 예법으로 가득 찬 사교계)의 여러분들이 총 동원된 셈이군요.」 그는 좌중을 둘러보면서 말했다. 「미(美)의 여신들, 뮤즈의 여신들.」

그러나 그의 이 말투, 자기가 이름지어 불렀던 이 냉소적인 가락을 견뎌낼 수 없었던 공작 부인 베트시는 총명한 여주인으로서 곧 그를 일반적인 병역 의무라는 진지한 논제 속으로 끌어들였다. 알렉세이 알렉산드로비치는 곧 그 애기에 끌려들어 그에게 공격의 화살을 퍼부었던 공작 부인 베트시 앞에 이제는 정색을 하고 신제도에 대해 변호를 하기 시작했다.

브론스키와 안나는 자그마한 탁자 곁에 그냥 그대로 앉아 있었다.

「차츰 점잖지 못하게 되는군요.」하고 한 부인이 눈으로 카레니나와 브론스키와 그녀의 남편을 가리키면서 속삭였다.

「그러니깐 내가 아까 뭐랬어요?」하고 안나의 여자 친구가 대답했다.

그러나 유독 이 부인들만이 아니고, 객실에 있었던 사람들은 거의 모두 마흐카야 공작 부인과 베트시 자신까지도 마치 그것이 그들에게 방해라도 되듯이 좌중 사람들과 떨어져 있던 두 사람 쪽을 몇 번이고 흘끔흘끔 바라보고 있었다. 오직 한 사람 알렉세이 알렉산드로비치만은 한 번도 그쪽을 보지 않고 금방 시작했던 흥미있는 화제에서 주의를 돌리려고 하지 않았다.

모든 사람들에게서 불쾌한 인상을 알아채자 공작 부인 베트시는 알렉세이 알렉센드로비치의 청취자역인 자기의 위치에 다른 사람을 끌어들여 놓고 안나에게로 다가갔다.

「난 댁의 주인의 말씨가 명확하고 정확한 것에 언제나 탄복하고 있어요.」하고 그녀는 말했다.「저분께서 말씀해 주시면 아무리 심오한 것이라도 금방 머리에 들어와요.」

「오오, 그래요!」안나는 행복의 미소로 빛나면서 베트시의 얘기는 한 마디도 알아듣지 못하고 이렇게 말했다. 그녀는 큰 탁자 쪽으로 옮겨 가서 일동의 이야기에 끼어들었다.

알렉세이 알렉산드로비치는 반 시간쯤 거기에 앉아 있다가 아내 곁으로 다가가서 함께 집으로 돌아가자고 권했다. 그러나 그녀는 그의 얼굴은 보지도 않고 만찬에 남겠다고 대답했다. 알렉세이 알렉산드로비치는 모두들에게 인사를 하고 나갔다.

카레니나의 마부인 반질반질 윤이 나는 가죽 외투를 걸친 뚱뚱하고 나이가 든 타타르 인은 현관 앞 차도에서 추위에 떠는 잿빛의 부마(副馬)를 간신히 억누르고 있었다. 하인은 문을 연 채 서 있었다. 문지기는 바깥 문을 잡고 서 있었다. 안나 아르카지예브나는 조그마한 손을 재게 놀려 모피 외투의 훅에 걸린 옷소매의 레이스를 끄르고 있었다. 그리고 자기를 배웅하는 브론스키의 말을 고개를 기울이며 황홀하게 듣고 있었다.

「하여튼 당신께서는 아무런 얘기도 하지 않은 것으로 합시다. 그리고 나도 아무것도 요구하지는 않습니다.」하고 그는 말했다.「그러나 당신께서도 나에게 필요한 것은 우정이 아니라는 것을 알고 계십니다. 나에게는 이 세상에 있어서 오직 하나의 행복이 있을 수 있을 뿐입니다. 그것은 당신께서 그렇게도 싫어하고 계시는 말……그렇습니다, 사랑……이라고 하는 것입니다.」

「사랑……」그녀는 가슴 속의 깊은 곳에서 나오는 듯한 목소리로 천천히 되뇌었다. 그리고 레이스를 끄름과 동시에 갑자기 덧붙였다.「내가 이 말을 좋아하지 않는 것은 나에게는 그것이 너무나 많은 의미, 당신께서 생각하고 계시는 것보다도 훨씬 많은 의미를 가지고 있기 때문이에요.」하고 말하고 그녀는 그의 얼굴을 뚫어지게 지켜보았다.「그럼, 안녕!」

그녀는 그에게 손을 내밀고 나서 민첩하고 탄력 있는 걸음걸이로 문지기의 옆을 지나 마차 속으로 사라졌다.

그녀의 눈동자와 그 손의 촉감은 그를 불타오르게 했다. 그는 자기 손바닥의, 그녀가 만진 부분에 입을 맞췄다. 그리고 오늘 밤은 최근의 두 달 동안보다도 훨씬 더 많이 자기의 목적 도달에 가까와졌다는 생각에 행복에 젖어 집으로 돌아왔다.

8

알렉세이 알렉산드로비치는 자기의 아내가 브론스키와 둘이서 다른 탁자 곁에 앉아 무엇인가를 열심히 이야기하고 있었다는 사실에서 행실이 바르지 못한 점을 발견하지 않았다. 그러나 그는 객실에 있던 다른 사람들에게는 그것이 무엇인가 야릇하고 쑥스러운 것처럼 느껴졌던 것을 알아채고, 그 때문에 그에게도 그것이 쑥스러운 것처럼 느껴졌다. 그는 이 일에 대해서는 한 번 아내에게로 주의를 주지 않으면 안 되겠다고 결심했다.

집으로 돌아오자 알렉세이 알렉산드로비치는 항상 그러했던 것처럼 자기의 서재로 가서 안락의자에 앉아 가톨릭교의 서적에 페이퍼 나이프를 끼어 두었던 곳을 펴고 언제나처럼 한 시까지 그것을 읽었다. 가끔가다 그는 그 높다란 이마를 문지르기도 하고 무엇인지를 쫓는 것처럼 그 머리를 흔들기도 하고 했다. 정한 시간이 되자 그는 일어서서 언제나처럼 밤의 몸단장을 했다. 안나 아르카지예브나는 아직 돌아와 있지 않았다. 책을 옆구리에 끼고 그는 위층으로 올라갔다. 그러나 오늘 밤은 언제나의 직무상의 일에 관한 고려와 상상 대신에 그의 마음은 아내의 일과 그녀에게 일어나고 있는 무엇인지 불쾌한 것으로 가득 차 있었다. 그는 그의 그 습관에 반해서 잠자리에는 들어가지 않고 두 손을 등 뒤에 깍지낀 채 방안을 왔다갔다 하기 시작했다. 무엇보다도 먼저 새로 일어난 사태에 대해서 잘 생각해 보지 않으면 안 되겠다고 여기자 잠자리에 들어갈 수가 없었다.

알렉세이 알렉산드로비치가 자기 혼자 생각만으로 한 번 아내에게 이야기해 둘 필요가 있다고 결심했을 때에는 그것은 극히 용이하고 간단한 것 같은 느낌이 들었다. 그러나 지금 새로 일어난 사태에 대해서 갖가지로 생각하기 시작하자 그것은 매우 착잡하고 어려운 것처럼 여겨지기 시작했다.

알렉세이 알렉산드로비치는 샘이 많은 사내는 아니었다. 질투는 그가 믿는 바에 의하면 아내를 모욕하는 것으로서 남편은 끝까지 아내를 신뢰하지 않으면 안 된다. 그러나 어째서 신뢰하지 않으면 안 되는가, 말하자면 그의 젊은 아내가 끊임없이 그를 사랑할 것이리라는 것에 어째서 완전한 믿음을 두지 않으면 안 되는가 하는 것에 대해서 그는 생각해 본 적도 없었다. 그러나 그는 신뢰를 가지고 있었고, 또 그것을 가질 필요를 자기에게 역설하고 있었기 때문에 지금까지 한번도 의혹이라는 것을 경험한 일이 없었다. 그러나 지금에도 질투라는 것은 수치스러운 감정이고 아내를 어디까지나 믿지 않으면 안 된다는 신념은 조금도 파괴되지 않고 있는데, 그는 무엇인가 불합리하고 부조리한 것과 얼굴을 맞대고 있는 것 같은 기분에 어떻게 해야 할지를 몰랐다. 알렉세이 알렉산드로비치는 인생의 기로에 —— 그의 아내에게도 그 이외의 누군가에 대한 사랑이 있을 수 있다는 사실 앞에 얼굴을 맞대고 선 것이었다. 그러자 그에게는 그것이 몹시 불리하고 불가해한 것으로 여겨졌다. 왜냐하면 그것이 인생, 그것이었기 때문이었다. 자기의 지금까지의 생애를 알렉세이 알렉산드로비치는 자신이 근무하는 일로 보냈고 또한 일해 왔기 때문에 집안 문제에 부딪칠 때는 피하면서 지내 왔다. 그래서 지금 그는 마치 절벽 위에 걸려 있는 다리를 안심하고 건너고 있던 사람이 느닷없이 그 다리가 부서지고 밑에는 깊은 못이 입을 벌리고 있는 것을 보았을 때에 경험하는 것과 같은 감정을 경험하고 있었다. 이 심연(深淵)이야말로 인생 그것이었고 다리는 즉 알렉세이 알렉산드로비치가 지나왔던 인위적인 생활이었던 것이다. 그의 아내에게도 역시 누군가를 사랑할 수 있는 가능성이 있다는 문제가 그의 머리에 일어난 것은 이것이 처음이었다. 그는 그 앞에 몸을 떨었다.

그는 옷을 갈아입지도 않고 규칙 바른 걸음걸이로 하나의 램프로 밝혀 있는 식당과, 잘 울리는 조각나무 세공의 마루 위와 컴컴한 객실의 융단 위를 왔다갔다 하고 있었다. 소파 위에 걸려 있는 요즈음에 완성된, 그의 큼직한 초상화를 희미하게 불빛이 비추고 있었다. 그는 또 아내의 서재에도 들어가 보았다. 거기에서는 두 자루의 촛불이 그녀의 친척과 여자 친구들의 초상화와 그녀에게도 오래 전부터 낯익은 아름다운 조그마한 장식품들을 비추면서 타고 있었다. 그녀의 방을 지나자 그는 침실의 문까지 갔으나 거기에서 다시 발을 돌렸다.

이런 차례로 한 바퀴 돌 때마다 그것도 대부분은 식당의 조각나무 세공의 마루 위에서 발을 멈추고 그는 자기에게 말했다——『그렇다, 이것은 무슨 일이 있어도 해명하지 않으면 안 된다. 말리지 않으면 안 된다. 이것에 대한 내 의견과 결심을 토로하지 않으면 안 된다.』그리고 그는 뒤로 돌았다. 『그러나 도대체 뭣을 토로한단 말인가? 어떤 결심을?』그는 객실로 오는 동안 자기에게 물었으나 그 해답을 찾아내지 못했다. 『그러나 결국,』하고 그는 서재 쪽으로 돌아서려고 하기 전에 자신한테 물었다. 『무슨 일이 있었다는 걸까? 아무것도 없지 않은가. 하긴 그녀는 오랫동안 그 사내와 이야기하고 있었다. 그래 그것이 어쨌다는 거야? 사교계의 여자가 어느 누구와 얘길 하는 것이 희한한 짓일까? 그것을 나중에 가서 질투한다—— 말하자면 쟈기나 그녀를 천하게 할 뿐이지 않는가.』그는 그녀의 서재로 들어가면서 자기에게 말했다. 그러나 이전에는 그에게 그렇게 큰 무게를 가지고 있었던 이 이론도 지금에 와서는 아무런 무게도 없고, 또 아무런 의미도 주지 않았다. 그리고 그는 침실 문 앞에서 다시 홀로 돌아왔다. 그러나 그가 본디의 컴컴한 객실로 발을 들여놓자마자 그의 귓전에서 그 언목소리가, 『그것은 그렇지 않다, 만약 다른 사람들이 그것을 알아챘다고 한다면 그것은 거기에 무엇인가가 일어나고 있다는 것을 의미하고 있는 것이다.』라고 속삭였다. 그래서 그는 식당에 왔을 때에 재차 자기에게 이렇게 말했다——『그렇다, 이것은 어떻게든지 해결하지 않으면 안 된다. 말리지 않으면 안 된다. 자기의 의견을 토로하지 않으면 안 된다…….』그리고 다시 또 객실로 오자 발을 돌리기 전에 그는 자기에게 이렇게 물었다—— 그럼 어떻게 해결하지 않으면 안 된단 말인가? 그러고 나서 또 자문했다—— 도대체 무슨 일이 있었단 말인가? 그리고 대답했다—— 아무것도 없다. 그리고 또 질투는 아내를 모욕하는 감정이라는 것을 생각해 냈다. 그러나 또 객실로 왔을 때에는 무엇인가가 있었을 것이라는 생각이 들기 시작했다. 이렇게 그의 생각은 그의 육체처럼 아무런 새로운 것에도 부딪치는 일 없이 뺑뺑 동그라미를 그릴 뿐이었다. 그는 그것을 알아채고 이마를 문질렀다. 그리고 그녀의 서재에 앉았다.

거기에서, 공작석(孔雀石)의 문서 상자와 쓰다 만 편지가 놓여 있는 그녀의 책상을 보고 있는 동안에 그의 생각은 별안간 달라졌다. 그는 그녀에 관한 것, 그녀가 생각하기도 하고 느끼기도 하고 있는 것에 대해서 생각하기 시작했다. 그는 처음으로 그녀의 개인적인 생활, 그녀의 사상, 그녀의 소망을 자기 앞에 생생하게 그려 보았다. 그러나 그녀에게도 그녀의 독자적인 생활이 있을 수 있고 또 있지 않으면 안 된다는 생각이 그에게는 너무나 두렵게 여겨졌기 때문에 그는 냉큼 그것을 쫓아 버렸다. 이것이야말로 그에게는 들여다보기도 두려웠던 그 심연이었던 것이다. 사상과 감정을 가지고 다른 존재에 열중한다는 것은 알렉세이 알렉산드로비치에게는 전혀 인연이 먼 심적인 활동이었다. 그는 이 심적인 활동을 해롭고 위험한 망상이라고 생각하고 있었다.

『그리고 무엇보다도 두려운 것은,』하고 그는 생각했다. 『하필이면 내 일이 완성에 가까와 가고 있는 지금 —— 그는 자기가 지금 통과시키려고 하고 있는 법안에 대한 것을 생각하고 있었던 것이다 —— 정신적인 안정과 정력이 무엇보다도 더 필요한 이때에, 이때를 당해서 이런 쓸데 없는 걱정이 나를 사로잡고 있다는 것이다. 그렇지만 어떻게 할 도리도 없지 않은가? 나는 불안과 걱정에 지쳐 그것을 똑바로 바라볼 수 있는 힘을 가지고 있지도 않은 그러한 사람들과는 다르니까.』

『나는 잘 생각하여 결론을 내려서 마음속으로부터 버려야만 한다.』그는 소리 내어 중얼거렸다.

『그녀의 감정에 관한 문제, 그녀의 마음에 무슨 일이 일어났다든지, 또 무슨 일이 일어날 수 있다든지 하는 문제는 내가 알 바가 아니다. 그것은 그녀의 양심의 일이고 종교의 범위에 속할 일이다.』하고 그는 이번 사건의 적절한 해결 부문이 발견됐다는 생각에 의해서 마음 가벼움을 느끼면서 혼잣말을 했다.

결국은, 알렉세이 알렉산드로비치는 자기에게 말했다. 『그녀의 감정과 그 밖의 문제는 나에게는 아랑곳없는 그녀 양심의 문제들인 것이다. 내 의무는 분명히 결정되어 있다. 가정의 장(長)으로서 나는 그녀를 바로 잡아야 할 의무가 있다. 따라서 얼마쯤의 책임은 나에게도 있다. 나는 자기가 발견한 위험을 명시하여 경계시켜야 하고 경우에 따라서는 자기의 권력을 행사하여야 한다. 그렇다, 나는 그녀에게 주의를 시키지 않으면 안 된다.』

이렇게 하여 알렉세이 알렉산드로비치의 머리에는 그가 지금부터 아내에게 이야기하려는 것이 모두 명료하게 꾸며졌다. 자기가 이야기하려는 것을 차근차근히 생각해 보면서 그는 가정을 위해서 이처럼 무의미하게 자기의 시간과 지력을 소모하지 않으면 안 되는 것을 유감스럽게 여겼다. 그러나 그럼에도 불구하고 그의 머리 속에서는 지금부터 이야기하려고 하는 말의 형식과 순서가 마치 보고서처럼 명백하고 정밀하게 꾸며졌다. 『난 다음과 같이 남김없이 이야기해 주지않으면 안 된다 —— 첫째는 세상의 이목과 예의의 의미 설명, 둘째는 결혼의 의의의 종교적 설명, 세째는 필요하다면 아들에게 일어날 수 있는 불행의 지적, 네째에 가서는 그녀 자신의 불행에 대한 지적.』그리고 손가락을 깍지 끼고 알렉세이 알렉산드로비치는 그것을 뒤로 확 젖혔다. 그러자 손가락의 관절이 뚜두둑하고 소리를 냈다.

이 손짓, 나쁜 버릇——손을 깍지 끼어 손가락을 꺾는 것——은 언제나 그의 마음을 차분하게 가라앉혀 줬고 현재의 그에게는 특히 필요했던 든든한 마음으로 그를 이끌어 줬다. 현관 쪽에서 마차가 가까와 오고 있는 소리가 들렸다. 알렉세이 알렉산드로비치는 홀의 한가운데에 발을 멈췄다.

층층대를 올라오는 여자의 발소리가 났다. 알렉세이 알렉산드로비치는 이야기를 꺼낼 마음의 준비를 하면서 깍지 낀 손가락 매듭을 꽉 누르고 어느 매듭에서 다시 소리가 나지 않을까 하고 기대하면서 서 있었다. 손매듭 하나가 딱 하고 소리를 내었다.

층층대를 올라오는 가벼운 발소리에 의해서 그는 벌써 그녀의 접근을 느꼈다. 그러자 그는 자기의 변설에 만족하고 있었음에도 지금 곧 그것을 하지 않으면 안 되는 것에 어쩐지 두려움을 느끼기 시작했다.

9

안나는 머리를 길게 떨어뜨리고 바쉴르이크(모직의 방한용 머리 수건)의 술을 만지작거리면서 들어왔다. 그녀의 얼굴은 눈부신 광채로 빛나고 있었다. 그러나 이 광채는 쾌활한 것은 아니었다——그것은 캄캄한 한밤중 화재의 무서운 광채를 생각해 내게 했다. 남편의 모습을 보자 안나는 고개를 들었다. 그리고 꿈에서 깨어난 것처럼 방끗 웃었다.

「당신 아직도 주무시지 않았어요? 정말 놀랍군요!」 그녀는 이렇게 말하고 바쉴르이크를 벗으며 내쳐 화장실로 쑥 들어갔다. 「시간됐어요, 알렉세이 알렉산드로비치.」 그녀는 문 뒤쪽에서 말했다.

「안나, 난 당신에게 얘기하지 않으면 안 될 일이 있어.」

「아니, 나에게요?」 그녀는 깜짝 놀란 것처럼 말하고 문에서 나와 그의 얼굴을 쳐다보았다. 「무슨 일인데요? 무슨 말씀이세요?」 그녀는 앉으면서 물었다. 「자아, 그럼 얘기합시다, 그렇게 필요하시다면. 그렇지만 자는 게 더 좋을 거예요.」

안나는 혀가 돌아가는 대로 지껄이고 있었다. 그리고 자기가 한 말을 귀에 담으면서 자기의 거짓말이 능란한 것에 적이 놀랐다. 정말 그녀의 말은 얼마나 단순하고 자연스러웠을까. 그리고 얼마나 그녀가 잠을 자는 외의 다른 뜻은 없는 것처럼 들렸을까! 그녀는 자신이 마치 꿰뚫을 수 없는 거짓의 갑옷을 두르고 있는 것처럼 느꼈다. 그녀는 또 그 어떤 눈에 보이지 않는 힘이 자기를 돕고 자기를 지탱해 주고 있는 것처럼 느꼈다.

「안나, 난 당신에게 경고해 두지 않으면 안 되겠어.」하고 그는 말했다.

「경고라뇨?」하고 그녀는 말했다.「무슨 일로요?」

그녀는 지극히 단순하고 쾌활한 태도를 하고 있었으므로 그녀의 남편이 알고 있었던 것처럼 그녀를 모르고 있는 사람도 그 말의 울림과 내용에서는 하등의 부자연을 알아챌 수가 없을 정도였다. 그러나 그녀를 잘 알고 있던 그, 그가 오 분간만 늦게 잠자리에 들어가도 곧 알아채고 그 까닭을 캐묻고 하던 그녀를 알고 있던 그, 자기의 기쁨이나 즐거움이나 슬픔을 곧 남편에게 털어놓고 하던 그녀를 알고 있던 그 —— 그에게는 지금 그녀가 그의 기분을 살피려고도 하지 않고 자기에 대해서 한 마디도 얘기하려고 하지 않는 것을 보는 것은 지극히 의미가 깊었다. 그는 지금까지 언제나 그의 앞에 열려져 있었던 그녀의 마음의 깊이가 완전히 닫혀 버린 것을 보았다. 그것만도 아니었다, 그는 그녀의 어조에 의해서 그녀가 그것에 대해서도 전혀 당황하고 있는 빛이 없고 오히려 마치 정면으로 그에게 —— 그래요, 닫혔읍니다, 이것은 그렇게 되어 있지 않으면 안 되고 앞으로도 계속될 거예요, 하고 얘기라도 하고 있는 듯한 것을 느꼈다. 지금 그는 자기 집으로 돌아온 사람이 집이 잠겨져 있는 것을 발견했을 때에 맛보는 감정을 경험하고 있었던 것이다. 『그러나 어쩌면 열쇠는 아직 발견되는지도 모른다.』하고 알렉세이 알렉산드로비치는 생각했다.

「내가 당신에게 경고하고 싶다는 건 말야.」그는 조용한 목소리로 말했다. 「당신이 부주의와 경솔에 의해서 세인의 입술에 오르내리게 된다든지 하는 씨를 뿌릴는지도 모른다는 것에 대해서란 말야. 오늘 당신의 브론스키와(그는 이 이름을 천천히 사이를 두고 정확하게 발음했다) 지나치게 활발하게 얘기하는 태도는 꽤 여러 사람들의 주의를 끌었던 모양이니까.」

그는 이렇게 말하고 짐작할 수 없는 웃고 있는 그녀의 눈을 쏘아보았다. 그는 이야기하면서도 자기의 말이 무력함과 어리석음을 통감했다.

「당신은 언제나 그렇군요.」그녀는 마치 그의 얘기가 전혀 이해가 가지 않는 듯한, 그러나 그가 얘기한 말 가운데에서 그저 마지막 말만이 이해가 갔다는 듯한 얼굴을 하고 이렇게 대답했다.「내가 지루해 하는 것이 싫으면서도 이번에는 또 내가 즐거워하는 것이 싫다는 거군요. 난 오늘 밤 지루해 하지 않았다는 것뿐예요. 그것이 당신의 비위를 거슬렸나요.」

알렉세이 알렉산드로비치는 몸을 부르르 떨고서 손가락을 꺾으려고 손을 굽혔다.

「아아 제발, 소리가 나게 하지 마세요. 난 그것이 정말 싫으니까요.」하고 그녀는 말했다.

「안나, 그게 당신이야?」알렉세이 알렉산드로비치는 가슴이 뭉클해 오는 것을 꾹 참고 손의 운동을 그치고 조용히 말했다.

「그래 도대체 어쨌다는 거예요?」그녀는 자못 정색을 하고 희극적인 놀라움을 보이면서 말했다.「날 보고 어떻게 하라는 거예요?」

알렉세이 알렉산드로비치는 입을 다물고 손으로 이마와 눈을 문질렀다. 그는 자기가 하고 싶었던 것, 즉 세상 사람들의 눈앞에서 저지르는 과실로부터 아내를 주의시킨다는 것 대신에 어느 사이 그녀의 양심에 관한 것으로 흥분하기도 하고, 자기가 만들어낸 일종의 벽과 싸우고 있기도 하고 있는 것을 알았다.

「내가 얘기하려는 것은 이런 거야.」그는 냉정하고 침착하게 말을 계속했다.「그러니까 난 당신이 끝까지 잘 들어 주기를 바래. 당신도 알고 있듯이 질투라고 하는 것을 난 모욕적이고 천한 감정이라고 여기고 있으니까 그것에 몸을 맡긴다든지 하는 일은 결코 자신에게 허용하지 않아. 그렇지만 이 세상에는 벌을 받지 않고는 딛고 넘어설 수 없는 일정한 예법이라는 것이 있어. 오늘 난 그것을 알아챘다는 건 아니나 당신이 모든 사람들에게 준 인상으로 미루어 모든 사람들은 당신의 행동이 예의를 벗어나 있었던 것을 알아챈 것 같았어.」

「정말 난 아무것도 이해 못 하겠어요.」안나는 어깨를 움츠리면서 말했다. 『이분에게는 어쨌거나 괜찮다.』하고 그녀는 생각했다.『그러나 많은 사람들의 눈에 띄었기 때문에 그것을 걱정하고 있는 것이다.』——「당신께선 기분이라도 나쁘신 모양이에요, 알렉세이 알렉산드로비치.」그녀는 이렇게 덧붙이고 일어서서 문으로 나가려고 했다. 그러나 그는 그녀를 가로막기라도 하려는 것처럼 앞으로 몸을 내밀었다.

그의 얼굴은 안나가 여태까지 한 번도 본 적이 없었을 만큼 추하고 우울해 보였다. 그녀는 발을 멈추고 머리를 뒤로 젖히기도 하고 옆으로 기울이기도 하며 그녀의 그잰 손놀림으로 머리 핀을 뽑기 시작했다.

「그럼 듣죠, 무슨 말씀이신지.」하고 그녀는 침착하고 비웃는 듯한 어조로 말했다.「아니 그뿐만이 아니고, 흥미를 가지고 듣겠어요, 도대체 무슨 일로 그러시는지도 좀 알고 싶구요.」

그녀는 이렇게 말하는 그 자연스럽고 침착하고 믿음직한 어조와 자기가 쓰는 말의 선택에 적이 놀랐다.

「당신 감정의 자세한 것까지를 꼬치꼬치 따지고 들 권리가 나에게는 없어. 말하자면 오히려 난 그것을 무익하고 유해한 것이라고까지 여기고 있으니깐.」하고 알렉세이 알렉산드로비치는 시작했다. 「자기의 마음을 파헤쳐 보면 우린 흔히 그때까지 눈에 띄지 않고 있었던 것들을 발굴하는 수가 있는 거야. 당신의 감정—— 그것은 당신의 양심의 문제이긴 하지만 난 당신에 대해서, 나에 대해서, 하느님에 대해서 당신에게 당신의 의무를 가리켜 줄 책임을 지니고 있어. 우리들의 생활은 사람의 손으로 맺어진 것이 아니고 하느님에 의해서 맺어진 것이니까 말야. 그리고 이 결합을 깰 수 있는 것은 오직 죄악이 있을 뿐이고, 이런 종류의 죄악은 언제나 벌을 거느리고 있는 거야.」

「난 조금도 모르겠어요. 아, 어쩌나, 그건 그렇고, 공교롭게도 난 잠이 와 죽겠어요!」그녀는 한 쪽 손으로 날렵하게 머리털을 갈라 남은 핀을 찾으면서 말했다.

「안나, 제발, 그렇게 얘기하지 말아 줘.」하고 그는 부드럽게 말했다. 「아마 내가 오해하고 있을는지도 몰라. 그러나 하여튼 내가 얘기하고 있는 것은 당신과 나를 얘기하고 있다는 것을 믿어 줘. 난 당신의 남편이야, 그리고 당신을 사랑하고 있어.」

일순간 그녀의 얼굴은 부드러워지고 그 눈동자에 조소하는 듯한 불꽃이 꺼졌다. 그러나, 사랑하고 있다는 한 마디가 다시 그녀를 격분시켰다. 그녀는 생각했다——『사랑하고 있다고? 그래, 정말 이분은 날 사랑한다든가 할 수가 있을까? 만약 사랑이라는 말이 있다는 것을 듣지 않았던들 이분은 결코 이런 말을 쓰지는 않았을 것이다. 이분은 사랑이란 어떤 것인지 그것마저도 모르고 있다.』

「알렉세이 알렉산드로비치, 정말예요, 난 모르겠어요.」하고 그녀는 말했다. 「똑똑하게 좀 말씀해 주세요, 무엇을 당신께서 보셨다는 건지……」

「아니 제발, 내가 끝까지 얘기하게 해줘. 난 당신을 사랑하고 있어. 그러나 난 내 이야기를 하고 있는 것은 아냐. 이 경우에 있어서의 가장 주요한 인물은—— 우리의 아들과 당신 자신이야. 거듭 말하지만 내 말은 당신에게는 전연 무익하고 부당한 것으로 여겨질는지도 몰라. 정말 그럴는지도 몰라. 아마 그것은 내 오해에서 불러일으켜진 것일 거야. 만약 그렇다면 난 당신에게 용서를 빌어야 해. 그러나, 만약 비록 티끌만한 근거라도 있다는 것을 당신 자신이 느끼는 데가 있다고 한다면, 그렇다면 난 당신이 잘 생각해 봐 주길 빌어. 그리고 만약 당신의 마음이 나의 속에 있는 말을 온통 털어놓기를 바란다면……」

알렉세이 알렉산드로비치는 자신도 모르는 사이에 당초의 말과는 전혀 엉뚱한 것을 입에 담고 있었다.

「나에게는 아무것도 말씀드릴 일은 없어요. 게다가 또……」그녀는 미소를 억누르려고 애쓰면서 불쑥 이렇게 말했다. 「정말 이제 그만 잠잘 시간이에요.」

알렉세이 알렉산드로비치는 한숨을 몰아쉬고 다시는 더 입을 열지도 않은 채 침실로 가 버렸다.

그녀가 침실로 들어갔을 때에 그는 벌써 잠자리에 들어가 있었다. 그의 입술은 굳게 다물려 있었고 눈은 그녀 쪽을 보려고도 하지 않았다. 그녀는 자기의 잠자리에 누워 그가 다시 한번 그녀에게 애기를 걸어오기를 고대하고 있었다. 그녀는 그가 애기를 걸어 주기를 두려워하면서 동시에 그것을 바라고 있었던 것이다. 그러나 그는 말이 없었다. 그녀는 오랫동안 몸을 꿈틀거리지 않고 기다리고 있는 사이에 어느새 그에 대한 것을 잊어버렸다. 그녀는 한 사람의 사내에 대해 생각하고 있었다. 그녀는 그를 보았다. 그리고 그 사내의 생각을 하자 자기의 마음이 흥분과 죄 많은 환희로 흘러넘치고 있는 것을 느꼈다. 별안간 그녀는 규칙바르고 침착한 코 고는 소리를 들었다. 처음에는 알렉세이 알렉산드로비치도 자기의 코고는 소리에 깜짝 놀란 것처럼 뚝 그쳤으나, 두어 숨 쉬는 사이에 코 고는 소리는 다시 규칙 바르고 편안하게 들리기 시작했다.

「늦었다, 늦었다, 이제 늦었다.」그녀는 미소를 띠면서 속삭였다. 그녀는 오랫동안 눈을 말똥말똥 뜬 채 꼼짝도 않고 가만히 누워 있었다. 그녀에게는 눈빛이 어둠 속에서 자기 자신에게 보이는 것처럼 느껴졌다.

10

이때부터 알렉세이 알렉산드로비치와 아내와의 사이에는 새로운 생활이 시작됐다. 그러나 이렇다고 할 만큼 변한 일은 일어나지 않았다. 안나는 언제나처럼 사교계에 나갔고, 특히 자주 공작 부인 베트시에게 찾아갔다. 그리고 도처에서 브론스키와 만났다. 알렉세이 알렉산드로비치는 그것을 알고는 있었지만 어떻게 할 수도 없었다. 그녀로 하여금 마음을 털어놓게 하려는 그의 온갖 시도에 대해서 그녀는 그에게 그 어떤 들떠 있는 듯한, 주저하고 있는 표정이 벽을 쌓고 있었다. 표면에는 아무런 변화도 없었으나 내부적인 그들의 관계는 완전히 변화됐다. 정치적인 활동에 있어서는 지극히 유력한 인물이었던 알렉세이 알렉산드로비치도 이 방면에서는 자기를 아주 무력한 것으로 느꼈다. 황소처럼 온순하게 머리를 떨어뜨리고 그는 자기 머리 위에 추켜들려 있는 것 같은 느낌이 드는 도끼를 기다리고 있었다. 이 문제에 대해서 생각하기 시작할 때마다 그는 다시 한 번 시도해 볼 필요를 느끼고 성의와 부드러움과 설득과 신념으로서 아직은 그녀를 구출하고 그녀를 본심으로 돌아가게 할 수 있는 희망이 있다는 것을 느끼고 날마다 그녀와 얘기할 마음의 준비를 갖추고 있었다. 그러나 번번이 그녀를 붙들고 얘기를 시작하자마자 그는 그녀를 지배하고 있는 사악과 허위의 입김이 그마저, 지배하는 듯한 느낌이 들어, 얘기하려고 생각하고 있었던 것과는 전혀 엉뚱한 것을 엉뚱한 어조로 갈팡질팡 이야기하고 마는 것이었다. 그는 그녀를 상대로 어느 틈에 서로 그런 투로 얘기를 나누고 있는 사람들을 대하는 듯한, 그의 그 습관적인 놀리는 듯한 투로 말하는 것이었다. 그러나 이런 말투로는 그녀에게 필요한 이야기를 할 수는 없었다.

11

거의 만 일 년 동안 브론스키에게는 그의 지금까지의 온갖 욕망을 대신해서, 특히 그의 생활의 오직 하나의 희망을 형성하고 있던 것이었고, 안나에게는 불가능하고 두렵고 그렇기 때문에 더한층 고혹적인 행복의 공상이었던 것, 그 소원이 지금 막 충족되었던 것이다. 파랗게 질린 그는 아래턱을 달달 떨면서 그녀 앞에 서서 자기 자신도 무엇이 무엇인지 어떻게 해야 할지도 모르고 있으면서 그녀에게 마음을 가라앉히라고 애원하고 있었다.

「안나! 안나!」그는 떨리는 목소리로 말하고 있었다. 「안나, 제발!……」

그러나 그의 말소리가 높아지면 높아질수록 그녀는 이전의 자랑스러웠고 쾌활했던 것과는 반대로 지금은 부끄러운 생각으로 가득 찬 머리를 더욱더 낮게 떨어뜨렸다. 그리고 고개를 푹 파묻은 채 앉아 있던 소파에서 마루 위로, 그의 발 밑으로 몸을 떨어뜨렸다. 그가 만약 받쳐 주지 않았던들 그녀는 융단 위로 넘어졌을 것이다.

「하느님! 나를 용서하여 주옵소서!」그녀는 흐느끼면서 그의 손을 자기의 가슴 위에다 누르면서 말했다.

그녀는 자기를 죄많은 용서할 수 없는 몸이라고 느꼈다. 그저 이제 몸을 낮추고 용서를 빌 수 밖에 없다고 여겼다. 그러나 그녀에게는 지금은 이제 세상에서 그 이외에는 아무도 없었기 때문에 그녀는 그를 향해서 용서를 구했다. 그녀는 그를 보자, 육체적으로 자신의 타락을 느끼고 더 이상 한 마디도 이야기할 수가 없었다. 그는 또 그대로 살인자가 자기 때문에 목숨을 잃은 시체를 보고 느끼는 것과 같은 느낌을 느끼고 있었다. 그에 의해서 목숨을 빼앗긴 이 시체야말로 그들의 사랑이었고 그들의 사랑의 첫단계였다. 부끄러움이라고 하는 이 무서운 값어치를 치르고 손에 넣은 것에는 무엇인가 무섭고 구역을 치밀게 하는 것이 있었다. 자기의 정신적인 나체에 대한 부끄러움은 그녀를 숨막히게 했고, 그리고 그에게도 전해졌다. 그러나 살인자는 살해한 시체에 대해서 그 어떤 공포를 느낄지언정 그 시체를 은닉하기 위해서는 그것을 난도질하지 않으면 안 된다. 살인에 의해서 손에 넣은 것을 억척스럽게 이용하지 않으면 안 된다.

그래서 살인자는 정열이라고도 할 수 있는 분노를 가지고 그 시체에 달려들어 그것을 질질 끌기도 하고 난도질하기도 하는 것이다. 마치 그와 마찬가지로 그도 역시 그녀의 얼굴과 어깨를 키스로 덮었다. 그녀는 그의 손을 붙잡은 채 꼼짝도 하지 않았다. 그렇다, 이 키스 —— 이것이야말로 이 수치와 바꾼 것이다. 그렇다, 그리고 영구히 내 것이 될 이 손은 —— 내 공범자의 손인 것이다. 그녀는 그 손을 들어올려 그것에다 입을 맞췄다. 그는 무릎을 꿇고 그녀의 얼굴을 보려고 했으나 그것을 감춰 버리고 한 마디도 말을 하지 않았다. 드디어 그녀는 자기를 이겨내려고 몸부림을 치고는 몸을 일으키고 그를 밀어젖혔다. 그녀의 얼굴은 언제나처럼 아름다왔으나 그보다도 더한층 가여웠다.

「어떻게 잊을 수가 있겠읍니까, 내 생명입니다. 이 행복의 일순간에 대해서는 ……」

「어마나, 행복이라고요!」혐오와 공포를 느끼면서 그녀는 말했다. 그러자 그 공포는 부지중에 그에게도 옮았다. 「정말이에요, 이제 아무 말씀도.」

그녀는 얼른 일어서며 그의 곁에서 물러났다.

「이제 아무 말씀도 말아 줘요.」하고 그녀는 되풀이했다. 그리고 그에게는 기이하게 여기게 하는 싸늘한 절망의 표정을 띠고 그와 헤어졌다. 그녀는 이 순간, 자기가 새로운 생활로 들어가기에 앞서 느꼈던 부끄러움과 두려움과 즐거움을 말로 표현할 수가 없다는 것을 느끼고 있었고 또 그것을 입에 담아 이 감정을 묘한 말로 속되게 하고 싶지 않았던 것이다. 그러나 그 뒤에도, 그 이튿날이 되어도 그녀는 이 착잡한 감정을 표현하기에 충분한 말을 찾아내지 못했을 뿐만 아니라, 그 마음속에 일어났던 온갖 것들을 스스로 생각해 볼 여유마저, 무엇이라고 정의할 사상조차도 찾아내지 못했다.

그녀는 혼잣말로 중얼거렸다——『아니야, 지금은 난 이것을 도저히 생각할 수는 없다. 나중에, 더 마음이 가라앉은 후에 하자.』그러나 그러한 마음의 안정은 좀처럼 찾아들지 않았다. 자기가 저지른 것, 앞으로 자기는 어떻게 되리라는 것, 자기는 어떻게 해야 할 것인가 하는 생각이 마음속에 떠오를 때마다 그녀는 두려움에 부딪쳐 얼른 그런 생각들을 내쫓아 버렸다.

『나중에 나중에.』하고 그녀는 말했다. 『더 마음이 가라앉거든.』

그 대신 꿈속에서처럼, 그녀가 자기의 생각에 대해서 지배력을 가지지 않았을 때에는, 그 상태는 그녀 앞에 꼴사나운 적나라한 모습으로 나타나곤 했다. 똑같은 꿈이 거의 밤마다 그녀를 찾아들었다. 그녀에게는 두 사람이 동시에 자기의 남편이고, 두 사람이 다 자기에게 애무를 퍼붓는 것이 꿈에 보였다. 알렉세이 알렉산드로비치는 그녀의 손에 입을 맞추면서 울며 이렇게 말했다——『아아, 난 지금 정말 행복하다！』고. 그러자 알렉세이 브론스키도 바로 거기에 있었고 그도 역시 그녀의 남편이었다. 그리고 그녀는 자기가 지금까지 그것을 불가능한 것으로 여기고 있었던 것에 놀라 웃으면서 그들에게 이러한 것이 훨씬 간단하고 그들도 이제는 두 사람이 다 만족하고 행복하다는 것을 설명해 주는 것이었다. 그러나 이 꿈은 악마처럼 그녀를 압박했고, 또 그녀는 소스라치면서 잠을 깼다.

12

모스크바에서 돌아왔을 당시 레빈은 거절당한 굴욕을 상기하고는 부르르 몸을 떨며, 얼굴을 붉히며 언제나 혼잣말을 뇌까렸다——『역시 이렇게 얼굴을 붉히기도 하고 몸을 떨기도 했다. 물리 시험에 일 점밖에 맞지 못하고 이 학년에 도로 주저 앉았을 때에도 만사가 다 끝난 것으로 여기고, 그리고 또 자기에게 맡겨진 누이의 사건이 잘되지 않았을 때에도 역시 자기가 파멸되어 버린 것 같은 느낌이 들었던 것이다. 그러나 어쨌던가？ 몇 해가 지난 지금에 와서는 어째서 그런 것이 그렇게 자기를 괴롭힐 수가 있었던가, 하고 생각해 내고 놀랄 정도다. 이번의 이 슬픔도 틀림없이 그렇게 될 것이다. 시간만 흐르면 이것에 대해서도 나는 냉담하게 될 것이다.』

그러나 석 달이 지나도 이 사건에 대해서 그는 냉담하게 될 수가 없었다. 그리고 그 당시와 마찬가지로 그것을 생각해 내는 것이 쓰리고 괴로왔다. 그가 마음을 걷잡을 수 없었던 것은, 벌써 오랫동안 가정 생활이라고 하는 것을 공상하고 있었고, 그래야만 자기가 완전히 성숙한 것으로 느끼고 있었던 그가, 아직껏 여전히 독신으로 지내면서 그 전보다도 더한층 결혼이라는 것으로부터 멀어져 버렸기 때문이었다. 그는 그의 주위의 사람들이 모두 느끼고 있는 것처럼 자신도 자기 나이 또래의 사내가 독신으로 있다는 것은 좋은 짓이 아니라는 것을 병적으로 통감하고 있었다. 그는 모스크바로 떠나기 전에 언젠가 한 번 자기가 평소 이야기 벗으로서 좋아하고 있던 자기의 목부(牧夫)인 니콜라이라는 순박한 농부를 붙들고 이런 얘기를 한 적이 있었던 것을 생각해 냈다——『어때, 니콜라이! 난 마누랄 얻을까 하는데.』그러자 나콜라이는 아무런 의문도 있을 수 없는 일에 대해서처럼 냉큼 이렇게 대꾸 했었다——『벌써 오래 전부터 때가 됐읍죠, 콘스탄친 드미트리치.』그러나 결혼은 이제 그에게서 그 어느 때보다도 더 멀리 떨어진 것이 되어 버리고 말았던 것이다. 그 자리는 이미 차지되어 있었고 그가 지금 상상 속에서 자기가 알고 있는 그 어느 색시를 거기에다 대치시켜 보아도 그는 그것이 전연 불가능하다는 것을 느낄 따름이었다. 그뿐만 아니라 거절을 당했던 일과 그때에 자기가 한 역할에 대한 것을 상기하면, 그는 참을 수 없는 부끄러움으로 괴로움을 받았다. 이것에 있어서는 자기에게는 조금도 죄가 없다고 자신에게 이야기해도 이 회상은 그 밖의 다른 똑같은 종류의 수치스러운 기억과 마찬가지로 그에게 몸을 떨리게 하기도 하고 얼굴을 붉히게 하기도 했다. 그의 과거에는 누구에게도 흔히 있을 수 있는, 양심의 가책을 받지 않을 수 없었던, 자인하고 있는 좋지 않은 행위가 있었다. 그러나 이같은 좋지 않은 행위의 기억이라고 할지라도 이러한 쓸데 없는, 그러면서도 수치스러운 기억만큼은 그를 괴롭히지 않았다. 이러한 상처들은 어느 때가 돼도 아물지 않고 있었다. 그리고 이러한 기억들과 함께 이제는 그 거절당하던 일과 그날 밤 자기가 다른 사람들의 눈에 비쳤을 가련한 형상이 겹쳤던 것이다. 그러나 일상생활은 잘 헤쳐 나갔다. 괴로운 기억은 차츰차츰 전원 생활의 그에게는 보잘것없었지만 의미 깊은 사건들에 의해서 덮여 갔다. 한 주일을 거듭할 때마다 그는 키치에 대해 생각하는 일이 드물어졌다. 그는 안타까운 마음으로 그녀가 이제는 결혼했다든지, 혹은 오래지 않아 결혼할 것이라든지 하는 소식이 있기를 고대했다. 그러한 통지가 이를 빼어 버리는 것처럼 그의 아픔을 말끔히 고쳐 줄 거라면서.

그러는 사이에 봄이 왔다. 아름답고 화창한 봄, 봄을 맞는 기대를 어기는 일 없는 봄, 초목도 짐승도 사람도 다같이 기뻐하는 봄이 왔다. 이 아름다운 봄은 더한층 레빈의 마음을 편안히 해주었고 그에게 모든 과거를 버리고 굳건히 혼자서 자기의 고독한 생활을 쌓아올려야 하겠다는 결심을 굳게 했다. 그가 마을로 오면서 세웠던 계획의 대부분은 비록 실행되지 않았다고 하지만, 그러나 가장 주요한 일 —— 생활의 순화(純化)만은 그에 의해서 지켜지고 있었다. 그는 실패한 뒤에는 으레 뒤따르던 괴로움과 그 때문에 부끄러움을 느껴야 하는 일이 없어졌다. 그리고 담대하게 사람들의 눈을 볼 수가 있었다. 아직 이월 중에 그는 마리야 니콜라예브나에게서 니콜라이 형의 건강이 나빠졌다는 것, 그런데도 형은 치료를 받으려고 하지 않는다는 것을 알리는 편지를 받았다. 그리고 그 편지를 받고 레빈은 모스크바의 형에게 찾아가서 의사와 상의를 하고 외국의 온천으로 요양가도록 형을 설득시킬 수가 있었다. 또 그는 형을 잘 설득하여 여비를 빌려 주는데 있어 그가 화를 내지 않고 승낙한 이 일에 있어서 그는 자기 스스로 만족을 느꼈다. 봄에는 특별한 주의를 필요로 하는 농사와 독서 이외에, 레빈은 이미 이 겨울부터 또 하나의 농사에 관한 저술에 착수하고 있었다. 그리고 이 저술의 계획은, 농사에 있어서는 노동자의 성질이 기후 및 토지와 함께 절대적인 요소로서 받아들여지지 않으면 안 된다는 것과 따라서 농사에 관한 학설은 모두, 그저 토지와 기후, 두 요소에서 뿐만이 아니라, 토지와 기후와 노동자와의 일정 불변한 성질이라는 세 가지 요소에서 추출(抽出)되지 않으면 안 된다고 하는 데 있었다. 그래서 혼자였음에도 불구하고 아니 혹은 혼자였던 덕택으로 그의 생활은 유달리 충실해졌다. 그리고 그저 때때로 그는 자기의 머리 속에 용솟음치는 사상을 아가피야 미하일로브나 이외의 어느 누구에게 전달하였으면 하는 불만스러운 욕구를 느끼고는 했다. 그 때문에 그는 때때로 그녀를 상대로 물리학이며 농학이며 그 가운데에서도 철학에 대해서 논의를 했다. 철학은 아가피야 미하일로브나가 즐겨 이야기하는 제목이었다.

봄은 오랫동안 모습을 나타내지 않고 있었다. 사순재의 마지막 한두어 주간은 맑고 추운 날씨가 계속되었다. 낮에는 햇볕으로 얼음이 녹았으나 밤에는 영하 칠 도까지 온도가 내려갔다. 그리고 얼어붙은 눈의 표면은 길이 없이도 짐마차를 끌 정도였다. 부활절에는 눈이 한창이었다. 그러나 그런 뒤에 갑자기 부활절 주간의 이틀째에 따뜻한 바람이 일고 먹구름이 뭉게뭉게 떠올라 사흘 밤을 폭풍우를 일으키며 따뜻한 비가 쏟아졌다. 목요일이 되어 바람은 자고 짙은 잿빛 안개가 자연의 품안에서 완성되는 변화의 신비를 감추기라도 하듯이 자욱이 끼었다. 안개 속에서 물은 넘치고, 얼음덩이는 깨어져 움직이기 시작했으며, 급류는 거품을 일으키며 소용돌이쳤다. 그리고 부활절 주간 다음 주간의 월요일에는 저녁부터 안개가 걷히고 먹구름이 양털 모양의 구름이 되어 흩어지더니 하늘은 맑아지고 완연한 봄이 되었다. 아침이 되면 눈부신 해가 떠올라 수면을 덮고 있던 엷은 얼음을 재빨리 녹이고 따뜻한 공기는 되살아난 지면에서 피어오르는 수증기로 하여 아롱거렸다. 묵은 풀도, 바늘처럼 머리를 내민 햇풀도 한결같이 푸른 옷을 걸치고, 인동덩굴이며 구즈베리며 끈끈하고 생기 있는 자작나무의 새 눈은 부풀고, 그리고 황금빛의 꽃을 흩뿌려 놓은 듯한 버드나무의 가지 위에서는 기운찬 꿀벌이 붕붕거리면서 날아다니고 있었다. 눈에 보이지 않는 종달새들은 우단결 같은 녹지며 얼음으로 덮인 경지 위에서 노래를 부르고, 댕기물떼새들은 갈색의 물이 괴어 범람하고 있는 옹당이며 늪 위에서 울고, 학이며 거위들은 봄다운 울음 소리를 꽥꽥 지르면서 하늘 높이 날아갔다. 목장에서는 털갈이를 하느라고 빠진 털이 아직 군데군데 새로 나지 않고 있는 가축이 울기 시작하고, 다리가 굽은 양 새끼는 털을 잃고 울고 있는 어미의 둘레를 뛰어돌아 다니고, 발이 잰 어린애들은 맨발 자국이 남아 있는 깔깔하게 건조한 골목을 뛰어다니고, 못가에는 빨래를 들고 있는 아낙네들의 즐거운 이야기 소리가 떠들썩하고, 이곳저곳의 뜰 안에서는 가래며 써레를 손보고 있는 농부들의 도끼 소리가 요란했다. 완연한 봄이 온 것이다.

13

레빈은 큼직한 장화를 신고 처음으로 모피 외투가 아닌 나사의 소매 없는 코트 바람으로, 햇빛이 반사되어 눈을 부시게 하는 개울을 성큼 건너기도 하고 얼음 위와 차진 진흙밭 속을 걷기도 하면서 농장을 돌아보았다.

봄 —— 그것은 계획과 예상의 계절이다. 레빈은 밖으로 나가기는 하면서도 그 성숙한 눈 속에 갇혀 있는 새싹과 가지가 어디로 어떻게 뻗어나갈 것인지를 아직 모르고 있는 봄을 앞둔 수목들처럼 자신이 좋아하는 농사에 있어서 어떤 계획에 손을 대야 하는지 자기 자신도 잘 몰랐다. 그러나 그는 훌륭한 계획과 예상으로 가득 차 있는 듯한 느낌만은 들었다. 무엇보다도 먼저 그는 축사 쪽으로 가 보았다. 우리 안에 풀어 놓은 암소들은 털갈이를 한 미끈한 새 털을 빛내면서 햇볕을 쬐고 있다가는 들로 내보내 주기를 애원이라도 하듯이 울고 있었다. 극히 자세한 점까지도 알고 있는 암소들을 즐겁게 바라보고 나서는 레빈은 그들을 들로 내보내고 우리 안에는 송아지들을 몰아 넣도록 일렀다. 목부는 들로 나갈 준비를 하느라고 부산하게 서둘렀다. 축사에 딸린 아낙네들은 치맛자락을 걷어올리고 아직 햇볕에 그슬리지 않은 하얀 맨발로 진흙을 철벅거리면서 봄의 즐거움으로 광기가 난 듯 울며 뛰어돌아다니는 송아지들을 마당으로 쫓아들이려고 마른 나뭇가지들을 손에 들고 뛰어다녔다.

유달리 성적이 좋았던 금년에 난 송아지를 즐겁게 바라보고 나서 —— 일찍 난 송아지는 농부들의 암소만큼 컸고 생후 석 달 난 파바의 딸은 일 년이 된 송아지 정도로 성장했다 —— 레빈은 물통을 밖으로 들어내고 울짱 안에서 그들에게 건초를 주도록 일렀다. 그러나 겨울 동안 쓰지 않았던 우리 안에서는 가을에 만들었던 울짱이 부서졌다는 것이 드러났다. 그래서 그는 그의 명령으로 탈곡기를 만들고 있을 목수에게 사람을 보냈다. 그러나 목수는 사육제 주간 사이에 이미 수선되어 있어야 했을 써레를 고치고 있다는 것이 드러났다. 이것은 레빈에게는 굉장히 화가 나는 일이었다. 그가 벌써 몇 해 동안 온 힘을 기울여 싸워 왔던 농사를 짓는 데 있어서의 이 영원한 나태가 또 되풀이되고 있다는 것이 그에게는 역정이 끓어올랐던 것이다.

그가 안 바로는 울짱은 겨울 동안에 소용이 없었으므로 노동마(勞動馬)의 마구간 쪽으로 운반된 채 거기서 부서져 있었던 것이다. 그것은 울짱이 송아지용이라고 함부로 만들어져 있었기 때문이었다. 그것만이 아니었다, 이 한 일로 하여 겨울 동안에 잘 검사해서 수선을 하여 두도록 일러 뒀던 써레와 그 밖의 농구들이 모두 일부러 세 사람의 목수가 그 때문에 고용되어 있었음에도 불구하고 수선되어 있지 않고 막상 써레질을 하러 나가지 않으면 안 될 지금에 와서야 겨우 써레가 수리되고 있다는 것이 드러났던 것이다. 집사를 불러오도록 했다. 그러나 곧 자기도 그를 찾으러 갔다. 집사는 이 날의 모든 것과 마찬가지로 생기 있었고 양가죽으로 둘레를 꿰맨 가죽 외투를 입고 두 손으로 지푸라기를 뭉개면서 광 속에서 나왔다.

「어째서 목수는 탈곡기를 만들고 있지 않지?」

「네, 그것은 나도 어제 말씀을 드리려고 했는데 —— 실은 그 써레의 수선을 하지 않으면 안 되어서 말씀예요, 네. 하여튼 이처럼 경작기가 되어서 말씀입니다.」

「그래, 겨울 동안엔 도대체 무엇을 하고 있었느냐 말야?」

「건 그렇고, 서방님께선 목수에게 무슨 볼일이 있으신가요?」

「송아지를 넣을 마당의 울짱은 어디 있는 거야?」

「제자리에다 내다 두도록 일러 뒀는 데도 말씀예요. 그러나, 그치들에게는 무슨 말을 일러 둬도!」 집사는 손을 내저으면서 말했다.

「그치들에게가 아니고, 이건 집사에게란 말야!」 발끈 화를 내고 레빈은 말했다. 「아니, 그래 무엇 때문에 난 너 같은 것을 다 고용하고 있는 건지 모르겠어!」그는 외쳤다. 그러나 이런 얘기를 해보았댔자 아무런 도움도 되지 않는다는 것을 생각하고 그는 얘기를 중간에서 그치고 그저 한숨만 내쉬었다. 「그래, 어째, 파종은 할 수 있겠나?」하고 그는 잠깐 입을 다물었다가 물었다.

「투르킨 저쪽은 내일이나 모레쯤이면 할 수 있을 겁니다.」

「그래 개자리(풀의 일종)는?」

「바실리하고 미쉬카를 보냈읍니다. 씨를 뿌리고 있을 거예요. 잘 나올지 어떤진 모르겠읍니다 —— 땅이 굉장히 추져서 말씀예요.」

「몇 제샤치나쯤은?」

「육 제샤치나쯤.」

「왜 전부 뿌리잖고?」하고 레빈은 외쳤다.

개자리를 이십 제샤치나 전부를 뿌리지 않고, 겨우 육 제샤치나만 뿌렸다는 사실이 더욱더 화가 나는 일이었다. 개자리의 파종은 이론으로 보나 그 자신의 경험으로 보더라도 될 수 있는 한 빨리, 아직 눈이 있을 무렵쯤에 해야만 좋은 결과를 얻을 수가 있는 것이었다. 그런데도 레빈은 아직까지 한 번도 그 시가에 맞춰 본 적이 없었던 것이다.

「일손이 없어서 말씀예요. 그치들에게 무슨 말을 일러 놓을 수가 있어야죠? 세 녀석은 오지도 않고, 게다가 또 세묜도……」

「그럼 네가 짚 일을 제쳐 놨어야 할 게 아냐.」

「그럼요, 그것도 물론 제쳐 놨읍죠.」

「그럼 모두들 어딜 갔어?」

「다섯 명은 지금 콤프트(과일의 사탕졸임)를 만들고 있읍니다(콤프스트 즉 혼합 비료를 말하고 있는 것이다). 네 명은 귀리를 옮기고 있읍니다, 썩지 않도록 하려고 말씀예요, 콘스탄친 드미트리치.」

레빈은 이 『썩지 않도록 하려고 말씀예요.』라는 말이 씨앗으로 쓸 영국의 귀리가 벌써 못쓰게 됐다는 것을 의미하고 있다는 것을 아주 잘 알고 있었다 —— 여기에서도 역시 그가 일러두었던 것은 실행되어 있지 않았던 것이다.

「그러니깐 내가 사순재 전부터 얘기해 왔잖아. 통풍관, 통풍관 하고!……」하고 그는 외쳤다.

「걱정 마십쇼, 모두 다 알맞게 해내면 될 것 아닙니까.」

레빈은 노기를 띠며 손을 내젓고 귀리를 보러 광 쪽으로 갔다가는 마구간 쪽으로 돌아왔다. 귀리는 아직 못쓰게 되지는 않았다. 그러나 일꾼들은 똑바로 낮은 쪽의 광으로 떨어뜨려도 될 일을 쓸데 없이 삽으로 퍼 옮기고 있었다. 그래서 그렇게 하도록 시켜 놓고 그 중의 두 사람을 떼어 개자리의 파종을 하고 있는 쪽으로 보내 놓고 나자 레빈은 집사에 대한 노여운 마음을 가라앉혔다. 게다가 또 날이 굉장히 좋았으므로 언제까지나 역정을 내고만 있을 수가 없었다.

「어떤 것으로 하실는지요 ?」

「그렇군, 콜피크라도 괜찮아.」

「알겠읍니다.」

말에다 안장을 채우는 사이에, 레빈은 화해를 할 생각으로 눈앞에서 부지런히 일하고 있는 집사를 다시 불렀다. 그리고 목전에 닥쳐 있는 봄철의 일과 농사에 관한 계획에 대해서 이야기하기 시작했다.

거름의 운반은 풀베기가 시작되기까지는 모두 끝나도록 일찍 착수할 것, 휴작지로서 풀이 나지 않게 남겨 둘 수 있도록 멀리까지 빠진 데 없이 쟁기로 갈아엎어 둘 것, 풀도 내버려 둘 것이 아니라 일꾼을 들여 모두 치워 버릴 것.

집사는 주의깊게 귀를 기울이고 있었다. 그리고 주인의 계획에 찬성한다는 뜻을 눈에 띄게 애써 보였다. 그러나 그는 역시 레빈이 잘 알고 있는 그리고 언제나 그를 화나게 하는 절망적이고 침울한 낯빛을 하고 있었다. 그 낯빛은 말하고 있었다 —— 그것은 모두 훌륭합니다, 그렇지만 억지로 되는 일은 아닙니다.

그 어느 것도 이런 태도처럼 레빈을 슬프게 하는 것은 없었다. 그러나 이 태도는 사람을 몇 명 갈아 보기도 하고 했지만 어느 집사에게도 공통된 것이었다. 어느 사람에게도 그의 계획에 대한 반응은 똑같았다. 그래서 그도 이제는 이미 성을 낸다든지 하지는 않았지만 서글프게 여기고 자기가 그『억지로 되는 일은 아닙니다.』하고 말할 수밖에 다른 도리가 없는, 그리고 끊임없이 그에게 반항하고 있는 것 같은 그 어떤 본질적인 힘에 대해서 더한층 힘차게 싸워야겠다는 생각을 자극받고 있다는 것을 느꼈다.

「틈이 날는지 모르겠읍니다, 콘스탄친 드미트리치.」하고 집사는 말했다.

「어째서 틈이 안 나겠나 ?」

「아무래도 한 열댓 명쯤은 더 사람을 늘리지 않으면 안 됩니다. 그러나 여간해서 모이지 않아요. 오늘도 오긴 왔었읍니다만 한여름에 칠십 루블이나 달라고 하고 있어요.」

레빈은 잠자코 있었다. 또다시 그 힘이 반항하고 있는 것이었다. 그는 그들이 아무리 해보려고 애써 보아도 현재의 임금으로는 기껏해야 설흔 일곱 명이나 설흔 여덟 명, 마흔 명 이상의 일꾼을 들인다는 것은 도저히 어렵다는 것을 알고 있었다. 그렇지만 하여튼 그는 싸우지 않을 수 없었다.

「만약 정 그렇다면 수르이며 체피로프카로 사람을 보내 봐. 찾을 수 있는 데까지는 찾아 봐야지.」

「보내 보긴 하겠읍니다만.」바실리 표도로비치는 침울하게 말했다.「그런데 말들이 모두 저렇게 허약해져 버려서 말씀예요.」

「사들여 오면 될 게 아냐. 그러나 나도 알고 있단 말야.」하고 그는 웃으면서 덧붙였다.「너희들이 모두 될 수 있는 대로 적게 그리고 홍뚱항뚱 일을 하려고 하고 있지만 올해엔 네 마음대로 하게 하지는 않겠어. 모든 것을 직접 하겠으니까.」

「그러나 그러시게 되면 더욱더 주무실 시간이 없으실 것 같군요.. 저희들은 주인 어른의 눈앞에서 일을 하는 편이 오히려 유쾌합니다만……」

「그럼 자작나무골 저쪽에서 개자리를 뿌리고 있겠군? 어디 그럼 한번 가 보고 올까.」하고 그는 마부에게 끌려서 자그마한 암갈색의 콜피크에 올라가면서 말했다.

「개천은 건너실 수 없을 겁니다, 콘스탄친 드미트리치.」
하고 마부는 외쳤다.

「그래, 그럼 숲으로.」

그리고 레빈은, 물 웅덩이를 보자 콧바람을 불며 고삐를 끌어당기는 오랫동안 마구간에 갇혀 있던 선량한 말을 힘차게 뛰게 하여 마당 안의 진흙밭을 지나 문을 빠져 들 쪽으로 나갔다.

레빈은 축사 언저리와 광 언저리에 있는 것이 즐거웠던 만큼 들로 나와서도 즐거웠다. 선량한 말의 약진 위에서 율동적으로 몸을 흔들면서 또 눈과 공기와의 상쾌함을 지닌 따뜻한 내음을 들이마시면서 숲 속을 여기저기에 발자국이 흩어져 있는 얼룩을 남기고 있는 잔설을 밟고 지니갈 때, 그는 나무 껍질에 이끼가 되살아나고 새싹이 비어져 나올 듯이 부르터 있는 자기의 나무 한 그루 한 그루를 보니 기쁨이 솟았다. 그가 숲을 빠져나오자 그의 앞에서 갑자기 광활한 천지가 트이고, 움푹한 곳에 녹다 남은 눈이 군데군데 얼룩져 있을 뿐 한 점의 민둥한 땅도 습지도 없는 푸른 들이 미끈한 빌로도의 융단처럼 퍼져 있었다. 농부들의 말과 망아지들이 그의 푸른 들을 짓밟고 있는 광경도(그는 그것들을 쫓도록 가다가 만난 농부에게 일렀다), 그가 만나서「어때, 이파트, 곧 파종해야 하잖아?」고 묻는 말에 대해서「그보다도 먼저 쟁기질을 하잖으면 안 되겠어요, 콘스탄친 드미트리치.」고 대답했던 농부 이파트의, 사람을 깔보는 듯한 멍청한 대답도 그를 화나게 하지는 않았다. 앞으로 가면 갈수록 그는 더욱더 즐거웠고 잇달아 꼬리를 물고 더욱더 좋은 농사 계획이 끝없이 머리에 떠올랐다 —— 양쪽의 경계선을 따라 모든 밭에 버드나무 가지를 꽂아 울타리를 둘러막고, 거기에다 눈을 오랫동안 잠재워 두지 않도록 할 것, 밭을 구분해서 그 가운데의 여섯 배미는 거름을 하고 세 배미는 목초를 뿌려 예비 밭으로서 놓아 둘 것, 밭의 맨 가장자리에 축사를 세우고 못을 파고 거름을 받기 좋도록 운반이 자유로운 가축용의 울짱을 만들 것, 그리고 삼백 제샤치나를 밀, 백 제샤치나를 감자, 백 오십 제샤치나를 개자리를 갈게 하고 그리고 일 제샤치나도 헛되게 땅을 버려 두지 않도록 할 것.

이런 공상을 하며 자기의 밭을 밟지 않도록 주의깊게 두렁을 따라 말을 몰면서 그는 개자리를 뿌리고 있는 일꾼들 쪽으로 가까이 다가갔다. 씨앗을 실은 짐수레는 두렁 위가 아닌 밭 위에 서 있었고 밀의 갈갈이 밭은 수레바퀴로 파헤쳐져 있었으며 말 때문에 패여 있었다. 두 일꾼은 아마 공동의 파이프로 담배라도 피우고 있는 양 두렁에 앉아 있었다. 씨앗과 범벅이 되어 있던 짐수레 위의 흙덩이는 깨어지지도 않고 덩이가 진 채 굳어져 버리기도 하고 얼어붙어 있기도 했다. 주인의 모습을 보자 일꾼인 바실리는 짐수레 쪽으로 가고 미쉬카는 씨뿌리기를 시작했다. 이것은 좋은 일이 아니었다. 그러나 레빈은 일꾼들에 대해서는 좀처럼 성을 내지 않았다. 바실리가 가까이 다가왔을 때 레빈은 그에게 말을 두렁 위에서 끌어내도록 일렀다. 「아니, 서방님, 끌어낼 것도 없어요.」하고 바실리는 대꾸했다. 「제발 좀, 이러쿵저러쿵 말을 말아 줘.」하고 레빈은 말했다. 「시킨 대로만 하면 돼.」

「알아듣겠읍니다.」하고 바실리는 대답하고 말의 머리를 잡았다. 「그런데 이 파종기는 말입니다, 콘스탄친 드미트리치,」하고 그는 비위를 맞추면서 말했다. 「일등품이에요. 그저 걷기가 좀 고되다고 하면 고될 뿐이지요! 마치 짚신에다가 일 푸드짜리 저울추라도 달아 끌고 다니는 것같이 말입니다.」

「어째서 너희들은 흙을 잘 치지 않았나?」하고 레빈은 말했다.

「그러니까 저희들은 이겨서 부수죠.」하고 바실리는 씨앗을 긁어모으기도 하고 손바닥으로 비벼서 부수기도 하면서 대답했다.

잘 쳐지지 않은 흙에다 씨앗을 섞은 것은 바실리의 죄는 아니었다. 그러나 하여간 화가 치미는 일이긴 했다.

자기의 그러한 부아를 가라앉히고, 나쁘다고 여겨지는 온갖 것을 다시 좋게 하는 방법, 지금까지 벌써 여러 차례 응용하여 성공한 적이 있는 방법을 레빈은 이때도 응용했다. 그는 미쉬카가 발자국마다 들러붙은 흙의 큼직한 덩어리를 굴리면서 걷고 있는 것을 보고는 말에서 내리자 바실리의 손에서 파종기를 빼앗아 가지고 파종을 하러 그쪽으로 갔다.

「넌 어디까지 했나.」

바실리는 발로 표시해 두었던 장소를 가리켰다. 레빈은 힘껏 씨앗을 섞은 흙을 뿌리기 시작했다. 발을 떼어놓기가 늪 속을 걷기라도 하듯이 곤란했다. 그래서 레빈은 한 두둑 뿌리자 땀이 배었으므로 발을 멈추고 파종기를 돌려 주었다.

「저어, 서방님. 여름에 가서 이 부근의 근처의 두둑을 가지고 저희들을 욕하셔선 안 됩니다.」하고 바실리가 말했다.

「건 또 왜?」하고 레빈은 벌써 지금 쓰인 방법의 효과를 느끼고 유쾌하게 말했다.

「이제 여름이 돼서 한번 봐 보십쇼. 훌륭하게 될 테니깐요. 작년 봄 내가 뿌린 델 봐 보십쇼. 얼마나 잘 심겨졌는질! 난 이래뵈도 콘스탄친 드미트리치, 마치 친아버지를 위해서 일하고 있는 것 같은 느낌이니까요. 난 나 자신이 건성으로 하는 것을 싫어하기 때문에 다른 사람들에게도 그렇게 하지는 않아요. 주인에게 좋으면 저희들한테도 좋기 마련이니까요. 자아, 저기 저것을 좀 보십쇼.」바실리는 밭 쪽을 가리키며 말했다.「정말 마음이 즐겁군요.」

「아아, 정말 봄은 좋다, 바실리」

「게다가 또 이런 봄은 늙은이들도 기억이 없을 정도라고들 이야기하고 있으니까요. 이즈막에 난 집엘 다녀왔읍니다만 집에서도 영감이 밀을 세 오스민니크나 파종하고 있었어요. 쌀보리하고 분간이 가지 않을 만큼 될 거라고 얘기하고 있었어요.」

「그래 너희들은 진작부터 밀을 심기 시작했었나?」

「건 서방님께서 재작년에 가르쳐 주시지 않았어요. 서방님께서 나에게 두 메라(용량의 단위—1메라는 약 36·4리터에 상당함) 주셨었죠. 그래서 네 칸의 한 칸을 내고 밀입니다, 세 오스민니크만 심있있죠.」

「그럼, 정성을 들여서 흙덩이를 비벼 깨도록 해.」하고 레빈은 말이 있는 쪽으로 돌아가면서 말했다.「그리고 미쉬카에게도 주의하게 하고. 싹이 잘만 나면 너에겐 한 제샤치나에 오십 코페이카씩 줄 테니까 말야.」

「고맙습니다. 저희들은 모두 서방님이 어떻게 해주시지 않아도 흡족합니다.」

레빈은 말에 올라타고 작년의 개자리가 있는 밭 쪽으로 갔다. 그리고 봄보리를 갈려고 쟁기질이 되어 있던 쪽으로도 가 보았다.

그루터기 위로 나온 개자리의 싹은 놀라왔다. 그것은 벌써 완전히 자라서, 쓰러져 있는 작년의 밀의 줄기 밑으로 생생한 푸르름을 드러내고 있었다. 말은 복사뼈까지 진흙 속으로 들어가 반쯤 녹은 진흙 속에서 발을 뺄 때마다 쭉쭉 하고 소리를 냈다. 경지(耕地)를 말을 타고 지나간다는 것은 도저히 될 것 같지가 않았다 —— 아직 얼음이 남아 있는 데는 다소 괜찮지만 녹아 버린 고랑 같은 데는 발이 복사뼈의 위까지도 쑥쑥 진흙 속에 **빠졌다**. 경지는 아주 홀륭했다. 이틀쯤 지나면 써레질을 하고 씨앗을 뿌릴 수도 있을 것 같았다. 모든 것이 홀륭하게 정돈되어 있었고 모든 것이 유쾌했다. 레빈은 돌아갈 때는 물이 빠져 있었으면 하고 바라면서 냇가 쪽으로 길을 잡았다. 그리고 바랐던 것처럼 냇가를 건너면서 두 마리의 오리를 놀라게 했다. 『어쩌면 도요새도 있을 것 같군.』하고 그는 생각했다. 그러자 마침 집 쪽으로 굽은 모퉁이에서 만난 숲지기가 도요새에 대한 그의 예상을 확인시켜 주었다.

레빈은 식사 시간에 늦지 않도록 그리고 저녁 때까지 총을 준비해 두기 위해서 말머리를 돌려 귀로를 서둘렀다.

14

한창 즐거운 기분으로 집에 당도했을 때 레빈은 바깥 현관 쪽의 차도에서 들려 오는 말방울 소리를 들었다.

『응, 정거장에서 누가 온 거로군.』하고 그는 생각했다. 『마침 모스크바 열차가 도착할 시각이다…… 도대체 누굴까? 아니, 어쩌면 니콜라이 형이나 아닐까? 형편을 보아서 온천으로 가든지 그렇지 않으면 너한테 갈는지도 모르겠다고 그는 얘기하지 않았던가.』처음 순간 그는 니콜라이 형의 방문이 그의 이 행복한 봄의 기분을 나쁘게 할 것이 두렵기도 하고 불쾌하기도 했다. 그러나 그는 곧 이러한 감정을 일으켰던 것을 부끄럽게 여겼으므로 얼른 그 마음의 두 손을 벌리는 듯한 기분으로 감상적인 기쁨을 가지고 충심으로 그것이 형이었으면 하고 빌기도 하고 또 기대했다. 그는 말을 몰아 아카시아나무의 바깥 쪽으로 나왔다. 그러자 이쪽을 향해서 오고 있는 말 세 필이 끄는 정거장의 삯 썰매와 거기에 타고 있는 모피 외투를 입은 신사의 모습을 보았다. 그것은 형은 아니었다. 아아, 만약 누군가 이야기 벗이 될 만한 재미있는 사내이기라도 하면 오죽 좋으련만. 하고 그는 생각했다.

「아아!」레빈은 반갑게 두 손을 번쩍 위로 높이 올리면서 외쳤다. 「이거 정말 반가운 진객이군! 아아, 자네가 다 오다니, 정말 반갑군!」그는 스테판 아르카지치를 알아차리고 외쳤다.

『틀림없이, 그녀가.결혼했는가, 언제 하는가 하는 것을 알 수 있다.』하고 그는 생각했다.

그리고 이처럼 아름다운 봄날에는 그녀에 대한 회상도 전혀 자기를 괴롭히지 않는다는 것을 그는 느꼈다.

「어때, 뜻밖이었지?」하고 스테판 아르카지치는 썰매에서 뛰어내리면서 말했다. 콧잔등 위며 볼이며 눈썹에도 진흙이 튀어 눌어붙어 있었으나 그 얼굴은 쾌활함과 건강으로 빛나고 있었다. 「자네를 만나려고 왔어 —— 이것이 첫째야.」하고 그는 그를 껴안아 입을 맞추면서 말했다. 「철새 사냥을 한다 —— 이것이 둘, 그리고 예르구쉬오보의 숲을 판다 —— 이것이 셋.」

「좋아, 좋아! 그래 봄은 어때? 자넨 썰매를 잘도 타고 왔군 그래?」

「마차는 더 나빠요, 콘스탄친 드미트리치.」하고 얼굴이 낯익은 마부가 대꾸했다.

「하여튼 자네가 찾아와 줬다는 사실이 정말 반가와, 정말 반가와.」하고 충심으로 어린애 같은 기쁜 듯한 미소를 띠어 보이면서 레빈은 말했다.

레빈은 내객용의 방으로 손님을 안내했다. 그리고 스테판 아르카지치의 물건들 —— 손가방이며 색에 든 총이며 시가의 상자들을 운반하게 하고, 그가 세수를 하고 옷을 갈아 입도록 남겨 놓고 자기는 그 사이에 경지와 개자리에 관한 이야기를 하러 사무소 쪽으로 갔다. 그러자 언제나 지나치게 집의 체면을 걱정하고 있는 아가피야 미하일로브나가 그를 현관에서 맞으며 식사에 대해 자상하게 물었다.

「아뭏든 너 좋을 대로만 해줘, 그저 빨리만.」그는 이렇게 말하고 집사가 있는 쪽으로 갔다.

그가 돌아오자 스테판 아르카시치는 세수를 끝내고 머리도 빗고 미소 띤 얼굴로 자기 방에서 나왔다. 그래서 두 사람은 함께 위층으로 올라갔다.

「아아, 나도 정말 기뻐. 간신히 자네에게 올 수 있는 기회를 얻어서 말야! 이제 난 자네가 여기에서 이루고 있는 비밀이 어떤 것인가 하는 것을 알게 됐어. 그러나 아니, 정말 난 자네가 부러워. 정말 좋은 집이군 그래. 모든 것이 다 훌륭하고! 밝고 상쾌하고.」스테판 아르카지치는 봄이라든지 오늘 같은 맑은 날이 연중 있는 것이 아니라는 것을 말끔히 잊고 이렇게 말했다. 「게다가 또 자네 유모는 정말 좋은 여잔 걸! 욕심 같아선 앞치마라도 걸친 귀여운 하녀가 하나 있었으면 좀 좋으련만, 그러나 자네의 그 수도사 같은 엄격한 생활 양식엔 이것이 가장 알맞을 거야.」

스테판 아르카지치는 많은 재미있는 소식, 그 중에서도 레빈에게는 흥미가 있는 그의 형 세르게이 이바노비치가 이번 여름에는 그의 마을로 오려고 한다는 소식을 전했다.

그러나 키치에 대해서는, 아니 대체로 쉬체르바스키네 대해서는 스테판 아르카지치는 한 마디도 입을 열지 않았다. 그저 아내의 안부만을 전할 뿐이었다. 레빈은 그에게 그 부드러운 친절에 대해서 감사하고 그 내방을 진심으로 반갑게 여겼다. 언제나 마찬가지로 그의 가슴 속에는 그가 혼자 지내는 사이에 주위 사람들에게는 전달할 수가 없었던 사상이며 감정이 헤아릴 수 없을 만큼 쌓여 있었다. 그래서 지금 그는 스테판 아르카지치를 향해서 봄의 시적인 즐거움이며, 농사에 있어서의 실패와 계획이며, 읽은 서적에 대한 의견과 주의며, 그 가운데에서도 그 자신은 그것을 알아차리지도 못하고 있었지만 농사에 관한 온갖 낡은 저서의 비평이 기초가 되어 있는 자기의 저술의 내용들에 대해서 토로했다. 언제나 귀엽고 조그마한 암시만으로 만사를 곧잘 이해하는 스테판 아르카지치는 이번의 여행에 있어서는 특히 귀여운 사람이었다. 그리고 레빈은 그의 가슴 속엔 자기에 대한 더욱 새롭고 추종하는 듯한 존경의 태도와 부드러움 같은 것이 있는 것을 보았다.

만찬을 특별히 훌륭하게 하려고 했던 아가피야 미하일로브나와 요리사의 노력의 결과로서는 시장기가 들었던 두 친구가 자쿠스카[菜前]를 향해서 앉자마자 버터를 바른 빵이며 폴로토크(요리의 일종)며 소금에 절인 버섯을 포식했다는 것, 요리사가 특히 손님을 놀라게 하려고 했던 건더기가 없는 수프를 레빈이 조급하게 내오라고 명령한 것이 있을 뿐이었다. 그러나 스테판 아르카지치는 여러 가지의 음식을 먹는 것에 익숙하였음에도 불구하고 모든 것을 솜씨가 훌륭한 요리라고 여겼다 —— 약술·빵·버터, 특히 폴로토크·버섯·쐐기풀 수프·화이트 소스를 친 닭, 크르임의 백포도주 등등 —— 모든 것이 솜씨가 훌륭했고 진미였다.

「훌륭해, 훌륭해.」하고 그는 불고기를 먹은 뒤에 굵다란 궐련에 불을 붙이면서 말했다. 「자네한테 오자 마치 소란스럽고 흔들리는 배에서 조용한 기슭에 상륙한 것 같은 느낌이 드는군. 그래 자네가 지금 이야기하고 있는 것은 노동자의 본질이라는 것이야말로 연구되지 않으면 안 되고 농사 방식의 선택을 길잡이하는 것도 역시 그것에 불과하다, 그 말이겠다. 난 정말 이런 문제엔 전혀 문외한이야. 그러나 나에게는 이론과 그 응용이라고 하는 것이 노동자에 대해서 영향을 미치는 일도 있으리라고 여겨지는군.」

「그렇지, 그러나 잠깐 —— 내가 얘기하고 있는 것은 경제학에 대해서가 아니고 농사 문제에 대해서 얘기하고 있는 거야. 그것은 자연 과학과 마찬가지로 주어진 현상과 노동자와의 관계를 경제학적으로나 인종학적으로 관찰하지 않으면 안 된다 말야……」

이때 마침 아가피야 미하일로브나가 잼을 가지고 들어왔다.

「아니, 아가피야 미하일로브나.」하고 스테판 아르카지치는 자기의 통통한 손가락 끝을 빨면서 그녀에게 말했다. 「폴로토크고 약술이고 정말로 훌륭한 걸!……건 그렇고, 어때 이제 마침 좋을 때 아냐, 코스챠?」하고 그는 덧붙였다.

레빈은 창문으로 앙상한 숲 우듬지 너머로 기울어 가고 있는 해를 바라보았다.

「이제 됐어, 이제 됐어.」하고 그는 말했다. 「쿠지마, 마차를 준비하도록 해라!」하고 그는 아래층으로 뛰어내려갔다.

스테판 아르카지치는 아래로 내려오자 자기 손으로 꼼꼼하게 칠이 된 상자에서 돛베[帆布]로 만들어진 씌우개를 벗기고 상자를 열어 자기의 값진 신형의 총에 장전하기 시작했다. 그리고 진작부터 술값이 톡톡히 있을 것 같은 낌새를 맡고 있던 쿠지마는 스테판 아르카지치의 곁을 떠나지 않고 그에게 양말에서부터 장화를 신기는 것까지 거들었다. 그것을 또 스테판 아르카지치는 기꺼이 그가 하는 대로 내버려 두었다.

「저어 이봐, 코스챠, 만약 랴비닌이라는 상인이 오거든 —— 내가 그자에게 오늘 오도록 일러 놨으니까 —— 그러거든 들어와서 잠시만 기다리도록 일러 놓아 줘……」

「그럼 자네 그 사냘 알고 있나?」

「그럼 알다 뿐야, 잘 알지. 나도 그 사내하고 거래를 한 적이 있어, 확실하고 결단 있게 말야.」

스테판 아르카지치는 웃었다. 『확실하고 결단 있게』란 그 상인이 즐겨 쓰는 말이었다.

「응, 그 녀석은 무턱대고 우스운 말을 쓰는 놈이야. 아니, 이 녀석은 벌써 주인이 어딜 가려는지 알았군!」하고 그는 끙끙거리면서 레빈에게 알랑거리고 그의 손이며 장화며 총을 핥고 있는 라스카를 가볍게 손으로 두드리고 덧붙였다.

그들이 나갔을 때에 마차는 벌써 입구의 층층대 옆에 서 있었다.

「난 마차를 준비시켜 뒀지, 멀지도 않지만 말야. 그런데 어디 걸어서 가 볼까?」

「아냐, 타고 가는 게 나아.」스테판 아르카지치는 마차 쪽으로 다가가면서 말했다. 그는 호피 담요로 발을 싸고 시가에 불을 붙였다. 「도대체 자네는 어째서 담배를 피우지 않는지 모르겠어! 시가 —— 이것은 만족, 그것이라고 하기보다도 완성의 마지막 단계, 만족의 상징야. 이것이야말로 진정한 생활이야! 정말 훌륭하군! 이런 곳이야말로 내가 생활하기를 얼마나 원하고 있었던 곳인지 몰라!」

「그러니까 아무도 자넬 방해하고 있진 않잖아?」하고 레빈은 웃으면서 말하였다.

「아니, 자넨 행복한 사내야. 자네가 사랑하고 있는 것은 무엇이거나 자네에게 있거든. 말을 좋아한다면 말이 있고 개가 있으니 사냥도 할 수 있고 농장도 있으니 말일세.」

「그러나 그것은 내가 자기가 가지고 있는 것만으로 만족하고 없는 것에 대해서 슬퍼하지 않은 탓이겠지.」레빈은 키치에 대한 것을 생각해 내고서 이렇게 말했다.

스테판 아르카지치는 그것을 이해하고 그의 얼굴을 힐끗 쳐다보았으나 아무 말도 하지는 않았다.

레빈은 오블론스키가 그의 그 타고난 분별력으로 자기가 쉬체르바스키 집안의 얘기를 두려워하고 있다는 것을 알아채고 그것에 대해서는 한 마디도 얘기하지 않은 것을 감사하고 있었다. 그렇다고는 하나 지금 레빈은 아직까지 자기를 괴롭히고 있었던 사건에 대해서 은근히 알고 싶어졌다. 그러나 그는 그것을 입 밖에 꺼낼 용기가 없었다.

「그래 어때, 자네 집 사정은 어떻나?」하고 레빈은 자기에 입장에서만 생각한다는 것은 자기로서는 좋지 않다는 것을 생각하고 이렇게 말했다.

스테판 아르카지치의 눈은 유쾌하게 빛나기 시작했다.

「자넨 일정량의 식량을 급여받고 있으면서 빵을 좋아할 수도 있다든지 하는 것은 인정하지 않아. 자네 말대로 하면 그것은 죄악이야. 그러나 난 또 사랑이 없는 생활을 인정하지 않는단 말야.」그는 레빈의 질문을 자기 멋대로 해석하고 말했다.「어쩔 수 있나, 난 그렇게 만들어져 있는 걸. 그리고 실제로 이런 것은 그다지 남에게 화를 미치게 하거나 하지는 않으니깐 말이지. 그러나 자신에게는 충분한 만족이……」

「도대체 어떻다는 거야, 또 무엇인가 새로운 사건이라도 생겼나?」하고 레빈은 물었다.

「생기지 않고! 자네도 거 왜 알고 있잖아, 오시안(3세기 아일랜드의 민족 시인) 이 그리는 여인의 타입을……즉 꿈 속에서 보는 것 같은 여인의…… 그런 여인이 가끔 현실에 있단 말야……그리고 그런 여인들은 무서워. 여자라는 것은 이거 봐, 자네가 아무리 연구해 보았댔자 언제나 완전히 새로운 모습을 가지고 있는 거야.」

「그렇다면 차라리 연구 같은 걸 하지 않는 게 더 낫지 않아.」

「아니지. 어느 수학자가 얘기하지 않았나, 기쁨은 진리의 발견에 있지 않고 그 탐구 속에 있다고.」

레빈은 말없이 듣고 있었다. 그리고 자기에 대해서 무척 애도 써 보았으나 그는 도저히 자기 친구의 마음을, 그 감정을 이해하고 그러한 여자들을 연구하는 기쁨을 이해할 수가 없었다.

15

사냥터는 그다지 멀지 않은 자그마한 백양나무 숲속을 흐르고 있는 개천을 끼고 있었다. 숲 가까이까지 타고 가자 레빈은 마차에서 내려 오블론스키를 벌써 눈에서 해방된 어끼가 많은 질척한 풀밭의 한쪽 구석으로 데리고 갔다. 그리고 그 자신은 다른 쪽 가장자리의 두 갈래 난 자작나무 곁으로 돌아와서 나지막한 말라 죽은 가지의 갈래에 총을 기대어 놓고 웃옷을 벗고, 허리띠를 고쳐 졸라매고 손의 운동이 자유로운가 시험해 보았다.

그의 뒤를 따라온 회색의 늙은 개 라스카는 그와 마주하고 주의깊게 웅크리고 앉아서 쫑긋 귀를 세웠다. 해는 큰 숲의 저 쪽으로 넘어가고 있었다. 그리고 황혼빛 속에서는 백양나무 숲의 군데군데에 흩어져 있는 자작나무가 팽팽하게 부풀어 금방 터질 것같이 되어 있는 눈을 가진 축 늘어진 가지를 확연히 그려내고 있었다.

아직 눈이 남은 밀림 속에서는 굽이진 좁은 개울에 흐르고 있는 물소리가 가늘게 들렸다. 작은 새들은 쨱쨱하고 지저귀고 때때로 나무에서 나무로 날아 옮았다.

완전한 정적 사이사이에서 흙이 녹는 것과 풀의 성장으로 움직이는 지난 해의 낙엽들의 바시락거리는 소리가 들렸다.

『어허! 풀이 자라고 있는 것이 들리기도 하고 보이기도 하는군!』하고 레빈은 햇풀의 침엽 옆에 있던 석필색(石筆色)의 축축한 백양나무 잎이 움직이는 것을 보고 혼잣말을 했다. 그는 선 채 귀를 모으고 때로는 발 밑의 질척질척한 이끼로 덮인 땅거죽을, 때로는 귀를 기울이고 있는 라스카를, 때로는 그의 앞에서 산기슭까지 뻗쳐 있는 앙상한 숲의 우듬지의 바다를, 또 때로는 구름의 하얀 띠를 두르고 저물어 가는 어스레한 빛에 싸인 하늘을 바라보았다. 유연하게 날개를 치면서 독수리 한 마리가 멀리 있는 숲 위를 높이 날아갔다. 그러자 또 한 마리가 그와 똑같은 방향으로 날아가서는 사라졌다. 작은 새들은 더욱더 소리 높고 분주살스럽게 울창한 숲의 깊이에서 지저귀었다. 그다지 멀지 않은 곳에서 올빼미가 울기 시작했다. 그러자 라스카는 부르르 몸을 떨고 주의깊게 서너 걸음 걸었다. 그리고 옆으로 머리를 기울이고 귀를 모으기 시작했다. 개천 저편에서는 소쩍새의 울음 소리가 들려 왔다. 소쩍새는 두 번 언제나의 외침 소리로 뻐뻐꾹 하고 울고 나서는 이내 목이 쉬어 버렸는지 그대로 우물우물하고 말았다.

「어때! 벌써 소쩍새가 있군!」하고 스테판 아르카지치는 관목 뒤에서 나오면서 말했다.

「응, 나도 들었어.」하고 레빈은 자신에게도 불쾌한 그 타고난 목소리로 무의식중에 숲의 정적을 깨뜨리면서 대답했다. 「지금은 좀 일러.」

스테판 아르카지치의 모습은 다시 덤불 뒤로 숨었다. 그리고 레빈은 그저 성냥불의 환한 불꽃과, 곧 뒤이어 그것을 대신하는 담배의 빨간 불과, 파르스름한 연기만을 보았다.

칼칵! 찰칵! 스테판 아르카지치의 공이치기를 일으키는 소리가 들렸다.

「저것은 도대체 무엇이 울고 있는 거야?」오블론스키는 레빈의 주의를 망아지가 장난치면서 가느다란 목소리로 울고 있는 듯한 길게 끄는 울음 소리 쪽으로 시선을 돌리면서 물었다.

「아아, 자넨 저것을 모르나? 저것은 이봐, 수토끼야. 그러나 얘긴 나중에 할까! 저기 봐, 잘 들어 봐, 잘 들어 봐. 온다, 온다!」레빈은 공이치기를 일으키면서 거의 외치듯이 말했다.

멀고 가느다란 휘파람 소리 같은 소리가 들리고, 그리고 사냥꾼에게는 귀에 익은 예의 그 간격을 규칙 바르게 두고 이초 뒤에는 둘째 번 소리, 또 세째 번 소리가 계속되었으나 세째 번 소리의 뒤에는 벌써 목쉰 소리가 들리기 시작했다.

레빈은 눈을 좌우로 움직였다. 그러자 그의 앞의 짓푸른 하늘에 백양나무 숲의 우듬지가 엉켜 있는 부드러운 어린 가지 위를 날고 있는 작은 새의 모습이 보였다. 새들은 똑바로 그를 향해서 날아왔다. 뻣뻣한 천을 찢는 듯한 가까와진 그 목쉰 소리가 귀 바로 위에서 울렸다. 그러자 벌써 새의 긴 부리와 목이 분간되었다. 그리고 레빈이 겨냥함과 동시에 오블론스키가 서 있던 덤불에서 빨간 섬광이 번쩍이고 새는 화살처럼 쭉 내려왔다가 다시 높이 날아올랐다. 다시 섬광이 번쩍이고 발사하는 소리가 들렸다. 그러자 새는 공중에 멈추기라도 하려는 것처럼 날개를 치면서 진행을 그치고 일순간 같은 곳에 가만히 있었으나 이내 무거운 소리를 내며 질퍽한 땅 위로 떨어졌다.

「빗맞은 게 아냐?」연기 때문에 그것이 보이지 않았던 스테판 아르카지치는 외쳤다.

「됐어, 벌써 여기 가져 왔어!」레빈은 라스카를 가리키면서 말했다. 라스카는 한쪽 귀를 세우고 털이 보풀보풀한 꼬리끝을 홰홰 흔들면서 조금이라도 흐뭇한 생각을 연장하려는 것처럼 조용한 걸음걸이로,·그리고 미소라도 짓고 있는 듯한 시늉을 하면서 총에 맞아 떨어진 새를 주인에게 가지고 왔다.「아니, 난 자네가 잘해 줘서 기뻐.」레빈은 기쁨과 동시에 그 도요새를 맞힐 수 있었던 것이 자기가 아니었다는 것에 벌써 부러움을 느꼈다.

「응, 바른쪽 총신이 빗맞았어.」하고 스테판 아르카지치는 총을 재면서 대답했다.

「섯…… 왔어, 왔어.」

실제로 재빠르게 연이어 잇따른 날카로운 울음 소리가 들렸다. 두 마리의 도요새가 장난을 하느라고 서로 쫓고 쫓기고 하면서 예의 목쉰 소리가 아니고 가느다란 휘파람 같은 소리를 내며 사냥꾼들의 머리 바로 위로 날아왔다. 네 발의 총성이 울렸다. 그러자 도요새는 제비처럼 홱 몸을 날려서 시야에서 사라져 버렸다.

사냥은 성적이 아주 좋았다. 스테판 아르카지치는 또 두 마리를 쏘았고 레빈도 두 마리를 맞혔으나 그 중의 한 마리는 찾지 못했다. 이두워지기 시작했다. 해맑은 은빛 금성은 서편 하늘에 낮게 걸려 그 부드러운 빛으로 자작나무 뒤에서 빛나기 시작하고, 동녘 하늘에는 높게 음울한 황소자리의 으뜸별이 벌써 그 빨간 빛을 내기 시작했다. 레빈은 자기의 머리 뒤에서 큰곰자리의 별들을 붙들기도 하고 잃기도 하고 했다. 도요새는 이제 날지 않았다. 그러나 레빈은 그의 눈에 자작나무의 가지보다도 낮게 보이고 있는 금성이 그보다도 높게 떠올라 큰곰자리의 별들이 어디에서 보더라도 뚜렷하게 보일 때까지 더 기다려 보아야겠다고 결심했다. 금성은 벌써 그 가지 위를 지나갔고, 채를 단 수레와 같은 큰곰자리는 완전히 검푸른 하늘에 보이기 시작하였으나, 그는 역시 또 기다리고 있었다.

「이제 틀렸잖아?」하고 스테판 아르카지치는 말했다.

숲속은 어느새 조용해지고 새 한 마리도 움직이지 않았다.

「조금만 더 기다려 보자구.」하고 레빈은 대꾸했다.

「그래, 좋을 대로 해.」

두 사람은 이때 서로 열 댓 발짝쯤의 거리에 서 있었다.

「스치바!」하고 불쑥 불의에 레빈이 말을 꺼냈다.「어째서 자넨 나에게 자네 처제가 이제 결혼했는지, 언제 하는지 이야기를 해주지 않나?」

레빈은 자신을 스스로 굳건하고 침착하다고 느끼고 있었기 때문에 어떤 대답도 자기를 동요시킬 수는 없으리라고 생각하고 있었다. 그러나 스테판 아르카지치의 답변은 정말 의외의 것이었다.

「시집을 간다든지 하는 것은 이거 봐, 내 처젠 지금까지도 생각하고 있지도 않았고 지금도 생각하고 있지 않아. 그러기는커녕 굉장히 몸이 나빠서 의사가 외국으로 전지시켰어. 모두들 생명에 이상이 있을까 하고 걱정하고 있을 정도야.」

「아니, 어떻다고!」레빈은 외쳤다.「굉장히 나쁘다고? 도대체 무슨 일이 있었길래? 어째서 그 사람이……」

그들이 이렇게 얘기하고 있는 동안, 라스카는 귀를 쫑긋 세우고 머리 위의 하늘을 바라보기도 하고 비난하듯 그들을 쳐다보기도 했다.

『이런, 급기야 지껄일 틈을 찾고 말았군.』하고 개는 생각했다.『새가 날아오고 있는데…… 여기 왔다, 정말 그렇다. 놓쳐 버리겠는 걸…….』하고 라스카는 생각했다.

그러나 마침 이 순간에 두 사람은 돌연 귀청을 찌르는 듯한 날카로운 울음 소리를 들었다. 두 사람은 재빨리 총을 들었다. 그러자 섬광이 번쩍이며 두 발의 총성이 동시에 일어났다. 하늘 높이 날고 있던 도요새는 갑자기 날개를 접고 가느다란 어린 가지를 휘게 하면서 울창한 숲속으로 툭 하고 떨어졌다.

「거 정말 멋있는 걸! 똑같이 맞혔어!」하고 레빈은 외치고서 라스카와 함께 도요새를 찾으러 숲 속으로 뛰어들어갔다.『아아, 그렇지, 무엇이 지금 불쾌했던가?』하고 그는 생각해 냈다.『참, 키치가 아프다지…… 그렇다고 어쩔 수도 없잖아, 정말 안됐군.』하고 그는 생각했다.

「아아, 찾았군! 정말 영리하다.」하고 그는 라스카의 입에서 아직 따뜻한 새를 빼내어 그것을 거의 가득 찬 사냥 자루에 밀어넣으면서 말했다.「찾았어, 스치바!」하고 그는 외쳤다.

16

　집으로 돌아오는 도중 레빈은 키치의 신병과 쉬체르바스키네의 계획에 대해서 자세하게 물었다. 그리고 그것을 고백한다는 것은 다소 양심에 찔리는 일이기는 했지만 그가 들은 이야기들은 그를 즐겁게 했다. 즐거웠다고 하는 것은 아직 희망이 있다는 점에서도 그렇지만 그보다도 그를 그렇게 괴롭혔던 그녀가 지금은 괴로와하고 있다는 점에서였다. 그러나 스테판 아르카지치가 키치의 신병의 원인에 대해서 얘기하는 도중에 브론스키의 이름을 입에 담자 레빈은 그를 가로막았다.

　「난 가정사를 꼬치꼬치 알 아무런 권리도 가지고 있지 않아. 아니, 바른대로 얘기하자면 아무런 흥미도 가지고 있지 않단 말야.」

　스테판 아르카지치는 레빈이 일 분 전에 즐거워하고 있었던 것과 같은 정도로 갑자기 음울하게 되자, 그 전에도 기억이 있는 순간의 변화를 그 얼굴 속에서 발견하고 넌지시 미소를 지었다.

　「자네는 랴비닌과 산림에 대해서 이제 깨끗이 끝을 맺었나?」하고 레빈은 물었다.

　「응, 끝냈어. 값이 좋았지, 삼만 팔천 루블이야. 팔천은 선금을 내기로 하고 나머진 앞으로 육 년 안에 준다는 거야. 나도 이 일로 오랫동안 돌아다녔지만 아무도 그 이상은 내지 않았어.」

　「그렇더라도 자네가 그 산림을 거저 준 거나 마찬가지란 말야.」하고 레빈은 침울한 어조로 말했다.

　「그래, 어째서 거저라는 거지?」스테판 아르카지치는 지금은 모든 것이 레빈에게는 마음에 들지 않으리라는 것을 알고 선량한 미소를 띠면서 말했다.

　「어째서라니, 말하자면 그 숲은 줄잡아도 일 제샤치나에 오백 루블의 가치는 있기 때문이야.」하고 레빈은 대답했다.

　「아아, 그것은 시골 농장주들이 두고 쓰는 문자야!」스테판 아르카지치는 장난말처럼 말했다. 「자네들의 이런 태도는 우리 도시인에 대한 모욕이야! ……그러나 막상 일을 해야 할 마당에 가서는, 뭐니뭐니해도 우리들이 한 술 더 뜬단 말야. 염려 말아, 나도 충분히 계산을 해봤으니까.」하고 그는 말했다. 「그 산림은 정말 굉장히 잘 팔렸어. 오히려 난 행여 지금이라도 그 녀석이 물러달래지나 않을까 하고 전전 긍긍할 정도야. 그것은 목재용의 숲이 아니잖느냐 말이야.」

　스테판 아르카지치는 목재용이라는 말로 레빈으로 하여금 그의 생각이 옳지 않음을 확신시키려고 하였다. 「아니, 오히려 땔나무감이라고 하는 편이 좋을 정도야. 일 제샤치나나 삼십 사췌니 이상은 되지 않아. 그런데 그 사내 나에게 이백 루블 꼴로 치렀거든.」

레빈은 얕잡듯이 히쭉 웃었다. 『뻔한 일이야.』하고 그는 생각했다. 『이런 행동거지는 유독 이 사내 한 사람만의 것은 아니다. 십 년 동안에 두어 번쯤 시골에 와서는 시골 말을 두서너 마디 외우자 그것을 앞뒤를 가리지 않고 쓰고 무엇이든지 다 잘 알고 있다고 굳게 믿고 있는 도시인의 누구에게도 있는 것이다. 『목재용』이니 『삼십 사췌니』가 된다느니 하고 입으로는 떠벌리고 있지만 자기 자신은 아무것도 모르고 있다.

「난 내가 관서에서 쓰고 있는 것을 자네에게 가르치려고 하지 않아.」하고 그는 말했다. 「필요하다면 내가 자네에게 묻지. 그러나 자넨 산림에 대해 어느 정도 알고 있다고 믿고 있는 모양이지만, 천만에, 정말 어려운 거야. 자넨 나무의 수를 세어 보았나?」

「어떻게 나무를 다 셀 수 있어?」하고 스테판 아르카지치는 역시 아직도 이 친구를 그 나쁜 기분으로부터 끌어낼려고 하면서 웃는 얼굴로 말했다. 「모래알의 수를 센다든지 유성(遊星)의 광선을 계산한다든지 하는 것은 위대한 천재나 되면 할 수 있는진 몰라도……」

「그렇지. 그러나 위대한 천재 랴비닌한텐 그것이 가능하단 말야. 그리고 도대체가 어떤 상인이건 자네처럼 거저 주지 않는 한 계산하질 않고 사는 녀석은 한 놈도 없어. 자네의 산림은 나도 알고 있어. 난 해마다 그곳으로 사냥을 나갔으니깐. 자네 것은 현금으로 오백 루블의 값어친 있어. 그것을 그 녀석은 자네에게 연불로 이백 루블밖에 내지 않잖아. 말하자면 자네가 그 녀석에게 삼만 루블을 진상한 폭이 된단 말야.」

「아냐, 그런 황량스런 얘긴 이제 그만둬.」하소연이라도 하듯이 스테판 아르카지치는 말했다. 「그럼, 어째서 누구 하나 그만한 것을 낼 작자가 없었을까?」

「이거 봐, 그 녀석이 미리 뒤에서 상인들하고 다 짜고 있었기 때문이야. 말하자면 매수해 버린 거야. 난 거의 모든 녀석들 하고 거래를 한 적이 있으니까 그 녀석들의 수작은 잘 알고 있어. 그 녀석들은 상인이 아니고 구전꾼들이야. 그 녀석은 또 한 일 할이나 일 할 오 푼 정도의 구전밖에 들어올 것 같지가 않으면 아예 손을 대지도 않아. 일 루블짜리를 이십 코페이카로 살 수 있을 때를 기다리고 있는 놈이야.」

「자아, 이제 그만! 자넨 지금 기분이 좋지가 않아.」

「천만에 나쁠 턱이 있어.」레빈은 마차가 집 가까이에 다가갔을 때 어두운 얼굴을 하고 말했다.

 입구의 층층대 옆에는 벌써 포식한 말을 두툼한 가죽끈으로 야물게 맨 쇠붙이와 가죽으로 튼튼하게 대놓은, 농용마차가 서 있었다. 마차 속에는 랴비닌의 마부 일을 맡아 보고 있던 점원이 허리띠를 단단히 졸라매고 혈기 왕성한 얼굴을 하고 앉아 있었다. 그리고 랴비닌 자신은 벌써 집안에 들어가 있다가 현관에서 두 사람의 친구들을 맞았다. 랴비닌은 키가 큰 중년의 수척했지만 깨끗이 면도질을 한 쑥 내민 턱과 입수염과 툭 튀어나온 흐리터분한 눈을 가진 사내였다. 그는 등 뒤의 허리께에 단추가 붙어 있는 옷자락이 긴 곤색으로 프록 코트를 입고 복사뼈 있는 데가 주름이 잡히고 장딴지께가 반듯하게 펴진 고가 높은 장화를 신고 그 위에다가 큰 덧신을 걸치고 있었다. 그는 손수건으로 얼굴을 두루 돌려 닦고 별반 그러지 않더라도 단정하게 되어 있던 프록 코트의 앞자락을 여미고 마치 무엇인가를 붙잡으려고나 하는 듯이 스테판 아르카지치에게 손을 내밀면서 들어온 두 사람을 웃는 얼굴로 맞았다.

 「오오, 이렇게 찾아와 주셨군요.」하고 스테판 아르카지치는 그에게 손을 쥐게 하면서 말했다. 「저 잘됐군.」

 「길이 굉장히 엉망이었지만 감히 각하의 명령에 위배할 순 없어서 말씀예요, 네. 정말 도중은 내내 도보로 왔다고 해도 과언 아닙니다만 그래도 어떻게 시간에 맞춰 왔죠. 콘스탄친 드미트리치, 안녕하세요.」하고 그는 레빈의 손을 붙잡으려고 애쓰면서 그에게로 얼굴을 돌렸다. 그러나 레빈은 얼굴을 찌푸린 채 그의 손을 못 본 체하고 도요새를 꺼내고 있었다. 「그렇겠읍니다, 사냥을 즐기고 계셨던가요? 그리고 이것은 저어, 뭐라고 하는 샌가요?」얕잡듯이 도요새를 보면서 랴비닌은 덧붙었다. 「그래도 맛은 있으니까요.」하고 밀하고 그는 마치 이런 것을 다 화약을 써 가면서까지 잡을 값어치가 있는가 없는가 하고 철저히 의심이라도 하듯이 수긍이 안 가는 것처럼 머리를 내둘렀다.

 「서재로 가지?」부루퉁하게 눈살을 찌푸리면서 레빈은 프랑스어로 스테판 아르카지치에게 말했다. 「서재로 가, 그리고 거기에서 얘길 해.」

 「아니, 거 좋습니다. 어디든지 괜찮읍니다.」하고 랴비닌은 얕잡은 듯한 위엄을 가지면서 마치 누구를 대할 경우 다른 사람들에게는 까다로움이 있을 수 있을는지도 모르지만 자기에게는 무슨 일에도 결코 까다로움 같은 것은 있을 수 없다는 것을 느끼게 하려고 하는 듯한 어조로 말했다.

 서재로 들어가면서 랴비닌은 습관에 따라 성상이 있는 데를 찾고 있는 것처럼 두리번거렸는데 그것을 찾고도 성호를 긋지는 않았다. 그는 장롱이며 책상을 보고서도 도요새를 보았을 때와 똑같은 의아스러워하는 듯 얕잡는 듯한 냉소를 띠고 도저히 이러한 것들에 어떤 값어치가 있다고는 여겨지지 않는다는 투로 수긍할 수가 없다는 듯이 머리를 절래절래 저었다.

「어때요, 돈을 가져 왔어요?」오블론스키가 물었다. 「자아, 앉으세요.」

「아니, 이제, 이제는 돈은 문제가 아닙니다. 난 그저 만나 뵙고 상의를 드릴 일이 있어서 말씀예요. 그래서,」

「상의라니, 무슨 말씀이신데? 자아, 앉으실까.」

「그건 그렇고.」하고 랴비닌은 앉아 극히 거북한 듯한 시늉을 하고 안락의자 등에 팔꿈치를 짚으면서 말했다. 「더 조금 양보해 주셔야 하겠어요. 공작, 단단합니다. 돈은 이제 완전히, 일 코페니카까지 다 준비가 되어 있어요. 그 돈에 대해서는 아무 문제가 없읍니다만.」

레빈은 그 사이에 총을 장롱 속에다 넣어 놓고 막 문 밖으로 나가다가 상인의 말을 듣자 발을 멈췄다.

「그렇지 않더라도 넌 순전히 거저나 마찬가지로 산림을 손에 넣었지 않아.」하고 그는 말했다. 「아뭏든 이 친구가 나에게 찾아오는 것이 늦었단 말야. 그렇지 않으면 내가 값을 매겨 줬을 터이지만.」

랴비닌은 일어서서 아무런 말도 없이 싱글벙글 웃으면서 레빈을 위아래로 훑어보았다.

「너무 딱딱하십니다, 콘스탄친 드미트리치.」하고 그는 웃는 얼굴을 스테판 아르카지치 쪽으로 돌리면서 말했다.

「이댁에서는 이젠 절대로 아무것도 살 수가 없겠군요. 자주 밀을 내주셨읍니다만 꽤 좋은 값을 받으셨었으니까요.」

「그러나 무슨 이유로 난 자기 것을 너에게 거저 줘야 하느냐 말야? 난 길가에서 주은 것도 아니고 도둑질해 온 것도 아니란 말아.」

「죄송합니다만 지금 세상에서는 도둑질을 한다든지 하는 짓은 결코 할 수가 없읍죠. 오늘날엔 벌써 모든 것이 절대로 공명 정대한 법률에 따르도록 돼 있고, 또 모든 것이 바르게 돼 있으니까요, 도둑질을 한다든지 하는 문제가 아닙죠, 네. 저희들은 정말 정직하게 상의했었읍니다. 그러나 그 산림은 흥정이 좀 비싸게 떨어져서 좀처럼 수지가 맞질 않을 것 같아요. 그래서 다만 얼마라도 어떻게 빼 주셨으면 싶어서 말씀예요, 네.」

「그럼 너희들 얘긴 이제 끝난 거야, 그렇지 않으면 아직이야? 만약 끝난 것이 아니라면,」하로 레빈은 말했다. 「그 산림은 내가 사지.」

미소는 별안간 랴비닌의 얼굴에서 사라졌다. 독수리 같은 탐욕스럽고 잔인한 표정이 그 얼굴에 새겨졌다. 그는 민첩한 뼈마디가 굵은 손가락으로 프록의 단

추를 끄르고 샤쓰와 조끼의 구리 단추와 시계의 줄을 드러내 놓으며 얼른 두툼
한 낡은 지갑을 꺼냈다.

「자아, 대금을 받으십쇼. 산림은 이제 내 소유올시다. 그것이 이 랴비닌의 상
술이고 한 푼 두 푼을 가지고 다투자는 것은 아네요.」그는 찡찡한 얼굴을 하고
지갑을 내두르면서 말했다.

「내가 만약 자네 입장에 있다면 그렇게 서둘진 않았을 거야.」하고 레빈은 말
했다.

「별수가 없어.」깜짝 놀란 듯한 얼굴을 하고 오블론스키는 말했다.「그렇지만
이미 계약해 버렸으니까 말야.」

레빈은 거칠게 문을 닫고 방을 나갔다. 랴비닌은 문을 쳐다보면서 미소를 띠
고 머리를 저었다.

「아주 젊으시고 아직 순진한 애숭이시어서 말씀예요. 정말 내가 사는 것은
그, 나를 믿어 주십쇼. 그저 그 오직 하나 명예가 욕심나기 때문이고, 말하자면
그 오블론스키네의 산림을 산 것은 다름아닌 그 랴비닌이다라고 하는 말을 듣기
위해서 뿐이에요. 그리고 또 그 어떻게 타산을 맞출 것인가는 하느님의 뜻에 달
렸을 뿐입니다. 하느님을 믿어 주세요. 그럼 자아 죄송합니다만 계약서에 서명
을……」

한 시간 뒤에는 상인은 단정하게 겉옷을 여미고 프록의 단추를 끼고 계약서를
호주머니에 넣고 그의 그 쇠붙이를 댄 튼튼한 마차에 오르며 귀로에 올랐다.

「아아, 저런 신사들이라는 것은 !」하고 그는 점원에게 말했다.「다들 똑같은
사람들이야.」

「건 정말 그래요.」점원은 고삐를 건네고 가죽의 앞 포장의 단추를 잠그면서
대꾸했다.「건 그렇구 산림 건으로 한턱 있겠죠, 미하일르 이그나비치 ?」

「거 무슨 소리……」

17

스테판 아르카지치는 앞으로 석 달치로서 상인이 그에게 치른 어음을 호주머
니에 넣고 위층으로 갔다. 산림을 처분한 돈이 손에 들어온 데다가 사냥은 성적

이 좋았으므로 스테판 아르카지치는 잔뜩 기분이 좋았다. 그래서 더욱 그는 레빈에게서 발견한 좋지 않은 기분을 거두어 주었으면 하는 욕구를 강하게 느꼈다. 그는 저녁 식사를 하는 사이에 오늘 하루를 처음과 마찬가지로, 유쾌하게 끝냈으면 하고 여기고 있었던 것이다.

실제로 레빈은 기분이 시원치가 않았다. 그리고 사랑하는 빈객에 대해서 친절하고 정답게 대해야겠다는 생각으로 가득차 있으면서도 자기를 억누를 수가 없었다. 키치가 결혼을 하진 않았다는 소식은, 차츰차츰 그의 마음을 흔들기 시작했다.

키치는 시집도 가지 않고 앓고 있다. 그녀를 배신한 사내에게 대한 사랑으로 앓고 있다. 이 모욕은 마치 그 자신에게 가해진 것만 같았다. 그녀는 브론스키에게 채이고 레빈은 그녀에게 채였다. 따라서 브론스키는 레빈을 모멸할 권리를 가진 것이나 마찬가지고 그 때문에 그의 적이었다. 그러나 레빈은 그것을 낱낱이 생각하고 있었던 것은 아니었다. 그저 그는 그 속에 무엇인가 그를 모욕하고 있는 것이 있다는 것을 어렴풋이 느끼고 있었던 것에 불과했다. 그래서 지금의 그는 자기의 기분을 상하게 했던 그것에 대해서 화를 내고 있는 것은 아니고 눈앞에 나타나고 있던 온갖 것들에 대해서 짜증을 내고 있었던 것이다. 멍청스럽게 팔아 치운 산림, 오블론스키가 걸려 든 속임수, 더구나 그것이 자기 자신의 집에서 이루어졌다는 사실에 대해서 잔뜩 흥분하고 있는 것이었다.

「그래, 끝났나?」그는 위층에서 스테판 아르카지치를 맞으면서 말했다. 「저녁을 하겠나?」

「그럼, 거절은 않지. 아니 정말 시골에 오면 어찌 그렇게 시장기가 드는지 모르겠어, 놀라울 정도야! 그래 어째서 자넨 랴비닌에게 식사를 권하지 않았나?」

「흥, 그따위 녀석이 다 뭔데!」

「그렇지만 그 사내에게 대한 자네의 그 태도는!」오블론스키는 말했다. 「자넨 손도 내밀지 않았지. 어째서 손을 내밀지 않았나?」

「내가 하인에게 손을 주지 않는다는 것과 똑같은 이유에서야. 그러나 하인들 쪽이 그 녀석보다는 백 배도 더 나아.」

「아니, 자넨 정말 대단한 보수주의자로군 그래! 그럼 계급 타파는?」하고 오블론스키는 말했다.

「타파가 유쾌한 사람에겐 —— 그것도 무방하겠지. 그러나 난 반대야.」

「자넨, 정말 결정적인 보수주의자로군.」

「실은 난 내가 어떠한 잔가 하는 것을 생각해 본 적은 한 번도 없어. 난 콘스탄친 레빈이야, 그 이상의 아무것도 아냐.」

「그리고 기분이 몹시 나쁜 콘스탄친 레빈이렷다.」 웃으면서 스테판 아르카지치는 말했다.

「그렇지, 난 굉장히 기분이 좋지 않아. 그러나 그것이 어째선질 알고 있나? 건 실례 말이지만 자네의 그 어리석은 거래 때문이야……」

스테판 아르카지치는 죄도 없는데 꾸지람을 듣고 토라진 사람처럼 선량하게 눈살을 찌푸렸다.

「아니, 그만해 둬!」하고 그는 말했다. 「어떤 사람이 어떤 것을 팔았을 경우에 팔고 나면 이내 ──『그것은 훨씬 더 비싼 것이었는데.』하고 사람들이 그 사람에게 얘기하지 않은 적이 있었을까? 그러나 팔아 버릴 때까진 아무도 돈을 내려고는 하지 않는단 말야…… 아냐, 난 알고 있어. 자넨 그 가엾은 랴비닌에 대해서 편견을 가지고 있어.」

「그럴는지도 몰라, 그렇겠지. 그러나 자넨 그 이유를 알고 있나? 그렇지 얘기하면 자넨 또 나를 보수주의자라느니 혹은 더 지독한 말로 부를는지도 모르지만, 그러나 나에게는 역시 나 자신이 그것에 속하고 있고 또 계급 타파니 뭐니 하고 있는 귀족이라고 하는 것들이, 온갖 방면에서 차츰차츰 빈한하게 되어 가고 있는 사실을 보는 것이 안타깝고 부아가 나 죽겠어…… 그리고 이 빈한이라는 것이 결코 사치의 결과는 아니야 ── 그것이라면 오히려 할 얘긴 없지만 말야. 왜냐하면 본디 귀족답게 생활한다는 것 ── 그것은 귀족의 특성이고 귀족만이 할 수 있는 일이기 때문이야. 그런데 이즈막엔 우리들의 주위에서 농부들이 한참 땅들을 사모으고 있어 ── 그것도 괜찮아. 귀족은 아무것도 안하고 빈둥빈둥 놀고 먹고 있어. 농부는 일을 하고 있고. 그리고 게으른 인간을 밀어내고 있어. 그것은 물론 당연한 일이야. 그리고 난 농부들을 위해서 굉장히 기뻐하고 있어. 그렇지만 난, 뭐라고 할까, 말하자면 귀족이 어리석기 때문에 가난하게 되어가고 있는 것을 보는 것이 약이 올라 죽겠어. 여기에서는 폴란드인의 소작인이 니스에서 살고 있는 귀족의 부인에게서 훌륭한 소유지를 반 값으로 샀는가 하면 거기에선 또 일 제샤치나에 십 루블의 값어치가 있는 땅을 단돈 일 루블로 장사치에게 임대하고 있어. 그런가 하면 이번엔 또 자네가 전연 아무런 까닭도 없이 그 사기꾼 녀석들에게 삼만 루블을 헌사하고 말았어.」

「그럼 어떡하란 말야? 나무를 한 그루 한 그루 센단 말이야?」

「물론 그렇게 해야 하다마다. 이번만 해도 자넨 세지 않았지만 랴비닌은 셋단 말야. 덕택으로 랴비닌의 아이들은 생활비와 교육비가 생기게 됐을 테지만, 자네 아이들은 미안하지만 그렇게는 되지 않을 거야!」

「그래, 그야 그렇게 얘기하면 그렇지. 그렇지만 그런 계산까질 다 한다는 것은 무엇인가 비참한 일이야. 우리들한텐 우리들의 일이 있고 그들에겐 그들의 일이 있어. 그리고 그들에겐 이익이 필요하단 말야. 하여간 그 사건은 이제 손을 털고 끝나 버린 거야. 오오, 바로 내가 굉장히 좋아하는 달걀지짐이가 나왔군. 그리고 또 아가피야 미하일로브나는 그 귀한 약술을 줄 것이고……」

스테판 아르카지치는 탁자를 향해서 앉아 이런 점심이며 저녁은 오랫동안 먹은 일이 없었다느니 하는 칭찬을 늘어 놓으며 아가피야 미하일로브나를 구슬려 대기 시작했다.

「손님께선 그처럼 잔뜩 칭찬을 해주시지만.」하고 아가피야 미하일로브나는 말했다.「저희 콘스탄친 드미트리치께선 그저 뭣을 드려도, 빵 껍질이라도 잠자코 드시고 얼른 일어서고 마십니다.」

레빈은 아무리 자기를 억누르려고 애써도 어쩐지 음울하고 무뚝뚝하게 됐다. 그에게는 스테판 아르카지치에게 꼭 한마디 물어 보지 않으면 안 될 일이 있었다. 그러나 그는 그것을 결심할 수가 없었을 뿐만 아니라 언제 어떻게 그것을 꺼내야 할 것인가 하는 형식도 기회도 찾아낼 수가 없었다. 스테판 아르카지치는 어느새에 아래층의 자기 방으로 내려가 옷을 벗고 다시 한번 얼굴을 씻고 주름이 잡힌 자리옷을 입고 누워 있었으나, 레빈은 여전히 온갖 쓸데 없는 얘기를 지껄이면서 묻고 싶은 것을 물을만한 용기도 없이 내내 거기에서 우물쭈물하고 있었다.

「이 비누는 정말 잘 만들어져 있었다. 」하고 그는 아가피야 미하일로브나가 일부러 객실에 준비해 두었는데도 오블론스키가 쓰지 않았던 비누의 향기로운 한 조각을 포장지에서 꺼내어 바라보면서 말했다.「자아, 봐라, 정말 예술적이잖아.」

「그럼, 요즈음은 완전이라는 것이 거의 모든 것에 미치고 있으니깐 말야.」하고 스테판 아르카지치는 감상적인 행복한 듯한 하품을 하면서 말했다.「이를테면 극장, 그 마음을 즐겁게 해주는…… 아 —— 아 —— 아!」하고 그는 하품을 했다.「전등이 가는 곳마다…… 아 —— 아!」

「그래, 전등.」하고 레빈은 말했다.「그렇지. 저어, 그런데 브론스키는 요즘 어디에 있나?」그는 갑자기 비누를 놓고 물었다.

「브론스키?」하고 스테판 아르카지치는 하품을 뚝 그치고 말했다.「그 사낸 페테르스부르크에 있어. 자네 뒤이어 곧 떠난 그 후로 한 번도 모스크바엔 오지 않아. 그런데 알겠나 코스챠, 난 진실을 얘기하겠는데 말야.」하고 그는 탁자 위에다 두 팔꿈치를 대고 손으로 그 아름다운 볼그스름한 얼굴을 괴고 말했다. 그 얼굴에서는 부드럽고 선량하고 졸리는 듯한 두 눈이 별처럼 빛나고 있었다. 「자네 자신에게도 죄는 있어. 자넨 경쟁자를 두려워했단 말야. 그러나 난 그때에도 자네에게 얘기했던 것처럼 어느 쪽에 더 많은 희망이 있었던가는 몰라. 왜 넌 헤쳐 나가지 않았었지? 그때에도 자네에게 얘기했었어, 그……」 하고 그는 입을 벌리지 않고 턱만으로 하품을 했다.

『이 친구는 내가 청혼을 했었다는 것을 알고 있는 것일까, 그렇지 않으면 모르고 있는 것일까?』 하고 레빈은 그를 쳐다보면서 생각했다. 『그렇군, 이 친구의 얼굴빛엔 어딘가 교활하고 외교적인 데가 있군.』 그리고 자기가 얼굴이 붉어지고 있다는 것을 느끼고 그는 말없이 스테판 아르카지치의 눈을 똑바로 쏘아보았다.

「만약 그때 그녀에게 무엇인가가 있었다고 하더라도 그것은 외면적인 유혹이었어.」 하고 오블론스키는 계속했다. 「그것은, 이봐, 완전한 귀족주의와 사교계에 있어서의 장래의 위치라는 것이 그녀 자신이 아니고 그녀의 어머니에게 작용했던 것에 지나지 않아.」

레빈은 눈살을 찌푸렸다. 그는 그 속을 뚫고 온 거절의 모욕이 생생히 지금 막 받은 상처처럼 그의 마음을 불태웠다. 그러나 그는 자기의 집에 있었다. 집에서는 사방의 벽이 도움을 주고 있다.

「아니, 잠깐만, 잠깐만.」 하고 오블론스키는 말을 가로막으면서 그는 말을 꺼냈다. 「자넨 귀족주의라고 말하고 있지만, 그러나 한 마디 묻겠어. 브론스키가 됐건 누가 됐건 그런 패거리들의 귀족주의란 어떤 성질의 것이야 —— 말하자면 날 모욕할 수 있었다고 하는 귀족주의란? 자넨 브론스키를 귀족이라고 여기고 있지만 난 그렇게는 여기지 않아. 그의 아버진 아무것도 아닌 데서 간계를 가지고 기어나왔고, 그의 어머닌 누구와 어떤 관계에 있었는지도 알고 있는 사람이 없는 그런 인간이 어째서…… 아니야, 주제넘지만 나는 나나 나와 마찬가지인 사람들, 말하자면 고도의 교양을 가진 (재능과 지력 —— 그것은 별문제이지만 말야) 과거 삼사대의 가족의 명예 있는 계통을 드러내 보일 수 있는 사람들, 내 아버지와 조부가 생활했던 것처럼 어떤 사람 앞에서도 결코 자기를 비굴하게 하는 행위를 하지 않았고 어떤 사람에게도 궁상을 떤 적이 없는 사람들, 그런 사람들만을 귀족으로 여기고 있단 말야. 그리고 난 많은 그러한 사람들을 알고 있어. 자네에겐 내가 숲의 나무를 세는 것이 비천하게 느껴지겠지. 어떻든 자넨 랴비닌에게 삼만 루블을 거저 준 사람이니까 말야. 그러나 자넨 봉급이니 뭐니 하고 내가 모르고 있는 것을 받고 있지만 나에게는 그것이 없어. 그러니까 난 선조 전래의 것과 노력으로 얻은 것을 존중하고 있는 거야…… 그 우리들이야말로 귀족이고 그저 이 세상의 권력 사회에서의 증여 하나로 생활을 계속하고 있다든가, 이십 코페니카만 내면 얼마든지 살 수 있는 것과 같은 인간은 귀족이라고도 얘기할 수 없어.」

「그러나 자넨 누구 이야길 하고 있지? 나도 자네하고 의견이 같아.」하고 스테판 아르카지치는 레빈이 이십 코페니카만 내면 얼마든지 살 수 있는 인간이라고 말한 속에는 자기도 포함되어 있다는 것을 느끼고 있으면서도 마음으로부터는 즐겁다는 듯이 말했다. 레빈의 기분이 되살아난 것이 그에겐 진심으로 즐거웠던 것이다. 「자넨 도대체 누구 얘기야? 그야 브론스키에 관한 자네의 얘기엔 진실이 아닌 점이 많아. 그렇지만 난 그것을 가지고 얘기하고 있는 게 아냐. 난 자네에게 똑바로 얘기하겠어 —— 내가 만약 자네 위치에 있다면 난 당장 모스크바로 가겠어, 그리고……」

「아냐, 난 자네가 알고 있는지 어떤지는 모르지만 나에게는 마찬가지야. 그리고 나도 얘기해 두지만 말야 —— 난 청혼을 했다가 거절당했어. 그래서 지금은 카테리나 알렉산드로브나의 이름은 나에겐 굉장히 괴롭고 부끄러운 추억으로 되어 있어.」

「어째서? 그것이야말로 쓸데 없는 짓이야!」

「그러나 이제 이런 얘긴 그만둘까. 그리고 정말 날 용서해 줘, 만약 자네한테 대해서 야비한 태도라도 있었다면.」하고 레빈은 말했다. 이제 모든 것을 토로하고 나자 그는 다시 아침의 자신의 모습으로 되돌아왔다. 「자넨 나에게 대해서 화를 내고 있진 않나, 스치바? 정말이야, 화는 내지 말아 줘.」그는 이렇게 말하고 웃음을 띠면서 그의 손을 잡았다.

「그럼, 아냐, 조금도 그렇지 않아. 또 아무것도 화를 낼 까닭이 없지 않아. 난 오히려 우리들이 서로 흉금을 터놓고 얘기한 것을 기뻐하고 있어. 건 그렇고, 어떨까 아침 사냥은 좋을 것 같잖아. 가 보면 어떨까? 난 이대로 자지 않아도 괜찮아, 사냥터에서 바로 정거장으로 가도.」

「응, 그것도 좋아.」

18

브론스키의 내면 생활은 온통 정열로 가득 차 있었음에도 불구하고 그 외적인 생활은 사교계와 연대와의 온갖 관계와 이해로 이루어진 종전대로의 습관적인 궤도에 따라서 변함없이 불가항력적으로 회전하고 있었다. 연대의 이해(利害)가 브론스키의 생활에서는 중요한 위치를 차지하고 있었다. 그것은 그가 연대를 사랑하고 있었기 때문이기도 했지만, 그보다도 더 그가 연대 안에서 사랑을 받고 있었기 때문이었다. 연대에서는 모두들 브론스키를 사랑하고 있었을 뿐만 아니라 그를 존경하고 그를 자랑으로 삼고 있었다. 그것은 이 사내가 막대한 재화를 가지고 있고 훌륭한 교양과 재능과 온갖 종류의 성공과 명예와 영달에 대한 탄탄 대로를 가지고 있으면서도, 그러나 그러한 것들을 모조리 무시해 버리고 온갖 인생의 이해 가운데에서도 연대와 동료와의 이해만을 무엇보다도 가깝게 자기의 마음에 두고 있었다는 그 점에서 자랑으로 여기고 있었던 것이다. 브론스키는 자기에 대한 동료들의 이러한 견해를 알고 있었다. 그래서 이 생활을 사랑하고 있었을 뿐만 아니라 자기 위에 확립된 이 견해에 부응하는 것을 자기의 의무로 느끼고 있었던 것이다.

물론 얘기할 것까지도 없는 일이지만 자기의 사랑에 대해서는 그는 동료의 누구에게도 얘기하지 않았다. 아무리 편한 술자리에서도 입을 놀린다든지 하는 짓은 하지 않았다(하긴 그는 어떠한 경우에도 자제력을 잃을 만큼 술에 몹시 취한 적은 없었다). 특히 경솔한 동료들 가운데에서도 그들의 관계에 대해서 어렴풋이 눈치를 비치려고 하는 패에게는 굳게 입을 다물고 있었다. 그러나 그럼에도 불구하고 그의 사랑은 사교계에 알려졌다 —— 너나할 것 없이 카레닌부인과 그의 관계를 어느 정도 정확하게 짐작하고 있었다 —— 젊은 사람들의 대부분은 그의 사랑에는 굉장히 까다로운 것이 있다는 것에 대해서 —— 말하자면 카레닌의 높은 지위와 따라서 그것이 세상에 퍼지기 쉽다는 것에 대해서 그를 부러워하고 있었다.

안나를 부럽게 여기고 있으면서도 그녀가 고결한 부인으로 불리고 있는 것에 벌써 오래 전부터 권태증이 났던 젊은 부인들의 대다수는 자기들이 예상하고 있었던 것을 기뻐하고 자기들의 경멸의 무거운 짐을 가지고 그녀에게 덤벼들기 위해서 뒤집힌 세평이 확정되기만을 기다리고 있었다. 그녀들은 기회가 왔을 때는 그녀에게 던질 욕지거리의 진흙덩이를 미리 준비하고 있었다. 나이가 지긋한 사람들의 대부분이나 지위가 높은 사람들은 일부러 준비하고 기다리고 있는 것 같은 이러한 세상의 비방을 못마땅하게 여기고 있었다.

브론스키의 어머니는 그의 정사를 알고 처음에는 만족하고 있었다 —— 그것은 그녀의 의견에 의하면 상류 사회에 있어서의 정사처럼 전도 양양한 젊은 사내에게 눈부신 장식을 주는 것은 없다는 것, 그렇게까지 그녀의 마음에 들었던 카레닌 부인이 그처럼 자기의 아들에 대한 얘기만을 하고 있었던 그 부인이 역시 브론스키 백작 부인의 해석에 따르면 아름답고 얌전한 모든 부인들과 조금도 다른 데가 없었다는 것에서였다. 그러나 요즈음에 와서 아들이 모처럼 주어진 장래의 출세를 위해서 주어진 지위를 단순히 카레닌 부인과 만날 수 있는 연대에 남아 있기 위해서 거절하고, 또 그 때문에 웃사람들의 반감을 샀다고 하는 것을 알자 그녀는 자기의 의견을 일변시켰다. 그녀에겐 또 이 정사에 관해서 듣고 안 모든 것으로 미루어 그것이 그녀가 시인하였을는지도 모르는 것과 같은 화려하고 우아한 사교적인 정사가 아니고 그 어떤 베르테르 식의 절망적인, 그녀가 알고 있는 한, 어리석은 판단으로 파멸할 수도 있는 정열이라는 것을 알자 그것이 마음에 들지 않았다. 그녀는 그가 돌연 모스크바를 떠난 그 이후로 그를 보지 못했기 때문에 큰아들을 통해서 그를 그녀에게 찾아오도록 일러 보냈다.

형도 역시 동생에게는 불만을 품고 있었다. 그는 그것이 어떤 종류의 사랑인가——큰 것인가 작은 것인가, 열정적인 것인가 비열정적인 것인가, 폐덕적인 것인가, 그렇지도 않은 것인가(그는 자기 자신이 아들을 가진 몸으로 무희를 거느리고 있기도 했으므로 이 점에 관해서는 관대하였다), 하는 그것을 알지 못했다. 그러나 그는 이 사랑이——마음에 들지 않으면 안 될 사람들에게서도 환영을 받지 못하고 있다는 것을 알고 있었으므로 이 점에서 동생의 행위를 인정해 주지 않았던 것이다.

근무와 사교라고 하는 일 외에 브론스키에겐 또 하나의 다른 일——승마가 있었다. 말에 대해서는 그는 정말 열렬한 애호가였다.

금년에는 장교들의 장애물 경마가 있기로 되어 있었다. 브론스키는 경마에 가입할 양으로 영국종의 순량한 암말을 구입하고 한편으로는 사랑에 열중하면서 절제하기는 하였지만 열렬히 목전에 닥쳐 있는 경마에 마음을 빼앗기고 있었다.

이러한 두 정열은 서로 방해하지는 않았다. 아니, 그러기는커녕 그에게는 오히려 거꾸로 정사와는 독립된 것으로서 거기에서 그가 심신의 상쾌함을 되찾고, 너무나도 괴로운 심정으로부터 마음을 쉬게 할 수 있는 일이나 마음을 끄는 것이 필요하였던 것이다.

19

크라스노예 셀로(붉은 마을)에서 열리는 경마 날, 브론스키는 여느 때보다도 빨리 연대의 장교 클럽의 식당으로 비프스테이크를 먹으러 갔다. 그에겐 자기 체중이 사 푸드 반으로 꼭 정해져 있었으므로,·그 이상 엄격하게 자신을 구속할 필요는 없었지만 조금이라도 살이 찌지 않는 편이 좋았기 때문에 그는 전분류나 당분류를 피했던 것이다. 그는 하얀 조끼 위에 단추를 끄른 프록 코트를 입고 앉아 두 손으로 탁자 위에 팔꿈치를 괴고 주문한 비프스테이크를 기다리며 접시 위에 놓인 프랑스 소설책을 들여다보고 있었다. 그러나 그가 책을 보고 있었던 것은 다만 드나들고 있는 사관들과 얘기를 교환하는 것을 피하기 위해서 일 뿐이었고, 마음속으로는 끊임없이 생각을 거듭하고 있었다.

그는 안나가 오늘 자기와 경마가 끝난 뒤에 만날 약속을 했던 것을 생각하고 있었다. 그러나 그는 그녀를 벌써 사흘이나 보지 못한 데다가 남편이 외국에서 돌아와 있었으므로 그것이 과연 오늘 실현될는지 어떨는지도 몰랐고, 또 어떻게 해서 그것을 확인해야 할지도 몰랐다. 그가 요즈음에 그녀와 만나고 있는 곳은 사촌 누이 베트시의 별장에서였다. 카레닌네의 별장에는 그는 되도록 발을 멀리 하고 있었다. 그러나 지금 그는 그곳으로 가려고 마음먹었다. 그리고 그것을 어떻게 하여야 할 것인가 하는 문제에 대해서 곰곰이 생각하고 있었다.

『물론 난 베트시의 부탁을 받고 그녀가 경마에 갈 것인가, 어떨 것인가를 물어 보기 위해서 들렀노라고 얘기하자. 아무렴 가야지.』
하고 책에서 고개를 쳐들면서 그는 자기 혼자 마음속으로 결심했다. 그녀를 만날 수 있다는 행복을 생생하게 머리 속으로 그리자 그의 얼굴엔 생기가 돌았다.

「나 있는 데로 말야, 심부름꾼을 보내서 삼두 포장 마차를 곧 준비하도록 일러 둬.」그는 뜨거워진 은접시에 놓인 비프스테이크를 가지고 온 보이에게 말하고 접시를 끌어당겨 먹기 시작했다.

옆 당구장에서는 당구를 치는 소리며 얘기 소리며 웃음 소리가 들리고 있었다. 입구에서 두 사관이 나타났다——한 사람은 이즈막에 견습 사관 학교에서 그들의 연대로 온 지 얼마되지 않은 젊고 약한, 얼굴이 좁은 사내이고, 또 한 사람은 손목에 팔찌를 긴 기름 속에 빠진 것 같은 자그마한 눈을 가진 살찐 나이 많은 사관이었다.

브론스키는 그들을 보자 눈살을 찌푸렸다. 그러나 마치 그들을 알아채지 못했던 것처럼 책 위에 몸을 굽히고 먹는 것과 읽는 것을 같이 하기 시작했다.

224

「어때? 경주를 위한 보신을 하고 있는 셈인가?」하고 살찐 사관은 그의 옆으로 다가와 앉으면서 말했다.

「보는 대로야.」브론스키는 얼굴을 찌푸리고 입을 닦으면서 그를 쳐다보지도 않고 대꾸했다.

「그러나 자넨 살찌는 게 두렵지 않아?」상대방은 젊은 사관을 위해서 의자를 돌려 주면서 말했다.

「뭐라고?」하고 브론스키는 혐오의 낯빛을 띠며 잇속의 좋은 이를 드러내 보이면서 퉁명스럽게 말했다.

「살찌는 게 두렵지 않으냐고?」

「이거 봐, 쉐리 주(酒)!」하고 브론스키는 그것에는 대꾸하려고 하지 않고 책을 다른 쪽으로 옮겨놓고 읽기를 계속했다.

비대한 사관은 주류 메뉴판을 집어들고 젊은 사관 쪽으로 얼굴을 돌렸다.

「자네가 골라 봐, 뭐 마실 거야.」그는 그에게 메뉴판을 건네고 그의 얼굴을 쳐다보면서 말했다.

「저어, 라인 주(酒)로 하죠.」젊은 사관은 곁눈질로 머뭇머뭇 브론스키 쪽을 보고 겨우 돋아나기 시작한 입수염을 손가락으로 잡으려고 애쓰면서 말했다. 브론스키가 돌아보지도 않는 것을 보고 젊은 사관은 일어섰다.

「당구장으로 가십시다.」하고 그는 말했다.

비대한 사관도 얌전하게 일어섰다. 둘이는 문 있는 데로 갔다.

이때 실내로 훤칠한 키의 몸집이 좋은 기병 대위 야쉬빈이 들어왔다. 그리고 위를 향해서 경멸하듯이 두 사관한테 고개를 끄덕여 놓고 브론스키에게로 가까이 다가갔다.

「아아! 여기 있었군!」그는 그 큼직한 손으로 상대방의 견장을 세게 치고 외쳤다. 브론스키는 귀찮다는 듯이 돌아보았으나 그 얼굴은 곧 그의 특유한 침착하고 야무진 부드러움으로 빛났다.

「현명하게 노는군, 알료쉬아.」하고 기병 대위는 큼직한 저음으로 말했다. 「자아, 더 먹고 한 잔 마시자구.」

「아냐, 난 이제 먹고 싶지 않아.」

「저 단짝들이.」하고 야쉬빈은 이때 마침 실외로 나간 두 사관 쪽을 얕잡듯이 힐끔 쳐다보면서 덧붙였다. 그리고 그는 의자의 높이에 비해서 너무나 긴 좁은 승마용 바지를 입은 넓적다리와 정강이를 날카로운 각도로 오그리고 브론스키 곁에 앉았다. 「어째서 자넨 어젯밤 크라스넨스키 극장으로 오지 않았나? 그 누메로바는 아주 나쁘지는 않았어. 자넨 어디 있었지?」

「난 트베르스카야한테서 오래 주저 앉아 있었어.」하고 브론스키는 말했다.

「아아!」하고 야쉬빈은 메아리처럼 응답했다.

야쉬빈은 노름꾼으로 방탕아이고 그저 일체의 주의와 규범을 가지지 않을 뿐만 아니라 오히려 무도덕주의를 신봉하고 있는 사내였으나 —— 그 야쉬빈이 연대에서는 브론스키의 가장 친근한 친구였다. 브론스키가 그를 사랑하고 있었던 것은 그가 술통처럼 마신다는 것이며 자지 않고 있어도 조금도 끄떡없다는 것으로 증명하고 있는 그의 그 비범한 체력과 그가 상관이며, 동료들 사이에 언제나 자기에 대한 두려움과 존경을 불러일으키고 있던 의젓한 태도와, 아무리 술을 마셨어도 영국 클럽에서 일류급의 노름꾼으로 칭송받고 있을 만큼 언제나 세심하고 빈틈없이 몇 만이라고 거는 큰 승부를 하는 그 노름 솜씨에 나타나고 있는 위대한 정신력에 대해서였다. 또한 브론스키가 그를 사랑하고 존경하였던 것은 야쉬빈이 그의 명성과 재화에 대해서가 아니고 그 자신을 사랑하고 있다는 것을 느끼고 있었기 때문이었다. 그래서 모든 사람들 가운데서 그 한 사람에게만은 브론스키도 자기의 사랑을 얘기하고 싶기도 했다. 그는 야쉬빈만은 —— 겉으로 보기엔 모든 감정을 멸시하고 있는 것처럼 여겨지지만 그 한 사람만은 브론스키의 온 생명을 가득 채우고 있는 이 불꽃 튀기는 열정을 이해해 줄 수 있으리라는 것을 느끼고 있었다. 그뿐만 아니라 그는 야쉬빈은 틀림없이 이젠 소문과 비방에 흥미를 갖지 않고, 이 감정을 정당하게 이해하고 있다, 말하자면 이 사랑이라는 것이 농담이나 장난은 아니고 일종의 진지하고 중대한 일이라는 것을 알고 또 믿고 있다는 것을 확신하고 있었다.

브론스키는 자기의 사랑에 관해서 그에게 얘기하지는 않았지만 그가 모든 것을 알고 있고 모든 것을 정당하게 이해하고 있다는 것을 그의 눈동자로 읽는 것이 즐거웠다.

「아아, 그래!」하고 그는 브론스키가 트베르스카야에게가 있었다는 것에 대해서 이렇게 말하고 그 검은 눈을 반짝이자 왼쪽 입수염을 잡아 언제나의 나쁜 버릇으로 그것을 입속으로 밀어넣기 시작했다.

「건 그렇고 자넨 어제 어떻게 했나? 이겼었나?」브론스키는 물었다.

「팔천쯤. 그런데 그 중의 삼천은 틀렸어. 받을 것 같잖아.」

「그럼 뭐야, 나 때문에 져도 괜찮겠군 그래.」하고 브론스키는 웃으면서 말했다(오늘의 경마에서 야쉬빈은 브론스키한테 크게 걸고 있었던 것이다).

「질 까닭이 없어. 그저 마호친이 위태로울 뿐이야.」

그리고 얘기는, 지금 브론스키의 머리에는 그저 그것밖에 생각할 수 없었던 오늘의 경마에 대한 기대 쪽으로 옮아 갔다.

「가지, 난 끝났어.」하고 브론스키는 말하고 일어서서 문 쪽으로 갔다. 야쉬빈도 또한 그 거대한 발과 긴 등을 펴고 일어섰다.

「난 식사는 아직 빠르지만 마실 것은 마셔야겠어. 곧 뒤따라 가지. 이거 봐, 포도주！」그는 호령으로 유명한 걸걸한 유리가 부르르 울리는 듯한 목소리로 외쳤다.「아니, 필요없어！」하고 곧 그는 재차 외쳤다.「자넨 집으로 가는 거야, 그럼 나도 같이 가겠어.」

그리고 그는 브론스키와 함께 나왔다.

20

브론스키는 널찍하고 깨끗한 돌로 간막이가 된 핀란드풍의 오두막집에서 묵고 있었다. 페트리스키는 이 야영지에서도 그와 같이 지내고 있었다. 브론스키와 야쉬빈이 같이 오두막집으로 들어왔을 때, 페트리스키는 아직 자고 있었다.

「일어나, 자고만 있지 말고.」야쉬빈은 간막이 벽 저쪽으로 가서 코를 베개에다 처박고 머리칼을 흐트러뜨린 채 자고 있는 페트리스키의 어깨를 툭툭 치면서 말했다.

페트리스키는 갑자기 무릎을 꿇고 벌떡 뛰어일어나 주위를 둘레둘레 둘러보았다.

「자네 형님이 여기에 오셔서 말야.」하고 그는 브론스키에게 말했다.「날 깨우고서 제기랄, 더 한 번 오겠다나 어쨌다나 하지 않겠어.」이렇게 말하고 그는 다시 담요를 끌어당기면서 베개 위에 몸을 던졌다.「어이, 이러지마, 야쉬빈.」하고 그는 담요를 걷어젖힌 야쉬빈에게 화를 버럭 내면서 대들었다.「이러지 말라니까！」하고 그는 몸을 뒤치고 눈을 떴다.「이거 봐, 그보다도 뭘 마셔야 하는지나 얘기해 봐. 입속이 어쩐지 텁텁해서 그……」

「보드카 이상 없어.」야쉬빈이 저음으로 말했다.「테레쉬첸코！ 아저씨에게 보드카 하고 오이를 갖다 드려라.」하고 그는 분명히 자기가 목소리를 듣는 것을 좋아하면서 외쳤다.

「보드카가 좋다고？ 응？」얼굴을 찌푸리고 눈을 비비면서 페트리스키는 물었다.「그래 자네도 마시겠나？ 그럼 같이하자！ 브론스키, 마시려나？」하고 페트리스키는 일어서서 팔에서 아래쪽을 호피 담요로 두르면서 말했다.

그는 간막이 벽의 문으로 나와 손을 들고 프랑스어로 노래를 하기 시작했다
──「그 옛날 툴라에 왕이 있었노라.」──「브론스키, 한 잔 하겠어?」

「싫어.」하고 브론스키는 하인이 가지고 온 프록 코트를 걸치고 말했다.

「이건 또 어딜 가려는 거야.」하고 야쉬빈이 그에게 물었다.「응, 마차도 오
네.」하고 그는 다가오고 있던 마차를 보자 이렇게 덧붙였다.

「마구간엘 가는 거야. 그리고 또 난 말 때문에 브랸스키한테도 가야 해.」하고
브론스키는 말했다.

브론스키는 실제로 페체르고프에서 십 베르스타(길이의 단위. 1베르스타는 약
1.067킬로미터)쯤 떨어진 브랸스키한테 말 값을 보내 줄 약속을 하고 있었으므로
거기에도 틈을 내어 잠깐 들렀으면 하고 있었던 것이다. 그러나 친구들은 곧 그
가 거기에만 가는 것이 아니라는 것을 깨달았다.

페트리스키는 노래를 계속하면서 윙크를 하고 마치 ── 다 알고 있다, 어떤
브랸스키인지를, 하고 애기하고 있기라도 하는 것처럼 입을 실쭉했다.

「늦지 않도록 조심해야 해!」라고만 야쉬빈은 말하고, 그리고 화제를 바꾸기
위해서,「내 구렁말은 어때, 도움이 되나?」하고 창문을 바라보면서 자기가 양
도했던 멍에말에 대해서 물었다.

「잠깐만!」하고 페트리스키는 벌써 밖으로 나간 브론스키를 불렀다.「자네
형님이 자네한테 편지하고 무슨 쪽진지를 두고 갔어. 조금 있어 봐, 어디로 갔
을까?」

브론스키는 발을 멈췄다.

「그래 어디에다 뒀나?」

「어디에다 뒀느냐구? 바로 그게 문제야!」하고 페트리스키는 집게손가락을
코 앞에서 위쪽으로 세우면서 으쓱거리는 듯한 어조로 말했다.

「빨리 말해 봐, 장난이 아냐!」하고 빙그레 웃으면서 브론스키는 말했다.

「난로는 때지도 않았고. 여기 어디에 있을 텐데.」

「이것 봐, 거짓말하면 안 돼! 도대체 어디에 있다는 거야, 그 편지가?」

「없어, 정말 잊었는 걸. 그렇지 않으면 난 꿈을 꾸었을까? 잠깐만, 잠깐만!
그러나 뭘 그렇게 투덜거릴 것까진 없잖아! 자네도 만약 어제 나처럼 한꺼번에
네 병만 치워 봐, 어디서 나가 떨어졌는지도 잊을 테니간. 조금만 기다려 봐, 지
금 곧 생각해 낼 테니까!」

페트리스키는 간막이 벽 저쪽으로 가서 자기 침대에 누웠다.

「가만 있어 봐! 난 이렇게 자고 있었단 말야. 그리고 그는 이렇게 서 있었고.
그래……맞아, 그래……바로 이거야!」하고 말하고 페트리스키는 요 밑에서 자

기가 숨겨 두었던 편지를 꺼냈다.

브론스키는 편지와 형의 쪽지를 받았다. 그것은 그가 예기했던 그 대로의 것 —— 말하자면 그가 찾아오지 않은 데 대한 꾸지람의 편지와 무엇인가 상의해야 할 일이 있다는 형의 쪽지였다. 브론스키는 그것들은 모두 그것에 관한 것이라는 것을 알고 있었다. 『그들에게 일은 무슨 일이야!』하고 브론스키는 생각했다. 그리고 도중에서 천천히 읽기 위해서 편지를 접어 프록 코트 단추 사이에 쑤셔넣었다. 오두막집 입구에서 그는 두 사관과 딱 부딪쳤다 —— 한 사람은 그들의, 다른 한 사람은 다른 연대의 장교였다.

브론스키의 숙소는 언제나 모든 장교들의 아지트로 되어 있었다.

「어딜 가시느라고?」

「페체르고프까지 가지 않으면 안 돼서 말야.」

「그래 말은 사르스코예에서 왔어요?」

「왔어요, 난 아직 보진 않았지만.」

「마호친의 글라지아토르(말의 이름. 격투사란 뜻)는 절뚝거리기 시작했다는 얘기더군요.」

「쓸데 없는 소릴! 그래 당신께선 이 진흙밭 속을 어떻게 마차로 달리시려는 겁니까?」하고 다른 한 사람이 말했다.

「오오, 우리 구세주들!」들어온 사람들을 보고 페트리스키는 외쳤다. 그의 앞에는 보드카와 소금에 절인 오이를 놓은 쟁반을 들고 하인이 서 있었다.「이처럼 야쉬빈은 기분을 상쾌하게 하기 위해서 마시라는 거야.」

「아냐, 우린 벌써 어제 당신한테서 대접을 받았으니까.」들어온 사람들 가운데 하나가 말했다.「밤새껏 잠을 자게 해 줘야 말이지.」

「아냐, 그보다도 결말이 어떻게 난 줄 알아!」하고 페트리스키는 지껄였다. 「볼코프란 녀석이 말야, 지붕으로 기어올라가서 난 슬퍼, 하고 이야기하지 않겠어. 그래 난 떠들었지 —— 음악을 해라, 장송 행진곡을, 하고! 그래 그 녀석은 장송 행진곡을 들으며 지붕 위에서 잠이 들어 버렸단 말야.」

「마셔, 마셔 보드카를 꼭 마셔, 그러고 나서 소다수하고 레몬을 잔뜩.」하고 야쉬빈은 페트리스키 앞에 버티고 서서 어린애에게 억지로 약을 먹이는 어머니처럼 말했다.「그런 뒤에 샴페인을 조금 —— 그렇지, 작은 병을.」

「이거 정말 좋은 얘기다. 잠깐만 브론스키, 자, 한 잔하자.」

「아냐, 난 실례하겠어. 여러분 오늘은 난 안하겠어.」

「뭐야, 무거워지는 것이 마음에 걸린다는 거야? 자아, 그럼 우리들끼리만 하자. 자아 소다수하고 레몬을 줘.」

「브론스키!」하고 그가 벌써 현관으로 나갔을 때에 누군가가 외쳤다.「뭐야?」

「넌 머리나 깎는 게 좋을 거야. 그렇지 않으면 그것이 무거울 테니깐 말이지. 특히 그 벗겨진 데가.」

브론스키 머리는 실제의 나이보다는 일찍 민둥하게 벗겨져 있었다. 그는 잇속이 좋은 이를 보이며 즐겁게 껄껄거렸다. 그리고 벗겨진 머리 부분에 모자를 눌러쓰고 밖으로 나와 마차에 올라탔다.

「마구간으로!」하고 그는 말하고 대충 훑어나 보기 위해서 편지를 꺼내려고 하다가 이내 또 말의 검사가 다 끝나기 전에는 다른 일에 마음을 빼앗기지 말아야겠다고 고쳐 생각하였다. 『그렇다, 그 뒤에 해야겠다!……』

21

임시 마구간인 목조의 바라크는 경마장 바로 옆에 세워져 있었다. 그리고 그의 말은 어제까지는 거기에 끌려와 있어야만 했다. 그는 아직 그것을 보지 못했다. 요즈음 며칠 동안은 그저 조마사(調馬師)한테 맡겨 놓았을 뿐 자기는 타 보지도 않았으므로 지금 그는 자기의 말이 어떤 상태로 끌려와 있고 어떻게 하고 있는가를 전혀 모르고 있었다. 그가 마차에서 나오자마자 그의 마부인 그룸이라고 불리는 소년이 어느새 멀리에서도 그의 마차를 발견하고 조마사를 불러 냈다. 목이 긴 장화에 짧은 자켓을 입고 턱 밑에만 조금 수염을 기른 파리한 영국인은 기수다운 서투른 걸음걸이로 팔꿈치를 펴고 몸을 몹시 흔들거리면서 그를 맞으러 나왔다.

「그래, 어때, 프루프루는?」하고 브론스키는 영어로 물었다.

「조금도 빈틈이 없읍니다, 나으리.」하고 목구멍 안쪽에서 나오는 듯한 목소리로 영국인은 말했다. 「오시지 않는 것이 좋아요.」하고 그는 모자를 들면서 덧붙였다. 「부리망을 씌워 놔서 말에게 약을 잔뜩 올리고 있으니깐요. 오시지 않는 게 좋습니다. 그저 놀라게만 할 뿐이에요.」

「아냐, 난 가 보겠어. 한 번만이라도 봐 두고 싶으니깐.」

「그럼 가십시다.」여전히 입은 열지 않고 찡찡한 얼굴을 하고 영국인은 말했다. 그리고 두 팔꿈치를 내저으면서 그의 그 나사가 풀어진 듯한 걸음걸이로 앞장 서서 걸어갔다.

그들은 바라크 앞의 마당으로 들어갔다. 깨끗한 자켓을 입은 말쑥하고 민첩한 마구지기의 소년이 손에 비를 든 채 들어온 사람들을 맞고 그들 뒤를 따라갔다. 바라크 안에는 네 마리의 말이 우리마다 들어 있었다. 브론스키는 그의 주요한 적수인 신장이 오 베르쉬오크는(약 1.64미터) 되는 글라지아토르라고 하는 마호친의 구렁말도 오늘은 틀림없이 여기에 끌려와 있으리라는 것을 알고 있었다. 자기의 말보다도 브론스키에겐 아직 본 적이 없는 글라지아토르가 보고 싶었다. 그러나 브론스키는 경마계의 예의로서 그것을 보아서는 안 될뿐더러 그 말에 관한 것을 묻는다는 것마저도 점잖은 짓이 못 된다는 것도 알고 있었다. 그가 통로를 지나갔을 때 소년이 둘째 번 우리의 문을 왼쪽으로 열었으므로 브론스키는 털빛이 적갈색인 몸집이 큰 말과 그 하얀 발을 보았다. 그는 그것이 글라지아토르라는 것을 알고 있었다. 그러나 펼쳐진 남의 편지에서 얼굴을 돌리는 것과 마찬가지의 기분으로 그는 얼굴을 돌리고 프루프루의 우리 쪽으로 걸음을 옮겼다.

「여기에 있는 말이 마크…… 마크…… 정말 그 이름을 발음할 수가 없어서.」 하고 영국인은 어깨 너머로 불결한 손톱이 자란 손가락으로 글라지아토르의 우리 쪽을 가리키면서 말했다.

「마호친 거 아냐? 그래, 저것이 내 가장 만만치 않은 적수야.」 하고 브론스키는 말했다.

「만약 당신께서 저것을 타시게만 된다면.」 하고 영국인은 말했다. 「나도 당신에게 걸겠읍니다만.」

「프루프루는 보다 신경질적이지만 저것은 보다 강하게 생겼군.」 하고 브론스키는 자기의 승마술을 칭찬받고 싱글벙글하면서 이렇게 말했다.

「장애물에서는 모두가 승마술과 플럭 하나에 달렸으니까요.」 하고 영국인은 말했다.

플럭, 즉 정력과 담력에 있어서는 브론스키는 자기에게는 그저 그것이 충분하다고 느끼고 있었을 뿐만 아니라 그보다도 훨씬 중요한 것은 온 세계의 어느 누구에게도 그가 가지고 있는 이상의 플럭은 있을 수 없다고 확신하고 있었다.

「넌 틀림없이 알고 있나, 이 이상 야위게 할 필요가 없다는 것을?」

「필요 없읍니다.」 하고 영국인은 대꾸했다. 「저어, 너무 큰 목소리로 말씀하시지 마십시오. 말이 흥분하니까요.」 하고 그는 자기들이 그 앞에 서 있던 문이 잠겨져 있는 우리 쪽으로 고개를 끄덕여 보이면서 덧붙였다. 그 안에서는 짚 위에서 발을 바꾸어 딛는 소리가 들렸다.

그가 문을 열자 브론스키는 하나밖에 없는 조그마한 들창으로 희미하게 비치고 있는 우리 속으로 들어갔다. 우리 속에는 부리망을 씌운 흑갈색의 말이 새 짚을 발로 허비적거리면서 서 있었다. 우리의 어두침침한 안을 둘러보고 나자 브론스키는 또다시 무의식중에 한 눈으로 자기 애마의 온 몸을 훑어보았다. 프루프루는 중키의 말로 체격으로 보아 흠잡을 데가 없다고는 할 수 없었다. 전체적으로 골격이 가늘었다. 가슴통은 힘차게 앞으로 떡 벌어져 있었지만 가슴패기는 좁았다. 엉덩이는 살짝 처진 듯하고 앞발과, 그리고 특히 뒷발이 눈에 띄게 구부러져 있었다. 사지의 근육도 그다지 튼튼하지는 않았지만 그 대신 이 말은 가슴이 유난히 넓었다. 지금은 말먹이를 주기 전이어서 배가 홀쭉 했으므로 유달리 돋보였다. 다리의 뼈도 무릎 아래는 정면으로 보면 손가락 두 개밖에는 여겨지지 않았지만, 그 대신 옆에서 보면 유달리 넓었다. 전체적으로 이 말은 늑골을 제외하고는 마치 양쪽에서 납작하게 압착을 당한 것처럼 길이로만 늘어져 있었다. 그러나 이 말에게는 고도로 모든 결점을 잊게 하는 장점이 있었다. 그 장점은 혈통이었다. 영국식의 표현으로 말하자면 어디엔가 나타나고 있는 혈통이었다.

새틴처럼 엷고 부드럽고 미끈한 피부 밑의 종횡으로 널려 있는 혈관의 그물 밑에서 날카롭게 튀어나온 근육은 뼈로 오인할 만큼 탄탄하게 여겨졌다. 빛나고 생기가 있는 툭 튀어나온 눈을 가진 이 말의 야윈 머리는 내부에 피가 충일한 막(膜)을 가진 벌름한 콧구멍의 콧날께에서 떡 퍼져 있었다. 온 모습에는, 특히 그 두부에 결정적이고 정력적이고 동시에 부드러운 표정이 있었다. 이 말은 어쩐지 입의 구조가 그것을 허용하지 않기 때문에 오직 말을 못하는 것이구나 하는 생각이 드는 동물의 하나였다.

브론스키에게는 최소한 그가 지금 그녀를 보고 느끼고 있는 것을 그녀는 모두 이해하고 있는 것만 같은 생각이 자꾸 들었다.

브론스키가 그 옆으로 들어가자마자 말은 깊게 공기를 들이쉬고 흰자위가 핏발이 설 만큼 봉긋이 도드라진 눈을 흘기며 들어온 사람들을 반대쪽에서 바라보았다. 그리고 부리망을 떨어뜨리려고 하면서 용수철 장치처럼 따각따각하고 발을 번갈아 디뎠다.

「자아 이거 보십시오, 이제 정말 흥분했읍니다.」하고 영국인은 말했다.

「오오 괜찮아! 오오!」하고 브론스키는 말 쪽으로 다가가면서 그녀를 달래 듯이 말했다.

그러나 그가 가까이 다가가면 갈수록 말은 더욱더 흥분했다. 그러다가는 그가 그 머리 옆으로 다가가자마자 말은 갑자기 다소곳해졌다. 그리고 그 근육이 엷고 부드러운 모피 밑에서 바르르 떨기 시작했다. 브론스키는 그 튼튼한 목을 어루만지고, 날카로운 목덜미 위에서 반대쪽으로 던져져 얽힌 갈기의 술을 다듬어 바로잡아 주고, 자기의 얼굴을 박쥐의 날개처럼 엷게 퍼져 부푼 콧구멍 가까이로 가지고 갔다. 말은 소리를 내며 들이쉰 공기를 팽팽하게 생긴 콧구멍으로 내뱉고 몸을 떨고 나자 뾰족한 귀를 쫑긋 세우면서 주인의 소매를 잡기라도 하려는 것처럼 그 튼튼하게 생긴 검은 입술을 브론스키한테 내밀었다. 그러나 부리망을 생각해 내자 그것을 떨어뜨리려고 또다시 그 깨끗하게 다듬어진 발을 번갈아 딛기 시작했다.

「가만히 있어, 자아 가만히 있어!」하고 그는 다시 한번 손으로 말의 볼기짝 쪽을 쓰다듬어 주면서 말하고 말이 가장 훌륭한 상태에 있다는 것을 기뻐하며 우리 밖으로 나왔다.

말의 흥분은 브론스키에게도 감염되었다. 그는 피가 심장으로 몰려와서 말과 마찬가지로 뛰기도 하고 물어뜯기도 하고 싶어짐을 느꼈다. 그리고 그것이 두렵기도 하고 즐겁기도 했다.

「그럼 모든 것을 너만 믿고 있을 테니깐,」하고 그는 영국인에게 말했다. 「여섯 시 반엔 그리로 와 줘.」

「알겠읍니다.」하고 영국인은 말했다. 「그런데 당신께선 어딜 가십니까, 각하?」하고 그는 거의 한 번도 쓴 적이 없는 각하라는 호칭을 쓰면서 불쑥 그에게 물었다.

브론스키는 깜짝 놀라서 머리를 들었다. 그리고 이해할 수 있었으므로 영국인의 눈이 아니고 이마를 보았다. 그의 질문의 대담함에 놀라면서도. 그러나 그것은 영국인이 그를 주인으로서가 아니라 한 기수로서 이 질문을 했을 것이라고 해석하고 이렇게 대꾸했다.

「난 브랸스키한테 가 보지 않으면 안 되지만 한 시간쯤 지나면 집으로 돌아올 거야.」

『오늘 난 몇 차례 이 질문을 받았을까!』하고 그는 자기한테 말하며 좀처럼 그런 일이 없는 그가 얼굴을 다 붉혔다. 영국인은 그를 눈여겨보았다. 그리고 마치 브론스카가 어디를 가는지를 알고 있기라도 하듯이 이렇게 덧붙였다. 「경주를 앞두고는 마음을 조용히 가진다는 것이 첫째입니다.」하고 그는 말했다. 「화를 내신다거나 마음을 어지럽힌다거나 하는 일은 결코 하셔선 안 됩니다.」

「알았네.」하고 빙그레 웃으면서 브론스키는 대꾸하고 마차에 뛰어오르자 페체르고프로 가라고 명령했다.

그가 막 몇 걸음 가자마자 아침부터 위협하고 있던 먹구름이 몰려와서 소나기를 퍼부었다.

『공교롭군!』브론스키는 마차의 포장을 올리면서 생각했다.『그러지 않아도 진 데다가 이쯤 되면 정말 늦이나 마찬가지가 되겠는 걸.』포장을 친 마차 위에 혼자 앉아서 그는 어머니의 편지와 형의 쪽지를 꺼내어 그것을 훑어보았다.

아니나다를까, 거기에 쓰여 있는 것들은 모두 똑같은 것들뿐이었다. 모든 사람들이, 그의 어머니도 그의 형도 모두들 한결같이 그의 감정 문제에 간섭할 것을 필요로 하고 있는 것이었다. 이 간섭이 그의 마음에 적의(敵意)를 —— 그가 드물게밖에 경험한 적이 없는 감정을 끓어오르게 했다.『그들에게 무슨 관계가 있단 말인가? 무엇 때문에 모두들 내 일을 가지고 걱정하는 것을 자기들의 의무니 하고 생각하고 있는 것일까? 어째서 그 사람들은 나한테 귀찮게 달라붙고 있는 것일까? 그 사람들은 이것을 무엇인가 그들에게는 이해가 될 수 없는 것인 것처럼 보고 있기 때문이다. 만약 이것이 저속하고 평범하고 사교적인 관계였다면 그 두 사람은 틀림없이 날 성가시게 하지는 않았을 것이다. 틀림없이 그 두 사람은 느끼고 있다, 이것이 무엇인가 예사로운 일이 아니라는 것, 노리개가 아니라는 것, 그 여자가 나에게는 목숨보다도 귀중하다는 것을 느끼고 있을 것이다. 더구나 그들 두 사람에게는 그것이 이해되지 않는다, 그러니까 그들에게는 화가 난 것이다. 우리들의 운명이 어떻게 돼 있건, 또 어떻게 되건, 그것은 우리들이 만든 것이다. 그것을 후회하거나 하지는 않는다.』하고 그는『우리들』이라고 하는 말 가운데에 자기와 안나를 결합시키면서 이렇게 혼잣말을 뇌었다. 『아니야, 그 사람들은 우리들에게 어떻게 생활을 할 것인가를 가르쳐 주지 않고는 속이 후련하지가 않다. 행복이란 무엇인가 하는 이해도 가지고 있지 않는 주제에. 이 사랑이라고 하는 것이 없이는 우리들에겐 행복도 없고 불행도 없다는 것을 —— 말하자면 생활이 없다는 것을 알지도 못하는 주제에.』하고 그는 생각했다.

그가 이러한 간섭에 대해서 모든 사람들한테 화를 낸 것을 말하자면 그가 마음속으로 그들 —— 이러한 모든 사람들이 정당하다는 것을 느끼고 있었기 때문이었다. 그는 그와 안나를 결합시키고 있는 사랑은, 사교적인 정사(情事)가 즐겁고 슬픈 기억 이외에는 당사자들의 생활 위에 아무런 흔적도 남겨 놓지 않고 지나가는 그것과 마찬가지로 지나가 버리고 마는 일시적인 바람이 아니라는 것을 느끼고 있었다. 그는 자기와 그녀의 괴로움, 자기들이 살고 있는 사회 전체의 눈앞에 드러내고 있음에도 불구하고 자기의 사랑을 숨겨야 하고 거짓말을 해야 하고 속이지 않으면 안 되는 곤란함을 —— 두 사람을 결합시키고 있는 정열이 두 사람으로 하여금 자기들의 사랑 이외의 온갖 것을 잊게 할 만한 열렬한 때에 있어서조차 한편으로 타인에 대해 끊임없이 생각하고 능청을 떨고 속이고 거 짓말을 하지 않으면 안 되는 곤란함을 뼈저리게 느끼고 있었다.

그는 그의 성격과는 너무나도 어긋나는 허위와 기만을 되풀이하지 않을 수 없 었던 허다한 경우들을 눈에 보듯이 생각해 냈다. 그는 특히 이 기만과 허위의 필 요에 대한 부끄러움의 감정이 번번이 그녀 속에서도 발견되었던 것을 생생하게 생각해 냈다. 그리고 그는 또 안나와 관계를 맺은 이후로 이따금 그한테서 발견 되었던 기묘한 감정을 경험하였다. 그것은 무엇인가에 대한 혐오의 감정이었다 —— 그러나 알렉세이 알렉산드로비치에 대해선지 자기 자신에 대해선지 사교 계 전체에 대해선지 그에겐 구분이 잘 가지 않았다. 그러나 하여튼 그는 이 기묘 한 감정을 언제나 마음속으로부터 내쫓고 있었다. 지금도 그는 머리를 흔들고는 자신의 생각을 계속하며 걸었다.

『그렇다, 그녀는 이제까지 불행했다. 그러나 오연(傲然)하고 차분했었다. 그 렇지만 지금의 그녀는 비록 그런 기색을 보이지는 않았지만 의연하고 차분하게 있을 수가 없다. 그렇다, 이것은 어떻게든지 해결하지 않으면 안 된다.』하고 그 는 혼자서 마음속으로 결정했다.

그리하여 그의 머리에 처음으로 그 허위를 없애 버려야겠다, 그것도 빠르면 빠를수록 더 좋다고 하는 뚜렷한 생각이 머리에 떠올랐다.

『그녀도 나도, 모든 것을 버리지 않으면 안 된다. 그리고 자신들의 사랑만을 안고 어디로든지 숨어 버리지 않으면 안 된다.』하고 그는 혼잣말을 했다.

22

소나기는 일시적인 것이었으므로 브론스키가 멍에말에 전속력을 내게 하고 양쪽의 부마한테는 이미 고삐도 없이 진창 속을 뛰게 하여 도착했을 때에는, 태 양은 다시 얼굴을 내밀고 별장의 지붕과 한길의 양쪽에 늘어선 해묵은 보리수는 흠뻑 젖어 반짝였고, 나무 가지에서는 물방울이 즐겁게 떨어지고 지붕에서는 아 직 물줄기가 쏟아지고 있었다. 그는 이미 이 소나기가 경마장을 얼마나 버려 놓 았을 것인가 하는 것은 생각하지도 않고, 지금은 그저 이 비의 덕택으로 틀림없 이 그녀가 혼자서 집에 있을 것이라는 것을 기뻐했다. 그것은 이즈음에 온천에 서 돌아온 알렉세이 알렉산드로비치가 아직 페테르스부르크에서 와 있지 않다는 것을 알고 있었기 때문이었다.

그녀가 혼자서 있어 주었으면 하고 빌면서 브론스키는 언제나 그렇듯이 되도록이면 사람의 주의를 끌지 않으려고 다리 못미처에서 마차를 내려 걸어서 갔다. 그는 한길에서 층층대 쪽으로는 가지 않고 바로 마당으로 들어갔다.

「주인 어른께선 오셨나?」하고 그는 정원사한테 물었다.

「전연 뵙지 못했읍니다. 부인께선 계십니다. 그런데 저어, 현관으로 들어오세요. 거기엔 사람들이 있으니깐 문을 열어 드릴 겁니다.」하고 정원사는 대답했다.

「아냐, 난 뜰로 해서 가겠어.」

이렇게 하여 그녀가 혼자라는 것을 확인하자 그는 자기가 오늘 오겠다는 약속은 하지 않았고 게다가 또 그녀도 설마 경마 전에 그가 오리라고는 생각하지도 않을 테니까, 불의에 그녀를 놀라게 해야겠다고 여기고 사벨을 꽉 쥐고 양쪽에 꽃이 심겨 있는 조그만 길의 모래를 주의깊게 밟으면서 정원으로 쑥 나와 있는 테라스 쪽으로 걸어갔다. 브론스키는 지금은 자기가 오는 도중에 자기의 입장의 어려움과 괴로움에 대해서 생각하고 있었던 것을 말끔히 잊고 있었다. 그는 그저 한 가지만을 생각하고 있었다. 이제 곧 상상만이 아닌 그녀를, 살아 있는 실제로 있는 그대로의 그녀를 볼 수도 있다는 것을. 그는 소리가 나지 않도록 발을 가만히 디디면서 테라스의 비스듬한 층층대를 올라갔다. 그때 그에게는 불의에 그가 언제나 잊고 있었고 또 그와 그녀와의 관계에 있어서 가장 괴로운 일면을 이루고 있었던 것 —— 의심쩍고 적의에 찬 듯이 그에게는 여겨졌던 눈동자를 가진, 그녀의 아들의 일이 떠올랐다.

이 어린애는 다른 그 어떤 것보다도 더 그들의 관계에 있어서의 상애였다. 그가 옆에 있을 때에는 브론스키도 안나도 남들 앞에서 되풀이하기를 꺼려 하는 것과 같은 것을, 그 어떤 것도 말하지 않을 뿐만 아니라 어린 아이가 이해하지 못하는 것과 같은 것은 암시하는 것마저도 피하고 있었다. 그렇다고 그들은 그것에 대해서 상의한다든가 하지는 않았지만 그것이 저절로 그렇게 되었던 것이다. 그들은 이 어린애를 속인다는 것을 자기 자신을 모욕하는 것이라고도 여겼으리라. 그가 있는 앞에서는 그들 둘이는 그저 단순한 친지간처럼 얘기를 주고받고 했다. 그러나 이러한 주의에도 불구하고 브론스키는 자주 자기를 응시하고 있는 주의깊은 의심쩍은 듯한 어린애의 시선과 기묘한 수줍음과 서먹함을 보았고, 이 어린애의 자기에 대한 태도 속에 때로는 부드러움, 때로는 쌀쌀함, 또는 수줍음의 그림자가 있는 것을 보았던 것이다. 그것은 마치 이 어린애가 그와 자기의 어머니 사이에 자기는 그 의미를 이해할 수 없는 무엇인가 중대한 관계가 맺어져 있다는 것을 느끼고 있는 듯도 했다.

실제로 이 어린애는 자기가 이 관계를 이해할 수가 없다는 것을 느끼고 있었다. 그리고 생각은 해보았다. 그러나 자기가 이 사내한테 대해서 갖지 않으면 안 될 감정을 뚜렷하게 터득할 수는 없었다. 감정의 표현에 대한 어린애의 민감함을 가지고 그는 아버지도 가정 교사도 유모도——모든 사람들이 브론스키를 사랑하지 않을뿐더러 설혹 입으로는 어떻다고도 얘기하지는 않았다고 하지만 언제나 혐오와 공포로써 그를 보고 있다는 것을, 그런데도 유독 어머니만이 그를 마치 가장 친근한 벗이기라도 한 듯이 보고 있다는 것을 뚜렷이 느끼고 있는 것이었다.

『이것은 도대체 어떻게 된 영문일까? 저 사람은 도대체 어떤 사람이람? 어째서 저 사람을 사랑하지 않으면 안 되는 것일까? 만약 그것을 모른다고 하면 내가 나쁘다. 그렇지 않으면 난 천치거나 나쁜 아이인 것이다.』하고 어린애는 생각했다. 그리고 이것으로 하여금 그의 더듬는 듯한 의혹을 가진 다소 적의를 품은 듯한 표정과 그렇게도 브론스키를 꺼림칙하게 했던 수줍음과 서먹서먹함이 생긴 것이다. 이 어린애가 옆에 있으면 브론스키의 마음에 언제나 예외 없고 까닭 없는 일종의 야릇한 혐오의 정을 불러일으켰다. 그는 그것을 특히 요즈음에 곧잘 경험했다. 이 어린애와 함께 있으면 브론스키의 마음에도 안나의 마음에도 일종의 감정, 즉 자기가 지금 굉장한 속력으로 달리고 있는 방향이 마땅히 가야 할 방향과는 멀리 동떨어지고 있는 것이라는 것을 나침반에 의해서 알고 있으면서도, 진행을 멈출 만큼의 힘이 없어 각각으로 더욱더 멀리 떨어져 가 마침내는 이 동떨어짐을 어쩔 수 없는 것이라고 자인하고 마는——말하자면 멸망을 벌 수 없는 일이라고 체념하기에 이르는 그 항해사가 품는 것과도 흡사한 감정을 불러일으켰다.

인생에 대해서 순진한 견해를 가지고 있는 이 어린애는 그들이 알고 있으면서도 알고 싶어하지 않았던 것에 대한 그들의 도피의 정도를 그들에게 가리키는 나침반이었다.

이번에는 세료쥐아는 집에 없었다. 그래서 그녀는 완전히 혼자였고 산책을 나갔다가 비를 만난 아들이 돌아오기를 기다리면서 테라스 위에 앉아 있었다. 그녀는 하인과 하녀를 그를 찾으러 내보내 놓고 그들이 돌아오기를 기다리면서 거기에 앉아 있었던 것이다. 그녀는 폭이 넓은 수가 놓인 하얀 옷을 입고 테라스의 한쪽 구석의 꽃.그늘에 앉아 있었으므로 브론스키가 오는 것을 알아채지 못했다. 그녀는 그 곱슬곱슬한 검은 머리의 고개를 떨어뜨리고 난간 위에 놓여 있던 찬 물뿌리개에 이마를 지긋이 누른 채 그에게는 낯익은 반지를 낀 그 아름다운 두 손으로 물뿌리개를 꽉 붙잡고 있었다. 그녀의 전체 모습, 머리·목·손의 아름다움은 평소 예기하지도 않았던 것처럼 브론스키를 놀라게 했다. 그는 넋을 잃고 그녀를 바라보면서 황홀한 마음으로 발을 멈췄다. 그러나 이내 그녀한테 접근하려고 그가 막 한 발을 내디디려고 하자 그녀는 벌써 그 접근을 느끼고 물뿌리개를 밀어제치며 그 불타는 듯한 얼굴을 그에게로 돌렸다.

「아니, 무슨 일이 있으셨읍니까? 어디가 편찮으세요?」하고 그는 그녀한테 다가가면서 프랑스어로 말했다. 그는 대뜸 그녀한테로 뛰어가려고 했으나 옆에 남들이 있을 수 있다는 것을 생각하고 테라스의 문 쪽을 돌아보고 얼굴을 붉혔다. 두려워하고 돌아보고 하지 않으면 안 된다는 것을 느낄 때에 언제나 얼굴을 붉혔던 것과 마찬가지로.

「아녜요, 난 아무렇지도 않아요.」그녀는 일어서서 그가 내민 손을 꽉 쥐면서 말했다. 「난 정말 뜻밖이에요…… 당신께서 오시리라고는.」

「아니! 어쩌면 이렇게 손이 찰까!」하고 그는 말했다.

「당신은 날 깜짝 놀라게 했어요.」하고 그녀는 말했다. 「난 혼자서 세료쥐아를 기다리고 있었어요. 그 앤 산책을 나갔어요. 모두들 이리 돌아올 거예요.」

그러나 그녀가 마음을 가라앉히려고 애썼음에도 불구하고 그 입술은 달달 떨고 있었다.

「내가 온 것을 용서하세요. 그렇지만 난 당신을 만나지 않고는 하루도 보낼 수가 없었읍니다.」그는 언제나와 마찬가지로 프랑스어로 말을 이었다. 그들 사이에는 못 견디게 찬 느낌이 드는 러시아어의 당신이라는 말과 위험한 너라는 말을 피하기 위해서.

「어머나, 무엇을 용서하라는 말이에요? 난 이렇게 기뻐하고 있는 걸요!」

「그런데 당신께선 어디가 편찮으신가, 아니면 어떤 걱정거리라도 있는가요.」하고 그는 그녀의 손을 놓지 않고 그녀 위로 몸을 구부리면서 계속했다. 「뭘 생각하고 있었죠?」

「언제나 한 가지 일뿐예요.」하고 그녀는 생긋 웃으면서 대답했다.

그녀는 진실을 말했던 것이다. 어떠한 순간에도 무엇을 생각하고 있었느냐는 물음을 받는다면 그녀는 틀림없이 대꾸할 수가 있었다 —— 오직 한 가지 것을, 자기의 행복과 자기의 불행에 대해서라고. 그래서 지금 그가 그녀를 찾아왔을 때에도 그녀는 어째서 다른 사람들한테는, 이를테면 베트시한테는(그녀는 세상에 숨기고 있는 베트시와 투쉬케비치와의 관계를 알고 있었다) 이런 일이 아무것도 아닌 일로 여겨지고 있는데, 자기에게는 이렇게 괴로울까 하고 생각하고 있었다. 특히 오늘은 이 생각이 어떤 사정에 의해서 더한층 그녀를 괴롭혔다. 그녀는 경마에 관해서 그에게 물었다. 그는 그것을 대꾸하면서 그녀가 흥분되어 있는 것을 보고 그 기분을 전환시키기 위해서 극히 가벼운 어조로 경마의 준비에 대한 자세한 것을 얘기하기 시작했다.

『얘기를 할 것인가, 어쩔 것인가?』그녀는 그의 차분하고 부드러운 눈을 보면서 생각했다. 『이분은 이렇게 행복하고 이처럼 경마에 열중하고 있으니깐 얘기해도 그것을 올바르게 이해해 주진 않을 거야, 우리들에게 있어서 이 사건이 어떤 의미를 가지고 있는가 하는 것도 이해해 주진 않을 것이야.』

「그건 그렇고 당신께선 내가 들어왔을 때 생각하고 있었던 것을 아직도 얘기해 주지 않았죠.」하고 그는 자기의 얘기를 뚝 끊고 말했다. 「자아, 얘기해 주세요!」

그녀는 대꾸하지 않았다. 그리고 고개를 숙이고 이마 밑으로 그의 얼굴을, 그 긴 속눈썹 뒤에서 반짝이는 눈으로 미심쩍게 찬찬히 쏘아보고 있었다. 나무에서 딴 잎을 만지작거리고 있던 그 손은 부들부들 떨고 있었다. 그는 그것을 보았다. 그러자 그의 얼굴은 언제나 그녀의 마음을 끄는 그의 그 공순함과 노예적인 복종을 나타냈다.

「난 틀림없이 무엇인가가 일어났으리라고 여깁니다. 내가 모르는 슬픔이 당신에게 있다는 것을 알고서야 일 분이라도 마음 편하게 있을 수 있을까요? 얘기해 줘요, 자아!」하고 그는 빌기라도 하듯이 되풀이했다.

『그렇다, 만약 이분께서 이것의 진정한 의미를 이해해 주지 않는다면 난 이분을 용서하진 않을 거다. 차라리 얘기하지 않는 게 상책이다. 무엇 때문에 이분을 시험할 필요가 있을까?』하고 그녀는 역시 마찬가지로 그를 쳐다보면서 나뭇잎을 든 자기의 손이 끊임없이 더욱더 떨고 있는 것을 느끼면서 생각했다.

「자아!」하고 그는 그녀의 손을 잡고 되풀이했다.

「얘기해야 할까요?」

「그럼, 그럼, 그럼……」

「난 말예요, 임신했어요.」그녀는 조용하게 천천히 말했다.

나뭇잎은 그녀의 손 안에서 더한층 세차게 떨었다. 그러나 그녀는 그것을 그가 어떻게 받아들일 것인가를 보기 위해서 그에게서 눈을 떼지 않았다. 그는 파랗게 질려 무엇인가를 얘기하려고 했으나 고쳐 생각한 듯 그녀의 손을 놓고 고개를 떨어뜨렸다. 『그렇다, 이분은 이 사실의 모든 의미를 이해하고 있다.』하고 그녀는 생각하니 고마운 마음으로 그의 손을 쥐었다.

그러나 그녀가 그도 역시, 즉 여자가 그것을 이해하고 있었던 것과 마찬가지로 이 소식의 의미를 이해했다고 여긴 것은 잘못 생각이었다. 이 소식을 들음과 동시에 그는 십 배의 힘으로, 때때로 그를 엄습했던 그 기이한 누군가에 대한 혐오스러운 발작을 느꼈다. 그러나 그와 동시에 그는 또 자기가 예기하고 있었던 위기가 이제 드디어 닥쳐왔다는 것, 이렇게 된 이상 이제는 더 남편한테 숨길 수는 없으니까 어떻게 하든지 한시바삐 이 부자연한 상태를 파괴해 버리지 않으면 안 된다는 것을 이해했다. 그러나 그밖에도 그녀의 흥분이 육체적으로 그에게도 통했다. 그는 감동했다. 그래서 공순한 눈동자로 그녀를 쳐다보고 그 손에 입을 맞추자 일어서서 말없이 테라스 위를 여기저기 걷기 시작했다.

「그렇습니다.」하고 그는 결연한 태도로 그녀 가까이 다가가면서 말했다. 「나나 당신이나 우리들의 관계를 노리개를 보듯이 보고 있지 않았읍니다. 그러나 지금 우리들의 운명은 결정된 것입니다. 어떻게든지 해결을 짓지 않으면 안 됩니다.」하고 그는 주위를 둘레둘레 두리번거리면서 말했다.

「우리들이 그 속에서 살고 있는 이 허위에.」

「해결을 짓는다구요? 어떻게 짓는다는 거예요, 알렉세이?」하고 그녀는 조용하게 말했다.

그녀는 이제는 마음을 가라앉히고 그 얼굴은 부드러운 미소로 빛났다.

「남편을 버리고, 우리들의 생활을 결합하는 겁니다.」

「그것은 이미 이대로도 결합되어 있지 않아요.」겨우 들릴락말락한 목소리로 그녀는 대꾸했다.

「그렇죠, 그렇지만 완전히 말입니다, 완전히 말예요.」

「그렇지만 어떻게 하면 좋아요, 알렉세이, 나한테 가르쳐 주세요, 어떻게 하라는 걸.」곤경에 빠진 자신의 입장을 서글프게 비웃는 듯이 그녀는 익살을 띤 어조로 말했다. 「그래 이런 경우에서 빠져나갈 수 있는 길이 있을까요? 난 그이의 아내인걸요?」

「어떤 경우에서도 빠져나갈 길은 있는 겁니다. 결심이 필요해요.」하고 그는 말했다. 「어떤 것이건 지금 당신이 처해 있는 경우보다는 다 나았읍니다. 난 지금 당신이 어떻게 괴로와하고 있는지를 알고 있어요 —— 온갖 것에 대해서, 세상에 대해서 또 남편에 대해서.」

「아아, 그저 남편에 대해서만은 그렇지 않아요.」하고 순박한 냉소를 띤 얼굴로 그녀는 말했다. 「난 그분에 대해서 몰라요, 생각하고 있지도 않아요. 그분은 없어요.」

「당신은 속이고 있군요. 난 당신을 알고 있어요. 당신은 그분에 대해서도 괴로와하고 있어요.」

「그래도 그분은 아무것도 모르고 있어요.」하고 그녀는 말했으나, 그러자 갑자기 불타는 듯한 홍조가 그녀의 얼굴에 나타나기 시작하여, 그 볼이고 이마고 목이고를 빨갛게 물들여 버리고 말았다. 그리고 그 눈에는 부끄러움의 눈물이 글썽거렸다. 「그렇지만 이제 그분 얘긴 그만해요.」

23

브론스키는 벌써 몇 차례 비록 이때처럼 그렇게 단호한 태도는 아니었을지언정 그녀에게 자신들의 처지를 판단케 하려고 시도했다. 그리고 번번이 지금 그녀가 그의 도전에 응수했던 것과 같은 천박하고 경솔한 판단에 부딪치곤 했다. 마치 그 속에는 스스로 의식할 수 없는 혹은 의식하려고 하지 않은 그 무엇인가가 자리잡고 있는 것 같았고, 그녀가 그것에 관해서 얘기를 시작하자마자 그녀, 진정한 안나는 어디론지 그녀 속 깊숙이 자취를 감춰 버리고 그녀와는 딴판인, 기묘한 그에게는 인연이 먼 사랑할 수가 없을 뿐만 아니라, 두렵고 그의 앞에 장벽을 치고 있는 여인이 얼굴을 내미는 것만 같았다. 그렇지만 그는 오늘만은 모든 것을 얘기해 버리지 않으면 안 되겠다고 결심했다.

「그분이 알고 있건 말건.」하고 브론스키는 언제나의 확고하고 차분한 어조로 말했다. 「그분이 알고 있건 말건 우리들에겐 조금도 상관이 없어요, 우리들은 참을 수 없어요…… 아니, 당신은 이대로는 있을 수 없어. 특히 이젠.」

「그럼 당신은 어떻게 해야 좋겠다는 거예요?」하고 그녀는 역시 똑같은 경박한 냉소를 띤 어조로 물었다. 조금 전까지 행여 그가 자신의 임신을 가볍게 받아들이지나 않을까 하고 두려워하고 있던 그녀였지만, 지금은 그가 그것을 빙자해서 무엇인가 손을 써야 할 필요가 있다는 결론을 끄집어 내놓는 것이 화가 났다.

「그 사람에게 모든 것을 얘기하고 그 사람을 버린다는 것이오.」

「정말 좋은 말씀예요. 그렇지만 가령 내가 그것을 한다고 하고,」그는 말했다. 「당신은 그 결과가 어떻게 되리라는 것을 아세요? 난 미리 모든 것을 얘기해 두겠어요.」하고 일 분 전까지만 해도 부드러웠던 그녀의 눈 속에는 노여움의 빛이 불타올랐다. 『아아, 당신은 외간 남자를 사랑하고 있고, 그 사내하고 죄 많은 관계를 맺었다고? (그녀는 남편의 흉내를 내고 알렉세이 알렉산드로비치가 그렇게 하는 것과 마찬가지로『죄 많은』이라는 말에 역점을 두어 말했다) 난 미리 당신한테 그것이 종교 관계·사회 관계·가족 관계에 미치는 결과에 대해서 주의해 뒀어.

당신은 내 말을 듣지 않았어. 이제 난 내…… 명예를 오욕에 내맡겨 둘 수는 없어……내 아들을,』 하고 그녀는 말하고 싶었지만, 아들 얘기를 꺼내고 보면 그녀도 농담처럼 넘길 수는 없었다. 「자기의 명예와 무엇인가 또 그와 비슷한 이야기를 들고 나와,」 하고 그녀는 덧붙였다. 「하여튼 그분은 그의 그 정치가적 태도로 멍하고 정확하게 자기는 이제 나를 그냥 내버려 둘 수는 없으니까 비방을 피하는 적당한 방법을 강구하겠다는 것을 얘기할 거예요. 그리고 차근차근하고 고분고분하게 자기가 얘기한 것을 실행할 거예요. 바로 이것이 그 결과예요. 그분은 인간이 아니고 기계니까, 그리고 한번 성이 나는 날이면 무서운 기계니까요.」 하고 그녀는 덧붙였다. 그리고 이렇게 이야기하면서 알렉세이 알렉산드로비치의 모습이며 얘기할 때의 몸짓이며, 성격의 자세한 점까지 생각해 내고 그에게서 찾아낼 수 있는 한의 결점을 끝까지 비난하고, 그녀 자신이 그에게 대해서 범하고 있는 그 무서운 죄 때문에 상대방의 어떤 점도 용서하려 하지 않았다.

「그렇지만 안나.」 브론스키는 그녀를 달래려고 애쓰면서 타이르는 듯한 부드러운 목소리로 말했다. 「하여튼 그분에게는 얘기하지 않으면 안 돼요. 그리고 그런 뒤에 그분이 하는 대로 따르지 않으면 안 돼요.」

「그럼 어떻게 한다는 거예요, 달아난다는 거예요?」

「어째서 그렇게 할 수 없다는 거예요? 난 이 상태에서는 더 이상 우리의 관계가 지속되어 가리라곤 여기지 않아요. 그것도 나를 위해서가 아니예요 —— 난 당신의 괴로움을 살 알고 있어요.」

「그렇겠규요, 도망쳐 가난 당신의 정부가 된다 그 말씀이죠?」 하고 그녀는 독살스런 어조로 말했다.

「안나!」 하고 그가 부드럽게 꾸짖는 듯한 어조로 말했다.

「그래요.」 하고 그녀는 계속했다. 「당신의 정부가 되어 온갖 것을 파멸해 버린다……」

그녀는 또 거기에서 얘기하려고 했다 ——「아들을……」 하고. 그러나 그 말은 입 밖에 내놓을 수 없었다.

브론스키는 그녀가 그 강직하고 성실한 성격의 소유자이면서도 어째서 이 거짓의 상태를 참고 그것에서 빠져 나가려고 하지 않는 것을 이해할 수가 없었다. 그러나 그는 그 까닭이 그녀가 말은 꺼낼 수 없었던 『아들』이라고 하는 말이라는 것에는 미처 생각이 미치지 못했던 것이다. 그녀는 그 아들에 대한 것을 생각하고 아버지를 버린 어머니에 대한 아들의 장래의 태도를 생각하면 자기가 저지른 일이 두려워지고, 그 결과 여자답게, 모든 것은 옛 그대로 남아 있겠지, 아들이 어떻게 된다라고 하는 두려운 문제는 잊어버릴 수가 있겠지 하는 허위의 판단이며 말을 가지고 그저 자기를 안정시키려고만 애쓰게 되는 것이었다.

「나 정말 부탁이에요, 정말 제발.」그녀는 별안간 그의 손을 잡고 지금까지와는 전혀 다른 진지하고 부드러운 어조로 말했다. 「이 애긴 앞으로 이제 무슨 일이 있어도 나에게 말씀하지 마세요!」

「그렇지만 안나……」

「아녜요, 무슨 일이 있어도. 정말 나한테 맡겨 두세요. 나도 자기 입장의 비열함도 두려움도 잘 알고 있으니까요. 그렇지만 이것은 당신이 생각하고 계시는 것처럼 그렇게 손쉽게 해결될 일은 아녜요. 그러니깐 정말 나한테 맡겨 두시고 내 애기나 들어 주세요. 그리고 이제 무슨 일이 있어도 이 애긴 나에게 하시지 마세요. 약속해 주시겠죠?……아녜요, 아녜요, 아녜요, 약속해 주세요!……」

「난 무엇이건 약속은 하겠읍니다. 그렇지만 난, 특히 이런 애길 들은 뒤엔 안정할 수는 없읍니다. 난 당신이 안정할 수 없는데, 어떻게 안정할 수 있겠어요……」

「나도!」하고 그녀는 되풀이했다. 「그래요, 그야 나도 때로는 괴로와할 적도 있겠지요. 그렇지만 당신만 이 뒤로 이 애길 무슨 일이 있어도 나한테 하시지 않으신다면 그것은 지나가 버릴 거예요. 당신이 그것을 말씀하실 때에만 그것은 날 괴롭히니깐요.」

「난 모를 일이로군요.」하고 그는 말했다.

「그야, 나도.」하고 그녀는 그를 가로막았다. 「당신의 그 곧은 성질에 거짓말을 한다는 것이 얼마나 괴로울 건가 하는 그것은 잘 알고 있어요. 그리고 당신을 가엾게 여기고 있어요. 난 때때로 당신이 나 때문에 자신의 생활을 없애 버리고 말았다는 것을 생각하고 있어요.」

「나도 지금 꼭 그와 같은 것을 생각하고 있읍니다.」하고 그는 말했다. 「어째서 당신이 나 때문에 온갖 것을 희생시킬 수가 있었던가 하고? 난 당신을 불행한 것을 가만히 보고만 있을 수는 없어요.」

「내가 불행하다고요?」그녀는 그의 옆으로 바싹 다가가서 꿈을 꾸는 듯한 사랑의 미소를 띠고 그의 얼굴을 바라보면서 말했다. 「난 마치 먹을 것이 주어졌는데도 굶주린 사람인 것만 같아요. 그야 그 사람은 추울는지도 몰라요, 옷이 찢어지기도 했을 거고 또 부끄러울는지도 몰라요. 그렇지만 그 사람은 불행하지는 않아요. 내가 불행하다고요? 아녜요, 이것이 바로 내 행복이에요……」

그녀는 돌아오는 아들의 목소리를 듣자 재빠른 눈동자를 테라스 주위에 던지면서 발작적으로 일어섰다. 그녀의 눈동자는 그에게 익숙한 불꽃으로 타오르고 있었다. 그녀는 민첩한 동작으로 그 반지 낀 아름다운 손을 들어 올려 그의 머리를 잡고 오랫동안 찬찬히 그의 얼굴을 들여다보았다. 그리고 미소로 벌어진 입술의 자기 얼굴을 가까이 대어 그의 입과 두 눈에 얼른 입을 맞추고 물러섰다. 그리고 그녀는 그냥 가려고 했다. 그러나 그가 그것을 가로막았다.

「언제?」이렇게 그는 황홀한 눈으로 그녀의 얼굴을 바라보면서 속삭임으로 물었다.

「오늘 한 시에.」하고 그녀는 속삭였다. 그리고 무거운 한숨을 쉬고 나서 그녀의 그 경쾌하고 빠른 걸음걸이로 아들을 맞으러 나갔다.

세료쥐아는 큰 뜰에서 비를 만나 유모와 함께 정자에서 비를 피하고 있었다.

「그럼 또 만나요.」하고 그녀는 브론스키에게 말했다.「지금 곧 경마에 가지 않으면 안 돼요. 베트시가 들르겠다고 약속했어요.」

브론스키는 시계를 들여다보고 부랴부랴 떠났다.

24

카레닌네의 테라스에서 시계를 보았을 때에는 문자반 위의 바늘을 보았으면서도 그것이 몇 시를 가리키고 있는지마저 몰랐을 만큼 뒤숭숭하고 자기의 생각에만 사로잡혀 있었다. 그는 도로로 나와 주의깊게 진창을 피하면서 자기의 마차가 있는 쪽으로 걸어갔다. 그는 지금이 몇 시이고, 브랸스키의 집에 갈 시간이 있는지마저 생각하지 않을 만큼 안나에 대한 정열로 가득 차 있었다. 그의 마음에는 자주 있은 일이지만 그저 이 뒤에는 무엇인가를 하기로 돼 있었다고 하는 것만을 지시하는 기억의 외적 능력이 남아 있을 뿐이었다. 그는 칙칙한 보리수의, 벌써 비스듬히 기운 나무 그늘의 마부석 위에서 졸고 있던 자기의 마부 옆으로 다가가서 건장한 말 위를 얼기설기 날며 윙윙거리고 있는 모기 떼를 잠시 정신을 잃고 바라보고 있다가는 마부를 깨워 마차에 올라타고 브랸스키한테로 가도록 일렀다. 그리고 그런 뒤에 칠 베르스타나 지나고 나서야 그는 비로소 제정신이 들어 시계를 보고 그것이 다섯 시 반이라는 것과 자기가 늦었다는 것을 알았다.

그 날 몇 차례의 경주가 있었다 —— 호위병들의 경주 후에 사관의 이 베르스타 경주, 그 다음에 사 베르스타, 그가 참가하는 장애물 경주가 있었다. 그래서 자기의 차례까지는 넉넉히 댈 수가 있었으나, 만약 브랸스키한테 갔다오자면 이미 온 조정(朝廷)이 입장할 무렵에야 그는 겨우 도착하게 되리라. 그래서는 좋지 않았다. 그러나 그는 브랸스키에게 가겠다는 약속을 했으므로 그냥 그대로 앞으로 갈 것을 결심하고 마부에게 말을 아끼지 않도록 명령했다.

그는 브랸스키한테 가서 오 분 동안 거기에 있다가는 부랴부랴 마차를 돌렸다. 이 속력 있는 드라이브는 그의 마음을 가라앉혔다. 안나와의 관계 속에 있었던 온갖 괴로운 것, 그들의 대화 뒤에 남았던 온갖 모호한 것은 모두 그의 머리에서 사라져 버렸다. 그는 지금, 기쁨과 마음의 동요와 함께 경주에 관한 것이며, 어떻게 되겠지 하는 것만을 생각하고 있었다. 그러나 이따금 오늘 밤의 행복한 밀회에의 기대가 그의 상상 속에 밝은 불꽃이 되어 불타오르고 있었다.

목전에 닥쳐 있는 경마의 느낌은 그가 별장지며 페테르스부르크에서 경마장으로 향하는 마차들을 앞지르면서 차츰 깊이 경마장의 분위기 속으로 들어감에 따라 더욱더 강하게 그를 붙들었다.

그의 숙사에는 이미 아무도 없었다 —— 모두 경마장 쪽으로 가 있었다. 그리고 하인이 문 옆에서 기다리고 있었다. 그가 옷을 갈아입고 있는 동안에 하인은 그에게 벌써 두 번째 경주가 시작되었다는 것이며, 마구간에서는 두 차례나 소년이 뛰어왔다는 것 등을 알렸다.

각별히 서두르는 기색도 없이 옷을 갈아입고 나자(그는 어떤 경우에도 당황하거나 자제력을 잃거나 하는 짓은 결코 하지 않았다), 브론스키는 바라크로 마차를 몰도록 일렀다. 바라크에서는 벌써 경마장을 둘러싸고 있는 마차와 보행자들, 군인들의 물결과 군중들이 들끓고 있는 스탠드가 보였다. 아마 두 번째의 경주가 시작된 모양이었다. 그가 바라크에 들어감과 동시에 종소리가 들렸으니까. 마구간 쪽으로 가는 길에 그는 발목이 하얀 적갈색의 마호친의 글라지아토르를 만났다. 그 말은 엄청나게 크게 보이는 귀가 달린 파란 선을 댄, 파란 줄무늬의 오렌지빛 마의(馬衣)를 입고 경마장 쪽으로 끌려가고 있는 중이었다.

「코르드는 어디 있나?」하고 그는 마부에게 물었다.

「마구간 속에서 안장을 놓고 있읍니다.」

활짝 열린 우리 속에서 프루프루에게는 벌써 안장이 얹혀 있었다. 사람들은 그것을 끌어내리려고 하고 있었다.

「늦지 않았나?」

「괜찮아요, 괜찮아요.」하고 영국인은 말했다. 「마음을 졸이지 않도록 하세요.」

브론스키는 다시 한번 온몸을 부들부들 떨고 있는 아름답고 귀여운 말의 모습에 시선을 던졌다가는 간신히 이 구경거리에서 떼고 바라크를 나왔다. 그는 어느 누구의 주의도 끌지 않기에 가장 좋은 때에 스탠드 옆까지 도착했다. 마침 이 베르스타 경주가 끝나려고 하던 때이어서 모든 시선은 앞 서고 있는 근위 기병과 그것을 뒤따르고 있는 경기병이, 젖먹던 힘을 다하여 말을 몰면서 결승점에 가까와가고 있는 것에 쏠려 있었다. 트랙의 중앙에서 또 밖에서 사람들은 결승점 쪽으로 밀리고, 근위 기병대 장병의 일단은 큰소리를 지르면서 자기들의 장교이자 동료인 사내의 승리를 기대하면서 기쁨을 표현하고 있었다. 브론스키는 마침 경마가 끝난 것을 알리는 종이 울리자 거의 동시에 눈에 띄지 않게 군중의 중심으로 휩싸여 들어갔다. 그러자 제 일착이 된 키가 큰 진흙투성이의 기병 사관이 안장 위에 엎드려 가쁘게 숨쉬고 있는, 땀으로 까맣게 된 잿빛 수말의 고삐를 늦추기 시작하였다. 수말은 온 힘을 다하여 발을 버티면서 그 큰 몸뚱이의 급속한 움직임을 줄였다. 그러자 기병 사관은 마치 괴로운 꿈에서 깨어난 사람처럼 주위를 둘러보고 간신히 가벼운 웃음을 지어 보였다. 동료들과 낯 모르는 사람들의 무리가 그의 주위를 둘러쌌다.

브론스키는 스탠드 앞에서 조심스럽고 자유롭게 서성거리고 있기도 하고 지껄이고 있기도 한 선택된 상류 사회의 무리를 일부러 피했다. 그는 카레니나도 베트시도 그의 형의 아내도 거기에 있다는 것을 알고 있었다. 그래서 마음을 어지럽히지 않기 위해서 일부러 그쪽으로 가까이 가지 않았다. 그러나 끊임없이 만나는 친지들은 그를 붙들고 그에게 지금까지의 경마의 경과를 얘기하기도 하고 그에게 늦은 까닭을 묻기도 했다.

상품을 받기 위해서 기수들이 스탠드 쪽으로 불려나와 일동이 그쪽으로 얼굴을 놀렸을 때, 브론스키의 형인 키가 그다지 크지 않은, 알렉세이를 닮아 떵띨막한, 그러나 더한층 의젓한 분홍빛 얼굴에 빨간 코를 지닌 참모 대령 알렉산드르가 술 기운을 띤 꾸밈없는 얼굴로 그가 있는 쪽으로 다가왔다.

「너 내 쪽지 받았나?」하고 그는 말했다.「넌 언제 가 봐도 만날 수 있어야지.」

알렉산드르 브론스키는 방탕하고, 특히 술이 지나친(그 때문에 그는 유명했다) 생활을 보내고 있었음에도 불구하고 완전히 귀족적인 사람이었다.

그는 지금 동생과 그에게는 심히 불쾌한 것에 대해서 애기하고 있으면서도 많은 사람들의 시선이 자기들에게 쏠려 있다는 것을 알고 있었으므로 마치 무엇인가 대단찮은 일도 동생하고 농담이라도 하고 있는 것 같은 웃는 얼굴을 하고 있었다.

「받았읍니다. 그러나 실은 무엇을 형님이 그렇게까지 걱정하고 있는지 난 모르겠어요.」하고 알렉세이는 말했다.

「내가 지금 걱정하고 있는 것은 네가 여기에 없었다는 것 하고, 월요일에도 페체르고프에 있었다는 것을 들어 알았기 때문이야.」

「그렇지만 이 세상엔 그것에 직접적인 관계가 있는 당사자들만이 판단해서 할 일도 있는 법입니다. 그리고 형님이 걱정하시고 있는 일들은, 그것은……」

「그래, 그렇지만 그때엔 근무를 그만두고, 그리고……」

「난 형님이 간섭하지 말아 주실 것을 바랍니다, 그뿐이에요.」

알렉세이 브론스키의 잔뜩 흐려진 얼굴은 창백해지고 그 쑥 내민 아래턱은 달달 떨기 시작했다. 그에게는 이런 일은 좀처럼 있는 일이 아니었다. 그는 지극히 선량한 마음을 가진 사람이 그렇듯이 여간해서는 화를 내는 일이 없었으나 일단 화를 내어 특히 그 턱이 떨리기 시작했을 때에는 알렉산드르 브론스키도 알고 있는 것처럼 그는 위험한 인물로 변한다. 알렉산드르 브론스키는 유쾌한 미소를 띠었다.

「난 그저 어머니의 편지를 주려고 했을 뿐이야. 어머님에게 답장이나 내거라, 경주 전에 흥분하면 안 돼. 행운을 빈다.」그는 웃으면서 이렇게 덧붙이고 동생의 곁을 떠났다.

그러나 곧 그의 뒤를 이어 또다시 정답게 인사를 하는 목소리가 브론스키의 발을 멈추게 했다.

「자넨 친구를 보고도 모른 체하기야! 어이, 이거 봐.」하고 스테판 아르카지치는 여기 이 페테르스부르크의 상류 사회 사람들 틈에서도 모스크바에서와 못지않게 그 분홍빛의 얼굴과 번들번들하게 다듬어진 구레나룻가 이채를 풍기면서 이렇게 말했다.「난 어제 왔어. 그리고 자네의 승리를 보는 것을 정말 기뻐하고 있는 바야. 언제 만나지?」

「내일 장교 클럽으로 와.」하고 브론스키는 말했다. 그리고 용서를 구하면서 그의 외투 소매를 쥐고 벌써 장애물 대경주에 출전할 말을 끌어들이기 시작하고 있던 경마장의 중앙으로 걸어가 버렸다.

경주를 끝마친 말은 땀에 함초롬히 젖어 괴로운 듯이 할딱거리면서 마부들에게 끌려 마구간 쪽으로 갔다. 그리고 다음 경주에 나갈 생기 발랄한 대부분이 영국산인 말들은 머리 덮개를 쓰고 배를 야무지게 졸라매인 기묘하고 거대한, 새와 흡사한 모습들을 하고 한 마리씩 뒤를 이어 나타났다. 호리호리한 아름다운 프루프루는 그 탄력 있는 쾌 긴 회목을 용수철 장치처럼 번갈아 디디며 오른쪽으로 끌려나오고 있었다. 거기서부터 그리 멀지 않은 곳에서 귀가 처진 글라지아토르의 마의를 벗기우고 있었다. 그 훌륭한 엉덩이와 유달리 짧은 굽 바로 위에 붙어 있는 듯한 회목을 가진 체격이 큰 아름다운, 완전히 균형이 잡힌 수말의 모습은 브론스키의 주의를 끌었다. 그는 자기의 말이 있는 데로 가려고 했다. 그러나 또 다시 그를 한 친지가 붙잡았다.

「아아, 저기에 카레닌이!」하고 그가 상대하고 얘기하고 있던 친지는 그에게 말했다. 「마누랄 찾고 있군, 마누라는 스탠드의 한중앙에 있는데. 당신은 그분을 만나지 않으셨읍니까?」

「아뇨, 만나지 않았어요.」하고 브론스키는 대꾸했다. 그리고 카레닌 부인이 있다고 가리킨 스탠드 쪽조차 돌아보려고도 하지 않고서 자기의 말한테로 다가 갔다.

브론스키가 한 번 살펴놓지 않으면 안 됐던 안장의 검사를 미처 끝마치기도 전에 기수들은 번호와 출발점을 정하기 위해서 스탠드 쪽으로 호출되었다. 진지하고 엄숙한 거의가 창백한 얼굴을 한 열일곱 명의 사관들이 거기에 모여 번호의 심지를 뽑았다. 브론스키한테는 칠 번이 나왔다. 「승마!」── 하는 소리가 들렸다.

다른 기수들과 함께, 자기가 지금 모든 사람의 주목의 초점이 되어 있다는 것을 느끼면서 브론스키는 긴장된 기분으로, 그러한 기분인 때에는 언제나 그렇듯이 유연하고 침착하게 자기의 말에게로 다가갔다. 코르드는 경마장에 나오기 위해서 나들이 차림을 하고 있었다 ── 단정하게 단추를 잠근 검은 프록 코트, 양쪽에서 볼을 괴고 있는 풀이 센 깃, 둥글고 검은 모자에 기병화 ── 이런 차림이었다. 그는 언제나처럼 침착하고 으쓱거리는 듯한 태도로 말 앞에 서서 손수 그 두 쪽의 고삐를 붙잡고 있었다. 프루프루는 열병이라도 걸린 것처럼 줄곧 떨고 있었다. 화염으로 가득 찬 듯한 그 눈은 나가오고 있던 브론스키를 곁눈질로 바라보았다. 브론스키는 배띠 밑에다 손가락을 밀어넣었다. 말은 더한층 세차게 곁눈질을 하고 치열을 드러내 놓으며 귀를 쫑긋이 세웠다. 영국인은 그가 자기가 놓은 안장을 검사한 것에 대하여서 미소를 띠워 보이려고 입술을 일그러뜨렸다.

「타십쇼, 걱정하실 것은 없으십니다.」

브론스키는 마지막으로 자기의 경쟁자들을 둘러보았다. 그는 뛰어나가 버리면 이제는 그들을 보지 못하게 되리라고 생각했다. 둘은 출발하기로 되어 있는 장소 쪽으로 말을 몰고 있었다. 위험한 경쟁자의 한 사람이자 브론스키의 친구인 갈리신은 기수를 받아들이지 않는 적갈색의 수말 둘레를 뺑뺑 돌고 있었다. 통이 좁은 승마 바지를 입은 체격이 작은 경기병은 영국인을 흉내내려는 생각으로 고양이처럼 엉덩이 위에서 몸을 구부리고 갤럽(말이 네 발을 모두 땅에서 떼고 달리는 가장 빠른 동작)으로 뛰어갔다. 쿠조블레프 공작은 파랗게 질린 얼굴을 하고 그라보프 목장에서 온 순종인 암말을 타고 있었다. 그리고 영국인이 그 고삐를 잡고 있었다. 브론스키도 그의 친구들도 모두 쿠조블레프가 유달리 신경이 갸날픈 주제에도 자존심이 강한 소유자라는 것을 알고 있었다. 그들은 그가 무슨 일에나 겁장이라는 것, 그 가운데에서도 군마에 타는 것을 두려워하고 있다는 것을 알고 있었다. 그러나 지금은 그것이 무서운 일이었기 때문에, 사람들이 목을 부러뜨리기도 했었기 때문에, 각 장애물 옆에는 의사며 십자장을 꿰매 붙인 병원 마차며 간호부가 서 있었기 때문에 그는 탈 결심을 한 것이었다. 둘이는 눈이 서로 마주쳤다. 그러자 브론스키는 부드럽게 격려하듯이 그에게 눈짓을 해 보였다. 그러나 오직 한 사람, 가장 두려운 경쟁자인 글라지아토르에 올라타고 있던 마호친만을 그는 보지 않았다.

「서두르시면 안 됩니다.」하고 코르드가 브론스키에게 말했다.「그저 한 가지 기억해 두실 것은 장애물이 있는 데에선 고삐를 죄었다 늦췄다 하지 마시고 말이 하는 대로 내맡겨 둬야 합니다.」

「좋아, 좋아.」브론스키는 고삐를 잡고 대꾸했다.

「되도록이면 선두에 서실 일이지만 만약 뒤가 되시더라도 최후까지 실망하셔선 안 됩니다.」

말이 미처 움직일 사이도 없이 브론스키이는 부드럽고 억센 동작으로 강철의 톱니 모양의 등자 위에 올라서서 가볍게 그러나 야무지게 그 무게가 준 몸뚱이를 가죽이 삐그덕거리는 안장 위에다 태웠다. 그리고 오른 발로 등자를 더듬고 나서 그는 익숙한 손짓으로 손가락 사이에서 두 줄의 고삐를 가지런히 골랐다. 그제서야 코르드도 손을 놓았다. 프루프루는 마치 어느 쪽의 발부터 먼저 내디뎌야 좋을지를 모르는 것처럼 긴 목으로 고삐를 끌어당기면서 그 날씬한 등 위의 기수를 흔들면서 용수철처럼 움직이기 시작했다. 코르드는 속력을 빠르게 하면서 그 뒤를 따랐다. 흥분된 말은 기수를 속이려고 애쓰면서 혹은 이쪽으로 혹은 저쪽으로 고삐를 당겼다. 그래서 브론스키는 목소리와 손으로 부질없이 그녀를 진정시키려고 애썼다.

그들은 벌써 출발점이 되어 있던 장소를 향해서 둑이 쌓인 내 쪽으로 나가고 있었다. 경주자들의 대다수는 앞쪽에도 뒤쪽에도 잇따르고 있었다. 그러자 돌연 브론스키는 등 뒤의 진창길에서 말의 갤럽 소리를 들었다. 그러자 발목이 하얗고 귀가 늘어진 글라지아토르를 탄 마호친이 그를 앞질러 갔다. 마호친은 그 긴 치열을 드러내 놓으면서 빙그레 웃었다. 그러나 브론스키는 성난 듯이 그를 힐끗 쳐다보았다. 그는 본디 그를 좋아하지 않는 데다가 더구나 지금은 가장 위험한 경쟁자였다. 그래서 그에겐 느닷없이 자기의 옆을 뛰어나가면서 자기의 말을 놀라게 한 것이 화가 났다. 프루프루는 왼발에서 갤럽으로 옮겨 두 차례 뛰어올랐으나 고삐가 조여진 것에 성을 내고 기수를 떨어뜨릴 위험이 있는 동요가 심한 걸음으로 옮겨 디뎠다. 코르드도 눈살을 찌푸리고 브론스키의 뒤를 거의 달음박질하다시피 하고 따라왔다.

25

모두 열일곱 명의 사관들이 경주에 나섰다. 경마는 스탠드 앞의 주위 사 베르스타의 큰 타원형의 코스 안에서 행해지기로 되어 있었다. 이 코스 안에 아홉 가지의 장애물이 갖추어져 있었다 —— 개울이 있었고 스탠드 바로 앞에 있는 높이 1.5미터의 앞이 내다보이지 않는 목책, 물이 없는 도랑과 있는 도랑, 비탈길, 아일랜드 뱅케트(가장 어려운 장애물의 하나), 그것은 말라죽은 삭정이로 쌓은 둔덕으로 되어 있었고 그 너머에는 —— 말에게는 보이지 않도록 —— 또 하나의 도랑이 있었으므로 말은 한번에 장애물을 뛰어넘든지 목숨을 잃든지 하지 않으면 안 되었다.

그 다음에 또 물이 괸 두 도랑과 물이 없는 도랑이 하나 있었고, 경마는 스탠드의 건너쪽에서 끝나기로 되어 있었다. 그러나 경주는 코스 안에서가 아니고 거기에서 이백 미터쯤 떨어진 옆쪽에서 시작되기로 되어 있었고, 이 거리의 사이에 제일의 장애물이 있었다. 그것은 이 미터 정도의 넓이로 둑이 쌓인 개울이 있는데 그것은 뛰어넘건 건너서 가건 기수들 마음대로였다.

기수들은 세 차례쯤 정렬했으나 그럴 때마다 누군가의 말이 먼저 뛰어나갔으므로 몇 번이고 처음부터 다시 하지 않으면 안 되었다. 노련한 출발계인 세스트린 대령은 벌써 화를 내기 시작하여 네 번째에는 드디어 이렇게 외쳤다 ——「가앗!」—— 기수들은 움직이기 시작했다.

모든 시선, 모든 망원경은 기수들이 정렬했을 때부터 그 얼룩덜룩한 모든 기수들에게로 쏠려 있었다.

「나갔다! 뛰기 시작했다!」 이런 목소리들이 기대의 침묵 뒤에 여기저기에서 들렸다.

군중과 한 사람 한 사람의 보행자들은 조금이라도 더 잘 보려고 이곳 저곳으로 옮겨 다니기 시작했다. 일순간 기수들의 행렬은 길게 뻗쳤고, 그들이 둘씩, 셋씩, 혹은 한 사람 한 사람 앞서거니 뒤서거니 하면서 개울 쪽으로 접근해 가고 있는 것이 보였다. 관중에겐 그들이 모두 일시에 뛰어나간 것처럼 여겨졌지만, 기수들에겐 그들에게 있어서 큰 의미를 가진 일이 초의 차가 있었던 것이다.

흥분되어 너무나 신경이 날카로와졌던 프루프루는 그 첫 순간을 놓쳤으므로 몇 마리의 말이 먼저 달려나갔다. 그러나 아직 개울까지 다 가기도 전에, 무작정 고삐를 끌어당기는 말을 온 힘을 다하여 제어하면서 손쉽게 세 마리를 앞질렀으므로 그의 앞에는 바로 코 앞에 거침없이 가볍게 엉덩이를 규칙 바르게 흔들고 있는 마호친의 적갈색 글라지아토르가 남았을 뿐이었다. 그리고 또 전체 선두에 살았는지 죽었는지를 분간할 수 없는 쿠조블레프를 태우고 있는 아름다운 지아나가 뛰고 있었다.

처음의 몇 분 동안은 브론스키는 자신도 말도 제어할 수가 없었다. 그는 제일의 장애물 —— 개울 —— 까지는 말의 운동을 조정할 수 없었다.

글라지아토르와 지아나는 같이 다가가서 거의 같은 순간에 —— 똑같이 개울 위로 뛰어올라 저쪽으로 뛰어넘었다. 프루프루는 어느 틈에 마치 날으듯이 그들에 뒤이어 높이 뛰었다. 브론스키는 몸뚱이가 공중으로 올라간 것을 느낌과 동시에 거의 자기 말의 발 밑 개울 저쪽에서 쿠조블레프가 지아나와 함께 몸부림을 치고 있는 것을 얼핏 보았다(쿠조블레프는 뛰어오른 뒤에 고삐를 늦췄기 때문에 말은 그를 태운 채 거꾸로 곤두박질쳤던 것이다). 그러나 이 자세한 것들을 브론스키는 나중에 가서야 알았고, 그때에는 그저 프루프루가 내려서야 할 발 바로 밑으로 지아나의 발이나 머리가 들어오지는 않나 하고 걱정했을 뿐이었다. 그러나 프루프루는 마치 사뿐히 떨어지는 고양이처럼 뛰어오른 사이에 발과 등에 힘을 주어 말을 뛰어넘어 그 앞의 지면에 내려섰다.

『오오, 씩씩하고 귀여운 녀석!』하고 브론스키는 생각했다.

개울을 넘고 나서야 브론스키는 완전하게 말을 다룰 수 있게 되었으므로 큰 목책은 마호친의 뒤에서 넘고, 그 앞의 장애물이 없는 이백 사줴니 정도의 사이에서 그를 앞질러야겠다고 생각하고 조심스럽게 말을 당기기 시작했다.

큰 목책은 황제의 관람석 바로 앞에 서 있었다. 그가 악마(내다보이지 않는 목책은 이렇게 이름지어져 있었다) 쪽으로 다가가고 있을 때에는 황제도 황족들도 군중도 —— 모든 사람들이 그들을 보고 있었다. 그와 말 한 마리 정도의 거리를 두고 앞섰던 마호친을 보고 있었다. 브론스키는 사방에서 쏟고 있는 이 시선들을 느끼고 있었으나, 그의 말의 귀와 목과 그를 향해서 달려오고 있는 것처럼 지나가는 지면과 언제나 같은 거리를 유지한 채, 앞쪽에서 재빠르게 장단을 치는 글라지아토르의 엉덩이와 하얀 발목 이외의 아무것도 보지 않았다. 글라지아토르는 뛰어오르자마자 어디에도 부딪친 기색 없이 짤막한 꼬리를 홱 내젓고 브론스키의 시야에서 사라졌다.

「브라보!」하고 누군가의 목소리가 외쳤다.

그 순간에 브론스키의 눈 바로 앞에 목책의 판자가 번뜩였다. 동작의 변화를 조금도 일으키지 않고 말은 그의 밑에서 뛰어올랐다. 목책의 판자는 숨어 버렸다. 그러나 그저 배후에서 무엇인가가 딱하고 부딪치는 소리가 났다. 앞을 달리고 있는 글라지아토르 때문에 약이 바짝 올랐던 말은 목책 앞에서 너무 빨리 뛰어올랐으므로 뒷발의 굽이 그것에 부딪쳤던 것이다. 그렇지만 말의 속도는 달라지지 않았다. 그리고 브론스키는 튀겨오른 진흙을 얼굴에 뒤집어쓴 채 그가 다시 글라지아토르와 같은 거리에 서 있다는 것을 알았다. 그는 또다시 자기 앞에 그 말의 엉덩이와 짧은 꼬리와 멀어지지도 않고 날쌔게 움직이고 있는 그 하얀 발을 보았다.

브론스키가 이제는 마호친을 앞지르지 않으면 안 되겠다고 생각했던 때와 같은 순간에 프루프루도 그의 의중을 이해하고 아무런 자극도 주지 않았는데도 굉장히 빠른 속도로 가장 유리한 쪽, 밧줄 쳐진 쪽에서 마호친에게 접근하기 시작했다. 그러나 마호친이 밧줄 쪽을 양보하지 않았다. 브론스키가 바깥 쪽에서라도 앞지를 수 있을는지도 모르겠다고 생각함과 동시에 프루프루는 벌써 방향을 바꾸어 그 방법으로 앞지르기 시작했다. 땀으로 벌써 검어져 가고 있던 프루프루의 어깨는 글라지아토르의 엉덩이와 나란해졌다. 얼마 동안 그들은 나란히 달렸다. 그러나 그들이 다가가고 있던 장애물 앞까지 가자 브론스키는 밖으로 돌지 않도록 고삐를 가누고 비낄실 위에서 재빨리 마호친을 앞질렀다. 그는 진흙으로 더럽혀진 상대방의 얼굴을 흘끗 보았다. 그에게는 상대가 히죽 웃은 것같이 여겨지기조차 했다. 브론스키는 마호친을 앞질렀다. 그러나 그는 자기의 바로 뒤에 그를 느꼈고, 자기의 등 바로 뒤에 규칙적으로 들리는 발굽 소리와, 아직은 조금도 지친 기색이 없는 글라지아토르의 숨소리를 들었다.

다음의 두 장애물, 도랑과 목책은 용이하게 넘었다. 그러나 브론스키에게는 글라지아토르의 콧김과 도약이 더한층 가깝게 들리기 시작했다. 그는 말에게 박차를 가했다. 그리고 말이 가볍게 속력을 더한 것을 느끼고 기쁘게 생각했다. 글라지아토르의 굽소리는 또다시 먼저와 똑같은 거리에서 들리기 시작했다.

브론스키는 선두가 되었다 —— 자기 자신도 그것을 바랐고 코오드도 그에게 권했던 것처럼 —— 그리고 이제는 자기의 성공을 확신했다. 그의 흥분, 그의 환희, 프루프루에 대한 애정은 더욱더 증대되었다. 그는 뒤를 돌아다보고 싶었다.

그러나 그래서는 안 되었다. 그리고 글라지아토르한테 남아 있다고 자기가 느꼈을 만큼의 여력을 자기의 말한테도 여축하기 위해서 자기 자신을 진정시키고 말한테도 박차를 가하지 않으려고 애썼다. 오직 하나 가장 곤란한 장애물이 남아 있었다. 만약 그것만 맨 먼저 넘는다면 그의 제일착은 의심할 것이 없었다. 그는 아일랜드 뱅케트 쪽으로 가까이 달려갔다. 프루프루와 함께 그는 아직 멀리에서 이 뱅케트를 보았다. 그러자 그들 쌍방에게, 사람에게도 말에게도 순간적인 의혹이 일어났다. 그는 말의 귀에서 주저의 빛을 알아채고 채찍을 들었다. 그러나 곧 이 의혹이 까닭 없는 것이었다는 것을 느꼈다. 말은 하지 않으면 안 된다는 것을 다 알고 있었다. 말은 속력을 더하여 그가 예상했던 것처럼 알맞게 도약하고 지면을 차면서 타력(惰力)에 몸을 맡겼다. 그러자 그 힘은 그녀를 멀리 도랑의 저쪽으로 실어 갔다. 이렇게 하여 프루프루는 아무런 힘도 들이지 않고 같은 속력으로 같은 보조로써 질주를 계속했다. 「브라보, 브론스키!」하고 소리치는 사람들의 외침이 그에게도 들렸다 —— 그는 그것이 자기의 연대와 친구들의 목소리라는 것을 알고 있었다 —— 그들은 그 장애물 옆에 서 있었던 것이다. 그는 야쉬빈의 목소리를 알아 들을 수 있었지만 그 모습은 보이지 않았다.

『오오, 귀여운 녀석!』하고 그는 배후에서 일어나고 있는 소리에 귀를 기울이면서도 프루프루에 대해서 생각했다. 『뛰어넘었군!』하고 그는 등 뒤에서 글라지아토르의 발굽 소리를 듣자 생각했다. 이제 하나 마지막으로 이 아르쉰 나비의 물이 있는 도랑이 남아 있었다. 브론스키한테는 그것은 이제 안중에도 없었다. 그러나 그는 훨씬 멀리 앞장 섰으면 하고 여겼기 때문에 질주의 가락에 맞춰 말의 머리를 올렸다 내렸다 하면서 고삐를 둥그렇게 가누기 시작하였다. 그는 말이 최후의 여력으로 달리고 있다는 것을 느꼈다. 말의 어깨와 목이 흠뻑 젖어 있었을 뿐만 아니라 그 갈기와 머리와 뾰쭉한 귀 위에도 땀방울이 송알송알 배어나와 있었다. 그리고 그녀는 날카롭고 가쁘게 숨을 쉬고 있었다. 그러나 그는 이 여력만으로도 남아 있는 이백 사줴니는 넉넉하고도 남음이 있다는 것을 알고 있었다. 브론스키는 자기의 몸을 더욱더 지면에 가깝게 느끼는 것과 운동의, 일종의 특수한 부드러움에 의해서 자기의 말이 얼마나 많은 속력을 더했는가를 알았다. 작은 도랑을 말은 마치 알아채지도 않았던 것처럼 훌떡 뛰어넘었다. 마치 새처럼 가볍게 도약했다. 그러나 그 순간 브론스키는 두렵게도 자기가 말과 운동을 같이 하지 않고 자신도 그 까닭을 모르게 안장 위에 몸을 엎드리고 끔찍한, 용서할 수 없는 동작을 한 것을 느꼈다. 별안간 그의 상태가 바뀌었다. 그는 무엇인가 두려운 일이 일어났다는 것을 느꼈다. 그가 아직 무슨 일이 일어났는가를 똑똑히 이해하기도 전에 적갈색 수말의 하얀 발이 그의 바로 옆에서 번뜩이더니 마호친이 질풍처럼 옆을 지나갔다. 브론스키의 한쪽 발이 지면에 닿았다. 그러자 그의 말이 그 발 위로 넘어졌다. 그가 막 발을 뺐을까 하였을 때에 말은 옆으로 나가떨어져 괴로운 듯이 색색거리면서 일어날 양으로 그 가느다란 땀에 흠뻑 젖은 목으로 허망한 노력을 되풀이했다. 말은 그의 발 밑의 땅에서 총을 맞고 떨어진 새처럼 몸을 버둥거렸다. 브론스키가 한 서투른 동작으로 그의 등뼈를 부러뜨렸던 것이다. 그러나 이것을 그가 안 것은 훨씬 나중의 일이었다. 그때는 그는 그저 마호친이 빠르게 멀어져 가고 있는데, 자기는 비틀거리면서 혼자서 더러운 움직이지 않는 땅 위에 서 있었고 자기 앞에는 괴롭게 숨을 내뿜으면서 쓰러진 프루프루가 그한테 목을 늘이고 그 아름다운 눈으로 그를 쳐다보고 있는 것을 보았을 뿐이었다. 그리고 역시 아직은 무슨 일이 일어났는지를 몰랐으므로 브론스키는 말의 고삐를 잡아당겼다. 그러자, 말은 또다시 물고기처럼 벌떡 뛰어일어나, 안장의 날개를 삐그덕거리면서 앞발을 세웠으나, 엉덩이를 들어올릴 만큼의 힘도 없이, 이내 비틀거리고 또다시 옆으로 넘어져 버렸다. 흥분으로 낯빛이 찌그러진 파랗게 질린 브론스키는 아래 턱을 달달 떨면서 구두의 뒤축으로 말의 배를 걷어차고 또다시 고삐를 끌어당기기 시작했다. 그러나 말은 움직이지 않았다. 그리고 콧잔등을 땅바닥에 틀어박고 그 말하는 듯한 눈동자로 그저 멀뚱멀뚱 주인을 올려다보았다.

「아아 아아 아아!」하고 브론스키는 머리를 움켜쥐고 끙끙거렸다. 「아아 아아 아아! 난 무슨 짓을 했단 말인가!」하고 그는 외쳤다. 「이 패배한 경주! 이 수치스러운 용서할 수 없는 나의 실패! 이 불쌍하고 귀엽고 사멸된 말! 아아 아아 아아! 난 이 무슨 짓을 했단 말인가!」

사람들이며 의사며 조수며 그의 연대의 사관들이 그에게로 뛰어왔다. 거북스럽게도 그는 자신이 안전하고 아무런 상처도 입지 않고 있다는 것을 느꼈다. 말은 등뼈가 부러졌으므로 사살하기로 결정되었다. 브론스키는 물음에 대해서 대꾸할 수도 없었고, 누구와도 얘기할 수도 없었다. 그는 몸을 돌려 떨어져 있던 모자를 주우려고도 하지 않고 어디로 가는지도 모른 채 경마장을 걸어나갔다. 그는 자기의 불행을 느꼈다. 난생 처음으로 그는 지극히 괴로운 불행, 어디까지나 자기 자신에게 죄가 있는 돌이킬 수 없는 불행을 경험했다.

야쉬빈이 모자를 가지고 뒤쫓아와 그를 집에까지 바래다 주었다. 삼십 분쯤 지나자 브론스키는 제정신이 들었다. 그러나 이 경마에 대한 기억은 그의 생애에서의 가장 뼈아프고도 괴로운 기억으로서 오래 그의 마음속에 남았다.

26

알렉세이 알렉산드로비치와 아내와의 표면상의 관계는 이전과 똑같은 것이었다. 한 가지 차이가 있다면 그것은 그가 이전에 비해서 더한층 바빠졌다는 것뿐이었다. 예년과 마찬가지로 해마다 겨울 동안의 격무로 그르친 건강을 회복하기 위해서 그는 봄이 옴과 동시에 외국의 온천으로 갔다. 그리고 언제나처럼 칠월에는 돌아와 곧 또 불어난 정력으로 자기의 일에 착수했다. 언제나와 마찬가지로 그의 아내는 별장으로 가고 그는 페테르스부르크에 남았다.

트베르스카야 공작 부인의 야회 뒤의, 그런 얘기를 한 이래 자기의 의혹과 질투에 대해서는 그는 결코 안나한테 얘기하지 않았다. 그리고 그의 언제나 사람을 얕보는 듯한 경향은 그와 아내와의 현재의 관계에 있어서는 더할 나위 없이 편리한 것이었다. 그는 아내한테 대해서 다소 냉담해졌다. 그는 그저 그녀가 줄곧 자기를 피하고 있었던 최초의 한밤중의 대화에 대해서 그녀에게 약간의 불만만을 느끼고 있는 것 같았다. 그녀에 대한 그의 태도에는 노여움의 그림자가 있었다. 그러나 그 이상의 것은 없었다. 『넌 나하고 터놓고 얘기하려고 하지 않았지만』 그는 마음속으로 이렇게 그녀한테 얘기하고 있는 것 같았다. 『그것은 너를 위해서 좋지가 않아. 이제는 네가 나한테 졸라 댈 테지만 난 이제 터놓고 얘기하지는 않겠다. 너로서는 더욱더 불리하게 될 뿐이야.』 그는 마음속으로 이렇게 말했다. 그것은 마치 불을 끄려고 쓸데 없는 노력을 되풀이하던 사람이 자기의 그 쓸데 없는 노력에 대해서 화를 내고 『에잇, 될 대로 되어라 ! 탈 대로 타거라 !』 하고 내던져 버리고 마는 것과 같은 것이었다.

그 직무에 있어서 총명하고 또한 세심했던 그가, 아내에 대한 그러한 자신의 태도가 어리석다는 것을 이해하지 못했던 것이다. 그가 그것을 이해하지 못하고 있었던 것은 현재의 자신의 처지를 안다는 것이 그에게는 너무나 두려웠기 때문이었다. 그래서 그는 자기의 마음속으로 가족, 즉 아내와 아들에 대한 감정을 담아 두었던 상자를 야무지게 닫아 자물쇠를 잠그고 그 위에다 봉인까지 해 버렸다. 주의깊은 아버지였던 그가 이 겨울이 지나갈 무렵부터 유달리 아들에게 냉담하게 대했고 그에게도 아내한테 대하여서와 마찬가지의 야유하는 듯한 태도를 갖게 되었다. 『어이 ! 젊은이 !』 하고 아들을 부르기도 했다.

알렉세이 알렉산드로비치는 지금까지 올해처럼 직무상의 일이 많았던 해는 없었다고 생각한다고 사람들에게 얘기하기도 했다. 그러나 그는 금년에는 자기 자신이 여러 가지 일들을 생각해 낸 것이고, 실은 그것이 예의 상자 —— 그 속에 잠겨 있는 것이 길어지면 길어질수록 더욱더 두려워지는 아내와 가족에 대한 감정과 그들에 대한 생각이 들어 있는 예의 상자를 열지 않기 위한 한 방법이었다는 것을 의식하지 못하고 있었다. 만약 누군가가 알렉세이 알렉산드로비치한테 그의 아내의 행위에 대해서 그가 어떻게 생각하고 있는가를 물을 권리를 가지고 있다고 하더라도 부드럽고도 온화한 알렉세이 알렉산드로비치는 어떻다고도 대답하지 않았을 것이다. 그리고 그런 것을 물은 사람에게 굉장히 성을 냈을 것이다. 이러한 이유에서 알렉세이 알렉산드로비치의 얼굴의 표정에는 아내의 건강에 대해서 물음을 당해도 무엇인가 오연하고 엄격한 빛이 나타났다. 알렉세이 알렉산드로비치는 자기의 아내의 행위와 감정에 대하여서는 아무것도 생각하려고도 하지 않았고, 또한 실제로 그것에 대해서는 생각하고 있지 않았던 것이다.

 알렉세이 알렉산드로비치의 별장은 페체르고프에 있었다. 그리고 언제나 여름이 되면 백작 부인 리지야 이바노브나가 그 이웃에 와서 안나와 끊임없는 교제를 계속했다. 그러나 금년에는 백작 부인 리지야 이바노브나는 페체르고프의 생활을 거부하고 안나 아르카지예브나한테도 한 번도 찾아오지 않고, 알렉세이 알렉산드로비치에게 안나와 베트시와 브론스키와의 접근이 못마땅함을 암시하였다. 알렉세이 알렉산드로비치는 자기의 아내는 의혹을 초월한 여자라는 생각을 얘기하고 엄중하게 그녀의 말을 저지하였다. 그리고 그 이후로 백작 부인 리지야 이바노브나를 피하게 됐다. 그는 세상에서는 벌써 많은 사람들이 그의 아내를 곁눈질하여 보고 있는 것을 알려고도 하지 않았고 알지도 못하였다. 또 어째서 유달리 아내가 베트시가 살고 있는 브론스키 연대의 야영지에 가까운 사르스코예로 갈 것을 우겼는가 하는 것도 이해하려고도 하지 않았다. 또 이해하지도 못했다. 그는 그것에 대해서 생각하는 것을 자기에게 허용하지도 않았고 또 생각하지도 않았다. 그러나 그와 동시에 그는 마음속으로도 결코 자기 자신에게 그렇다고 이야기해 본 적도 없고 또 그것에 대한 증거는커녕 혐의마저도 가지고 있지 않았으면서도 자기가 배신을 당한 남편이라는 것을 똑똑히 알고 있었다. 그리고 그 때문에 그는 몹시 불행했다.

 과거 팔 년간의 아내와의 행복한 생활을 하는 동안에 세상의 부정한 아내와 배신을 당한 남편들을 보고 알렉세이 알렉산드로비치는 얼마나 마음속으로 중얼거렸던 것일까——『어째서 그렇게 될 때까지 내버려 둘까? 어째서 그런 추악한 경우를 해결하려고 하지 않을까?』하고. 그러나 현재 그 불행이 자기의 머리 위에 떨어지자 그는 그 경우를 어떻게 해결할 것인가를 생각하지 않았을 뿐만 아니라, 전연 그 사실을 알려고조차 하지 않았다. 알려고 하지 않았던 것은 다름아닌 그것이 너무나 두렵고 너무나 부자연스러웠기 때문이었다.

　외국에서 돌아온 후에 알렉세이 알렉산드로비치는 두 차례 별장으로 갔다. 그리고 한 번은 식사를 하고 한 번은 손님들과 하루 저녁을 지냈으나 지난 해까지의 습관과 같이 하룻밤도 머물지는 않았다.

　경마가 있던 날은 알렉세이 알렉산드로비치에게 있어서 특히 바쁜 날이었다. 그러나 그는 아침부터 그 날의 예정을 머리에 그리고 점심을 일찌감치 먹고 나면 곧 별장의 아내한테 가고, 그리고 거기에서 온 조정이 임어(臨御)하기로 되어 있고, 자기도 얼굴을 비치지 않으면 안 될 경마에 나가 보아야겠다고 결심했다. 아내를 찾아가는 것은 예의를 위해서 일주일에 한차례는 들르기로 자기에게 정하고 있었기 때문이었다. 그뿐만 아니라 그 날은 매월 15일의 관행에 따라서 생활비를 아내한테 건네지 않으면 안 되었기 때문이기도 했다.

　아내에 관해서 이러한 것을 생각하면서도 그는 자기의 생각을 지배하는 습관에서 그 이상 아내에 관한 생각의 범위를 넓히지 않도록 했다.

　그날 저녁 때까지 알렉세이 알렉산드로비치는 매우 바쁜 일이 많았다. 전날 밤 그는 백작 부인 리지야 이바노브나에게서 현재 페테르스부르크에 머물고 있는 유명한 중국 여행가의 작은 책자와 여러 가지 점으로 극히 흥미있고, 또 유용한 인물이기도 한 그 여행가를 만나 주었으면 하는 간청의 편지를 받았었다. 알렉세이 알렉산드로비치는 그 작은 책자를 어젯밤에 다 읽을 수 없었으므로 아침에야 겨우 다 읽었다. 그러고 나서 청원자들이 나타나고, 보고·접견·임명·파면·상여금·연금·봉급의 분배·통신 등등 알렉세이 알렉산드로비치가 노역이라고 부르고 있었던 꽤 많은 시간을 잡아먹는 사무가 시작되었다. 그 다음에는 의사와 집사의 내방이라고 하는 개인으로서의 일이 있었다. 집사는 그다지 시간이 걸리지 않았다. 그는 그저 알렉세이 알렉산드로비치에게 필요한 돈을 건네고 금년은 여행이 잦았으므로 비용이 많이 들어 적자가 되어 있다는 그다지 달갑지 않은 재정 상태에 대한 간단한 보고를 하였을 뿐이었다. 그것에 반하여서 유명한 페테르스부르크의 박사이고 알렉세이 알렉산드로비치와는 친구 관계였던 의사는 오랜 시간 놀다 갔다. 알렉세이 알렉산드로비치는 오늘 그가 오리라고는 생각하지도 않았기 때문에 그의 내방에 놀랐지만, 그보다도 더 놀란 것은 박사가 알렉세이 알렉산드로비치에게 굉장히 면밀하게 병세를 묻고, 그의 가슴을 청진하고 간장을 타진(打診)하기도 하고 촉진(觸診)하기도 하고 한 일이었다. 알렉세이 알렉산드로비치는 그의 벗인 리지야 이바노브나가 금년은 알렉세이 알렉산드로비치의 건강이 좋지 않다는 것을 알아채고 박사에게 한번 찾아가서 진찰하여 주도록 부탁한 것을 몰랐던 것이다. 『나를 위하여서 그렇게 하여

주세요.』하고 백작 부인 리지야 이바노브나는 박사에게 말하였던 것이다.

「난 러시아를 위해서 하겠읍니다. 아주머니.」하고 박사는 대답했다.

「정말 훌륭한 분이에요!」하고 백작 부인 리지야 이바노브나는 말했다.

박사는 알렉세이 알렉산드로비치를 진찰하고 매우 불만을 느꼈다. 그는 간장이 현저하게 늘어나고 영양이 줄어 온천도 아무런 효과가 없었다는 것을 발견했다. 그는 육체의 운동을 되도록이면 많이 하고 정신적인 긴장을 되도록이면 적게 하고, 그 가운데에서도 마음의 고통을 피하도록 하라고 하는, 알렉세이 알렉산드로비치로서는 호흡을 끊는 것이나 다름없는 불가능한 것을 지시하고, 알렉세이 알렉산드로비치의 마음속에 그의 몸에는 어딘가 좋지 않은 데가 있고, 그것을 고친다는 것은 도저히 불가능하다는 불쾌한 의식을 남겨놓고 떠났다.

알렉세이 알렉산드로비치의 집을 나오면서 박사는 현관의 층층대 위에서 유달리 친숙했던 알렉세이 알렉산드로비치의 비서인 슬류진을 만났다. 그들은 대학 동창으로 이따금밖에 누구에게도 애기하지 않았을 만큼의 병자에 대한 노골적인 의견을 슬류진에게는 털어놓고 애기했다.

「자네가 보러 와 줘서 정말 기뻐.」하고 슬류진은 말했다. 「정말 좋지가 않아. 나도 그런 생각을 하고 있었어…… 그래 병상은?」

「그런데 그게 이래.」하고 박사는 슬류진의 머리 너머로 마차를 가져오도록 마부에게 손짓을 하면서 말했다. 「그게 이래.」하고 박사는 그 하얀 손에 개가죽의 장갑을 들고 그 손가락을 잡아당기면서 말했다. 「악기의 현을 팽팽하게 죄어놓고 그것을 끊으려고 해봐 —— 손쉽게 끊어지지 않아. 그렇지만 이제 더 이상은 늘어지지 않는 데까지 잡아늘여 놓고 그 위에다가 손가락 하나의 무게만이라도 가해 보지 —— 당장 끊어지고 말아. 그런데 저분은 자기의 직무에 대해서 끈기 있고 성실하시기 때문에 극도로 긴장되어 있으시단 말야. 더더구나 다른 방면에도 괴로운 압박이 있으신 것 같아.」하고 박사는 의미 심장하게 눈썹을 올리고 말을 맺었다. 「그래 자네 경마엔 나가 보겠나?」하고 그는 다가온 마차 쪽으로 층층대를 내려가면서 덧붙였다. 「그럼, 그럼, 물론이야, 꽤 시간은 걸릴 거야.」하고 박사는 슬류진이 애기하긴 했으나 그것이 무엇이었는지를 잘 알아듣지 못한 말에 대해서 이렇게 대답했다.

턱없이 많은 시간을 보내고 간 박사에 이어 유명한 여행가가 나타났다. 그러자 알렉세이 알렉산드로비치는 금방 읽고 난 작은 책자에서 얻은 지식과 그 제목에 관해서 이전부터 가지고 있던 지식을 이용해서 자기의 조예가 깊고 견해가 넓은 점으로 여행가를 놀라게 했다.

여행가와 동시에 페테르스부르크에서 온 지방 장관의 내방이 알려졌으므로 그는 그 사람과도 몇 마디 얘기를 주고받지 않으면 안 되었다. 그리고 그 사람이 돌아가자 이번에는 그는 비서를 상대로 일상의 일을 정리하지 않으면 안 되었고, 게다가 또 진지하고 중대한 사건에 대해서 어떤 명사를 방문하지 않으면 안 되었다. 알렉세이 알렉산드로비치는 언제나의 식사 시간인 다섯 시에야 겨우 돌아와서 비서와 식사를 같이 하고 나자 다시 그에게 별장에 들렀다가 경마장을 돌아와야겠으니 동행해 달라고 부탁했다.

어찌된 영문인지 자기도 잘 모르지만 알렉세이 알렉산드로비치는 요즈음 자기와 아내와의 만남에 있어 언제나 제삼자를 동참시키는 일이 잦았다.

27

안나가 이층의 거울 앞에 서서 안누쉬카에게 거들게 하여 웃옷의 마지막 리본을 매고 있을 때 그녀는 현관 앞의 차도 쪽에서 자갈 위를 구르는 마차의 바퀴 소리를 들었다.

『베트시가 오기엔 아직 이른데.』하고 그녀는 생각했다. 그리고 창문으로 내다보자 한 대의 마차와 그 안에서 쑥 나와 있는 검은 모자와 예의 낯익은 알렉세이 알렉산드로비치의 귀가 보였다. 『어머나, 공교롭게도. 묵고 갈 생각일는지도 몰라.』하고 그녀는 생각했다. 그러자 그녀에게는 이것으로 하여금 일어날 수 있는 모든 것이 너무나 두렵고 끔찍하게 여겨졌으므로, 잠시도 그 생각을 계속하지 않고, 쾌활하고 생기 있는 얼굴을 하고 그를 맞으러 뛰어나갔다. 그리고 자기의 몸 속에 이미 친숙한 허위와 기만의 호흡이 숨쉬고 있음을 느끼면서 곧 그 호흡에 몸을 맡기고 자기 자신도 무슨 말을 하고 있는지를 모르고 입에서 나오는 대로 지껄이기 시작했다.

「어머나, 정말 잘 오셨어요!」그녀는 남편에게 손을 내밀면서 한쪽으로는 가족이나 다름없는 슬류진과 웃는 얼굴로 인사를 나누면서 이렇게 말했다. 「당신 주무시고 가시겠죠, 그렇죠?」이것이 허위 호흡이 그녀에게 귀띔한 최초의 말이었다. 「그리고 이제부터 같이 가요. 그저 곤란한 것은 난 베트시하고 약속을 했어요. 그래서 그분이 날 데리러 들를 거예요.」

알렉세이 알렉산드로비치는 베트시의 이름을 듣자 살짝 눈살을 찌푸렸다.

「오오, 난 떨어질 수 없는 것을 억지로 떼놓으려곤 하지 않아.」하고 그는 예

의 타고난 익살이 섞인 어조로 말했다. 「난 미하일 바실리예비치하고 같이 가겠
어. 의사도 걷는 게 좋다고 얘기하고 있으니까. 난 살살 걸어가지, 온천에 와 있
는 것으로 생각하지.」

「급하게 서두르실 것은 없어요.」하고 안나는 말했다. 「차 드시겠어요?」그
녀는 벨을 울렸다.

「차 가져와. 그리고 세료쥐아한테 아버지께서 오셨다고 얘기해 줘요. 건 그렇
고 당신 몸은 어떠세요? 미하일 바실리예비치, 당신께선 여긴 처음이시겠군
요. 보세요, 우리 테라스는 정말 좋죠.」그녀는 줄곧 이쪽 저쪽으로 얼굴을 돌리
면서 지껄였다.

그녀는 아주 단순하게, 그리고 자연스럽게 입을 놀렸다. 그러나 그것은 너무
나 수다스럽고 너무나 말이 빨랐다. 그녀는 자기도 그것을 느꼈다. 특히 미하일
바실리예비치가 자기를 찬찬히 쳐다보고 있는 호기심에 찬 동공 속에 마치 자기
를 관찰하고 있는 듯한 것을 알아챔과 동시에 더한층 강하게 그것을 느꼈다.

미하일 바실리예비치는 곧 테라스 쪽으로 나갔다.

그녀는 남편의 옆자리에 앉았다.

「당신 안색이 그다지 좋지 않은 것 같군요.」하고 그녀는 말했다.

「응.」하고 그는 끄덕였다. 「오늘도 의사가 찾아와서 말야, 한 시간쯤 시간을
빼앗겼지. 난 내 친구 중 누군가가 그 사내를 보내 줬으리라고 여기고 있어 ──
그만큼 내 건강은 귀중하단 말야……」

「아니, 그래 의사가 뭐라고 했어요?」

그녀는 그에게 건강에 관한 것, 사무에 관한 것을 묻고 몸을 쉬기 위해서 자기
한테 옮겨 오도록 권했다.

이러한 것들을 모두 그녀는 쾌활하고 재빨리 눈에 특별한 반짝임을 보이면서
말했다. 그러나 알렉세이 알렉산드로비치는 지금은 이제 그녀의 이 어조에 아무
런 의의도 찾으려고도 하지 않았다. 그는 그저 그녀의 말에 귀를 기울이고 그 말
이 갖는 직접적인 의미만을 부여할 뿐이었다. 그리고 그는 단순하게 농담까지
섞어가며 그것에 대꾸하고 있었다. 이 모든 대화 가운데에 조금도 특별한 것은
없었음에도 불구하고 안나는 그 뒤 결코 부끄러움의 쓰라린 아픔이 없이는 이
짧은 장면을 생각해 낼 수가 없었다.

가정 교사에게 인도되어 세료쥐아가 들어왔다. 만약 알렉세이 알렉산드로비
치가 굳이 관찰하였다면 그는 분명히 세료쥐아가 먼저 아버지를, 다음에 어머니
를 당황한 듯한 눈빛으로 본 것을 알아챘을 것이다. 그러나 그는 아무것도 보려
고 하지 않았고, 또 실제로 보지도 않았다.

「어이, 젊은이! 많이 컸군. 정말, 아주 어른이 다 됐는 걸. 잘 있었나, 젊은이.」

이렇게 말하고 그는 놀라고 있는 세료쥐아에게 손을 내밀었다.

아버지에 대해서 세료쥐아는 이전에도 수줍어했지만, 알렉세이 알렉산드로비치가 요즈음에 와서 그를 젊은이라고 부르게 되고, 게다가 또 그의 머리 속에 브론스키가 자신의 편인가 적인가 하는 수수께기가 생긴 뒤로는 더한층 아버지를 꺼려하게 되었던 것이다. 그는 마치 구조라도 바라듯이 어머니 쪽을 돌아보았다. 그저 어머니하고 같이 있는 것만이 그에게는 좋았던 것이다. 알렉세이 알렉산드로비치는 그러는 사이에 가정 교사에게 이야기를 걸면서 아들의 어깨를 누르고 있었다. 세료쥐아는 안나가 이 아이는 금방 울음을 터뜨릴 것만 같다고 느꼈을 만큼 지극히 무참하여 어찌할 바를 모르고 있었다.

아들이 들어온 그 순간에 얼굴이 어두웠던 안나는 세료쥐아의 망설이고 있는 모양을 보자 자리를 차고 일어나 아들의 어깨에서 알렉세이 알렉산드로비치의 손을 떼고 아들한테 입을 맞추고 나서 그를 테라스로 데리고 나갔다가는 자기만 곧 돌아왔다.

「그건 그렇고 이제 시간이 다 됐어요.」하고 그녀는 자기의 시계를 들여다보고 말했다. 「베트시는 어찌 안 온담!……」

「그렇군.」하고 알렉세이 알렉산드로비치는 말하고 일어서면서 손을 깍지 끼고 손가락으로 소리를 냈다. 「난 또 한 가지 당신한테 돈을 건넬 일로도 들렀어. 꾀꼬리도 동화만으로는 기르지 못하는 것이니깐 말야.」하고 그는 말했다. 「당신도 필요할 거야, 틀림없이.」

「아녜요, 필요 없어요……아아 필요해요.」하고 그녀는 그를 쳐다보지 않고 머리 밑까지 붉어지면서 말했다. 「그럼 당신, 경마에서 이리 돌아오시겠죠.」

「암, 그렇고 말고!」알렉산드로비치는 대답했다. 「저기 페체르고프의 호프 트베르스카야 공작 부인께서 오시는군.」하고 그는 창문으로 아주 작은 차체를 굉장히 높게 단 영국풍의 마차가 가까이 다가오고 있는 것을 보고 덧붙였다. 「아니, 정말 굉장한 사치군! 훌륭한 걸! 자아, 그럼 우리들도 이젠 가 볼까.」

트베르스카야 공작 부인은 마차에서 나오지 않았다. 그저 편상화에 목도리를 두르고 검은 모자를 쓴 그녀의 하인만이 현관 옆에서 뛰어내렸다.

「나 그럼 다녀올께, 안녕!」하고 안나는 말하고 아들에게 입을 맞추고 나서는 알렉세이 알렉산드로비치 쪽으로 다가가 그에게 손을 내밀었다. 「당신께서 와 주셔서 정말 반가와요.」

알렉세이 알렉산드로비처는 그녀의 손에 입을 맞췄다.

「자아, 그럼 또 만나요. 차 드시러 들르시겠죠. 아아, 기뻐라!」하고 그녀는 말하고 생기 찬 얼굴로 즐겁게 나갔다. 그러나 뒤돌아 나오면서 그녀는 자기의 손에 그의 입술이 닿았던 것을 생생하게 느끼고 혐오의 정에 몸을 떨었다.

28

알렉세이 알렉산드로비치가 경마장에 나타났을 때에는 안나는 벌써 상류 사회의 전부가 모여 있는 스탠드 안에 베트시와 나란히 자리를 잡고 있었다. 그녀는 멀리에서도 남편을 알아챘다. 두 사내, 남편과 애인과는 그녀에게 있어서 생활의 두 중심이었다. 그래서 외부적인 감각의 도움없이도 그녀는 그들의 접근을 감지할 수가 있었다. 그녀는 아직 멀리에서 남편의 접근을 느끼고 무의식중에 그가 움직이고 있었던 사람들의 물결 속에서 그의 뒤를 주시하고 있었다. 그녀는 그가 아첨하는 듯한 인사에 겸손하게 답례하기도 하고, 혹은 정답고 허심 탄회한 태도로 동료들과 인사를 나누기도 하고, 혹은 권세 있는 사람들의 눈을 열심히 포착하려고 하기도 하고, 그 귀의 끝을 누르고 있는 둥글고 큼직한 모자를 벗기도 하면서 스탠드 쪽으로 다가오고 있는 것을 보았다. 그녀는 그의 이러한 거동을 잘 알고 있었다. 그리고 그 모두가 그녀에게는 메스꺼운 것들이었다. 『오직 하나 명예심, 오직 하나 사행심 —— 저분의 마음 속에 있는 것은 그저 그것뿐이다.』하고 그녀는 생각했다. 『높은 견해라든지 문명에 대한 사랑이라든지 종교라든지 하는 그러한 것들은 모두 —— 그저 출세하고 싶어하기 위한 무기에 지나지 않는다.』

부인석 쪽을 돌아보는 그의 시선으로 보아(그는 똑바로 그녀가 있는 쪽을 보았으나 모슬린이며 리본이며 깃이며 양산이며 꽃의 바다 속에서는 아내를 알아볼 수가 없었던 것이다) 그녀는 그가 자기를 찾고 있다는 것을 알았다. 그러나 일부러 알아채지 못한 것처럼 하고 있었다.

「알렉세이 알렉산드로비치!」하고 공작 부인 베트시가 그에게 소리쳤다. 「당신은 부인이 보이지 않으시죠. 바로 여기에 계세요!」

그는 언제나의 그 싸늘한 미소를 띠었다.

「여긴 어찌나 화려한지 눈이 아찔하군요.」그는 이렇게 말하고 스탠드 안으로 들어갔다. 그는 금방 헤어진 아내를 보자 남편으로서 아내에 대해 마땅히 보여야 할 정도의 미소만을 지어 보이고 공작 부인이며, 그 밖의 다른 친지들에게 각각 필요한 정도의 예의를 차리고, 말하자면 부인들한테는 익살을 피우고 남자들과는 인삿말을 주고받고 했던 것이다. 스탠드의 바로 아래 쪽에, 알렉세이 알렉산드로비치가 평소 존경하고 있는, 그 박식과 교양으로 이름 높은 시종 무관이 서 있었다. 알렉세이 알렉산드로비치는 그를 상대로 얘기를 시작했다.

마침 다음 경마가 시작되기 전이었으므로 이야기의 방해가 되는 것은 아무것도 없었다. 시종 무관은 경마를 비난했다. 알렉세이 알렉산드로비치는 그것을 변호하면서 반박했다. 안나는 그의 크고 유창한 목소리를 한 마디도 놓치지 않고 듣고 있었다. 그러자 그의 한 마디 한 마디가 그녀에겐 허위처럼 여겨지고 그녀의 귀를 아프게 찔렀다.

사 베르스타의 장애물 경주가 시작되자, 그녀는 몸을 앞으로 구부리고 곁눈질도 하지 않고 브론스키가 말 옆으로 다가가서 그것에 올라타는 것을 바라보고 있었다. 그리고 동시에 남편의 입에서 그칠 사이 없이 흘러나오는 이 메스꺼운 목소리를 듣고 있었다. 그녀는 브론스키에 대한 불안으로 고민하고 있었다. 그러나 그보다도 더 귀에 익은 음조를 가진 남편의 가느다란 목소리의, 그녀에게는 그칠 사이 없는 것처럼 여겨졌던 울림에 괴로와하고 있었다.

『난 나쁜 여자다, 몸을 망쳐 버린 여자다.』이렇게 그녀는 생각했다.『그렇지만 난 거짓말을 하는 것은 싫다. 난 거짓말은 참지 못하니까. 그러나 저분(남편)의 양식은——그것은 허위다. 저분은 온갖 것을 다 알고 있고 온갖 것을 다 꿰뚫고 있다. 그러면서도 저렇게 태연하게 얘기할 수 있는 것을 보면 저분은 도대체 어떻게 느끼고 있는 것일까? 만약 저분이 날 죽여 버린다든지 브론스키를 죽여 버린다면 난 저분을 존경하련만. 그러나 어림없어, 저분한테 필요한 것은 그저 허위와 체면밖에 없다.』하고 안나는 자기는 말하자면 남편한테서 무엇을 요구하고 있는 것인가 남편이 어떤 사람이 되었으면 하고 바라는 것인가 하는 것은 생각하지도 안고 자기 혼자 지껄였다. 그녀는 이렇게까지 자기를 부아나게 했던 알렉세이 알렉산드로비치의 오늘따라 유다른 이 요설(饒舌)이 그의 마음속의 혼란과 불안의 표현에 지나지 않는다는 것을 조금도 이해하지 못하고 있었던 것이다. 마치 다친 아이가 아픔을 잊기 위해서 손발을 놀려 근육을 움직이기 시작하는 것처럼 알렉세이 알렉산드로비치에게 있어선 아내의 존재와 브론스키의 존재와 그의 이름이 끊임없이 되풀이되는 것에 의해서, 그의 주의를 강요하는 아내에 대한 의식을 억누르기 위해서 아무래도 정신적인 활동이 필요하였던 것이다. 뛰는 것이 아이에게 자연스러운 것처럼 입담 있고, 재치 있게 지껄이는 것이 그에게도 자연스러웠던 것이다. 그는 말하였다.

「군인의, 기병의 경마에 있어서의 위험은 말입니다, 경마의 불가결한 조건이에요. 만약 영국이 군사상의 역사에 있어서 가장 빛나는 기병의 활동을 지시할 수가 있다면 그것은 그저 영국이 자기의 속에서 사람과 말과의 이 힘을 역사적으로 발전시킨 덕택일 뿐예요. 스포츠라고 하는 것은 말입니다, 내 의견으로는 큰 의의를 가지고 있어요. 그러나 언제나 우리들은 그 가장 피상적인 것만을 보고 있는 겁니다.」

「피상적인 것만이 아녜요.」하고 트베르스카야 공작 부인이 말했다. 「어느 사관은 늑골을 두 개나 부러뜨렸다는 거예요.」

알렉세이 알렉산드로비치는 이를 드러내 놓을 뿐, 그 이상은 아무런 의미가 없는 언제나의 그 미소를 지었다.

「그럼 공작 부인, 피상적인 것이 아니라고 합시다.」하고 그는 말했다. 「아닌 게 아니라 내부적인 것입니다. 그러나 문제는 거기에 있는 것은 아니예요.」이렇게 말하고 그는 다시 장군 쪽으로 얼굴을 돌리고 그를 상대로 진지하게 이야기했다. 「저어 경기자는 스스로 그것을 선택한 군인이라는 것을 잊으셔선 안 됩니다. 또 모든 직업은 문제의 이면을 가지고 있다는 것을 아셔야 합니다. 이것이 곧 군인으로서의 직무니깐요. 권투라든가 스페인식 투우라든가 하는 종류의 추악한 경기는 야만의 표상입니다. 그렇지만 전문적인 경기라는 것은 문화의 표상이니깐요.」

「아녜요, 난 이제 두 번 다시 오지 않겠어요 —— 이런 짓은 내겐 너무나 자극이 심해요.」하고 공작 부인 베트시는 말했다. 「그렇지 않아요, 안나?」

「그래요, 마음을 걷잡을 수 없군요. 그렇지만 보지 않을 수도 없어요.」하고 다른 부인이 말했다. 「만약 내가 로마의 부인이었다면 어떤 경기장이고 놓치진 않았을 거예요.」

안나는 한 마디도 입을 열지 않고서, 망원경을 눈에 댄 채 한 곳만을 보고 있었다.

이때 키가 큰 장군이 귀족석을 가로질러 지나갔다. 그러자 알렉세이 알렉산드로비치는 이야기를 끊고 급히, 그러나 점잖게 일어서서 지나가고 있던 장군에게 허리를 굽혀 인사를 했다.

「당신은 경주하지 않으십니까?」하고 장군은 그에게 농담조로 물었다.

「내 경주는 훨씬 어려운 것이죠.」하고 알렉세이 알렉산드로비치는 공손히 대답했다.

이 대답에는 어떤 의미가 있는 것도 아니었지만 장군은 총명한 사람한테서 총명한 대답를 들었다는 듯한 시늉을 하고 충분히 『소즈위 신 맛』을 음미했다.

「거기엔 두 측면이 있읍니다.」하고 알렉세이 알렉산드로비치는 다시 말을 계속했다. 「경기자하고 관람자하고 그리고 그런 구경거리를 기뻐한다는 것은 관람자의 문화 정도가 낮다는 정확한 표상이긴 하겠죠. 나도 그것엔 동감입니다, 그렇지만……」

「공작 부인, 거십시다!」하고 베트시에게 말을 건 스테판 아르카지치의 목소리가 밑에서 들렸다. 「당신은 누구한테 거시겠읍니까?」

「난 안나하고 같이 쿠조블레프 공작한테.」하고 베트시는 대답했다.

「난 브론스키에게. 장갑 한 켤레.」

「그래요, 좋아요!」

「거 정말 훌륭하군요, 그렇잖아요?」

알렉세이 알렉산드로비치는 자기의 주위에서 사람들이 얘기하고 있는 동안은 잠자코 있었으나 이내 또 말을 계속했다.

「나도 동감입니다, 그러나 남성적인 경기라고 하는 것은……」하고 그는 계속하려고 했다.

그러나 이 순간 기수들이 뛰어나갔으므로 모든 이야기는 딱 그쳤다. 알렉세이 알렉산드로비치도 입을 다물었다. 모두 몸을 일으켜 개울 쪽으로 얼굴을 돌렸다. 알렉세이 알렉산드로비치는 경마에는 흥미를 가지지 않았으므로 기수들 쪽은 보지 않고 지친 눈동자로 멀거니 구경꾼들 쪽을 둘러보기 시작했다. 그의 시선은 안나의 얼굴 위에 멈췄다.

그녀의 얼굴은 파리하고 경직되었다. 그녀는 분명히 한 사람외의 아무것도, 아무도 보지 않고 있었다. 그 손은 발작적으로 부채를 꼭 쥐고 있었다. 그녀는 숨도 쉬지 않고 있었다. 그는 그녀를 잠시 동안 보고 있다가 얼른 눈을 돌리고 다른 사람들의 얼굴을 바라보았다.

『그렇다, 이 여자도 다른 부인들도 역시 마찬가지로 굉장히 흥분되어 있다. 이것은 자연스러운 일이다.』하고 알렉세이 알렉산드로비치는 혼잣말을 했다. 그는 그녀를 보지 않으려고 했다. 그러나 그 눈은 저도 모르게 그녀 쪽으로 끌려들었다. 그는 또다시 그 얼굴에 눈을 멈추고 거기에 아주 역력하게 그려져 있는 것을 읽지 않으려고 애썼으나, 그 의지에 반해서 그는 알고 싶어하지 않았던 것을 두렵게도 그 얼굴에서 읽고 말았다.

개울에서 쿠조블레프가 최초로 낙마했을 때 모두들 흥분했으나 알렉세이 알렉산드로비치는 안나의 우쭐대는 듯한 창백한 얼굴에 의해서 그녀가 주시하고 있던 상대가 떨어진 것은 아니라는 것을 역력히 알았다. 또 마호친과 브론스키가 큰 목책을 뛰어넘은 뒤에 그 뒤를 따르던 사관이 거기에서 거꾸로 떨어져 빈

사의 중상을 입어 공포의 술렁임이 군중 전체에 번졌을 때에도 알렉세이 알렉산
드로비치는 안나에게서 그것은 알아채지도 못하고 주위의 사람들이 무엇 때문
에 수선거리기 시작했는지마저 거의 모르고 있는 것 같은 눈치를 보았다. 그러
나 그는 더욱더 집요하게 오랫동안 그녀의 얼굴을 들여다보고 있었다. 안나는
달리고 있는 브론스키의 모습에 완전히 정신이 팔려 있으면서도 옆에서 자기에
게 쏟고 있는 남편의 싸늘한 시선을 느끼고 있었다.

그녀는 살짝 눈살을 찌푸릴 뿐 다시 얼굴을 돌려 버렸다.

『아아, 난 이제 어떻게 됐건 괜찮다.』마치 그녀는 그에게 이처럼 이야기하는
것 같았다. 그리고 그 뒤는 한번도 그를 보지 않았다.

경마는 불행한 것이었다. 열일곱 명 가운데 반수 이상이 낙마해서 몸을 다쳤
다. 경주가 종반에 이르자 사람들은 더욱더 흥분했다. 그리고 그 흥분은 황제가
불만의 빛을 보였기 때문에 더한층 증대했다.

29

모든 사람들이 고래고래 비난의 화살을 퍼붓고 모든 사람들이 누군가의 입에
서 새어나온 한 토막의 말 ——『그저 사자와의 싸움이 아쉬울 뿐이다.』고 외친
말을 되풀이했다. 그리고 두려움은 모든 사람들이 한결같이 느껴지고 있었으므
로 브론스키가 낙마하고 안나가 큰소리로 놀라움의 비명을 질렀을 때에도 그것
만으로는 별로 희한한 일이라고도 느껴지지는 않았다. 그러나 그것에 바로 뒤이
어 안나의 안색에는 벌써 뚜렷이 심상치 않은 변화가 일어났다. 그녀는 완전히
자신을 잃었다. 그녀는 붙잡힌 새처럼 몸부림치기 시작했다 —— 일어서서 어딘
가로 가려고 해보기도 하고 베트시 쪽으로 얼굴을 돌리기도 했다.

「가십시다, 가십시다.」하고 그녀는 말했다.

그러나 베트시는 그것을 듣고 있지 않았다. 그녀는 몸을 아래로 굽히고 그녀
옆으로 다가온 장군과 얘기를 나누고 있었다.

알렉세이 알렉산드로비치는 안나의 옆으로 가까이 다가가서 점잖게 손을 내
밀었다.

「같이 가십시다, 만약 당신께서 괜찮으시다면.」하고 그는 프랑스어로 말했
다. 그러나 안나는 장군의 얘기에 귀를 기울이고 있었고 남편의 목소리는 알아

채지 못했다.

「역시 발을 부러뜨렸다는 애긴가 봐요.」하고 장군은 말했다. 「아니, 이거 정말 말이 아닙니다.」

안나는 남편한테는 대꾸도 하지 않고 망원경을 들어 브론스키가 떨어진 곳을 보았다. 그러나 거기로부터 거리가 워낙 떨어져 있는 데다가 사람들이 잔뜩 몰려 있었으므로 아무것도 분간할 수가 없었다. 그녀는 망원경을 내리고 막 일어서려고 하였다. 그러나 그때 한 사관이 말을 타고 달려와서 황제한테 무엇인가를 아뢰었다. 안나는 몸을 앞으로 쑥 내밀고 귀를 세웠다.

「스치바! 스치바!」하고 그녀는 오라버니한테 소리쳤다.

그러나 오라버니는 그 소리를 듣지 못했다, 그녀는 재차 나가려고 했다.

「난 다시 한번 내 손을 당신한테 주겠소. 만약 가시고 싶다면.」하고 알렉세이 알렉산드로비치는 그녀의 손을 만지려고 하면서 말했다.

그녀는 혐오의 빛을 띠면서 그에게서 몸을 빼고 얼굴을 쳐다보지도 않고 대꾸했다.

「아녜요, 아녜요, 내버려 두세요. 난 아직 가지 않겠어요.」

그녀는 그 때 브론스키이가 떨어진 곳에서 경기장을 가로지르며 한 사관이 스탠드 쪽으로 뛰어오는 것을 보았다. 베트시가 그에게 손수건을 흔들었다. 사관은 기수는 다치지 않았으나 말이 등뼈를 부러뜨렸다는 소식을 가지고 왔다.

그것을 듣자 안나는 털썩 주저앉으며 부채로 얼굴을 가렸다. 알렉세이 알렉산드로비치는 그녀가 울고 있고 눈물을 억누르지 못하고 있을 뿐만 아니라, 그 가슴을 들먹이게 하는 흐느낌도 억누르지 못하고 있는 것을 보았다. 알렉세이 알렉산드로비치는 몸으로 그녀를 가리고서 그녀에게 정신을 가다듬을 시간을 주었다.

「세 번째 난 당신한테 내 손을 주겠소.」하고 그는 잠시 있다가는 그녀에게로 얼굴을 돌리고 말았다. 안나는 그를 쳐다보았으나 무슨 말을 해야 할지를 몰랐다. 공작 부인 베트시가 그녀를 도우러 와 주었다.

「아녜요, 알렉세이 알렉산드로비치, 안나는 내가 데리고 왔고, 또 내가 바래다 드리기로 약속했어요.」하고 베트시는 말참견을 했다.

「미안하지만, 부인.」하고 그는 은근한 미소를 띠고 있었지만 상대방의 눈을 뚫어지게 들여다보면서 말했다. 「안나는 기분이 그렇게 좋지 않은 것 같으니깐 나하고 같이 돌아가게 해주셨으면 합니다.」

안나는 깜짝 놀란 것처럼 주의를 둘레둘레 둘러보고 공손하게 일어서서 남편의 손 위에다가 자기의 손을 놓았다. 「내가 그이에게 사람을 보내어 물어 봐 가지고 알려 드릴께요.」라고 베트시는 그녀에게 속삭였다.

스탠드의 출구에서 알렉세이 알렉산드로비치는 언제나처럼 만나는 사람들마다 말을 주고받았다. 따라서 안나도 언제나 그렇듯이 대꾸하기도 하고 말을 건네기도 하지 않으면 안 되었다. 그러나·그녀는 자기가 자기가 아닌 것 같았고, 꿈이라도 꾸고 있는 것처럼 남편의 팔에 매달려 걸어갔다.

『죽지나 않았는지 몰라, 괜찮을는지 몰라? 정말일까? 올는지 몰라? 오지 않을까? 오늘 그이를 만나게 될까.』하고 그녀는 생각했다.

그녀는 묵묵히 알렉세이 알렉산드로비치의 마차에 올라앉아 붐비는 마차들 속을 빠져 나갔다. 알렉세이 알렉산드로비치는 온갖 사실을 목격하였음에도 불구하고 역시 자기 아내의 진정한 모습에 대하여 생각하는 것을 꺼렸다. 그는 그저 외면적인 조짐을 보았을 뿐이었다. 그는 그녀의 몸가짐이 점잖지 않았음을 보았으므로 그것을 그녀에게 주의시키는 것이 자기의 의무라고 여겼다. 그러나 이야기하여야 할 것을 그것으로만 그치고 그 이상 이야기하지 않는다는 것은 그에겐 지극히 어려운 문제였다. 그는 그녀가 어떻게 몸가짐을 점잖지 않게 하였던가를 얘기하여 주려고 입을 열었으나 어느새 저도 모르게 전연 엉뚱한 것을 이야기하고 말았다.

「이러니저러니하지만 우리들에겐 모두 저런 잔인한 구경거리를 좋아하는 경향이 있단 말야.」하고 그는 말했다. 「난 그렇게 알고 있어……」

「뭐라구요? 난 모르겠어요.」하고 얕잡듯이 안나는 말했다. 그는 발끈 성이 나 곧 얘기하고 싶었던 것을 꺼내 놓았다.

「난 당신한테 얘기하지 않으면 안 되겠어.」하고 그는 말문을 열었다.

『자아, 담판이다.』하고 그녀는 생각했다. 그녀는 두려워졌다.

「난 당신한테 오늘 당신의 몸가짐이 점잖지 않았다는 것을 얘기하지 않으면 안 되겠어.」하고 그는 그녀에게 프랑스어로 말했다.

「어떤 데가 점잖지 않던가요?」하고 그녀는 그에게로 고개를 홱 돌리고 그의 눈을 똑바로 들여다보면서 큰소리로 말했다. 그러나 그 태도에는 벌써 여태까지의 무엇인가를 숨기고 있는 듯한 기쁨이 전혀 아닌 결연한 태도 밑에서 지금 막 느끼고 있는 공포를 간신히 은폐하고 있는 데가 있었다.

「잊어선 안 돼요.」하고 그는 마부의 뒤쪽에 열려 있는 창문을 가리키면서 그녀한테 말했다.

그는 몸을 일으켜 유리창을 올렸다.

「당신은 무엇을 점잖지 않다고 보셨죠?」하고 그녀는 되풀이했다.

「기수의 한 사람이 떨어졌을 때에 당신이 숨길 수 없었던 그 절망 말야.」

그는 그녀의 반박을 기다렸다. 그러나 그녀는 눈앞을 바라볼 뿐 말이 없었다.

「난 진작부터 당신한테 사교장에서는 어떤 험담장이도 당신에 대해선 이러니저러니하고 입을 놀릴 수 없도록 처신해 주길 당부해 두었어. 언젠간 나도 내면적인 관계라고 하는 것을 얘기한 적도 있었지만, 지금은 그것에 관해선 말하지 않아. 지금은 그저 표면적인 것에 대해서만 얘기하는 것이야. 말하자면 당신의 태도가 점잖지 않았으니까 난 그것이 두 번 다시 되풀이되는 길이 없어 줬으면 하는 거야.」

그녀는 그의 말을 절반도 듣고 있지는 않았다. 그리고 그에 대해서 공포를 느끼면서 브론스키가 죽지 않았다는 것은 정말일까 하는 것만을 생각하고 있었다. 기수는 괜찮지만 말이 등뼈가 부러졌다는 것은 그래 그 이야기였을까? 그가 이야기를 끝마쳤을 때 그녀는 그저 거짓된 비웃는 듯한 미소를 띨 뿐, 한 미디의 대꾸도 없었다. 그의 얘기를 듣고 있지 않았으므로. 알렉세이 알렉산드로비치는 과감하게 지껄이기 시작했다. 그러나 자기가 얘기하고 있는 것이 무엇인가 하는 것을 똑똑히 알자 그녀가 경험하고 있던 공포가 별안간 그에게도 전해졌다. 그는 그녀의 미소를 보았다. 그러자 기묘한 착각이 그에게 일어났다.

『저것은 내 억측을 웃고 있다. 그렇다, 저것은 언젠가 나에게, 내 의심에는 근거가 없다, 그것은 가소롭다고 얘기했었어. 지금도 그것을 되풀이하려는 거겠지.』

모두 폭로가 그의 머리 속을 가득 메우고 있는 지금의 그에게는 그녀가 이전과 마찬가지로 그의 의구가 가소롭고 근거가 없는 것임을 말하고, 비웃는 듯한 답변을 해주었으면 하는 간절한 마음 외의 아무것도 없었다. 그는 자기가 안 것이 너무나 무서운 것이었으므로 지금은 이제 어떤 것이라도 믿고 싶은 심정이 되어 있었던 것이다. 그러나 깜짝 놀란 듯한 또 음울한 그녀의 얼굴의 표정은 위선의 희망조차도 갖게 해주지 않았다.

「혹은 내가 잘못 알고 있는지도 몰라.」 하고 그는 말했다. 「만약 그렇다면 난 사과해.」

「아녜요, 당신은 잘못 아시진 않았어요.」 하고 그녀는 그의 싸늘한 얼굴을 절망적으로 쳐다보면서 천천히 말을 하였다. 「당신은 잘못 아시진 않았어요. 난 절망했었어요. 절망하지 않을 수가 없었어요. 난 당신의 말을 들으면서 그분에 대한 걸 생각하고 있었어요. 난 그분을 사랑하고 있어요. 난 그분의 애인이에요. 나는 당신을 견딜 수가 없어요. 난 당신을 두려워하고 있어요. 미워하고 있어요……당신께서 하고 싶은 대로 해주세요.」

그녀는 이렇게 말하고 마차의 한쪽 구석에 몸을 던지고 두손으로 얼굴을 가리면서 흐느끼기 시작했다. 알렉세이 알렉산드로비치는 꼼짝도 하지 않고 정면을 바라본 채 시선을 움직이지 않았다. 그러나 그의 얼굴은 갑자기 죽은 사람처럼 장중한 부동의 빛을 띠었다. 그리고 이 표정은 별장까지 가는 동안 쭉 변하지 않았다. 집에 가까이 오자 그는 똑같은 표정인 채의 얼굴을 그녀 쪽으로 돌렸다.

「그래! 그러나 난 결정되기까지는 체면을 지키기 위한 외면적인 조건만은 꼭 지켜 주길 요구하오.」그의 목소리는 떨리기 시작했다. 「내가 내 명예를 지키는 법을 강구해서 당신한테 그것을 명시할 때까진.」

그는 먼저 내려서 그녀가 내리는 것을 도와 주었다. 하인들이 쳐다보고 있는 앞에서 그는 그녀의 손을 묵묵히 쥐었다.

그의 뒤를 바로 이어 공작 부인 베트시한테서의 심부름꾼이 안나에게 쪽지를 가지고 왔다.

『알렉세이한테 안위를 알아보도록 사람을 보냈더니, 그분께선 나에게, 몸에는 조금도 이상은 없으나 절망하고 있다고 적어 보냈어요.』

『그렇다면 그이는 오겠지!』하고 그녀는 생각했다. 『난 정말 참 잘했다, 모든 것을 다 얘기해 버려서.』

그녀는 시계를 보았다. 아직 세 시간쯤 남아 있었다. 그러자 지난 번 만났을 때의 세세한 회상이 그녀의 피를 끓어오르게 했다.

『아아, 정말 밝기도 하다! 그것은 무서운 일이지만 난 그이의 얼굴을 보는 것이 좋다, 그리고 이 꿈만 같은 밝음이 좋다……남편! 아아, 그렇다……그렇지만 덕택으로 그분과의 일은 이것으로 깨끗이 끝나 버렸다.』

30

사람들이 모이는 곳에서는 어디에서나 그렇듯이 쉬체르바스키네 사람들이 찾아간 독일의 자그만한 온천장에서도 저마다의 사람에게 일정 불면의 지위를 결정지어 주고 있는 통상적인 일종의 사회적 결정(結晶) 같은 것이 이루어져 있었다. 마치 물방울이 찬 기운에 부딪치면 예외 없이 꼭 눈송이 같은 일정한 형체를 갖는 것과 마찬가지로 온천장에 오는 새로운 사람들은 모두 저마다 곧 자기에게 적합한 지위에 놓여지는 것이었다.

쉬체르바스키 공작과 부인과 영애는 그들이 세들고 있던 주택과 명성과 그들이 찾아낸 친지들에 의해서 곧 그들에게 예정된 일정한 지위에 정화(晶化)되어 버렸다.

금년 이 온천장에는 진짜 독일의 대공비(大公妃)가 와 있었기에 그 결과 예의 사회적인 결정은 더한층 강력하게 이루어졌다. 공작 부인은 꼭 대공비에게 자기 딸을 배알하게 하고 싶었다. 그리고 이틀째에 그 의식이 치러졌다. 키치는 파리에다 주문해 마춘 그들의 이른바 아주 말쑥한 말하자면 몹시 화사한 여름옷을 걸치고 공손하고 우아하게 배알했다. 대공비는 말씀하셨다 ——『그 고운 얼굴에 빨리 장미빛이 돌아오기를 빕니다.』그리고 쉬체르바스키네로서는 이제 그 속에서 나올 수 없는 생활의 일정한 틀이 곧 견고하게 정해졌다. 쉬체바르스키네는 영국의 어느 귀부인의 일가와도, 최근 전쟁에서 다친 아들을 데리고 온 독일의 백작 부인과도 스웨덴의 학자인 캐넛과 그 누이와도 가까와졌다. 그러나 쉬체르바스키네의 주된 교제는 마리야 예브게니예브나르치 쉬체바라는, 발병의 원인이 키치와 마찬가지의 사랑에서라고 하기 때문에 키치에겐 불쾌했던 딸을 거느린 모스크바의 귀부인과, 키치가 어렸을 적부터 그 군복과 견장으로 알고 있던 조그만 눈과 알록달록한 넥타이를 맨 드러난 목이 유달리 우스꽝스러운, 한 번 만나기만 하면 헤어지지 않으려 하기 때문에 싫증을 나게 하는 모스크바의 대령이었다. 이러한 상태가 확고하게 정해져 버리자 키치는 지루해서 견딜 수가 없어졌다. 가뜩이나 공작이 카를르스바트로 떠나 버리고 어머니와 단 둘이서 남았기 때문에 한결 더 지루했다. 그녀는 전부터 아는 사람들한테서는 이제 아무것도 새로운 것을 얻을 수 없으리라고 느끼고 그 사람들에게는 흥미를 갖지 않았다. 온천장에서의 그녀의 가장 큰 흥미는 지금은 미지의 사람들을 관찰하고 추측하는 일이었다. 자기의 성격대로 키치는 언제나 사람들 가운데에서, 특히 미지의 사람들 가운데에서 가장 아름다운 것을 상상하고는 했다. 그래서 지금도 키치는 그들 서로의 관계와 그들이 어떤 사람들인가 하는 것을 추측하면서 마음 속으로 가장 놀랍고 아름다운 성격을 상상하고 자기의 관찰이 확인 될 수 있는 것을 찾아내고 있는 것이었다.

그러한 사람들 가운데에서 특히 그녀의 마음을 끈 것은 쉬탈리 부인이라고 사람들이 부르고 있던, 병을 앓고 있는 러시아 부인과 함께 여기에 와 있는 한 러시아의 소녀였다. 쉬탈리 부인은 상류 계급에 속하는 사람이었으나 걷지도 못할 만큼의 병자로 그저 드문드문 날씨 좋은 날에 차에 타고 욕장에 나타날 뿐이었다. 그러나 쉬탈리 부인은 병 때문이라기보다도 오히려 그 오만한 생각에서 러시아인의 누구와도 교제를 맺지 않고 있는 것이라고 공작 부인은 해석하고 있었다. 러시아 소녀는 쉬탈리 부인의 병구완을 하고 있으나 키치가 본바로는 그 밖에도 이 온천장에 많이 있는 중환자들과도 사귀고 있으면서 지극히 자연스러운 태도로 그들의 시중을 들고 있었다. 이 러시아 소녀는, 키치의 관찰로는 쉬탈리 부인의 친척도 아니고 동시에 또 고용된 시중꾼도 아니었다. 쉬탈리 부인은 그녀를 그저 바레니카라고 부르고 있지만, 다른 사람들은 『마드모와젤 바레니카』라고 부르고 있었다. 이 소녀와 쉬탈리 부인, 그리고 키치에겐 미지의 다른 사람들과 그녀와의 관계를 관찰하는 것이 키치의 흥미를 끈 것은 말할 것도 없지만, 또 치키는 흔히 있듯이 이 마드모와젤 바레니카에 대해서 어떻다고 얘기할 수 없는 동정을 느꼈고, 때때로 마주치는 눈빛에 의해서 그녀에게도 자기가 마음에 들어 있는 것을 느꼈던 것이다.

이 마드모와젤 바레니카는 젊지 않은 것은 아니지만, 어딘지 젊음이 없는 사람인 것만 같았다──그녀는 열 아홉으로도 보였고 서른으로도 보였다. 자세히 그 얼굴 생김새를 뜯어 보면 그녀는 안색이 좋지 않았지만, 밉상이라기보다는 오히려 예쁜 편이었다. 만약 몸이 이렇게까지 엄청나게 마르지 않고 머리가 불균형하지만 않았다면, 중키에 훨씬 다듬어진 여자였을 것이다. 그러나 그녀는 남자의 눈을 끌 만한 여자는 아니었다. 그녀는 마치 아직 충분한 꽃잎을 지니고 있으면서도 시들어 향기를 잃은 아름다운 꽃과 흡사했다. 그것뿐만이 아니고 키치에게는 그녀가 너무나 많았던 억압된 생명의 불꽃과 자기의 매력의 자각이 모자랐었다는 이유에서도 남자의 마음을 끌 만한 여자일 수는 없었던 것 같았다.

그녀는 언제나 일에 쫓기고 있는 것처럼 보였다. 그것에는 의혹이 있을 수 없었다. 따라서 그 이외의 것에는 아무것도 흥미를 가질 수 없을 것처럼 보였다. 이러한 자기와는 정반대의 상태가 특히 키치의 마음을 그녀한테로 끌었다. 키치는 그녀에게야말고, 그 생활 양식에야말로 지금 자기가 괴로움을 가지고 찾고 있는 것의 본보기가──키치에게는 지금은 고객을 기다리고 있는 상품의 수치스러운 진열품 같은 생각까지 들어 끔찍스러웠던 남자와 미혼 여인과의 사회적인 관계를 초월한 흥미 있는 생활, 가치 있는 생활의 본보기가 있는 것 같은 느낌이 들었다. 이 미지의 벗을 관찰하면 할수록 키치는 더욱 이 소녀야말로 자기가 평소 마음 속으로 그리고 있던 바로 그 완전한 인간이라는 것을 확신하고 더 한층 그녀와 사귀기를 바라게 되었던 것이다.

두 아가씨는 하루에도 몇 번씩 얼굴을 대했다. 그리고 만날 때마다 키치의 눈은 말했다──『당신은 누구세요? 당신은 어떤 분이세요? 당신은 정말 내가 생각하고 있는 것 같은 훌륭한 분이시겠죠? 그렇지만, 저어,』하고 그녀의 눈동자는 덧붙였다. 『내가 억지로 사귀기를 간청하고 있다고는 생각하시지 마세요. 난 그저 당신한테 탄복하고 당신을 사랑하고 있을 따름이니깐요.』——『나도 당신을 사랑하고 있어요. 당신은 정말, 정말 귀여운 분이에요. 내가 좀더 틈만 있은 몸이라면 난 한결 더 많이 당신을 사랑하였을 테지만.』이렇게 미지의 소녀의 눈은 대답했다. 그리고 실제로 키치는 그녀가 언제나 바쁜 것을 보았다——때로는 욕장에서 러시아인의 가족의 아이들을 데리고 가기도 하고, 때로는 환자에게 가운을 가지고 가서 그것으로 싸 주기도 하고, 때로는 화를 내고 있는 환자를 달래느라고 애를 쓰기도 하고, 때로는 누군가를 위해서 코피용의 과자를 골라 사다 주기도 했다.

쉬체르바스키네가 도착해서 얼마 되지 않아 아침에 불친절한 일반의 주의를 끌면서 또 두 욕객이 나타났다. 그것은 기장이 맞지 않은 짧고 낡아 빠진 외투를 입은, 굉장히 키가 크고 허리가 구부정한, 손은 크고 거무튀튀하고 순박한, 동시에 사나운 눈빛을 띤 한 사내와, 지극히 험상궂은 무취미한 옷차림을 한 살짝 얽기는 했지만 참한 얼굴을 한 여자였다. 그 용모로 그들이 러시아인이라는 것을 알자 키치는 자기의 상상 속에서 벌써 그들에 대해서 아름답고 감동에 찬 이야기를 창조하기 시작했다. 그러나 공작 부인은 욕객 명부에서 그들이 니콜라이 레빈과 마리야 니콜라예브나라는 것을 알자 키치한테 그 레빈이 얼마나 나쁜 사람이었던가 하는 것을 얘기했으므로 이 두 사람에 대한 공상은 당장 사라져 버렸다. 어머니한테서 그런 얘기를 들었기 때문만이 아니고 그것이 콘스탄친의 형이라는데서 키치는 그 사람들이 갑자기 극도로 불쾌하게 여겨졌던 것이다. 이 레빈은 지금은 그 머리를 달달 떠는 버릇 때문에 그녀의 마음속에 억제할 수 없는 혐오의 감정을 끓어오르게 했다.

그녀에게는 끈덕지게 그녀의 뒤를 쫓고 있는 그의 큰 사나운 눈 속에 증오와 조소의 정이 그려져 있는 것 같은 느낌이 들었다. 그래서 그녀는 그와 만나기를 피하려고 애썼다.

31

날씨가 나쁜 날이었다. 아침 나절 내내 비가 내렸으므로 환자들은 우산을 손에 들고 욕장의 복도에서 붐비고 있었다. 키치는 어머니와 함께 프랑크푸르트에서 산 유럽품 코트를 입고 잔뜩 뽐내고 있는 모스크바의 대령과 나란히 서서 걷

고 있었다. 그들은 저쪽을 걷고 있는 레빈을 피하려고 애쓰면서 복도의 이쪽을
걷고 있었다. 바레니카는 예의 검은 옷에 전이 처진 검은 모자를 쓰고 눈먼 프랑
스 부인의 손을 잡고 긴 복도를 쭉 걸어왔다. 그리고 그녀와 키치와는 얼굴을 대
할 때마다 언제나 정다운 눈동자를 주고 받았다.

「어머니, 나 저분하고 얘기해도 괜찮죠?」하고 키치는 미지의 벗을 눈여겨보
고 그녀가 분수 쪽으로 다가가고 있는 것을 알아차렸으므로 거기에서 같이 만날
수가 있으리라고 예상하고 이렇게 말했다.

「그래 만약 네가 그렇게도 바란다면, 내가 먼저 저 사람에 대한 것을 알아 보
고 가까이해 보지.」하고 어머니는 대답했다. 「그래 넌 저 사람의 어디에 무슨
남다른 것을 발견했니? 역시 말벗일 거야 아마. 만약 뭣하면 내가 쉬탈리 부인
하고 가까이해 보지. 난 그분의 의자매를 알고 있으니까.」하고 공작 부인은 오
만하게 고개를 쳐들면서 덧붙였다.

키치는 공작 부인이 쉬탈리 부인에 대해서 부인이 그녀와 사귀기를 피하고 있
는 눈치에 분개하고 있는 것을 알고 있었다. 그래서 키치는 굳이 우겨 대지는 않
았다.

「정말 어쩌면 저렇게 귀여운 분이 다 있어요!」그녀는 바레니카가 마침 프랑
스 부인에게 컵을 건넨 것을 보고 말했다. 「저거 좀 봐요, 얼마나 순박하고 귀여
운지를.」

「난 네가 그렇게 심취하여 있는 것을 보니 우스꽝스럽구나.」하고 공작 부인
은 말했다. 「아냐, 지금은 도로 돌아가는 게 나아.」하고 그녀는 레빈이 예의 여
자를 데리고 독일인 의사하고 무엇인가 큰 소리로 핏대를 올리고 얘기하면서 그
들 쪽으로 가까이 오고 있는 것을 알아채고 이렇게 덧붙였다.

부인들은 도로 오던 쪽으로 돌아가려고 몸을 돌렸다. 그러자 그때 별안간 큰
소리라고 하기보다 고래고래 소리지르는 고함 소리가 귀에 들려 왔다. 레빈이
발을 멈추고 고함을 치고 있었던 것이다. 의사도 마찬가지로 잔뜩 약이 올라 있
었다. 군중이 그들의 둘레로 모여들었다. 공작 부인은 키치를 데리고 허둥지둥
물러섰다. 그러나 대령은 무슨 일이 일어났는가를 알아 보기 위해서 군중 속으
로 끼어들었다.

한참 만에 대령은 그들을 따랐다.

「무슨 일이었어요?」하고 공작 부인이 물었다.

「수치입니다, 추태예요!」하고 대령은 대꾸했다. 「외국에서 저런 러시아인
하고 한데 어울린다는 것은 정말 딱 질색이에요. 그 키가 큰 신사가 의사하고 입
다툼을 하고 의사가 맘먹은 대로 치료를 해주지 않는다고 마구 악담을 퍼붓고,

지팡일 휘두르고 하지 않겠어요. 아니 정말 추태예요!」

「어머나, 그게 무슨 꼴일까!」하고 공작 부인은 말했다.

「그래서 어떻게 끝장이 났어요?」

「고맙게도 거기에 그……버섯 같은 보자를 쓴 처녀가 끼어 들었죠. 그 처녀도 러시아인인 모양이죠.」하고 대령이 말했다.

「마드므와젤 바레니카죠?」하고 기쁜 듯이 키치가 물었다.

「그래요, 그래요. 그분이 누구보다도 먼저 발견했어요. 그리고 그 신사의 팔을 잡고 데리고 가 버렸어요.」

「거봐요, 어머니,」하고 키치는 어머니에게 말했다. 「어머닌 이래도 내가 그분을 좋아하는 것이 놀랍다는 거죠.」

다음 날에는 자기의 미지의 벗에 주의하면서 키치는 벌써 마드므와젤 바레니카가 레빈과 동행의 부인에 대해서도 다른 그녀의 다른 피보호자에 대해서와 마찬가지의 태도로 대하고 있는 것을 알아챘다. 그녀는 그들의 곁으로 가서 얘기를 하기도 하고 외국인들을 하나도 모르는 동행의 부인을 위해서 통역 노릇을 해주기도 했다.

키치는 거기에서 어머니한테 더한층 열심히 바레니카와의 교제를 허용해 줄 것을 간청하기 시작했다. 그래서 공작 부인은 무엇인가를 거드름을 피우고 있는 것 같은 쉬탈리 부인에게 이쪽에서 먼저 교제를 청하고 들어가는 듯이 여겨지는 것이 지극히 언짢기는 했지만 꾹 참고 바레니카에 대한 것을 알아보았다. 그리고 이 교제에는 유리한 점이 적은 대신에 나쁠 것도 하나 없다는 결론을 얻을 수 있었을 만큼의 그녀에 대한 자세한 것을 알고 자신이 먼저 바레니카한테 가까이 하고 그녀와 교제를 가져 보았다.

딸이 분천 쪽으로 가고 바레니카가 빵집 앞에 서 있을 때를 골라서 공작 부인은 그녀한테로 다가갔다.

「저어, 당신하고 가까이되는 것을 용서하세요.」그녀는 예의 가지런스런 미소를 띠고 말했다. 「내 딸이 당신한테 홀딱 반해 버렸어요.」하고 그녀는 말했다. 「당신은 어쩌면 날 모르실 거예요. 그렇지만 난……」

「무슨 말씀을, 그런 피차간에 아니 저야말로…… 공작 부인.」하고 바레니카는 재빨리 말했다.

「어제 당신은 그 불쌍한 우리 나라 사람에 대해서 정말 착한 일을 하셨어요!」하고 공작 부인은 말했다.

바레니카는 얼굴을 붉혔다.

「무슨 말씀이신지 난 잘 모르겠는데요. 별로 아무것도 한 일이 없는 것 같아서요.」하고 그녀는 말했다.

「무슨 말씀을, 당신은 그 레빈을 딱한 입장에서 구출해 주셨잖아요.」

「네, 그 동행한 부인이 저를 부르시기에 전 그분이 마음을 가라앉혀 드리려고 했을 뿐이에요――그분은 병환이 아주 대단해서 의사 선생님에게 역정을 내고 계셨어요. 저는 그런 환자들의 시중을 들어주는 것에 이미 익숙해져 있으니깐요.」

「그래요, 난 당신께서 숙모님되시는 쉬탈리 부인하고 같이 멘톤에 살고 있으시다고 듣고 있어요. 난 그분의 의자매를 알고 있어요.」

「아녜요, 그분은 숙모님이 아녜요, 난 어머님이라고 부르고는 있지만, 친척도 뭣도 아니예요. 나를 그분께서 길러 주셨어요.」하고 또다시 얼굴을 붉히고 바레니카는 대꾸했다.

이러한 말들이 지극히 단순하게 얘기된 데다가 그 얼굴이 성실하고 솔직한 표정이 더할 나위 없이 귀여웠으므로 공작 부인은 비로소 키치가 이 바레니카를 좋아한 까닭을 이해했다.

「그래서 그 레빈은 어떻게 됐어요?」하고 공작 부인은 물었다.

「그분께선 떠나실 모양이에요.」하고 바레니카는 대답했다.

이때 어머니가 자기의 미지의 벗과 얘기를 하고 있는 것을 보고 기쁨으로 얼굴을 빛내면서 분수 쪽에서 키치가 돌아왔다.

「자아, 키치, 네가 그렇게도 가까이하고 싶어하던 마드므아젤……」

「바레니카예요.」미소를 띠면서 바레니카가 속삭였다.「모두들 그렇게 부르고 계세요.」

키치는 기쁨으로 얼굴을 붉히고 한참 동안 말없이 자기의 새로운 친구의 손을 쥐고 있었다. 그 손은 그녀의 악수에 응수하지 않았지만, 그녀의 손 속에서 가만히 있었다. 그러나 마드므와젤 바레니카의 얼굴은 조용하고 기쁜 듯한, 그러나 어딘지 슬픔을 띤 미소로 빛났고, 크기는 하지만 아름다운 가지런한 치열을 보이고 있었다.

「나도 말예요, 진작부터 가깝게 해주셨으면 하고 여기고 있었어요.」하고 그녀는 말했다.

「그렇지만 당신께선 무척 바쁘신 몸이시니깐……」

「어머나, 정반대예요. 난 아무것도 바쁠 것 없어요.」하고 바레니카는 대답했다. 그러나 마침 이때 환자의 딸인 자그마한 러시아인의 두 계집애가 그녀한테로 달려 왔기 때문에 그녀는 그 새로운 벗을 남겨 두고서 떠나지 않으면 안 되었다.

「바레니카, 어머니가 부르셔요!」하고 그 계집아이들은 소리쳤다.
바레니카는 그들의 뒤를 따라갔다.

32

공작 부인이 바레니카와 쉬탈리 부인과의 지난 날의 관계, 그리고 쉬탈리 부인 그 사람에 대해서 안 자세한 것은 다음과 같았다.

쉬탈리 부인은 어느 쪽에서는 남편을 괴롭힌 사람이라고 하기도 하고 어느 쪽에서는 남편의 방탕으로 괴로움을 받은 사람이라고 하기도 하는, 언제나 병치레만 하는 무슨 일에나 감격을 잘하는 여자였다. 이미 남편과 헤어지고 나서 그녀는 첫아이를 낳았으나 그 아이는 이내 죽어 버렸다. 그러자 쉬탈리 부인의 친척은 그녀의 다감한 성질을 알고 있었으므로 그 일이 그녀를 죽게 하지는 않을까 하고 두려워한 나머지 페테르스부르크의 같은 집에서 같은 날 밤에 태어난 궁정 요리사의 딸인 계집아이를 데려다가 죽은 아이의 대신으로 몰래 그녀한테 바꿔 놓았다. 그것이 바레니카였다. 쉬탈리 부인은 그 뒤 바레니카가 자기의 딸이 아니라는 것을 알았으나 그녀를 양육하는 것을 계속했다. 더군다나 그 뒤 곧 바레니카의 친척이 한 사람도 남지 않고 모조리 죽고 나서는 더 말할 것도 없었다.

쉬탈리 부인은 벌써 십 년 남짓을 남쪽의 외국에서 아무 데도 가지 않고 한 번도 잠자리를 떠나는 일 없이 살아 왔다. 그래서 어떤 사람들은 쉬탈리 부인을 보고 종교심이 돈독한 덕행 있는 부인이라는 사회적인 지위는 그녀가 제멋대로 조작한 것이라고 얘기하기도 하고, 어떤 사람들은 또 그녀는 겉으로만이 아니고 진심으로 가까운 사람들에게 자선을 베풀기 위해서만 살고 있는 지극히 고결한 분이라고 얘기하기도 했다. 그러나 그 누구도 그녀의 종교가 어떤 것인가——천주교인지 신교인지 또는 정교인지를 알고 있는 사람은 없었다. 그러나 그저 한 가지, 그녀가 모든 교회 모든 종교의 최고의 지위에 있는 사람들과 친근한 관계에 있었던 것만은 확실했다.

바레니카는 그녀와 함께 줄곧 외국에서 생활해 왔다. 그리고 쉬탈리 부인을 알 만한 사람은 모두 자기들이 그렇게 이름을 지어 불렀던 마드므와젤 바레니카를 잘 알고 있었고 또한 사랑하고 있었다.

이같은 상세한 것을 모조리 알고 나자 공작 부인은 자기의 딸과 바레니카와의 접근에 조금도 나무랄 만한 것을 찾아내지 못했다. 아니 그러기는커녕 바로 그 바레니카는 아주 훌륭한 행실과 교육을 받고 있는 데다가 프랑스어와 영어를 유창하게 했다. 게다가 또 가장 주요한 것은 쉬탈리 부인이 그녀를 통해서 병환 때문에 공작 부인과 친하게 지낼 수 없음을 유감스럽게 여긴다는 뜻을 알려 왔기 때문에 더한층 그 뜻을 굳게 하였던 것이다.

바레니카와 교제하면서부터 키치는 더욱더 이 벗에게 마음을 끌렸다. 그리고 매일같이 그녀의 속에서 새로운 가치를 발견했다.

공작 부인은 바레니카가 노래를 잘 부른다는 말을 듣고, 그녀한테 하루 저녁 노래를 불러 줄 것을 부탁했다.

「키치가 반주를 하지요. 그리고 저희들에겐 피아노도 있으니까요. 실은 그다지 좋지 않은 것이지만, 당신은 틀림없이 우리들을 즐겁게 해주실 거예요.」 하고 공작 부인은 언제나의 억지 웃음을 띠고 말했다. 그러나 이때 키치에게는 이 웃음이 유난히 불쾌하게 여겨졌다. 왜냐하면 바레니카가 그다지 마음이 내키지 않은 것 같은 눈치를 알아채고 있었으므로. 그러나 바레니카는 그 날 저녁에 악보를 가지고 찾아왔다. 공작 부인은 마리야 예브게니예브나와 그 딸과 대령을 초대했다.

바레니카는 안면이 없는 사람들이 동석하고 있어도 전혀 개의치 않는 듯한 태도로 곧 피아노 옆으로 다가갔다. 그녀는 자기가 반주하지는 못했지만 노래만은 놀랍게 불렀다. 피아노를 잘 치는 키치가 반주했다.

「아니, 정말 이만저만한 재주가 아니신데요.」 하고 공작 부인은 바레니카가 첫번째 곡을 훌륭하게 부르고 났을 때에 그녀에게 말했다.

마리야 예브세니예브나와 그 딸도 감사하다는 말을 하고 그녀를 칭찬했다.

「아니, 저것 좀 봐요.」 하고 대령은 창문 쪽을 바라보면서 말했다. 「당신의 노래 소리를 들으려고 저 사람들이 모인 것을.」 아닌게 아니라 창문 밑에는 꽤 많은 사람들이 모여 있었다.

「여러분들의 마음에 들어서 난 뭣보다도 기쁩니다.」 하고 바레니카는 단순한 어조로 대답했다.

키치는 자랑스럽게 자기의 벗을 보고 있었다. 그녀는 그녀의 기예에도 그 목소리에도 그 용모에도 감탄했지만, 무엇보다도 더 탄복한 것을 바레니카가 분명히 자기의 노래 같은 것은 조금도 생각하고 있지 않고, 온갖 찬사에 대해서도 전혀 무관심한 것 같은 그 태도였다. 그녀는 그저 이렇게 묻고만 있는 것 같았다 —— 더 불러야 하나요, 그렇지 않으면 이제 괜찮은가요?

『만약 이것이 나였다면.』 하고 키치는 혼자서 생각했다. 『난 그 얼마나 뽐냈을 것인가! 저 창문 밑의 군중을 보고 얼마나 기뻐했을 것인가! 그러나 이분은 조금도 그것을 느끼지 않고 있다. 이분의 마음속에 있는 것은 그저 어머님의 부탁을 거절하지 않고 즐겁게 해주고 싶은 생각이 있을 뿐이다. 이분 마음속에는 무엇이 있는 것일까 무엇이 이분에게 무슨 일에도 무관심할 수 있고, 혼자 떨어져서 차분하게 있을 수 있는 이 힘을 주고 있는 것일까? 정말 난 얼마나 이분에게서 그것을 알고, 그것을 배우고 싶어하고 있는 것일까.』 이렇게 키치는 상대방의 태연한 얼굴을 쳐다보면서 생각했다. 공작 부인은 바레니카한테 더 불러줄 것을 간청했다. 그러자 바레니카는 피아노의 바로 옆에 반듯이 서서 거무스름한 야윈 손으로 박자를 맞추면서 앞서와 같이 유연하고 또렷하게 그리고 훌륭하게 다른 곡을 불렀다.

악보에 있는 그 다음의 곡은 이탈리아의 가곡이었다. 키치는 서곡을 치고 바레니카의 얼굴을 바라보았다.

「그것은 빼섭시다.」 하고 바레니카는 얼굴을 연분홍 빛으로 물들이면서 말하였다.

키치는 깜짝 놀라서 그 까닭을 묻기라도 하듯이 바레니카의 얼굴에 눈을 멈추었다.

「그럼 다른 것을.」 하고 그녀는 곧 이 노래에는 무엇인가 곡절이 있다는 것을 짐작하고 책장을 넘기면서 얼른 말했다.

「아녜요.」 하고 바레니카는 자기의 손을 악보 위에다 놓고 살며시 웃으면서 대답했다. 「아녜요, 그냥 그것을 부릅시다.」 이렇게 말하고 그녀는 그것을 앞서와 마찬가지로 침착하고 냉정하게, 그리고 훌륭하게 불렀다.

그녀의 노래가 끝나자 모든 사람은 또다시 그녀에게 감사한 뜻을 표하고 차를 마시러 별실로 갔다. 키치는 바레니카와 함께 집 옆에 있는 자그만한 뜰 쪽으로 나갔다.

「틀림없이 당신은 그 노래에 그 어떤 추억이 얽혀 있으시죠?」 하고 키치는 말했다. 「말씀해 주시지 않아도 괜찮으시지만.」 하고 그녀는 재빨리 덧붙였다. 「그저 이것만 말씀해주세요, 그것이 맞는지 어떻는지만.」

「아녜요. 어째서요? 난 이야기하겠어요.」 하고 바레니카는 단순한 가락으로 말하고 대답도 기다리지 않고 말을 이었다――「그래요, 정말 추억이 있어요. 그리고 그것은 한때는 괴로운 것이었어요. 난 어떤 사람을 사랑한 적이 있었죠. 그분에게 곧잘 그 노래를 불러 드리곤 했었어요.」

키치는 눈이 휘둥그래지며 말을 잃고 감동한 표정으로 바레니카의 얼굴을 더듬어 보았다. 「난 그분을 사랑하고 있었고, 그분도 날 사랑하고 있었어요. 그렇지만 그분의 어머님께서 말을 들어 주시지 않았기 때문에 그분은 다른 사람하고 결혼해 버렸어요. 그분은 지금도 저희들 있는 데에서 그리멀지 않은 곳에 살고 있기 때문에 난 이따금 만날 적이 있어요. 당신께선 나 같은 사람에게도 이런 로맨스가 있으리라곤 미처 생각 못하셨죠?」하고 그녀는 말했다. 그러자 그 아름다운 얼굴에는 언젠가 그 온몸을 빛냈으리라고 키치가 느꼈던 불꽃이 희미하게 가물거렸다.

「어찌 생각하지 않을 턱이 있겠어요? 만약 내가 남자라면 당신이라는 분을 한번 안 이상 다른 사람을 사랑한다든가 하는 짓을 할 수 없으리라고 여겨요. 그러니깐 난 그저 그분이 아무리 어머님을 위해서라고는 하지만 어떻게 당신을 잊을 수가 있었고, 당신을 불행하게 할 수가 있었던가 하는 것을 이해하지 못할 뿐이에요 ── 그분에겐 정이라고 하는 것이 없었던가 봐요.」

「오오 아녜요, 그분은 아주 좋은 분예요. 그리고 저도 불행하진 않아요. 반대로 난 아주 행복해요. 그건 그렇구 오늘밤은 이제 그만 불러도 되겠지요?」하고 그녀는 집 쪽으로 발을 돌리면서 덧붙였다.

「당신은 정말 좋은 분이에요, 당신은 정말 좋은 분이에요!」하고 키치는 외치고 그녀를 붙들고 입을 맞췄다. 「아아, 비록 털끝만큼이라도 당신을 닮을 수가 있다면 좋으련만!」

「어머나, 어째서 당신이 남을 닮을 필요가 있겠어요? 당신은 그냥 그대로도 좋은 분이에요.」바레니카는 예의 온화하고 지친 듯한 미소를 띠면서 말했다.

「아녜요, 난 조금도 좋은 사람이 아녜요. 그럼 말예요, 나에게 좀 들려 주세요……잠깐만, 조금 더 앉아 있어요.」키치는 그녀를 또다시 자기 옆의 벤치에 앉히면서 말했다. 「정말 당신은 어느 사람이 당신의 사랑을 무시하고 당신을 버렸다는 것을 회상해도 아무런 생각도 들지 않으세요?」

「그렇지만, 그이는 무시한 것이 아니었으니깐요. 난 믿고 있어요, 그분이 날 사랑하고 있었던 것을. 그래도 그인 얌전한 아들이었어요……」

「그래요, 그렇지만 만약 그분께서 어머니의 의지가 아니고 그저 자기의 의지로?……」하고 키치는 자기가 이제 자기의 비밀을 털어놓고 만 것이나 다름이 없으며, 부끄러움 때문에 빨갛게 달아오른 자기 얼굴이 벌써 그것을 드러내고 말았다는 것을 느끼면서 말했다.

「만약 그렇다면 그분의 행위는 좋지 않으니까 나도 그분에게 동정한다든지 하지는 않죠.」하고 바레니카는 분명하게 얘기가 벌써 자기에 대한 것이 아닌 키치에 대한 것이 되어 있다는 것을 깨달은 것처럼 이렇게 대답했다.

「그렇지만 모욕은?」하고 키치는 말했다. 「그 모욕은 잊을 수가 없어요, 잊을 수가 있어요.」 하고 그녀는 마지막 무도회의 연주가 멈추고 있는 동안의 자신의 눈동자를 회상하면서 말했다.

「무엇이 모욕이에요? 그렇지만 당신께선 아무것도 나쁜 짓을 하시진 않았지 않아요?」

「아녜요, 나쁜 정도가 아녜요 —— 치욕이어요!」

바레니카는 고개를 내젓고 자기의 손을 키치의 손 위에다 포갰다.

「그래 뭣이 그렇게 치욕이에요?」 하고 그녀는 말했다. 「그러나 당신은 당신한테 냉담했던 그분에게 당신을 사랑하고 있다는 말씀을 할 수가 없으셨지 않아요?」

「물론 그래요. 난 한 번도 한 마디도 애기하지 않았어요. 그렇지만 그분은 알고 있었어요. 아녜요, 아녜요, 눈치도 있어요, 태도도 있어요. 난 백 년을 산다고 하더라도 —— 잊지 않아요.」

「그건 또 어째서요? 난 이해가 가지 않아요. 그보다도 문제는 당신께서 지금도 그분을 사랑하고 있는가 어떤가 하는 것에 있어요.」 하고 바레니카는 모든 것을 있는 그대로 말했다.

「난 그분을 미워하고 있어요. 난 용서할 수가 없어요.」

「그건 또 왜요?」

「치욕이에요, 모욕이에요.」

「아아! 만약 누구나가 당신처럼 그렇게 감정이 강하다면.」 하고 바레니카는 말했다. 「이 세상엔 그런 것을 경험하지 않은 처녀는 없을 거예요. 그렇지만 그런 것은 그렇게 중요한 것은 아녜요.」

「그럼 무엇이 중요한 것일까요?」 키치는 호기심에 찬 놀란 얼굴을 해 가지고 상대방의 얼굴을 눈여겨보면서 말했다.

「아아, 중요한 것은 세상에 얼마든지 있어요.」 하고 웃어 보이면서 바레니카는 말했다.

「어떤 것인데요?」

「어머나, 더 중요한 것은 얼마든지 있는 걸요.」 하고 바레니카는 뭐라고 설명해야 좋을지를 모르고 이렇게 대답했다. 그러나 마침 이때 창문 안에서 공작 부인의 목소리가 들려 왔다.

「키치, 바람이 차졌다! 숄을 걸치든지 그렇지 않으면 집으로 들어오든지 해라.」

「정말, 벌써 시간이 됐어요!」 하고 바레니카도 일어서면서 말했다. 「난 또 베르테 부인한테 들르지 않으면 안 돼요 —— 그분께서 나에게 부탁했어요.」

키치는 그녀의 손을 붙잡고 불타는 듯한 호기심과 기원(祈願)으로 가득 찬 눈빛을 해 가지고 그녀에게 물었다——『뭐예요, 뭐예요, 그 가장 중요한 것이라고 하는 것이. 무엇이 그 같은 안정을 주고 있는 거예요? 당신께선 그것을 알고 있어요, 자아, 나한테 가르쳐 주세요.』그러나 바레니카는 키치의 눈동자가 무엇을 자기에게 묻고 있는가 하는 것조차도 깨닫지 못하고 있었다. 그녀는 그저 오늘은 또 베르테 부인한테 들르지 않으면 안 된다는 것, 차 시간에 늦지 않도록 열 두시까지는 어머니가 기다리는 집에 돌아가 있지 않으면 안 된다는 것만을 알고 있었다. 그녀는 방에 들어가 악보를 주섬주섬 거둬 가지고 모두에게 인사를 하고 돌아갈 준비를 했다.

「실례지만 제가 바래다 드리죠.」하고 대령이 말했다.

「그래요, 이런 밤중에 어떻게 혼자서 가실 수 있겠어요?」하고 공작 부인이 맞장구를 쳤다. 「난 파라쉬아더러 바래다 드리라고 하죠.」

키치는 바레니카가 자기를 바래다 주지 않으면 안 된다고 하는 사람들 말에 간신히 미소를 억누르고 있는 것을 보았다.

「아녜요, 난 언제나 혼자서 걸어다니고 있는 걸요, 나에게는 결코 아무 일도 일어나지 않아요.」그녀는 모자를 손에 들고 말했다. 그리고 다시 한번 키치에게 입을 맞추고서는 무엇이 중요한 것인가 하는 것은 역시 얘기하지 않고 악보를 겨드랑이 밑에 낀 채 가벼운 걸음걸이로 여름 밤의 희미한 어둠 속으로 자취를 감췄다. 무엇이 중요한 것인가, 무엇이 그녀에게 그 부러운 침착함과 위엄을 주고 있는가 하는 비밀을 간직한 채 사라져 버렸다.

33

키치는 쉬탈리 부인과도 아는 사이가 되었다. 그리고 이 교제는 바레니카에 대한 우정과 함께 그녀에게 강력한 영향을 끼쳤을 뿐만 아니라 그 슬픔도 위안해 주었다. 그녀는 이 위안을 이 교제의 덕택으로 그녀 앞에 펼쳐진, 그녀의 과거와는 아무런 관계를 가지지 않은 새로운 세계——고상하고 순결한 그 높은 경지에서 과거를 차분한 마음으로 바라볼 수 있는 세계를 찾아냈던 것이다. 거기에는 지금까지 키치가 몸을 맡기고 있던 본능 생활 외에 정신 생활이 펼쳐져 있었다. 이 생활은 종교에 의해 펼쳐진 것이기는 했지만, 그러나 그 종교라고 하는 것은 키치가 어렸을 적부터 알고 있는 친지들을 만날 수 있었던 교회의 미사나 과부네 집의 철야기도나 신부와 슬라브어의 경문을 암송하는 것에 의해서 표현되는 그것과는 아무런 공통점을 가지지 않은 종교였다. 그것은 숭고하고 신비로운 순진한 일련의 감정과 결부되어 있는, 그렇게 명령받았기 때문에 믿을 수 있을 뿐만 아니라 사랑할 수도 있었던 종교였다.

키치는 이러한 모든 것들을 직감했던 것이다. 쉬탈리 부인은 키치에 대해선 마치 사랑하고 있는 귀여운 아들에 대한 것 같은 또 젊었을 적의 회상에 젖는 것 같은 태도로 얘기를 했다. 꼭 한 번 모든 인간의 비애를 구출해 주는 것은 사랑과 신앙뿐이라는 것, 그리스도의 우리들에 대한 동정에서 본다면 쓸데 없는 슬픔이라고 하는 것은 없다는 것을 잠깐 비췄을 뿐, 곧 얘기를 다른 데로 돌려 버렸다. 그러나 키치는 그녀의 하나하나의 동작 속에서, 하나하나의 말 가운데서, 키치의 이른바 그 천국적인 눈동자 속에서 그 중에서도 바레니카를 통해서 안 그녀가 살아 온 이야기 가운데에서 —— 이 온갖 것들 가운데에서 자기가 지금까지 몰랐던 『중요한 것』을 깨달았던 것이다.

그러나 쉬탈리 부인의 성격이 아무리 숭고하고 그 경력이 아무리 감동적인 것이고 그 말이 아무리 고상하고 부드러운 것일지라도 키치는 그녀 속에 자기의 마음을 어지럽혀 놓고 마는 어떤 것이 있는 것을 저도 모르게 알아채지 않을 수 없었다. 그녀는 그녀의 친척에 관한 것을 물으면서 쉬탈리 부인이 보인 기독교도의 선량성과 상반되는 경멸하는 듯한 엷은 웃음을 알아차렸다. 또한 그녀는 언젠가 천주교의 사제와 자리를 같이 하였을 때에 쉬탈리 부인이 일부러 램프의 갓 그림자 속에다 얼굴을 놓고 일종의 독특한 미소를 띠고 있었던 것을 보았다. 이 두 발견은 그다지 대수롭지 않은 것이긴 하였지만 그러나 그것은 그녀의 마음을 어지럽혀 놓았다. 그리고 그녀는 쉬탈리 부인에 대해서 의혹을 품었다. 그러나 그 대신 일가 친척도 없고 친구도 없이 슬픈 환멸을 품으면서 아무것도 바라지 않고 아무 것도 아까와하지 않고 있는 외로운 바레니카는 키치가 언제나 마음속으로 그리고 있던 바로 그 가장 완전한 존재였다. 바레니카에게 있어서 처음으로 그녀는 오직 자기를 잊고 남을 사랑하는 것만이 값어치 있는 것이고 사람을 평안하게 하고 행복하게 하고 아름답게 하는 것이라는 것을 알았다. 그리고 그런 사람이 되기를 키치는 원했다. 이제야 가장 『중요한』 것이 무엇이라는 것을 똑똑히 이해하였다. 그러나 키치는 그것을 기뻐하는 것만으로 만족하지 않고 곧 온 힘을 기울여서 이 새롭게 전개된 생활 속에다 몸을 던졌다. 쉬탈리 부인이며 그녀의 이야기에 나온 사람들의 행적에 관한 바레니카의 이야기에 의해서 키치는 벌써 미래의 생활 계획을 마음속에 그렸다. 그녀는 바레니카한테서

이따금 이야기로 들은 쉬탈리 부인의 조카딸인 알린처럼 앞으로 어디에 살더라
도 불행한 사람들을 찾아 그들에게 가능한 한 도움을 주고 복음을 전하고 병
자·죄인·죽음의 지경에 이른 사람들에게 복음서를 읽어 주리라. 알린이 한 것
처럼 죄인에게 복음서를 읽어 주리라는 생각은 유달리 키치를 유혹했다. 그러나
이러한 것들은 키치가 어머니에게도 바레니카에게도 털어놓지 않았던 비밀스
런 공상이었다.

그러나 그 계획을 대규모로 실현할 기회를 기다릴 필요도 없이 키치는 지금도
병자와 불행한 사람들이 얼마든지 있는 온천장에서 바레니카를 도와 자기의 새
로운 계획을 실행할 기회를 용이하게 찾아냈다.

처음에는 공작 부인은 키치가 쉬탈리 부인에 대해서 특히 바레니카에 대해서
『열광』적이랄 수 있는 크나큰 영향 밑에 있다는 것만을 알아채고 있었다. 그녀
는 키치가 그 행동에 있어서 바레니카를 흉내내고 있을 뿐만 아니라 어느 틈에
그 걷는 법에서 말하는 법, 눈을 깜박거리는 법까지 그녀를 닮아 가고 있는 것을
보았다. 그러나 이윽고 공작 부인은 딸에게서 그러한 동경과는 따로 일종의 진
지한 정신적인 전환이 완성되어 가고 있는 것을 보았다.

공작 부인은 키치가 밤마다, 그런 일은 이전에는 그녀에겐 없었던 쉬탈리 부
인에게서 선사받은 프랑스어의 복음서를 읽고 있는 것을, 또 그녀가 사교적인
친지들을 피하고 바레니카의 보호 밑에 있는 병자들, 특히 병을 앓고 있는 화가
페트로프의 가난한 가족과 가깝게 지내고 있다는 것을 알아챘다. 키치는 분명히
이 가족을 위해서 간호부의 역할을 해내는 것을 영광으로 여기고 있는 것 같았
다. 이런 일은 모두 좋은 일이었다. 그래서 공작 부인도 그것에 반대할 아무 이
유도 가지지 않았다. 더우기 페트로프의 아내가 훌륭하고 점잖은 부인인 데다가
키치의 활동을 주의하고 있던 대공비도 그녀를 위안의 천사라고 부르면서 칭찬
하고 있는 데 있어서야. 이러한 것들은 모두 도를 지나치지만 않는다면 지극히
좋은 일이었음에 틀림없었으리라. 그러나 공작 부인은 자기의 딸이 극단으로 흐
를것 같은 기미를 보고 그녀에게 이렇게 주의했다.

「무슨 일에 있어서건 극단으로 흘러선 안 돼.」하고 그녀는 그녀에게 말했다.

그러나 딸은 아무런 대답도 하지 않았다. 그녀는 그저 마음속으로 그리스도의
가르침을 바탕으로 하는 일에 지나침이니 하는 것이 있을 턱이 없다고 생각했
다. 사람이 만약 한쪽 뺨을 치거든 다른 뺨을 내 주어라, 저고리를 벗기거든 바
지를 주라고 명하고 있는 교의(敎義)의 수행에 그 어떤 지나침이 있을 수 있겠는
가? 그러나 공작 부인에게는 그 지나침이 마음에 들지 않았다. 아니, 그보다도
더 그녀의 비위를 거스르게 한 것은 키치가 그녀에게 마음속을 속속들이 털어놓

기를 좋아하지 않는 것 같은 것이다. 아닌게아니라 키치는 자기의 새로운 견해와 감정을 어머니 앞에 숨기고 있었다. 그러나 그녀가 그것을 숨기고 있었던 것은 자기의 어머니를 존경하지 않는다든가 사랑하지 않는다든가 해서가 아니고 다만 그것이 자기의 어머니였기 때문임에 지나지 않았다. 그녀는 어느 누구에게도 어머니보다는 먼저 그것들을 털어놓고 피력하였을 것이다.

「어째선지 안나 파블로브나는 언제부터인지 집엘 오지 않더구나.」하고 한 번 공작 부인이 페트로프 부인에 관해서 이렇게 말했다. 「난 그분을 초대했었어. 그런데도 그분은 무엇인가 언짢은 것이라도 있나보지.」

「글쎄요, 전 알아채지 못했는 걸요, 어머니.」키치는 얼굴을 붉히고 말했다.

「넌 오랫동안 거길 가지 않았지?」

「우린 내일 함께 등산 가기로 돼 있어요.」하고 키치는 대답했다.

「거 잘됐군, 갔다 오너라.」공작 부인은 딸의 당황스런 얼굴에 시선을 멈추고 그 당황의 원인을 추측하려고 애쓰면서 이렇게 대꾸했다.

마침 그 날 바레니카가 식사를 하러 와서 안나 파블로브나가 내일의 등산을 중지했다는 말을 전해 주었다. 그러나 공작 부인은 키치가 또다시 얼굴을 붉힌 것을 알아챘다.

「키치, 너 무엇인가 페트로프네하고 언짢은 일이라도 있었지 않았니?」공작 부인은 자기들 둘이만 되었을 때 말했다. 「어째서 그분은 애들을 보내는 것도 자기가 오는 것도 뚝 그쳐 버릴까?」

키치는 그들 사이에는 아무것도 없었다는 것, 그러니까 안나 파블로브나가 그녀에 대해서 무엇인가 불만을 품고 있는 것 같은 것도 그녀에겐 조금도 이해가 가지 않는다고 대답했다. 키치는 거짓없는 진실을 대답했던 것이다. 그녀는 안나 파블로브나의 자기에 대한 태도의 변화가 무엇에 원인이 있는지를 몰랐다. 그러나 대충 짐작하고 있었다. 그녀는 어머니에게 얘기할 수도 없고 자기 자신에게도 말 못 할 그런 사정을 짐작하고 있었던 것이다. 그것은 알고 있으면서도 자기 자신에게마저 얘기할 수 없는 사정의 하나였다 —— 그만큼 곡해한다고 하는 것은 무섭고 부끄러운 일이었다.

그녀는 몇 번이고 몇 번이고 자기의 기억 속에서 이 가족과 자기와의 관계를 들추어 보았다. 그녀는 언제나 만날 때에 안나 파블로브나의 둥글고 선량한 얼굴에 드러난 순박한 기쁨의 빛을 상기했다. 또 그녀는 병자에 대한 그들의 은밀한 상의와 금지되어 있던 일에서 그의 마음을 딴 데로 돌리고 산책을 하도록 꾀어내기 위해서 한 모의와 그녀를 『내 키치』라고 부르고 그녀가 모습을 보이지 않고는 잠자리에 들려고도 하지 않았던 막내아들의 애착을 상기했다. 모든 것이 그 얼마나 잘되어 나아가고 있었던가! 이어 그녀는 다색의 코트를 두른 목이 긴 야윌 대로 야윈 페트로프의 모습, 그 성긴 고수머리, 처음에는 키치에게 무섭게까지 여겨졌던 의혹이 담긴 파란 눈, 그녀 앞에서는 건강하고 쾌활하게 보이려고 애쓰는 병적인 노력을 생각해 냈다. 그녀는 또 처음 동안에의 자기의 노력, 모든 폐병 환자에 대해서와 마찬가지로 그에 대해서도 느꼈던 혐오의 정을 극복하려고 애썼던 노력이며 무엇인가 그에게 애기할 것을 생각해 내려고 애썼던 고심을 상기했다. 그녀는 다시 그가 그녀를 바라볼 때의 그 수줍어하는 듯한 감상적인 눈동자와 그것에 대해서 언제나 느꼈던 동정과 거북스러움과 자기의 선행의식과의 뒤얽힌 기묘한 감정을 상기했다. 이러한 것들은 모두 그 얼마나 좋았던가!

그러나 그것은 모두 처음 동안에 있었던 일이었다. 지금은 며칠 전의 모든 것들이 갑자기 사라져 버리고 말았다. 안나 파블로브나는 그 위선적인 친절을 가지고 키치를 맞았고 그리고 줄곧 그녀와 남편과를 관찰했다.

그녀를 볼 때의 그의 그 감상적인 기쁨이 과연 안나 파블로브나가 냉담하게 된 원인이었을까?

『그렇다.』하고 그녀는 안나 파블로브나가 그저께 언짢은 듯한 얼굴을 하고——『이처럼 줄곧 당신을 기다리고 있었어요. 그렇게 굉징히 잔약해졌으면서도 당신께서 오시지 않으면 커피도 마시려고 하지 않지 뭐예요.』하고 말했을 때에 그녀에게는 그녀의 언제나의 착한 됨됨이와는 동떨어진 무엇인가 부자연스러운 것이 있었던 것을 생각해 냈다.

『그렇다, 어쩌면 내가 그분에게 기운을 줬던 것이 그녀에게 불쾌했는지도 모른다. 별반 아무렇지도 않은 일이었는데도 그분께선 나까지 거북하게 되어 버리고 말았을 만큼 이상스럽게 받아들이고 오래오래 고마와하고 있었으니까. 게다가 또 그분이 그처럼 훌륭하게 그려 주신 내 초상, 그리고 무엇보다도——그 향한 듯한 부드러운 시선! 그렇다, 그렇다, 틀림없이 그렇다!』하고 키치는 두려움을 느끼면서 자기에게 되풀이했다. 『아냐, 그럴 리가 없다. 틀림없이 그렇진 않을 거야! 그분은 정말 불쌍한 사람이다!』그녀는 뒤이어 곧 이렇게 혼잣말로 중얼거렸다.

이 의혹이 그녀의 새로운 생활의 매력을 해치고 말았다.

34

　드디어 온천 체류의 일정도 끝날 무렵이 되어 그 자신의 이른바 러시아 기분을 흡수하기 위해서 카를르스바트에서 바덴, 키신겐으로 러시아인의 친지들 집을 찾아 돌아다니고 있던 쉬체르바스키 공작이 가족들에게로 돌아왔다.

　공작과 공작 부인은 모든 것을 놀란 눈으로 바라보고 있었다. 그리고 러시아의 사회에서는 훌륭한 지위를 가지고 있었음에도 불구하고 외국에서는 자기가 그것이 아니었던 —— 그것은, 그녀는 러시아의 귀부인이었으므로 —— 유럽 부인을 닮으려고 애썼다. 그리고 그 흉내를 냈으나 그것은 그녀에게는 어딘지 어색했다. 그러나 공작은 그 반대로 외국의 풍물은 무엇이건 비천한 것이라고 여기고 유럽풍의 생활에 압박감을 느낀 나머지 자기의 러시아풍의 습관을 고수하고 외국에서는 일부러 실제로 자기가 있었던 이상으로 유럽인처럼 보이지 않으려고 애썼던 것이다.

　공작은 야위어 뺨의 살갗이 축 처져 가지고 돌아왔으나 기분은 매우 좋았었다. 그의 즐거운 기분은 키치가 완전히 회복되어 있는 것을 보자 더한층 증대되었다. 쉬탈리 부인과 바레니카와 키치의 친교에 대한 보고와 키치의 마음에 일어나고 있는 일종의 변화에 대한 부인의 관찰담은 공작의 마음을 불안하게 했고 그에게, 그의 말을 자기 이외의 방면으로 유혹하는 온갖 것에 대한 예의 질투의 감정과 딸이 그의 지배 밑에서 그에는 접근하기 어려운 그 어떤 범위로 빠져 나가 버리지나 않을까 하는 공포심을 불러일으켰다. 그러나 이같은 불쾌한 보고도 그의 마음이 언제나 가지고 있는 특히 카를르스바트의 온천에서 더한층 증대된 온후한 마음과 즐거운 기분의 바다 속으로 가라앉고 말았다.

　돌아온 그 이튿날 공작은 예의 긴 외투를 입고 풀기가 빳빳한 칼러에 괴인 투실투실한 뺨에 러시아인다운 주름살을 잡으면서 대단히 좋은 기분으로 딸과 함께 욕장으로 갔다.

　산뜻한 아침이었다. 산뜻하고 즐거운 작은 뜰이 있는 집들이며, 맥주를 들이켜 얼굴과 손이 빨개져서 즐겁게 일하고 있는 독일인 하녀들의 모습이며, 빛나고 있는 태양이 마음을 기쁘게 했다. 그러나 그들이 욕창 쪽으로 가까와 감에 따라 병자들을 만나는 일이 더욱더 잦아졌다. 그리고 그들의 모습은 잘 정돈되어 있는 독일의 일상 생활 가운데서는 한결 비참하게 보였다. 그러나 키치는 이미 이 대조적인 모습에 놀라지 않았다. 빛나는 태양, 싱싱한 녹색의 광채, 음악의 음색이니 하는 것은 그녀에게 있어서, 이러한 모든 낯익은 사람들이며 그녀가 주의를 게을리하지 않고 있는 좋아지기도 하고 나빠지기도 하는 병자의 변화에 대한 자연의 배경에 불과했다. 그러나 공작에게 있어서는 유월의 아침의 빛과 반짝임과 유행하고 있는, 마음도 들썩거리게 하는 듯한 왈츠를 연주하고 있는 관현악의 울림과 그 가운데에서도 튼튼한 하녀들의 모습은 유럽의 온갖 구석구석에서 모여들어 침울하게 어슬렁거리고 있는 이러한 송장이나 다름없는 사람들과 어울려 무엇인가 흉측하고 기형적인 것처럼 여겨졌다.

공작은 가장 사랑하는 딸의 손을 잡고 걸어가면서 일종의 자랑과 젊음이 되돌아온 것 같은 감정이 되어 있었음에도 불구하고, 그에게는 이때 자기의 유연한 걸음걸이며 자기의 큼직한 기름진 사지가 어쩐지 거북스러운 것 같은 꺼림칙한 느낌이 드는 것 같았다. 그는 마치 뭇 사람 앞에서 발가벗고 있는 사람이 느끼는 것 같은 느낌을 경험한 것이었다.

「네 새 친구들에게 날 소개해다오.」하고 그는 팔꿈치로 그녀의 팔을 누르면서 딸한테 말했다. 「난 이 소덴이란 곳이 몹시 싫었었는데 널 이렇게 고쳐 준 것을 생각하니 좋아지더란 말야. 한데 여긴 아무래도 좀 쓸쓸해, 우수에 차 있어. 서서 누구시?」

키치는 도중에서 만난 안면이 있는 사람, 없는 사람의 이름을 낱낱이 그한테 가르쳐 주었다. 바로 정원의 입구께에서 그들은 시중 드는 여인을 데리고 있는 눈 먼 베르테 부인을 만났다. 그리고 공작은 키치의 목소리를 들었을 때의 늙은 프랑스 부인의 감동적인 표정에 만족했다. 그녀는 곧 프랑스적인 기질의 과장된 태도를 가지고 공작에게 이야기를 하고, 그가 이처럼 훌륭한 딸을 가진 것을 찬양하고 눈앞에서 키치를 보배니 진주니 위안의 천사니 하고 부르면서 하늘 위까지 치켜 세웠다.

「아니, 그럼 제 딸이 제이의 천사란 말씀이시군요.」하고 웃으면서 공작은 말했다. 「딸은 마드므와젤 바레니카를 천사 제일 호라고 부르고 있으니깐요.」

「오! 마드므와젤 바레니카 —— 그분은 진짜 천사예요, 말할 것도 없어요.」하고 베르테 부인은 말을 받았다.

회랑에서 그들은 바로 그 바레니카도 만났다. 그녀는 깨끗한 빨간 보따리를 들고 바삐 그들 쪽을 향해서 걸어왔다.

「아버님께서 돌아오셨어요!」하고 키치가 그녀에게 말했다.

바레니카는 무슨 일을 하는 데도 그렇듯이 단순하고 자연스럽게 허리를 살짝 굽혀 고개를 숙이고는 곧 공작과 애기를 시작했다. 다른 많은 사람들과 애기할 때와 마찬가지로 꾸밈없는 순진한 태도로.

「물론 난 당신을 알고 있어요, 잘 알고 있어요.」하고 공작은 미소를 띠고 그녀에게 말했다. 그것에 의해서 키치는 자기의 벗이 아버지의 마음에 든 것을 보고 기쁘게 생각했다. 「당신은 그렇게 바삐 어디를 가시는 길입니까?」

「어머니가 여기에 와 계셔요.」하고 그녀는 키치한테로 얼굴을 돌리면서 말했다. 「어머님께선 어젯밤 내내 주무시질 않았어요. 그래서 의사께서 바깥으로 나가시도록 권유하셨어요. 그래 난 지금 어머님의 일거리를 가지러 갔다가 오는 길이에요.」

「저 애가 말하자면 천사 제일 호란 말이지.」하고 바레니카가 떠났을 때에 공작은 말했다.

키치는 아버지가 바레니카를 조롱하려고 여기고 있으면서도 바레니카가 마음에 들어 버렸기 때문에 도저히 그럴 수 없었던 것을 보았다.

「자아, 그럼 이제부터 네 친구들을 다 만나 보지.」하고 그는 덧붙였다. 「쉬탈리 부인도, 만약 날 알아보기만 한다면.」

「아니, 그럼 아버님께선 그분을 알고 계셔요, 아버지?」하고 키치는 쉬탈리 부인의 이름을 입에 담음과 동시에 공작의 눈에 불 붙은 조소의 불꽃을 알아채고 불안스럽게 물었다.

「난 그분의 남편을 알고 있었지. 그리고 그분에 대해서도 아직 경건주의로 흐르기 전에 조금 알고 있었지.」

「경건주의라고 하는 것이 뭐예요, 아버지?」하고 키치는 자기가 쉬탈리 부인한테 그렇게도 높이 평가하고 있었던 것이 명칭을 가지고 있는 것에 놀라면서 이렇게 물었다.

「나도 잘은 모른다. 그저 그 부인이 무슨 일에 대해서도 어떤 불행에 부딪혀도 자기의 남편이 죽은 것까지도 하느님께 감사하고 있다는 것만을 알고 있을 뿐이야. 그런데 말야, 생전에 그 두 사람의 생활이 잘 융화되지 않았으니깐 그래서 우습게 여겨지지.」

「저건 누구냐! 정말 참혹한 얼굴이로군!」하고 그는 갈색의 외투를 입고 살이 빠진 다리의 뼈 위에 기묘한 주름을 이루고 있는 흰 바지를 입은 그다지 큰 키가 아닌 병자가 벤치에 걸터앉아 있는 것을 알아채고 이렇게 물었다.

이 신사는 성긴 고수머리 위에다 쓰고 있던 밀짚모자를 살짝 들고 모자 때문에 병적으로 빨갛게 되어 있던 쑥 내민 이마를 드러냈다.

「저분이 화가인 페트로프예요.」하고 키치는 살짝 얼굴을 붉히고 대답했다. 「그리고 저이가 저분의 부인이어요.」하고 그녀는 마침 둘이 가까이 다가감과 동시에 마치 일부러 그러기라도 하듯이 길 위를 뛰어돌아다니고 있던 아들 쪽으로 가 버린 안나, 파블로브나를 가리키면서 덧붙였다.

「정말 가여운 사람이로군. 그래도 얼굴은 썩 귀여운 걸!」하고 공작은 말했다. 「어째서 넌 옆으로 가 주지 않나? 저 사람은 무엇인가 너에게 얘기를 하고 싶어하는 모양이 아냐?」

「네, 그럼 갔다오지요.」하고 키치는 결연하게 몸을 돌리면서 말했다. 「오늘은 몸이 좀 어떠세요?」그녀는 페트로프에게 물었다.

페트로프는 지팡이를 의지하고 일어섰다. 그리고 수줍어하는 듯한 태도로 공작을 쳐다보았다.

「이 앤 내 딸입니다.」하고 공작은 말했다. 「처음 뵙겠읍니다.」

화가는 고개를 숙이고서 기묘하게 반짝이는 하얀 이를 드러내면서 빙그레 웃었다.

「어제 우린 당신을 기다리고 있었어요, 아가씨.」하고 그는 키치에게 말했다.

그는 이렇게 말하면서 약간 비틀거렸다. 그리고 또 그 동작을 되풀이하면서 일부러 그렇게 한 것처럼 보이려고 애썼다.

「난 들를 생각을 하고 있었지만 당신네가 가시지 않겠다는 안나 파블로브나의 전갈을 바레니카한테서 듣고서 말예요.」

「어찌 그런, 가지 않다뇨?」하고 페트로프는 얼굴을 붉히고 이내 기침을 하기 시작했으나 눈으로 아내를 찾으면서 말했다. 「아네타, 아네타!」그는 큰 목소리로 불렀다. 그러자 그 가늘고 긴 목에는 굵은 혈관이 솟았다.

안나 파블로브나가 옆으로 왔다.

「어째서 당신은 아가씨에게 가지 않겠다고 전갈을 했지!」하고 화가는 나오지 않는 목소리를 짜내어 노엽게 속삭였다.

「안녕하세요, 아가씨!」안나 파블로브나는 이선의 태도와는 조금도 닮지 않은 억지 웃음을 띠고 말했다. 「뵙게 되어 정말 기쁘기 짝이 없읍니다.」하고 그녀는 공작 쪽으로 몸을 돌리고 말했다. 「저흰 오래 전부터 기다리고 있었어요, 공작님.」

「어째서 당신은 아가씨에게 가지 않겠다고 하는 전갈을 했느냐 말야?」화가는 더한층 화를 내어 다시 한번 목쉰 소리로 속삭였다. 목소리가 그의 마음대로 나오지 않기 때문인지 자기가 표현하고 싶은 것을 제대로 나타내지 못해 더한층 화난 듯했다.

「아아, 저걸 어쩌나. 난 또 안 가는 줄로만 여기고 있었죠.」하고 아내는 짜증을 섞어 대답했다.

「어째서, 어제……」하고 그는 기침을 하기 시작하고 손을 내저었다.

공작은 모자를 들고 딸을 데리고 거기를 떠났다.

「오, 오오!」하고 그는 괴롭게 탄식했다. 「오오, 불행한 사람들이야!」

「그래요. 아버지.」하고 키치는 대답했다. 「게다가 또 그분에겐 애들이 셋이나 있는데도 식모도 없고 재산이라는 것도 거의 없으니 말예요. 그저 학사원에서 무엇인가 조금 받고 있을 뿐예요.」그녀는 자기에 대한 안나 파블로브나의 태도가 이상하게 달라진 데 대해 자기 가슴 속에 일어난 동요를 억누르려고 애쓰면서 생기 있는 어조로 얘기했다.

「저, 저기에 쉬탈리 부인이.」하고 키치는 조그마한 수레쪽을 가리키면서 말했다. 그 안에는 베개에 받쳐진 무엇인가 회색과 하늘색의 것으로 싸인 것이 양산 밑에 누워 있었다.

그것이 쉬탈리 부인이었다. 그 배후에는 수레를 밀기 위한 건장하게 생긴 음울한 얼굴을 한 독일의 노동자가 서 있었다. 그리고 그 곁에는 키치가 이름만 알고 있던 머리털이 엷은 갈색인 스웨덴의 백작이 서 있었다. 몇 사람의 병자가 무엇인가 진귀한 것이라도 보듯이 이 부인을 보면서 수레의 둘레에 발을 멈추고 있었다.

공작은 그녀의 옆으로 다가갔다. 그러자 그때 키치는 아버지의 눈 속에 그녀를 당황하게 한 조소의 불꽃을 보았다. 그는 쉬탈리 부인의 옆으로 가까이 가서 지금은 벌써 소수의 사람밖에 이야기할 수 없을 만큼 훌륭한 프랑스어로 유난히 친절하고 부드럽게 입을 열었다.

「날 기억하고 계신지 어떤진 모르겠읍니다만 난 기억에 호소하지 않으면 안 되겠읍니다. 그것은 당신께서 내 딸한테 베풀어 주신 후의에 대해서 사의를 표하고자 하는 생각에서 말입니다.」그는 모자를 벗고 그것을 손에 든 채 그녀에게 말했다.

「알렉산드르 쉬체르바스키 공작.」하고 쉬탈리 부인은 그의 얼굴에 그 선녀 같은 눈을 올리면서 말했다. 그 눈에 키치는 불만의 빛이 감겨 있는 것을 보았다. 「정말 고마와요. 난 정말 당신의 따님한테 반해 버렸어요.」

「건강은 역시 좋지 않으십니까?」

「네. 난 이젠 습관이 돼 버렸어요.」하고 쉬탈리 부인은 말하고 공작과 스웨덴의 백작을 소개했다.

「그러나 당신께선 그리 변하지 않으셨군요.」하고 공작은 그녀에게 말했다. 난 십 년인가 십일 년인가를 당신을 뵈올 영광을 가지지 못한 것 같군요.」

「그래요, 하느님께선 십자가를 주시고 또 그것을 견뎌 나갈 힘을 주고 있으시니깐요. 도대체 이 생활이 언제까지 계속될 것인가 하고 놀라는 적이 많아요 …… 아아, 이쪽에서부터!」하고 그녀는 바레니카를 향해서 발칵 성을 내며 소리를 질렀다. 가운으로 그녀의 발을 싸는 것이 잘 되지 않았으므로.

「그것은 선(善)을 쌓기 위해서겠죠 아마.」하고 공작은 눈웃음을 지으면서 말했다.

「그 판단은 우리들이 한 일은 아녜요.」쉬탈리 부인은 공작의 얼굴에서 미묘한 표정의 그림자를 알아채고 이렇게 말했다. 「그럼 말예요, 그 책을 보내 주시겠어요. 백작? 정말 고마와요.」그녀는 젊은 스웨덴 백작에게로 얼굴을 돌리고 말했다.

「오오!」하고 그 때 공작은 옆에 서 있던 모스크바의 대령을 발견하고 외쳤다. 그리고 쉬탈리 부인에게 인사를 하고 딸과 거기에서 만난 모스크바의 대령과 함께 거기를 떠났다.

「저것이 우리 귀족입니다. 공작!」하고 쉬탈리 부인이 자기와 사귀지 않았던 것에 대해서 언짢게 여기고 있던 모스크바의 대령은 짐짓 냉소조로 들리게끔 이렇게 말했다.

「예전부터 저래요.」하고 공작은 대답했다.

「그럼 당신께선 앓기 전의 저 여자를 알고 계셨읍니까, 공작? 말하자면 저렇게 병들어 드러눕기 전의 저 부인을?」

「네. 저 부인은 내가 알게 될 때부터 병상에 누워 있었어요.」하고 공작은 말하였다.

「듣는 말로는 십 년 동안을 일어난 적이 없다든가 그렇더군요……」

「그럴 겁니다. 다리가 짧으니깐요. 저 부인은 아주 볼품없이 만들어져 있어요……」

「아버지, 그럴리가 없어요!」하고 키치가 외쳤다.

「험구 패들이 그렇게 얘기하고 있단 말야, 이거 봐. 그런 그렇고 역시 네 바레니카는 몹시 혹사를 당하고 있군 그래.」하고 그는 덧붙였다. 「아아, 저처럼 병을 앓고 있는 부인들이란!」

「아녜요, 그렇지 않아요. 아버지!」열을 올려 키치는 반박했다. 「바레니카는 저분을 숭배하고 있어요. 정말 저분은 얼마나 좋은 일을 하고 있는지 몰라요! 누구한테라도 물어 보세요! 저분과 알린 쉬탈리에 대한 것은 누구나 다 알고 있으니깐요.」

「혹은 그럴는지도 모르지.」그는 그녀의 팔을 팔꿈치로 누르면서 말했다. 「그러나 그런 일은 누구에게 물어 보아도 아는 사람이 없도록 하는 것이 가장 좋아.」

키치는 입을 다물어 버렸다. 그러나 그것은 대답할 말이 없었기 때문은 아니고 아버지에게도 자기의 비밀스런 생각을 알리고 싶지 않기 때문이었다. 그러나 이상하게도 그녀가 그처럼 아버지의 견해에는 따르지 않아야겠다, 아버지에게도 자신의 성지(聖地)에는 발을 들여놓지 못하게 해야겠다고 단단히 마음먹고 있었음에도 불구하고, 그녀는 자기가 꼭 한 달 동안 마음속 깊이 받들어 왔던 쉬탈리 부인의 그 숭엄한 모습은, 마치 벗어 던진 옷으로 만들어져 있던 모습이, 그것이 그저 옷뿐이라는 것을 알았을 때에 사라져 버리고 마는 것처럼 흔적도 없이 사라져 버렸음을 느꼈다. 그 뒤에는 그저 모습이 볼품없이 만들어져 있기 때문에 누워만 있고 가운을 잘 감지 못했다고 해서 죄도 없는 바레니카를 괴롭히고 있는 한 다리가 짧은 부인의 모습만이 남았다. 그리고 상상력을 작용해 노력을 기울여도 벌써 이전의 쉬탈리 부인으로 회복할 수는 없었다.

35

공작은 자기의 즐거운 기분을 그 가족에게는 물론 친지에게도 쉬체르바스키네가 들고 있는 집주인인 독일인에게까지도 전했다.

키치와 함께 욕장에서 돌아오자 공작은 대령과 마리야 예브게니예브나와 바레니카에게 커피를 마시자고 초대하고 정원의 밤나무 밑으로 탁자와 의자를 운반하게 하여 거기에서 점심준비를 하도록 일렀다. 집주인도 하녀들도 그의 쾌활한 기분에 덩달아 활기를 띠었다. 그들은 위층에서 살고 있던 함부르크에서 와 있는 병을 앓는 의사가 밤나무 밑에서 열린 이 건강한 사람들의 즐거운 러시아적인 모임을 부러운듯이 창문으로 내다보았을 만큼 수선을 부렸다. 동그라미를 그리며 너울거리고 있는 잎 그늘에 하얀 식탁보를 덮은 식탁을 갖다놓고 커피포트며 빵이며 버터며 치즈며 냉동한 들새의 고기를 차려 놓은 그 앞에 라일락빛의 리본이 달린 머리 장식을 단 공작 부인이 앉아서 홍차와 샌드위치를 돌리고 있었다. 다른 가장자리 쪽에는 공작이 자리를 잡고 앉아 한참 먹으면서 큼직한 목소리로 즐거운 듯이 지껄이고 있었다. 공작은 자기 옆에 온갖 구입물을 늘어놓았다. 그것은 조각이 된 조그마한 작은 상자와 밀짚 세공품, 여기저기의 온천장에서 산더미처럼 사 모아 온 온갖 종류의 페이퍼 나이프들이었으나 공작은 그것을 모두에게, 하녀인 리스헨과 이 집의 주인에게까지 나누어 주었다. 그리고 그 주인을 붙잡고는 서투른 희극적인 독일어로 키치의 병을 고친 것은 온천

이 아니고 주인의 훌륭한 요리, 특히 그 말린 자두가 든 수프였느니 하면서 농담
을 하였다. 공작 부인은 러시아식의 남편의 습관을 속으로는 비웃고 있었으나
온천장에 온 터로 한번도 그런 적이 없었을 만큼 활발하고 즐거운 듯이 하고 있
었다. 대령은 언제나처럼 공작의 농담에 싱글벙글 웃고 있었다. 그러나 자기가
주의를 기울여 연구했다고 자인하고 있는 유럽에 관해서는 그는 공작 부인의 편
을 들었다. 선량한 마리야 예브게니예브나는 공작이 우스운 얘기를 할 때마다
몸을 흔들며 웃었고, 바레니카마저 키치가 여태까지 한번도 본 적이 없는, 공작
의 농담을 듣고서, 가냘프기는 하지만 전염성이 강한 웃음을 흘렸다.

　이러한 것들은 모두 키치를 즐겁게 했다. 그러나 그녀는 온갖 마음의 번거로
움에서 빠져나갈 수 없었다. 그녀는 아버지가 그녀의 벗과 그녀가 그렇게도 사
랑했던 생활에 대해서 보인 홀가분한 견해에 의해서 무의식중에 자기의 마음에
주어진 문제를 풀 수가 없었다. 이 문제에는 또 하나, 요즈음에 완전히 명백하
게 그리고 불유쾌하게 표명된 페트로프에 대한 관계의 변화라고 하는 것이 덧붙
어 있었다. 모두는 유쾌했다. 그러나 키치는 유쾌해질 수가 없었다. 그리고 그
것이 또 더한층 그녀를 괴롭혔다. 그녀는 어렸을 적에 무엇인가에 대한 벌로 자
기 방에 갇혀 바깥에서 들리는 언니들의 즐거운 웃음 소리를 듣고 있었을 때에
느꼈던 것과 마찬가지의 느낌을 경험하고 있었다.

　「그래 무엇을 할 양으로 당신은 이렇게 많이 사 오셨죠?」하고 공작 부인은
커피가 든 컵을 남편에게 디밀면서 웃는 얼굴로 물었다.

　「산책을 나갔다가 가게 앞을 지난단 말야, 그러면 자아 하나 팔아 주십쇼. 『각
하·선생님·전하』라고 말야. 그런 말을 들으면 난 참을 수 없게 된단 말야. 그
러다가 보면 십 팔레르는 어딘가로 달아나 버리고 없단 말야.」

　「그것은 그저 지루했기 때문이었겠죠.」하고 공작 부인은 말했다.

　「물론 그렇지. 아니 정말 이거 봐, 어쩔줄을 모를 만큼의 이만저만한 권태가
아니란 말야.」

　「어째서 지루할 수가 있을까요, 공작님? 지금 여기엔 이렇게 재미있는 것이
잔뜩 있잖아요.」하고 마리야 예브게니예브나가 말했다.

　「그래요, 나도 재미있는 것은 다 알고 있어요——말린 자두가 든 수프도 알
고 있읍니다. 완두콩을 넣은 소시지도 알고 있읍니다. 다 알고 있읍니다.」

　「아니, 그러나 어떻게 말씀하셔도 좋으시지만 공작님, 그들의 시설은 정말 재
미있지 않아요.」하고 대령은 말했다.

　「그래, 그것이 무엇이 재미있으시죠? 그들은 모두 마치 동전처럼 만족하고
있어요. 모든 것을 정복해 버렸어요. 그렇지만 난 뭣을 만족해야 하죠? 난 아

무엇도 정복한 적은 없어요. 아니 그러기는커녕 호텔에서는 구두도 내가 벗어야 하고 그것을 내 손으로 문 밖에 내놓아야 하거든요. 아침에 일어나면 곧 옷을 입고 살롱으로 차를 마시러 가야만 합니다. 그러나 집에서는 어떻습니까! 집에서는 일어나는 데도 서두를 필요도 없고, 마음에 들지 않으면 화를 내도 좋고, 투덜거리건 언제까지 생각에 잠겨 있건 조금도 서두를 것은 없으니깐요.」

「그렇지만 시간은 황금입니다. 당신께선 이것을 잊고 있으셔요.」하고 대령은 말했다.

「시간이라니 어떤 시간입니까! 어떤 시간 한 달에 오십 코페이카로도 즐거울 때가 있는가 하면 어떠한 돈을 들여도 반 시간도 즐겁지 못한 때가 있어요. 그렇지 않아, 키치야? 어째서 그렇게 활기가 없나?」

「난 아무렇지도 않아요.」

「아니, 어딜 가시려구? 자아, 조금만 더 앉아 계세요.」그는 바레니카에게도 얼굴을 돌리고 말했다.

「난 이제 집에 가지 않으면 안 돼요.」하고 바레니카는 일어서면서 미소를 띠며 말했다.

그리고 웃음을 거두고 나서 인사를 하고 모자를 가지러 집안으로 들어갔다. 키치는 그녀의 뒤를 따라갔다. 그녀에게 지금은 바레니카가 달리 보였다. 별로 나쁘게 보인 것은 아니었지만 그녀가 지금까지 혼자서 상상하고 있던 여자와는 완전히 다른 여자로 보였다.

「아아, 난 정말 오랜만에 이렇게 웃었어요!」바레니카는 양산과 백을 챙기면서 말했다. 「당신의 아버님은 정말 재미있는 어른이시군요!」

키치는 잠자코 있었다.

「이제 언제 만나게 되는지요?」바레니카가 물었다.

「어머님께선 페트로프한테 들르셨으면 하는 생각이어요. 당신께선 거기 가시지 않겠어요?」하고 키치는 바레니카를 바라보면서 말했다.

「가 보겠어요.」하고 바레니카는 대답했다. 「그분들은 이제 떠날 준비를 하고 있어요. 그래 난 짐을 꾸리는 일을 도우러 갈 약속이 되어 있어요.」

「그래요, 그럼 나도 가죠.」

「아녜요, 당신께서 그런!」

「왜요? 왜요? 왜요?」하고 키치는 눈이 휘둥그래지며 말을 꺼냈다. 바레니카를 놓치지 않을 모양으로 그녀의 양산을 붙잡으면서, 「아녜요, 잠깐만, 그것은 왜요?」

「그렇지만 어머님께서도 돌아오신데다, 게다가 또 당신을 그분들이 어렵게 생각해요.」

「아녜요, 자아 나에게 말씀해 주세요. 당신은 내가 자주 페트로프네한테 가는 것을 못마땅하게 여기고 있으신가요? 그렇지 않다면 어째서 그러시죠?」

「난 그것을 말씀드리지 않았군요.」침착한 어조로 바레니카는 말했다.

「네 자아, 말씀해 주세요!」

「다 얘기해야 할까요?」바레니카는 물었다.

「그럼요, 다 해야죠, 다 해야죠!」하고 키치는 재빨리 말했다.

「그렇게 하죠. 그러나 특별한 것은 아녜요, 그저 말예요, 미하일 알렉세예비치(이렇게 화가를 불렀다)가 이전엔 빨리 돌아가고 싶어했는데 요즘엔 떠나고 싶어하지 않는다는 것뿐예요.」하고 가벼운 웃음을 띠면서 바레니카는 말했다.

「그래서! 그래서요!」키치는 음울한 눈빛으로 바레니카를 쳐다보면서 보챘다.

「그래서 어떻게 된 영문인지 안나 파블로브나는 그분이 돌아가고 싶어하지 않는 것은 당신이 여기에 계시기 때문이라고 이야기했어요. 물론 터무니 없는 얘기지만 그래도 그 때문에, 당신 때문에 말다툼이 일어난 셈이에요. 당신께서도 아실 테지만 그런 병자들은 툭 하면 성을 내기가 일쑤니깐요.」

키치는 한층 더 얼굴을 찌푸리고 입을 다물고 있었다. 그래서 바레니카는 금새 폭발할 것 같은 그녀를 가라앉히려고 애쓰면서 혼자서 말을 계속했다.

「그러니깐요, 당신께선 가시지 않는 게 좋을 거예요…… 이제 아시겠죠. 그리고 화를 내시진 않으시겠죠?」

「자업 자득이어요, 자업 자득이어요!」하고 키치는 바레니카의 손에서 양산을 덥석 빼앗고 진구의 눈 옆을 쳐다보면서 재빨리 지껄였다.

바레니카는 친구의 어린애 같은 분노를 보고 살며시 웃고 싶은 충동을 느꼈다. 그러나 상대방을 모욕하는 것을 두려워했다.

「어째서 자업자득이어요? 난 이해가 가지 않는군요.」하고 그녀는 말했다.

「그것은 내가 한 것이 모두 위선이었기 때문이어요, 모든 것이 마음속에서 우러나온 것이 아니고 머리에서 짜여져 나온 것이었기 때문이어요. 남의 집 사람의 일이 나한테 어떤 관계가 있었을까요? 그러니까 내가 그 말다툼의 원인이 되는 결과가 되고 말았어요. 누구에게도 부탁도 받지 않은 일에 쓸데 없는 짓을 한 결과가 되고 말았어요. 그것은 모두 위선이었기 때문이어요! 위선! 위선! ……」

「그러나 당신이 위선적일 필요가 어디에 있었을까요?」하고 바레니카는 조용히 말했다.

「아아, 정말 어리석고 추악한 짓이었어요! 나한테는 아무런 필요도 없었어요…… 모든 것이 다 위선이었어요!」하고 그녀는 손에 든 양산을 폈다 접었다 하면서 말했다.

「그러나 어떤 목적을 가지고,」

「남 앞에, 자신 앞에, 하느님 앞에 조금이라도 자기를 잘 보이기 위해서, 모든 사람들을 속이기 위해서예요. 그렇지만 지금에 와서는 난 이제 그런 것에 몸을 맡기지는 않겠어요! 악인은 될지언정 최소한 마음에도 없는 거짓말장이는, 위선자는 이젠 되지 않겠어요!」

「그럼 누가 위선자란 말씀예요?」하고 비난하는 듯한 어조로 바레니카는 말했다.「당신의 말은 마치……」

그러나 키치는 격정의 발작에 사로잡혀 있었다. 그녀는 상대방에게 끝까지 얘기하도록 하지 않았다.

「난 당신 얘길, 조금도 당신 얘길 하고 있는 것은 아녜요. 당신은 조금도 흠이 없는 분이라는 것은 난 잘 알 수 있어요. 그렇지만 어떻게 하겠어요, 내가 어리석었는걸? 만약 내가 어리석지 않았다면 이런 일은 없었을 거예요. 그러니까 난 이젠 어떤 경우라도 위선자는 되지 않아야겠다고 여기고 있어요. 나한테 무슨 관계가 있어요, 안나 파블로브나에 대해서! 그 사람들은 그 사람들이 하고 싶은 대로 살도록 내버려 두는 게 좋아요. 그리고 난 내가 좋을 대로. 난 나 이외의 것일 수는 없어요……그것은 모두 잘못이어요, 잘못이어요!……」

「도대체 무엇이 잘못이라는 거예요?」하고 의아스럽다는 듯 바레니카는 말했다.

「모든 것이 다 잘못이어요. 난 감정에 의해서 밖에 살 수 없지만 당신은 주의(主義)에 의해 살고 있어요. 난 그저 단순히 당신을 사랑하고 있었지만 당신은 틀림없이 나를 구하기 위해서 나를 가르쳐 주기 위해서만 사랑해 주셨을 거예요!」

「그것은 당신의 오해예요.」하고 바레니카는 말했다.

「그러나 난 남의 애기를 하고 있는 게 아녜요, 나의 애기를 하고 있는 거예요,」

「키치!」하고 어머니의 목소리가 들려 왔다.「이리 오렴, 아버님께 네 산호(珊瑚)를 보여 드려.」

키치는 오연한 태도를 하고 친구와 화해도 하지 않은 채 탁자 위에서 상자 속에 든 산호를 가지고 어머니한테로 갔다.

「아니, 무슨 일이 있었나? 얼굴이 상기되어 있게?」어머니와 아버지가 입을 모아 그녀한테 말했다.

「아무 일도 없었어요.」하고 그녀는 대꾸했다. 「나 곧 갔다오겠어요.」그리고 도로 뛰어갔다.

『그녀는 아직 저기에 있다!』하고 키치는 생각했다. 『난 그녀한테 뭐라고 얘기해야 하나, 아아! 난 무슨 짓을 했을까, 난 무슨 말을 했담! 난 무엇 때문에 저분을 모욕했을까? 어떻게 해야 좋담? 뭐라고 얘기해야 하나?』하고 키치는 생각하며 문 옆에서 걸음을 멈췄다.

모자를 쓰고 양산을 손에 든 바레니카는 키치가 망가뜨린 양산의 용수철을 만지작거리면서 탁자 옆에 앉아 있었다. 그녀는 얼굴을 들었다.

「바레니카 용서해 줘요, 용서해 줘요!」그녀의 옆으로 다가가면서 키치는 속삭였다. 「난 금방 내가 무슨 말을 했는지 모르겠어요. 나는……」

「나도 정말은 당신의 마음을 괴롭힐 생각은 아니었어요.」바레니카는 미소를 보이면서 말했다.

화해는 이루어졌다. 그러나 아버지의 도착과 함께 키치에게는 지금까지 그녀가 살고 있던 세계가 일변해 버렸다. 그녀는 자기가 안 것을 모두 부정하지는 않았지만, 자기가 되고 싶어하는 인간이 될 수 있다고 생각한 것을 자기 기만이라는 것을 깨달았다. 그녀는 마치 꿈 속에서 깨어난 것만 같았다. 위선이며 자기 기만의 상태에서는 그녀가 오르고 싶어했던 것과 같은 높은 경지를 유지한다는 것이 얼마나 어려운가를 통감했다. 그뿐만 아니라 그녀는 자신이 살고 있는 세계, 슬픔이며 병이며, 또한 죽어가는 사람들의 세계가 얼마나 괴로운가를 절감했다. 그리고 그 세계를 사랑하기 위해서 자기가 자기에게 가한 그 노력이 갑자기 괴로운 짓으로 여겨져, 한시바삐 맑은 공기 속으로, 리시아로, 언니 돌리가 아이들은 데리고 그리 옮겼다는 소식이 있었던 예르구쇼프로 돌아가고 싶은 생각이 들었다. 그러나 바레니카에 대한 그녀의 사랑은 변하지 않았다. 헤어질 때에 키치는 그녀에게 러시아의 자기 집에 와 줄 것을 거듭 권유했었다. 「난 당신께서 결혼 하실 때 가겠어요.」하고 바레니카는 말했다.

「난 결코 결혼하지 않겠어요.」

「그럼 나도 결코 가지 않겠어요.」

「그럼 난 그것 때문이라도 결혼해야겠군요. 잘 기억해 두어야 해요. 그 약속을 잊지 말고 계세요!」하고 키치는 말했다.

박사의 예언은 실현되었다. 키치는 완전히 회복되어 러시아로 돌아왔다. 그녀는 이전처럼 태평스럽고 쾌활하지는 않았지만 차분한 침착성을 되찾았다. 그녀의 모스크바에서의 슬픔은 지금은 한낱 추억이 되어 버렸다.

제3부

　세르게이 이바노비치 코즈느이쉐프는 피곤한 머리를 식힐 생각으로 습관에 따라서 외국으로 가는 대신 오월 말에 시골의 동생한테로 찾아갔다. 그의 지론(持論)에 의하면 최상의 생활은 전원 생활이었다. 그는 지금 그 생활을 즐기기 위해서 동생한테 찾아온 것이다. 콘스탄친 레빈은 이번 여름에는 니콜라이 형이 오지 않을 것으로 여기고 있었기 때문에 더한층 즐거워했다. 그러나 세르게이 이바노비치에 대한 사랑과 존경에도 불구하고 콘스탄친 레빈에겐 시골에서는 어쩐지 형하고 같이 있는 것이 거북스러웠다. 그에게는 시골에 대한 형의 태도를 보는 게 어쩐지 어색하고 불쾌하기까지 했다. 콘스탄친 레빈에게는 시골은 생활의 무대 즉 기쁨과 슬픔과 노고의 무대였다. 그러나 세르게이 이바노비치에게는 시골은 한편으로 말한다면 노고 뒤의 휴식이었고, 또 다른 한편으로 말한다면 그 효과를 믿고 기꺼이 복용하는 쇠퇴에 대한 효험이 있는 해독제였다. 콘스탄친 레빈에게는 시골은 그것이 의심할 여지도 없이 유익한 노동할 수 있는 무대라는 점에서 좋았다. 그러나 세르게이 이바노비치에게는 시골은 거기에서는 아무것도 하지 않고 있을 수 있었고, 또 아무것도 하지 않고 있어도 되는 점에서 특히 좋았던 것이다. 뿐만 아니라 세르게이 이바노비치의 농민에 대한 태도도 어딘지 콘스탄친의 눈에 거슬렸다. 세르게이 이바노비치는 농민을 사랑하고, 또 이해하고 있다는 것을 입에 담았고 자주 농민들과 이야기를 나누었다. 그는 그것을 가장한다든지 자만한다든지 하지 않고서 교묘하게 해 내었다. 그리고 그러한 담화의 하나하나에서 농민의 이익이 되는 일반적인 재료와 자기가 그러한 농민을 이해하고 있다는 증명을 드러내 보였다. 농민에 대한 이러한 태도가 콘스탄친 레빈에게는 마음에 들지 않았다. 콘스탄친 레빈에게는 농민은 그저 일반적인 노동에 있어서의 중요한 부분에 지나지 않았다. 그리고 농민에 대해서는 온갖 존경과 그 자신이 입으로 얘기하고 있는 것처럼 어쩌면 농부(農婦)인 유모의 젖과 함께 그에게 흡수되었는지도 모를 혈족적인 애정을 품고 있었음에도 불구하고, 일반적인 일에 있어서의 동반자로서는 이따금 이러한 사람들의 역량과 온후함과 고결함에 대해서 굉장한 환희를 느낀 적도 있었지만, 또한 지극히 자주자주 일반적인 일에 있어서 그 이외의 성격이 요구되는 경우에는 그들의 부정과 방종·폭음·허위에 대해서 그들을 미워한 적도 있었다. 콘스탄친 레빈은 만약 여기에 누가 있어서 그에게 그는 농민을 사랑하고 있는가 어떤가 하고 묻는다면 그것에 대해서 대답해야 할 말을 몰랐을 것이다. 그는 농민을 대부분 사람들에 대해서와 마찬가지로 사랑하기도 했고 싫어하기도 했다. 물론 선량한 사람으로서 그는 사람들에 대해서도 싫어하기보다는 사랑하는 편이 많았다. 농민들에 대해서도 그것은 마찬가지였다. 그러나 농민을 무엇인가 특수한 것으로서 사랑한다든지 사랑하지 않는다든지 하는 것은 그는 할 수 없었다. 왜냐하면 그는 자신이 농민과 생활을 같이 하고 있었을 뿐만이 아니라, 또 그의 모든 이해가 농민과 밀접한 관계를 가지고 있었고, 자기 자신도 농민의 일부라고 생각하며, 자신과 농민 사이에 서로 다른 특수한 점이 있을 수 없으며 따라서 자기를 농민과 대립시켜서 생각할 수가 없었기 때문이었다. 그 이외에도 그는 주인으로서, 중재인으로서, 또 특히 조언자로서 (농민들은 그를 신뢰하고 있었으므로 사십 베르스타 밖에서까지 그의 의견을 구하러 왔다) 오랫동안 농민들과 가장 가까운 생활을 해 왔다고 하지만 농민에 대해서는 아무런 정견(定見)도 가지지 않았다. 그리고 그는 농민을 이해하고 있는가 어떤가 하는 질문에 대해서도, 또한 농민을 사랑하고 있는지 어떤지 하는 질문에 대해서와 마찬가지로 대답하는 데 힘이 들었을 것이다. 농민을 이해한다는 것은 그에게는 인간을 이해한다고 하는 것과 마찬가지였을 것이다. 그는 평소 온갖 종류의 사람들, 그 속에 그가 싸잡아서, 그것을 관찰하고 이해하려고 애쓰면서 그들 가운데에서 부단히 새로운 특징을 찾고 그것에 의해서, 그들에 대한 이전의 의견을 변경하고는 새로운 의견을 구성하고 있었다. 그러나 세르게이 이바노비치는 반대였다. 그는 자기의 좋아하지 않는 생활과 대조해서 전원 생활을 사랑하고 있었고 칭찬하고 있었던 것과 거의 마찬가지로 농민도 또한 그가 좋아하지 않던 사람들의 계급과 대조해서 사랑하고, 또 그런 식으로 대체의 사람들과는 다른 차원으로서 농민을 이해하고 있었다. 그의 조직적인 지식 속에서는 농민 생활에 대한 일정한 형식이 명백히 조직되어 있었다. 그것의 일부분은 농민 생활 그 자체에서 형성된 것이었지만 대부분은 대조적 견해에서 이루어진 것이었다. 따라서 그는 농민에 대한 자기의 의견과 그들에 대한 동정적인 태도를 변경하는 일은 결코 없었다.

형제 사이에 농민에 대한 의견의 차이가 일어날 경우에는 세르게이 이바노비치가 언제나 동생을 정복했다는 것은 말하자면 세르게이 이바노비치에겐 농민에 관해서 그 성격, 특징, 취미 등에 관해서, 일정한 견해가 있는 데 반해서 콘스탄친 레빈한테는 아무런 일정 불변한 견해라고 하는 것이 없었기 때문이었다. 그렇기 때문에 이 논쟁에 있어서는 콘스탄친은 언제나 자가 당착에 빠져 버리는 것이었다.

세르게이 이바노비치에게는 그의 막내동생은 바탕이 고운(그는 프랑스어로 이렇게 표현했다) 마음씨를 지닌, 그러나 이성에 있어서는 상당히 민활하기는 하지만 순간적인 인상에 붙들리기 쉽고 모순 당착에 빠지기 쉬운 호한(好漢)이었다. 형으로서의 친절한 마음을 가지고 이따금 그는 동생에게 사물의 진의(眞意)를 설명해 주었다. 그러나 너무나 쉽게 설득되었으므로 그와 토론할 맛은 나지 않았다.

콘스탄친 레빈은 형을 볼 때에 해박한 지식과 교육을 겸비한 고결이라는 말이 가장 높은 의미에 있어서 들어맞는 만인의 행복을 위한 활동 능력이 부여된 훌륭한 사람으로 보고 있었다. 그러나 그 마음의 깊이에서는 자기가 나이를 먹어 가고, 보다 가깝게 형을 알게 되면 될수록 자기에게는 전혀 없다고 느끼고 있었던 이 만인의 행복에 이바지하는 활동 능력이라고 하는 것이 실은 특출한 특징은 아니고, 오히려 거꾸로 일종의 결함, 그러나 선량하고 정직하고 고상한 욕구와 취미의 결함이 아닌 생활력의 결함, 『마음』이라고 불리고 있는 것의 결함, 인간으로 하여금 헤아릴 수 없을 만큼 제공되어 있는 인생의 행로 가운데에서 그 하나를 선택하게 하고 그 하나에 전념하는 충동의 결함이 아닐까 하는 의문이 더욱더 머리에 떠오르게 되었다. 이처럼 형을 아는 일이 보다 깊어짐에 따라 그는 세르게이 이바노비치를 위시해서, 그 밖의 만인의 행복을 위해서 일하고 있는 많은 사람들이라는 것은 마음에 의해서 만인에 대한 사랑으로 인도되어 있는 것은 아니고 그것을 한다는 것이 좋은 것이라는 것을 이성으로 판단하고 그 판단 하나로 그것에 얽매어 있는 것에 지나지 않는다는 것을 더한층 분명히 알아차리게 되었다. 이 고찰에 있어서 더한층 레빈의 신념을 공고하게 한 것은 그의 형이 만인의 행복이니 영혼의 불멸이니 하는 문제를 마음에 받아들일 때도 장기의 승부라든가 새로운 기계의 치밀한 구조를 연구할 경우와 조금도 다름이 없다는 것을 알아차린 데 있었다.

뿐만 아니라 콘스탄친 레빈에게는 또 그 밖에도 시골에서 형과 같이 지내는 데 있어서 거북살스러운 이유가 있었다. 그것은 시골에서는 특히 여름철은, 레빈은 눈코 뜰 새 없이 농사에 쫓기고 있었으므로 해야 할 일만을 하는 데에도 여름의 긴긴 해가 모자랄 정도였다. 그런데도 세르게이 이바노비치는 유유 자적하고 있었기 때문이다. 그러나 그는 비록 유유 자적하고 있었지만 말하자면 저술을 하고 있지는 않았지만, 지적인 활동이 몸에 밴 사람들의 누구나가 그렇듯이, 머리에 떠오른 사상을 아름다운 압축된 형식에 담아 표현하기를 좋아했고 그것을 누구에게 들려 주기를 좋아했다. 그리고 이러한 경우의 지극히 평범하고 자연스러운 청취자는 동생이었다. 그래서 둘이는 다정하고 허물 없는 사이이기는 했지만 콘스탄친에게는 형을 혼자 떼어 놓기가 어쩐지 꺼림칙했다. 세르게이 이바노비치는 양지 바른 풀에 눕는 것이, 그렇게 누워 햇볕을 쬐면서 한가하게 지껄이는 것이 좋았다.

「넌 믿어지지가 않을 거야.」 그는 동생에 말하는 것이었다. 「나에게는 이 시골풍의 게으름이 얼마만큼의 즐거움인가를. 머리 속은 생각이라든가 하는 것은 하나도 없고 텅 비어 있어.」

그러나 콘스탄친 레빈에게는 앉아서 그가 지껄이는 것을 듣고 있는 것이 답답했다. 특히 그는 자기가 없는 사이에 농부들이 갈지도 않은 밭에다 거름을 내고, 보고 있지 않으면 아무렇게나 뿌려 버리고, 쟁기의 보습을 나사로 죄지 않고 내버려 두었다가는 나중에 가서 이렇게 고안이 서투른 쟁기가 또 어디 있담, 안드레예브나의 가래와 조금도 다를 것이 없지 않아, 하고 뒤로 돌아가서 욕지거리를 할 것이라는 것을 빤히 알고 있었으므로 더욱더 느긋하게 앉아 있을 수는 없었다.

「이 더위 속을 이제 그만저만 돌아다니지 않아도 되잖아.」 하고 세르게이 이바노비치는 그에게 말했다.

「아니, 저 말입니다, 잠깐 사무소에 뛰어갔다 오기만 하겠어요.」 레빈은 이렇게 말을 내뱉고는 들로 뛰어나가는 것이었다.

2

유월 초에는 그의 유모이자 가정부인 아가피야 미하일로브나가 손수 만든 막 소금에 절인 버섯 항아리를 움으로 가지고 가다가 발을 헛디뎌 손목을 삐는 불상사가 일어났다. 학교를 갓 나온 젊고 수다스러운 군의(軍醫)가 왔다. 그는 손을 진찰하고 나서 관절이 어긋난 것은 아니라고 말하고 습포를 대 줬다. 그리고 는 오찬에 참석한, 분명히 저명한 세르게이 이바노비치 코즈느이쉐프와의 담소 가 즐겁기라도 한 듯 그에게 자기의 사물에 대한 교양 있는 견해를 자랑스러운 얼굴로 지방 행정의 결함을 비난하면서 시골의 풍문을 있는 대로 끄집어 내 놓 았다. 세르게이 이바노비치는 열심히 그의 말을 듣기도 하고 묻기도 하고 그리 고 새로운 청취자가 생긴 것에 고무되어 자기도 얘기에 열중하고 정확하고 요긴 한 관심을 서너 가지 발표하여 젊은 의사의 공손한 칭찬을 받았다. 그리고 화려 하고 열띤 얘기 뒤에는 예외없이 일어나는, 동생에게는 익숙한 예의 흥분 상태 에 빠졌다. 의사가 돌아가고 나서 그는 낚싯대를 들고 냇가로 가자고 졸랐다. 세르게이 이바노비치는 낚시질을 좋아했고, 어딘지 그러한 쓸데 없는 일에 흥미 를 가질 수 있다는 것을 자랑스럽게 여기고 있는 것 같은 눈치였다.

밭과 풀밭을 둘러 보러 나가지 않으면 안 됐던 콘스탄친 레빈은 형을 마차로 태워다 주겠다고 제의했다.

마침 여름도 다 지나가려던 무렵이라 금년의 수확은 벌써 결정되었다. 이듬해 의 파종에 대한 걱정이 시작되고 풀베기도 가까와진 무렵이었다. 쌀보리는 한결 같이 이삭을 내놓고는 있었지만 아직 회녹색의 여물지 않은 가벼운 이삭이 바람 에 흔들리고 있는 무렵이었다. 회색의 귀리는 그것에 섞여 점점 흩어져 있는 노 란 풀의 다보록한 그루와 함께 늦갈이의 밭에 어수선하게 모가지를 내놓고 있는 때였다. 가축에 밟혀 돌처럼 굳어져 있던 묵정밭도 쟁기가 먹지 않는 길만을 남 기고 벌써 절반이나 갈아 일구어져 있는 때였다. 주위에는 차곡차곡 쌓인 거죽 이 보송보송한 거름이 꿀풀과 함께 저녁 놀에 냄새를 풍기고 있고 낮은 지대에 는 풀낫을 기다리는, 뽑혀진 승아 줄기의 거무끄름한 무더기가 섞인 냇가의 풀 밭이 끝없이 바다처럼 펼쳐져 있는 때였다.

또한 그것은 들일에 있어서 해마다 되풀이되고 해마다 농부의 온 힘을 쥐어 짜 내게 하는 수확이 시작되려고 하기 전의 짧은 휴식기였다. 수확은 훌륭한 것 이었다. 그리고 말끔히 갠 무더운 여름날이 이슬에 흠뻑 젖는 짧은 밤과 더불어 계속되고 있었다.

형제는 풀밭 쪽으로 가기 위해 가려진 숲을 빠져나가지 않으면 안 됐다. 세르 게이 이바노비치는 그늘진 쪽은 어둑한 노란 탁엽(托葉)으로 얼룩얼룩 얼룩져 있는, 벌써 꽃을 피우려고 하고 있는 해묵은 보리수를 동생한테 가리키기도 하 고, 에메랄드처럼 번쩍이고 있는 금년생 나무들의 새싹을 가리키기도 하면서 칙 칙하게 우거진 숲의 아름다움에 시종 지칠 줄을 몰랐다. 콘스탄친 레빈은 자연 의 아름다움에 대해서 이야기하는 것도 듣는 것도 좋아하지 않았다. 말하는 순간 그에게는 그가 눈으로 본 것으로부터 그 아름다움을 빼앗는 것이었다. 그래서 그는 형에게 동의를 표하면서도 어느 틈에 다른 것을 생각하고 있었다. 이처럼 그들이 숲을 빠져나왔을 때에는 그의 온 주의는 어떤 데는 풀에 덮여 노랗고, 어떤 데는 방형(方形)으로 구획이 져 있고, 어떤 데는 거름 무더기들이 쌓아올려져 있고 어떤 데는 갈아 일구어져 있던 언덕배기에 있는 묵정밭의 경관에 온통 쏠려 버렸다. 들에는 달구지가 줄을 지어 가고 있었다. 레빈은 달구지의 수를 세어 보고 필요한 것들이 모두 반출되고 있는 것에 만족하였다. 그리고 그의 생각은 풀밭을 보자 풀 베기라는 문제 쪽으로 옮아 갔다. 그는 언제나 건초의 수확에 있어서는 무엇인가 특히 강하게 마음을 움직이게 하는 것이 있는 것을 경험했다. 풀밭으로 다가가자 레빈은 말을 세웠다.

아침 이슬은 아직 촘촘한 풀의 밑둥치 쪽에 남아 있었다. 그래서 세르게이 이바노비치는 발을 적시지 않기 위해서 그 밑에서 농어가 잡히는 버들 숲 옆까지 풀밭 속을 마차로 태워다 달라고 부탁했다. 콘스탄친 레빈에게는 자기의 풀을 짓밟는 것이 무척 아까왔지만 하는 수 없이 그는 풀밭으로 타고 들어갔다. 키가 큰 풀은 수레바퀴며 말의 다리에 부드럽게 휘감겨 그 씨앗을 축축한 수레바퀴의 바퀴살이며 바퀴통에 남겼다.

낚시 도구를 가다듬고 나자 형은 덤불 옆에다 자리를 잡고 앉았다. 레빈은 말을 뒤로 빼서 매어 놓고 나서 바람에도 움직이지 않는 넓고넓은 회녹색 풀밭의 바다 속으로 들어갔다. 여문 씨앗을 가진 비단결 같은 풀은 물기가 있는 곳에서는 거의 허리띠 있는 데까지 닿았다.

풀밭을 가로질러 콘스탄친 레빈은 길로 나갔다. 그리고 벌통을 어깨에 메고 오는, 눈이 부어 오른 한 늙은이를 만났다.

「뭐야? 잡았나, 포미치?」하고 그는 물었다.

「잡긴요, 콘스탄친 드미트리치! 그저 내 것이나 놓치지 않으면 다행이죠. 이것으로 벌써 두 번째 도망쳤읍니다만……그래도 다행히 애들이 쫓아가 줬죠. 그 녀석들은 나으리 댁의 밭을 열심히 갈고 있다가는 말을 풀러 가지고 쫓아가 줬읍죠…….」

「그건 그렇고 어떨까, 포미치 —— 이제 베야 할까, 그렇잖으면 조금 더 기다려야 할까?」

「글쎄 말입니다! 우리에게선 성베드로 축제일까진 기다립니다만. 그렇지만, 나으리 댁은 언제나 일찍 베시니까 말씀입니다만. 뭐, 괜찮겠죠, 풀은 아주 잘 자랐읍니다. 말 먹이로는 십상이에요.」

「그런데 날씨는 어떻게 생각하지?」

「그걸 어찌 알 수 있읍니까. 그렇지만 어쩌면 괜찮을지도 모릅니다.」

레빈은 형한테로 갔다. 아무것도 잡혀 있지 않았다. 그렇지만 세르게이 이바노비치는 지루해 하기는커녕 굉장히 기분이 좋은 것 같았다. 레빈은 형이 의사와의 얘기에 자극되어 줄곧 지껄이고 싶어하는 것을 보았다. 그러나 레빈은 반대로 한시바삐 집으로 돌아가서 내일의 풀베기 삯꾼을 얻어 놓는데 대한 지시를 하여 그의 마음에 몹시 걸리는 풀 베기 문제를 해결하고 싶어 견딜 수 없었다.

「어떻습니까, 돌아가십시다.」하고 그는 말했다.

「어딜 가려고 그렇게 안달을 하나? 조금만 더 있자. 그런데 넌 어쩌면 그렇게 젖었지! 아무것도 잡히진 않지만 그래도 좋아. 아뭏든 이 낚시질이라고 하는 것은 자연을 상대로 하고 있다는 그것이 좋아. 자아, 이 강철 같은 물의 아름다움이 얼마나 좋은가 말야!」하고 그는 지껄였다. 「언제나 나에게 수수께끼를 생각해 내게 한단 말야——알고 있나? 풀이 물더러 말하길 말야——난 흔들리고 있다, 흔들리고 있다.」

「난 그런 수수께낀 모릅니다.」하고 레빈은 음울한 어조로 대답했다.

3

「아니, 들어 봐, 난 너에 대해서 생각하고 있었어.」하고 세르게이 이바노비치는 말했다. 「그 의사의 얘기 같아선 너희 마을에서 하고 있는 것은 정말 목불인견야. 그 사내는 그만하면 정말 어리석지는 않아. 그래서 난 너한테·언젠가도 얘기한 것을 다시 한번 얘기하겠는데 말야——네가 의회에 나가지 않는다든가 대체로 지방 의회의 사업에서 멀어진다는 것은 좋지 않아. 만약 착실한 인물들이 멀어져 버린다면 모든 것이 엉망진창이 돼 버리라는 것은 뻔한 노릇이니까 말이지. 그리고 우리가 아무리 돈을 대도 그것은 모두 봉급으로만 축내고, 학교도 없고, 병원도 없고, 산파도 없고, 약방도 없게 될 거야, 아무것도 없게 돼 버리구 말 거야.」

「나도 해보긴 했어요.」하고 조용하게 마지못해 하는 듯한 어조로 레빈은 대답했다. 「그렇지만 되지가 않아요! 별 수 없잖아요!」

「그래, 무엇을 넌 할 수가 없다는 거야? 정말이지 난 도무지 이해가 가지 않아. 냉담이나 무능 때문이라고는 도통 여겨지지가 않아. 혹 단순한 게으름이 아니냐?」

「그것도 저것도 모두 아닙니다. 난 해보았읍니다. 그리고 아무것도 할 수 없다는 것을 알았읍니다.」하고 레빈은 말했다.

그는 형이 말한 것을 깊이 생각해 보지 않았다. 그는 개울 건너의 밭을 바라보면서 무엇인가 검은 것을 보았으나 그것이 말인지 그렇지 않으면 말에 탄 집사인지 분간할 수가 없었던 것이다.

「어째서 넌 아무것도 할 수가 없을까? 넌 시험 삼아 해보다가는 뜻대로 되지 않았기 때문에 굴복하고 만 것이겠지. 어째서 더 좀 자존심을 가지지 않나?」

「자존심.」레빈은 형의 말에 부루퉁하게 말했다. 「난 모르겠군요. 가령 대학교에서, 남들은 적분 계산을 이해하고 있는데, 너 혼자만 이해하지 못한다든가 하는 말을 들었다고 한다면 거기에는 자존심이 필요하겠죠. 그렇지만 이 경우에는 먼저 자기에게는 이런 일에 소요되는 일정한 재능이 있다는 확신과 그 이상으로 이 일이 대단히 중대하다는 확신을 가지고 달려들 필요가 있으니깐요.」

「그래서 그렇다! 그럼 이것은 중대하지 않다는 거야?」세르게이 이바노비치는 동생이 자기가 열중하고 있는 일에 무게를 두지 않는 것에, 특히 동생이 자기가 얘기하고 있는 것을 거의 귓전에도 듣지 않는 것에 모욕을 느끼고 이렇게 말했다.

「나한테는 중대하다고는 여겨지지 않읍니다. 나한테는 흥미가 없는 걸 어쩔 수가 없잖아요?……」하고 레빈은 그가 보았던 그것이 집사였다는 것과 다분히 집사기 몇 사람의 농부에게 쟁기질을 그만두게 한 것 같은 것을 분간하고 나서야 이렇게 대답했다. 그들은 쟁기를 뒤집어 엎고 있었다. 『그럼 벌써 다 갈았을까?』 이렇게 그는 생각했다.

「그렇지만 좀 들어 봐.」하고 그 아름답고 총명한 얼굴을 찌푸리면서 형은 말했다. 「무슨 일에나 한도라고 하는 것이 있는 법이야. 괴짜나 혹은 성실한 인간으로서 지내면서 허위를 미워한다는 것 그것은 대단히 좋다. 그것은 나도 다 알고 있어, 그렇지만 네가 얘기하고 있는 것은 의미가 없는 것 아니면, 지극히 나쁜 의미를 가지고 있는 것이야. 어째서 넌 중대하지 않다는 말을 할 수가 있을까, 네가 사랑하고 있다고 제 입으로 단언하고 있는 농민들이……」『난 한 번도 단언 같은 것은 한 일은 없다.』 하고 콘스탄친 레빈은 속으로 생각했다.

「구원도 없이 죽어 버리는 것을? 무지한 아낙네들은 어린애들을 굶겨 죽이고 있다. 농부들은 배우지 못하여 어둠 속을 방황하며 하찮은 서기(書記)의 지배하에 억눌려 있다. 그런데 네 손에는 그것을 구출할 수 있는 수단이 주어져 있다. 그런데도 넌 구출하려고 하지 않는다. 왜냐하면 네 의견으로는 그것이 중대한

것이 아니기 때문이라는 거다.」 그렇게 세르게이 이바노비치는 그가 공허감에
빠져 있다는 것을 지적했다. 넌 자기가 할 수 있는 것을 볼 수도 없을 만큼 무능
하냐, 그렇지 않으면 넌 자기의 안정과 허영을 넘겨 주려고 하지를 않는 것이
냐, 어느 쪽으로 정해야 할지 난 모르겠다는 것이다.

콘스탄친 레빈은 이렇게 된 이상 이제 자기에게는 깨끗이 굴복하든가, 혹은
공공 사업에 대한 박애심의 부족을 고백하든가 하는 둘 외에는 없을 것 같은 느
낌이 들었다. 그리고 그것이 그를 모욕하고 괴롭혔다.

「그렇기도 하고 저렇기도 합니다.」 하고 그는 결연한 어조로 말했다. 「나한테
는 그런 것이 될 수 있으리라고는 여겨지지 않아요…….」

「어째서? 돈을 잘 분배해도 의료적인 구조를 줄 수가 없다고?」

「할 수 없다고 나한테는 여겨집니다……우리 마을의 사천 평방 베르스타에는
빙설이 많이 지기도 하고 눈보라가 있기도 하고 바쁜 시기가 있기도 합니다. 나
는 그 전역에 의료적인 구조를 줄 수 있다고는 여기지 않습니다. 게다가 또 첫째
나는 의료라는 것을 믿지를 않으니깐요.」

「아니 잠깐만, 그것은 공정하지 않은 것이야…… 난 너한테 천 가지 예라도
제시하지…… 그렇다면 학교는 어때?」

「학교가 다 무슨 소용이 있어요?」

「무슨 말이야? 넌 그래 교육의 이익에 의문이 있을 수 있다 그 말이지. 만약
그것이 너를 위하는 것이 되는 것이라면 누군가를 위하는 것이 되기도 할 게 아
냐.」

콘스탄친 레빈은 자기가 정신적으로 막다른 골목에 이르렀다는 것을 느꼈다.
그래서 발끈 달아오른 나머지 앞뒤를 잃고 공공 사업에 대한 자기의 무관심의
주요한 원인을 토로해 버렸다.

「어쩌면 그것은 모두 좋은 것인지도 모릅니다. 그렇지만 어째서 나한테 자기
가 전연 이용하지 않는 병원이라든가 자기의 아들을 보낼 생각도 없고 농부들로
서도 아이들을 보내고 싶어하지도 않는 학교를 세운다든가 하는 것에 마음을 쓸
필요가 있읍니까? 그리고 난 또 애들을 꼭 학교에 보내야 한다고는 믿고 있지
않으니깐요.」 하고 그는 말했다.

세르게이 이바노비치는 이 의외의 말에 잠시 동안 얼떨떨했다. 그러나 그는
곧 공격의 새로운 자세를 취했다.

그는 잠시 침묵하고 있다가 낚싯대 하나를 꺼내어 다시 고쳐 던지고 나서 웃
음을 머금은 얼굴로 동생을 쳐다봤다.

「그렇다면, 잠깐만……첫째로 병원은 꼭 필요해. 당장만 해도 우리 아가피야

미하일로브나를 위해서 군의(軍醫)를 데리러 보냈었잖니.」

「그렇지만 난 그 손은 굽은 채로 돼 버리고 말 거라고, 여기고 있어요.」

「아니, 그것은 아직 의문이야……그러나 그것은 그렇다 하고 농부건 노동자건 교육이 있는 편이 너에게도 더 필요하고 가치도 더 많치않을까.」

「아닙니다, 누구에게나 물어 보세요.」하고 콘스탄친 레빈은 딱 부러지게 대꾸했다. 「교육 받은 자는 노동자로서 훨씬 열등합니다. 길을 고칠 수도 없읍니다. 다리도 조금 놓게 하면 금방 이것저것 다 훔쳐 가 버리고 마니까요.」

「그렇지만,」하고 모순이라든가, 특히 이랬다저랬다 연방 화제를 옮기고 어떤 것에 대해서 대꾸를 해야 할지 모를 만큼 전혀 연결도 없이 새로운 논거를 끄집어 내는 것과 같은 말씨를 좋아하지 않는 세르게이 이바노비치는 미간을 찡그리고 이렇게 말했다. 「그렇지만 요점은 거기에 있는 게 아냐. 잠깐만, 넌 교육이라는 것이 농민에게 행복을 가져다 준다는 것을 인정하고 있느냐 말야?」

「인정합니다.」레빈은 불쑥 입을 놀리고 나자 곧 자기가 마음에도 없는 소리를 지껄이고 말았다는 것을 알아챘다. 그는 만약 자기가 그것을 인정하면 자기가 여태까지 얘기한 것이 빈말이 되고 아무런 의미를 가지지 않는 결과가 되리라는 것을 느꼈다. 어떻게 해서 그런 결과가 될 것인가 하는 것은 몰랐지만 의심할 여지도 없이 논리적으로 입증될 것이리라는 것만은 알고 있었다. 그리고 그는 그 입증을 기다렸다.

토론은 콘스탄친 레빈이 예기했던 것보다는 훨씬 간단하게 진척됐다.

「만약 네가 그 행복하다는 것을 인정한다면,」하고 세르게이 이바노비치는 말했다. 「그렇다면 넌 성실한 인간으로서 그런 사업을 사랑하고 그것에 공명하지 않을 수 없을 것이다. 따라서 그것을 위해서 노력해야겠다고 바라지 않을 수가 없을 것이다.」

「그렇지만 난 아직 그 사업을 좋은 일이라고는 인정하고 있지 않아요.」하고 콘스탄친 레빈은 얼굴을 붉히며 말했다.

「어째서? 그렇지만 넌 이제 금방 얘기했잖아…….」

「말하자면 난 그것을 좋은 일이라고도 가능한 일이라고도 인정하고 있지는 않읍니다.」

「넌 노력해 보지도 않고 그런 말을 할 자격은 없어.」

「그럼 그렇다고 해둡시다.」레빈은 그런 것은 전혀 생각해 본 적도 없는 주제에 이렇게 말했다.

「그건 그렇다고 해둡시다. 그렇지만 난 역시 무엇 때문에 자기가 그런 것에 마음을 쓸 필요가 있는지 그 까닭을 모르겠어요.」

「말하자면 어째서 ?」

「아니 얘기가 이렇게 된 이상 말씀예요, 어디 나한테 철학적인 견지에서 설명해 주셨으면 좋겠읍니다.」

「난 이 경우에 무엇 때문에 철학을 끄집어 내 놓는지 그 까닭을 모르겠군.」세르게이 이바노비치는 마치 동생에게는 철학에 대해서 논할 자격을 인정하지 않는 듯한(이렇게 레빈에게는 여겨졌다) 말투로 말했다. 그리고 이것이 레빈의 비위에 거슬렸다.

「그것은 이렇습니다 !」하고 그는 잔뜩 열을 올려 얘기를 꺼냈다.「난 우리들의 모든 행동의 원인이라고 하는 것은 역시 개인의 행복이라고 생각합니다. 그런데 난, 한 귀족으로서의 난, 오늘날의 지방 제도 속에서 무엇 하나 내 행복을 증진하는 것을 보지 못하고 있읍니다. 도로는 좋지 않고 그리고 이 이상으로 좋게 한다는 것은 불가능합니다. 내 말은 그 나쁜 길 위에서도 나를 태우고 달립니다. 의사도 병원도 나에게는 필요없읍니다. 치안 판사도 나에게는 필요 없읍니다. 난 한번도 그들의 신세를 진 적도 없고 앞으로도 지지 않을 작정입니다. 학교는 나에게는 아무런 필요가 없을뿐더러 이제 금방 말씀드렸던 것처럼 오히려 해로울 정도예요. 나한테는 지방 제도라고 하는 것은 그저 일 제샤치나 십 팔 코페이카의 세금을 바쳐야 한다는 것과 도회로 나가서 빈대가 있는 여인숙에서 묵고 온갖 쓸데 없는 얘기며 야비한 얘기를 들어야 한다는 의무일 뿐 내 개인적인 이익에는 하나도 관계가 없으니까 말씀예요.」

「이거 봐,」미소를 머금고 세르게이 이바노비치는 가로막았다.「우리들로 하여금 농노 해방을 위해서 온갖 애를 다 쓰게 한 것은 개인적인 이익에서가 아니란 말야. 그래도 우린 그것을 했잖았나.」

「아닙니다, 그렇잖아요 !」더욱더 달아올라 콘스탄친은 가로막았다.「농노 해방은 별문제입니다. 거기에도 개인적인 이익은 있었읍니다. 그것은 우리들, 즉 모든 선량한 사람들을 압제하고 있었던 그 멍에를 자기 자신에게서 벗어던지려고 하였으니깐요. 그렇지만 주 의회 의원이 되어서 청소부가 몇명 든다든가 자기가 살고 있지도 않은 도시에 철관을 어떻게 부설해야 할 것인가 하는 것을 논의하기도 하고, 배심관이 되어서 햄을 훔친 농부를 취조하기도 하고, 변호사며 검사의 온갖 우열한 변론이며 논고를 여섯 시간이나 들어야 하고, 재판장이 그 등신인 알료쉬아 영감에게 —— 『피고, 귀하는 햄을 훔친 사실을 시인하십니까 ?』 —— 『네 ?』니 하는 문답하는 것을 들어야 한다고 하는 것은…… 」

콘스탄친 레빈은 어느 틈에 얘기가 빗나가서 재판장이며 등신인 알료쉬아의 흉내를 내기 시작했다. 그에게는 그러한 것이 모두 문제의 요점에 관계가 있는 것이라고 여겨졌던 것이다.

그러나 세르게이 이바노비치는 어깨를 움츠렸다.

「그래 그것으로 넌 도대체 무슨 얘기를 하려는 거야?」

「난 다만, 난 나한테……내 이해에 관계가 있는 권리를 언제나 온 힘을 다하여 지킬 것이라는 것을 얘기하고 싶읍니다. 언젠가 우리 학생들에 대해서 수색이 있어서 헌병들이 우리 편지를 조사하고 했을 때에도 난 온 힘을 기울여서 이러한 권리, 내 교육과 자유의 권리를 지킬 준비를 하고 있었읍니다. 난 우리들의 아이들이며 형제들이며 자기 자신의 운명에 관계가 깊은 병역의 의무에 대해선 상당한 이해를 가지고 있읍니다. 난 나한테 관계되는 것에 대해서는 비판을 할 만큼 마음의 준비를 하고 있읍니다. 그렇지만 지방청의 돈 사만 루블을 어떤 방법으로 할당할 것인가에 대해서 생각한다든가 등신인 알료쉬아를 재판한다든가 하는 것은 난 알지도 못하고 또 할 수도 없읍니다.」

콘스탄친 레빈은 마치 막혔던 말문이 봇물 터지기라도 한 것처럼 얘기했다. 세르게이 이바노비치는 씩 웃었다.

「그러면 내일 네가 피고의 위치에 놓인다고 하더라도 넌 이전의 형사 재판소에서 취조를 받는 편이 좋다는 것이 되겠군 그래?」

「난 피고가 될 턱이 없읍니다. 난 절대로 사람을 찔러 죽인다든가 하진 않으니깐요. 그러니까 나한테는 그런 것은 필요하지 않습니다. 말하자면 이렇습니다!」 그는 또다시 전연 당면한 문제와는 동떨어진 데로 말머리를 돌리면서 말을 계속했다. 「우리들의 지방 제도라든가 그것에 유사한 온갖 시설은 오순재 날에 우리들이 숲을 닮게 하려고 지면에다 꽂는 자작나무가지와 같은 것으로서 숲 그 자체는 유럽에서 성장한 것입니다. 난 정성껏 그것에 물을 준다든가 그 꺾꽂이를 믿는다든가 할 수는 없읍니다!」

세르게이 이바노비치는 그들의 논쟁 속에 도대체 어디에서 이런 자작나무니 하는 것이 뛰어들어왔는지 모르겠다는 시늉을 하면서 그저 어깨를 움츠릴 뿐이었다. 그러나 그는 그것에 의하여 아우가 무슨 말을 하려고 하였던가는 충분히 이해하고 있었다.

「아니, 잠깐만, 그렇다면 토론이 안 되지 않아.」 하고 그는 주의했다.

그러나 콘스탄친 레빈은 자기도 알고 있는 그 결점, 만인의 행복에 대한 자기의 무관심을 변명하고 싶었으므로 그는 또 이렇게 말을 계속했다.

「난 말입니다.」 하고 콘스탄친은 말했다. 「어떤 활동이라도 그것이 개인적인 이익에 기초를 두는 것이 아니라면 공고할 수는 없다고 여깁니다. 이것은 일반적인 진리, 철학적인 진리입니다.」 그는 단호한 어조로 자기한테도 역시 모든 사람들과 마찬가지로 철학을 논할 자격이 있다는 것을 나타내기라도 하려는 듯이 『철학적』이라는 말에 특히 힘을 주면서 이렇게 말했다.

세르게이 이바노비치는 다시 한번 미소를 지었다. 『이 사내에게도 역시 자신의 경향에 봉사하는 일종의 철학이 있군.』 하고 그는 생각했다.

「아니, 뭐, 철학이니 하는 것은 그만두는 게 좋아.」하고 그는 말했다.「원래 모든 세기에 걸쳐 철학이 주제로 하고 있는 것은 말하자면 개인의 이익과 공공의 이익과의 사이에 개재하는 필연적인 관련을 찾아낸다고 하는 점에 있는 것이니까 말이지. 그렇지만 이것은 논점은 아냐. 난 네 비교를 바로잡아 주기만 하면 그만일 뿐야. 자작나무는 꽂힌 것이 아냐. 어떤 것은 심어졌고, 어떤 것은 파종된 거야. 그러니깐 그것에는 먼저 충분한 주의를 기울여야 할 필요가 있어. 미래를 가진 국민, 또는 역사를 가진 국민이라고 불리울 수 있는 것은 그저 그들의 제도가 중대하고 의의가 있다는 것을 감득하고 그것을 존중하는 국민일 뿐이니까 말이지.」

그리고 세르게이 이바노비치는 콘스탄친 레빈에게는 발을 들여 놓을 수 없는 철학사의 영역으로 문제를 옮겨 그에게 그의 견해의 오류를 하나하나 지적했다.

「너에게 그것이 마음에 들지 않는다고 하는 점에 관해서는, 실례지만 그것은 우리 러시아인의 나태와 귀족 취미라고 할 수밖에 없어. 그렇지만, 난 확신하고 있어, 네 그 일시적인 미망(迷妄)은 곧 소멸되고 말 거야.」

콘스탄친 레빈은 잠자코 있었다. 그는 자기가 모든 면에서 졌다는 것을 느꼈다. 그러나 그는 그와 동시에 자기가 얘기하려고 했던 것이 형에게 이해되지 않은 것을 느꼈다. 그는 그저 어째서 그것이 이해되지 않았는지 모를 뿐이었다. 혹은 그가 자기의 생각을 명백히 얘기할 수 없었기 때문인지 혹은 형이 그의 말을 이해하려고 하지 않았기 때문인지 그렇잖으면 이해할 수 없었기 때문인지. 그러나 그는 이러한 생각에 깊이 파고들지는 않고 형에게 대답을 하지도 않고 전연 다른 자기 자신의 일에 대하여 생각하기 시작했다.

세르게이 이바노비치는 마지막 낚싯대를 걷고 매어 두었던 말을 풀었다. 그리고 그들은 마차를 몰았다.

4

형과 얘기하고 있던 동안 레빈의 마음을 차지하고 있던 자기 자신의 일이라고 하는 것은 다음과 같은 것이었다. 지난 해의 어느 날 풀을 베러 나갔다가 집사에게 화를 냈을 때에 레빈은 언제나의 마음을 가라앉히는 방법으로서, 농부의 손에서 풀낫을 빼앗아서 자신이 풀 베기를 시작한 적이 있었다.

그 일은 매우 그의 마음에 들었으므로 그 뒤에도 서너 차례 되풀이해 보았다. 그는 집 앞의 풀밭을 혼자서 베어 버린 적까지도 있었다. 그래서 금년도 초봄부터 농부들과 함께 날마다 풀 베기를 해야겠다는 계획을 세우고 있었다. 그러나 형이 온 뒤부터 그는 벨 시기가 되었어도 베지 말까 하고 망설이기 시작했다. 그에게는 날마다 진종일 형을 혼자 떼어 놔 두기가 어쩐지 거북스러웠다. 그런데다가 또 그는 그런 짓을 해서 형한테 웃음거리가 되지 않을까 하는 두려움도 있었다. 그러나 풀밭을 지나면서 풀 베기의 인상을 생각해 내고는 그는 구애받을 것 없다, 베러 나가야겠다 하고 벌써 거의 마음을 정했다. 그리고 형과의 흥분된 논쟁 뒤 그는 또다시 이 계획을 생각해 낸 것이었다.

『육체적인 운동이 필요하다, 그렇잖으면 내 성질은 아주 못 쓰게 돼 간다.』하고 그는 생각했다. 그리고 그것이 형이며 사람들 앞에 아무리 거북할지라도 풀 베기를 하기로 결심했다.

저녁때에 콘스탄친 레빈우 사무소로 가서 일에 대한 지시를 하고 가장 넓고 가장 좋은 칼리노프 풀밭을 베기 위해서 내일 일할 삯꾼을 얻으러 마을마다 사람을 보냈다. 「그리고 내 풀낫을 수고스럽지만 치트한테 보내서 날을 세워서 내일 가지고 오도록 해줘, 형편을 봐서 내일은 나도 가서 같이 벨 테니까.」하고 당황하지 않으려고 애쓰면서 그는 말했다.

집사는 히쭉 웃고 말했다.

「알겠읍니다.」

저녁에 차를 마시는 동안 레빈은 형한테도 그것을 알렸다.

「어지간히 날씨도 정해진 것 같기도 하고 해서,」하고 그는 말했다. 「난 내일부터 풀 베기를 시작하렵니다.」

「나도 그런 일은 아주 좋아하지.」하고 세르게이 이바노비치는 말했다.

「난 아주 좋아합니다. 전 제가 직접 이따금 농부들과 함께 베기도 했죠. 내일도 하루 종일 해볼 생각이에요.」

세르게이 이바노비치는 고개를 쳐들고 호기심을 가지고 동생의 얼굴을 쳐다보았다.

「말하자면 어떻게 한다는 거야? 농부들하고 똑같이, 온종일 일을?」

「네, 그것은 정말 즐거워요.」하고 레빈은 말했다.

「그것 참 좋겠는데, 신체의 단련으로서는. 그저 네가 과연 그것을 견디어 낼 수 있겠는가 하는 것뿐이야.」하고 아무런 익살도 섞이지 않은 어조로 세르게이 이바노비치는 말했다.

「난 해봤어요. 처음엔 꽤 괴로왔지만 이내 길이 들더군요. 난 중도에서 그만 둔다든가 하지는 않을 생각입니다……」

「음, 그래! 그런데 어떨까, 농부들은 그것을 어떻게 볼까. 틀림없이 이상한 나으리라고 여기고 웃을걸.」

「아니 난 그렇게는 여기지 않아요. 하여간 그것은 유쾌하기도 하지만 동시에, 또 무엇을 생각할 겨를도 없을 만큼 괴로운 일이니깐요.」

「그렇지만 넌 농부들하고 같이 점심을 어떻게 하려고! 라피트 주(酒)니 칠면조 불고기를 그리 가져가게 한다는 것도 좀 쑥스럽잖아.」

「아니, 난 그들이 쉬고 있는 동안에 잠깐 집에 돌아왔다 가겠읍니다.」

이튿날 아침 콘스탄친 레빈은 여느 때보다도 일찍 일어났으나 농사에 관한 지시로 시간을 끌었기 때문에 그가 풀 베기를 하는 곳에 왔을 때에는 풀을 베는 삯꾼들은 벌써 둘째 번 두둑을 베고 있었다.

아직 그가 언덕배기에 있을 때부터 그의 앞에는 산 밑의 베기가 끝난 그늘진 풀밭의 일부가 잿빛이 된 두둑들과 풀 베는 삯꾼들이 베기 시작한 첫두둑께에 벗어던져 놓은 웃옷의 검은 무더기들과 함께 펼쳐졌다.

그쪽으로 가까와 감에 따라 그에게는 웃옷을 입기도 하고 혹은 샤쓰 바람인 채의 농부들의 모습이 띄엄띄엄 풀낫을 내두르면서 잇달아 긴 열을 지어 나가고 있는 것이 눈에 들어왔다. 그는 그것을 마흔 두 명까지 셌다.

그들은 움푹 패인 풀밭의 예전에는 웅덩이었던 울퉁불퉁한 데를 천천히 걸어 가고 있었다. 레빈은 자기 집에 드나드는 일꾼이 대여섯 명 있는 것을 보았다. 저쪽에는 아주 긴 흰 샤쓰를 입은 예르밀 영감이 구부정하게 몸을 구부려 낫을 내두르고 있는가 하면 이쪽에는 또 젊고 귀엽게 생긴, 전에 레빈의 집에서 마부 살이를 하고 있었던 바시카가 부지런히 한줄 한줄 베고 있었다. 거기에는 또 풀 베기로는 레빈의 스승격인 몸집이 작고 야윈 농부인 치트도 있었다. 그는 마치 낫을 가지고 놀기라도 하듯이 몸을 구부리지도 않고 모든 사람의 선두에 서서 자기의 널찍한 두둑을 베어 나아가고 있었다.

레빈은 말에서 내려 말을 길가에 매 놓고 치트한테로 다가갔다. 그러자 그는 덤불 속에서 둘째 번 낫을 꺼내어 그에게 주었다.

「딱 마련해 뒀읍죠, 나으리. 이만하면 면도처럼 저절로 베질 겁니다.」치트는 웃는 얼굴로 모자를 벗고 그에게 낫을 건네면서 말했다.

레빈은 낫을 받아들고 살피기 시작했다. 자기의 두둑을 끝내고 땀투성이가 되어 즐거운 듯한 얼굴을 한 풀 베는 일꾼들이 잇달아 길로 나와서 웃는 얼굴로 주인에게 인사를 했다. 그들은 모두 그를 바라보고는 있었으나, 그 가운데 키가 매우 큰 양피의 자켓을 입은 수염이 없는 주름진 얼굴의 영감이 길로 나와서 그에게 말을 건넬 때까지는 아무도 입을 열지 않았다.

「아시겠죠, 나으리. 일단 일을 시작한 이상에는 중도에서 그만둔다든가 해선 안 되십니다.」하고 그는 말했다. 그러자 레빈은 풀 베는 일꾼들 사이에서 킥킥거리는 웃음 소리를 들었다.

「그만두지 않도록 해보지.」하고 그는 치트의 뒤에 서서 일이 시작될 때를 기다리면서 말했다.

「아시겠읍죠.」영감은 되풀이했다.

치트가 자리를 비워 주었으므로 레빈은 그의 뒤를 따라서 갔다. 길가였으므로 풀은 짧았고 레빈은 오랫동안 베지 않은 데다가 자기한테 쏠려 있는 많은 사람들의 눈에 얼떨떨했으므로 힘껏 낫을 내둘렀지만 처음 한동안은 잘 베어지지 않았다. 그의 등 뒤에서는 이런 소리가 들렸다.

「대는 것이 서툴군, 자루가 너무 높아. 어때, 저 구부리고 있는 모습이.」하나가 말했다.

「뒤꿈치에다 더 힘을 줘야지.」하고 다른 사람이 말했다.

「뭐, 괜찮아, 이내 손이 익게 될 거야.」하고 영감이 계속했다. 「저봐, 시작하셨군…… 그렇게 욕심을 부리시다간 지쳐 버립니다…… 아뭏든 주인이시니깐 자기를 위해서 애쓰신다는 것도 무리는 아니시지만! 그런데 저것 좀 보지, 벤 자국이 다보록한 것을! 이것을 우리들이 했다면 대번에 한 대 야물게 얻어터졌을 텐데.」

풀은 차츰 부드러워졌다. 그리고 레빈은 그들의 얘기를 귀에 담으면서도 대꾸는 하지 않고 될 수 있는 대로 잘 베야겠다고 애쓰면서 치트의 뒤를 따라갔다. 그들은 백 발자국쯤 나아갔다. 치트는 좀처럼 멈추려고도 하지 않고 지친 것 같은 기색도 없이 줄곧 앞으로 나아갔다. 그러나 레빈에게는 이제 더 견뎌내지 못할 것 같은 생각이 들었다. 그만큼 그는 지쳐 버렸다.

그는 자기가 벌써 최후의 힘으로 낫을 내두르고 있다는 것을 느끼고 치트한테 좀 멈추자고 해야겠다고 마음먹었다. 그런데 그때 마침 치트는 스스로 멈추고 허리를 구부리자 풀을 뜯어서 그것으로 낫을 닦고 갈기 시작했다. 레빈은 허리를 펴고 한숨을 길게 내뿜으면서 둘레를 둘러보았다. 그의 뒤에서 온 농부가 그도 역시 지친 양으로 레빈의 옆에까지도 따라오지 못하고 냉큼 멈추고 낫을 갈기 시작했다. 치트는 자기의 낫과 레빈의 낫을 갈았다. 그리고 또 그들은 앞으로 나아갔다.

두 번째도 마찬가지였다. 치트는 조금도 멈추려고도 하지 않고 지친 것 같은 기색도 없이 낫을 한 번씩 내두를 때마다 앞으로 나아갔다. 레빈은 뒤지지 않으려고 애쓰면서 그의 뒤를 따랐으나 그에게는 차츰 괴로움이 겹쳐 왔다. 그리고 이 이상의 힘은 이제 남지 않았다고 그가 느낀 바로 그때에 치트는 발을 멈추고 낫을 갈았다.

이렇게 해서 그들은 첫째 두둑을 끝마쳤다. 이 긴 한 두둑이 레빈에게는 특히 괴로왔던 것처럼 여겨졌다. 그러나 그 대신 두둑이 끝나고 치트가 낫을 어깨 위에 둘러메자 느릿느릿한 걸음걸이로 자기가 남긴 자국을 따라 되돌아오기 시작하고, 레빈도 자기의 벤 자국을 따라 마찬가지로 되돌아올 때에는 땀은 우박처럼 얼굴을 흘러내리고 코 끝에서는 땀방울이 뚝뚝 떨어지면서 등은 온통 물 속에 잠겼다 나온 것처럼 잔뜩 젖어 있었지만 그는 무척 기분이 좋았다. 특히 자기는 이제 이 일을 견디어 낼 수가 있다고 안 것이 그를 더한층 즐겁게 했다.

그의 만족한 생각을 해치는 것은 그저 자기의 두둑이 잘 베어져 있지 않았다는 것뿐이었다. 『낫을 손으로만 내두르지 말고 온몸으로 베도록 해야겠다.』 하고 그는 실을 대고 벤 것처럼 반듯한 치트의 두둑과 무늬라도 놓은 것 같은 울룩불룩한 자기의 두둑을 견주어 보면서 이렇게 생각했다.

첫번째의 두둑은 레빈이 알아차렸던 것처럼 치트가 주인을 다루어 볼 양으로 특별히 빨리 나아갔으므로 나머지 두둑들은 어느 것이나 한결 손쉬웠다. 그러나 레빈은 역시 농부들에게 뒤떨어지지 않도록 하기 위해선 자기의 힘을 온통 쥐어 짜 내지 않으면 안 됐다.

그는 농부들에게 뒤지지 않아야겠다는 생각과 될 수 있는 대로 잘 베어야겠다고 하는 일념 이외에는 아무것도 생각하지도 않았고 아무것도 바라지도 않았다. 그는 그저 사악사악하고 베이는 낫소리를 듣고 자기 앞에 서서 멀어져 가고 있는 치트의 반듯한 모습과 베고 난 자리의 풀의 반달 모양과 자기 낫의 날 언저리로 천천히 물결치면서 쓰러져 가는 풀이며 꽃 우듬지와 자기의 앞쪽에 있는, 거기까지 가면 한숨을 돌릴 수가 있는 두둑머리를 볼 뿐이었다.

그것은 어떻게 어디에서 오는지는 모르면서도 일의 중간쯤에 별안간 그는 후덕후덕하고 땀이 함초롬한 어깨 언저리에 냉기의 상쾌한 감촉을 느꼈다. 그는 낫이 갈리고 있는 사이에 하늘을 우러러보았다. 나지막한 무거운 먹구름이 몰려오고 굵은 빗방울이 떨어졌다. 몇 사람의 농부들은 웃옷이 있는 쪽으로 뛰어가서 그것을 걸쳤다. 그러나 다른 사람들은 레빈과 마찬가지로 그 시원한 냉기 밑에서 그저 즐거운 듯이 어깨를 움츠렸다.

한 두둑 또 한 두둑 일은 진행됐다. 긴 두둑도 짧은 두둑도 풀이 좋은 두둑도 나쁜 두둑도 있었다. 레빈은 까맣게 시간의 관념을 잊고 이른지 늦은지도 전혀 모르고 있었다. 그에게 기쁨을 안겨다 준 그 일에서 작은 변화가 일어났다. 한창 일을 하는 중간에 그는 발견했다. 그 시간 동안은 그는 자기가 하고 있는 것을 잊고 있었다. 그에게는 일이 손쉬워졌다. 그리고 이 시간에는 그의 두둑이 거의 치트의 그것처럼 반반하고 훌륭하게 베어졌다. 그러나 한 번 그가 자기가 하고 있는 것을 의식하고 보다 잘해야겠다고 애쓰기 시작하기만 하면 갑자기 그는 자기의 일의 어려움을 경험하고, 두둑이 잘 깎이지 않았다.

또 한 두둑을 베고 나서 그가 또다시 시작하려고 하고 있으려니까 치트는 일손을 멈추고 영감한테로 다가가서 무엇인가를 귓속말로 속삭였다. 그들 둘이는 해를 올려다보았다. 『저 녀석들은 도대체 무슨 얘기를 하고 있을까. 어째서 저 녀석은 더 계속하려고 하지 않을까?』하고 레빈은 농부들이 벌써 네 시간 이상이나 쉴 새도 없이 베었으므로 식사를 할 때가 됐다는 것은 알아채지 못하고 생각했다.

「점심때가 됐읍니다, 나으리.」하고 영감은 말했다.

「벌써 시간이 그렇게 됐니? 그럼 먹이야지.」

레빈은 낫을 치트한테 건네고 웃옷이 있는 쪽으로 빵을 가지러 가는 농부들과 함께 약간 비에 젖은 기다랗게 베이고 난 자리의 두둑들을 옆질러 말이 있는 쪽으로 갔다. 그리고 거기에서 비로소 그는 자기가 날씨를 잘못 보았다는 것과 비가 풀을 적셨다는 것을 알았다.

「풀이 비에 젖어 못 쓰게 되지 않을까.」하고 그는 말했다.

「뭘요, 나으리, 비 오는 날 베고 갠 날 거둬들이라는 말이 있지 않습니까!」하고 영감은 말했다.

레빈은 말을 풀어 커피를 마시러 집으로 돌아왔다.

세르게이 이바노비치는 막 제자리에서 일어나 있었다. 커피를 마시고 나자 레빈은 또 풀을 베는 곳으로 떠났다. 세르게이 이바노비치가 옷을 갈아입고 식당으로 나오기 전에.

5

식후에는, 레빈은 이제 이전의 장소가 아닌 옆으로 오라고 청한 익살꾼인 영감과 지난 해 가을에야 결혼한 올 여름에 처음으로 풀 베기에 나온 젊은 농부와의 사이에 끼었다.

영감은 몸을 반듯이 펴고 규칙 바르게 큰 걸음으로 구부정한 다리를 옮겨 놓으면서, 보기에는 걸어가면서 손을 내젓는 정도로밖에 여겨지지 않는 정확하고 한결같은 동작으로 마치 장난이라도 치고 있는 것처럼 큰 키가 쪽 고른 풀의 줄을 베어 눕히면서 앞으로 나아갔다. 그것은 마치 그가 아닌 한자루의 예리한 낫이 저절로 물기가 많은 풀을 베어 나아가고 있는 것만 같았다.

레빈의 뒤에는 젊은 미쉬카가 뒤따르고 있었다. 싱싱한 풀을 꼬아 머리에다 질끈 동인 그의 젊고 귀염성 있는 얼굴은 줄곧 대견한 빛을 보이고 있었다. 그러면서도 남이 그쪽을 보기만 하면 그는 벙글벙글 웃음을 지어 보였다. 그는 일의 고통스러운 것을 남한테 눈치채일 정도라면 차라리 죽어 버리는 편이 더 낫다고 여기고 있는 것 같았다.

레빈은 그들의 사이를 나아갔다. 한더위에도 풀베기는 그다지 곤란하다고는 여겨지지 않았다. 그의 온몸을 적신 땀은 그를 시원하게 해주었고, 등과 머리와 팔꿈치까지 소매를 걷어올린 팔에 내리쬐는 태양은 노동에 있어서의 힘과 끈기를 주었다. 그리고 더욱더 자주, 예의 자기가 하고 있는 것을 조금도 생각하지 않는 무의식 상태의 순간이 계속됐던 것이다. 낫이 저절로 풀을 베었다. 그것은 행복한 순간이었다. 그러나 그보다도 더 즐거운 순간은 두둑이 맞닿고 있는 개울 가까지 베어 나아갔을 때, 영감이 축축한 짙은 풀로 낫을 닦고 맑은 냇물에다 그 낫을 씻고 나서 생철통에 물을 떠서 레빈을 대접한 때였다.

「어떻습니까, 내 크바스(러시아의 독특한 청량 음료)가! 그래, 좋죠?」그는 눈짓을 하면서 말했다.

아닌게아니라 레빈은 풀잎이 동동 뜬 생철통의 녹슨 맛이 나는 이 미적지근한 물만의 음료를 아직 한 번도 맛본 적이 없었다. 그리고 그 뒤에는 곧 유유하고 행복한 낫을 손에 든 채 여유 있는 걸음을 걸으면서 그 사이에 흐르는 땀을 닦는 것도, 가슴 가득히 공기를 들이마시는 것도, 풀 베는 일꾼들의 긴 행렬이며 둘레의 숲이며 들에서 일어나고 있는 것들을 바라보고 하는 것도 자유였다.

레빈은 오래 베고 있으면 있을수록 더한층 무아경의 순간을 느끼게 됐다. 그 때에도 벌써 손이 낫을 내두르는 것은 아니고 마치 낫 자신이 자기의 배후에 끊임없이 자기를 의식하고 있는 생명에 찬 육체를 움직이고 있기라도 하듯이 마치 요술에 걸리기라도 한 것처럼 그것에 대한 것은 아무것도 생각하고 있지 않는데도 정확하고 정밀한 일이 저절로 되어 가고 있는 것이었다. 이것이 가장 행복한 순간이었다.

다만 무의식적으로 행해지고 있는 이 동작을 중지하고 무엇을 생각하지 않으면 안 될 때, 작은 언덕이며 잡초가 섞인 싱아를 베잖으면 안 될 때만은 고통스러웠다. 영감은 그것을 어떤 데서는 뒤꿈치로 어떤 데서는 낫 끄트머리로 양쪽에서 짧은 타격을 가하여 베어 갔다. 그러면서도 그는 줄곧 자기의 앞에 전개되고 있는 것에 주의를 기울였다. 그리고 어떤 때는 산딸기를 따서 그것을 먹기도 하고 레빈한테 주기도 하고, 어떤 때는 낫 끄트머리로 잔가지를 걷어젖히기도 하고, 어떤 때는 메추라기의 집을 들여다보고 낫의 바로 밑에서 암새를 날려 보내기도 하고, 어떤 때는 길에 나온 뱀을 잡아 포크로 찌르는 것처럼 낫으로 들어 올려 레빈에게 보이고 내던지기도 했다.

레빈에게도 그의 등 뒤에 있던 젊고 귀여운 사내에게도 이러한 동작의 전환은 어려웠다. 그들 둘이는 그저 긴장된 운동을 되풀이할 뿐 거의 일에 열중하고 있었으므로 동작을 변경한다든가 동시에 자기의 앞에서 일어나는 것들을 관찰한다는가 할 만큼의 여유는 없었다.

레빈은 시간이 가는 것을 느끼지 못했다. 만약 누군가가 그에게 몇 시간쯤 베었느냐고 묻는다면 그는 삼십 분쯤이라고 대답했을 것이다. 그러나 시간은 벌써 한낮 가까이 되어 가고 있었다. 두둑을 베어가면서 영감은 레빈의 주의를 키가 큰 풀이며 길을 따라 빵이 든 보따리와 누더기 조각으로 마개를 한 크바스의 병을 여기저기에서 무거운 듯이 가지고 그들한테로 찾아오고 있는 것이 간신히 보이는 남녀의 어린애들 쪽으로 유도하였다.

「저거 보세요, 딱정벌레들이 기어오고 있읍니다!」하고 그는 그들 쪽을 카리키면서 말하고 손으로 얼굴을 가리고 해를 보았다.

그들은 또 두 두둑을 베었다. 거기에서 영감은 일손을 멈췄다.

「자아, 나으리, 점심을 드셔야죠!」그는 결연한 어조로 말했다. 그리고 풀 베는 일꾼들은 개울 있는 데까지 닿자 두둑을 가로질러 웃옷들이 놓여 있는 쪽으로 갔다. 거기에는 점심을 가지고 온 아이들이 그들을 기다리면서 앉아 있었다. 농부들은 모였다——멀리 있는 자는 달구지 밑에, 가까이 있는 자는 그 위로 풀이 던져져 있는 덤불의 나무 그늘에.

레빈은 그들 가까이에 가서 자리를 잡았다. 그는 거기를 떠나고 싶지 않았던 것이다.

주인에게 대한 어렴성은 벌써 오래 전에 자취를 감추고 있었다. 농부들은 점심 먹을 준비를 하고 있었다. 어떤 자는 얼굴을 씻고 젊은 패는 개울로 뛰어들고 어떤 자는 쉴 곳을 만들어 빵이 든 보자기를 끄르고 크바스 병의 마개를 뺐다. 영감은 컵 속에다 빵을 부수어서 넣고 그것을 숟가락 자루로 으깨어 생철통에서 물을 부어 가지고 다시 한번 빵을 짓이겨 소금을 뿌리자 동쪽에다 대고 기도를 올리기 시작했다.

「자아, 나으리, 내 빵죽이올시다.」 하고 그는 컵 앞에 무릎을 꿇고 앉으면서 이렇게 말했다.

빵죽이 어쩐지 맛이 있었으므로 레빈은 집으로 식사를 하러 가려던 것을 그만 뒀다. 그는 영감과 식사를 같이 하고 많은 흥미를 느끼면서 그를 상대로 그의 가정사에 대한 얘기에 귀를 기울이고 영감한테 흥미 있는 자기의 일이며 가정의 사정에 대한 얘기를 들려 주었다. 그는 자기를 형보다도 이 영감한테 더 가까운 것으로 느끼고 그에게서 경험한 부드러운 심정에서 무의식 중에 빙그레 웃었다. 그리고 영감이 재차 일어서서 기도를 올리고 같은 덤불 그늘에 풀을 베개 삼아 누웠을 때에는 레빈도 그대로 했다. 그리고 뙤약볕 아래에서 끈덕지게 들러붙는 파리, 땀에 절은 얼굴과 몸뚱이를 간지르는 딱정벌레에도 불구하고 곧 잠이 들었다. 그리고 태양이 덤불의 건너쪽으로 돌아 거기에서 그를 내려쬐기 시작했을 때에야 겨우 눈을 떴다. 영감은 진작 잠을 깨어 젊은이들의 낫을 보살피면서 앉아 있었다.

레빈은 자기의 둘레를 둘러보았다. 그러나 얼른 그 장소를 알아보기가 힘들었다. 그만큼 모든 것이 바뀌어져 있었다. 드넓은 목초지는 풀이 깎여 벌써 향기를 풍기고 있는 건초의 열(列)을 보이면서 저녁의 비껴 비치는 햇살에 일종의 특별한 새로운 광채로 빛나고 있었다. 그리고 냇가의 베어 눕혀진 덤불이며 아까까지는 보이지 않았으나 지금은 그 물굽이가 강철처럼 반짝이고 있는 개울이며 움직이기도 하고 서 있기도 한 사람들, 아직 베다 남은 풀밭의 깎아지른 듯한 풀의 벽, 그리고 헐벗겨진 풀밭 위를 날고 있는 독수리며 하는 이러한 것들이 모두 전혀 새로운 모습을 하고 있었다. 제정신이 들자 레빈은 이제 얼마쯤 베어졌는가, 또 오늘 안으로 얼마나 더 벨 수 있을 것인가를 생각하기 시작했다.

마흔 두 명의 인원만으로는 일이 꽤 많이 되어 있었다. 농노제의 시대에는 서른 자루의 낫으로 이틀 걸렸던 큰 풀밭이 벌써 어지간히 베어져 있었다. 베어져 있지 않은 데라곤 그저 짧은 두둑이 남아 있는 구석 쪽일 뿐이었다. 그러나 레빈에게는 오늘 안으로 될 수 있는 대로 많이 베어 두고 싶은 생각이 들었으므로 그는 빨리 져 가고 있는 해를 원망스럽게 여겼다. 그는 아무런 피로도 느끼지 않았다. 그에게는 그저 더욱더 빨리, 그리고 될 수 있는 대로 많이 일을 하고 싶다는 의욕이 있을 뿐이었다.

「어때 비쉬킨 고지 쪽도 좀 베면 말야, 넌 어떻게 생각하나 ?」하고 그는 영감에게 말했다.

「글쎄올시다, 어떻게 될까요, 해가 얼마 남지 않아서 말씀예요. 젊은 애들에게 술잔 값이라도 좀 쥐어 주시겠죠 ?」

저녁 전 휴식 시간에 모두가 또다시 자리를 잡고 앉아 담배를 피우는 사람들은 피우기 시작하자 영감이 젊은이들에게 『비쉬킨 고지를 벨 것 —— 술잔 값이 나올 것이라는 것』을 알렸다.

「그래요, 베잖구요 ! 가자 치트 ! 잘해야 해, 밥이야 밤에 먹으면 어때. 가자 !」이런 목소리들이 들렸다. 그리고 나머지 빵을 먹으면서 풀 베는 일꾼들은 일자리로 돌아갔다.

「자아, 젊은이들, 달려들자꾸나 !」하고 영감은 그들의 뒤에서 베어 가다가는 힘을 들이지 않고 그들을 앞지르면서 말했다.

「먼저 베어 버린다 ! 정신을 차리지 않으면 !」

젊은이도 늙은이도 마치 경쟁이라도 하듯이 하며 베었다. 그러나 그들은 아무리 서둘러도 풀을 버려 놓는다든가 하는 일들은 없었다. 그리고 풀의 열(列) 역시 반듯하고 훌륭하게 쌓여갔다. 한쪽 구석에 남아 있던 부분은 오 분 동안에 다 베어 버렸다. 아직 뒤쪽의 패가 자기의 두둑들을 미처 다 베기도 전에 앞쪽의 패는 벌써 웃옷을 어깨에 척척 걸치고 길을 가로질러 비쉬킨 고지 쪽으로 갔다.

그들이 생철통을 떨그렁거리면서 비쉬킨 고지의 나무가 꽉 들어선 골짜기로 들어갔을 때에는 태양은 벌써 나무 끝에 비스듬히 걸려 있었다. 풀은 서시내의 한가운데는 허리띠께까지 닿았고 부드럽고 연하고 잎이 넓었고 숲 속에서는 여기저기 쇠밀로 얼룩져 있었다.

세로로 벨 것인가 가로로 벨 것인가 잠깐 상의가 있은 뒤 프로호르 예르밀린이라고 하는 걸때가 크고 거무스름한 머리털을 가진 농부인, 풀베기 또한 정평이 있는 풀 베는 일꾼이 앞섰다. 그는 맨 먼저 자기 몫의 두둑을 베고 나자 다시 제자리로 돌아와서는 또 베어 나아갔다. 다른 사람들도 그의 뒤를 이어 골짜기를 따라 산기슭으로 내려가기도 하고 산등성 마루의 숲 바로 언저리까지 올라가기도 하면서 줄지어 나아가기 시작했다. 해는 숲 저 너머로 기울었다. 벌써 이슬이 내리기 시작했다. 풀 베는 일꾼들은 산 위에서는 햇빛이 비쳤으나 수증기가 오르고 있는 저지대며 건너쪽에서는 이슬에 젖은 상쾌한 그늘로 들어갔다. 일은 한창 고비에 이르렀다.

싱그러운 소리와 함께 베이면서 아름다운 향기를 풍기는 풀은 높은 줄을 지어 눕혀졌다. 덜그렁하고 생철통 소리를 내기도 하고, 혹은 낫이 서로 부딪치는 소리를 내기도 하면서 여기저기에서 짧은 두둑 쪽으로 몰려든 풀 베는 일꾼들은 낫을 가는 숫돌의 휘파람 소리 같은 소리며 또는 기운찬 외침으로 서로 몰아세우면서 나아갔다.

레빈은 역시 그동안 쭉 젊고 귀엽게 생긴 사내와 영감과의 사이에 있었다. 영감은 양피의 자켓을 입고 처음과 마찬가지로 즐겁고 익살맞고 일하는 것이 어쩐지 즐거운 것 같았다. 숲 속에서는 젖은 풀 속에서 습기로 띵띵하게 부푼 자작나무 버섯이 끊이지 않고 낫에 걸려 베이었다. 그런데 영감은 버섯을 보게 되면 그때마다 허리를 구부려 그것을 주워 가지고 호주머니에 넣었다. 「또 할멈한테 선물이다.」그는 그때마다 중얼거리는 것이었다.

축축한 가냘픈 풀을 베는 것은 아무것도 아니었지만 골짜기의 가파른 벼랑을 오르내린다는 것은 고통스러웠다. 그러나 영감은 예사로왔다. 앞서와 마찬가지로 낫을 내두르면서 그는 그 큼직한 짚신을 신은 발을 짧은 걸음으로 야무지게 딛고 느릿느릿 비탈을 기어올라갔다. 그리고 온몸에 힘을 주는 바람에 흘러내린 잠방이가 부들부들 떨리고 있었으나 한 오리의 풀, 한 개의 버섯도 놓치지 않으며 언제나 똑같은 가락으로 농부들이며 레빈의 상대로 익살을 부렸다. 레빈은 그 뒤를 따르면서 낫을 들지 않고도 기어오르기가 힘든 험준한 언덕배기를 낫을 손에 들고 오르면서 자주 이번에는 틀림없이 떨어지리라고 생각했으나 그러나 그는 올라가서 해야 할 일을 해냈다. 그는 그 어떤 외부적인 힘이 자기를 움직이고 있는 것 같은 느낌이 들었다.

6

비쉬킨 고지는 베이고 마지막 두둑도 끝났으므로 모든 사람은 웃옷을 입고 즐겁게 귀로에 올랐다. 레빈은 말에 올라타 서운한 마음으로 농부들과 작별을 하고 나서 집으로 말을 몰았다. 언덕배기에서 그는 뒤를 돌아다보았다. 그러나 저지대에서 자욱하게 피어오르는 안개 때문에 그들의 모습은 보이지 않았다. 그저 발랄하고 거친 애기 소리와 껄껄거리는 웃음 소리와 낫이 서로 부딪치는 소리가 들릴 뿐이었다.

　레빈이 헝클어진 머리털은 땀에 젖어 이마에 들러붙고 까맣게 보일 만큼 흠뻑 젖은 등이며 가슴 그대로 쾌활하게 수선을 부리면서 형의 방으로 쑥 들어섰을 때에는 벌써 오래 전에 식사를 끝낸 세르게이 이바노비치는 우편으로 막 도착한 신문이며 잡지를 뒤적거리면서 자기의 방에서 레몬과 얼음이 든 레몬 수를 마시고 있는 참이었다.

　「오늘 저희는 풀밭을 죄다 베 버렸죠! 아아, 정말 유쾌하군. 놀랄 만큼 유쾌하다. 그런데 형님께선 어떻게 지내셨읍니까.」하고 레빈은 어제 불유쾌한 논쟁을 하던 것은 말끔히 잊고 이렇게 말했다.

　「이거 봐! 도대체 그게 무슨 꼴이야!」세르게이 이바노비치는 처음에는 못마땅하게 동생의 모습을 훑어보면서 말했다. 「하여간 그 문을, 문이나 좀 닫아요!」하고 그는 외쳤다. 「틀림없이 열 마리는 들여놓았을 거야.」

　세르게이 이바노비치는 무척 파리가 싫었으므로 자기 방에서는 그저 방에만 창문을 열고 방문은 기를 쓰고 닫도록 하고 있었다.

　「괜찮아요, 한 마리도 들어오진 않았어요. 그러나 만약 들어왔으면 내가 잡죠. 그런데 오늘의 내 기쁨은 형님께선 좀 믿기 어려우실 겁니다. 형님은 어떻게 하루를 지내셨어요?」

　「난 잘 지냈어. 그런데 정말 넌 온종일 그 일을 했니? 틀림없이 넌 늑대처럼 배를 주리고 있을 거야. 쿠지마가 널 생각해 식사 준비를 하고 있더군.」

　「아니 난 먹고 싶지 않아요. 거기서 들고 왔어요. 그건 그렇고 가서 좀 씻고 오겠어요.」

　「그래 갔다 와, 갔다 와, 나도 곧 너한테로 갈 테니까.」세르게이 이바노비치는 고개를 내젓고 동생의 얼굴을 쳐다보면서 말했다. 「어서 갔다 와, 어서.」하고 그는 웃는 얼굴로 덧붙이고 책들을 주워 거두며 나갈 준비를 했다. 그도 역시 갑자기 즐거운 기분이 되어 동생과 헤어지고 싶지가 않았던 것이다. 「그런데 비가 왔을 때엔 넌 어디 있었나?」

　「비라뇨? 왔는지 오지 않았는지 모를 정도였어요. 그럼 나 곧 오겠읍니다. 그러니깐 형님께서도 유쾌한 하루를 지내셨군요? 아니 그것 무엇보다도 잘하셨읍니다.」그리고 레빈은 옷을 갈아입기 위해서 나갔다.

　오 분 후에 형제는 식당에서 만났다. 레빈은 먹고 싶은 생각이 들지 않았으므로 처음은 그저 쿠지마의 기분을 상하게 하지 않기 위해서 식탁 머리에 앉았었으나 막상 한 숟가락을 뜨고 보니 별안간 밥맛이 돌았다. 세르게이 이바노비치는 빙그레 웃으면서 그의 모습을 바라보고 있었다.

　「아아 참, 너에게 편지가 왔더군.」하고 그는 말했다. 「쿠지마, 미안하지만 아래에서 좀 가져와 줘. 그리고 방문을 잘 닫도록 주의하고.」

　편지는 오블론스키한테서 왔다. 레빈은 그것을 소리를 내어 읽었다. 오블론스키가 페테르스부르크에서 써 보낸 것이었다——『난 돌리한테서 편지를 받았어. 그녀는 예르구쇼프에 가 있는데 모든 것이 여의치 않은 모양이야. 미안하지만 그녀한테 한 번 찾아가서 충고나 좀 해주지 않으려나, 자넨 모든 것을 알고 있으니까. 자넬 만나면 틀림없이 반가와할 거야. 그녀는 전연 혼자야, 불쌍한 여자야. 장모는 아직도 외국에 있어.」

　「그거 잘됐군! 꼭 찾아가 봐야겠다.」하고 레빈은 말했다. 「뭣하시면 같이 가십시다. 그분은 정말 좋은 부인이에요. 그렇잖아요?」

　「그러니까 뭐야, 그리 멀잖은 곳에 있나?」

　「삼십 베르스타예요. 아니 한 사십 베르스타쯤 될까요. 그렇지만 길은 좋아요. 기분 좋게 타고 갈 수 있읍니다.」

　「거 좋아.」역시 싱글벙글하면서 세르게이 이바노비치는 말했다.

　동생의 태도는 무작정 그의 기분을 즐겁게 해 버렸던 것이다.

　「그건 그렇고 네 식욕도 대단하군!」그는 접시 위에 숙인 동생의 검붉게 그을린 얼굴과 목을 바라보면서 말했다.

　「참 좋아요! 형님께선 좀처럼 믿어지지 않으실 테지만 온갖 쓸데 없는 것에 대해서 이만큼 효험이 있는 요법도 아마 없을 거예요. 난 노동 요법이라는 새로운 술어를 가지고 의학을 풍부하게 할까 합니다.」

　「그렇지만 너한테는 그럴 필요가 없을 것 같은,」

　「네, 그렇지만 갖가지 신경성의 병자한테는 필요하니까요.」

　「그래 그것은 경험해 볼 필요가 있어. 실은 나도 풀 베는 데로 네 모습을 보러 가려고 했었는데, 더위를 견딜 수가 없어서 숲에서 더는 갈 수가 없었어. 난 거기에서 조금 쉬었다가는 숲을 지나 마을로 갔지. 그리고 네 유모를 만나서 너에게 대한 농부들의 견해에 대해서 그녀를 한 번 떠 보았어. 그런데 내가 보기엔 그들은 네가 풀을 베는 것을 그다지 찬성하고 있지를 않은 것 같더군. 그 여자는 이렇게 말하는 거야. 『나으리들이 할 일이 아니라』고. 그래서 대체로, 그들의 머리 속에는 그들의 이른바 〈나으리들〉의 일에 대해서 굉장히 완고한 일종의 요구가 정해져 있는 것 같아. 그리고 그들은 나으리들이 그들의 해석에 있어서의 일정한 한도 밖으로 나오는 것은 도저히 용납할 수가 없다. 이렇게 되는 것 같아.」

　「그럴는지도 모르죠. 그렇지만 이것은 나에게는 오늘날까지 아직 한 번도 느껴 본 적이 없었을 만큼의 만족이니까요. 게다가 또 그다지 나쁠 것도 하나도 없고. 그렇잖아요?」하고 레빈은 대꾸했다. 「그들의 마음에 들지 않는다고 해도 어쩔 수는 없어요. 그러나 난 아무것도 아니리라고 여기고 있읍니다만, 어떻습니까?」

「하여튼.」세르게이 이바노비치는 말을 계속했다. 「넌 내가 보기엔 자기의 하루에 만족하고 있는 것 같아.」

「아주 만족하고 있읍니다. 아뭏든 저흰 풀밭을 전부 베어 버렸으니깐요. 게다가 또 난 거기에서 얼마나 좋은 영감하구 사귀었는지 몰라요! 정말 얼마나 즐거웠는지 형님께선 상상할 수도 없으실 겁니다!」

「음, 넌 정말 자신의 하루에 만족하고 있군 그래. 그런데 나도 마찬가지야. 첫째 난 장기의 수를 둘 풀었어. 하나는 특히 재미있는 거야. 졸(卒) 벌리기라고 하는 건데 말이지. 나중에 해 보이지. 그리고 또 어제의 우리 얘기를 생각해 보았지.」

「뭐요! 어제 얘기라뇨!」하고 레빈은 행복한 듯이 눈을 가늘게 뜨고 식후의 큰 숨을 내뿜으면서 어제의 얘기가 어떤 것이었던가를 조금도 생각해 낼 만큼의 기력조차 없는 것 같은 태도로 이렇게 말했다.

「그리고 난 너한테도 옳은 데가 있다는 것을 발견했어. 말하자면 두 사람의 의견이 서로 다른 점은, 넌 개인적인 이익을 원동력으로 하고 있는 데 반해서 난 상당한 교양이 있는 사람에게는 모두 만인의 행복이라는 관념이 있어야 한다고 여기고 있는——여기에 있어. 혹은 너도 옳을는지도 몰라, 물질적으로 이해 관계를 가지는 활동이 더욱 바람직하다고 하는 것은 말이지. 그러나 하여간 넌 너무나 프랑스인들의 이른바 충동적인 성질이야. 넌 매우 정력적인 활동을 요구하든가 그렇지 않으면 아무것도 바라지 않거나야.」

레빈은 형의 말을 듣고 있었지만 전혀 아무것도 몰랐고 또 알려고도 하지 않았다. 그는 그저 형이 자기가 조금도 듣고 있지 않았다는 것을 단번에 눈치채게 되고 말 그러한 질문을 내놓지 않아 주었으면 하고 그저 그것만을 두려워하고 있었다.

「그렇지 이봐.」하고 세르게이 이바노비치는 그의 어깨에다 손을 대면서 말했다.

「네, 물론이죠. 그렇지만 아무려면 어때요! 난 자기의 생각을 고집하지는 않아요.」레빈은 어린애 같은 계면쩍은 듯한 미소를 띠고 대꾸했다. 『그런데, 난 뭣을 가지고 논쟁을 했던가?』하고 그는 생각했다. 『물론 나도 옳고 형도 옳다. 그리고 무엇이거나 다 좋다. 하여간 사무소에 가서 지시만은 해 둬야지.』그는 허리를 쭉 펴고 미소를 띠면서 일어섰다.

세르게이 이바노비치도 마찬가지로 미소를 띠었다.

「어딜 가겠거든 같이 가자.」그는 싱싱함과 젊음이 그 몸뚱이에서 불어오는 것 같은 동생과 떨어지기가 싫어서 이렇게 말했다.「가자, 그리고 만약 너에게 볼 일이 있거든 사무소에도 가자.」

「아아 이런!」레빈은 세르게이 이바노비치가 소스라칠 만큼 큰 소리로 외쳤다.

「왜 그래, 너 어찌 그러지?」

「아가피야 미하일로브나의 손은 어때요?」레빈은 자기의 머리를 한 대 탁 치면서 말했다.「난 그녀에 관한 것까지도 까맣게 잊어버리고 있었군요.」

「한결 나아졌어.」

「그래요, 하여튼 난 그녀한테 얼른 뛰어갔다 오겠읍니다. 그리고 형님께서 모자를 채 쓰시기 전에 돌아오겠어요.」

그리고 그는 소리나는 장난감처럼 구두 뒤축을 딸그락거리면서 충충대를 뛰어내려갔다.

7

스테판 아르카지치가 직장을 갖지 않은 사람에게는 좀처럼 이해가 가지 않지만 직장을 가진 사람이면 누구나 공감하는, 지극히 자연스럽고 중요한 그것이 없이는 근무를 할 수가 없다고 하는 의무, 상급 관청에 얼굴을 내놓는다고 하는 의무를 수행하기 위해서 페테르스부르크로 나와서 그 의무의 수행을 위해서, 거의 전부의 돈을 긁어내어 즐겁고 유쾌하게 경마며 별장에서 시간을 보내고 있는 한편 돌리는 되도록이면 비용을 절약할 목적으로 아이들을 데리고 시골로 옮겨왔다. 그녀는 자기의 지참 재산인 예르구쇼프 마을로 옮겨온 것이었으나, 바로 그곳은 이번 봄에 숲이 팔린 곳이고 포크로프스코예의 레빈이 있는 데에서는 오십 베르스타 정도 떨어진 지점에 있었다.

예르구쇼프에 있는 큼직한 낡은 저택은 벌써 오래 전에 헐렸는데, 공작의 소유였을 때 별채가 다시 수선되고 증축되어 있었다. 그 별채는 보통의 별채처럼 한쪽 옆면이 정면의 가로수길 쪽을 보고 남향으로 서 있었지만, 한 이십 년 전 돌리가 아직 어렸을 적에는 넓고 편리했었다. 그러나 지금은 이 별채도 낡고 헐어 있었다. 이번 봄 스테판 아르카지치가 산림을 팔러 갔을 때 돌리는 그에게 집을 둘러 보고 필요한 수선을 시켜 놓고 오도록 부탁한 것이었다. 스테판 아르카지치는 아내에 대해서 죄를 느끼고 있는 남편 누구나가 그렇듯이 아내의 비위를 맞추는 일에 급급하고 있었으므로 자신이 집을 돌아보고 자기의 생각으로 필요하다고 느낀 것에 대해서는 모두 지시를 하고 왔다. 그의 생각에 의하면 가구 전부를 크레틴 사라사로 싸고 커튼을 치고 뜰을 깨끗이 손질하고 연못에 다리를 놓고 화초를 심는 것이 필요했다. 그러나 그는 그 밖의 필요한 것을 대부분 잊었으므로 그러한 준비 부족이 나중에 다리야 알렉산드로브나를 몹시 괴롭혔다.

스테판 아르카지치는 자신이 아무리 조심성 있는 아버지가 되고 남편이 되려고 애써도 도저히 자기는 처자가 있는 몸이라는 것을 기억하고 있을 수가 없었다. 그에게는 독신자의 취미가 있었다. 그리고 모든 것이 그 취미의 기준에 맞춰 있었다. 그래서 모스크바로 돌아오자 그는 득의에 찬 얼굴로 아내에게 만반의 준비가 되어 있다는 것, 집도 낙원같이 될 테니까 꼭 가도록 하라고 아내에게 알렸던 것이었다. 스테판 아르카지치에게는 아내가 시골로 간다는 것은 어떤 점으로 보더라도 대단히 즐거웠다. 애들의 건강에도 비용의 절감에도 또한 그가 더한층 자유로와질 수 있다고 하는 점으로도. 그러나 다리야 알렉산드로브나도 또한 여름 동안 시골로 옮기는 것은 애들을 위해서 특히 성홍열 뒤의 회복이 시원하지 않은 딸을 위해서, 또 마지막으로는 그녀를 줄곧 괴롭히고 있던 장작 장수며 어물전이며 구두방에 대한 자질구레한 부채와 비굴한 겸손에서 벗어나기 위해서도 꼭 필요하다고 생각하였다. 게다가 또 그녀는 한여름에는 외국에서 돌아오기로 되어 있는, 요양 가 있는 동생 키치를 시골의 자기가 있는 시골로 오도록 해야겠다고 공상하고 있었으므로 시골로 간다는 것이 더한층 즐거웠던 것이다. 키치는 온천장에서 그녀에게 두 사람의 누구에게도 유년 시절의 추억에 가득 찬 예르구쇼프에게 돌리와 함께 여름을 보내는 것처럼 즐거운 것은 없다고 적어 보내고 있었던 것이다.

전원 생활의 처음 며칠은 돌리에게는 굉장히 곤란한 것이었다. 그녀는 어렸을 적에 시골에서 산 일이 있었으므로 그녀의 머리에는 시골은 온갖 도시 생활의 불쾌한 것으로부터의 구원이고 그곳의 생활은 비록 아름답지는 않다고 하더라도(이러한 것에는 돌리는 용이하게 순응했다) 그 대신 값싸고 편리한, 말하자면 무엇이거나 있고, 무엇이거나 싸고 무엇이거나 손에 넣을 수가 있고, 그리고 아이들에게도 좋은 이러한 인상이 남아 있었다. 그러나 지금 주부로서 시골에 와 보자 그러한 것들이 모두 그녀가 생각하고 있었던 것과는 전혀 딴판이라는 것을 발견하지 않을 수 없었다.

그들이 도착한 그 이튿날은 큰 비가 왔다. 그리고 밤중에 마루며 아이들 방에 비가 새었으므로 침대를 객실로 옮기지 않으면 안 되었다. 하인방에는 식모도 없었다. 아홉 마리의 암소는, 소를 치는 하녀의 말에 의하면 어떤 것은 새끼를 배고 있기도 하고 어떤 것은 송아지이기도 하고 어떤 것은 너무 늙어 있기도 하고 어떤 것은 젖이 굳어져 있기도 했다. 버터고 젖이고 아이들 몫으로 모자랐다. 달걀은 없었다. 암탉도 손에 넣을 수가 없었다. 해묵은 보랏빛의 힘줄이 많은 수탉을 구어 먹기도 하고 삶아 먹기도 했다. 마루를 닦을 여자를 얻을 수도 없었다. 모두들 감자밭에 나가 있었다. 또 그나마 한 마리밖에 없는 말이 억세어서 멍에를 얹기만 하면 사나움을 피우므로 마차를 타고 돌아다닐 수도 없었다. 목욕을 할 곳도 없었다. 냇가는 온통 가축들에게 밟혀 더럽혀졌고 또 길에서 환히 내다보였다. 산보마저, 가축이 뚫어진 울타리에서 뜰 안으로 들어오기 때문에, 그 가운데에서도 한 마리 무서운 황소가 있어 가지고 그것이 큰 소리로 울기 때문에 뿔로 떠받힐 것만 같은 생각이 들어 그것도 역시 할 수 없었다. 옷을 넣을 장롱도 없었다. 그나마 있는 것도 문이 닫히지 않기도 하고 사람이 옆을 지나가면 저절로 열리기도 했다. 밥솥도 질항아리들도 없었다. 빨래를 삶을 솥도 없었고 하녀방에 다리미판조차 없었다.

안정과 휴식 대신 이러한 무서운, 그녀의 눈으로 본다면 빈곤 상태에 빠져 있었으므로 처음에는 다리야 알렉산드로브나는 완전히 절망하고 말았다. 온 힘을 다해 애를 썼으나 그녀는 그 상태를 어떻게 할 수도 없다는 것을 통감하고 쉴새 없이 복받쳐 오르는 눈물을 꾹 누르고 있었다. 스테판 아르카지치의 눈에 들어 그 의젓하고 예의 바른 풍채로 문지기로 발탁된 중사를 지낸 적이 있던 집사는, 다리야 알렉산드로브나가 어려워하고 있는 것에는 아무런 동정도 가지지 않고 공순하게 이처럼 말했다. 「도저히 어떻게 할 수가 없어요. 저처럼 지저분한 놈들뿐이니 말씀예요.」 그리고 무엇하나 힘이 되려고는 하지 않았다.

그 상태로는 어떻게 할 수도 없을 것처럼 여겨졌다. 그러나 오블론스키네에는 어느 가정에도 다 있듯이 눈에 띄지는 않지만 중요한, 그리고 유익한 한 사람의 인물——마트료나 필리모노브나가 있었다. 그녀는 안주인을 달래고, 그러자면 모든 것이 말끔히 수습될 것이(이것은 그녀가 언제나 쓰는 말로 마트베이도 그녀한테서 이 표현을 빌어 쓰고 있었다)라는 것을 설득하고 자기는 서두르지도 않고 걱정하지도 않고 행동에 옮겼다.

그녀는 곧 집사의 아내와 사귀고 첫날에 벌써 그녀와 집사와 셋이서 아카시아나무 밑에서 차를 마시며 여러 가지 일을 상의했다. 이내 그 아카시아나무 밑에 마트료나 필리모노브나의 클럽이 만들어졌다. 그리고 이 집사의 아내와 마을의 장로와 서기로 조직되어 있는 클럽을 거쳐 생활의 어려움은 조금씩 완화되어 갔고, 일 주일 후에는 실제로 모든 것이 말끔히 수습되어 버렸다. 지붕은 수리됐고, 식모로 마을 장로의 대모(代母)가 들어왔고, 암탉은 구입됐고, 암소는 젖을 내게 됐고, 뜰은 말뚝으로 울타리가 쳐졌고, 다듬이 방망이는 목수의 손으로 만들어지고 장롱에는 고리가 달리고 그리하여 저절로 열린다든가 하는 일은 없어지고 군복천으로 싸인 다리미판은 안락의자의 팔걸이에서 옷장 위로 걸쳐져서 하녀방에서는 다리미판의 단 냄새가 나게 됐다.

「아아, 어때요! 마님께선 줄곧 비관만 하셨지만.」하고 마트료나 필리모노브나는 다리미판을 가리키면서 말했다.

짚 울타리를 친 목욕간까지 만들어졌다. 릴리는 목욕을 하기 시작했다. 다리야 알렉산드로브나에게는 안정하라고까지는 할 수 없었지만 평화로운 전원 생활의 기대가 일부분이나마 실현되었다. 여섯 아이를 데리고 편안히 있을 수 있다는 것은 다리야 알렉산드로브나에게는 바랄 수 없는 일이었다. 하나가 병에 걸리면 다른 것이 걱정이 되고 세 번째에게는 무엇인가가 모자란다든가 네 번째는 불량성의 조짐을 보이기 시작한다든가 하는 등등의 온갖 일이 그치지를 않았다. 지극히.드문드문 짧고 조용한 한때가 있었다. 그러나 이러한 마음씀과 걱정이 다리야 알렉산드로브나에게는 오직 하나 바랄 수 있는 행복이었다. 만약 그것이 없었다면 그녀는 줄곧 자기를 사랑하고 있지 않은 남편에게 대한 것을 혼자서 이리저리 생각하게 되었을 것이다. 또 그뿐만이 아니고 병에 대한 불안이며, 병 ㄱ 자체며 아이들 가운데서 나쁜 경향의 징후를 보는 슬픔은 어머니에게는 그 아무리 괴로운 것이라고 할지라도, 벌써 요즈음에는 아이들 자신이 조그마한 즐거움을 가지고 그녀의 슬픔을 메꾸어 주었다. 이러한 즐거움은 세세히 작은 모래에 섞인 금처럼 눈에 띄지 않은 것으로서 나쁜 때에는 그녀는 그저 슬픔만, 즉 모래밖에 보이지 않았지만 또 그저 즐거움만, 금만을 보게 되는 좋은 때도 있었던 것이다.

이제는 전원의 한적함 속에서 그녀는 더욱더 늘어나는 이 즐거움을 의식하게 됐다. 그들을 보면서 자주 그녀는 자기가 잘못 생각하고 있다는 것, 자기가 어머니의 욕심으로 아이들을 너무나 편애하고 있다고 하는 것을 자기에게 확신시키기 위해서 온 힘을 기울였다. 그러나 역시 그녀는 자기한테는 좋은 아이들이 제가끔 성질이 다를지언정 그렇게 흔히 보기 힘든 훌륭한 아이들이 여섯이나 있다는 것을 스스로에게 애기하잖을 수가 없었다. 그리고 그녀는 그들로 하여금 행복했고 그들로 하여금 자랑스러웠던 것이다.

8

오월 말 겨우 모든 것이 얼마쯤 정돈됐을 무렵에야 그녀는 시골의 불편함을 적어 보냈던 괴로운 사정에 대한 남편으로부터의 답장을 받았다. 그는 그녀에게 두루두루 주의가 미치지 못하였던 것을 사과하면서 좋은 기회가 나는 대로 곧 가겠다는 것을 약속하는 내용을 적어 보내 왔다. 그러나 그 기회는 좀처럼 오지 않고 다리야 알렉산드로브나는 유월 초까지 혼자서 시골에서 지냈던 것이다.

성베드로 제 주간의 일요일에 다리야 알렉산드로브나는 아이들에게 성찬을 받도록 하기 위해서 마차로 기도식에 나갔다. 다리야 알렉산드로브나는 누이들이며 어머니며 친구들과 정답게 철학적인 얘기를 할 때에는 자주 종교에 관한 자유 사상에 의해서 그들을 놀라게 한 것이었다. 그녀에게는 윤회라는 그녀만의 기묘한 종교가 있어서 그것을 굳게 믿고 있었으므로 교회의 교의 같은 것은 거의 개의하지 않았다. 그러나 가정에서는 그녀는, 그저 스스로 모범을 보여 주기 위해서만이 아니고 충심으로, 엄격하게 일체의 교회의 요구를 실행하였다. 그래서 아이들이 벌써 일 년이나 성찬을 받지 않고 있는 것이 몹시 그녀의 마음에 걸렸으므로 마트료나 필리모노브나의 찬성과 동감을 얻어서 그녀는 이번 여름 안에 그것을 끝마쳐 버려야겠다고 결심하였던 것이다.

다리야 알렉산드로브나는 며칠 전부터 아이들한테서 무엇을 입혀서 갈까 하는 문제를 가지고 여러 가지로 생각하고 있었다. 옷은 지어지기도 하고 뜯어 고쳐지기도 하고 세탁되기도 하고 솔기며 옷단이 늘려지기도 하고 단추가 달리기도 하고 리본이 준비되기도 했다. 영국인 여자가 맡아 가지고 지은 타냐의 옷이 다리야 알렉산드로브나의 기분을 몹시 상하게 했다. 영국인 여자는 고쳐 꿰맬 때에 솔기를 모두 치수대로 하지 않고 소매를 너무 깊이 파냈기 때문에 그 옷은 전혀 못 쓰게 되고 말았다. 그것은 타냐의 어깨를 죄어 보기에도 답답한 것 같았다. 그러나 마트료나 필리모노브나가 섶을 대고 긴 깃을 달 것을 생각해 냈다. 그래서 그 일은 그럭저럭 좋아졌으나 영국인 여자와는 하마터면 한바탕 말다툼이 일어날 뻔했다. 그러나 하여튼 그 날 아침까지에는 모든 것이 다 가다 듬어졌다. 그래서 아홉 시——그때까지 기다려 달라고 목사에게 부탁해 두었던 시한(時限)——가까이 되자 잘 차려 입은 아이들은 즐거움에 가득 차서 현관의 충충대 밑의 포장 마차 앞에서 어머니가 나오기를 기다리고 있었다.

마차에는 부리기 힘든 보론 대신에 마트료나 필리모노브나의 주선으로 집사의 말 부르이가 매어 있었다. 그리고 다리야 알렉산드로브나는 자기의 몸치장에 대해서 마음을 쓰느라고 시간이 걸린 뒤에 드디어 하얀 무명의 옷을 입고 마차를 타러 나왔다.

다리야 알렉산드로브나는 이것저것 생각하느라 설레는 가슴으로 머리를 빗고 옷을 입었다. 이전에는 그녀도 아름답고 남의 마음에 들도록 하려고 자기를 위해서 옷치장을 하고 했었지만 그 뒤 점점 나이를 먹어 감에 따라 옷치레를 한다고 하는 것이 차츰 싫어졌다. 말하자면 그녀는 자기의 아리따움을 잃었다고 하는 것을 알고 있었기 때문이었다. 그러나 지금 그녀는 만족과 행복감에 젖어 옷치장을 했다. 그러나 지금은 자기를 위해서가 아니고 자기의 아름다움을 위해서도 아닌, 자기가 이 아름다운 아이들의 어머니로서 일반적인 인상을 망가뜨리지 않기 위해서 옷치장을 한 것이었다. 그리고 마지막으로 다시 한번 거울을 보고 그녀는 자기에게 만족했다. 그녀는 아름다왔다. 그러나 그것은 이전에 그녀가 무도회 같은 곳에서 아름답기를 바랐던 것과 같은 그러한 아름다움은 아니고 지금 그녀가 바라고 있는 목적에 알맞는 아름다움이었다.

교회에는 농부들이며 하인들, 그들의 아낙네 외에는 아무도 없었다. 그러나 다리야 알렉산드로브나는 자기의 아이들과 자기가 불러일으킨 감탄의 빛을 보았다. 아니면 본 것 같은 기분이 들었다. 아이들은 화려한 옷으로 꾸며진 모습이 아름다왔을 뿐만 아니라 몸가짐을 얌전히 하고 있는 그것이 귀여웠다. 실은 알료쉬아의 자세는 그다지 좋다고는 말할 수 없었다. 그는 시종 고개를 틀어 자기의 자켓의 뒤를 보려고 했다. 그래도 그는 역시 유난히 귀여웠다. 타냐는 마치 어른처럼 반듯이 서 있었고 작은 것들을 보살펴 주고 있었다. 그러나 맨 밑의 릴리는 온갖 것에 대해서 천진 난만한 놀라움을 보이고 있는 모습이 무척 귀여웠고, 성찬을 받으면서 그녀가 「솜더 수세요.」하고 말했을 때는 어느 누구도 웃지 않을 수 없었다.

집으로 돌아오면서도 아이들은 무엇인가 숭엄한 것이 이루어진 것을 느낀 듯 굉장히 얌전을 빼고 있었다.

집에서도 모든 일이 뜻대로 잘되었다. 그런데 아침 식사 때에 그리쉬아는 휘파람을 분 데다가 무엇보다도 더욱 나빴던 것은 영국인 여자의 말을 듣지 않았으므로 맛있는 파이를 받지 못하고 말았다. 다리야 알렉산드로브나가 만약 그 자리에만 있었더라면 이러한 날에 벌을 준다든가 하는 것을 용서하지는 않았을 것이다. 그러나 영국인 여자의 처사도 받아 주지 않으면 안 되었으므로 그리쉬아한테는 파이를 주지 않는다는 그녀의 결단에 동의할 수밖에 없었다. 그리고 이 일이 대수롭지는 않았지만 모두의 즐거움을 망가뜨려 놓고 말았다.

그리쉬아는 니콜리니카도 휘파람을 불었는데 그는 벌을 받지 않았다. 자기는 파이 때문에 우는 것이 아니다. 자기에게는 그런 것은 아무렇지도 않다. 그저 불공평한 처사를 받는 그것이 분하다고 투덜거리면서 울었다. 그것은 벌써 너무나 안타까왔다. 그래서 다리야 알렉산드로브나는 영국인 여자와 상의를 해서 그리쉬아를 용서해 주도록 해야겠다고 마음먹고 그녀한테로 갔다. 그러나 그 도중에서 홀을 지났을 때에 그녀는 그녀의 눈에 눈물이 핑 돌 만큼 가슴을 즐거움으로 가득 채워 주는 아름다운 정경을 목격했으므로 자기 혼자 죄인을 용서하고 말았다.

벌을 받고 있던 아이는 홀 한쪽 구석의 창가에 앉아 있었다. 그리고 그 곁에 접시를 손에 든 타냐가 서 있었다. 인형에게 밥을 먹이고 싶다는 핑계로 그녀는 자기 몫의 파이를 아이들 방으로 가지고 간다는 허락을 영국인 여자한테 받고, 그 대신 그것을 동생한테 가지고 온 것이었다. 자기에게 가하여진 벌의 불공평에 대해서 또 울면서 그는 가지고 온 파이를 입에다 넣었다. 그리고 흐느낌을 통해서 이렇게 얘기하고 있었다. 「너도 먹어, 응, 같이 먹자……응, 같이.」

타냐에게는 처음에는 그리쉬아에 대한 연민만이 작용하고 있었지만 나중에는 자기의 선행에 대한 의식이 끓어올랐다. 그녀의 눈에도 마찬가지로 눈물이 글썽거리고 있었다. 그러나 그녀는 그의 말을 물리치지 않고 자기도 먹고 있었다.

어머니를 보자 그들은 놀랐다. 그러나 그 얼굴로 자기들이 하고 있는 짓이 좋은 짓이라는 것을 알자 곧 벙글벙글 웃음을 머금은 파이를 가득히 넣을 입을 우물거리면서 두 손 으로 웃고 있는 입술을 쓱쓱 닦기 시작했다. 그리고 즐거움으로 가득 차 있던 얼굴을 눈물과 잼으로 온통 뒤범벅으로 만들어 버렸다.

「어머나, 어떡해! 새하얀 새 옷을! 타냐! 그리쉬아!」하고 어머니는 옷을 더럽히게 하지 않으려고 애쓰면서, 그러나 눈물이 글썽거리는 눈으로 행복한 환희의 미소를 띠면서 이렇게 말했다.

새 옷을 벗기고 계집애들에게는 허드레 옷을, 사내아이들 한테는 헌 자켓을, 그리고 버섯 따기와 목욕을 가기 위해서 대형의 포장 마차에 말을——다시 한번 집사한테는 괴롭겠지만 부르이를 멍에에——매도록 하라고 일렀다. 그러자 귀청이 터질 듯한 환희의 외침이 아이들 방에서 일어나고 목욕을 하러 떠나는 바로 그 순간까지 그치지 않았다.

버섯은 바구니에 가득히 땄다. 릴리까지 자작나무 버섯을 찾아냈다. 이전에는 미스 굴리가 찾아내 가지고 그것을 그녀한테 가르쳐 주었었다. 그렇지만 오늘은 자기 자신이 큼직한 자작나무 버섯을 찾아낸 것이었다. 그래서 일동은 환호성을 올렸다. 「릴리가 버섯을 찾아냈다!」

그 길로 개울에 가서 말을 자작나무의 그늘에 세워 놓고 모두 목욕탕 쪽으로

갔다. 마부인 테렌치이는 쇠파리를 쫓으려고 줄곧 꼬리를 내두르고 있는 말을
나무에 매고 나자 풀을 밟아 누이면서 자작나무의 그늘에 누워 품질이 낮은 잎
담배를 태우기 시작했다. 그러자 목욕탕 안에서는 그칠 새 없는 아이들의 즐거
운 외침이 그가 있는 데까지 들려 왔다.

아이들을 모두 돌보고 그들의 장난을 못 하게 한다는 것은 꽤 성가신 일이기
는 했지만, 그리고 저마다 바꿔 신은 양말이며 팬츠며 신을 혼동하지 않도록
한다는 것이며 끈이며 단추를 묻기도 하고 끄르기도 하고 매기도 하고 한다는
것은 무척 곤란한 일기이는 했지만, 자기 자신도 평소 목욕을 좋아했고 아이들
을 위해서도 유익하다고 생각하고 있던 다리야 알렉산드로브나는 아이들 전부
와 함께 하는 이 목욕만큼 즐겁다고 여긴 것은 하나도 없었다. 그들의 포동포동
한 조그마한 발을 손에 잡고, 일일이 양말을 신기기도 하고, 발가벗은 조그마한
몸뚱이를 두 손에다 안아 물 속에 잠그기도 하고, 혹은 즐거운 듯한 혹은 깜짝
놀란 듯한 외침을 듣기도 하고, 동그랗게 뜬 놀란 듯한 즐거운 눈을 가진 할딱거
리면서 물을 철버덕거리고 있는 자기의 천사들의 얼굴을 본다는 것은 그녀에게
는 크나큰 즐거움이었다.

아이들의 반수가 벌써 옷을 입고 났을 때에 목욕탕 쪽으로 약초를 캐러 온 성
장을 한 시골 아낙네들이 다가와서 수줍은 듯이 발을 멈추었다. 마트료나 필리
모노브나는 물 속에 떨어진 보자기와 샤쓰를 말리도록 할 양으로 그 가운데의
한 아낙을 불렀다. 그래서 다리야 알렉산드로브나도 아낙네들을 상대로 이야기
를 하기 시작했다. 아낙네들은 처음에는 입에다 손을 대고 웃고만 있을 뿐 이쪽
의 질문도 이해하지 못하고 있는 것 같았으나 이내 용기를 내어 이야기를 시작
하고 진심으로 아이들을 잔뜩 치켜세웠으므로 곧 다리야 알렉산드로브나의 마
음을 끌었다.

「어머나, 좀 봐요, 아주 미인이야, 마치 설탕처럼 하얀데.」하고 하나가 타니
치카한테 정신이 팔려 고개를 저으면서 말했다.「그런데 야위었군…….」

「그래요, 그 앤 병을 앓았지.」

「어머나, 갓난아이까지 다 목욕을 했나 보군.」하고 다른 하나가 갓난애를 보
면서 말했다.

「아냐, 이 애는 아직 난 지 겨우 석 달밖에 되지 않아서 말야.」하고 자랑스러
운 태도로 다리야 알렉산드로브나는 대꾸했다.

「어머나, 어쩌면!」

「자네는 어린애들이 있나?」

「넷 있었는데 둘만 남았어요. 머슴애하고 계집애예요. 밑의 것은 이번 사육제

때 젖을 떼었어요.」

「몇 살이길래|?」

「두 살째 됐어요.」

「어째서 자네는 그렇게 오래 젖을 먹였지 ?」

「저희 습관인 걸요. 삼재기(三齋期)라는 게 말입니다……」

이렇게 하여 이야기는 다리야 알렉산드로브나한테는 가장 흥미 있는 것이 되어 갔다. 아이를 낳을 때는 어떻게 했는가 무슨 병이었던가? 남편은 어디에 있는가? 자주 오는가?

다리야 알렉산드로브나는 이 아낙네들과 헤어지고 싶은 생각이 없어졌다. 그만큼 그녀에게는 그들과의 이야기가 재미가 있었다. 그만큼 그들의 흥미는 모두 똑같은 것이었다. 그러는 동안 다리야 알렉산드로브나에게 무엇보다도 즐거웠던 것은 이 아낙네들이 모두 무엇보다도 그녀한테는 아이가 더 많다는 것과 그들이 모두 예쁘다는 것에 놀라고 있는 것을 분명히 보았다는 것이었다. 아낙네들은 다리야 알렉산드로브나를 웃기기도 하였고 영국인 여자를 화나게 하기도 하였다.

그것은 그녀 자신으로서는 이해할 수 없는 이 웃음의 원인이 되어 있었기 때문이었다. 젊은 아낙네 가운데의 하나가 맨 뒤에 옷을 입고 있던 영국인 여자를 보다 못해서 그녀가 세 번째의 속치마를 입었을 때에는 이렇게 얘기하지 않을 수가 없었다. 「글쎄 좀 봐, 감았어, 감았어, 아무리 감고 또 감아도 못 다 감겠군 그래 !」 이렇게 그녀는 말하였다. 그러자 모두들 깔깔거리며 배를 움켜쥐고 자지러지게 웃었던 것이다.

9

목욕이 끝난 뒤 아직 머리가 축축한 아이들에게 둘러싸여 다리야 알렉산드로브나가 머리 위에다 손수건을 얹고 벌써 집 가까이 타고 왔을 때 마부가 이렇게 말했다.

「어떤 나으리께서 오셨읍니다. 포크로프스코예에서 오신 분 같은 데요.」

다리야 알렉산드로브나는 앞쪽을 바라보았다. 그리고 회색 모자에 회색 외투 차림으로 이쪽을 향해서 오고 있는 친숙한 레빈의 모습을 보고 기뻐했다. 그녀는 언제나 그를 보는 것을 기뻐했으나, 특히 이때는 자기의 화려한 모습을 그에게 보이게 되는 것을 기뻐했던 것이다. 어느 누구도 레빈 이상으로 그녀의 훌륭함을 이해해 주는 사람은 없었으니까.

그녀를 보자 그는 자기가 미래에 상상하고 있던 가족 생활을 광경 하나에 부딪힌 것 같은 느낌이 들었다.

「당신께선 꼭 알을 품은 암탉 같으시군요, 다리야 알렉산드로브나.」

「아아, 정말 반가와요!」그녀는 그에게 손을 내밀면서 말했다.

「반갑다구요? 그렇지만 당신께선 알려 주시지 않았잖아요. 나한테는 지금 형님이 와 계세요. 난 스치바한테서 당신께서 여기 와 계신다는 편지를 받았읍니다.」

「스치바한테서요?」의외라는 듯한 얼굴빛으로 다리야 알렉산드로브나는 되물었다.

「네, 그 친구가 당신께서 여기에 와 계신다고 하는 것을 알려 주었죠. 내가 무엇인가 당신의 도움이 될 일이라도 있으리라고 여기고 적어 낸 거죠.」하고 레빈은 말했으나 그렇게 말하고 나자 갑자기 어찌할 바를 모르고, 말을 끊고 보리수의 순을 따서 그것을 질근질근 씹으면서 묵묵히 대형 포장마차 옆을 계속 걸었다. 그가 당황한 것은 다리야 알렉산드로브나로서는 그녀의 남편에 의해서 이루어지지 않으면 안 될 일에 남의 도움을 빌리게 된다는 것은 불쾌할 것이리라고 여긴 예감에서였던 것이다. 다리야 알렉산드로브나에게는 실제로 자기의 가정사를 남에게 무리하게 자꾸 떠맡긴다는 스테판 아르카지치의 이 처사가 마음에 들지 않았다. 그리고 그녀는 곧 레빈이 그것을 알아채고 있다는 것을 이해하였다. 이 자상스러운 이해력과 섬세한 감정 때문에 다리야 알렉산드로브나는 레빈을 좋아하고 있었다.

「그러나 나도 물론 그것은,」하고 레빈이 말했다.「그저 당신께서 날 만나고 싶어하신다는 의미에 지나지 않는 것은 알고 있읍니다. 그리고 나도 굉장히 기뻐요. 물론 나는 당신과 같은 도회의 부인에게는 이곳의 생활이 야만스럽게 여겨지리라는 것은 알고 있읍니다. 그러니까 만약 무슨 일이 있으시거든 서슴지 마시고 말씀해 주셨으면 합니다.」

「아녜요, 그렇지 않아요!」하고 돌리는 말했다.「처음엔 정말 곤란을 받았지만, 지금은 모두 저희 집의 나이 많은 유모의 덕택으로 아주 좋아졌어요.」그녀는 자기의 얘기를 하고 있다는 것을 알고 즐겁고 정답게 웃고 있는 얼굴을 레빈한테로 돌리고 있던 마트료나 필리모노브나 쪽을 가리키면서 말했다. 유모는 그를 알고 있었을 뿐만 아니라 그가 막내 아가씨한테는 훌륭한 배우자라는 것도 알고 있었고, 그 혼담이 결정되기를 바라고 있었던 한 사람이었다.

「같이 타시죠, 우리가 이쪽으로 조금 당겨 앉을 테니깐요.」하고 그녀는 그에게 말했다.

「아닙니다, 난 걷겠읍니다. 너희들 가운데에서 누가 나하구 같이 말하고 달음질을 할 사람 없니?」

아이들은 레빈을 그리 잘 알지는 못했다. 언제 만났는지도 기억하고 있지 않았다. 그러나 그에게 대해서는 아이들이 흔히 위선적인 어른들에게 대해서 경험하고 있는, 그리고 그 때문에 자주 호된 벌을 받기도 하는 수줍음과 혐오가 뒤섞인 일종의 기묘한 감정은 나타내지 않았다. 위선은 무슨 일에 있어서건 가장 총명하고 통찰력이 있는 사람도 속일 수가 있다. 그러나 아이들만은 그들이 비록 지극히 어리석다고는 할지라도 그것이 아무리 교묘하게 숨겨져 있을지언정 곧 그것을 감지하고 배척한다. 그렇지만 레빈에게는 설사 어떤 결점이 있었다고 하더라도 위선만은 조금도 없었으므로 아이들은 그에게 대해서 그들이 어머니의 얼굴에서 발견했던 것과 똑같은 정다움을 나타냈다. 그래서 그의 부름에 응해서 위의 두 아이는 곧 그가 있는 쪽으로 뛰어내려 그와 함께 마치 유모며 미스 굴리며 어머니와 함께 뛰고 있는 것 같은 친숙한 태도로 뛰었다. 심지어 릴리까지가 그한테로 가고 싶다고 졸라댔다. 그래서 어머니는 그녀를 그에게 건넸다. 그는 그녀를 어깨 위에다 앉히고 같이 뛰었다.

「걱정 마세요, 걱정 마세요, 다리야 알렉산드로브나!」그는 그녀에게 즐거운 듯 웃어 보이면서 말했다. 「내가 떨어뜨린다거나 다치게 한다거나 할 염려는 조금도 없으니깐요.」

그의 민첩하고 힘차고 주의깊고 세심한 지나칠 만큼 긴장된 동작을 보고 그녀도 완전히 마음을 놓았다. 그리고 그를 보면서 격려하듯이 미소를 띠었다.

이러한 시골에서 아이들과 자기에게 호의를 베풀어 주고 있는 다리야 알렉산드로브나를 상대하고 있는 동안, 레빈은 자주 경험한 바 있는 순진할 정도로 명랑한 기분이 되었다. 그리고 다리야 알렉산드로브나는 또 그의 이 기분을 특히 좋아하였다. 아이들과 함께 뛰어가면서 그는 그들에게 체조를 가르쳐 주기도 하고, 자기의 서투른 영어로 미스 굴리를 웃기기도 하고 다리야 알렉산드로브나한테 시골에서의 자기의 일에 대한 것을 들려 주기도 하였다.

점심 뒤에야 다리야 알렉산드로브나는 그와 단 둘이서 테라스에 앉아 키치에 대한 얘기를 하기 시작했다.

「당신께선 알고 있으세요? 키치는 이리 와서 나하고 같이 여름을 보내기로 돼 있어요.」

「정말이에요?」그는 얼굴을 붉혀 가지고 말했으나 곧 화제를 바꾸기 위해서 이렇게 말했다. 「아니, 그럼 암소를 두어 마리 이리 보내 드릴까요? 그래 만약 꼭 대금을 치르고 싶어하신다면 한 달에 오 루블씩만 지불해 주세요. 당신께서 야멸스러워 싫다고 여기시지만 않는다면.」

「아닙니다, 친절은 감사하지만, 이제 여기도 다 정리가 됐으니깐요.」

「그럼, 하여튼 어디 부인의 소나 한 번 볼까요. 그리고 괜찮으시다면 그 사육하는 법을 지도해 드리고 가겠읍니다. 모두가 사육하기 나름이니깐요.」

그리고 레빈은 그저 화제를 바꾸기 위해서 다리야 알렉산드로브나에게, 암소란 단순히 먹이를 젖으로 바꾸기 위한 기관에 불과하다 등등의 젖소 사육에 관한 이론을 늘어놓았다.

이러한 이야기를 하면서도 그는 열렬히 키치에 대한 상세한 이야기를 듣고 싶어했고, 그리고 동시에 그것을 두려워했다. 그에게는 그 같은 고통을 거쳐 억지로 얻은 안정을 파괴당하는 것이 참으로 두려웠던 것이다.

「네, 그렇지만, 그러려면 꽤 손을 보아야 하지 않아요, 나 있는 데서 누가 그 짓을 해줄 사람이 있겠어요?」하고 다리야 알렉산드로브나는 내키지 않는 듯한 태도로 대꾸했다.

그녀는 지금은 마트료나 필리모노브나의 손으로 대충 가사가 정리되어 있었으므로 이 위에 더 무엇을 바꾸려고도 하지 않았다. 게다가 또 그녀는 레빈의 농사에 대한 지식을 믿고 있지도 않았다. 소가 젖을 만들어 내는 기관이라는 의견도 그녀에게는 의심스럽게 여겨졌다. 그녀에게는 그런 류의 의견은 그저 가사를 뒤범벅이 되게 할 수 있을 뿐이라고밖에 여겨지지 않았다. 그녀에게는 그러한 것들은 모두 훨씬 간단할 것같이 여겨졌다. 마트료나 필리모노브나가 설명했던 것처럼 그저 페스트루하와 벨로파하한테 더 먹이와 물을 주고 요리사가 부엌의 구정물을 세탁부의 암소를 위해서 빼돌리지 않도록 하기만 하면 그뿐이었다. 그것은 명백했다. 그러나 가루 사료라든가 풀의 사료에 대한 의견을 어쩐지 의심스럽고 애매했다. 무엇보다도 주요한 것은 그녀에게는 키치에 대한 얘기가 하고 싶었던 것이다.

10

「키치는 말예요, 나한테 고독과 안정처럼 바라고 있는 것은 아무것도 없다고 적어 보내고 있어요.」하고 돌리는 얼마 동안의 침묵 뒤에 말했다.

「그런데 그분의 건강은 어떻읍니까, 좋은 편인가요?」설레는 가슴으로 레빈은 물었다.

「네, 덕택으로, 이제 완전히 회복된 모양이에요. 난 그애한테 가슴의 병이 있었으리라고는 결코 믿지 않았었지만.」

「아아, 난 정말 기쁩니다!」하고 레빈은 말했다. 그가 이렇게 말하고 말없이 그녀를 바라보았을 때에 돌리는 그의 얼굴에 무엇인가 불안스러워 보이는 표정이 깔리는 것을 느껴졌다.

「그런데 말씀예요, 콘스탄친 드미트리치.」다리야 알렉산드로브나는 자기의 그 선량하고 약간 비웃는 듯한 미소를 지으면서 이렇게 말했다.「어째서 당신은 키치에 대해서 화를 내고 있으시죠?」

「내가요? 나는 화를 내고 있지는 않읍니다.」하고 레빈은 말했다.

「아녜요, 당신께선 화를 내고 있으세요. 그럼 어째서 당신께선 모스크바에 와 계셨을 때, 저한테도 그 애에게도 들르지 않으셨어요?」

「다리야 알렉산드로브나.」그는 머리밑까지 붉어지면서 말했다.「난 당신 같이 선량한 분이 그것을 알아채지 못하고 있으시다는 것에 놀라울 정도입니다. 어째서 당신께선 단순히 날 가엾게 여겨 주시지 않을까요. 그리고 다 알고 있으시면서도…….」

「무엇을 내가 알고 있다는 거죠?」

「내가 청혼을 했다가 거절당한 것을.」하고 레빈은 불쑥 말했다. 그러자 일 분 전에 그가 키치에게 대해서 느끼고 있었던 부드러움이 갑자기 그의 마음속에서 모욕에 대한 분노의 정으로 바뀌어 버렸다.

「어째서 당신께선 내가 그것을 알고 있다고 여기고 있으세요?」

「아무도 모르는 사람은 없기 때문이에요.」

「거봐요, 벌써 그것으로 보아서도 당신께선 오해하고 있으세요. 나도 모르고 있었는 걸요. 대충은 짐작하고 있었지만.」

「아아! 그러니까 그처럼 당신께선 이제 다 아신 거죠.」

「내가 알고 있었던 것은 그저 무엇인가가 있었다는 것과, 그 애가 무엇인가 몹시 번민하고 있었다는 것과, 그애가 그것에 대한 얘기는 무슨 일이 있어도 입

밖에 내놓지 말아달라고 나에게 간청했던 것뿐예요. 나한테도 얘기하지 않은 정도였으니까 어느 누구한테 얘기했을 리가 없어요. 그런데 도대체 무슨 일이 있었던가요? 얘기나 좀 들려 주세요.」

「난 벌써 당신께 말씀드렸을 텐데요.」

「언제요?」

「내가 마지막 댁에 들렀을 적에.」

「그렇지만 당신께선 내가 지금 말씀드리려는 것을 알고 있으실 거예요.」하고 다리야 알렉산드로브나는 말했다. 「난 그 애가 불쌍해서 견딜 수가 없어요. 당신께선 그저 자존심에서 괴로와하고 있으실 뿐이지만……」

「그럴는지도 모르죠.」하고 레빈은 말했다. 「그렇지만……」

그녀는 그를 가로막았다.

「그렇지만 그 애는, 불쌍한 그 아가씨는, 난 정말 그 애가 가엾고 가여워서 못 견디겠어요. 이제야 난 모든 것을 다 알았어요.」

「그럼, 다리야 알렉산드로브나, 죄송합니다만」그는 일어서면서 말했다. 「난 이만 실례하겠읍니다! 다리야 알렉산드로브나, 또 뵙겠읍니다.」

「어머나, 잠깐만 기다려 주세요.」그녀는 그의 옷소매를 붙잡으면서 말했다. 「잠깐만, 좀 앉으세요.」

「제발, 제발, 그 얘기만은 하지 마십시다.」그는 자리에 앉음과 동시에 지금까지 파묻혀 버렸거니 하고 여기고 있던 희망이 그의 가슴 속에서 별안간 고개를 쳐들고 올라오며 꿈틀거리기 시작한 것을 느끼면서 말했다.

「만약 내가 당신에게 호의를 가지고 있지 않았었다면,」하고 다리야 알렉산드로브나는 말했다. 그 눈에는 눈물이 글썽거리고 있었다. 「만약 내가 당신을 알고 있는 것처럼 당신을 모르고 있었더라면……」

사라져 버렸으리라고 여기고 있던 감정은 더욱더 생생하게 되살아났다. 그리고 고개를 쳐들고 올라오기가 무섭게 금방 레빈의 마음을 차지해 버렸다.

「그래요, 이제야 난 모든 것을 똑똑히 알았어요.」하고 다리야 알렉산드로브나는 계속했다. 「그렇지만 당신께선 그것을 이해하시기가 좀 힘드실 거예요. 당신네, 자신이 자유롭게 선택할 수도 있고 하는 남자분들한테는 자기가 누구를 사랑하고 있는가 하는 것은 어떤 경우에도 뚜렷합니다. 그러나 무엇인가를 기다리고 있는 것 같은 상태에 있는 처녀는, 그 여자답고 처녀다운 수줍음을 가지고 당신네 남자분들을 멀리서 보고, 말 그대로 모든 것을 받아들여 버리는 처녀는, 그러한 처녀한테는 자기 스스로도 무엇이라고 얘기해야 좋을지 모르는 것과 같은 감정을 경험하는 일이 흔히 있기 마련이니깐요.」

338

「그렇습니다만, 만약 그 마음이 이야기를 하지 않는 것이라면……」

「아녜요, 마음은 얘기하고 있어요. 그렇지만 잘 한번 생각해 보세요. 당신네 남자분들은 처녀에게 대해서 어떤 견해를 가지고 있어요. 당신네는 집에 드나들면서, 접근하여, 잘 관찰하고, 자기가 사랑하고 있는 것을 스스로 발견하기를 기다렸다가는 그리고 그런 다음에는 그 사람을 사랑하고 있다는 것을 충분히 확인하고 나서 청혼을 하셔요……」

「글쎄요, 그렇다고만도 얘기할 수는 없죠.」

「어떡허나 마찬가지예요. 하여튼, 당신네는 당신네의 사랑이 무르익든가 선택하려고 하는 두 사람 사이에 사랑의 계량(計量)이 결정되든가 했을 경우에 청혼하시죠. 그렇지만 여자한테는 그것은 바랄 수 없는 일이에요. 여자도 자기 스스로가 선택하도록은 돼 있기는 하지만 여간해서 선택할 수는 없어요. 그저 ──『네』라든가 『아니』라든가 하고 대꾸하는 것이 고작이에요.」

『그렇다, 나하고 브론스키하고 저울질을 당했었다.』 하고 레빈은 생각했다. 그러자 그의 마음속에서 되살아나고 있던 망령은 다시 죽어 버리고 그저 그의 마음을 괴롭게 짓누를 뿐이었다.

「다리야 알렉산드로브나,」 하고 그는 말했다. 「사람은 옷이라든가 무엇인가 그런 류의 구입물을 고를 경우에는 그렇기도 하겠죠. 그러나 사랑의 경우는 전혀 다릅니다. 선택은 된 것입니다. 그리고 그쪽이 좋았던 것입니다 …… 두 번 다시 되풀이한다는 것은 불가능합니다.」

「아아, 오만이어요, 오만이어요!」 하고 다리야 알렉산드로브나는 여자만이 알고 있는 별개의 감정과 견주어 보고 그 감정의 저속함에 대해서 그를 경멸하는 것 같은 말투로 말했다. 「당신께서 청혼을 하셨을 때에는 키치는 그때 마침 답변을 할 수 없는 그런 입장에 놓여 있었어요. 그 애의 마음에는 동요가 있었어요. 당신이냐 브론스키냐 하는 동요가. 그 애는 브론스키는 날마다 보고 있었지만 당신은 오랫동안 뵙지 않고 있었으니까요. 가령, 만약 그 애가, 조금만 더 나이가 들어 있었더라면, 말하자면 나만 같았더라면 그 애의 위치에 놓였더라도 갈팡질팡한다든가 하는 일은 없었을 것입니다. 애초부터 난 브론스키는 딱 질색이었더니만 끝내 이렇게 되고 말았어요.」

레빈은 키치의 답변을 생각해 냈다. 그녀는 말했다. 「아녜요, 그럴 수는 없어요……」

「다리야 알렉산드로브나.」 그는 쑥스러운 듯 말했다. 「나는 나에게 대한 당신의 신뢰를 고맙게 여기고 있읍니다. 그러나 난 당신께서 오해하고 있으시다고 여기고 있어요. 하여간, 내가 옳거나 옳지 않거나간에 당신께서 그렇게까지 얕잡고 있으시는 오만이라는 것은 나를 위해서 카테리나 알렉산드로브나에게 대한 일체의 생각을 불가능한 것으로 하고 있읍니다. 아시겠어요, 전연 불가능한 것으로 말입니다.」

「나 꼭 한 마디만 여쭙겠어요——당신께서도 아시겠지만 난 내 아이처럼 사랑하는 마음으로 동생에게 대한 것을 여쭙겠어요. 그야 나도 그 애가 당신을 사랑하고 있었다고는 말씀드리지 않아요. 그저 나는 그 때의 그 애의 거절은 아무런 것도 증명하고 있는 것이 아니었었다는 것만을 말씀드리고 싶을 뿐예요.」

「난 모르겠군요!」레빈은 벌떡 자리를 차고 일어서면서 말했다.「아아, 만약 당신께서 당신이 지금 얼마나 나를 괴롭히고 있으신가 하는 것을 알아 주신다면 좀 좋겠읍니까만! 그것은 마치 당신의 아이가 죽었을 경우에 남이 당신을 보고 이렇게 얘기하는 것과 마찬가지예요. 그 아이는 이런 아이가 됐을 것이다라든가, 이렇게 했으면 살 수도 있었을 것이다라든가, 당신도 그것을 보고 기뻐하셨을 것이다라든가, 그러나 그 아이는 이미 죽어 버렸읍니다. 죽어 버렸읍니다. 죽어 버렸읍니다……」

「정말 당신은 우스운 분이시군요.」하고 다리야 알렉산드로브나는 서글픈 미소를 띠고 레빈의 홍분을 바라보면서 말했다.「그래요, 난 이제 더욱더 모든 것을 알게 됐어요.」하고 그녀는 깊은 생각에 잠긴 듯한 어조로 계속했다.「그럼 당신께서는 키치가 오더라도 우리한테는 와 주시지 않으시겠군요?」

「네, 오지 않겠읍니다. 물론 난 카테리나 알렉산드로브나를 피할 생각은 털끝만치도 없읍니다. 그렇지만 되도록이면 난 나라고 하는 사람의 존재에서 일어나는 불쾌함에서 그분을 구출하기에 힘쓰겠읍니다.」

「어머나, 성말, 성말 당신은 우스운 분이시군요.」하고 다리아 일렉산드로브나는 부드러운 눈빛으로 그의 얼굴을 쳐다보면서 되풀이했다.「그럼, 좋아요. 그렇다면 우리들은 이것에 관해선 아무것도 얘기하지 않았던 거나 마찬가지예요. 아니, 넌 어째서 왔니, 타냐?」하고 다리야 알렉산드로브나는 그때 마침 들어왔던 계집애를 보고 프랑스어로 이렇게 말했다.

「내 삽 어디 있어, 엄마?」

「난 프랑스어로 얘기하고 있는 거야. 그럼 너도 그렇게 해야지.」계집애는 얘기하려고 했다. 그러나 삽이라는 프랑스어를 잊고 있었다. 어머니는 그녀에게 깨우쳐 주었다. 그리고 나서 다시 프랑스어로 삽을 어디에서 찾아야 할 것인가를 가르쳐 주었다. 이것이 레빈한테는 불쾌하게 여겨졌다.

그러자 그에게는 다리야 알렉산드로브나의 가정과 그리고 그녀의 아이들 가운데에 있는 일체의 것이 전연 이전과 같은 귀염성을 잃어버리고 만 것처럼 여겨졌던 것이다.

『어째서 이분은 아이들에게 프랑스어로 얘기하고 있는 것일까?』하고 그는 생각했다. 『그 얼마나 부자연스럽고 위선적인 것일까! 아이들도 그것을 느끼고 있다. 프랑스어를 가르쳐 주어 진실을 내쫓고 있다.』 그는 다리야 알렉산드로브나가 벌써 스무 번이나 심사숙고한 끝에 역시 다소의 진실을 희생시키는 일이 있더라도 이런 방법에 의해서 자기의 아이들을 가르치는 것이 필요하다고 생각한 것이라고는 알지 못하고 혼자서 속으로 이렇게 생각했다.

「그런데 당신께선 어디를 그렇게 가실 데가 있으세요? 조금만 더 앉아 계세요.」

레빈은 차 마시는 시간까지 남았다. 그러나 그의 쾌활한 기분은 온통 자취를 감춰 버리고 말아 그의 마음은 편하지 않았다.

차를 마시자, 그는 마차의 채비를 시킬 양으로 현관으로 나갔다. 그리고 다시 돌아오자 다리야 알렉산드로브나가 어두운 얼굴을 하고 눈에는 눈물이 가득한 채 잔뜩 흥분되어 있는 것을 보았다. 마침 레빈이 나간 바로 그 순간에 다리야 알렉산드로브나에게는 오늘의 그녀의 행복과 아이들에게 대해서 품었던 자랑스러움이 별안간 송두리째 파괴하고 만 사건이 불시에 일어났던 것이다. 그것은 그리쉬아와 타냐가 공을 서로 빼앗으면서 싸운 일이었다. 다리야 알렉산드로브나는 아이들 방의 외침 소리를 듣고 쫓아나갔다. 그리고 무서운 모습을 한 둘을 발견하였던 것이다. 타냐는 그리쉬아의 머리카락을 잡고 있었고, 그는 분노 때문에 뒤틀린 얼굴을 하고 두 주먹으로 닥치는 대로 마구 그녀를 치고 있었다. 그것을 첫눈에 보았을 때 다리야 알렉산드로브나는 마음속에서 무엇인가가 한꺼번에 찢기는 것만 같았다. 마치 칠흑의 암흑이 그녀의 생활 위로 몰려 온 것만 같았다. 그녀는 자기가 그처럼 자랑하고 있던 자기의 아이들이 그저 지극히 평범한 아이들이었을 뿐만이 아니고 난폭한 야수적인 경향을 가지고 있는, 교육이 잘되어 있지 않은 좋지 않은 험상궂은 아이들이기까지 했다는 것을 깨달았던 것이다.

그녀는 이제 그 이외의 것에 대해서는 얘기할 수도 생각할 수도 없었다. 그리고 레빈에게 자기의 불행을 이야기하지 않을 수 없었다.

레빈은 그녀의 불행한 모습을 보고 그런 것은 조금도 나쁜 경향의 증거는 되지 않는다. 싸움쯤은 어느 아이나 다 하는 것이라는 것을 얘기하고 그녀를 달래려고 애썼다. 그러나 이렇게 얘기는 하면서도 레빈은 속으로 생각했다. 『아니, 난 내 아이들에게 서투른 수작을 한다든가 프랑스어로 얘기한다든가 하지는 않아야겠다. 그러나 나에게는 이런 아이들은 생기지 않을 것이다. 버려 놓지 않아야 한다는 것뿐만이 아니다. 아이들을 병신으로 만들지 말아야 하는 것이 필요하다. 그러면 그들은 좋아지기 마련이다. 그렇다, 내 아이들은 이렇게는 되지 않을 것이다.』

그는 작별을 하고 마차를 타고 떠났다. 그녀는 그를 붙들지 않았다.

11

칠월 중순 무렵에 포크로프스코예에서 이십 베르스타 가량의 거리에 있는 누님네 마을의 장로가 일의 경과며 풀 베기에 대한 보고를 하러 레빈에게로 왔다. 누님 소유지의 주요한 수입은 강변의 풀밭에서 얻어지는 것이었다. 지난 해까지 그곳의 풀은 일 제샤치나 이십 루블꼴로 농부들에게 팔리고 있었으나, 레빈은 그것을 자기의 관리 밑에 옮겼을 때에 풀밭을 돌아보고 훨씬 값어치가 있다는 것을 발견하자 일 제샤치나 이십오 루블이라는 값을 정했다. 그런데 농부들은 그 값을 내지 않은 데다가 레빈이 염려스럽게 여기고 있었던 것처럼 다른 원매자들까지도 발을 끊어 놓아 버렸다. 그래서 레빈은 직접 그리로 나가서 일부분은 날품꾼의 손으로 일부분을 배당제(配當制)로 거두어들이도록 처리했다. 본바닥 농부들은 온갖 수단을 다 부려 이 새로운 방법을 방해하였으나, 일은 착착 진척되어 첫해에는 그 풀밭에서 거의 두 배의 수입을 올렸다. 그러나 수확은 똑같은 상태였다. 그래서 올해는 농부들이 삼분의 일이라는 배당으로 풀밭의 전부를 인수했다. 그리고 지금 장로가 풀 베기가 끝났다는 것과 비가 걱정이 되어 서기를 불러 가지고 그의 입회 아래 수확을 구분하고 지주의 몫을 벌써 열한 더미 긁어모았다는 보고를 하러 온 것이었다. 가장 큰 풀밭에서는 얼마만큼의 건초가 나왔느냐는 질문에 대한 애매한 대답과 허가도 없이 분배를 한 장로의 서두름, 그의 모든 태도에 의해서 레빈은 이번의 이 분배에 무엇인가 개운치 않은 것이 있다는 것을 알고서 자신이 직접 그것을 조사하러 나가 보아야겠다고 마음먹었다.

점심때에 마을에 도착하자 레빈은 형의 유모의 남편인 친근한 노인의 집에다 말을 남겨 놓고 그한테서 풀 베기에 대한 자세한 상황을 알아야겠다고 생각하면서 양봉장에 있는 노인한테로 들어갔다. 수다스럽고 풍신이 훌륭한 영감인 파르메느이치는 반갑게 레빈을 맞아 그에게 자기의 일을 모두 보여 주고 자기의 꿀

벌에 대해서와 금년의 벌떼에 대한 자세한 이야기를 모조리 들려 주었다. 그러나 풀 베기에 대한 레빈의 질문에는 우물우물하고 마지못해 답변을 했다. 이 경우 이것이 더한층 레빈의 예상을 굳게 했다. 그는 풀 베는 곳으로 나가서 풀의 더미를 조사했다. 그 더미 가운데에는 쉰 수레씩 되는 것은 있을 것 같지가 않았다. 그래서 레빈은 농부들의 부정을 잡기 위해서 그 자리에서 건초를 운반했던 짐수레들을 가지고 와서 한 더미를 헐어 가지고 창고로 그것을 운반하라고 시켰다. 그 더미에서는 겨우 서른 두 수레 분밖에 나오지 않았다. 그래서, 건초는 부피가 줄기 일쑤라는 것과 그것이 쌓아올려졌을 때의 상황에 대해서 장로가 시종 변명했음에도 불구하고, 게다가 또 모든 것은 하느님 앞에서 행해진 것이니까 라는 그의 맹세에도 아랑곳없이 레빈은 건초는 자기의 명령이 없이 분배된 것이니까 그것을 한 더미를 쉰 수레씩 쳐서 받아들일 수는 없다고 주장했다. 오랜 옥신각신 끝에 이 말썽은 문제의 열한 더미를 쉰 수레씩 쳐서 농부들이 자기 몫으로 인수하고 지주의 몫은 다시 분배한다는 것으로 낙착됐다. 이같은 승강이와 더미의 분배는 점심때까지 계속됐다. 마지막 건초가 분배되고 나자 레빈은 나머지의 감시를 서기한테 맡기고 자기는 금작화의 수술대로 표를 한 건초의 더미 위에 올라앉아 사람으로 들끓고 있는 풀밭을 넋을 놓고 바라보고 있었다.

그의 앞에는 조그마한 늪 건너 개울 굽이에서 낭랑한 목소리로 즐겁게 지껄이면서 아낙네들의 얼룽덜룽한 행렬이 움직이고 있었고, 그리고 흩어져 널린 건초는 잿빛의 꾸불꾸불한 벽이 되어 담록색의 그루풀 위로 재빨리 뻗어 나아가고 있었다. 아낙네들의 배후에는 쇠스랑을 가진 농부들이 뒤따르고 있었다. 그리고 그 벽 가운데에서 나비가 넓고 고가 높은 부풀어 오른 건초의 더미가 커져 가고 있었다. 왼쪽은 벌써 다 치워져 풀밭에는 짐수레가 덜거덩거리고 있었고 풀의 더미는 하나하나 큼직한 쇠스랑으로 헐려 사라져 가고 있었다. 그리고 그런 뒤에는 말의 엉덩이 위로 쓰러질 만큼 짐수레 위에 향기로운 건초의 무거운 짐이 차곡차곡 쌓아올려졌다.

「풀을 거둬들이기엔 아주 훌륭한 날씨군요! 굉장한 건초가 될 겁니다!」노인은 레빈의 옆에 와 앉으면서 말했다. 「이거 뭐 차(茶)지 건초가 아네요! 저기 보십쇼, 저 주워 올리고 있는 것을! 영락없이 새끼오리들한테 알곡을 뿌려준 것 같죠!」하고 그는 쌓아올려져 가고 있는 풀의 더미를 가리키면서 덧붙였다. 「점심 뒤부터 거의 반은 운반했군요.」

「애, 거 마지막 짐이냐, 응?」하고 그는 수레의 상자 앞에 서서 삼으로 꼰 고삐의 끝을 홰홰 내두르면서 옆을 지나가는 젊은 농부한테 외쳤다.

「마지막이에요, 아버지!」젊은이는 고삐를 당겨 말을 세우면서 말고는 싱글벙글하면서 수레의 상자 안에 앉아 역시 생긋이 웃고 있는 얼굴이 빨간 아낙네를 돌아보았다. 그리고 말을 몰았다.

「저건 누구야? 아들인가?」레빈은 물었다.

「내 막동이에요.」하고 상냥한 미소를 띠고 노인은 말했다.

「정말 좋은 젊은이군!」

「아니, 정말 귀여운 녀석입죠.」

「벌써 장가들었나?」

「네, 지난 강림절로 꼭 만 이태 됩니다.」

「오오, 그래. 그래 아들은?」

「아들은요! 저 녀석은 만 일 년을 아무것도 모르고 있었으니깐요. 게다가 또 수줍어해서 말씀예요.」하고 노인은 대꾸했다.「그건 그렇고, 저 건초! 정말 차(茶)예요!」하고 그는 화제를 바꾸려고 하면서 이렇게 되풀이했다.

레빈은 한층 더 주의깊게 바니카 파르메노프와 그의 아내를 지켜보았다. 둘이는 그한테서 그리 멀지 않은 데에서 건초를 쌓고 있었다. 이반 파르메노프는 수레 위에 올라서서 그 젊은 미인인 아내가 처음에는 한 아름씩, 그리고 다음에는 쇠스랑으로 솜씨 있게 그한테 건네는 건초의 큼직한 다발을 받아가지고 판판하게 골라놓고 그 위를 밟아 대고 있었다. 젊은 아내는 힘을 들이지 않고 즐겁게 그리고 능란하게 일을 하고 있었다. 큼직하게 뭉쳐져 있던 건초는 단번에는 쇠스랑에 걸리지 않았다. 그녀는 먼저 그것을 판판하게 펴 가지고 그것에 쇠스랑을 찔러 넣어, 그런 다음에는 탄력성 있고 재빠른 동작으로 그 위에다 자기의 몸뚱이의 온 무게로 누르고 그리고 또 이내 빨간 허리띠를 맨 허리를 구부렸다가는 몸을 반듯이 펴고, 하얀 앞치마 밑으로 풍만한 가슴을 드러내 보이면서 솜씨 있는 몸짓과 함께 두 손으로 쇠스랑을 냉큼 잡아 풀 다발을 높이 수레 위로 던져 올렸다. 그러면 이반은 분명히 그녀를 조금이라도 쓸데 없는 노고에서 벗어나게 해주려고 애쓰면서 던져진 다발을 두 팔을 넓게 벌려 받아가지고 그것을 수레 위에다 판판히 폈다. 마지막 풀을 갈퀴로 건네고 나자 아내는 목덜미에 붙은 풀잎을 털어내고 그슬리지 않은 하얀 이마 위로 내려온 빨간 머릿수건을 바로잡고 짐을 묶기 위해서 수레 밑으로 기어들어갔다. 이반은 그녀에게 밧줄 거는 법을 가르치고 있었으나 그때 그녀가 얘기한 무엇인가에 대해서 큰소리로 껄껄거리고 웃었다. 둘이의 얼굴 표정에는 힘차고 젊고 눈뜬 지 얼마되지 않은 사랑이 담겨 있었다.

12

짐은 다 꾸려졌다. 이반은 뛰어내려 보기좋게 살이 투실투실하게 찐 말의 고삐를 잡았다. 아내는 갈퀴를 짐 위에다 던져 올려 놓고 힘찬 걸음걸이로 두 손을 흔들면서 춤을 추려고 모여 있는 아낙네들한테로 갔다. 이반은 길 위로 몰고 나와 짐을 가득 실은 수레의 줄에 끼었다. 아낙네들은 갈퀴를 어깨 위에다 메고 갖가지 화려한 색채를 빛내면서 쾌활한 목소리로 수선거리면서 수레의 뒤를 따라갔다. 덜렁대는 거칠은 한 아낙네의 목소리가 노래를 뽑아 그것을 되풀이하는 데까지 부르고 나자 이번에는 곧 그것에 이어 굵직한 목소리며 가느다란 목소리 그리고 기운찬 목소리 등 쉰 남짓의 각가지 목소리들이 한결같이 또 똑같은 노래를 처음부터 되풀이했다.

아낙네들은 노래 소리와 함께 레빈에게로 다가왔다. 그에게는 환희의 천둥을 가진 먹구름이 자기에게로 다가오고 있는 것만 같았다. 먹구름은 밀려들자 순식간에 그를 붙들어 버리고 그 위에 그가 누워 있던 풀의 더미도 그 밖의 더미도 짐수레도 저멀리 들에 널려 있는 온 풀밭도, 모든 것이 외침과 휘파람 소리와 박자를 맞추는 소리가 뒤섞인 이 야성적이고 신바람난 노래의 장단 밑에 가라앉아 흔들리기 시작했다. 레빈에게는 이 건강한 즐거움이 부러워지고 이러한 생의 환희의 표현 속에 한축 끼어들고 싶어졌다. 그러나 그는 어떻게 할 수도 없었다. 그냥 그대로 누운 채 보고 듣고 할 수 밖에 없었다. 그리고 사람들이 노래 소리와 함께 시야와 귓가에서 사라져 버림과 동시에 자기의 고독과 자기의 육체적인 무위와 세상에 대한 자기의 적의에 찬 괴로운 우수의 감정이 레빈을 붙들어 버린 것이었다.

건초를 가지고 다른 누구보다도 끈질기게 다투었던 바로 그 농부 몇 사람도, 그가 약을 올렸던 자들도 또 그를 속이려고 했던 패도, 그러한 농부들이 모두 즐겁게 그한테 인사를 했으며 분명히 그에게 아무런 악의도 품고 있지 않았고 또 그를 속이려고 했던 것에 대해서도 그 어떤 뉘우침은 커녕 그 기억조차도 가지고 있지 않았던 것처럼, 또 가질 수가 없었던 것처럼 보였다. 말하자면 그러한 것들은 모두 즐거운 공동 노동의 바다 속으로 잠겨 버린 것이었다. 하느님은 하루를 주고 하느님은 힘을 주었다. 그리고 그 하루도 힘도 노동에 바쳐지고 보수는 노동 그 자체 속에 있었던 것이다. 누구를 위한 노동인가? 노동의 결과는 어떨 것인가? 그러한 것은 아무런 관계도 없는 쓸데 없는 생각에 지나지 않았다.

레빈은 지금까지도 때때로 이런 생활에 마음을 빼앗겼고 이런 생활을 영위하고 있는 사람들에게 대해서 선망의 정을 경험했다. 그러나 오늘은 난생 처음으로 그 가운데서도 이반 파르메노프와 그 젊은 아내 사이에서 받은 인상 때문에 레빈에게는 자기가 지금까지 생활해 온 번잡하고 무위하고 인공적인 개인 생활을 이 공동의 깨끗한 노동의 아름다운 생활로 바꾸는 것도 자신의 의지 하나에 달렸다는 생각이 처음으로 명백하게 머리에 들어왔다.

그하고 같이 앉아 있던 노인은 벌써 오래 전에 집으로 돌아가 버렸다. 사람들도 모두 산산이 흩어져 버렸다. 가까운 사람들은 집으로 떠났고 먼 사람들은 풀밭 속에서 저녁을 준비하고 하룻밤을 지내기 위해서 모였다. 사람들 눈에 띄지 않았던 레빈은 풀더미 위에 누운 채 보고 듣고 생각하기를 계속했다. 풀밭에서 하룻밤을 샐 양으로 남은 사람들은 짧은 여름 밤을 거의 한밤도 자지 않고 지냈다. 처음 저녁밥을 먹을 동안은 즐거운 얘기 소리와 웃음 소리가 들렸으나 이내 그것들은 또다시 쾌활하게 웃으며 노래를 불렀다.

온종일 긴긴 노동의 하루는 그들 속에 쾌활함 외의 아무런 흔적도 남기지 않았다. 새벽녘이 가까와지자 모든 것은 고요해졌다. 들리는 것은 그저 늪 속에서 그칠 새 없이 개골거리고 있는 개구리와 동이 트기 전의 안개 속에서 풀밭을 따라 말이 콧바람을 불고 있는 말의 메아리뿐이었다. 제정신이 들자 레빈은 풀더미에서 일어서서 별을 우러러보고 밤이 지나간 것을 알았다.

『자아, 그래 난 어떡해야 한담? 이것을 어떻게 해야 하나?』 그는 이 짧은 밤을 새워 가며 생각하고 느낀 것을 자기 자신에게 다짐시키려고 노력하면서 이처럼 자기한테 얘기해 보았다. 그가 생각하고 느낀 것은 모두 세 갈래의 서로 다른 사상적인 방향으로 나뉘어 있었다. 그 하나는, 자기의 낡은 생활의 부정, 무용한 지식의 부정, 아무런 쓸모도 없는 교양의 부정이었다. 이 부정은 그에게 즐거움을 가져다 주었고 그에게는 용이하고 간단했다. 제2의 사상과 공상은 그가 현재 살고 싶어하고 있는 생활, 그것에 관한 것이었다. 그 생활의 소박·순결·정당성을 그는 분명히 느끼고 있었다. 그리고 그는 그 생활 속에서야말로 자기가 그처럼 병적으로 부족함을 통감하고 있던 것에 만족과 안정과 가치를 발견할 수가 있으리라고 확신하고 있었다. 그러나 사상의 제3열은 낡은 생활에서 새로운 생활에로의 전향의 일보를 어떻게 내디뎌야 할 것인가 하는 문제에서 방황하고 있었다. 그리고 거기에는 그의 앞에 아무런 명백한 것도 나타나지 않았다. 『아내를 가져야 할 것인가? 노동과 노동의 필요를 가져야 할 것인가? 포크로프스코예를 버려야 할까? 땅을 사야 할까? 농민들의 사회에 끼어들 것인가? 농부의 딸과 결혼할 것인가? 도대체 난 이것을 어떻게 해야 하나?』 하고 또다시 그는 자기에게 물어 보았으나 해답은 떠오르지 않았다. 『하여간

난 온 밤을 한잠도 자지 않아서 뚜렷한 판단을 내릴 수가 없다.』 이렇게 그는
자기한테 말했다. 『나중에 잘 생각하자. 그저 이 하룻밤이 내 운명을 결정지어
준 것만은 확실하다. 내가 지금까지 그리고 있었던 가정 생활의 꿈이니 하는 것
들은 모두 무의미했다. 그것이 아니었다.』 그는 자기에게 말했다. 『온갖 것이
훨씬 간단하고 훨씬 명백하다……』

『정말 아름답다!』 그는 하늘 한복판 그의 머리 바로 위에 머물고 있는 하
얀 양털 같은 구름 속의 진주조개 같은 기이한 한 점을 쳐다보면서 생각했다.
『정말 이 아름다운 밤에는 모든 것이 다 아름답다! 그래 어느 틈에 저 조개의
모양이 이루어졌을까? 이제 금방 난 하늘을 보았던 것이다. 그리고 그때에는
두 줄기의 하얀 띠 외엔 아무것도 없었다. 그렇다, 이것과 마찬가지로 나의 인
생에 대한 견해도 어느 틈엔지 바뀌어 버렸다!』

그는 풀밭에서 걸어나와 넓은 길을 따라 마을 쪽으로 발길을 옮겼다. 미풍이
일어나고 하늘은 잿빛으로 흐려졌다. 어둠에 대한 빛의 완전한 승리인 새벽에
앞서서 반드시 찾아드는 어두운 한 순간이 닥친 것이다.

추위에 몸을 옴츠리면서 레빈은 땅에다 눈을 떨어뜨리고 빨리 걸었다 『이게
뭐야? 누군가가 오나 보군.』 그는 방울 소리를 듣고 생각했다. 그리고 고래를
쳐들었다. 그에게서 마흔 발짝 가량 떨어진 곳에서 그를 향해 그가 걸어가는 풀
덮인 큰길을 네 필의 말이 끄는 마차가 달려오고 있었다. 뒷말은 수레바퀴의 자
국 때문에 채에 눌렸으나 숙련된 마부는 마부대 위에 비스듬히 앉은 채 수레바
퀴의 자국을 따라 채를 가누었으므로 바퀴는 평평한 데로 굴러 갔다.

레빈은 그러한 것들을 보았을 뿐, 타고 있는 사람에 대해서는 생각하지도 않
고 망연히 마차 속을 흘낏 보았다.

마차 속에는 한쪽 구석에 한 노파가 졸고 있었다. 창가에는 보기에 금방 잠을
깬 것 같은 젊은 처녀가 두 손으로 하얀 모자의 리본을 누르면서 앉아 있었다.
빛나고 깊은 생각에 잠긴 듯한, 레빈에게는 인연이 먼 화려하고 복잡한 내부 생
활로 충만되어 있는 듯한 모습을 하고 있는 그녀는 그의 머리 너머로 해가 떠오
르는 동녘 하늘의 놀을 바라보고 있었다.

이 광경이 사라짐과 동시에 진실에 어린 눈이 그를 흘낏 보았다. 그녀는 그를
알아보았다. 그러자 깜짝 놀란 듯한 기쁨이 그 얼굴을 환하게 했다.

그는 잘못 볼 수는 없었다. 그 눈은 이 세상에 오직 하나 밖에 없는 것이었다.
이 세상에서 생활의 광명과 의의를 그를 위해서 집중할 수 있는 것은 오직 하나
밖에 없었다. 그것은 그녀였다. 그것은 키치였다. 그는 그녀가 정거장에서 예르
구쇼프로 타고 가는 길이라는 것을 알았다. 그러자 이 불면의 하룻밤 내내 레빈

의 마음을 동요시키고 있던 온갖 계획, 그가 품은 온갖 결의, 그러한 것들이 모두 갑자기 자취를 감추어 버렸다. 그는 농부의 딸과 결혼하려고 생각했던 자기의 공상을 혐오스럽게 생각했다. 그저 거기에서, 저 차츰차츰 멀어지면서 반대쪽으로 가 버린 마차 속에서 그저 거기에서만 요즈음 그렇게까지 그를 괴롭히고 있던 그의 생활의 수수께끼를 해결할 수 있는 가능성이 발견됐던 것이다.

그녀는 더는 내다보지 않았다. 마차의 삐거덕거리는 스프링 소리는 멎고 그저 간간히 방울 소리만이 들렸다. 개 짖는 소리가 마침내 마차가 마을을 지나간 것을 알렸다. 그러나 갑자기 거기에 남은 것은 텅 빈 들판과 앞에 보이는 마을과 쓸쓸한 한길에 혼자서 외로이 걸음을 옮기고 있는 온갖 것과 단절된 고독한 그 자신뿐이었다.

그는 조금 전까지 자기가 감탄했고 자기를 위해서 그 밤의 상념과 감정의 길잡이가 되어 주었던 그 조개를 거기에서 찾아낼 생각으로 하늘을 쳐다보았다. 그러나 하늘에는 벌써 조개와 비슷한 것은 하나도 없었다. 그 이를 수 없는 높이에서는 이미 신비한 변동이 이루어지고 있었다. 조개는 벌써 흔적도 없었다. 있는 것은 그저 하늘의 반쪽에 걸쳐 널려 있는, 차츰 조각조각으로 해체돼 가는 반반한 양털 모양의 융단뿐이었다. 하늘은 파랗게 걷히고 밝아졌다. 그리고 똑같은 부드러움을 지녔으나 똑같이 이르기 어려운 모습으로서 의혹이 담겨 있는 눈동자에 대꾸하고 있었다.

「아니.」하고 그는 자기에게 말했다. 「이 소박하고 노동적인 생활이 아무리 좋아도 난 벌써 그리 돌아갈 수는 없다. 난 그녀를 사랑하고 있는 것이다.」

13

알렉세이 알렉산드로비치에게 가장 가까운 사람들을 빼놓고는 누구 하나 이 겉으로 보기에는 철저히 냉정하고 사려 깊은 인물이 그 성격의 일반적인 경향과는 반대로 하나의 약점을 지니고 있다는 것을 알고 있는 사람은 없었다. 알렉세이 알렉산드로비치는 어린애며 여자의 눈물을 예사롭게 보고 듣고 할 수 없는 사람이었던 것이다. 눈물을 보면 그는 갑자기 혼란 상태로 이끌려 완전히 판단력을 잃어버리는 것이었다. 그의 부하 직원이 서기장이며 비서관은 그 점을 잘 알고 있었고 여자 청원자한테는 만약 그녀들이 자기의 용건을 그르치고 싶어하지 않는다면 결코 울어서는 안 된다는 것을 미리 일러두는 것이었다.「그분께서 화를 내신다, 그러면 당신의 청원을 들어 주시지 않게 되니깐요.」라고 그들은 말했다. 그리고 실제에 있어 그런 경우, 눈물에 의해서 알렉세이 알렉산드로비치에게 야기되는 정신적 혼란은 성급한 노여움으로 표현되는 것이 일쑤였다.「난 할 수 없읍니다. 아무것도 할 수 없읍니다. 미안하지만 좀 나가 주실까요!」그런 경우에는 그는 언제나 이렇게 외치는 것이었다.

경마에서 돌아오는 길에 안나가 그한테 브론스키와의 관계를 분명히 하고 곧 그 뒤에 두 손으로 얼굴을 가리고 울음을 터뜨렸을 때에 알렉세이 알렉산드로비치는 그녀에게 대한 분노가 소용돌이치듯 밀려 왔음에도 불구하고 동시에 눈물이 가져오는 그 정신적 혼란의 상태를 느꼈다. 그것을 알고 또 그 순간의 자기 감정의 표현이 지금 상황에 알맞지 않으리라는 것을 알고 그는 생명의 온갖 표현을 자기 속에 억류하려고 애썼다. 그 결과 옴싹달싹하지도 않았고 그녀 쪽을 보지도 않았던 것이다. 그리고 또 이것으로 안나가 느끼곤 하던 그 기괴한 죽은 사람 같은 창백한 표정이 그의 얼굴에 나타났던 것이다.

집에 도착하자, 그는 그녀를 마차에서 부축해서 내려 주고 애써 자기를 억누르며 언제나처럼 공손한 태도로 그녀에게 작별을 하고는 하등 뒤에 걸리지 않는 몇 마디 말을 했다. 그는 그녀에게 자기의 결심을 내일 알릴 것이라고 말했다.

그의 최악의 의혹을 확인시킨 아내의 말은 알렉세이 알렉산드로비치의 마음에 잔인한 아픔을 주었다. 이 아픔은 아내의 눈물이 그의 마음에 일으킨 그녀에게 대한 육체적인 연민이라는 예의 기괴한 감정에 의해서 더한층 증대되었다. 그러나 마차 속에 혼자 남자 알렉세이 알렉산드로비치는 제물에 놀라기도 하고 기뻐하기도 한 것은 자기가 그 연민에서도, 요즈음 그를 괴롭히고 있던 의혹과 질투의 고통에서도 완전히 자유롭게 되어 있는 것을 느낀 것이다.

그는 오랫동안 앓던 이를 빼 버린 사람의 느낌을 경험했다. 무서운 아픔과 무엇인가 그 거대한, 자기의 머리보다도 더 큰 것이 턱에서 뽑혀 버린 것 같은 느낌 뒤에, 환자는 갑자기 아직은 자기의 행복을 믿지 않고, 아주 오랫동안을 자기의 생활에 괴로움을 주었고, 온 주의를 거기에다 못 박고 있었던 것이, 벌써 존재하지 않게 되고 자기는 또다시 살고 생각하고 자기의 이 이외의 것에 흥미를 가질 수 있을 것이라는 것을 느끼는──이 느낌을 알렉세이 알렉산드로비치는 경험했다. 아픔은 기괴하고 무서운 것이었다. 그러나 이제는 그것은 지나가 버렸다. 그는 자기가 또다시 살고 이제 아내에 대해서만이 아닌 것을 생각할 수 있으리라는 것을 느꼈다.

『명예심도 없는가 하면 인정도 없고 신앙도 없는 타락한 계집! 이것은 나도 평소부터 알고 있었다. 언제나 보고 있었다. 비록 그것을 가엾게 여기고 스스로를 속이려고는 하고 있었다고 하지만.』 이렇게 그는 자기에게 말했다. 그리고 그에겐 실제로 자기가 언제나 그것을 보고 있었던 것 같은 —— 그는 이전에는 별반 나쁘다고도 여기지 않았던 그들의 지난 날의 생활을 하나하나 상기해 보았다. 그러자 지금은 그 하나하나가 그녀가 이전부터 타락한 계집이었다는 것을 명백히 드러내 보였다. 『내가 내 생활을 그녀와 맺었던 것은 잘못이었다. 그러나 내 잘못 가운데에는 하나도 나쁜 것은 없다. 그러니까 난 불행할 턱이 없다. 나쁜 것은 내가 아니니까.』 하고 그는 자기한테 말했다. 『그것이니까. 그러나 난 이제 그것이 어떻게 됐건 상관 없다. 나에게는 그것은 이제 존재하고 있지 않으니까……』

그녀와, 그녀에게 대해서와 마찬가지로 그의 감정이 일변해버린 아들에게 관한 것도 일체 그의 마음을 끌지 않게 됐다. 지금 그의 마음을 사로잡고 있는 것이라고는 그녀가 타락하는 가운데서 그한테 더럽혀 놓은 진창을 털어내고 활동적이고 명예롭고 유리한 자기의 생활의 길을 계속 걸어 나아가기 위해서는 어떻게 하는 것이 가장 좋고 가장 점잖고 자기를 위해서 가장 이롭고 따라서 가장 정당할 것인가 하는 문제 오직 그 하나뿐이었다.

『한 하찮은 계집이 죄를 저질렀다고 해서 내가 불행하게 될 수는 없다. 난 오직 그것이 나를 빠뜨려 놓은 불유쾌한 상태에서 빠져나가는 최선의 방법을 찾아내지 않면 안 될 뿐이다. 그리고 난 그것을 발견할 것이다.』 하고 그는 더한층 잔뜩 미간을 찌푸리면서 자기한테 말했다. 『이런 일은 내가 처음두 아니고 또 마지막도 아니다.』 그러자 역사적인 사건에 대해서는 얘기할 것까지도 없지만 아름다운 헬레네에 의해서 만인의 기억에 새로운 메넬라우스를 위시하여 현대의 상류 사회의 남편에게 대한 아내의 부정의 실례가 쭉 알렉세이 알렉산드로비치의 상상 속에 떠올랐다. 『다리얄로프, 폴타프스키이, 카리바노프 공작, 파스쿠진 백작, 드람……그렇다, 드람도……그처럼 성실하고 유능한 인물까지가 그렇다……세묘노프, 챠긴, 시고닌.』 하고 알렉세이 알렉산드로비치는 생각했다. 『설령 이러한 사람들한테 일종의 불합리한 조소가 던져졌다고는 하더라도 그러나 난 그 속에서 결코 불행 이외의 아무것도 본 적은 없었다. 그리고 어떤 경우에도 그 사내에게 동정해 왔다.』 이렇게 알렉세이 알렉산드로비치는 스스로에게 말을 하기는 했으나 그러나 그것은 사실은 아니었다. 그는 결코 이런 부류의 불행에는 동정하지 않았고 남편를 배반한 아내의 이야기를 들으면 들을수록 더욱더 높어 자기의 값어치를 평가하고 있었던 것이다. 『이것은 말하자면 어떤 사람에게도 일어날 수 있는 불행이다. 그 불행이 나에게도 찾아들었다. 그러니까 문제는 그저 최선의 방법을 다해서 어떻게라도 이 상태에서 빠져나가야 한다고 하는 것 뿐이다.』 그리고 그는 자기와 똑같은 경우에 빠졌던 사람들이 취한 방법을 낱낱이 상세히 생각하기 시작하였다.

『다리얄로프는 결투를 했다……』

결투라고 하는 것은 그가 본능적으로 소심한 사람이었고, 또한 자기도 그것을 잘 알고 있었으므로 젊었을 적에는 알렉세이 알렉산드로비치의 마음을 특히 끈 것이었다. 알렉세이 알렉산드로비치는 두려움 없이 자기에게 향해진 권총에 대해서 생각할 수가 없었다. 그리고 지금까지 단 한 번도 어떤 무기도 사용해 본 적은 없었다. 이 공포심이 젊었을 적부터 자주 그에게 결투를 생각케 했고, 자기의 생명을 위험에 드러내 놓지 않으면 안 될 경우에 대한 자기의 처신이라고 하는 것을 계획케 했다. 사회적으로 확고한 지위와 성공을 거두고 나서는 그는 오랫동안 이 감정을 잊고 있었다. 그러나 감정의 타성은 곧 자기의 방향을 되찾아 자기의 소심에 대한 공포의 관념이 또다시 날카롭게 나타났으므로 알렉세이 알렉산드로비치는 자기는 어떤 일이 있더라도 결투는 하지 않을 것이라는 것을 미리부터 알고 있으면서도 역시 결투라는 문제를 여러 모로 관찰하고 이리저리 생각하지 않을 수가 없었다.

『의심할 것도 없이 우리들의 사회는 아직은 매우 미개하니까(영국이니 하는 데와는 비교도 안 될 만큼의) 대다수의 사람들이(이 대다수의 사람들 가운데는 알렉세이 알렉산드로비치가 그 의견을 특히 존중하고 있었던 것과 같은 사람들도 포함되어 있었다) 결투라는 것을 시인할 것이다. 그러나 어떤 결과가 얻어질까? 가령 내가 결투를 신청한다고 하고.』 알렉세이 알렉산드로비치는 혼자서 생각을 계속했다. 그리고 청한 뒤에 지낼 하룻밤과 자기한테 돌려질 권총을 생생하게 눈앞에 그려 보고 그는 저도 모르게 부르르 몸을 떨었다. 그리고 자기는 결코 그런 것은 하지 않을 것이리라는 것을 깨달았다. 『가령 내가 그 사내한테 결투를 신청한다고 하자. 모두들 나한테 가르쳐 준다고 하자.』 그는 생각하기를 계속했다. 『세워진다, 난 방아쇠를 잡아당긴다.』 하고 그는 눈을 감고 자기한테 말했다. 『그리고 내가 그 사내를 죽였다는 것이 나타나게 된다.』 이렇게 알렉세이 알렉산드로비치는 자기에게 말했다. 그리고 이 어리석은 상념을 쫓아낼 양으로 머리를 흔들었다. 『죄를 지은 아내와 아들에 대한 자기의 관계를 결정하기 위해서 사람을 죽인다는 것에 어떤 의미가 있는가? 설사 그렇게 해보았댔자 그것에 대해서 내가 해야 할 만큼의 짓은 결행하잖으면 안 되지 않는가? 그러나 그보다도 더욱 확실하고 의심할 수 없는 사실은 내가 살해되든가 부상을 입든가 할 것이라는 것이다. 나, 이 아무런 죄도 없는 인간이 희생되어 살해되지 않으면 부상을 입든가 하는 것이다. 더한층 무의미한 이야기가 아닌가. 그러나 또 그뿐만이 아니다——내 쪽에서 결투를 신청한다는 것은 정직하지 못한 행위가 될 것이다. 정말로 난 내 친구들이 무슨 일이 있어도 나에게 결투 같은 것을 시키지 않는다는 것을 얘기하고 있지 않다고 말할 수 있을까——러시아에 있어서 없어서는 안 될 한 정치가의 생명이 위험에 드러내 놓이는 것을 사람들이 허용하지 않으리라는 것을? 그렇다면 결국 어떻게 될 것인가? 말하자면 난 사건이 위험한 지경에까지 도달하지 않는다는 것을 예지하고 있으면서도 그 신청으로 자신에게 어떤 허명(虛名)을 드날리려고만 하는 결과가 되는 것이다. 이것은 정당하지 않다. 이것은 기만이다. 이것은 타인이나 나를 속이는 짓이다. 결투는 도저히 용납할 수 없다. 그리고 누구 하나 나한테서 그런 것을 예기하고 있지 않다. 내 목적은 내 활동을 지장 없이 계속해 나가기 위해서 필요한 자기의 명성을 떨어뜨리지 않도록 하기만 하면 그만이니까.』 지금까지도 알렉세이 알렉산드로비치의 눈에 크나큰 의의를 가지고 있던 공무상의 활동이라고 하는 것이 지금은 더한층 그에게는 의미 깊게 여겨졌던 것이다.

결투를 비판하고 배척하고 나자 알렉세이 알렉산드로비치는 이번에는 이혼이라는 그가 생각해 낸 예의 남편들 가운데의 몇 사람들에게 의해서 선택된 또 다른 하나의 출구 쪽으로 생각을 돌렸다. 기억 가운데서 세상에 알려져 있는 이혼의 예를 샅샅이 뒤적거려 보고 (그러한 예는 그가 잘 알고 있는 상류 사회에는 무척 많았다) 알렉세이 알렉산드로비치는 그 이혼의 목적이 그가 지금 생각하고 있는 목적과 마찬가지의 예를 하나도 찾아내지 못했다. 어떤 예의 경우에서 보더라도 모두 남편은 그 정숙하지 못한 아내를 양도하든가 팔든가 하고 있었다. 그리고 바로 그 당사자가 지은 죄 때문에 정당한 결혼을 할 권리를 잃은 여자는 새로운 남편과 이름뿐이라고는 하나 합법적인 거짓으로 위장한 관계로 들어가고 있었다. 그러나 알렉세이 알렉산드로비치는 자기의 경우 그러한 법률상의 말하자면 죄 있는 아내가 버려지는 것만으로 그치고 마는 그러한 이혼을 실현한다는 것은 불가능하다는 것을 보았다. 그는 또 그 속에서 그가 살고 있는 생활에 있어서의 복잡한 사정이 아내의 범행의 증거로서 법률이 요구하는 그 추악한 입증의 가능을 허용하지 않을 것이라는 것도 보았다. 또한 그는 이러한 생활에 따르기 마련인 우아라고도 할 수 있는 것이, 설사 증거가 있다손치더라도 그러한 입증의 적용을 허용하지 않을 것이라는 것, 또 그러한 입증의 적용은 세평 앞에 그녀보다도 오히려 그 자신의 품위를 보다 많이 떨어뜨릴 것이라는 것을 보았다.

이혼의 시도는 다만 적들을 위해서, 즉 그의 높은 사회적인 위치를 비방하고 공격하기 위해서 뜻밖의 기회가 될 달갑잖은 과정으로 이끌 수 있을 뿐이었다.

352

중요한 목적은 이혼을 통해서도 얻어지지 않았다. 뿐만이 아니고 이혼해 버리면, 아니 이혼 수속을 하기만 해도 아내가 남편과의 관계를 단절하고 그 애인과 결합될 것이 분명했다. 그러나 알렉세이 알렉산드로비치의 마음에도, 자기 자신은 지금 아내에게 대해서 완전한 경멸적인 무관심으로 있는 것처럼 여기고 있었음에도 불구하고 그녀에 대한 태도 가운데는 하나의 감정——그녀가 아무런 장애도 없이 브론스키와 결합되어 그 저지른 죄가 그녀를 위해서 유리하게 된다든가 하는 것을 바라지 않는 감정이 남아 있었다. 그리고 이 생각이 알렉세이 알렉산드로비치를 극도로 자극했다. 그래서 그는 그것을 생각해 내자마자 고통이 밀려와 끙끙 앓으면서 자세를 움직여 자리를 바꾸고 그대로 오랫동안 눈살을 찌푸린 채 추위에 예민한 앙상한 두 다리를 보풀보풀한 담요로 꽉 싸고 있었을 정도였다.

『정식 이혼 이외에도 또 카타바노프며 파스쿠진이며 그 착실한 드람이 취했던 것과 같은 수단을 취할 수도 있다. 말하자면 아내와의 별거다.』 그는 다소 마음이 가라앉자 생각하기를 계속했다. 그러나 이 수단도 역시 이혼의 경우와 똑같은 치욕이라는 결함을 수반하고 있었다. 게다가 또 무엇보다도——이것도 역시 정식 이혼의 경우와 마찬가지로 그의 아내를 브론스키의 품속에다가 내던지는 것이었다. 『아니, 그런 짓은 할 수 없다, 할 수 없다!』 그는 또다시 담요를 고쳐 싸면서 큰소리로 외쳤다. 『난 불행해선 안 된다. 그러나 그녀와 그 사내도 행복해서는 안 된다.』

진상을 모르고 있었던 무렵에는 그토록 그를 괴롭혔던 질투의 감정이 아내의 말로 아픔과 함께 이를 뽑혔던 순간에 사라져 버렸다. 그러나 그 뒤에는 곧 다른 욕구——그녀가 이겨내지 못하도록 할 뿐만이 아니고 그 죄의 값을 받도록 해야겠다는 욕구로 바뀌었다. 그는 그 감정을 스스로 의식하고 있지 않았다. 그러나 마음속으로는 그녀가 그의 평화와 명예를 파괴한 것에 대해서 괴로와하도록 하고 싶었던 것이다. 그래서 또 다시 질투·이혼·별거의 조건을 고쳐 생각하고, 다시 그것을 부정하고 나서 알렉세이 알렉산드로비치는 취할 방법은 그저 하나밖에 없다는 것을 확인했다. 그것은 사건을 세상에다가 비밀에 붙여 두고 그들의 관계를 끊도록 하기 위해서 그리고 또 주요한 것은——이것은 자기 자신에게는 자백하고 있지는 않았지만——그녀를 벌하기 위해서 온갖 수단을 다하여 그녀를 지금 그대로 자기 곁에다 억눌러 두는 것이었다. 『난 그것이 가족들을 빠뜨려 놓은 괴로운 상태를 두루 생각한 나머지 다른 일체의 방법이 표면적인 현상 유지보다도 서로를 위해서 좋지 않을 것이라는 자신의 결심을 그리고 그것이 내 의지를 실행한다는, 말하자면 애인과의 관계를 끊는다는 단호한 조건 아래에서만 내가 그 현상 유지를 승낙한다는 결심을 그것한테다 명백히 하지 않으면 안 된다.』 이 결심이 절대적인 것으로서 받아들여졌을 때에 그 확증으로서 알렉세이 알렉산드로비치의 머리에 또 하나의 중대한 생각이 떠올랐다. 『이 결심에 의해서만 난 종교에 들어맞는 행동을 취할 수가 있다는 것이다.』 하고 그는 자기에게 말했다. 『이 결심에 의해서만 난 죄 있는 아내를 자기한테 멀리하지 않고 그것한테다 뉘우침의 가능을 주고 그 위에 또——그것이 나에게는 아무리 괴로운 것일지라도——내 힘의 일부를 그것의 뉘우침과 구제에 바쳐 주는 것이 되는 것이다.』 알렉세이 알렉산드로비치는 자기가 아내에게 대해 정신적인 감화력을 가질 수 없다는 것과 이 같은 뉘우침에 대한 온갖 시도는 한낱 거짓 이외의 아무것도 생겨나지 않는다는 것을 알고 있으면서, 또 이 괴로운 몇 분을 지내는 동안 종교 가운데에서 지도자를 찾아내려고는 전연 생각하지 않았음에도 불구하고, 지금 그의 결심이 종교의 요구와 일치(된다고 그에게는 여겨졌다)됨과 동시에 약간의 안정을 주었다. 그리고 이처럼 중대한 인생의 사실에 있어서도 그가 항상 일반적인 사회의 냉담과 무관심 가운데에서 높이 그 기치를 들고 있던 예의 종교의 교리에 따라서 행동하지 않았다고는 아무도 기할 수 없으리라는 것을 생각하면 그는 못 견디게 기뻤다. 그리고 알렉세이 알렉산드로비치는 다시 이것저것 자세한 것들을 차근차근 생각하고 있는 동안 아내에게 대한 자기의 관계가 앞으로 어째서 이전의 그것과 같아서는 안 되는가 하는 그 까닭마저 모르게 됐다. 의심할 것도 없이 그는 이제는 그녀에게 대한 자기의 존경심을 돌이킬 수는 결코 없으리라. 그러나 그녀가 나쁜 아내이고 부정한 아내였기 때문에 그가 자기의 생활을 파괴한다든가 괴로와한다든가 하잖으면 안 될 까닭은 조금도 없었고 또 있을 수도 없었다. 『그렇다, 시간이 지나간다. 모든 것을 훌륭하게 처리하는 시간이 지나간다. 그리고 이 관계도 언젠가는 또 이전처럼 되겠지.』 하고 알렉세이 알렉산드로비치는 자기에게 말했다. 『말하자면 내가 자기의 생활의 흐름에 부조화를 느끼지 않게 될 만큼의 정도로는 회복되겠지. 그녀는 불행하지 않으면 안 된다. 그렇지만 나한테는 죄가 없다. 따라서 난 불행해서는 안 된다.』

14

페테르스부르크에 도착할 무렵에는 알렉세이 알렉산드로비치는 이 결심을 완전히 굳혔을 뿐만이 아니고 아내한데 써 보낼 편지까지 머리 속에서 꾸미고 있었다. 문지기 방에 들어서자 알렉세이 알렉산드로비치는 성(省)에서 와 있는 편지며 서류들을 훑어보고 자기 서재로 가져오도록 명했다.

「말은 풀어도 괜찮아, 그리고 아무도 받아들이지 말도록.」 그는 『받아들이지 말도록』이라는 말에 특히 힘을 주고 한참 좋은 기분이 되어 있는 것을 표시하는 어떤 만족의 빛을 띠면서 문지기의 물음에 대해서 말했다.

서재로 들어가자 알렉세이 알렉산드로비치는 두 차례 여기저기 거닐고 나서 그보다도 먼저 들어온 하인의 손으로 벌써 여섯 자루의 촛불이 켜져 있던 큼직한 책상 옆에서 발을 멈추고 손가락을 똑똑 하고 소리를 내면서 그리고 필기용품들을 챙기면서 자리에 앉았다. 탁자 위에다 팔꿈치를 짚고 머리를 옆으로 기울여 잠시 생각하고 나서 이번에는 일 초도 쉬지 않고 그는 편지를 쓰기 시작했다. 그는 그녀에게 대한 호칭을 쓰지 않고 프랑스어로 『당신』이라는 대명사를 사용하면서 썼다. 그러나 이 대명사는 그것이 러시아어에서 지니는 만큼의 싸늘함은 가지고 있지 않았던 것이다.

우리들의 마지막 이야기에서 난 당신에게 이 사건에 대한 내 결심을 알려 드릴 생각임을 이야기해 두었읍니다. 모든 것을 주의깊게 숙고한 나머지 난 지금 당신에게 그 약속을 이행할 목적으로 이 편지를 쓰고 있읍니다. 내 결심은 다음과 같읍니다. 당신의 행위가 설사 어떤 것이었다고 하더라도 난 나를 우리들이 하느님의 힘에 의해서 맺어진 인연을 끊을 권리를 가진 자라고는 여기지 않읍니다. 가정이라는 것은 일시적인 감정이나 자유 의지나 부부 가운데의 한 사람의 죄에 의해서조차도 파괴될 수는 없읍니다. 그리고 우리들의 생활을 그것이 이전에 영위되었던 것처럼 영위되지 않으면 안 됩니다. 이것은 나를 위해서도 당신을 위해서도 또한 우리들의 아들을 위해서도 필요 불가결의 것입니다. 난 당신이 이 편지의 원인이 되고 있는 사실에 대해서 이미 뉘우쳤고, 또 뉘우치고 있다는 것, 그리고 또 우리들의 불화의 원인을 근절하고 과거를 잊어버리기 위해서 나와 함께 협력할 것이라는 것을 끝까지 믿고 있는 바입니다. 만약 그렇지 않은 경우에는 당신과 당신의 아들을 기다리고 있는 것이 무엇인가 하는 것은 당신 자신도 충분히 짐작될 수 있으리라고 봅니다. 또한 이러한 것들에 대해서는 모두 직접 만나 가지고 보다 상세히 상의하기를 희망하고 있읍니다. 벌써 별장 생활의 계절도 끝나 가고 있으므로 난 당신께서 될 수 있는 대로 빨리, 늦어도 화요일까지는 페테르스부르크로 돌아와 주었으면 하고 바라고 있읍니다. 당신의 귀가에 필요한 온갖 준비는 시켜놓겠읍니다. 또한 내가 이 내 희망이 실행되는 것에 특히 의미를 두고 있다는 것을 주의해 주시를 바랍니다.

A·카레닌

추신. 당신이 필요하리라고 여겨지는 정도의 돈을 이 편지와 함께 보냅니다.

그는 편지를 다시 한번 읽어 보고 그것에 만족했다. 특히 자기가 돈을 동봉한다는 것을 생각해 낸 것에 만족했다. 무자비한 말도 없는가 하면 나무람도 없고 그렇다고 또 관용도 없었다. 하여간 그것은——아내의 귀가를 위한 황금의 다리였다. 편지를 집어 큼직하고 두툼한 상아 페이퍼 나이프로 그것을 반반하게 하고 돈과 함께 봉투에 넣자 그는 자기의 잘 정돈되어 있는 필기구를 쓸 때마다 언제나 느껴지는 만족감으로 초인종을 눌렀다.

「이것을 내일 별장에 있는 안나 아르카지예브나한테 들어가도록 심부름꾼에게 전해 줘.」그는 말하고 일어섰다.

「알겠읍니다, 각하. 차는 서재에서 드시려는지요?」

알렉세이 알렉산드로비치는 차를 서재로 가지고 오라고 일러 놓고 묵직한 페이퍼 나이프를 만지작거리면서 안락의자 쪽으로 갔다. 그 곁에는 램프와 이집트 상형 문지에 대한 막 읽기 시작한 프랑스 책이 준비되어 있었다. 의자의 바로 위에는 타원형의 금테 틀 속에 든, 유명한 화가의 손으로 훌륭하게 그려진 안나의 초상화가 걸려 있었다. 알렉세이 알렉산드로비치는 그것을 힐끔 쳐다보았다. 그 마음속을 알기 어려운 그녀의 눈이 마치 그 마지막 담판이 있었던 밤처럼 비웃는 것도 같고 또 뻔뻔스럽기도 하게 그를 내려다보고 있었다. 화가의 손으로 솜씨 있게 그려진 머리 위의 검은 레이스, 검은 머리카락, 그리고 무명지에 여러 개의 반지를 낀 하얀 아름다운 손, 이러한 것들의 모습을 보자 알렉세이 알렉산드로비치는 참기 어려울 만큼 오만하고 비웃는 듯한 느낌을 받았다. 잠깐 동안 그 초상을 보고 있는 것만으로도 알렉세이 알렉산드로비치는 입술이 떨려 부르르 몸부림을 쳤을 만큼 심하게 몸을 떨고 얼굴을 돌렸다. 그리고 그는 얼른 안락의자에 몸을 던지고 책을 폈다. 그는 읽으려고 했다. 그러나 이때만은 도저히 이집트의 상형 문자에 대한 이전의 생생한 흥미를 불러일으킬 수가 없었다. 그는 책을 보고 있으면서 다른 것을 생각하고 있었다. 그는 아내에 대해서가 아니고 요즈음 그의 정치적인 활동 가운데에 일어난 당시 그의 직무상의 중요한 홍미를 형성하고 있던 어떤 복잡한 사건에 대해서 생각하고 있었다. 그는 자기가 지금은 전보다도 더한층 이 복잡한 사건을 추구(追究)했다는 것, 그리고 그의 머리 속에 이 사건의 일체를 천명하여 관계(官界)에 있어서의 그의 지위를 높혀 그의 적들을 실각시키고, 따라서 나라를 위한 매우 큰 이익을 가져올 근본적인 사상——이렇게 그는 스스로 속이는 일 없이 얘기할 수가 있었다——이 싹트고 있다는 것을 감득했다. 하인이 차를 놓고 방을 나가자마자 알렉세이 알렉산드로비치는 일어서 책상 쪽으로 갔다. 일상적인 서류가 든 손가방을 한가운데로 밀어 놓고 간신히 알아차릴 정도의 자기 만족의 미소를 띠면서 그는 필통에서 연필을 집어 당면한 복잡한 사건에 관해서 그가 요구해서 가져오게 한 어수선한 보고서를 읽기에 골몰했다. 복잡한 사건이라는 것은 이러했다——본디 정치가로서의 알렉세이 알렉산드로비치의 특질, 일반적인 유능한 관리에게 공통적인, 그 개인에게는 본질적이고 이색적인 특질, 그의 집요한 명예심과 조심성, 성실함, 그리고 자신감과 함께 그의 경력을 만들어 준 특질은, 피상적인 관료풍을 멸시한다는 것, 연락을 간략하게 한다는 것, 긴급한 문제에 대해서는 가능한 한 직접적인 관계를 갖는다는 것, 그리고 모든 것을 절약하는 것 등으로 이루어져 있었다. 6월 2일의 유명한 위원회에서는 우연히 자라이스키 현의 원야 관개(原野灌漑)라는 문제가 제출됐었으나 그것은 알렉세이 알렉산드로비치의 관하에 속한 사업으로 알맹이가 없는 낭비와 사업에 대한 관료적인 태도의 좋은 예의 하나였다. 알렉세이 알렉산드로비치는 이 비난을 정당하다고 인정하고 있었다. 자라이스키 현의 원야 관개 사업은 알렉세이 알렉산드로비치 전 전임자에 의해서 착수된 것이었다. 그리고 실제로 이 사업을 위해서는 막대한 돈이 소비된 것이었으나 아직까지 효과가 나타나지 않아 이 사업은 분명 아무런 결과도 가져올 것 같지가 않았던 것이다. 알렉세이 알렉산드로비치는 취임과 동시에 그것을 알고 관여해 보고 싶어졌다. 그러나 그는 자기의 지위가 아직 불안정하게 여겨지고 있던 처음 동안은 그것은 너무나도 많은 이해(利害)가 엇갈려 있는 일이었고 따라서 지혜 있는 처사가 아니라는 것을 알고 있었다. 허나 그럭저럭 하는 동안 그는 다른 일에 정신이 팔려 이 사업에 관한 것을 말끔히 잊어버리고 있었다. 그러나 그것은 모든 사업과 마찬가지로 타성에 의해서 저절로 진척되고 있었던 것이다. 『이 사업의 덕택으로 생계를 유지하는 사람들이 많다. 특히 그 가운데에 정말로 진실하고 음악을 좋아하는 가족이 있었다——이 딸들은 모두 현악기를 잘 탔다. 알렉세이 알렉산드로비치는 이 가족과는 정답게 사귀고 있었고 딸들 중 하나의 대부(代父)가 되어 있었다.』 이 문제가 그에게 적의를 가지고 있는 축의 성(省)에 의해 제출됐다는 것은 알렉세이 알렉산드로비치의 의견에 의

하면 정당한 짓은 아니었다. 왜냐하면 어느 성에도 일정한 관리 사회의 예의에 의하여 누구나가 들고 나서지 못하는 것과 같은 사업이 있는 것이기 때문이었다. 그런데도 지금 이미 결투의 장갑이 그를 향해서 던져진 이상 그는 깨끗이 그것을 받아들여서 자라이스키 현의 원야 관개 사업에 대한 위원회의 노고를 탐구하고 검증하기 위한 특별 위원의 임명을 요구할 수밖에 별도리가 없었다. 그러나 그 대신 그는 이제 그러한 사람들에 대해서 아무런 양보도 하지 않았다. 또한 그는 이민족 통치 문제에 대해서도 특별 위원의 임명을 요구했다. 이민족 정리에 대한 문제는 6월 2일의 위원회에서 우연히 제기되어 이종족의 비참한 상태 때문에 일각의 유예도 할 수 없는 것으로서 알렉세이 알렉산드로비치에게 적의를 품고 있는 성은 이민족의 상태는 지극히 건전하다는 것, 예상되고 있는 개혁은 오히려 그들의 번영을 저해하는 것이라는 것, 그래서 만약 거기에 무엇인가 나쁜 점이 있다고 하면 그것은 그저 법률에 의하여 제정된 방법이 알렉세이 알렉산드로비치의 성에 의하여 실행되고 있지 않은 점에 있을 따름이라는 것을 증명했다. 그래서 지금 알렉세이 알렉산드로비치는 다음과 같은 요구를 제출하려고 계획하고 있는 것이었다——첫째 즉각 이민족 상태의 현지 조사를 위촉할 새로운 위원회를 조직할 것. 둘째 만약 이민족의 상태가 실제로 위원회의 손에 있는 공문서에 나타나 있는 것과 같은 성질의 것이라고 한다면 이민족의 그 비참한 상태의 원인이 어디에 있는가를 정치적, 행정적, 경제적, 인종학적, 물질적, 종교적인 각 견지에서 토의하기 위하여 또 다른 하나의 새 연구 위원을 임명할 것. 세째 오늘날 이민족이 놓여 있는 것과 같은 불리한 사정을 방지하기 위해서 최근의 십 년간 해당(該當) 성에서는 어떤 방법을 강구해 왔는가 하는 보고를 반대측의 성에서 요구할 것. 그리고 넷째는 마지막으로 어째서 성이 위원회에 제출된 보고 1863년 12월 5일부 및 1863년 6월 7일부 제17015호 및 18308호에 보이고 있는 바와 같이——법의 제18조 및 제36조 부기의 근본 정신에 전연 상반된 행동을 취했는가 하는 것에 대한 설명을 해당 성에 요구할 것. 이상의 고안의 요령을 재빨리 쓰고 났을 때, 알렉세이 알렉산드로비치의 얼굴은 활기에 찬 분홍빛으로 퍼졌다. 한 장의 종이에다 다 쓰고 나자 그는 일어나 초인종을 누르고 그에게 필요한 조사를 해서 보내도록 하라는 쪽지를 집무처의 서기장에게 돌려 보냈다. 그리고는 일어나 방안을 거닐면서 그는 또다시 초상화를 쳐다보고 눈살을 찌푸리고 얕잡는 듯한 웃음을 띄었다. 그러고 나서 또다시 이집트 상형문자의 책을 조금 읽어 보고 그것에 대한 흥미를 회복하고 나서 알렉세이 알렉산드로비치는 열한 시에 침실로 갔다. 그리고 침대에 누워 아내와의 사건을 생각했을 때에는 그것은 벌써 전혀 이전과 같은 음울한 모습이 아닌 모습으로 그의 눈에 비치었다.

15

안나는 브론스키가 그녀의 입장이 난처하다는 것을 말하고, 모든 것을 남편에게 고백하라고 얘기했을 때에는 발끈 성이 나서 완강하게 반대했었지만, 마음속으로는 자기의 위치를 거짓된 것, 욕된 것이라고 여기고 진심으로 그것의 변화를 바라고 있었다. 남편과 함께 경마장에서 돌아오는 도중 흥분한 나머지 모든 것을 그에게 토로해 버렸으나 그때 그녀는 마음에 쓰라린 아픔을 경험했음에도 불구하고 기뻤던 것이다. 그래서 그런 뒤에 남편이 그녀를 남겨 놓고 가 버리자 그녀는 자기는 기쁘다, 이제는 모든 것이 해결됐다, 적어도 앞으로는 허위며 기만은 없어도 될 테니까 하고 혼자서 마음속으로 중얼거렸다. 그녀에게는 이제 그녀의 위치가 영구히 결정되리라는 것이 의심할 것도 없는 것처럼 여겨졌다. 이 새로운 위치는 좋지 않을 것일는지도 모른다. 그러나 하여튼 결정은 되겠지. 그리고 거기에는 이제 애매한 점도 거짓된 점도 없을 것이다. 그녀가 그런 것을 토로하여 자신과 남편에게 주었던 고통도 이제는 만사가 결정된다는 것으로 보상되겠지 하고 그녀는 생각했다. 그 날 밤 그녀는 브론스키와 만났다. 그러나 그에게는 자기와 남편과의 사이에서 일어났던 것에 대해서는 아무것도 이야기하지 않았다. 자기의 위치를 결정하기 위해선 꼭 그것을 이야기할 필요가 있었지만 이튿날 아침 눈을 떴을 때 맨 처음에 그녀의 머리에 떠올랐던 것은 그녀가 남편한테 얘기한 말들이었다. 그리고 그러한 말들은 그녀에게 어째서 그처럼 기괴하고 난폭한 말들을 입에 담을 수 있었던가 지금은 이해할 수도 없을 만큼, 그리고 그 말들에서 어떤 일이 일어날 것인가 그것을 상상할 수도 없을 만큼 그녀에게는 두렵게 여겨졌다. 그러나 그 말들은 벌써 얘기됐고 알렉세이 알렉산드로비치는 아무런 말도 하지 않고 떠나가 버렸던 것이다. 『난 브론스키를 만났으면서도 그분한테는 얘기하지 않았다. 그분이 막 떠나려고 하였을 때에 난 다시 불러들여서 얘기하려고 했었지만, 처음에 얘기하지 않았던 것이 어쩐지 야릇한 생각이 들어 고쳐 생각하고 그만둬 버렸다. 정말 난 그처럼 얘기하고 싶었으면서도 어째서 얘기하지 않았을까?』 이 물음에 대한 답변으로서 타는 듯한 부끄러움의 빛이 그녀의 온 얼굴에 넘쳤다. 그녀는 자기를 억누르고 있었던 것이 무

엇이었던가를 깨달았다. 그녀는 자기 자신이 부끄러웠다. 어제 저녁에는 깨끗
이 해결이 된 것으로 여겨졌던 것이 지금은 갑자기 전연 반대일 뿐만이 아니라
빠져나갈 길도 없는 것처럼 여겨졌다. 그녀에게는 전에는 전혀 생각하지도 않았
던 명예의 실추라고 하는 것이 두려워지기 시작했다. 남편이 어떤 태도로 나올
것이라는 것을 생각하는 것만으로도 그녀에게는 가장 무서운 상념이 머리에 떠
올랐다. 그녀의 머리에는 지금이라도 집사가 그녀를 쫓아내기 위해서 찾아오고
그녀의 행실이 온 세상에 알려질 것이리라는 상념이 떠올랐다. 그녀는 집에서
내쫓기면 자신은 어디로 갈 것인가 하고 자문해 보았다. 그리고 그 대답을 찾아
내지 못했다.

　브론스키에 대한 것을 생각하자 그녀는 그가 이제는 자기를 사랑하고 있지 않
은 것 같은, 벌써 자기를 귀찮게 여기기 시작한 것 같은, 자기도 이제는 그에게
몸을 맡길 수가 없을 것 같은 생각이 들었다. 그래서 그녀는 그 때문에 그에 대
해서 적의를 느꼈다. 그녀는 자기가 남편한테 애기했던 말, 끊임없이 자기의 상
상 속에서 되풀이하고 있었던 그 말은 자기가 모든 사람들에게 애기한 것이고,
모든 사람들이 그것을 다 들어 버린 것 같은 느낌이 들었다. 그녀는 같이 살고
있는 사람들과 얼굴을 대할 수가 없었다. 그녀는 하녀를 부르기는커녕 아래로
내려가서 아이들이며 가정 교사를 볼 결심조차 할 수 없었다.

　벌써 아까부터 그녀의 방문 옆에서 낌새를 살피고 있던 하녀가 자기 쪽에서
그녀의 방으로 들어왔다. 안나는 의아스럽게 그 눈을 보고 깜짝 놀란 듯이 붉어
졌다. 하녀는 초인종이 울린 것 같아서라고 말하고 승낙도 없이 들어온 것을 빌
었다. 그녀는 옷과 편지를 가지고 왔다. 편지는 베트시한테서 왔다. 베트시는
그녀에게, 오늘 아침 자기의 집에 리자 메르칼로바와 남작 부인 쉬톨리스가 자
기들의 숭배자인 칼루쥐스키와 스트레모프 영감과 함께 크리켓을 하기 위해서
모인다는 것을 그녀한테 상기시켜 주기 위해 보낸 것이었다. 『풍속 연구도 될
수 있으니 오셔서 보시기라도 하시죠. 기다리고 있겠읍니다.』 이처럼 그녀는
끝을 맺고 있었다.

　안나는 편지를 읽고 나서 무겁게 한숨을 내뿜었다.

　「아무것도, 아무것도 필요 없어.」 하고 그녀는 화장대 위의 프라스코며 솔을
치우고 있던 안누쉬카한테 말했다. 「이제 가도 좋아, 나도 곧 옷을 갈아입고 그
리 갈 테니까. 아무것도, 아무것도 필요 없어.」

　안누쉬카는 나갔다. 그러나 안나는 옷을 갈아입으려고도 하지 않고 머리와 손
을 축 떨어뜨린 채 같은 자리에 앉아 있었다. 그리고 마치 그 어떤 몸짓이라도
하려는 것처럼, 또 무엇인가 애기라도 하려는 것처럼 하다가는 이내 또 축 쳐져

가지고 이따금 온몸을 달달 떨고 있었다. 그녀는 끊임없이 이렇게 되풀이하고 있었다── 『나의 하느님! 나의 하느님!』 그러나 그런 말들도 그녀에게는 이제 아무런 의미도 가지고 있지 않았다. 자기의 경우에 대한 구원을 종교에서 찾는다는 생각은 자기가 교육을 받아 온 종교를 아직까지 한 번도 의심한 적이 없었음에도 불구하고 알렉세이 알렉산드로비치 그 사람에게서 구원을 찾는 것과 마찬가지로 인연이 먼 것이었다. 그녀는 종교의 구원은 다만 그녀를 위해서 생활의 온 의의를 형성하고 있는 그것을 거부하는 조건에 있어서만 가능하다는 것을 미리 알고 있었다. 그녀는 그저 괴로왔을 뿐만이 아니고 오늘날까지 경험한 적이 없는 새로운 정신 상태 앞에 두려움을 느끼기 시작하고 있었던 것이다. 그녀의 지친 눈에는 이따금 사물이 이중으로 되어 비치는 것처럼 자기의 마음에서도 모든 것이 이중으로 되어 가고 있는 것을 느꼈다. 그녀는 이따금 자기가 무엇을 두려워하고 있는가, 무엇을 바라고 있는가 하는 그것마저 모르게 되는 적이 있었다. 그녀가 두려워하기도 하고 바라고 있기도 하는 것은 이미 있었던 것인지 혹은 앞으로 일어날 것인지 그리고 도대체 무엇을 바라고 있는지조차 그녀는 전혀 알지 못했다.

『아아, 내가 무엇을 하고 있담!』 그녀는 갑자기 머리의 양쪽에 아픔을 느끼고 자기한테 말했다. 그리고 제정신이 들었을 때 그녀는 자기가 두 손으로 관자놀이께의 머리카락을 쥐고 그것을 누르고 있다는 것을 알았다. 그녀는 자리를 차고 일어서서 걷기 시작했다.

「커피가 준비됐읍니다, 선생도 세료쥐아와 함께 기다리고 있읍니다.」안누쉬카는 다시 되돌아와서 아직까지 똑같은 상태에 있는 안나를 보고 말했다.

「세료쥐아? 세료쥐아가 어쨌어?」안나는 갑자기 활기를 띠고 아침이 되어서야 비로소 자기에게 아들이 있다는 것을 생각해 내고 이렇게 물었다.

「무슨 잘못을 저지르신 모양이에요.」안누쉬카는 싱글벙글 하면서 대답했다.

「무슨 잘못을?」

「저쪽 골방에 복숭아가 놓여 있었어요. 그것을 몰래 한 개 잡수신 모양이에요.」

아들에게 대한 기억은 갑자기 안나를 지금까지의 절망적인 경지에서 구해 냈다. 그녀는 그녀가 수년 동안 행해 왔던 다분히 과장된 것이기는 하지만 일부분은 진실한, 아들에게 헌신하는 어머니의 역할을 생각해 냈다. 그리고 자기가 현재 놓여 있는 처지에서도 남편이며 브론스키에 대한 관계에서 떨어진 독자적인 영토를 가지고 있다는 것을 기쁨을 가지고 느꼈다. 그 영토는 아들이었다. 설혹 어떤 경지에 떨어질지라도 그녀는 아들을 버릴 수는 없을 것이다. 남편으

로 하여금 그녀를 욕되게 하고 내쫓도록 하게 하라. 또 브론스키로 하여금 그녀
에 대해서 냉담하게 하고 그 자신의 별개의 생활을 계속하게 하라(그는 또다시 분
노와 비난으로써 그에 대해서 생각했다). 그러나 그녀는 아들을 버릴 수는 없을 것
이다. 그녀에게는 생활의 목적이 있는 것이다. 그리고 그녀는 활동하지 않으면
안 된다. 아니, 한시바삐, 될 수 있는 대로 빨리, 아들을 빼앗겨 버리기 전에 행
동을 취하지 않으면 안 된다. 아들을 데리고 떠나 버려야 한다. 이것이 지금 그
녀가 하지 않으면 안 되는 유일한 의무인 것이다. 그녀는 마음을 가라앉혀 가지
고 이 괴로운 상황에서 빠져나가지 않으면 안 되었다. 그리고 아들과 맺어져 있
는 당면한 문제에 대한 생각과 지금 당장이라도 그를 데리고 어딘가로 떠나야
겠다는 생각이 이 안정을 그녀에게 주었다.

그녀는 재빨리 옷을 갈아입고 아래로 내려가서 결연한 걸음걸이로 언제나처
럼 커피와 세료쥐아와 가정 교사가 그녀를 기다리고 있던 객실로 들어갔다. 세
료쥐아는 새하얀 옷을 입고 거울 밑의 탁자 옆에 서서 등과 머리를 구부린 채 그
녀가 잘 알고 있던, 그럴 때면 아버지와 영락없이 닮은 긴장된 표정을 하고, 자
기가 꺾어 온 꽃을 가지고 한창 무엇인가를 만들고 있었다.

가정 교사는 유달리 엄격한 얼굴을 하고 있었다. 세료쥐아는 그의 버릇이 되
어 있는 찌르는 듯한 목소리로 이렇게 외쳤다. 「아아, 어머니!」그리고 망설이
는 듯이 멈췄다. 꽃을 내던지고 어머니한테 인사를 하러 갈 것인지 그렇잖으면
화환을 만들어서 그것을 가지고 갈 것인지.

가정 교사는 인사를 하고 나자 세료쥐아가 한 장난에 대해서 장황하게 또렷또
렷한 어조로 이야기를 꺼냈다. 그러나 안나는 그것에는 귀를 기울이지 않았다.
그녀는 이 여자도 같이 데리고 가야 할 것인지에 대해서 생각하고 있었다. 『아
니 데리고 가지 않겠어.』 하고 그녀는 마음먹었다. 『나 혼자서 가야겠다, 아
들만을 데리고.』

「그래요, 그것은 정말 좋지 않군요.」하고 안나는 말하고 아들의 어깨를 잡고
엄격한 데라고는 조금도 찾아볼 수 없는, 오히려 아들의 마음을 얼떨하게 하고
기쁘게 한 수줍은 듯한 눈동자로 그의 얼굴을 들여다보고 입을 맞췄다. 「이 애
는 나한테 맡겨 둬요.」그녀는 깜짝 놀라고 있는 가정 교사를 보고 이렇게 말하
고 아들의 손을 쥔 채 커피가 준비되어 있던 탁자 머리에 앉았다.

「엄마! 난…… 난…… 아무것도……」그는 복숭아 사건 때문에 그를 기다리
고 있는 것이 무엇인가 하는 것을 그녀의 표정에서 알아내려고 애쓰면서 이렇게
말했다.

「세료쥐아.」그녀는 가정 교사가 방을 나가자마자 말했다. 「그것은 나쁜 짓이

야. 그렇지만 넌 이제 그런 짓을 하지 않겠지? 넌 엄마가 좋지?」

그녀는 눈시울이 뜨거워짐을 느꼈다. 『내가 정말 이 애를 사랑하지 않을 수가 있을까?』 하고 그녀는 그의 깜짝 놀란 듯한, 동시에 기쁜 듯한 눈동자를 바라보면서 스스로에게 말했다. 『그리고 이 애가 정말 아버지하고 한 속이 되어 나를 벌한다든가 하는 일이 있을까? 나를 가엾게 여기지 않는다든가 하는 일이 있을까?』 눈물은 벌써 그녀의 얼굴을 흘러내리고 있었다. 그것을 숨기기 위해서 그녀는 훌쩍 일어나 거의 뛰듯이 하고 테라스 쪽으로 나갔다.

요 며칠 동안의 번개와 함께 내리던 비는 걷히고 쌀쌀하게 활짝 갠 날씨가 시작됐다. 씻긴 나뭇잎을 통해서 내려쬐는 맑은 햇볕 속에서도 바깥 바람은 쌀쌀했다.

그녀는 찬 공기를 접하니 춥기도 했지만 그와 동시에 새로운 힘을 가지고 그녀를 붙든 마음속의 공포 때문에 더욱더 부르르 몸을 떨었다.

「가요, 마리에트한테로 가요.」 그녀는 자기의 뒤를 따라 나오려고 하던 세료쥐아한테 말하고 테라스의 밀짚 자리 위를 걷기 시작했다. 『그 사람들이 정말 나를 용서하지 않을까, 이것이 모두 이렇게 될 수밖에 없었다는 것을 알아 주지 않는다든가 하는 일이 있을까?』 이렇게 그녀는 스스로에게는 말했다.

발을 멈추자 싸늘한 햇빛을 받아 반짝반짝 반짝이고 있는 비에 씻긴 잎을 가진 사시나무의 가지가 바람에 한들거리고 있는 것을 쳐다보고 나서 그녀는 그들이 자기를 용서하지 않을 것이라는 것, 온갖 것, 온갖 사람이 지금은 이 하늘처럼, 또 이 푸르름처럼 자기에게 대해서 매정할 것이라는 것을 깨달았다. 그러자 그녀는 또다시 자기의 마음속에서 사물이 이중으로 비치기 시작한 것을 느꼈다. 『별 수 없다, 생각해봐도 별 수 없다.』 하고 그녀는 자기한테 말했다. 『그보다도 떠날 준비를 하지 않으면 안 된다. 어디로? 언제? 누구를 데리고? 그렇다, 모스크바로. 밤차로. 안누쉬카와 세료쥐아와 우선 당장 없어서는 안 될 것만을 가지고. 그러나 그 전에 그 두 사람한테 편지를 쓰지 않으면 안 된다.』 그녀는 총총걸음으로 집으로 들어가 자기의 방으로 가서 탁자를 향해 앉아 남편에게 보낼 편지를 쓰기 시작했다.

그런 일이 있었던 이상 나는 이제 당신의 집에 남아 있을 수는 없읍니다. 난 떠나겠읍니다. 아들은 데리고 가겠읍니다. 나는 법률을 모르니까 아들은 양친의 어느 쪽에서 양육해야 하는지 모릅니다. 그러나 나는 그 애를 데리고 가겠읍니다. 왜냐하면 난 그 애가 없이는 살아 갈 수가 없으니까요. 제발 관대한 마음을 가지고 그 애는 나한테 맡겨 주세요.

여기까지 그녀는 단숨에 써 내려갔다. 그러나 그의 마음에 있으리라고 여기고 있지도 않은 관용에 호소한다고 하는 것과 이 편지를 무엇인가 감상적인 문구로 맺어야 한다고 하는 필요가 저절로 그녀의 손을 멎게 했다.

내 죄와 내 뉘우침에 대해서 말씀드린다는 것을 나는 할 수 없읍니다. 왜냐하면…….

또다시 그녀는 자신의 생각에 줄거리를 찾아 내지 못하고 붓을 멈췄다. 『아나,』 그녀는 스스로에게 말했다. 『이제 아무것도 얘기할 필요는 없다.』 이렇게 생각하고 쓰던 편지를 찢고 관대 운운의 대목을 빼고 다시 고쳐 써서 봉함을 했다.

또 한 통의 편지는 브론스키에게 쓰지 않으면 안 됐다. 『난 남편한테 분명하게 이야기했읍니다.』 하고 그녀는 썼다. 그러나 그 뒤를 더 계속할 힘이 없어서 오랫동안 가만히 앉아 있었다. 이것은 너무나도 여자답지가 않았다. 『그렇지만 그분에게 대해서 내가 무엇을 쓸 수가 있을까?』 하고 그녀는 자기한테 말했다. 그러자 또다시 부끄러운 생각에 그녀는 얼굴이 붉어졌다. 그의 침착한 태도가 생각났다. 그러자 그에게 대한 분노가 그녀로 하여금 쓰기 시작한 편지를 갈갈이 찢어 버리게 했다. 『아무것도 얘기할 필요가 없다.』 이렇게 그녀는 스스로에게 말하고 압지가 붙은 페이퍼 홀더를 접어 넣고 이층으로 올라가서 가정 교사를 위시하여 일동에게 오늘 모스크바로 간다는 뜻을 밝히고 곧 짐꾸리기에 착수했다.

16

별장의 방이라고 하는 방은 모두 문지기며 원정이며 하인들이 짐을 나르기 위해 돌아다녔다. 장롱이며 옷장들은 열렸다. 노끈을 사기 위해서 심부름꾼이 두 차례나 가게로 뛰어갔다. 마루에는 신문지가 널려 있었다. 두 개의 상자와 몇 개의 꾸러미와 몇 겹의 끈으로 묶인 담요들이 현관으로 들려 나왔다. 한 대의 사륜 마차와 두 대의 삯마차가 현관의 계단 밑에 서 있었다. 안나는 짐꾸리기에 바빠 마음속의 혼란을 잊고 자기 방의 탁자 앞에 서서 자기의 손가방을 정돈하고 있었다. 그때 안누쉬카가 다가오고 있는 우편 마차의 삐그덕거리는 소리 쪽으로 그녀의 주의를 돌렸다. 안나는 창문으로 내다보고 알렉세이 알렉산드로비치의 심부름꾼이 현관의 출입문에서 초인종을 울리고 있는 것을 보았다.

「빨리 가서 무엇인가 알아보고 와.」하고 그녀는 말하고 무슨 일에도 놀라지 않을 정도로 태연한 마음의 준비를 갖추고 두 손을 무릎 위에다 놓고 안락의자에 앉았다. 하인이 알렉세이 알렉산드로비치의 필적으로 겉봉이 쓰인 두툼한 봉서(封書)를 가지고 왔다.

「심부름꾼은 답장을 받아 가지고 오라는 분부를 받고 온 모양입니다.」

「알았어.」하고 그녀는 말했다. 그리고 그가 나가자마자 떨리는 손가락으로 겉봉을 뜯었다. 종이띠로 묶인 채 아직 접히지도 않은 지폐 뭉치가 그 속에서 떨어졌다. 그녀는 편지를 다 펴 가지고 끝쪽에서부터 읽기 시작했다. 『당신의 귀가에 필요한 온갖 준비는 시켜 놓았소. 또한 내가, 이 내 희망이 실행되는 것에 특히 의미를 두고 있다는 걸 헤아려 주시오.』 그녀는 이렇게 읽었다. 그리고 나서 그녀는 거꾸로 앞에서부터 대충 눈을 주어 다 읽고 나서 다시 한번 처음부터 고쳐 읽었다. 그녀는 그것을 읽고 나자 오싹 소름이 끼치며 전연 얘기하지 않았던 무서운 불행이 자기 위로 무너져내린 것 같은 느낌이 들었다.

오늘 아침 그녀는 남편한테 모든 걸 얘기한 것을 후회하고 그런 얘기만 하지 않았던들 하고 그저 그 생각만 하고 있었다. 그리고 이 편지에는 그 말은 얘기되지 않았던 것으로서 그녀가 바라고 있던 것을 그녀에게 주고 있는 것이었다. 그럼에도 불구하고 지금 이 편지는 그녀가 상상할 수 있는 한의 무엇보다도 무서운 것으로서 그녀의 눈에 비쳤던 것이다.

「그분은 옳다! 옳다!」하고 그녀는 중얼거렸다. 『물론 그분은 언제나 옳다. 그분은 기독교인이다. 그분은 관대하다! 그렇다, 하지만 비열하고 추악한 인간이다. 그리고 이것은 나 이외에는 누구 하나 알고 있는 사람도 없고 앞으로도 알 사람은 없을 것이다. 더구나 난 그것을 설명할 수는 없다. 세상에서는 얘기하고 있다——신앙심이 두터운 도덕적인 정직한 총명한 사람이라고. 그렇지만 그 사람들은 내가 본 것을 보고 있지는 않다. 그 사람들은 그분이 이 팔 년 동안에 얼마만큼 내 생명을 압박했던가, 내 속에서 살고 있던 것을 압박했던가 하는 것을 모르고 있는 것이다. 말하자면 내가 사랑이 없이는 있을 수 없는 살아 있는 여자라고 하는 것을 그분은 단 한 번도 생각해 주지 않았다는 것을 모르고 있는 것이다. 그분이 매사에 날 모욕하고 자기 혼자서 만족하고 있었던 것을 모르고 있다. 난 애쓰지 않았었을까, 자기의 생활에 의의를 찾아내려고 온 힘을 다해서 애쓰지 않았었을까? 난 그분을 사랑하려고 해보지 않았었을까? 그리고 벌써 남편을 사랑할 수가 없게 됐을 때에는 아들을 사랑하려고 해보지 않았었을까? 그러나 때가 왔다. 난 내가 이 이상 더 나를 속이고 있을 수는 없다는 것을, 또한 내가 살아 있다는 것, 그리고 나는 죄가 없다는 것을, 하느님이 나를 사랑하기도 하고 살지 않으면 안 되는 것으로 만들어 놓았다고 하는 것을 깨달았다. 그러나 지금의 이것은 도대체 무엇인가? 그분이 만약 날 죽여 준다든가 그분을 죽여 준다든가 한다면 난 어떤 일이라도 참고 어떤 일이라도 용서해 주었을 텐데. 그러나 그것도 아니고, 그분은……』

『어째서 난 그분이 어떻게 나오리라는 것을 미리 짐작하지 못했었을까? 그분의 그 비열한 성격이 상당한 짓을 하리라는 것은 뻔하다. 그리고 그분은 어디까지나 옳은 사람으로 통하고 파멸의 구렁텅이에 임해 있는 나를 더욱더 무자비하고 더욱더 나쁘게 망쳐 놓아 버릴 것이다……』『당산과 당신의 아들을 기다리고 있는 것이 무엇인가 하는 것은 당신 자신께서 충분히 짐작할 수 있으리라고.』 그녀는 이런 편지 문구를 생각해 냈다. 『이것은 아들을 빼앗아 버린다는 위협이다. 그리고 아마 그 사람들의 우열한 법률로는 그런 짓이 될 수 있겠지. 그러나 그 사람이 어떤 생각으로 이런 말을 하고 있는지 내가 그래 그것을 모른단 말인가? 그분은 아들에 대한 내 사랑도 믿지 않든가 그렇지 않으면 경멸하고 있든가다. 언제나 무슨 일이건 비웃는 듯한 가락으로—— 말하자면 내 이 감정을 경멸하고 있는 것이다. 그러나 그분은 알고 있다. 내가 아들을 버리지 않는다는 것도 버릴 수 없다는 것도, 아들이 없이는 설사 내가 사랑하는 사람과 같이 있게 되더라도 나에게는 생활이라는 것이 있을 수 없다는 것도, 그러나 또 만약 내가 아들을 버리고 남편에게서 도망가 버리면 그야말로 난 가장 비열하고 추악한 여자로서 행동하는 것이 된다고 하는 것도. 이러한 것을 그분은 모두 알고 있는 것이다. 그리고 내가 그런 짓을 할 수 있는 인간이 아니라는 것도 꿰뚫어 보고 있는 것이다.』

『우리들의 생활은 이전처럼 영위되지 않으면 안 됩니다.』 그녀는 또 편지의 다른 문구를 상기하였다. 『이 생활은 이전에도 무척 괴로운 것이었다. 특히 요즈음에는 무서운 것이었다. 그런 것이 이제 앞으로는 어떻게 될 것인가? 더구나 그분은 모든 것을 다 알고 있다. 내가 호흡을 하고 있다는 것을, 후회할 수 없다는 것을 알고 있는 것이다. 또 그 사람은 그런 짓을 해보았댔자 거짓과 속임수 외에는 아무것도 생기지 않을 것이라는 것도 알고 있는 것이다. 그러나 그 사람에게는 언제까지나 나를 괴롭히는 것이 필요한 것이다. 나는 그 사람을 알고 있다. 난 그 사람이 물 속의 물고기처럼 거짓 속을 헤엄치고 돌아다니며 기뻐하고 있는 것을 알고 있다. 그러니까 난 무슨 일이 있더라도 그분에게 그런 기쁨을 주지는 말아야 하는 것이다. 난 당연히 그 사람이 나를 감아 버리려는 그 허위의 거미집을 쥐어뜯어야 하는 것이다. 어떻게 되어도 일 없다, 될 대로 되라지. 어떤 것이건 허위며 기만보다야 낫다!」

『그렇지만 어떻게? 오오, 하느님! 오오, 하느님! 나처럼 이렇게 불행한 여자가 이 세상에 있었을까요?……』

「아냐, 쥐어뜯겠다, 쥐어뜯겠다!」그리고 그녀는 그에게 또 한 통의 편지를 쓰려고 책상 쪽으로 다가갔다. 그러나 그녀는 그 마음의 깊이에서는 자기에게는 무엇을 쥐어뜯을 힘도 없다는 것, 또 지금까지의 경우에서 그것이 아무리 허위에 찬 수치스러운 것이라고 할지라도 빠져나갈 힘이 없다는 것을 벌써 충분히 감득하고 있었다.

그녀는 책상을 향해서 앉았다. 그러나 붓을 드는 대신 책상 위에다 두 손을 놓고 그 위에다 머리를 얹고 흐느낌과 함께 온 가슴을 들먹거리면서 어린애처럼 울음을 터뜨렸다. 그녀는 자신의 입장이 명확히 결정될 줄 알았던 꿈이 영원히 무너져 버린 것을 슬퍼했던 것이다. 그녀는 모든 것이 이전처럼 될 것이라는 것을, 아니, 오히려 이전보다도 훨씬 나빠져 있을 것이라는 것을 알고 있었다. 그리고 그녀는 자기가 오늘날까지 누려 온, 그리고 오늘 아침까지만 해도 그처럼 시시하게 여겨졌던 그 사회적인 지위가 자기에게는 귀중한 것이고, 자기에게는 도저히 그것을 남편이며 아들을 내버리고 애인한테로 달려간다고 하는 비천한 여자의 입장과 바꿀 만큼의 힘이 없다는 것과 자기가 아무리 애써 보아도 필경은 자기 자신보다도 강하게 될 수 없을 것이라는 것을 느꼈던 것이다. 그녀는 결코 사랑의 자유를 경험하지는 못할 것이다. 그리고 영원히 생활을 같이 할 수가 없는 따로따로 떨어진 외간 남자와의 수치스러운 관계를 위하여 남편을 속이고 있는 죄많은 아내로서 끊임없는 죄증(罪證)의 위협 밑에 남을 것이다. 그녀는 그렇게 될 것이라는 것을 알고 있었다. 그리고 동시에 그것은 그 결말을 상상해 볼 수조차 없을 만큼 무섭게 여겨졌다. 그래서 그녀는 마치 벌을 받는 어린애들처럼 속이 후련할 만큼 울었던 것이다.

가까이 다가오고 있는 하인의 발소리가 그녀로 하여금 제정신을 차리게 했다. 그래서 그녀는 그한테서 얼굴을 감추듯이 하고 편지를 쓰고 있는 시늉을 했다.

「심부름꾼이 답장을 주셨으면 하고 있읍니다만.」하고 하인은 말했다.

「답장? 그래.」안나는 말했다. 「조금만 더 기다리게 해둬. 내가 초인종을 누를 테니까.」

『내가 무엇을 쓸 수가 있을까?』 하고 그녀는 생각했다. 『내가 혼자서 무엇을 결정할 수가 있을까? 나는 무엇을 알고 있을까? 나는 무엇을 바라고 있

을까? 나는 무엇을 사랑하고 있을까?』 또다시 그녀는 자기의 마음속에 사물
이 이중으로 비치기 시작하는 것을 느꼈다. 그녀는 지금도 이 감정에 놀랐다.
그리고 자기에게 대한 생각에서 자기를 떼놓아 줄 수 있을 것 같은 생각이 머리
에 떠오르자 그것에 눌어붙었다.

『난 아무래도 알렉세이——이처럼 그녀는 마음속으로 브론스키를 불렀다
——를 만나지 않으면 안 된다. 내가 하지 않으면 안 될 일을 나에게 가르쳐 줄
수 있는 것은 그 사람뿐이다. 베트시한테 가 보아야겠다. 거기에 가면 아마 그
사람만을 만나겠지.』하고 그녀는 아직 어제 그녀가 그에게 트베르스카야 공작
부인한테는 가지 않겠다고 말했을 때에 그가 그럼 자기도 가지 않겠다고 대꾸한
것을 말끔히 잊고 자신한테 말했다. 그녀는 책상 앞으로 가서 남편한테 이렇게
썼다——『당신의 편지 잘 받았습니다. A』그리고 나서 초인종을 눌러 하인에
게 그것을 건넸다.

「이제 가는 것은 그만두겠다.」그녀는 들어온 안누쉬카한테 말했다.

「아니, 아주 가지 않는 건가요?」

「아니, 내일까지 짐을 그대로 두어 둬. 그리고 마차도 그대로 두고, 난 공작
부인한테 좀 다녀올 테니까.」

「그럼 옷은 어떤 것으로 하실까요?」

17

트베르스카야 공작 부인이 안나를 초대한 크리켓 시합의 멤버는 귀부인 두 사
람과 그들의 숭배자들로 되어 있었다. 이 두 부인은 무엇이건 모방의 모방을 하
는 것으로 『세계의 일곱 가지 불가사의』로 불리고 있는 선택된 새로운 페테르
스부르크 사교계의 주요한 대표자들이었다. 사실 이 부인들은 지체는 높지만 안
나가 속하고 있던 사교계와는 전연 적대의 관계에 있는 사교계에 속하고 있
었다. 그뿐만이 아니고 페테르스부르크의 유력자의 한 사람으로 리자 메르칼로
바의 숭배자인 스트레모프 영감은 직무상으로 알렉세이 알렉산드로비치의 적수
였다. 이 모든 관계에서 안나는 마음이 내키지 않았다. 그리고 또 그녀가 맨 처
음에 그것을 거절하였던 것에는 트베르스카야 공작 부인이 쪽지에서 보였던 암
시가 크게 작용하고 있었다. 그러나 지금 안나는 브론스키를 만날 수 있다는 희

망 때문에 갑자기 가고 싶었던 것이다.

안나는 다른 손님들보다도 먼저 트베르스카야 공작 부인의 집에 도착했다.

그녀가 들어섬과 동시에 구레나룻을 깨끗이 빗어내린, 시종이나 다름없는 풍채의 브론스키의 하인도 들어왔다. 그는 문에서 멈춰 서서 모자를 벗고 그녀에게 길을 비켜 주었다. 안나는 그 사내를 알아보았다. 그리고 거기에서 비로소 어제 브론스키가 오늘은 오지 않겠다고 얘기한 것을 생각해 냈다. 아마 그 사실을 편지에 적어 보낸 듯했다.

그녀는 현관에서 웃옷을 벗으면서 하인이 P자의 소리를 내는 법까지 시종처럼 발음하고 『백작이 공작 부인에게』 하고 말하면서 쪽지를 건네고 있는 것에 귀를 모았다.

그녀는 그에게 그의 주인이 어디에 있는지를 묻고 싶었다. 그녀는 도로 돌아가서 그가 자기한테 와 주든지 그렇잖으면 자기가 그에게로 가든지 하기 위한 편지를 그에게 보내고 싶었다. 그러나 그것도 저것도 아무것도 시행할 수는 없었다. 그보다도 먼저 벌써 그녀의 도착을 알리는 벨소리가 들리고 그리고 트베르스카야 공작 부인의 하인이 어느 틈에 그녀가 내실로 들어가기를 기다리면서 열린 문 뒤에 비스듬히 서 있었다.

「마님께선 뜰에 계십니다. 곧 여쭙겠읍니다. 그렇잖으면 뜰로 가시는 것이 어떠하실는지요?」하고 다른 하인이 알렸다.

불안정하고 애매한 상태는 집에 있을 때와 꼭 마찬가지였다. 아니 오히려 더 한층 심했다. 왜냐하면 무엇 하나 계획할 수도 없었고 브론스키를 만날 수도 없는 이런 데에서, 조금도 인연이 없는 그녀의 지금의 기분과는 전혀 상반된 사람들 속에 어쩔 수 없이 머물잖으면 안 될 궁지에 떨어져 버렸기 때문이었다. 그러나 그녀는 자기에게 잘 어울린다고 생각되는 옷차림을 하고 있었다. 그녀는 혼자가 아니었다. 둘레에는 그 낯익은 화려하고, 나타해 있는 듯한 분위기로 가득차 있었다. 그래서 그녀에게는 집에 있는 것보다는 기분이 한결 가벼웠다. 그녀는 자기가 해야 할 것에 대해서 머리를 쓸 필요도 없었다. 모든 것이 저절로 되어 갔다. 그녀를 놀라게 한 우아한 흰 옷 차림을 한, 그녀에게로 다가오는 베트시를 맞자 안나는 언제나처럼 그녀에게 살짝 웃어 보였다. 트베르스카야 공작 부인은 투쉬케비치와 또 한 사람의 친척이 되는 처녀와 함께 걸어왔는데, 그 처녀의 시골에 있는 양친에게는 딸을 유명한 공작 부인에게 보내서 여름을 보내게 한다는 것이 크나큰 행복이었다.

아마 안나에게는 어딘지 다른 데가 있었으리라. 베트시는 곧 그것을 알아챘다.

「난 잠을 좀 잘못 잤어요.」하고 안나는 그들을 향해서 오고 있는 그녀의 상상에 의하면 브론스키의 편지를 가지고 온 것 같은 하인 쪽을 쳐다보면서 대꾸했다.

「당신께서 와 주셔서 나는 정말 반가와요.」하고 베트시는 말했다.「난 지쳐 버렸어요. 그래서 여러분께서 오시기 전에 차나 한 잔 마실까 하고 오던 참이에요. 당신께선 좀 가 주시겠죠.」하고 그녀는 투쉬케비치를 향해서 말했다.「마쉬아하고 같이 크리켓 그라운드를 좀 살펴 주셨으면 좋겠어요. 바로 저기 풀이 베여 있는 데예요. 그동안에 저흰 차를 마시면서 흉금을 터놓고 얘길할 수 있어요, 재미있는 환담이나 하십시다. 그렇잖아요?」그녀는 안나한테로 웃는 얼굴을 돌리고 양산을 가지고 있던 그녀의 손을 쥐면서 이렇게 말했다.

「그래요, 가뜩이나 내가 오늘은 오래 여기에 머무를 수 없다고 보면 더욱 그래요. 실은 난 브레제 노부인한테 들르지 않으면 안 돼요. 벌써 백 년 전부터 약속을 하고 있어요.」하고 안나는 말했다.

그녀에게는 그 성질에 맞지 않은 거짓이 이제는 사교계에 나옴과 동시에 간단하고 자연스러운 것이 되었을 뿐만이 아니고 만족까지를 가져오게 되었다. 무엇 때문에 그녀는 일 분 전까지만 해도 생각하고 있지 않았던 것을 입에 담았던가 하는 것은 그녀 자신에게도 도저히 설명할 수는 없었다. 그녀가 그것을 얘기한 것은 그저 브론스키가 오지 않는다고 한다면 자기는 자기의 자유를 확보하여 어떻게 해서라도 그와 만나는 방법을 강구하지 않으면 안 된다고 여겼기 때문일 뿐이었다. 그러나 어째서 그녀가 하필이면 다른 많은 사람들 이상으로 일이 있는 바도 아니었던 늙은 여관(女官) 브레제의 이름을 특히 들었던가는 그녀 자신도 좀처럼 납득할 수 없었다. 그러나 나중에가서 생각해 보았을 때 브론스키와 만나기 위한 최선의 방법으로서 그 이상의 어떤 묘안도 생각해 낼 수가 없었던 것이다.

「아네요, 난 무슨 일이 있더라도 당신을 놓지는 않겠어요.」베트시는 주의깊게 안나의 얼굴을 쳐다보면서 대꾸했다.「정말 난 만약 당신을 사랑하고 있지 않았다면 틀림없이 화를 냈을 거예요. 당신은 마치 여기 모이는 분들과 교제를 했다가 명예를 더럽히지나 않나 하고 두려워하고 계시는 것만 같아요. 그럼 말야, 우리 차는 작은 객실로.」그녀는 하인에게 얼굴을 돌려서 언제나처럼 눈을 가늘게 뜨면서 말했다. 그녀는 하인한테서 무엇인가를 적은 것을 받아 가지고 그것을 냉큼 읽어내렸다.「알렉세이가 글쎄 이런 거짓말을 하고 있군요.」그녀는 프랑스어로 말했다.「올 수가 없다고 적어 보내고 있어요.」그녀는 안나에게는 브론스키가 크리켓의 경기차 이외에 어떤 다른 의미를 가지고 있다고는 전혀 생각해 본 적도 없는 것 같은 지극히 자연스럽고 단순한 가락으로 덧붙였다.

안나는 베트시가 모든 것을 알고 있다는 것을 알고 있었으나 그녀가 자기 앞에서 브론스키에 대한 이야기를 하고 있는 것을 듣고 있으면 언제나 그 순간에는 이 여자는 아무것도 모르고 있으리라고 믿어지는 것이었다.

「그래요!」안나는 그런 것에는 전혀 흥미가 없는 것 같은 무관심한 어조로 말하고 웃음을 머금으면서 이렇게 계속했다. 「어떻게 여기 모인 분들이 어느 누구의 명예를 더럽힐 수 있다는 거예요?」이러한 말놀이, 이러한 비밀의 은폐는 온갖 여자들에게 있어서와 마찬가지로 안나에게도 많은 흥미를 주었다. 그리고 그녀의 마음을 끈 것은 숨기지 않으면 안 될 필요성이나, 그 때문에 숨긴다는 목적에서가 아니라 그것의 과정이었다. 「나는 법왕 이상으로 마음이 넓어질 수 없어요.」하고 그녀는 말했다. 「스트레모프며 리자 매르칼로바——이분들은 사교계의 꽃이 아니겠어요. 게다가 또 그분들은 어디에 가시더라도 환영을 받아요. 나도,」그녀는 『나』라고 하는 말에 특히 힘을 주어「결코 딱딱하고 옹졸하지는 않아요. 나는 그저 틈이 없을 뿐이에요. 아녜요, 당신은 어쩌면 스트레모프와 만나는 것이 싫을는지 몰라요. 그러나 일없잖아요? 그분과 알렉세이 알렉산드로비치와의 위원회에서의 충돌이니 하는 건 내버려 두는 게 좋아요, 우리들이 상관할 일은 아니니깐요. 그러나 사교계에서의 그분은 내가 알고 있는 한으로 정말 좋은 분이에요. 게다가 또 크리켓 광이기도 하구요. 이제 당신께서도 아시게 될 거예요. 그야 리자를 연모해 그분이 늘그막에 그녀의 애인이라고 하는 입장은 좀 우습기는 하지만, 그러나 그분께서 이 우스운 입장을 잘 빠져나가고 있는 솜씨만은 알아 주잖으면 안 돼요! 그분은 정말 좋은 분이에요. 사포 쉬톨리스를 당신께선 모르시던가요? 그분은 새로운, 전연 새로운 타입의 사람이에요.」베트시는 이러한 것들을 모두 단숨에 지껄였으나 그러는 동안 안나는 그녀의 즐거운 듯한 총명한 눈동자에 의해 그녀가 다소는 자기의 입장을 이해하고 있고 무엇인가를 궁리하고 있는 것 같은 것을 느꼈다. 그들은 작은 객실에 들어와 있었다.

「그건 그렇고 난 알렉세이에게 답장을 쓰잖으면 안 되겠어요.」그리고 베트시는 탁자 앞에 앉아 서너 줄 써서 그것을 봉투에 넣었다. 「난 그분한테 식사를 하러 와 주시라고 적었어요. 내 집에 부인 한 분이 상대하는 남자 없이 혼자서 식사에 남아 있으시다구요. 어때요, 그러면 됐죠? 용서하세요, 나 잠깐 실례하겠어요. 저어, 미안하지만 좀 봉해서 들려 보내 주세요.」하고 그녀는 문에서 말했다. 「나는 여러 가지 말을 일러 놓고 와야 하니깐요.」

일 분도 생각하지 않고 안나는 베트시의 편지를 가지고 탁자 앞에 앉아 읽지도 않고 아래쪽에다 이렇게 덧붙였다——『꼭 만나 뵈어야 할 일이 있읍니다. 브레제 댁의 뜰까지 좀 와 주세요. 난 여섯 시에 거기에 가 있겠읍니다.』 그녀가 봉을 하고 나자 베트시가 돌아와서 그녀 앞에서 그것을 심부름꾼한테 건넸다.

그리고 시원하고 조그마한 객실의 작은 탁자 위로 가져온 차를 마시는 동안 손님들이 오기까지라고 트베르스카야 공작 부인이 약속한 그 재미있는 이야기가 시작되었다. 그들은 기다리고 있는 사람들의 험담을 했다. 그리하여 이야기는 리자 메르칼로바에 관해서 시작됐다.

「그분은 정말 귀여운 분이에요. 난 언제나 그분이 좋았어요.」하고 안나는 말했다.

「당신은 그분을 사랑해 드리잖으면 안 돼요. 그분은 당신한테 마음을 쏟고 있어요. 어제 그분께선 경마가 끝난 뒤에 저희한테 들렀다가 당신이 계시지 않으니까 아주 실망하고 있었어요. 그분께선 당신이 진짜 로맨스의 여주인공이라나요. 자기가 만약 남자라면 당신을 위해선 어떤 어리석은 짓이라도 저질렀을 거라고 얘기하지 뭐예요. 스트레모프가 그분한테 당신은 그렇지 않아도 그런 짓만을 하고 있지 않느냐고 하지 않겠어요.」

「그런데, 참, 얘기해 주시겠어요, 난 정말 도무지 이해할 수가 없어요.」하고 안나는 잠시 잠자코 있다가는 자기는 쓸데 없는 질문을 하고 있는 것은 아니다, 자기가 물은 것은 자기에게는 실질 이상으로 중요한 것이다, 라는 것을 확실히 강조하는 투로 말했다. 「어디 좀 얘기해 봐요, 그분과 미쉬카라는 칼루쥐스키 공작과의 관계가 어떤지 난 그분들을 그렇게 자주 만난 적은 없어요. 그래, 도대체 어때요 ?」

베트시는 눈웃음을 지으며 안나의 얼굴을 찬찬히 들여다보았다.

「새로운 방법이에요.」하고 그녀는 말했다. 「그분들은 모두 이 방법을 선택하시더군요. 그분들은 체면 같은 것은 다·무시해 버리고 노골적으로 하는 거예요. 그러나 그 걷어차는 방법에도 여러 가지 방법이 있지만 말예요.」

「그래요, 그러나 실제로는 어때요, 그분과 칼루쥐스키와의 관계는 ?」

베트시는 느닷없이 즐거워 참을 수 없다는 듯이 웃어 대기 시작했다. 이런 일은 그녀에게는 흔하지 않은 일이었다.

「그것은 이거 봐요, 마흐카야 공작 부인의 영역 안을 침입하는 거예요. 그것은 무척 어린애 같은 질문이에요.」이렇게 말하고 베트시는 아무리 억누르려고 해도 억누를 수가 없다는 듯한 잘 웃지 않는 사람이 웃을 때의 그 전형적인 웃음을 터뜨렸다. 「그것은 그 당사자들한테 물어 보아야지요.」하고 그녀는 너무 웃은 나머지 눈물까지 흘리면서 간신히 말했다.

「아녜요, 당신께선 웃고 있으시지만 말예요.」하고 안나는 자기도 어느 틈에 웃음에 감염되면서 말했다. 「그러나 난 전혀 이해할 수가 없어요. 그럴 경우의 남편된 사람의 역할을.」

「남편이라구요? 리자 메르칼로바의 남편은 그분 뒤를 숄을 가지고 따라다니면서 언제든지 뒷바라지할 준비를 하고 있어요. 그렇지만 사실은 그 앞에 무엇이 있을 것인가 하는 것은 어느 누구도 알고 싶어하지는 않아요. 잘 알고 계시듯이 훌륭한 사회에서는 화장의 비결에 대해서조차 얘기하지도 않고 생각하지도 않은 정도잖아요. 이것도 마찬가지 얘기예요.」

「당신께선 롤란다크 부인의 축하 파티에 나가시겠어요?」하고 안나는 화제를 바꾸기 위해서 이렇게 물었다.

「가지 않을 생각이에요.」하고 베트시는 대꾸하고, 친구 쪽은 보지 않고 조심스럽게 조그마한 투명한 찻잔에 향기로운 차를 따르기 시작했다. 그리고 안나 쪽으로 찻잔을 밀어 놓고 자기는 궐련을 꺼내어 은제의 파이프에 꽂아 피우기 시작했다. 「자아, 이처럼 나는 행복한 위치에 있어요.」하고 이번에는 정색을 하고 찻잔을 손에 들면서 그녀는 입을 열었다. 「난 당신에 대해서도 알고 리자에 대해서도 알고 있어요. 리자——그분은 아직 무엇이 좋고 나쁜지도 모르는 어린애 같은 순진한 성질을 가진 분들 가운데의 하나예요. 최소한 아주 젊었을 때에는 아무것도 몰랐을 거예요. 요즈음에 그분께선 이 이해할 수 없는 것이 자기한테 어울린다고 알고 있지만 말예요. 그러니까 지금은 어쩌면 일부러 모른 체하고 있는 것인지도 모르지만.」베트시는 능청스런 미소를 머금으면서 말했다. 그러나 하여튼 그분에게는 그것이 가장 잘 어울려요. 아뭏든 똑같은 한 가지 것을 가지고도 비극적으로 보고 그 때문에 괴로와할 수도 있고 그저 단순하게 오히려 즐거운 것으로서 볼 수도 있고 하니깐요. 어쩌면 당신께선 사물을 너무나 비극적으로 보시는 편일는지도 몰라요.」

「아아, 난 내가 내 자신을 아는 것만큼 다른 사람들을 알 수 있으면 싶어요.」하고 안나는 진지한 생각에 잠긴 듯한 어조로 말했다. 「난 다른 사람들보다 나쁜 인간일까요, 좋은 인간일까요? 난 나쁜 편이려니 하고 생각하고 있기는 하지만.」

「무척 어린애 같군요, 어린애 같아요.」하고 베트시는 되풀이했다. 「그건 그렇고, 저기 모두들 오셨어요.」

18

　발소리와 사내의 목소리, 그리고 여자의 목소리와 웃음 소리가 들리고 그것에 이어 기다리고 있던 손님들이 들어왔다——그것은 사포 쉬톨리스와 바시카라고 불리는 야성과 건강미 넘치는 젊은이었다. 언뜻 보아도 이 사내한테는 쇠고기며 버섯이며 버건디 포도주의 영양물이 충분히 공급되어 있는 것이 뚜렷했다. 바시카는 두 부인에게 인사를 하고 그들의 얼굴을 보았으나 그것도 그저 일 초 동안의 일이었다. 그는 사포의 뒤를 따라 객실로 들어와서는 마치 그녀에게 매달리기라도 한 것처럼 객실 안을 그녀의 뒤를 따라 거닐면서 그녀를 집어삼켜 버리기라도 하려는 것처럼 반짝이는 눈을 그녀한테서 떼지 않았다. 사포 쉬톨리스는 검은 눈을 가진 금발의 부인이었다. 그녀는 뒤축이 높은 슬리퍼를 신고 종종걸음으로 활발하게 방안에 들어서자 사내처럼 힘차게 두 부인의 손을 쥐었다.

　안나는 아직까지 한 번도 이 새로운 저명한 사람을 만난 적이 없었으므로 그 아름다움과 빈틈없는 화장 솜씨와 태도의 대담함에 깊은 감동을 받았다. 그녀의 머리에는 자기 머리와 가발이 섞인 부드러운 금빛의 머리카락이 큼직하고 터부룩하게 묶여 있는데, 그 머리의 크기가 균형 있게 앞으로 불룩 내민, 한껏 노출된 가슴과 똑같은 정도였다. 그리고 그녀의 걸음은 너무나도 급격하였기 때문에 그 한 걸음 걸을 때마다 무릎이며 허벅다리의 모양이 옷 밑으로 뚜렷하게 드러나고, 그 조그마한 균형이 잡힌 상반신은 한껏 노출됐고, 하반신과 등이 충분히 감추어져 있는 몸매가 참으로 아름답게 흔들리고 있는 산과 같은 옷의 어느 부분에서 끝날까 하는 의문을 무의식중에 품지 않을 수 없을 정도였다.

　베트시는 곧 그녀를 안나에게 소개했다.

　「글쎄 좀 생각해 보세요, 저희 말예요, 하마터면 군인 두 사람을 깔려 죽일 뻔했지 뭐예요.」그녀는 눈짓을 하기도 하고 웃기도 하고 느닷없이 너무나 한쪽으로 돌아간 자기의 스커트를 도로 잡아당기기도 하면서, 바로 이야기를 시작했다.「난 바시카하고 같이 왔어요……아아, 참, 당신들께선 아직 모르실 거예요.」이렇게 말하고 그녀는 그의 성을 부르더니 젊은 사내를 소개하였다. 그러고 나서 자기의 과실, 즉 미지의 부인 앞에서 그를 바시카라고 친숙하게 불러버린 것을 깨닫고는 얼굴을 붉히며 깔깔 웃었다.

　바시카는 다시 한번 안나에게 인사를 했다. 그러나 별다른 이야기는 건네지 않았다. 그는 사포한테로 얼굴을 돌렸다.

　「내기는 당신께서 지셨읍니다. 저희들이 먼저 도착했으니깐요. 자아, 지불하세요.」그는 빙그레 웃으면서 말했다.

사포는 더한층 즐겁다는 듯이 웃음을 터뜨렸다.

「지금이 아니라도 괜찮죠.」하고 그녀는 말했다.

「그야 상관 없읍니다. 나중에라도 받을 테니까요.」

「좋아요, 좋아요, 아아, 참!」하고 그녀는 갑자기 안주인한테로 몸을 돌렸다.

「내 이 정신 좀 봐…… 깜빡 잊고…… 나 말예요, 당신한테 손님을 한 분 모시고 왔어요. 바로 이분이에요.」

사포가 같이 왔다가 깜빡 잊고 있었다는 손님은 나이는 젊지만 그래도 신분이 높은 사람이었으므로 두 부인은 일어서서 그를 맞았다.

그는 사포의 새로운 숭배자였다. 그도 지금은 바시카와 마찬가지로 그녀의 뒤를 줄곧 쫓아다니고 있는 것이었다.

이내 칼루쥐스키 공작과 스트레모프를 동반한 리자 메르칼로바가 도착했다. 리자 메르칼로바는 동양풍의 느긋한 타입의 얼굴과 아름다운, 남들의 이야기처럼 설명할 수 없는 눈을 가진 수척한 편인 머리가 검은 여자였다. 그녀의 검은 의상은(안나는 곧 그것을 알아채고 좋다고 여겨졌다) 완전히 그녀의 아름다움과 조화되었다. 사포가 야무지고 단정한 것과 같은 정도로 리자는 부드럽고 느슨한 여자였다. 그러나 안나의 취미에는 리자 쪽이 훨씬 마음을 끄는 것이 많았다. 베트시는 그녀에 관해서 안나에게 그녀는 일부러 순박한 어린애처럼 흉내내고 있는 것이라고 말하였다. 그러나 안나는 그녀를 본 순간에 그것이 진실이 아니라는 것을 느꼈다. 그녀는 참으로 순박하고 퇴폐적인 그러나 사랑스럽고 유순한 여자였다. 참으로 그녀의 분위기도 사포의 그것과 똑같았던 것이다. 사포에 대하여서와 마찬가지로 그녀에 대해서도 하나는 젊고 하나는 늙은이인 두 숭배자가 마치 꿰매 붙어진 것처럼 달라붙어 눈으로 그녀를 집어삼키려고 하고 있었다. 그러나 그녀 내면에는 그녀를 둘러싸고 있는 것에 비해서 어딘지 모르게 고고한 데가 있었다——그녀 내면에는 유리가 섞인 진짜 다이아몬드의 광채가 있었던 것이다. 이 광채는 그녀의 아름다운, 참으로 설명할 수 없는 눈 속에서 반짝이고 있었다. 파르스름한 눈자위에 지친 듯한, 그러나 동시에 정열적인 눈동자는 조금도 흠이 없는 성실로서 감명을 주었다. 이 눈을 보면 어느 누구에게나 자기는 그녀를 속속들이 안 것처럼 여겨졌던 것이다. 그리고 그것을 안 이상 사랑하지 않을 수 없었다. 안나를 보자 그녀의 얼굴은 갑자기 기쁨의 미소로 밝아졌다.

「아아, 난 정말 당신을 뵙게 되어 반가와요!」하고 그녀는 안나에게로 다가

오면서 말했다. 「어제 경마장에서 내가 당신 옆으로 가려고 하자 어느 틈에 벌써 당신께선 돌아가셨더군요. 난 정말 어제는 당신을 뵙고 싶었어요. 하여간 정말 무서운 일이었잖아요?」하고 그녀는 흉금을 온통 털어 놓는 것 같은 예의 눈동자로 안나의 얼굴을 쳐다보면서 말했다.

「그래요, 나도 말예요, 그런 일로 그렇게 흥분되리라고는 꿈에도 생각하지 않았어요.」안나는 얼굴을 붉히면서 말했다.

이때 마침 뜰로 나가려고 모두 자리에서 일어섰다.

「난 그만두겠어요.」리자는 웃는 얼굴로 안나 옆으로 다가앉으면서 말했다. 「당신께서도 가시지 않으시죠? 정말 크리켓에 열중한다는 것은 !」

「어머나, 난 굉장히 좋아하는 걸요.」안나는 말했다.

「아니, 정말 당신께선 어쩌면 그런 것에 지루해 하시지 않고 배겨 내세요? 당신의 얼굴을 쳐다보고 있으면 나까지 마음이 즐거워져요. 당신께선 정말 생기 있게 살고 있으세요. 그런데 난 지루해 하고만 있으니.」

「어째서 지루해 하세요? 그래도 당신께서는 페테르스부르크에서는 가장 화려한 사교계의 한 분이시잖아요.」하고 안나는 말했다.

「그렇다면 저희들의 모임 이외의 사람들하고는 더 지루해 할는지도 모르겠군요. 그러나 하여튼 저희들에겐, 유달리 나에겐 재미있기는커녕 굉장히 말할 수 없이 지루해요.」

사포는 궐련에 불을 붙이자 두 젊은 사람들과 함께 뜰로 나갔다. 베트시와 스트레모프는 차를 앞에 놓고 남아 있었다.

「어째서 지루하셔요?」하고 베트시가 말했다. 「사포가 말씀하시더군요, 어제는 댁에서 굉장히 재미있었다구.」

「아아, 그렇게 지루했었는데도 !」하고 리자 메르칼로바는 말했다. 「경마가 끝나고 나서 저흰 모두 우리 집에 모였었어요. 그렇지만 그런 다음에는 인간도 똑같고 보면 그 하는 짓거리도 똑같은 거예요 ! 정말 모두가 똑같아요. 그리고 하룻밤 내내 소파 위에서 이리 딩굴 저리 딩굴 하고 뭉그적거리고 있었을 뿐일 걸요. 거기에 무슨 재미있는 일이 있었겠어요? 아니, 정말 당신께선 어떡하면 그렇게 지루해 하지 않고 배겨나실 수 있으세요?」하고 그녀는 또다시 안나한테로 얼굴을 돌렸다. 「누구나 당신을 첫눈에 본 사람은 바로 이렇게 여겨요. 이분이야말로 행복하든 불행하든 간에 지루하다는 것을 모르는 부인이라고. 정말 좀 가르쳐 주세요, 어떻게 하면 그렇게 배겨날 수 있나요?」

「별로 어떻게 하는 것도 아녜요.」하고 안나는 이런 까다로운 질문에 얼굴을 붉히면서 대꾸했다.

「아니, 바로 그것이 최상의 방법이라고 하는 거예요.」하고 스트레모프가 말 참견을 했다. 스트레모프는 오십 연대로 머리는 반백이 되어 있었으나, 아직 젊은, 몹시 못생기기는 했지만 특색이 있는 총명한 얼굴을 가진 사내였다. 리자 메르칼로바는 그의 처조카였다. 그리고 그는 자기의 자유로운 시간 전부를 그녀와 함께 보내고 있었다. 안나 카레니나를 만나자, 직무상 알렉세이 알렉산드로비치의 적수인 그는 사교적인 현명한 사내로서 자기의 적의 아내를 대함에 있어서 유달리 친절하게 하려고 애쓰는 것이었다.

「어떻게 하지도 않는다.」이렇게 그는 엷은 미소를 띠면서 말을 받았다.「그것이 최상의 방법이에요. 난 오래 전부터 당신한테 얘기해 왔어.」하고 그는 리자 메르칼로바 쪽을 향해서「말하자면 지루해 하지 않으려거든, 지루할 것이리라는 생각을 절대로 일으키지 않도록 하지 않으면 안 된다고, 그것은 불면을 두려워하면 잠을 이루지 못할 것이라고 두려워해서는 안 된다는 것과 똑같은 얘기야. 안나 아르카지예브나께서 말씀하신 것도 바로 그거야.」

「나도 만약 그렇게 말할 수 있었다면 정말 기뻤을 겁니다만, 왜냐하면 그것은 현명한 말일 뿐만이 아니고——진실한 말이기 때문이에요.」하고 안나는 살며시 웃으면서 말했다.

「아녜요, 그보다, 왜 잠을 이룰 수가 없는가, 왜 지루해 하잖을 수가 없는가, 그것을 애기해 주지 않으면?」

「잠을 자기 위해서는 일을 하잖으면 안 돼, 즐거워하기 위해서도 또한 일을 하지 않으면 안 돼고.」

「그렇지만 내 일이 누구에게도 필요하지 않을 때에 난 무엇 때문에 일을 하겠어요? 게다가 또 일부러 그런 체한다는 것은 난 할 수도 없고 또 하고 싶지도 않아요.」

「당신은 좀처럼 바로잡히지가 않겠군.」하고 스트레모프는 그녀를 보지도 않고 말하고 다시 안나 쪽으로 얼굴을 돌렸다.

그는 안나와는 이따금밖에 만나지 않았으므로 그녀에게는 평범한 이야기 이외에는 아무것도 애기할 수가 없었다. 그러나 그는 그녀가 언제 페테르스부르크로 돌아갈 작정이냐, 백작인 리지야 이바노브나가 얼마나 그녀를 사랑하고 있느냐 하는 지극히 범속한 것에 대해서도 그가 충심으로 그녀에게 호감을 가졌으며, 그녀에게 자기의 존경 내지는 그 이상의 것까지를 바쳐야겠다고 바라고 있는 것을 나타내고 있는 것 같은 표정을 띠면서 말했다.

거기에 투쉬케비치가 크리켓의 시합을 시작하기 위해서 모두 기다리고 있다는 것을 알리러 들어왔다.

「어머나, 안 돼요, 정말 돌아가시지 마세요.」리자 메르칼로바는 안나가 돌아가려고 하는 것을 알고 이렇게 간청했다. 스트레모프도 그것에 동의했다.

「그러면 너무나 대조가 심해요.」하고 그는 말했다. 「이런 자리에 계셨다가 브레제 노부인한테 가신다는 것은. 그리고 그 결과는 그분에게 험구를 할 기회를 주시는 것과 같은 거예요. 그렇게 생각한다면 여기에서는 당신께 전혀 다른, 지극히 아름다운 험구니 하는 것과는 정반대의 감정을 불러 일으킬 거예요.」이렇게 그는 그녀에게 말했다.

안나는 잠시 마음을 결정짓지 못하고 생각에 잠겼다. 이 총명한 사내의 유혹적인 말, 리자 메르칼로바가 그녀에게 대해서 나타낸 어린애 같은 순진한 동정, 이러한 모든 몸에 밴 사교적인 분위기 —— 이러한 것들은 모두 지극히 마음 가벼운 것들이었다. 그것에 대신해서 이제부터 그녀를 기다리고 있는 것은, 조금만 더 남아 있어서는 안 될까, 모든 것을 고백할 괴로운 때를 조금이라도 뒤로 미루어서는 안 될까 하고 그녀가 한순간 망설였을 만큼 괴로운 것이었다. 그러나 자기가 어떤 결정을 짓지 않을 때에는 집에서 그녀를 기다리고 있는 것이 무엇인가 하는 것을 생각해 내고, 그 두 손으로 머리카락을 움켜잡았을 때를 생각하기만 해도 등골이 오싹한 자기의 모습을 생각해 내자 그녀는 결연히 인사를 하고 거기를 나와 버렸다.

19

브론스키는 겉으로 보기에는 어딘지 경박한 사교적인 생활을 보내고 있었음에도 불구하고 무질서한 것을 아주 싫어하는 인간이었다. 아직 견습 사관 학교 시절인 어렸을 때에 그는 한번 돈이 궁해서 돈을 빌려 달랬다가 거절의 모욕을 경험한 일이 있었다. 그런 이래 그는 한 번도 자기를 그런 상태에 놓은 적이 없었다.

언제나 자기의 일을 정연하게 해두기 위해서 그는 그 경우에 따라서 차이는 있지만 우선 한 해에 다섯 차례째 혼자서 방안에 들어앉아 온갖 자기의 일을 정리했다. 그는 이것을 결산이니 대청소니 하고 부르고 있었다.

경마가 있던 그 이튿날 느지막이 잠을 깨자 브론스키는 면도도 목욕도 하지 않고 하얀 하복을 걸친 채 탁자 위에다 돈이며 청구서며 편지를 늘어놓고 일에 착수했다. 페트리스키는 그런 경우에는 으례 그가 잔뜩 성이 나 있다는 것을 알고 있었으므로 잠에서 깨어 친구가 책상 머리에 있는 것을 보자 슬그머니 옷을 갈아입고 그에게 방해가 되지 않도록 나갔다.

모든 사람은 자기를 둘러싸고 있는 뒤얽힌 자세한 사정을 알게 되면, 부지 불식간에 그러한 착잡한 사정과 그것을 해결해야 한다는 어려움을, 자기에게만 일어나는 특수한 상황이라고 독단하고, 자기 이외의 모든 사람들도 역시 자기와 마찬가지로 그들 자신의 복잡한 사정에 둘러싸여 있는 것이라고는 좀처럼 생각하지 않는 것이다. 브론스키에게도 그렇게 여겨지고 있었다. 그래서 그는 다소 자랑스러운 마음과 그 나름대로의 근거를 가지고, 가령 이것이 다른 작자들이었다면, 이런 어려운 상태에 놓였다면 진작 당황해서 좋지 않은 행동을 저질렀으리라고 상상하잖을 수 없었다. 그러나 브론스키는 지금이야말로 자기도 후일에 낭패를 맛보지 않기 위해서 자기의 상태를 정리하고 명확히 해두지 않으면 안 된다고 통절히 느끼고 있는 것이었다.

가장 쉬운 일로서 브론스키가 착수한 첫째의 것은 금전상의 문제였다. 그 자잘한 글씨로 편지지 위에다 자기의 부채를 모두 빼어 합계해 보고 그는 자기가 일만 칠천 루블과 알기 쉽게 하기 위해서 따로 계산해 제쳐 놓았던 몇 백 루블의 채무를 지고 있다는 것을 알았다. 그리고 나서 수중에 있는 돈과 은행의 통장과를 합산해 보고 그는 자기에게는 일천 팔백 루블이 남아 있을 뿐이고 새해까지는 한 푼의 돈도 들어올 가망이 없다는 것을 알았다. 그래서 브론스키는 부채표(負債表)를 다시 계산하고 그것을 셋으로 분류하여 고쳐 썼다. 첫째의 분류에는 곧 지불하지 않으면 안 되든가, 혹은 청구와 동시에 언제든지 일 분의 유예도 없이 바로 지불해야 할 만큼의 돈을 준비하고 있잖으면 안 될 부채를 넣었다. 그런 부채가 대략 사천 루블이었다. 일천 오백 루블은 말 값이고, 나머지 이천 오백은 브론스키의 눈앞에서 사기 도박꾼한테 진 젊은 동료인 베네프스키에게 대한 보증이었다. 브론스키는 그 당장 돈을 내려고(그만한 것은 그의 수중에 있었다) 했었지만, 베네프스키와 야쉬빈이 지불하는 것은 자기들이지 승부에도 끼지 않았던 브론스키가 아니라고 주장했던 것이다. 그것은 그것으로 좋게 끝났다. 그러나 브론스키는 자기가 그것에 관여한 것은 그저 입으르 베네프스키에게 보증을 서겠다고 얘기한 것에 지나지 않았었지만 이 더러운 사건에 있어서 자기는 기필코 그 돈을 사기꾼의 면전에다 내동댕이치고 그 이상 큰 소리 내지 못하게 하기 위해서 이천 오백 루블이라고 하는 금액을 언제나 준비하고 있지 않으면 안 된다는 것을 알고 있었다. 그렇기 때문에 첫째로 가장 중요한 부류에 속하는 돈이 아무래도 사천 루블 있어야 했다. 둘째 부류에는 팔천 루블이라는 비교적 중

요한 부채가 있었다. 이것은 주로 경마에서 진 빚으로 귀리며 건초의 청부 상인
이나 영국인, 마부상 등에게 빌린 것이었다. 이 부채에 대해서도 시끄럽지 않기
위해서는 역시 이천 루블쯤은 분배하지 않으면 안 되었다. 부채의 마지막 부
류——상점이며 호텔이며 양복점에의 지불——는 아무런 고려도 필요하지 않
은 정도의 것이었다. 그래서 당장 적어도 육천 루블의 돈이 필요했으나 수중에
는 불과 일천 팔백 루블밖에 없었다. 세상 사람들의 추정과 마찬가지로 브론스
키의 수입이 정말로 십만 루블이었다면 이런 정도의 빚은 곤란할 턱이 없었을
것이다. 그러나 문제는 그의 실제 수입이 십만 루블이 아니라는 데 있다. 이 십
만 루블이라고 하는 연간 수입을 가져오는 막대한 아버지의 유산은 아직 형제들
사이에 분배돼 있지 않았다. 그리고 또 형이 자기 자신도 굉장한 빚을 걸머지고
있으면서 한 푼의 재산도 없는 십이월 당원인 모 공작의 딸 바랴 치르코바야와
결혼했을 때에 알렉세이는 자기는 연 이만 오천 루블만 받으면 그만이라고 말하
고 아버지의 소유지에서의 온 수입을 형한테 넘겨 주어 버렸던 것이다. 알렉세
이는 그때 형한테 자기에게는 결혼할 때까지 그것으로 충분할 것이라고 말했
었다. 그 결혼도 아마 때가 돼도 하지 않을 것이라고 말했었다. 그래서 당시 가
장 비용이 드는 연대의 대장으로 재직하고 있는 데다가 막 결혼을 한 형은 이 선
물을 받지 않을 수가 없었던 것이다. 그러나 여태까지는 자기의 개별적인 재산
을 소유하고 있던 어머니가 정해진 이만 오천 루블 외에 해마다 이만 루블 정도
의 돈을 더 주었으므로 그는 그 양쪽을 합해서 생활비에 충당해 왔던 것이다. 그
러나 요즘에 와서 어머니는 그의 정사와 무스크바를 떠나와 버린 것에 대해서
그와 입다툼을 하고 나서는 그에게의 송금을 끊어 버렸다. 그 결과 브론스키는
이미 사만 오천 루블의 생활에 젖어 버린 데다가 금년에 한해서 이만 오천 루블
밖에 수입이 없었으므로 지금은 공경에 빠져 있었던 것이다. 그러나 그는 궁핍
에서 빠져나가기 위해서 어머니에게 송금을 청할 수는 없었다. 전날 밤 그가 받
은 그녀의 최근의 편지에는 평소와 달리 바른 사회를 파괴하는 것과 같은 생활
을 위해서가 아니라면, 그의 사회 참여에 있어서와 직무에 있어서의 성공을 위
해서라면 언제든지 보조하기를 주저하지 않는다는 암시가 있었기에 그는 기분
이 몹시 상했었다. 그를 매수하려고 하는 어머니의 희망은 마음속까지 그를 모
욕했고, 그녀에 대한 그의 마음을 더한층 식혀 버렸다. 그러나 이제와서 카레닌
부인과의 관계에서 생길 두서너 사건을 예상하고, 그 관대한 말이 너무나 경솔
했었다는 것과 미혼인 그에게도 십만 루블 전부의 수입이 필요한 경우도 있을
수 있다는 것을 아무리 통감한다고 할지라도 일단 입으로 말해 버린 관대한 말
을 이제 또다시 취소할 수는 없었다. 그런 짓은 도저히 할 수 없었다. 그것은 그

저 형의 아내를 생각하는 것만으로도 충분했다. 그 사랑스럽고 뛰어난 바랴가 좋은 기회가 있을 때마다 그의 관대를 잊지 않고 있다는 것, 그것을 고마와하고 있다는 것을 되풀이하고 한번 준 것을 도로 빼앗는다는 것은 불가능하다는 것을 이해시키려고 했던 그 일을 생각해 내는 것만으로도 충분했다. 그것은 부인을 친다든가 도둑질을 한다든가 거짓말을 한다든가 하는 것과 마찬가지로 불가능한 것이었다. 그래서 가능하기도 하고 당연하기도 한 방법은 그저 하나 있었다. 그것에 대해서 브론스키는 일각의 주저도 없이 결심했으나, 그것은 아무런 어려움도 있을 수 없는 것으로 고리 대금 업자에게서 일만 루블의 돈을 빌린다는 것과 대체로 비용을 절감한다는 것과 경마용 말을 판다는 것이었다. 이 결심이 정해지자 그는 그때까지 몇 차례 그의 말을 사고 싶다고 청해 오고 있던 롤란다크에게 편지를 썼다. 그러고 나서 그는 영국인과 고리 대금 업자를 부르러 보내 놓고 계산서에 따라서 수중에 있던 돈을 나누었다. 이런 일들을 끝내고 나자 그는 이번에는 차고 신랄한 답장을 어머니한테 썼다. 그러고 나서 종이 끼우개에서 안나의 편지를 세 통 꺼내어 그것을 다시 한번 읽고 나서는 태워 버리고 어제 그녀와의 대화를 생각해 내고 생각에 잠겼다.

20

브론스키의 생활은 그가 해야 할 것, 하지 않아야 할 것의 모든 것을 명백하게 한정하는 규칙을 가지고 있는 것에 의해서 유달리 행복했다. 이러한 규칙은 극히 작은 범위의 생활을 안고 있었을 뿐이지만, 그 대신 그 규칙은 의심할 것 없는 것이었으므로 브론스키는 결코 이 범위에서 벗어나는 일 없이 아직까지 단일 분도 하지 않으면 안 될 것의 실행에 주저한 적은 없었다. 이러한 규칙은 다음과 같은 것을 뚜렷이 규정하고 있었다——사기 도박꾼에게는 지불하지 않으면 안 되지만 양복점에는 지불할 필요가 없다. 남자는 거짓말을 해서는 안 되지만 여자는 그렇지도 않다. 어느 누구도 속여서는 안 되지만 그러나 남편만은 그렇지도 않다. 모욕을 용서해서는 안 된다. 그러나 모욕하는 것은 괜찮다. 이러한 규정은 모두 불합리하고 기릴 만한 것은 될 수 없었으나 그러나 그것은 의심할 여지가 없는 것이었으므로, 그것을 실행하면서 브론스키는 자기의 마음에 안정을 느끼고 고개를 높이 쳐들고 다닐 수가 있다는 것을 느꼈다. 그저 최근에 이르러 안나에 대한 관계가 원인이 되어 브론스키는 그의 규칙도 충분히 모든 사정을 해결할 수 없다는 것을 느끼기 시작했다. 그리고 장래에는 벌써 브론스키가 그것에 대처할 실마리를 찾아낼 수 없을 곤란과 의혹이 기다리고 있는 것처럼 여겨졌다.

안나와 그 남편에게 대한 그의 현재의 관계는 그에게는 단순하고 뚜렷한 것이었다. 그것은 그가 자기를 이끌어 온 주의(主義)의 법전(法典)에 의해서 명백하고 정확하게 정해져 있는 것이었다.

그녀는 그에게 자기의 사랑을 바친 점잖은 부인이었다. 그래서 그도 또한 그녀를 사랑했다. 따라서 그녀는 그에게는 정당한 아내와 마찬가지의, 아니 그보다도 더한 존경을 받을 만한 자격이 있는 부인이었다. 그는 말이나 암시로 그녀를 모욕하는 것은 물론, 여자가 기대할 수 있는 한의 존경을 그녀에게 보여 줄 수 없을 정도였다면, 그 전에 먼저 자기의 손을 끊어 버렸을 것이다.

사회에 대한 관계도 또한 마찬가지로 명백한 것이었다. 세상 사람들은 모두 그것을 알 수도 있었고 그것을 의심할 수도 있었다. 그러나 어느 누구도 감히 그것을 입 밖에 내놓아서는 안 됐다. 그러나 단약 입 밖에 내놓았을 경우에는 그는 그렇게 이야기하는 사람들을 입을 다물고 있게 하고, 자기가 사랑하는 여자의 실재하지 않은 명예라도 존중하도록 할 만큼의 마음의 준비는 갖추고 있었다.

남편에게 대한 관계는 무엇보다도 명백한 것이었다. 안나가 브론스키를 사랑하기에 이른 순간부터 그는 그녀에 대한 자기의 권리를 파기할 수 없는 것이라고 여겼다. 남편은 그저 필요 이상의 방해물에 지나지 않았다. 익심할 것도 없이 그는 가엾은 지위에 있었다. 그러나 그렇다고 어떻게 할 수 있을 것인가. 오직 하나 그것에 대해서 남편이 권리를 가지고 있었던 것, 그것은 무기를 손에 들고 만족을 요구하는 것이었다. 그리고 이것에 대해서도 브론스키는 맨 처음 순간부터 이미 각오하고 있었다.

그러나 요즈음에 와서 새로운 내면적인 관계가 그와 그녀 사이에 나타나 그 불확정한 점으로 브론스키를 놀라게 했다. 어제서야 비로소 그녀는 그에게 임신하고 있다는 것을 뚜렷하게 밝혔다. 그리고 그는 이 소식과 그녀가 그에게서 기대하고 있던 것이 그가 오늘날까지 생활을 이끌어 온 주의의 법전으로 충분히 결정되어 있지 않은 무엇인가를 요구하고 있다는 것을 느꼈다. 참으로 그는 뜻밖에 붙들려 버렸던 것이다. 그녀가 자기의 임신 상태에 대해서 들려 주었던 최초의 순간 그의 마음은 그에게 남편을 버리라는 요구를 속삭였다. 그는 그것을 입 밖에 내놓았다. 그러나 지금에 와서 곰곰 생각해 보자 그는 그런 짓은 하지 않고 끝내는 것이 더 낫다는 것을 뚜렷이 알고 그리고 그와 동시에 그것을 입 속으로 중얼거리면서 그것은 나쁘지 않을까 하고 걱정했다.

　『만약 남편을 버리라고 얘기하면 그것은 나하고 같이 살자는 의미가 된다. 나는 그 준비가 갖추어져 있는 것일까? 어떻게 난 지금 그녀를 데리고 나갈 것인가, 돈이 없는 때에? 그러나 그것은 어떻게라도 맞추어진다고 하자…… 그러나 난 어떻게 그녀를 데려 올 것인가, 공무(公務)에 몸담고 있는 내가? 그러니까 만약 그것을 얘기하려면 아무래도 먼저 그만한 준비를 해 놓고 달려들잖으면 안 된다. 말하자면 돈을 마련하고 퇴직을 하지 않으면 안 된다.』

　그리고 그는 생각에 잠겼다. 퇴직할 것인가 어쩔 것인가 하는 문제는 또 하나의 비밀이며, 자기 혼자서만 알고 있는 숨겨져 있는 일이기는 하지만 꽤 중대한 그의 생활을 지배할 만한 일이었다.

　공명심은 그의 소년 시절, 청년 시절을 통해서의 오랜 꿈이었다. 그리고 자기 자신에게도 이렇다고 할 만큼 인식되지는 않았지만 그 공상은 지금도 그 감정이 그의 사랑과 싸웠을 정도로 치열한 것이었다. 사교계와 직무에 있어서의 첫발은 성공한 것이었다. 그러나 이 년 전에 그는 엉뚱한 잘못은 저질러 버리고 말았다. 다름아닌 자기의 독립심을 나타내어 승진을 빨리 하려는 속셈에서 거절하는 것이 오히려 자기의 값어치를 올리리라고 여기고 자기에게 제공된 어떤 지위를 거절해 버렸던 것이다. 그러나 그 결과는 그가 너무나 용감했던 것만을 증명했을 뿐 사람들은 그를 그대로 내버려 두고 말았다. 그래서 그는 하는 수 없이 독립된 인간이라는 입장을 확인한 것으로서 누구한테 대해서도 불만 같은 것을 품고 있지 않을 뿐 아니라 또 누구한테 모욕을 당했다고도 여기고 있지 않은 것 같은, 그저 그냥 간섭하지 말고 내버려 두었으면, 자기에게는 그것이 즐거우니까 라고 얘기라도 하는 듯한 지극히 세심하고 총명한 태도를 가지고 그 입장을 지켜 왔던 것이다. 그러나 사실은 그가 지난 해에 모스크바로 떠났을 적부터 그런 기분은 벌써 사라졌던 것이다. 그리고 그는 마음먹으면 무엇이나 할 수 있으면서도 아무것도 하지 않고 있는 사내의 이 독립의 경지라고 하는 것이 벌써 칠이 벗겨지기 시작하고, 많은 사람들이 그를 정직하고 선량한 호한 이외의 아무런 능력도 없는 사내라고 평가하기 시작하고 있는 것을 느끼고 있었던 것이다. 세인의 물의를 일으켰고 일반의 주의를 들끓게 했던 카레닌 부인과 그와의 관계는 그에게는 새로운 힘을 주어 한때 그를 파먹고 있던 공명심이라는 벌레를 달래고 있었으나 한 주일쯤 전부터 또 이 벌레가 새로운 힘을 가지고 눈을 떴다. 그것은 그의 소년 시절부터 친구며 동기생이기도 한, 같은 사회 출신의 견습 사관 학교도 같이 다니고 졸업도 또한 동시에 한, 교실에서나 운동장에나 장난에 있어서도 또 공명심에 대한 공상에 있어서도 언제나 경쟁의 상대가 되어 왔던 세르푸호프스코이가 이 계급(二階級) 승진을 하여, 그처럼 젊은 장교에게는 여간해서는 주어지지 않는 훈장을 받고 요즘에 중앙아시아에서 돌아왔기 때문이었다.

그가 페테르스부르크에 오자마자 사람들은 그에 대해서 마치 새로 뜬 일등성(一等星)에 대해서처럼 이야기하기 시작했다. 자기와는 동갑이자 동창이었던 그가 장관이 되어 이제는 정치에 있어서도 세력을 가질 수 있는 자리에 임명되기를 기다리고 있다고 하는데, 브론스키는 독립심 있고 화려하고 아름다운 여자의 사랑을 얻고 있다고는 하나 실은 자기가 하고 싶은 대로 독립하고 있을 것이 허용되고 있는 일개 기병 대위에 지나지 않았다. 『물론 나는 세르푸호프스코이를 부러워하지도 않고 또 부러워할 수도 없다. 그러나 그 사내의 영달은 나아게 그저 시기를 기다리기만 하면 된다는 것을, 나 같은 사내의 영달은 아마 굉장히 빠를 것이라는 것을 가르쳐 주고 있다. 삼 년 전에는 그 사내도 아직 나하고 똑같은 지위에 있었다. 군직(君職)을 물러나는 것은 나에게는 자기의 배를 태우는 것이나 다름없다. 군대에 머물러 있기만 하면 나는 아무것도 잃지는 않는다. 그 여자는 지금의 자기 처지를 바꾸고 싶지 않다고 얘기하고 있다. 그러나 나도 그 여자와의 사랑이 있는 이상 세르푸호프스코이를 부러워할 수 없다.』 거기에서 그는 유연한 손짓으로 입수염을 꼬면서 탁자에서 일어서서 방안을 거닐었다. 그의 눈은 유난히 밝게 빛났다. 그리고 그는 자기의 태도를 결정한 뒤에 언제나 느끼는 씩씩하고 침착한 즐거운 기분을 경험했다. 모든 것이 좀전의 계산을 마친 뒤처럼 개운하고 분명했다. 그는 수염을 밀고 냉수욕을 하고 옷을 갈아입고 나갔다.

21

「난 자넬 데리러 왔어. 오늘은 치장이 꽤 오래 걸렸군 그래.」 하고 페트리스키는 말했다. 「어때, 이제 끝났나?」

「끝났어.」 하고 브론스키는 눈만으로 웃으면서 그대로 일을 정연하게 치운 뒤에는, 너무 힘차고 빠른 온갖 행동은 그것을 파괴해 버릴 염려가 있기라도 한 것처럼 아주 조심스럽게 수염의 끄트머리를 배배 잡아 꼬면서 이렇게 대꾸했다.

「자넨 언제나 그것을 한 뒤에는 마치 목욕을 하고 난 것 같더군.」 하고 페트리스키는 말했다. 「난 그리스코(그들은 연대장을 이렇게 부르고 있었다)한테서 왔어. 모두들 자네를 기다리고 있어.」

브론스키는 그것에는 대꾸하지도 않고 무엇인가 다른 것을 생각하면서 동료의 얼굴을 쳐다보고 있었다.

「그럼, 저 음악은 거기에서야?」그는 거기까지 울려 오는 관악의 폴카며 왈츠의 귀에 익은 음색에 귀를 기울이면서 말했다. 「무슨 잔치야?」

「세르푸호프스코이가 와 있어.」

「아아!」브론스키는 말했다. 「난 또 그런 줄도 몰랐지.」

그의 눈의 미소는 더한층 밝게 빛났다.

한번 자기 자신이, 자기는 사랑이 있기 때문에 행복하다, 자기는 그것을 위해서 공명심을 희생한 것이다. 이렇게 결심한 이상——최소한 그런 역할을 떠맡은 이상——브론스키는 벌써 세르푸호프스코이에게 대해서 부러움을 느끼지도 않았고, 그가 연대에 왔으면서도 맨 먼저 자기한테 찾아오지 않았다는 것에 대해서도 아무런 섭섭함도 품을 수가 없었다. 세르푸호프스코이는 다정한 친구였다. 그래서 그는 그가 온 것을 반갑게 여겼다.

「아아 그래, 거 정말 반갑군.」

연대장 제민은 큼직한 지주의 집에서 살고 있었다. 사람들은 모두 널찍한 아래층 테라스에 모여 있었다. 바깥에서 맨 처음에 브론스키의 눈에 띤 것은 보드카 통 옆에 서 있던 하얀 하복을 입은 가수(歌手)들과 사관들에게 둘러싸여 있는 연대장의 건강하고 쾌활한 모습이었다. 그는 테라스의 첫층 층대까지 나와서 오펜 바흐의 카드리유을 연주하고 있는 음악에 못지않을 만큼의 큼직한 목소리로 한쪽에 서 있던 몇몇 사병들에게 무엇인가를 손을 흔들어 명령하고 있었다. 한 무리의 사병들과 상사와 서너 명의 하사들이 브론스키와 함께 테라스 쪽으로 다가갔다. 일단 탁자가 있는 데까지 돌아갔던 연대장은 샴페인 잔을 들고 다시 층층대 위로 나와서 축배의 인사를 했다. 「우리들의 지난 날의 동료이자 용감한 장군 세르푸호프스코이 공작의 건강을 위해서, 만세!」

연대장에 이어 역시 술잔을 손에 들고 미소를 띠면서 세르푸호프스코이도 거기에 나왔다.

「어이, 자넨 점점 젊어지는군, 본다렌코.」하고 그는 자기의 정면에 서 있는 재복무를 하고 있다고 하는 데도 아직은 한결 젊어 보이는 볼이 빨간 상사를 향해서 말했다.

브론스키는 삼 년 동안 세르푸호프스코이를 보지 않았다. 그는 구레나룻을 길러 어딘지 나이가 들어 보였지만 여전히 의젓한 풍채로 그 얼굴이며 모습은 아름다움보다도 부드러움과 품위를 느끼게 했다. 오직 하나 브론스키가 그의 속에서 알아챈 변화는 이른바 성공을 해서 그 성공이 모든 사람들에게서 인정되고 있다고 확신하고 있는 사람들의 얼굴에서 보는 그 조용하고 티 없는 빛이었다. 브론스키는 그런 빛을 알고 있었다. 그래서 곧 그것을 세르푸호프스코이한테서 알아챘던 것이다.

층층대를 내려 오려고 하다가 세르푸호프스코이는 브론스키를 보았다. 환희의 미소가 세르푸호프스코이의 얼굴에 번졌다. 그는 머리를 위로 끄덕여 브론스키에게 인사를 하면서 술잔을 올렸다. 그리고 그 몸짓으로 아까부터 몸을 쭉 펴고 입을 맞추기 위해서 입술을 다물고 있던 상사에게로 먼저 가지 않으면 안 된다는 것을 나타냈다.

「오오, 왔군!」연대장은 외쳤다.「야쉬빈의 얘기로는 자넨 언제나처럼 우울해 하고 있다고 하던데.」

세르푸호프스코이는 씩씩한 얼굴을 한 상사의 촉촉하고 싱싱한 입술에 입을 맞추고 나서 손수건으로 입을 닦으면서 브론스키한테로 다가왔다.

「아니, 정말 반가와!」그는 그의 손을 쥐고 한쪽으로 끌고 가면서 말했다.

「자네도 저 친구를 따라가게!」연대장은 브론스키를 가리키면서 야쉬빈에게 말하고 사병들한테로 내려갔다.

「어째서 자넨 어제 경마에 오지 않았나? 난 거기에서 자넬 만나리라고 생각하고 있었는데.」브론스키는 세르푸호프스코이를 살펴 보면서 말했다.

「가긴 갔었는데 늦었어. 미안하게 됐는걸.」그는 덧붙이고 부관한테로 얼굴을 돌렸다.「저어, 내가 그런다고 하구, 여기에 있는 사람 수대로 분배하도록 일러 줘.」이렇게 말하고 그는 허능지능 지갑에서 백 두블 지폐를 석 상 꺼내면서 살짝 얼굴을 붉혔다.

「브론스키! 무엇을 먹겠나, 그렇잖으면 마시겠나?」하고 야쉬빈이 물었다.「어이, 백작에게 무어 먹을 것 좀 이리 갖다 드려! 자아, 왔어, 한 잔 해.」

연대장 집에서의 잔치는 꽤 오래 계속되었다.

사람들은 몹시 많이 마셨다. 세르푸호프스코이를 위로 번쩍 들어올렸다 놓았다. 그런 뒤에 연대장도 들어올렸다 놓았다. 그러고 나서 군악대 앞에서 연대장 자신이 페트리스키와 함께 춤을 추었다. 이어 연대장은 벌써 얼마쯤 지쳤는지 뜰의 벤치에 앉아 야쉬빈을 상대로 프러시아에 대한 러시아의 우월에 대해서 특히 기병의 공격에 있어서의 우월에 대해서 논증하기 시작했다. 그래서 향연은 잠시 조용해졌다. 세르푸호프스코이는 손을 씻으러 집 안의 화장실로 갔다. 그리하여 거기에서 브론스키를 발견했다. 브론스키는 물을 끼얹고 있었다. 그는 웃옷을 벗고 털이 잔뜩 뒤덮인 빨간 목덜미를 세면기의 물구멍 밑에다 대고 머리와 목덜미를 문지르고 있었다. 그것을 끝마치자 브론스키는 세르푸호프스코이 옆으로 와서 앉았다. 그들 둘이는 거기에서 소파 위에 나란히 앉았다. 그리고 그들 두 사람 사이에 아주 재미있는 이야기가 시작됐다.

「난 자네 얘긴 줄곧 여편네한테서 듣고 있었어.」세르푸호프스코이는 말했다.「자네가 이따금 그녀를 만나 준 것은 반가와.」

「자네 부인은 형수 바랴와 다정한 사이여서 말야, 그리고 그 두 사람은 내가 만나서 즐겁게 여기는 유일한 페테르스부르크의 부인이야.」하고 싱글벙글 웃으면서 브론스키는 대꾸했다. 그가 웃었던 것은 이야기가 돌아가는 테마를 미리 알고 있었기 때문이었다. 그리고 그것이 즐거웠기 때문이었다.

「유일하다니?」하고 역시 미소를 머금으면서 세르푸호프스코이는 되물었다.

「아니, 나도 말야, 자네에게 대해선 알고 있었어. 그러나 자네 아내를 통해서만이 아니고 말야.」브론스키는 갑자기 엄격한 표정을 지어 이 암시를 하지 못하게 하면서 말했다.「난 자네의 성공을 굉장히 기뻐하고 있었어. 그렇지만 조금도 놀라지는 않았지. 난 그 이상의 것을 기대하고 있었으니까 말야.」

세르푸호프스코이는 빙그레 웃었다. 그에게는 분명히 자기에게 대한 이 의견이 즐거웠던 것이다. 그리고 그는 그것을 숨길 필요를 찾아내지 못했던 것이다.

「난 반대로, 사실인즉, 그 이하의 것을 예기하고 있었어. 그러나 난 기뻐, 굉장히 기뻐, 난 야심가야, 이것이 내 결점이야, 그리고 난 그것을 자인하고 있어.」

「그렇지만 이봐, 자네도 아마, 그런 얘긴 하지 않았을는지도 몰라, 만약 성공하지 않았다면.」하고 브론스키는 말했다.

「난 그렇게는 생각하지 않아.」하고 또다시 미소를 띠면서 세르푸호프스코이는 말했다.「나도 그것이 없이는 살 값어치가 없다느니 하고는 얘기하지 않아. 그러나 지루할 것이라고는 생각하고 있어. 물론 난 잘못 생각하고 있는지도 모르지. 그러나 난 자기가 선택한 활동권 안에서는 어떤 재능을 지니고 있는 것 같아. 그것이 설혹 어떤 것일지라도 내 손아귀에 들어온 권력은 내가 아는 한의 많은 사람들의 수중에 있는 것보다는 발견하리라고 생각하고 있어.」이렇게 눈부신 성공의 의식을 가지고 세르푸호프스코이는 말했다.「그러니까 그것에 가까와지면 가까와질수록 나도 더한층 만족한 편이야.」

「글쎄, 자네로서는 아마 그것은 그럴 거야. 그렇지만 그것을 모든 사람들에게 끼어 맞출 수는 없어. 나도 한때는 같은 의견을 가지고 있었어. 그러나 이처럼 끄떡없이 살고 있고 그것을 위해서만 살 값어치가 있는 것이 아니라는 것을 용인하고 있어.」하고 브론스키는 말했다.

「바로 그거야! 바로 그거야, 이거 봐!」하고 웃으면서 세르푸호프스코이는 말했다.「그러니까 난 자네 얘길 듣고 있었다는 데서부터 시작했어. 자네가 거절한 그 일 말야…… 물론 난 자넬 시인했지. 그렇지만 일에는 무엇이거나 방법이라는 것이 있어. 그래서 내가 생각하기에는 자넨 행동 그 자체는 좋았지만 그 방법을 그르쳤어.」

「끝난 일은 끝난 일이야. 난 자네도 알고 있는 것처럼 자기가 한 짓을 절대로 이러쿵저러쿵하지 않는 인간이야. 그래도 난 별로 곤란하지도 않으니까 말야.」

「곤란하지도 않다——얼마 동안은 말이지. 그러나 자넨 그것으로 만족하고 있지는 않아. 나도 자네 형님한텐 이런 얘기는 하지 않아. 그분은 귀여운 어린 애니까 말이지. 흡사 이 집의 주인처럼 말야. 바로 저기에 있군.」그는『만세』하고 외치는 소리에 귀를 기울이면서 덧붙였다.「저분은 저것으로 즐거워, 그러나 자넨 그것으로는 만족할 사람이 아냐.」

「나도 무엇을 만족하고 있다는 얘기는 아냐.」

「그래, 물론 그것만을 얘기하고 있는 것은 아냐. 자네 같은 인물은 필요하다는 얘기야.」

「누구에게?」

「누구에게? 사회에 말야. 러시아에 말야. 러시아에는 인물이 필요해. 단결이 필요해. 그렇잖으면 모든 것이 엉망이 되고 말아.」

「말하자면 어떻게 된다는 거야? 러시아 공산당과 대치하고 있는 베르테네프 당(黨) 얘기야?」

「아냐.」세르푸호프스코이는 자기가 그런 하잘것없는 얘기를 입에다 담고 있다고 의심을 받은 불만에 얼굴을 찌푸리면서 말했다.「그런 것은 모두 얼토당토 않은 얘기야.」그런 것은 지금까지도 있었고 앞으로도 있을 거야. 공산당이니 하는 것은 있지도 않아. 그러나 음모를 좋아하는 사람들에게는 유해하고 위험한 당을 만들 필요도 있을 테지만 말이지. 그런 것은 벌써 낡은 장난이야. 내가 얘기하고 있는 것은 그것이 아니고 자네나 나 같은 독립한 유력한 사람들의 단결이 필요하다는 거야.」

「그러나 어째서야?」하고 브론스키는 두서너 유력한 인물의 이름을 들었다. 「왜 이 사람들이 독립한 부류의 사람들이 아니야?」

「그것은 그저 그들에게는 재산의 독립이라고 하는 것이 없기 때문이야. 아니 혹은 태어날 때부터 없었기 때문이야. 말하자면 우리들처럼 태양에 가까운 곳에 태어나지 않았기 때문이야. 그들을 매수하려고만 하면 돈이라든가 달콤한 말로 마음대로 돼. 그리고 그들이 자기의 지위를 옹호하기 위해서는 적당한 목적을 생각해 내잖으면 안 돼. 그리하여 그들은 자기 자신들도 믿고 있지 않은 유해 무익한 포부로 정책을 수행하고 있단 말야. 그리고 이런 종류의 정책은 모두 그저 관사(官숨)에 눌어붙는다든가 몇 푼의 봉급에 눌어붙는다든가 하기 위한 수단에 지나지 않아. 그들의 카드를 들여다보면 그 이상의 아무것도 아냐. 나 자신은 자기가 그들보다 떨어지리라고는 조금도 생각하지 않지만 어쩌면 그들보다 나쁘고 어리석을는지도 몰라. 그러나 나나 자네나 오직 하나 확고하고 중대한 우월점을 가지고 있으니까 말야. 말하자면 쉽게 매수되지 않는다고 하는 일이야. 그리고 현재로는 유달리 이런 인물이 필요해.」

브론스키는 주의깊게 듣고 있었다. 그러나 말의 내용 그 자체는 자기가 아직 자기의 기병 중대 이외에는 각별히 흥미를 갖지 않은데 비해 벌써 이 세계를 분석하기도 하고 권력과 싸울 것을 생각하고 있기도 하는 세르푸호프스코이의 사물에 대한 태도만큼, 그 내용은 그의 흥미를 끌지 못했다. 브론스키는 동시에 또 세르푸호프스코이가 사물을 고찰하고 이해하는 뛰어난 능력과 그가 살고 있는 사회에서는 좀체로 볼 수 없는 그러한 지력과 변설 같은 것에 의해 유력한 인물이 되리라는 것을 알고 있었다. 그리고 그것이 지극히 부끄러운 일이라고는 여기면서도 그를 부러워하지 않을 수가 없었다.

「그것은 하여간, 나에겐 그것을 위해서 가장 중요한 것이 하나 결여돼 있어.」 하고 그는 대답했다. 「권력 획득의 욕망이 전혀 결여돼 있다는 거야. 한때는 있었지만 지금은 완전히 없어저 버렸어.」

「실례지만, 그것은 진실이 아닌 걸.」 빙그레 웃으면서 세르푸호프스코이는 말했다.

「아니야, 진실이야, 진실이야…… 진실이야, 지금은 그래.」 하고 브론스키는 덧붙였다.

「그렇겠지. 지금은 진실이겠지, 그것은 별문제야. 이 지금은 영원이 아닐 테니까.」

「그것은 그럴는지도 모르지.」 하고 브론스키는 말하였다.

「자넨 그럴는지도 모른다고 얘기하고 있지만,」 세르푸호프스코이는 상대의 마음을 짐작이라도 한 듯이 말을 계속했다. 「그러나 난 자네한테 확실하다고 얘기하고 싶어. 그래서 이 때문에도 난 자넬 만나고 싶었었지. 자넨 하지 않으면 안 됐던 것처럼 했어. 그것은 나도 잘 알고 있어. 그러나 자넨 그것을 언제까지고 계속해선 안 돼. 그리고 내가 자네에게 부탁하고 싶은 것은 행동의 자유를 허용해 달라는 것뿐야. 난 내가 뭐 자넬 보호하겠다고는 하지 않아……그러나 내가 어찌 자넬 돕지 않고 있겠는가 말야? 자넨 몇 차례 날 도와 줬는지 몰라! 난 우리들의 우정이 이 이상으로 값어치가 있기를 희망하고 있어. 그럼.」그는 여자처럼 부드럽게 그에게 웃어 보이면서 말했다.「나에게 그 행동의 자유를 주게나. 연대를 그만둬, 그러면 내가 남의 눈에 띄지 않도록 끌어올릴 테니까.」

「아니, 그러나 나에겐 지금 아무것도 필요하지 않아.」하고 브론스키는 말했다.「나에게는 이거 봐, 모든 것이 현재대로 있으면 그것으로 그만이야.」

세르푸호프스코는 일어서서 그의 앞에 버티고 섰다.

「자넨 방금 모든 것이 현재대로 있으면 그만이라고 했지. 그 의미는 나도 다 알고 있어. 그런데 말야, 좀 들어 봐. 우린 동갑이야, 그리고 수에 있어서는 아마 자네가 나보다는 더 여자를 많이 알고 있을 거야.」이러한 세르푸호프스코이의 미소와 몸짓은 브론스키에게 그 아픈 데를 부드럽고 조심스럽게 찔리는 것을 두려워하여서는 안 된다는 것을 말하고 있었다.「그러나 난 기혼자야. 그러니까 말야, 네가 사랑하는 한 사람의 아내를 아는 것은 네가 천 명의 여자를 아는 것보다도 더 잘 모른 여자를 아는 것이다라고 한 누군가의 말을 믿어.」

「곧 가죠!」브론스키는 방을 내다보고 그들을 연대장에게 초대한 사관에게 외치듯 말했다.

브론스키는 지금 세르푸호프스코이가 애기하려고 하는 것을 끝까지 듣고 그가 무엇을 애기하려고 하는가 하는 것을 알고 싶었을 것이다.

「그리고 내 의견을 자네한테 애기하자면 말야. 여자라고 하는 것은 남자의 활동에 있어서의 크나큰 장애물이야. 여자를 사랑하면서 무엇인가를 하려고 하는 것을 어려워. 그러나 그런 장애 없이 여자를 사랑하는 방법이 꼭 하나 있어. 그것은 결혼이라고 하는 거야. 그런데 저어, 어떡하면 자네에게 내가 생각하고 있는 것을 잘 전할 수 있으려나.」하고 비유를 좋아하는 세르푸호프스코이는 말했다.「가만 있어, 가만 있어! 그래, 무거운 짐을 나르면서 두 손으로 무언가를 할 수 있는 것은 다만 무거운 짐을 등에다 잡아맸을 때뿐이야. 그리고 이것이 결혼이야. 난 그것을 결혼하고 나서야 비로소 느꼈지. 말하자면 갑자기 손이 자유롭게 됐으니까. 그러나 결혼을 하지 않고 무거운 짐을 질질 끌고 있는 날에는 손이 막혀 아무것도 할 수 없을 거야. 마잔코프를 보지, 크루포프를 봐. 그들은 여자 때문에 출세의 길을 완전히 망가뜨려 버리지 않았나.」

「여자들이라도 정도가 있지!」브론스키는 그 두 사람이 관계를 맺고 있는 프랑스 여인과 여배우를 상기하면서 말했다.

「그러나 사교계에 있어서의 여자의 지위가 굳으면 굳어질수록 결과는 좋지 않

아. 그것은 흡사 두 손으로 무거운 짐을 끄는 것이 아니고 남의 손에서 빼앗는 거나 마찬가지야.」

「자넨 한 번도 사랑을 해본 적은 없지.」브론스키는 자기의 앞을 멀거니 쳐다보며 안나에 대해서 생각하면서 조용히 말했다.

「그럴는지도 몰라. 그러나 내가 지금 얘기한 것을 잘 기억해 둬. 그리고 또 한 가지 얘기해 두지만 말야. 여자는 모두 남자들보다는 실리적인 것이야. 우린 사랑을 무언가 거대한 것으로 만들지만 그들에게는 언제나 범속한 것에 불과해.」

「곧, 지금 곧 가네!」이렇게 그는 들어온 하인을 향해서 말했다. 그러나 하인은 그가 생각한 것처럼 또다시 그들을 부르러 온 것은 아니었다. 하인은 브론스키에게 편지를 가지고 왔던 것이다.

「트베르스카야 공작 부인한테서 심부름꾼이 가지고 왔읍니다.」

브론스키는 편지를 뜯었다. 그리고 갑자기 얼굴을 붉혔다.

「머리가 아프기 시작하는군. 난 이만 집으로 돌아가겠어.」그는 세르푸호프스코이에게 말했다.

「그래, 그럼 잘 가. 자넨 행동의 자유를 주려나?」

「그 이야기는 나중에 하지. 페테르스부르크에서 또 만나세.」

22

벌써 여섯 시 가까이 되어 있었으므로 약속 시간에 늦지 않기 위해서 또 누구나가 알고 있는 자기의 마차를 쓰지 않기 위해서 브론스키는 야쉬빈의 삯마차에 타고 될 수 있는 대로 빨리 몰라고 일렀다. 낡아 빠진 사인승의 삯마차는 텅 비어 있었다. 그는 한쪽 구석에 앉아 앞자리에다 다리를 뻗고 생각에 잠겼다.

일이 대충 정리되었다는 그 산뜻한 기분이 막연한 의식, 그를 쓸모가 있는 인물로 친 세르푸호프스코이의 우정과 칭찬에 대한 막연한 회상, 그리고 주로 밀회의 기대——이러한 것들이 모두 생의 환희라고 하는 감정의 일반적인 인상과 융합했다. 이 감정은 그가 무의식중에 미소를 흘렸을 정도로 짙은 것이었다. 그는 다리를 내려 한쪽 다리를 한쪽 무릎 위에 올려 놓고 그것을 손으로 잡아 어제 막에서 떨어졌을 때에 다친 탄력성 있는 장딴지를 만져 보았다. 그리고 이번에는 뒤로 몸을 던지듯이 하고 몇 차례 가슴 가득히 꿈을 토했다.

『훌륭하다, 정말 훌륭하다!』 그는 자기가 자기한테 말했다. 그는 이전에도 자주 자기의 육체에 대해서 즐거운 의식을 경험했으나 그러나 지금처럼 자기의 몸을, 자기의 육체를 사랑한 적은 한 번도 없었다. 그에게는 강인한 다리에 가벼운 아픔을 느끼는 것도 즐거웠고, 숨을 쉴 때마다 가슴의 근육이 움직이는 감각도 즐거웠다. 안나에게는 그처럼 절망적으로 작용한 활짝 갠 시원한 팔월의 날도 그에게는 고무적일 만큼 발랄한 것으로 여겨졌고 물을 끼얹었기 때문에 빨갛게 된 그의 얼굴이며 목에 상쾌한 기분을 주었다. 그의 입수염에서 풍기는 향료의 내음은 이 신선한 공기 속에서 그에게 유달리 유쾌하게 느껴졌다. 그가 마차의 창으로 바라본 온갖 것, 이 서늘하고 맑은 공기 속의 온갖 것은 창백한 일몰 때의 빛을 받아 그 자신처럼 싱싱하고 즐겁고 힘차게 여겨졌다. 지는 해의 햇살에 반짝반짝 반짝이고 있는 집들의 지붕, 담이며 건물 모서리의 날카로운 윤곽, 이따금 만나는 행인이며 마차의 모습, 나무며 풀의 움직이지 않는 푸르름, 반듯하게 구획된 두둑을 가진 감자밭의 집이며 나무며 덤불이며 그리고 또 감자밭의 두둑에서 떨어지고 있는 비껴 비친 그림자, 모든 것이 지금 막 끝나 색칠이 칠해진 훌륭한 풍경화처럼 아름다웠다.

「빨리 몰아, 빨리 몰아!」 그는 창으로 목을 내밀고 마부에게 말했다. 그리고 호주머니에서 삼 루블 지폐를 꺼내어 돌아다본 마부의 손에 쥐어 주었다. 마부의 손이 램프 옆에서 무엇인가를 찾더니 채찍의 윙하는 소리가 들리고 마차는 쏜살같이 탄탄한 포도를 달렸다.

『아무것도, 아무것도 난 바라지 않는다. 이 행복만 있으면.』 그는 창과 창 사이에 있는 벨의 골제(骨製) 버튼을 보면서 마지막 보았을 때의 안나를 상상하면서 생각했다. 『앞으로 나아갈수록 나에게는 더욱더 그 여인이 귀여워진다. 아아, 여긴 벌써 브레제의 국유(國有) 별장의 정원이다. 그녀는 여기 어디에 있을까? 어디에? 어째서? 왜? 그녀는 이런 데에서 만나자고 했을까, 그리고 또 어째서 베트시의 편지에다 적어 넣어 보냈을까?』 그는 지금에 와서야 비로소 그것을 생각했다. 그러나 벌써 생각하고 있을 겨를이 없었다. 그는 미처 가로수 길까지 가기 전에 마부를 멈추게 하고 문을 열어 아직 움직이고 있는 동안에 마차에서 뛰어내리자, 집 쪽으로 이르는 가로수 길로 들어갔다. 가로수 길에는 아무도 없었다. 그러나 오른손 쪽을 돌아다보자 그녀의 모습이 눈에 들어왔다. 그녀의 얼굴은 베일로 덮여 있었으나 그는 이내 환희의 눈동자로 그녀만의 독특한 걸음걸이, 어깨의 갸웃거림, 머리 모양 등으로 알아봤다. 그러자 그 순간 일종의 전류 같은 것이 그 온몸을 짜르르 스쳐 지나갔다. 그는 새로운 힘을 가지고 자기 자신의 탄력이 있는 발의 움직임에서부터 숨을 쉴 때마다의 폐의 운동까지를 느꼈다. 그러자 무엇인가가 그의 입술을 간지르기 시작했다.

그를 만나자 그녀는 그의 손을 꼭 쥐었다.

「당신은 내가 부른 것을 노여워하시진 않으시죠? 난 꼭 당신을 뵙지 않으면 안 됐어요.」하고 그녀는 말했다. 그때 그가 베일 밑으로 보았던 진지하고 엄격한 입술의 모양은 금방 그의 기분을 바꾸어 놓았다.

「내가 노여워한다구요! 그러나 당신께선 어떻게 여기에 오셨어요, 그리고 이제 어디로 가시겠어요?」

「그런 것은 어떻든 괜찮아요.」그녀는 그의 손 위에다가 자기의 손을 포개면서 말했다. 「가요, 나 잠깐 말씀드릴 게 있어요.」

그는 무엇인지가 일어났다는 것, 그리고 이 밀회는 즐거운 것이 아니라는 것을 알아챘다. 그녀 앞에서는 그는 자기의 의지를 가지지 않았다. 그는 그녀 마음의 아픔의 원인은 몰랐으나 어느 틈에 벌써 그것과 마찬가지의 불안이 자기에게도 전달돼 있는 것을 느꼈다.

「무슨 일입니까, 네, 무슨 일입니까?」그는 팔꿈치로 그녀의 팔을 누르고 그녀의 얼굴빛에서 그 마음을 읽으려고 애쓰면서 물었다.

그녀는 숨을 죽이듯이 하고 마음을 가라앉히면서 묵묵히 서너 걸음 걸었다. 그리고 갑자기 발을 멈췄다.

「난 어제는 말씀드리지 않았지만,」그녀는 재빨리, 그리고 무겁게 숨을 내쉬면서 말을 꺼냈다. 「알렉세이 알렉산드로비치하고 같이 집으로 돌아가는 도중에 난 모두 밝히고 말았어요……저어, 난 이제 그분의 아내로 있을 수 없다는 것까지…… 그리고 모두 얘기해 버리고 말았어요.」

그는 무의식중에 온몸을 기울여 그것으로 그녀의 입장의 괴로움을 가볍게 해주려고라도 하려는 것처럼 그녀의 말을 찬찬히 귀담아 듣고 있었다. 그러나 그녀가 이렇게 이야기하고 나자 그는 갑자기 몸을 반듯이 폈다. 그러자 그의 얼굴은 오연(傲然)하고 엄격한 표정으로 변했다.

「그렇지 그렇지, 그것이 더 나아요. 천 배나 더 나아요! 그러나 그것이 얼마나 괴로왔는지는 나도 알고 있어요.」하고 그는 말했다. 그러나 그녀는 그 말은 듣고 있지 않았다. 그의 얼굴빛으로 그의 마음을 읽으려 했다. 그러나 그녀는 그 낯빛이 맨 처음에 그의 머리에 떠오른 생각, 이제 결투는 피할 수 없다는 생각에 연관되어 있었던 것을 알 수는 없었다. 그녀의 머리에는 결투니 하는 생각이 머리에 떠오른 적은 한 번도 없었다. 그래서 그 찰나의 엄격한 표정을 전혀 다른 의미로 해석해 버렸다.

남편의 편지를 받았을 때부터 그녀는 벌써 마음속으로 모든 것이 이전대로 남

을 것이라는 것과 지위를 버리고 아들을 버리고 애인한테로 달려갈 만큼의 힘이
자기에게는 없다는 것을 알고 있었다. 트베르스카야 공작 부인한테서 지낸 이
아침이 더한층 그녀의 이 생각을 확고하게 했다. 그러나 이 밀회는 역시 그녀에
게는 다시 없이 중요한 것이었다. 그녀는 이 밀회가 둘이의 경우를 일변케 하여
그녀를 구출해 줄 것을 바라고 있었다. 그래서 만약 그가 이 소식을 들음과 동시
에 단호하고 열렬히 일각의 주저도 없이 모든 것을 버리고 자기와 함께 떠나자
고 말했다면 그녀는 아들을 버리고 그와 함께 떠났을 것이다. 그러나 이 소식은
그에게 그녀가 기대하고 있던 것 같은 변화를 일으키지 않았다. 그는 그저 무엇
인가로 분개한 것 같은 태도를 보였을 뿐이었다.
　「난 조금도 괴롭다든가 하는 일은 없었어요. 그저, 저절로 그렇게 돼 버리고
말았어요.」그녀는 안달스런 어조로 말했다. 「봐요 이것을……」이렇게 말하고
그녀는 장갑 속에서 남편의 편지를 꺼냈다.
　「알았어요, 알았어요.」그는 편지를 받으면서 읽으려고도 하지 않고 그녀를
달래려고 애쓰면서 가로막았다.
　「내가 원하고 있었던 것은, 내가 바라고 있었던 것은 그저 자신의 생활을 당
신의 행복에 바치기 위해서, 이 경우를 파괴하는 것뿐이었으니깐요.」
　「어째서 당신은 나한테 그런 말씀을 하세요?」하고 그녀는 말했다. 「내가 그
래 그것을 의심이라도 하고 있는 줄 아세요? 내가 만약 의심이라도 하고 있
었다면…… 」
　「저기 오는 게 누굴까?」갑자기 브론스키는 그들 쪽을 향해서 오고 있는 두
부인을 가리키면서 말했다. 「어쩌면 우리를 알고 있는지도 몰라요.」하고 그는
그녀를 자기의 뒤로 사리듯이 하고 허둥지둥 옆길로 빠졌다.
　「어머나, 난 이제 조금도 상관 없어요!」하고 그녀는 말했다. 그녀의 입술은
떨리기 시작했다. 그러자 그에게는 그녀의 눈이 그 어떤 야릇한 악의를 품고 베
일 밑에서 자기를 지켜보고 있는 것만 같았다. 「내가 말씀드리고 싶은 것은 그
런 것이 아녜요. 그것을 의심한다든가 하는 것은 나는 할 수 없어요. 그렇지만
말예요, 그분은 이런 것을 써 보내고 있어요. 좀 읽어나 보세요.」이렇게 말하고
그녀는 또다시 말을 멈췄다.
　브론스키는 편지를 읽고 있는 사이에 또다시 맨 처음 그녀와 남편과의 결별을
듣는 순간처럼 배신을 당한 남편에게 대한 관계에서 그의 속에 환기된 그 자연
스러운 감명 속으로 부지 불식간에 끌려들어갔다. 지금 이처럼 그의 편지를 손
에 들고 있자 그는 오늘이나 내일 안에 틀림없이 자기의 손에서 발견될 도전장
(挑戰狀)이며 자기가 지금도 얼굴에 띠고 있는 싸늘하고 오연한 표정을 띠고 공

중에다 대고 총을 쏘아 놓고 나서 배신을 당한 남편의 총 앞에 서게 될 결투 그 자체까지도 생각하지 않을 수가 없었다. 그러자 동시에 또 아까 세르푸호프스코이한테서 들은 이야기며 아침에 자기 자신이 생각하였던 것, 즉 자기를 구속하지 않는 것이 좋다는 것, 이러한 생각이 그의 머리 속에서 번득였다. 그러나 그는 그러한 생각을 그녀한테 전할 수는 없다고 생각하였다.

편지를 읽어내리면서 그는 그녀를 치떠보았다. 그 눈동자에는 조금도 강직함이 없었다. 그녀는 곧 그도 혼자서 전부터 그것을 생각하고 있던 것을 포착했다. 그녀는 그가 설사 무슨 말을 한다고 할지라도 그 생각을 모조리 털어놓지 않으리라는 것을 알았다. 그리고 그녀는 자기의 최후의 희망이 허공에 떠 버렸다는 것을 알았다. 이것은 그녀가 기대하고 있던 결과가 아니었다.

「당신은 이제 그분이 어떤 사람인지를 아셨을 거예요.」그녀는 떨리는 목소리로 말했다. 「그분은…… 」

「아니, 잠깐만, 그러나 난 이것을 기뻐하고 있어요.」하고 브론스키는 가로막았다. 「제발, 나한테 끝까지 얘기하게 해주세요.」이렇게 그는 눈으로 이 말을 설명할 틈을 줄 것을 그녀에게 간청하면서 덧붙였다. 「내가 기뻐하고 있다는 것은 그것이 가능하지 않은 얘기 때문이에요. 그분의 생각처럼 지금 이대로 있는다든가 하는 것은 도저히 가능하지 않은 일이기 때문이에요.」

「어째서 그것이 가능하지 않아요?」안나는 눈물을 억누르면서 이제 분명히 그가 얘기하는 것에는 아무런 무게도 두지 않고 말했다. 그녀는 이것으로 자기의 운명도 결정됐다고 느꼈다.

브론스키는 그의 의견으로는 아무래도 피할 수 없을 것같이 여겨지는 결투 뒤에는 지금 이대로의 상태를 계속할 수는 도저히 없다. 이렇게 얘기하고 싶었으나 그러나 다른 얘기를 하고 말았다.

「그것은 나중에도 가능하지 않아요. 그러니까 난 지금 당신한테 그분을 버려주기를 바라고 있어요. 난 간절히 바랍니다.」이렇게 말하고 그는 어찌할 바를 모르고 얼굴을 붉혔다. 「당신이 나한데 일체의 계획을 일임해 주시기를, 그리고 둘이의 생활에 대해서 깊이 생각할 수 있도록 해주시기를. 내일…… 」하고 그는 말을 이으려고 했다.

그녀는 그의 말을 끝까지 듣지 않았다.

「그럼, 아들은 ! 」하고 그녀는 외쳤다. 「당신은 그분이 뭐라구 적고 있는지를 보셨죠? 아들도 버리지 않으면 안 된다고. 그러나 난 그런 짓은 할 수 없어요. 또 하고 싶지도 않아요. 」

「그러나 좀 생각해 봐요, 어떡하는 것이 좋을지? 아들을 버려야 할 것인지,

이 굴욕적인 경우를 계속해야 할 것인지?」

「누구에게 굴욕적인 경우라는 거예요?」

「모든 사람에게 있어서죠, 그 가운데서도 가장 많이 당신에게.」

「당신께선 굴욕적이라고 말씀하시는군요. 그런 말씀은 그만두세요. 그런 말은 나한테는 아무런 의미도 없으니깐요.」하고 그녀는 떨리는 목소리로 말했다. 그녀는 지금 그에게서 거짓말을 듣는 것이 싫었던 것이다. 그녀의 가슴에는 오직 그의 사랑만이 남아 있었다. 그리고 그녀는 그를 사랑하고 싶었던 것이다.

「당신께서도 알고 있으실 거예요, 당신을 사랑하게 되면서부터는 나에게는 모든 것이 완전히 바꾸어 버렸다는 것을. 나한테는 그저 이제 한 가지만 있을 뿐이에요. 한 가지, 그것은 당신의 사랑이에요. 그러니까 그것이 내것이기만 한다면 난 어떤 것이고 굴욕적이라고 여겨지지 않을 만큼 자신을 자랑스럽고 굳센 것으로 느끼고 있는 거예요. 난 자신의 경우를 자랑스럽게 여기고 있어요. 왜냐하면 ……그것은……그 자랑은…… 」그녀는 자기의 자랑이 무엇인가를 끝까지 얘기하지 못했다. 부끄러움과 절망의 눈물이 그 목소리를 막히게 했다. 그녀는 멈춰서서 흐느껴 울기 시작했다.

그도 또한 무엇인가가 목구멍으로부터 치밀어올라 목을 찌르는 것을 느꼈다. 그리고 그는 난생 처음으로 울음을 터뜨릴 것 같았다.

그는 그러나 그렇게까지 자기를 움직인 것이 무엇이었던가를 분명히 말할 수는 없었을 것이다. 그는 그녀가 안타까와졌던 것이다. 그리고 그녀를 구출할 수는 없을 것만 같이 느껴졌던 것이다. 그와 동시에 그녀를 불행하게 한 사람은 자기이고 자기는 무엇인가 좋지 않은 짓을 저지른 것이다. 이런 생각이 들었던 것이다.

「그럼, 이혼은 영 틀렸단 말입니까!」하고 그는 힘없이 말했다. 그녀는 대꾸는 하지 않고 고개만을 끄덕여 보였다.

「그럼, 아들만 데리고 그분하고 헤어지면, 그럼 되잖아요?」

「그래요, 그렇지만 그것도 모두 그분에게 달렸으니깐요. 인제 난 그분한테로 가지 않으면 안 돼요.」그녀는 매정한 어조로 말했다. 모든 것이 본래대로 남을 것이리라는 그녀의 예감은 마침내 그녀를 속이지 않았다.

「화요일엔 나도 페테르스부르크에 가겠읍니다. 그럼 모든 것이 결정지어질 거예요.」

「네.」하고 그녀는 말했다. 「그러나 이 얘긴 이제 하지 않기로 해요.」

그녀가 돌려보낼 때에 브레제 댁 정원의 샛문 쪽으로 돌아오라고 일러 놓았던 안나의 마차가 다가왔다. 안나는 브론스키와 헤어져서 집을 향해 떠났다.

23

　월요일에 6월 2일의 위원회의 정례 회의가 열렸다. 알렉세이 알렉산드로비치는 회의실에 들어서자 언제나처럼 위원들이며 의장에게 인사를 하고 자기의 자리에 앉아 자기 앞에 준비되어 있던 서류 위에다 손을 놓았다. 그 서류 가운데에는 그에게 필요한 참고 사항이며 그가 하려고 꾀하고 있던 제안의 요점이 대강 적혀 있었다. 그러나 그에게는 그러한 것들은 벌써 필요하지 않았다. 그는 해야 할 것을 기억 속에서 되풀이해 보는 것조차 필요하다고는 여기지 않았다. 그는 때가 왔을 때에는, 그리고 자기 앞에 쓸데 없이 냉담한 표정을 꾸미려고 하고 있는 반대자의 얼굴을 보았을 때에는 그의 변설은 그가 지금 준비할 수 있는 것보다도 훨씬 훌륭하게 저절로 자연스럽게 흘러나오리라는 것을 알고 있었다. 그는 자신의 연설 내용은 한 마디 한 마디가 의미를 가지게 될 만큼 훌륭한 것인 것 같은 느낌이 들었다. 그러나 한편으로는 틀에 박힌 듯한 보고에 귀를 기울이면서 지극히 꾸밈이 없는 것 같은 평화스러운 외모를 갖추고 있었다. 그래서 아무도 그 앞에 놓여 있는 하얀 종이의 양 끝을 조용히 만지고 있는 혈관이 일어난 손가락이 기다란 하얀 손이며 그 지친 듯한 표정으로 옆으로 약간 기울어져 있는 머리를 보는 것만으로는, 곧 그 입에서 의원들을 절규하게 만들고 서로간의 발언을 방해하게 한 나머지 나아가서는 의장으로 하여금 질서의 유지를 요구케 하는 그런 사태가 생기리라고는 아무도 생각하지 않았다. 보고가 끝나자 알렉세이 알렉산드로비치는 예의 조용하고 가는 목소리로 이민족 정리 사업에 관해서 두서너 의견을 이야기하고 싶다는 뜻을 밝혔다. 주의는 그에게로 쏠리었다. 알렉세이 알렉산드로비치는 기침을 한 번 하고 나자 자기의 반대자 쪽은 보지 않고 연설을 할 때에는 언제나 그랬던 것처럼 자기의 바로 앞에 앉아 있는 사내——위원회에서는 아직까지 한 번도 의견을 얘기한 적이 없는 몸집이 작은 온순한 노인의 얼굴을 대상으로 자기의 의견을 진술하기 시작했다. 문제가 근본적이고 직접적인 법규에까지 이르자 반대자는 자리를 차고 일어서서 항변을 시작했다. 같은 위원의 일원이자 똑같이 급소를 찔린 스트레모프도 변명을 시작했다——그러자 회의장은 순식간에 수라장이 돼 버렸다. 그러나 알렉세이 알렉산드로비치는 승리를 거두었다. 그리고 그의 제의는 받아들여져서 세 명의 위원이 새로 임명되었다. 이튿날의 페테르스부르크의 일부의 사회는 그저 이 회의의 이야기로 들끓었다. 알렉세이 알렉산드로비치의 성공은 그가 예기하였던 것보다 더 큰 것이었다.

　이튿날 아침인 화요일에 눈을 뜨자 알렉세이 알렉산드로비치는 먼저 만족의 정을 가지고 어제의 승리를 상기했다. 그리고 집무처의 서기장이 그의 비위를 맞출 양으로 귀에 들어온 위원회의 소문을 전했을 때에는 그는 무관심한 것처럼 꾸며 보이려고 애썼으나 그만 씩 웃지 않을 수가 없었다.

　서기장하고 일을 하면서 알렉세이 알렉산드로비치는 오늘이 화요일이라는 것, 즉 안나 아르카지예브나한테 돌아오라고 일러 놓았던 날이라는 것을 까맣게 잊고 있었다. 그리하여 하인이 그녀의 도착을 알리러 왔을 때에 그는 깜짝 놀라고 약간 불유쾌한 기분에 휩싸였다.

　안나는 아침 일찍 페테르스부르크에 도착했다. 그녀의 전보에 의하여 그녀를 맞으러 마차가 마중나와 있었다. 그러니까 알렉세이 알렉산드로비치는 그녀의 도착을 알 수는 있었다. 그러나 그는 그녀가 도착했을 때에 마중을 나가 있지 않았다. 그리고 그녀에게는 그저 그가 아직 출근하지 않고 서기장과 일을 하고 있다는 것이 알려졌다. 그녀는 자기가 도착한 것을 남편에게 알리라고 일러 놓고 자기 방으로 들어가 그가 오기를 기다리면서 짐의 정리에 착수했다. 그러나 한 시간이 지나도 그는 모습을 보이지 않았다. 그녀는 무엇인가를 지시한다는 핑계로 식당으로 나가 그가 그리 오리라는 것을 기대하고 일부러 목청을 높여 지껄였다. 그래도 그는 서기장을 보내느라고 서재의 문 있는 데까지 나온 것 같은 기미는 있으면서도 역시 나오지 않았다. 그녀는 언제나처럼 그가 곧 근무처로 나가리라는 것을 알고 있었으므로 서로의 관계를 결정짓기 위해서 그 안에 한 번 만나고 싶었던 것이다.

　그녀는 홀을 지나 굳은 결심과 함께 그한테로 발길을 돌렸다. 그녀가 그의 서재로 들어섰을 때 그는 출발 준비가 다 된 제복 차림으로 자그마한 탁자 옆에 앉아서 그 위에다 팔꿈치를 짚고 서글픈 듯이 자기의 앞을 바라보고 있었다. 그녀는 그가 그녀를 보기에 앞서 그를 보았다. 그리고 그가 그녀에 대해서 생각하고 있는 것 같음을 알았다.

　그녀를 보자 그는 일어서려고 하다가는 그만두었다. 그러자 그의 얼굴은 안나가 아직까지 한 번도 본 적이 없었을 만큼 갑자기 확 붉어졌다. 그는 얼른 일어서서 그녀의 눈이 아니고 그 위의 이마와 머리를 쳐다보면서 그녀를 맞았다. 그는 그녀의 옆으로 가까이 가자 그 손을 잡고 거기에 앉기를 청했다.

　「당신이 돌아와 주어서 난 정말 기뻐.」하고 그는 그녀의 옆자리에 앉으면서 말하고 무엇인가를 얘기하려다가는 더듬어 버렸다. 그리고 몇 차례 얘기를 꺼내려고 하다가는 그만두었다. 그녀는 미리 이 면담에 대한 마음의 준비를 하고 그를 경멸하고 책망할 속셈을 하고 있었지만 정작 얼굴을 대하고 나자 얘기할 말을 찾지 못했을 뿐만이 아니고 그가 가엾기까지 했다. 그래서 둘의 사이에는 꽤 오랜 침묵이 흘렀다. 「세료쥐아는 건강하고?」그는 말했다. 그리고 대꾸를 기다리지도 않고 덧붙였다. 「난 오늘은 집에서 식사를 하지 않겠어요. 곧 나가 봐야 하니깐.」

「난 모스크바로 갈까 했어요.」하고 그녀는 말했다.

「아니, 당신이 돌아온 것은 정말, 정말 잘한 일이오.」그는 이렇게 말하고 또다시 입을 다물어 버렸다.

그녀는 그가 애기를 꺼낼 힘어 없다는 것을 보고 자기가 입을 열었다.

「알렉세이 알렉산드로비치.」그녀는 그를 쳐다보면서, 자기의 머리 위에 얼어 붙어 있는 그의 눈동자에서 눈을 돌리지 않고 말했다. 「나는 죄를 지은 여자예요, 난 더러운 여자예요. 그러나 난 또 전과 마찬가지의 그때 당신께 말씀드렸던 대로의 여자예요. 그래서 난 이 이상 아무것도 변경할 수 없다는 것을 말씀드리려고 왔어요.」

「난 그런 것을 묻지는 않았소.」그는 갑자기 결연한 태도로 증오에 찬 시선으로 그녀의 눈을 똑바로 쳐다보면서 말했다. 「나도 그러리라고 여기고 있었어.」하고 분노의 영향을 받아 그는 분명히 자기의 온 능력을 또다시 충분히 회복한 것 같았다. 「그렇지만 그때 당신한테 입으로 애기하기도 하고 편지로 적어 보내기도 했던 것처럼」하고 그는 날카롭고 가는 목소리로 애기를 시작했다. 「난 그런 것을 알지 않으면 안 될 의무는 없다는 것을 재삼 애기해 두겠소. 난 그런 것은 모른 체 해 두겠소. 당신처럼 착한 아내도 많지는 않아요, 이런 유쾌한 소식을 남편한테 전하느라고 수선을 부리는 것을 보면.」하고 그는 『유쾌한』이라는 말에 특히 힘을 주어 말했다. 「난 세상이 그것을 모르고 있는 동안은, 내 이름이 더럽혀지지 않는 동안은 모른 것처럼 해두겠소. 그래서 난 그저 미리 둘의 사이는 지금까지처럼 해두지 않으면 안 된다는 것과, 만약 당신이 당신 자신을 더럽히는 그런 짓을 했을 경우에는 나도 내 명예를 옹호할 방법을 취하지 않으면 안 된다는 것만을 알려 두겠소.」

「그렇지만 우리들 사이는 지금까지처럼 해둘 수가 없잖아요.」안나는 깜짝 놀란 것처럼 그를 보고 겁먹은 듯한 목소리로 말했다.

이처럼 하여 또다시 남편의 차분한 태도를 보고 이 찌르는 듯한 어린애 같은 비꼬는 듯한 목소리를 들었을 때, 그녀의 마음속에서는 그에 대한 혐오의 정이 지금까지의 연민의 정을 몰아내 버렸다. 그녀는 그저 이제 두려워지기만 했다. 그러나 그녀는 이제는 무슨 일이 있더라도 자기의 입장을 분명하게 하고 싶었다.

「난 이 이상 더는 당신의 아내가 될 수는 없어요, 내가 그런……」하고 그녀는 말을 꺼내려고 했다.

그는 심술궂고 차가운 소리로 말했다.

「당신이 선택한 생활 방식은 당신의 이성을 반영하고 있을 거야. 난 그래 그것을 존경하고 있든가, 그렇지 않으면 이것이고 저것이고를 경멸하고 있든가야……난 당신의 과거를 사랑하고 있어. 그러나 현재는 경멸하고 있어……난 당신이 내 말에 대해서 부여한 해석과는 멀었던 거야.」

안나는 한숨을 길게 내뿜고 고개를 떨어뜨렸다.

「그러나 난 이해가 가지 않는군요. 당신처럼 훌륭한 독립심을 지니고 있고.」하고 그는 잔뜩 흥분하면서 계속했다. 「자기의 부정을 남편 앞에 숨김없이 폭로하고, 그러고도 아무런 가책을 느끼지 않고 있는 것 같은 사람이 남편에 대한 아내의 의무를 수행하기를 꺼려하고 있는 것 같으니 말야.」

「알렉세이 알렉산드로비치! 당신은 도대체 날더러 어떻게 하라는 말씀이에요?」

「나한테 필요한 것은 내가 여기에서 그 사람을 만나게 되지 않게 한다는 것과 당신이 세상으로부터도 하인에게서도 비난을 받는 일이 없도록 몸가짐을 해 줄 것과…… 그리고 당신 자신도 그 사내를 만나지 않을 것과 이것뿐이오. 이런 정도의 것은 아무것도 아닌 일이라고 여겨지오. 그리고 그 대신 당신은 아내로서의 의무를 이행하고 있지 않으면서도 훌륭한 아내로서의 권리를 이용할 수가 있으니까 말이오. 내가 당신한테 얘기하고 싶은 것은 이것뿐이오. 난 이제 나가 보지 않으면 안 돼요. 난 집에서는 식사를 하지 않겠소.」하고 그는 일어서서 분 쪽으로 가려고 했다.

안나도 같이 일어섰다. 그는 말없이 인사를 하고 그녀를 앞으로 지나가게 했다.

24

레빈이 건초 더미 위에서 지냈던 하룻밤은 그에게는 무의미하게 지나가지는 않았다——지금까지 그가 지어 온 농사, 그것이 그에게는 싫어졌고 그에게는 조금도 흥미가 없는 것이 돼 버렸다. 훌륭한 수확이 있었음에도 불구하고 올해처럼 실패를 거듭하고 농부들과의 사이에도 적의(敵意)에 차 있었던 해는 없었다. 아니 적어도 그에게 그런 느낌이 든 적은 없었다. 그리고 이 실패와 적의의 원인이 지금에 와서는 그에게 완전히 이해가 되었다. 노동 그 자체 속에서 그가 경험하고 있던 기쁨, 그 결과로서 생긴 농부들과의 접근, 그들에 대해서, 그들의 생활에 대해서 경험하고 있던 부러움, 그 날 밤의 그에게는 벌써 공상이 아니고 계획이었던 그런 생활로 옮아가야겠다는 소원, 그가 생각하고 생각해 실행에 옮길 세부 사항까지, 이러한 것들은 모두 그의 지금까지 써 온 농업 그것에 대한 견해를 완전히 바꾸어 놓아 버렸으므로 그는 이제 그 속에서는 절대로 이전의 흥미를 찾아낼 수가 없게 되었고, 또 모든 사건의 근원이 돼 있던 노동자들에 대한 자기의 불유쾌한 태도를 인정하지 않을 수가 없게 되었다. 파바와 같은 우량종의 암소 떼, 쟁기질이 잘되고 거름이 주어진 땅, 생울로 둘러싸인 아홉 군데의 반반한 들, 깊이 거름이 주어진 구십 제샤치나의 밭, 가지가지의 파종기(播種機) 등등——이러한 것들은 모두 만약 그것이 그 자신이든가 혹은 그와 그에게 공명하는 친구들과 협력에 의해서 되어지기만 했다면 훌륭한 것이 되었을 것이다. 그러나 이제는 그는 분명히(농업의 주요한 요소는 노동자이어야 한다는 농업에 관한 그의 책자의 저술이 이 경우 많이 그를 도왔던 것이다) 자기가 써 왔던 방법은 그와 노동자들과의 사이에 그저 잔인하고 끈질긴 투쟁을 빚어냈을 뿐이라는 것, 그리고 이 투쟁에 있어서 한편에는, 즉 그의 쪽에는 모든 것을 좋다고 여긴 형태에 쫓아 개조하려는 끊임없는 긴장된 노력이 있고 다른 한편에는 사물의 자연적인 질서라는 것이 있다는 것을 보았다. 그리고 이 투쟁에 있어서 그는 또 그의 쪽의 끊임없이 긴장된 노력과 다른 쪽의 아무런 노력도 계획조차도 없는 것이 합쳐서 얻어진 것은 그저 그 일이 누구의 생각대로도 되지 않고 훌륭한 농구며 상당한 가축이며 땅이 전연 보람없이 못 쓰게 되었을 뿐이라는 것을 보았다. 또한 그것보다 주요한 것은 자기 사업의 의미가 자기에게 뚜렷이 다가온 지금에 와서는 그는 이 사업에 주입된 정력이 완전히 헛된 노력으로 그쳤을 뿐만이 아니고 그 정력의 목적마저 지극히 무가치한 것이었다는 것을 통감하지 않을 수가 없었다. 사실상 무엇을 위한 투쟁이었을까? 그는 자기의 한 푼 두 푼을 위해서 서 있었다(그는 그렇게 하지 않을 수가 없었던 것이다. 왜냐하면 조금은 정력을 완화하지 않으면 안 됐었고 농부들에게 지불할 돈이 모자를는지 몰랐으므로). 그러나 그들은 그저 일을 차분하고 즐겁게, 말하자면 그들의 습관대로 하기 위해서 서 있었다. 그의 이해 가운데에는 하나하나의 노동자가 될 수 있는 대로 많이 일하고, 그리고 키며 써레며 탈곡기를 부수지 않도록 애쓸 것을 잊지 않고 자기들이 하고 있는 것에 끊임없이 주의를 돌려 주었으면 하는 것이 있었다. 그러나 한편 노동자들에겐 될 수 있는 대로 즐겁고 쉬엄쉬엄 그 가운데서도 태평하게 모든 것을 잊고 생각함이 없이 일을 하고 싶은 생각이 있었던 것이다. 금년 여름 레빈은 한 걸음마다 그것을 목격했던 것이다. 그는 잡풀이며 쓴 쑥이 섞여 씨앗으로는 알맞지 않은 나쁜 밭을 골라 건초로 할 토끼풀을 베러 사람을 보냈다. 그러나 그들은 집사의 분부라는 것을 핑계로 씨앗이 될 좋은 곳을 몇 제샤치나나 베어 놓고 나서 그 대신 좋은 건초가 될 거라고 그를 달랬다. 그러나 그는 그들이 그렇게 한 것은 그곳이 베기에 손쉬웠기 때문이라는 것을 빤히 알고 있었다. 그는 또 건초를 널어 말리는 기계를 보냈다. 그랬더니 그것은 첫째 줄에서 벌써 부서져 버렸다. 그 까닭은 농부들에게 그들의 머리 위에서 휘두르고 있는 날개 밑의 받침대에 그저 앉아 있는 것이 지루했기 때문이었다. 그리고 그들은 그에게 이렇게 말했다. 「걱정하실 것은 없으십니다, 아낙네들이 얼른 널 테니깐요.」 쟁기도 써보자 부적당하다는 것을 알았다. 그것은 농부들의 머리로는 들린 보습을 내린다는 생각이 들지 않아 힘으로 뒤집어 엎어 말을 괴롭히고 땅을 버려 놓았기 때문이었다. 그리고 그들은 레빈을 보고 걱정하지 말고 있으라는 것이었다. 또 농부들이 너나없이 불침번이 되기를 싫어하여 그런 짓을 해서는 안 된다고 일러 놓았음에도 불구하고 교대로 불침번을 시작했기 때문에 말은 자꾸 밀 속으로 밀을 밟으며 들어갔다. 바니카는 진종일 일을 하고 난 나머지 잠이 들어 버렸다. 그리하여 자기의 죄를 뉘우치고 이렇게 말했다――「마음대로 해주십쇼.」 세 마리의 우량종인 송아지는 물통도 없이 클로버 밭에다 풀어 놓았기 때문에 클로버를 너무 먹고 병적으로 살이 찐 것이라고는 숫제 믿으려고도 하지 않고 그 위안으로 이웃집에서는 사흘 동안에 백 열두 마리가 죽었느니 하는 얘기를 했다. 이러한 것들은 모두 어느 누가 레빈에게 대해서 혹은 그의 농업에 대해서 악의가 있어서 한 짓은 아니었다. 아니 도리어 그 반대로 그는 그들이 그를 사랑하고 그를 일러 순직한 아저씨(최상의 찬사인)로 여기고 있다는 것을 알고 있었다. 그러나 결과가 이렇게 돼 버린 것은 그저 그들이 즐겁게 대강대강 일을 하고 싶어 했다는 것과 그의 흥미가 그들에겐 그저 무관하고 또한 이해할 수 없을 뿐만 아니라 운명적으로 그들의 가장 올바른 흥미와 상반하고 있었기 때문이었다. 벌써 오래 전부터 레빈은 농사에 대한 자기의 태도에 불만을 느끼고 있었다. 그는 자기의 작은 배가 침수하는 것을 보았으나 아마 일부러 자기를 속이고 있는 것이리라고 생각하고 그 새는 물구멍을 찾아내려고도 하지 않고 찾으려고도 하지 않았다. 그러나 이제는 더는 자기를 속일 수는 없었다. 그가 지금까지 지어 온 농사가 그에게는 흥미가 없어졌을 뿐만이 아니라 오히려 싫어졌으므로 더 이상 그는 그것을 계속할 기력이 없어져 버린 것이었다.

그런 데다가 가뜩이나 그한테서 삼십 베르스타 떨어진 곳에 그가 만나고 싶어 하면서도 만나지 못하고 있는 키치 쉬체르바스카야가 있다는 것이 겹쳤던 것이다. 다리야 알렉산드로브나 오블론스키는 그가 그녀를 찾아갔을 때에는 그에게 나중에 다시 오라고 권하였다——이제는 틀림없이 그를 받아들일(이처럼 그녀는 넌지시 암시를 주었다) 동생한테 다시 한번 청혼을 하기 위해서. 게다가 또 레빈 자신도 또한 키치 쉬체르바스카야를 우연히 만나고 나서 자기가 그녀를 변함없이 사랑하고 있다는 것을 깨달았다. 그러나 그는 그녀가 거기에 있다는 것을 알고 있으면서 오블론스키네를 찾아갈 수는 없었다. 그가 그녀에게 청혼을 했고 그녀가 그것을 거절했다는 그것은 그와 그녀와의 사이에 넘을 수 없는 담을 쌓고 있었던 것이다. 『난 그녀가 바라고 있던 사람의 아내가 될 수 없기 때문이라는 이유만으로 내 아내가 되어 달라고는 사정할 수 없다.』 이렇게 그는 자기 자신에게 말하였다. 이 생각은 그를 그녀에게 대해서 적의 있는 냉정한 것으로 만들어 버렸다. 『난 꾸짖는 느낌이 없이 그녀와 이야기할 수는 없을 것이다. 또 노여움 없이는 그녀를 볼 수도 없을 것이다. 따라서 그녀도 더한층 나를 싫어하게 될 뿐인 것이다. 그것은 당연한 일이다. 그것만이 아니고 다리야 알렉산드로브나한테서 그런 이야기를 듣고 난 뒤에 이제 와서 어떻게 끄덕끄덕 그곳을 찾아갈 수 있으랴? 그녀가 나한테 이야기하였던 것을 내가 그래 모른 체하고 시치미를 떼고 있을 수가 있을까? 내가 관대한 마음으로 그녀를 용서하러 자비를 베풀러 가다니. 내가 그녀 앞에서 그녀를 용서하고 그녀를 사랑하는 사람의 역할을 하다니! …… 어째서 또 다리야 알렉산드로브나는 나한테 그런 이야기를 하였을까. 우연히라면 나도 그녀를 만날 수가 있다. 그리고 그런 경우라면 모든 것이 저절로 잘되었을지도 모른다. 그러나 지금에 와서는 그것은 이제 불가능하다. 불가능하다!』

다리야 알렉산드로브나는 그에게 키치를 위해서 부인용의 안장을 빌려 달라고 부탁하는 편지를 보냈다. 『당신께서 부인용의 안장을 가지고 계신다는 말씀을 들었읍니다.』 하고 그녀는 썼다. 『당신께서 손수 가져와 주시기를 바랍니다.』

이것은 벌써 레빈에겐 참을 수 없는 것이었다. 그렇게 총명하고 우아한 부인이 어째서 이처럼 동생을 욕되게 할 수가 있을까! 그는 편지를 열 통이나 썼으나 모두 찢어 버렸다. 그리고 아무런 답장도 없이 안장만을 보내 주었다. 그는 자기가 가겠다고 쓸 수는 없었다. 왜냐하면 갈 수가 없었기 때문에 무슨 볼일이 있어서 갈 수가 없었다든가 달리 갈 데가 있어서 갈 수 없었다든가 하고 써 보낸다는 것도——더한층 거북살스러웠다. 그래서 그는 답장은 없이 무엇인가 부끄러운 짓을 한 것 같은 기분으로 안장만을 보내 주었다. 그리고 다음날 완전히 싫증이 난 일을 모조리 집사한테 건네고 친구인 스비야쥐스키를 찾아 먼 시골로 떠났다. 그 친구의 소유지 근처에는 도요새가 있는 훌륭한 늪들이 있었다. 그리고 그 친구는 최근에 그에게 한 번 들르겠다는 오랜 계획을 실행해 달라고 적어 보내고 있었던 것이다. 수로프스키 군(郡)의 도요새가 있는 늪들은 벌써 오랫동안 레빈을 유혹하고 있었으나 그는 농사 때문에 쭉 이 여행을 늦춰 오고 있었다. 그래서이제야 그는 쉬체르바스키네의 이웃에서, 무엇보다도 일에서 빠져나와 그에게는 온갖 슬픔에 대해 가장 좋은 위안인 사냥을 떠난다는 것이 더없이 기뻤던 것이다.

25

수로프스키 군에는 철도도 역마 편도 없었으므로 레빈은 자기의 여행 마차를 타고 갔다.

중도에서 그는 말한테 먹이를 주기 위해서 부유한 농부의 집에 들렀다. 볼 언저리가 희끗희끗한 더부룩하고 붉은 턱수염을 가진 대머리의 활발한 노인이 트로이카를 지나가게 하기 위해서 문설주에 몸을 밀어붙이고 대문을 열었다. 새롭고 잘 치워진 큼직하고 깨끗한 마당에 위치한 언저리가 불에 탄 써레 따위가 들어 있는 헛간의 처마 밑을 마부에게 가리키고 나사 노인은 레빈한테 객실로 들어가자고 청했다. 산뜻한 옷차림의 맨발에다 덧신을 신은 소녀가 허리를 구부리고 새 현관의 마루를 닦고 있었다. 그녀는 레빈의 뒤에서 뛰어들어 온 개에 놀라고함을 질렀으나 개가 어떻게 하지도 않는다는 것을 알자 이번에는 자기가 놀란 것을 웃어 댔다. 옷소매를 걷어올린 한쪽 손으로 레빈에게서 객실의 입구를 가리키고 나자 그녀는 또다시 허리를 구부리고 그 아름다운 얼굴을 감추고 부지런히 마루를 씻어 댔다.

「사모바르는 어떻습니까?」하고 그녀는 물었다.

「아아, 미안하지만.」

객실은 간막이가 되어 둘로 나누어지고 벽난로 위에 장식이 있는 큼직한 방이었다. 성화(聖畵) 밑에는 새 무늬가 놓인 탁자와 소파, 그리고 두 개의 의자가 놓여 있었다. 입구 가까이에는 식기가 든 찬장이 있었다. 창문은 닫혀 있고 파리도 적었으며 모든 것이 정결했으므로 레빈은 도중 뛰어오느라고 흙탕물을 뒤집어 쓴 라스카가 마루를 더럽히지나 않을까 하고 걱정이 되어 문 가까이의 한쪽 구석에다 그가 있을 자리를 가리켜 주었을 정도였다. 객실을 대충 둘러보고 나서 레빈은 뒷마당으로 나가 보았다. 덧신을 신은 아름다운 소녀는 작대기 끝으로 빈 통을 디룽디룽 흔들면서 우물로 물을 길러 그의 앞을 뛰어갔다.

「아가, 빨리 하거라!」노인은 그녀에게 유쾌하게 외치고 레빈 옆으로 다가왔다. 「그래 나으리께선 니콜라이 이바노비치 스비야쥐스키한테 가시는 길이시죠? 그 나으리께서도 곧잘 저희 집에 들르시죠.」그는 층층대의 난간에다 팔꿈치를 짚으면서 장황스레 말을 꺼내기 시작했다. 노인이 스비야쥐스키와의 친분에 대해서 한참 이야기를 하고 있는 사이에 대문이 또다시 삐거덕거리고 들에서 돌아오는 농부들이 쟁기며 써레를 끌고 마당으로 들어왔다. 쟁기며 써레에 매어진 말들은 배가 뺑뺑하고 컸다. 농부들은 모두 집안 식구들인 것 같았다——둘은 사라사의 샤쓰에 가장자리가 없는 모자를 쓴 젊은이, 다른 두 사람은 삼베 샤쓰를 입은 머슴이고, 하나는 늙은이, 하나는 애교가 있는 얼굴을 한 젊은이였다. 늙은이는 층층대에서 떨어져 말한테로 다가가자 그것을 수레에서 풀기 시작했다.

「뭘 갈고들 왔나?」하고 레빈은 물었다.

「감자밭을 갈고 왔읍죠. 땅뙈길 좀 가지고 있어서 말씀예요. 얘, 페도트. 거센 말은 끌어내지 말도록 하고 말야, 여물통 옆에다 놔 두고, 다른 놈을 채우자꾸나……」

「그건 그렇고, 아버지. 내가 보습을 가지고 오라고 일러놨는데, 가지고 왔어요. 네?」노인의 아들인 듯한 키가 덜썩 크고 건장한 사내가 물었다.

「저어…… 썰매 속에 있어.」노인은 풀어놓은 고삐를 둘둘 말아 가지고 땅바닥에다 내던지면서 대답했다. 「모두들 밥 먹고 있는 동안에 채워 놓거라.」

미모의 소녀는 물이 가득 든 그녀의 어깨를 축 늘어지게 하는 통을 메고 현관 쪽으로 지나갔다. 그러자 어디에선지 또 다른 아낙네들이——젊은 아낙네들이며 미모의 아낙네들이며 중년의 아낙네들이며 나이가 많은 험상궂게 생긴 할멈들이며 어린애들을 데리고 있는 아낙네들이며 데리고 있지 않은 아낙네들이 슬금슬금 나타났다.

사모바르는 부글부글 소리를 내며 통 속에서 끓어오르기 시작했다. 농부들과 집안 식구들은 말의 손질을 끝내고 나자 밥을 먹으러 갔다. 레빈은 마차 안에서 음식을 꺼내어 같이 차를 마시자고 노인을 청했다.

「저어, 저희들은 벌써 했읍니다만.」하고 노인은 분명히 그 제의를 기뻐하면서 말했다. 「그렇지만 대접으로 한 잔 더 들까요.」

　차를 마시는 동안 레빈은 노인의 농사짓는 방법을 자세히 들었다. 노인은 십년 전에 어느 여지주한데서 백 이십 제샤치나의 땅을 빌렸었으나 지난 해에 그것을 사들였고, 다시 이웃의 지주한테서 삼백 제샤치나의 땅을 빌렸다. 그 땅의 한 작은 부분, 가장 나쁜 부분을 그는 빌려 주고 사십 제샤치나의 밭을 자기가 가족과 두 머슴의 손으로 짓고 있었다. 노인은 일이 잘되어 나가지 않는 것을 하소연하였다. 그러나 레빈은 그것은 노인이 그저 겸손하려고 그럴 뿐이라고 실은 굉장히 잘되어 나가고 있다는 것을 알아냈다. 만약 정말로 그것이 좋지 않았더라면, 그는 백 오 루블이나 내고 땅을 사지도 않았을·것이고, 세 아들과 조카를 장가들이기도 하고, 두 차례나 화재를 당하고도 두 차례 다, 더구나 더욱더 좋은 집을 짓기도 하고 하지는 않았을 것이다. 노인의 불평에도 불구하고 그는 자기가 부유하며 아들들이며 조카가 농사를 훌륭히 짓고 있는 것에 대해서 정당하게 자랑하고 있다는 것은 뻔했다. 노인과의 이야기에서 레빈은 그가 개혁도 굳이 싫어하고 있지 않다는 것을 알았다. 그는 감자를 많이 심고 있었다. 그리고 이 감자는 레빈이 마차를 타고 오면서 본 바로는 레빈이 있는 데에서는 아직 겨우 꽃이 피기 시작하고 있었으나 벌써 한물이 가고 시들기 시작했다. 그는 또 감자밭은 가는 데 지주한테서 빌린 신형의 쟁기를 쓰고 있었다. 그는 밀도 갈았다. 또한 쌀보리를 솎아 낼 때에 그 솎아낸 것으로 말을 먹이고 있다는 노인의 세심한 주의는 특히 레빈을 감동케 했다. 몇 차례 레빈은 이 훌륭한 사료가 허실되고 있는 것을 보고 그것을 거둬 두어야겠다고 여겼는지 모르지만, 언제나 그것은 불가능에 그쳤다. 그러나 그것이 이 농부네에서는 되었던 것이다. 그는 이 사료를 어떻다고 이루 칭찬할 수가 없었다.

　「아낙네들이 무엇을 할 수 있겠읍니까? 묶어 가지고 길가에다가 날라 놓으면 나머지는 수레가 싣고 가는 거죠.」

　「아니, 어쩐지 우리네 지주들은 소작인들 하고 잘 화합이 되지 않아서 말야.」 하고 레빈은 차가 든 컵을 그에게 건네면서 말했다.

　「아니, 죄송합니다.」 하고 노인은 대꾸를 하면서 컵을 받았으나 씹다 남은 덩어리를 가리키고 설탕을 사양했다. 「소작인들한데 시켜서 잘되는 일은 아마 어딜 가도 없을 겁니다.」 하고 그는 말했다. 「그저 못 쓰게 될 뿐이에요. 글쎄 그 스비야쥐스키의 땅을 좀 봐요. 저흰 그것이 어떤 땅인 줄 잘 알고 있읍죠. 굉장합니다. 그런데도 그렇게 굉장히 칭찬을 할 만큼의 수확은 없거든요. 그 모두가 소홀한 탓이에요!」

　「그러나 당신도 소작인들을 시켜서 짓고 있잖아?」

「저희 일은 농사꾼 일이라서 말입니다. 하나에서 열까지 모두 저희들 손으로 하고 있어요. 쓸데 없는 녀석은 냉큼 쫓아 버리고 내 손으로 해 나가고 있으니까요.」

「아버지, 피노겐이 타르를 꺼내 달라고 하던데요.」덧신을 신은 소녀가 들어와서 말했다.

「그럼 말씀입니다, 도련님!」하고 노인은 일어서면서 말하고는 연거푸 성호를 긋고, 레빈에게 사의를 표하고 나서 나갔다.

레빈은 자기의 마부를 부르러 안집으로 들어갔을 때에 온 집안의 사내들이 식탁에 둘러앉아 있는 것을 보았다. 여자들은 서서 심부름을 하고 있었다. 젊고 건강한 아들은 죽을 입에다 하나 가득히 넣고 무엇인가 재미있는 이야기를 하고 있었다. 그래서 모든 사람은 껄껄거리고 있었는데, 그 중에서도 국을 그릇에다 부어 주고 다니던 덧신을 신은 소녀가 가장 즐겁게 웃고 있었다.

이 농부네 집이 레빈한테 준 질서 정연한 인상에 덧신을 신은 소녀의 어여쁜 얼굴이 크게 도움을 주었다는 것은 퍽 있을 법한 일이었다. 하옇든 이 인상은 레빈에게는 어느 때가 되어도 잊을 수 없을 만큼 강렬한 것이었다. 그리하여 노인네 집에서부터 스비야쥐스키의 집까지 가는 동안 그는 끊임없이 마치 이 인상 속에 무엇인가 유달리 그의 주의를 요구하고 있는 것이라도 있는 것처럼 되풀이하고 되풀이하여 이 농가에 대한 것을 생각하였다.

26

스비야쥐스키는 자기 군의 귀족 회장이었다. 그는 레빈보다 다섯 살 위로 오래 전에 결혼했었다. 그의 집에는 그의 처제인 레빈을 무척 좋아하는 처녀가 있었다. 그리고 레빈은 스비야쥐스키 내외가 몹시 이 처녀를 그한테 시집 보내려고 하고 있다는 것을 알고 있었다. 그는 그것을 세상의 신랑이라고 불리고 있는 젊은 사람들이 비록 그 얘기를 어느 누구에게도 결코 하지 않는다고 할지라도 알고 있듯이 잘 알고 있었다. 또한 그는 자기도 결혼을 하고 싶어하고 또 어느 점을 보더라도 이 지극히 매력에 찬 처녀가 필시 아름다운 아내가 될 수 있으리라는 것을 알고 있었음에도 불구하고 그녀와 결혼한다는 것은 설사 그가 키치 쉬체르바스카야를 생각하고 있지 않았다손치더라도 흡사 하늘로 날아오르는 것만큼이나 불가능한 것이라는 것을 알고 있었다. 그리고 이 사정은 그가 스비야 쥐스키를 찾아감에 있어서 마음에 품고 있던 만족감을 저해하는 것이었다.

사냥을 하러 오라는 스비야쥐스키의 편지를 받자 레빈은 곧 그것을 생각했으나 그럼에도 불구하고 그는 스비야쥐스키가 자기한테 대해서 그런 생각을 가지고 초대한다고 생각하는 것은 아무런 근거도 없는 자기의 공상에 지나지 않는 것이라고 단정하고 역시 가기로 하였던 것이다. 그뿐만 아니라 마음의 깊이에서는 한번 자기를 시험해 보고 싶다. 이 처녀에게 대해서 다시 한번 자기를 저울질해 보고 싶다는 희망이 꿈틀거리고 있었다. 그리고 스비야쥐스키네의 가정 생활이 또 더할 나위 없이 즐거웠고 스비야쥐스키 그 사람도 레빈이 알고 있는 한으로는 모범적인 지방 행정관일 뿐만이 아니고 레빈에게는 언제나 무척 재미있는 인물이었기 때문이었던 것이다.

스비야쥐스키는 레빈에게 언제나 기이하게 여겨지는 인물 가운데 한 사람이었다. 그러한 사람의 사상은 독창적인 것은 결코 아니라 할지라도 지극히 논리적인 것으로 자기 자신의 길을 걸어가고 있으나 생활 그 자체는 극도로 고정된 틀에 박힌 것으로 그 사상과는 전연 독립하여 거의 언제나 정반대의 방향으로 역행하고 있었다. 스비야쥐스키는 지극히 자유주의적인 사람이었다. 그는 귀족을 멸시하고 있었고 귀족의 대부분을 소심 때문에 얼굴에 나타내지 않고 있을 뿐인 농노주의자들로 간주하고 있었다. 그는 또 러시아를 터키와 마찬가지의 망한 나라로 치부하고 러시아 정부를 일컬어 그 시책을 진지하게 비판하는 것조차 자기 자신에게 허용하지 않을 만큼 하찮은 것이라고 얘기하고 있었다. 그러면서도 그와 동시에 그는 관리이자 모범적인 귀족 회장이었고, 외출할 때엔 언제나 모장(帽章)이 날린 붉은 테두리의 세모를 쓰고 있었다. 그는 인간의 생활은 그지 외국에 있어서만이 가능하다는 견해에서 기회만 있으면 얼른 외국으로 가서 생활했다. 그러나 그와 동시에 러시아에 있어서도 지극히 복잡하고 완전한 농업 방식을 채용했고, 대단한 흥미를 기울여 가면서까지 러시아에서 행해지고 있는 온갖 일에 주의를 기울였고 무슨 일이건 다 알고 있었다. 그는 또 러시아의 농부를 가리켜 원숭이에서 인간으로의 진화하는 과정에 있는 것으로 여기고 있었다. 그러나 그와 동시에 지방 의회의 선거 장소에서는 남보다 먼저 나서서 농부들과 악수를 했고 그들의 의견을 경청했다. 그는 악마고 죽음이고를 믿지 않았다. 그러나 목사들의 생활 상태의 개선, 수입의 감소라는 문제에는 세심이 마음을 썼고, 교회를 자기의 마을에 존속시키는 일에는 유달리 전력했다.

여성 문제에 있어서는 그는 여성의 절대 자유, 특히 일에 대한 여성의 권리 확장에 대해서 극렬한 찬성자 편에 서 있기는 하였으나, 아내와는 모든 사람이 아들이 없는 그 정다운 가정 생활을 부러워했을 만큼 행복하게 살고 있었다. 그리고 자기 아내의 생활을 그녀가 남편과의 공동 생활을 될 수 있는 대로 훌륭하고 즐겁게 지내는 일 이외에는 아무것도 하지 않았고, 또 할 수도 없도록 이끌고 있는 것이었다.

만약 레빈이 사람을 가장 좋은 측면에서만 보는 특성을 지니지 않았다면 스비야쥐스키의 성격은 그에게 아무런 곤란도 의문도 제기하지 않았을 것이다. 그는 자기에게 말했을 것이다——『바보가│아니면 불한당이다.』고. 그리고 모든 것이 명백하게 됐을 것이다. 그러나 그는 바보라고 할 수가 없었다. 그것은 스비야쥐스키는 의심할 것도 없이 총명한 사람일 뿐만이 아니고 지극히 높은 교양을 가진 그리고 그 교양을 유달리 단순하게 취급하고 있는 사람이었기 때문이었다. 그가 모르는 것은 없었다. 그러나 그는 자기의 지식을 부득이한 경우 외에는 드러내 놓지 않았다. 그런가 하면 레빈이 그를 불한당이라고 할 수 없었던 것은 스비야쥐스키는 의심할 것도 없이 바르고 착하고 총명한 사람이었고, 끊임없이 유쾌하고 활발하게 일을 하였으며, 주위의 온갖 사람들한테서 높이 평가되고, 또 틀림없이 불순한 것 같은 것은 아직 한 번도 의식적으로 한 적이 없었고 전혀 할 수도 없는 사람이었기 때문이었다.

레빈은 그를 이해하려고 노력하다가는 이해하지 못하고 언제나 풀리지 않는 수수께끼를 대하듯 그와 그의 생활을 보고 있는 것이었다.

레빈과 그와는 친밀한 사이였으므로 레빈은 예사로 스비야쥐스키를 시험하고 그 인생관의 근거를 캐려고 했으나 그것은 언제나 허사에 그쳤다. 레빈은 모든 사람들에게 대해 열려 있는 스비야쥐스키의 마음의 문으로 한 걸음 더 안으로 딛고 들어가려고 할 때마다 스비야쥐스키가 가볍게 당황하는 빛을 보이는 것을 알아챘다. 흡사 레빈에게 붙들리는 것을 두려워하는 것 같은 간신히 알아채일 정도의 놀라움이 그 눈에 나타나고, 그리고 그는 선량하고 쾌활한 저항의 빛을 나타내는 것이었다.

자기의 농업에 환멸을 느끼고 있는 현재의 레빈에게는 특히 스비야쥐스키한테서 묵는 것이 즐거웠다. 자기에게도 남들한테도 만족하고 있는 이 행복한 비둘기들의 모습과 그 잘 정돈된 보금자리가 어떻다고 할 수 없을 만큼 그한테 즐겁게 작용하였던 것은 말할 것도 없고, 현재 자기의 생활에 불만을 느끼고 있는 그에겐 생활에 있어서 이만큼의 명쾌함과 확실함과 즐거움을 그에게 주고 있는 스비야쥐스키의 그 같은 비결을 파고들고 싶은 생각이 많았던 것이다. 그 밖에 레빈은 스비야쥐스키한테 가면 인근의 지주들을 만나리라는 것을 알고 있었다. 그리고 그에겐 지금 특히 그 사람들과 이야기한다는 것, 그 사람들에게서 수확이 어떻다든가 소작인의 임금이 어떻다든가 하는 등등의 농사에 관한 이야기를 듣는 것이 흥미가 있었던 것이다. 그러나 그런 이야기는 보통 무엇인가 지극히 비열한 것으로 간주되어 있다는 것을 레빈도 알고 있었지만 지금의 레빈에게는 오직 그것만이 중대한 것인 것처럼 여겨졌던 것이다. 『아마 이런 것은 농노 시대에는 필요하지 않았을 것이다. 또 영국에서는 현재도 필요하지 않을 것이다. 말하자면 이 두 경우에 있어서는 조건 그 자체가 정해져 있기 때문이다. 그러나 우리 나라에서는——이러한 것들이 모두 방향을 바꾸어 겨우 수습되어 가고 있는 오늘의 러시아에서는 이러한 조건들이 어떻게 수습될 것인가 하는 문제는 유일하게 중대한 문제인 것이다.』 이렇게 레빈은 생각했다.

사냥은 레빈이 기대했던 것보다 좋지는 않았다. 늪은 말라 버려 도요새는 전혀 없었다. 그는 진종일 돌아다녀 겨우 세 마리 잡아 가지고 돌아왔다. 그러나 그 대신 사냥에서 돌아올 때에는 언제나 그렇듯이 굉장한 식욕과 고조된 기분과 격렬한 육체적인 운동과 함께 언제나 일어나는 발랄한 정신 상태로 돌아왔다. 그리고 사냥터에서는 자기는 아무것도 생각하고 있지 않았던 것처럼 여겨지고 있던 그때에 어느 틈에 또다시 노인과 그 가족에 대해서 생각해 내고 있는 것이었다. 그리고 이 인상은 마치 그한테 자기에게 대한 주의를 요구하고 있을 뿐만이 아니고 그것에 관련된 무엇인가의 해결도 요구하고 있는 것 같았다.

밤에는 차 마시는 시간에 맞춰 후견에 관한 무엇인가의 일로 찾아온 두 지주도 끼고 하여 레빈이 기대하고 있던, 바로 그 가장 흥미있는 이야기가 시작됐다.

레빈이 탁자 앞에 앉았을 때 안주인 옆에 자리를 잡았으므로 그녀와 정면에 마주 앉아 있던 그의 처제와 이야기를 하지 않으면 안 됐다. 수무는 늘는 얼굴을 한 금발의 키가 크지 않은 얼굴이 온통 보조개와 미소로 빛나는 여자였다. 레빈은 그녀를 통해서 그녀의 남편이 그에게 제공한 그에게는 중대한 수수께끼의 해결을 시도하려고 애썼다. 그러나 그는 괴로울 만큼 거북스러웠으므로 사고의 충분한 자유를 가질 수 없었다. 괴로울 만큼 거북스러웠다는 것은 특히 그를 위해서(그에겐 이렇게 여겨졌다) 새하얀 젖가슴께를 사다리꼴로 도려낸 웃옷을 입은 처제가 그의 정면에 앉아 있었기 때문이었다. 그리고 이 네모꼴로 가슴을 도려낸 것이, 가슴 그것은 더없이 희었는데도, 아니 혹은 그것이 너무나 하얗기 때문에 레빈에게 사고의 자유를 잃게 해 버렸던 것이다. 그는 아마 오해이긴 할 테지만 이 가슴을 도려낸 것이 그를 계산에 넣고 되어진 것처럼 상상하고 자기는 그것을 볼 권리가 없다는 생각에 그것을 보지 않으려고 애썼다. 그러나 이처럼 파진 옷을 입었다는 것만으로 그는 벌써 자기한테 죄가 있다고 느꼈다. 레빈은 자기가 누군가를 속이고 있는 것 같은, 무엇인가를 설명하지 않으면 안 될 일이라도 있는 것 같은, 그러면서도 도저히 그 설명을 할 수 없을 것 같은 야릇한 기분이었다. 그래서 그 때문에 그는 줄곧 얼굴이 붉어지고 불안하고 거북스러웠다. 그의 거북스러움은 화사하게 차려 입은 처제한테로 감염됐다. 그러나 안주인은 그것을 알아채지 못한 것 같은 태도로 일부러 그녀를 이야기 속으로 끌어들이는 것이었다.

「당신 말씀으로는.」하고 주부는 시작된 이야기를 계속했다.「저분은 러시아에 대해서 아무것도 흥미를 가질 수 없다고 말씀하고 있으시지만 말이에요. 그것은 정반대예요. 아닌게아니라 저분은 외국에서도 즐겁게는 지내시지만 결코 여기에 있을 때 같지는 않아요. 여기에선 저인 정말 자기의 세계에 있는 것처럼 느끼고 있는 걸요. 저인 일이 산더미처럼 있으시고 게다가 또 무슨 일에나 흥미를 갖는 천부적 소질을 지니고 있으니깐요. 아아, 당신께선 저희 학교에 와 보신 적이 없으시던가요?」

「보았어요…… 그 담쟁이로 덮인 조그마한 집 말이죠?」

「네, 그게 나스챠의 일이에요.」그녀는 동생을 가리키면서 말했다.

「당신 자신이 가르치고 있으신가요?」레빈은 깊이 파진 앞가슴을 될 수 있는 대로 보지 않으려고 노력하면서 이렇게 물었다. 그러나 그는 그쪽을 보기만 하면 어디를 보고 있어도 저절로 눈이 그리 가는 것만 같은 느낌이 들었다.

「네, 내가 직접 가르쳐 왔어요. 그리고 앞으로도 그럴 작정이에요. 그렇지만 지금은 아주 좋은 여선생이 한 분 와 계세요. 그래서 체조도 시작했어요.」

「아니, 감사합니다. 그러나 난 이제 차는 그만 들겠읍니다.」하고 레빈은 밀했다. 그리고 다소 무례하다고 여기면서 이제 더 이상 똑같은 이야기를 계속할 용기가 없어 얼굴을 붉히면서 일어섰다.「꽤 재미있는 애긴 것 같군요.」이렇게 덧붙이고 주인과 두 지주가 자리잡고 있는 탁자의 다른 끝 쪽으로 가까이 갔다. 스비야쥐스키는 탁자를 향해서 옆으로 앉아 팔꿈치를 짚은 쪽의 손으로 찻잔을 돌리면서 한 쪽 손으로 턱수염을 쓱 쓰다듬고 그것을 마치 냄새라도 맡으려는 듯이 코 있는 데까지 들어올렸다가는 도로 놓고 했다. 그는 번쩍이는 검은 눈으로 희끗희끗한 입수염의 잔뜩 흥분하고 있는 지주의 얼굴을 똑바로 들여다보고 있는 모습이 분명히 그 이야기에서 재미를 찾아내고 있는 것 같았다. 지주는 농민에게 대해서 불평을 이야기하고 있었다. 레빈에게 스비야쥐스키는 지주의 불평에 대해서 그 말의 온 의의를 당장 분쇄하고 말 것 같은 답변을 알고 있으면서 그의 입장으로서 그것을 입 밖에 낼 수도 없고 그렇다고 또 꼭 흥이 나지 않는다는 것도 아니게 지주의 희극적인 말을 듣고 있는 것이 분명했다.

희끗희끗한 입수염의 지주는 분명히 완고한 농노주의자로 시골의 고로(故老)
이고 열렬한 농가의 주인이었다. 그러한 증거를 레빈은 그 옷차림에서도 그 구
식의 낡아빠진 평소 걸치지 않음이 뚜렷한 프록 코트에서도 그 미간을 잔뜩 찌
푸리고 있는 초롱초롱한 눈방울에서도 그 유창한 러시아어에서도 오랜 날의 경
험으로 버릇이 되어 있는 것이 분명한 명령적인 태도에서도 무명지에 낡은 결혼
반지를 낀 햇볕에 그을린 불그름한 큼직하고 훌륭한 손의 결연한 동작에서도 보
았던 것이다.

27

「지금까지 해 온 것을…… 모진 고생을 다해서 해 온 것을…… 버리는 데에 미
련만 없다면 나도 어떤 것에 대해서도 손을 털고, 손을 떼 버리고 니콜라이 이바
노비치처럼 갈 텐데 말씀예요…… 엘레나라도 들으러 말예요.」지주는 그 영리
하고 쭈그러진 얼굴을 쾌활한 미소로 반짝이면서 말했다.

「그런데 좀처럼 단념을 하지 않으니 말예요.」하고 니콜라이 이바노비치 스비
야쥐스키는 말했다. 「그리고 보면 틀림없이 무엇인가 좋은 일이 있으신 모양이
에요.」

「좋고 나쁘고 간에 그저 산 것도 아니고 빌린 것도 아닌 자기 집에서 살고
있다는 것뿐예요. 그저 농부들이 조금 더 이해를 해주었으면 하고 바라는 거죠.
그러나 어때요, 그 녀석들의 폭음이니 방탕이니 하는 것은 정말 그게 정말인가
하고 놀랄 정도니깐요! 말이건 소건 닥치는 대로 모조리 술과 바꿔 버리지 뭐
예요. 글쎄, 굶어죽을 것 같은 놈도 머슴살이로 들여봐만 봐요. 그야말로 그 녀
석들은 당신에게 몽땅 신세를 지고 나서도 되려 이쪽이 치안 판사 앞까지 끌려
나가는 짓거릴 저지르고 말아요.」

「그 대신 당신께서도 치안 판사에게 고소하면 될 게 아녜요.」하고 스비야쥐
스키는 말했다.

「내가 고소한다구요? 그런 일이야 할 수 있어요! 그런 짓이라도 해보죠, 세
상이 시끄러워서 견딜 재간이 없어요! 지금만 해도 내 공장에선 계약금만 받
아 가지고 내빼잖았겠어요. 그럴 때 글쎄 치안 판사가 무슨 짓을 했는지 아세
요? 무죄 판결을 내렸거든요. 그런 때 힘이 돼 주는 것은 그저 지방 재판하고

촌로들뿐예요. 거기에 가면 상대방 녀석을 그저 옛날처럼 매로 호되게 치니깐요. 그렇지 않은 날에는 깨끗이 포기해라예요! 세상의 끝까지 줄행랑을 쳐라예요!」

지주는 분명히 스비야쥐스키를 안절부절 못 하게 하고 있는 것이었다. 그러나 스비야쥐스키는 성을 내기는커녕 오히려 흥미 있는 듯이 하고 있었다.

「그렇지만 우린 그렇게까지 하지 않더래도 자기 일을 해 나가고 있는 걸요.」 그는 미소를 지으면서 말했다. 「나도 그렇고, 레빈도 그렇고, 이분들도 그렇고.」

그는 이렇게 말하고 다른 지주 하나를 가리켰다.

「그래요, 미하일 페트로비치도 하고 있을 거예요. 어디 한 번 물어 보세요. 그것이 도대체 합리적인 경영이라고 할 수 있는지 어떤지?」 이처럼 지주는 또렷이 합리적이라는 말로 자기의 말을 꾸미면서 말했다.

「내 방법은 지극히 간단한 거예요.」 하고 미하일 페트로비치는 말했다. 「그저 덕택으로 말씀예요. 내 방법이라는 것은 그저 가을의 조세를 위해서 돈을 마련해 둔다는 것뿐예요. 농부들이 찾아온다 —— 아저씨, 아버지, 도와 주십쇼! 하면서 말입니다. 그래 자기가 부리고 있는 농부들은 모두 이웃 사람들이니깐 말씀이에요, 불쌍해요. 그래 삼분의 일만 주는데, 그저 그때에 이런 이야기를 해 두죠 —— 잘 기억해 두어야 해, 너희들. 난 너희들을 도와 주는 것이니까, 너희들도 필요한 경우엔 날 도와 주지 않으면 안 돼. 구리를 심을 때에도, 풀을 벨 때에도, 거두어들일 때에도 말야. 이렇게 얘기하고는 소작료도 얼마쯤 깎아 줍니다. 그야 많은 사람들 가운데엔 양심이 없는 놈도 있지만 말예요. 그것은 정말이에요.」

레빈은 이미 오래 전부더 가부장 시대적인 수법을 알고 있었으므로 스비야쥐스키와 눈짓을 하여 미하일 페트로비치를 가로막고 다시 희끗희끗한 입수염의 지주한테로 얼굴을 돌렸다.

「그래, 당신의 의견은 어떻습니까?」 하고 그는 물었다. 「오늘날엔 어떻게 농사를 져야 할까요?」

「그래요, 그것은 역시 미하일 페트로비치처럼 하는 것도 좋겠죠. 혹은 반씩 나눈다든가, 지대(地代)를 받고 빌려 준다든가, 그거라면 괜찮아요. 그러나 바로 이 방법은 국가의 일반적인 부(富)를 해치게 될 뿐이에요. 농노 시대에는 내 땅에서도 짓는 법만 좋으면 아홉 배(倍)의 수확을 내던 것이 반분하니까 세 배의 수확밖에 내지 않아요. 말하자면 농노 해방은 러시아를 망쳐 놓은 셈이에요!」

스비야쥐스키는 미소를 머금은 눈으로 레빈을 쳐다보고 그에게 간신히 알아채일 정도의 조소의 몸짓까지를 해보였다. 그러나 레빈은 지주의 말을 우스꽝스러운 것이라고는 여기지 않았다. 그는 스비야쥐스키의 말을 이해하는 이상으로 지주의 말을 이해한 것이었다. 그에겐 그것에 이어 지주가 어째서 농노 해방이 러시아를 피폐하게 했는가를 나타내려고 이야기한 말의 대부분이 지극히 진실하고 그에게는 새로운 반박할 수 없는 것처럼 여겨졌다. 지주는 분명히 자기 자신의 생각을 얘기하고 있는 것이었다——이런 일은 극히 드문 일이나——그리고 그 생각이야말로 무엇인가로 권태로운 두뇌를 움직이어야겠다는 것과 같은 희망에서 생긴 것은 아니고, 그가 그 시골의 외로움 속에서 온갖 방면으로부터 생각하고 생각한 실생활 그것에서 짜낸 것이었다.

「말하자면 문제는 말입니다, 일체의 진보는 권력에 의해서만 만들어진다는 그 사실에 있어요.」그는 분명히 자기가 교양에 궁핍한 인간이 아니라는 것을 나타내려고 하면서 말했다. 「피오트르며 에카테리나며 알렉산드르의 개혁을 생각해 보세요. 유럽의 역사를 생각해 보세요. 그리고 우선 첫째로 농업 상태의 진보를 생각해 보세요. 잠깐만 보더래도 말입니다——그것도 우리 나라엔 강제적으로 이식된 거예요. 또 쟁기만 하더래도 말입니다. 우린 이전부더 그것을 쓰고 있던 것은 아네요. 아마 그것도 봉건 시대에 들어온 것일 테지만 역시 강제적으로 들어왔음에 틀림없어요. 이렇게 해서 우리들의 시대가 돼서도 우리 지주들은 농노제 동안에 개량 설비를 써서 농업을 경영하고 있었어요. 건조기건 키건 비료 운반기건, 그 밖의 온갖 농구, 그것은 모두 우리들이 자기의 권능으로 들여 온 것으로서 농부들은 처음엔 반대했었읍니다만 나중에 우릴 본받게 됐죠. 그런데 지금은 농노제 폐지와 함께 우린 권력을 빼앗겨 버렸어요. 그런데 일단 높은 수준에까지 끌어올려진 농업도 또한 가장 야만적이고 원시적인 상태로 되돌아가지 않으면 안 될 곤경에 빠진 겁니다. 난 그렇게 생각하고 있는데 말씀예요.」

「그러나 그것은 또 무슨 까닭일까요. 만약 그것이 합리적이라면 당신은 임금 제도로도 일은 할 수 있을 텐데.」하고 스비야쥐스키가 말했다.

「권력이 없으니까 말씀예요. 그럼 어디 한번 여쭤 보겠는데 도대체 난 누굴 상대로 일을 하면 좋을까요?」

『바로 이것이다——노동력, 이것이야말로 농업에 있어서의 최대의 요소다.』하고 레빈은 생각했다.

「물론 노동자 상대죠.」

「그러나 노동자들은 일을 잘한다든가 훌륭한 농구로 일을 한다든가 하는 것을 싫어해요. 우리 노동자들이 알고 있는 것이라곤 그저 한 가지, 돼지처럼 술들을 진탕 마시고 잔뜩 취해서 우리들이 준 것을 무엇이건 닥치는 대로 버려 놓고 마는 것이 고작이에요. 말한테 물을 너무 준다. 좋은 마구는 결단을 낸다, 수레바퀴까지 빼다가 마셔 버린다, 탈곡기 안에는 그것을 부수기 위해서 쇠몽둥이를 처넣는다, 아뭏든 그 녀석들한테는 자기네의 격식에 맞지 않는 것은 어떤 것이건 싫어하니까 말씀예요. 대체로 농업의 전반적인 수준이 떨어진 것도 모두 이 때문입죠. 땅덩어린 내팽개쳐진 채 잡초가 수북하지, 아니면 농부들한테 분배돼서 백만 체트베르치(1 체트베르치는 대략 우리 나라의 209. 21리터)라는 수확이 있었던 곳이 십만 정도밖에 산출되지 않는다. 말하자면 일반적인 부(富)가 줄어든 셈입니다. 그러나 만약 어지간히 주의해서 하기만 하면…… 」

그리고 그는 이러한 불편을 제거할지도 모를 농노 해방에 관한 자기의 법안을 부연하기 시작했다.

이 대목은 레빈한테 흥미를 주지 않았다. 그래 그것이 끝나자 레빈은 맨 처음의 화제로 되돌아가서 스비야쥐스키한테 얘기를 걸고 그가 자기의 진지한 의견을 발표하도록 들쑤셨다.

「농업의 수준이 저하돼 가고 있다는 것과 우리들이 농부들을 대하고 있는 것과 같은 관계로는 유익하고 합리적인 농업을 경영할 가능성이 없다는 것——이것은 완전히 진실이야.」하고 그는 말했다.

「난 그렇게 여기지 않아.」스비야쥐스키는 이번에는 정색을 하고 대꾸했다. 「난 그저 우리한테는 농업을 경영할 능력이 없다는 것과 우리들이 농노제 시대에 해 왔던 농업은 너무나 고상했기는커녕 도리어 너무나 저급한 것이었다는 것을 생각할 뿐이야. 우린 기계도 없고 좋은 가축도 없고 진정한 방침도 없고 계산마저 할 줄 모르는 형편이니깐 말이지. 어느 주인한테고 어디 한번 물어 보게. 그들은 자기한테 무엇이 이익이고 무엇이 이익이 아닌가 하는 그것조차도 모르고 있는 지경이니까.」

「이태리식의 부기법 말씀이신가요.」하고 지주는 빈정대며 말했다.「그런 것으론 제아무리 계산해 봐도 모조리 버려 버릴 뿐, 이익이니 하는 것이 있을 턱이 없어요.」

「어째서 버려 버린다는 거예요? 형편 없는 탈곡기며 당신네의 러시아적 압착기니 하는 것이야말로 파손도 될 테지만 내 증기 기계엔 그런 염려는 없어요. 러시아 말 [馬] 같아선 저어 뭐라구 얘기해야 좋을까? 꼬리를 달고 있는 것만이 고작인 게으름장이 말이라면, 곧 버릴 테지만 페르시아 종(種)의 말이나 복마를 부려 봐요. 그런 걱정은 없어요. 문제는 그것뿐이에요. 우린 농업의 정도를 더욱더 높이잖으면 안 돼요.」

 「그렇죠, 그럴 수만 있다면 말입니다, 니콜라이 이바노비치! 그야 당신껜 좋으시겠죠. 그러나 난 아이들을 대학에다 넣고 작은 놈들을 중학에 보내고 있읍죠——좀처럼 페르시아 종의 말을 살 만큼의 여유가 없어서 말예요.」

 「그렇지만 그 때문에 은행이라는 기관이 있어요.」

 「그럼 기둥뿌리까지 경매에라도 붙이라는 말씀예요? 그러나 신경 써 주시니 감사하지 뭐예요?」

 「난 농업의 수준을 높이는 것이 긴요하다든가 또 하면 된다든가 하는 설(說)에는 동감되지 않는군 그래.」하고 레빈은 말했다. 「난 현재 그것을 하고 있고 또 그마만한 방책도 있어. 그렇지만 난 그것을 어떡할 수가 없었어. 은행이니 하는 것도 도대체 누구한테 유익한 것인지 몰라. 최소한 내가 농업에 출자한 돈은 결국 모두 손실이었어. 가축, 이것도 손실. 기계, 그것도 손실.」

 「그건 정말 틀림없읍죠.」희끗희끗한 입수염의 지주는 만족한 듯 웃어젖히면서 시인했다.

 「더구나 그건 나 혼자가 아네요.」레빈은 계속했다.「난 합리적인 방법을 취하고 있는 모든 지주들을 얘길 하고 있는 거야. 그들은 모두 드물게 예외가 있을 뿐, 일에 있어선 모두 손실을 보고 있는 거야. 자아, 자네 어디 한번 얘기해 보게. 자네 농업은 이익이 있는지 어떤지?」하고 레빈은 말했다. 그리고 곧 스비야쥐스키의 눈 속에서 언제나 스비야쥐스키의 마음 깊이 침입하려고 할 때에 보이는 예의 놀라움의 순간적인 표정을 보았다.

 뿐만 아니라 이 질문은 레빈으로서는 전여 선의의 것이라고는 할 수 없었다. 그것은 지금 막 차를 마시는 자리에서 안주인이 그한테, 그들은 이번 여름에 모스크바에서 독일인 부기(簿記)의 대가(大家)를 초청해다가 오백 루블의 보수로 그들의 사업을 조사시킨 결과 그것이 삼천 얼마 가량의 손실이 나 있는 것을 발견했다는 이야기를 들려 주었기 때문이었다. 그녀는 그 액수를 확실히는 기억하고 있지 않았지만 독일인은 사분의 일 코페이카까지 계산하고 간 것 같은 이야기였다.

 지주는 스비야쥐스키의 농업의 이익이라는 화제가 나오자 이웃이자 군(郡) 귀족 회장인 그에게 얼마만큼의 이익이 있었던가 하는 것은 다 알고 있다는 듯이 빙그레 웃었다.

 「그것은 어쩌면 이익이 아닐는지도 몰라.」하고 스비야쥐스키는 대꾸했다. 「그러나 그것은 그저 내가 좋지 않은 주인이든가 혹은 내가 지대(地代)를 증대시키기 위해서 자금을 지출한 것이든가의 어느 쪽을 증명하고 있을 따름야.」

 「아아, 지대!」레빈은 두려움으로 외쳤다. 「어쩌면 유럽에서는, 말하자면

416

가해진 노력에 의해서 지면(地面)이 좋아진 곳에선 지대라는 것이 있을 수 있는
지도 모르지. 그렇지만 우리 나라에선 가해진 노력으로 해서 모든 지면이 더욱
더 나빠져 가고 있단 말야. 말하자면 땅이 힘을 잃어 가고 있다는 거야——그
렇다고 보면 지대라는 것이 있을 수가 없어.」

「어째서 지대가 없어? 그것은 법률이란 말야.」

「그렇다면 우린 법률권 밖에 있는 거야——지대니 하는 것은 우리들에게 대
해서 아무런 설명도 해주지 않아. 아니 도리어 거꾸로 머리를 어지럽힐 정도야.
아니, 정말, 자네 어디 한번 설명해 봐 주게, 도대체가 지대론이라는 것은……」

「여러분, 요구르트는 어때요? 마쉬아, 여기 우유든지 나무딸기라도 보내 주
지.」하고 그는 아내한테로 얼굴을 돌렸다.「올핸 나무딸기가 꽤 늦게까지 저장
돼 있군 그래.」

그리고 스비야쥐스키는 유쾌한 기분으로 일어서 한 옆으로 갔다. 그 태도로
보아서 그는 분명히 레빈에게는 지금 막 시작된 것으로 여겨지고 있는 이야기를
벌써 끝난 것으로 여기고 있는 것 같았다.

레빈은 상대를 잃었으므로 이번에는 지주를 향해서 모든 곤란은 우리들이 노
동자의 특성이며 습관을 알려고 하지 않는데서 생기는 것이라는 사실을 입증하
려고 애쓰면서 말을 계속했다. 그러나 지주는 꼼꼼하게 자기 혼자서 생각하고
있는 사람들의 누구나가 그렇듯이 남의 의견에 대해서는 이해가 무디고 자기의
의견에 대해서는 유달리 집요했다. 그는 다음과 같은 설을 주장했다. 러시아의
농부는 돼지다. 돼지 같은 환경과 그 생애가 좋은 것이다. 그러니까 그것을 돼
지의 상태에서 끌어올리려면 권력이 필요하다. 그러니 그것이 없는 경우에는 매
가 필요하다. 그런데 오늘날의 우리들은 자유주의자들이 되어 천 년 동안 써 온
매를 갑자기 정체도 모를 변호사니 금고(禁錮)니 하는 것으로 바꿔 버렸다. 그리
고 쓸모가 없고 썩은 냄새 나는 농부들을 훌륭한 수프로 기르기도 하고 몇 입방
피트의 공기를 그들한테 주고 있기도 한다.「어째서 당신께선 그렇게 생각하실
까요?」하고 레빈은 중요한 문제 쪽으로 돌아가려고 애쓰면서 말했다.「그 노
동을 생산적이게 하는 것과 같은 대노력(對勞力) 관계를 발견할 수 없다는 것
은.」

「러시아 국민한테선 좀처럼 그런 것은 바랄 길이 없어요! 권력이 없어서 말
씀예요.」하고 지주는 대꾸했다.

「도대체 어떻게 해야 새로운 조건을 찾아낼 수가 있을까요?」스비야쥐스키
는 요구르트를 마시고 나서 궐련에다 불을 붙이고 재차 토론자들한테로 다가서
면서 말했다.「노력에 대해서 바랄 수 있는 모든 관계는 벌써 다 연구됐고 결정

돼 있어.」하고 그는 말했다.「야만 시대의 유물——상호 보증이니 하는 원시적인 지방 자치제는 자연적으로 소멸하고 농노제도 철폐되어 이제 남은 것은 그저 자유 노동뿐이에요. 그리고 그 형식은 결정되고 정돈돼 있으니까 불가불 그것을 채용하잖으면 안 돼. 머슴, 삯꾼, 소작인——이런 것으로부터 이제 당신넨 내디디지 못할 겁니다.」

「그러나 유럽은 그 형식에도 만족하지 않게 돼 있어요.」

「불만이기 때문에 새로운 무엇인가를 찾고 있는 거야. 그리고 또 틀림없이 발견하게 될 거야.」

「그건 내가 금방 얘기하고 난 거야.」하고 레빈은 말했다.「어째서 우린 스스로 그것을 찾아내려고 하지 않는 것일까?」

「그것은 뭐랄까, 말하자면 신규로 철도 부설법을 고안하는 것과 마찬가지기 때문이야. 그것은 이미 다 고안돼 있고 정리돼 있으니깐 말이지.」

「그러나 만약 그것이 우리들한테 알맞지 않는다면, 만약 어리석은 것이라면?」하고 레빈은 말했다.

그리고 그는 또다시 스비야쥐스키의 눈에서 예의 놀라움의 표정을 보았다.

「그렇지, 그런 건 말야——손쉽게 받아넘길 수 있어. 우린 유럽이 찾고 있는 것을 찾아냈다! 이렇게 세상에선 이야기하고 있어. 난 그것을 다 알고 있어. 그렇게 실례지만 말야, 노동 조직의 문제에 관해서 지금 유럽에서 이루어지고 있는 것을 자넨 다 알고 있나?」

「아니, 잘 몰라.」

「이것은 지금도 유럽에서는 뛰어난 식자들의 머리를 차지하고 있는 문제야. 쉴치스 델리츠 운동…… 그리고 그 노동 문제, 즉 가장 자유주의적인 라살(1825~1864. 독일의 철학자. 독일 사회민주당을 창설) 운동에 관한 막대한 저술……밀하우젠의 제도——이러한 것들은 벌써 사실로서 나타나고 있어. 자네도 아마 알고 있을걸.」

「나도 얼핏 들어서 알고 있지. 그렇지만 몹시 막연한 것이야.」

「아냐, 자넨 그저 말만 그렇고, 이런 것은 모두 나 이상으로 소상할 거야. 난 말할 것도 없이 사회학 교수는 아냐. 그러나 난 이 문제에는 흥미를 가지고 있어. 그리고 실제로 말야, 자네도 만약 흥미를 가지고 있다면 한번 연구해 보지 그래.」

「그런데 그래서 그들은 결국 어떤 결론에 도달했나?」

「잠깐만 실례하겠어…… 」

지주들이 자리에서 일어섰기 때문에 스비야쥐스키는 또다시 그 마음 깊숙한 곳을 들여다보려고 하는 불쾌한 레빈의 버릇을 가로막아 놓고 손님들을 배웅하러 나갔다.

28

레빈에겐 이 날 밤 부인들과 같이 있는 것이 견딜 수 없을 만큼 지루했었다. 그가 지금 경험하고 있는 농업에 있어서의 예의 불만은 자기 개인의 특별한 상태가 아니고 러시아의 농업에 공통된 일반적인 사정이라는 것, 그리고 노동자들이 현재 그 속에서 일하고 있는 상태를 시정하는 문제는 그가 도중에서 목격한 농부의 집에서와 마찬가지로 공상이 아니고 당장 해결하지 않으면 안 될 문제라는 것, 그러한 생각이 지금까지는 한번도 없었을 만큼 그의 마음을 흔들어 놓았다. 그리고 그에겐 이 문제는 해결될 수 있는 성질의 또 꼭 그렇게 해보지 않으면 안 될 성질의 것처럼 여겨졌다.

부인들과 밤 인사를 나누면서 내일은 말로 모두들 같이 국유림 속에 있는 재미있는 낭떠러지를 보러 가기 위해서 하루 더 묵을 것을 약속하고 나서 레빈은 잠자리에 들기 전에 주인의 서재로 스비야쥐스키가 권한 노동 문제의 책을 가지러 들렀다. 스비야쥐스키의 서재는 둘레를 책장으로 둘러싼 큼직한 방으로 거기에는 두 개의 탁자가 서 있었다——하나는 방 한가운데에 있는 큼직한 사무 탁자고 또 하나는 램프 둘레에 여러 다른 나라의 최신간의 신문과 잡지를 별처럼 쭉 늘어놓은 원탁이었다. 사무용 탁자 옆에는 가지가지의 서류를 넣은 금빛 문자로 표시된 서랍이 달린 상자가 놓여 있었다.

스비야쥐스키는 책을 들고 흔들 의자에 앉아 있었다.

「뭘 보고 있나?」하고 그는 원탁 옆에 발을 멈추고 잡지의 책장을 뒤적거리고 있던 레빈한테 말했다. 「아, 그렇군, 그 속에 재미있는 논문이 있어.」스비야쥐스키는 레빈이 손에 들고 있던 잡지를 보고 말했다. 「결국은 그거야.」하고 그는 유쾌하고 발랄한 어조로 덧붙였다. 「폴란드 분할의 중대한 책임자는 전연 프리드리히가 아니었어. 그래서 결국……」

그리고 그는 자기 특유의 명쾌한 어조로 간단히 이 새로운 몹시 중대한 흥미있는 발견을 얘기했다. 지금 레빈은 농사에 대한 생각으로 무엇보다도 많이 마음을 빼앗기고 있었음에도 불구하고 주인의 말을 듣고 있는 동안에 이처럼 자기한테 물었다——『도대체 이 사내의 마음에는 무엇이 도사리고 있는 것일까? 도대체 어째서 무엇 때문에 이 사내는 폴란드의 분할이니 하는 것에 흥미를 가지고 있는 것일까?』 그리고 스비야쥐스키가 이야기를 꺼냈을 때에 레빈은 무심코 이렇게 물었다——「그래서 어떻다는 거야?」 그러나 그것은 아무것도 아니었다. 그저 『결국 그렇게 됐다』는 것이 재미있었을 뿐이었다. 그러나 스비야쥐스키는 어째서 그것이 그한테 흥미가 있었는가 하는 것도 설명하지 않았고, 또 그 필요도 인정하지 않았다.

「그래, 그러나 나한테는 그 곧잘 화를 내는 지주가 정말이지 재미있더군 그래.」하고 한숨을 내뿜고 레빈은 말했다.「그는 현명한 사내야, 그리고 진실한 것을 꽤 얘기했어.」

「아니 이런, 그게 무슨 소리야! 그자는 애초부터 농노주의자야. 그 동아리들이 다 그렇듯이!」하고 스비야쥐스키는 말했다.

「그러나 자넨 그런 부류의 귀족 회장이잖나……」

「그건 그래, 그렇지만 난 다른 방면으로 그들을 지도하고 있을 뿐야.」하고 웃으면서 스비야쥐스키는 말했다.

「내가 재미있다고 여겼던 건 말야.」하고 레빈은 말했다.

「그 사내의 얘기가 진실이기 때문야. 우리들의 사업, 즉 합리적인 농업이니 하는 것은 그저 그 온화한 지주가 하고 있는 것 같은 고리대금업적인 농업이거나 그렇지 않으면 지극히 단순한 농업이거나 이렇게 되면 도대체 죄는 누구한테 있는 것이 될까?」

「물론 우리들 자신한테지. 그러나 그것이 행해지고 있지 않다는 것은 진실이 아니야. 바실리치코프는 현재 훌륭히 하고 있으니까.」

「공장만은……」

「그러나 난 역시 무엇이 자넬 그처럼 느끼게 하고 있는지를 모르겠군. 농민은 물질적으로도 정신적으로도 발달의 정도가 지극히 낮으니까 그들이 자기들에게 필요한 모든 것에 반대했다고 해서 하나도 이상할 건 없어. 유럽에서 합리적인 농업이 진보하는 것은 농민한테 교육이 있기 때문야. 그렇다고 보면 러시아에서도 농민의 교육은 소홀히 할 수는 없어——요는 이것뿐이야.」

「그러나 농민을 교육하다니 어떻게 한다는 거야?」

「농민을 교육하려면 세 가지 조건이 필요해——학교, 학교, 그리고 또 학교.」

「그러나 자넨 금방 자네 입으로 농민은 물질적으로도 발달의 정도가 지극히 낮다고 밝혔잖은가——거기에다가 학교를 들고 나와서 무슨 도움이 된다는 거야?」

「아니 이거 봐, 자네 말은 나한테 어느 병자에의 충고라는 일화를 생각나게 하는군—— 『하제(下劑)를 써 보면 괜찮을 겁니다. 써 보았읍니다. 더 나빠져 갈 뿐예요. 거머리를 시용(試用)해 보십쇼. 해보았읍니다. 더 도져갈 뿐예요. 그럼, 이제 하느님께 빌 수밖에 다른 도리가 없군요. 해보았읍니다. 더 나빠져 갈 뿐예요.』 지금 나하고 자네하고가 꼭 그거야. 내가 경제 정책을 운운한다. 그러면 자네는 나빠질 뿐이라고 하고, 내가 사회주의를 내놓으면—— 나빠질 뿐. 교육—— 나빠질 뿐.」

「그럼 말야, 학교가 무슨 도움이 되나?」

「그들에게 새로운 요구를 주는 것이 되는 거야.」

「그래, 바로 그것이 나한텐 도무지 이해가 되질 않아.」 레빈은 잔뜩 열을 올려 반박했다. 「어떻게 하면 학교가 그들의 물질 상태를 개선하는 데 도움이 될 것인가? 자네 얘긴 이래—— 학교는, 교육이 그들에게 새로운 요구를 주는 것이 된다고. 그러나 그것은 더한층 나빠, 왜냐하면 그렇게 되더라도 그들에겐 그 요구를 채울 만한 힘이 없기 때문이야. 그러니까 난 덧셈 뺄셈이니 교리 문답이니 하는 것이 어떤 방법으로 그들의 물질 상태를 개선하는 데 도움이 되는 것인지 그것을 조금도 이해할 수가 없어. 그저께 저녁에 난 갓난애롤 안은 한 농촌 아낙네를 만나서 어딜 가느냐고 물어 봤지. 그러자 그 아낙네가 하는 말이—— 『무당한테 다녀오는 길이에요. 이 애가 징징 우는 병이 걸려서, 그래서 고쳐 달라고 데리고 갔읍죠.』 —— 『어린앨 닭장 속의 홰 위에다 앉혀 놓고 무엇인가를 외죠.』 그러질 않나.」

「거봐, 자네 자신이 얘기하고 있지 않나 ! 그런 아낙네가 우는 병을 고치기 위해서 어린앨 홰에다 앉혀 놓는다든가 하는 것을 그만두게 하기 위해선 당장 필요한 것은……」 하고 즐거운 듯이 미소를 지으면서 스비야쥐스키는 말했다.

「아아, 아냐 !」 하고 레빈은 언짢은 듯한 얼굴을 하고 말했다. 「내 얘기는 학교에서 농민을 계발하려고 하는 것이 꼭 이 치료법하고 마찬가지야. 농민은 가난하고 무지해. 이것을 우린 그 아낙네가 어린애가 울기 때문에 병이 났다는 것을 알고 있는 것과 마찬가지로 확실히 알고 있어. 그러나 어째서 이 불행에서 빈곤과 무지에서 학교가 농민을 구출할 것인가 하는 것은 닭장 속의 홰가 어째서 우는 병의 약이 되는지를 모르는 것과 매한가지로 불가해한 거란 말야. 구제하잖으면 안 되는 것은 농민이 가난하게 되는 원인 그것에 있잖은가 말야.」

「그럼 자넨 최소한 그 점에선 자네가 그렇게 싫어하고 있는 스펜서하고 일치하고 있군 그래. 그도 역시 교육은 생활의 크나큰 행복과 편의의 결과, 말하자면 그의 이른바 빈번한 세척(洗滌) 결과일 수는 있어도 독서며 계산의 숙달이 아니다. 이렇게 얘기하고 있으니깐……」

「글쎄 말야, 그런데 난 나의 주장이 스펜서와 일치하고 있다는 것을 기뻐한다든가, 혹은 반대로 기뻐하지 않든가 둘 중 어느 한 쪽일 테지. 하여튼 난 그런 것은 이미 오래 전부터 알고 있었어. 학교니 하는 것은 아무런 도움도 되질 않아, 도움이 되는 것은 농민이 보다 더 부유하게 되고 보다 더 여가를 얻게 되는 경제 조직이야. 그리고 그렇게만 되면 학교도 자연히 생기게 된단 말야.」

「그러나 유럽의 어델 가도 지금은 학교는 의무화되어 있어.」

「그럼 자네 자신은 이 문제에 있어서 어느 정도까지 스펜서한테 찬성하고 있나?」 하고 레빈은 물었다.

그러나 스비야쥐스키의 눈에는 번쩍 하고 놀라움의 표정이 번뜩였다. 그는 웃는 얼굴로 말했다.

「아냐, 그러나 그 우는 병이라는 예는 놀랍군! 정말 자네 자신이 들은 얘기야?」

레빈은 이래서는 도저히 이 사내의 생활과 그 사상과의 연계를 찾아낸다는 것은 어려운 일이라고 여겼다. 분명히 그에겐 자기의 이론이 어디로 향하고 있건 전연 문제가 되지 않은 것 같았다. 그에겐 그저 이론의 과정만이 필요한 것이었다. 그리고 그 과정이 그를 어두컴컴한 오솔길로 이끄는 경우에는 그는 그것을 기뻐하지 않았다. 그는 그것을 싫어했을 뿐만이 아니고 무엇인가 기분이 좋은 유쾌한 방향으로 화제를 돌려 그것을 피했다.

이 날의 온갖 인상은, 오늘 하루의 모든 인상과 모든 사상의 기조가 되었던 것 같은 느낌이 드는, 도중에서 만났던 농부의 인상에서부터 시삭하여 강하게 레빈의 마음을 움직였다. 그 마음에 사회적인 이용에만 도움이 되는 생각을 품고 레빈에게는 비밀스런 그 어떤 생활 기조를 가진 동시에 『다수자』로 불리는 군중과 함께 그에겐 관계가 없는 사상의 중개에 의해서 여론을 이끌고 있는 이 사랑스러운 스비야쥐스키, 실생활에서 괴로움을 겪어 온 그 의견으로는 완전히 옳지만 러시아의 완전한 계급, 최고 계급에 대한 분노로는 옳지 않은 그 격하기 쉬운 지주, 일에 대한 자기 자신이 불만과 모든 것이 더 나아진 흔적을 찾아내려는 막연한 희망, 이러한 것들이 모두 내면의 동요와 해결책이 가까이 있으리라는 기대의 느낌 속으로 같이 흘러들었던 것이다.

자기에게 주어진 방에 혼자 남아 손발을 움직일 때마다 느닷없이 동요하는 스프링이 달린 침대에 드러누워 레빈은 오랫동안 잠을 이루지 못했다. 스비야쥐스키의 대화는 재치 있는 말이 많이 나왔는데도 레빈한테는 조금도 재미가 없었다. 그러나 지주의 이야기는 그에게 깊은 생각을 요구했다. 레빈은 부지불식간에 그의 말을 다 생각해 내고 그에게 대꾸했던 말을 자기의 마음속에서 정정해 보았다.

『그렇다, 난 이렇게 얘기하지 않으면 안 됐었다. 당신께선 우리 나라의 농업이 진보하지 않은 것은 농민 자신이 온갖 개량을 싫어하기 때문이다. 그러니까 권력을 가지고 그들을 강제하지 않으면 안 된다고 말씀하셨읍니다. 그러나 말씀예요, 만약 농업이라는 것이 그런 개량이 없이는 전연 진보하지 않는 성질의 것이라면 당신의 의견은 옳읍니다. 그러나 아뭏든 오늘날엔 도중에서 내가 본 노인의 집에서처럼 농부들이 자기의 습관에 쫓아서 일을 하고 있는 데만이 진보하고 있으니깐요. 그래서 나한테도 당신에게도 공통된 농업에 있어서의 불만이라는 것은 말하자면 나쁜 것은 우리들 자신이지 농민들이 아니라는 것을 입증하는 것이 되는 겁니다. 우린 벌써 오랜 날을 두고 노동력의 본질에 대해서 묻는 일 없이 자기류의 방법으로 혹은 유럽풍의 방법으로 실패를 거듭해 오고 있읍니다. 그러니까 앞으로는 어디 한번 노동력을 관념적인 노동력이 아닌 본능을 갖춘 러시아의 농부로서 인정하고 그것에 적응하도록 농업을 정리해 보십시다. 자아, 한번 생각해 보세요. 이렇게 난 얘기했어야 했다. 지금 가령 당신께서 그 노인과 동일한 방침을 취한다고 하고, 그리고 일의 성공이라는 것에 대해서 노동자들에게 홍미를 갖게 하는 방법을 찾아냈고, 그들이 승인하는 개량 가운데서 관리법의 중요성을 찾게 되었다고 하면, 당신은 이제 땅을 피폐케 하는 일 없이 이전에 비해서 이 배, 삼 배의 수확을 얻게 될 겁니다. 그리고 그것을 절반하여 일반(一半)을 노동자들에게 줍니다. 그러면 당신의 손에 남는 몫의 차(差)도 크게 될 거고 노동자들이 얻는 것도 더 많아질 겁니다. 그러나 그것을 실행하기 위해선 농업∣수준을 끌어내리고 농부들로 하여금 농업의 성공에 홍미를 갖도록 하지 않으면 안 됩니다. 그럼, 어떻게 해야 하느냐 하면 그것은 꽤 상세한 문제가 됩니다만, 그러나 그것이 가능하다는 것엔 의심할 여지도 없읍니다.』

이 생각은 레빈을 격렬한 홍분 속으로 이끌었다. 그는 이 생각을 실행에 옮기기 위한 세부 사항을 요모조모로 생각하느라고 그날 밤의 반을 뜬 눈으로 지냈다. 그는 이튿날 돌아갈 마음은 아니었으나, 그때 갑자기 날이 새면 일찍 귀로에 올라야겠다고 마음먹었다. 그뿐만이 아니고 가슴이 트인 옷을 입은 그 처제가 그의 마음 속에 굉장히 좋지 않은 행동에 대한 부끄러움과 후회스러운 감정을 불러 일으키고 있었다. 하여간——그에겐 지체하지 않고 귀로에 오를 필요가 있었다——그는 파종이 새로운 조직 위에서 실행되도록 가을갈이가 시작되기 전에 새로운 안을 농부들한테 내놓지 않으면 안 됐다. 그는 지금까지의 방침을 전연 바꿔 버려야겠다고 결심한 것이었다.

29

레빈의 계획은 실행하는 데 있어 많은 어려움을 따르게 했다. 그러나 그는 힘이 미치는 데까지 분투하여 비록 바랐던 것처럼은 이르지 못했다고는 하나 그 일이 노력의 보람이 있다는 것을 스스로를 속이는 일 없이 믿을 수 있을 만큼의 경지에까지는 달했다. 그저 한 가지 무엇보다도 곤란한 것은 농사가 벌써 시작돼 있었고, 그것을 중지하고 처음부터 다시 시작할 수는 없었으므로 기계를 중도에서 개조하지 않으면 안 된다는 것이었다.

그가 그 날 저녁에 집으로 돌아와서 자기의 계획을 집사한테 전하자 집사는 뚜렷한 만족의 빛을 띠고 레빈의 말 가운데 오늘날까지 해 온 일은 모두 어리석고 이익이 없는 것이었다고 고백한 부분에 대하여 찬의를 표했다. 집사는 자기는 벌써 오래 전부터 그렇게 이야기하고 있었지만 아무도 자기의 의견을 들어 주려고 하지 않았던 것이라고 말했다. 레빈에 의하여 행해진 제안 즉, 자기도 동아리의 한 사람으로서 농업에 있어서의 모든 계획에 소작인들과 함께 이 모든 농업관계에 대하여 주주(株主)로서 관여해야겠다는 제안에 대해선 집사는 분명한 의견은 한 마디도 말하지 않고 그저 크나큰 슬픔만을 나타낼 뿐, 곧 내일은 쌀보리의 나머지 다발을 날라야 하고 누벌살이에 사람을 보내지 않으면 안 된다는 것을 이야기하기 시작하였으므로 레빈은 지금은 그럴 때가 아니라는 것을 느꼈던 것이다.

농부들에게 그것과 마찬가지의 것을 알리고 그들한테 새로운 조건 밑에 땅을 대여한다는 제안을 하면서도 그는 또 그들이 나날의 일에 쫓기고 있고 그 계획의 이해 득실을 생각할 틈을 가지지 않았다는 그 큰 어려움에 부딪쳤다.

순박한 농부인 소 치는 머슴 이반은 레빈의 제안, 가족과 마찬가지로 목장에서 나오는 이익의 분배에 참여시킨다는 제안을 충분히 잘 이해하고 그 계획에 완전히 동감한 듯이 보였다. 그러나 레빈이 그에게 장래의 이익에 대해서 설명했을 때에는 이반의 얼굴에 불안의 빛과 어딘지 끝까지 다 듣고 있을 수 없는 것이 유감스럽다는 듯한 표정이 나타났다. 그리고 그는 부랴부랴 자기에게 한시도 지체할 수 없는 일을 생각해 냈다. 그는 외양간에서 건초를 내던지기 위해서 쇠스랑을 손에 쥐기도 하고 혹은 물을 붓기도 하고 혹은 두엄을 치우러 달려들기도 했다.

또 하나의 곤란은 일반적인 지주의 목적이 될 수 있는 대로 많이 그들한테서 빼앗아 내려는 욕망 이외엔 다른 아무것도 있을 수 없다고 여기고 있는 농부들의 절대적인 불신 속에 있었다. 그들은 지주의 진정한 목적은 (그가 입으로는 무엇이라고 하든) 언제나 그가 그들에게 이야기하지 않는 가운데에 있을 것이리라고 굳게 믿고 있었다. 그래서 그들 자신도 자기의 의견으로서는 꽤 여러 가지 것을 이야기하기는 했지만 결코 자기들의 참된 목적에 대해서는 말하지 않았다. 그뿐만이 아니고 (레빈은 그 성미 급한 지주가 옳았다는 것을 통감했다) 농부들은 어떤 종류의 계약을 맺을 때에도 신식의 경작법이며 신형 기계의 사용을 강제당하지 않는다는 것을 첫째의 절대 조건으로 내걸었다. 그들은 신형의 쟁기가 더 잘 갈린다는 것에도 속경기(速耕器)가 훨씬 더 많은 일을 한다는 것에도 찬성이었다. 그러면서도 일이 여의치 아니하면 그들은 그 어느 것도 사용할 수가 없다는 이유를 얼마든지 늘어놓는 것이었다. 그래서 그는 농업 수준을 끌어내리지 않으면 안 된다는 것은 충분히 각오하고 있기는 하지만 그 이익이 그렇게까지 현저한 개량법을 받아들이지 않는 것이 몹시 서운했다. 그러나 이같은 온갖 곤란에도 불구하고 그는 자기의 의견을 수행하여 가을까지에는 다소 사업의 진척을 보기에 이르렀다. 아니 적어도 그에겐 그렇게 여겨졌다.

처음에는 레빈은 새로운 조합 조직 밑에 일체의 사업을 현재대로 농부와 노동자와 집사한테 양도하려고 생각하고 있었다. 그러나 이내 그 불가능한 것을 확신하고 일을 몇으로 구분해야겠다고 결심했다. 가축장·정원·채소밭·목초지 여럿으로 구획된 밭들이 저마다 다른 영업 종목으로서 구분되지 않으면 안 됐다. 이 일에 대해선 누구보다도 많은 이해를 가지고 있다고 레빈이 여기고 있던 순박한 소 치는 머슴인 이반은 특히 자기의 가족 가운데서 조합원을 뽑아내어 가축장을 인수했다. 팔 년 동안 묵정밭으로 내던져져 있던 먼 밭은 꾀 많은 대목수 표도르 레주노프의 도움으로 새로운 조합 조직 밑에 여섯 가족의 농부들에게 인수됐고, 농부인 쉬라예프는 같은 조건 밑에 채소밭 전부를 인수하기로 했다. 그리고 나머지 땅은 역시 종전대로였으나 이 세 조합은 새로운 조직의 제일보로서 온통 레빈의 마음을 차지하고 있었던 것이다.

가축장은 현재로서는 그 전보다 잘되어 나가지 않았다는 것은 사실이었다. 이반은 소는 찬 곳에 두면 먹이도 덜 들고 버터도 산유피제(酸乳皮製)가 더 이문이라고 주장하고 소를 따뜻한 방에 넣는다는 것과 유피에서 버터를 뽑는다는 것에는 맹렬히 반대했다. 그리고 예전대로의 급료를 요구하고 자기한테 지급되는 돈이 급료가 아니고 자기 몫의 이익금이라고 하는 것에는 조금도 흥미를 가지지 않았다.

표도르 레주노프의 조합이 시간이 짧았다는 핑계 밑에 계약대로 파종 전에 두 벌갈이를 하지 않았다는 것도 사실이었다. 실제로 이 조합의 농부들은 이 일을 새로운 기초에 의해서 한다는 계약을 했으면서도 그 땅을 조합의 공유물로 생각하지 않고 반분한 한 것처럼 생각하고, 이 조합의 농부들은 물론 레주노프 자신까지도 여러 차례 레빈한테 이처럼 말했다. 「저어, 나으리께서 지대를 받아 주신다면 나으리께서도 편하시고 저희들도 한결 뱃속이 편할 텐데 말씀예요.」그뿐만이 아니고 이 조합의 농부들은 가지가지의 핑계를 삼아 가며 이미 다 계약이 끝나 있는 월동(越冬) 준비를 위한 축사며 곳간을 짓는 것을 소홀히 하고 필경에는 겨울까지 그것을 늦춰 버렸다.

또 쉬라예프가 자기가 인수한 채소밭을 조각조각으로 나누어 농부들에게 대여하려고 꾀를 부렸던 것도 사실이었다. 그는 분명히 그에게 그 땅이 맡겨진 조건을 완전히 왜곡해서, 아니 거의 고의로 왜곡해서 해석하고 있었던 것이다.

또 레빈이 자주 농부들과 이야기를 하고, 그들에게 새로운 계획의 이익에 대하여 대충 설명해 주는 때에도 농부들이 그저 그의 목소리의 울림만을 듣고 있을 뿐이고 그가 뭐라고 이야기하더라도 자기들은 결코 그런 것에 속거나 하는 사람들이 아니라고 굳게 믿고 있는 것 같은 것을 느꼈던 것도 사실이었다. 특히 그는 그것을 농부들 가운데서도 가장 꾀 많은 레주노프와 이야기를 할 때에 느꼈다. 그리고 레빈은 그의 눈 속에서 자기한테 대한 조소와 설사 속임을 당한 녀석이 있다고 하더라도 그것은 결코 이 레주노프는 아니다, 라는 굳은 신념을 명시하고 있는 일종의 불꽃을 보았다.

그러나 이러한 온갖 사실에도 불구하고 레빈은 사업이 진행되고 있다는 것을 생각하고 앞으로 계산을 엄중히 하고 끝까지 자기를 주장하여 언젠가는 그들에게 이 방식의 유리한 것을 입증해 보이고야 말겠다. 그러면 틀림없이 일은 자연히 진척돼 나아갈 것이다. 이렇게 혼자서 생각하고 있었다.

이러한 일들은 그의 앞에 놓인 그 밖의 집안 일과 함께 또 서재에서의 저술이라는 일과 함께 한여름 내내 레빈의 마음을 차지하고 있었으므로 그는 거의 사냥에도 나가지 않았을 정도였다. 팔월도 다 갈 무렵에 그는 오블론스키네가 모스크바로 돌아갔다는 것을 안장을 돌려 주러 온 심부름꾼한테서 들었다. 그는 다리야 알렉산드로브나의 편지에 대하여 답장도 보내지 않고 지금 생각해 보면 부끄러움으로 얼굴을 붉히지 않을 수 없는 실례를 하여 자기 배를 자기가 태워 버렸기 때문에 이제는 두 번 다시 그 사람들한테 찾아갈 기회는 없을 것 같은 느낌이 들었다. 생각하면 그는 그와 똑같은 짓거리를 작별 인사도 하지 않고 떠나가 버린 스비야쥐스키네 사람들에게도 하고 말았다. 그는 그들에게도 이제는 찾아 가는 기회가 없으리라. 그러나 지금의 그에겐 그런 것은 어찌 되었거나 일 없 었다. 자기의 농업의 새로운 조직이라는 일이 세상에 이보다도 더한 것은 아무 것도 없기라도 한 것처럼 그의 마음을 점령하고 있었다. 그는 스비야쥐스키가 보내 온 책을 통독했으나 그러나 그가 얘기했던 것처럼 그에 의해서 계획된 일 에 관계가 있는 것은 아무것도 발견되지 않았다. 정치 경제학 속에서는 이를테 면 그가 처음에 굉장한 열의를 가지고 자기의 마음을 점령하고 있는 문제의 해 결을 찾아내려고 끊임없이 희망을 걸면서 연구한 밀에 있어서 그는 유럽의 농업 에서 추출된 법칙을 발견했다. 그러나 그는 러시아에 적용되지 않는 이 법칙이 어째서 일반적이어야 하는가의 이해에 고심했다. 또 그것과 똑같은 것을 그는 사회주의의 서적에서도 보았다. 거기에는 그가 아직 학생이었던 때에 마음이 끌 렸던 아름답기는 하나 실현될 것 같지도 않은 공상이거나 혹은 당시의 유럽이 놓여 있던 상태의 개정 수보에 그칠 뿐, 러시아의 농업과는 아무런 공통점도 가 지지 않은 것 뿐이었다. 정치 경제학은 그에게 유럽의 부가 그것에 의해서 발전 하였고 또 전하고 있는 법칙이야말로 일반적이고 불변적인 법칙이라는 것을 이 야기하고 있었다. 사회주의의 서적은 또 그에게 그러한 법칙에 의한 발달은 멸 망에의 도화선이라는 것을 얘기하고 있었다. 그리고 그 어느 것이나 그들, 레빈 을 비롯해서 모든 러시아의 농민 및 지주들에 대하여 그들이 그 몇 백만의 손과 땅을 가지고 일반적인 행복을 위하여 가능한 한 생산적이려고 하려면 도대체 어 떻게 해야 할 것인가? 이 의문에 대한 해답은 물론, 최소한도의 암시마저도 주 지 않았던 것이다.

한번 이 일에 손을 댄 이상 그는 열심히 자기가 생각하는 주제에 관한 온갖 서 적을 독파했다. 그리고 이 사업을 현지에 가서 연구하고 그렇게 함으로써 지금 까지 잡다한 문제에 부딪쳐서 자주 맛보았던 것과 같은 곤란을 이 문제에 대해 서는 미연에 방지할 수가 있도록 가을이 되면 외국으로 가려고 계획하고 있 었다. 여태까지만 해도 으례 그는 자기가 겨우 상대방의 사상을 이해하고 자기 의 의견을 늘어놓기 시작하자 마자 느닷없이 이런 이야기를 듣기 일쑤였다. 「그 러나 카우프만은, 존스는, 뒤부아는, 미첼리는? 당신께선 그것을 읽지 않으 셨군요. 읽어 보세요. 그들은 이 문제에 대해선 꽤 연구하고 있으니깐요.」

그는 이제는 분명히 카우프만이며 미첼리는 자기에게 이야기할 아무것도 가 지고 있지 않은 것을 보았다. 그는 자기가 바라고 있는 것을 알고 있었다. 그는 러시아가 뛰어난 땅과 뛰어난 노동자들을 가지고 있다는 것, 때로는 그 도중의 농부네 집에서처럼 노동과 땅이 다액의 산출을 가져오고 있는 경우도 있고, 유럽식으로 자금이 공급되고 있는 대부분의 경우에도 오히려 그 산출이 줄어들고 있다는 것, 그리고 그것은 소작인들이 자기들 마음대로 일을 하고 싶어하고 또 현재 일을 하고 있는 결과라는 것, 그리고 이 반항은 우발적인 것이 아니라 국민성 그것에 근거를 두고 있는 항구적인 현상이라는 것을 보았다. 그는 광막한 사람의 자취가 이르지 아니한 들판에 사람을 정착시키고 개간을 하고 해야 할 운명을 지니고 있는 러시아 국민은 온 땅에다 손을 대게 될 그때까지는 스스로 의식하면서도 그것에 필요한 방법을 고수하고 있었던 것이리라. 그러나 이 방법이라는 것도 통상적으로 사람들이 생각하고 있는 것처럼 결코 그렇게까지 어리석은 것은 아니라는 것을 생각했다. 그리고 그는 이론적으로는 책에 의해서, 실제에 있어서는 자기의 농업에 의해서 그것을 증명해 보아야겠다고 생각했던 것이다.

30

　구월 말에는 조합에 분담된 토지에 곳간을 짓기 위한 목재가 운반됐고, 암소에서 나온 버터가 팔려 그 이익이 분배됐다. 이번의 방법은 실제로 지극히 훌륭히 일이 진척됐다. 최소한 레빈에겐 그렇게 여겨졌다. 이제 앞으로는 자기의 계획대로 농정(農政) 경제학을 크게 뒤바꿔 놓을 뿐만 아니라 그 과학을 완전히 뒤엎고 농민과 토지와의 관계에 대한 새로운 과학의 기초를 정하게 될 예의 저서를 완성하고 이론적으로 일체의 문제를 설명하기 위해서는 그는 오직 외국으로 가서 거기에서 이 문제에 대하여 행해지고 있는 모든 것을 실지로 시찰하고 거기에서 행해지고 있는 것은 모두 불필요한 것이라는 확증을 붙잡아 오기만 하면 되었던 것이다. 그래서 레빈은 돈을 받아 외국으로 가기 위해서 밀의 추수를 기다리고 있었다. 그러나 공교롭게도 들에 남겨 놓은 곡류며 감자를 거둬들이지 못할 만큼의 비가 내리기 시작하여 들일은 물론 밀의 수확을 중지시켜 버렸던 것이다. 길에는 걸어다닐 수 없을 만큼의 진창이 생기고 두 군데의 제분소는 물로 떠내려가는가 하면 날씨는 더욱더 험악하게 되어만 가는 것이었다.

　구월 삼십 일에는 아침부터 해가 보였으므로 날씨가 돌아서리라고 여기고 레빈은 결연히 출발 준비를 갖추기 시작했다. 레빈은 밀을 넣어 놓도록 일러 놓고 돈을 조달하러 집사를 상인한테로 보내고 나자 자신은 출발 전에 마지막 지시를 해두기 위해서 농장을 한바퀴 돌았다.

그럭저럭 해야 할 일을 다 마치고는 가죽 외투를 따라 목덜미며 장화 속으로 흘러들어 오는 빗물에 초롬히 젖으면서도 가장 긴장되고 흥분된 기분으로 레빈은 저녁 무렵에야 집으로 돌아왔다. 날씨는 저녁 가까이 되면서부터 더한층 나빠져 버렸다. 우박이 너무나 세차게 온몸이 젖어 귀와 머리를 달달 떨고 있는 말을 때렸으므로 말은 옆으로 몸을 틀고 뛰었다. 그러나 레빈은 머리 덮개를 쓰고 있었으므로 아무렇지도 않았다. 그는 흥겹게 자기 둘레의 때로는 수레바퀴의 자국을 따라 세차게 흐르는 흙탕물을, 때로는 잎이 다 떨어진 앙상한 나뭇가지에 걸려 있는 물방울을, 때로는 교판(橋板) 위에 녹지 않고 있는 우박의 하얀 얼룩을, 때로는 발가벗은 나무의 주위에 짙은 층을 이루며 잎이 떨어져 겹겹이 쌓여 있는, 수분이 많고 살진 느릅나무의 잎을 바라다보았다. 둘레의 풍물(風物)의 음침한 것에도 불구하고 그는 자기가 이상하게 흥분하고 있는 것을 느꼈다. 먼 마을의 농부들과 주고받은 이야기는 그들이 그 새로운 관계에 차츰 길들기 시작하고 있다는 것을 보여 주었다. 그가 옷을 말리러 들른 집의 늙은 문지기는 분명히 레빈의 계획에 찬의를 표하고 자기도 가축을 사서 동아리에 들고 싶다고 제의했다.

『그저 자기의 목적을 향해서 매진해야 한다. 그러면 난 틀림없이 성공한다.』 하고 레빈은 생각했다. 『고생을 한다는 것쯤은 아무것도 아니다. 첫째 이것은 나 한 사람의 일이 아니다. 거기에는 만인의 행복이라는 문제가 있다. 농업도 그렇지만 첫째로 농민의 생활이 근본적으로 개혁되지 않으면 안 된다. 빈곤에 대신하는——만인의 부와 만족. 적으로 보는 대신에——이해의 조화와 일치. 한 마디로 말하자면 피를 흘리지 않는 혁명인 것이다. 그러나 그것은 처음에는 우리 지방의 한 자그마한 구역의 일이지만 급기야는 현에 미치고 러시아에 퍼지며 다시 온 세계에 미칠 대혁명이다. 왜냐하면 정당한 사상은 결과가 없이는 있을 수 없기 때문이다. 그렇다, 이것야말로 그것 때문에 고생을 해볼 만한 값어치가 있는 목적인 것이다. 그리고 그것을 행하는 자가 바로 나다. 검은 장갑을 끼고 무도회에 나가고 쉬체르바스카야한테 거절을 당해도 즉 코스챠 레빈인 것이다. 그것은 아무런 의미가 없는 것이다. 난 믿고 있지만 프랑클린도 역시 자기라는 것을 돌이켜 보았을 때에는 나와 마찬가지로 자기라는 것이 정말 쓸데없는 사람처럼 생각되어서 역시 자기가 믿어지지 않았던 모양이다. 그러나 그런 것은 아무런 의미도 없는 것이었다. 그리고 그도 역시 틀림없이 자기의 비밀을 이야기할 수 있는 상대 아가피야 미하일로브나를 가지고 있었을 것이다.』

　이런 것을 생각하면서 이미 어두워져서야 레빈은 자기 집에 도착한 것이다.

　상인한테 갔던 집사도 돌아와서 밀 값의 일부를 가지고 왔다. 문지기와의 약속도 이루어졌다. 그리고 집사는 곡식이 여기저기 들판에 널려 있다는 것이며, 따라서 아직 거둬들여지지 않고 있는 백 육십 더미는 다른 사람들한테 있는 것과는 비교가 되지 않는다는 것이었다.

　식사를 마치고 나자 언제나처럼 레빈은 책을 들고 안락의자에 앉아 그것을 읽으면서 그 서적과 관련이 있는 목전에 닥친 자기의 여행에 대해서 생각했다. 이날 밤은 그에겐 그의 사업의 온 의미가 유달리 또렷이 머리에 떠오르고 그리고 그의 사상의 본질을 표현하는 주요점이 저절로 그의 두뇌 가운데에서 짜여져 갔다. 『이건 적어 두어야겠군.』 하고 그는 생각했다. 『이것으로 내가 앞서에서 불필요하다고 여기고 있던 간단한 머리말이 된 셈이다.』 그가 사무용 탁자 쪽으로 가려고 일어서자 그의 발 밑에 누워 있던 라스카도 기지개를 켜면서 똑같이 몸을 일으키고 어디에 가느냐고 묻기라도 하듯이 그를 쳐다보았다. 그러나 그는 적고 있을 틈이 없었다. 그것은 농부들이 줄줄이 지시를 받으러 찾아왔기 때문이었다. 레빈은 그들을 만나러 현관 쪽으로 나갔다.

　명령, 즉 내일 일의 지시를 마치고 레빈은 서재로 돌아와 일에 착수했다. 라스카도 탁자 밑에 누웠다. 아가피야 미하일로브나는 양말을 들고 자기 자리에 앉았다.

　잠시 쓰고 있는 사이에 레빈은 갑자기 여느 때와는 달리 생생하게 키치를, 그녀의 거절을, 마지막 만났을 때의 일을 생각해 냈다. 그는 일어서서 방안을 거닐기 시작했다.

　「뭐 하나도 쓸쓸하실 것은 없으세요.」하고 아가피야 미하일로브나는 그한테 말했다. 「그래 어째서 당신께선 노상 집에만 죽치고 있으세요? 온천에라도 가시면 되잖아요. 이제 준비도 다 돼 있는데.」

　「그렇잖아도 모레에 가야겠어, 아가피야 미하일로브나. 그러니까 그 전에 일을 끝마치지 않으면 안 돼서 말야.」

　「아니, 당신께 무슨 일이 있으시다는 거예요! 그럼 당신께선 농부들한테 그만치 하시고 그래 또 뭐가 모자란다는 말씀이세요! 모두들 그렇게 얘기하고 있어요. 당신의 나으리께서는 이것으로 틀림없이 황제한테서 은총을 받으실 거라고, 그런데 우습지 않아요. 어째서 당신께선 그처럼 농부들에 대해서 걱정을 하시는 거예요?」

　「난 그자들에 대해서 걱정을 하고 있는 게 아냐, 모두 자기를 위해서 하고 있는 거야.」

아가피야 미하일로브나는 레빈의 농사 계획을 세밀한 점까지 환히 알고 있었다. 레빈은 때때로 자기의 생각을 자세히 그녀한테 설명해 주었다. 그리고 그녀와 번번이 입씨름을 하고 그녀의 말에는 따르지 않았다. 그러나 이 경우엔 그녀는 그의 말을 전혀 엉뚱한 의미로 받아들인 것이었다.

「자기의 영혼에 대한 것은 그것은 애기할 것까지도 없어요. 무엇보다도 깊이 생각하지 않으면 안 되는 것이니깐요.」하고 그녀는 한숨을 내쉬며 말했다. 「바로 그 파르펜 제니스이치는 학문이라는 것은 전혀 모르는 사람이었으나 남들이 부러워할 만큼 편안하게 죽었어요.」하고 그녀는 얼마 전에 죽은 머슴에 관해서 말하였다. 「성찬식(聖餐式)도 받았고, 성유식(聖柔式)도 받았어요.」

「난 그런 애길 하고 있는 게 아냐.」하고 그는 말했다. 「난 말야, 난 자기의 이익을 위해서 하고 있다고 애기하고 있는 거야. 농부들만 잘 일을 해준다면 그것은 곧 모두 내 이익이 되는 셈이니까 말야.」

「뭐라구요, 당신이 별스럽게 하셔도 상대방이 만약 게으름을 부리면 역시 우물쭈물 하나도 보람없이 되고 말아요. 양심이 있는 놈은 일을 하지 않고는 못 배기지만 그것이 없는 놈한테는 아무것도 되지 않을 테니까요.」

「그렇지만 자넨 이반이 가축의 뒤를 잘 보살피게 됐다구 자기 입으로 애기했잖았나.」

「난 그저 꼭 한 마디만 여쭤 두겠어요.」하고 아가피야 미하일로브나는 분명히 우연이 아닌 엄밀한 숙고 끝에 하는 말로써 이렇게 대꾸했다. 「당신께선 무엇보다 장가를 드셔야 해요. 이것이 무엇보다도 중대한 일이에요!」

그가 지금 막 생각하고 있던 것을 아가피야 미하일로브나가 따끔하게 쑤신 것은 그를 슬프게 했고 노하게 했다. 레빈은 얼굴을 찌푸리고는 그녀한테 대꾸도 하지 않고 다시 돌아 앉아서 그 일의 의의라고 여기고 생각하고 있던 것을 다시 한번 되풀이하여 생각해 보았다. 이따금 그는 정적(靜寂) 속에서 아가피야 미하일로브나의 뜨개질하는 바늘 소리에 귀를 기울였다. 그러자 또 불현듯이 생각해 내고 싶지 않았던 것을 떠올리고 다시 눈살을 찌푸렸다.

아홉 시쯤에 방울 소리와 진창 속을 삐거덕거리며 오는 마차의 무딘 흔들림을 들었다.

「아니, 손님이 오신 모양이군요. 심심풀이가 되시겠어요.」아가피야 미하일로브나는 일어서서 문 쪽으로 가면서 말했다. 그러나 레빈은 그녀를 앞질렀다. 마침 일이 생각처럼 돼 나가지 않은 때였으므로 그는 누구이건 손님이 찾아오는 것이 기뻤던 것이다.

31

충층대를 반쯤 뛰어내려가다가 레빈은 현관 쪽에서 귀에 익은 기침 소리를 들었다. 그러나 그것은 자기의 발소리에 섞여 또렷이 들리지 않았으므로 그는 자기가 잘못 들었으면 하고 바랐다. 드디어 그는 휘청휘청하고 깡마른 눈에 익은 모습을 보았다. 그러자 이제는 자기를 속일 수는 없을 것처럼 여겨졌다. 그러나 역시 또 그는 그것이 자기의 잘못이고 이 휘청휘청한 외투를 벗으면서 기침을 하고 있는 사내가 니콜라이 형이 아니기를 바라고 있었다.

레빈은 이 형을 사랑하고 있었다. 그러나 그하고 같이 있는 것은 언제나 고통이었다. 특히 지금 레빈이 뭉게뭉게 떠오르고 있는 상념이며, 아가피야 미하일로브나의 충고의 영향으로 뚜렷하지 않은 뒤얽힌 기분으로 있는 경우 목전에 닥친 형과의 상봉은 유달리 괴로운 것으로 여겨졌던 것이다. 그가 은근히 바라고 있던 쾌활하고 건강하고 그의 어지러운 기분도 일소해 줄 만한 다른 손님 대신에 그는 이제 그의 마음의 밑바닥까지 꿰뚫고 있고 그의 마음에 있는 온갖 사상을 불러일으켜 그에게 모든 것을 토로하지 않을 수 없게 할 것 같은 형과 얼굴을 대면하지 않으면 안 되는 것이다. 그에게는 그것이 못 견디게 싫었던 것이다.

이 구역질 나게 하는 감정에 대해서 자기가 자기에게 화를 내면서 레빈은 현관으로 뛰어내려갔다. 그리고 가까이에서 형을 보자마자 그 방자한 환멸감은 온데간데 없이 자취를 감추고 측은한 생각으로 바뀌었다. 이전에도 니콜라이의 그 초췌한 병적인 모습이 얼마나 보기에도 무서웠는지 몰랐지만 지금은 더한층 쇠약이 눈에 띄고 더한층 허약하게 보였다. 그것은 영락없는 살갗에 넣인 해골이었다.

그는 길쭉한 야윈 목을 달달 떨고 목도리를 벗으면서 현관에 서 있었다. 이 얌전하고 겸손한 미소를 보자 레빈은 경련이 자기의 목구멍을 죄는 듯한 느낌이 들었다.

「어때, 필경은 너한테 찾아오고 말았군.」 니콜라이는 한시도 동생의 얼굴에서 눈을 떼지 않고 희미한 목소리로 이렇게 말했다. 「진작부터 한번 찾아오고는 싶었지만 당초 몸이 시원찮아서 말야. 그런데 요즘에 와서 아주 좋아졌지.」 그는 그 큼직하고 뼈만 남은 손바닥으로 턱수염을 쓱 쓰다듬으면서 말했다.

「그렇습니다, 그렇습니다!」 하고 레빈은 대꾸했다. 그리고는 입을 맞추면서 그 입술로 형의 몸이 바싹 말랐음을 느끼고 이어 훨씬 가까이에서 그 큼직하고 야릇하게 빛나는 눈을 보자 그는 전보다도 더 한층 무서워졌다.

요 몇 주일 전에 콘스탄친 레빈은 형한테 아직은 분배되지 않은 채 그대로 돼 있던 재산의 작은 부분의 매각에 의해서 형이 그 몫으로서 약 이천 루블의 돈을 받기로 돼 있다는 것을 적어 보냈던 것이다.

니콜라이는 그 돈을 받기 위해서, 아니 그것보다도 자기의 보금자리에 잠시 묵기 위해서, 또는 옛날의 용사들처럼 당면한 활동에 대해서 힘을 축적할 목적으로 땅을 딛기 위해서 온 것이라고 말했다. 더 심하게 구부러진 허리와 키가 크기 때문에 더한층 눈에 띄는 초췌함에도 불구하고 그의 몸짓은 이전처럼 성급하고 발작적이었다. 레빈은 그를 서재로 모셨다.

형은 이전에는 좀처럼 그런 일이 없었을 만큼 오늘따라 유달리 꼼꼼하게 옷을 갈아입고 그 가늘고 꼿꼿한 머리를 빗고 나자 싱글벙글하면서 이층으로 올라왔다.

그는 레빈이 어렸을 적에 자주 본 일이 있었던 것 같은 지극히 상냥하고 즐거운 듯한 기분을 하고 있었다. 그는 세르게이 이바노비치에 대해서까지도 조금도 원망하는 빛이 없이 농담도 하기도 하고 옛날의 하인들에게 관해서 묻기도 하였다. 파르펜 제니스이치가 죽었다는 소식은 그에게 충격을 준 모양이었다. 그의 얼굴에는 놀라움의 빛이 나타났다. 그러나 그는 이내 기분을 회복하였다.

「그렇지 그자도 꽤 늙었으니까 말이지.」하고 그는 말했다. 그리고 화제를 바꾸었다. 「그런데 이번엔 난 너한테서 두 달쯤 있고 그런 다음에 모스크바로 돌아갈 생각이야. 실은 마흐코프가 일자리를 마련해 주겠다고 해서 말야, 난 조금 양보해서 그럴 생각이지. 그래서 이번엔 나도 나의 생활을 완전히 바꿔 보려고 생각하고 있어.」 하고 그는 계속했다. 「그래서 실은 그 여자도 멀리한 셈이야.」

「마리야 니콜라예브나를 말씀이에요? 어째서, 무엇 때문에 또?」

「아니, 그것은 더러운 계집이야! 나한테 엄청날 만큼 불유쾌한 짓거릴 했어.」그러나 그는 그 불유쾌한 것이 무엇이었는지는 이야기하지 않았다. 차마 그도 차를 약하게 해서 탔기 때문에, 그 가운데에서도 그를 병자 취급을 했기 때문에 그래서 마리야 니콜라예브나를 내쫓았다고는 이야기할 수 없었던 것이다. 「하여튼 난 이번에는 생활을 완전히 바꾸고 싶어서 말야. 난 물론 많은 사람들처럼 어리석은 짓을 했다. 그렇지만 재산이니 하는 것은 맨 나중의 문제야. 난 그런 것은 조금도 아깝다고는 여기지 않아. 뭐, 몸만 튼튼하기만 하면 그것으로 그만이야. 그런데 덕택으로 그 건강도 요즘엔 깨끗이 회복됐어.」

레빈은 들으면서 한참 생각하고 있었다. 그러나 뭐라고 대꾸해야 좋을지를 생각해 낼 수 없었다. 아마 니콜라이도 똑같은 것을 느꼈을 것이리라. 그는 아우한테 그 사업에 대해서 묻기 시작했다. 그래서 레빈은 자기의 일에 대한 이야기를 하는 것을 기뻐했다. 이것이라면 그는 속이지 않고도 이야기할 수 있었기 때문이었다. 그는 형에게 자기의 계획과 활동에 대해서 이야기해 줬다. 형은 그것을 경청하고 있었다. 그러나 분명히 그것에는 흥미를 느끼고 있는 것 같지가 않았다.

이 두 사람은 서로 지극히 정답고 가까운 사이였으므로 미세한 몸짓이며 목소리의 가락만으로도 말이 전할 수 있는 것보다 훨씬 많은 것을 주고받고 할 수 있었다.

지금 그들 둘이는 똑같은 생각을 품고 있었다. 그것은 나머지의 일체의 것을 짓눌러 버렸다. 니콜라이의 병이라는 관념과 죽음이 가까왔다는 관념이었다. 그러나 둘이 다 감히 그것에 대해서는 입 밖에 내놓을 수 없었다. 따라서 그들은 서로 무슨 말을 하고는 있더라도 둘이의 마음을 차지하고 있는 그것을 이야기하지 않은 동안은 모든 것이 거짓말이 돼 버리고 마는 것이었다. 그래서 레빈은 이때처럼 밤이 깊어져서 잠자리에 들어갈 시간이 온 것을 기쁘게 여긴 적이 없었다. 그 어떤 타인과 만나고 있을 때에도 그 어떤 형식적인 방문중에도 그는 이때처럼 부자연스럽고 허식적이었던 적은 없었다. 그리고 이 부자연에 대한 의식과 그것에 대한 회한이 그를 더욱더 부자연스러운 것으로 만들어 버렸다. 그는 죽어 가고 있는 사랑하는 형을 위해서 울어 주고 싶은 생각이 태산 같았다. 그런데도 형의 앞으로의 생활이니 하는 문제에 대해서 듣기도 하고 이야기하기도 하고 하지 않으면 안 되었던 것이다.

집 안이 대체로 누습진 데다가 그저 한 방밖에 불을 넣지 않았으므로 레빈은 형을 자기의 침실을 간막이하여 자게 했다.

형은 잠자리에 들어갔다. 그러나 그런 다음에 잤는지 자지 않았는지 이따금씩 병자답게 몸을 뒤척거리고는 기침을 했다. 그러나 기침이 잘 끊어지지 않았을 때에는 무엇인가를 투덜투덜하고 중얼거렸다. 그리고 이따금 무거운 한숨을 추스렸다가는——「아아, 하느님!」 하고 말했다. 또 이따금 담으로 숨이 막힐 때에는 그는 심술궂게——「에이! 빌어먹을!」 하고 혀를 찼다. 레빈은 그것이 귀에 걸려 오랫동안 잠을 자지 못했다. 그의 가슴 속에서 용솟음치는 상념은 지극히 잡다한 것이었다. 그러나 모든 상념의 종결은 오직 하나——죽음이라는 그것이었다.

죽음, 모든 것의 피할 수 없는 종결은 처음으로 불가항의 힘을 가지고 그의 앞에 나타났다. 그리고 이 죽음——잠결에 아무런 의미도 없이 그저 습관에서 하느님을 부르기도 하고 빌어먹을, 하고 외치기도 하면서 신음하고 있는 이 사랑하는 형의 내부에 있는 죽음은 지금까지 그가 생각하고 있었던 것처럼 인연이 먼 것은 결코 아니었다. 그것은 그 자신 속에도 있었다. 그는 그것을 느꼈다. 오늘이 아니면——내일, 내일이 아니면——삼 년 후, 아무려나 결국은 마찬가지가 아닌가! 그러나 이 피할 수 없는 죽음이란 도대체 무엇인가, 그는 그것을 몰랐을 뿐만이 아니고, 또 아직까지 한 번도 그것에 대해서 생각해 본 일도 없었을 뿐만 아니라 그것을 생각해 볼 만큼의 능력도 용기도 없었던 것이다.

『난 일을 하고 있다. 난 무엇인가를 하고 싶어하고 있다. 그러나 난 잊고 있었다. 모든 것이 끝난다는 것을, 죽음이 있다는 것을.』

그는 어둠 속에서 침대 위에 일어나 앉아 허리를 꾸부려 무릎을 껴안고 긴장으로 숨을 죽이면서 생각했다. 그러나 그가 마음을 긴장시키면 시킬수록 그것이 이제는 의심할 나위 없는 사실임이, 실제로 그는 인생에 있어서의 하나의 자그마한 사실——죽음이 오면 모든 것이 끝난다는 사실, 아무것도 시작할 값어치가 없다는 사실, 어떤 방법으로도 그것을 구출할 수는 없다는 사실, 그것을 잊고 미처 보지 못하고 있었던 것임이 한층더 뚜렷해질 뿐이었다. 그렇다, 이것은 무서운 것이다. 그러나 그것은 사실인 것이다.

『그러나 난 아직 살아 있다. 그렇다고 한다면 난 어떻게 해야 하나, 무엇을 해야 한단 말인가?』 하고 그는 절망과 함께 외쳤다. 그는 초에다 불을 켜고 살며시 일어서서 거울 앞으로 갔다. 그리고 자기의 얼굴과 머리를 비추어 보았다. 그렇다, 양 옆의 관자놀이엔 흰 머리털이 있다. 그는 입을 벌려 보았다. 어금니는 벌어지기 시작하고 있었다. 그는 근육이 건장한 팔뚝을 내보았다. 그렇다, 힘은 꽤 있는 모양이다. 그러나 저기에 누워서 폐의 남은 부분만으로 숨을 쉬고 있는 니콜리니카에게도 한때는 똑같은 건장한 육체가 있었다. 그러자 별안간 그에게는 그들이 아직 어렸을 무렵 같이 잠자리에 들어가서 베개를 서로 던지며 낄낄거리기 위하여 표도르 보그다느이치가 방에서 나가기만을 기다렸던 일, 그리고 표도르 보그다느이치에 대한 두려움마저도 인생의 행복에 대한 이 그지 없이 용솟음치는 부글부글 끓어오르는 듯한 의식을 억누를 수 없었을 만큼 배알이 아프게 서로 히히덕거렸던 일들이 생각났다. 『그랬던 것이 벌써 지금엔 저 꾸부러진 텅빈 가슴이 되어 버렸으니…… 나 역시 앞으로 나에게 무슨 일이 어떻게 일어날 것인가 하는 것도 모르고 있는 것이다……』

「콜록! 콜록! 에, 빌어먹을! 얘, 넌 뭘 수선거리고 있나, 어째서 자지 않나?」하고 형이 그에게 말을 걸었다.

「글쎄요, 어쩐지 잠이 오질 않는군요.」

「난 아주 잘 잤다. 난 이제 식은 땀을 흘리지 않게 됐어. 이거 봐, 샤쓰를 만져 봐. 땀을 흘리지 않았지?」

레빈은 그것을 만져 보고는 간막이 저쪽으로 돌아와서 촛불을 껐다.

그러나 역시 오랫동안 잠을 이루지 못했다. 그의 앞에는 어떻게 살아야 할 것인가 하는 의문이 어느만큼 또렷하게 풀이되어 오자 곧 또 새로운 불가해한 문제——죽음이 홀연히 나타나고 하는 것이었다.

『아아, 형은 죽어 가고 있다. 아마 봄까지는 살지 못할 것이다. 그러나 어떻게 도울 수 있단 말인가? 난 형한테 무슨 말을 할 수 있단 말인가? 이것에 관해서 내가 무엇을 알고 있단 말인가? 난 그것이 있다는 것조차도 잊고 있었던 인간이 아닌가.』

32

레빈은 벌써 오래 전부터 사람이 지나치게 검손하고 온순하면 갑자기 까다롭고 뚱한 사람이 되어 손을 댈 수가 없게 돼 버리는 수가 흔히 있기 마련이라는 관념을 지니고 있었다. 그는 형에게 이 현상이 일어난 것이라고 여겼다. 그리고 실제로 니콜라이 형의 유순함은 오래 가지가 않았다. 그는 이튿날 아침은 잔뜩 성이 난 사람으로 일변하여 유달리 징징 동생에게 트집을 잡고 대들고 그의 가장 아픈 데를 가차 없이 찔러 젖혔다.

레빈은 자기가 나쁘다고 느끼면서도 그것을 고칠 수가 없었다. 그는 만약 자기들 두 사람이 히니도 감정을 속이지 않고 이론비 충심을 피력해서 서로 이야기한다면, 말하자면 자기들이 생각하고 있는 것을, 느끼고 있는 것을 있는 그대로 토로한다면, 둘이는 그저 서로 눈과 눈을 마주치는 것만으로서 자기는 그저 『당신은 죽어 가고 있다, 당신은 죽어 가고 있다, 당신은 죽어 가고 있다!』고만 이야기하고 형은 그저 『죽는 것은 알고 있다, 그러나 두렵다, 두렵다, 두렵다!』고만 대답했으리라는 것을 느꼈다. 그리고 만약 솔직하게 이야기한다면 그 이상 아무것도 이야기할 것은 없었을 것이다. 그러나 그렇게 해서는 살아 나갈 수 없었다. 그래서 콘스탄친은 그가 지금까지 쭉 하려고 애쓰고 있으면서도 할 수 없었던 것, 그가 본 바에 의하면 많은 사람들이 아주 훌륭히 해내고 있는 것으로서 그것 없이는 생활을 할 수가 없는 것을 다시 한번 해보리라고 시도했다——말하자면 그는 생각하고 있지도 않은 것을 입 밖에 내놓으려고 시도했다. 그리고 그것이 언제나 허위가 돼 버린다는 것, 또 형이 그것을 눈치채고 그 때문에 더욱 화를 내고 있다는 것을 끊임없이 느꼈다.

도착해서 사흘째에 니콜라이는 억지로 동생한테 그 계획을 이야기하게 했다. 그리고 그것을 비난했을 뿐만이 아니고 일부러 공산주의와 결부시켜 웃어 댔다.

「넌 그저 남의 사상을 빌린 것에 지나지 않단 말야. 그러나 그것을 불구로 만들어서 응용할 수 없는 곳에다가 응용하려고 하고 있을 뿐이야.」

「아니, 난 단언합니다. 그것은 그런 것과는 아무런 관계도 없읍니다. 그들은 재산·자본·유산의 정당성을 부인하고 있지만 난 이런 주요한 자극물(레빈은 이런 말을 쓰기를 자신은 좋아하지 않았으나 예의 저작에 열중하고 나면서부터는 어느 틈에 차츰 자주 이런 러시아어가 아닌 말을 쓰게 됐던 것이다)을 부정하지는 않습니다. 난 그저 노동을 균등하게 하고 싶을 뿐예요.」

「거봐, 넌 남의 사상을 차용해서 그 사상에서 그 힘을 조성하고 있는 모든 것을 잘라내 버리고 그 나머지를 가지고 무엇인가를 새로운 것이기라도 한 것처럼 믿게 하려고 하고 있단 말야.」 하고 니콜라이는 노기등등하게 넥타이를 잡아당기면서 말했다.

「그러나 내 사상은 그것과는 아무런 관계도 가지고 있지는 않아요……」

「거기엔,」 하고 심술궂게 눈을 반짝이고 빈정대는 듯한 미소를 띠면서 니콜라이 레빈은 말했다. 「거기엔 적어도 이른바 기하학적인 명쾌함이라든가 정확함이라든가 하는 아름다움은 있다. 어쩌면 그것은 이상향일는지도 몰라. 그러나 가령 모든 과거에서 백지 상태, 무재산, 무가족이라는 것을 창조할 수가 있었다면 노동도 정리될 것이다. 그러나 네 설에는 아무것도 있을 것 같지가 않군 그래……」

「어째서 형님께선 그것을 뒤죽박죽 만들어 버리십니까? 저는 한 번도 공산주의자였던 적은 없읍니다.」

「그런데 난 그랬었지. 그리고 조금 시기상조이긴 하지만 훌륭한 것이니까 미래는 있으리라고 여기고 있어. 마치 초기의 기독교처럼 말이지.」

「내가 생각하고 있는 것은 그저 노동력은 자연 과학의 견지에서 검토되지 않으면 안 된다는 것, 즉 그것을 연구해서 그 특질을 알고, 그리고……」

「아니, 그러나 그것은 전연 쓸데 없는 일이야. 그런 힘은 그 발달의 정도에 따라서 스스로 일정한 활동 형식을 찾아 내는 거야. 처음에는 도처에 노예가 있었던 것이 나중에는 소작인이 됐으니까 말이지. 그러니까 우리 나라에도 반분하는 법이 있는가 하면 대지법(貸地法)도 있고 날품법도 있잖느냐——네가 탐구하려는 것은 도대체 뭐야?」

레빈는 이 말을 듣자 갑자기 발끈 화를 냈다. 왜냐하면 그는 마음속으로 그것이 진실이라는 것을 두려워하였기 때문이고, 말하자면 그가 공산주의와 재래의 형식과를 평형케 하려고 하고 있다는 것도 진실이라면 그것은 도저히 실현될 것 같지도 않다는 것도 진실이라는 것을 두려워했기 때문이었다.

「난 나를 위해서도 노동자를 위해서도 생산적으로 일을 할 수 있는 방법을 찾고 있읍니다. 내가 조직하고 싶어하고 있는 것은……」하고 그는 열띤 어조로 대답했다.

「네 마음은 아무것도 조직해야겠다든가 하는 요구는 가지고 있지를 않아. 너는 다만 네가 지금까지 생활해 왔던 것과 똑같은 수법으로 나는 그저 단순히 농부들이 이용하려고 하고 있는 것은 아니다, 이상을 가지고 하고 있는 것이다라는 기괴한 행동을 하고 싶어하고 그러고 또 남들한테 보이고 싶어할 뿐이다.」

「아니, 그렇게 생각하신다면 그렇다고 해둡시다!」레빈은 왼쪽 뺨의 근육이 억누를 수 없이 경련을 일으키고 있음을 느끼면서 이렇게 대답했다.

「너에겐 이전부터 확신이라는 것이 없었어. 지금만 해도 있질 않아. 넌 다만 자기의 자존심을 즐겁게 하기만 하면 그만이야.」

「아니, 좋아요, 괜찮으니까 내버려 두세요!」

「아, 내버려 두잖고! 진작 돌아갔어야만 하였을 것을. 제기랄, 난 이제 새삼스럽게 이런 델 찾아온 것을 뉘우치고 있다!」

그리고 그런 뒤에는 이제 레빈이 아무리 마음을 가라앉게 하려고 애써도 니콜라이는 들은 체도 하지 않고 헤어져 가는 것이 얼마나 좋은지 모른다고 이야기했다. 그래서 콘스탄친은 형은 이제 산다는 것이 견딜 수 없어진 것이리라고 여겼다.

콘스탄진이 재자 그한테 찾아가서 만약 무엇인가가 화나는 일이라도 있었나면 제발 용서해 달라고 부자연한 어조로 용서를 구했을 때에는 니콜라이는 벌써 완전히 출발 준비를 갖추고 있었다.

「오, 너그러우시군 그래!」하고 니콜라이는 말하고 미소를 띠었다. 「만약 네가 옳은 사람이 되는 것을 원한다면 난 너한테 그 만족을 양보하지. 네가 옳아. 그러나 난 역시 이제 떠나겠다!」

그러나 떠나기 직전에 그와 입을 맞추고 나서 니콜라이는 갑자기 이상스러울 만큼 진지하게 동생의 얼굴을 찬찬히 들여다보면서 이렇게 말했다.

「하여튼 날 나쁘게 여기지는 말아 다오, 응, 코스챠!」이렇게 말하는 그의 목소리는 떨렸다.

이것이 그가 진심으로 이야기한 유일한 말이었다. 레빈은 이러한 말 뒤에 『넌 내 병이 좋지 않은 것을 이처럼 알고 있다. 아마 우리들에겐 더 만날 기회는 없을 것이다.」고 하는 의미가 들어 있다는 것을 느꼈다. 레빈은 그것을 느꼈다. 그러자 눈물이 두 눈에서 쏟아져 나왔다. 그는 다시 한번 형에게 키스했다. 그러나 한 마디도 말이 나오지 않았다. 무엇이라고 이야기해야 좋을지도 몰랐다.

형의 출발 후 사흘째 되는 날에 레빈도 외국으로 떠났다. 그리고 기차 속에서 키치의 사촌 오빠 되는 쉬체르바스키를 만났을 때 침울한 얼굴빛으로 몹시 그 사람을 놀라게 했다.

「자네 무슨 일이 있나?」쉬체르바스키는 그한테 물었다.

「아니, 별로. 그러나 세상에는 즐거운 일은 적은 거야.」

「어째서 적다는 거야? 그럼 나하고 같이 파리로 가. 뮐하우젠이니 하는 데로 가는 것은 그만 두고, 그럼 얼마든지 즐거운 것을 보게 될 테니까!」

「아냐, 난 이제 다 됐어. 난 이제 죽어도 좋을 때야.」

「아니, 이건 정말!」하고 웃으면서 쉬체르바스키는 말했다.「난 아직 겨우 이제부터 시작할 준비를 갖추었을 뿐인걸.」

「그래, 나도 얼마 전까지만 해도 그렇게 생각하고 있었지. 그런데 이즈막에 와서야 겨우 알았어. 나도 멀지않아 죽을 것이라는 것을.」

레빈은 자기가 요즈음 진지하게 생각하고 있던 것을 얘기한 것이었다. 그는 무엇을 보아도 그 속에서 그저 죽음이나 혹은 죽음에의 접근만을 보았다. 그러나 그가 꾀한 계획은 더한층 강하게 그의 마음을 차지했다. 죽음이 찾아올 때까지는 어떻게든지 해서 이 삶을 살아 가지 않으면 안 된다.

그에게는 모든 것이 암흑으로 뒤덮여 있었다. 그러나 바로 이 암흑이 있기 때문에 그는 자기의 사업이 이 암흑 속에의 유일한 길잡이임을 느끼고 모든 힘을 다해서 그것을 붙들었고 또 끈기 있게 그것에 매달려 있는 것이었다.

제 4 부

I

카레닌 부부는 여전히 한집에서 살고 있었고 날마다 얼굴을 맞대고는 있었지만 서로가 전혀 남남이나 마찬가지였다. 알렉세이 알렉산드로비치는 하인들한테 조금의 억측도 허용하지 않기 위해서 날마다 아내와 만나는 것을 규칙으로 하고 있었다. 그러나 집에서 식사를 하는 것은 피하고 있었다. 브론스키는 알렉세이 알렉산드로비치의 집에 온 적은 한 번도 없었지만, 안나는 집 이외의 곳에서 그를 만나고 있었다. 그리고 남편도 그것을 잘 알고 있었다.

이런 상태는 세 사람의 누구에게도 괴로운 것이었다. 그래서 만약 이런 것은 곧 어떻게 바뀌겠지, 필경에는 지나가 버리고 마는 그저 일시적인 슬픈 과정에 지나지 않겠지 하는 기대가 없었던들 그들은 누구나 단 하루도 이런 경우에서 생활을 계속해 나갈 수는 없었을 것이다. 알렉세이 알렉산드로비치는 모는 것이 지나가 버리듯이 이 정열도 지나가 버릴 것이다. 그리고 너나 할 것 없이 모두 이 문제를 잊어버리고 자기의 이름도 더럽혀지지 않고 끝나리라는 것을 기대하고 있었다. 안나는 또 이 경우를 야기시킨 당사자이고 그 때문에 가장 괴로와하면서도 이런 매듭은 곧 풀려 해결이 지어지리라는 것을 기대하고 있었을 뿐만 아니라 더욱 그것을 굳게 믿었기 때문에 이 처지를 꾹 참고 있었다. 그러면서도 무엇이 이 처지를 해결해 줄 것인가 하는 것을 그녀는 전혀 모르고 있었다. 그러나 다만 지금 당장이라도 무엇인가가 일어나리라는 것을 굳게 믿고 있었다. 그래서 브론스키는 본의 아니게도 그녀의 영향을 받아서 역시 자기에게는 관계 없는 무엇인가가 일어나서 모든 고통을 해결해 주리라는 것을 기대하고 있었다.

한겨울에 브론스키는 몹시 지루한 일 주일을 보냈다. 그는 페테르스부르크를 찾아온 어떤 외국 황족을 대접하는 역할을 맡아 그 황족에게 페테르스부르크의

440

명소와 명물을 구경시키고 돌아다니지 않으면 안 되었다. 브론스키는 풍채가 훌륭했을 뿐만 아니라 더우기 천성적으로 기품 있게 처신하는 재주를 지니고 있었고, 이런 사람들의 접대에는 익숙했으므로 이 황족의 접대를 맡게 됐던 것이다.

그러나 이 임무는 그에게는 매우 괴로운 것으로 여겨졌다. 황족은 러시아에서 그것을 보고 왔느냐고 귀국 후에 물음을 당할 것 같은 것은 하나도 등한히 하지 않으려고 마음먹고 있었다. 게다가 또 자신으로서도 될 수 있는 한 러시아의 향락을 체험할 생각이었다. 그래서 브론스키는 여기저기고 그를 안내하지 않으면 안 되었다. 그들은 날마다 아침 나절에는 마차를 몰아 명승 고적을 구경하고 밤에는 러시아 특유의 환락의 세계에 얼굴을 내놓았다. 이 황족은 황족들 사이에서도 보기 드물 만큼 건강을 소유하고 있었다. 체조 외 세심한 건강법에 의해서 비상한 정력을 비축하고 있었으므로 환락에 빠져 아무리 정력을 소비해도 푸르고 윤기 나는 폴란드 산(産) 오이처럼 싱싱하고 신선한 정력을 간직하고 있었다. 황족은 대단한 여행가로 요사이 교통이 용이하게 된 데서 오는 주요한 이익의 하나는 여러 나라를 돌며 특유의 쾌락을 맛볼 수 있는 것에 있다고 여기고 있었다. 스페인에 갔을 때에는 그는 거기에서 세레나데를 실연하고 만돌린을 타던 스페인 여자와 친해졌다. 스위스에서는 영양(羚羊)을 사냥했다. 영국에서는 빨간 연미복을 입고 말을 몰아 목책을 뛰어넘기도 하고, 내기 사냥에서 이백 마리의 꿩을 쏘아 떨어뜨리기도 했다. 터키에서는 하렘〔後宮〕을 찾아갔었고, 인도에서는 코끼리를 탔으며 지금 러시아에서는 온갖 러시아 특유의 환락을 맛보려고 했다.

이른바 이 사람에 대한 의전 장관 격이었던 브론스키에게는 각 분야의 사람들에 의해서 제공되는 온갖 종류의 러시아식 오락을 안내하는 것이 여간 힘들지 않았다. 러시아에는 경마 말도 있는가 하면 블린(얇은 핫케이크)도 있고 곰 사냥이며 삼두 마차며 집시며 러시아식으로 그릇을 두드려 부수는 잔치도 있었다. 황족은 지극히 용이하게 러시아 기질을 소화시켜 그릇이 놓여 있는 쟁반을 두드리기도 하고 집시 여자를 무릎 위에 올려놓기도 했다. 그리고 그는 러시아 기질이라는 것은 이 밖에 또 어떤 것이 있는가? 그렇지 않으면 이제 이것밖에 없는가? 하고 묻기라도 하는 것처럼 보였다.

참으로 온갖 러시아의 환락 가운데에서 가장 황족의 마음에 들었던 것은 프랑스 여배우들과 무용극의 무희와 흰 것으로 봉한 샴페인이었다. 브론스키는 황족들한테는 익숙했으나 그 자신이 요즈음 변했기 때문인지 혹은 이 황족에게 너무나 많이 접근했기 때문인지 하여튼 이 일 주일은 그에겐 굉장히 괴롭게 여겨졌다. 그는 이 일 주일 동안을 끊임없이 위험한 광인의 뒷바라지를 맡은 사람이 그 광인을 무서워함과 동시에 그와 접근하고 있다는 것으로 자기의 이성까지도 걱정하고 있다는 것 같은 느낌을 경험하고 있었다. 브론스키는 자기가 경멸을 당하는 것과 같은 일이 없도록 엄격한 공무 의례의 태도를 늦추어서는 안 된다고 끊임없이 마음속으로 느끼고 있었다. 브론스키가 놀란 것은 러시아의 유흥을 그에게 제공하기 위해서 갖은 애를 다 써 가며 노력하고 있는 사람들에 대한 황족의 태도는 상당히 그 사람들을 얕잡아 보고 있다는 것이었다. 그가 연구하기를 바라고 있던 러시아의 여인에 대한 비평은 번번이 브론스키로 하여금 분개한 나머지 얼굴을 붉히게 할 정도였다. 황족이 브론스키에게 유달리 못 견디게 여겨졌던 주된 이유는 그가 이 황족에게서 자기 자신을 저도 모르게 발견하지 않을 수 없었던 일이었다. 그리고 그가 이 거울 속에서 본 자신의 모습은 그의 자존심을 기쁘게 하지 않았기 때문이었다. 그것은 지극히 우열하고 지극히 자존심이 강한 지극히 건강하고 지극히 깨끗한 사람이었다. 그러나 그 이외의 아무 것도 아니었다. 그는 신사였다——그것은 진실이었다. 브론스키도 그것을 부정할 수는 없었다. 그는 지체가 높은 사람에 대해서는 한결같은 태도를 지녔고 아부하거나 하는 짓은 하지 않았다. 동배에게 대해서는 자유롭고 솔직했다. 그리고 신분이 낮은 사람에 대해서는 얕잡음을 받을 만큼 친절했다. 브론스키 자신도 매한가지였다. 그는 그것을 크나큰 미덕으로 여기고 있었다. 그러나 이 황족에 대해서는 그는 신분이 낮은 사람이었다. 그래서 그에게 대한 이같은 얕잡음을 받을 만큼의 친절은 그의 마음을 어지럽혔다.

『어리석은 쇠고기 같은 녀석 같으니라구! 나도 그래 저렇지는 않을까?』하고 그는 생각했다.

하여튼 이처럼 해서 이레째 되는 날 모스그바로 떠나는 황족과 작별을 나누고 그에게서 감사의 말을 들었을 때에는 이런 거북스러운 경우와 불쾌한 거울로부터 드디어 빠져나올 수 있었다는 것을 적잖이 행복하게 여겼다. 그는 하룻밤을 꼬박 러시아의 용맹성을 과시한 곰 사냥에서 들어오는 도중 정거장에서 그 황족과 작별했던 것이다.

2

집으로 돌아온 브론스키는 자기 방에서 안나한테서 온 편지를 발견했다. 그녀는 쓰고 있었다——『나는 몸이 아파 쓸쓸합니다. 난 외출할 수가 없어요. 그렇지만 이제 이 이상 더 당신을 뵙지 않고는 견딜 수 없어요. 오늘 저녁에 와주세요. 알렉세이 알렉산드로비치는 일곱 시에 회의에 나가면 열 시 까지는 돌아오지 않으니깐요.』 그를 집에 들여놓아서는 안 된다는 남편의 요구가 있었음에도 불구하고 그녀가 집으로 오라고 시켜 보낸 것을 순간 조금 이상하다고 생각하지 않은 것은 아니었지만 하여튼 그는 가기로 결심했다.

브론스키는 이번 겨울에 대령으로 승진했으므로 연대를 나와서 혼자 살고 있었다. 점심을 끝내자 그는 곧 소파 위에 누웠다. 그리고 한 오 분 동안 요 며칠 동안에 그가 목격한 흉한 광경의 회상이 안나의 모습과 곰 사냥에서 중요한 역할을 한 농부의 모습과 한데 뒤얽히고 매듭이 져서 그의 앞에 나타났다. 그러나 이내 그는 깊은 잠이 들어 버렸다. 그는 무서움으로 몸을 떨면서 어두워져서야 잠을 깼다. 그리고 얼른 초에다 불을 켰다. 『그게 뭘까? 꿈에서 본 그 무서운 것이 뭘까? 그렇다, 그렇다. 수염이 텁수룩한 자그마한 험상궂은 농부가 허리를 구부리고 무엇인가 하고 있었다. 그리고 갑자기 프랑스어로 그 어떤 이상 야릇한 말을 뇌까리기 시작했다. 그렇다, 꿈은 그 이상의 것은 아무것도 없었다.』 하고 그는 자기에게 말했다. 『그런데 어째서 그것이 그처럼 무서웠을까?』 그는 거기에서 또다시 예의 농부와 그 농부가 뇌까린, 뜻을 알 수 없는 프랑스어를 생각해 냈다. 그러자 찬물을 쭉 끼얹은 듯한 오싹한 두려움이 오한이 되어 그의 등골을 스쳐 내렸다.

『이런 어리석은 일이 어디에 있담!』 하고 브론스키는 생각했다. 그리고 시계를 들여다보았다.

벌써 여덟 시 반이었다. 그는 벨을 눌러 심부름꾼을 부르고 부랴부랴 옷을 갈아입고 나서 벌써 꿈이니 하는 것은 까맣게 잊고 늦어진 것만을 걱정하면서 입구의 층층대로 나갔다. 카레닌네의 현관에 다가가면서 그는 다시 시계를 보고 아홉 시 십 분 전이라는 것을 알았다. 잿빛의 두 마리의 말을 채운 고가 높은 좁다란 마차가 현관 앞의 차도에 놓여 있었다. 그는 그것이 안나의 마차임을 이내 알았다. 『아아, 나한테 가려는 거로군.』 하고 브론스키는 생각했다. 『그렇다면 그러는 것이 좋다. 나에게는 어쩐지 이 집에 들어가는 것이 유쾌하지 않으니. 그러나 어떡하건 매일반이다. 어차피 숨을 수는 없다.』 이렇게 그는 자기에게 말했다. 그리고 어렸을 때부터 그에게 특유했던 예의 아무것도 부끄러워할 줄 모르는 사람 같은 태도로 썰매에서 내려 문 쪽으로 다가갔다. 그러자 문이 열리고 담요를 손에 든 문지기가 마차를 불렀다. 브론스키는 본디 자질구레한 것에는 주의하지 않는 사내였으나 이때만은 문지기가 힐끔 그를 쳐다보았을 때의 깜짝 놀란 듯한 표정을 알아챘다. 바로 문간에서 하마터면 브론스키는 알렉세이 알렉산드로비치와 부딪칠 뻔했다. 가스등의 빛은 검은 모자 밑의 핏기 없이 해쓱한 얼굴과 수달피 외투 밑에서 반짝이고 있는 하얀 넥타이를 똑바로 비추고 있었다. 움직이지 않는 흐리멍텅한 카레닌의 눈은 브론스키의 얼굴 위에 멎었다. 브론스키는 절을 했다. 그러자 알렉세이 알렉산드로비치는 어금니를 물고 모자 있는 데까지 한쪽 손을 올리고 나서 그냥 지나가 버렸다. 브론스키는 그가 돌아다보지도 않고 마차에 오르자 창문으로 담요와 쌍안경을 받고 몸을 숨겨 버리는 것을 보았다. 브론스키는 현관으로 들어갔다. 그의 미간은 주름이 잡히고 그 눈은 독기가 서린 오연한 빛으로 반짝이고 있었다.

『이거 입장이 딱하게 됐군！』하고 그는 생각했다. 『만약 저자한테 싸울 마음이 있다면 자기의 명예를 지키려고 하는 마음이 있다면 나에게도 방법도 있고 자기의 감정을 표현할 수도 있으련만 이런 나약함으로는 이런 비열함을 가지고는 어쩔 수도 없다……저자는 날 사기꾼의 입장에다 놓으려고 하고 있다. 난 그렇게 되는 것은 본디부터 딱 질색이었고 지금도 딱 질색이다.』

브레제네 뜰에서 안나와 이야기를 주고 받고 난 이래 브론스키의 생각은 바뀌었다. 그에게 온몸을 다 바쳐 앞으로도 무슨 일에도 따를 생각으로 자기의 운명의 결정을 그에게만 기대하고 있던 안나의 애처로움을 생각하자 그는 저도 모르게 끌려 자기들의 관계가 그때 자기가 생각하고 있었던 것처럼 결말이 날 수 있으리라고는 벌써 오래 전부터 생각하지 않게 됐다. 그의 야심 있는 계획은 다시 뒤쪽으로 물러서 버렸다. 그리고 그는 모든 것이 다 정해져 있던 활동의 세게에서 밖으로 뛰어나와 버린 것처럼 느끼면서도 그저 온몸을 자기의 그 느낌에 바치고 있었다. 그리고 이 느낌은 더욱더 강하게 그를 그녀에게 사로잡히게 하는 것이었다.

아직 현관에 있으면서 그는 그녀의 멀어져 가는 발소리를 듣고 있었다. 그는 그녀가 자기를 기다리고 있었다는 것, 귀를 세우고 듣고 있었다는 것, 그리고 지금 객실로 돌아가고 있다는 것을 알았다.

「아녜요！」하고 그녀는 그를 보자 외쳤다. 그리고 그녀의 목소리가 울림과 동시에 그녀의 눈에는 눈물이 핑 돌았다. 「아녜요, 이처럼 계속되어 나간다면, 정말이지 훨씬 일찍, 훨씬 일찍 일이 일어나 버릴 거요！」

「뭐가요, 이거 봐요？」

「뭐냐구요？ 난 괴로운 생각으로 당신을 기다리고 있었어요. 한 시간, 두 시간……아니, 난 이제 아무 얘기도 하지 않겠어요！……난 당신하고 입씨름을 할 수는 없어요. 틀림없이 당신은 빨리 오실 수 없었을 거예요. 그러니까 난 이제 아무 말도 하지 않겠어요!」

그녀는 두 손을 그의 어깨 위에다 얹었다. 그리고 오래오래 그 깊숙한 환희에 넘친, 동시에 무엇인가를 시험하고 있는 듯한 눈동자로 그를 찬찬히 쳐다보고 있었다. 그녀는 만나지 않았던 동안을 메우기라도 하려는 듯이 강한 시선으로 그의 얼굴을 들여다보았다. 그녀는 언제나 그와 만날 때마다 그러하듯이 실제의 그의 모습을 자기 혼자만의 상상 속에서 그리고 있는 모습(현실에는 도저히 있을 수 없는 비교가 되지 않을 만큼 훌륭한 모습)과 하나로 해서 생각하고 있는 것이었다.

3

「당신 그분을 만나셨죠?」하고 그녀는 그들이 램프 밑의 탁자 옆에 자리를 잡았을 때에 물었다. 「그것은 말예요, 이렇게 늦게 오신 벌이에요.」

「그래요, 그런데 어떻게 된 일이에요? 그분은 회의에 나가 있었어야 했었을 게 아니오?」

「갔다가 돌아온 거예요. 그리고 또 어딘가를 갔어요. 그러나 이런 것은 아무렇지도 않아요. 이런 얘긴 그만두기로 해요. 그런데 참, 당신께선 지금까지 어디에 계셨었죠? 내내 그 황족하고 같이 있으셨어요?」

그녀는 그의 생활은 그 어떤 작은 일이라도 다 알고 있었다. 그는 어젯밤 온 밤을 한 잠도 자지 않았기 때문에 깜빡 잠이 들어 버렸노라고 얘기하려고 했으나 그녀의 상기된 행복한 듯한 얼굴을 보고 있으려니까 그런 말을 꺼내기가 어쩐지 쑥스러워졌다. 그래서 그는 황족의 출발 보고를 하러 가야 했었기 때문이라고 말했다.

「그럼 그 일은 이제 끝나셨어요? 그분께서는 떠나셨어요?」

「다행히도 겨우 끝난 셈이죠. 그것이 나로서는 얼마만큼 괴로운 일이었는지는 당신은 좀처럼 믿어지지 않으실 거예요.」

「어머나, 어째서요? 그렇지만 그것은 당신네 젊은 남자분들의 일상 생활이지 않아요.」그녀는 눈살을 찌푸리고 말했다. 그리고는 탁자 위에 놓여 있던 뜨개질 감을 들어 브론스키 쪽은 보지 않고, 그 안에서 뜨개질 바늘을 꺼내기 시작했다.

「난 그런 생활은 벌써 오래 전에 그만뒀어요.」하고 그는 그녀의 얼굴 표정이 변한 것에 놀라고 그 의미를 간파하려고 애쓰면서 말했다. 「고백하자면 말예요.」그는 웃는 얼굴로 자잘하게 쪽 고른 하얀 이를 드러내 보이면서 말했다. 「난 지난 일 주일 동안 그런 생활을 보면서 마치 거울 속의 자신의 모습을 보고 있었던 것 같았어요. 그래서 나에게는 그것이 불쾌해서 견딜 수가 없었읍니다.」

그녀는 뜨개질 감을 손에 들고 있으면서도 뜨려고는 하지 않고 야릇한 빛을 가진 정다움이 없는 눈동자로 찬찬히 그를 바라보고 있었다.

「오늘 아침 리자가 나에게 들렀어요. 그분은 리지야 이바노브나 백작 부인한테는 아랑곳하지 않고 예사로 나한테 찾아와 주시고 있어요.」하고 그녀는 말했다. 「그리고 당신네가 가신 아테네의 밤에 관해서 죄다 얘기해 주셨지 뭐예요. 정말, 어쩌면 그런!」

「나도 지금 막 그 얘길 하려던 참이었어요……」

그녀는 그를 가로막았다.

「그것은 그 전부터 잘 알고 있던 그 테레제였죠?」

「그렇잖아도 나도 지금 그것을 얘기하려고……」

「정말, 당신네 남자분들은 어쩌면 그렇게도 지저분한지 모르겠어요! 어째서 당신넨 그만한 머리도 없으실까요. 여자란 여간해선 그런 것을 잊을 수가 없다는 것을.」그녀는 더욱더 흥분하여 그것으로서 자기의 분함의 원인을 그의 앞에 털어놓으면서 말했다.

「특히 당신네의 생활을 전혀 알 수 없는 여자로서는 더욱 그래요. 내가 뭘을 알고 있어요? 내가 뭘을 알고 있어요?」하고 그녀는 말했다. 「당신이 얘기해 주시는 것뿐이잖아요. 그것도 당신이 진실을 얘기하고 있는지 어떤지 내가 어떻게 알겠어요……」

「안나! 당신은 날 모욕하고 있군요. 그럼 당신은 날 믿지 않는다는 건가요? 그렇다면 난 당신에게, 나로선 당신에게 고백하지 않는다든가 하는 생각은 조금도 없다는 것을 얘기한 적이 없다는 건가요?」

「네, 그래요, 그래요.」그녀는 분명히 질투의 감정을 내쫓으려고 애쓰면서 말했다. 「그렇지만 당신이 만약 내가 얼마나 괴로운 생각을 하고 있는가를 알아주신다면! 난 당신을 믿고 있어요, 당신을 믿고 있어요……자아, 그럼 당신께서 말씀하시려고 하던 것은 어떤 것이었던가요?」

그러나 그는 자기가 이야기하고 싶어했던 것을 얼른 생각해 낼 수 없었다. 요즈음에 와서 더욱더 자주 그녀에게 일어나게 된 이런 질투의 발작은 그에게 두려움을 품게 했고, 그의 그녀에 대한 태도를 자연히 식게 했다. 더우기 그는 그

질투의 원인이 자기에 대한 사랑 이외의 다른 것이 아니라는 것을 알고도 있었고, 그런 태도를 겉으로 드러내지 않으려고 무척 애도 썼던 것이지만 몇 차례나 그는 그녀의 사랑을 행복이라고 자기에게 이야기했던 것일까. 그리고 실제로 그녀는 인생의 온갖 행복보다도 사랑에 의미를 두고 있는 여자만이 사랑할 수가 있는 것처럼 그를 사랑하고 있는 것이었다. 그러나 그는 그녀의 뒤를 좇아서 모스크바에서 돌아왔던 무렵에서 본다면 그러한 행복에서 훨씬 멀어져 있었다. 그 무렵에는 그는 자기를 불행하다고는 여기고 있었지만 하여튼 행복한 미래가 있었다. 그러던 것이 지금에 와서는 그는 최상의 행복이 이미 과거의 것으로 돼 버린 것만 같은 생각이 자꾸 드는 것이었다. 그녀는 이제 전혀 그가 처음 보았을 무렵의 그녀가 아니었던 것이다. 정신적으로 변해 있었다. 그녀는 온몸이 퍼져 버렸다. 그리고 이제 금방 그 여배우에 대한 이야기를 했을 때에는 그 얼굴에 앙칼스러운 모습을 일그러뜨리게 하는 것과 같은 표정이 나타날 정도였다. 그는 사람이 꽃의 아름다움을 사랑한 끝에 그것을 꺾어 가지고 버려 놓고 나서야 이제 와서 겨우 그 아름다움을 깨닫고 자기 안에서 시들어 버린 꽃을 바라보고 있을 때처럼 그녀를 바라보고 있었다. 그러나 그럼에도 불구하고 그는 자기의 사랑이 훨씬 강렬했던 무렵에는 굳이 바랬다면 자기의 심장에서 그 사랑을 뽑아내 버릴 수도 있을 것 같은 느낌이 있었는데, 지금 자기로서는 그녀에 대해서 조금도 사랑을 느끼고 있지 않는 것 같은 생각이 드는 지금에 와서 그는 오히려 자기와 그녀와의 관계는 도저히 끊을래야 끊을 수 없다는 것을 알게 되었다.

「그래서, 그래서, 당신이 황족에 대해서 얘기하시려고 하던 게 어떤 것이에요? 난 내쫓아 버렸어요. 악마를 쫓아 버렸어요.」하고 그녀는 덧붙였다. 둘이는 질투를 악마라고 부르고 있었다. 「이거 봐요, 정말, 황족에 대해서 무엇을 말하시려고 했었요? 어째서 그것이 그렇게 괴로우셨어요?」

「아니! 정말 참을 수 없었어요!」하고 그는 잃었던 생각의 실마리를 붙잡으려고 애쓰면서 말했다. 「그 사람은 가깝게 사귀면 사귈수록 빛을 잃는다고 할 수 있는 사람이에요. 그 사람에 대한 정의를 내린다고 하면, 품평회에 내놓으면 일등상을 받게 될 만큼 굉장히 살찐 가축이라고 할 뿐 그 이상의 아무것도 아니오.」하고 그는 유감스럽다는 듯이 말했는데 그 어조가 그녀를 기쁘게 했다.

「어머나, 어째서요?」하고 그녀는 반박했다. 「하여튼 그분은 견문이 넓고 교육받은 분이잖아요?」

「그런데 그것이 전혀 다른 교육이에요. 말하자면 그 사람들의 교육이에요. 그 사람은 그저 교육을 경멸할 권리를 가지기 위해서만 교육돼 있는 것 같았어요. 그런 사람들이 동물적인 쾌락 이외의 것은 모두 경멸하고 있는 것처럼.」

「그렇지만 당신네들은 모두 그런 동물적인 쾌락을 좋아하고 계시잖아요.」하고 그녀는 말했다. 거기에서 또다시 그는 그를 피하는 그녀의 어두운 눈동자를 보았다.

「그런데 어째서 당신은 그처럼 그 사람을 변호하는 거예요?」하고 그는 살며시 미소를 지으면서 말했다.

「난 아무것도 변호하고 있지는 않아요. 나한테는 어떡하거나 전혀 마찬가지 일이에요. 그렇지만 당신 자신이 만약 그런 쾌락을 좋아하고 있지 않으시다면 거절하실 수도 있었으리라고 생각해요. 그런데도 당신은 이브의 의상을 걸친 테레제를 보는 것이 즐겁다 보니깐……」

「또, 또, 악마야!」하고 브론스키는 그녀의 탁자 위에 놓인 손을 잡고 거기에다 입을 맞추면서 말했다.

「그래요, 그렇지만 난 그렇게 생각하지 않을 수가 없는 걸요! 당신께서는 모르실 테지만 난 당신을 기다리면서 얼마나 외로와했는지 몰라요! 난 내가 결코 질투심 많은 여자라고는 여기지 않아요. 당신이 이렇게 내 곁에 있어 주는 동안은 난 당신을 완전히 믿고 있어요. 그렇지만 당신 혼자 어딘가에서 내가 모르고 있는 자신의 생활을 보내고 있으실 때에는……」

그녀는 그의 곁을 떨어져서 마침내 뜨개질 감에서 뜨개질 바늘을 꺼냈다. 그러자 집게손가락의 도움을 빌려 램프의 불빛 밑에서 반짝이는 하얀 털실의 고리가 연이어 재빨리 던져 넣어지기 시작하고, 가장자리에 수가 놓인 옷소매 속의 화사한 손목은 날쌔게 신경질적으로 움직이기 시작했다.

「그래 어떻게 됐어요? 어디서 당신은 알렉세이 알렉산드로비치를 만나셨어요?」하고 갑자기 부자연스럽게 그녀의 목소리가 울렸다.

「문간 있는 데서 딱 부딪혀 버리고 말았어요.」

「그래 그분은 당신에게 이렇게 인사를 했겠죠?」

그녀는 얼굴을 잡아 늘이고 눈을 반쯤 뜨고 얼른 얼굴의 표정을 바꾸며 두 손을 포갰다. 그러자 브론스키는 돌연 그녀의 아름다운 얼굴 위에서 알렉세이 알렉산드로비치가 그에게 인사를 했을 때의 그것과 똑같은 표정을 보았다. 그는 빙그레 웃었다. 그러자 그녀는 그녀의 강한 매력의 하나인 예의 귀여운 가슴에서 나오는 것 같은 웃음으로 쾌활하게 웃기 시작했다.

「난 그 사람의 마음을 조금도 이해하지 못하겠어요.」하고 브론스키는 말했다. 「만약 별장에서의 당신의 고백 후에 당신과 헤어져 버리기라도 했다면, 또 만약 그 사람이 나에게 결투를 청해 오기라도 했다면 하지만 말예요…… 그렇다고 그것도 아니고, 정말 속을 모르겠어요. 정말 그 사람은 어떻게 이런 경우를 참고 견딜 수가 있을까요? 그 사람도 괴로와하고는 있읍니다. 그것은 내 눈에도 또렷이 보이고 있으니깐요.」

「그 사람이?」그녀는 냉소를 띠고 말했다.「그 사람은 완전히 만족해 하고 있어요.」

「이것이고 저것이고 하려고만 생각하면 어떻게든지 좋게 될 수도 있으련만, 어째서 우린 모두 이처럼 괴로와하고 있는 것일까요?」

「그저 그 사람만은 그렇잖아요. 내가 그래 그 사람을 모르고 있다는 말씀예요? 그 사람의 온몸에 배어 있는 그 사람의 허위를 모를 리가 있겠어요? 그래 조금이라도 사람다운 감정을 가지고 있으면 지금 나하고 살고 있는 것과 같은 생활을 할 수 있을까요? 그분은 아무것도 몰라요. 아무것도 느끼고 있지를 않아요. 조금이라도 무엇인가를 느끼고 있는 인간이 어떻게 부정한 아내와 한 집에서 살아 갈 수가 있겠어요? 그 아내에게 말을 건넬 수가 있겠어요? 그 여자를 당신이니 하고 부를 수가 있겠어요?」

거기에서 그녀는 또다시 남편의 흉내를 내지 않을 수 없었다.「여보, 내 사랑, 여보, 안나!」

「이건 사내가 아니예요, 인형이에요. 아무도 모르지만 난 잘 알고 있어요. 아아! 내가 만약 그 사람 같은 입장에 섰다면 난 정말 벌써 죽여 버리고 말았을 거예요. 갈기갈기 찢어 버렸을 거예요. 나 같은 이런 아내는. 거기에다가 대고 당신, 내 사랑, 안나니 하는 말은 무슨 일이 있어도 할 수 없을 거예요. 정말 이건 인간이 아네요. 그것은 벼슬아치의 기계예요. 그 사람은 내가 당신의 아내라고 하는 것, 자기가 타인이다, 쓸데 없는 인간이라는 것을 모르고 있어요……그러나 이제 그만두죠, 이제 그만두겠어요, 그런 애긴!」

「그것은 당신의 잘못입니다, 잘못이에요, 안나.」브론스키는 그녀의 마음을 가라앉히려고 애쓰면서 말했다.「그러나 어차피 마찬가지예요, 그 사람 애긴 이제 그만둡시다. 그보다는 요즘 내내 당신은 무엇을 하고 있으셨는지 그것이나 말씀해 주세요? 그리고 의사는 뭐라고 했어요?」

그녀는 남편에게는 아직 그 외에도 우스꽝스럽고 더러운 일면이 있고 그것을 입 밖에 내놓을 기회를 기다리고 있는 듯 싶었다.

그러나 그는 이야기를 계속했다.

「난 그것은 병이 아니고 당신의 몸 때문이라고 생각해요. 그런데 도대체 그것은 언제예요?」

익살스러운 광채는 그녀의 눈 속에서 사라져 버렸다. 그러나 또 하나의 미소──그에게는 미지의 무엇인가에 대한 잔잔한 슬픔──가 그녀의 그때까지의 표정을 바꾸었다.

「곧이에요, 곧이에요. 당신은 우리들의 이런 처지가 괴로우시니깐 빨리 어떻게 매듭을 짓지 않으면 안 된다고 말씀하고 있어요. 그렇지만 나도 그 때문에 이렇게 괴로운 생각을 하고 있다는 것도 살펴 주셨으면 해요. 정말 난 자유롭고 대담하게 당신을 사랑할 수 있게 되기 위해서라면 어떤 희생이라도 치를 생각으로 있어요! 그렇다면 나도 이제 이런 질투로 당신을 괴롭힌다든가 자신을 괴롭힌다든가 하는 짓은 하지 않게 되리라고 여기고 있어요……그리고 그렇게 되는 것도 이제 얼마 있지 않으면 되리라고 생각해요. 그저 우리들이 생각하고 있는 대로만은 되지 않을 테지만 말예요.」

그러나 어떻게 해서 그렇게 될 것인가 하고 생각하면, 그녀는 자기 자신이 몹시 가엾게 여겨져서 눈에는 눈물이 글썽거려 그 다음을 계속해서 얘기할 수가 없게 되었다. 그녀는 램프의 불빛에 의해 반짝거리고 있는 반지 낀 하얀 손을 가만히 그의 옷소매의 위에 놓았다.

「당신은 언제냐고 물으셨죠? 곧이에요. 그리고 난 그것을 무사하게는 넘기지 못할 거예요. 아니, 나한테 얘기하게 해주세요!」이렇게 그녀는 얼른 말을 계속했다. 「난 그것을 알고 있어요. 정확하게 알고 있어요. 난 죽어요. 죽어서 나와 당신을 구한다는 것이 정말 기뻐요.」

눈물이 그녀의 두 눈에서 흘러내렸다. 그는 그녀의 손 위로 몸을 구부리고 자기의 동요를 숨기려고 노력하면서 입을 맞추기 시작했다. 그는 그 동요가 아무런 근거도 가지고 있지 않다는 것을 알고는 있었지만 도저히 그것을 억누를 수가 없었다.

「그래요, 바로 그래야 돼요, 그러는 것이 더 나아요.」그녀는 세찬 몸짓으로 그의 손을 쥐면서 말했다. 「그것이 단 하나, 우리들에게 남은 단 하나의 방법이에요.」

그는 제정신을 차리고 고개를 들었다.

「그런 쓸데 없는 소릴! 무슨 쓸데 없는 어리석은 소릴 다 하고 있어요!」

「아녜요, 이것은 진실이에요.」

「무, 무엇이, 무엇이 진실이에요?」

「내가 죽는다고 하는 것 말이에요. 난 꿈을 꿨어요.」

「꿈을?」하고 브론스키는 되풀이하고 그 순간 꿈 속에서 본 농부를 생각해 냈다.

「네, 꿈을.」하고 그녀는 말했다. 「내가 그 꿈을 꾼 것은 벌써 오래 전의 일이에요. 난 무엇인가를 가지고 와야 할 일이 있어서, 찾을 게 좀 있어서 내 방으로 뛰어들어갔었죠. 잘 알고 계시듯이 꿈에서는 흔히 이런 일이 있잖아요. 내 꿈이 그것이었어요.」그녀는 두려움에 눈을 크게 뜨면서 말했다.「그러자 어떤 줄 아세요, 침실의 한쪽 구석에 무언가가 서 있지 않겠어요.」

「아아, 어쩌면 그런 어리석은 소릴 다! 어떻게 그런 것을 믿을 수가 있어요……」

그러나 그녀는 자기의 말을 가로막게 하지 않았다. 그녀가 이야기하고 있는 것은 그녀에게는 너무나도 중요한 것이었기 때문이었다.

「그리고 그 무언가 홱 이쪽을 돌아다보지 뭐예요. 그러자 그것은 수염이 텁수룩하게 난 자그마한 몸집의 무섭게 생긴 농부였어요. 난 도망치려고 했어요. 그러나 그 사내는 자루 위로 몸을 구부리고 두 손으로 한창 무엇인지를 뒤적뒤적 찾고 있잖겠어요……」

그녀는 그 사내가 자루 속을 뒤적거리고 있던 시늉을 흉내내 보였다. 그녀의 얼굴에는 두려움이 서려 있었다. 그러자 브론스키도 자기의 꿈을 생각해 내면서 마음을 가득 채우는 그녀가 느끼는 똑같은 공포를 느끼고 있었다.

「그 사내는 무엇인지를 찾으면서 아주 빠르게 프랑스어로 쇠를 달구어 두드려서 단련시키지 않으면 안 돼……라고 말하지 않겠어요. 그래 난 어찌나 무서운지 얼른 잠을 깨야겠다고 생각하는 순간 곧 잠이 깼어요……그것은 역시 꿈이잖아요. 그래서 나는 이것은 도대체 무슨 의미일까 하고 자신에게 묻기 시작했어요. 그러자 코르네이가 나에게 ── 『당신은 산고(産苦)로 돌아가실 거예요, 산고로요, 산고로, 마님……』 이렇게 말하는 거예요. 그리고 거기에서 난 정말로 잠을 깼어요……」

「무슨 쓸데 없는 소릴, 무슨 어리석은 소릴 다 하고 있는지 모르겠군!」하고 브론스키는 말했다. 그러나 자신도 그 목소리에 아무런 확신도 없다는 것을 느끼지 않을 수 없었다.

「그렇지만, 이런 얘긴 이제 그만둬요, 네. 그보다도 저어, 벨이나 좀 눌러 주세요. 차를 들여오도록 할 테니깐요. 아, 잠깐만요, 금방이에요, 난……」

그러나 갑자기 그녀는 말을 그쳤다. 그녀의 표정은 순간적으로 바뀌었다. 공포와 흥분이 갑자기 조용하고 엄숙한 행복한 듯한 표정으로 바뀌었다. 그는 그 변화의 의미를 이해할 수가 없었다. 그녀는 자기 속에서 새로운 생명이 움직이는 것을 감지한 것이었다.

4

알렉세이 알렉산드로비치는 자기 집 입구의 층층대에서 브론스키와 만나고 나서도 계획했던 대로 이탈리아 가극장으로 말을 몰았다. 그는 거기에서 두 번째 막이 끝날 때까지 있으면서 만나지 않으면 안 될 사람은 다 만났다. 집으로 돌아오자 그는 주의깊게 옷걸이를 살폈다. 그리고 거기에 군인 외투가 걸려 있지 않은 것을 보고 나서 언제나처럼 곧장 자기의 방으로 갔다. 그러나 그는 평소와는 달리 잠자리에는 들지 않고 꼬박 세 시까지 서재 안을 여기저기 거닐고 있었다. 체면을 지키려고도 하지 않고 집으로 애인을 끌어들인다든가 하는 짓을 해서는 안 된다는 오직 하나의 조건마저도 무시해 버린 아내에게 대한 분노의 감정이 그에게 안정을 주지 않았던 것이다. 그녀는 그의 요구를 이행하지 않았다. 그래서 그는 그녀를 벌하고 이혼을 요구해서 아들을 빼앗아 버리겠다고 한 앞서의 위협을 실행에 옮기지 않으면 안 될 판국에 이르렀던 것이다. 백작 부인 리지야 이바노브나는 그의 경우에서 빠져 나가기에는 그것이 가장 좋은 방법이라고 몇 차례나 그에게 암시도 했고 게다가 또 요즈음에는 이혼의 실행이 지극히 완전하게 행해지게끔 돼 있었으므로 알렉세이 알렉산드로비치도 형식상의 곤란이 이겨낼 수 없는 것이 아니라는 것을 알고 있었다. 더구나 불행은 단독으로 찾아오는 것이 아닌 양, 그 이민족 통치 문제와 자라이스카야 현의 토지 관개(灌漑) 문제도 알렉세이 알렉산드로비치에게 공무상으로 매우 큰 불쾌를 가져다 주고 있었으므로 그는 요즈음 극도로 열이 오른 기분 속에 있었던 것이다.

그는 온 밤을 자지 않고 지새웠다. 그리고 그의 분노는 그 어떤 급격한 증대를 보이면서 아침에는 극한(極限)에 이르렀다. 그는 얼른 옷을 갈아입었다. 그리고 마치 분노가 가득 찬 술잔이라도 나르고 있는 듯, 조금이라도 그것을 엎지를까를 걱정하는 듯한 태도로, 동시에 또 그 분노와 함께 아내와 담판을 짓기 위해서 필요한 정력을 잃는 것을 두려워하는 듯한 태도로, 아내가 일어났다는 것을 알자마자 아내의 방으로 들어갔다.

안나는 평소 자기는 남편에 대해서 무엇이거나 다 속속들이 잘 알고 있다고 여기고 있었으나, 그가 자기한테로 들어왔을 때의 얼굴빛을 보고 적잖이 놀랐다. 그의 이마는 찌그러져 있었고, 눈은 그녀의 시선을 피해서 음울하게 자기의 앞을 바라보고 있는가 하면 입은 굳게 앙잡는 듯이 닫혀 있었다. 그리고 그 걸음걸이에도 몸짓에도 목소리의 울림에도 아내가 그에게 있어서 아직까지 한 번도 본 적이 없었던 것같은 결연함과 단호함이 깃들어 있었다. 그는 그녀의 방으로 들어오자 그녀에게는 인사도 하지 않고 똑바로 그녀의 책상 쪽으로 가서 열쇠를 들어 서랍을 열었다.

「무엇을 하시려구요?」하고 그녀는 외쳤다.

「당신 애인의 편지야.」하고 그는 말했다.

「그런 건 여기엔 없어요.」그녀는 서랍을 닫으면서 말했다. 그러나 그는 그녀의 그 거동에 의해서 자기의 짐작이 틀림없다는 것을 알았다. 그래서 그는 사납게 그녀의 손을 밀어젖히고, 미리 그녀가 가장 중요한 서류를 넣어 두고 있는 것을 알고 있던 종이 끼우개를 얼른 붙잡았다. 그녀는 종이 끼우개를 빼앗으려고 했다. 그러나 그는 그녀를 밀어젖혔다.

「앉아요! 난 당신에게 얘기하지 않으면 안 될 게 있어.」하고 그는 종이 끼우개를 겨드랑이 밑에 끼고 양 어깨가 쳐들릴 만큼 단단히 팔꿈치로 누르면서 말했다.

그녀는 소스라치게 놀라 말없이 주저주저하며 그를 바라보고 있었다.

「난 당신한테 정부를 집에 끌어들여선 안 된다고 미리 얘기해 뒀을 거야.」

「난 실은 그 사람을 만나잖으면 안 될 일이 있었기 때문예요. 그것은……」

그녀는 어떤 이유도 찾아내지 못하고 말을 멈췄다.

「여편네가 정부를 만나잖으면 안 될 이유 같은 걸 다소곳이 듣고 있을 필요는 없어.」

「난 그러고 싶었어요. 난 그저……」하고 그녀는 핏대를 올리며 말했다. 이러한 그의 사나운 태도는 그녀를 자극했고 그녀에게 용기를 주었다. 「도대체 당신은 자기가 날 손쉽게 짓밟을 수 있는 입장에 있다는 것을 느끼고 있지도 않는 모양이로군요?」하고 그녀는 말했다.

「바른 남자와 바른 여자라면 모욕할 수도 있지만 도둑놈을 보고, 넌 도둑놈이라고 하는 것은 사실의 확증에 지나지 않아.」

「당신에게 이런 새로운 잔인한 성질이 있다는 것은 나도 미처 몰랐어요.」

「남편이 아내에게 체면만 지키면 좋다고 하는 조건으로 훌륭하게 명예를 보호해 주면서 자유를 주고 있는 것을 당신은 잔인이라고 하는군. 이것이 잔인이라고 하는 건가?」

「그것은 잔인보다도 더 나빠요. 당신께서 만약 알고 싶어하신다면 말씀드려 두지만, 그것은 비열이라고 하는 거예요!」안나는 증오의 정을 폭발시켜 이렇게 외치고는 얼른 일어서 그 길로 나가려고 했다.

「안 돼!」그는 자기 특유의 날카로운 목소리를 여느 때 보다도 더한층 억양을 높여 외쳤다. 그리고 자기의 큼직한 손가락으로 그녀의 팔을 팔찌 자국이 빨갛게 났을 만큼 세차게 붙들어 억지로 그녀를 제자리에다 앉혔다. 「비열? 만약 당신이 그런 말을 쓰고 싶어한다면 얼마든지 이야기하겠는데 말야, 애인을 위해서 남편과 아들을 버리고도 예사로 남편의 밥을 먹고 있다고 하는 것, 그것이야말로 비열이라고 하는 거야!」

그녀는 고개를 떨어뜨렸다. 그녀는 전날 밤 애인에게 그가 이야기한 것은 입 밖에 내지 않았을 뿐 아니라 말할 생각조차도 하지 않았다. 그녀는 그의 말이 어디까지나 옳음을 느끼고 그저 이처럼 조용조용히 말했다.

「당신께선 뭐라고 말씀을 하시더라도 내 자신이 생각하고 있는 것보다 나쁘게 내 경우를 생각하실 수는 없어요. 그런데 도대체 무엇 때문에 그런 말씀을 하시는 거죠?」

「무엇 때문에 내가 그런 말을 하고 있느냐고? 무엇 때문이냐고?」하고 그는 역시 노기 띤 어조로 말을 계속했다. 「세상 체면만이라도 지켜 달라고 하는 내 희망을 당신이 실행해 주지 않았으니까, 드디어는 나도 경우에 끝장을 짓기 위한 수단을 취하기로 했다는 것을 당신에게 알려 주기 위해서요.」

「이대로도 곧, 끝장이 지어질 거예요.」하고 그녀는 말했나. 그리고 지금에 와서는 소원이 되다시피 한 죽음이라는 것에 생각이 미치자, 그녀의 눈에는 또다시 눈물이 핑 돌았다.

「그야 그것은 당신이 정부와 둘이서 생각하고 있는 것보다는 빨리 끝장이 지어지겠지! 당신들에겐 동물적인 정욕을 만족시키는 것만이 필요하나까.」

「알렉세이 알렉산드로비치 난 그것을 너그럽지 않다고는 말씀드리지 않지만 너무 점잖지 않은 편이군요──쓰러져 있는 사람을 친다는 것은.」

「그래, 낭신은 자기 일만을 생긱하고 있딘 말야, 힌때 당신의 남편이었던 인간의 고뇌 같은 것은 당신한테는 이제 문제가 아니야. 당신에겐 그 사람의 일생이 망가져 버리건, 그 사람이, 그 사람이, 괴……괴……괴로와하고 있건, 조금……조금도 아랑곳할 게 없겠지.」

알렉세이 알렉산드로비치는 너무 빨리 지껄였으므로 혀가 말려 도저히 이 『괴로와하고』라고 하는 말을 발음할 수가 없었다. 그래서 결국에는 『괴로와하다』로 발음하고 말았다. 그녀는 우스워졌다. 그리고 곧 그녀는 이런 순간에 자기에게 무엇인가가 우습게 느껴질 수 있었다고 하는 것, 그것에 대해서 쑥스러워졌다. 그리고 처음으로 일순간 그에게 대해서 동정을 느끼고 그의 입장이 돼 보고 그를 가엽게 여기기 시작했다. 그러나 그에게 무슨 말을 하고 무슨 짓을 할 수가 있었겠는가? 그녀는 그저 고개를 떨어뜨리고 잠자코 있었다. 그도 또한 한동안 침묵을 지켰다. 그러나 이내 이번에는 끽끽거리는 듯한 울림이 적고 싸늘한 목소리로 아무런 각별한 의미도 없는 제멋대로 선택한 말에 일부러 힘을 주면서 이야기하기 시작했다.

「난 당신에게 얘기하려고 왔어……」 하고 그는 말했다.

그녀는 그를 힐끔 쳐다보았다. 『아냐, 이것은 나한테 그렇게 보였을 뿐야.』 하고 그녀는 그가 『괴로와하다』는 말에 혀가 꼬였을 때의 표정을 상기하면서 생각했다. 『아냐, 이런 흐릿한 눈을 하고 자기 만족에 좋아하고 있는 인간에게 정말 그 무엇을 느낄 수 있을까?』

「난 아무것도 바꿀 수는 없어요.」 하고 그녀는 속삭이듯이 말했다.

「난 내일 모스크바로 떠나겠어. 두번 다시 이 집에는 돌아오지 않아. 그리고 당신은 내가 이혼 수속을 의뢰한 변호사한테서 내 결정에 대한 보고를 듣게 될 거야. 난 당신에게 이 이야기만을 하러 왔어. 그리고 내아들은 누님한테 데려다 두겠어.」 알렉세이 알렉산드로비치는 아들에 대해서 이야기 하고 싶었던 것을 가까스로 생각해 내면서 말했다.

「당신은 날 괴롭히기 위해서 세료쥐아가 필요한거죠.」 하고 그녀는 이마 너머로 그를 보면서 말했다. 「당신은 그애를 사랑하고 있지는 않아요……제발, 세료쥐아는 놔 두고 가세요!」

「그래, 난 아들에 대한 사랑마저도 잃어버렸어. 그것은 당신에 대한 혐오의 감정이 그 아이에게로 옮아 가기 때문이야. 그러나저러나 하여튼 난 그애를 데리고 가겠어. 그럼 안녕!」

이렇게 말하고 그는 나가려고 했다. 그러나 이번에는 그녀가 그를 붙들었다.

「알렉세이 알렉산드로비치, 세료쥐아는 놔 두고 가 주세요!」 하고 그녀는 다시 한번 속삭이듯이 말했다. 「난 이제 이 이상 아무것도 말씀드릴 것은 없어요. 그저 세료쥐아를, 세료쥐아는 놔 두고 가 주세요……난 곧 어린앨 낳게 돼요. 그앤 놔 두고 가 주세요!」

알렉세이 알렉산드로비치는 핏대를 올렸다. 그리고 그녀에게서 손을 뿌리치고 말없이 방을 나가 버렸다.

5

유명한 페테르스부르크의 변호사의 응접실은 알렉세이 알렉산드로비치가 들어갔을 때는 사람으로 가득 차 있었다. 세 부인——노파와 젊은 여자와 장사치의 아내와, 세 신사——하나는 반지를 낀 독일인 은행원, 하나는 턱수염이 있는 장사치, 하나는 제복 위에 십자가를 늘이고 있는 무뚝뚝한 얼굴의 벼슬아치——는 분명히 벌써 꽤 오랫동안 기다리고 있은 성싶었다. 두 조수는 펜 움직이는 소리를 삭삭 내면서 탁자 위에서 쓰고 있었다. 알렉세이 알렉산드로비치가 여간한 취미를 가지고 있지 않았던 그 언저리에 있는 필기구들은 매우 훌륭한 것이었다. 알렉세이 알렉산드로비치는 그것을 주의하지 않을 수가 없었다. 조수 하나는 일어서지도 않고 눈살을 잔뜩 찌푸린 채 못마땅하다는 듯이 알렉세이 알렉산드로비치한테로 얼굴을 돌렸다.

「무슨 볼일이 있으십니까?」

「변호사 선생을 좀 뵙고 싶어서 그러는데요.」

「선생님께선 지금 집무중이십니다.」 하고 조수는 펜으로 기다리고 있는 사람들 쪽을 가리키면서 딱딱하게 대답했다. 그리고 쓰기를 계속했다.

「잠깐 틈을 내주실 수 없으실는지요?」 하고 알렉세이 알렉산드로비치는 말했다.

「선생님께선 한가한 시간이라고는 없으십니다. 언제나 바쁘시니까 말씀예요. 저어 잠깐 기다려 주세요.」

「그럼 괴롭겠지만 내 명함을 변호사에게 좀 전해 주시잖겠소.」 알렉세이 알렉산드로비치는 자기의 지위와 이름을 숨겨 두어서는 안 되겠다는 것을 알고 위엄스럽게 말했다.

조수는 그것을 받아들자 분명히 거기에 쓰여 있는 것을 좋아하지 않는 듯 문을 열고 늘어갔다.

알렉세이 알렉산드로비치는 원칙적으로 재판의 공개에 찬성하고 있었다. 그러나 그것을 러시아에 적용함에 있어서의 어떤 세부 사항에 대해서는 자기가 관계하고 있는 높은 공무상의 관계에서는 전적으로 찬성하고 있지는 않았다. 그리고 최고의 권위에 의해서 제정된 무엇인가를 비난할 수 있었던 정도로 그걸 비난하고 있었다. 그의 생활은 모두 행정상의 활동 속에서 보내고 있기 때문에 그가 무엇인가에 동감을 가지고 있지 않을 때라도 그 반감은 무슨 일에도 잘못이라는 것은 있을 수 있는 일이고, 그런 잘못쯤은 수정할 수 있는 것이라는 자각에 의해 누그러져 있었던 것이다. 새로운 재판법에 있어서 그는 변호사 제도가 설정됐다는 조건에 그다지 찬성하지 않았던 것이다. 그러던 것이 이제 그 감정은 그가 변호사의 응접실에서 받은 이 인상에 의해서 더한층 강화되었던 것이다.

「지금 나오십니다.」 조수는 말했다. 그리고 아니나다를까 한 이 분쯤 지나서 변호사의 모습이 문 쪽에 나타났다.

변호사는 암갈색의 턱수염과 하얗고 긴 눈썹과 툭 내민 이마를 가진 몸집이 작으면서도 뚱뚱한 몸집에 머리가 훌렁 벗겨진 사내였다. 그는 넥타이며 시계의 곁사슬에서 에나멜 가죽의 구두에 이르기까지 마치 새신랑처럼 몸치레를 하고 있었다. 얼굴은 영리하게 생긴 시골뜨기의 모양새 같았으나 옷차림은 유달리 사치스러운 저속한 취미를 느끼게 했다.

「들어오십쇼.」변호사는 알렉세이 알렉산드로비치한테다 대고 말했다. 그리고 침울한 모습으로 카레닌에게 자기의 옆을 지나가게 하고 문을 닫았다.

「자아, 좀 앉으실까요?」하고 그는 갖가지 서류들이 너저분하게 놓여 있는 사무용 탁자 옆의 안락의자를 가리켰다. 그리고는 자기는 상석에 앉아 짤막한 손가락에 하얀 잔털이 촘촘하게 덮인 자그마한 손을 문지르면서 고개를 옆으로 기울였다. 그러나 그가 그런 자세를 고정하자마자 탁자 위를 한 마리의 모기가 날아갔다. 그러자 변호사는 이 사람한테서는 도무지 기대할 수도 없었던 것 같은 민첩함을 가지고 재빨리 손을 풀어 그 모기를 잡았다. 그리고 다시 이전의 자세로 돌아갔다.

「내 용건을 이야기하기 전에,」알렉세이 알렉산드로비치는 깜짝 놀란 것처럼 변호사의 거동을 눈으로 살피고 나서 말했다.「미리 말씀드려 두고 싶은 것은 내가 당신에게 부탁하는 사건에 대해서는 절대로 비밀을 지켜 주셔야 되겠읍니다.」

간신히 보일 정도의 미소가 축 늘어진 변호사의 붉은 입수염을 움직였다.

「내가 의뢰를 받은 사건의 비밀이 지켜지지 않는대서야 나도 변호사랄 수 있겠읍니까. 그러나 만약 무슨 증거라도 필요하시다면……」

알렉세이 알렉산드로비치는 그의 얼굴을 힐끔 쳐다보았다. 그리고 그 잿빛의 총기(聰氣)가 있는 눈에 웃음을 머금고 있는 것이 벌써 모든 것을 다 알고 있다는 것 같았다.

「내 이름은 알고 있으시겠죠?」하고 알렉세이 알렉산드로비치는 계속해서 말했다.

「알고 있읍죠. 그리고 당신께서,」하고 그는 또다시 모기를 잡았다.「훌륭한 활동을 하고 계신다는 것도 모든 러시아 사람들과 마찬가지로 알고 있읍니다.」변호사는 고개를 숙이고 말했다.

알렉세이 알렉산드로비치는 기력을 모으면서 푸우 하고 한숨을 내쉬었다. 그러나 한번 마음을 정하자 그는 이제는 머뭇거리지도 않고 더듬는 일도 없이 두서너 말에는 힘을 주기도 하면서 예의 날카로운 목소리로 말은 계속했다.

「나에겐 불행한 일이 있었어서 말이오.」하고 알렉세이 알렉산드로비치는 시작했다.「난 속임을 당한 남편입니다. 그래서 법률적으로 아내와의 관계를 끊어야겠다. 말하자면 이혼을 해야겠다고 생각하는데 다만 그 경우 아들을 어머니의 손에다 건네고 싶지 않습니다.」

변호사의 잿빛의 두 눈은 웃지 않으려고 애쓰고 있었다. 그러나 그들은 억누를 수 없는 기쁨으로 뛰놀고 있었다. 그리고 알렉세이 알렉산드로비치는 거기에 그저 유리한 주문을 받은 사람의 기쁨만이 아니고 승리와 환희가 있는 것을, 그가 언젠가 아내의 눈 속에서 본 적이 있는 불길한 광채와 흡사한 반짝임이 있는 것을 보았다.

「그럼, 당신은 저어, 이혼의 성립을 위해서 내 힘을 빌리고 싶다 그 말씀이신가요?」

「그렇습니다, 바로 그대롭니다. 그러나 미리 말씀드려 두잖으면 안 될 것은 내가 당신의 주의를 악용하고 있는지도 모른다고 하는 겁니다. 내가 찾아온 것은 그저 미리 당신에게 상의를 해야겠다고 생각했기 때문입니다. 난 이혼을 바라고는 있읍니다. 그러나 나에게 중요한 것은 그것을 수행하는 형식입니다. 그러니까 만약 그 형식이 내 요구에 일치하지 않는다고 하면 난 법률상의 수속을 밟는 것을 중지하고 말 것이오.」

「아니, 그것은 어느 경우에도 그렇습니다.」하고 변호사는 말했다.「그리고 그 점은 언제라도 마음대로 하셔도 됩니다.」

변호사는 자기의 억누를 수 없는 기쁨을 얼굴에 드러냈다 가는 소송 의뢰인을 모욕하게 되는지도 모른다는 것은 느끼면서 눈을 알렉세이 알렉산드로비치의 발뿌리에 떨어뜨렸다. 그는 자기의 코 끝을 닐고 있는 모기를 보았다. 그리고 마악 손을 들어 잡으려다가 알렉세이 알렉산드로비치의 지위에 대한 존경에서 그것을 단념했다.

「이 문제에 대한 법률상의 규정은 나도 알고는 있읍니다만,」하고 알렉세이 알렉산드로비치는 말을 계속했다.「그래도 실제로는 이런 종류의 문제는 어떻게 처리되고 있는가 하는 그 형식을 조금 알았으면 싶어서 말이에요.」

「그러니까 당신께서 바라고 있으신 것은,」하고 변호사는 눈을 들지 않고, 그다지 싫지도 않은 태도로 자기의 소송 의뢰인의 말에 맞장구치면서 대답했다.「당신의 희망을 실현할 수 있는 방법을 자세하게 말씀드리면 된다는 그 말씀이시겠군요.」

그리고 알렉세이 알렉산드로비치고 고개를 끄덕이는 것을 보고 그는 말을 계속했다. 그저 이따금 홀끔홀끔 알렉세이 알렉산드로비치의 얼굴의 붉은 반점을 흘끔 쳐다보면서.

「우리 나라의 법률에 의한다면 이혼은 말이에요.」그는 우리 나라의 법률이라고 하는 말에 대한 기뻐운 비난의 어조를 띠며 말했다.「잘 알고 있으신 바처럼 다음과 같은 경우에만 가능하게 돼 있읍니다……잠깐만 기다려!」그는 문으로 고개를 디민 조수에게 말했다. 그러나 역시 일어서서 두서너 마디 이야기하고 나서 다시 자리에 앉았다.「말하자면 이런 경우죠, 부부 상호의 육체상의 결함, 그리고 오 년간 소식이 없을 때.」하고 그는 잔털이 촘촘하게 덮인 손가락을 꼽으면서 말했다.「그리고 간통(이 말을 그는 눈에 보이는 만족을 가지고 발음했다), 그리고 이상을 더 세분하자면 말씀예요(그는 또 굵다란 손가락을 계속해서 꼽았다. 이 세 경우와 세분을 동시에 분류할 수 없음이 분명했음에도 불구하고). 즉 남편이나 아내의 육체적인 결함, 그리고 남편이나 아내 어느 쪽의 간통.」하고 다섯 손가락이 모두 다 꼽혀 버렸으므로 그는 그것을 펴고 말을 계속했다.「그렇다고는 하나 이것은 이론적인 견해입니다. 그러나 당신께선 지금 그것이 실제로 적용되는 경우를 아시기 위해서 일부러 저희들에게까지 어려운 걸음을 하셨으리라고 여기기 때문에, 나로서는 지금까지 취급한 사건을 참조해 가면서 실제에 있어서의 이혼은 모두 다음과 같은 경우에 일어나고 있다는 것을 말씀드리지 않을 수 없군요. 먼저 내가 생각하고 있는 바로는 육체적인 결함이니 하는 문제는 그리 흔히 있는 것은 아니고 무소식의 부재라고 하는 것도 그리 있을 수 있는 것은 아니니까요……」

알렉세이 알렉산드로비치는 긍정적으로 고개를 기울였다.

「그러니까 말하자면 다음과 같은 경우에 한하는 셈이 되겠읍니다. 즉 배우자 가운데 어느 한쪽이 간통한 경우, 상호의 동의에 의한 범죄자측의 죄증 명시(罪證明示)의 경우, 그리고 그러한 동의를 무시한 본의 아닌 죄증 명시의 경우, 그러나 마지막 경우라고 하는 것은 실제로는 그다지 있는 것이 아니라고 말씀드릴 수 있겠읍니다.」하고 변호사는 말했다. 그리고 알렉세이 알렉산드로비치의 얼굴을 흘끔 쳐다보고는 입을 다물었다. 마치 권총을 파는 사람이 여러 가지 다른 무기의 효능을 실컷 너절하게 이야기하고 난 뒤에 고객의 선택을 거다리고 있을 때처럼. 그러나 알렉세이 알렉산드로비치는 잠자코 있었다. 그래서 변호사는 또 말을 계속했다.「가장 흔히 있는 단순한 그리고 합리적인 방법은 제가 생각하고 있는 바로는 쌍방의 동의에 의한 간통의 경우입니다. 물론 저도 교양이 없는 사람하고 애기할 경우에는 이런 말투를 쓰지는 않았을 것입니다만.」하고 변호사는 말했다.「그러나 당신께선 충분히 이해하시리라고 여긴 나머지.」

그러나 알렉세이 알렉산드로비치는 상당히 마음이 전도돼 있었으므로 쌍방의

합의에 의한 간통의 합리성이라고 하는 것을 얼른 이해할 수가 없었다. 그리고 그 눈 속에 의혹의 빛을 나타냈다. 그러자 변호사는 곧 그를 도왔다.

「그렇게 된다면 벌써 어느 누구도 같이 살 수는 없읍니다. 그것은 사실입니다. 그리고 만약 쌍방이 그 점에서 일치되기만 한다면 그 뒤의 여러 가지 자질구레한 것이며 형식은 전혀 아무것도 아니게 됩니다. 그리고 동시에 이것이 가장 단순하고 가장 확실한 방법인 것입니다.」

알렉세이 알렉산드로비치는 그때야 비로소 똑똑히 알았다. 그러나 그에겐 종교상의 요구가 있어서 그것이 그러한 방법을 선택하는 것을 방해했다.

「그것은 내 경우에 있어서는 문제 밖이군요.」하고 그는 말했다.「그렇다면 나에게 가능한 경우는 오직 하나밖에 없읍니다. 즉 내 수중에 있는 몇 통의 편지에 의해서 확증되는 우연의 죄증 명시라고 하는.」

편지라는 말에 변호사는 입을 다물었다. 그리고 가느다랗고 동정하는 듯하고 얕잡는 듯한 소리를 냈다.

「글쎄요, 그러나 말씀예요.」하고 그는 말을 시작했다.「이런 종류의 사건이고 보면 잘 알고 계시듯이 종교국(宗敎局)에 의해서 결정되고 있는 것이니까 말이에요. 그리고 목사라는 것은 그런 종류의 사건에도 자진해서 지극히 상세한 점까지 파고들어 천착해 주는 것이니까 말이에요.」그는 목사의 취미에 동정하는 것 같은 미소를 띠고 말했다.「물론, 편지라는 것도 어느 정도의 입증은 될 수 있읍니다. 그러나 증거라는 것은 직접적인 방법, 즉 증인이라고 하는 것에 의해서 얻어지지 않으면 안 됩니다. 그러니까 한 마디로 말씀드려서 만약 당신께서 나를 신용해 주신다면 적용되어야 할 수단의 선택은 일체 나에게 맡겨 주시지 않겠어요. 결과를 바라는 자는 수단은 가리지 않는 법이니깐요.」

「그렇다면……」갑자기 파리해지며 알렉세이 알렉산드로비치는 말을 시작했다. 그러나 그때 변호사가 일어서서 또다시 문 있는 데로 이야기를 가로막은 조수에게로 나갔다.

「그 부인한테 얘기해 줘. 우린 시시한 사건은 취급하지 않는다구!」그는 이렇게 말하고 알렉세이 알렉산드로비치에게로 들어왔다.

자리에 돌아오면서 그는 눈에 띄지 않게 또 한 마리의 모기를 잡았다. 『이러다가는 내 비단 커튼도 여름까진 형편 없이 되겠군!』하고 그는 미간을 찌푸리면서 생각했다.

「그래서 당신의 말인즉은……」하고 그는 말했다.

「아니, 내 결심은 서면으로 알려드리기로 하겠읍니다.」알렉세이 알렉산드로비치는 일어서면서 말하고 탁자를 붙잡았다. 그리고 잠시 우두커니 서 있다가는 말했다. 「당신의 말씀대로 한다면, 난 아뭏든 이혼을 할 수가 있다는 결론에 이를 수 있는 것 같습니다. 그런데 당신 쪽의 조건도 좀 알려 주셨으면 좋겠는데.」

「무엇이건 할 수 있읍니다. 당신께서 완전한 행동의 자유만 나에게 주신다면.」변호사는 ♂음에는 대답하지도 않고 말했다. 「그런데 그 통지는 대개 언제쯤 받을 수 있게 되는지요?」변호사는 문 쪽으로 걷기 시작하면서, 그리고 눈과 에나멜 가죽으로 된 구두를 반짝이면서 이렇게 물었다.

「일 주일 후에. 그럼 그렇게 알고, 그때에 여기서도 이 사건을 맡아 주실는지 어떤지, 그리고 어떤 조건으로 맡아 주실 것인지 거기에 대해서 답장을 해주셨으면 합니다.」

「잘 알겠읍니다.」

변호사는 공손하게 인사를 하고 그 소송의 의뢰인을 문 밖으로 배웅해 보냈다. 그리고 혼자 남게 되자 자기의 기쁜 감정에 몸을 맡겼다. 그는 아주 기분이 좋아졌다. 그래서 저도 모르게 평소의 규칙에 반해서 수수료를 깎아 달라고 하는 부인에게는 깎아 주기도 하고 마침내는 올 겨울까지는 시고닌네처럼 가구를 모두 우단으로 싸야겠다고 단단히 결심을 하고, 모기를 잡는 것도 그만두었다.

6

알렉세이 알렉산드로비치는 8월 17일의 위원회에서 명예로운 승리를 거뒀다. 그러나 그 승리의 결과는 오히려 그를 궁지에 몰았다. 이민족의 생활 상태를 온갖 관계에 있어서 연구하기 위한 새로운 위원회가 알렉세이 알렉산드로비치에 의해 자극된 비상한 속도와 정력을 가지고 조직되어 목적지로 파견되었다. 삼개월 후에 보고가 제출되었다. 이민족의 생활 상태는 정치적·경제적·인종적·물질적·종교적 견지에서 연구되었다. 온갖 문제에 대해서 훌륭하게 해답이 주어졌다. 그 해답은 조금도 의심할 여지가 없는 것이었다. 그것은 그것이 모두 언제나 오류에 빠지기 쉬운 인간의 사정의 산물이 아니고 직무상의 활동의 소산이기 때문이었다. 그러한 해답들은 어느 것이나 모두 면사무소며 목사의 보고를 토대로 한 지사와 주교의 보고라고 하는 공식적인 재료의 결과였다. 그러니까 그러한 해답들은 모두 의심할 여지가 없는 것들이었던 것이다. 예를 들자면, 왜 이따금 흉작이 있는가, 왜 주민이 자기의 신앙에 고집하고 있는가 하는 등등의 모든 문제——공공 기관이라고 하는 편의가 없어서는 도저히 해결되지 않는, 또 영구히 해결될 가망이 없는 문제에 대해서 명료하고 의심할 여지가 없는 해결이 얻어진 것이었다. 그리고 그 해결은 모두 알렉세이 알렉산드로비치의 의견에 유리했다. 그러나 스트레모프는 지난 번 회의 때에 약점을 찔렸다고 느끼고 있었으므로 위원회의 보고를 받음과 동시에 알렉세이 알렉산드로비치가 뜻하지도 않았던 술책을 폈다. 스트레모프는 몇 사람의 다른 위원들을 끌어들여 가지고 갑자기 알렉세이 알렉산드로비치의 편으로 변했다. 그리고 카레닌이 제출한 법안의 실행을 열심히 옹호했을 뿐만이 아니고, 정신은 똑같은 것이지만 더한층 극단적인 법안까지를 내놓았다. 이러한 법안들은 알렉세이 알렉산드로비치의 근본 사상에서 본다면 도리어 반대의 방향으로 강화될 수 있는 것이었으나 그것이 채택되고 나서야 비로서 스트레모프의 술책이었다는 것이 드러났다. 말하자면 이러한 방법들은 너무나 극단으로 흐르고 있었으므로 돌연 그 우열함을 폭로하기에 이르렀고 정부 당국도 여론도 총명한 부인들도 신문도——모두 다 이 법안, 그것에 대해서 또 그 법안의 제출자인 알렉세이 알렉산드로비치에 대해서 저마다의 분노를 쏘아붙이면서 한결같이 이 법안을 공격하기 시작했다. 그러나 스트레모프는 스트레모프대로 자기는 그저 맹목적으로 카레닌의 계획에 따랐을 뿐이다, 그리고 지금에 와서는 자기도 이렇게 된 것에 놀라며 분개하고 있다는 태도를 보이며 발뺌을 해 버렸다. 이 일은 적잖이 알렉세이 알렉산드로비치한테 상처를 입혔다. 그러나 알렉세이 알렉산드로비치는 건강도 차차 쇠약해 가고 가정에는 무거운 슬픔이 있었음에도 불구하고 좀처럼 굴복하지 않았다. 위원회 안에는 분열이 일어났다. 스트레모프를 머리에 이고 있는 일부 위원들은, 자기들은 알렉세이 알렉산드로비치에 의해서 주제되고 있는 조사위원회가 제출한 보고를 믿은 것이 나빴었다고 이야기하고 자기들의 잘못을 변명했다. 그리고 그 위원회의 보고는 우열한 것이고 그저 헛짓을 잔뜩 한 휴지에 지나지 않는다고 말했다. 알렉세이 알렉산드로비치는 보고 서류에 대한 이같은 혁명적인 태도의 위험성을 발견하고 있는 자기 파의 일부 위원들과 함께 조사위원회가 작성한 자료를 지지했다. 그 결과로서 상류 사회는 물론 일반 사회에 있어서도 일체의 견해가 뒤엉켜 버렸다. 그리고 이 문제는 모든 사람들에게 극도의 흥미를 품게 했음에도 불구하고 그 어느 누구 하나 참으로 이민족이 빈곤과 멸망의 지경에 이르고 있는 것인가, 그렇지 않으면 번영해 나가고 있는 것인가, 아는 사람은 없었던 것이다. 알렉세이 알렉산드로비치의 입장은 그 때문에, 그리고 일부는 그의 아내의 부정으로 자기한테 떨어진 모멸 때문에 몹시 안절부절 못하게 돼 있었다. 이 시점에서 알렉세이 알렉산드로비치는 한 가지 중대한 결심을 했다. 그가 몸소 그 사건을 조사하기 위해서 그 지방으로의 출장 허가를 얻을 것이라는 발표는 위원회를 깜짝 놀라게 했다. 그리고 그 허가를 얻자 알렉세이 알렉산드로비치는 먼 지방에 있는 몇 개 현을 향해서 출발했다.

알렉세이 알렉산드로비치의 출발은 대단한 인기를 불러일으켰다. 더우기 그는 출발 때가 바싹 닥쳐서 목적지까지의 여비로서 지급된 역마 열두 필 값을 정식 서면으로 되돌려 보냈기 때문에 인기는 한층더 끓어올랐다.

「정말 잘하신 일이라고 생각해요.」 하고 이 일에 대해서 베트시는 마흐카야 공작 부인과 이야기했다. 「지금은 어디든지 철길이 생기고 있다는 것을, 누구 하나 모르고 있는 사람도 없는데 뭣 때문에 역마 대금 같은 걸 지급할 필요가 있을까요 ?」

그러자 마흐카야 공작 부인은 동의하지 않았다. 트베르스카야 공작 부인의 의견은 그녀를 화나게 하기까지 했다.

「당신넨 그렇게 말씀하시는 것도 좋으시지만 말예요.」 하고 그녀는 말했다. 「아뭏든 몇 백만이라는, 나 같은 사람한테는 짐작도 가지 않을 만큼의 부자이시니까. 그렇지만 나 같은 사람은 남편이 하기(夏期) 순시로 출장가는 것이 굉장한 즐거움이에요. 그분에게는 여행은 건강에도 좋고 유쾌한 일이기도 하고 난 또 나대로 그때의 출장비를 가지고 마차와 마부를 빌리는데 쓰고 있으니간 말씀예요.」

멀리 떨어진 몇 개 현으로 향하는 도중에 알렉세이 알렉산드로비치는 사흘 동안 모스크바에서 묵었다.

모스크바에 도착한 그 이튿날 그는 총독을 방문하러 마차로 갔다. 언제나 마차와 삯마차가 득실거리고 있는 가제트니 가(街)의 네거리에서 알렉세이 알렉산드로비치는 돌연 저도 모르게 돌아다보지 않을 수가 없었을 만큼 유쾌한 목소리로 자기의 이름이 불리는 것이 들렸다. 도로와 한쪽 구석에 유행하고 있는 짧은 외투를 입고, 마찬가지로 유행하고 있는 중절모자를 엇비스듬히 쓴 스테판 아르카지치가 붉은 입술 사이로 하얀 이를 드러내 보이며 미소를 띠고, 어딘지 쾌활하고 젊어 보이는 빛나는 듯한 모습으로 서서 결연하고 집요하게 외치며 마차를 세우려고 하였다. 그는 그 길모퉁이에 멈추고 있던, 그리고 그 창문 너머로 우단 모자를 쓴 부인의 머리와 두 어린애의 머리가 내밀고 있던 마차의 창문을 한 손으로 붙잡고 싱글벙글 하면서 매제를 부르고 있는 것이었다. 그리고 그 부인도 또한 선량한 미소를 띠고 마찬가지로 손을 흔들면서 알렉세이 알렉산드로비치를 부르고 있었다. 그녀는 아이들을 데리고 있는 돌리였다.

알렉세이 알렉산드로비치는 모스크바에서는 어느 누구도 만나고 싶지 않았다. 그 가운데에서도 아내의 오라버니만큼은 더욱더 만나고 싶지 않았다. 그는 살짝 모자를 들어 보이고는 그냥 지나가 버리려고 했다. 그러나 스테판 아르카지치는 그의 마부에게 마차를 세우라고 명령하고 그에게로 눈 속을 뛰어왔다.

「아니 그래, 알리지도 않다니 나쁘잖아! 벌써 왔나? 난 어제 듀소에 갔다고 기명판 속에서 『카레닌』이라는 이름을 보긴 했지만 난 또 설마 자네라고는 꿈에도 생각잖았지!」스테판 아르카지치는 마차의 창문으로 머리를 들이밀면서 말했다. 「그런 줄 알았으면 내가 들러도 들렀을 텐데 말야. 그러나 하여튼 자넬 만나 정말 반가와!」그는 눈을 털기 위해서 발과 발을 맞부딪치면서 말했다. 「아뭏든 알려 주지도 않다니 정말 나빠!」하고 그는 또 되풀이했다.

「시간이 없어서요, 굉장히 바빠서 말입니다.」알렉세이 알렉산드로비치는 싱겁게 대답했다.

「하여간 집사람 있는 데까지 가세. 자네를 굉장히 만나고 싶어하고 있으니까.」

알렉세이 알렉산드로비치는 추위에 민감한 다리를 싸고 있던 담요를 걷어젖히고 마차에서 나와 다리야 알렉산드로브나한테로 가기 위해 눈 속을 간신히 걸어갔다.

「아니, 어떻게 된 일이에요, 알렉세이 알렉산드로비치, 어째서 당신은 그렇게 우릴 보고 달아나려고 하세요?」돌리는 방긋이 웃으면서 말했다.

「아니, 정말 굉장히 바빠서 말씀예요. 그러나 뵙게 돼서 정말 반갑습니다.」그는 이렇게 된 것에 어찌 할 바를 모르고 있는 것을 뚜렷하게 나타내고 있는 듯한 어조로 말했다. 「선상은 어떠십니까?」

「그보다도, 그래 우리 귀여운 안나는 어떤가요?」

알렉세이 알렉산드로비치는 무엇인가를 중얼거리고는 그냥 그대로 가 버리려고 했다. 그러나 스테판 아르카지치가 그를 붙들었다.

「그럼, 내일 우린 이렇게 하기로 하지. 돌리, 이 사람을 만찬에 초대해요! 그리고 코즈느이쉐프와 페소프를 부릅시다. 이 사람에게 모스크바의 인텔리를 대접하게.」

「그럼 자아, 어서 가 보세요.」하고 돌리는 말했다.

「다섯 시에 집에서 기다리기로 하겠어요. 그러나 형편이 여의치 않으시다면 여섯 시라도 좋아요. 그리고 참, 그, 우리 귀여운 안나는 어떻죠? 하도 오래 돼서……」

「그녀는 잘 있읍니다.」하고 알렉세이 알렉산드로비치는 잔뜩 눈살을 찌푸리면서 응얼거리듯이 말했다. 「정말 반갑습니다!」이렇게 말하고 그는 자기의 마차 쪽으로 걸어갔다.

「꼭 와 주시겠죠?」하고 돌리는 외쳤다.

알렉세이 알렉산드로비치는 무엇이라고 응얼거렸다. 그러나 오가는 마차들의 딸가닥거리는 소음 속에 휩싸여 돌리는 그것을 알아들을 수가 없었다.

「난 내일 자넬 찾아가겠어!」하고 스테판 아르카지치는 그에게 외쳤다.

알렉세이 알렉산드로비치는 마차에 올라탔다. 그리고 그는 자기도 내다 보지 않고 남에게도 보이지 않도록 그 속에 깊이 몸을 파묻었다.

「이상한 사람이군!」하고 스테판 아르카지치는 아내에게 말했다. 그리고 시계를 보고 나서 아내의 얼굴 앞에서 아내와 아이들에게 애정을 의미하는 시늉을 손짓으로 해보이고 포도 위를 기운차게 걸어갔다.

「스치바! 스치바!」하고 돌리는 얼굴이 빨개 가지고 불렀다.

그는 돌아다 보았다.

「나 그리쉬아하고 타냐에게 외투를 사 주지 않으면 안돼요. 돈 좀 주세요!」

「괜찮아, 셈은 내가 한다고 그래 둬.」그리고 그는 때마침 마차를 타고 지나가고 있던 친지에게 쾌활하게 고개를 끄떡이고는 그대로 사라져 갔다.

7

이튿날은 일요일이었다. 스테판 아르카지치는 도중에 볼리쉬오이 극장의 무용 연습장에 들러 새로 그의 주선으로 들어가게 된 아름다운 무희인 마쉬아 치비소바에게 전날 밤 약속해 뒀던 산호주를 주고 대낮에도 캄캄한 극장의 무대 뒤에서 선물을 받은 기쁨으로 빛나고 있는 아름다운 그녀의 얼굴에 가까스로 입을 맞췄다. 산호주를 선물 하는 것 외에 그에게는 춤이 끝난 뒤에 그녀와 만날 약속을 할 필요가 있었다. 그는 춤이 시작될 때까지에는 반드시 와서 그녀를 만찬에 데리고 가겠다고 약속했다. 극장을 나오자 스테판 아르카지치는 오호트느이 거리에 들러 손수 만찬의 준비에 필요한 물고기와 아스파라거스를 고르고 그리고 열두 시에는 벌써 듀소에 가 있었다. 거기에서 그는 다행히도 같은 호텔에 묵고 있던 세 사람을 방문하지 않으면 안 되었다. 즉 이즈막에 외국에서 돌아와서 거기에 머물고 있던 레빈과 또 요즈음에야 높은 지위에 올라 모스크바로 시찰을 하러 와 있는 그의 성(省)의 새로운 장관과 그리고 반드시 만찬에 데리고 가지 않으면 안 될 매제인 카레닌 이 세 사람이었다.

스테판 아르카지치는 만찬회를 좋아했다. 그 가운데서도 그다지 크게 벌이지 않은 그러면서도 먹을 것에도 마실 것에도 손님의 선택에도 마음을 쓴 식탁을 차려 베풀기를 좋아했다. 오늘 만찬의 메뉴는 매우 그의 마음에 들었다. 산농어와 아스파라거스가 주된 요리로서는, 놀랍지만 간결한 로스트비프 그리고 그러한 것들에 어울리는 술이 나오기로 되어 있는데 이상은 먹을 것과 마실 것이었다. 손님으로서는 키치와 레빈이 오기로 되어 있으므로 그것을 눈에 띄지 않게 하기 위해서 사촌 누이 한 분과 젊은 쉬체르바스키가 오기로 되어 있었고 손님 중에서 주객이 되는 코즈느이쉐프 세르게이와 알렉세이 알렉산드로비치가 오기로 되어 있었다. 세르게이 이바노비치는 모스크바 사람이고 철학자, 알렉세이 알렉산드로비치는 페테르스부르크 사람으로 실무가였다. 그는 또 그 밖에 유명한 기인(奇人)이고 열정가이고 자유 사상가이고 요설가이고 음악가이고 사가(史家)인 사랑스런 청년다운 쉰 살의 코즈느이쉐프며 카레닌에게 소스가 되기도 하고 양념이 되기도 할 페소프도 초대할 요량이었다. 이 사람이면 그들을 흥분시키고 그들을 부추키게 되리라는 것은 틀림없다.

산에 대한 두 번째의 지불금이 상인의 손에서 들어와 아직은 그대로 남아 있었다. 그리고 돌리도 요즈음은 아주 기분이 좋았고 정다왔다. 그래서 이 만찬의 계획은 여러 가지 점에서 스테판 아르카지치를 기쁘게 했다. 그는 더없이 즐거운 기분 속에 잠겨 있었다. 그러나 약간 재미있는 두 사정이 있기는 있었다. 그렇지만 그 두 사정도 스테판 아르카지치의 마음속에서 출렁거리고 있는 선량한 슬거움의 바다 속에 가라앉아 버렸다. 그 누 사정이라고 하는 것은 이런 것이었다. 첫째는 어제 길에서 마주친 알렉세이 알렉산드로비치의 낯빛과 모스크바에 와 있으면서도 찾아오지도 않고 와 있다는 것조차 알려 주지 않았다는 것과 미리 풍문으로 듣고 있던 안나와 브론스키와의 사건과를 결부시켜 그들 부부 사이에 무엇인가 좋지 않은 사정이 있으리라고 추측한 것이었다.

이것이 한 가지 불쾌한 일이었다. 또 한 가지 다소 불쾌한 것은, 이번의 장관이 모든 신임 장관과 마찬가지로 아침은 여섯 시에 일어나서 말처럼 일을 하고 부하에게도 똑같은 일을 요구하는 무서운 인간이라는 평판을 벌써부터 듣고 있다는 점이었다. 그뿐만이 아니었다. 이 신임 장관에게는 예의를 아는 곰 같은 사내라는 평판도 있었다. 게다가 또 들리는 말에 의하면, 그는 전임 장관에 소속되어 있었을 뿐만이 아니라, 스테판 아르카지치 자신도 오늘날까지 소속되어 있던 일파와는 정반대의 파에 소속하고 있는 사람이라는 것이었다. 어제 스테판 아르카지치는 제복을 착용하고 출근했었다. 그러자 신임 장관은 아주 친절했고, 마치 친지라도 대하는 듯한 태도로 오블론스키에게 말을 걸었다. 그래서 스테판 아르카지치는 프록 코트로 그를 방문하는 것을 자기의 의무라고 생각한 것이었다. 거기에서 신임 장관이 이상야릇한 태도로 자기를 맞지나 않을까 하는 생각이, 즉 이것이 또 하나의 불유쾌한 사정이었다. 그러나 스테판 아르카지치는 본능적으로 모든 것이 말끔히 수습될 것이라는 것을 느끼고 있었다. 『어떤 사람이건 어떤 인간이건 모두 우리와 마찬가지로 죄인들인 것이다. 무엇 때문에 성을 내기도 하고 싸움을 하기도 하고 할 필요가 있는 것일까?』 이처럼 그는 호텔로 들어가면서 생각했다.

「오오, 바실리.」 그는 모자를 삐뚜름하게 쓰고 복도를 지나가면서 낯익은 보이에게 말했다. 「넌 구레나룻을 길렀군? 레빈은 칠호실이었지, 응? 어디 안내를 좀 부탁할까. 그리고 아니치킨 백작은(그가 신임 장관이었다) 면회해 주실는지 어떤지 좀 물어 봐 주지 않겠나?」

「알겠읍니다.」 바실리는 웃는 얼굴로 대답했다. 「정말 오래간만에 들르셨군요.」

「아니, 어제도 왔어. 그저 다른 현관으로 들어왔을 뿐야. 여기가 칠호실이야?」

스테판 아르카지치가 들어갔을 때 레빈은 방 한가운데에 서서 트베리의 농부를 상대로 자를 가지고 갓 잡은 곰의 가죽을 재고 있었다.

「야, 자네들이 잡았나?」 스테판 아르카지치는 외쳤다

「훌륭한 가죽이군! 암곰이야? 어, 아르히프!」

그는 농부의 손을 쥐고 나서 외투도 모자도 벗지 않고 털썩 의자에 앉았다.

「아니, 모자나 벗고 앉지 그래!」 래빈은 그의 모자를 벗겨 주면서 말했다.

「아냐, 그럴 틈이 없어. 그저 일 분간만 있다 갈 생각으로 들렀을 뿐야.」 하고 스테판 아르카지치는 대답했다. 그는 외투의 단추를 끌렀다. 그러나 이내 벗어 버리고 레빈을 상대로 사냥이며 속마음으로부터의 친밀한 이야기를 하면서 꼬박 한 시간이나 앉아 있었다. 「자아, 얘기나 좀 해봐. 외국에선 뭘 하고 왔나? 어디에 있었나?」 하고 스테판 아르카지치는 농부가 나갔을 때에 말했다.

「그래 난 독일에도 프러시아에도 프랑스에도 영국에도 있었어. 그러나 수도에 있었던 것은 아니고 공업지에 있었지. 그리고 새로운 것을 몽땅 보고 왔어. 하여간 간 것이 잘했다고 생각해.」

「음, 노동 문제에 대한 자네 사상은 나도 알고 있어.」

「아냐, 전혀 그렇잖아──러시아엔 노동 문제니 하는 것은 있을 수 없어. 러

시아에 있는 것이라곤 소작인과 토지의 관계라고 하는 문제뿐야. 그야 거기에도
이런 문제는 있긴 하지만 말이지. 그러나 그쪽에선 부서진 것을 수선하는 격이
지만, 우리는……」

　스테판 아르카지치는 주의깊게 레빈의 말을 듣고 있었다.

　「그렇지, 그렇지!」하고 그는 말했다.「그야 전적으로 자네 설이 옳은지도 몰
라.」하고 그는 말했다. 「그러나 난 자네가 매우 건장한 것이 무엇보다도 기뻐.
곰사냥을 하고 일을 하기도 하고 여러 가지 것에 흥미를 가지기도 하는 것이 기
뻐. 그런데 쉬체르바스키는 이런 얘길 하고 있더군──자넨 그 사람을 만난 모
양이지── 자네가 어쩐지 몹시 침울해 가지고 줄곧 죽음이라는 것만을 입에 담
고 있더라고……」

　「그래, 그래서 어떻다는 거야? 난 지금도 죽음에 대해서 생각하는 것을 그만
두고 있지는 않아.」하고 레빈은 말했다.「정말, 지금이 죽어야 할 때야. 그리고
아무것도 다 쓸데 없어. 기왕 말이 난 김에 자네에게 내 진정을 털어 놓겠네
만──그야 나도 자신의 사상이며 일은 매우 소중한 것이라고 여기고 있어. 그
렇지만 말야, 어디 이걸 한 번 잘 생각해 봐. 첫째 우리의 이 세계라는 섯부터가
말야, 조그마한 유성(遊星) 위에 생긴 조그마한 곰팡이에 지나지 않잖아. 그리
고 우린 이 세계에 무엇인가 위대한 것── 사상이라든가 사업이라든가가 있을
수 있다고 생각하고 있거든. 그러나 그런 것은 모두 모래알 같은 거야.」

　「이거 봐, 그런 건 이 세계처럼 낡은 생각이야!」

　「그래, 낡았어. 그렇지만 말야, 알겠나, 그것을 똑똑히 알게 되면 어쩐지 모
든 것이 쓸데 없어진단 말야. 자기는 오늘 내일 사이에 죽고, 그리고 아무것도
님지 않게 된다는 깃을 알게 될 때에는 모든 것이 다 정말 쓸모 없게 되는 기야!
그야 나도 자신의 죽음을 떨쳐 버리기 위해서 사냥이며 일로 기분을 전환시키면
서 일생을 보내고 있는 거야.」

　스테판 아르카지치는 레빈의 이야기를 들으면서 엷고 부드러운 미소를 지
었다.

　「음, 물론 그렇지! 말하자면 인제 자네도 내게로 다가온 셈이야. 자넨 내가
인생에서 쾌락을 찾고 있다고 한창 공격했었어. 기억하겠지? 그러니까 말야,
이것 봐 도덕가, 그처럼 무턱대고 딱딱한 소리만을 하고 있는 게 아냐!」

　「아냐, 그렇지만 인생에는 무엇인가 보다 아름다운 게 있는 거야, 그것은……」
하고 레빈은 주저주저했다. 「아니, 난 모르겠어. 내가 알고 있는 것이라곤
그저 사람은 곧 죽어 버린다고 하는 것뿐이야.」

　「어째서 곧이야?」

「그러나 말이지, 알겠나, 죽음이라고 하는 것을 생각하면 인생의 매력은 적어지지만 그 대신 마음은 한결 차분해져.」

「아닐 거야, 그렇지 않아, 그렇잖아, 마지막이 될수록 오히려 유쾌한 거야. 그건 그렇다고 하고 나는 이제 가지 않으면 안 돼.」

스테판 아르카지치는 열 번째로 일어서면서 말했다.

「그럼 인제, 언제 만날까? 난 내일 가는데.」

「이런, 나도 정말 꽤 멍청하군! 그 때문에 일부러 이렇게 왔으면서도…… 오늘은 우리 집에서 만찬이 있으니 와 줘. 자네 형님도 오고, 내 매제도 올 거야.」

「그럼 그 사람은 여기에 있나?」하고 레빈은 말했다. 그리고 키치에 관해서 묻고 싶었다. 그는 그녀가 초겨울에 외교관의 아내가 된 페테르스부르크의 언니네에서 묵고 있다는 것을 듣고 있었지만, 이제 돌아와 있는지 어떤지는 몰랐다. 그러나 그는 물어 보려던 생각을 그만두었다. 『왔건 오지 않았건 아랑곳없다.』

「그럼, 오겠지?」

「암, 물론이야.」

「그럼 다섯 시에, 프록 코트 차림으로 말야.」

그리고 스테판 아르카지치는 일어서서 아래층의 신임 장관에게로 내려갔다. 본능은 스테판 아르카지치를 속이지 않았다. 무섭다고 하는 평판이 있던 신임 장관은 지극히 온후한 사람이라는 것이 드러났다. 그래서 스테판 아르카지치는 그와 점심을 같이 하고 저도 모르게 거기에 주저앉아 있다 네 시 가까이 되어서야 겨우 알렉세이 알렉산드로비치에게로 갔다.

8

알렉세이 알렉산드로비치는 예배를 보고 돌아오자 그 날 아침은 쭉 숙소에서 시간을 보냈다. 그 날 아침 그에게는 두 가지 일이 눈앞에 닥쳐 있었다——첫째는 페테르스부르크로 가는 도중 모스크바에서 현재 묵고 있는 이민족의 대표자들과 회견하고 적당한 지시를 해주어야 할 것과 둘째는 예의 변호사에게 약속한 편지를 써야 한다는 것이었다. 그 대표자들은 알렉세이 알렉산드로비치의 발의(發議)로 소환된 것이었으나 여러 가지 곤란한 점과 심지어는 위험한 기미까지 보이고 있었으므로 알렉세이 알렉산드로비치는 모스크바에서 그들을 만나게 된 것을 매우 기뻐했다. 이 대표자의 무리는 자신들의 역할이며 의무에 대해서는 아무런 이해도 가지고 있지 않았다. 그들은 그저 단순히 자기들의 요구와 실제의 상태를 진술해서 정부의 원조를 청원하는 것만이 자기들의 일이라고 확신하고 있었고, 그 진정이며 요구의 어떤 것은 오히려 반대당을 지지하게 되고 따라서 중요한 문제를 망쳐 놓아 버린다느니 하는 것은 조금도 모르고 있었던 것이다. 알렉세이 알렉산드로비치는 오랫동안 그들과 상의하고 그들을 위해서 그들이 취해야 할 행동에 대한 프로그램을 만들어 주고 그리고 그들을 보내고 나서 페테르스부르크로 그들의 지도를 의뢰하는 편지를 썼다. 이 문제에 대한 가장 유력한 원조자는 백작 부인 리지야 이바노브나가 아니면 안 되었다. 그녀는 대표자의 일에 있어서는 전문가였다. 어느 누구도 그녀처럼 대표자들을 격려하기도 하고 그들에게 취해야 할 진정한 길을 가리켜 주기도 할 수 있는 사람은 없었다. 그 의뢰장을 쓰고 나서 알렉세이 알렉산드로비치는 변호사한테 보내야 할 편지도 썼다. 그는 조금의 주저도 없이 상대방에게 그의 독단에 의해서 행동할 수 있는 자유를 주었다. 그 편지 속에 그는 안나한테서 빼앗은 종이 끼우개 속에 있었던 브론스키가 안나 앞으로 보낸 세 통의 편지를 넣었다.

알렉세이 알렉산드로비치는 두 번 다시 가족에게로 돌아가지 않으리라는 각오를 하고 집을 나왔을 때부터, 그리고 변호사한테 가서 단 한 사람한테이기는 하지만 자기의 계획에 대해서 이야기해 버린 때부터, 특히 인생의 한 사실을 종이 위의 문제로 옮겨 버린 때부터 차츰 계획에 익숙해져서 지금에 와서는 명백히 그 실행의 가능성을 보게 됐던 것이다.

그가 스테판 아르카지치의 떠들썩한 목소리의 울림을 들은 것은 마침 변호사한테 보내는 편지를 봉석하고 있을 때였다. 스테판 아르카지치는 알렉세이 일렉산드로비치의 하인과 입씨름을 하고 자기가 온 것을 주인에게 알리게 하려고 잔뜩 우기고 있었다.

『마찬가지다.』 하고 알렉세이 알렉산드로비치는 생각했다. 『아니, 오히려 그러는 것이 더 좋을 것이다. 당장 이 자리에서 그의 누이에 대한 내 입장을 설명해 주어야겠다. 그리고 왜 난 만찬에 갈 수 없는가 하는 까닭을 설명해 주리라.』

「들어오셔도 괜찮아 !」그는 서류를 주섬주섬 챙겨 그것을 압지를 댄 종이 끼우개에다 끼우면서 큰 소리로 말했다.

「그것 봐, 어때, 이 녀석, 거짓말을 하고 있어. 계시잖아 !」하고 그를 들여보내지 않으려 하던 하인에게 대꾸하는 스테판 아르카지치의 목소리가 들렸다. 그리고 걸으면서 외투를 벗고 오블론스키는 방으로 들어왔다. 「아니, 자네가 있어

줘서 정말 반가와! 그럼 자아……」 스테판 아르카지치는 쾌활하게 말을 시작했다.

「난 갈 수 없읍니다.」 알렉세이 알렉산드로비치는 선 채 손님을 앉히지도 않고 매정하게 말했다.

알렉세이 알렉산드로비치는 자기가 지금 이혼 소송을 제기하려고 하고 있는 아내의 오라버니에게 언젠가는 그렇게 하지 않으면 안 될 냉정한 태도를 지금 당장 취하려고 생각했다. 그러나 그는 스테판 아르카지치의 마음의 굴곡에서 흘러나오는 선의의 바다를 생각에 넣고 있지 않았다.

「어째서 올 수가 없어? 무슨 까닭이라도 있나?」 그는 난처한 듯한 얼굴을 하고 프랑스어로 말했다. 「그렇지만 그것은 이미 약속이 끝난 얘기잖아. 우린 모두 자네가 오는 것을 생각하고 있단 말야.」

「그럼, 자아, 당신 집에 갈 수 없는 까닭을 얘기하죠. 그것은 지금까지 우리들 사이에 있었던 친척 관계가 조만간 끊어지지 않으면 안 되기 때문입니다.」

「어째서? 건 또 어째서야? 무엇 때문이야?」 하고 스테판 아르카지치는 미소를 띠며 말했다.

「그 까닭은 내가 당신의 누이, 내 아내와 이혼 소송을 제기하고 있기 때문이에요. 난 부득이……」

그러나 알렉세이 알렉산드로비치가 미처 자기의 이야기를 다 끝내기도 전에 스테판 아르카지치는 벌써 전혀 그가 뜻하지 않았던 태도로 나오고 있었다. 스테판 아르카지치는 아아 하고 외마디 소리를 지르고는 털썩 안락의자에 주저앉았다.

「아니, 알렉세이 알렉산드로비치! 자네 거 무슨 소리야!」 오블론스키는 외쳤다. 그리고 그의 얼굴에는 고뇌의 빛이 드러났다.

「그러나 그것은 사실입니다.」

「미안하지만 나는 도무지 그런 것을 믿을 수는 없어……」

알렉세이 알렉산드로비치는 자기의 말이 자기가 기대했던 만큼의 효과를 가지지 않았다는 것, 이것은 아무래도 조금 더 자세하게 설명을 하지 않으면 안 되겠다는 것, 그러나 아무리 설명해 봐도 자기와 이 처남과의 관계는 여전히 변치 않으리라는 것을 느끼면서 자리에 앉았다.

「그럴 거예요, 난 이혼을 요구하지 않으면 안 될 괴로운 판국에 놓여있어요.」 하고 그는 말했다.

「내가 한 마디만 얘기하지, 알렉세이 알렉산드로비치! 나는 자네가 훌륭하고 공명한 남자라는 것을 알고 있어. 또 안나만 해도——실례지만 난 그녀에 대한 나의 생각을 바꿀 수는 없어——그녀만 해도 아름답고 훌륭한 여자라는 것을 알고 있단 말야. 그렇기 때문에 실례가 되는지는 모르지만 난 그것을 믿을 수가 없다는 거야. 아무래도 무엇인가 오해가 있다고밖에 여겨지지 않아.」하고 그는 말했다.

「그래요, 만약 그것이 그저 오해이기만 한다면……」

「아니, 알겠어.」스테판 아르카지치는 가로막았다.「그러나 물론…… 한 마디만——서둘러서는 안 돼. 서둘러서는 응, 서둘러선!」

「별로 서둔 것 없어요.」하고 알렉세이 알렉산드로비치는 냉정하게 말했다.「그렇다고 이런 일을 가지고 누구와도 상의를 할 수 있는 일도 아니고 해서 말예요. 난 굳게 결심하고 있읍니다.」

「건 무서운 일이야!」하고 스테판 아르카지치는 무거운 한숨을 내뿜고 말했다.「그런데 난 한 가지만 자네가 해 주었으면 하는 게 있어, 응, 알렉세이 알렉산드로비치. 정말 부탁해, 그것을 한번 해봐 줘!」하고 그는 말했다.「내가 아는 한으로는 수속은 아직 시작된 것 같지 않군. 그러니까 그 수속을 시작하기 전에 한번 내 아내를 만나 봐 줘. 그녀는 안나를 동생처럼 사랑하고 있고 또 자네도 사랑하고 있어. 그리고 그녀는 현명한 여자야. 제발이야, 그녀에게 한번 얘기해 봐 줘! 정말, 부탁이야, 나에 대한 우정으로서라도 꼭 한번!」

알렉세이 알렉산드로비치는 생각에 잠겼다. 스테판 아르카지치는 그의 침묵은 깨지 않고 동정을 살피듯 그의 얼굴을 지켜보고 있었다.

「그녀에게 가 주겠지!」

「글쎄요, 글쎄요, 어떻게 되는지 모르겠군요. 여태까지 들르지 않았던 것도 실은 그 때문이었는데. 난 우리들의 관계도 당연히 바뀌어야 한다고 여기고 있기 때문에.」

「건 또 어째서? 난 그것을 모르겠어. 자네는 어떤지 모르지만 난 자네와 나하고는 단순한 친척 관계 외에 내가 언제나 자네에 대해 품고 있는 우정과…… 그리고 마음으로부터의 존경을 비록 그 몇 분의 일일지라도 가지고 있어 주리라는 것을 믿고 있어.」하고 스테판 아르카지치는 그의 손을 쥐면서 말했다.「그렇기 때문에 말야, 만일 자네의 그 최악의 상상이 옳다고 하더라도 난 결코 어느 편을 비난하려고도 하지 않고, 또 앞으로도 하려고는 생각하지 않아. 따라서 난 우리들의 관계가 무엇 때문에 바뀌지 않으면 안 되는지 그 까닭을 모르겠다는 거야. 그러나 뭐, 그건 하여간, 그렇게 해봐 줘. 아내에게 가 봐 주게.」

「그러고 보니 우린 이 문제에 대해서는 전연 견해를 달리하고 있군요.」알렉세이 알렉산드로비치는 싸늘하게 말했다.「그러나 이 이야기는 이제 말하지 말기로 하죠.」

「아냐, 그것은 안 돼. 오늘 밤 잠깐 식사를 하러 오는 정도의 일이 무엇 때문에 안 될 턱이 있느냐 말야? 집사람이 자네를 기다리고 있단 말야. 정말이야, 와 줘. 그리고 무엇보다도 먼저 그녀에게 그것을 얘기해 보게. 그녀는 현명한 여자야. 정말 부탁이야. 난 무릎을 꿇고 자네에게 빌어.」

「당신께서 그렇게 바라신다면 ……가기로 하죠.」 알렉세이 알렉산드로비치는 한숨을 쉬며 말했다.

그리고 화제를 바꿀 양으로 그는 쌍방에게 흥미가 있는 문제——아직은 그럴 만한 연배도 아닌데 갑자기 그런 높은 지위에 임명된 스테판 아르카지치가 모시게 된 신임 장관에 대해서 묻기 시작했다.

알렉세이 알렉산드로비치는 그전부터 아니치킨 백작을 좋아하지 않았다. 그리고 그와는 언제나 의견을 달리하고 있었다. 지금은 직무에 있어서 타격을 받은 사람이 지위가 올라간 사람에 대해서 품는 증오감, 근무를 하고 있는 사람에게는 잘 이해되는 증오감을 억누를 수가 없었던 것이다.

「그럼 뭐, 형님은 그 사람을 만나 봤소?」 하고 알렉세이 알렉산드로비치는 심술궂은 조소를 띠고 말했다.

「그럼, 만났지. 어제 우리 사무소로 찾아왔었으니까. 그런데 꽤 일도 잘 알고 있는 모양이고 대단한 활동가이기도 한가 봐.」

「그래요, 그렇지만 그 활동력은 도대체 무엇에 돌려져 있다는 거예요?」 하고 알렉세이 알렉산드로비치는 말했다. 「한바탕 일을 시작하려고 하는 걸까요, 그렇잖으면 또. 이미 되어지고 있는 것을 뜯어 고쳐 보자고 하는 걸까요? 우리 나라의 불행은 서류상의 행정이라고 하는 데 있는데 그 방면의 훌륭한 대표자예요.」

「그러나 난 전혀 그 사람에 대해선 무엇을 비난해야 할는지를 모르고 있어. 더우기 난 그 사람의 경향은 몰라. 그렇지만 그저 이것만은——그자는 무척 훌륭한 사람이라는 것만은 틀림없어.」 하고 스테판 아르카지치는 대꾸했다. 「나는 나도 모르게 지금까지 그 사람한테 가서 있었는데, 아니 정말 훌륭한 사람이야. 난 같이 점심을 했어, 그래 그 사람에게 오렌지를 넣는 포도주 만드는 법을 가르쳐 줬지. 그자도 알고 있을 거야, 그 술은, 그건 정말 시원하지. 그래 그 사람이 그것을 모른다는 것은 좀 놀라운 일이긴 하지만 말야. 그것아 아주 마음에 들었나 봐. 아냐, 정말, 그 사람은 좋은 사람이야.」

스테판 아르카지치는 시계를 꺼내서 보았다.

「아아, 이거 큰일났군, 벌써 네 시가 넘었어. 난 또 지금부터 돌고부쉬에게 들러야 하는데. 그럼, 정말, 식사 하러 와 주게. 자네가 오지 않는 게 나나 집사람을 얼마나 실망시키는 일인지 자네는 모를거야.」

알렉세이 알렉산드로비치는 어느새 처음 그를 맞았을 때와는 전연 다른 태도로 처남을 배웅하고 있었다.

「약속한 이상 틀림없이 가죠.」그는 시무룩하게 대답했다.

「믿어 줘. 난 은혜로 알겠어. 난 그저 자네로서도 후회할 염려는 없으리라고 여기고 있으니까.」스테판 아르카지치는 웃는 얼굴로 대답했다.

그리고 그는 걸어가면서 외투를 입고 하인의 머리를 가볍게 한쪽 손으로 툭 치고 웃으면서 나갔다.

「다섯 시에, 프록 코트 차림으로 말이지, 정말이야！」그는 다시 한번 문 있는 데까지 되돌아와서 이렇게 외쳤다.

9

벌써 다섯 시가 지나 있었다. 그래서 자신이 돌아왔을 때에는 벌써 두서너 손님들이 와 있었다. 그는 현관 앞의 차도에서 맞부딪친 세르게이 이바노비치 코즈느이쉐프와 페스프와 같이 되어 집으로 들어갔다. 이 두 사람은 오블론스키의 이른바 모스크바 지식 계급의 주요한 대표자들이었다. 이 두 사람은 성격으로 보나 식견으로 보나 존경을 받을 만한 인물들이었다. 그들은 또 서로가 서로를 존경하고 있었다. 그러나 그러면서도 거의 모든 문제에 있어서 두 사람 사이에는 절망적일 만큼 서로 의견을 달리하고 있었다. 그러나 그것은 두 사람이 서로 상반되는 당파에 속하고 있었기 때문은 아니고 오히려 같은 당파에 속하고 있으면서 그 속에서 각기 특수한 색채를 지니고 있었기 때문이었다(그들의 적들은 그것을 혼동하고 있었지만). 그리고 이 반(半) 추상적인 문제에 관한 의견의 상이처럼 어쩔 수 없는 것은 없기 때문에 그들은 아직까지 한번도 의견의 일치를 본 적이 없었을 뿐만 아니라 벌써 오래 전에 화를 내는 일이 없이 그저 상대방의 바로 잡을 수 없는 오류를 혼자서 웃고 마는 버릇이 돼 있었다.

스테판 아르카지치가 그들을 따라 잡은 것은 마침 그들이 날씨니 하는 것들에 대한 이야기를 하면서 문으로 들어선 때였다. 객실에는 벌써 오블론스키의 장인인 알렉산드르 드미트리예비치 공작과 젊은 쉬체르바스키와 투로브스인과 키치

474

와 카레닌이 자리에 앉아 있었다.

스테판 아르카지치는 곧 그가 없기 때문에 객실의 사정이 잘돼 나가고 있지 않다는 것을 알아챘다. 다리야 알렉산드로브나는 회색 명주의 예복을 입고는 있었지만 분명히 아이방에서 따로 식사를 시키지 않으면 안 될 아이들이며 남편이 아직 돌아오지 않은 것이 마음에 걸린 양 남편 없이는 이 한자리에 있는 사람들을 잘 섞어 놓을 수 없었다. 손님들은 모두 마치 초대받은 중의 딸들처럼(이것은 노공작의 표현이었다) 어째서 이런 데에 왔는지 모르겠다는 듯한 낯빛으로 그저 침묵을 피하기 위해서만 말을 쥐어짜내면서 앉아 있었다. 속이 좋은 투로브스인은 분명 자기가 제격에 어울리지 않는 세계에라도 와 있는 것처럼 느끼고 있는 양, 스테판 아르카지치를 맞았을 때의 그 두툼한 입술의 미소는 입으로 이야기하듯이 이렇게 얘기하고 있었다――「어이, 여보게, 자넨 날 영특한 사람들 속에다 처박아 놔 버렸군! Château des fleurs(꽃의 성 요리집 이름)에서라도 한 잔하는 것이라고 한다면――그렇다면 내 세상인데 말이지.」하고. 노공작은 그 빛나는 눈으로 카레닌을 곁눈질해 보면서 말없이 자리에 앉아 있었다. 그래서 스테판 아르카지치는 그가 벌써 이 마치 철갑상어이기라도 하듯이 손님들의 주의의 표적이 돼 있는 정치가에 대해서 잘 들어맞는 비유를 생각해내고 있다는 것은 알았다. 키치는 콘스탄친 레빈이 들어오더라도 얼굴을 붉힌다든가 하지 않으려고 온 힘을 모아 마음을 다잡으며 문 쪽을 지키고 있었다. 젊은 쉬체르바스키는 아직 카레닌에겐 소개돼 있지 않았지만, 그런 것은 조금도 마음에 두고 있지 않은 것처럼 나타내 보이려고 애쓰고 있었다. 카레닌 자신은 부인객과 동석의 연석에 있어서의 페테르스부르크의 관습에 따라 연미복에 흰 넥타이 차림으로 참석하고 있었다. 그래서 스테판 아르카지치는 그 낯빛에 의해서 그가 그저 약속을 이행하기 위해서만 온 것이라는 것, 그리고 이런 자리에 얼굴을 내미는 것으로 괴로운 의무를 수행하고 있다는 것을 알았다. 바로 그가, 스테판 아르카지치가 얼굴을 내밀 때까지의 사이에, 모든 손님들을 동결시키고 있던 찬 공기의 주요한 장본인이었던 것이다.

객실로 들어가면서 스테판 아르카지치는 예의 공작에게 붙들렸노라고 변명하고 사죄했다. 그가 늦을 때나 참석치 못할 경우 언제나 이 공작에게 허물을 뒤집어 씌우는 것이었다. 그리고 그는 곧 모두들을 서로 소개하고 알렉세이 알렉산드로비치는 세르게이 코즈느이쉐프를 붙여 주면서 폴란드의 러시아화라는 문제에 대해서 논하게 했다. 그러자 둘은 곧 페소프와 함께 그 문제를 논하기 시작했다. 그는 또 투로브스인의 어깨를 치고 나서 그에게 무엇이라고 우스갯소리를 속삭이고는 그를 자기의 아내와 공작 옆에다가 앉혔다. 그리고 이번에는 키치에게 그녀가 오늘 밤은 굉장히 아름답다는 것을 말하고, 이어 쉬체르바스키를 카레닌에게 소개했다. 이렇게 해서 눈깜짝할 사이에 그는 솜씨 있게 이러한 온갖 교제의 반죽을 잘 이겨 냈으므로 객실 안의 어디에서도 이야기 소리가 발랄하게 울리기 시작했다. 그저 한 사람 콘스탄친 레빈만이 아직 보이지 않았다. 그러나 그것은 오히려 다행스러웠다. 그것은 스테판 아르카지치가 식당에 들어가 보자 놀랍게도 가져오게 한 포트 와인과 쉐리 주(酒)가 레베 것이 아니고 제프레 것이었다는 것을 알았기 때문이었다. 그래서 그는 될 수 있는 대로 빨리 마부를 레베로 보내도록 일러 놓고 다시 객실로 발을 돌렸다.

식당에서 그는 콘스탄친 레빈과 마주쳤다.

「나 늦지 않았는지 몰라?」

「그럼, 자네가 늦지 않을 턱이 있나!」하고 스테판 아르카지치는 그의 팔을 잡고 말했다.

「여럿이들 와 있는 모양이군? 누구 누구야?」레빈은 저도 모르게 얼굴이 붉어져 가지고 장갑으로 모자의 눈을 털면서 물었다.

「모두 집안 사람들이야. 키치도 와 있어. 자아, 가자. 카레닌에게 소개하지.」

스테판 아르카지치는 그 자유주의에도 불구하고 카레닌과 교분을 갖는다는 것이 사람의 마음을 기쁘게 하지 않을 턱이 없다고 여기고 있었다. 그래서 자기의 친근한 친구들에게는 언제나 이것을 대접했다. 그러나 이때 콘스탄친 레빈은 이런 교분을 만드는 만족을 느낄 만큼의 상태에 있지 않았다. 그는 브론스키를 만났던 그 잊혀지지 않는 밤 이래, 그 시골의 한길에서 언뜻 보았던 것을 계산에 넣지 않는다면 한 번도 키치를 본 적은 없었다. 그는 마음속으로 은근히 오늘 밤 여기에서 그녀를 만나게 되리라는 것을 알고 있었다. 그러나 그는 자기 속에 사고의 자유를 유지하기 위해서 자기는 그런 것은 모른다는 것을 자기에게 믿게 하려고 애쓰고 있었다. 그래서 지금 그녀가 여기에 와 있다는 것을 듣고 알았을 때, 그는 별안간 호흡이 막히고 이야기하고 싶었던 것도 이야기할 수 없을 만큼의 환희와 공포를 동시에 느꼈다.

『그녀는 어떻게 하고 있을까? 옛날 그대롤까, 그렇지 않으면, 그 마차 속에서 보았을 때 같을까? 만약 다리야 알렉산드로브나가 얘기한 것이 진실이었다면 어떨까? 그렇지만 그것이 진실이 아니라는 이유가 어디에 있을까?』하고 그는 생각했다.

「아아, 정말 카레닌한테 소개해 줘.」그는 간신히 이렇게 얘기하고 매우 결연한 걸음걸이로 객실로 들어갔다. 그리고 그녀를 보았다.

그녀는 옛날 그대로도 아니고 또 마차 속에서 보았을 때 같지도 않았다.

그녀는 전연 다른 사람이었다.

그녀는 깜짝 놀란 듯한, 주저주저하는 듯한, 수줍어하는 듯한 모습을 하고 있었다. 그리고 그 때문에 더한층 매혹적이었다. 그녀는 그가 방으로 들어온 순간에 그를 보았다. 그녀는 그를 기다리고 있었던 것이다. 그녀는 기뻐했다. 그리고 그 기쁨 때문에 어찌 할 바를 모르고 일순간 그가 안주인 옆으로 다가가서 다시 그녀를 흘끗 쳐다보았을 때 그녀에게도, 그에게도, 분위기를 살피고 있던 돌리에게도 그녀가 끝내 참지 못하고 금방이라도 울음을 터뜨릴 것만 같이 여겨졌을 정도였다. 그녀는 붉어졌다, 파리해졌다, 그리고 또 붉어져 가지고는 입술을 파르르 떨면서 긴장돼 그가 옆으로 오기를 기다렸다. 그는 그녀 옆으로 가까이 다가가서 인사를 하고 말없이 손을 내밀었다. 만약 입술의 가벼운 떨림과 눈을 덮은 젖음과 그 때문에 가해진 반짝임이 없었다면 그가 다음과 같이 말했을 때의 그녀의 미소는 거의 차분한 것이었다.

「정말 오래간만이에요!」이렇게 말하고 그녀는 무모할 만큼 결연한 태도로 그 싸늘한 손으로 그의 손을 쥐었다.

「당신께서는 날 못 보셨을 테지만 난 당신을 한 번 본 적이 있습니다.」하고 레빈은 행복의 미소를 반짝이면서 말했다.

「정거장에서 예르구쇼프로 마차를 타고 가시는 것을 보았었죠.」

「언젠데요?」그녀는 깜짝 놀란 듯한 태도로 물었다.

「당신께서 예르구쇼프로 가셨을 때예요.」레빈은 가슴에 넘치는 행복감으로 목이 메이는 것 같음을 느끼면서 말했다. 『그래 어째서 난 이처럼 마음을 느끼게 하는 사람에게 그 같은 올바르지 못한 생각을 결부시킬 수가 있었을까! 그리고 보면 다리야 알렉산드로브나가 얘기한 것은 어쩌면 정말인 것도 같군.』이처럼 그는 생각했다.

스테판 아르카지치는 그의 손을 잡고 카레닌에게로 데리고 갔다.

「자아, 인사를 하지.」그는 두 사람의 이름을 댔다.

「거듭 뵙게 돼서 정말 유쾌합니다.」하고 알렉세이 알렉산드로비치는 레빈의 손을 쥐면서 차갑게 말했다.

「아니, 자네들은 아는 사이던가?」스테판 아르카지치는 깜짝 놀라며 물었다.

「기차 속에서 한 세 시간쯤 같이 있던 적이 있었지.」레빈은 빙그레 웃으면서 말했다. 「그런데 마치 가면 무도회에서처럼 얄궂게 돼 버려서 말야, 최소한 나만은.」

「아아, 그래! 그럼, 자아 여러분.」스테판 아르카지치는 식당 쪽을 가리키면서 말했다.

남자들은 식당으로 들어가서 자쿠스카가 놓여 있는 탁자로 다가갔다. 거기에는 여섯 가지의 보드카와 마찬가지로 여섯 가지의 은숟가락을 곁들인 것과 숟가락이 없는 치즈와, 어란과, 청어와, 가지가지 종류의 통조림과, 프랑스 빵의 엷은 조각을 담은 접시가 가지런히 놓여 있었다.

남자들은 향기로운 보드카며 자쿠스카의 둘레에 섰다. 그리고 세르게이 이바노비치는 코즈느이쉐프와 카레닌과 페소프와의 사이에서 이야기되고 있던 폴란드의 러시아화라는 문제도 식사를 기다리는 가운데 잠잠해져 버렸다.

세르게이 이바노비치는 지극히 추상적이고 진지한 논쟁에 끝맺음을 하기 위해서 느닷없이 아테네의 소금(점잖은 재담이란 뜻)을 뿌려 대담자의 기분을 일변시켜 버리는 좀처럼 남이 할 수 없는 재주를 터득하고 있었으므로 지금도 재빨리 그것을 사용한 것이었다.

알렉세이 알렉산드로비치는 폴란드의 러시아화는 오직 러시아 정부에 의해서 제출되어야 할 최고 정책의 결과로써만이 성취할 수 있는 것이라고 논증했다.

페소프는 한 국민이 다른 국민을 자기 나라에 동화시킬 수 있는 것은 한 사람이라도 많이 그 땅에 주민을 보냈을 때에 한한다고 주장했다.

코즈느이쉐프는 양쪽의 의견을 시인했다. 그러나 그것은 어떤 한계를 두고서였다. 그들이 의논을 끝맺기 위해서 객실에서 나왔을 때에 코즈느이쉐프는 미소를 띠면서 말했다.

「그러니까 말씀예요. 이민족의 러시아화라고 하는 것에는 수단은 오직 하나──즉 될 수 있는 대로 아들을 많이 만들어야 할 수밖에 없다고 하는 얘기가 되는 셈이군요. 그렇다고 하면 당분간 나나 동생은 누구보다도 활약이 없다는 얘깁니다. 그러나 여러분들처럼 결혼하신 분들은, 그 중에서도 스테판 아르카지치, 당신 같은 분은 충분히 애국적으로 활약하고 있으시다고 하는 얘기가 되죠. 당신께서는 몇이시던가요?」 그는 상냥하게 주인에게 웃어 보이면서 그에게 조그마한 컵을 내밀었다.

모두들 껄껄 웃어댔다. 그 중에서도 스테판 아르카지치는 유쾌한 듯이 웃어댔다.

「그렇군요. 거 아주 좋은 방법이군요!」 그는 치즈를 씹으면서 내밀린 컵에다 일종의 특제 보드카를 따르면서 말했다. 토론은 이 농담으로 완전히 그치고 말았다.

「이 치즈는 나쁘지 않군. 어떻습니까?」 하고 주인은 말했다. 「자네는 또 체조를 시작했다는 게 정말이야?」 하고 그는 레빈을 향해서 왼손으로 그의 근육을 만져 보면서 말했다. 레빈은 빙그레 웃으면서 팔에다 힘을 주었다. 그러자 스테판 아르카지치의 손가락 안의 프록 코트의 엷은 나사(羅紗) 밑에서 둥그런 치즈처럼 강철 같은 혹이 쑥 올라왔다.

「야, 이건 이두박근이로군! 삼손이다!」

「곰 사냥에는 굉장한 힘이 필요할 거예요.」 사냥에 대해서는 지극히 막연한 이해밖에 가지지 않았던 알렉세이 알렉산드로비치는 개미집처럼 얄팍하게 저민 빵의 부드러운 부분에 치즈를 발라 씹으면서 말했다.

「어디요, 조금도. 그러기는커녕 갓난애라도 곰쯤은 죽일 수 있어요.」 그는 안주인과 함께 자쿠스카의 탁자 쪽으로 다가온 부인들에게 가볍게 고개를 숙이고 길을 비켜 주면서 말했다.

「그런데 저어, 당신께서 곰을 잡으셨다고요? 난 사람들한테서 들었어요.」 하고 키치는 팔이 하얗게 비치는 레이스를 떨며 미끄러져 다니는 버섯을 포크로 잡으려고 애쓰면서 말했다. 「당신네 고장에는 정말 곰들이 있나요?」 이처럼 그녀는 그 귀여운 머리를 그에게로 살짝 돌린 듯이 하고 빵긋이 웃으면서 덧붙였다.

그녀가 애기한 것 속에는 별반 다른 것이라고는 조금도 없었던 것처럼 보였다. 그러나 그에게는 그녀의 말 한 마디 한 마디의 울림 속에 그 입술과 눈과 손의 하나하나의 움직임 속에 말로 표현할 수 없는 일종의 의미가 담겨져 있었던 것이다. 여기에는 용서를 비는 바램도 있었고, 그에 대한 신뢰도 있었고 애무——부드럽고 수줍은 애무도 맹세도 희망도 그에 대한 사랑까지도 있었던 것이다. 그는 그 애정을 믿지 않을 수 없었다. 그리고 그것은 곧 행복감으로 그를 질식케 했다.

「아녜요, 우린 트베르스카야 현으로 갔었어요. 그리고 거기에서 돌아오는 길이었어요. 당신의 형부——아니, 당신 형부의 매제를 기차 속에서 만난 것은.」 하고 그는 웃는 얼굴로 말했다. 「그건 정말 우스운 해후였죠.」

이렇게 말하고 그는 쾌활하고 구수하게 자기가 온 밤을 한잠도 자지 않고 날을 새운 뒤 반외투를 입은 채 알렉세이 알렉산드로비치가 타고 있던 찻간으로 뛰어들어 갔을 때의 일을 이야기했다.

「그 차장 녀석, 속담에 있는 것도 모르고, 옷차림을 보고 날 밖으로 밀어내려고 했어요. 거기에서 나도 큰 소리로 한바탕 호통을 쳤죠. 그러자…… 당신께서도,」 그는 그의 이름을 잊어버리고 카레닌에게로 얼굴을 돌리면서 말했다. 「처음엔 반외투를 보고 날 내쫓으려고 하셨는데 나중엔 내 편을 들어 주셨죠……그 점에 대하여선 난 정말 감사하고 있읍니다.

「일반적으로 승객들의 자리를 고르는 권리라고 하는 것이 아주 질서가 없어져서 말씀예요.」하고 알렉세이 알렉산드로비치는 손가락 끝을 손수건으로 닦으면서 말했다.

「난 당신께서 나에 대해서 주저하고 있으셨던 것을 잘 알고 있었죠.」레빈은 선량한 미소를 띠면서 말했다.

「그래서 난 나의 반외투를 보호하기 위해서 얼른 어려운 얘길 시작한 것이었어요.」

세르게이 이바노비치는 안주인과 이야기를 계속하면서 한쪽 귀로 아우의 말을 듣고 있다가는 옆눈질로 힐끔 그 얼굴을 쳐다보았다. 『저건 오늘 도대체 어떻게 된 일야? 저렇게 우쭐대고 있으니.』하고 그는 생각했다. 그는 레빈이 날개라도 돋아난 것 같은 기분으로 있다는 것을 모르고 있었다. 레빈은 그녀가 자기의 말을 듣고 있다는 것, 그리고 그것이 그녀에게 즐겁다는 것을 알고 있었다. 그리고 오직 이것 하나만이 온통 그를 점령하고 있었던 것이다. 오직 이 방안에서 뿐만이 아니라 온 세계를 통해서 그에게 존재하고 있는 것은 그저 갑자기 크나큰 의미와 가치를 받은 그 자신과 그녀 두 사람뿐이었다. 그에게는 자기만은 눈이 어지러울 만큼의 높이에 있고, 이러한 모든 선량한 좋은 사람들, 카레닌 같은 사람이며 오블론스키 같은 사람이며 온 세계는 어딘지 저 멀리 아래쪽에 있는 것 같은 느낌이 들었다. 조금도 눈에 띄지 않게 두 사람 쪽은 보지도 않고 다른 데는 이제 앉을 자리가 없다고 하는 것 같은 태도로 스테판 아르카지치는 레빈과 키치를 나란히 앉혔다.

「자아, 자네는 우선 여기에라도 앉아 둬.」하고 그는 레빈에게 말했다.

식사는 스테판 아르카지치가 취미를 갖고 있는 식기와 마찬가지로 꽤 훌륭한 것이었다. 마리 루이즈식의 수프는 썩 잘됐고 입에 넣으면 사르르 녹아 버리는 자잘한 고기 만두도 훌륭한 것이었다. 두 하인과 마트베이는 하얀 넥타이 차림으로 눈에 띄지 않도록 조용조용히 날렵하게 요리와 마실 것을 나르는 역할을 했다. 만찬은 물질적인 면에서도 대성공이었으나 물질적이 아닌 면에서도 그것에 못지않게 성공이었다. 이야기는 때로는 전체적으로 때로는 일부분 사이에서 오가면서 그칠 새가 없었고, 식사가 끝판에 가까와짐에 따라 매우 활기를 띠었으며 그 결과 남자들은 이야기를 그치지 않고 식탁에서 일어섰고 알렉세이 알렉산드로비치까지 한층 활기를 보일 정도였다.

10

페소프는 최극한까지 논의하고 들어가기를 좋아했다. 그래서 그는 세르게이 이바노비치의 말에 만족하지 않았다. 더구나 이 불만은 그가 자기 의견의 옳지 않음을 느끼고 있었으므로 그랬다.

「나는 결코,」그는 수프를 마시고 나자 알렉세이 알렉산드로비치한테 대고 말했다.「그저 인구의 조밀이라고 하는 것, 그것만을 말씀드린 것은 아닙니다. 주의와 정책이 아닌 더 근본적인 것과 결부시킨다고 하는 것입니다.」

「나에게는,」알렉세이 알렉산드로비치는 서두르지 않고 귀찮은 듯이 대꾸했다.「그것은 결국 마찬가지라고 여겨지는데요. 내 생각으로는 다른 민족을 동화한다는 것은 그저 보다 높은 문화를 가지고 있는 민족만이 할 수 있는 것입니다. 그리고 그 민족은⋯⋯」

「그러나 그것이 또 문제예요.」하고 얘기를 할 때에는 언제나 수선을 피우고 자기가 얘기하고 있는 것에 온 마음을 쏟고 있는 것처럼 보이는 페소프는 자기의 독특한 저음으로 말했다.「그보다 높은 문화라는 것을 무엇에다가 정할 수 있을까요? 영국인·프랑스인·독일인——이 가운데 누가 보다 높은 문화 단계에서 있는 것일까요? 그 가운데 누가 다른 국민을 동화하게 될까요? 우린 라인 지방이 프랑스화 하고 있는 것을 보고 있지만 독일인의 문화가 보다 낮다고는 얘기할 수 없으니까요!」하고 그는 외쳤다.「거기에는 다른 법칙이 있다는 이야기가 됩니다!」

「그러나 나한테는 말입니다. 감화력이라고 하는 것은 언제나 참다운 교육을 가지고 있는 쪽에 있지 않나 여겨집니다.」하고 알렉세이 알렉산드로비치는 살짝 눈썹을 치켜올리면서 말했다.

「그러나 그 참다운 교육의 특징이라는 것을 우린 무엇에서 찾아내야 할까요?」하고 페소프는 말했다.

「그 특징은 누구나 알고 있으리라고 보는데요.」알렉세이 알렉산드로비치는 말했다.

「글쎄요, 완전히 알려져 있다고 할 수 있을까요?」세르게이 이바노비치가 엷은 미소를 띠며 말참견을 했다.「참다운 교육이 순수히 고전적인 것이어야 한다는 것은 오늘날 인정되고는 있읍니다만, 우린 여러 방면에서 격심한 논쟁을 보고 있으니까 따라서 반대편에도 유력한 논거가 있다는 것을 부정할 순 없읍니다.」

「당신은 고전파이시군요, 세르게이 이바노비치. 붉은 포도주는 어떻습니까?」하고 스테판 아르카지치는 말했다.

「난 어느 쪽의 교화(敎化)에 대해서도 자기의 의견을 얘기하고 있는 것은 아닙니다.」세르게이 이바노비치는 어린애에 대하는 것 같은 너그러운 미소를 띠고 자기의 컵을 내밀면서 말했다. 「내가 얘기하고 있는 것은 그저 그 어느 쪽에도 유력한 논거를 가지고 있다는 것뿐예요.」그는 알렉세이 알렉산드로비치를 향해서 계속했다. 「내가 받은 교육으로 말하자면 고전파입니다. 그러나 나 개인으로서는 이 논쟁에서 나의 입장을 찾아낼 수 없읍니다. 나에겐 고전적인 학문이 실제적인 학문보다 우월하다고 하는 명확한 이유가 없으니까.」

「자연 과학도 그것에 못잖은 교화 개발의 세력을 가지고 있어요.」하고 페소프가 얼른 말을 받았다. 「우선 천문학을 보세요, 식물학을 보세요, 일반적 법칙의 시스템을 가진 동물학을 보세요!」

「난 그 설에는 전혀 찬성할 수 없읍니다.」하고 알렉세이 알렉산드로비치는 대꾸했다. 「나에게는 언어의 형식을 연구하는 그 과정이야말로 지능 개발에 특히 좋은 영향을 미치고 있다는 것을 인정하지 않을 수 없다고 여겨지고 있으니까 말씀예요. 그뿐만이 아니라 고전파 학자의 영향은 지극히 도덕적이라는 데 반해서, 불행히도 자연 과학의 교육 방법에는 현대의 병폐를 형성하고 있는 해로운 허위의 학문이 결부돼 있다는 사실도 부정할 수는 없으니까요.」

세르게이 이바노비치는 무엇인지를 얘기하려고 했다. 그러나 페소프가 그 육중한 저음으로 그것을 가로막았다. 그는 열심히 그 의견의 옳지 않음을 논증하기 시작했다. 세르게이 이바노비치는 분명히 필승의 반론을 준비하고 있는 듯 침착하게 이야기가 끝나기를 기나리고 있었나.

「그러나 말씀입니다.」세르게이 이바노비치는 의미심장하게 미소하면서 카레닌을 돌아보고 말했다. 「고전적인 학문과 과학적인 학문의 일체의 이해 득실을 충분히 잰다는 것은 지극히 어려운 일이라고 하는 것, 그리고 또 어떤 교육 방법을 선택해야 할 것인가 하는 문제도, 만약 당신께서 방금 말씀하셨던 것과 같은 도덕적——한 마디로 말해서 반허무주의적 영향이라고 하는 것의 우월점이 고전적인 교육 편에 없었다고 한다면, 그처럼 빨리, 그리고 결정적으로는 해결되지 않으리라는 것을 인정하지 않을 수가 없잖아요.」

「물론입니다.」

「만약 고전적인 학문에 반허무주의적 영향이라는 우월점이 없었다고 한다면 우리는 쌍방의 논거를 더 잘 비교 연구해 보지 않으면 안 되겠죠.」하고 세르게이 이바노비치는 의미심장한 미소를 머금고 말했다. 「우리는 이 두 경향에 자유를 주지 않으면 안 될 것입니다. 그러나 오늘날 우리는 고전적인 교육이라는 환약 속에 반허무주의라는 특효가 있다는 것을 알고 있으므로 대담하게 그것을 자기의 환자에게 주고 있는 셈입니다만…… 그러나 그 특효도 없다고 한다면 어떻게 될까요?」그는 예의 아테네의 소금을 뿌리면서 결론을 맺었다.

세르게이 이바노비치의 환약설에는 모두들 웃어댔다. 그 가운데에서도 투로 브스인은 토론에 귀를 기울이면서, 그저 그것만을 기다리고 있다가 우스운 말이 드디어 튀어나왔으므로 누구보다도 소리를 높여 즐겁게 껄껄거렸다.

스테판 아르카지치는 페소프를 초대한 것을 잘못한 일은 아니였다. 페소프 덕으로 현명한 이야기는 한시도 그칠 때가 없었다. 세르게이 이바노비치가 예의 익살로 그 말을 맺자마자 페소프는 때를 놓치지 않고 새로운 화제를 제공했다.

「난 말입니다.」하고 그는 말했다.「정부가 어떤 목적을 가지고 있다고 하는 것에도 찬성할 순 없어요. 정부는 분명히 자신이 채택하고 있는 방침이 어떠한 영향을 미치는가 하는 것에는 전혀 무관심인 채 그저 막연한 생각에 의해서 이끌리고 있는 것에 불과해요. 예를 들자면 말입니다. 부녀 교육이니 하는 문제는 해롭다고 간주되어야 할 텐데도 정부는 부녀들을 위해서 각종의 학교와 대학까지도 개방하고 있거든요.」

이렇게 해서 화제는 곧 부녀 교육이라는 새로운 제목으로 바뀌게 되었다.

알렉세이 알렉산드로비치는 부녀 교육이라는 문제는 보통 부녀 해방이라는 문제와 혼동되고 있으므로 그 때문에 유해시되어 있는 것에 지나지 않는다는 의견을 피력했다.

「그러나 난 그 반대로 이 두 문제는 끊을래야 끊을 수 없는 관계로 맺어져 있다고 생각합니다.」하고 페소프는 말했다.「이것은 허위의 연쇄이에요. 부녀자는 교육의 부족에 의해서 권리를 빼앗기고 있읍니다만, 그 교육의 부족은 권리의 결여에서 오고 있는 것이니까요. 부녀자의 속박이라고 하는 것은 매우 오래된 뿌리 깊은 것으로서 우리 남자는 우리와 그들 부녀자를 구별하고 있는 심연을 알려고 하지 않는 일이 자주 있다는 것을 잊어선 안 됩니다.」하고 그는 말했다.

「당신께선——권리——라고 말씀하셨는데,」세르게이 이바노비치는 페소프의 침묵을 기다렸다가 말했다.

「그건 배심원의 일을 할 수 있는 권리며, 시의회 의원이나 장관의 직무를 수행할 수 있는 권리며, 관리가 될 권리며, 국회의원이 될 권리며……」

「물론입니다.」

「그러나 만약 부녀자가 아주 드문 예외로서 그런 지위를 차지할 수가 있다고 하더라도 나한테는 당신이 방금 쓰신 이 권리라는 말은 옳지 않은 것처럼 여겨지는데 말씀예요. 도리어 의무라고 얘기하는 편이 타당하지 않을까요? 배심원과 시의회 의원과 전신(電信) 관리 등의 직무를 수행하면서 우린 무엇인가 일종의 의무를 수행하고 있는 것 같은 것을 느끼고 있다는 점에는 누구나 동감하리라고 생각해요. 그러니까 부녀자들은 의무를 찾고 있는 것이다. 그리고 완전하게 합법적으로 찾고 있는 것이다라고 얘기하는 편이 타당합니다. 따라서 일반적인 남자의 노고를 도와야겠다는 이 희망에는 동감할 수밖에 없다는 얘기가 되겠죠.」

「그거 정말 옳은 말씀입니다.」알렉세이 알렉산드로비치는 찬성했다.「거기에서 문제는 부녀자가 이런 의무를 수행할 만큼의 능력이 있느냐 없느냐 하는 점에 있어서만 성립되리라고 생각합니다.」

「그야 물론 충분한 능력이 있게 되겠죠.」하고 스테판 아르카지치가 참견했다.「교육이 그녀들에게 보급되었을 때에는 말씀예요. 우린 그렇게 봅니다……」

「그런데 이런 속담은 어떻습니까?」하고 벌써 오랫동안 그들의 논의에 귀를 기울여 듣고 있던 공작이 그 조그마한 빈정대는 듯한 눈을 반짝거리면서 말했다.「뭐, 딸들이 있는 앞에서면 어떨라구——머리는 길지만……」

「흑인 해방 전에도 우린 그들에 대해서 꼭 그렇게 생각하고 있었어요.」페소프는 성난 듯이 말했다.

「난 부녀자가 새로운 의무를 찾는다는 것이 그저 이상할 뿐입니다.」하고 세르게이 이바노비치는 말했다.「우리들이 보는 바로는 유감스럽게도 남자는 대개 그런 의무에서 벗어나려고 하는 판에.」

「의무는 권리와 맺어 있으니깐요. 권력, 돈, 명예——부녀자들이 찾고 있는 것은 말하자면 이런 것들이지요.」하고 페소프는 말했다.

「그러면 뭡니까, 내가 유모가 될 권리를 찾고 부녀자에게만 돈을 지불하고 나에겐 지불해 주지 않은 것을 욕되게 여긴다. 이것하고 똑같은 것이 되겠군요.」하고 노공작은 말했다.

투로브스인은 왁 하고 큰 목소리로 느닷없이 웃음을 터뜨렸다. 그래서 세르게이 이바노비치는 그렇게 얘기한 것이 자기가 아니었던 것을 서운하게 여겼다. 심지어는 알렉세이 알렉산드로비치까지도 빙그레 웃었다.

「그래요, 그렇지만 남자는 젖을 먹일 수가 없죠.」하고 페소프는 말했다.「그런데 부녀잔……」

「아니죠, 뱃속에서 자기 갓난아이에게 젖을 먹인 영국인이 있었어요.」노공작은 자기 딸들 앞에서 이런 얘기를 하는 자유를 스스로에게 허락하면서 말했다.

「그런 영국인의 수만큼 부녀자도 관리가 되겠죠.」하고 세르게이 이바노비치는 얼른 얘기를 했다.

「그래요, 그러나 가족을 가지지 않은 처녀는 어떻게 해야 할가요 ?」스테판 아르카지치는 줄곧 자신의 생각에다 넣고 있던 치비소바에 대해 생각하면서 페소프에게 동정하고 그 주장에 동의하면서 참견했다.

「그렇지만 그런 처녀의 경력을 잘 조사해 보신다면 그 처녀는 그 속에서 여자로서의 일을 찾아낼 수도 있었을 자기의 가족이라든가 언니나 동생의 가족이라든가를 버렸다는 것을 발견하시게 되리라고 생각해요.」하고 다리야 알렉산드로브나는 불쑥 이야기 속으로 뛰어들어오면서 잔뜩 토라져 가지고 말했다. 다분히 스테판 아르카지치가 어떤 처녀를 염두에 두고 있었다던가를 짐작하고 있었기 때문임에 틀림없었다.

「그러나 우린 원칙의 이상을 옹호하고 있는 겁니다 !」하고 페소프가 낭랑한 저음으로 반박했다.「부녀자는 독립된 교육 있는 인간이 되기 위한 권리를 가지고 싶어하고 있읍니다. 그러나 그런 것은 불가능하다는 의식에 압도되고 굴복돼 있는 겁니다.」

「그러나 난 또 육아원에서 날 유모로 채용해 주지 않는다는 것으로 압도당하고 굴복돼 있는 걸요.」하고 또 노공작이 지껄였으므로 투로브스인은 너무 좋아서 껄껄대다가 아스파라거스의 굵은 부분의 끝을 소스 속에 떨어뜨렸다.

11

한자리에 있는 모든 사람들은 그 이야기에 끼어들고 있었으나 키치와 레빈은 달랐다. 처음 한 국민이 다른 국민에 미치는 감화라고 하는 것이 이야기되고 있을 때에는 레빈의 머리에도 이 화제에 대해서는 자기도 이야기할 것을 가지고 있다는 생각이 떠올라 있었다. 그러나 전에는 그에게 지극히 중대한 것으로 여겨지고 있던 이러한 생각들이 지금은 꿈 속에서처럼 아물아물하게 머리에 떠올라 올 뿐 그에겐 조금의 흥미도 일으키지 않았다. 그에겐 도리어 무엇 때문에 그들이 저처럼 열을 올려 누구에게도 필요하지 않은 것을 이야기 하고 있는가 하고 이상하게까지 여겨질 정도였다. 키치도 역시 그와 마찬가지로 부녀자의 교육이며 권리에 대한 담화는 그녀에게도 흥미가 있었다. 그녀는 외국에 있는 친구인 바레니카의 괴로운 예속 생활을 생각해 내고 얼마나 이 문제에 대해서 생각해 왔는지 몰랐다. 그녀는 또 만약 결혼을 하지 않는다고 하면 자기는 어떻게 될 것인가 하고 얼마나 자기의 신상에 대해서 생각해 왔는지 몰랐다. 그리고 그 일로 얼마나 언니와 말다툼을 했었는지 몰랐다. 그런데도 지금은 이것이 조금도 그녀의 흥미를 끌지 못했다. 그녀는 레빈과 자기들만의 얘기를 하고 있었다. 아니, 그것은 얘기가 아니었다. 그 어떤 신비로운 교감으로——그것은 일각마다 차츰차츰 가깝게 둘을 맺게 하고 둘의 마음에 둘이서 들어간 미지의 세계에 대한 즐거운 공포의 감정을 일으키는 것이었다.

처음에 레빈은 어떻게 그가 지난해에 마차 속의 그녀를 볼 수가 있었느냐는 키치의 물음에 대해서 한길을 밟고 풀 베는 곳에서 돌아오다가 그녀를 만났을 때의 일을 그녀에게 이야기했다.

「그것은 아직 이른, 이른 아침이었읍니다. 당신께선 틀림없이 막 잠이 깨신 참이었죠. 어머님께선 구석 자리에서 잘 주무시고 계셨읍니다. 정말 놀라운 아침이었어요. 나는 걸어가면서, 저 네 필의 말이 끄는 마차 속에는 어떤 사람이 타고 있을까? 이런 것을 생각했읍니다. 방울을 단 네 필의 말이 끄는 훌륭한 마차여서 말예요. 그러자 언뜻 당신의 모습이 눈에 들어왔읍니다. 창문을 들여다 보자 당신은 두 손으로 이렇게 모자의 끈을 잡고 무엇인가 골똘히 생각하고 있으셨어요.」하고 그는 빙그레 웃으면서 말했다. 「난 얼마나 그때 당신께서 생각하고 있으셨던 것을 알고 싶어했는지 모릅니다. 중대한 것이었겠죠?」

『난 심란스럽게 하고 있지 않았었는지도 몰라?』 하고 그녀는 생각해 봤다. 그러나 이처럼 자세한 그의 추억 속에서 불러일으켜신 즐거운 듯한 그의 미소를 보고, 그녀는 자기가 준 인상이 오히려 지극히 좋은 것이었었다는 것을 느꼈다. 그녀는 연지빛으로 얼굴을 물들이고 즐거운 듯이 빵긋이 웃었다.

「정말, 난 기억하고 있지 않아요.」

「투로브스인은 정말 잘도 웃는군요!」레빈은 그의 젖은 눈과 흔들리는 몸뚱이를 멀거니 바라보면서 말했다.

「당신께선 전부터 저분을 알고 계세요?」하고 키치는 물었다.

「저분을 모르는 사람이 누가 있길래요.」

「그리고 당신께선 저분을 나쁜 사람이라고 여기고 계시죠?」

「나쁜 사람은 아녜요. 그러나 쓸데 없는 사람이죠.」

「아녜요, 잘못 생각하신 것이여요. 이제부턴 절대로 그렇게 생각하시면 안 돼요!」하고 키치는 말했다. 「나도 저분에 대해선 아주 미천한 생각을 가지고 있었어요. 그렇지만 저분은, 저분은 정말 부드럽고 놀라울 만큼 착한 분이에요. 정말 황금 같은 마음을 가지고 있으셔요.」

「그런데 어떻게 당신께선 저분의 마음을 아실 수 있었읍니까?」

「나하고 저분하고는 아주 친한 친구예요. 난 저분에 대해선 정말 잘 알고 있어요. 지난해 겨울, 왜…… 당신께서 저희 집에 오셨던…… 그뒤 곧……」하고 그녀는 지극히 겸연쩍은 듯한, 동시에 믿음을 두는 듯한 미소를 띠고 말했다. 「돌리 언니 집에서 어린애들이 모두 성홍열에 걸린 적이 있었어요. 그때 저분이 마침 언니 집에 오셔서 말씀예요. 그리고 정말 어떤 줄 아세요.」하고 그녀는 귓속말로 말했다. 「저분께선 몹시 언니를 안타깝게 여기시고 그대로 남아서 언니를 도와 아이들의 뒤를 보살펴 주셨어요. 그렇죠, 삼 주일 동안이나 있으면서 유모처럼 아이들의 뒷바라지를 해주셨어요.」

「난 지금 그 성홍열 때의 투로브스인에 대한 애길 콘스탄친 드미트리치에게 들려 드리고 있는 중이에요.」하고 그녀는 언니 쪽으로 몸을 틀고 말했다.

「그래요, 건 정말 놀라울 만큼 훌륭한 태도였어요!」하고 돌리는 자기 이야기를 하고 있다는 것을 느끼고 있는 것 같은 투로브스인 쪽을 돌아다보고 부드럽게 웃어 보이면서 말했다. 레빈은 한 번 더 투로브스인을 쳐다보았다. 그리고 자기가 어째서 지금까지 이 사람의 매력을 모르고 있었던가에 새삼 놀랐다.

「죄송합니다, 죄송합니다. 그리고 이제부터는 무슨 일이 있어도 사람에 대해서 나쁘게 생각한다거나 하지는 않겠읍니다!」하고 그는 자기가 지금 느꼈던 것을 진심으로 토로하면서 쾌활하게 말했다.

12

부녀자의 권리라는 것에 대해서 시작되었던 이야기 가운데에는 결혼에 있어서의 권리의 불평등이라고 하는, 부인들 앞에서는 삼가야 할 문제가 있었다. 페소프는 식사를 하는 동안에도 몇 번이나 그런 문제를 이야기하려고 했으나 세르게이 이바노비치와 스테판 아르카지치는 주의깊게 그것을 피하고 있었다.

식탁에서 일어나 부인들이 나가자 페소프는 그들의 뒤를 따라가지는 않고 알렉세이 알렉산드로비치를 향해서 그 불평등의 주요한 원인에 대한 것을 토로하기 시작했다. 그의 의견에 의하면 부부간의 불평등은 아내의 부정, 남편의 부정이 법률상으로나 사회 여론으로 불평등하게 처벌되고 있는 데에 뿌리박고 있다고 했다.

스테판 아르카지치는 얼른 알렉세이 알렉산드로비치의 곁으로 와서 그에게 담배를 권했다.

「아니야, 나는, 나는 않겠어.」하고 알렉세이 알렉산드로비치는 침착하게 대답했다. 그리고 자기가 그런 이야기를 두려워하고 있지 않다는 것을 일부러 나타내려고라도 하려는 듯 차가운 미소를 띠고 페소프 쪽으로 얼굴을 돌렸다.

「난 그런 의견의 근본은 사건의 본질 그 속에 들어 있는 것이라고 생각해요.」그는 이렇게 말하고 객실 쪽으로 가려고 했다. 그러나 그때 투로브스인이 느닷없이 알렉세이 알렉산드로비치를 향해서 말을 걸었다.

「당신께선 프랴츠니코프 얘길 들으셨읍니까?」하고 샴페인을 마셔서 활기를 띠게 된 이후 자기를 괴롭히고 있는 침묵을 깰 기회를 노리고 있던 투로브스인은 이렇게 말했다. 「바샤 프랴츠니코프 말씀예요.」하고 그는 촉촉한 붉은 입술에 예의 사람 좋은 미소를 띠고 특히 주빈인 알렉세이 알렉산드로비치를 보고 말했다. 「난 오늘 그 사람이 트베리에서 크브이트스키와 결투해서 상대를 죽여 버렸다는 얘길 들었읍니다.」

사람들은 흔히 고의로 아픈 데를 찔리는 것처럼 생각하는 것이지만, 지금도 그와 마찬가지로 스테판 아르카지치는 불행히도 이야기가 번번이 알렉세이 알렉산드로비치의 아픈 데만을 들이치고 있는 것처럼 느꼈다. 그래서 그는 다시 한번 매제를 그 자리에서 데리고 나가려고 생각했다. 그러나 알렉세이 알렉산드로비치 자신은 호기심을 가지고 이렇게 물었다.

「어찌자고 또 프라츠니코프는 결투 같은 길 다 했을까요?」

「부인 때문이에요. 사내답게 했어요! 결투를 신청해 가지고 쏴 죽여 버렸어요!」

「아아!」하고 알렉세이 알렉산드로비치는 무관심한 양 대답했다. 그리고 눈썹을 치켜올리고는 객실 쪽으로 들어갔다.

「아니, 정말 잘 와 주셨어요.」돌리는 이방 저방으로 통할 수 있게 돼 있는 객실에서 그를 맞으면서 깜짝 놀란 듯한 미소를 띠고 말했다. 「난 당신한테 얘기할 게 좀 있어요. 여기라도 좀 앉으세요.」

알렉세이 알렉산드로비치는 살짝 치켜올린 눈썹이 그에게 주고 있는 것과 같은 무관심한 표정을 짓고 다리야 알렉산드로브나 옆에 앉아 억지로 미소를 지었다.

「그렇잖아도 나도.」하고 그가 말했다. 「막 당신의 용서를 빌고, 곧 작별을 하려고 생각하던 참이었으니까 더욱 잘됐읍니다. 난 내일 떠나지 않으면 안 돼서 말씀예요.」

다리야 알렉산드로브나는 안나의 결백을 굳게 믿고 있었으므로, 무고한 자기 친구를 이처럼 마음 가볍게 멸망시키려 하고 있는 이 냉혹하고 무감각한 사내에 대한 분노로 자기가 차츰 파리해져서 입술을 부르르 떨고 있는 것을 느꼈다.

「알렉세이 알렉산드로비치.」그녀는 몹시 결연한 태도로 그의 눈을 찬찬히 들여다보면서 말했다. 「난 당신한테 안나에 관해서 물어 보았는데도 당신은 어떻다고도 대답해 주시지 않았어요. 그분은 어떻게 지내세요!」

「잘 있을 겁나다, 다리야 알렉산드로브나.」하고 알렉세이 알렉산드로비치는 그녀의 얼굴을 보지도 않고 대답했다.

「알렉세이 알렉산드로비치, 정말 미안합니다만 저어, 둘의 사이가 어떻게 돼 있는지 내게 말씀해 주시잖겠어요? 애원이에요. 정말 무슨 일로 당신께선 그분을 나쁘게 여기고 계세요?」

알렉세이 알렉산드로비치는 눈살을 찌푸렸다. 그리고 거의 눈을 감고 고개를 떨어뜨렸다.

「무엇 때문에 내가 안나 아르카지예브나와의 지금까지의 관계를 바꾸지 않으면 안 되겠다고 생각했는가 하는 까닭은 주인 어른한테서 들으셨으리라고 생각하는데요.」그는 그녀의 눈은 보지도 않고 마침 객실을 지나가고 있던 쉬체르바스키를 쳐다보면서 말했다.

「난, 믿지 않아요, 믿지 않아요, 그런 걸 믿을 순 없어요!」돌리는 그 바싹 야윈 두 손을 불끈 쥐면서 힘찬 몸짓으로 이렇게 말했다. 그녀는 재빨리 일어서서 한쪽 손을 알렉세이 알렉산드로비치의 옷소매 위에다 놓았다. 「여긴 사람들이 많아요. 자아, 이리 오세요.」

돌리의 홍분은 알렉세이 알렉산드로비치의 마음에도 작용했다. 그는 일어서서 그녀를 따라 어린애의 공부방으로 쓰이고 있는 방으로 들어갔다. 그들은 여기저기 주머니칼로 쪼아 놓은 유포(油布)를 덮은 탁자 머리에 앉았다.

「나는 믿지 않아요, 그런 건 믿지 않아요!」돌리는 자기를 피하고 있는 그의 시선을 붙잡으려고 애쓰면서 말했다.

「사실을 믿지 않을 수는 없어요, 다리야 알렉산드로브나.」그는 사실이라는 말에 힘을 주면서 말했다.

「그렇지만 무엇을 그분이, 어떤 짓을 하셨는데요?」

「그것은 자기의 의무를 헌신짝처럼 여기고 자기의 남편을 배신했읍니다. 말하자면 이것이 그녀가 한 짓이에요.」하고 그는 말했다.

「아녜요, 아녜요, 그런 일이 있을 턱이 없어요! 아녜요, 건 틀림없이 당신의 오해예요!」하고 돌리는 두 손으로 관자놀이를 누르고 눈을 감으면서 말했다.

알렉세이 알렉산드로비치는 그녀나 자기 자신에게 자기의 확신의 견고함을 나타낼 양으로 입술만으로 싸늘하게 웃었다. 그러나 이 열렬한 변호는 그의 마음을 흔들리게 하지는 않았지만, 그 상처를 자극한 것만은 사실이었다. 그도 몹시 열띤 태도로 얘기를 시작했다.

「그 사실을 아내가 스스로 남편 앞에 밝힐 때에 오해를 한다는 것은 지극히 어려운 일이에요. 아뭏든 그것은 팔 년간의 생활도 아들도 이것도 저것도 모두가 잘못이니까 난 다시 한번 처음부터 생활을 새로 하고 싶다——이렇게 밝혀졌으니까 말씀이에요.」하고 그는 숨을 몰아쉬면서 노기를 띠어 말했다.

「안나와 패덕——난 아무래도 그것을 하나로 생각할 순 없어요. 믿을 수 없어요.」

「다리야 알렉산드로브나!」하고 그는 이번에는 돌리의 선량한 상기된 얼굴을 똑바로 쳐다보고 어느 틈에 자기도 말수가 많아져 가고 있는 것을 느끼면서 말했다. 「아직은 의심을 둘 여지라도 있다면 나는 얼마나 기쁠까요. 의심을 하고 있던 동안은 무척 괴로왔지만 그래도 지금보다는 편했었죠. 의심을 하고 있던 동안은 그래도 희망은 있었으니까 말씀예요. 그러나 지금은 이제 아무런 희망도 없읍니다. 모든 것을 의심한 나머지 아들까지 미워하게 되고, 때로는 그것이 자기의 아들이라는 것마저 믿지 않게 되는 수가 있읍니다. 나는 정말 불행해요.」

그에겐 그것은 얘기할 필요는 없었다. 다리야 알렉산드로브나는 그가 그녀의 얼굴을 보사마사 그것을 깨달았다. 그리고 그녀에게는 그가 가여워졌고 친구의 결백을 믿는 마음도 어느 틈에 완전히 흔들리고 있었다.

「아아! 그건 정말 무서운, 무서운 일이에요. 그렇지만 이혼을 하시기로 결심을 하셨다는 것은, 설마 정말은 아니겠죠?」

「난 최후의 수단으로써 그것을 결심한 것입니다. 나로선 그 이상 달리 어떻게 할 수도 없으니까 말씀예요.」

「달리 어떻게 할 수가 없다, 다른 도리가 없다……」하고 그녀는 두 눈에 눈물은 글썽거리면서 말했다. 「아녜요, 다른 도리가 없는 것도 아녜요!」하고 그녀는 다시 부인하듯히 말했다.

「이런 종류의 슬픔이 두려운 것은 다른 상실이라든가 죽음이라든가의 경우에 있어서처럼 가만히 참고 있을 수가 없어서 어떻게라도 무엇인가의 수단에 호소하지 않으면 안 된다고 하는 점 때문입니다.」하고 그는 그녀의 마음을 짐작하고 있기라도 한 것처럼 말했다. 「말하자면 당신네가 놓인 그 굴욕적인 경지에서 탈출하지 않으면 안 되니까 말씀예요. 삼각관계 그대로 생활해 나간다는 것은 불가능하니까 말씀이에요.」

「알았어요, 잘 알았어요.」돌리는 이렇게 말하고 고개를 떨어뜨렸다. 그녀는 자기 자신과 자기 가정의 슬픔을 생각하면서 잠시 침묵을 지키고 있었다. 그리고는 갑자기 힘찬 몸짓으로 고개를 들고 애원하는 듯한 몸짓으로 두 손을 모았다. 「그렇지만 조금만 기다려 주세요 ! 당신은 기독교인이지요 ! 그분에 대해서도 조금은 생각해 주세요 ! 당신께서 버리신다면 그분께서는 어떻게 돼 버리시겠어요 ?」

「나도 생각해 봤읍니다, 다리야 알렉산드로브나, 많이 생각해 봤읍니다.」하고 알렉세이 알렉산드로비치는 말했다. 그의 얼굴에는 군데군데 붉은 반점이 생겨 있었고 흐릿한 눈은 똑바로 그녀를 바라보고 있었다. 다리야 알렉산드로브나는 이제 진심으로 그를 가엾게 여겼다. 「나는 그녀 자신의 입에서 이 내 굴욕이 분명하게 됐을 때부터 지금 말씀하신 것을 해왔읍니다. 나는 모든 것을 본디 그대로 묻어 뒀었읍니다. 나는 그녀에게 개심할 기회를 주었읍니다. 난 노력해서 그녀를 구하려고 했었읍니다. 그런데 어떻습니까 ? 그것은 지극히 용이한 내 요구——체면을 지킨다는 것조차 해주질 않았으니까 말씀예요.」하고 그는 발끈 열을 올리면서 말했다. 「스스로 파멸하고 싶어하지 않는 사람이면 구할 수도 있다고 하지만, 본성이 완전히 썩고 타락해 버려서 파멸 그것을 구원처럼 여기고 있는 인간에게 어떻게 손은 댈 수가 있겠어요 ?」

「그러니까 어떤 짓이라도 좋지만, 그저 이혼이라고 하는 것만은 !」하고 다리야 알렉산드로브나는 대답했다.

「그러나 그 어떤 짓이라고 하는 건 어떤 의밉니까 ?」

「아녜요, 그것은 무서운 일이에요. 그분은 이제 누구의 아내도 되지는 않아요, 그분은 멸망하고 말아요 !」

「그렇지만 내가 어떻게 할 수가 있다는 말씀예요 ?」알렉세이 알렉산드로비치는 어깨와 눈썹을 치켜올리며 말했다. 아내의 마지막 과실에 대한 생각이 극도로 그의 부아를 돋구웠으므로 그는 또다시 이야기의 처음에 있어서와 같은 찬 사람이 돼 버렸다. 「난 당신의 동정에 대해선 대단히 감사하고 있읍니다. 그러나 이제 난 돌아가지 않으면 안 됩니다.」하고 그는 일어서면서 말했다.

「아녜요, 조금만 더 기다려 주세요 ! 당신께선 그분을 죽이는 것과 같은 짓을 하셔선 안 돼요. 조금만 더 기다려 주세요, 난 당신께 내 애길 여쭙겠어요. 난 이미 시집을 왔읍니다. 그런데 남편은 날 속였읍니다. 분노와 질투로 난 온갖 것을 다 버리고 싶었읍니다. 자기의 몸까지도……그러나 난 제정신으로 돌아왔읍니다. 그것은 누구 때문일까요? 안나가 날 구해 주었어요. 그리고 난 이처럼 살고 있읍니다. 어린애들은 커가고 남편은 집으로 돌아오고 이전의 잘못을 깨닫고 앞서보다도 결백한 좋은 사람이 돼 주고 난 이처럼 살고 있고……난 다 용서했읍니다. 그러니까 당신께서도 용서해 주시지 않으면……」

알렉세이 알렉산드로비치는 가만히 귀를 기울이고 있었다. 그러나 그녀의 말은 그에겐 이제 아무런 작용도 하지 않았다. 그의 마음속에서는 또 그가 이혼을 결심했던 날의 미움이 그대로 머리를 쳐들고 일어났다. 그는 몸을 부들부들 떨고는 날카롭고 큰 목소리로 얘기하기 시작했다.

「용서한다는 것은 난 할 수 없읍니다, 또 용서하고 싶지도 않읍니다. 난 그것을 옳지 않은 짓이라고 생각하고 있읍니다. 난 그 여자를 위해서 온갖 수단을 다 했읍니다. 그것을 그녀는 모두 자기의 본성에 맞는 진흙 속에다 짓밟아 버린 것입니다. 난 나쁜 인간은 아닙니다. 난 아직까지 한 번도 사람을 미워한 적은 없읍니다. 그렇지만 그녀만은 마음의 온 힘을 다해서 미워하고 있읍니다. 용서조차 할 수 없읍니다. 그것은 그녀가 내게 범한 악행을 극도로 미워하고 있기 때문입니다. 」하고 그는 목소리 속에 증오의 눈물을 머금게 하고 말했다.

「원수를 사랑하라는 말이 있잖아요……」 하고 다리야 알렉산드로브나는 부끄러운 듯이 중얼거렸다.

알렉세이 알렉산드로비치는 경멸하듯이 냉소했다. 그런 것쯤은 벌써 오래 전에 알고 있었다. 그러나 그것은 자신의 경우에는 들어맞지 않는다고 생각했다.

「원수를 사랑하라, 그것은 그렇습니다만, 그러나 자기가 미워하고 있는 자를 사랑할 수는 없읍니다. 아니, 정말 쓸데 없는 걱정을 끼쳐 드려서 죄송합니다. 사람은 누구나 자기의 슬픔만으로도 충분한 것인데 말씀예요!」알렉세이 알렉산드로비치는 이렇게 말하고 마음을 차분하게 가다듬고 조용히 작별 인사를 하고 떠났다.

13

모두들 식탁에 일어섰을 때에 레빈은 키치의 뒤를 따라 객실 쪽으로 가고 싶었다. 그러나 그는 그래서는 자기의 구애가 너무 지나칠 만큼 눈에 드러나게 되어 그녀를 불쾌하게 하지나 않을까 하고 두려워했다. 그래서 그는 남자들 틈에 남아 그들의 이야기에 끼어들었다. 그리고 키치 쪽은 보지 않고 있으면서도 그녀의 동작이며 그녀의 눈동자며 객실 안에서 그녀가 자리잡고 있는 자리를 똑똑히 느끼고 있었다.

그는 이제는 이미 아무런 노력도 치르지 않고 자기가 그녀에게 약속한 것, 즉 언제나 모든 사람을 선의로 생각하고 언제나 모든 사람을 사랑하는 것을 실행하고 있었다. 이야기는 페소프가 일종의 독특한 근원을 발견하여 그가 『합창의 근원』이라고 부르고 있는 자치 촌락에 대한 것으로 옮겨졌다. 레빈은 페소프에게도 찬성하지 않았고 또 예에 따라서 러시아의 자치 촌락의 의의를 인정하고 있는 것 같기도 하고 않는 것 같기도 한 형의 설에도 찬성하지 않았다. 그러나 그는 그저 두 사람을 조정하고 두 사람의 반대론을 완화하려고 애쓰면서 이야기를 하고 있었다. 그는 자기가 이야기하는 것에는 조금도 흥미를 느끼지 않았다. 하물며 그들이 이야기하고 있는 것은 더욱 말할 것도 없었다. 그러나 그는 그저 한가지 것만을 바라고 있었다. 그들에게도 여러 사람들에게도 좋도록 즐겁도록 하고. 이제야 그는 그저 하나의 것만이 중요하다는 것을 알고 있었다. 그리고 그 하나의 것은 처음에는 저쪽 객실에 있었으나 이내 차츰 가까이로 움직여 와서는 문 있는 데에서 멎었다. 그는 돌아다보지 않고 있으면서 자기를 향하고 있는 눈동자를 느꼈다. 그래서 그는 그쪽으로 몸을 돌리지 않을 수가 없었다. 그녀는 쉬체르바스키와 함께 문에 서서 그를 바라보고 있었다.

「난 또 당신이 피아노가 있는 데로 가시는가 했죠.」하고 그는 그녀에게 다가가면서 말했다. 「음악——그것이야말로 내가 시골에 있으면서 굶주리고 있는 유일한 것이에요.」

「아녜요, 저희는 그저 당신을 부르러 왔을 뿐예요. 그리고 난 감사를 드려요.」하고 그녀는 선물이라도 하듯이 미소로 그를 맞으면서 말했다. 「당신께서 여기에 와 주신 것을. 정말 어쩌면 저렇게 토론을 좋아하시는 분들도 다 있죠? 어차피 상대방을 납득시킨다든가 할 수도 없는 걸 가지고.」

「그래요, 정말이에요.」하고 레빈은 말했다. 「그저 상대방이 이야기하고 싶어하는 것이 아무래도 이해가 가지 않아서 그 때문에만 분별없이 열을 내어 토론을 하고 있는 일이 흔히 있기 마련이니깐 말이에요.」

레빈은 자주 가장 현명한 사람들 사이의 논쟁에 있어서도 엄청난 노력과 거창한 논리적 기교와 말을 마구 늘어놓은 뒤 마침내는 그 논쟁자들은 자기들이 오랜 시간을 허비해서 서로 논증하고 있었던 것은 벌써 오래 전에 토론의 처음부터 쌍방에게 알려져 있었다는 것, 그러나 그들은 저마다 그 좋아하는 것을 달리

하고 있었기 때문에 상대방에게 반박을 당하지 않도록 자기가 좋아하는 것을 얘기하려고 하지 않았다는 것을 의식하게 된다는 것을 알고 있었다. 그는 또 이따금 가다 남과 한창 토론하는 가운데 부지중에 상대방이 좋아하고 있는 것을 똑똑히 알게 되고 갑자기 자신도 그것이 좋아져서 얼른 상대방에게 동의해 버린다. 그러면 지금까지의 논증이 모두 전연 무용한 것이 돼 버리는 것을 경험하고 있었다. 그러나 때로는 또 그 반대로 자기의 논증의 근저가 돼 있는 자기가 좋아하고 있는 것을 마침내 얘기해 보면, 그리고 그것이 훌륭하고 절실하게 표현되면 상대방이 갑자기 그것에 동의하고, 논쟁을 그쳐 버리는 일이 흔히 있는 것을 경험하고 있었다. 그리고 그가 얘기하고 싶었던 것은 바로 이것이었던 것이다.

그녀는 이해하려고 애쓰면서 이마를 찌푸렸다. 그러나 그가 설명을 하기 시작하자마자 그녀는 벌써 그것을 이해했다.

「난 알겠어요. 무엇보다도 먼저 상대방이 무엇 때문에 의논을 하고 있는가, 또 상대방이 좋아하고 있는 것이 무엇인가, 그것을 알지 않으면 안 된다, 그러면……」

그녀는 서투르게 표현된 그의 사상을 충분히 이해하고 그것을 잘 표현해 보였다. 레빈은 기쁜 듯이 미소했다. 그만큼 그에겐 이 페소프와 형과의 사이에 오가고 있던 얼키고 설킨 입담 좋은 논쟁에서 대뜸 이런 간단명료한, 거의 말의 힘을 빌리지 않고 지극히 복잡한 사상을 표현할 수 있는 마음과 마음의 접촉으로 옮겨진 것이 감동을 주었던 것이다.

쉬체르바스키는 그들의 곁에서 멀어져갔다. 그러자 키치는 거기에 놓여 있던 카르타 탁자 옆으로 다가가 앉았다. 그리고 한 손에다 분필을 집어들고 그것으로 새 푸른 빛의 나사 위에 아무렇게나 동그라미를 그리기 시작했다.

그들은 식사를 하는 동안에 오갔던 화제, 부녀자의 자유며 직업이니 하는 문제에 대해서 다시 이야기하기 시작했다. 레빈은 시집을 가지 않은 처녀는 가정에서 여자다운 일을 찾아내야 할 것이라는 다리야 알렉산드로브나의 의견에 찬성이었다. 그는 그 의견을 다음과 같은 이유 즉, 어떠한 가정도 그것을 돕는 여자가 없이는 돼 나가는 것이 아니다, 아무리 어려운 가정에도 부유한 가정에도 고용된 사람이건 집안 사람이건 여하튼 유모가 있다, 또 있지 않으면 안 되는 것이다, 이런 이유에 의해서 확인했다.

「아녜요.」 하고 키치는 얼굴을 붉히고, 그러나 진실이 어린 눈동자로 전보다도 훨씬 대담하게 그를 쳐다보면서 말했다. 「여자라고 하는 것은 굴욕의 느낌이 없이는 가정에 들어갈 수가 없게끔 만들어져 있는 것인지도 몰라요. 그렇지만 그 사람 자신은……」

그는 이 암시만으로 그녀를 이해했다.

「네, 그렇습니다!」하고 그는 말했다. 「그렇습니다, 그렇습니다, 그렇습니다. 당신의 말씀이 옳습니다, 당신의 말씀이 옳습니다.」

그리고 그는 키치의 마음에서 처녀의 공포와 굴욕을 본 것에 의해서 비로소 페소프가 식사를 하는 동안에 논증하고 있던 부녀자의 자유라고 하는 문제를 이해할 수가 있었다. 그러자 그녀를 사랑하는 마음에서 그는 그 공포와 굴욕감에 동정하고 곧 자기의 논증을 그만둬 버렸다.

침묵이 찾아왔다. 그녀는 줄곧 분필로 탁자 위에다 동그라미를 그리고 있었다. 그녀의 눈은 조용한 빛으로 빛나고 있었다. 그런 그녀의 기분에 끌려들어 그도 자기의 온 존재 속에서 줄곧 증대되어 있는 행복감의 긴장을 느끼는 것이었다.

「아아! 난 식탁에다 온통 헛짓을 해놓고 말았군요!」하고 그녀는 말했다. 그리고는 분필을 놓고 마치 일어서서 가려고 하려는 듯한 몸짓을 했다.

『아니, 이 사람이 가고 나면 나 혼자 어떻게 남아 있는담?』 하고 그는 두려움을 느끼고 생각했다. 그리고 분필을 들었다. 「조금만 기다려 주세요.」그는 탁자 옆에 앉으면서 말했다. 「난 진작부터 당신께 꼭 한 마디 물어 보고 싶은 말씀이 있었읍니다만.」

그는 그녀의 부드러운 그러나 깜짝 놀란 듯한 눈을 똑바로 들여다보았다.

「그럼, 말씀해 보세요.」

「그것은.」그는 이렇게 말하고 머리 글자만을 써보였다. 『언, 당, 나, 그, 안, 말, 그, 영, 의, 그, 그, 의?』그 뜻은 이런 것이었다. ── 『언젠가 당신께선 나한테 그것은 안 된다고 말씀하셨는데 그것은 영원히라는 의미였읍니까, 그렇지 않으면 그때만이라는 의미였읍니까?』 그녀가 이 복잡한 문구를 해득할 수 있으리라고는 도시 바랄 수 없는 일이었다. 그러나 그는 그녀가 이러한 말들을 해득할 수 있을 것 같은 얼굴을 하고 그녀의 얼굴을 찬찬히 지켜보았다.

그녀도 정색을 하고 그를 쳐다보고 있다가 이내 주름 잡은 이마를 한 손으로 괴고 읽기 시작했다. 가끔 그녀는 그의 얼굴을 쳐다보고 눈동자로 그에게 물었다. 『이건 내가 생각하고 있는 대로일까요?』

「난 알았어요.」하고 그녀는 홍당무가 되어 말했다.

「그럼 이건 어떤 말이죠?」하고 그는 『영원히』라는 뜻을 나타낸 영자를 가리키면서 물었다.

「그건 영원히라는 뜻이죠?」하고 그녀는 말했다. 「그러나 그건 정말 아네요!」

그는 얼른 자기가 쓴 글자를 지우고, 일어나 그녀에게 분필을 건네 주었다. 그녀는 썼다——『그, 나, 그, 대, 수, 없.』

돌리는 이 둘의 모습——분필을 손에 들고 수줍어하는 듯한 행복한 미소를 띠고 레빈의 얼굴을 올려다보고 있는 키치와 탁자 위로 몸을 엉거주춤하게 구부리고 불타는 듯한 눈으로 탁자를 보기도 하고 그녀를 보기도 하면서 서 있는 레빈의 아름다운 모습——을 보고 있는 사이에 알렉세이 알렉산드로비치와의 이야기로 야기되었던 슬픔을 말끔히 달래게 되었다. 그의 얼굴은 갑자기 빛났다——그는 안 것이었다. 그것은 이런 의미다——『그때는 나는 그렇게 대답할 수밖에 없었어요.』

그는 의심쩍게 주저주저하며 그녀를 바라보았다.

「그럼 그때만의 일입니까?」

「네.」하고 그녀의 미소가 대답했다.

「그럼 지……그럼 지금은?」하고 그는 물었다.

「그럼 이걸 읽어 주세요. 내가 바라고 있는 거예요!」그녀는 머리 글자를 썼다——『당, 그, 일, 잊, 수, 있, 그, 용, 수, 있.』그 의미는 이건 것이었다——『당신께서 그때의 일을 잊어 주실 수가 있으시다면, 그리고 용서해 주실 수가 있으시다면.』

그는 떨리는 손가락으로 분필을 잡았다. 그리고 그것을 꿍어서 다음과 같은 의미의 머리 글자를 썼다——『나한테는 아무것도 잊는다, 용서하다 하는 것은 없읍니다. 난 예나 다름없이 당신을 사랑하고 있는 것입니다.』

그녀는 망설임없는 미소를 머금고 그를 바라보았다.「알았어요.」하고 속삭이듯이 그녀는 말했다.

그는 앉아서 긴 문구를 썼다. 그녀는 이제 이렇습니까, 하고 묻지 않고 모든 것을 이해했다. 그리고 분필을 들고 곧 대답했다.

그는 오랫동안 그녀가 쓴 것을 이해할 수 없었다. 그는 자주 그녀의 눈을 들여다보았다. 그의 마음은 행복감에 젖어 있었다. 그는 도무지 그녀가 의미한 말을 알아맞힐 수가 없었다. 그러나 그녀의 행복으로 빛나고 있는 아름다운 눈 속에서, 그는 모든 것을 다 알았다. 그래서 그는 세 개의 머리 글자를 쓰니까 그가 미처 다 쓰기도 전에 그녀는 벌써 그의 손놀림으로 그것을 읽어 버리고 그 뒤는 자기가 보충했다. 그리고는 『네』라는 대답을 썼다.

「아니, 서기 흉내를 내고 있나?」하고 노공작이 옆으로 와서 말했다. 「그런데 극장엘 늦지 않으려거든 이제 그만 가야 해.」

레빈은 일어서서 키치를 배웅했다.

이런 정도의 이야기로 그들의 일은 모두 얘기돼 버렸다. 그녀가 그를 사랑하고 있다는 것도, 그가 내일 아침 다시 찾아오겠다는 것을 양친한테 전해 두겠다는 것도 모두 얘기된 것이었다.

14

키치가 가 버리고 자기 혼자 남자 레빈은 그녀와 떨어진 극심한 불안과 다시 그녀를 만나서 영원히 그녀와 결합될 내일 아침이 한시라도 빨리, 일각이라도 빨리 와 주었으면 하는 참을 수 없는 욕구를 느끼고 그녀 없이 지내지 않으면 안 될 그때까지의 열네 시간을 마치 죽음처럼 두렵게 여겼다. 자기 혼자 외토리가 되지 않기 위해서 또 어떻게라도해서 시간을 넘기기 위해서 그에겐 어느 누구라도 말벗을 찾아야 할 필요가 있었다. 스테판 아르카지치는 그에겐 가장 유쾌한 말벗이었다. 그러나 그는 야회에 간다는 핑계를 대고 발레에 가버렸다. 그래서 레빈은 그에게 겨우 자기는 행복하다는 것, 자기는 그를 사랑하고 있다는 것, 그리고 또 자기를 위해서 그가 해준 것은 결코 잊지 않겠다는 것만을 이야기할 수 있었을 뿐이었다. 스테판 아르카지치의 미소와 눈동자는 그가 그 감정을 틀림없이 이해하고 있었다는 것을 레빈한테 보여 주었다.

「어때, 아직 죽을 때는 아니지?」스테판 아르카지치는 어떤 감동을 가지고 레빈의 손을 쥐면서 말했다.

「그럼!」하고 레빈은 말했다.

다리야 알렉산드로브나도 또한 그와 작별 인사를 나누면서 그를 축복하는 듯한 가락으로 말했다.

「당신께서 또 키치하고 만나 주셔서 난 정말 기뻐요. 서로 옛 우정은 존중하셔야 해요.」

다리야 알렉산드로브나의 이런 말이 불유쾌했다. 그녀는 이 일이 모두 얼마나 높고 그녀에게는 얼마나 접근할 수 없는 것인가 하는 것을 이해할 수 없었다. 따라서 그녀는 감히 그것을 입 밖에 내놓아서는 안 됐을 것이었다. 레빈은 그들과 헤어졌다. 그러나 자기 혼자 떨어지지 않기 위해서 자기의 형한테 달라붙었다.

「형님은 어디로 가십니까?」

「난 회의에.」

「그럼, 나도 같이 가겠읍니다. 괜찮으시죠.」

「그럼, 괜찮지 않구? 같이 가자.」세르게이 이바노비치는 빙긋이 웃으면서 말했다.「오늘은 너 도대체 어떻게 된 거야?」

「나 말씀예요? 난 행복합니다!」레빈은 타고 있는 마차의 창문을 열면서 말했다.「열어도 괜찮죠? 열지 않으면 후덥지근해서. 난 행복합니다! 어째서 형님께선 지금까지 결혼을 하지 않으셨읍니까?」

세르게이 이바노비치는 빙그레 웃었다.

「아니, 나도 정말 기쁘다. 그 여잔 어딘지 그 훌륭한 처……」하고 세르게이 이바노비치는 말을 꺼냈다.

「말씀하지 마세요, 말씀하시지 마세요!」레빈은 두 손으로 그의 모피 외투의 깃을 잡고 그것을 겹치면서 외쳤다. 『그 여자는 훌륭한 처녀다』라는 말은 그의 감정에 어울리지 않는 지극히 평범하고 저열한 말이었기 때문이었다.

세르게이 이바노비치는 드물게 볼 만큼 즐거운 듯이 웃어댔다.

「아니, 하여튼 난 그것을 아주 기뻐하고 있다고 얘기할 수가 있지.」

「그것도 내일 일이에요. 내일 일이에요. 이제 아무런 얘기도 하지 말아 주세요! 아무런, 잠자코 있어 주세요!」레빈은 말했다. 그리고 또 한번 그의 모피 외투를 여미면서 덧붙였다.「난 형님을 굉장히 사랑하고 있읍니다! 건 그렇고 내가 회의에 가도 괜찮을까요?」

「암 괜찮다마다.」

「형님께선 오늘은 무슨 말씀을 하십니까?」레빈은 미소를 그치지 않고 물었다.

둘이는 회의장에 도착했다. 레빈은 비서관이 분명히 자기 자신도 모르고 있는 것 같은 의사록을 떠듬떠듬 읽고 있는 것을 들었다. 그러나 레빈은 그 비서관의 얼굴로 미루어 그 사내가 아주 귀엽고 착한 인물이라는 것을 알았다. 그것은 그가 의사록을 읽으면서 당황하여 어찌 할 바를 모르고 있는 태도로 분명했다. 곧 연설이 시작됐다. 사람들은 어떤 금액의 지출과 어떤 철관의 부설에 대해서 토론하고 있었다. 세르게이 이바노비치는 두 의원을 통박하고 우쭐대는 듯한 태도로 무엇인가를 장황하게 늘어놓고 있었다. 그러자 또 한 사람의 의원이 무엇인가를 종이 위에다 적고 나서 처음에는 머무적거리고 있었으나 나중에는 아주 모지락스러운 말로 그러나 귀염성 있게 그한테 답변하였다. 그리고 그런 뒤에 또 스비야쥐스키(그도 거기에 출석하고 있었던 것이다)가 역시 무엇인가를 우아하고 점잖게 이야기하였다. 레빈은 그들의 말을 경청하고 있었다. 그러자 그 지출된 금액이고 철관이고 그런 것은 하나도 대단찮은 것이라는 것이며, 그들은 조금도 화나 있는 것은 아니라는 것이며, 그리고 그들은 모두 매우 착하고 좋은 사람들 이라는 것이며, 따라서 그들 사이에서는 그런 것이 모두 기분이 좋고 원활하게 진행되고 있는 것이다라는 것을 똑똑히 알게 되었다. 그들은 누구의 방해도 받 지 않았다. 그리고 모두들 즐거운 것 같았다. 그 중에서도 레빈에게 가장 뚜렷 하였던 것은 오늘은 그들 모두의 뱃속까지 들여다보이고, 이전에는 눈에도 띄지 않았을 만큼의 조그마한 징후로도 사람들의 마음을 알 수가 있고, 그들이 모두 선량한 인간이라는 것을 똑똑히 알았다는 것이었다. 또한 이날은 그들이 모두 유달리 레빈을 극단으로 사랑하고 있었다. 그것은 그들이 그와 얘기할 때의 태 도며 모르는 사람들까지도 모두 부드럽고 상냥하게 그를 바라보는 태도에 의해 서 분명했다.

「그래, 어때, 재미있었나?」하고 세르게이 이바노비치가 그한테 물었다.

「네, 굉장히. 이렇게 재미있는 것이리라고는 전혀 생각도 못했읍니다! 정말 좋읍니다, 훌륭합니다!」

스비야쥐스키가 레빈한테로 다가와서 자기 집으로 차를 마시러 오도록 청 했다. 레빈은 자기가 지금까지 어째서 스비야쥐스키한테 불만을 느끼고 있었는 가, 무엇을 그한테서 구하고 있었는가 도무지 이해할 수 없었고 생각해 낼 수도 없었다. 그는 총명하고 놀라울 만큼 선량한 인간이었다.

「정말 감사해.」하고 그는 말했다. 그리고 그의 아내와 처제에 관해서 물 었다. 그러자 사고상의 기묘한 연상에 의해서 그의 상상 속에서 스비야쥐스키의 처제에게 대한 생각이 결혼이라는 것과 결부되어 그에겐 스비야쥐스키의 아내 와 처제 이상으로 자기의 행복을 이야기해서 좋은 상대는 달리 없을 것처럼 여 겨졌다. 그래서 그는 그들한테 가는 것을 몹시 기뻐했던 것이다.

스비야쥐스키는 언제나처럼 유럽에서 행해지지 않았던 것이 여기에서 될 턱 이 없다는 확신을 가지고 레빈한테 시골에서의 그의 일에 대해서 물었다. 그러 나 지금은 그것도 레빈에게는 조금도 불쾌하지 않았다. 도리어 거꾸로 그는 스 비야쥐스키의 설을 옳다고 느끼고, 그러한 일은 모두 쓸데 없는 것이라고 여 겼다. 그리고 그는 스비야쥐스키가 자기의 설이 옳다는 것을 분명히 표명하기를 피하고 있는 놀라울 만큼의 부드러움과 온순함을 보았다. 스비야쥐스키네의 부 인들은 유난히 귀여운 사람들이었다. 레빈한테는 그녀들은 벌써 다 알고 있고 그에게 동정하고 있지만 그저 삼가는 마음으로 입밖에 내지 않고 있는 것이라고 여겨졌다. 그는 그들한테서 한 시간, 두 시간, 세 시간 하고 여러 가지 것을 이야 기하면서 주저앉아 버렸으나 그의 마음을 가득 넘치게 하고 있는 어떤 한 가지 것만을 넌지시 깨우쳐 주고만 있었을 뿐 자기가 그들을 엄청날 만큼 지루하게 하고 있다는 것이며 벌써 오래 전에 그들이 자야 할 시간이 됐다는 것은 전혀 알아채지 못하고 있었던 것이다. 스비야쥐스키는 하품을 하면서 그리고 그 친구의 달라진 기색에 놀라면서 그를 현관까지 배웅했다. 벌써 한 시가 지나 있었다. 레빈은 호텔로 돌아갔다. 그러나 아직도 남은 열 시간을 지금부터 혼자서 견딜 수 없을 만큼의 기다림을 안고 어떻게 지낼 것인가 하는 생각을 하고 깜짝 놀랐다. 불침번을 서고 있는 보이는 그를 위해서 촛불을 켜놓고 나가려고 했다. 그러나 레빈은 그를 불러세웠다. 예고르라는 그 보이는, 레빈은 전에는 알아채지도 못하고 있었으나 매우 영리하고 선량한 유달리 좋은 사내였다.

「어떻나 예고르, 응, 자지 않고 있는다는 것은 여간 괴로운 일이 아니잖아?」

「어쩔 수가 없죠! 이것이 저희들의 직무이니까요. 그야 나으리네한테서 있으면 훨씬 편하지만 말씀예요. 그 대신 여기가 수입이 더 많습죠.」

예고르는 가족을 거느린 사람으로 사내애가 셋에 바느질을 하는 계집애가 하나 있었고, 그는 그 딸을 마구(馬具) 가게의 점원한테 시집을 보냈으면 하고 있다는 것을 알게 됐다.

레빈은 그것을 기회삼아 예고르한테 결혼에서 가장 중대한 것은 사랑이다. 사랑만 있으면 사람은 언제나 행복하게 된다. 왜냐하면 행복이라고 하는 것은 오직 자기 자신 속에 있는 것이니까. 이런 자기의 생각을 들려줬다.

예고르는 열심히 듣고 있었다. 그리고 레빈의 의견이 잘 이해된 것 같았다. 그러나 그는 그것을 확증할 양으로 레빈에게는 전혀 뜻밖의 관찰을 이야기했다. 그것에 의하면 그는 훌륭한 나으리네한테서 있었을 때에는 언제나 그 주인들에게 만족하고 있었고 또 지금의 주인은 프랑스인이긴 히지만 역시 미음으로부터 만족하고 있다는 것이었다.

『이자는 놀라울 만큼 착한 인간이다.』 하고 레빈은 생각했다.

「그런데, 예고르, 자넨 장가를 들었을 때 아내를 사랑하고 있었나?」

「어떻게 사랑하지 않을 수 있어요.」 하고 예고르는 대답했다.

거기에서 레빈은 예고르도 또한 기쁜 마음의 상태에 있고 그 즐거운 감정을 실컷 토해 낼 작정을 하고 있다는 것을 알았다.

「내 생활도 또한 여간 놀라운 것이 아닙죠. 난 어렸을 적부터……」 그는 눈을 반짝이면서 하품이 사람한테 옮는 것처럼 분명히 레빈의 기쁨에 감염되어 지껄이기 시작했다.

그러나 그도 벨소리가 들리자 가버리고 레빈 혼자 남았다. 그는 만찬에도 거의 아무것도 먹지 않았고, 스비야쥐스키집에 가서도 차나 저녁을 사양했다. 그러나 그는 아직 저녁식사에 대해서는 생각할 마음이 들지 않았다. 그는 전날 밤 자지 않았다. 그러나 잠에 대해서 생각을 할 수 없었다. 방안은 시원했다. 그러나 그는 숨이 턱턱 막힐 것 같았다. 그는 통풍구를 둘 열었다. 그리고 그 앞의 탁자 위에 걸터앉았다. 눈에 덮인 지붕 뒤로 쇠사슬이 달린 무늬가 있는 십자가가 보이고 또 그 위에는 누르스름한 빛을 내뿜고 있는 카펠라성(마부자리의 첫째 별) 과 마부자리의 차츰 높아져 가고 있는 세모꼴이 보였다. 그는 십자가와 별을 번 갈아가면서 바라보았다. 그리고 한결같이 방안으로 흘러들어오는 시원스러운 공기를 들이마시면서 꿈 속에서처럼 상상 속에서 용솟음 쳐 오르는 심상과 추억 을 더듬고 있었다. 세 시가 지나서 그는 복도의 발소리를 듣고 문으로 내다보 았다. 그것은 친분이 있는 노름꾼인 마스킨이 클럽에서 돌아오는 소리였다. 그 는 음울한 모습으로 얼굴을 잔뜩 찌푸리고 기침을 하면서 걷고 있었다. 『불쌍 한, 불행한 사내다!』 하고 레빈은 생각했다. 그러자 그 사내에 대한 애정과 연민에서 그의 눈에는 눈물이 핑 돌았다. 그는 그 사내와 이야기를 하고 그를 위 안해 주었으면 싶었다. 그러나 자기가 샤쓰 하나만 걸치고 있다는 것을 생각해 내고는 결심을 바꾸고 다시 찬 바람을 쐬면서 잠잠히 말이 없긴 하지만, 그에게 는 의미 깊은 절묘한 형상의 십자가며 차츰 높이 올라가고 있는 노랗게 빛나고 있는 별을 바라보기 위해서, 통풍구 옆으로 가서 앉았다. 여섯 시가 지나자 마 루 청소부들이 수선거리기 시작하고 사람을 부르는 벨이 울리기 시작했다. 레빈 은 추위가 몸에 스며드는 것을 느꼈다. 그는 통풍구를 닫고 얼굴을 씻고 옷을 갈 아입고 한길로 나갔다.

15

한길은 아직 텅 비어 있었다. 레빈은 쉬체르바스키네 집 쪽으로 걸어갔다. 대 문은 아직 잠겨 있었고 모든 것이 조용히 잠들어 있었다. 그는 도로 발길을 돌려 다시 자기의 숙소로 돌아와서 커피를 가져오게 했다. 당번인 보이 —— 이제는 예고르가 아니었다 —— 가 그것을 가지고 왔다. 레빈은 그와 얘기나 하고 싶었 으나 그때 마침 벨이 울렸으므로 그는 가 버렸다. 레빈은 커피를 마실 양으로 빵 을 입에다 넣어 보았으나 그의 입은 그 빵을 어떻게 해야 좋을지를 전혀 몰랐다. 레빈은 빵을 뱉어내고 외투를 걸치고는 다시 밖으로 거닐러 나갔다. 그가 두 번째로 쉬체르바스키 집 입구의 층층대 가까이에 온 것은 아홉 시가 지나서였다. 요리사가 식료품을 사러 나가는 참이었다. 아직 적어도 두 시간은 기다리지 않으면 안 됐다.

레빈은 지난 밤과 아침을 온통 전혀 의식없이 지냈고, 자기를 물질 생활의 온갖 조건에서는 완전히 해방된 것처럼 느끼고 있었다. 그는 온종일 아무것도 입에 대지 않았고, 이틀 밤을 뜬 눈으로 새웠으며 웃옷을 벗은 채로 몇 시간을 혹한의 외기 속에서 보냈다. 그러고도 그는 전에 없이 상쾌하고 건강한 기분을 느꼈을 뿐만 아니라 자기를 육체에서 초월해 버린 것처럼 느꼈다. 그는 근육의 힘을 기다리지 않고 움직였다. 그리고 무슨 일이라도 할 수 있을 것 같은 느낌이 들었다. 그는 만약 필요하다면 하늘을 날을 수도 집의 한 귀퉁이를 밀어젖힐 수도 있다고 믿었다. 그는 나머지 시간을 줄곧 시계를 꺼내 보기도 하고 사방을 둘러보기도 하면서 길을 돌아다니며 지냈다.

그리고 그때 그가 본 것은 이제는 두 번 다시 볼 수 없는 것이었다. 그 가운데에서도 국민 학교에 가는 어린애들, 지붕에서 포도로 날아 앉는 짙은 남색의 비둘기, 보이지 않는 손이 늘어놓고 있던 밀가루가 뿌려진 흰빵, 이러한 것들이 그의 마음에 와 닿았다. 그러한 흰빵이며 비둘기며 두 사내애는 지상의 것이 아닌 존재들로 보였다. 그리고 그러한 것들은 모두 동시에 나타난 것이었다. 한 사내애는 비둘기 옆으로 뛰어가 싱글벙글하면서 레빈을 바라보았다. 비둘기는 퍼드득 하고 날개를 치며 공중에서 떨고 있는 가루처럼 흩날리는 눈 속을 태양에 반짝이면서 날아갔다. 그러자 창가에서는 다 구워진 빵의 향내가 물씬 코를 찌르고 흰빵이 거기에 진열되었다. 이러한 것들은 모두 다같이 드물게 있을 만큼 좋았으므로 레빈은 저도 모르게 웃음을 디뜨렸고 기쁨에 겨워 목이 메일 정도였다. 가제트느 골목에서 키슬로프카 거리를 따라 엄청날 만큼의 길을 돌아서 그는 다시 여관으로 돌아왔다. 그리고 자기 앞에다 시계를 놓고 열두 시가 되기를 기다리면서 앉아 있었다. 옆방에서는 기계에 대해서와 속임수가 어떻다느니 하는 얘기가 들려 오고 있었고 아침다운 기침 소리도 나고 있었다. 그들은 시계 바늘이 벌써 열두 시에 가까와가고 있다는 것을 모르고 있었다. 바늘은 열두 시에 가깝게 다가갔다. 레빈은 입구의 층층대로 나갔다. 마부들은 모든 것을 다 알고 있는 성싶었다. 그들은 행복한 듯한 얼굴로 앞을 다투어 자기의 마차에 타기를 권하면서 레빈을 둘러쌌다. 레빈은 다른 마부들이 섭섭하지 않도록 다음에 타겠노라고 약속을 하고 그 중의 하나를 골라 타고 쉬체르바스키네로 가 달라고 일렀다. 그 마부는 혈색이 좋은 빨갛고 튼튼한 목에 착 달라 붙어 있는 하얀 샤쓰의 깃이 외투 밑에서 내다보이고 있는 품이 깨끗하게 보이는 사내였다.

그 마부의 썰매는 높고 경쾌한 것이었고, 그뒤 레빈은 두 번 다시 타 볼 수 없을 만큼의 것이었다. 말도 좋았다. 그리고 제법 달리기도 했으나 움직이고 있다고는 여겨지지 않을 정도로 쾌적했다. 마부는 쉬체르바스키네의 집을 알고 있었다. 그리고 승객에 대해서 유난히 공손한 태도로 두 손을 둥그렇게 하고는 「자요.」 하고 말하고 현관 앞 차도에 썰매를 세웠다. 쉬체르바스키네의 문지기는 분명히 모든 것을 다 알고 있었다. 그것은 그의 눈의 미소에 의해서도, 그가 말한 다음과 같은 말에 의해서도 뚜렷했다.

「아니, 이거 정말 오랜만이군요. 콘스탄친 드미트리치 !」

문지기는 모든 것을 다 알고 있을 뿐만 아니라 분명히 미칠 듯이 기뻐하면서, 그 기쁨을 감추려고 애쓰는 것 같았다. 레빈은 그의 늙은이다운 귀엽게 생긴 눈을 보자, 자기의 행복에 또 무엇인지가 새롭게 더해진 것이 있기라도 한 것처럼 생각되는 것이었다.

「모두들 일어나셨나 ?」

「자 ! 그건 여기에 둬 두시죠.」 그는 레빈이 모자를 가지고 돌아서려고 했을 때에 싱글벙글하면서 말했다. 그것에도 무엇인가 의미가 있었다.

「어느 분한테 알려 드려야 할는지 ?」 하고 하인이 물었다.

그 하인은 젊은 멋쟁이로 새로 들어온 하인들 가운데의 하나이기는 했지만 지극히 선량하고 좋은 사람으로 역시 모든 것을 다 알고 있는 듯했다.

「부인께……공작한테……아가씨한테……」 하고 레빈은 말했다.

그가 맨 처음에 만난 사람은 마드므와젤 리농이었다. 그녀는 홀을 지나가고 있었다. 그녀의 고수머리와 얼굴은 빛나고 있었다. 그가 그녀와 막 한두어 마디 얘기를 시작하자마자 별안간 문 저쪽에서 옷 스치는 소리가 들렸다. 그러자 마드므와젤 리농의 모습은 레빈의 눈에서 사라져 버리고 자기의 행복이 가까와 오고 있는 기쁜 공포가 짜릿짜릿하게 그의 마음에 와 닿았다. 마드므와젤 리농은 허둥거리기 시작하더니만 그를 남겨 놓고 다른 문 쪽으로 갔다. 그녀가 나감과 동시에 날렵하고 재빠르고 경쾌한 발소리가 마루 위에 들리기 시작했다. 그리고 그의 행복이, 그의 목숨이, 그 자신이, 아니 그 자신보다도 좋은, 그가 오랜 날을 두고 찾고 바라고 있던 것이 날렵하고 재빨리 그한테로 다가왔다. 그녀는 걸어온 것은 아니었다. 그 어떤 눈에 보이지 않는 힘에 의해서 그한테로 옮겨져 온 것이었다.

그는 그저 그녀의 맑고 진정이 어린 눈, 그의 마음을 가득 채우고 있는 것과 마찬가지의 사랑의 기쁨으로 놀라고 있는 것 같은 눈만을 바라보고 있었다. 그 눈은 사랑의 빛으로 그를 눈부시게 하면서 차츰 가깝게 빛나 오고 있었다. 그녀는 그한테 기대어 섰다. 그녀의 두 손은 올라갔다. 그리고 그의 어깨 위로 내렸다.

그녀는 그녀가 할 수 있는 한의 온갖 태도를 다 했다. 그의 옆으로 달려가 잔뜩 수줍어하면서 그리고 환희에 불타면서, 온 몸을 그한테 맡긴 것이었다. 그는 그녀를 끌어안아 그의 키스를 찾고 있는 그 입에 자기의 입술을 갖다 댔다.

그녀도 마찬가지로 온 밤을 뜬 눈으로 새웠다. 그리고 아침나절 내내 그를 기다리고 있었던 것이다. 어머니와 아버지도 두 말 없이 동의하고 그녀의 행복에 의해서 행복했다. 그녀는 그를 기다렸다. 그녀는 맨 먼저 그한테 자기와 그들의 행복을 알리고 싶었다. 그녀는 혼자서 그를 맞을 마음의 준비를 갖추고 기뻐하기도 하고 수줍어하기도 하고 부끄러워하기도 하면서 자기 스스로도 어떻게 해야 좋을지 몰랐다. 그녀는 그의 발소리와 목소리를 듣고 문 뒤에서 마드므와젤 리농이 나가기를 기다렸다. 마드모아젤 리농은 나갔다. 그녀는 무엇을 어떻게 할 것인가 하는 것은 생각하지도, 자기한테 물어 보지도 않고 다짜고짜 그의 옆으로 가서 지금한 것처럼 했던 것이었다.

「어머님한테 가요!」그녀는 그의 손을 잡고 말했다. 그는 한동안 아무 말도 할 수 없었다. 그것은 그가 말에 의해서 자기 감정의 숭고함을 더럽혀지는 것을 두려워했기 때문이라기보다는 그가 무엇인가를 얘기하려고 마음먹을 때마다 말 대신에 행복의 눈물이 쏟아져 나오게 될 것 같음은 느꼈기 때문이었다. 그는 그녀의 손을 잡아 입을 맞췄다.

「아아, 이게 정말 진실입니까요?」마침내 그는 무딘 목소리로 말했다. 「난 도무지 믿을 수가 없어, 당신이 날 사랑해 주리라곤!」

그녀는 이 정다운 말의 가락과 그가 자기를 바라다보았을 때의 수줍어하는 듯한 태도에 빵긋이 웃었다.

「그래요!」심각한 어조로 찬찬히 그녀는 말했다.

「난 정말 행복해요.」

그녀는 그의 손을 놓지 않고 그냥 그대로 객실로 들어갔다. 공작 부인은 그들을 보자 갑자기 숨결이 가빠지며 금방 울음을 터뜨렸다가는 또 갑자기 웃어젖히고 레빈이 기대하지도 않았던 힘찬 걸음걸이로 그들한테로 뛰어와서는 레빈의 머리를 끌어안아 그한테 입을 맞추자 그의 뺨을 눈물로 적셨다.

「아아, 이제 이것으로 모든 것이 다 끝났어요! 난 기뻐. 저앨 사랑해 줘요. 난 기뻐……키치야!」

「정말 날쌔게들 해치웠군!」하고 노공작은 평온을 잃지 않으려고 애쓰면서 말했다. 그러나 레빈은 그가 자기한테로 얼굴을 돌렸을 때에 그의 눈이 젖어 있음을 알아챘다. 「난 벌써 오래 전부터 언제나 이렇게 되길 바라고 있었다 !」 공작은 레빈의 손을 붙잡자 그를 자기한테로 끌어당기면서 말했다. 「난 벌써 그 무렵부터, 이거 봐, 이 말괄량이가 그따위 쓸데 없는……」

「아버지 !」하고 키치는 외치고 두 손으로 그의 입을 막았다.

「그럼, 이야기하지 않으마 !」하고 그는 말했다. 「나는 정말 정말……기쁘다……아아 ! 나는 어쩌면 이처럼 어리석은……」

그는 키치를 끌어안아서 그녀의 얼굴과 손, 또 얼굴을 입맞춤하고 그녀에게 성호를 그어 주었다.

그리고 키치가 오래오래 부드럽게 아버지의 투실투실한 손에 입맞춤하는 것을 봄과 함께 지금까지는 남이었던 이 노공작에 대한 새로운 애정이 별안간 레빈의 마음을 사로잡았다.

16

공작 부인은 말없이 싱글벙글하면서 안락의자에 앉아 있었다. 공작은 그녀의 옆에 앉아 있었다. 키치는 아버지 손을 놓지 않고 아버지가 앉아 있는 안락의자 옆에 서 있었다. 모두들 잠자코 있었다.

맨 먼저 여러 가지 것을 말하고 온갖 사상이며 감정을 실생활의 문제에 옮긴 것은 공작 부인이었다. 그러자 처음에는 누구에게나 마찬가지로 그것이 이상하고 심지어는 가슴 아프게까지 여겨졌다.

「언제로 해야죠? 축도식이니 고시식(告示式)이니도 올리지 않으면 안 되니까요. 혼례는 언제가 좋을까요? 당신은 어떻게 생각하세요, 알렉산드르 ?」

「그건 이 사람이 해야 할 일이야.」노공작은 레빈을 가리키면서 말했다. 「이번 일에는 이 사람이 가장 주요한 사람이야.」

「언제냐고요 ?」레빈은 얼굴을 붉히면서 말했다. 「내일로 하죠. 만약 나한테 물으신다면 내 생각으로는 오늘 축도식을 끝내고 내일 혼례를 올리기로……」

「어머나, 그만, 이거 봐요, 그런 분별 없는 소릴……」

「그럼, 일 주일쯤 지나서면.」

「아니, 이 사람이 정말 실성했나봐.」

「그렇지만 글쎄 좀 생각해 봐요 !」하고 부인은 이 성급함을 즐거워 하는 듯이 미소지으면서 말했다. 「그럼 혼수는 어떻게 하고요?」

『혼수니 뭐니 하는 그런 것이 있어야 할까?』 하고 레빈은 깜짝 놀라면서 생각했다. 『그러나 그 혼수니 축도식이니 하는 것이, 그런 것들이 모두 그래, 정말 내 행복을 해칠 수가 있는 것일까? 아니, 그런 일이 있을 턱은 없다!』 그는 키치의 얼굴을 흘끗 쳐다보고 혼수에 대한 생각이 그녀를 조금도, 조금도 모욕하고 있지 않다는 것을 알았다. 『그리고 보면 역시 필요한 거로군.』 하고 그는 생각했다.

「그렇지만, 난 아무것도 모르지 않아요, 난 그저 제 희망을 말씀드렸을 뿐입니다.」하고 그는 사죄하듯 말했다.

「그럼, 잘 상의해서 하기로 해요. 축도식이니 고시식은 지금 당장이라도 할 수야 있어요. 그건 그래요.」

공작 부인은 남편 옆으로 다가가서 그한테 입맞춤을 하고 나가려고 했다. 그러나 그는 그녀를 붙들어 끌어안고, 다정한 새신랑처럼 싱글벙글하면서 몇 차례 그녀에게 키스했다. 늙은이들은 어쩐지 순간 머리가 뒤범벅이 된 양 자기들이 다시 한번 사랑을 하고 있는 것인지 그렇지 않으면 자기네의 딸만이 사랑을 하고 있는 것인지 잘 모르는 모양이었다. 공작과 부인이 나가고 나자 레빈은 자기의 약혼자 옆으로 다가가서 그녀의 손을 잡았다. 이제 그는 제정신이 들어 이야기를 할 수 있었다. 그리고 그에겐 그녀에게 이야기하지 않으면 안 될 것이 많이 있었다. 그러나 그는 전연 필요하지 않은 것만을 이야기하고 있었다.

「이것이 이렇게 되리라는 것은 난 미리 알고 있었읍니다! 난 한번도 희망을 가진 적은 없었지만, 그러나 마음속으로는 언제나 믿고 있었읍니다.」하고 그는 말했다. 「난 이것은 미리 정해져 있었던 것이라고 믿고 있읍니다.」

「난,」그녀는 말했다. 「그때도……」그녀는 말을 뚝 그쳤다가는 예의 진실이 어린 눈으로 결연하게 그를 바라보면서 다시 계속했다. 「내가 당신의 행복을 당신한테서 밀어젖혔던 그때도 난 그저 언제나 당신만을 사랑하고 있었어요. 그러나 난 그땐 홀렸었어요. 난 꼭 말씀드리지 않으면 안 돼요……당신은 그 일을 잊어 주실 수 있으세요?」

「아니, 어쩌면 그런 일이 있었던 것이 더 좋았었을는지도 모릅니다. 나한테도 당신께서 용서해 주셔야 할 일이 많이 있읍니다. 내가 당신한테 말씀드리지 않으면 안 될 일은……」

그것은 그가 그녀한테 이야기해야겠다고 마음먹고 있었던 것 중의 하나였다. 애당초 그는 그녀한테 두 가지 것을 이야기해야겠다고 결심하고 있었다. 하나는, 그가 그녀처럼 순결하지 않다는 것이고 또 하나는, 그가 신앙을 가지지 않

506

은 인간이라는 것이었다. 그것은 괴로운 일이었다. 그는 이 두 가지 것은 어떻든 이야기하지 않으면 안 되겠다고 결심하고 있었다.

「아냐, 지금이 아니고 나중에!」

「좋아요, 나중에라도. 꼭 이야기는 해주세요, 나는 아무것도 두려워하지는 않겠어요. 무엇이거나 알아 둬야 할 필요가 있어요. 이제는 모두 결정지어져 버렸으니까요.」

그가 그 뒤를 덧붙였다.

「내가 어떤 인간이건 나하고 한 덩어리가 되기로 결정지어진 이상은, 설마 느닷없이 싫다느니 하고는 말씀하시지 않겠죠? 네?」

「네, 네.」

둘의 대화는 마드므와젤 리농 때문에 끊겼다. 그녀는 억지 웃음이긴 했지만 그러나 부드럽게 미소하면서 자기의 사랑하는 제자를 축하하기 위해서 온 것이었다. 그녀가 미처 나가기도 전에 하인들도 축하의 말을 하러 왔다. 그러는 사이에 이번에는 집안 사람들이 모여들었다. 그리고 그 행복한 왁자지껄한 소란이 시작되어 레빈은 혼례 이튿날까지 그 소란 속에서 빠져나갈 수 없었다. 레빈은 시종 거북하고 지루했지만 행복의 긴장은 점점 불어나갈 뿐이었다. 그는 줄곧 자기가 모르고 있는 많은 것을 요구당하고 있는 것 같은 느낌이 들었다. 그리고 그는 자기한테 이야기되는 것은 무엇이거나 했다. 그러자 그것이 온통 그에게 행복을 가져다 주었다. 그는 자기의 결혼에는 무슨 일이 있어도 세상에 흔해 빠진 것과 같은 일은 하지 않아야겠다, 그런 흔해 빠진 조건은 자기의 특별한 행복을 해치는 것이니까, 이렇게 혼자서 생각하고 있었지만 그러나 결국은 역시 그도 세상 사람들과 똑같은 짓을 하기에 이르고 말았다. 그리고 그의 행복은 그 때문에 오히려 증대되고 재래의 어떤 결혼과도 유사점을 가지지 않은 특수한 것으로 돼 갔다.

「자, 이번에는 우리 봉봉을 먹어요.」하고 마드므와젤 리농은 말했다. 그러자 레빈은 그 과자를 사러 썰매를 몰았다.

「아아, 정말 기뻐.」스비야쥐스키는 말했다.「꽃다발은 뭐야, 포민의 가게에서 사는 게 좋을 거야.」

「아아, 그래?」하고 레빈은 포민의 가게로 썰매를 몰았다.

형은 또 그에게 거액의 비용과 선물이 들 테니까 돈을 준비해 둘 필요가 있다고 말했다.

「아아, 선물이 필요한가요?」 이렇게 말하고 그는 풀리제네 가게로 말을 몰았다.

그리고 그는 과자점에서도 포민네 가게에서도 풀리제네 가게에서도 모든 사람들이 그를 기다리고 있고 그를 위해서 기뻐하며 요 며칠 동안에 그가 교섭을 가졌던 모든 사람들과 마찬가지로 그의 행복을 축하해 주고 있는 것을 보았다. 더우기 이상한 것은 모든 사람이 그를 사랑해 주었을 뿐더러 이전에는 동정을 가지지 않았던 냉담한 무관심했던 사람들까지도 그한테 감탄하고 무슨 일에도 그의 뜻에 좇는가 하면 그의 감정을 부드럽고 주의깊게 다뤄 주었고 그의 약혼녀는 완전 이상의 여자이므로 그는 온 세상에서 가장 행복한 사람이라는 그의 신념을 나누고 있었다. 그와 똑같은 것을 키치도 역시 느끼고 있었다.

한번 노르드스톤 백작 부인이 넌지시 더 좋은 사람을 바라고 있었다는 것을 비쳐 보았을 때 키치는 몹시 성을 내며 이 세상에는 레빈보다 좋은 사람은 있을 턱이 없다고 딱 잘라 말했으므로 노르드스톤 백작 부인도 그것을 시인하지 않을 수 없었고 키치 앞에서는 기쁨의 미소가 없이는 레빈을 대할 수 없게 돼 버리고 말았다.

그에 의해서 약속된 고백은 그 당시 하나의 괴로운 일거리였다. 그는 노공작에게 상의를 하고 그의 허락을 받아서 자기의 마음을 괴롭히고 있는 것이 적혀 있는 일기를 키치한테 건넸다. 그는 당시 이 일기를 미래의 아내를 머리에 두고 쓴 것이었다. 그를 괴롭히고 있는 것은 두 가지 일이었다. 자기가 순결하지 않다는 것과 신앙을 가지고 있지 않다는 것이었다. 신앙을 가지고 있지 않다는 고백은 조금도 주의를 받지 않고 끝났다. 그녀는 종교적인 여자고 아직 한번도 종교의 진리를 의심한 적은 없었다. 그러나 표면상의 그의 무신앙은 조금도 그녀의 마음을 움직이지 않았다. 그녀는 사랑에 의해서 그의 온 정신을 속속들이 알고 있었고, 또 그의 마음속에 자기가 바라고 있는 것이 있는 것을 알고 있었으므로, 그런 정신 상태가 무신앙으로 불리워야 한다고 할지라도 그런 것은 상관이 없었던 것이다. 그러나 또 하나의 고백은 그녀를 몹시 슬프게 했다.

레빈은 내심의 투쟁이 없이 자기의 일기를 그녀에게 건넨 것은 아니었다. 그는 자기와 그녀와의 사이에 비밀이니 하는 것이 있을 수 없다, 또 있어서는 안 된다고 생각했으므로 어떻든 보이지 않으면 안 된다고 결심한 것이었다. 그러나 그는 그것이 그녀에 대해서 어떤 작용을 갖는가 하는 것에 대해서는 잘 생각해 보지 않았다. 말하자면 그녀의 입장이 되어서 생각하지를 않았던 것이다. 그래서 그는 그날 저녁 극장에 가기 전에 그녀의 집에 들러 그 방에 들어서자 거기에 그가 만들어낸 만회할 수 없는 슬픔 때문에 불행하게 되어 울어서 눈이 부은 가련하고 귀여운 그녀의 얼굴을 보았을 때에야 비로소 자기의 욕된 과거와 그녀의 비둘기 같은 순결과를 구분하고 있는 심연을 알아채고 자기가 한 짓에 놀랐다.

「가지고 가주세요, 이런 무서운 것 모두 가지고 가주세요!」그녀는 자기 앞의 탁자 위에 놓여 있던 노트를 밀어젖히면서 말했다. 「어쩌자고 당신은 이런 걸 나한테 보여 주셨죠?……아녜요, 그래도 역시 그러는 것이 좋았어요.」그녀는 그의 절망한 듯한 낯빛에 안타까운 생각이 들어 이렇게 덧붙였다. 「그래도 이것은 무서워요, 무서워요!」

그는 고개를 떨어뜨린 채 잠자코 있었다. 그는 아무 말도 할 수가 없었다.

「당신은 나를 용서해 주지는 않겠죠.」하고 그는 속삭이듯이 말했다.

「아녜요, 나는 당신을 용서했어요. 그렇지만 그것은 무서워요!」

그러나 그의 행복은 이 고백에도 깨뜨려지지 않고 오히려 새로운 음영을 가했을 만큼, 그만큼 위대한 것이었다. 그녀는 그를 용서했다. 그러나 그 이후로 그는 그녀 앞에 한층 더 자기를 무가치한 것으로 느끼고 그녀에 대해서 더욱더 도덕적으로 굴복했다. 그리고 자신의 분에 넘치는 행복을 더욱더 높게 평가하는 것이었다.

17

만찬을 하는 동안이며 그 뒤에 교환했던 이야기의 인상을 저도 모르게 자기의 회상 속에서 뒤적거리면서 알렉세이 알렉산드로비치는 쓸쓸한 여관의 방으로 돌아갔다. 용서해 주라고 한 다리야 알렉산드로브나의 말은 그의 마음에 그저 분함을 주었을 뿐이었다. 기독교의 법칙이 자기의 경우에 적용된다, 안 된다 하는 것은 너무나도 어려운 문제로 그처럼 쉽사리 입 밖에 내놓을 수 있는 것은 아니었다. 그리고 이 문제는 벌써 오래 전에 알렉세이 알렉산드로비치에 의해서 부정적으로 해결된 것이었다. 여러 가지 이야기되었던 말 가운데에서 가장 강하게 그의 마음을 자극한 것은 그 어리석은 마음씨 좋은 투로브스인의 말이었다——사내답게 했어요. 결투를 신청해 가지고 쏴 죽여 버렸어요——예의를 차리느라고 비록 아무도 입 밖에 내놓지는 않았다고 하더라도 모두들 분명히 그것에 동감하고 있는 것 같았다.

『그러나 이 사건은 이제 해결돼 버렸다. 그런 것을 생각할 필요는 없다.』하고 알렉세이 알렉산드로비치는 자기에게 말했다. 그는 그저 앞으로의 여행에 대해서와 조사 사업에 대해서만을 생각하면서 자기의 방으로 들어갔다. 그리고 따라

온 문지기에게 하인은 어디에 있느냐고 물었다. 문지기는 하인은 이제 막 나갔노라고 대답했다. 알렉세이 알렉산드로비치는 차를 가지고 오라고 일러 놓고 탁자 옆에 앉아서 안내서를 집어들고 여정을 생각하기 시작했다.

「전보가 두 통 와 있읍니다.」돌아온 하인이 방으로 들어오면서 말했다.「용서해 주십쇼, 각하. 금방 나갔었읍니다.」

알렉세이 알렉산드로비치는 전보를 받아 봉을 뗐다. 첫번째 전보는 카레닌이 기대를 걸고 있던 지위에 스트레모프가 임명되었다는 통지였다. 알렉세이 알렉산드로비치는 그 전보를 내팽개치고 얼굴을 붉히자 일어서서는 방안을 여기저기 거닐기 시작하였다. 『신은 멸망시키고자 하는 자를 먼저 멸망케 한다.』하고 그는 그 『그들』이라는 말에 이 임명에 협력한 사람들을 빗대면서 말했다. 그에게는 자기 이외의 사람이 이 지위에 임명되었다는 것, 말하자면 자기가 보기 좋게 따돌림을 당했다는 것이 유감스러웠던 것은 아니었다. 그러나 그에게는 그 사무에 있어서는 다른 누구보다도 재능이 떨어졌던 그 수다쟁이이자 허풍선이인 스트레모프가 그 지위에는 다른 누구보다도 적임이 아니라는 것을 그들이 보지 못하고 있었다는 것 그것이 이해되지 않았고 놀라왔던 것이다. 그들은 어째서 이 임명이야말로 그들 자신을, 자신들의 『명성』을 멸망케 하는 것이라는 것을 깨닫지 않고 있었을까 !

『이것도 또 그런 것이겠지.』하고 그는 다음 전보를 펴면서 이처럼 쓸쓸하게 혼잣말을 했다. 그 전보는 아내한테서 온 것이었다. 푸른 연필로 씌어진 『안나』라는 그녀의 서명이 맨 먼저 그의 눈에 들어왔다. 『죽을 것 같습니다, 소원입니다, 돌아와 주실 것을 빕니다. 용서해 주시면 마음 편히 죽겠읍니다.』 하고 그는 전보를 읽었다. 그는 모멸하듯이 웃고는 전보를 접어던졌다. 거짓도 분수가 있지, 간계다. 그게 틀림없다——그에겐 먼저 이런 생각이 들었다.

『그것은 어떤 거짓이건 망설이라든가 하지는 않을 테니까. 틀림없이 해산일 거야. 어쩌면 해산에서 온 병일는지도 모른다. 그런데 도대체 어쩔 작정일까 ? 태어난 아이를 정당한 아이라고 하여 나에게 창피를 주고 이혼을 방해하려고 하려는 것일까.』 하고 그는 생각했다. 『그런데 무엇인가 이상한 말이 적혔더군——죽을 것 같습니다…….』 그는 전보를 고쳐 읽었다. 그러자 거기에 씌어 있던 것의 참뜻이 별안간 그를 놀라게 했다.『그러나 만약 이것들이 정말이라면 ……?』하고 그는 혼잣말을 했다.『만약 빈사의 고통 속에서 그녀가 진실로 뉘우치고 있는데도, 그것을 내가 거짓으로 받아들이고 가기를 거부한다면 ? 그것은 그저 잔혹일 뿐만이 아니라 사람들한테서 욕을 얻어먹을 뿐더러 나로서도 어리석은 짓이다.』

510

「표트르, 마차를 불러라. 나 잠깐 페테르스부르크에 다녀오겠다.」그는 하인
에게 일렀다.

알렉세이 알렉산드로비치는 페테르스부르크에 가서 아내를 만나야겠다고 결
심했다. 만약 그녀의 병이 거짓이라면 아무 말도 없이 나와 버릴 생각이었다.
그러나 실제로 병이 나서 죽기 전에 그를 보기를 원하고 있다면 그는 그녀를 용
서할 것이다. 숨이 지기 전에 만나기만 하면. 그러나 만약 그것에 대지 못한다
면, 마지막 의무를 다할 것이다.

도중 내내 그는 자기가 해야 할 일 외에는 아무것도 생각하지 않았다.

차중에서 하룻밤을 지냈기 때문에 피로와 어쩐지 개운하지 않은 기분을 가지
고 알렉세이 알렉산드로비치는 페테르스부르크의 아침 안개 속을 텅 빈 쓸쓸한
네브스키 거리로 마차를 몰면서 자기를 기다리고 있는 것에 대해서는 생각하지
않고 그저 자기 앞만을 바라보고 있었다. 그는 그것에 대해서는 생각할 수가 없
었다. 왜냐하면 그는 앞으로의 일을 상상하면서 그녀의 죽음이 그의 괴로움을
단번에 풀어 주리라는 예상을 내몰 수가 없었기 때문이었다. 빵가게들이며 또
닫혀 있는 가게들이며 밤 썰매의 마부들이며 보도를 쓸고 있는 문지기돌이 그의
눈에 띄곤 했다. 그리고 그는 그를 기다리고 있는 것, 바라서는 안 되지만 역시
바라고 있는 것에 대한 생각을 지우려고 애쓰면서 그러한 것들을 관찰하고 있
었다. 그는 현관의 층층대에다 마차를 바싹 댔다. 잠든 마부를 태우고 있는 마
차와 삯마차가 차도에 서 있었다. 현관으로 들어가면서 알렉세이 알렉산드로비
치는 마치 뇌의 저 안쪽 구석에서라도 끌어내듯이 그의 결심을 끌어내어 다시
한번 잘 살펴보았다. 그 결심은——『만약 거짓이면 태연하게 경멸하고 돌아
가 버릴 것, 만약 정말이면 적당한 조처를 취할 것.』이런 것이었다.

문지기는 알렉세이 알렉산드로비치가 아직 벨을 울리기도 전에 문을 열었다.
문지기인 페트로프, 다른 이름 카피트느이치는 낡아 빠진 프록 코트에 넥타이도
매지 않고 슬리퍼를 신은 채의 기묘한 모습을 하고 있었다.

「마님은 어떻나?」

「어제 순산하셨읍니다.」

알렉세이 알렉산드로비치는 발을 멈추고 낯빛을 바꾸었다. 그는 자기가 얼마
나 강하게 그녀의 죽음을 바라고 있었던가 하는 것을 그때 비로소 똑똑히 알
았다.

「그런데, 건강 상태는?」

코르내이가 마침 앞치마 바람으로 층층대를 뛰어 내려왔다.

「몹시 좋지 않으십니다.」하고 그는 대답했다. 「어제는 의사 선생님네의 모임

이 있었읍니다. 지금도 와 계십니다.」

「짐을 부탁해.」알렉세이 알렉산드로비치는 말했다. 그리고 아직 죽음의 기대가 있다는 알림에 약간의 마음 가벼움을 느끼면서 현관방으로 들어갔다.

옷걸이에는 군인 외투가 걸려 있었다. 알렉세이 알렉산드로비치는 그것을 보고 물었다.

「누구야, 와 있는 것은 ?」

「의사 선생님하고 산파하고 브론스키 백작입니다.」

알렉세이 알렉산드로비치는 안쪽 방으로 들어갔다.

객실에는 아무도 없었다. 그의 발소리를 듣고 그녀의 거실에서 라일락빛의 리본이 달린 모자를 쓴 산파가 나왔다.

그녀는 알렉세이 알렉산드로비치한테로 다가가서 죽음이 닥쳤을 경우의 친밀함을 가지고 그의 손을 잡자 그를 침실 쪽으로 데리고 갔다.

「정말 잘 와 주셨읍니다 ! 그저 당신 이야기만을, 당신 이야기만을 하시고.」하고 그녀는 말했다.

「얼음을 빨리 주세요.」침실에서 의사의 명령하는 목소리가 들렸다.

알렉세이 알렉산드로비치는 안나의 방으로 들어갔다. 그녀의 책상 옆의 고가 낮은 의자에 브론스키가 옆으로 돌아 앉아서 두 손으로 얼굴을 가리고 울고 있었다. 그는 의사의 목소리에 벌떡 자리를 차고 일어서서 얼굴에서 손을 떼고 알렉세이 알렉산드로비치를 보았다. 안나의 남편의 모습을 보자 그는 몹시 당황하여 쥐구멍으로 들어가기라도 할 듯한 태도로 어깨 속에 고개를 움츠리고 또다시 주저앉아 버렸다. 그러나 그는 용기를 내어 일어서서는 말했다.

「안나는 이제 가망이 없읍니다. 의사는 절망이라고 말하고 있었읍니다. 난 당신의 마음대로입니다만, 제발 여기에 있는 것만은 용서해 주십쇼……그러나 난 당신의 마음대로입니다. 난……」

알렉세이 알렉산드로비치는 브론스키의 눈물을 보자 다른 사람들의 괴로와하는 모습이 언제나 그의 마음에 불러일으키는 정신적인 혼란이 마구 밀려옴을 느꼈다. 그래서 그는 얼굴을 돌리고는 그의 말을 끝까지 듣지 않고 허둥지둥 문쪽으로 갔다. 침실 안에서는 무엇인가를 중얼거리고 있는 안나의 목소리가 새어 나왔다. 그녀의 목소리는 명랑했고 활기가 있었으며 굉장히 또렷한 억양을 지니고 있었다. 볼은 불그레하게 불들고 눈은 반짝이고 잠옷의 옷소매로 나와 있는 조그마한 하얀 손은 담요의 귀를 말면서 만지작거리고 있었다. 보기에 그녀는 그저 건강하고 생기가 있었을 뿐더라 아주 좋은 기분으로 있는 것처럼 여겨졌다. 그녀는 재빠르고 낭랑하게 전에 없이 정확한 진정이 넘치는 억양으로 말하고 있었다.

「왜냐하면 알렉세이는, 난 알렉세이 알렉산드로비치 애길 하고 있는 거예요. 둘이 다 알렉세이라고 한다는 것은 정말 야릇하고 무서운 운명이에요. 그렇지 않아요? 알렉세이는 내가 얘기하는 것을 거절한다든가 하지는 않을 거예요. 난 잊을 거예요, 그분도 용서해 주시리라고 여겨요……그런데 어째서 그분께서는 오시지 않을까요? 그분께서는 자신이 얼마나 좋은 사람인가를 모르고 있는 거예요! 아아! 정말, 정말 괴로와요, 아아, 빨리 물을 주어요! 아, 좋아요. 그럼 그애한테는 유모를 딸리게 해주세요. 그래요, 그것이 좋아요. 그러는 것이 오히려 더 나아요, 그분은 틀림없이 와요, 그분에게는 저것을 보는 것은 괴로울 거예요. 저것은 주어 버려요.」

「안나 아르카지예브나, 나으리께서 오셨어요. 자아, 이거 보세요!」산파는 안나의 주의를 알렉세이 알렉산드로비치 쪽으로 돌리려고 애쓰면서 말했다.

「아아, 정말 쓸데 없는 소릴!」하고 안나는 남편을 보지 않고 계속했다.「그런데 그것을 나한테 주어요, 계집아이를 달라는데! 그분께서는 아직 오시지 않았어요. 당신은 그분을 모르니까 용서하지 않을 거라고 말씀하시는 거예요. 그분의 마음을 알고 있는 사람은 아무도 없어요. 나밖에 없어요. 그러한 나도 좀처럼 알기가 힘들었어요. 그분의 눈은 말예요, 정말이지, 세료쥐아 것을 꼭 빼다 박은 것 같아요. 그러니까 난 도무지 그애의 눈을 볼 수가 없어요. 세료쥐아에겐 식사나 시켰는지 모르죠? 아니, 틀림없이 모두들 잊고 있을 거예요. 그분 같으면 잊지 않으실 테지만. 세료쥐아를 구석 방으로 데리고 가서 마리엣뜨에게 같이 자도록 부탁해 두지 않으면 안 돼요.」

별안간 그녀는 몸을 움츠러뜨리고 잠잠해져 버렸다. 그리고 깜짝 놀란 듯한 낯빛으로 무엇인가 타격을 기다리고 있기라도 한 것처럼 그 몸을 막듯이 하고 두 손을 얼굴로 올렸다. 그녀는 남편을 알아본 것이었다.

「아녜요, 아녜요.」그녀는 말을 시작했다.「나는 그분을 두려워하고 있는 것은 아녜요. 나는 죽음을 두려워하고 있는 거예요. 알렉세이, 이만큼 좀 다가와요. 나는 지금 서둘고 있는 거예요. 이제 시간이 없으니까요. 나는 이제 얼마 살지도 못하니까요. 곧 열이 나기 시작하면, 나는 이제 아무것도 모르게 되고 말아요. 지금은 잘 알아요, 무엇이거나 잘 알아요, 눈도 똑똑히 보여요.」

알렉세이 알렉산드로비치의 찡그린 얼굴은 고뇌의 표정을 드러냈다. 그는 그녀의 손을 잡고 무엇인가를 이야기하려고 했으나 이야기할 수 없었다. 그의 아랫입술은 파르르 떨렸다. 그러나 그는 여전히 마음의 동요와 싸우며 그저 이따금 그녀의 얼굴을 바라다볼 뿐이었다. 그리고 그럴 때마다 그는 지금까지 전혀 본 적이 없었던, 마음을 느끼게 하는 기쁨의 부드러움을 가지고 자신을 바라보고 있는 그녀의 눈을 보았다.

「조금만 기다려 주어요. 당신은 모르셔요……조금만 있어 보아요, 조금만 있어 보아요.」그녀는 생각을 가다듬으려는 듯이 말을 멈췄다. 「그래요,」하고 그녀는 시작했다. 「그래요, 그래요. 내가 얘기하고 싶었던 것은 이런 거예요. 놀라지는 마세요. 난 역시 이전의 나예요……그러나 내 속에는 다른 여자가 도사리고 있어요. 나는 그 여자가 두려워 못 견디겠어요, 그 여자가 그 사람에게 홀려서 난 당신을 미워하려고 했어요. 그래도 난 그때까지 나에 대해서 잊을 수는 없었어요. 그 여자는 내가 아니예요. 지금의 내가 진실한 나예요. 완전히 이전의 나예요. 난 지금 죽어 가고 있어요. 나는 내가 죽는다는 것을 알고 있어요. 저 사람에게 물어보아요. 난 지금도 손이니 발이니 손가락 위에 무엇인가 무거운 것이 놓여져 있는 것처럼 느끼고 있어요. 손가락, 어마, 어쩌면 이렇게 큰 손가락도 있담! 그러나, 이것도 모두 곧 끝장이 날 거예요…… 그러나 말씀예요, 나는 꼭 한 가지 필요한 게 있어요. 여보, 나를 정말 용서해 주어요, 깨끗이 용서해 주어요! 나는 무서운 여자예요, 그렇지만 유모가 나에게 이야기해 준 적이 있어요. 어떤 거룩한 여자 순교자는, 그 여자의 이름이 뭐라더라! 그 여자는 나보다도 나쁜 여자였던가 보아요. 그러니까 나는 로마로 가겠어요. 거기에는 황야가 있어요. 그러면 나는 이제 어느 누구도 방해하지 않게 될 거예요. 그저 나는 세료쥐아하고 이번 어린애만은 데리고 가겠어요……아녜요, 그렇지만 당신은 용서해 주시지는 않겠죠! 아녜요, 아녜요, 가 주어요, 당신은 나무나 사람이 좋아요!」그녀는 불덩어리 같은 한쪽 손으로 그의 손을 잡고 또 한쪽 손으로는 그를 떠밀고 있었다.

알렉세이 알렉산드로비치의 마음의 동요는 차츰 증대되어 이제는 그도 벌써 그것과 싸우는 것을 그쳐 버렸을 만큼의 정도에 이르렀다. 그러자 그는 별안간 자기가 마음의 동요라고만 여기고 있었던 것이 거꾸로 지금까지는 전혀 몰랐던 새로운 행복을 그에게 주는 행복한 마음의 상태였다는 것을 느꼈다. 그는 자기기 한평생 그것에 따르려고 여기고 있던 기독교의 교리가 자기에게 원수를 용서하고 사랑하라고 명령한 것이라고는 여기지 않았지만 하여간 원수에 대한 사랑과 용서의 즐거운 감정이 그의 마음을 가득 채웠다. 그는 무릎을 꿇었다. 그리고 잠옷을 통해서 불꽃처럼 뜨거운 그녀의 팔굽 위에다 머리를 얹고 어린애처럼 흐느꼈다. 그녀는 그의 벗어져 가고 있는 머리를 끌어안고 그한테로 몸을 꼬아 다가붙어 그리고 도전하는 것 같은 자랑을 가지고 눈을 위로 올렸다.

「오오, 저기에 그 사람이 있군요, 나 알고 있어! 그럼 안녕, 여러분, 안녕!

514

……어마, 또 그 사람들이 왔군요. 어찌 돌아가 버리지 않을까요?……자아, 그럼 내 이 모피 외투를 벗겨 주어요!」

　의사는 그녀의 손을 떼어 조심스럽게 그녀를 베개 위에다 바로잡아 놓고 어깨까지 담요를 덮어 주었다. 그녀는 얌전히 천정을 보고 누워 빛나는 눈동자로 찬찬히 자기의 앞을 보고 있었다.

　「아시겠어요, 나는 그저 한 가지 용서만 받으면 그만이었으니까요. 이제 이 이상 아무것도 바라지 않아요……그런데 어째서 그 사람은 오지 않을까요?」하고 그녀는 브론스키가 있는 문쪽으로 고개를 돌리면서 말했다. 「가까이 와요, 가까이 오세요! 저분하고 악수를 해주어요.」

　브론스키는 침대 쪽으로 다가갔다. 그리고 안나를 보자 다시 두 손으로 얼굴을 감싸 버렸다.

　「손을 떼고 이분을 보세요. 이분은 성자예요.」하고 그녀는 말했다. 「자아, 손을 떼고, 손을 떼라니까!」그녀는 퉁명스럽게 말을 꺼냈다. 「이봐요, 알렉세이 알렉산드로비치, 저 사람의 손을 좀 떼 주어요! 나는 저 사람의 얼굴이 보고 싶어요.」

　알렉세이 알렉산드로비치는 브론스키의 손을 잡고 고뇌와 수치의 표정으로 무섭게 찌그러져 있던 그 얼굴에서 뗐다.

　「그 사람한테 손을 내밀어 주세요, 그리고 용서해 주세요.」

　알렉세이 알렉산드로비치는 눈에서 나오는 눈물을 억누르지도 못하고 그에게 손을 내밀었다.

　「아아, 고마와요, 고마와요.」하고 그녀는 말했다. 「이제는 다 됐어요. 그저 다리나 조금 더 펴 주어요. 네, 그렇게, 그것으로 좋아요. 그것은 그렇고, 이 꽃들은 어쩜 이처럼 볼품 없게 만들어졌담, 조금도 오랑캐꽃 같지가 않군요.」하고 그녀는 벽지를 가리키면서 말했다. 「오오, 하느님! 하느님. 언제나 이것이 끝장이 날까요. 저, 나에게 모르핀을 주세요. 선생님! 모르핀을 좀 주세요. 오오, 하느님 하느님!」

　그리고 그녀는 침대 위에서 몸부림쳤다.

　주치의도 다른 의사들도 이것은 산욕열로 백의 아흔아홉은 살지 못한다고 말했다. 온종일 열과 헛소리와 실신 상태가 계속되었다. 한밤중 가까이에는 병자는 완전히 감각도 없었고 맥박도 거의 멎어 버렸다.

　사람들은 일각일각 마지막을 기다렸다.

　브론스키는 집으로 돌아갔다. 그러나 아침에는 경과를 알러 찾아왔다. 알렉세이 알렉산드로비치는 그를 현관에서 맞자 이야기했다.

「여기에 있어 주십쇼, 틀림없이 저것이 당신을 찾을 테니까요.」그리고 몸소 그를 아내의 거실로 데리고 갔다. 아침이 되자 다시 흥분과 활기와 사고와 두서없는 말이 시작되었으나, 그것도 또 실신 상태로 끝나 버렸다. 사흘째도 마찬가지였다. 의사는 희망이 있다고 말했다. 그날 알렉세이 알렉산드로비치는 브론스키가 있는 아내의 거실로 가서 문을 걸고 그와 마주 앉았다.

「알렉세이 알렉산드로비치.」이렇게 브론스키는 변명할 때가 가까와 오고 있음을 느끼면서 말했다. 「나는 아무 말도 할 수 없읍니다. 또 아무것도 모릅니다. 진정 나를 용서해 주십쇼! 당신도 오죽 괴롭기야 하시겠읍니까마는, 나는 더한층 엄청나다고 하는 것을 믿어 주십쇼.」

그는 일어서려고 하였다. 그러나 알렉세이 알렉산드로비치가 그의 팔을 붙잡고 말했다.

「내가 얘기하는 것을 좀 들어 주시기 바랍니다. 이것이 가장 중요한 것이니까요. 나는 나의 감정, 나를 이끌어 왔고 또 앞으로도 이끌어가게 될 감정을 설명하지 않으면 안 됩니다. 그것은 당신이 나라는 것에 대해서 오해하시지 않게 하기 위해서예요. 이미 잘 알고 계시다시피 나는 이혼하기로 결심하고 그 수속까지 시작했었읍니다. 그러나 숨김없이 말씀 드리자면 나는 그 수속을 시작하면서 무척 망설이고 괴로와 했읍니다. 실인즉 나는 당신과 그녀에게 복수하고 싶은 욕구에 쫓기고 있었읍니다. 그래서 전보를 받았을 때도 나는 똑같은 감정을 품고 여기에 온 것입니다. 아니, 한 걸음 더 나아가서 얘기하자면, 나는 그녀의 죽음을 바라고 있었던 겁니다. 그러나……」그는 자기의 감정을 털어놓아야 할 것인가 털어놓지 말아야 할 것인가 하는 망설임 속에 잠깐 침묵했다. 「그러나 나는 그녀를 보고 용서하였읍니다. 그리고 용서한다는 것의 행복이 내 의무를 분명하게 해주었읍니다. 나는 완전히 용서했읍니다. 나는 다른 뺨도 대줄 생각입니다. 웃옷을 빼앗으려고 하는 자에게는 속옷도 벗어 줄 생각입니다. 나는 그저 하느님이 용서한다고 하는 것의 행복을 나한테서 빼앗아가지 않도록 하기 위한 오직 그것만을 빌고 있는 겁니다.」눈물이 그의 눈에 글썽거렸다. 그리고 그 밝고 조용한 눈동자가 브론스키의 마음을 찔렀다. 「이것이 내 입장입니다. 당신은 나를 진흙 속에 짓밟아도 좋습니다. 세상의 웃음거리로 만들어도 좋습니다. 나는 그녀를 버리지 않겠읍니다. 결코 당신을 꾸짖거나 하는 말을 입에 담지는 않겠읍니다.」그는 계속했다. 「내 의무는 나에겐 명백히 드러나 있읍니다. 나는 그녀와 같이 있지 않으면 안 됩니다. 또 있을 생각입니다. 그녀가 당신을 만나고 싶다고 하면, 나는 당신에게 알려 드리겠읍니다. 그러나 지금은 조금 멀리 떨어져 있는 것이 당신을 위해서 더 좋지 않을까 나는 생각합니다.」

그는 일어섰다. 그러자 흐느낌이 그의 말을 멎게 했다. 브론스키도 마찬가지로 일어서 꾸부정하고 엉거주춤한 자세로 이마 너머로 그의 얼굴빛을 엿보았다. 그는 알렉세이 알렉산드로비치의 감정이 이해되지 않았다. 그러나 그에게는 그것이 무엇인가 숭고한 자기 같은 사람의 세계관으로는 좀처럼 발을 들여놓을 수 없는 것이기라도 한 것처럼 여겨졌다.

18

알렉세이 알렉산드로비치와의 이야기 뒤 브론스키는 카레닌네 집 입구의 층층대 위로 나왔다. 그리고 자기는 지금 어디에 있는가 또 도보나 마차로 어디를 가지 않으면 안 되는가를 한참 생각하면서 한동안 거기에 서 있었다. 그는 자기를, 부끄러움을 당하고 업신여김을 받으면서 그 치욕을 씻을 힘마저 빼앗긴 죄 많은 인간인 것처럼 느꼈다. 그는 또 자기를 지금까지 그렇게도 자랑스럽고 경쾌하게 활보하고 있던 궤도에서 내팽개침을 당하기라도 한 것처럼 느꼈다. 그렇게도 확고한 것으로 보여지고 있던 자기 생활의 온갖 관습과 규칙이 별안간 허망하고 타당하지 않은 것으로 되어 버렸다. 지금까지는 그의 행복의 일시적인 약간의 희극적인 장애물, 가여운 인간으로만 여겨지고 있던 속임을 당한 남편이 돌연 그녀 자신에 의해서 불러냄을 받아 이쪽의 비열을 깨닫게 할 만큼의 높은 데로 올려지고 그리고 그 남편은 그 높은 데로 오르자 이제는 심술궂은 위선적인 우스꽝스러운 인간이 아닌 선량하고 단순하고 위대한 인물로 돼 버렸다. 그것을 브론스키는 느끼지 않을 수가 없었다. 역할은 별안간 바뀌었다. 브론스키는 그의 고결과 자기의 비열을, 그의 올바름과 자기의 부정을 통감했다. 그는 남편은 그 슬픔 속에 있으면서도 너그러웠는데 자기는 자기의 기만 속에 있으면서 저열하고 보잘것없는 인간인 것을 느꼈다. 그러나 그가 부당하게 모멸하고 있던 그 사람에 대해서 느낀 자기가 비열하다고 하는 의식은 그저 그의 비애의 극히 작은 한 부분을 이루고 있었을 뿐이었다. 그가 지금 자기를 말할 수 없이 불행한 인간이라고 통감한 것은 요즈음 식어 있었던 것처럼 여겨지던 그녀에 대한 정열이 이제는 그녀를 영원히 잃었다고 알기에 이르자 언젠가 있었던 것보다도 한층 더 강렬하게 불타올라 왔기 때문이었다. 그는 그녀가 앓고 있는 동안에 그녀의 전부를 알게 되었고 그녀의 마음도 다 알았다. 그러자 그는 지금까지 조금도 그녀를 사랑하고 있지 않았던 것처럼 여겨졌다. 그리고 지금 그녀를 완전히 알고 당연히 사랑하지 않으면 안 되게 되었다고 알자 그는 그녀 앞에서 굴욕을 받고 그녀의 마음에다 자기에 대한 부끄러운 기억만을 남기고 영원히 그녀를 잃어버린 것이다. 그 가운데서도 가장 두렵게 여겨졌던 것은 알렉세이 알렉산드로비치가 부끄러워하고 있던 그의 얼굴에서 그의 손을 잡아뗐을 때의 그 우스꽝스럽고 부끄러운 자기의 입장이었다. 그는 카레닌의 집 입구의 층층대 위에 넋을 잃은 사람처럼 우두커니 서 있었다. 그는 어떻게 해야 할지를 몰랐다.

「삯마차를 불러 드릴까요 ?」하고 문지기가 물었다.

「그래, 삯마차를.」

사흘 밤 동안 한잠 못 이루고 집으로 돌아온 브론스키는 옷도 벗지 않고 깍지를 낀 두 손 위에다 머리를 올려 놓고 소파 위에 납작 엎드려 버렸다. 그의 머리는 무거웠다. 상상이며 기억이며 지극히 기괴한 상념 등이 굉장한 기민함과 명료함을 가지고 연이어 떠올랐다. 그것은, 혹은 자기가 병자에게 따라 주고 숟가락에서 엎지르고 하였던 약이며 혹은 산파의 하얀 팔이며, 혹은 침대 앞에 무릎을 꿇고 있던 알렉세이 알렉산드로비치의 기묘한 자세 같은 것들이었다.

『자야 한다 ! 잊어야 한다 !』그는 지쳤을 때 자려고 하면 곧 잠이 오는 건강한 사람의 침착한 자신을 가지고 이렇게 말했다. 그러자 실로 그 순간에 머리는 멍해지고 그는 망각의 심연으로 빠져들어가기 시작하였다. 무의식 세계의 바다 물결이 벌써 그의 머리 위에서 부딪치기 시작했다. 그러자 돌연 마치 가장 강력한 진기가 그의 몸에서 일으켜지기라도 한 것 같았다. 그는 소파의 스프링 위에서 온 몸이 뛰어오를 만큼 세차게 몸을 떨고 두 손을 짚자 놀라움과 함께 무릎을 꿇으며 뛰어일어났다. 그의 눈은 마치 조금도 자지 않기라도 한 것처럼 켕했다. 일 분 전까지 느끼고 있던 머리의 무거움과 사지의 나른함은 별안간 사라져 버렸다.

『당신은 나를 진흙 속에다 짓밟아도 좋습니다.』 그는 알렉세이 알렉산드로비치의 말을 듣고, 그리고 자기 앞에 서 있는 그의 모습을 보았다. 그리고 또 화끈화끈하게 단 빨간 얼굴과 반짝이는 눈으로 부드러움과 사랑을 가지고 자기가 아닌 알렉세이 알렉산드로비치를 찬찬히 보고 있던 안나의 얼굴을 보았다. 그는 또 알렉세이 알렉산드로비치가 그의 얼굴에서 손을 잡아뗐을 때의 자신의 바보스럽고 우스꽝스러운(이라고 그에게는 여겨졌던) 모습을 보았다. 그는 다시 다리를 뻗고 먼저의 자세로 소파 위에 몸을 던지고 눈을 감았다.

『자야 한다 ! 자야 한다 !』 하고 그는 속으로 되뇌였다. 그러나 눈을 감고 있으면서 그는 그 기억도 새로운 경마가 있었던 날 밤에 보았던 안나의 얼굴을 더한층 또렷하게 눈앞에 보였다.

『이런 일은 없다, 앞으로도 없을 것이다. 그리고 그 여자는 그것을 기억에서 씻어내려고 하고 있는 것이다. 그러나 나는 그것이 없이는 살아나갈 수 없다. 어떻게 해야 화해가 될까? 어떻게 해야 화해가 될까?』그는 소리를 내어 이렇게 말하고, 그리고 무의식적으로 이러한 말들을 되풀이하기 시작했다. 이러한 말들의 반복은 그가 자기의 가슴 속에 소용돌이치고 있었다고 느꼈던, 새로운 심상이며 회상의 끓어오름을 억누르고 있었다. 그러나 이 말의 반복도 그의 상상을 그렇게 오래 억누르고 있지는 못했다. 또다시 연달아 굉장한 재빠름을 가지고 가장 행복하였던 순간과 동시에 조금 전의 수치가 자기 앞에 나타나기 시작했다. 「저 손을 좀 떼어 주어요.」하고 안나의 목소리가 말한다. 그는 손을 뗀다. 그리고 자기 얼굴의 부끄러워하는 바보스런 표정을 느낀다.

그는 이제 전연 희망이 없어졌다는 것을 느끼면서도 잠을 들이려고 가만히 누워 있었다. 그리고 그 어떤 상념에서 나오는 우연한 말들을, 그것에 의해서 새로운 심상의 끓어오름을 억누르려고 노력하면서 줄곧 나지막한 목소리로 되풀이하고 있었다.

그는 귀를 쫑긋 치켜세웠다. 그러자 괴상하고 미친 사람 같은 속삭임으로 이처럼 되풀이하고 있는 말을 들었다. 「가치를 몰랐던 것이다, 이용할 줄을 몰랐던 것이다. 가치를 몰랐던 것이, 이용할 줄을 몰랐던 것이다.」

『이게 도대체 뭐야? 혹은 난 미쳐 가고 있는 게 아냐?』 하고 그는 자신에게 말했다. 『그럴는지도 모른다. 이런 때에야말로 인간은 미치기도 하는 것이 아닌가, 자살을 하기도 하는 것이 아닌가.』하고 그는 스스로 대답했다. 그리고 눈을 뜨고 놀라면서 자기의 머리맡에 있는 형수인 바랴가 만들어 준 수가 놓인 베개를 보았다. 그는 베개의 술을 만져 보고는 바랴에 대해서와 마지막 그녀를 만났을 때의 일에 대해서 생각해내려고 했다. 그러나 무엇인가 다른 일을 생각한다는 것은 고통이었다. 『아니야, 자지 않으면 안 된다!』 그는 베개를 끌어당겨 그것에다 머리를 눌렀다. 그러나 눈을 가만히 감고 있기에는 많은 힘을 들이지 않으면 안 되었다. 그는 벌떡 일어나서 앉았다. 『나에게는 이것은 이제 다 끝이 나버린 것이다.』 하고 그는 자기에게 말했다. 『이제부터 해야 할 것을 잘 생각하지 않으면 안 된다. 무엇이 남아 있을까?』 그의 생각은 냉큼 안나에 대한 사랑 이외의 자기의 생활로 줄달음질쳤다. 『공명심? 세르푸호프스코이? 사교계? 궁정』 그는 그 어느 것에도 마음을 멈추게 할 수가 없었다. 그러한 것들은 전에는 모두 저마다 의미를 가지고 있는 것들이었지만, 지금은 이제 아무것도 없었다. 그는 소파에서 일어서서 웃옷을 벗고 가죽 띠를 끌렀다. 그리고 호흡을 더 자유롭게 하기 위해서 털이 덮인 가슴을 열고 방안을 거닐었다. 『그래, 이렇게 해서 인간은 미치는 거로군.』 하고 그는 되풀이했다. 『또 이렇게 해서 꽝 하는 거다……부끄러운 생각을 하지 않기 위해서.』 이렇게 그는 천천히 덧붙였다.

그는 문으로 다가가서 그것을 잠갔다. 그러고 나서 멎어 버린 눈동자로 이를 잔뜩 악물고 탁자 옆으로 다가가서 권총을 들고 그것을 한참 가만히 보고 있다가 격발 장치를 하고 생각에 잠겼다. 한 이 분쯤 그는 고개를 떨어뜨리자 사고의 긴장된 노력의 표정을 띠고 권총을 손에 든 채 꼼짝도 않고 서서 생각하고 있었다. 『물론이다.』 그는 마치 논리적이고 연속성이 있는 명료한 사상의 걸음이 자기를 의심할 여지 없는 결론으로 이끌기라도 한 것처럼 자기에게 말했다. 그러나 그에게는 확실하다고 여겨졌던 이 물음도 사실은 그저 잠깐 사이에 벌써 열 번이나 지나온 회상이며 상상의 아주 똑같은 범위를 다시 되풀이하여 걸어온 결과에 지나지 않았다. 그것은 영원히 잃어버린 행복의 똑같은 회상이었고, 장래의 일은 모두 아무 뜻이 없다는 똑같은 생각, 자기의 굴욕이라는 똑같은 생각이었다. 그것은 또 그러한 상상이며 감정의 같은 연속이기도 했다.

『물론이다.』 하고 그는 자기의 생각이 세번째에 또다시 회상과 사상의 마술의 테두리로 되돌아왔을 때에 되뇌었다. 그리고 가슴의 왼쪽에다 권총을 대고 마치 갑자기 주먹 속에다 그것을 쥐기라도 하려는 것처럼 온 손으로 세차게 경련을 일으키면서 방아쇠를 잡아당겼다. 그는 총소리는 듣지 못했다. 그러나 가슴에 울리는 세찬 타격이 그를 기우뚱거리게 했다. 그는 탁자 모서리를 붙들려고 하다가 권총을 떨어뜨리자 비틀거리며 엉덩방아를 찧고 깜짝 놀란 것처럼 자기의 주위를 둘러보았다. 그는 탁자의 구부러진 다리늘이며 휴지통이며 호랑이 가죽 등을 보면서도 자기 방을 알아보지 못했다. 객실을 걷고 있던 하인의 삐걱거리는 날랜 발소리가 그를 정신이 들게 했다. 그는 온 힘을 다하여 생각을 가다듬었다.

그러자 자기가 마룻바닥에 있다는 것을 알았고, 호랑이 가죽과 자기의 팔에 묻어 있는 피를 보고, 자기가 권총 자살을 시도했다는 것을 알았다.

『어리석기도 하다! 맞지 않았다.』 하고 그는 한쪽 손으로 권총을 더듬더듬 찾으면서 말했다. 권총은 바로 옆에 있었으나 그는 먼 데만을 찾고 있었다.

그는 찾기를 계속하면서 이번에는 반대쪽으로 몸을 뻗었다. 그러자 몸의 균형을 유지하지 못하고 피를 쏟으면서 쓰러져 버렸다.

친지들을 보고 언제나 자기 신경의 약한 것을 투덜거리고 있던 구레나룻을 가진 말쑥한 하인은 마룻바닥에 쓰러져 있는 주인을 보자 기겁을 하고 피가 흐르는 주인을 그대로 놓아둔 채 도움을 청하러 뛰어나가 버렸다.

한 시간 뒤에 형수인 바랴가 달려오고, 그녀가 사방으로 데리러 보냈던, 같이 달려온 세 의사의 도움을 얻어 부상자를 침대로 옮겼다. 그리고 자기는 그의 병구완을 할 양으로 남았다.

19

알렉세이 알렉산드로비치가 저지른 잘못, 그가 아내와 만나는 데 대한 마음의 준비를 갖추고 있으면서 그녀의 뉘우침이 진실한 것이고 그가 용서하고 그녀가 죽지 않고 마는 경우를 잘 생각해 두지 않았다는 잘못은 그가 모스크바에서 돌아와서 두 달 지나자 그 온 힘으로 그의 앞에 나타났다. 그러나 그가 저지른 잘못은 그저 그가 이런 경우를 고려하지 않았던 것에서만 일어난 것은 아니고 동시에 빈사의 아내를 만난 그날까지 그가 자기의 마음을 몰랐던 것에서도 일어난 것이었다. 그는 병을 잃는 아내의 베갯머리에서 난생 처음으로 남의 고뇌가 자기의 마음에 불러일으킨 그리고 그가 이전부터 해로운 약점으로서 부끄러워하고 있던 감상적인 연민의 감정에 굴복하고 만 것이었다. 그리고 그녀에 대한 연민과 그녀의 죽음을 바랐던 것에 대한 뉘우침과 그리고 그 가운데에서도 사람을 용서한다는 것의 기쁨과 그로 하여금 별안간 한번도 경험한 적이 없는 마음의 안정도 느끼게 하였다. 그는 갑작스럽게 자기 고뇌의 원천이었던 것이 정신적인 환희의 원천이 됐다는 것이며, 그가 비난하기도 하고 꾸짖기도 하고 미워하기도 하였을 동안은 해결할 수 없는 것으로 여겨지고 있었던 것이 용서하고 사랑하게 되고 나니 단순하고 명백한 것으로 되어 오는 것을 느꼈던 것이다.

그는 아내를 용서하고 그녀의 고뇌와 뉘우침에 대해서 그녀를 애틋하게 여겼다. 그는 브론스키를 용서하고, 특히 그의 절망적인 행위에 대한 소문이 귀에 들어오고 나서는 더한층 그를 가련하게 여겼다. 그는 또 아들을 전보다는 한층 더 가엾게 여겼다. 그리고 지금은 여태까지 너무나 소홀히 했다는 것으로 자기를 꾸짖었다. 그러나 새로 태어난 계집애에 대해서는 그는 연민뿐만 아니라 부드러움이 섞인 일종의 유다른 감정을 경험하였다. 처음에는 그는 그저 동정이라는 점에서만 이 새로 태어난 연약한 계집애, 그의 딸이 아닌 그리고 어머니가 앓는 동안은 내팽개쳐져 있었고 만약 그가 걱정해 주지 않았던들 틀림없이 죽어 버렸을 계집애의 뒤를 보살피고 있었다. 그리고 자기는 자기가 얼마나 그애를 사랑하고 있는가를 조금도 모르고 있었다. 그는 하루에도 몇 차례씩 아이방으로 들어가서 오랫동안 거기에 앉아 있었다. 그래서 처음에는 그에게 대해서 서먹서먹해 하고 있던 유모며 보모들도 이내 그에 익숙해져 버렸다. 때로는 그는 반 시간씩이나 말없이 쌔근쌔근하고 잠자고 있는 갓난아기의 사프란 빛의 빨간 솜털이 부옇게 덮인 쭈글쭈글하고 조그마한 얼굴을 바라보기도 하고 찌푸리고 있는 이마의 움직이는 모양이며 손등으로 눈과 콧등을 문지르고 있는 손가락을 꽉 쥔 토실토실한 주먹손을 지켜보기도 했다. 이런 때에 알렉세이 알렉산드로비치는 특히 자기를 완전히 평온하고 내적인 조화를 이룬 사람처럼 느끼고 자신의 경우에 아무런 이상한 것과 바꾸지 않으면 안 될 점을 보지 않았다.

그러나 때가 감에 따라서 지금은 자기에게 이 경우가 아무리·자연스럽다고 하더라도 언제까지나 이대로 가만히 놓아두지는 않으리라는 것을 차츰 뚜렷이'알게 되었다. 그는 자신의 넋을 이끌고 있는 행복한 정신적인 힘 외에 그의 생활이 이끌고 있는 또 하나의 사나운 똑같은 정도거나 그렇지 않으면 더한층 강력한 힘이 있다는 것을, 그리고 그 힘이 그가 바라고 있는 겸허한 안정을 그에게 주지 않는다는 것을 느꼈다. 그는 또 모든 사람들이 의심쩍은 놀라움으로 그를 보고 있다는 것, 그의 마음을 이해하지 않고 더우기 그에게서 무엇인가를 기대하고 있는 것 같은 것을 느꼈다. 특히 그는 자기와 아내와의 관계에 있어서 견고하지 못한 것, 부자연한 것이 있는 것을 느꼈다.

죽음의 접근에 의해서 그녀의 속에 빚어졌던 유연한 마음이 사라져 버리자 알렉세이 알렉산드로비치는 안나가 그를 두려워하고 그를 꺼려하고 똑바로 그의 눈을 보지 못하고 있는 것을 알아채게 되었다. 그녀는 마치 그에 대해서 무엇인가를 이야기하고 싶은 것이 있는데 어쩐지 이야기할 마음의 결정이 지어지지 않은 것 같은 태도를 하고 있었다. 그리고 그녀도 또한 어쩐지 둘이의 관계가 이대로 오래 계속될 수 없다는 것을 예감하고 그에게서 무엇인가를 기대하고 있는 것 같았다.

이월 말에 새로 태어난 안나의 딸, 역시 안나라고 이름지어진 젖먹이가 병에 걸린 사건이 일어났다. 알렉세이 알렉산드로비치는 그날 아침 아이방으로 가서 의사를 불러오도록 일러 놓고 마차를 타고 사무소로 나갔다. 자기의 일을 마치고 그는 세 시가 지나서 집으로 돌아왔다. 현관방으로 들어가면서 그는 리본과 곰가죽 목도리를 두른 미남인 하인이 미국 개의 가죽으로 만든 하얀 부인용의 긴 소매 외투를 들고 서 있는 것을 보았다.

「누가 와 계시지?」 하고 알렉세이 알렉산드로비치는 물었다.

「엘리자베타 표도로브나 트베르스카야 공작 부인입니다.」하고 하인은 미소를 띠면서 —— 알렉세이 알렉산드로비치에게는 그렇게 여겨졌다 —— 대답했다.

이 괴롭고 쓰라린 동안 내내 알렉세이 알렉산드로비치는 사교계에서의 자기의 친지, 특히 여자 친지들이 자기와 아내에게 특별한 관심을 가지고 있다는 것을 알아채고 있었다. 그는 그러한 모든 친지들의 눈에 간신히 숨겨져 있는 일종의 만족, 언젠가는 그 변호사의 눈에서 보았고 지금 또 하인의 눈에서 읽었던 것과 똑같은 만족의 빛이 있는 것을 알아채고 있었다. 모두들 환희에 젖어 있기라도 한 것 같았다. 마치 누군가를 시집이라도 보내는 것 같았다. 그리고 그를 만나면 가까스로 만족의 빛을 숨기면서 그녀의 건강을 묻는 것이었다.

트베르스카야 공작 부인이 와 있다는 것은 그녀와 맺어져 있는 회상으로 미루어 보더라도, 대체로 그가 그녀를 좋아하지 않고 있다는 점으로 미루어 보더라도 알렉세이 알렉산드로비치에게는 불쾌했다. 그래서 그는 똑바로 아이방으로 들어가 버렸다. 첫번째의 아이방에서는 세료쥐아가 탁자 위에 가슴을 대고 엎어져서 두 발은 의자 위에 올려놓고 즐겁게 지껄이면서 무엇인가 그림을 그리고 있었다. 안나의 병중에 프랑스인인 여교사와 바뀐 영국인의 여교사는 목도리를 뜨면서 그 사내아이의 옆에 앉아 있다가 허둥지둥 일어서 인사를 하고 세료쥐아를 끌어당겼다.

알렉세이 알렉산드로비치는 한 손으로 아들의 머리를 쓰다듬으면서 아내의 건강에 대한 여교사의 물음에 대답하기도 하고 젖먹이에 대해서 의사가 이야기한 것을 묻기도 했다.

「의사 선생님은 조금도 위험은 없다고 말하고 계시더군요. 그리고 목욕을 시키도록 하라는 말씀이었어요, 네.」

「그러나 아직은 괴로와하고 있는 것 같군요.」알렉세이 알렉산드로비치는 옆방의 젖먹이 울음소리에 귀를 기울이면서 말했다.

「나는 아무래도 유모가 좋지 않은 것이 아닌가 하고 여기고 있어요, 나으리.」하고 영국인 여자는 결연한 어조로 말했다.

「어째서 그렇게 생각하고 있읍니까?」하고 그는 망설이며 물었다.

「폴리 백작 부인네에서도 꼭 그런 일이 있었어요, 아저씨. 갓난애한테 별별스런 약도 다 쓰기도 했었읍니다만, 차츰 알아 보니까 그 갓난애는 그저 젖배를 곯고 있었을 뿐이라는 것이 드러나지 않았겠어요. 유모에게 젖이 없어서 말이에요, 나으리.」

알렉세이 알렉산드로비치는 생각에 잠겼다. 그리고 몇 초 동안 가만히 서

있다가 옆방으로 들어갔다. 젖먹이는 유모의 손에 안겨 있으면서 고개를 뒤로
발딱 젖힌 채 몸부림을 치고 있었다. 받쳐진 탱탱 불어오른 젖을 빨려고도 하지
않고 유모와 자기 위를 허리를 구부리고 있는 보모가 둘이서 소리를 내어 어르
고 해도 좀처럼 울음을 그치려고 하지 않았다.

「아직도 좋아지지를 않나?」하고 알렉세이 알렉산드로비치는 말했다.

「정말 큰 걱정이에요.」보모는 속삭이듯이 대답했다. 「미스 에드워드는 어쩌
면 유모가 젖이 없을는지도 모른다고 얘기하는 데 말야」하고 그는 말했다.

「나도 그렇지 않나 하고 여기고 있읍니다만, 알렉세이 알렉산드로비치.」

「그럼, 어째서 그렇다고 얘기해 주지 않았죠?」

「누구에게 말씀드려야 합니까? 안나 아르카지예브나는 줄곧 편찮으시기만
하고 말이에요.」보모는 퉁명스럽게 말했다.

보모는 그전부터 집에 있던 하인이었다. 그래서 이런 그녀의 간단한 말 가운
데서도 알렉세이 알렉산드로비치는 자기의 입장에 대한 풍자가 느껴졌다.

젖먹이는 몸부림을 치고 목쉰 소리를 짜내면서 더한층 큰 소리로 울어댔다.
보모는 젖먹이가 손을 내젓자 그 옆으로 다가가서 유모의 손에서 그 어린애를
받아들고 흔들면서 걷기 시작했다.

「의사에게 한번 유모를 검진해 보아 달라고 해야겠군.」하고 알렉세이 알렉산
드로비치는 말했다.

외양은 튼튼해 보이는 말쑥한 유모는 자기가 해고되리라는 것에 깜짝 놀라 무
엇인가 중얼중얼 혼잣말을 했다. 그리고 큼직한 젖퉁이를 감추면서 자기의 젖에
대한 의혹에 대해서 얕잡듯이 미소했다. 이 미소 속에서도 알렉세이 알렉산드로
비치는 자기의 입장에 대한 소소를 역시 발견했다.

「불쌍한 아가야!」하고 보모는 젖먹이를 어르면서 말하고 또 걷기를 시작
했다.

알렉세이 알렉산드로비치는 의자에 앉아서 괴로움을 이기지 못하는 침통한
얼굴을 하고 앞뒤로 왔다갔다 하는 보모를 우두커니 바라보고 있었다.

마침내 울음을 그친 젖먹이를 폭신한 침대 속에다 내려놓고 베개를 고쳐 주고
나서 보모가 그 옆에서 떨어지자 알렉세이 알렉산드로비치는 일어서 간신히 발
끝으로 살금살금 딛고 젖먹이 옆으로 다가갔다. 한동안 그는 말을 잃고 역시 똑
같은 침통한 얼굴로 젖먹이를 내려다보고 있었다. 그러나 갑자기 미소가 그 머
리카락과 이마의 살갗을 움직이고 그 얼굴에 번졌다. 그리고 그는 발소리를 죽
이며 조용히 방을 나갔다.

식당에서 그는 벨을 울리고 들어온 하인에게 다시 한번 의사를 데리러 보내도

록 하라고 일렀다. 그는 아내가 이 귀여운 젖먹이를 조금도 보살피지 않는 것이 패씸했다. 그러한 생각 때문에 그는 그녀한테로 갈 마음이 내키지 않았다. 또 공작 부인 베트시를 만나기도 싫었다. 그러나 아내가 어째서 들르지 않는가 하고 이상하게 여길 것 같아서 꾹 참고 침실 쪽으로 발걸음을 돌렸다. 그리고 부드러운 융단 위를 문 쪽으로 걸어가다가 그는 듣고 싶지 않은 이야기를 마음에도 없이 들어 버렸다.

「그 사람이 떠나 버리는 것만 아니라면 당신의 거절도 그분의 말씀도 이해가 간다고도 하지만, 그렇지만 이 댁의 주인은 이런 것은 마음에도 두시지 않을 거 아녜요.」하고 베트시가 말했다.

「나는 남편을 위해서가 아니고 내 자신을 위해서 바라지 않아요. 이제 그 애기는 하지 말아 주세요!」흥분된 안나의 목소리가 대답했다.

「네, 그렇지만 당신께서는 당신 때문에 자살까지 꾀했던 사람과 작별을 하고 싶어하지 않을 수는 없으실 거예요…….」

「그러니까 나는 더욱 싫다는 거예요.」

알렉세이 알렉산드로비치는 소스라친 듯한 무엇인가 나쁜 짓이라도 저지른 것 같은 표정을 하고 발을 멈췄다. 그리고 살짝 되돌아가 버리려고 했다. 그러나 그것은 그럴 것까지도 없는 일이라고 고쳐 생각하고 다시 발을 돌리고 한바탕 큰기침을 하고 침실 쪽으로 걸었다. 이야기 소리는 뚝 그쳤다. 그는 침실로 들어갔다.

잿빛의 자리옷을 입고 있는 안나는 둥그런 머리 위에 검은 머리를 촘촘한 솜처럼 짤막하게 잘라 가지런히 하고 침대 위에 앉아 있었다. 남편을 만날 때에는 언제나 그렇듯이 그녀의 얼굴의 발랄한 빛은 별안간 사라져 버렸다. 그녀는 고개를 떨어뜨리고 불안스럽게 베트시를 힐끔 쳐다보았다. 요즈음 유행하고 있는 옷차림을 하고 있는 베트시는 램프의 갓처럼 머리 위로 높이 솟은 모자에 비스듬한 날카로운 줄무늬가 한쪽에서는 허리 쪽으로 한쪽에서는 스커트 쪽으로 향하고 있는 짙은 남색 옷을 입고 있었고, 그 납짝하고 호리호리한 몸을 반듯이 가지면서 안나와 나란히 앉아 있었다. 그리고 고개를 돌리고 비웃는 듯한 미소를 띠면서 알렉세이 알렉산드로비치를 맞았다.

「어마!」그녀는 깜짝 놀란 듯한 어조로 말했다.「아니 정말 기뻐요, 당신께서 집에 계셔 주어서. 당신께서는 아무 데도 얼굴을 내놓으시지 않으니까 안나가 병으로 앓아 누운 뒤로는 어디 뵐 수가 있어야죠. 나는 다 듣고 있었어요, 당신의 배려를. 정말 당신은 놀라운 어른이셔요!」하고 그녀는 아내에 대한 그의 행위에 대해서 너그러움의 훈장을 주기라도 하듯이 의미 있는 진실한 낯빛으로 말했다.

알렉세이 알렉산드로비치는 차갑게 인사를 했다. 그리고 아내의 손에 입을 맞추고 나서 그녀의 건강을 물었다.

「조금 나아진 것도 같아요.」하고 그녀는 그의 시선을 피하면서 말했다.

「그러나 어쩐지 아직은 열이 있는 것 같은 얼굴빛이군.」하고 그는 열이라는 말에 힘을 주면서 말했다.

「틀림없이 이야기가 너무 많았던 탓이에요.」하고 베트시가 말했다. 「그러고 보면 내가 너무 나만 생각하고 있었던 것 같아요. 그럼 이만 실례하겠어요.」

「아녜요, 조금만 더 있어 주세요, 정말이에요. 나 당신께 이야기할 게 있어요 ……아녜요, 당신한테예요.」하고 그녀는 알렉세이 알렉산드로비치에게로 얼굴을 돌렸다. 연지빛이 그녀의 목에서 이마까지를 덮었다. 「나는 당신에 대해서 어떤 비밀도 지니고 싶지 않고 또 지닐 수도 없어요.」하고 그녀는 말했다.

알렉세이 알렉산드로비치는 손매듭을 꺾어 또닥또닥 하고 소리를 내고는 고개를 숙였다.

「베트시의 말씀입니다만, 브론스키 백작은 이번에 타쉬켄트로 떠나시기 전에 저희 집으로 작별인사를 하러 왔으면 하는가 봐요.」그녀는 남편은 보지 않고 있었다. 그녀는 분명히 그것을 이야기하는 것이 아무리 괴로와도 아뭏든 다 이야기해 버리려고 서두르고 있는 눈치였다. 「그래서 나는 지금 말씀드렸어요, 나는 만날 수 없다구요.」

「아니, 잠깐만, 당신은 알렉세이 알렉산드로비치에게 달렸다고 말씀하셨어요.」베트시는 안나의 말을 정정했다.

「네, 아녜요, 나는 그분을 만닐 수는 있어요. 그리고 그린 짓을 해보았됬자 아무런 소용도 없고……」그녀는 갑자기 말을 끊고 살피듯이 남편의 얼굴을 힐끗 쳐다보았다(그는 그녀를 보고 있지 않았다).「하여튼 나는 뵙고 싶지는…….」

알렉세이 알렉산드로비치는 앞으로 다가갔다. 그리고 그녀의 손을 잡으려고 했다.

맨 처음의 동작으로 그녀는 자기의 손을 찾고 있는 굵은 핏줄이 부풀어 오른 촉촉한 그의 손에서 자기의 손을 뒤로 뺐다. 그러나 곧 꾹 참고 그 손을 쥐었다.

「나는 당신의 신뢰를 아주 고맙게 여기고 있어요. 그러나……」그는 자기만이라면 용이하고 명쾌하게 해결할 수 있는 일을 세상 사람들 앞에서 그의 생활을 지도하고 그가 사랑과 용서의 감정에 몸을 맡길 것을 방해하는 예의 사나운 힘의 권화(權化)처럼 여겨지는 트베르스카야 공작 부인 앞에서는 이렇다고 뚜렷하게 밝힐 수 없는 것을 불안하고 노엽게 느끼면서 말했다. 그는 트베르스카야 공작 부인을 쳐다보면서 말을 그쳐 버렸다.

「그럼, 나는 이만 실례하겠어요, 안나.」 베트시는 일어서면서 말했다. 그는 안나에게 키스하고 나갔다. 알렉세이 알렉산드로비치는 그녀를 배웅했다.

「알렉세이 알렉산드로비치! 나는 당신이 진심으로 너그러운 분이시라는 것을 알고 있어요.」 베트시는 작은 쪽의 객실에서 발을 멈추고 다시 한번 그의 손을 유난히 꽉 쥐면서 말했다. 「나는 아무 상관없는 사람이에요. 그러나 나는 진심으로 안나를 사랑하고 있고 당신도 존경하고 있기 때문에 감히 이런 말씀을 드리는 거예요. 그 사람을 오게 해주세요. 알렉세이 브론스키는 정말 명예의 화신이에요. 그분은 지금 타쉬켄트로 가 버리려고 하고 있어요.」

「아주머니, 당신의 동정과 충고는 고맙게 여기고 있읍니다. 그러나 아내가 누구를 만날 수 있다든가, 만날 수 없다든가 하는 문제는 그녀 자신이 결정지을 일이겠죠.」

그는 언제나처럼 위엄을 지니고 눈썹을 치올리며 이렇게 말했다. 그리고 이내 말이야 어떻건 지금의 그의 경우에는 위엄이니 하는 것이 있을 수 없다는 것을 생각했다. 그리고 이 사실을 그는 베트시가 그의 말이 끝난 뒤에 힐끔 그를 쳐다보았을 때의 억누르고 있는 것 같은 심술궂은 비웃는 듯한 미소로써도 느낄 수 있었다.

20

알렉세이 알렉산드로비치는 홀에서 베트시에게 인사를 하고 아내한테로 되돌아왔다. 그녀는 누워 있었으나, 그의 발소리를 듣자 얼른 아까처럼 앉아서 깜짝 놀란 것처럼 그를 쳐다보았다. 그는 그녀가 울고 있었던 것을 알았다.

「나에 대한 당신의 신뢰를 나는 아주 고맙게 여기고 있어.」 그는 베트시가 있을 때 프랑스어로 이야기했던 말을 다시 한번 부드럽게 러시아어로 되풀이하고 그녀의 옆자리에 앉았다. 그가 러시아어로 말하고 그녀를 보고 당신이라고 말했을 때 이 『당신』은 견딜 수 없을 만큼 안나의 마음을 찔렀다. 「그리고 당신의 결심에 대해서도 나는 매우 감사하고 있어. 나도 역시 브론스키 백작에겐 어차피 떠나갈 바에는 여기에 올 필요는 하나도 없지 않은가 하고 생각하는 거야. 그러나…….」

「그래요, 그러니까, 난 말씀드렸던 거예요. 그것을 어쩌자고 또 되씹는 거예요?」하고 안나는 별안간 마음을 누르지 못하고 그의 말을 가로챘다. 『아무런 필요도 없다고.』 이렇게 그녀는 생각했다. 『자신이 사랑하고 있는 여인, 그것을 위해서는 몸을 망치는 것도 싫어하지 않고, 사실 또 그것을 위해서 자신을 망친 여인, 그리고 그 사람 없이는 살아 갈 수 없는 여인, 그 여인과 작별을 하러 온다는 것이 그 사람에게 그래 아무런 필요도 없다고.』 그녀는 입술을 지그시 깨물었다. 그리고 반짝이는 두 눈을 조용히 마주 대고 비비고 있는 핏줄이 부풀어오른 그의 손 위에 떨어뜨렸다.

「이제 이런 이야기는 두번 다시 하지 않기로 해요.」그녀는 약간 마음을 가라앉히고 덧붙였다.

「나는 이 문제의 해결은 당신에게 일임했어. 그리고 나는 대단히 기뻐, 당신을……」하고 알렉세이 알렉산드로비치는 막 말을 시작했다.

「내 희망이 당신 것과 일치된 것을 말씀이죠.」그녀는 그의 마음속이 환히 드러나 보이는 데도 그가 너무나 치근치근 하게 지껄이고 있으므로 마침내 부아가 치밀어 얼른 앞질러 말했다.

「그렇지,」그는 고개를 끄덕였다.「그건 그렇고, 트베르스카야 공작 부인이라는 사람은 지극히 까다로운 집안 일에 아주 주착없는 참견을 하고 있는 사람이야. 유달리 그 여자는……」

「그분 이야기를 누가 무어라고 하든 나는 조금도 믿지 않아요.」하고 안나는 얼른 말했다.「나는 그분이 나를 진심으로 사랑해 주고 있다는 것을 알고 있으니까.」

알렉세이 알렉산드로비치는 한숨을 내뿜고는 입을 다물어 버렸다. 그녀는 그에 대한 참을 수 없는 육체적인 혐오의 감정을 가지고 그를 쳐다보면서 초조하게 잠옷의 술을 만지작거리고 있었다. 그녀는 이 감정에 대해서 자기를 꾸짖고 있었으나, 그것을 이겨낼 수는 없었다. 그녀는 이제 오직――지긋지긋한 그의 앞에서 빠져나가야겠다는 한 가지 것만을 바라고 있었다.

「그런데 나는 지금 의사를 데리러 보냈어.」알렉세이 알렉산드로비치는 말했다.

「나는 건강해요. 나에게 의사가 무슨 필요가 있어서요?」

「아니야, 어린 것이 운단 말야. 유모의 젖이 모자라다는거야.」

「내가 그렇게 사정을 했는데도 어째서 당신께선 나에게 젖을 줄 것을 허락하지 않으셨죠? 어차피 마찬가지예요. (알렉세이 알렉산드로비치는 이 어차피 마찬가지라고 하는 의미를 잘 알고 있었다). 그것은 이제 갓 태어난 갓난애예요. 모두들 그것을 죽이려고 하고 있어요.」 그녀는 벨을 눌러 젖먹이를 데리고 오라고 일렀다. 「나는 젖을 주어야겠다고 그렇게 바랬는데도 그때는 허락해 주시지도 않고 있다가 이제 와서 모두를 꾸짖고 있고.」

「나는 꾸짖고 있는 게 아냐……」

「아녜요, 꾸짖고 있으셔요! 아아! 어째서 나는 죽지 안았담!」그리고 그녀는 흐느끼기 시작했다. 「용서해 주세요. 나는 흥분하고 있어요. 나는 좀 이상해졌어요.」하고 그녀는 제정신을 차리고 말했다. 「그러나 이제 저리 좀 나가 주어요……」

『아니, 언제까지나 이런 짓을 하고만 있을 수는 없다.』 이처럼 알렉세이 알렉산드로비치는 아내의 방을 나오면서 결연한 어조로 자기에게 말했다.

사람들 앞에 체면상 그의 입장을 이대로 계속해 나아간다는 것은 불가능하다는 것, 그에 대한 아내의 혐오, 말하자면 그의 정신적인 경향에 반해서 그의 생활을 지도하고 그의 의지의 실행과 아내에 대한 그의 태도의 변경을 요구하고 있는 그 신비롭고 사나운 힘의 위력이 오늘과 같은 뚜렷함을 가지고 그의 앞에 모습을 보인 적은 아직까지 한번도 없었다. 그는 온 세상 사람과 아내가 자기에게서 무엇인가를 요구하고 있는 것을 분명히 보았다. 그러나 그것이 무엇인지를 똑똑히 이해할 수는 없었다. 그는 그 때문에 자기의 마음속에서 마음의 평온과 덕의(德義)의 전부를 파괴하는 나쁜 생각이 샘솟아오르고 있음을 느꼈다. 그는 안나를 위해서는 브론스키와의 관계를 끊는 것이 좋으리라고 여기고 있었다. 그러나 만약 그들이 모두 그것을 불가능하다고 여긴다면, 그는 아이들을 욕되게 하고 그들을 잃고 자기의 처지를 바꾸고 하는 일이 없는 한 종전의 관계를 새로 용서하려고까지 마음의 준비를 갖추고 있었다. 설사 그것이 아무리 나쁜 짓이라고 할지라도 역시 그녀를 구할 수 없는 오욕의 경우에 놓아 두고 그 자신에게 그가 사랑하는 것의 전부를 잃게 하는 것과 같은 파탄보다는 한결 나았다. 그러나 그는 자기를 마음속 깊이 무력하게 느꼈다. 그리고 그는 벌써부터 모든 사람이 자기에게 반대하고 있다는 것, 그리고 그에게는 지금 매우 자연스럽고 옳은 일처럼 여겨지고 있는 것을 시켜 주지 않고, 나쁜 일이기는 하지만 그들이 의무처럼 여기고 있는 것을 시키려고 하고 있다는 것을 알고 있었다.

21

 베트시가 아직 홀에서 나오기 전에, 거기의 문간에서 싱싱한 굴이 들어온 엘리세예프네 가게에 들러서 막 들어오는 스테판 아르카지치가 그녀와 딱 마주쳤다.
 「아! 부인! 이거 정말 잘 만났읍니다!」하고 그는 말했다. 「나는 또 댁에 들렀었죠.」
 「그렇지만, 나는 돌아가는 길이니까 이것으로 그만 실례하겠어요.」베트시는 장갑을 끼면서 웃는 얼굴로 말했다.
 「아니, 잠깐만, 부인. 장갑을 끼는 것은 좀 기다려 주십쇼. 그리고 그 손에 키스하게 해주세요. 나는 낡은 습관의 부활이라고 하는 것 중에서도 이 손에 키스한다는 것처럼 고맙게 여기고 있는 것은 없으니까요.」그는 베트시의 손에 입을 맞추었다. 「그럼 언제 만날까요?」
 「당신에게는 그런 자격은 없어요.」베트시는 싱글싱글 웃으면서 대답했다.
 「아니죠, 엄청나게 있죠. 나는 지극히 참다운 인간이 되었는 걸요. 나는 나의 집 일뿐만 아니라 남의 집안 일까지 원만히 수습해 보려고 하고 있으니까요.」그는 의미 있는 표정을 하고 말했다.
 「아아, 정말 반가와!」베트시는 당장, 그가 안나 이야기를 하고 있다고 깨닫고 대답했다. 그리고 홀로 되돌아오사 둘은 한쪽 구석에 가서 섰다. 「그분은 그이를 죽이고 나설 거예요.」하고 베트시는 의미 있는 속삭임으로 말했다. 「이런 일은 내버려둘 수는 없어요, 내버려둘 수는……」
 「나는 정말 기쁩니다. 당신께서 그렇게 생각해 주신다는 것은.」스테판 아르카지치는 정색을 하고 비통할 만큼의 감상적인 표정을 짓고 머리를 흔들면서 말했다. 「나는 그 때문에 일부러 페테르스부르크까지 나왔어요.」
 「온 세상이 이야기를 하고 있어요.」그녀는 말했다. 「이것은 정말 참을 수 없는 경우예요. 그이는 야위어만 갈 뿐이에요. 그분은 그녀가 자기의 감정을 희롱할 수는 없는 여자의 하나라는 것을 모르고 있어요. 둘 가운데의 하나, 그분에게 그이를 데려 가게 하든가, 결단 있게 그렇게 시키든가, 이혼을 하든가, 그러지 않고는 정말 그이는 질식하고 말아요.」
 「그렇죠, 그렇죠……말하자면……」오블론스키는 한숨을 몰아쉬면서 말했다. 「나는 그 때문에 오기도 했어요. 그러나 꼭 그 때문만은 아니죠……나는 시종으로 임명도 됐고 해서, 그래 그 인사도 드릴 겸해서 왔긴 왔읍니다만. 그러나 주된 목적은 이 문제를 수습해야 한다는 겁니다.」

「그럼 하느님께서 당신을 도와 주실 것을 빕니다 !」하고 베트시는 말했다.

공작 부인 베트시를 현관까지 배웅하자 다시 한번 그녀의 손에, 장갑 위의 맥이 뛰고 있는 언저리에 입을 맞추고 그녀가 성을 내야 할지 웃어야 할지를 모르게 되어 버렸을 만큼의 쑥스러운 농담을 퍼붓고 나서 스테판 아르카지치는 누이 방으로 들어갔다. 그는 그녀가 눈물을 흘리고 있는 것을 알았다.

스테판 아르카지치는 금방이라도 기뻐 날뛸 만큼 즐거운 기분이었음에도 불구하고, 이내 자연스럽게 그녀의 기분에 잘 어울리는, 감상적인 시적으로 흥분된 가락으로 표변했다. 그는 그녀에게 건강에 대해서와 오늘 아침의 경과에 대해서 물었다.

「아주, 아주 나빠요. 낮도, 아침도, 지금까지도, 이제부터도, 모두.」하고 그녀는 말했다.

「어쩐지 너는 슬픔을 견딜 수 없게 된 것 같아 보이는군 그래. 기운을 좀 내지 않으면 안 돼. 그리고 세상을 똑바로 보아야 한단 말야. 괴롭기야 하겠지, 괴롭다는 것은 알고 있다. 그렇지만……」

「나는, 여자라는 것은 사람의 결점도 사랑한다는 것을 듣고는 있지만,」안나는 불쑥 말을 꺼냈다. 「나는 그분의 선행에 대해서 그분이 미워 못 견디겠어요. 나는 그분하고 같이 살 수는 없어요. 나는 그분을 보기만 해도 징그러운 생각이 들어요. 나는 발끈 화가 치밀어 분별을 잃고 말아요. 나는 참을 수 없어요. 그분하고 같이 살 수는 없어요. 도대체 나는 어떻게 해야 할까요 ? 나는 전부터 불행한 여자이어서 이 이상 불행하게 되는 일은 없으리라고 여기고 있었죠. 그렇지만 지금 맛보고 있는 것 같은 무서운 경우는 상상할 수도 없었으니깐요. 오라버니께서는 내가 그분이 착하고 훌륭한 사람이라는 것을 알고 있으면서, 나 같은 것은 그분의 손톱만도 못하다는 것을 알고 있으면서 역시 그분을 미워하지 않을 수가 없다는, 이 마음이 믿어지실까요 ? 나는 나에게는 이제 그 밖의 다른 길은 아무것도 없어요, 다만……」

그녀는 죽음이라는 것을 이야기하려고 했다. 그러나 스테판 아르카지치는 그녀에게 끝까지 이야기하게 하지는 않았다.

「너는 앓고 있어서 흥분하고 있는 거야.」하고 그는 말했다. 「그리고 무슨 일을 그렇게 거창하게 생각하고 있는 거야. 그런 것은 하나도 그처럼 무서운 것도 아무것도 아냐.」

그리고 스테판 아르카지치는 빙그레 웃었다. 다른 사람이라면 어느 누구도 스테판 아르카지치와 같이 이런 절망적인 사건에 관계하고 있으면서 감히 미소를 띤다든가 하는 사람은 없었을 것이다(그 미소는 예의가 없는 것이라고 여겨졌을 것이다). 그러나 그의 미소에는 아주 많은 선량함과 거의 여자 같은 부드러움이 있었으므로 그의 미소는 노여움을 사기는커녕 오히려 그것을 누그러지게 하고 가라앉게 하는 것이었다. 그의 조용하고 찬찬한 이야기와 미소는 편도유(扁桃油)처럼 부드럽고 조용하게 작용하는 것이었다. 그리고 안나는 곧 그것을 느꼈다.

「아녜요, 스치바.」그녀는 말했다.「나는 파멸해 버렸어요, 파멸해 버렸어요! 아니, 파멸해 버린 것보다도 더 나쁜 정도예요. 나는 아직 파멸해 버린 것은 아녜요, 나는 아직 다 끝장이 나 버렸다고는 얘기할 수 없어요. 아녜요, 오히려 거꾸로 끝장이 나 있지 않다는 것을 느끼고 있어요. 나는 흡사 끊어지지 않을 수 없을 만큼 켕겨 있는 현(絃) 같은 사람이어요, 그렇지만 아직은 끊어져 버린 것은 아녜요…… 그러다가는 무섭게 끊어질 거예요.」

「아니, 아무것도 아니야. 그 현을 살짝 늦출 수도 있잖나. 어쩔 수도 없는 경우란 없는 법이야.」

「나는 생각하고 또 생각했어요, 단 하나……」

또다시 그는 그녀의 둥그런 눈동자에 의해서 그 단 하나 출구라는 것이 그녀의 생각으로는 죽음이라는 것을 헤아려 알고, 그녀에게 끝까지 이야기하게 하지 않았다.

「어디가, 그렇지 않지,」하고 그는 말했다.「글쎄, 좀 들어 봐, 너는 나처럼 자신의 경우를 볼 수는 없어. 나에게 솔직이 내 의견을 이야기하게 해줘 볼까.」또다시 그는 조심스럽게 예의 편도유 같은 미소를 지었다.「그럼 처음부터 쭉 시작하자면 말야. 너는 말야, 너는 너보다 스무 살이나 연상인 사람한테로 시집을 온 기야. 니는 사랑이 없이, 혹은 사랑이라는 깃을 모르고 시집을 와버린 거야. 이것이 잘못이었다고 그저 그래 두고.」

「큰 잘못이어요!」하고 안나는 말했다.

「그러나 나는 거듭 얘기해 두지만 말이지, 그것은 이미 되어 버린 사실이야. 그리고 너는, 알겠나, 자기의 남편이 아닌 사람을 사랑하여야 하는 불행을 가지게 됐어. 이것은 불행이야. 그러나 이것도 또한 되어 버린 사실이야. 그리고 네 남편은 그것을 알고 용서해 주었어.」그는 한마디마다 말을 끊고 그녀의 반박을 기다렸으나, 그녀는 아무런 대답도 하지 않았다.「그러니깐 그게 그렇단 말야. 거기에서 문제는 이제 이렇게 되지, 말하자면 네가 지금의 남편과 같이 계속해서 살아 갈 수가 있는가 어떤가? 너는 그것을 바라고 있는가 어떤가? 그 사람은 그것을 바라고 있는가 어떤가?」

「나는 아무것도, 아무것도 몰라요.」

「그렇지만 너는 스스로 이야기했지 않아. 그 사람에겐 견딜 수 없다고.」

「아녜요, 나는 그런 이야긴 하지 않았어요. 취소하겠어요. 나는 아무것도 몰라요, 아무것도 알지 못해요.」

「음, 그러나 말야……」

「오라버니는 모르셔요. 나는 그 어떤 낭떠러지 같은 데로 거꾸로 떨어져 들어가는 것 같은 기분이어요. 그러나 나는 내 자신을 구출해서는 안 돼요. 또 할 수도 없구요.」

「아무것도 아닌 일이야. 우리가 밑에다 그물을 펴고 너를 받는단 말야. 나는 네 마음을 잘 알고 있어, 네가 자기의 희망이니 감정을 자기로 하여금 이야기하게 할 수가 없다는 것을 잘 알고 있어.」

「나는 아무것도, 아무것도 바라고 있다든가 하지는 않아요…… 다만 모든 것이 빨리 끝장이 나주었으면 하고 여기고 있을 뿐이어요.」

「그러나 그 사람은 그것을 보고 있고 알고 있는 거야. 그럼 너는 이 문제로 그 사람이 너보다 한층 더 괴로움을 느끼고 있다는 것을 생각하고 있기나 하니? 너도 괴로와하고 있고 그 사람도 괴로와하고 있단 말야. 그래 도대체 어떻게 하자는 거야? 이혼만 해 버리면 거뜬히 해결되는 것을 가지고.」 스테판 아르카지치는 가까스로 요긴한 생각을 털어놓고는 의미심장하게 그녀를 바라보았다.

그녀는 대꾸도 하지 않고 그 머리털을 자른 머리를 부정적으로 흔들었다. 그러나 별안간 이전의 아름다움으로 빛나기 시작한 그 얼굴의 표정에 의해서, 그는 그녀가 그것을 바라고 있지 않다는 것은 다만 그것이 불가능한 행복처럼 여겨지고 있기 때문이라는 것을 보았다.

「나는 너희들이 정말 딱하고 불쌍해서 견딜 수 없다! 그래 이 일이 만약 해결만 된다면 난들 얼마나 행복하겠니?」 스테판 아르카지치는 어느 틈에 더한층 대담하게 미소를 지으면서 말했다. 「이제 얘기하지 마, 이제 아무 얘기도 하지 마! 정말이지 하느님께서 내가 느끼고 있는 것을 그냥 그대로 술술 얘기할 수 있도록 해준다면 좀 좋으려면. 그럼 지금부터 그 사람한테 다녀 나오지.」

안나는 잠잠한 생각에 잠긴 듯한 반짝이는 눈으로 그를 말끔히 바라보았다. 그러나 어떻다고도 이야기하지 않았다.

22

스테판 아르카지치는 자기의 근무처에서 윗자리의 의자에 앉아 있을 때와 같
은 약간 엄숙한 얼굴을 하고 알렉세이 알렉산드로비치의 서재로 들어갔다. 알렉
세이 알렉산드로비치는 뒷짐을 지고 방안을 여기저기 왔다갔다하면서, 스테판
아르카지치가 자기의 아내와 이야기하고 있던 것과 똑같은 것에 대해서 생각하
고 있었다.

「방해하는 건 아니야?」스테판 아르카지치는 매제의 얼굴을 보자 갑자기 기
묘한 곤혹의 기분을 느끼면서 말했다. 그 곤혹의 빛을 감추기 위해서 그는 갓 산,
여는 방법이 새로운 담배갑을 꺼내어 가죽 냄새를 맡고 나서 담배 한 개를 뽑
았다.

「아냐, 무엇인가 볼일이 있지?」알렉세이 알렉산드로비치는 마지못해 대답
했다.

「응, 난 그……뭐 조금 볼일이 있어서……응, 조금 그, 얘기할 게 있어서.」스
테판 아르카지치는 전에 없이 위축감을 느끼는 것에 놀라면서 말했다.

이 감정은 너무나도 뜻밖의 야릇한 것이었으므로 스테판 아르카지치는 그것
이 자기가 지금부터 하려고 하는 것이 좋지 않은 거라는 것을 자기에게 알려 주
는 양심의 목소리라고는 믿을 수가 없었다. 스테판 아르카지치는 젖 먹던 힘을
다해서 엄습해 오고 있는 위축감을 극복했다.

「나는 먼저 자네가 누이에 대한 내 사랑과 자네에 대한 충심으로부터의 우정
과 존경을 믿어 주리라고 여기고 있어.」그는 얼굴을 붉히면서 말했다.

알렉세이 알렉산드로비치는 발을 멈추고 어떻다고도 대답하지 않았다. 그러
나 그 낯빛은 거기에서 느껴지는 유순한 희생의 표정으로써 스테판 아르카지치
의 마음을 감동시켰다.

「나는 내 누이에 대해서와 자네들 두 사람의 입장에 대해서 이야기하고 싶은
것이 조금 있어서 말야.」스테판 아르카지치는 역시 전에 없는 위축감과 싸우면
서 말했다.

스테판 아르카지치는 서글픈 웃음을 짓고 멀거니 처남을 바라보았다. 그리고
답변은 하지 않고 탁자 옆으로 가서 그 위에서 쓰기 시작한 편지를 집어 처남한
테 주었다.

「그것에 대해서는 나도 끊임없이 생각하고 있어. 그래서 편지로 이야기하는
것이 더 나으리라고 여기고, 그리고 또 내가 가서는 그녀를 자극할 뿐이라고 여

기고, 지금 이것을 써 보기 시작했는데 말야.」

그는 편지를 건네면서 말했다.

스테판 아르카지치는 편지를 받아들면서 의아스러운 놀라움으로 자기 위에 찬찬히 멎고 있는 흐리멍텅한 눈을 바라보았다. 그리고 읽기 시작했다.

나는 내 존재가 당신을 괴롭히고 있다는 것을 알고 있어. 그것을 믿는다는 것은 무척 괴로운 일이지만 그것이 사실이라는 것, 달리 생각할 수가 없다는 것을 나는 알고 있어. 나는 당신을 꾸짖지는 않아. 나는 당신이 앓고 있었을 때의 당신을 보고 충심으로 우리들 사이에 있었던 모든 과거를 잊고 새로운 생활을 시작하려고 결심한 것은 하느님이 내 증인이야. 나는 내가 한 일을 후회하지 않고 또 앞으로도 결코 하지 않으리라고 여기고 있어. 그러나, 나는 단 하나——당신의 행복, 당신의 영혼의 행복이라고 하는 것을 바라고 있었던 거야. 그리고 지금에 와서야 나는 그 희망이 이루어지지 않았다는 것을 안 것이야. 그러니까 부디 당신 자신이 나한테 당신에게 참다운 행복을 주는 것, 당신의 영혼에 평화를 주는 것이 무엇인가를 이야기해 주었으면 좋겠어. 나는 모든 것을 당신의 의지와 당신의 올바른 감정에 따르겠으니까.

스테판 아르카지치는 편지를 도로 돌려 주었다. 그러나 도대체 무엇이라고 이야기해야 할지를 모르고 역시 의아스러운 표정을 하고 매제의 얼굴을 찬찬히 지켜보고만 있었다. 이 침묵은 매우 거북스러운 것이었다. 그 때문에 스테판 아르카지치의 입술에는 그가 카레닌의 얼굴에서 눈을 떼지 않고 잠자코 있었던 사이에 일어났던 병적인 경련이 다시 일어날 정도였다.

「그것이 바로 내가 그녀에게 이야기하고 싶었던 거야.」 하고 알렉세이 알렉산드로비치는 얼굴을 돌리고 말했다.

「그래, 그래……」 하고 스테판 아르카지치는 말했다. 눈물이 목을 메우고 있었으므로 대꾸할 수가 없었던 것이다. 「그래, 그래. 자네 마음은 잘 알고 있어.」 그는 간신히 이렇게 말했다.

「나는 그녀가 바라고 있는 것을 알고 싶어하고 있어.」 하고 알렉세이 알렉산드로비치는 말했다.

「나는 그녀도 자기의 입장을 모르고 있는 게 아닌가 하고 여기고 있어. 그녀는 재판관이 아니니까.」 스테판 아르카지치는 기력을 돌이키면서 말했다. 「그녀는 압도되어 있단 말야, 말하자면 자네의 너그러운 마음에 의해서 압도되어 있단 말야. 만약 이 편지를 그녀가 읽는다면 그녀는 아무런 말도 하지 못하고 그저 고개를 푹 수그리고만 있으리라고 생각해.」

「그래, 그러나 그렇다면 어떡해야 하지? 어떻게 설명해야…… 어떻게 그녀의 희망을 알아?」

「자네가 만약 내 생각을 이야기하는 것을 허락해 준다면 말야, 그럼 얘기하겠는데, 이런 경우에 끝을 내기 위해서 자네가 필요하다고 생각하는 수단을 똑바로 지정하는 것은 오직 자네 자신의 마음에 달렸다고 여기고 있는데 말야.」

「그렇다면 자네는 이것에 끝을 내지 않으면 안 된다고 여기고 있다는 건가?」 알렉세이 알렉산드로비치는 그를 가로챘다. 「그러나 어떻게 해야 한다는 거야?」 그는 눈 앞에서 두 손으로 전에 없는 손짓을 하면서 덧붙였다. 「어떻게 하려고 해도 도무지 빠져나갈 궁리가 나지 않아서 말야.」

「어떤 경우에도 빠져나갈 길은 있는 거야.」 하고 스테판 아르카지치는 일어서서 활기를 띠면서 말했다. 「언젠가 자네는 이혼을 하고 싶다고 얘기한 적이 있었는데……만약 자네가 지금 둘이 서로를 행복하게 할 수가 없다고 확신하고 있다면……」

「행복이라는 것은 아무렇게라도 해석이 될 수 있는 거야. 그러니 설령 내가 어떤 것에도 동의하고 아무것도 요구하지 않는다고 하더라도 말야. 우리들의 경우에 어떤 출구가 있을까?」

「자네가 내 생각을 알고 싶어한다면 말야,」 스테판 아르카지치는 안나와 이야기하였을 때와 마찬가지로 상대방의 마음을 누그러지게 하는 편도유 같은 부드러운 미소를 띠면서 말했다. 그 선량한 미소는 무척 효과가 있는 것이었다. 그래서 알렉세이 알렉산드로비치는 자기의 약점을 느끼고 그 기분에 움직여 저도 모르게 스테판 아르카시치가 이야기하려는 것을 믿으려고 할 정도였다. 「그녀는 결코 그런 것을 얘기하지는 않을 거야. 그러나 여기에 하나 할 수 있는 게 있어. 그녀가 바랄 수 있는 것이 하나 있어.」 스테판 아르카지치는 말을 계속했다. 「그것은 자네들의 관계가 그것에 관련된 온갖 기억을 끊어 버린다고 하는 거야. 내 생각으로는 자네의 경우에서 필요한 것은 상호간의 새로운 관계를 분명히 한다는 거야. 그리고 그런 관계는 오직 쌍방의 자유라고 하는 것에 의해서 이루어질 수 있는 거야.」

「이혼 말야.」 알렉세이 알렉산드로비치는 혐오를 가지고 말을 가로챘다.

「그렇지, 이혼이라고 나는 생각해. 그렇지, 이혼이지.」 하고 스테판 아르카지치는 얼굴을 붉히면서 되풀이했다. 「자네들 같은 그런 관계에 있는 부부에게는 모든 점으로 미루어 보아 이것이 가장 현명한 방법이야. 하여튼 부부의 양편이 같이 살아나갈 수가 없다고 느낀 경우에 달리 어떻게 할 수가 있겠나? 이런 일은 세상에 언제나 있을 수 있는 일이 아닌가 말야.」알렉세이 알렉산드로비치는 무거운 한숨을 내쉬고는 눈을 감았다. 「이 경우에 그저 하나 생각해야 할 것은, 부부의 한쪽이 다른 사람과의 결혼을 바라고 있는가, 어떤가 하는 거야. 그것만 없다면 이것은 지극히 간단한 문제야.」하고 스테판 아르카지치는 예의 어려움에서 차츰차츰 해방되면서 말했다.

알렉세이 알렉산드로비치는 흥분 때문에 얼굴을 잔뜩 찌푸리고 무엇인지 혼잣말을 중얼거렸을 뿐 아무런 대꾸도 하지 않았다. 스테판 아르카지치는 지극히 간단하게 보였던 것도 알렉세이 알렉산드로비치는 벌써 몇 천 번도 더 생각해 보고 한 것이었다. 그리고 이것은 그에게는 너무나 간단하지 않았을 뿐만 아니라 전혀 불가능한 것이라고까지 여겨졌다. 이미 상세한 점까지 알고 있었던 이혼이라는 것이 그에게는 불가능한 것으로까지 여겨졌던 것이다. 왜냐하면 자기 자신의 품위를 생각하는 마음과 종교에 대한 경건한 마음이 가공적인 간통죄 고백이라는 것과 같은 것을 자기에게 허용하지 않았을 뿐더러 자기가 용서하고 또 사랑하고 있는 아내가 그 때문에 죄증을 잡히고 면목을 잃게 되는 것과 같은 짓은 더더구나 허용할 수가 없었기 때문이었다. 이혼이라고 하는 것은 그 이상으로 더 중대한 이유에 의해서도 불가능한 것으로 여겨지는 것이었다.

만약 이혼한다고 한다면 아들은 도대체 어떻게 될 것인가. 그를 어머니와 같이 묶어 둔다는 것은 도저히 불가능하다. 이혼한 어머니는 법률이 인정하지 않는 제멋대로의 가정을 만들 것이다. 그리고 그 가정에 있어서의 의붓아들로서의 경우며 교육이니 하는 것은 아무리 생각해 보아도 틀림없이 좋지 않을 것이다. 그럼 자기가 데리고 있는다는 것은? 그는 그것이 자기 쪽에서 하는 일종의 복수가 된다는 것을 알고 있었다. 그리고 그는 그것을 바라고 있지 않았다. 그러나 이러한 이유 이외에 알렉세이 알렉산드로비치로 하여금 이혼을 불가능한 것이라고 여기게 한 것은, 그가 이혼을 승낙하는 그것에 의해서 곧 안나를 파멸케 하는 것이 되기 때문이었다. 그의 마음속에는 모스크바에서 다리야 알렉산드로브나에 의해서 이야기되었던 말, 즉 그는 이혼을 하려는 마음을 정함에 있어서 자기에 대해서만 생각하고 있고 그것에 의해서 그녀를 돌이켜 놓을 수 없을 만큼 파멸시켜 버린다는 것은 생각하고 있지 않다는 말이 깊숙이 파묻혀 있었다. 그래서 그는 지금 이 말을 자기의 용서며 아들에게 대한 애착이니 하는 것과 결부시켜서 자기 생각대로 해석한 것이었다. 이혼을 승낙하고 그녀에게 자유를 주는 것은, 그의 생각으로는 두말할 것도 없이 자기한테서는 생활에 대한 마지막 매듭인 사랑하고 있는 아들을 빼앗아 버리는 것이고, 또 그녀한테서는 선에의 마지막 기둥을 빼앗고 그녀를 파멸로 떨어뜨리는 것이었다. 만약 이혼을 하게 되면 그녀는 브론스키와 결합한다는 것을 그는 알고 있었다. 그리고 이 결합은 불법적이고 범죄적인 것이 될 것이다. 왜냐하면 그 아내는 교회의 법도의 정신에 의해서 남편이 살아 있는 동안은 결혼을 할 수가 없게 되어 있었기 때문이었다. 『그녀는 그 사내하고 결합할 것이다. 그리고 일이 년 안에는 그 사내가 그녀를 버리든가, 그녀가 새로운 관계를 맺든가 할 것이다.』 이렇게 알렉세이 알렉산드로비치는 생각했다. 『그리고 나는 법률이 인정하지 않는 이혼을 승낙했다고 하는 것으로 그녀의 파멸의 하수인이 될 것이다.』 그는 이러한 점들을 골백번도 더 생각한 나머지 이혼이라고 하는 일은 처남이 이야기하고 있는 것처럼 그렇게 간단한 것이 아닐 뿐만 아니라 전연 불가능한 것이라고까지 굳게 믿고 있는 것이었다. 그는 스테판 아르카지치의 말을 한 마디도 믿지 않았다. 그는 그 한 마디 한 마디에 대해서 몇 천의 반박을 가지고 있었다. 그러나 그는 그 자기의 생활을 이끌고 있는, 그리고 자기가 따르지 않을 수 없을 것 같은 그 강대하고 사나운 힘이 그 말에 의해서 표현되고 있는 것을 느끼면서 그것에 귀를 기울이고 있었다.

「문제는 다만 자네가 어떻게 어떤 조건으로 이혼을 승낙할 것인가 하는 것에 있어. 그녀는 아무것도 바라고 있지 않아. 또 감히 자네한테 애원하지는 않을 거야. 그녀는 만사를 자네의 관대한 마음에 맡기고 있으니까.」

『정말 야단났다! 야단났다! 무슨 놈의 일이람?』 하고 알렉세이 알렉산드로비치는 생각했다. 남편 쪽이 죄를 넘겨 받지 않으면 안 되게 되는 그 이혼 수속의 자질구레한 것까지를 생각해내고 그리고 브론스키가 얼굴을 가리었을 때와 마찬가지의 몸짓으로 부끄러움에서 두 손으로 얼굴을 덮었다.

「자네는 흥분하고 있어, 나는 그것을 알고 있어. 그러나 자네가 잘 생각해 본다면……」

『남이 만약 그대의 오른쪽 뺨을 치거든 왼쪽 뺨을 대줄지어다. 웃옷을 벗기려고 하는 자에게는 속옷도 벗어 줄지어다.』 하고 알렉세이 알렉산드로비치는 생각했다.

「알았어, 알았어!」그는 날카로운 목소리로 외쳤다.「나는 치욕도 내가 떠맡겠어, 아들도 넘겨 주겠어. 그렇지만…… 그렇지만 말야, 그런 짓은 하지 않는 것이 좋지 않을까? 그러나 말야, 저어, 어떻게 하든 좋을 대로 해줘……」

그리고 그는 처남한테 얼굴을 보이지 안을 양으로 그를 피해서 창가의 의자에 앉았다. 그는 가슴이 아팠다. 부끄러웠다. 그러나 이 비통과 치욕과 동시에 그는 자기의 겸손의 고고함에 대해서 환희와 감동을 경험하고 있었다.

스테판 아르카지치는 감동을 받았다. 그는 한동안 잠자코 있었다.

「알렉세이 알렉산드로비치, 나를 믿어 줘. 그녀는 자네의 관대한 마음을 틀림없이 고맙게 여길 거야.」하고 그는 말했다. 「그러나 아뭏든 이것도 모두 하느님의 의지였을 거야.」하고 그는 덧붙였다. 그리고 이렇게 이야기하고 나서 그것이 너무나도 어리석은 말솜씨였다는 것을 느끼고 자기의 어리석음에 대한 미소를 간신히 억눌렀다.

알렉세이 알렉산드로비치는 무슨 대답인가를 하고 싶었다. 그러나 눈물이 그것을 막았다.

「이것은 숙명적인 불행이야, 그렇게 생각할 수밖에 없어. 나는 이 불행을 이미 되어 버린 것으로서 인정하고 그녀에게 보아 이것도 자네에게도 도움이 되도록 힘쓰겠어.」

스테판 아르카지치가 매제 방을 나왔을 때에는 아주 감동을 받고 있었다. 그러나 그것은 이 문제를 훌륭히 해냈다고 하는 만족을 저해할 만큼에는 이르지 않았다. 그것은 알렉세이 알렉산드로비치가 자기의 말을 물리쳐 버리지는 않을 것이라고 굳게 믿고 있었기 때문이었다. 게다가 또 이 만족에는, 이 문제가 성공하면 아내며 가까운 친지들에게 다음과 같은 문제를 주리라는 생각이 머리에 떠올랐다는 것도 섞여 있었다——『나는 원수(元帥)와의 사이에 어떤 차이가 있는가? 원수는 라즈보드(군대의 이동이란 뜻)를 시켰다. 그 때문에 누구 하나 좋게 되지 않았다. 그러나 나는 라즈보드(이혼이란 뜻)를 시켰다, 그리고 서로 다 좋게 되었다……그렇잖으면, 나와 원수와의 사이에는 어떤 유사점이 있는가? 그러나 뭐 이것은 그때에 가서…… 더 잘 생각해 보기로 하자.』 그는 미소를 띠며 이처럼 자기에게 말했다.

23

브론스키의 부상은 심장을 빗나가고 있기는 했지만 꽤 위험한 것이었다. 그리고 그는 며칠 동안 생사의 기로를 방황하고 있었다. 그가 처음으로 입을 움직일 수 있게 되었을 때에는 형수인 바랴만이 그의 방에 있었다.

「바랴!」그는 엄숙하게 그녀의 얼굴을 쏘아보면서 말했다. 「나는 뜻하지 않게 자신을 쏘고 말았어요. 그러니까 제발 이 얘기는 무슨 일이 있어도 입 밖에 내지 않도록 해주세요. 그리고 다른 사람들에게도 모두 그렇게 말씀해 두십쇼.

그렇지 않으면 너무 어리석어지니까요 !」

바랴는 그 말에는 대답하지 않고 그의 위로 몸을 구부리고 즐거운 미소로 그의 얼굴을 찬찬히 들여다보았다. 그의 눈은 맑게 개여 있었고 열이 있는 것 같지는 않았다. 그러나 표정은 엄숙했다.

「아니, 정말 다행이어요 !」하고 그녀는 말했다. 「아프지는 않아요 ?」

「여기가 조금.」그는 가슴을 가리켰다.

「그럼 붕대를 갈아 드릴께요.」

그녀가 붕대를 갈고 있는 동안, 그는 말없이 그 넓은 광대뼈를 죄고 그녀를 바라보고 있었다. 그녀가 다 감고 나자 그는 말했다.

「나는 헛소리를 하고 있는 건 아녜요. 정말 일부러 자기를 쏘았다느니 하는 이야기가 나오지 않게끔 해주세요.」

「아무도 그런 이야기를 하는 사람은 없어요. 그저 말예요. 당신도 이제부터는 뜻하지 않게 쏜다든가 하는 일은 없도록 하셔야 해요.」그녀는 의심쩍은 미소를 머금고 말했다.

「물론, 이제 하지는 않아요. 그러나 차라리 그렇게 버렸더라면 좋았을 것을 ……」

그리고 그는 침울한 미소를 지었다.

바랴를 몹시 놀라게 한 이러한 말이며 미소에도 불구하고 열이 없어지고 몸이 회복하기 시작하자 그는 자기의 슬픔의 어떤 부분에서 완전히 빠져나온 것처럼 느꼈다. 그는 이 행위에 의해서 마치 그때까지 경험하고 있던 수치와 굴욕을 자기 몸에서 씻어 버리기라도 한 것처럼 보였다. 그는 지금은 알렉세이 알렉산드로비지에 내해서도 냉정하게 생각할 수가 있었다. 그는 전적으로 카레닌의 관대한 마음을 인정했다. 그러나 이제는 자기를 비열한 사람이라고는 느끼지 않았다. 그뿐만 아니라 그는 또다시 이전 그대로의 궤도로 되돌아왔다. 그는 부끄러운 생각 없이 사람들의 눈을 볼 수가 있게 되었고, 자기의 습관에 쫓아서 생활할 수가 있게 되었다. 오직 하나 끊임없이 그 감정과 싸우고 있었음에도 불구하고 좀처럼 자기의 마음에서 뽑아내 버릴 수 없었던 것은 그가 영원히 그녀를 잃어버렸다고 하는 것에 대한 절망에까지 이른 회한의 정이었다. 남편에 대해서 자기의 죄를 씻어 버린 이상 자기는 무슨 일이 있어도 깨끗이 그녀와 손을 끊고 앞으로는 결코 이전의 잘못을 뉘우치고 고친 그녀와 그 남편과의 사이에 서서는 안 된다는 것은 그의 마음에 굳게 결정되어 있었다. 그러나 그는 자기의 마음에서 그녀의 사랑을 잃었다고 하는 회한을 뽑아내 버릴 수는 없었다. 그녀와 더불어 알았던 그 행복의 순간들, 그때는 그렇게도 생각하지 않았지만 지금은 그 온 매력을 가지고 그를 괴롭히고 있는 그 행복의 순간들을 기억에서 지워 버릴 수는 없었다.

세르푸호프스코는 그를 위해서 타쉬켄트에의 파견을 생각해 내 주었다. 그러자 브론스키는 조금의 망설임도 없이 그 제안에 동의했다. 그러나 출발 시간이 가까와 옴에 따라서 자기가 의무로 여기고 바쳤던 희생이 그에게는 차츰 괴로와졌다.

그의 상처는 아물었다. 그래서 그는 타쉬켄트로 출발 준비를 하느라고 사방으로 돌아다니게 되었다.

『그녀를 한번 만나나 보고 몸을 감추든가 죽든가 해야겠다.』 하고 그는 생각했다. 그리고 작별 인사를 하러 갔다가 베트시한테 이 생각을 털어놓았다. 이 그의 사명을 띠고 베트시는 안나한테로 갔다. 그리고 그에게 부정적인 회답을 가져다 준 것이었다.

『오히려 잘됐다.』 하고 그 알림을 받았을 때에 브론스키는 생각했다. 『이것은 내 마지막 힘을 파멸케 하려는 약함이었던 것이다.』

그런데 이튿날 아침 베트시가 직접 그에게 찾아와서 알렉세이 알렉산드로비치가 이혼을 승낙하였으니까 브론스키는 안나를 만날 수가 있다고 하는 확실한 알림을 그녀가 오블론스키를 통해서 받았다고 전해 주었다.

그러자 그때까지의 결심이니 하는 것은 까맣게 잊고 언제라야 만날 수 있는가, 남편은 어디에 있는가 하는 것도 묻지 않고 베트시를 배웅할 것까지도 제쳐놓고 브론스키는 곧 카레닌네 집으로 마차를 몰았다. 그는 누구에게도 아무것에도 눈을 주지 않고 층층대를 뛰어오르자 저도 모르게 줄달음질 칠 것만 같음을 간신히 억누르면서 총총걸음으로 그녀의 방으로 들어갔다. 그리고 방안에 누가 있는가 없는가 하는 것도 생각하지도 않고 주의하지도 않고 덥석 그녀를 부둥켜안아 그 얼굴을, 손을, 목을 키스로 덮기 시작했다.

안나는 이렇게 만날 것을 미리 대비하고 있었고, 그에게 이야기할 것도 생각하고 있었다. 그러나 그녀는 그것을 조금도 이야기할 겨를이 없었다. 그의 열정이 그녀를 감싸 버렸기 때문이었다. 그녀는 그를 진정시키고 자기도 마음을 가라앉히고 싶었다. 그러나 그것은 이미 늦었다. 그의 감정은 어느 틈에 그녀에게 감염되어 버렸다. 그녀의 입술은 세차게 떨고 있었다. 그래서 그녀는 오랫동안 아무 말도 할 수가 없었다.

「아아, 당신은 나를 사로잡아 버렸어요. 나는 이제 당신의 것이에요.」그녀는 마침내 그의 손을 자기의 가슴에다 대고 누르면서 말했다.

「당연히 이렇게 되어야 했어요!」 하고 그는 말했다. 「둘이서 살아있는 동안은 이렇게 되지 않으면 안 됩니다. 나는 지금 그것을 알았읍니다.」

「정말 그래요.」그녀는 차츰 파리해지면서 그의 머리를 끌어안고 말했다.「그렇지만 역시 이렇게 되고 난 뒤에도 그 속에는 무엇인지 무서운 것이 있을 것만 같아요.」

「모두 다 지나가 버릴 겁니다. 모두 다 지나가 버릴 겁니다. 우리는 지금 이대로 행복하게 될 거예요! 우리들의 사랑이 더 강하게 된다고 하면 그 속에 무엇인가 무서운 것이 있기 때문에 강하게 되는 거겠죠.」그는 고개를 들고 그 야무진 이를 드러내어 미소하면서 말했다.

그래서 그녀도 미소를 지으면서 대답하지 않을 수가 없었다. 그의 말에 대해서가 아니고 그 사랑하는 눈에 대해서. 그녀는 그의 손을 잡았다. 그리고 그것으로 자기의 싸늘하게 식은 볼이며 짤막하게 자른 머리를 쓰다듬고 있었다.

「나는 당신이 머리를 이처럼 짧게 하고 있어서 하마터면 몰라볼 뻔했지. 아주 예뻐졌어. 정말 사내아이 같아요. 그런데 얼굴이 몹시 창백하군요!」

「네, 나는 퍽 허약한 편이에요.」그녀는 상긋이 웃으면서 말했다. 그러자 그녀의 입술은 또 떨기 시작했다.「우리 이탈리아로 갑시다. 그러면 당신도 좋아질 거고.」하고 그는 말했다.

「그렇지만 그것이 될 수 있는 일일까요, 우리가 남편과 아내처럼 된다는 것이, 당신과 둘이서 가정을 이룬다는 것이?」그녀는 바싹 가까이서 그의 눈을 들여다보면서 말했다.

「나에게는 도리어 지금까지 그러지 못하고 있었던 것이 얄궂게 여겨질 정도예요.」

「스치바의 이야기로는 그이는 무엇이건 동의하고 있다고 하지만 나는 그이의 너그러운 마음을 받아들일 수 없어요.」하고 그녀는 수심에 잠긴듯 브론스키의 옆 얼굴을 바라보면서 말했다.「나는 이혼을 바라고 있지는 않아요. 나한테는 이제 어떻게 하나 마찬가지니까요. 나는 그저 그이가 세료쥐아를 어떻게 할 작정으로 있는가 그것을 모를 뿐이에요.」

그는 그녀가 이런 얼굴을 맞대고 있는 순간까지 아들에 대해서와 이혼에 대해서 생각해내기도 하고 생각하기도 할 수 있다는 것이 도무지 이해되지 않았다. 그런 것은 어떻게 되었거나 일없는 것이 아닌가?

「그런 애긴 그만둬요, 생각하지 말아요.」그는 자기의 손 안에 있는 그녀의 손을 돌리고 그녀의 주의를 자기한테로 끌어붙이려고 애쓰면서 말했다. 그러나 그녀는 역시 그를 보지 않았다.

「아아, 어째서 나는 죽지 않았을까요, 차라리 그러는 것이 좋았을 것을!」하고 그녀는 말했다. 그러자 소리 없는 눈물이 그녀의 두 뺨을 적시며 흘러내렸다. 그러나 그녀는 그를 슬프게 하지 않으려고 억지로 미소를 지어보였다.

타쉬켄트로의 유혹적이고 위험한 임명을 물리친다는 것은 브론스키의 종래의 해석으로는 수치스럽고 그리고 불가능한 일이었다. 그러나 지금은 일 분간도 생각하지 않고 그는 그것을 물리쳐 버렸다. 그리고 상관들 사이에 자기의 행위에 대한 불만의 기색이 있음을 눈치채고 냉큼 자리를 내놓아 버렸다.

한 달 뒤에는 알렉세이 알렉산드로비치는 자기의 집에 아들하고 둘이서만 남게 되었다. 그리고 안나와 브론스키는 이혼을 받아들이지 않고 결연하게 그것을 물리치고 외국으로 떠나 버렸다.

〈계속〉

안나 카레니나 Ⅰ

■저 자 / 톨 스 토 이
■역 자 / 구 자 운
■발행자 / 남 용
■발행소 / 一信書籍出版社

주소 : 121-110 서울 마포구 신수동 177-3
등록 : 1969. 9. 12. NO. 10-70
전화 : 영업부 703-3001~6
　　　편집부 703-3007~8
　　　FAX 703-3009
대체구좌 / 012245-31-2133577

 　값 12,000원